跨度·传记文库
Kuadu Biography Library

王铎传

[上]

张存民 著

中国文史出版社

第 一 章

孟津双槐里村，南靠沟壑纵横、山泉飞流的邙山，北临曲折翻滚、雄浑逐浪的黄河。村里有两棵唐植古槐，并荫联袂，千年不枯，树粗合抱，高约百尺。它们枝繁叶茂，树冠如盖，一片生机盎然。双槐里村的名字就取自这两棵老古槐。每当春天槐花盛开时节，远远望去，洁白如雪。微风轻轻吹拂，香甜的槐花香味扑鼻而来，让你如醉如痴。

明万历三十三年的春天，双槐里村东头一个普通的院落里，一位满头银发的老太太手持拐杖用力捣着地，满脸怒气地训斥跪在她面前的中年男子。

中年男子低着头一声不吭。老人身边的中年妇女不时给她捶背、揉肩，讨好地微笑着，柔声柔气地劝说："娘，您老先消消气，别气坏了身子。凤儿肯定不会有事，您就一百个放心吧。他准是和谁家的孩子出去疯玩了，说不定一会儿就回来了呢。"

老太太回头看了一眼中年妇女，擦拭了一把满脸的泪水，口气明显缓和了许多，但还是不依不饶："凤儿是我的长孙，他要是有个三长两短的，咋对得起他爷爷的在天之灵啊！"

中年妇女虽然也是忧心忡忡，但面对怒气冲冲的老人，她却依然笑着劝慰："娘，凤儿都十四岁了，还能有啥事。再说了，他那小怪脾气您老最清楚，从小就舞枪弄棒、调皮捣蛋的，啥时候也不让人省心，我和他爹这就出去再找找。"

此时，中年男子才抬起头，慢慢站起来，小心翼翼地自责："娘，都怪我平时管教不严，我马上再出去好好找一找。"

老太太是这家的女主人马氏，男主人王作在万历二十年刚四十九岁时，突然患病，撒手人寰。他一生虽好古文辞，却终生没入仕途。王作有两个儿子，长子王本仁，次子王本惠。王氏的先祖是山西洪洞人，朱元璋初建大明王朝时，十世祖王成随移民迁至河南巩县黑石关，后几经辗转，最后定居在邙山脚下的孟津城东双槐里村，在这里繁衍生息。王家在这里经过辛勤的日积月累，慢慢积累了二百多亩田地。后来由于朝廷疯狂兼并土地，到了王作这一辈，其父又遭里中豪富构陷，田地缩减到了十三亩。全家人靠它勉强支撑着生活，日子过得十分艰辛。王作去世后不久，长孙诞生，给悲痛的家庭带来了欢乐。孙子出生时，院子里的槐树上百鸟齐聚，凤凰和鸣。马氏看着虎头虎脑的孙子，就给他取了个将来能光宗耀祖的小名——凤儿。

跪在老太太面前的中年男子是她的长子王本仁，中年妇女是王本仁的妻子陈氏。王本仁，字性之，号梅园。为人慈仁宽忍，笃信朴率。遵循"以孝为先，耕读传家"的祖训，恪守"孝悌忠信、礼义廉耻"的信条。他以农耕为业，以读书为乐，知书达理，修身养性，却不愿为官。陈氏从小生活在诗书耕读之家，慈仁而宽厚，勤劳善持家。

王本仁和陈氏被老太太训斥的原因，是凤儿不知啥原因突然离家出走。已经两天了，还是没有一点音讯，老太太心急上火，就把满肚子的气撒在了儿子身上。

王本仁对凤儿的教育一向比较严格，还在他五六岁时，就开始教他《百家姓》《千字文》《增广贤文》。凤儿非常喜欢读书，记忆力又十分惊人，能一目十行，而且过目不忘。除了读书外，王本仁还教凤儿练习写字，并经常给他讲晋朝王献之写尽十八缸水，最后成为与他爹王羲之齐名的大书法家的故事。在书法方面，凤儿的确显示出小神童的天赋，家传的一本《集王羲之圣教序》与他形影不离，天天勤学苦练，最后竟达到了如灯取影不失毫发的地步。

少年的凤儿正是爱好兴趣广泛的时候，除了跟随爹爹读书、练字外，经常舞刀弄剑，还爱好骑马。因家里没有马，就把老山羊当马骑，手里拿着随手都能捡到的树枝当刀剑，俨然剑客一般，为此惹得王本仁经常训斥他。奶奶看到后却喜笑颜开，经常夸他长大后肯定有出息。对此，王本仁无可奈何，只好睁一只眼闭一只眼。

凤儿还特别喜欢拳脚，甚至到了着迷的地步。一次，他跟随娘亲去邙山脚下的柳寺烧香拜佛时，偶尔看到一位和尚在打拳，被他的拳脚功夫所吸引，就趴在墙上痴迷地看了起来。和尚用余光看到如此专注的孩子，内心十分喜欢，就有意试一试他的胆量。从地上捡起一根小树枝，嗖的一声直向凤儿飞去，不偏不倚插在了他头顶的发髻上。凤儿开始吓了一跳，慢慢一摸头顶，拔下来一看是树枝时，又顽皮地笑了起来。当他准备再看和尚练武时，一道黑影朝他飞过来。凤儿吓得转身想跑，可和尚已经站到他面前，并和蔼地问："孩子，你在看啥呢？"

凤儿心里有些胆怯，就低着头摆弄手里的树枝，装作无所谓的样子回答："在看你打拳呗。"

和尚蹲下身来："你喜欢练拳脚？"

凤儿抬起头来，看着慈眉善目的和尚郑重地点点头。

和尚干脆就坐在地上，问凤儿叫什么名字、是哪个村的，凤儿都一一如实做了回答。最后和尚又问："你想跟我练拳吗？"

"徒儿愿意！"凤儿突然双膝下跪，还按照标准的礼数说，"弟子给师父磕头了。"

和尚哈哈大笑，见凤儿小小年纪就如此懂得礼数，内心更加欢喜，当即收下凤儿这个徒弟，并叮咛说："我可以收你为徒，但你必须记住，练武只是为了强身健体，不到万不得已，不可伤害无辜生命。"

凤儿认真地回答："徒儿谨记师父教诲！"

正当师徒二人一问一答时，陈氏慌慌张张地跑过来，见到凤儿气不打一处来，举手就要打。和尚双手合十，嘴里念叨着"阿弥陀佛"，把她拦住说明情况后，凤儿才免了一顿揍。

陈氏开始只想着给各路神仙烧香磕头，总以为凤儿一直就跟在自己身后。当她把几个大殿都参拜后，才发现凤儿并没跟在身后。陈氏当时就吓坏了，如果把凤儿丢了，回去后就无法向全家人交代。她发疯似的把各个大殿都找了个遍，仍不见凤儿的踪影。然后又把整个寺院都找了个遍，还是没有找到凤儿。陈氏灰心丧气地走到一个矮墙院落时，听到里面有练武的声音。她突然想起，凤儿从小就特别喜欢舞枪弄棍，会不会在这里？抱着一线希望，提起脚跟往里看了一眼，果然看见凤儿与和尚正在比画着。

"女施主，贫僧看这孩子与佛家有缘，没经您同意就收他为徒了。"和尚解释说。

"这孩子从小就淘气，给您添麻烦了。多谢老……"陈氏本想叫老和尚，又感觉这种叫法不敬，一时不知该如何称呼，低头问儿子，"凤儿，你师父咋称呼？"

陈氏一问，凤儿也两只手挠着头，支支吾吾地说："只想着跟师父学拳了，还不知……"

和尚主动自报家门："贫僧乃云游四方的出家人，您就叫我一衲和尚吧。"

从此以后，凤儿隔三岔五地就来到柳寺，跟一衲和尚练习拳脚。后来，和尚发现凤儿对剑术情有独钟，就重点教他练习太白醉剑。经过几年的练习，凤儿本来有些柔弱的身子骨慢慢地硬朗起来。特别是在书写楹尺榜书时，显得很是得心应手。

让王本仁和陈氏放心不下的，就是凤儿腰里整天插着一把桃木剑，经常带着村里的孩子，玩一些打打杀杀的游戏。他把孩子们分成两部分，自己主动担任弱方的指挥，但每次都能以弱胜强。孩子们在一起玩耍，有时候没有轻重，不是今天擦伤了东家孩子的脸，就是明天磕碰着西家孩子的胳膊腿，告状的人接连不断，王本仁经常向人家赔礼道歉。大人的话还没有说完，孩子们却又聚到一起玩他们乐此不疲的游戏了。

凤儿的突然出走，王本仁开始并没有太在意，他知道儿子虽然很调皮，但做事情有节制，总以为他是去哪里玩耍，过几个时辰就回来了。陈氏虽然也曾几次催他出去找，他却一直没太当回事。两天过去了，凤儿还是没有回来。老太太心急火燎，把王本仁狠狠地训斥了一顿。

此时，王本仁才感到事情严重了，开始为凤儿的安危担心起来，就赶快找来弟弟王本惠，让他也帮助分头出去找。

王本仁急急忙忙向村外走去，刚到村西头，只见大路远方尘土飞扬，像旋风一样扑面而来。王本仁本想到路旁躲避，却见凤儿骑着一头浑身黑缎子般的毛驴，腰里佩带着他的桃木剑，一副侠客模样风尘仆仆而来。

凤儿看到爹爹火急火燎地赶路，就赶快翻身跳下毛驴，跪倒在爹面前听从发落。

王本仁见是凤儿，气愤地举手就要揍他一顿。但仔细一看，凤儿满脸尽是灰土，人也黑了，显得疲惫不堪，又心疼地把手缓缓放下，噘着嘴，转身背着手向村里走去。凤儿拉着毛驴紧跟在他的身后。

马老太太看到狼狈的孙子时，心疼得直流眼泪，对王本仁又是一顿责备。凤儿似乎懂事很多，跪在奶奶面前说："奶奶，都是孙儿不好，让您为我担心了。"

凤儿又对着爹娘说："爹、娘，孩儿不辞而别，让您二老挂念了，请您惩罚孩儿吧。"

两天不见，凤儿好像突然长大了似的，王本仁和陈氏一肚子的气也就云消雾散了。

马老太太听凤儿说他已经两天没有吃顿饱饭了，就赶快让儿媳妇给他做饭。等凤儿狼吞虎咽地吃饱后，老太太才问他为啥两天不归。凤儿擦擦嘴，才一五一十地说出了出走的原因。

凤儿和村里的孩子们来到邙山脚下，玩他们百玩不厌的捉迷藏。到后来，凤儿突然看到一块石碑，上面有很多好看的刻字，就再也无心和小朋友们玩耍了。他索性坐在碑前，认真地观看石碑上的字，并用树枝在地上临摹起来。其他孩子看了一会儿感觉没意思，就三三两两地结伴回家了。凤儿看得入了迷，不知不觉两个时辰就过去了。后来，他想起了爹经常讲的河图洛书的故事，觉得非常神秘，也感到十分好奇，就决定顺着黄河前去寻找。

俗话说，初生牛犊不怕虎。凤儿沿着弯曲的黄河岸一路西行，看着飘带一样的黄河，感到既好玩又新鲜。走了很长一段路程，仍然没有任何结果。没有找到河图和洛书，原想着从邙山脚下抄近路返回，突然又想起父亲常说中州是史上兵家必争之地，得中原者得天下。自己虽然生在中原，长在黄河边，但还不知道中原到底是个啥样子。出于好奇，他决定对这里的地理山川进行一番考察。他忘记了饥饿和疲劳，只身进入连绵起伏的邙山之中。

凤儿登上一座不知道名字的山峰，此时一缕霞光把整个西天边际染得五颜六色。凤儿沿着上山的阶梯开始攀登，一定要找到邙山的最高峰，体验一下"会当凌绝顶，一览众山小"的妙境。

开始凤儿只是出于好奇，上台阶还是一蹦三跳的，越往上走就越感到吃力。攀登一阵后，再抬头看天空时，晚霞不知什么时候消失了，星星开始对着他不停地眨眼睛，整个邙山被缥缈的烟雾慢慢笼罩起来，一层层的雾气湿漉漉的，上山的阶梯也滑溜溜的，有几次差点滑倒。

柳寺沉重的暮鼓之声从远方传来，震得空气似乎在颤抖。凤儿听到这熟悉的鼓声，知道夜幕降临了。

此时山风似乎大了起来，发出了尖厉的叫声。凤儿有些害怕了，就开始往回走。俗话说，上山容易下山难。更何况阶梯有些湿滑，下山就更难了。当走到一个三岔路口时，凤儿一时分不清自己该走哪条路。当他再一次仰望天空时，只有满天的星星依然眨着眼睛看着他，似乎在嘲笑他，又似乎在鼓励他加油。凤儿勇敢地选择了一条宽阔的路，但后来证明这是一条错误的路。走了还不到两个时辰，宽阔的路突然变得十分狭窄，成了蜿蜒曲折的羊肠小道，最后是悬崖峭壁。凤儿看到无路可走，想再沿着原路返回时，却无论如何也找不到那条宽阔的道路了。

凤儿走得筋疲力尽时，看到一棵大枯树，树干中有一个大洞。夜半时分，潮湿阴冷的空气冻得他浑身发抖。山风把地上的枯枝叶刮得唰唰作响，远处不时传来狐狸的悲鸣和狼的嗥叫声。凤儿无计可施，只好在树洞里睡了一夜，他感到这一夜比一年的时间还要长。

当东方露出鱼肚白时，满山的鸟儿叽叽喳喳叫了起来，山里又恢复了生气。凤儿被鸟的叫声惊醒，但眼睛无论如何也不想睁开。当一缕阳光穿过浓密的树林直刺他的眼睛时，他只好勉强睁开一条缝，但又像被针扎了一下赶紧闭上。他想活动一下双腿，但感觉很不听使唤，一股恐惧立刻传遍全身。

在朦朦胧胧之中，凤儿听到了远处传来的钟声。这是柳寺的钟声，也是他每天闻鸡起舞的钟声，他立刻想起了师父一衲。这钟声好像给他注入了活力,他使出全身的力气睁开眼睛。阳光渐渐暖和起来,凤儿慢慢再活动胳膊腿,用力扶着树硬撑着站起来,又找了一根树枝做拐杖,跟跟跄跄朝着钟声的方向一步一步走去。

山下一声毛驴的嘶鸣让凤儿精神为之一振。他远远看到有人手牵一头毛驴,正沿着崎岖的山路优哉游哉地拾阶而上。马上就要走近时,凤儿却一阵眩晕倒在阶梯上。不知过了多长时间,凤儿慢慢醒来,却发现自己躺在师父一衲的床上。桌上还有一碗香喷喷正冒着热气的粥,师父一衲正慈祥地看着自己。

原来一衲云游回来路过此处,看到凤儿晕倒在阶梯上,就把他驮进寺院。一衲和尚不但拳术高超,而且医术高明,知道他身体并没有大碍,只是饥饿过度晕过去了。

凤儿吃饱喝足后,一衲问明了情况,就牵来他借用的那头小毛驴,让凤儿赶快回家,以免家人挂念。

凤儿的顽皮和铤而走险的举动,终于招来父亲严厉的责骂。这一顿臭骂让凤儿感到很愧疚,玩心大有收敛,好像一下子长大了许多。他决心寒窗苦读,对一度中断临习的《圣教序》又重新认真钻研练习起来,终日临帖不辍。

燥热的夏天,凤儿先读了两个时辰的《增广贤文》,又读了爹刚教的《论语》。当读到"孝悌"时,凤儿两眼盯着书,想到爹曾多次教诲自己,但始终没有认真理解。现在再看到这两个字时,爹的声音更加响亮起来:"孝"就是孝敬父母。人最大的美德就是孝敬父母,遵从他们的心意,听从他们的教诲,不违背他们的意愿;"悌"就是要恭敬兄长,尊重他们的教导。"孝悌"是一个人仁德立身的根本。

凤儿陷入了沉思,自己以前的所作所为,既没有遵从爹娘的意愿,也没有认真听他们的话,这就是不孝;自己虽然没有兄长,但有个姐姐,也没有很好地听她教导。作为家中的长子,应该给弟弟妹妹做出榜样,他不但没有做到,还让奶奶担心,让爹娘失望。

凤儿就在心里暗暗发誓:不管今后是贫穷还是富贵,一定要孝敬奶奶和爹娘,敬重姐姐,爱护好弟弟妹妹,永远不弃不离。

六月的天,娃娃的脸,说变就变。刚才还是晴空万里,蝉鸣鸡叫,转眼之间却是乌云翻滚,雷声隆隆了。一阵狂风过后,铜钱大的雨点就噼里啪啦地砸了下来,燥热的空气一下子就凉爽起来。弟弟妹妹们在院子里手舞足蹈,又蹦又跳,好不欢喜。

凤儿赶快把母亲晾晒的衣服拿到屋里,当他再转过身子时,整个院子里已经是汪洋一片了。弟弟妹妹聚集在厨房里，嘻嘻哈哈地看着雨点砸在地上溅起的水花。凤儿顺手拿起蓑衣披在身上，一蹦一跳地也来到厨房，和他们一起玩耍。

密集的雨点像鞭子一样抽打着草屋，抽打着爹刚用泥土垒砌的院墙。凤儿正准备加入他们的游戏时，猛然间感到雨点砸在自己脸上。他抬头一看，只见锅台正上方的屋顶有两处漏雨，雨水正顺墙而下。漏雨较急的一处，一会儿就把墙冲出了一个小沟。凤儿心想，可能是大风把屋顶的茅草给吹掉了。本想找些茅草或苇席盖上，抬眼又看到另一处漏雨稍缓的地方，雨水沿着墙壁缓缓而下，冲刷的泥土形成了一条长长的竖线，那条突起的竖线饱满坚挺，似乎还有流动的韵律。凤儿看得两眼发直，一动不动地仔细观察起来。

王本仁听到孩子们大喊大叫的声音，不知道发生了啥事情，就三步并作两步跑过来。看见凤儿正呆呆地看着墙壁，手还不停地在墙上比画着，就大声问："凤儿！你不赶紧拿草席把屋顶给盖上，傻呆呆地在看啥呢？"

凤儿先是被吓了一跳，抬头见是爹站在跟前时，没在意爹的问话，就按照自己的思路指着墙壁问："爹，这就是您常说的'屋漏痕'吧？"

王本仁也不再关注屋顶漏雨了，弯下腰来，眼睛随着凤儿的手看到墙上长长的一条竖线，线条饱满，藏而不露，的确很像用中锋书写出来的。

"为父以前也只是在书上看到屋漏痕，还真没仔细观察过。"王本仁又仔细观看了一会儿，肯定地说，"屋漏痕应该就是这个样子！"

凤儿听了爹的话，就拿起树枝在墙上写起来。

不一会儿，整个墙壁被他画得面目全非。此时，风停云散雨住，一道七彩长虹横跨黄河两岸。

三秋大忙季节，是双槐里村人最忙碌的时候。人们既要把像牛角一样的玉米棒掰下来，然后把金灿灿的玉米贮藏起来，还要把土地翻一遍，再种上麦子，为明年有个好收成打好基础。

王本仁带着家人，在黄河滩涂的田地里辛勤地耕耘着。凤儿跟着叔叔在前面翻土，王本仁在后面用钉耙把大的土块打碎，然后再整平。

太阳快落山时，全家人才收工回家。凤儿看着平整好的田地，就像巨大的纸张。他不由自主地挥起铁锹把，在上面写了一个大大的"人"字。写完之后，站在那里自我欣赏起来，娘叫他赶快回家都没听见。

王本仁看了一眼地上的字，一时也没有看出啥名堂，转身问凤儿："凤儿，傻傻地看啥呢？你娘叫也不吭气。"

凤儿听到爹的问话，转过身来兴奋地问："爹，您看这是您说的'锥画沙'吗?"

　　王本仁又仔细看了一会儿,感到很有意思,但又觉得字太小:"凤儿,你再写几个大字看看?"

　　凤儿扔掉铁锹,挥起胳膊在田地里挥写起《圣教序》里的字,他要好好体会一次"锥画沙"的感觉。

　　凤儿把刚平整的地搞得一片狼藉。王本仁看着儿子在沙土上写的字,兴奋得直搓双手,自言自语地大发感慨:"这就是锥画沙,起止无迹,两侧沙土匀整凸起,痕迹中正,形似中锋,又有藏锋的效果。"

　　王本仁父子在沙滩上手舞足蹈,凤儿的叔叔王本惠也过来看热闹。陈氏不知道他们又在搞啥名堂,就催促他们赶快回家吃饭。

　　王本仁和凤儿站在黄河岸边,望着滚滚东去的黄河水,像一条飘带逶迤蜿蜒。太阳慢慢藏到云层里,天色渐渐暗下来,父子才余兴未尽地向村庄走去。

　　每到东方刚有一丝亮光时,凤儿的身影准会出现在村外的一片空地上,手握桃木剑,练习太白醉剑。夏练三伏,冬练三九,一招一式很见功力。三年后的一天早晨,当太阳冉冉升起时,凤儿已经大汗淋漓。他收起最后一个招式,赶紧回家去完成爹布置的学业。

　　凤儿刚走到院子大门,就隐隐听见爹娘在商量着什么,他们发现凤儿时,不约而同地都看着他。

　　陈氏见凤儿一脸的疑惑,就解释说:"凤儿,我和你爹正在商量让你读书的事。"

　　凤儿不解地问:"娘,我不是天天都跟着爹在读书吗?"

　　王本仁接过陈氏的话说:"学问无止境,我的那点本事已经全都教给你了,以后没啥再教的了。"

　　陈氏快言快语接着说:"你大舅办了个学堂,你爹和你大舅都想让你去那里读书。再说咱们家你弟弟妹妹多,一天到晚鸡飞狗跳地不安生,也怕影响你读书。"

　　陈氏说的都是实情,家中五六个孩子,一天到晚吵吵嚷嚷,很少有个清闲的时间。闹得实在没办法读书时,凤儿就跑到村南面的"龙洞"里读书。那里之所以叫龙洞,是因为它的形状很像一条龙,口小里面大,冬暖夏凉,也不受外人干扰。里面还有一个八仙桌大小的石桌,周围还有几块大石头,很像是石凳,是个很理想的读书场所。

　　王本仁鼓励凤儿说:"跟你大舅读书将来肯定会有出息的。"

　　凤儿的大舅叫陈耀,字完朴,号具茨,学富五车,满腹经纶。凤儿最大的愿望就是能跟随大舅读书，听了爹娘的话，感到自己的愿望就要实现了，非常爽快地答应了。

火红的太阳高挂在蓝天上，照得人们暖洋洋。陈氏给凤儿找了几件换洗的衣服，连同他平时使用的书籍和笔墨纸砚，放进一个破旧的简易竹箱里，让王本仁带着凤儿来到谷城。

谷城坐落在谷城山和苏山之间的平原地带，入口处土壁峭立如门，高约百尺，远远望去，犹如一匹昂首而卧的骏马，一条狭窄的小路蜿蜒曲折进入山里。在夏朝的时候，谷城曾经是谷伯国的都城，历经了沧桑巨变，朝代更迭，现在已经失去了曾经的辉煌。

王本仁和凤儿走了三四个时辰，到了正午才赶到书院。此时正是下课的时候，学子们一窝蜂地从教堂里跑出来。眼尖的凤儿一眼就看见了大舅。只见陈耀拿着书本，迈着四方步，优哉游哉地跟在学子的后面。

凤儿欢快地跑过去，站在陈耀面前，恭恭敬敬地鞠躬："大舅！"

陈耀看到凤儿很高兴，让凤儿来这里读书，是他主动找姐姐和姐夫提出来的。他看到大姐一家比较清贫，孩子又多，就想尽力帮孩子多读书，将来好有出息。

陈耀对小外甥凤儿很了解，他从小就聪明伶俐，不但记忆力惊人，而且志存高远，是个不可多得的好苗子。虽然有时候调皮捣蛋，那都是孩童的天性，只要好好培养，肯定是个栋梁之材。

开始王本仁还有些犹豫，他不是不想让凤儿跟陈耀读书，主要是考虑到自己家境不宽裕，怕连累陈耀一家。经过陈耀的反复劝说，为了孩子的前途，最后他才勉强同意。

陈耀迎上王本仁抱拳施礼后，把王本仁爷俩请到自己的书房。

王本仁对凤儿说："凤儿，今天要给大舅磕头。"

陈耀忙说："磕头就免了吧。"

王本仁却说："完朴啊，你虽然是凤儿的舅舅，但从今天开始就是他的先生了，大礼万万免不得。"

凤儿赶快双膝跪下，恭恭敬敬、规规矩矩给陈耀磕了三个头。

陈耀和王本仁看着凤儿，相视而笑。陈耀让凤儿起来后，对王本仁说："姐夫，凤儿今天就正式入学读书了，我看应该给他取个名字才是。"

王本仁喝口茶，稍加思索："按照家族的辈分，凤儿是金字辈。"

陈耀沉思了一会儿说："既然是金字辈，我看就叫'铎'吧。'铎'字其意为大铃，是宣布政教法令之用，既有了辈分的'金'，又有宝铎含风，响出天外之意。"

"完朴啊，你出口就引经据典，凤儿跟你读书一定会有出息的。"王本仁对陈耀给凤儿起的名字非常满意。他看看凤儿，思索了一下，又向陈耀征求道："既然名叫'铎'，字就叫'觉斯'如何？"

　　"觉斯，我看甚好！"陈耀脱口给予肯定，而后解释道，"《孟子·万章上》曰：'天民之先觉者也，予将以斯道觉斯也。'"

　　从此以后，凤儿有了自己的大名王铎，字觉斯。

　　王铎自从跟随大舅读书以后，一心向学，嗜好典籍，凡上古三代古书，他无不熟读研究。清晨读《论语》《孟子》，所学的断句，第二天不但要会背诵，还要用小楷默写出来。

　　陈耀还单独给王铎增加了一项作业，就是在完成学业后，抽出时间临写《圣教序》。虽然天天如此，枯燥无味，但王铎却是乐此不疲。

　　王铎跟随大舅读书，一个耐心教授，一个认真苦读。经过几年的刻苦学习，王铎的学问日益精进。在所学的四书五经中，只要能提出首句，他就能应声背诵出章节的全部内容；对于唐诗宋词，王铎更是背诵如流，尤其钟情杜甫。

　　万历三十五年秀才取士时，在陈耀的鼓励下，年仅十六岁的王铎第一次参加了考试。

　　考题分时论、命题论文各一篇，诗、词、曲、赋临时选择，面试时还要应对楹联，或从四书五经中任选一段，让学子解释要义。

　　王铎的时论题目是《攘外必先安内》，他认真思索后写道："帝王之治，欲攘外必先安内。《尚书》曰：民为邦本，本固邦宁。譬如小儿，身心俱未成形，羸疾经年，而欲其负重移山，自古虽在极治之时，仍不能无夷狄盗贼之患。唯有百姓安乐，丰衣足食，虽有外患而邦本深固，同仇敌忾，则夷倭隙无可乘，国邦自然坚如磐石。内本固则外枝荣，精元丰则外邪不侵，屋瓦坚则淫雨不惧。攘外必先安内，其理明也。"

　　第二天的策论题目是《为政》。王铎又写道："子曰：为政以德，譬如北辰，居其所而众星拱之。古人为政，立本于宽，今须颠倒，而用之以戒。平易近民，为政之本。宽猛相济，邦政之本。宽之无边为之纵，猛之太过则为酷。譬之着衣，夏冬有异。德施于民，严于吏治，则为政要。"

　　面试楹联时，上联是：文品清时贵。王铎应对下联为：功名晚节难。

　　经过阅卷官三审后，都认为王铎的两篇文章立意高古，时论精辟，被评为优等。遗憾的是应对的下联，其立意有些不尽如人意。在最后综合评比时，全津邑参加考试的二百二十九名考生中，王铎被取名第二，一时名动乡邑。

　　陈耀作为王铎的舅父和先生，自然很有成就感。他的乡党挚友，已经做了香河县父母官的马从龙，字云合，听到王铎的喜讯后，亲书一封以示祝贺。

时任宣化、大同、山西按察使的乔允升到香河县时，马从龙在他面前多次提起王铎，并赞扬声不断。

乔允升见马从龙如此喜爱王铎，就开玩笑说："云合贤弟，既然你如此喜欢这孩子，何不将你家千金许配与他，结为秦晋之好呢？"

马从龙一脸的自豪，以先见之明的口吻说："吉甫兄，实不相瞒，在孩子二三岁时，我就已经给他俩订下了娃娃亲。"

乔允升一拍大腿，高兴地说："既然已经有了婚约，现在孩子们都已经长大成人，何不给他们早日完婚呢？"

马从龙感到有些难为情："当时只是与孩子的奶奶开玩笑说的，并没有一纸婚约。"

乔允升抬手指了指马从龙，笑着说："我明白你的意思了。"

"哪有岳丈自己把闺女亲自送上门的道理？"马从龙先是点点头，然后又说，"如果要玉成此事，还要劳您大驾，给他们当个月下老人。"

乔允升听说要给孩子当月下老人，自然十分高兴："玉成一对美好姻缘，胜造七级浮屠，我当然愿意给他们牵线搭桥。"

马从龙双手合十，高兴得合不拢嘴："虽说孩子的婚姻是父母之命、媒妁之言，我还是和闺女她娘商量一下，毕竟是孩子的终身大事啊。"

乔允升马上打断了他的顾虑："你家弟妹是个通情达理之人，王铎又是优秀的后生，她哪有不同意的道理呢。"

乔允升说完之后，马上修书一封，让人送到王本仁手中。

王本仁一直有些顾虑，马从龙现在是朝廷父母官了，感到两家门不当户不对，所以一直就不敢高攀。看到乔允升的书信后，自然十分高兴，立即带上聘礼来到花园村，把孩子们的婚事正式确定下来。

第 二 章

万历三十五年暮春,一个晴朗的早晨,红红的日头冉冉升起,灿烂的阳光洒向大地,照得人们暖洋洋的。此时正是槐花盛开的季节,双槐里村到处飘着槐花的香味。

王本仁家一向宁静的小院今天突然热闹起来。整个院落焕然一新,喜庆的楹联、窗花贴满门窗,人人脸上都挂满了笑容。

接近晌午头儿,一乘花轿和迎亲的队伍在唢呐声的引导下由远而近,缓缓向村里走来。快要进村时,悬挂在老槐树上的鞭炮齐鸣。

全村男女老幼都向王本仁家聚集而来。人们熙熙攘攘,川流不息,笑声阵阵,热闹非凡。一群小孩边跑边唱着歌谣:"太阳出来一点红,千金姑娘上楼棚。姑娘千金楼棚跨,一溜金莲到家中。"

今天是王本仁的长子王铎与香河知县马从龙长女马瑞云完婚的喜庆日子。花轿抬进院子后,把盖着红盖头的新娘扶出轿来。在礼宾人员的招呼下,新郎官和新娘子先拜天地后拜高堂,最后小两口对拜。婚礼仪式结束后,新郎手持红绸牵着新娘子走向洞房。在走进门槛时,人们用两只布袋轮流铺在地上,让一对新人踏着走过,这叫作"代代相传"。

新房布置得很喜庆。条几上红烛高照,映红了众人的脸庞。新人喝完交杯酒后,又吃合欢宴,新房里不时传出欢声笑语。

王铎今年十六岁,长得仪表堂堂,风流倜傥。平时一向生龙活虎的他,今天显得有些腼腆,还有些茫然和不知所措。

俗话说,三天里头没大小。男女老少都很想一睹新娘子的芳容,孩童们更是吵闹不已。

礼宾员让王铎的姐姐陪伴着新娘,然后领着王铎给送亲的宾客们敬喜酒。

直到日头落西后,新娘的家人才乘着酒兴满意而归,闹喜的人们也渐渐散去。

王铎兴奋异常,只是走路有些踉跄,急不可待地回到新房后,就掀起了新娘头上的红盖头。在新娘露出容颜的一刹那,王铎似乎一下惊呆了。面前的新娘目若秋水，顾盼含情；俊俏的鹅蛋脸细嫩白净，美丽动人；缎子似的黑发盘在头顶，显得既美丽又大方。

王铎站着呵呵地傻笑，不知道该说啥好。羞涩的马瑞云被王铎看得不好意思，就低下头来，用手不停地摆弄着衣角。

马瑞云侧目看了王铎一眼，然后抿嘴一笑，站起身来走到衣柜前，轻轻掀起衣柜盖，从里面拿出一个小包裹递给王铎："这是爹特意送给你的。"

王铎伸出双手接过来一看，竟然是他朝思暮想的王羲之神龙本《圣教序》。王铎拿着书激动得在屋里直转圈子，既感激又高兴地说："真是太好了，知吾者岳父大人也！"

马瑞云看着王铎激动的样子，反而噘着小嘴，做出撒娇的样子说："爹就是偏心眼，把他喜欢的宝贝都送给你了。"

王铎嘿嘿地傻笑着。马瑞云装作不高兴："人家给你带来宝贝也不说声谢谢。"

王铎双手抱拳深施一礼："感谢娘子，小生这厢有礼了。"

马瑞云看着王铎笨拙的架势，掩口而笑："两件宝贝却只谢一次。"

王铎没有理解马瑞云的意思，愣愣地看着她，以为还有好宝贝。再看看马瑞云根本没有动弹的意思，心里感到很疑惑。马瑞云又偷偷地瞟了王铎一眼，然后羞涩地提示："我……不也是爹送给你的……"

马瑞云的话提醒了王铎。他和马瑞云的婚事曾经多次听奶奶说过。还是在他俩很小的时候，岳父马从龙路过双槐里村，看到他之后，就当即把自己的女儿许配给他。

那是一个麦收大忙季节，家人都到黄河滩抢收麦子了，家里只留下奶奶看着幼小的凤儿和妹妹。那天出奇炎热，家里的鸡鸭猪狗都被日头晒得到处找阴凉的地方。奶奶带着凤儿和妹妹，来到大槐树下乘凉。

晌午头儿，日头更加炎热。一个年轻人路过双槐里村，来到古槐树荫下歇脚乘凉。奶奶看到他满脸汗水，就让他喝口水解渴。年轻人口渴难耐，接过老人递过的水碗一饮而尽，甘甜的凉水让他神清气爽。他感激地向老人深施一礼，然后与奶奶攀谈起来。奶奶才知道眼前的年轻人是花园村的举人马从龙。他是离家外出读书，求取功名的，现在到了麦收大忙季节，回家帮助家人收麦子，路过此地。

马从龙看着奶奶身边可爱的男孩，问："老人家，这孩子长得虎头虎脑，一定是您的孙子吧？"

奶奶自豪地回答说："是啊，我的大孙子凤儿。"

马从龙看着可爱的凤儿，赞不绝口："这孩子身上有一股豪气，长大后肯定会有大出息。"

奶奶一听说孙子长大后有出息，心里自然很高兴，出于对马从龙的感谢，拉过凤儿说："宝贝儿，叔叔夸你有出息，还不赶快磕头谢恩。"

还不懂事的凤儿以为在做游戏，就按照奶奶说的给眼前的叔叔磕头。奶奶忧虑地对马从龙说："年轻人，你的话虽然很中听，但俺家人多地少，吃饭都困难，哪里还能供得起他读书呢？"

马从龙低下头认真地思索了一会儿，抬起头很惋惜地说："如果是这样的话，这孩子真是太可惜了。"

奶奶开玩笑地说："年轻人，既然你看凤儿有出息，又特别喜欢他，干脆送给你做干儿子好了。"

马从龙一听，像捡了个宝贝似的，很认真地问奶奶："老人家，这可是我求之不得的好事。老人家说的可是真的？不会反悔吧？"

奶奶见马从龙非常认真，更觉得孙子娇贵："俺家虽然穷，但真要把凤儿送给你，就是我们家人都愿意，我也舍不得。"

马从龙见奶奶说出了心里话，就换了一种口吻："我就知道您老人家是在说笑，这么聪明的孩子咋会舍得送人呢。不过我说的话，您老人家可一定要当真，这孩子长大后一定前途无量。"

奶奶更加疼爱地把凤儿揽到怀里，乐呵呵地看着马从龙。

马从龙从老人的表情中，看出她并不完全相信他的话。为了打消老人家的疑虑，他说出了让老人吃惊的话："老人家，我家小女与凤儿年龄相仿，您若不嫌弃，我做主给他们定下娃娃亲，等他们长大成人后，结为秦晋之好。"

奶奶一听喜笑颜开，这可是天上掉下来的好事啊，没有任何考虑就一口答应。从此，三四岁的凤儿就有了媳妇。

奶奶把这个喜讯告诉全家人时，王本仁感到这是过路人在开玩笑，并没有太在意，陈氏也只是微微一笑。

马从龙对凤儿寄予了厚望，有机会就来双槐里，在看望奶奶和小女婿的同时，还和王本仁商量如何教育凤儿。他每次见到凤儿，都会慈爱地抚摸着他浓密的头发，既自信又自豪地说："此婿可教，长大后定成大器。"

幼小的凤儿懵懵懂懂，并不理解其中的意思。但奶奶却真实地感受到了马从龙对凤儿的殷切厚望。

马从龙的预言让王本仁对凤儿的教育倍加用心。凤儿在父亲的辅导下，从《三字经》《百家姓》开始认字，并开始临写《圣教序》。凤儿在临帖时特别有灵感，一学就会，一写就很像，少年时大字就写得很好。

几年后，马从龙被皇上任命为直隶香河知县。在赴任之前，他专门来到双槐里看望凤儿。刚到村头，远远就看到很多人拥挤在一起，还不断传出叫好的声音，就走过去一探究竟。

走近一打听，才知道村里重修玄帝庙，请了当地一位有名望的长者，题写一尺见方的庙门匾额。

题写玄帝庙匾额是村里的一件大事。许多人闻知都赶过来看热闹，好奇的凤儿也前往观看。由于他个子矮，从上面根本看不到，就猫腰从下面钻了进去，凑近看老先生写牌匾。不知是啥原因，这位长者写了几遍总是不满意。

年少气盛的凤儿见老先生写字也激动起来，手不由自主地发痒。身边的人看他左顾右盼的样子，就顺口开玩笑地说："凤儿，你挤这么近，该不是也想写匾吧？"

俗话说，初生牛犊不畏虎。凤儿不但没有胆怯，反而冒失地回答一句："写就写，让我来试试吧。"

几位长者见是凤儿，都不屑地对视一笑，其中一位长者用极不信任的口吻说："你写牌匾？就怕你拿不动这支毛笔吧。"

凤儿受到极大的刺激，但并没有退缩，他自信地拿起斗笔，蘸了蘸浓浓的墨汁，提笔在纸上写了个"玄"字。众人看后大吃一惊，齐声为他叫好。当"帝"字写出以后，写匾的那位长者看到七八岁的孩子竟能写出如此苍劲有力的大字，感到非常吃惊，竖起大拇指连声称赞："真是神童啊，小小年纪就有如此功力，妙哉！妙哉！"

此时，王本仁听见叫好声也走过来，探头一看竟是凤儿在题写匾额，心想这不是在胡闹吗，顿时勃然大怒，闯进去不问缘由，挥起巴掌就打了凤儿一下。

众人连忙拦阻，一位长者也拱手相劝："性之啊，令郎出手不凡，我辈都自愧不如，你咋出手就打他呢？你先看看他写的这两个字咋样。"

王本仁走近跟前一看，脸上慢慢浮出了笑意，"玄帝"两个字的确很好，如果让自己写也未必能如此，顿时感到有些不好意思。转身用手轻轻地捅了捅凤儿，并鼓励了一句："傻小子，还站在那里干啥，赶快接着写吧。"

凤儿无缘无故地被打了一巴掌，感到有些害怕，大气也不敢出。现在见爹又让写字，虽然感到很委屈，但又不敢违抗父命，只好再次提起斗笔写了一个"庙"字。由于手有些颤抖，写出的"庙"字自然就没有前面两个字苍劲有力，特别是左边的一撇，显得有些软弱。

马从龙站在外围，看着眼前发生的一切，感到王本仁的做法有些鲁莽，正想上前制止，看到少年又继续书写，不由得对他写的牌匾赞叹不已。

王本仁从人群里出来后，看见马从龙也在看热闹，感到很突然，紧走几步抱拳迎上，很高兴地说："不知云合兄前来，还请您多见谅，快随我家中叙话。"

"性之兄，"马从龙抱拳还礼后，指着人群问，"我看见如此热闹的场面，就顺便过来看上一眼。"

王本仁热情地说："云合兄，是孩子在写庙宇匾额，也没啥可看的，咱们还是回家一叙吧。"

马从龙跟随王本仁一边走一边问："刚才写匾额的后生，小小年纪就有如此功力，真是难能可贵，可喜可贺，不知是谁家的令郎啊？"

王本仁油然涌出一丝自豪感，笑盈盈地说："是犬子凤儿啊。"

马从龙吃惊地猛然转过身子，看到写匾的后生正低着头朝他这边缓缓走来。此时他才明白，这就是他的爱婿凤儿。

几年不见，凤儿的身体又长高了一大截，面部特征也发生很大变化，难怪马从龙刚才一时没有认出来呢。

王本仁等凤儿走近后，说："凤儿，还不赶快给你岳父大人施礼。"

凤儿按照爹的提醒，羞涩地向马从龙叩拜："拜见岳父大人。"

马从龙伸手请凤儿起身后，亲昵地拉着他的手，深情地鼓励说："凤儿啊，刚才你题写的匾额苍劲有力，看来你的书法功力大有长进啊。"

凤儿刚才心里还很委屈，现在岳父对他却十分赞赏，顿时增添了信心。

马从龙高兴地看着凤儿，继续鼓励道："要想写好字，就必须有勇气和胆量，同时还要持之以恒，只有这样才能成就大器。"

他们边说边走，来到家里之后，马从龙先拜见了老太太，寒暄一番后，王本仁让凤儿读书，他和马从龙在厅堂里品茗小叙。两人谈论最多的，还是对凤儿的教育。

马从龙赴任香河知县后，经常给王本仁写书信，关心着爱婿的成长。

王铎想着和马瑞云传奇的婚姻和岳父的期望，心里十分感激，动情地对马瑞云说："瑞云啊，今后不管我的学业是否有成，我都会对你好，绝不会让你受委屈。"

马瑞云听了王铎的真心表白，内心既高兴又激动，但却故意用埋怨的口吻说："都是爹爹偏心眼，整天都在说你的好，我是听从父母之命。"

王铎却自豪地说："还是岳父大人有眼光。"

马瑞云说："看把你美的。"

王铎情不自禁地拉起马瑞云的手，小夫妻说笑着紧紧地相拥在一起……

第二天清晨，东方刚泛起一缕红霞，马瑞云就悄悄地起床，梳洗打扮后，换上粗布衣。第一天作为王家的人，参拜奶奶和公婆后，就开始打扫庭院，然后为全家人准备早饭。

陈氏开始还很担心，儿媳妇是县太爷的千金，正发愁不知该如何处理婆媳关系呢，看到儿媳妇不但知书达理，还如此勤快，没一点小姐的架子，打心眼里感到高兴。奶奶乐得更是合不拢嘴，逢人就夸自己的孙媳妇好。

马瑞云虽然是大家闺秀，但她从小就跟着爹读书识字，再有母亲的言传身教，长大后既知书达理，温柔贤淑，又伶俐勤快，持家有道。

王铎只想着和心爱的人在一起，享受甜蜜的夫妻恩爱生活，逐渐懒惰起来。既不想读书，也不想读帖练字，整天沉湎于儿女情长之中，考取功名光宗耀祖的理想被抛到了脑后。

马瑞云开始并没有太在意，可一连过了两天，王铎还一直缠绵在幸福的蜜月里。比王铎大两岁的马瑞云看在眼里，急在心上。

一天夜里，王铎看着美丽的新娘子，不由自主地又要相拥时，出乎王铎意料之外，一向温柔的马瑞云并没迎合他，而是晃动着身子躲开了，让王铎一时不知该如何是好。

马瑞云拿过一个小方凳，坐在王铎的对面，主动地拉过王铎的手，温情地笑着说："相公啊，不是为妻不懂你的心思，我是在为你着急啊。"

王铎愕然，马瑞云咋突然说出一句没头没脑的话来？正想问明缘由，马瑞云已经开了口："以前爹一直都在夸赞你，说你读书刻苦，勤奋好学。可我来咱家已经两天了，既没见你读书，也没见你练字，天天都沉湎在儿女情长之中。如果一直这样下去的话，要是耽误了你的前程，我不就成了咱们王家的罪人了吗？"

王铎想解释，马瑞云并没有给他说话的机会，而是按照自己的思路继续说："相公啊，我知道你稀罕我、疼我，但你可知道为妻的心思？你要是真心疼我，就应该以学业为重，绝不能虚度光阴。苦读十年寒窗，将来金榜题名，为咱王家光宗耀祖。即使不能金榜题名，也应该成为鸿儒学子才是啊。"

马瑞云的一番知心话如醍醐灌顶，让王铎一下子清醒起来。他看着明事理的妻子，打心底里敬佩她："瑞云啊，你真是打着灯笼也难找的好妻子，有了你这个贤内助，我一生足矣！你放心吧，我绝不会辜负你的一片苦心。"

马瑞云看着通情达理的小夫君，心里特别激动，温情之意涌遍全身。王铎一把揽住心爱的新娘子……

按照风俗，三天后马瑞云要回娘家看望爹娘。王铎牵着小毛驴，陪着马瑞云回花园村。

春天的阳光格外明媚，到处充满了生机，蝴蝶在花丛中翩翩起舞。王铎摘来鲜艳的花朵戴在马瑞云头上，夫妻两人有说有笑。

在路过集市时,一群人围着两个卖烙饼的老婆婆看热闹。王铎好奇地凑过去,看到两个老婆婆相背而坐,一个擀一个烙。擀饼的把饼擀好后,用擀面杖挑向背后,正好摆在鏊子上;烙饼的把饼烙好后,用翻馍的竹劈儿轻轻向背后一挑,正好摆在已摞了很高的竹筐里,不偏不倚,整整齐齐。两个老婆婆几乎不用看,全凭感觉,动作十分娴熟。

王铎呆呆地看得入了迷。马瑞云坐在驴背上,左等不见王铎的影子,右等也不见他回来,就顺着王铎走的路过去,看见他正痴痴地看两个婆婆烙饼,感到很疑惑,下来扯扯他的衣服问:"相公,你这是在看啥呢?咱们还得赶路呢。"

王铎一愣,回头见马瑞云在叫自己,才不好意思地迅速离开,兴奋地告诉马瑞云他所看到的一切。

马瑞云却不以为然:"烙饼有啥好看的?"

王铎兴奋地用手比画着说:"老婆婆烙饼不用看,就能很准确地把饼摞在一起。"

马瑞云却说:"这有啥?练得多了就熟能生巧。你练字要是下了苦功夫,不管在啥地方都能写出好字来。"

老婆婆娴熟烙饼的情景和马瑞云的话,让王铎心里久久不能平静。他翻来覆去地想:我写字要想能像老婆婆那样得心应手,看来非得再下一番苦功夫不可。

一轮弯月挂在天空,星星眨着眼睛,看着人间的喜怒哀乐。

晚饭后,王本仁坐在门槛上抱着不满一岁的小儿子,陈氏借着明亮的月光做着针线活,忧心忡忡地说:"凤儿他爹,现在凤儿已经成家立业,再有咱这四五个孩子,今后的日子就更难过了。"

王本仁家经常是以粥度日,日子过得很紧巴。听陈氏这样一说,王本仁想想又没有其他办法,只能唉声叹气。

陈氏接着说:"再过一年两载,凤儿他们也要生儿育女。"

王本仁明白女人的心思,增添人口是喜事,但日子就会越来越艰难。他摇晃着怀里的孩子,瞥了女人一眼说:"那也不能不让他们生孩子呀。"

"你这个老东西,咋会这么想呢?"陈氏埋怨了自己的男人一句,把针在自己头上篦一下,"我是在琢磨,在他们没添孩子以前,应该让凤儿多学些本事,即便是没有大出息,以后也可以养家糊口不是?"

王铎最近读书很刻苦,为了躲避弟弟的捣乱,他经常到村南的龙洞里读书。

王本仁很满意,只是家中生活艰难,使他忧心忡忡,就希望王铎赶快成才。王本仁对陈氏说："凤儿读书虽说很用功，但只靠他自学，进步肯定要慢。听他大舅说，凤儿的本事已超过了他，他也已经无能为力了。可要是送他出去深造，咱家也没有多余的银子啊。"

正在老两口发愁时，王铎和马瑞云风风火火地走进院子。

王本仁和陈氏都有些吃惊，陈氏赶紧站起身来问："你们走的时候不是说要住两天才回吗，咋就突然回来了呢？"

王铎从怀里掏出一封信，递给王本仁说："爹，这是岳父给您老捎来的，我怕有急事就赶快回来了。"

王本仁把怀里的孩子递给陈氏，接过信一看原封没动，抬头看着王铎："凤儿，这信你咋没打开看呢？"

马瑞云来到婆婆身边，主动接过小弟逗他玩耍。王铎憨厚地笑了笑，说："说是给您老的，我就没敢打开。"

王本仁回到屋里点上油灯，仔细看了起来。过了一会儿慢慢站起来，走到院子里踱起步来。陈氏看到这种情景，感觉肯定有要事，有些着急，问："凤儿他爹，有啥事就赶快说出来，你这是转的哪门圈子呢？"

王本仁晃动着手里的书信说："你和亲家想到一块儿了，他也想让凤儿多学些本事。"

陈氏很得意，王本仁接着说："亲家说的可不是为了养家糊口，而是要让他去蒲州河东书院学古文典籍。"

陈氏听说去蒲州河东书院，无论如何也高兴不起来。现在一家人吃饭都很困难，哪还有银子供他去那里读书。

王铎从爹娘的对话中，已经知道了信的大概内容。能出去深造是他的最大愿望，但他也深知家境艰难，就主动劝慰爹娘："咱家过得很紧巴，哪有银子供我读书。我已经成家立业了，再努力自学一阵子，出去找个差事做，就可以养家糊口了。我不能让您二老再为我操心了，再说二弟也该读书了。"

王铎的一番话让王本仁很欣慰，儿子真的长大了，知道为大人分担忧愁了。

王本仁对儿子深造的事无可奈何，在床上翻来覆去，无法入眠。

王铎回到屋里，马瑞云关心地问："爹在信里都说些啥？"

王铎说："他想让我去蒲州河东书院读书，可咱家哪能供得起。"

马瑞云听说爹让夫君去蒲州河东书院读书，感到很兴奋，自言自语地说："以前多次听爹说过'郡人科第优众，半出河东书院'。"

说起蒲州河东书院，王铎也显得很兴奋，但他既羡慕又无奈地说："河东书院我也早有耳闻，只是咱们读不起啊。"

马瑞云听了王铎的话，沉默了好大一会儿，既没有赞同也没有反对，只是让王铎早些睡觉。第二天刚蒙蒙亮，启明星还在眨巴着眼睛时，王铎已经挥舞着桃木剑，开始练习太白醉剑。当太阳刚跳出地平线，他收起了最后一个招式。

王铎回到家里打扫完庭院，准备读书时却没看见马瑞云，来到屋里也没有她的身影。走出屋看到二弟，就向他招招手，二弟蹦跳着跑过来，王铎悄悄地小声问："看到你嫂子没有？"

二弟说："嫂子和二姐一起出去了。"

王铎很疑惑，赶紧又问："这么早她们干啥去了？"

二弟的头摇得像拨浪鼓，王铎知道再问也不会有结果，就领他一起读书、练字。

到了吃早饭的时候，马瑞云还是没有回来，王铎有些不放心，就去问母亲："娘，瑞云和二妹干啥去了？"

"她们只说出去一趟，我也没细问。"陈氏宽慰王铎说，"俩大人在一起，你还担啥心，办完事就会回来的。"

"我只是随便问问。"王铎虽然嘴上说无所谓，但心里却依然很惦念，见娘说没事，才慢慢放下心来。

已经接近晌午，王铎还是没见到马瑞云的影子，心里开始有些着急。在家坐立不安，就信步来到村头。抬眼远望，看见马瑞云和二妹迈着疲惫的脚步缓缓走来。王铎赶快迎上去，既着急又关心地问："你这是干啥去啦？咋到现在才回来？"

直言快语的二妹见大哥对嫂子说话有些不客气，就打抱不平："哥，你咋还急赤白脸的，嫂子还不都是为了你？"

王铎听了妹妹的话，有些丈二和尚摸不着头脑了："为了我？二妹你说明白点。"

妹妹见大哥着急的样子，就给他解释："嫂子听说你读书没银子，今天一大早就带着我到城里把她的首饰都典当了。"

王铎一听就急了，这些首饰毕竟是他们的结婚物件。他立刻拉下脸看着马瑞云，提高了嗓门质问："你咋能卖首饰呢？"

马瑞云却平淡地说："你别在街上喊中不？回到家咱再细说吧。"

马瑞云和二妹走在前面，王铎噘着嘴跟着，谁也不说一句话。回到家里，马瑞云给婆婆说声回来了，然后来到自己屋里，坐在床边平静了一会儿，轻描淡写地对王铎说："爹让你去蒲州河东书院读书，肯定有他的道理。"

王铎生气地说："那你也不能随便就把首饰给当了。"

马瑞云不听王铎的牢骚话，把银两递给他："首饰都是身外之物，我在家里也戴不着。再说了，婆婆为了这个家不是把首饰都卖了吗？"

马瑞云说的都是实情，由于家里人多，仅靠黄河滩那十三亩薄田，打出的粮食根本无法支撑全家人一日三餐。陈氏为了这个家是精打细算。春天有槐花、榆钱的时候，就让孩子爬到树上摘一些，或挖一些野菜，然后掺和着粮食吃，勉强度过艰难的日子。实在过不去的时候，陈氏就把娘家陪嫁的首饰卖一些，换回粮食以补贴度日。

马瑞云学着婆婆的做法，今天卖了一些首饰，以供王铎去蒲州河东书院读书。

马瑞云的举动让王铎既感动又愧疚，一股热气直冲鼻尖，酸溜溜的，两颗眼泪不由自主地流了下来，感动得一把将马瑞云揽在怀里。马瑞云拍着王铎的肩说："相公啊，你是咱家的顶梁柱，又是弟弟们的榜样，全家人将来都得依靠你呢。"

王铎感激不尽："瑞云，你真是我的好娘子！我一定不辜负你和岳父大人，学好本事，将来考个一官半职，让你和全家都过上好日子！"

马瑞云却淡然地说："我相信夫君一定会成功的，这两天你好好准备一下，过几天就去河东书院。"

王铎带着爹娘的厚望和妻子的深情，带着全家人的重托，来到蒲州河东书院。这次出来读书，也是王铎第一次离开家乡和亲人远行，心里有些恋恋不舍，特别是对娇妻马瑞云更加思念。

河东书院自古以来便是人文荟萃之地。唐朝大文学家柳宗元、三国时期的武圣人关云长、汉朝太史公司马迁都是蒲州人。

书院教学的安排是三日学文学典籍，一日学琴棋书画，学子们可以任意选择。王铎经过认真考虑，决意主学文学典籍，同时兼学画艺。由于王铎把主要精力都用在了书画方面，诗赋、文章却受到了很大的影响。同时，他在读书时又涉猎太多，在一定程度上分散了精力。

王铎乡试两次不第，爹娘和马瑞云虽没有埋怨，但他自己却是懊悔不已。此时，河南干旱无雨，大闹饥荒，家中再也无力供他读书了。

王铎只好挥泪告别河东书院，又回到了家乡双槐里村。

第 三 章

　　王铎从河东书院回到家时，已经到了秋季。因为家境贫困，三弟王铖和四弟王镆虽然已经到了上私塾的年龄，但是只能由爹教导。王铎看到后心里很着急，很想为爹娘减轻一些负担。自从回来之后，王铎每天除了自己刻苦读书、练字外，还主动辅导弟弟们。

　　王铎回来最高兴的是马瑞云，她虽然很想让男人学有所成，但现在是她的特殊时期，能够天天与夫君在一起，她的脸上整天挂着幸福的微笑。

　　一天晚饭后，王铎突然看到马瑞云的脸色很不好，还一直恶心呕吐，就赶快走近她，关心地问："瑞云，你这是咋了？"

　　马瑞云脸上立刻飞起一片红晕，然后又轻轻地摇摇头："没啥事，可能是天变凉了吧，过几天就好了。"

　　王铎信以为真，就没有太在意。马瑞云整天乐呵呵的，不是帮助婆婆料理家务，就是照看刚满一岁的五弟。

　　进入深秋，天气变得凉爽起来，早晨的大地结出了一层白白的霜雪。

　　中秋节是亲人团圆的日子，王铎的母亲对他说："凤儿，你回来已有一段日子了，你岳父不在家，你岳母带着一大家人不容易。眼看就到八月十五了，你和瑞云应该前去看望她。"

　　王铎也很想去看望岳母，只是按照家中的习俗，去时要带一些礼物。他感到家里紧巴巴的，就没把话说出口。母亲一提醒，他才答应："中啊，过几天就去。"

　　马瑞云听说回娘家看望娘亲，更是喜上眉梢。已有半年多没回去了，这也是她离开爹娘最长的时间。

　　中秋节的前一天，王铎和马瑞云来到花园村。他们刚进院子大门，马瑞云就兴奋地大喊大叫："娘，我回来啦！"

　　马瑞云的喊声惊动了家里人，都赶快出来迎接，第一个出来的是她日夜想念的爹爹。

马瑞云激动得立即跑过去，紧紧地抱着慈祥的父亲，泪水不由自主地流了下来。马从龙轻轻地拍着马瑞云的肩："妮儿，咱不能把姑爷撂在那里就不管了。"

马瑞云这才破涕为笑，这时候母亲和弟弟马企融也从屋里出来。王铎快步走上前，向岳父、岳母深施一礼。马从龙连忙伸手招呼："觉斯啊，赶快进屋叙话吧。"

王铎跟随马从龙来到书房。书房的陈设让王铎大开眼界，书架上摆满了各种古书，很多都是他从来没听说过，更没看到过的。

王铎看到书，就像痴了一样，翻翻这本，看看那本。马从龙见王铎如此喜欢书，内心由衷地高兴。看着王铎风尘仆仆的样子，就招呼说："你已走了很远的路了，先喝口茶，歇歇脚。这些书你啥时想看，就随时拿去。"

马从龙这么一说，王铎有些不好意思了。这时，一个小姑娘陪着马瑞云走进来，见到王铎就叫姑爷。马瑞云告诉王铎她叫石薇汝，小姑娘眉清目秀，很有眼色，也非常勤快，进来就给马从龙和王铎倒茶。

马瑞云看着新书柜和满满的书籍，感到有些奇怪："爹，你啥时候回来的，咋也不给我说一声啊？"

马从龙似乎有些犹豫，但仍然乐呵呵地说："刚回来，还没来得及告诉你，过几天正准备去看你呢。"

"小姐，你别听老爷的，他回来都一个多月了。"伶牙俐齿的小薇汝反驳了一句，还用手指着书柜说，"这些书都是老爷回来时拉来的。"

马从龙对薇汝挥挥手，责备了一句："你这孩子，咋能多嘴呢？"

小薇汝虽然被责备，但还是不服气，站在马瑞云身边噘着小嘴。

王铎和马瑞云听了石薇汝的话，感到很纳闷，特别是把书都拉回来，更让他们迷惑不解。

马瑞云走到马从龙跟前，问："爹，您把书都拉回来，回去时再拉回去，这多费事啊。"

马瑞云的母亲走进来，给马从龙解围说："妮儿啊，别再问你爹了，这些书不再拉回去了。"

王铎和马瑞云有些糊涂了，马瑞云转过身看着娘亲。娘亲也是一脸的茫然。她又看看在门口的弟弟，他低着头不说话，悄悄地指了指父亲。王铎和马瑞云期待的眼光又重新聚集在爹的身上。

马从龙端起茶悠闲地品尝了一口，然后轻轻放下，缓缓地抬起头环视大家，抬手示意大家都坐下，然后才开口："既然你们都刨根问底，看来不说你们是不肯罢休的。"

小薇汝给马从龙、王铎又添了一些茶，回到马瑞云身边。

马从龙环视了大家一眼，说："实话跟你们说吧，我这次是辞官回家，今后就安心地和你们一起共享天伦之乐了。"

马瑞云的母亲听了后，吃惊地看着马从龙，埋怨地说："你个老东西，要是女婿、闺女不回来，你都不说句实话，俺还都蒙在鼓里呢。"

马瑞云一脸的疑惑："爹，这是为啥呢？"

马从龙平静地微微一笑："我本来想啊，说了反而给你增加烦恼。"

王铎有些坐不住了，也想问个究竟："这是为啥呢？当官为百姓做事，不都是读书人所向往的吗？"

马从龙似乎有难言之隐，抬头看了看小薇汝。聪明机灵的薇汝立刻退出书房。马从龙接着说："原因很简单，你奶奶年事已高，需要人服侍。"

马从龙说完，看看大家怀疑的眼光，才把辞官的真实缘由说了出来："其实是我与上司的政见不和。我想为黎民百姓做事，他却处处从中刁难，上疏奏请朝廷也没人理会。我身为父母官，却不能为百姓办事，感到上愧对朝廷，下愧对百姓啊。我想了很久，也厌倦了官场的钩心斗角，不想再耗费年月，所以就辞官回家了。"

马瑞云的母亲气愤地说："就这么简单？"

马从龙点点头，然后超脱地说："退居乡野，颐养天年，与你共享天伦之乐。"

王铎看着自己敬仰的岳父，茫然地想：我天天读书练字学本领，不就是为了考取功名、光宗耀祖，让全家人都过上好日子吗？岳父却是辞官回家，我今后应该何去何从？

马从龙看出了王铎的心思，就开导他说："贤婿啊，你不要因为我辞官回家而影响了你的学业。我是年事已高，身体也大不如以前，而且上司也一直不给我机会。正因为如此，你才更应该刻苦读书，中进士进翰林院，将来真正成为撑得起国家的栋梁，好造福天下百姓。"

王铎点头，认真地思索着岳父的话。正在这时，马瑞云又突然一阵恶心，她赶紧用手捂着嘴，低着头向书房外跑去。

王铎看到不放心，就起身急忙跟着出去了。见到马瑞云呕吐不止，把他吓得在一边直搓手。王铎着急地又问她是啥原因，马瑞云的脸上又升起了一片红晕，还是说过几天就好了。

岳母跟着出来，看到马瑞云的情况，不但没有担心，反而脸上露出了慈祥的笑容，走过来拉着马瑞云的手，关切地问："妮啊，几个月啦？"

马瑞云的脸红得像一朵花。王铎迷茫不解地看着马瑞云，然后转向岳母："娘，瑞云这是咋啦？"

岳母笑着拍了一下王铎的肩："傻孩子，瑞云有喜了。"

王铎还是不明白，一脸茫然："有啥喜了？"

岳母笑着说："瑞云怀上孩子了，你就要当爹了。"

王铎的脸一下也红了起来，既兴奋，又为自己的无知不好意思。

马瑞云怀上了孩子，全家人都很高兴。

王铎的娘亲生怕马瑞云营养跟不上，也让王铎的小弟和大人一样，每天吃粗粮、野菜，把剩下的细粮给马瑞云吃。

王铎知道了家底后，感到很愧疚。自己已经成家立业了，还要靠父母养活着。虽然心里很难过，却又无计可施。

一天，王铎手里拿着书本，却老是心不在焉。突然院子里有人大声嚷嚷，心里更加烦躁起来。本想出来制止的，结果看见爹娘陪着大舅进来，就赶快迎上前去。只听爹对大舅说："完朴啊，你可真是及时雨啊！最近这段时间，我和你姐一直都在为吃的发愁呢。"

陈耀用埋怨的口吻说："姐夫，你家孩子多，早该给我说一声啊，再苦也不能苦了孩子。"

王本仁回头对王铎说："凤儿，你大舅听说咱家闹饥荒，给咱送来了一些粮食，都在大门口放着呢，你和弟弟赶快抬进家来吧。"

王本仁陪陈耀走进屋，落座后本想给他沏杯茶，一想到家里连粮食都吃不上，哪里还有茶叶呢。

王本仁感到很尴尬，说："在我这里只能喝白水了。"

"姐夫，我又不是外人，喝啥都一样。"陈耀微笑着，然后又掏出一些碎银，递给坐在身边的陈氏，"大姐，这些碎银，你给外甥媳妇买些补品补身子吧。"

王本仁客气地说："老是给你添麻烦。"

"姐夫，你就别煮熟的鸭子只剩下嘴硬了。"陈耀说了一句玩笑话，喝口水，又一本正经地说，"大人能凑合，孩子咋能凑合呢。还有凤儿的学业，家里就是再紧巴也不能耽误他。以后家里有啥难处，就随时给我说一声，我来想办法解决。"

陈耀的到来让王本仁感激不尽，他的话也让全家人感到暖融融的。王铎进门时听了大舅的话，泪水在眼眶里转了好几圈，赶紧回头悄悄地擦拭了一下。

王铎走进屋子后，陈耀关心地询问他的学业，并希望他能在明年参加乡试。

时间过得飞快，转眼间就到了第二年春天。在槐花盛开的季节，马瑞云给王铎生了一个白胖儿子。

王氏家族四世同堂，全家人欢天喜地。特别是奶奶当了老祖宗，更是乐得合不拢嘴。

王铎初为人父，按捺不住内心的喜悦，孩子刚刚出满月，就按照家中的辈分给他起了个名——无党。同时高兴地去告诉爹。

"按照规矩，孩子的名和字应该在束发读书时才起。"王本仁听说王铎给孩子起了名，感到有些太早，但看了名字后，脸上立刻露出笑容，自言自语地说，"'无党'，应该是取自《论语·卫灵公》'君子矜而不争，群而不党'之意，这个名字爹很喜欢。"

王铎点点头，然后又解释说："'无偏无党，王道荡荡；无党无偏，王道平平。'这是我的心愿。"

王本仁稍微沉思了一会儿，说："既然名叫'无党'，他的字就叫'大群'吧。"

王铎兴奋得差点跳起来，全家人喜笑颜开。

万历四十年秋，王铎以廪膳生员的身份参加了乡试，结果却是榜上无名。这对王铎来说是个沉重的打击，情绪十分低落，甚至有些心灰意冷。

王铎在家整天闷闷不乐，很少出门，话也越来越少。马瑞云为了宽慰他，有意把孩子让他抱，可他也只是应付而已。

陈氏和马瑞云都曾经苦口婆心地劝解、开导过，但王铎依然愁眉不展，整天无精打采，无论如何也振作不起来。一家人都为他唉声叹气。

王本仁心里虽然也很着急，但还是耐着性子找他谈了一次，有批评也有鼓励："凤儿，你咋能遇到坎就蔫巴了呢？人一生哪能都一帆风顺，你不能因为一次挫折就气馁了。今后的路还长着呢，还会遇到更多的沟沟坎坎。男子汉大丈夫要能伸能屈，今后才能做大事啊。你在家里是老大，得给弟弟们做个好榜样才是啊。"

经过王本仁的开导，王铎虽然稍有好转，但真正让他振作起来的，还是他的大舅。

陈耀听说王铎没有考中也很遗憾，当听说他意志消沉时很担心。经过深入思考后又认为，王铎这次没有考中，对他的人生也是件好事。让他多经历一些挫折，才能懂得"不经一番风霜苦，哪得梅花扑鼻香"的道理。

陈耀专程来到双槐里，与王铎心平气和地进行了一次长谈。首先夸赞他的才华超拔，抱负远大，将来如若高中，肯定是辅君安国、匡世济民的栋梁之材。然后又从全家人省吃俭用供他读书，奶奶、爹娘和岳父母对他寄予很大期望，弟弟们也都眼巴巴地看着大哥等方面，动之以情、晓之以理地劝说。最后又很严厉地告诫他，如果再这样颓废下去，必将耽误终身，毁坏了自己的前程，其行为就是不忠不孝，也没资格谈什么"悌"。

在最近一段日子里，王铎像邪魔缠身似的油盐不进，爹娘的责骂、马瑞云的规劝都无济于事。陈耀的一番话，让王铎立刻感觉芒刺在背，心中愧悔不已，恭恭敬敬跪到爹娘和大舅面前，答应不辜负大舅和爹娘的期望。

陈耀看到王铎已答应好好读书，又因势利导，与他一起分析落榜的原因："凤儿啊，其实你的字写得很好，没有人能比得过你，策论和诗文也都很精彩。我琢磨，你这次落榜的主要原因，是你的八股文没写好。"

王铎一边听大舅的分析，一边在认真地思索。大舅分析得很中肯，的确是自己的八股文没有写好，影响了整体成绩。最后，陈耀提出让王铎到嵩山书院深造。

王本仁和陈氏听了，一下子就愣在那里了，王铎更是有些不敢相信自己的耳朵。王铎第一次听说中州嵩山书院的名字，还是乡试时一举夺魁的新安廪生吕维祺告诉他的，他参加考试前就是在嵩山书院读的书。吕维祺告诉王铎，嵩山书院与白鹿洞书院、岳麓书院、应天府书院齐名，并称为四大书院。曾经被后人称为文化巨擘，集立德、立功、立言于一身而成为"真三不朽"的王阳明，就曾在嵩山书院教过书。

如果要继续深造，去嵩山书院当然是最理想的地方，但一般人家的孩子哪里能读得起呢。王铎很清楚自己的家境，全家人吃饭都没有保证，哪里还有积蓄供他读书。自己又是家里的长子，理应为爹娘分担忧愁。现在要给他们再增加沉重的负担，说啥也不能去。

陈耀很清楚外甥的心思，他不是不想去，主要是家中供不起他读书。

王本仁非常为难地对陈耀说："完朴，让孩子读书我不反对，但要去嵩山书院，你知道咱的家底薄，条件是真的不允许啊。"

陈耀却说："去嵩山书院花费是高了些，但只有去那里才能让咱孩子学到真本事，将来学业才能有成。去其他地方也得花费，但对孩子的学业益处不大。"

王本仁想找个折中的办法："还是让凤儿继续跟你学吧。"

陈耀很为难地说："姐夫，不是我不想教，在他面前我早已黔驴技穷了。"

王本仁听了一阵唉声叹气，陈耀却安慰他说："姐夫，你也不要太为难了，咱们一起想办法，再难也不能耽误孩子的学业。"

陈氏本来在里屋做针线活，听见弟弟和男人为儿子的学业已经争论了很长时间，就拿出自己出嫁时爹娘陪嫁的最后一些首饰说："把这些拿去换些银两吧，以解燃眉之急，供孩子读书之用。"

王铎看到后就急了："娘，这是姥爷姥姥留给你最后的陪嫁了，无论如何也不能再卖了。"

陈氏慈祥地笑了笑："傻儿子，娘留着它也没啥用处，你们不是常说要把钱用在刀刃上吗？只要能供你读书，就是用在刀刃上了。"

王铎与娘争辩起来："娘，这绝对不中，还有俺几个弟弟呢，以后他们读书咋办？"

陈耀对王铎摆摆手说："凤儿，你去嵩山书院读书的事就这样定了，你的任务就是把书念好，银两的事我再回去想办法。"

王铎回到自己的房间，把刚才的情况告诉了马瑞云。她的眼泪立刻就流了出来，然后不声不响地把自己的首饰也拿出来："相公，这些你拿去换些银两吧。"

马瑞云的举动让王铎很激动，心中百感交集。三位深明大义的老人和贤惠明理的妻子为了自己的学业真是呕心沥血啊！自己还有啥理由不好好读书，以求得一官半职，将来好报答爹娘、大舅的恩德以及妻子的深情厚谊呢？

第二年春天，王铎离开家乡，登上了山势陡峭、峰峦峥嵘、雄伟壮观的中岳嵩山。倚石远眺，西有少室峙立，南有箕山面拱，前有颍水奔流，北有黄河如带。俯瞰脚下峰壑开绽、崚嶒参差的山峦，大有"一览众山小"之气势。

在这个佛教禅宗的发源地和道教圣地，王铎体会着《诗经》里"嵩高唯岳，峻极于天"的名句，心胸豁然开朗，遂赋诗《嵩山》一首："大熊相络绎，鸿乙访高庐。何处一笛声，群山清响虚。花风吹古堞，梅雨滞神驴。欲悟鸿蒙诀，金挺受遗书。"

来到嵩山书院，映入眼帘的是古木参天、绿树层荫。看着书院优美的环境，心情轻松了许多。

王铎进入嵩山书院以后，重点攻读八股文。以前他对八股文总是不屑一顾，有一种抵触情绪，甚至产生了厌烦的感觉。现在知道了它的重要性，乡试、会试首场都要考试八股文。八股文水平的高低，是能否取中的关键所在。

经过先生的点拨，如同窗户上糊的一层薄纸被揭去了，王铎一下子豁然开朗，茅塞顿开。他心想：八股文不能随意发挥，要按题目模拟古人的语气写，说事情既要回答问题，又要说道理。引证资料又要像写赋那样掌握渊博的典故，对仗平仄，还要像写律诗那样严格。看来要想熟练掌握八股文的写作方法、要领，必须把四书五经背得滚瓜烂熟，然后再坚持多写多练，才能熟能生巧。

王铎经过刻苦学习，很快就熟练地掌握了八股文的作法。在学习期间，王铎突然收到了吕维祺的一封书信，说他在京师参加会试金榜题名，并鼓励王铎要刻苦读书，以后也要参加进士科考。

秋天来临时，又到了交学费的时候。孟津一带遭到了四十年一遇的大旱，接着又是蚂蚱成灾。王铎家里的几亩薄田几乎颗粒无收，全家又过起了一日两粥的日子。

王铎得知家里的情况后，毅然放弃刚有起色的学业，告别老师回到了家乡。

马瑞云虽然感到很可惜，但家里的确已无能为力了。

王铎乡试屡试不第，爹娘虽然没有责备，马瑞云还劝其励学，大舅也让他不必担忧落第，岳父更是依然对其寄予厚望，但面对家庭的日益贫困和乡里人的讥讽嘲笑，王铎的精神压力还是很大。

王铎在家一边自学温习，一边辅导弟弟们读书、练字，还要帮马瑞云带已经五岁的儿子。实在苦闷时，就去龙洞山或是古寺或是深山中读书，依然坚守着心中的那份傲岸和追求。

马从龙听说贤婿已从嵩山书院回到家时，就专程来到双槐里。不但送来了一些粮食，还给他带来一个好消息：当朝大儒乔允升在西烟寺办了一所学堂，招收了一些富家弟子，可以让王铎去他那里读书。

以前王铎多次听爹娘和岳父说过，乔允升是他和马瑞云的月老，只是还从来没有见过他老人家。王铎听到这个消息，的确很兴奋，但也让他忧心忡忡：家里清贫，供不起他去读书。

马从龙已经看出了他的心思，摆摆手："我已经和乔先生商量好，你只管去他那里读书，学费的事我来想办法。"

王本仁听了后，心里轻松了许多，就顺便问了一句："亲家翁，乔大人是朝里的大官，咋有空闲到西烟寺办学堂呢？"

"他主要是休息静养，然后再教书育人。"马从龙随口说了一句，思索了片刻，就把乔允升回乡办学育人的简要情况做了介绍。

　　乔允升，字吉甫，号鹤皋，洛阳孟津人。万历二十年中进士，初授山西闻喜知县，后调太谷知县。因他治理有方，被征召授官为御史。后又担任过宣化、大同、山西、直隶的巡按。万历三十九年，他奉旨考察京官，协助治理河南道，大力铲除土匪，被迁顺天府丞，进府尹。由于齐、楚、浙三党把持朝政，搞内讧相互排挤，乔允升是一个刚正不阿、清正廉明的人，看不惯三党之间钩心斗角的行径，于是就称病乞休还乡了。回到家乡后，他闲暇无事出来游览时，看到西烟寺坐落在青山峻岭之上，古木参天，幽静宜人，而且又背靠山坡，可以登高望远，既是一个读书、休闲、自娱的理想场所，又是一个教书育人的好地方，就决定在此办一所学堂。

　　王本仁听了后，用手拍了一下大腿："凤儿能跟乔先生读书，不但能学到知识，还能开阔眼界，这真是难得啊。"

　　马从龙深有感触地说："是啊，吉甫兄乃当朝大儒，满腹经纶，通今博古，不但端方廉直，还扬历中外，让凤儿跟他读书肯定能受益匪浅。"

　　第二天一早，王铎跟着马从龙来到西烟寺。这是一座很普通的寺庙，原名叫报恩寺，建于元世祖二十八年。明正德十一年的时候，僧惠和尚化缘对其进行了一番修葺后，就成了西烟寺。

　　王铎和岳丈来到西烟寺的时候，乔允升正在书房里看书。

　　乔允升看到马从龙到来，老朋友相见分外高兴。马从龙转身对王铎说："觉斯啊，这就是你和瑞云的月老，初次见面，理应施大礼。"

　　王铎第一次见到当朝大儒，显得有些诚惶诚恐，笨拙地上前一步，然后不失儒雅地磕头跪拜。乔允升连忙说："使不得，使不得。"

　　乔允升看着眼前的王铎，既彬彬有礼又质朴儒雅，眼睛突然一亮，回头对马从龙说："云合贤弟，难怪你如此疼爱令婿，看来你真是好眼力啊。孺子可教也，他日定当前途无量。"

　　马从龙感激地说："这就要感谢你了，一封书信玉成了孩子们的美好姻缘。现在我的小外孙都已经五岁了。"

　　乔允升听了更加高兴，然后带着马从龙和王铎来到他的书房，让书童倒好茶，无限感慨地说："是啊，真是岁月不饶人啊。人生一世，如白驹过隙，十年的时光，一晃就过去了。"

　　马从龙双手抱拳说："吉甫兄，今天我把孩子交给你，就请你多费心、多教导了。"

乔允升爽快地答应后，就又谈起各自的情况。他们几年不见，真是有说不完的话。王铎看着两位长辈无话不谈，紧张的心情也慢慢放松下来。

在谈到对王铎读书的想法时，乔允升征求马从龙的意见说："云合兄，我有个想法你先听听是否可行。"

马从龙洗耳恭听，乔允升继续说："我现在正缺少人手，需要有人帮我料理。以觉斯现在的学问和他的性格，我觉得非常合适。我想让他给我做助教，他可以一边帮我教孩子，一边自己读书，不知你意下如何？"

马从龙本来是让女婿跟他读书深造的，要按照乔允升的想法，可能会耽误王铎读书，就没有及时回应。

乔允升看出了马从龙的心思，就继续说明自己的想法："如果要想把学子教好，他自己就必须先搞清楚、弄明白，等于让他提前学习一步。对他来说，既是个促进，也是一种锻炼。"

马从龙听了后立刻喜上眉梢："吉甫兄，你真是用心良苦啊。看来还是你站得高，想得长远啊。"

王铎听着两位老人一会儿谈天说地，一会儿又说让他担任助教，可他心里最关心的却是学费。在他们说话的间隙，王铎怯怯地插了一句话："先生，我家贫困，可能一时半会儿拿不起学费。"

"没有学费可不中啊。"乔允升故意说了一句，然后又看了一眼马从龙，两个人会意地哈哈大笑起来。

王铎没有理解乔允升的意思，心情突然沉重起来。乔允升起身来到他身边，拍拍他的肩，说："老夫是故意逗你的。当助教咋能让你白干，我不但不收你学费，还要给你一些资助。"

乔允升的话让王铎感激不尽，再一次起身给他鞠躬谢恩。乔允升却摆摆手，让他不要多礼。

王铎不好意思地挠挠头，回头看见书案上乔允升刚写的"厚德载物"横幅，还散发着沁人肺腑的墨香，让他羡慕不已。

乔允升早就听说王铎的书法水平很高，就提议让他书写一幅。

王铎没有推脱，起身就来到书桌前。上面摆放着一尊乔允升的雕像，栩栩如生。一缕阳光洒在雕像上，雕像正慈祥地对着王铎微笑。这给他增添了勇气和信心，于是就用楷书写了"鹤老太翁小像赞"，并署上"眷晚生王铎顿首敬题并书"。

乔允升看着王铎优美的字，赞不绝口。

第二天，乔允升带着王铎来到讲堂，学子们以为又来了一位大学兄，就马上起身给乔允升鞠躬。乔允升让大家坐下后，把王铎拉到身边介绍说："孩子们，这是我给你们请来的小先生，你们鞠躬行拜师礼吧。"

学子们按照乔允升的要求，给王铎鞠躬行礼。王铎看着年龄不一、高矮不同的学子们，一时不知如何是好。

乔允升说："你们的先生姓王名铎，字觉斯。他不但博学多才，而且书法水平很高，老夫都十分羡慕。你们之中大都是富家子弟，只知道炫耀富贵，不知道清贫出孝子、清贫出栋梁的道理。从今以后，你们要跟随王先生好好读书、好好练字。"

从此以后，王铎一边给弟子授业，一边自己读书。乔允升定下学习的内容后，先给王铎做辅导，让他先学习、理解、吃透，然后再去辅导学子。这样一来，王铎的压力虽然增加了许多，但他的学业进步更快了。

两个多月后的一天早晨，王铎正在背诵杜甫的诗篇时，乔允升的书童悄悄地走进来，告诉王铎说先生有事找他。

王铎赶忙放下手中的书本，急急忙忙地来到乔允升的书房。乔允升看见王铎进来，让他先坐下，拿过一个小袋子递给王铎："觉斯啊，你来这里已有两月有余，我想你一定很想念家中的老小了吧。这些银子你拿回去，给他们补贴一下。"

王铎急忙推托说："先生使不得。我在这里读书，已经给您添了很多麻烦了，咋能还收您老的银子呢！"

乔允升说："拿着吧，我知道你家里不富裕。再说了，你岳丈带你来时咱都说好的。"

王铎坚决推辞不肯接受。乔允升又说："觉斯啊，将来只要你学有所成，就是对老夫的最好报答。"

乔允升既慈祥又严肃地一定让王铎拿着，王铎才恭恭敬敬地鞠躬行礼，以感谢先生的大恩大德。

王铎回到家中，把乔允升给的银子交给爹娘。陈氏看到银子，激动得眼泪差点掉了下来。最近一段时间，全家人的日子过得很艰难，乔允升的资助无疑是雪中送炭。

夜里下了一场透雨，雨过天晴以后，让人感到前所未有的舒畅。

王铎的儿子见到爹后整天腻着他，让带着他玩耍，爷儿俩像疯了一样东奔西跑。马瑞云虽然嘴里在责备，但内心像喝了蜜一样甜。

一天，王铎带着儿子藏猫猫，来到家中后园时，偶然发现一棵灵芝。以前只是在画里见到过，今天是平生第一次见到真正的灵芝，感到十分好奇，回过头来问儿子:"儿子,知道这是啥吗?"

小无党头摇得像拨浪鼓。王铎认真地说:"这叫灵芝,也叫仙草。"

王无党瞪大眼睛,使劲点点头。王铎想了想说:"赶快去叫你娘过来看看。"

王无党撒腿就跑,不大一会儿,就拉着马瑞云跑回来。王铎看到马瑞云,就兴奋地大喊:"瑞云,快看灵芝草!"

马瑞云以前也没见过灵芝,感到很新鲜,就蹲下来与王铎一起仔细观察。眼前的灵芝草,紫黑色的外壳,像宝珠般光泽耀眼,那环状棱纹就像祥云在飘动。

马瑞云突然神秘地对王铎说:"在咱这偏僻的地方能长出灵芝草,这肯定是吉兆,愿它庇佑你和孩子今后都大富大贵。"

王铎回家后,把家中长出灵芝的事告诉爹娘、奶奶和弟弟们,大家都认为这是吉兆。全家人对这罕见而珍贵的灵芝草十分珍惜。

几天之后,王铎再次来看望灵芝时,惊喜得眼睛瞪得更大了,原来在灵芝的旁边又长出一株灵芝。

王铎告诉爹娘后,给长出灵芝的地方起个名字叫"再芝堂",然后又拿来笔墨把它画了下来,取名《灵芝再芝图》。

王铎跟着乔允升在西烟寺读书,一转眼就是两年多,他们的师生情越来越深厚。

最近几天,王铎突然发现恩师的举动有些异样。平时一向儒雅稳重的恩师有些坐立不安,经常在书房里不停地走动,显得非常焦躁。王铎很为恩师着急,更为他的身体担心,就大着胆子问:"先生,您老最近是有啥急事吧?"

乔允升没有直接回答,而是反问一句:"你是咋知道的?"

王铎怯生生地说:"我见您经常一个人在书房里不停地走动,最近说话也少了很多。"

"觉斯啊,最近是有些事,但不是为师的家事,而是朝廷大事。"乔允升感到王铎成熟了许多,起身走到书案前,拿起一张报纸递给他,"最近朝廷发生了关乎社稷安危的大事,这上面都清清楚楚写着呢。"

王铎接过来,乔允升郑重地告诉他:"这是朝廷的邸报,很多重要的事情都在上面。"

王铎似乎明白了,恩师虽然身在斗室,而心却始终牵挂着朝廷天下。

乔允升很气愤,说:"朝廷的几十万大军,在东北一个叫萨尔浒的地方,让那偏安一隅的几万后金军队给打得一败涂地。"

王铎第一次听恩师讲朝廷大事，感到很惶恐。乔允升拍着他的肩膀，严肃地说："时局变化莫测，其实为师也感到非常突然。国家安危是大事，作为朝廷命官应该以国家命运为重，最近我要回京师。"

王铎听说恩师要走，感到无所适从："老师，您走之后，学生今后将如何是好？"

乔允升既慈祥又严肃地说："觉斯啊，你现在的任务是学好本领，将来做国家的栋梁，为朝廷出力。"

王铎重重地点点头，郑重地向老师保证："请恩师放心，弟子谨遵师命！"

第 四 章

万历四十八年,是大明王朝多灾多难之年。

在位四十八年的万历皇帝朱翊钧在弘德殿一命归天。太子朱常洛八月初一继承皇位后,又在九月初一凌晨一命呜呼。整一个月内,两位皇帝相继去世,在历史上绝无仅有。朱常洛去世后,皇长子朱由校继承了皇位,是为熹宗,改年号为天启。

天启元年是辛酉年,又是新皇帝登基之年,正逢三年举行一次的科举考试。

在金秋八月,学子们迎来了一个秋闱大比之年。

时隔九个年头之后,已经而立之年的王铎第二次来到开封府参加了乡试。

考试结束后,王铎并没有急着回家,而是和其他读书人一样,守在城里眼巴巴地等着发榜的日子。很多举子早已把圣贤书抛却脑后,发疯似的钻进热闹的都市里逍遥自在。不是去戏院里听大戏,就是到酒楼里喝花酒,还有的去寺院拜佛、寻僧访道,实在无聊的就在大街上闲逛,好不快活。

尽管开封府热闹非凡,王铎却一直待在客栈里很少出门,唯一出去一次,是去文庙拜孔圣先师。他终日里不是读书练字,就是作诗写文章,特别是那本《圣教序》字帖终日不离手。每天清晨,当别人还在做着美梦的时候,王铎早已梳洗完毕,来到院子里空闲的地方,练完了一套太白醉剑。在开封府的日子里,王铎对古诗文更加着迷。诗宗杜甫,文秉韩愈,特别是对杜甫的崇拜,简直到了五体投地的地步。

王铎的这些举动,被同住在一个客栈的另一个考生看到后,感到很好奇,心里也很佩服。他主动找王铎攀谈,自我介绍叫张缙彦,字濂源,号坦公。他是新乡小送佛村人,比王铎小七岁。他邀请王铎一同出去逛逛,开始几次都被王铎婉言推辞了。通过慢慢了解,他们都感到性格相投,后来就成了无话不谈的朋友。

他们一直等了将近一个月,才张贴出榜。发榜之时,正值桂花飘香时节。王铎和张缙彦一起来到文庙大门口的贴榜处,周围很多人正在往前拥挤,整个场景热闹非凡。榜的两边站着两个兵丁，巡视着看榜的秀才们，时而还吆喝一声，让大家不要拥挤。时而听见有的秀才欣喜若狂，放声大笑；时而听见有的秀才牢骚满腹，唉声叹气。

王铎和张缙彦费了很大劲才挤到榜前，赶紧从头到尾地寻找着自己的名字。眼尖的张缙彦一眼看到的是王铎的名字，激动得跳了起来为他高兴。

王铎顺着张缙彦的手看到自己的名字时，内心异常激动，高兴之情无以言表。这是他多年的夙愿，也是全家的期望。

王铎真想立刻动身回家，把这个喜讯尽快告诉奶奶、爹娘和妻子，还有大舅、岳父等亲人们。他们一定都翘首盼望着自己金榜题名的好消息呢。

王铎高兴之余，又赶紧帮助张缙彦找他的名字，但前后找了几遍，始终没有找到他的名字。

王铎看出张缙彦心情很沮丧，就对他进行一番安慰，让他不要气馁，鼓励他三年后再来应试，定会金榜题名。王铎的安慰和鼓励，使张缙彦的心情多少有所好转。

张缙彦落榜后，再也没有心情游玩了。回到客栈，王铎就和张缙彦商量，提出明天一早就回家。王铎本想步行回家，张缙彦执意雇了一辆驴车，并极力邀请他一同返回，路上也好有个伴说话。

第二天拂晓，旭日还未升起，一缕朝霞染红了古都汴京上空，人们开始了一天的忙碌。

守城门的兵勇打着哈欠，刚刚打开西城门，王铎和张缙彦就从官道上赶着驴车过来。这是一辆汴京城内最常用的驿用驴车，也是人们出远门比较喜欢的脚力车。他们离开汴京城，一路向西疾驰而去。

王铎和张缙彦回家都很心切，路上不再停留，日行夜宿，三五日便到了新乡地界。赶到张缙彦家时，他真诚地挽留王铎停留几日，让他稍作休息再赶路。

王铎看看天色已晚，又推辞不掉，也就恭敬不如从命了。张缙彦带着王铎拜见了自己的父亲张心吾。

张心吾是位慈爱的老人，听说王铎已中举，当晚在家为他设宴祝贺。张缙彦一家人的盛情款待，让王铎受宠若惊。

王铎在小送佛村停留两天后，张缙彦又派车专程把他送回家，这让王铎感激不尽。

王铎把中举的喜讯告诉家人后，奶奶和爹娘高兴得合不拢嘴。马瑞云的高兴不像其他人那样张扬，她把喜悦藏在心里。

王本仁张罗着为他庆贺一番，并不断告诫王铎的几个弟弟，要以大哥为榜样刻苦读书，将来也要中举人，光宗耀祖。

第二天，王铎专门去花园村看望岳父岳母。马从龙听说女婿中举后，高兴地捋着胡须直乐，同时提醒王铎尽快给恩师乔允升和大舅写信报喜。王铎回家后，便给在京师的恩师乔允升和大舅陈耀写信，同时告诉他们准备在冬天赶到京城，为明年的会试做准备。

中秋佳节刚过，王本仁就催着王铎动身去京城，生怕耽误了儿子明年的会试。王铎心里虽然也很着急，但他心里清楚，在京城每天要花费很多银子。二弟王镛、三弟王铋、四弟王镆都已成家立业，五弟王镡和儿子无党也都开始读书了。家里用钱的地方也就多起来，本来就不富裕的家庭显得更困难了。

王铎看着从小就视自己为掌上明珠的奶奶，腰也开始弯曲了，走路也明显迟缓了许多。爹娘的身体也开始变差，头发也渐渐地花白起来。

为了减轻爹娘的负担，王铎迟迟不肯动身，目的就是想尽量节省一些银子。

入冬后，王铎还是说不急。奶奶和爹娘又多次劝说，他不得已才动身。

王铎启程那天，全家人都为他着忙。娘找来大舅读书时用过的竹箱子，把要带的书籍、笔墨纸砚都放在里面。马瑞云给他一个包袱，里面是冬天穿的棉衣。爹递给他一个小布袋，说是一些银两，让他贴身放起来。

年迈的奶奶没完没了地嘱咐，出门一定要小心。王铎不住地点着头，口里不停地答应着。

王铎的长子王无党因读书不认真，经常挨训斥，平时心里总是有些胆怯，从不敢在爹面前多待一会儿。今天见爹要出远门赶考去了，就大着胆子来到他身边，想帮着做点事。

王铎今天对王无党不再严厉，边整理书籍边叮嘱他："大群啊，我不在家时，要听爷爷、奶奶和娘的话，读书一定要认真，写字日课不能耽误，多向爷爷、叔叔请教。"

王无党带着二弟跟在王铎身后，一会儿左一会儿右，嘴里不住地应承着。马上就要出门了，王铎蹲下来看着两个儿子，又叮嘱王无党说："你弟弟、妹妹尚小，你有空要多照看他们，别让你娘太累了。"

王本仁本来想给王铎雇个骡车，王铎说啥也不同意，说："爹，我身子骨硬朗，有力气，走累了就歇歇脚。反正离考试还有一段时光，边走边读书，如果遇到古迹名碑，还能开开眼界，岂不是两全其美的好事。"

王铎要出门了，全家人一起都来相送。王铎嘱咐二弟王镛要多为爹娘分担负担，同时要他用心读书，为将来考取功名打好基础。最后叮嘱说："去年大姐病逝后，爹娘都很伤心。我不在家，你一定要多关心他们的身体。"

王镛没说话，只是用力地点着头。王铎收拾好东西，跟着爹来到祠堂，燃香跪拜祖宗后，才拿起一根扁担，一头挂上小竹箱，另一头挂上包袱，出村上路了。

王铎拜别家人后，渡过黄河一路北上。越往北走感到越寒冷，身体也越来越疲乏。当走到大名府赵州境内，在路过洨河时，王铎看到一座石桥凌空飞跨大河之上，令他眼前一亮。远远望去犹如苍龙飞架、弯月出云，又宛若长虹饮涧、玉环半沉河中，这造型以前从来没有见到过。

王铎快步来到桥的近前，看到拱顶上雕刻着栩栩如生的两条巨龙，正在汪洋戏水，意欲腾空而起。八瓣莲花点缀于桥侧，桥两边的栏板上还刻有各种兽面、竹节、花饰等图案，其雕刻艺术浑厚、严整、矫健、俊逸，让王铎大开眼界。

王铎经过打听，才知道这座巧夺天工的巨桥是一千多年前隋朝匠师李春建造的赵州桥。王铎看完后赞叹不已，才真正理解了古人"水从碧玉环中过，人在苍龙背上行"诗句的意境。

在进京的路上，王铎只要听说有名碑，都要前往观看临摹。走走停停，足足走了两个多月。

王铎来到京城后，偌大京城让他眼花缭乱，分不清东南西北。后来他打听着去了中州会馆。上前一问，才知道会馆里早已住满了客人，大多数都是参加应试的举人们。

王铎只好走出会馆，又前往贡院附近找客栈。接连找了好几家，里面都是人满为患。原来挨着贡院的客栈早就住满了赶考的举人。

王铎看到天色将晚，无可奈何地又来到一家客栈。一位管事的老者告诉他："每逢春闱，有钱人家的子弟早就来了，能住会馆的就住会馆，不然就挤着往东边住，那儿离贡院近。"

王铎央求老人："老人家，俺是从河南来的，在京城人生地不熟，又不知道路咋走，老人家行个好，能否给俺再想想办法？"

"年轻人啊，我也很想留你住下，说不定你就是那状元郎，到时候我这个客栈也可以随你名扬天下呢。"老人安慰王铎一番后，很为难地两手一摊，"客栈实在没有空位了。"

老人的话让人听了很舒心，可就是没有住房。王铎很失望，在走出客栈大门的时候，老人又快步跟了出来把他叫住："年轻人，我听说报国寺里备有僧舍客房，可以留游客借宿，很多骚人墨客也曾在那里留宿，并在松前月下吟诵酬唱。你不妨到那里去看看，兴许有住的地方，那里离贡院也不是太远，收银子也少。"

王铎听说收银子少,就顾不得其他了,按照老人指点的路,又一路打听着快步向报国寺走去。

报国寺坐落在广安门内大街,王铎找到寺院管事的老和尚说明来意。管事告诉王铎,寺院东庑有个房间里还有一个床铺。正说话之间,见一位年近而立的举人走过来,管事马上与他商量:"洪公子,您回来啦!又来了一个赶考的举人,你房间里不是还有一个床铺吗,想安排在你那里给你做个伴,你看如何?"

被唤作洪公子的举人听说又来了位参加赶考的举人,显得很高兴:"那太好了,我有个伙伴,平时就可以共同切磋了。"

洪公子热情地帮助王铎安排住宿,在举目无亲的京师,遇见如此热心肠的年轻人,这让王铎很温暖、很感动。

洪公子叫洪稚豫,王铎年长他两岁。

第二天晨曦,一轮红日从东方喷薄而出,整个报国寺沐浴在朝霞里。王铎早早起床后,轻轻走出房间,在报国寺里信步游览。报国寺规模宏伟,大殿金碧辉煌,前有双松,后有毗卢阁,显示出皇家的气派,让他非常震撼。

王铎看着清净的寺院,感到这里是个理想的读书处。此时,王铎看到昨天给他安置住处的老和尚走过来,就双手合十走上前,再次表示感谢。

老和尚看着彬彬有礼的王铎,好感油然而升,就热情地陪王铎在寺中游览了一番。

老和尚告诉王铎,报国寺是元朝忽必烈统一中原后,为表彰开国元勋,依旧寺而建的新庙宇。

王铎跟随老和尚来到大雄宝殿,见里面供奉着三世佛。后殿里供奉的是观世音,金身的菩萨宝冠绿帔,妙相庄严,两边有一副对联:"觉海化身现金粟,普门香界涌青莲。"

王铎从小受奶奶和娘的熏陶,只要见到观世音菩萨都要焚香参拜。

王铎参拜后,看着慈祥的观世音心想:偌大个京城,因为没有自己的栖身之地,竟让我与观世音菩萨为邻。看来我的确与佛有缘,祈求大慈大悲的观世音菩萨保佑我金榜题名。

寒冬腊月,滴水成冰。一天,王铎正在聚精会神地读书,洪稚豫喘着粗气匆匆忙忙地跑进屋。

王铎本想让他别慌慌张张的,可当抬起头来的一刹那,他的眼睛突然明亮起来。狂喜使他的面孔颤抖起来。跟在洪稚豫身后进来的竟然是他大舅陈耀。

王铎将书扔在桌子上,站起身不顾一切地奔跑几步,双膝跪倒在陈耀面前，激动的眼泪夺眶而出："大舅！"

陈耀也是异常激动，身子微躬伸手扶着王铎的肩，亲切地呼唤着王铎的乳名说："凤儿。"

"凤儿能有今日，皆是舅父恩赐，吾将没齿不忘。"王铎有些呜咽地说完，咚咚地磕了三个响头。

陈耀不胜怜爱地看着他寄予厚望的外甥，心里有一种莫大的欣慰，激动得喉头发热，伸出双手示意王铎起来。

陈耀望着王铎，浮想联翩：王铎是外甥，更是学生。他从十五岁正式就学，至今已整整十六个年头，读书期间虽有中断，但前后至少有八年的光景跟随自己读书。万历四十七年，自己考中进士来京城后，他们已有两年多没有见面了。当得知王铎乡试金榜题名时，很为他高兴了一阵子。看着其他举子都齐聚京城时，也盼望外甥早日到来。马上就要到新年了，依然没见到外甥的踪影，心里不免有些着急。后来就到贡院附近的客栈打听，问到为王铎指路的老者时，才打听到他在报国寺。

陈耀情绪稳定后，脸上带着慈祥的微笑，用可亲的口吻说："凤儿，听说你乡试金榜题名后，大舅真为你高兴啊。"

王铎心里明白，大舅的话虽然比较平淡，但都是发自肺腑。跟随大舅读书前后八年，自己能够学有所成，他做舅父、老师的脸上有光啊，心里自然十分高兴。

王铎赶紧请大舅坐下，然后又像孩子般地坐在他的对面。一个是舅父，一个是外甥，一个是老师，一个又是学生，在异地他乡相见，而且是在京城会试之前，他们激动的心情真是无以言表。

洪稚豫看到他们见面时的动人场面，也为之动容。等他们都平静下来后，洪稚豫用手帕擦拭一下脸上的泪水，笑着上前施礼："原来是觉斯兄的舅父驾到，小侄这厢有礼了。"

陈耀看着洪稚豫，对王铎说："凤儿，还得感谢这位公子，是他带我才找到你的。"

王铎赶快介绍洪稚豫说："大舅，这位公子叫洪稚豫，也是参加明年会试的举人。"

寒暄过后，陈耀看着简陋的房间问王铎："凤儿，你为何住在这里？"

王铎说："本想住在中州会馆，一打听全住满了，贡院附近的客栈也都住满了。后来听一位老者说，这里有地方住。我与洪公子住在一起，还能共同学习，切磋技艺。"

陈耀转过脸看着洪公子说："承蒙洪先生多关照。"

"晚辈不敢，是觉斯兄对我多有照顾。"洪稚豫赶快上前施礼，给陈耀送来一杯热茶，为了给他们留个说话的空间就出去了。

陈耀喝口茶，问："凤儿啊，你到京后，是否看过乔先生？"

"我怕打扰先生。"王铎摇摇头，然后很有信心地说，"我想等金榜题名后再去看望他老人家，也好给恩师一个惊喜。"

陈耀起身背着手，非常赞同地说："这样做很好，大舅为你高兴。"

王铎认真聆听着舅父的教诲。陈耀思索着在屋里来回走了一会儿，说："乔先生虽是刑部侍郎，但他是你的恩师，若春节不去叩拜就会失礼，还是登门去一趟为好。"

王铎在大舅面前依然孩子似的，说："我听大舅的。"

陈耀环顾四周，感到环境虽然比较幽静，但还是很简陋，就关切地问："在这里还习惯吗？"

王铎却很满足，兴奋地说："大舅，其实这里很安静，也很适合读书。"

陈耀和王铎聊得最多的是会试，一直到深夜仍有说不完的话。

天启皇帝登基的第一个新年，庆祝仪式非常隆重，京城到处张灯结彩。

腊月二十三是小年，整个京城从今天开始就热闹起来了。正阳门几个城门楼子上挂满了大大的红灯笼，夜里照得京城如同白昼。此起彼伏的鞭炮声和五彩斑斓的烟花，使京城显得热闹非凡。

陈耀带着王铎来到乔允升家。年近七十的乔允升身体依然硬朗，步伐矫健，声如洪钟。

王铎见到乔允升时，十分激动，上前就行跪拜礼。乔允升看到得意门生也非常高兴，伸手示意王铎起来，然后就招呼着向书斋里走去。

来到书斋门口时，从里面传来朗朗的笑声。走进书斋时，里面的四位客人暂时停止了说笑，陈耀主动向各位拱手施礼。

乔允升指着王铎给大家介绍："列位乡贤，这位年轻人就是我常说的，完朴兄的外甥王铎王觉斯。"

乔允升话音刚落，一位似曾相识的中年人立刻站起来到王铎面前，拱手说："觉斯贤弟，多年不见，还认得愚兄否？"

王铎当时一愣，赶紧回礼，但一时又想不起来。中年人笑着说："你我一别十年有余，也难怪你一时认不出来，我是介孺啊。"

眼前的吕维祺，虽然只年长王铎七岁，但变化实在太大了。不但身体发福了许多，而且下巴已经蓄起了长髯，难怪王铎一时没有认出来。王铎与吕维祺曾一同在开封府参加乡试，相识后虽然书信往来不断，却一直没有机会相见，一别就是整整十年啊。

乔允升给王铎介绍说："觉斯啊，介孺现在已经是吏部主事了。"

吕维祺见到王铎，依然很亲热，亲切地拉着王铎，逐个给他介绍。先来到一位年近六旬的老人面前，给王铎介绍说："觉斯，这位就是德高望重的孙阁老。他老人家可是两任帝师啊！"

孙阁老名承宗，字稚绳，号恺阳，北直隶保定高阳人，祖籍河南。只见他相貌奇伟，铁面剑眉，双目炯炯有神，长髯飘拂在胸，既儒雅又威严，王铎敬畏之情油然而生。当听说他是帝师时，王铎用手一扯前摆就要行跪拜礼。孙阁老急忙摆手制止："使不得，使不得。之前你老师多次炫耀自己有个优秀的学生，如今一见果然不同凡响啊。"

孙承宗的话刚落，两位与王铎年龄相仿的年轻人走过来，主动向王铎抱拳行礼，其中一位自我介绍说："鄙人侯恂，归德府商丘人。"

吕维祺接着侯恂的话，给王铎介绍："侯恂贤弟，字若谷，号六真。"

王铎急忙还礼。吕维祺回身又指着另一个年轻人说："这位贤弟叫侯恪，字若木，号木庵。是若谷的二弟。"

王铎拱手："幸会，幸会，今后还仰仗二位兄长多关照。"

吕维祺继续介绍说："两位仁兄是太常寺卿侯执蒲老人家的公子。若谷现在是山西道御史，比你年长两岁；若木现任翰林院编修，应该与你同龄，以后咱们就以兄弟相称吧。"

虽然是第一次见面，大家对王铎好像并不陌生。性格开朗的侯恪显得很兴奋："觉斯兄，介孺以前经常提起你，乔老前辈经常夸你写得一手好字，等你方便时，一定给我赐幅墨宝哟。"

王铎谦虚地说："都是先生对愚弟的抬爱，仁兄若是喜欢，我随时为你效劳。"

几个年轻人从墨宝开始，一直说到王铎参加会试。吕维祺、侯恂和侯恪还以自己的亲身体会给王铎出主意、提建议，谈得非常投机。

孙承宗看着几个年轻人有说有笑，心里很高兴，开玩笑地说："你们也不和我们聊聊天，是嫌弃我这个老头子吧。"

侯恪走到孙承宗身边说："孙阁老，明年春天会试，都在给觉斯现身说法。您老人家肯定会是主考的，还请您多加提携才是。"

孙承宗笑了笑，捋了捋花白的胡须，严肃地说："若木此话差矣，其他事情你我都可以帮衬，唯有此事只能由觉斯一人去做。"

乔允升接过孙承宗的话说："阁老说得极是，相信觉斯定会金榜题名。"

此时，乔允升的夫人进来，带着埋怨的口气说："当家的，你看都啥时辰了，也不知道说让大家赶快吃饭去，饭菜都快凉了。"

乔允升乐呵呵地站起来，爽快地答应："中，马上就去。你先过来看看谁来了？"

王铎看到师母，赶快行跪拜礼。师母见到王铎后，脸上立刻乐开了花。

乔允升招呼大家吃饭，乔夫人准备了一桌清一色的河南家乡菜。大家说着家乡话，吃着家乡菜，喝着家乡酒，乡情就更加浓烈了。

酒过三巡，大家的话更多起来，内容涉及朝廷的一些事情。

乔允升与孙承宗紧挨着，王铎隐隐听见恩师问孙承宗："听说让你总理东北军机大事。"

孙承宗悄悄地说："建房攻占了沈阳、辽阳以后，面临着是主守关防、积极防御，还是固守关门、消极防御的军事战略问题。辽西经略王在晋却主张'拒奴抚虏，堵隘守关'。"

坐在一边的侯恪插了一句："老前辈，何为'抚虏'？何为'堵隘'啊？"

孙承宗解释道："所谓抚虏，就是以金钱收买蒙古来对付后金。至于堵隘嘛，就是在山海关外再修一座关城。"

孙承宗端起酒杯抿了一口，接着说："按照王在晋的主张，实际上等于置辽西走廊缓冲地带于不顾了，这是一个消极的防御方针。宁前兵备佥事袁崇焕和孙元化还联名写信给首辅叶向高反对王在晋的主张，双方为此闹得不可开交。我准备前往实地考察一番后，再做最后的决断。"

大家说的内容王铎听不懂，就闷不作声想自己考试的内容。陈耀对孙承宗、乔允升说的朝廷大事也不感兴趣，就举杯给他们敬酒，乔允升端起酒杯回敬说："完朴啊，觉斯的成长你操心最多。"

"吉甫兄，在关键的时候，都是您给他指点迷津。如果不是您，他说啥都不能再读书了。特别是在他最困难的时候，又是您雪中送炭，才使他家渡过了难关啊。"陈耀感激地说，把王铎叫到跟前，依然叫着他的乳名，"凤儿，赶快给恩师敬酒答谢！"

王铎急忙双手端起酒杯，恭恭敬敬地祝福恩师身体康泰。然后王铎又分别给孙承宗和舅父敬酒，之后才回到自己的座位上。

侯恪神秘地说："最近在翰林院听到有人在私下里议论'红丸''移宫'的事情。"

吕维祺吃惊地说："都过去一年多了，再议论还有啥意义？特别是红丸，到现在也没个定论。皇上也认为红丸无害，只是为了政治的需要，迫于舆论的压力，才让方从哲告老还家。"

侯恂凑近吕维祺耳边说："现在皇上封他的乳母客氏为奉圣夫人，还把魏忠贤任命为司礼监秉笔太监。如此一来，他俩把持着整个内廷，把王安流放到南海子，刚过了几个月就不明不白地死了。"

吕维祺忧心忡忡："现在皇上幼冲，只知道贪玩又不理朝政。实际上很多主意都是他俩的，只不过是用皇上的嘴说出来罢了。"

乔允升听见吕维祺、侯恂的议论，转过头来严肃地对他俩说："介孺、若谷，你们在外面可千万不要妄加议论，否则可能会招来杀身之祸啊！"

听了乔允升的话，侯恂、侯恪和吕维祺马上停止了议论。侯恪立即说："老人家放心吧，我们只是在家说说而已，在外面绝不多说一句。"

孙承宗也嘱咐："现在东厂耳目众多，还是小心为好。"

不谈论国事就说家事，吕维祺关心地问王铎有几双儿女，王铎自豪地回答："我现在是儿女双全，两个儿子一个闺女。"

王铎的话音刚落地，侯恪就对吕维祺说："介孺兄，你现在已有三个儿子，我看你们两家应该结为儿女亲家。"

吕维祺听后立即兴奋地说："若木的建议甚好，我是求之不得，只是不知觉斯意下如何？"

王铎感到门不当户不对，就犹豫着推辞："只是小女年幼，尚不到两岁。"

侯恂在一旁凑热闹："现在只是定娃娃亲，等孩子长大以后再结为秦晋之好。"

年轻人说笑，几位老人也为此高兴，王铎还在犹豫不定。乔允升在一旁笑眯眯地说："觉斯啊，你与介孺是同年，如果再结为亲家，就是亲上加亲啊。"

既然恩师都同意这门亲事，王铎扭头又看看大舅，陈耀也笑着点头赞成。见两位老人都同意，王铎爽快地答应下来。

乔允升提议为王铎和吕维祺结为儿女亲家干杯祝贺，大家说着笑着，热闹非凡。

真是酒逢知己千杯少啊，一晃就到了亥时，可大家还是没有尽兴。只是孙承宗毕竟年事已高，明显有些倦意，乔允升就让侯氏兄弟把他送回家。

屋里只剩下陈耀、王铎和吕维祺，乔允升又嘱咐王铎："觉斯啊，你现在的任务就是读好书，写好文章，做到两耳不闻窗外事，一心只读圣贤书。在这期间，你哪里也不要去，更不要与不相识的人议论朝廷的事情，我和你大舅等着你明年春天金榜题名。"

王铎不住地点头。乔允升又转向吕维祺说："介孺啊，吏部可是个热门的衙门，在推荐人才方面，一定要做到公平、公正！听说邹尔瞻四月任吏部左侍郎以来，推荐召用了一批东林清流，使得六部现在人才济济。"

乔允升说的邹尔瞻大名邹元标，字尔瞻，号南皋。他是江西吉水人，也是东林党的首领之一。他个性耿直，敢于大胆直言，勇于抨击时弊，是一位宁折不弯的忠臣。特别是在张居正丁忧期间，他曾三次上疏反对"夺情"，曾大骂张居正是禽兽。结果被廷杖八十，还被发配到蛮夷之地的贵州。万历十一年，朝廷任命他为吏部给事中，他多次上疏改革吏治，又触怒了皇帝，再次遭到贬谪，降为南京吏部员外郎。他感到心灰意冷，就辞官归里，居家讲学近三十年。在此期间，他与顾宪成、赵南星成为"东林党三君"。直到天启元年四月，才又被任命为吏部左侍郎。

吕维祺作为晚辈，经常到乔允升家里聆听教诲。今天乔允升旧话重提，吕维祺越发感到责任重大。

吕维祺正在琢磨乔允升说的深刻内涵时，乔允升似乎随便问了一句："介孺，听说你最近很忙，准备建个什么书院？"

吕维祺赶紧解释："邹尔瞻、冯仲好两位先生在筹建首善书院，让我给他们当个帮手。最近在崇文门看了一个地址，他们都很满意。"

乔允升很高兴："这可是功德无量的事情，你要多多用心才是。"

吕维祺让乔允升放宽心，定当竭尽全力。乔允升很满意，然后喝了一口茶，又关心地问王铎："觉斯啊，你在报国寺不方便，我看就搬到家里来吧，可以更好地读书。"

王铎却摇着头婉言谢绝了："老师，我在那里挺好的，既能与举人们共勉，还能避免别人说闲话。您老人家不是常说，如果不吃点苦，将来就不可能干一番事业吗？"

陈耀很赞同外甥的想法，吕维祺直向王铎跷大拇指。

整整一个晚上，王铎印象最深的就是师生深情，什么红丸、移宫、东林党和阉党等等，在他听来好像天书一般。

第 五 章

光阴似箭，日月如梭。王铎住在报国寺里，转眼间几个月就过去了。

春天悄悄来临，冰雪开始渐渐融化，已有绿意的柳枝随风摇曳，让人感到心旷神怡。

一天，王铎正在读书温习时，吕维祺抱着一些东西，哼着河南小调走进来。

王铎见吕维祺如此高兴，就放下手中的书，问："介孺兄，今天是啥风啊，把你给吹得如此高兴？"

"当然是春风了。"吕维祺兴奋地说着，又低头看看书桌上的书籍说，"你可真是两耳不闻窗外事，一心只读圣贤书啊。"

在新年期间，整个京城虽然到处张灯结彩，热闹非凡，王铎为了安心温习，天天窝在报国寺里没出去半步。吕维祺曾几次叫他去家里过年，可他说啥也不去。吕维祺拗不过他，只好随他的意愿。眼看着离考试的日子越来越近了，吕维祺再一次来看望他。

王铎收拾一下乱糟糟的书桌，吕维祺把带来的纸包放在书桌上："考试就要临近了，给你送些日用品，还有一些纸墨。"

王铎看到纸墨比啥都高兴，就赶快给吕维祺端一杯水："还是你最了解我。"

吕维祺接过王铎递过来的水，指着纸包说："这是正宗的杭州西湖龙井茶，瞌睡的时候泡杯茶提提神。"

王铎说："庄稼人哪能喝得起呢。"

吕维祺打开后，一边笨拙地泡着茶，一边说："品茗我也是外行，是在看元代虞集诗时，读到一首《游龙井》后才开始注意的。"

王铎说："我更是孤陋寡闻。"

吕维祺想了想，轻轻地吟诵《游龙井》："徘徊龙井上，云气起晴画。澄公爱客至，取水挹幽窦。坐我檐莆中，余香不闻嗅。但见瓢中清，翠影落碧岫。烹煮黄金芽，不取谷雨后。同来二三子，三咽不忍漱。"

王铎听着直流口水，忍不住打开茶杯盖，一股清香扑鼻而来，高兴地说："果然名不虚传啊！"

吕维祺解释说："每天喝上几杯茶，既能提神醒脑，又能明目益思。"

王铎急不可待地轻轻品了一小口，咂巴咂巴嘴，说："味道的确不错，就是有点发涩。"

吕维祺看着王铎滑稽的样子感到好笑。王铎见吕维祺如此兴高采烈，就好奇地问："介孺兄，你今天如此高兴，一定是有啥喜事吧？"

吕维祺收住笑，一本正经又有些神秘地说："经南皋先生举荐，若谷将去巡按贵州，帮助中丞朱燮元平息贵州水西土目安邦彦叛乱，以解贵州之围。"

王铎听说是去平定叛乱，认为这肯定是个危险的差事。按照他的想法，朝里的京官到地方任职，这明明就是降级，他对此很不理解："外放咋就成了喜事呢？"

"我的亲家翁，这可不是外放，而是一次建功立业的好机会。"吕维祺解释说，"你想想啊，平定了叛军，就稳定了一方平安，对朝廷来说就是大功一件。"

"俺是乡巴佬，让你见笑了。"王铎明白了其中的道理，为自己的无知感到很不好意思。

吕维祺并没有笑话王铎，还为他开脱了一句："我刚到京师的时候也是如此，没啥难为情的。"

王铎挠着头，憨厚地笑了起来。

吕维祺又把话题转到王铎的科考上："觉斯啊，你现在已经到了最关键的时候，最近我就不来打扰了。等你金榜题名之时，我把乔先生、孙阁老和几位乡党都请上，为你好好庆贺一番。"

王铎听了吕维祺的话，感到压力很大，说："介孺兄，离考试越近，我就感到压力越来越大，还不知道是个啥结果呢？"

"你学富五车，还在意会试吗？"吕维祺故意轻松一下，然后又鼓励了一句，"我找人看过你的生辰八字了，你就大着胆子考吧，今年必定金榜题名。"

王铎听了吕维祺的话，心里着实轻松了许多："借亲家翁吉言，有上苍保佑，但愿如此吧。"

"你这虔诚读书的劲头，上苍肯定会眷顾你的。把心再放宽些，绝对没啥问题。我最近事比较多，没照顾好你，还请你谅解。"

王铎无所谓地说："我啥苦都吃过，啥罪也都受过，你就一百个放心吧。"

"这我就放心了。"吕维祺见王铎很乐观，心里踏实了许多。喝口茶之后，脸色却严肃起来，说："觉斯啊，我得提醒你，有个事在考试的时候千万碰不得。"

王铎感觉吕维祺说的事很严重，就静静地听他说下文。

吕维祺把身体向王铎靠了靠："以前在考试的时候，个别举子弄虚作假，被巡官发现后戴枷游街示众。"

春节之前，王铎跟大舅拜见恩师乔允升时，乔允升就曾给他提醒过。大舅赴山西韩城任知县前，来报国寺看他时又一再叮嘱。今天吕维祺又重提此事，可见此事非同一般。以前，王铎也听人说过，有的人事先用蝇头小楷在极薄的纸上写好几百篇各种题目的文章，卷成很小的纸卷，塞在笔管里，或藏在砚台底下镂空的小洞里，在考试的时候拿出来抄写。如果一旦被巡官发现，就会游街示众，甚至被砍脑袋。

王铎很清楚弄虚作假的后果，所以从来也没动过作弊的邪念。况且从小受儒家思想影响，宁愿在家种地，也绝不会干那种见不得人的勾当。王铎郑重地向吕维祺承诺："请兄台放心，觉斯绝不会干那鸡鸣狗盗之事！"

霞光染红了整个西山天空，两个人依然没有尽兴。

天启皇帝登基后的第一个大比之年，朝廷六部都很重视。考试的时间定在农历二月初九、十二和十五，考试分三场，每场考三天，一共考试九天。

考试地点在贡院，坐北朝南。庄严肃穆的大门楼子上悬挂着一块金字横匾，上书"贡院"两个楷书大字。门楼东西两边各有一块牌匾，用汉隶字体分别写着"明经取士""为国求贤"。

考场与外界用三层高墙隔绝，墙上都布满了带刺的荆棘，整个贡院里戒备森严。为了监视考场的情况，在通道的正中建有一座明远楼，楼为三重檐式，歇山呈十字形屋脊。考场的四个角还建有瞭望楼，监视人员站在上面居高临下，再加上巡逻兵丁，举子们考试的一举一动，都逃不过拥有鹰一样眼睛的监考人员。

会试那天，贡院四周尽是腰间挎刀的兵丁巡逻，领头的监考官在贡院门口来回踱着步子，令人望而生畏。

王铎和举人们提着考篮排着队，考篮里放着笔墨纸砚。进贡院时，都要挨个儿搜身，搜到谁时就得把考篮放下，官差先仔细把考篮翻看一遍，再看笔管里是否有夹带。然后还要从头到脚摸一遍，连鞋子都得脱下来查过。

胆子小的考生没见过这种场合，吓得两腿发软，半天才能慢慢镇定下来。王铎虽然是第一次参加会试，但以前参加过几场乡试，也算是见过世面的。再说吕维祺等人也一再告诉他不要紧张，他提前也做了准备，倒是没有感到特别紧张。

铜锣响起后，王铎找到自己的号舍。里面宽三尺，深四尺，有顶无门，只是在墙壁上有一个放油灯或蜡烛的小壁龛。两边的墙壁上下各有两行凸出的砖托。桌子和凳子宽窄一样，答卷时把两块木板分开，在上下两层砖托上各放一块，就成了桌子和凳子。晚上睡觉时，再把两块木板并排放在下面的两道砖托上，就成为睡觉的床。地方虽然比较狭窄，但比起在开封府乡试的时候好多了。由于天气还很冷，里面备有一盆炭火供举子们取暖；还有一支蜡烛，晚上还可以挑灯夜战。

三声炮响正式封门后，吵吵嚷嚷的贡院马上寂静无声。试题下发后，明远楼上就响起了咚咚咚的鼓声，监考官点香开始计时。

王铎比较镇定，一边仔细看考卷，一边磨着墨。提笔蘸墨填写好家中三代人的名字后，又认真思索了一会儿，才开始构思文章。

经过多年的苦读，王铎的文字、笔墨、境界功夫都大有长进，所以今天没有怯场。在此后的三场考试中，王铎都表现得从容自若。

王铎考完后，又一头扎进了报国寺，开始读书、作诗、练字，几乎是半步不出寺院大门，只是偶尔到西单牌楼城隍庙逛逛书市。他心里明白，即使会试金榜题名了还有殿试，要想留在翰林院，还要选庶吉士。趁杏榜还没出来这段时间，他要再多看一些书。

一天，王铎正在读书时，不知是谁高喊了一声"杏榜张贴出来了"。洪稚豫急忙叫上王铎，一起就往东长安街飞跑。

他们来到龙亭前，榜前已经观者如潮了，举子们如热锅上的蚂蚁。

王铎和洪稚豫费了很大的劲才挤到杏榜前，先看到共取录贡士三百五十人。然后，王铎就开始仔细寻找自己的名字，可能是过于紧张的缘故，找了两遍也没有看到。

王铎身边一位不惑之年的汉子指着皇榜上自己的名字，操着闽南口音，兴奋地大喊起来："哈哈，黄道周！"

王铎回头看一眼，羡慕地抱拳恭贺，心里却是空落落的。此时，洪稚豫高喊了一声，王铎转脸顺着他的手一看，"王铎"两个字映入眼帘。一向坚强的王铎，热泪在眼眶里转了好几圈，然后顺着脸颊流了下来。

王铎立刻双手合十，仰望着青天，在内心深处呐喊起来："幸蒙天赐恩典，祖宗保佑。感谢爹娘、舅父、岳父、恩师对我的培养、教诲、鼓励和帮助。特别是妻子马瑞云，无怨无悔地养育着儿女，才使我安心读书，没有你们就没有我王铎的今天！"

洪稚豫和黄道周热情地恭贺王铎，洪稚豫又继续寻找他的名字。从头到尾找了好几遍依然没有找到，洪稚豫显得很沮丧。王铎一再好言相劝，鼓励他明年再考，定会金榜题名。

王铎看完杏榜后，怀着喜悦的心情径直回到报国寺，他仍然不敢懈怠，要为殿试做好准备。

三月十五日，新科贡士在太和殿参加殿试。殿外戒备森严，到处都是带刀的兵勇，贡士们一大早就聚集在殿外候着。进入太和殿后，座椅早已安置停当，桌上也已摆放好了试卷和笔墨。贡士们根据安排依次坐下，个个屏息静气，也不敢随意四顾。王公大臣们到场后，与考官们分列四周，整个大殿里庄严肃穆。

王铎仔细阅读考卷后，闭目凝思了好长时间，直到胸有成竹后，方才从容地拿起笔，蘸饱墨书写起来。殿试一直持续到日落西山，贡士们小心翼翼地交了试卷走出来。因为是在太和殿，大家走出殿后也不敢左盼右顾，更不敢大声说话。直到走出午门，才长长出了口气，相互说些奉承的吉言，然后各自散去。

殿试阅卷结果出来后，朝廷选择吉日，由皇上亲点甲第。首辅叶向高等人阅卷初定了前十名，把考卷送呈西暖阁，让皇上御览亲点头甲、二甲十本考卷。

殿试发榜这天，新科进士们都聚集在太和殿外面。文武百官分列在两侧，共同朝贺皇上选出栋梁之材。

当典乐响起时，文武百官和进士们马上屏息静气起来。首辅叶向高缓步走上殿前丹陛，鸿胪寺的四个官员抬着皇榜紧随其后。

典乐刚停，叶向高就高声宣读："天启二年三月辛亥吉日，策试天下贡士，第一甲赐进士及第，第一名状元文震孟，第二名榜眼傅冠，第三名探花陈仁锡。"

当喊到三甲第五十八名王铎时，坚强的汉子瞬间激动起来。接下来他几乎什么都没听见。

直到唱胪完毕，王铎慢慢回过神来时，午门御道已经大开。鸿胪寺官员抬着皇榜，上面撑着黄伞。叶向高领着新科进士紧随其后，走完御道，出来紫禁城，然后就直接上了长安街。

年近半百的状元郎文震孟走在前面，榜眼傅冠和探花陈仁锡依次排下来，街道两旁瞧热闹的是人山人海。

皇榜到了长安街的龙亭，顺天府尹早已在那里恭候多时了。皇榜挂好后，按照惯例先给状元郎披红戴花，然后再分别给榜眼和探花各敬酒一杯。随后，牵来一匹枣红色高头大马，亲自扶状元郎文震孟上马游街，新科进士们紧随其后。

依照规矩，新科进士要进宫谢恩。那天，天还没亮王铎就急急忙忙赶到午门。

京城的四月，清晨依然有些寒冷。在这个季节，南方早已是夏天了。南方籍的士子们只穿一件单衣，在外面站了不久，就冻得止不住发抖。直到天亮，礼部的官员才引领着进士们进宫。

先是去太和殿向皇上谢恩，然后再参加礼部准备的鹿鸣宴，接着又到孔庙给至圣先师孔夫子的像行大礼，最后还要在进士碑上题名。王铎没想到中个进士也这么辛苦，整整折腾一天，虽然很疲惫，但心里仍然非常高兴。

六月二十四日，在殿试的三百五十名进士中，又优选出三十六名翰林院庶吉士，要在翰林院进行为期三年的为官学习，等散馆之后再派差。

王铎做梦也没想到，他又被选入翰林院庶吉士。从会试到殿试，真是双喜临门。王铎靠自己的刻苦努力，实现了爹娘和亲人的厚望。

以前，王铎曾多次听恩师乔允升说，非进士不入翰林，非翰林不入内阁，南北礼部尚书、侍郎及吏部右侍郎，非翰林不任。只有进入了翰林院，才有进内阁的资本。

王铎很激动，不由展开了遐想：读圣贤书，就是为了修身齐家治国平天下。等三年散馆后，要把自己的才学都施展出来。大力整顿朝政弊端，毫不留情地撤换那些昏庸无能之辈，提拔与自己志同道合的干吏、能臣到六部，再通过他们把自己的一套治国主张进行贯彻实施。不出数年，就扫灭建虏，大明中兴，流芳青史……

整个仪式举行完后，王铎来到乔允升家里，向恩师报喜谢恩。乔允升和老伴都高兴得一直合不拢嘴，把他让进书房里。

书童泡好茶，为乔允升、王铎各倒一杯。乔允升缓缓地端起茶杯，说："觉斯啊，你能金榜题名为师很为你高兴，十年的寒窗没有白读，冷板凳没白坐。"

王铎还没有回话，师母就很兴奋地接着说："是啊，你爹娘要是知道了这个喜讯，不知道该有多高兴呢。"

两位老人说完后，王铎起身给他们深深鞠躬："没有恩师的教导和关心，就没有学生的今天，觉斯没齿不忘！"

"觉斯啊，老师不喜欢这些陈年老礼。"乔允升忙招呼王铎坐下，然后又语重心长地说，"翰林院是人才聚集的地方，在那里做人品格要高，做事格调要低。如果一个人得意早了，失意也会来得快。特别是在庶常馆学习期间，上下左右人多眼杂，就更应该如此。"

师母见乔允升和王铎一老一少聊得很投机，为了不影响他们说话，起身说:"你爷俩先聊着,我去准备几个家乡小菜,一会儿好喝几盅庆贺庆贺。"

王铎感激地起身说:"多谢师母。"

师母出去后,乔允升又语重心长地说:"觉斯啊,做官有时候不能太得意。你要明白一个道理,官都是慢慢熬出来的,如果没有一定的资历和经验,即使有天大的本事也是枉然。"

王铎认真地听着,乔允升继续说:"最近肯定会有很多人看望你,有的同你拉老乡、认朋友,对于这些应酬都不要太当回事,你要学会适可而止。"

不大一会儿,几个简单的菜就上来了。乔允升和王铎边喝着小酒,边聊着看似没有边际的话。实际上是乔允升在给王铎传授很多为人之道、为官之道,这让他受益终生。

弯钩似的月牙高悬在天空,王铎带着酒意回到翰林院安排的临时住所时,看到吕维祺正在门前等候。

吕维祺抱拳拱手,向王铎恭贺:"恭贺贤弟金榜题名!"

王铎晃悠着还礼后,拿出龙井茶,一边泡茶一边遗憾地说:"虽说是榜上有名,但也只是三甲,还是第五十八名。"

吕维祺说:"亲家翁,你就知足吧,你已经是人中龙凤了。新科状元文震孟今年都已经年过半百了,据说他是第十次参加会试,苦读寒窗将近三十春秋啊!"

吕维祺的话让王铎对新科状元文震孟来了兴趣:"状元郎是哪里人氏?"

吕维祺说:"他的祖上就是大名鼎鼎的文天祥,曾祖父是以词、书、画俱佳而闻名天下的文徵明。据说他少小时就好学,并以文才、品行闻名乡里,特别擅长的是诗文。此人不但为人刚正,而且品行高洁。他从二十岁起,就像大多数文人学士一样,踏上了科举入仕之路。万历二十二年乡试第一名,但在会试时却落了第,可人家并不气馁,十进贡院参加考试。历时二十七年,才终于中了头名状元。"

文震孟的经历让王铎对他油然生敬:"是啊,这需要多大的勇气和努力啊,真是让人敬佩之至啊!"

吕维祺兴奋地说:"咱们先不说状元郎啦,你金榜题名的喜讯,家里老人要是知道了,不知该有多高兴哩。"

王铎止不住内心的兴奋,说:"还没来得及给老人家写家书呢,这两天抽时间就写,也给舅父和岳父写一封。"

王铎提到舅父时,吕维祺很遗憾:"是啊,若是令舅知道你金榜题名,不知该多么高兴啊。"

王铎想起了大舅虚弱的身体，很为他担心："舅父为了我的学业、前程，这几年操了很多心，身体都累垮了。他身体本来就不太好，性格又耿直，我很担心，怕他上任后吃不消。"

吕维祺说："那就尽快给老人家写封信，好让他为你高兴。"

最近一段时间，王铎参加考试、会试，与吕维祺有好长一段时间没有见面了。今天一见，两个人有说不完的话，他们天南地北聊了一阵。王铎突然问道："介孺兄，经常听你说东林党，东林党到底是干啥的？"

说起东林党，吕维祺就显得很自豪："东林党是一个志同道合的团体。他们不但正直、廉洁，而且都有抱负，忧国忧民。"

王铎还是不理解，继续问道："你说的这些，似乎是一个正人君子应该做到的。"

吕维祺见王铎打破砂锅问到底，而东林党也正需要他这样的人，应该让他多一些了解，于是就把东林党的情况给他做了详细介绍。

吏部文选司郎中顾宪成因为上疏逆旨触怒了万历皇帝，于万历二十二年被革职回到故乡无锡。顾宪成回乡之后，仍然心系国事，就与辞官回家的高攀龙一起商量，决定以讲学的方式，大力宣扬自己的治国主张。

在常州知府欧阳东凤、无锡知县林宰的资助下，他们修复了无锡城东的东林书院。顾宪成亲自在门上题写了一副对联。上联：风声雨声读书声，声声入耳；下联：家事国事天下事，事事关心。

东林书院最早由宋代大儒杨时讲学时创立。在重修东林书院的时候，顾宪成考虑到杨时既是宋代大儒程颢、程颐两兄弟的门徒，还是大儒朱熹的老师，就明确地宣布，讲程朱理学，继承杨时衣钵。

顾宪成提出的"当京官不忠心事主，当地方官不志在民生，隐求乡里不讲正义，不配称为君子"的观点，博得了志同道合者的积极响应。从此，东林学院名声大震，时人称之为东林党，听讲求学的人都尊称顾宪成为"东林先生"。

在讲学之余，大家有时会聚集在一起，用委婉的语言议论朝政，褒贬品评执政的大臣。

朝中的一些忧国忧民的官员也与东林书院遥相呼应。

顾宪成的好友邹元标、赵南星等一批名臣，也先后到东林学院讲学，颇有名望的大学士叶向高也很同情和支持东林党人。

万历年间，针对皇帝长期不理朝政、宦官擅权、政治日益腐化、社会矛盾激化的现象，东林党人提出了反对矿监税使掠夺、减轻赋役负担、发展东南地区经济等主张和开放言路等针砭时弊的政见，与在朝廷任职的官员遥相应和，得到社会的广泛支持。

东林学院由一个谈经论道的学术团体，逐渐发展成为讽议朝政、批评朝廷、具有浓厚政治色彩的团体。东林党人号称"清流"，影响着天下的舆论。

顾宪成、邹元标、赵南星作为中坚力量被称为"三君"，但却遭到了宦官及齐、楚、浙"三党"和各种依附势力的激烈反对。

天启皇帝朱由校之所以能够继承皇位，和东林党人有很大关系。正是他们在万历后期争"国本"中，极力维护长幼有序，才使得朱由校的父亲朱常洛最终成为皇太子，继承了皇位。朱常洛为此很感激东林党人，他登基不到半个月，就接连任命了很多东林党人到六部任职。

吕维祺介绍了东林党的情况后，又赞誉说："东林党人很重视气节，他们大多不畏权贵，又刚正不阿，清正廉洁，所以大家都称为'东林清流'。"

吕维祺的一番话，解开了王铎心中的谜团。他仔细想了想，感到东林党的一些主张自己很认同，他们的形象在自己心中就更加高大起来。

吕维祺见王铎很感兴趣，就告诉他一件事："邹尔瞻先生现在是东林党的掌门人，正在筹建首善书院，准备以讲学为契机，开展关于改良政治的一些讨论。"

王铎对吕维祺更加敬佩，感慨地说："介孺兄，你真令我敬佩之至啊！"

吕维祺却谦逊地说："觉斯啊，真正令人佩服的应该是东林党的前辈们。我在帮助筹建首善书院时，也是受益匪浅啊。"

王铎诚惶诚恐地问："介孺兄，我如果要参加你们的讲学活动，会不会被拒之门外啊？"

吕维祺笑着说："凭你的人品、志向，东林党一定会接纳的。"

王铎从吕维祺嘴里听到了很多新鲜词语，就打破砂锅问到底："介孺兄，刚才你说'国本之争'是个啥意思？"

吕维祺停了停，缓缓地说："要是说起国本之争啊，那话可就长了。"

吕维祺的话让王铎更加好奇，一定要听个原委。

吕维祺喝口茶，梳理了一下思路，然后就给他讲起了国本之争的始末。

万历年间，按照祖制长幼有序的原则，皇帝朱翊钧应该册立皇长子朱常洛为太子。但是他不喜欢这个长子，很想立他宠爱的郑贵妃所生之子朱常洵为太子。为此，引起了朝臣们和万历皇帝近十五年的争执。

万历皇帝之所以不喜欢朱常洛，是因为他是宫女王氏所生。王氏是慈圣皇太后的宫女。万历九年的一天，万历皇帝朱翊钧到慈宁宫向慈圣皇太后请安时，太后正巧不在，王氏端水让他洗手，他一时兴起就宠幸了王氏。王氏怀孕后，他开始不承认是自己所为，太后命人取来内起居注查看后，他不得已才勉强承认,并封王氏为恭妃。因称宫女为都人,朱常洛就成了都人之子。

皇帝朱翊钧嫔妃虽然众多,但他最宠爱的是郑氏。万历十年封她为淑妃,第二年又晋封为德妃。万历十四年,郑氏为万历皇帝生下一子,取名为朱常洵,从此皇帝就有意封她为皇贵妃。还有流言说,皇帝朱翊钧与郑贵妃曾到玄殿祷神盟誓,相约立朱常洵为太子,并且将密誓御书封在玉匣内,由郑贵妃保管起来。大臣们纷纷上疏,应尽早册立皇长子朱常洛为太子,以破除流言。

万历十四年,首辅申时行又上疏,请立朱常洛为太子。朱翊钧以长子幼弱为由,让等两三年后再册封。如此一来,更加深了群臣的不安,户科给事中、吏部员外郎等人纷纷请立东宫。有的给事中的措辞还非常激烈,这让皇帝朱翊钧十分生气,将奏折扔在地上,还贬黜了几个言官,但大臣们并没停止上疏。万历十八年,朝廷官员集体请求册立,以此向皇帝朱翊钧施加压力,但他仍然不予理会。

立储之事前后纷争了十五年之久。直到万历二十九年,在慈圣皇太后的干预下,皇上朱翊钧才做出让步,册立已经二十岁的皇长子朱常洛为太子。同时册封朱常洵为福王,朱常浩为瑞王,朱常润为惠王,朱常瀛为桂王。

第 六 章

依据朝廷旧制，状元郎文震孟被直接授修撰，从六品官衔；榜眼傅冠和探花陈仁锡被授予正七品编修。被选入的庶吉士还要在翰林院庶常馆学习为官之道，散馆时皇上还要亲自考试。

庶常馆的生活比较清苦，以前曾有人不愿待在翰林院，而是回家读书，待到散馆时再进京参加考试。

王铎原来的想法是像岳父那样到地方任个官职，既能为百姓做些实事，还能用俸禄补贴家用。现在被选为庶吉士，就想着能回家读书。

王铎把自己的想法告诉了乔允升和吕维祺，他俩却都不同意。

吕维祺语重心长地劝他说："觉斯啊，翰林院是朝廷储备人才的地方，庶吉士就是储相，能成为庶吉士的人都有机会平步青云，很多人都羡慕不已。在翰林院不只是读书，最重要的是开阔眼界，见大世面。"

乔允升接着吕维祺的话说："介孺说得极是，以前不是常对你说'非进士不入翰林，非翰林不入内阁'吗？你有这个机会很难得，应该好好珍惜和把握才对。"

吕维祺很理解王铎的心情，家里人多，生活艰辛，他又是老大，很想通过自己的努力尽快改善家境。但不管做什么事情都有个过程，绝不能操之过急。他耐心地劝说："我知道你家比较困难，不过那只是暂时的。如果错过了这个机会，将会影响你今后的前途啊！"

乔允升鼓励他说："是啊，以前那么苦都挺过来了，再苦也就是两三年。我和介孺不会坐视不管，都能给你帮衬一下。再说你在翰林院还有一定的补贴。"

王铎听了恩师和吕维祺的肺腑之言，就不再提回家读书的想法了。

吕维祺见王铎不再提回家，又告诉他："你不是特别喜欢书法吗？翰林院有很多古代名人字画。王右军父子、颜平原、米元章的真迹应有尽有，你在外面是绝对看不到的。"

王铎听说翰林院有古人真迹，就一下来了精神，答应再苦读三年。翰林院到底是个什么机构，王铎感到十分神秘，就好奇地问乔允升："老师，这翰林院到底是干啥的？"

乔允升笑了笑，概括了一句："翰林院是一个养才储望之所，主要负责修书撰史，起草诏书，为皇室成员侍读，担任科举考官等。"

吕维祺接着乔允升的话，掰着指头给他细说："翰林院的事务很多，主要是充经筵日讲，经筵典礼，论撰文史，稽查史书，录书，稽查官学功课，稽查理藩院档案，入值侍班，遇到乡试、会试、殿试时充主考官、读卷官等等。不但撰祝文、册立册封后妃的宝文、册封王公诰文、碑文、谕祭文等，还要纂修实录、圣训、本纪、玉牒等书史，编修、检讨们还要参与对书史的编辑和校勘等等。"

王铎听说大部分都是文字书写之类的事情，感到有些失望，就顺口说了一句："都是写写画画的事情啊。"

乔允升说："翰林们虽然无行政实权，地位却清贵，所处的位置很重要，是成为阁老重臣以及地方官员的基础。皇帝的老师、文学侍从都出自翰林院，即便是那些达官显贵，也不敢丝毫慢待。"

乔允升和吕维祺的一番话，让王铎明白了翰林院的很多事情。

翰林院坐落在东长街南侧。院内有登瀛门，内堂总共有五楹。堂西为读讲厅，东为编检厅；左廊围门以内就是状元厅；后堂左为待诏厅，右为典簿厅；再后堂里，东西屋均为藏书馆，古代名家的真迹名画尽藏其中。院内还有井亭、柯亭，人们可以登高望远。清秘堂前是瀛洲亭，后方的凤凰池里，一群鱼儿在水里快活地游来游去。整个院落宽敞明亮，叠石造景，花木扶疏，幽雅宜人。

去翰林院之前，王铎的心情和其他翰林们一样，都感到忐忑不安，真正来到翰林院以后，这里就成了读书最理想的地方。

在庶常馆里读书，并没有要紧的事去做。王铎就经常去藏书馆，借阅观看名人字画真迹，真是如鱼得水啊。特别是见到《淳化阁帖》后，让他简直是入了迷，只要有空闲就要临摹一通。

一天，王铎在认真临帖时，一个年龄最小的进士悄悄来到他身边，见他写字极好，就用浓重的江浙口音称赞："好深的临摹功夫，与原帖几乎无二致！"

年轻人的赞语引来另两位年长者。王铎写完最后一笔，放下笔与他们相互拱手施礼。

大家刚到翰林院，相互间还叫不出对方的名字。其中一位年长者，王铎看着有些脸熟，好像在哪里见过面。

年轻人直言快语，自我介绍："兄台，咱们认识一下。吾乃山阴祁彪佳，字幼文，小名虎子。今年刚满二十岁，您肯定是兄长，叫我虎子好了。"

王铎再次抱拳拱手，主动自我介绍："吾乃河南孟津王铎，字……"

王铎的话还没有说完，机灵鬼似的祁彪佳替他报出了家门："字觉斯。"

祁彪佳的话让王铎有些吃惊，正想问他原委，祁彪佳接着说："觉斯兄，你一定感到很吃惊吧？小弟到京城后，就听说有个叫王铎的河南儒生，住在报国寺，书法超群，只是科考在即，无缘相见。今天能与兄台在此相见，真乃三生有幸啊。"

王铎谦虚地说："贤弟过奖了，过奖了。"

祁彪佳转过身来，热情地拉着不惑之年的年长者介绍说："觉斯兄，这位兄台叫黄道周，字幼玄，号石斋，乃福建漳浦铜山人。"

王铎突然想了起来，在金榜前看榜时，他们曾经见过一面。黄道周也想起来了，两人再次抱拳拱手。

黄道周指着与王铎年龄不相上下的另一位翰林说："这位贤弟是浙江上虞的倪元璐，字玉汝，号鸿宝。"

王铎听了很兴奋，说："玉汝兄原来是王阳明先生的乡党啊，今后请您多关照。"

倪元璐抱拳拱手："觉斯兄乃诗圣杜子美的乡党，还请您多指教。"

黄道周年长几岁，大有长兄风度，儒雅地说："咱们有缘在此相聚相识，今后在翰林院同窗共读，相互间都要多帮衬、多关照。"

祁彪佳听了黄道周的话，似乎有些失落，说："三位兄长，你们在翰林院同窗共读，让小弟羡慕不已。"

王铎听了祁彪佳的话，不解其中的缘故："虎子贤弟，这是何意啊？"

倪元璐替他说："幼文贤弟已被皇上任命为福建兴化府推官。"

祁彪佳说："觉斯兄，我今天是来向玉汝兄告别的，看见你临帖功力深厚，令我钦佩之至，就不由自主地喊了起来。"

倪元璐上前扶着祁彪佳的肩，安慰说："贤弟乃性情中人，千万别灰心。你年龄最小，将来一定前途无量。"

王铎接着倪元璐的话说："玉汝兄说得极是，前几天我还在想，如果能到州府谋个一官半职，就能直接为百姓办些实事啦。"

黄道周既鼓励又夸赞地说："虎子刚满二十岁，就已成为一方诸侯，令我们三位做兄长的羡慕啊。"

倪元璐说："是啊，皇上委任你为推官，掌理刑名、赞计典，寄予了很高的厚望。你现在是真正实现了飞虎在天啊。"

王铎听了倪元璐的话，感觉必有缘故，问："玉汝兄，你刚才说'飞虎在天'，其中可有故事？"

倪元璐说："虎子自幼寝馈书卷，聪慧敏捷。七岁时乡人抱他上树，命以'猢狲上树'作对，他以'飞虎在天'应答。"

王铎和黄道周听了倪元璐的解释，对眼前生龙活虎的祁彪佳更加另眼相看了。

"我这算什么呀，要是比起玉汝兄，我只能是小巫见大巫。"祁彪佳羞涩地转身对王铎、黄道周说，"两位兄台，你们可能有所不知，玉汝兄七岁时就曾作《看舟月》。所著的《星楼会稿》被书贾刊刻发行三万余版，才名远播啊！"

倪元璐想阻止祁彪佳，可祁彪佳嘴巴更快："他十七岁那年，未经童子试就直接应郡、县、监司三试皆第，当年秋天乡试成为举人。十八岁时所书扇面传入松江，深得大儒陈眉公先生的赞赏。"

祁彪佳的一番赞扬，说得倪元璐不好意思。黄道周问："虎子提到的陈眉公，可是文学家、书画家陈继儒先生？"

祁彪佳点点头，说："正是。"

听说倪元璐有如此成就，王铎和黄道周羡慕不已。喜欢诗文的王铎提出让倪元璐把儿时的诗文读来听听。倪元璐说那只是儿时戏作，不值得一提。

倪元璐还想再推辞时，祁彪佳已经摇头晃脑地吟诵出了倪元璐的《看舟月》：

凭栏看舟月，看月何须仰。
水底有晴天，舟行月之上。

倪元璐的诗引来大家的喝彩，倪元璐亲昵地用手打了一下祁彪佳，然后对王铎、黄道周说："两位仁兄，虎子只说了我过五关斩六将，不知道我曾经败走麦城。在乡试之后，我赴京会试三年均不中。说句实在话，我对会试已经失去信心了。之所以今年再次来京参加会试，只是为了圆家父在世时对我的期望，能考中可能是家父和上天的眷顾吧。"

王铎对他持之以恒的精神十分赞许："玉汝兄，功夫不负有心人，定是伯父在天之灵的佑护。"

经过短暂的交流，他们都感觉脾气相投，爱好又一致，也就无所顾忌了，话题自然多了，大家就滔滔不绝地说起来。

说起坎坷的读书生涯，王铎就想起了几位恩人，随即简要介绍了自己的读书经历，最后激动地说："各位仁兄，我是得益于几位恩人的相助。没有他们的教诲，就没有我王铎的今天。"

提起酸甜苦辣的读书之路，黄道周激动得有些哽咽，一时不知该从何说起。

倪元璐接着王铎的话说："幼玄和觉斯两位仁兄，你们俩家境虽然都十分寒微，但依然矢志不移，既当学生还做先生，十几年孜孜以求，均是小弟的学习之楷模啊。"

祁彪佳听了王铎、黄道周的经历很受感动，但对他们三人相互间都尊称仁兄感到不妥，就提议说："兄长既是同年，就应该有长幼之分。"

三人互相一看，感觉祁彪佳说得很有道理，就各自报出年龄。黄道周生于万历十三年，年龄最长；王铎生于万历二十年，比他小七岁；倪元璐生于万历二十一年，比王铎小一岁。在三人中，黄道周年龄最长，王铎、倪元璐再次向他施礼。

祁彪佳看着眼前三位兄长的举动，感觉很像刘备、关羽、张飞桃园三结义。

在翰林院，王铎、黄道周、倪元璐三人不仅文采出众，都有以身报国之志，而且爱好也相同。特别是在诗文的风格上，王铎和黄道周都继承了杜甫直述时世、直面现实的传统。黄道周和倪元璐又深研《易经》，对人生的终极意义更是洞达。在书法的追求上，都在传统继承中找到了立足点。王铎着力于王羲之，黄道周专攻苏东坡，而倪元璐直入颜真卿。虽然各自追踪不同，却有自己明显的主攻方向，其主张面貌独立的思想非常一致，只是王铎的风格更豁朗。

在对待书法的态度上，黄道周有自己的明确态度，曾多次说过："我作书是学问中第七八乘事，不以此为重。"

在评价王羲之父子时，他们的总体看法极为一致。让王铎深感遗憾的是，王羲之虽有王导、谢安的品格，但却是身无寸功。

黄道周在看了王铎的书风后，提出了自己的建议："觉斯啊，虽说你主攻的是右军《圣教序》，但在你的作品中却有颜平原的影子，看得出你对他也是情有独钟啊。"

王铎正在琢磨黄道周的话时，倪元璐针对黄道周的书法风格提出了自己的看法："幼玄兄，我看你对王右军研究颇深，以后不如专攻王右军父子。"

王铎把三人的作品进行比较后，看着倪元璐的作品，自言自语地说："从玉汝的作品里很容易看到苏东坡的味道。"

倪元璐感到王铎说得在理，不住地点头。黄道周也提议："玉汝，你最好在这方面再深入研究一番。"

王铎仔细琢磨一会儿，说："咱们作为同代人，要想形成自己的风格，相互间应该拉开一定的距离。我有个突发奇想，请二位听听如何？"

黄道周、倪元璐放下手中作品，等着王铎说下文。

王铎说："今后咱们学古应该有侧重，幼玄兄主攻苏东坡，玉汝直入颜平原，鄙人勠力王右军，不知二位意下如何？"

黄道周第一个赞同，倪元璐稍微一思索，也表示赞同。

同为庶吉士的黄锦，看到王铎、黄道周和倪元璐三人的书法各有所长，见地也颇深，就开着玩笑说："你们仨在一起，真可谓是'三珠树'啊！"

黄锦，字孚元，号绹庵，祖居福建，与黄道周是乡党。王铎回头看着他，仔细琢磨着他说的"三珠树"，马上就想到了《山海经·海外南经》里"三株树在厌火北，生赤水上。其为树如柏，叶皆为珠。一曰其为树若彗"。后人认为"三珠树"的"三"有稀世之意，并逐渐将其比喻为人中龙凤。

倪元璐眉头紧锁，似乎还没反应过来。黄锦继续侃侃而谈："'粲粲三珠树，寄生赤水阴。亭亭凌风桂，八干共成林。'你们仨是当今朝廷中的英才，其才华干略光耀于朝啊。"

黄锦说的是陶渊明读《山海经》组诗的诗句。王铎听了仔细一琢磨，觉得形容他们三人也很贴切，就接着他的话毫不自谦地说："孚元兄，你的话虽有戏说之意，但把'三珠树'比作豪杰才俊，我以为也很恰当。"

黄道周轻轻地捻着胡须，自言自语地说："杜甫的从祖父杜易简曾经赞誉当世才俊王勔、王勮、王勃三兄弟为王家'三珠树'，现在若把'三珠树'用在我等三人身上，似乎有些不妥。"

黄锦听了黄道周的话，接了一句："你们三位兄长都是当世之才俊，学术、志趣、立场非常一致，天天又腻在一起，情同手足，亲如兄弟，以后就称你们'三珠树'好了。"

王铎对黄锦的提议虽然很赞赏，但却用戏言说了一句："孚元兄，你称我们为'三珠树'，说不定有妒忌之人说我们是'三狂人'呢。"

倪元璐听了王铎的话大笑起来："言之有理，狂人必须有真才实学，否则就无法狂起来啊。"

大家似乎都找到了知音，不时开怀大笑，然后又聊起诗文。在诗文上，他们更是惺惺相惜，偕声唱和，极力奉李梦阳为文章正脉，以商周秦汉为富窟，不屑于宋元浅近之文，决心共救"四声八病"之失。自此之后，他们时常谈论政事、诗文、书法、生活感悟以及生活琐事，并在诗文唱和、书信往来中相互鼓励、相互安慰。

立秋后的京城，天气有些反常，中午却是依然燥热难耐。王铎对《淳化阁帖》入了迷，只要有空闲就临池不辍。

一天晚上，王铎正在聚精会神地临帖，吕维祺和侯恪相约来看望他。

王铎一见侯恪也来了，格外激动。他早就听吕维祺说过，侯恪二十三岁时与大哥侯恂于万历四十四年同登进士第。侯恂授行人，而侯恪却不肯出仕，回家继续读书。三年后，学业大进，参加殿试后，选授翰林院庶吉士。一年后，授编修，侍经筵，编《神宗实录》。侯恪现在是诗坛高手，刚进翰林院时就想登门拜访，只是一直没有找到合适的机会。

侯恪今天亲自上门，这可真是天赐良机啊。王铎赶紧为他们拿凳倒茶，吕维祺笑着说："觉斯啊，今天我可是把诗坛高手给你请来啦。"

"觉斯别听他吹牛。"侯恪摆摆手，然后又抱歉地说，"你进翰林院后，我还没来看过你呢，今天是专程来看望你的。"

王铎激动地说："以后还请若木兄多指教。"

侯恪谦虚地说："指教不敢当，今后咱们在一起多切磋交流。"

"若木的诗推崇杜甫，承前七子之余绪，开创了侯氏之风格。"吕维祺极力赞扬侯恪的师承及风格，王铎瞪大眼睛认真地听。侯恪想阻拦，但吕维祺却继续说："他以大雅自命，反对公安、竟陵为独抒性灵而忽视社会实践，以乞灵于古人的狭隘的形式主义倾向。"

侯恪解释道："古今言诗，莫妙于先圣。人不观沧海，而羡涔蹄，不览华岱，而夸卷石，不爱秦柏汉松，而取盘曲盆盎中物，失之远矣。"

"看看，我不是吹牛吧。"吕维祺用手指了指侯恪的肚子，然后对王铎说，"若木一出口，就知道他满腹经纶了吧。"

王铎诚恳地点着头，习惯性地双手合十。

"觉斯还是个佛家弟子呢。"侯恪开玩笑说了一句，然后又一本正经地说，"咱们以后都在翰林院，有啥事尽管找我。"

王铎只想着向侯恪请教了，很多想要表达的话却都没有说出来。

"若木说得对，你们都在翰林院，今后有的是时间。"吕维祺说着，看到王铎临写的《淳化阁帖》，顺手翻看了几页，问，"以前你几乎整天抱着《圣教序》，一写就是十几年。现在有了《淳化阁帖》，你准备写多少年啊？"

王铎兴奋起来，说："《淳化阁帖》的确让我爱不释手，至于写多少年嘛，还没有想好。"

吕维祺作为兄长，提醒他说："我知道你对书法情有独钟，在这方面也很有天赋，但你要知道人外有高人啊。"

"是啊，要是说起书法，京城可是藏龙卧虎之地啊。"侯恪不停地转着手中的茶杯，"当今公认的书法高手是邢、张、米、董。"

侯恪提到的"邢、张、米、董"，指的是邢侗、张瑞图、米万钟和董其昌。

只要一谈起诗赋、文章、书法，王铎就兴奋不已。他来京城后，也零零碎碎地听说了四位大家，但还不知他们的详情，怔怔地看着两人，实话实说："我愿闻其详，请二位仁兄赐教。"

"在世的三位大师，目前都已聚集在京城。"侯恪转身对吕维祺说，"介孺兄，仲诏与你是老朋友了，方便时不妨给觉斯引荐一下。"

吕维祺点点头，捋着胡须笑呵呵地说："张二水先生在詹事府，现在任右谕德；董玄宰老先生任太常卿兼掌国子监司业。"

王铎讨好地给两位续些水。吕维祺转身对侯恪说："二水、玄宰两位先生在翰林院时，你与他们接触得比较多，私交也非常密切。找个适当的机会，带觉斯分别去拜访一下吧。"

"介孺兄，我刚说让你找米万钟，你就马上给我派差事。"侯恪端起茶杯，笑着将了吕维祺一军，然后抿了一口茶，轻轻放下茶杯对王铎说，"觉斯啊，说句实话，在这方面我是外行，只能给你说些皮毛而已。"

"他们四人经历不同，书风各有千秋。"吕维祺知道侯恪是在客气，就直言不讳地说，"他们的情况你最清楚，你就别卖关子了。"

侯恪不再推辞，正襟危坐细说起来："那就先说邢侗吧。他字子愿，号知吾，山东临邑人，与王右军和颜平原是同乡。他是万历二年的进士，曾历任南宫知县、巡按三吴、湖广参议、太仆寺少卿。能诗文，擅书画，尤以书法精妙名世。他曾经遍临魏、唐、宋诸大家，尤以钟繇、索靖和王右军父子为主，也深得右军神髓。其行草、篆隶也是各臻其妙，特别以行草见长。邢子愿辞官回家后，用巨资筑来禽馆二十六景，取名烁园。身在其中，其乐融融，晚年与右军书坐卧三十年，始克入化。他书写用笔极为沉厚，在丰劲运笔中加以婉转，有人评价他的书法'雄强如剑拔弩张，奇色如危峰阻日'。最后成了北派书坛上的代表人物。"

吕维祺很惋惜地说："可惜的是，他刚刚六十一岁就作古了。"

王铎听了感到很惋惜，此时响起了咚咚咚的敲门声。

王铎赶紧起身开门，一看是黄道周和倪元璐来访。王铎把他们让进来，给吕维祺和侯恪介绍后，双方抱拳拱手施礼。

黄道周见屋小很拥挤，又有客人，欲先告辞。王铎坚决不依，并对黄道周和倪元璐说："若木兄正在介绍邢、张、米、董呢，你们可曾听说过他们的故事？"

黄道周一听不再告辞，大家都落座后，侯恪回头问身边的黄道周："幼玄兄，听说你与张二水先生是同乡，对他一定比较了解吧？"

侯恪虽然比黄道周年少，但他进翰林院比较早，按照规矩他应是前辈。黄道周自谦地说："学生与二水先生虽同为福建人，在家乡也早有所闻，只是到目前为止还无缘拜见。"

侯恪说："二水先生的书法，无论是外貌，还是内涵意蕴，都与前人迥然不同。他的字别出蹊径，行笔迅疾，点画凌厉，奇险豪迈，咄咄逼人，能使人感受到他的力量感很强，气势动荡。"

侯恪虽然一直自谦对书法是外行，但对张瑞图书法艺术的特点介绍得恰到好处，让王铎、黄道周和倪元璐都很钦佩。

侯恪说："二水先生的启蒙老师是李贽的后人林天贶，他受其影响，敢于抨击时弊，反叛传统，勇于另辟蹊径，标新立异。"

吕维祺从中补充了一句："万历三十五年，二水先生高中探花，授翰林院编修。"

侯恪接着说："二水先生也是出身寒门，据说夜读都供不起灯火，经常到村边的白毫庵中借着佛前的长明灯苦读。到了青年时期，一面执教谋生，一面参加科举考试。他读书方法与众不同，在读五经子史的时候，先是抄写练习书法，然后再研读理解文义。他每晚选择书经的一个题目演绎成文，由于文思敏捷，弹指立就，翌日文章就不胫而走，在府县名声大噪，泉州一带都盛行由他解释的经文。"

黄道周插话讲了一则张瑞图的故事："听说张先生有个极其贤惠的妻子，善于纺织，以机杼纺织的收入供给家用，并支持先生求学资用。"

王铎听了张瑞图的求学经历很受感动，不由想起了结发妻马瑞云卖掉嫁妆支持自己的学业。

侯恪和吕维祺一搭一档，说完张瑞图的情况，王铎又央求他们介绍一下董其昌。

侯恪知道王铎是个倔脾气，也不再推辞："玄宰先生是位传奇式的人物。他是华亭人，字玄宰，号思白、香光居士，是当今书法界的泰斗。当年与堂侄董源正一同参加会考时，本应夺冠，只因写的字太差被降为第二，他侄子因字写得好被提为第一。为此，他发愤临池，苦练书法，终于在万历十七年考中进士，并被选为庶吉士，散馆时授翰林院编修。"

倪元璐却不屑地插了一句："在他家乡一带，百姓对他的评价却是褒贬不一。特别是万历四十三年秋天，他让儿子带人强抢诸生陆绍芳的女儿绿英做小妾，为此事还出了人命。"

黄道周听了董其昌强抢民女的行径后，心里产生了厌恶感。

"玉汝所言可能是以讹传讹。据我所知，此事是他二公子董祖常所为，董老先生只能负有教子不严的责任。儿子所为强加在父亲头上，实在有失公允。"侯恪听了倪元璐的话，马上纠正，然后环视了大家一眼，继续说，"先生刚进翰林院时，翰林院学士田一俊去世，因为老先生一生清廉，身后萧条无银两，董玄宰便自告奋勇，南下数千里护送老师灵柩回福建大田县，直到办理好后事才返回。"

吕维祺说："董玄宰在江南影响很大，不但书画水平高超，而且还通禅理，精鉴藏，工诗文。"

侯恪看到王铎纠结的表情，停了停又说："先生交友都是品德高尚、无懈可击的正人君子。特别是在回家养病期间，与东林党的顾宪成、高攀龙成了非常密切的朋友。"

吕维祺说："先生不只是在书法艺术上影响大，还曾经是皇长子的老师。"

王铎心里像是打翻了五味瓶，深深地感到，一个人要做到十全十美，实在太难了。

王铎正在想心事的时候，侯恪回头对吕维祺说："介孺兄，你是米仲诏三园的常客，他的情况就由你说说吧。"

吕维祺笑着说："若木是在取笑我啊。京都的达官显贵、文人墨客皆到米氏'三园'游览，我不过是偶尔去凑个热闹而已。"

王铎好奇地问："米仲诏可是米芾的后裔？"

吕维祺不愧是吏部主事，知道得很详细："觉斯说得极是。米万钟是宋代大书画家米芾的后代，字仲诏、子愿，号友石、石隐庵居士。其父米玉，曾任昭信校尉锦衣卫百户；其兄米万春，任分守通州参将；其弟米万方，在锦衣卫任锦衣冠带总旗。米万钟万历二十三年中进士，先后任永宁、铜梁、六合县令，还曾任过户部主事、工部郎中。泰昌元年十二月升浙江布政使右参政，为政清廉，关心民众疾苦，颇受百姓称颂。"

王铎、黄道周和倪元璐目不转睛，吕维祺滔滔不绝："米仲诏不但书法超群，而且还善山水、喜画竹。至于他的三园，其实就是三座宅邸的园林。一曰勺园，在海淀；一曰漫园，在德胜门积水潭东；一曰湛园，在皇城西墙根下。三园均临水而建，因借远山近水，其建筑景观布局、匾额楹联设置，都赋予了追求自然、自我完善的文化底蕴，这也反映出他的生活情趣和心态，表现其移情寄兴的自我人格与个性。"

吕维祺说起米万钟，侃侃而谈："米仲诏与他的祖先米芾一样，都爱石成癖，大家都戏称他为'友石先生'。他现在收藏的雨花石，大大小小的器皿都贮满了。"

王铎好奇地问："都是啥奇石，赶快说来听听。"

"看来你比我还急啊。"吕维祺看一眼王铎，故意喝口茶，稍微停一会儿才说，"什么'庐山瀑布''藻荇纵横''万斛珠玑''苍松白石'等等，真是不一而足。在请友人观赏奇石之前，要先拭几焚香，请宴示客。"

侯恪见吕维祺有些跑题，就提醒说："我说介孺兄，你说了半天米仲诏的奇石，觉斯他们关心的可是他的书法啊。"

"先别急啊。"吕维祺对侯恪摆摆手，然后讲解米万钟的书法，"米仲诏书画皆能，其书法得益于二王，行草继承了米家笔法；画石泼墨继承了米家法，气势浩瀚，烟云渝郁，令人叹绝；在花卉方面，深受陈道复写意的影响，淡墨欹毫，自有疏斜历乱之致。特别是他的行、草书俱佳，既有米南宫的篆法，又有章草遗迹，与董其昌齐名，被人们称为'南董北米'。"

王铎听完四位大家的情况后，心情很激动，恨不得马上就要去拜见请教。

侯恪又说："这四位大师对待艺术的态度，不但非常严谨，而且虚心好学。就说二水先生吧，虽然书艺超群，但他仍不满足。前几天，他冒着盛夏炎热，专程到玄宰先生家里拜访，求教其书艺秘诀的真谛。"

王铎问："先生都说了啥？"

侯恪说："玄宰先生对二水先生的小楷大加赞许。"

倪元璐感慨道："在书艺上，二水和玄宰先生各有千秋，难分伯仲。"

黄道周一直在认真听，仔细琢磨，此时回头看看王铎，说了一句："如果有机会能到先生府上当面求教该多好啊！"

王铎激动地搓着双手，回头看着吕维祺和侯恪说："是啊，哪天你们俩找个机会带我们去拜访先生，好当面向先生请教，此乃一生之大幸。"

倪元璐央求："去的时候千万要带上我啊！"

吕维祺和侯恪对视一笑，让他们静候佳音。

一个晴朗的日子，侯恪带着王铎、黄道周和倪元璐来到董其昌府上。

这是一座标准的京城四合院，坐南朝北，灰砖灰瓦，门上挂着董其昌亲书的"董府"匾额。走进大门就是影壁，院里面十分洁净，正中的两间大屋布置成了一座花厅，四周摆满了月季、茉莉等各色鲜花。猩毡铺地，沉香熏炉，居中摆着一张金丝楠木太师椅。董其昌坐在太师椅上，招呼大家坐下。

已经六十八岁高龄的董其昌清瘦、儒雅，还有几分慈祥。

王铎、黄道周和倪元璐依次恭敬地递上自己的名刺，董其昌接过来仔细地看着,并不住地点头称赞。当他看到倪元璐的名字时,若有所思,自言自语地说:"倪元璐,字玉汝,难道你是雨天公的长子?"

倪元璐起身上前一步,向董其昌深施一礼,然后回答道:"晚辈正是。"

董其昌高兴地说:"多年以前曾听陈眉公说过,他对你的一幅书画扇面曾大加称赞。"

董其昌的夸赞使倪元璐有些不好意思:"那都是儿时的习作而已,让前辈见笑了,还请您多指教。"

侯恪说明了来意:"老前辈,这三位翰林对您是高山仰止,还望不吝赐教。"

董其昌笑着说:"三位的名刺已经代表了他们的水平。总体看来各有特色,照此下去,他们的前途定然不可限量啊。"

王铎起身把近期临写的王羲之《圣教序》册页恭敬地递给董其昌。董其昌接过来仔细看了一会儿,称赞说:"功力深厚,稳重端庄,如灯取影,不失毫发,足见你的临摹功夫极其精熟。不过……"

王铎受到大师的褒奖,开始有些沾沾自喜。董其昌的话突然停下来,让他心里咯噔一下。

董其昌抬头看了一眼大家,才说出自己的看法:"从通篇上看太循规蹈矩,还未跳出右军、元常的窠臼。现在很多人学右军父子,大多不得其解,仅仅停留在表面上,遂成为一种俗书。"

王铎马上虚心请教:"请问先生,今后我该如何再提高?"

"《圣教序》是怀仁和尚借内府所藏王右军真迹,经历二十五年才集刻而成碑,但右军的风流精神却几乎荡然无存。觉斯临写得比原帖好,如果再想提高,必须注意笔法、笔势、结构、章法和墨法,不然就不可能有上乘之作。"董其昌先讲述了《圣教序》的情况,又肯定了王铎的临习之作,最后才谈了自己的秘诀,"如果想要有所成,就必须在以下方面注意:在笔法上,要在发笔处提得起笔,千万不可信笔书写,否则就会无力。提得起笔,才能在一转一束中皆由主宰,这'转'和'束'就是妙诀。在笔势上,只有做到了自起自倒,自收自束,才能达到得心应手的境界。在结构上,要以奇宕为主。结构布置要长短错综,疏密相间。如果平直相似,状如算子,上下方整,前后齐平,便不是书。在章法上,右军《兰亭序》为古今第一,其字映带而生,或大或小,随手所如,皆入法则。在墨法上,要多看古人的墨迹,用墨须使有润,切不可使其枯燥,尤忌秾肥,肥则大恶道矣。"

董其昌系统的书法高论,王铎、黄道周和倪元璐都是第一次听说,佩服得五体投地。

董其昌看着眼前表情不一的后学们，喝了一口茶，捋着胡须接着说："学书不能只钟情于一家，应博学取其精华。要知道晋人书取韵、唐人书取法、宋人书取意的道理。"

王铎问："先生，是否可以理解为晋人书韵味十足、唐人书法度森严、宋人书写意态万种之意？"

董其昌笑了笑，说："觉斯真是个天生的书者，聪明睿智，一点就通。"

王铎接着追问："如果学宋人书，以谁为代表为好？"

董其昌回答："宋人当以米元章为代表，他直夺晋人之神韵，沉着痛快。特别是他的《蜀素帖》，如狮子捉象，以全力赴之，潇洒秀绝。"

黄道周关心的是苏东坡，也插嘴询问："请问先生，东坡先生的书是否可学？"

董其昌说："东坡奇绝率真，用笔圆而韵胜，纵横跌宕，《黄州寒食帖》是他的代表作。"

王铎又问："近期在内馆看到怀素、高闲的书作，感觉似乎有些野道，不知先生有何评价？"

董其昌又喝口茶，思索了瞬间，说："怀素虽纵横潇洒，但不失准绳，颇得右军笔意。至于高闲的书风，应该说是仁者见仁，智者见智，褒贬不一。米元章评价他是'可悬酒肆'，我则未有此感觉。"

倪元璐见王铎、黄道周都提出了自己的疑问，也将自己学书的疑惑提出来："先生，您对五代杨凝式有何评价？"

董其昌笑一笑说："杨风子的书风以欹侧取态，一洗唐人姿媚之习气，宋四家皆出自于他。特别是《神仙起居法》和《韭花帖》，堪称他的最高水准。"

董其昌对眼前后生们虚心好学的劲头极为赞赏，似乎找到了知音。有了共同语言，说起话来也就无所顾忌了。

王铎结合自己学书的体会，又提出了一些疑惑："前辈，我在幼时曾临过颜平原的《多宝塔碑》，也曾写过柳诚悬的《玄秘塔碑》，对今后会不会产生负面影响？"

董其昌不厌其烦地说："初入此道，一般都曾临过。我初学时，就是从颜平原的《多宝塔碑》开始，后来又学虞世南。由唐入晋，以便更好地体会晋人书。颜平原在唐诸贤中，独脱习气，平淡天真，没有唐人的纤媚之气，行书直入右军父子，并得其神韵，最能体现折钗股、屋漏痕的意味。"

王铎虚心请教，认真领会，董其昌对学颜真卿提出了自己的观点："在学颜平原时，切忌臃肿无力，要以清雄为要。"

听君一席话，胜读十年书，王铎体会到了其中的真正内涵。

王铎三人你一言我一语，董其昌有问必答。最后，王铎提出一个看似比较低级的问题："请问前辈，今后我将如何临帖？"

董其昌开始感到有些惊讶，但仔细一琢磨，马上感觉到王铎提的问题正是他今后确立风格的关键所在。认真地想了想，就把自己一生书学的心得毫不保留地进行传授："临帖一般有实临、意临和背临之分。实临就是要求笔法、结构、章法等都尽可能地与原帖相同，最好能够达到以假乱真的程度。这种临写方式是一般书家所采取的，也是最初的临写方法之一。意临是参以己意的临写方式，在临摹古帖的过程中，融入个人的意趣。如果一味地手法不变，就会成为书家的奴隶，这是临帖的第二境界。背临就是凭着对原帖的印象去临写，这样就必须对原帖的文字内容和结构非常熟悉，还要对原帖的笔墨语言和精神面貌有深刻的理解，这种临写方式不自觉地就会融入自己的意趣，这是临帖的三种境界。"

大家认真听董其昌讲解，屋里静得掉根针都能听得见。

王铎边听边记边琢磨，又虚心地请教："前辈，除了刚才您说的临写方法，还有其他方法吗？"

"觉斯真是个有心人。"董其昌用手指了指王铎，笑了笑接着说，"除了以上几种临写方式外，还有参合法、溯源法和变通法。"

董其昌前面提到的三种方式，大家经常使用。后三种方法，王铎是第一次听说。

董其昌结合自己的体会，详细地讲解道："参合法、溯源法和变通法应该是更高层次的临习方法。所谓参合法就是在临帖的时候，不拘泥于一家一法，打通某些古帖之间的内在联系，融入其他字帖的意趣。我在临写右军《十七帖》时，曾参以《王方庆进帖》笔法，感觉另有一番新意，后被好事者取走。溯源法就是追溯原帖笔法的源头方式，既能由表及里地剖析，也可以由内而外地预判。我在临《自叙帖》时，皆以大令笔意求之。变通法就是改变帖的笔法、结构、章法、书体、样式等等。直白地说，比如对着楷书字帖写行草，只写其内容，摄其精神，这样可以临出另一种书体和面目。我曾以行书笔意，临写颜平原《大唐中兴颂》，还曾以《韭花帖》笔意，用小楷临写草书《神仙起居法》。这种临帖方式比较灵活多变，也是最高的一种临书境界。"

王铎听了董其昌的这番临帖宏论，眼界和思路顿时大开。

"总而言之，临帖不要被原帖所羁绊，既要打得进，还要出得来，写的字才能如行云流水，然后自成一家。"董其昌先总结了一句，然后又怡然自得地说，"临帖最好要看古人真迹，可以从中得到用笔、用墨之法。你们在翰林院有天然有利条件，内馆有很多历代名家真迹。"

王铎获益匪浅，感动得拍起了巴掌，黄道周、倪元璐、侯恪也随即鼓掌。

第 七 章

　　进入秋季以后，东北战局突然出现危机，朝廷紧急任命大学士孙承宗为督师，经略山海关及蓟辽、天津、登莱军务，并要求他在近期赴任。

　　王铎听到这个消息后，马上找到黄道周，提议要跟随孙承宗去前线。黄道周非常赞同王铎的提议，决心去前线为朝廷建功立业。

　　晚上，王铎和黄道周找到倪元璐，他们一起去找孙承宗。三人踏着明月，来到孙承宗的府上。孙承宗热情地接待了他们。

　　王铎向老人说明了来意，黄道周也认真地补充道："老师，我们读书是为朝廷出力，现在国家有难，我等应该随你奔赴前线，保家卫国。"

　　王铎进一步强调去前线的理由："是啊，我们饱读诗书，就是为了报效家国，建功立业。"

　　孙承宗试探地问："在前线可是真刀真枪，你们不怕死？"

　　孙承宗的话音刚落地，倪元璐就吟诵出"粉身碎骨浑不怕，要留清白在人间"的诗句。

　　倪元璐借于谦《石灰吟》诗句，抒发不畏艰险、敢于献身的坦荡胸怀。于谦的诗犹如一颗火星落进了滚沸的油锅中，让大家激情满怀。

　　孙承宗捻着花白的长髯，看到了王铎、黄道周和倪元璐的忧国爱民之心，感到十分欣慰。从他们身上，也看到了大明王朝的未来和希望。此时，他心里也好似被浇了油，不由得沸腾燃烧起来。等大家都平静下来，才心平气和地劝慰说："你们的心情老夫十分理解，但我却不能满足你们的要求。"

　　三人听了孙承宗的话都很吃惊。孙承宗解释说："你们都是国家的栋梁之材，大明今后的兴盛还要靠你们呢。"

　　王铎站起来想再次申明，孙承宗抬手让他坐下："治国和治军大有不同，鏖战的前线不缺急先锋，缺的是能够运筹帷幄之中决胜千里之外的将军。你们手无缚鸡之力，不可当先锋；缺少军事知识，不能运筹帷幄，更不能当将军。老夫诚挚地劝你们一句，不要辜负皇上的期望，多读圣贤书，学好本领。等散馆后，皇上会对你们委以重任，将来真正报效朝廷。"

孙承宗的肺腑之言，既言简意赅，又富有真知灼见，让王铎、黄道周和倪元璐佩服之至，不得不改变初衷。

十月初，吕维祺找到王铎，兴奋地告诉他："觉斯啊，首善书院已经落成，明天晚上邹尔瞻先生在首善书院开坛首讲。你若没有其他安排，跟我一起去聆听东林泰斗的教诲吧。"

王铎顿时兴奋地喊起来："太好了！若是能听邹先生开坛首讲，真是三生有幸啊！"

王铎以前曾听吕维祺说过，在首善书院没建成前，邹先生等东林前辈在城隍庙百子堂里讲学。那里地方狭窄，很拥挤，再加上王铎刚进翰林院，学业任务又比较重，所以也没叫他去。

首善书院要开坛了，吕维祺首先想到的就是王铎，让王铎从心里十分感激。

吕维祺看着激动的王铎说："尔瞻先生曾深得王阳明'知行合一'之真传，吸收了儒、佛、道三家之精华，听了他的课你一定会受益匪浅的。"

王铎说："尔瞻先生刚直不阿，一身正气，是我等之楷模。"

吕维祺说："是啊，也正是他的这种性格，才让张居正对他恨之入骨。"

王铎不解地问："这是为啥呢？"

吕维祺想了想，就把邹元标与张居正之间的恩怨及他坎坷的仕途经历，给王铎进行了详细介绍。

邹元标是万历五年中的进士，入仕后在刑部观政。此时，内阁首辅张居正的父亲去世，依照明制规定，官员的父母或祖父母丧亡，必须回家守丧三年。如有特殊情况，皇帝可以要求不得回家或提前起用，称为"夺情"。万历皇帝和两宫皇太后考虑到万历新政初见成效，就再三挽留，最后张居正只好选择了夺情。

为此，朝廷大臣们纷纷谴责，上疏弹劾张居正贪恋权位。李太后和张居正知道后十分生气，对劝谏的大臣施以残酷的廷杖。

此事激起了初生牛犊不怕虎的邹元标的强烈愤慨。张居正身为朝廷首辅大臣，按礼制本应回家守孝。现在你不守制尽孝，还不让大臣们批评，甚至用酷刑进行报复，难道大明王朝就没有王法了吗？

邹元标在愤慨中，毅然写下了弹劾张居正的疏谏，在奏疏里还大骂张居正是禽兽，并准备在上朝时递上。

邹元标走到午门外时，看到锦衣卫校卒杀气腾腾，把弹劾张居正的大臣打得血肉横飞，惨叫声令人毛骨悚然，场面惨不忍睹。邹元标不但没有畏缩，还称赞他们是"奇男子"。

邹元标取出弹劾疏谏给太监，太监不肯接，并劝他不要送死。邹元标谎称是乞休疏，太监才送进宫。李太后、张居正一看是弹劾他的疏谏，顿时勃然大怒，责令廷杖邹元标八十。邹元标被打得皮开肉绽，鲜血直流，然后被贬贵州都匀卫戍边。

邹元标被流放之前，年幼的皇帝朱翊钧因酒后拔剑砍内侍，太后要废掉他的帝位。朱翊钧吓得长跪在李太后面前乞求宽恕，并保证改过自新。李太后和张居正商量，邹元标深得朱翊钧的尊重，他既然被充军，就让他代皇帝受过吧。邹元标知道后，说一个罪是充军，两个罪也是充军，不如戴着两顶帽子一起充军。

邹元标尽管是"代皇帝充军"，张居正还是想置他于死地，秘密派人欲在途中加以谋害。没想到人算不如天算，派去的人因病暴死。邹元标在贵州蛮荒之地生活非常艰苦，但他处之怡然，潜心钻研理学。万历十年，张居正病死，朱翊钧开始亲政。邹元标被召回京城后，被任命为吏科给事中。他不但提出了一系列革新的政治主张，而且也毫不留情地上疏抨击皇上花天酒地的行为。皇上却把邹元标的忠言当作是"刺己"，把他贬到南京刑部。万历十八年，邹元标的母亲去世，他回到老家吉水丁忧，并开始了三十年的讲学生涯。在这期间，邹元标与顾宪成、赵南星成为东林党三君之一。直到天启元年，邹元标才被召回，重返朝廷任吏部左侍郎。

吕维祺介绍完，最后感慨地说："邹先生作为一代儒家大师，经历虽然十分坎坷，但他对确定的目标却永不放弃。"

王铎听了邹元标的情况，也是感慨万千：如果一个人不经受一定的磨难，就很难成就大事业。

正在此时，侯恪敲门进来，身后还跟着一位不惑之年的儒生，王铎一眼就认出是自己的同年张鼎延。

"介孺兄，我给你介绍一下。"侯恪高兴地拉着儒生介绍说，"这位仁兄叫张鼎延，字玉调，是咱河南府永宁人，四川巡抚张论的公子，与觉斯兄是同年。"

吕维祺起身抱拳拱手："玉调兄，久仰久仰。"

侯恪指着吕维祺介绍说："吏部主事吕维祺，字介孺，是咱河南新安人。"

吕维祺和张鼎延再次行礼，侯恪接着说："玉调被朝廷授行人司行人，现在执掌传圣旨、行册封、颁行诏敕等事务。"

大家都是河南人，感到特别亲切，说起话也很随意。侯恪走到王铎身边问："刚才见你们聊得热火朝天的，在聊啥呢？"

王铎还没说话，吕维祺一拍大腿，说："若木兄，你正好来了，觉斯有事要向你请教。"

侯恪疑惑地看着王铎："向我请教，是啥意思？"

王铎笑着说："刚才介孺兄在聊邹元标先生，他之所以说向你请教，我琢磨他是想偷懒。"

侯恪却没有推辞，问："你们说到哪里了？"

王铎说："刚说到邹先生被朝廷召回。"

侯恪想了想，说："邹先生重返朝廷后任吏部左都御史。老人家虽然年逾古稀，但精神矍铄，锐意重振朝纲。拖着被张居正打断的腿，扶着拐杖行走于朝廷宫中。给朝廷提出了四点建议：一是和衷共济。大臣要做到进贤让能，减少纷争，讨论事情要心平气和，防止分立门户派系，使国家安稳和平，让百姓享受幸福。二是矫明党之弊。对官员的'外察''京察'的考核要做到秉公论断，制止拉帮结派相互倾轧的行为。三是为受诬蒙冤的大臣昭雪。提出为曾经打断他腿的张居正平反，认为万历新政对朝廷有利，张居正为朝廷兢兢业业、死而后已的精神值得赞赏。为他平反，是为有志报国者树立楷模。四是建立首善书院，为朝廷、为大明培养栋梁之材。"

侯恪说到这里，吕维祺忍不住也插了一句："邹先生用自己的人格，赢得了朝廷上下的一致赞誉，这才使首善书院的筹建十分顺利。"

王铎听了邹元标的情况，对他更加敬佩起来。

"在筹建首善书院过程中，高存之、冯仲好两位先生也鼎力相助。"吕维祺见王铎听得很仔细，就把高存之的情况做了介绍，"存之是高攀龙的字，江苏无锡人。他的仕途也很坎坷，万历十七年中进士，首任行人司行人。后因上疏抨击万历皇帝不理朝政、党派纷争、宦官横行，被贬为广东揭阳典史。万历二十三年，归家为父守孝不再出仕。在漆湖之畔建可楼，读书静坐，把治国平天下看作格物致知和道德修养的必然。后来与顾宪成等人创建东林书院，并与朝中正直的大臣遥相应和。天启元年入朝，任光禄寺少卿。"

侯恪提示说："筹建首善书院的还有一位冯仲好先生。"

吕维祺说："仲好是冯从吾的字，他生在儒学世家，从小就苦读儒家经典，精研周敦颐和程颐、程颢的理学，是王阳明先生的践行者。万历十七年中进士，选为翰林院庶吉士。在礼部任职时，因冒犯皇帝被迫辞职，回长安后在宝庆寺讲学。三年后，被起用督河南道盐政，其间大胆革除积弊，照章课税，打击图牟暴利盐商与税吏，得罪了权贵又被革职回家。他一边著述，一边继续在宝庆寺讲学。后创立了关中书院，修建中天阁，被誉为'关中夫子'。天启元年入朝，任右佥都御史。"

侯恪接着吕维祺的话说："三位先生入朝后，公余时既不会宾客，也不赴宴会，而是在城隍庙里专心致志讲学。由于讲堂狭窄，听讲的人容纳不下，他们经过商议，才决定建一所正式的书院。邹先生上疏皇帝获得批准后，与冯从吾、高攀龙等人一起，自愿捐资纹银一百八十两，在京城大时雍坊十四铺买下十余间民房改建成了首善书院。"

王铎觉得"首善书院"的名字很特别，就好奇地说："这个书院的名字挺有意思。"

吕维祺解释说："这个名字是邹先生提出的，他说京城乃天子之都、首善之区，所以取名'首善书院'。"

王铎仔细一琢磨，越发感到"首善书院"这个名字，有内涵、有深度、有广度，邹先生真正不愧是东林魁首。

吕维祺对邹元标的人格极为敬佩，说："邹先生不计个人私怨，极力称赞张居正当年的政绩，并在他的极力提议下，恢复了张居正的故官并予以葬祭，如果没有博大的心胸，一般人是万万做不到的。"

王铎愈加钦佩邹元标了，说："邹先生如此胸怀，真令世人高山仰止啊。"

首善书院开讲时，王铎跟随吕维祺早早来到首善书院。这是一座幽雅清静的两进四合院，书院分前后两个院子，前院是三间讲堂，后院供奉着至圣先师孔子的牌位，两边陈放着经史典籍。院子中央竖有一块碑，是内阁首辅大学士叶向高特为书院撰写的碑文，太常寺卿董其昌为其书丹并撰额。

王铎正在聚精会神欣赏碑文时，倪元璐和黄道周突然出现在他面前。他们似乎都有一种心有灵犀一点通的感觉。

倪元璐惊异地问："觉斯兄，你怎么会在这里？"

王铎说："今天是德高望重的邹先生首次开坛，我受介孺兄之邀前来聆听教诲。"

王铎反问倪元璐："玉汝和幼玄兄怎么也来……"

倪元璐没等王铎说完，就神秘地告诉他："实不相瞒，我是受前辈邹先生相邀而来。"

倪元璐的话不但让王铎瞪大了眼睛，就连吕维祺也暗暗吃惊。东林魁首请年轻的倪元璐，其中必有缘故，王铎迫切地问："玉汝与邹先生以前相识？"

倪元璐平静地说："家父与邹先生是挚友。在万历年间，家父由于个性清介，与首辅张居正政见不合而遭贬谪，独与邹先生是患难之交。家父仙逝后，我专程赶往江西，找先生为家父撰写墓志铭。他听说家父仙逝的消息后，悲痛万分，把我安顿好，二话没说就为家父书写了墓志铭。"

邹元标的形象在王铎的心目中更加高大起来。

来首善书院听讲的人越来越多，上自朝廷高官，下至平民百姓，真是群贤蔚起，朝野蒸蒸啊。

吕维祺把王铎安排好后，就去忙活自己的事情。王铎和倪元璐刚坐下，就看见一位拄着拐杖、银须飘拂、年逾古稀的老人走向讲堂，倪元璐告诉王铎这就是邹元标先生。

邹元标虽然已经是七十多岁的老人了，但依然精神矍铄，双目炯炯，稳重中藏有机智。他先讲忠君爱国，后讲道德义气，秉承的宗旨与东林书院一脉相承。在讲到"三案"时，竭力赞扬东林党坚持正义，仗义执言，提出了要坚决与齐、楚、浙、宣、昆"五党"进行不懈的斗争，把他们的残余势力全部扫除，还朝廷一个朗朗乾坤。

在演讲中，邹元标思路清晰，声音洪亮，语言诙谐，极富有感染力，不时赢得阵阵掌声。

首善书院开讲之后，赵南星、冯从吾、高攀龙等东林党的前辈们都于政务之暇，先后到书院讲学。王铎公务之余几乎都是在首善书院度过的。从前辈的讲学中，他不但极大地开阔了眼界，而且还增长了很多知识。特别是对王阳明的"格物致知""知行合一"的理解更加全面、更加深刻了。与此同时，王铎听到了一些东林清流与魏忠贤之间存在很深矛盾的议论。不久听说邹元标辞官归里，他感到十分震惊。在向黄道周打听其中缘故时，黄道周却把头摇得像拨浪鼓，还说是以讹传讹。

王铎隐隐感觉到，朝中看似风平浪静，但实际上将有大事要发生。后来王铎又找侯恪打听，一向豪爽的侯恪却突然变得磨磨叽叽、支支吾吾的，并劝他在公务之余只写文章、练笔墨，千万不要掺和其他的事情。

王铎很失望，最后又找到吕维祺，问："听人议论说邹先生辞职乞休，不知真假。"

吕维祺心情很沉重，直言不讳地说："的确是真。"

王铎一听有些着急："这是为啥啊？"

吕维祺气愤地说："邹先生自还朝以来，上疏建言虽然尽量注意不做危言激论，以避免激化矛盾，然而树欲静而风不止，朝中一些小人却对他十分忌恨，就抓住先生建首善书院集众讲学大做文章，逼迫他辞职归里。"

王铎迷惑不解地看着吕维祺。吕维祺平静了片刻，接着说："首善书院开坛以来，在京城的影响日益扩大。邹先生虽然没有直接参与东林书院的讲学，但与东林清流的关系可是非同一般，这让朝中的阉党寝食不安。"

吕维祺缓和一下口气，说："御史朱童蒙等别有用心的人担心明年京察对他们不利，就用冠冕堂皇的话上疏皇帝，说关外广宁失陷，人心浮动，京城之地不宜聚众讲学，以免招朋引类。朝中大臣都应安心本分，否则将来势必难以控制。"

王铎听后很生气:"这简直是对东林清流的污蔑。正因为国家处于危难之时,才应该以讲学提醒人心,激发忠义。"

吕维祺很赞同王铎的观点:"对于朱童蒙的无理要求,冯先生直言进行了反驳。御史倪文焕却又上疏诬蔑首善书院所讲是伪学,还说首善书院聚集的都是不三不四之人,所讲都是不痛不痒之话,所作是不深不浅之揖,所啖是不冷不热之饼。"

王铎气愤起来:"天下治乱,关键在于人心。如今陛下都有经筵日讲,却不许首善书院讲学,这简直是胡说八道嘛。"

吕维祺很赞同王铎的话:"你的观点与邹先生完全一致,有正义感的人是心有灵犀一点通啊!"

王铎不解:"那邹先生为何提出辞职呢?"

吕维祺说:"先生为了表明自己的坦荡光明,就提出了辞官归田。首辅叶向高为了声援先生,也上疏辞官,皇上的态度才稍有缓和。"

王铎听到首辅大臣都出面进行干预,心里慢慢踏实下来。

吕维祺却很遗憾地说:"但是皇上见先生归意已决,为了笼络人心,就加封他太子太保衔,并准于乘驿归乡。"

王铎说:"皇上说句话把先生留下不就完了吗?"

"皇帝幼冲,身不由己。"吕维祺说,"先生心系大明,时刻关注着大明的国泰民安。在临行之前,他闭门谢客,又上疏一一陈述军国大计,字字情真意切地规劝皇帝节制欲望。"

最后,吕维祺叮嘱王铎说:"最近朝中的事情很复杂,有时候我也很难看清楚。你现在是翰林庶吉士,还没正式为朝廷办差,以后做事说话要慎之又慎。最近一段时间,首善书院就不要去了,好好安心完成学业,更不要掺和朝廷大事。"

王铎突然想起侯恪也说过同样的话:"你说的话,若木也曾给我说过。"

吕维祺点点头,认真严肃地说:"你今后的路还长着呢,翰林都是大明的未来,治国安邦都要靠你们,处理事情千万不要意气用事。"

吕维祺的一番话,让王铎心里充满了担忧。

第二天,王铎像往常一样,从住处去翰林院,在路上不知从哪里传来一声:"皇上在午门要对新科状元施行廷杖了。"

王铎听到后心里一惊,新科状元是文震孟。在同年中,文震孟又是年龄最大的兄长,自从与之相识相知后,他们现在已经成了无话不谈的挚友。

前几天王铎还在到处找他,可一直也不知道他到底去了哪里,今天咋就突然要对他进行廷杖呢？既然是廷杖，肯定是犯了王法。他是一个刚直清正、威武不能屈、富贵不能淫的人，为什么会得罪皇上呢？

王铎带着满腹的疑虑，急忙赶往紫禁城午门外。此时，年近半百的文震孟已经被拉到刑场，正在那里俯卧着。文武官员也都奉命赶来，站在西墀下观看行刑。左边是太监，右边是锦衣卫官校。数十名旗校都是臂戴袖套，手执木棍，静候听命。监杖的是司礼太监王体乾。他刚宣旨已毕，几个旗校就用麻布兜将文震孟的肩脊以下部分束起来，又用绳子绑住两脚，四面牵拽。

一切准备完毕后，站在左右的锦衣卫厉声高喊："搁棍！"

旗校就将木棍搁在文震孟大腿上，只等一声断喝，左右就要开打了。在这生死关头，急匆匆跑来一个太监，高喊一声："皇上有旨，棍下留人！"

已经攒足劲的锦衣卫无可奈何地放下木棍，然后把束绑文震孟的绳子粗暴地解开。

王铎立即拨开人群，快步走到文震孟身边帮他解绳子，然后再帮他穿上衣服。此时，黄道周、倪元璐、蒋德璟、陈仁锡、黄锦、郑鄤等几个同年也从人群里钻出来，上前扶着文震孟。

大家七手八脚，刚为文震孟简单整理好衣衫，王体乾又高声大喊："文震孟听旨！"

文震孟听到有圣旨，又赶紧双膝跪地。

王体乾拉着长腔宣读："翰林院编修文震孟，污蔑皇上是傀儡登场，罪不容赦，念其是爱国名臣文天祥之后，又属初犯，免除廷杖之罪，降二级调外，贬谪出京！"

文震孟接过圣旨，离开紫禁城，同年们随他回到家中。

大家刚坐下，性格直爽的郑鄤就愤愤不平起来，喷着满嘴的唾沫星子大喊大叫："皇上昏庸，阉党横行。他们如此对待忠臣，一定是阉党魏忠贤所为，我要上折子参他们！"

郑鄤的话让王铎丈二和尚摸不着头脑，急切地问："我说谦止，皇上为啥要对文起兄如此惩罚，这到底是为了啥呀？"

郑鄤瞪着圆圆的眼睛，大声怒斥："阉党魏忠贤架空皇上，独揽朝政。文起兄看不惯他的丑恶行径，就上疏进行弹劾，结果换来的却是廷杖。这大明王朝还有没有王法了？"

大家你一言我一语，都为文震孟抱打不平，并对阉党揽权干政进行猛烈的抨击。

文震孟虽然躲过了酷刑，但这件事对王铎心理影响很大。有很长一段时间，王铎手拿书本，眼前不时出现文震孟即将被廷杖的场面。

一天晚上，王铎正准备睡觉时，突然响起了砰砰的敲门声，他懒洋洋地起身打开门，见是同年乡党张鼎延。

王铎把张鼎延让进屋里，看着他那着急的表情，预感一定有大事，问："玉调兄，你是有啥急事吧？"

张鼎延说："是啊，一件让人闹心的事，睡不着就来找你。"

王铎赶紧坐在张鼎延面前，听他说明缘由："觉斯啊，文起太冤枉了。他的奏疏根本没有呈到皇上手里，就被魏忠贤从中扣留了。魏忠贤得知文起弹劾他之后，就立刻火冒三丈，发誓要把他乱棍打死。据宫里人讲，那天皇上正在看戏，魏忠贤告诉皇上，文状元把你比作傀儡木偶，这种对皇上不恭的臣子不杀无以谢天下。皇上对魏忠贤一向言听计从，不分青红皂白，就下旨对文起进行廷杖。当时，首辅叶向高正在家里休假，次辅听说后据理力争，想替文震孟开脱，但是皇上却置之不理。叶大人听说后，亲自找到魏忠贤，并利用他畏惧鬼神的心理，说文震孟是皇上登基后的首科状元，若是加以摧辱就是最大的凶兆。况且文震孟是文天祥丞相的裔孙，摧辱他必然会得罪神灵。魏忠贤听了叶大人的话后，才将文震孟从轻发落。"

王铎听了张鼎延的话，对魏忠贤擅权极为厌恶，对皇上对魏忠贤言听计从感到不可思议。

王铎正在思索时，张鼎延又告诉他一件事：郑鄤不顾大家的劝说，毅然上疏抨击魏忠贤窃弄权柄，排斥异己。奏折递进去后，遭到了严厉斥责，并以"党护同乡，窥探商议"罪名，降二级外调，回籍候补。

朝廷最近突如其来的一些事情，让王铎十分震惊，他无论如何也想不通，心里一直闷闷不乐。

第 八 章

吕维祺见王铎整天闷闷不乐，就把他请到家中。在说起文震孟、郑鄤时，王铎仍然为他们鸣不平，发泄心中的不满和牢骚。

吕维祺让王铎平静后，说出了文震孟险被廷杖的真正缘由："觉斯，文震孟这件事看起来好像是孤立的，实际上任何事情都有因果关系，他是得罪了大太监王体乾。"

吕维祺的话让王铎感到很意外，说："文起从金榜题名到现在，前后不过半年多的时间，怎么会得罪他呢？"

吕维祺解释说："文震孟得了状元后，王体乾曾派人持名帖向他报喜。按以往旧例，他应该以晚生的名义回帖。可他一向看不惯太监干政，遂对来人说：'我是新进的书生，不知这回帖该怎么写，今以原帖奉复。'随即就把这原帖给退了回去。从此以后，王体乾对他就一直耿耿于怀。"

王铎说："按照大明旧制，太监本来就是不能干政嘛。"

"你说的都没错，只是王体乾是司礼监掌印太监。"吕维祺说，"觉斯兄，你可能还不清楚，司礼监掌印太监是朝廷内廷宦官与宫内事务十二监中最有权势的太监，可以说是权倾天下。"

王铎不再争论，静静地听吕维祺说："皇上为了压制内阁的权势，设置了'票拟''批红'。'票拟'由内阁大臣拟定对事情的处理意见，然后呈皇帝御批，由于皇帝御批用红笔，所以就叫'批红'。如今皇帝幼冲又懒于政事，于是'批红'就落到了司礼监秉笔太监手里，其权力已经凌驾于内阁大臣之上。然后还要经司礼监掌印太监再审核一次，才能盖上玉玺大印。所以司礼监掌印太监实际上是一人之下万人之上的人物。"

王铎听了其中的详细情况后，感到王体乾的权力的确太大了，但还是很固执地说："文起的奏疏虽然言辞有些激烈，但都是铮铮忠言。不是说忠言逆耳吗？这个简单的道理皇上咋就不懂呢？"

吕维祺笑了笑，又耐心地说："大臣的奏疏，有些皇上根本就看不到，让围在他身边的魏忠贤、王体乾都给扣押了。"

王铎听了后更加愤愤不平，说："如果没有东林党人坚持正义，不但先帝太子之位不保，更没有当今皇上的今天！"

吕维祺感慨道："觉斯啊，朝廷看似是个风平浪静的港湾，实际上到处都是暗潮涌动的险滩。现在是阉党横行，东林清流被排挤，他们大有要把东林党人都赶出朝廷之势。还有一些投机分子也趁机浑水摸鱼，唯恐天下不乱。"

王铎第一次见吕维祺发出这样的感慨，也看出了他对朝廷大势的无奈。

吕维祺缓缓地说："文起的事件绝不是偶然的，表面上看是皇上惩罚他，实际是阉党借皇上的名义迫害正义的大臣。谁不与他们合作，谁就会遭到报复。"

王铎突然说："那皇上不就成了傀儡了吗？"

吕维祺严肃地看着王铎："觉斯啊，文起就是为此言差点被廷杖，你在外面切不可乱说！"

王铎回想起文震孟的情况，不再言语了。

吕维祺面对直爽的王铎，心里十分纠结。他本想等王铎散馆之后，再告诉他朝廷大局，但是从目前的情况看，吕维祺预感到今后还将会发生意想不到的事情。朝中钩心斗角、尔虞我诈的现实，谁也无法回避。

吕维祺思来想去，自己是兄长，两家又是亲家，在复杂的政治环境下，有义务给他指点和帮助，让他尽快了解情况，适应环境变化，不能让他成为书呆子。

王铎见吕维祺不说话，就说出了心中的疑问："介孺兄，以前总听你说梃击、红丸和移宫三案，现在人们对此也是议论纷纷，这其中到底发生了啥事啊？"

吕维祺给他详细介绍起来。

梃击案发生在万历四十三年五月的一天傍晚。一个年轻的壮汉叫张差，手持一根枣木棍，从东华门直奔内廷，打伤守门太监后，闯进太子朱常洛居住的慈庆宫。当时，慈庆宫第一道门只有两名六七十岁的老太监守候，第二道门根本无人看守。老太监无力招架，整个宫中乱成一团。张差一直冲到前殿屋檐下才被捉拿。事发后太子朱常洛惊恐万状，举朝惊骇，万历皇帝亲自下令审讯。

负责审问的是巡视皇城的御史刘廷元。他奏说张差言语颠三倒四，是个疯癫病人，内阁首辅、浙党首领方从哲也不愿再深究，企图糊涂结案。

东林党人、刑部提牢主事王之寀在复审时，发现张差并非疯癫之人。张差是蓟州井儿峪人，自幼父母双亡，曾经流落街头，学得一身好武艺，平时以贩柴为生。一个月前，张差卖完柴后赌输了钱，遇上一位太监，说可以带他赚钱。张差随太监入京后,又见到一位老太监供他酒肉。几天后,老太监就带他进了紫禁城,并给他一根枣木棒,带他来到慈庆宫,叮嘱他见人就打,尤其是见到穿黄袍者,要把他打死。后来查明,这个老太监是郑贵妃手下太监庞保。朝中正直的大臣都怀疑是郑贵妃欲谋害太子,坚持要查个水落石出。

郑贵妃哭泣着请求庇护,万历皇帝朱翊钧见事情既牵连到郑贵妃,又牵扯到太子,他怕把事情闹大,就亲自来处理此事。朱翊钧先下了一道谕旨:"疯癫奸徒张差持棍闯入皇宫,震惊皇太子。朕考虑到皇太子乃国家根本,已传谕本宫添人守门,关防护卫。若有主使之人,即着令三法司会同拟罪上奏。"

第二天,皇帝朱翊钧在慈宁宫召见了阁臣、五府、六部、九卿和科道官员,为竭力营造一种和谐氛围,还特地穿戴了白冠白袍。朱常洛身穿青袍,带着长孙朱由校一同上朝。朱翊钧一副注重骨肉亲情的神态:"前几天,忽然有位叫张差的疯癫之徒闯入东宫伤人,外廷有许多闲话,竟要离间我们父子,如今此事只需将犯人张差、庞保、刘成凌迟处死,其他人不许波及。"

朱翊钧说完之后,还拉着太子的手,让皇孙站到石阶上,让大臣一一认识,这是近二十年来难得的一次召见全体朝臣。

太子朱常洛既不愿意得罪父皇,也不愿意得罪郑贵妃,更不敢再深究此事,只想大事化小,小事化了,息事宁人。他扫视一眼众大臣,说:"像张差这样疯癫之人,正法算了,不必株连。我父子何等亲爱,而外臣却议论纷纷。你们愿意做无君的臣子,难道也一定要我做不孝的儿子吗?"

皇帝和太子都不让再深究,最后就将张差处以凌迟,太监庞保等人在内廷被秘密处死,草草了结了这桩大案。负责审理此案的王之寀反而被削职为民。

朱常洛在处理梃击案时,赢得了皇帝的欢心,他的太子地位才彻底稳固下来了。

万历四十八年七月二十一日,皇帝朱翊钧撒手人寰。八月初一,太子朱常洛登上了等待十九年的皇帝宝座,改元泰昌,庙号光宗。

新君即位,登基大典后,仅十天就一病不起,八月十一日的万寿节也取消了庆典。

后来从内宫传出消息,朱常洛因为贪恋美色,致使病体加重,引起了朝廷群臣的极大关注。

兵科给事中杨涟上疏,直言不讳规劝他慎起居。朱常洛看了奏疏后,不但没怪罪,反而十分看重他。

八月二十九日,朱常洛在乾清宫东暖阁的病榻上,召见了首辅大臣方从哲等人，并特命兵科给事中杨涟一起觐见。此时，朱常洛全身发冷，病情十分严重。他不谈政务，只谈身后之事，并召长子朱由校会见群臣，指着他说："卿等辅佐他为尧舜之君。"

朱常洛卧床不起，听说鸿胪寺丞李可灼炼制出一种仙丹，能治他的病，就命太监速召李可灼进宫诊脉、送药。在众人监督之下，李可灼拿出一粒红色的药丸，用奶调和后，给朱常洛服下一颗。本来已经喘得非常厉害的朱常洛，服了红丸后病情好像有了缓解。朱常洛心中大喜，连声称赞李可灼为忠臣。

大臣们也都松了一口气，陆续出了乾清宫。少顷，又传出消息说圣上服药后，暖润舒畅，并想要吃些东西。

下午申时，朱常洛又传圣旨，命再进一颗红丸。御医们都坚持说不行，而朱常洛唯恐药力竭尽，催问甚急，李可灼又调了一丸进上。不多时，又进了第三丸。不料想，第二天凌晨，忽然急召群臣觐见，大家急忙过去一看，朱常洛已经驾崩，整个皇宫乱作一团。

朱常洛驾崩后，朱由校登基应该说是理所应当，但他却被迫逃到慈庆宫躲避了四天四夜。朱常洛由于得不到父皇万历的宠爱，他儿子朱由校自幼也备受冷落。万历皇帝直到死前才留下遗嘱，册立朱由校为皇太孙。

朱由校的生母王才人虽然位分高于李选侍，但由于李选侍备受朱常洛的宠爱，王才人经常被凌辱，终因忧愤成疾，郁郁而死，临终前告诉朱由校要为她报仇。王氏死后，朱常洛把朱由校和他弟弟朱由检托付给了李选侍照管。

李选侍为了控制朱由校，要求与朱由校住在一起。遭到朱由校拒绝后，李选侍怀恨在心，规定朱由校每天向她行叩拜礼。朱由校的乳母客印月知道后，让他在父亲朱常洛面前哭闹，并央求乳母带他一起请安。朱常洛答应后，客印月带着朱由校去给李选侍请安时，果然再没受到侮辱。

朱常洛登基后，郑贵妃没有按照宫中规矩及时搬出乾清宫，而是过了二十多天，才带着李选侍和朱由校，由东宫慈庆宫移居过来。由于太子妃去世较早，朱常洛又没再册封，李选侍就理所当然地成了乾清宫的实权人物，这让她更加有恃无恐了。

李选侍其实是郑贵妃安排在朱常洛身边的人，两个女人性格相似，权力欲都极强。李选侍得宠后，与郑贵妃打得火热。李选侍让朱常洛封郑贵妃为皇太后，郑贵妃向朱常洛进献多名美女，并提出封李选侍为皇后。

如此一来，朱常洛对郑贵妃抛弃前嫌，彻底改变了对她的看法。在既未追封自己亲生母亲谥号，又未封朱由校生母为皇后的情况下，竟然封郑贵妃为皇太后、李选侍为皇贵妃。

朱常洛违背祖宗家法的行为，令整个朝廷一片哗然。后来在强大的舆论压力下，才不得已收回封郑贵妃为皇太后的旨意。郑贵妃只好从乾清宫移居到嫔妃居住的慈宁宫。

俗话说，人算不如天算。九月一日，泰昌皇帝朱常洛突然驾崩。李选侍没有得到皇后的封号，就与太监魏忠贤密谋，挟持控制只有十六岁的朱由校于乾清宫，欲争当皇太后以把持朝政。

九月初一凌晨，当众大臣听说朱常洛驾崩后，匆匆忙忙赶到乾清宫门外，准备入宫举行哀悼仪式时，太监们却手持棍棒把守宫门不让进入。兵科给事中杨涟冲出人群，向太监严厉喝道："今皇上崩逝，嗣立幼小，你等不容入门哀悼，居心何在？"

杨涟的凛然正气镇住了太监们，他们自知理亏，不敢争辩，只好慢慢退开，让诸臣进宫，举行哀悼仪式。

哀悼仪式结束后，诸位大臣请皇长子朱由校商谈即位之事，却遭到李选侍的阻拦。原东宫伴读、司礼监秉笔太监王安在暖阁发现皇太子后，便急中生智，乘李选侍不备，才把朱由校抢了出来。

杨涟、刘一燝等大臣见到朱由校后，立即跪拜叩首，山呼万岁。李选侍发现自己上当后，马上派魏忠贤率领众太监追出来，不让朱由校出大门。

杨涟一面严厉怒斥太监们，一面和王安等人把朱由校抱入轿内，迅速经过崇楼、文楼，然后直奔文华殿。在文华殿内，朱由校先被册立为太子，并决定于九月六日举行登基大典。

为了防止李选侍继续纠缠，大臣们紧急商议，暂时将朱由校安排在慈庆宫居住，由太监王安负责保护。

在慈庆宫只能是权宜之计，必须让李选侍搬出乾清宫，然后让朱由校登临大位。

李选侍挟持朱由校的计划落空后，提出凡是大臣们的章奏，均须先交她过目，然后再交给朱由校，朝臣们强烈反对。为了防止李选侍垂帘听政，朝臣们要求李选侍移出乾清宫。她提出先封她为皇太后，再让朱由校即位，当然遭到大臣们的拒绝，双方矛盾日渐激化。

左光斗上疏让李选侍搬出乾清宫，她看到奏疏后愤恨之极，多次派人召左光斗前去认罪。左光斗理直气壮地说："我乃天子的法官，非天子召我不去！"李选侍更加暴跳如雷。

文武百官上劝进表，请朱由校早登大位，他依照旧制推辞。

登基大典日期迫近，李选侍仍然没有移宫之意，要继续霸占着乾清宫。

吏部主事吕维祺又上疏："皇位不可久虚，大宝亟宜早嗣。车轿不可轻动一步，女侍不可杂进一人。内阁和六部各衙门必须防微杜渐。内宫要择忠厚老成之人。登基在即，李选侍移宫宜速，切不可再迟。"

杨涟也上疏催促李选侍急速移宫。朱由校的东宫伴读太监王安在乾清宫内极力驱逐，内阁大臣在乾清宫外迫促李选侍移出。

朱由校在慈庆宫，既担心李选侍垂帘听政，又对她不移宫无能为力。看到杨涟、吕维祺的奏疏后，认为两位大臣极公、极正、极真，的确是志在朝廷社稷。

此时，首辅方从哲从中和稀泥，李选侍的心腹太监魏忠贤又出来威胁，杨涟等大臣大义凛然。朱由校见双方针锋相对，难以调和，才派人传旨：先帝选侍李氏等，着于仁寿宫居住，即日搬迁。

李选侍见朱由校发了话，在万般无奈之下，才怀抱着八公主，怒气冲冲离开乾清宫。与此同时，朱由校在王安等内侍陪同下由慈庆宫搬到乾清宫。

九月六日，朱由校先派官员分别祭告天坛、地坛、太庙、社稷坛。然后御奉天门文华殿，正式登基继皇帝位。并确定万历四十八年八月一日前为万历四十八年；八月一日以后为泰昌元年，第二年为天启元年。

朱由校即位后，继续任用高攀龙、赵南星、刘宗周、邹元标等一批大臣，又特诏回原东阁大学士叶向高担任首辅大臣。

王铎听了从万历末年到泰昌、天启初而发生的三大案以后，深深地感到：在皇权交替之际，君臣、父子以及夫妻感情在权力面前都显得十分脆弱；特别是宦官专权和各党派之间的明争暗斗，其复杂程度更是令人无法想象。

面对朝廷复杂的现实，人微言轻的王铎只能在公务之余，整天沉浸在浩如烟海的法帖之中，只不过是以前独宗"二王"，整天抱着《圣教序》不放，现在又开始钻研《淳化阁帖》和米芾的书法了。

倪元璐悄悄来到王铎屋子里，闻着满屋的墨香味，看着书案上摆放的《淳化阁帖》，好奇地问："觉斯兄，你刚来的时候，整天不是临写《圣教序》，就是读《兰亭集序》，还口口声声力求形似，要讲究字的匀称、端庄。最近你的突然变化，让我刮目相看呢。"

王铎放下手中的毛笔，抬头注视着倪元璐，疑惑地问："变化？有啥变化？"

倪元璐故意卖个关子，停了一会儿才说："就是气韵贯通，字形神似呗。"

王铎听后不以为然："我还以为你有啥新发现呢。"

自从拜访了董其昌以后，先生的一番话让王铎醍醐灌顶。他马上就改变了以前单一的临写方法，通过意临而出现的神似让他兴奋不已。丰富的历代名家法帖也让他大开眼界，极大地开阔了视野。特别是从藏馆里看到了米芾的真迹后，他从中悟出了新的奥秘。

倪元璐的新发现对王铎来说已经过时，不过还是想把自己的心得说出来："玉汝，给你说句实在话吧，以前我从来没见过名家的真迹，所以在用笔上只能停留在以提按为主的层面。"

倪元璐也深有同感："是啊，见到真迹的感觉的确不一样。你现在不但字形大小发生了很大变化，而且在结构章法上也出现了新意。从形式上看，虽然与'二王'相去甚远，但仔细观察，从中又明显地看出相互依存的紧密关联。"

倪元璐的话立刻勾起了王铎的谈兴："可能与学习米元章有关吧，从他的字帖中可以看出上溯晋人意境，更加看清了'二王'笔法的精微所在。我还从米元章大量的翻笔中悟出'绞转'的笔法。"

倪元璐感慨道："难怪幼玄兄预言，觉斯半百之时，定会形成自己独特的风格，并卓然成为一代大家。"

王铎赶紧抱拳拱手："多谢玉汝吉言，愚兄定当不负你和幼玄所望。"

王铎心里很清楚，如果没有深厚的基本功，只讲创新意识，那只能是无源之水、无本之木。反过来说，如果一味强调基本功而没有创新意识，也不可能超越前人，到头来只能跟在古人的屁股后面走，更不可能形成自己的风格。

对于到底该如何临帖、怎么创新，王铎与倪元璐一会儿争论得脸红脖子粗，一会儿又勾肩搭背笑成一团。两人正在你一言我一语争论之时，侯恪敲门进来。

看到侯恪进来，两人马上停止了吵闹。侯恪说："我路过此处，听见屋里在吵架，就过来看个究竟。"

王铎说明情况后，侯恪回头看看王铎书写的条幅，皱着眉头思索了一会儿，主动提出带他们去拜见刚晋升为少詹事的张瑞图。

王铎和倪元璐听说能拜见仰慕已久的张瑞图，兴奋而又亲昵地互相打了对方一拳。

去拜见张瑞图那天，倪元璐有急事没能同往，让他遗憾终生。

张瑞图的府邸也是标准的京城四合院，宽敞明亮，幽静宜人。

王铎跟随侯恪穿过连廊，来到张瑞图的书房。进门就看见半个书房里横七竖八地摆满了刚书写的条幅，给王铎的第一感觉是飞腾劲利、酣畅淋漓。特别是那凌厉的点画、奇强的字形、强烈的力感和动荡的气势，令他耳目一新,精神为之一振。只是条幅上的落款大部分都是穷款,这让他有些迷惑。

侯恪拉着王铎准备给张瑞图介绍时,他却微笑抬手制止了。然后,他看着长着浓密的络腮胡、举止优雅、彬彬有礼的王铎,猜测道:"早听若木说过,翰林院有'三珠树',看来你就是大胡子王铎王觉斯喽?"

慈祥又温文尔雅的张瑞图让王铎肃然起敬,他急忙上前一步,拉起前摆就叩拜:"学生王铎叩拜先生!"

张瑞图急忙上前探着身子招呼道:"觉斯请起。"

王铎起身后说:"今日能见到先生乃三生有幸,还请前辈多指教。"

张瑞图笑着自嘲:"老夫只是臭名远扬而已。"

侯恪见张瑞图和王铎一见如故,就假装带着妒意说:"早知你们俩如此亲热,我就不用费心牵线搭桥了。"

张瑞图用手点一点侯恪,笑眯眯地说:"若木啊,听你说话的意思,好像老夫冷落你了。"

三人不由得都哈哈大笑起来。

人们对翰林院"三珠树"褒贬不一的议论,张瑞图早听说过一二。特别是三个人在书法方面的见解,他觉得也很有新意,只不过有时过于偏激而已。

张瑞图曾经想过,如果对他们再稍加点拨,翰林院还能再出现董其昌似的大师级人物。正准备约见三个年轻人时,不巧又被繁杂的公事和琐碎的家事打断,一直没有抽出时间。王铎今天突然来访,令张瑞图感到特别高兴。他边让王铎、侯恪坐下,边让家仆敬茶,并诙谐地说:"翰林院的'三珠树'在京城已是大名鼎鼎啊。特别是觉斯的书法,在京城是妇孺皆知。"

张瑞图的肯定让王铎更加自信,但他还是谦逊地说:"先生过奖了,'三珠树'之说都是同年们的戏语。"

张瑞图说:"听说黄道周还是我的乡党呢。"

张瑞图的口音与黄道周很相似,王铎感到很亲切,从中也听出了他的乡党情结很重,就解释说:"幼玄兄是漳浦铜山人,遗憾的是他回家探望老母亲还没回来。"

张瑞图听说黄道周是漳浦人,很动情地说:"幼玄是漳浦人,老夫是晋江人,在京城我们可是最近的乡党了。俗话说得好啊,老乡见老乡,两眼泪汪汪。"

"等幼玄兄回京后,我陪他再来看望您老人家。"王铎赶紧替黄道周说话,并不失时机地把黄道周的优秀介绍给张瑞图,"幼玄是我尊敬的长兄,在《易经》方面的研究收获颇丰。"

侯恪看他们两人聊得火热,赶紧提醒王铎前来的目的:"觉斯啊,说起黄幼玄，你们的话滔滔不绝，可别忘了你是来向先生请教的。"

王铎赶紧拿出昨晚刚临写的王献之帖，虚心向张瑞图请教。刚打开第一张，张瑞图眼前就豁然一亮。王铎把王献之传统的小手札、尺牍的范式，改写成了八尺巨帧立轴，气势真可谓恢宏啊。

张瑞图心想，王铎的这种创作理念其实也正是自己所要表现的。现在看来，虽然还只是一种尝试，但从发展的趋势来看，今后一定会大有前途。

张瑞图站在立轴面前，先退后几步审视整体，又近前仔细观看细节，看得十分认真。一会儿双眉紧蹙，一会儿又用右手轻轻地捋着胡须仔细琢磨。经过几番审视，才说出了自己的看法："觉斯啊，从你的这幅作品来看，很有你个人的想法。结字很紧密，行距空开，打破了传统规矩的临习方法。特别是一些较重的笔画几乎形成块面，给人以极大的震撼力。不过……"

张瑞图说到这里突然停下来，回头看看王铎虔诚的目光，然后又说："由于你太注重单字的间架结构，在作字时又念念不忘法度，所以不管从整体结构还是从章法上来看，又显得比较拘谨。大字笔画关系相对难以处理，在用笔变化控制方面就显得有些力不从心。在结体章法方面，我感到还是比较平正，缺少了一股气势和味道。至于笔画嘛，有些该粗的还没有到位，该细的也没有细下来。"

张瑞图的话，一语点出了王铎多年的困惑："请先生指点迷津，学生今后该咋办啊？"

张瑞图直率地说："在创作时，应该尽量把字距压紧，行距放宽，在用笔上要做到方折翻动，营造出一种逼人的气势，但又不能失去理性的范围。"

王铎把自己的想法和盘托出："先生，我看到的'二王'父子字帖都是手札，就试图把小字拓而为大，并力求不失其形制和神采。"

"我已经看出了你的用意，想法的确很超前，前人和今人都没有这样写过。你可以大胆地去尝试，我预感一定会出现新的意境。"张瑞图再次给予肯定，同时又善意地提醒他，"你这样做打破了祖宗的规矩，遵守传统的人一定都会感到野道，你就做好挨骂的准备吧。"

"我也只是一种尝试，谁愿意说啥就去说吧，我才不会在乎呢。"王铎好像已经有了心理准备，对可能发生的后果无所谓。然后又拿出用传统方式临写的王羲之《圣教序》，让张瑞图斧正。

"王右军的字在秀美的外表下，蕴含着劲健的骨力。你所临写的《圣教序》做到了如灯取影，不失毫发。笔画的粗细长短、起承映带，结字的疏密欹正都近似于原帖。"张瑞图看着赞不绝口，还用手比画着，然而也发现了新情况，"你没有遵规蹈矩，而是用笔内擫，转折有法，在流畅之中蕴含着刚健之力。同时，在转折的停顿处，还吸取了碑刻之法，从而加强了字的骨力，避免了流于秀美的俗套。"

张瑞图的分析，句句都说到关键点上。王铎更加佩服张瑞图，在心里称赞道："真不愧是一代大家！"

张瑞图抬头看了一眼王铎，继续说："觉斯啊，你临写的王右军帖与原帖比较，会使人感到笔笔都有右军的法度和神韵。既得到了右军劲健风骨的真传、王子敬飘逸的体势，又深得子敬敧侧之三昧，真是精微至极啊。"

王铎一边听张瑞图评说，一边默默地认真铭记在心。最后，王铎又拿出一沓临写米芾的习作，张瑞图在仔细看，王铎在一边解释："先生，我在临写米元章时，采用侧锋用笔，这样避免了他的尖锐，笔画粗细变化也比较丰富。"

侯恪见张瑞图盯着王铎的临写作品，半天没说话，两只手不停地搓着，以为是作品不理想，就插嘴问了一句："先生对此有什么评价？"

张瑞图突然激动得大叫起来："好！好！实在太好了！"

侯恪吓了一跳，王铎也一哆嗦，张瑞图滔滔不绝夸奖起来："写大字运用使转法，既能使线条内部更加充实厚重，又不至于落于野道。"

王铎喘了一口粗气刚稳定下来，张瑞图转身从笔架上拿起一支斗笔，饱蘸墨汁就在纸上开始比画，边写还边发出感慨："用使转法写大字，使笔毫锥面充分转动，加强了线条的变化和力度。"

侯恪看着张瑞图的疯狂劲头，回头对王铎开着玩笑说："觉斯，米元章把你们俩都给迷住了，回去就赶快把他供奉起来吧。"

王铎的确为米芾的纵横飘逸所折服，几乎达到了崇拜的地步，毫不避讳地笑着说："实不相瞒，每次在临写米元章的法帖之前，我都要焚香沐手。"

张瑞图听后赞叹地说："看来觉斯比我更虔诚。如此下去，不用几年我就自愧不如了。"

王铎和张瑞图互相找到了知音，都有一种相见恨晚的感觉。他们一直谈到很晚，依然意犹未尽。

在回去的路上，王铎还沉浸在兴奋之中，激动地对侯恪说："若木兄，今天拜见二水先生，真是让我受益匪浅啊！"

侯恪却不以为然，轻描淡写地回了一句："只要有收获，就没有白来。"

王铎突然想起他们刚进张瑞图书房时，看到满屋子刚写的条幅，又赞叹道："先生如此高龄，还依然勤耕不辍，实在令我汗颜啊！"

侯恪不假思索地说："嗨，他那都是给京城的穷亲戚写的。"

侯恪的解释让王铎有些糊涂，就继续追问："先生不是福建晋江人吗，在京城咋还有亲戚呢？"

"你呀，就是爱打破砂锅问到底。"侯恪用手指了指王铎，然后笑着说，"先生是福建人，但他的侧室贺氏却是北京人，在京城自然就有亲戚了嘛。"

王铎说："看来他的穷亲戚也都是文人雅士。"

侯恪又摆手否定："他的这些亲戚，既不是文人雅士，也非为了去炫耀，而是拿去换些钱物、米面，以渡过难关。"

王铎更加不解了："他们这样做不会有辱先生的名誉吗？"

侯恪无奈地说："觉斯啊，你来翰林院已经一年多了，应该知道官员们的俸禄都很少。俸禄不够用，为了给家里补贴，那些写字好的就经常写一些条幅，画得好的就多画几幅画，文笔好的就多写几篇文章。他们用字画、诗文换一些银两、米面，这都是公开的秘密了，你不要大惊小怪的。现在你在京城是一个人，给你的俸禄还过得去。将来等你把家眷接来后，上有老下有小的，再有情同手足的兄弟姐妹，若是他们到了无米之炊的境地时，你能看着不管不问吗？"

侯恪的话说得入情入理，王铎不住地点头。侯恪又继续解释："二水先生在福建、京城有两个家，他的那些俸禄哪里够用？他又是一个清高之人，绝不会轻易向人张口，只能采取这种方式。"

王铎的家境其实更加艰难，只是没有说出口而已。听了张瑞图家里的情况，他从心里发出感慨："这的确让先生很难为情，看来每家都有一本难念的经啊！"

侯恪见王铎不说话，就继续给他讲述张瑞图的故事："泰昌元年除夕，先生在进京之前，在晋江老家就写过一首诗：'年来笔札诎资身，爆竹喧喧动四邻。尘甑何曾缘米贵，苦吟聊可度王春。愧无好语谢交谪，犹有穷亲诉涸鳞。不是街东何礼部，能知此况更何人。'"

王铎从张瑞图的诗中，感受到了先生的无奈。此时，他想起了董其昌，不由问了一句："玄宰先生对张先生看法如何？"

侯恪接着说："他俩私交很密切，二水先生对董老很尊敬。"

王铎说："听说董先生对张先生的小楷评价很高。"

"是的，二水先生去拜见他时，说过'君书小楷甚佳，而人不知求'。"侯恪回头看看王铎，然后又说，"其实玄宰先生也有很多应酬。"

走在月明星稀的夜晚，侯恪心情格外轻松。王铎看得出，他对张瑞图十分尊敬，两人的私交甚密，关系非同一般。

他俩悠闲地走着，侯恪的话题却没有离开张瑞图的应酬："张二水自中举之后，就以善书而闻名。无论是在晋江还是京城，有很多人向他求书。但是大量的应酬却是在最近几年。虽然有内行人求字，但最主要还是为那些急需帮助的亲友，才使他挥毫不停的。"

王铎问了一个很现实的问题："对待烦琐的应酬，先生是啥态度？"

侯恪说："先生有时很纠结，有时也感到很快乐。"

王铎听了很不理解："应酬还能很快乐？"

侯恪说："凡事都有得失，他的应酬也成就了他。由于他的字很有特色，自然受到了很多人的喜欢，同此名动京城。"

王铎似乎明白了张瑞图的乐趣。侯恪继续说："从晋江到京城，不管在任何地方，先生都不可能摆脱应酬。后来他慢慢就与急需帮助的亲友有了一种默契，用变卖书法条幅的义举来解决朋友的生活所需。"

王铎敬仰地赞扬了一句："先生真是他亲朋的福星啊！"

侯恪说："是啊，在对待需要帮助的亲友时，先生从来不吝啬笔墨。不仅如此，他还曾撰写文章来帮助朋友们。"

王铎从张瑞图的应酬中，感到其根源是官员俸禄太低，就疑惑地问："若木兄，官员的俸禄如此之低，难道皇帝就不知道吗？"

侯恪说："皇上心里很清楚，官员们更是心知肚明。皇上说这是祖上的规矩，实际上还是朝廷没有银两支付。皇帝拿不出银子，谁也无法解决官员的俸禄。"

明朝官员的俸禄太低，一直备受争议，其根源要从洪武朝实施"折色俸"说起。

洪武年间，将禄米改为米、麦、钞三分，起初因钞法初定，钞值颇重，禄米折色并未引起太大的问题。到了成化年间，官俸折色改为米、银、钞，官员不论大小，每月皆支米一石，一石米可供三口之家一个月。通过折色俸的分配，官俸被整体降低了，高品官比原来低二百至四百石，中品官则低了三十至一百五十石，低品官与原俸基本持平。折色俸的物品也时有变动，还由于不符合实际的需求，再加上不易变现、折价等问题，有些官员就不断提出强烈抗议。

到了万历年间，首辅张居正提出"胡椒苏木折俸"的方式，以缓解官员们捉襟见肘的状况。由于白银在市面上流通越来越广，而且作用越来越稳定，才渐渐改成折银制度。随着商品经济的发展，社会风尚随之改变，奢侈之风逐渐形成，使得物价也水涨船高起来。日常生活各方面都发生了很大改变，而官俸却依然维持不变，导致高层官员的生活出现捉襟见肘的状况。

在社会奢靡风气极盛的情况下，官吏的生活水准更低。高级官员单凭官俸仅可维持基本生活，低品官员根本就无法生存。正一品官员，每年六百石薪俸，折合成白银三百来两，还不够一个富家子弟在京城生活三个月的。下品官员的生活就更加艰难了。正七品的知县，月俸为米一石，银二两三，钞三十贯，只能勉强办一桌稍微丰盛的酒席。

官俸虽然很低，但士子们依旧热衷于科举。虽有光宗耀祖的动因，但主要还是官员有其他额外收入，社会上各种与民逐利及个别贪贿行为，已被百姓认为是理所当然。同时，千百年来形成的"一人得道，鸡犬升天"的宗族传统根深蒂固。只要族中有人考上进士、外出担任官职回到故乡后，自然就要肩负起全宗族的生计负担。

王铎从小生活在贫困之家，进翰林院后有了俸禄，不但能给家庭一些补贴，而且还能购买一些笔墨纸张，让他感到特别满足。王铎是个孝悌观念极强的人，对于今后如何改善家人的生活质量，承担起宗族、亲朋沉重的生活负担，也像张瑞图那样用书法、诗文帮助亲戚朋友，他还没有这方面的思想准备。

第 九 章

　　连续发生的几件事让王铎的心情十分复杂，有时心烦意乱，有时兴奋不已，有时焦躁不安，有时甚至彻夜难眠。一是东林党人的高尚品格，让他佩服得五体投地；但朝廷内部残酷的权力之争，又让他感到不寒而栗。二是文震孟险些被廷杖，让他感受到了官场的险恶，有一种如临深渊、如履薄冰的感觉。三是董其昌、张瑞图对书学的高论，让他开阔了视野。两位前辈的鼓励让他更加充满了信心，但繁忙的应酬也让他无所适从。四是庶常馆马上就要散馆了，仕途的选择让他感到迷茫。

　　为了摆脱纠结的心绪，王铎在公务之余就一头扎进翰林院藏书馆里，贪婪地从米芾、《淳化阁帖》中吸取营养。在临帖的方法上，他不再一味追求如灯取影，而是以意临和背临为主，参以合、溯源、变通法，感到别有一番新意。同时还特别对古人真迹的墨色变化、运笔方法等，进行了仔细的观察和研究，对书法艺术有了更加深刻的理解。不仅如此，王铎还尽量把字再放大，力图在气势上、笔力上能够充分体现出自己的意趣。临帖在别人看来枯燥无味，但他却是整天乐此不疲。

　　一天，王铎临写完王羲之的《兰亭序》，手拿毛笔陷入深思时，冷不丁被谁拍了一下。他吃惊地扭头一看是倪元璐，就埋怨他一句："好你个玉汝，把我吓死了。"

　　倪元璐看着王铎刚写的横幅，自言自语地说："临写《兰亭序》，参以《圣教序》笔意，别有韵味嘛！"

　　王铎听了倪元璐的赞语，虽然增添了几分信心，但并没有接他的话，思绪仍然有些混乱。

　　倪元璐见王铎呆呆的样子，以为出了什么大事，就关心地问："你好像有什么心事，经常呆呆地想什么？"

　　王铎轻描淡写地回了一句："在胡思乱想呗。"

　　倪元璐安慰说："别整天胡思乱想了，过两天就是元宵节了，傅寄庵、许明庵、黄锦准备去游灯市，我陪你一同去看看热闹。"

王铎对游玩不感兴趣："灯市有啥好看的？"

倪元璐却是兴趣盎然："京城的灯市热闹非凡，准会让你眼花缭乱，也就不会再胡思乱想了。"

王铎经不住倪元璐的花言巧语，第二天就跟着他前往游灯市，陪同的还有黄锦、傅寄庵、许明庵等人。

来到灯市，的确让人眼花缭乱。忙碌了一年的人们扶老携幼，结伴而行，到处是火树银花，京城好似不夜之城。

眼前繁华的景致，王铎见所未见，兴致而来，随口吟出一句古诗："春城真不夜，来醉酒人家。"

大家一边走一边说笑，许明庵扭脸看着倪元璐问："玉汝兄，元宵节一般多长时间？"

倪元璐抬眼看看星空，想寻找答案，黄锦替他做了回答："自正月初八点灯开始，一直到正月十七夜里落灯。"

来到灯市的中心，只见路两旁更是金光璀璨，真是蔚为壮观，难怪会让人发出"灯数千光照，花焰七枝开"的感慨。

远远向紫禁城望去，午门外的"鳌山灯"把千百盏彩灯堆成山，约有十三层，高约五丈。灯山上还有"八仙庆寿""三星高照""五蝠捧寿"等各种人物彩灯，真是栩栩如生啊。

大家赶快走近仔细观看，御灯制作的水平非常高超，用料也极其考究。大多是用红木、紫檀木、花梨木或楠木等贵重木材制作，雕、镂、刻、画，制作工艺精雕细刻，极为精湛。宫灯下面再坠以银珠穗，微风吹拂，丝穗摇曳，仿佛龙头在抖动，更增加了宫灯的美感，让人流连忘返。

回头再看看"六方宫灯"，分上下两节，两节间用链子相连。上节名为帽，下节为灯身，灯身又分上下两层，每层各装有灯窗六扇，每扇再糊上山水、走兽、花鸟、人物等绢花图案，让人赏心悦目，美不胜收。还有的宫灯设有转盘机关，在那里悠闲地旋转着。

来到灯市口，只见家家店铺都悬挂着五色彩灯，观灯者摩肩接踵，真是人山人海。

热闹非凡的场景，使人如同在梦境之中，王铎又想起了苏东坡的"灯火家家有，笙歌处处楼"诗句。

大家欣赏着眼花缭乱的灯火，争相赋诗抒发情感，一直游玩到午夜，仍然意犹未尽。

在回去的路上，大家相约明天一起去古书街买些古籍，顺便也看看喜欢的文房四宝。

第二天，王铎他们一行人来到东直门时，忽然看见路边一个插着草标的女孩跪在那里卖身。女孩旁边站着一个骨瘦如柴三十岁左右的汉子，身上穿的长棉袍补丁摞补丁。看得出他是一位儒生，估计是女孩子的父亲。

王铎看他们父女甚是可怜，心里很难受，就撇开倪元璐走到女孩跟前。蹲下来仔细看那女孩时，只见她头发虽然零乱，满脸灰土，但瓜子脸上的眼睛却像黑葡萄般明亮。

王铎顿时生出怜悯之心，就和蔼地问："你爹为啥要卖你？"

小女孩紧紧地抿着嘴，抬眼看了看身边的汉子，然后又低下头，用小得几乎听不见的声音回答："家里人多，爹说养不活我们。"

王铎看着可怜的小女孩问："你几岁了？"

小女孩怯怯地抬起头说："今年刚七岁。"

王铎望着小女孩，好像看到了自己的女儿，便产生了恻隐之心，对走过来的倪元璐说："玉汝，我看这孩子甚是可怜，想把她收留在身边。"

许明庵摇手制止，并善意地劝他："觉斯兄，你要慎重考虑。在写字、作诗方面你是行家里手，我们都很佩服你。但在做家务、带孩子方面，你笨手笨脚的还不如我呢。你连饭都不会做，还要天天做值，怎么带她？"

倪元璐认为许明庵说得有道理，也劝王铎说："是啊，明庵说得有理。再说孩子都是父母身上的骨肉，说不定你今天领来，明天人家又要回去呢。"

王铎没听进倪元璐和许明庵的劝说，而是来到小女孩父亲的面前，以责备的口吻说："你为啥要卖自己的亲骨肉，这样做你于心何忍？"

瘦弱无力的汉子很羞愧，无可奈何地说："家里孩子多，实在养活不了他们了。与其在一起饿死，还不如让好心人收留，说不定还能有一条活路。"

王铎见那男子的确是出于无奈，就换了口气与他商量："既然是这样，就把孩子交给我吧。我会把她视同己出，并抚养成人的。"

那汉子听说有人要孩子，眼睛立刻就湿润了，赶紧抱拳拱手："谢谢好心人！"

王铎从衣兜里掏出准备买纸墨的银两全部递过去，只见那汉子颤颤巍巍地伸出双手，接过银两后千谢万谢，然后拉起跪在地上的女孩："孩子，从今以后你就跟着这位好心的先生，他是你的恩人，也是咱全家的恩人。"

王铎看到他们父女离别的场面，心里非常难受："敢问你尊姓大名呢？"

那汉子愧疚地低着头，始终不敢把头抬起来。

倪元璐蹲在匍匐在地的女孩子面前，自言自语地说："这孩子也真是好运气，遇到觉斯兄。"

女孩看到爹真的要走时，突然起身抱着汉子的腿，流着眼泪大放悲声。

那撕心裂肺的哭声让在场的人都流下了眼泪。

王铎不忍心把孩子领走，就想只当是做了一次善事，让那汉子把孩子再领回去。但那汉子一边流着眼泪，一边用力将孩子的手掰开，然后头也不回跟跟跄跄地跑去。

王铎弯下腰来，扶起伏在地上痛哭流涕的女孩，和蔼地安慰："孩子不哭，告诉我你叫啥名呀？"

女孩不住地抽泣着，低着头扯着衣角，用十分微弱的声音怯生生地说："我叫玉姬。"

"玉姬，多好听的名字啊。"王铎转身看着倪元璐等人，夸奖这个名字起得好。同时，更感到孩子的父亲一定是个读书人，如果不是走投无路，是绝对不会把自己的亲骨肉卖给别人的。王铎抬手轻轻地给孩子擦拭一下眼泪："孩子，从今以后我就是你爹，我会好好照顾你的。"

小玉姬很乖巧，慢慢止住哭泣，非常礼貌地给王铎磕了个头。

王铎带着小玉姬来到一个小饭馆，让她美美地吃了一顿饱饭。然后又带她来到集市上，给她买了一些新衣服，还买了一个小玉佩。回到家里给她梳洗打扮一番，小玉姬就像是换了一个人似的。

经过几天的相处，王铎和小玉姬真的如同亲生父女一般亲密，让倪元璐、黄锦他们羡慕不已。

正当王铎准备享受天伦之乐的时候，他和倪元璐带着玉姬去了一趟旧货市场，又改变了他的现实生活。

他们来到东直门时，远远看到玉姬的父亲和一个面目憔悴的女人迎风站在那里，冻得瑟瑟发抖。当他们见到玉姬后，那女人发疯一般跑过来，二话没说跪倒在王铎面前。小玉姬跑步上前，紧紧抱着那女人喊娘。

眼前突然出现的场景，让王铎感受到了妻离子散的心痛。玉姬母女抱头痛哭，让在场的王铎、倪元璐等人都为之动情落泪。

王铎弯腰想把他们扶起，可他们无论如何也不肯起来。此时，路过的行人不知道这里到底发生了什么事情，都围过来看个究竟。

王铎蹲下来说："请你不要这样，快快起来，咱们有话好说。"

玉姬的母亲拿出王铎送给他们的银两，乞求道："好心人，这是你给的银两，我一文都没动过，现在全部还给你，请把闺女还给俺吧！"

王铎先是一怔，玉姬的母亲说明了事情的来龙去脉。那天，玉姬的爹没有和她商量，就擅自做主将女儿卖掉了。她知道后，对他是不依不饶，让玉姬的爹带着她来要人，哪里还有闺女的影子。当时又没有留下住址，这么大个京城去哪里找？他们两人就在卖玉姬的老地方一直等候。

王铎听了后心里不知是啥滋味,就把玉姬的父母扶起来,然后以责怪的口吻对玉姬的父亲说:"这位仁兄,这么大的事情咋不和家里人商量好,你就擅自做主呢?"

玉姬的父亲一直低着头,不敢看王铎一眼:"请先生别和我一般见识,家里上有老下有小,我也是无路可走才出此下策的。孩子她娘听说我把闺女卖了,几天来是滴水没进,一直在这里等您。老天真是有眼啊,没想到终于见到您了。"

王铎非常理解他们的心情,就把银两又递给小玉姬,并对她娘说:"大嫂,孩子你们领回去,这银两作为你家无米之炊的补贴,也算是我和闺女之间的一份父女之情吧。"

玉姬的父母看着被王铎打扮一新的女儿,既感动又兴奋,他们三人再次跪在王铎面前。

王铎和玉姬接触的时间虽然很短,但却建立了父女之情,现在突然要离开了,还真有些恋恋不舍。玉姬已经走出很远了,还不时回过头来。

王铎的举动让倪元璐和围观的人们赞不绝口。

刚回到翰林院,张鼎延给王铎送来一封家书。王铎打开一看兴奋得简直要跳起来,大声喊道:"我又有闺女啦!"

王铎这没头没脑的大喊大叫,让张鼎延、倪元璐都丈二和尚摸不着头脑:"觉斯,你今天这是咋啦?"

王铎兴奋地晃着手里的家书说:"我又添了个闺女!"

张鼎延、倪元璐听说王铎又得了一个千金,都为他高兴。

倪元璐说:"觉斯兄,你真是好福气,让我既羡慕又嫉妒。"

张鼎延听了一脸的疑惑,倪元璐把玉姬的事情简单一说,才使他恍然大悟。王铎的义举赢得了所有翰林们的大力褒奖。

张鼎延听了很感动,讨好似的与王铎商量:"你有千金,我有贵子,咱们要是结为亲家,岂不是亲上加亲吗?"

王铎说:"好哇!我求之不得啊!"

张鼎延兴奋地拱手向王铎说:"那我就高攀了,咱们一言为定!"

倪元璐见王铎与张鼎延在攀亲家,就开着玩笑说:"觉斯兄,你大女儿给介孺兄做儿媳,小女儿刚出生就名花有主了。"

张鼎延戏说:"玉汝,听你的话音,好像在嫉妒啊。"

倪元璐也不示弱:"你们这是典型的肥水不流外人田!"

大家听了是欢声一片。

天启三年冬天，寒风刺骨，冰封大地，让人不寒而栗。

一天傍晚，王铎冒着寒风去看望恩师乔允升，快到府邸大门时，远远看见悬挂在门楼两边的红灯笼不见了踪影，门前黑咕隆咚一片漆黑。

王铎看着异常的变化，感到很疑惑：现在还不到关灯的时辰，况且老师还有晚上看书写字的习惯，不应该这么早就休息。

王铎快步来到大门前，举手轻轻敲大门。过了好大一会儿，管家才慢慢打开一条门缝，见是主人的学生，才迅速打开大门让他进去。

王铎走进院子里，举目四处一望，整个院子里黑灯瞎火，没有了往日明亮热闹的景象。王铎随管家进屋后，看见家人和仆人正在忙活着。有的整理着大大小小的包裹，还有的在捆绑形状各异的木箱，整个屋里十分零乱，像是要准备搬家一样。

王铎问管家出了什么事，他只是唉声叹气地摇摇头。当问到恩师在哪里时，他用手指了指书房。

王铎三步并作两步来到书房，却看见恩师正坐在书桌前悠闲地看书，家里发生的一切似乎与他无关，这让王铎更加大感不解。

王铎赶紧来到乔允升面前，不顾礼节就急切询问："老师，家里出啥事了？"

乔允升听见王铎的声音后，缓缓地抬起头，脸上露出了慈祥的微笑，然后指着身边的方凳说："觉斯来了，赶快坐下，外面一定很冷吧？"

王铎急忙来到恩师身边，坐在他对面的方凳上。乔允升把手中的书放在桌上，慢慢站起来，背着手缓缓来到火炉边停下，回头望着王铎说："你来得正好，我正准备让人给你说一声，明天为师与家人一起回老家。"

王铎一听噌地站起来，急切地问："老师，这是为啥呀？"

乔允升依然平静地说："老夫已是一介草民了，今后好好安度晚年，享受天伦之乐。"

乔允升的话如五雷轰顶，震得王铎晕头转向，头脑嗡嗡作响。恩师是刑部左右侍郎，乃国家之栋梁，现在咋就突然成草民了呢？

乔允升若无其事地站起来，拍着王铎的肩膀安慰说："觉斯啊，你先不要大惊小怪，也不要如此激动。我现在的这个结局，其实既是意料之外，也是情理之中的事。对我这个老朽来说，应该是最好的结局了。"

王铎望着年已古稀、白发苍苍的恩师，一时不知该说啥好，对自己的前途也感到一片茫然。在乔允升眼里，王铎依然还是个孩子，但仔细一想，其实他早已过了而立之年，散馆后就要走向仕途，为朝廷担当重任了。自从收下这个学生后，不管是在西烟寺还是在京城，他所言传身教的都是修身齐家治国平天下的儒家思想，不是修身养性，就是韬光养晦，对于为官之道、仕途上的险恶很少谈起。乔允升看着焦躁不安的王铎，心里感到有些遗憾，这对他的仕途来说可能是个缺憾。好在离京之前能与他叙一叙，多少也是一种补偿和安慰吧。

乔允升回到太师椅上，感慨地说："觉斯啊，朝廷中的一些事情和为官之道，本来想在你散馆后，咱爷俩再好好聊一聊。我也没想到，走得却是这样突然。"

朝廷对官员进行调整更换实属正常，关键是乔允升是王铎的恩师，更是他的精神支柱。恩师要回归故里了，他自己在京城就觉得没有了依靠，感到一片茫然，问："老师，年初您老人家还说朝野上下尽是东林清流，终于可以为朝廷建功立业大显身手了。皇上咋说变就变呢，也太那个了。"

乔允升端起茶杯抿了一口，轻轻地放下后，并没有回答王铎的疑虑。他现在关心的是王铎的前途命运，就平静地说："觉斯啊，再过几个月你就要散馆了，到时候皇上还要亲自典试，并根据考试的名次，择优者留在翰林院，次者被分派到部院，其余的就要外放任职了。就你的脾气和性格而言，我看可做忠勇可嘉的士大夫。"

王铎起身为乔允升斟上茶，恭敬地听恩师教诲。

乔允升接着说："如果你能够留在翰林院，今后可能会官运亨通，但也要知道伴君如伴虎、朝中官场险恶的道理。在朝廷中听差，稍有不慎，轻者丢官，重者就会丢掉性命。现在朝中的关系很复杂，以后不要参与任何派别，只管办好自己的差事，做好自己的学问。"

乔允升刚说到这里，他老伴颤颤巍巍地走进来。王铎赶紧起身施礼，并扶着老人坐到椅子上。老人家见到王铎很高兴，问长问短，聊得很开心。

乔允升刚才还滔滔不绝，老伴进来把他的话题打断了。老太太回头看看乔允升表情，知道他还有话要对王铎说，寒暄了几句就自觉地告辞了。

乔允升见老伴走出了门，就放下手中的茶杯，捋着胡子接着刚才的话题说："一个人如果没有一番历练，最终就难成大器。历练就是要经风雨见世面，既要耐得住寂寞，又要忍得住委屈，还要耐着性子忍，更要硬着头皮等待机遇。人们不是常说要任劳任怨吗，任劳一般人都能做得到，任怨却都很难做到。"

乔允升振聋发聩的忠告，王铎感到受益匪浅，赶紧把金玉良言默默铭记在心。

"读史三千不外功名利禄，悟道九万终归诗酒田园。"乔允升把自己一生悟出的真谛和哲理变成了感慨，站起来自问自答，"人生的最高境界是什么？

佛为心、道为骨、儒为表，大度看芸芸众生世界；技在手、能在身、思在脑，从容过酸甜苦辣生活。"

乔允升的知识如此渊博，却被削职为民，让王铎感到愤愤不平："老师，皇上为啥这样对待您？"

"觉斯啊，话说起来就长了，今天告诉你，你也好从中接受教训吧。"乔允升显得很无奈，看着纯朴的王铎，轻轻地叹了一口气说，"最近一段时间，朝中很多大臣不是被撤职，就是自己主动提出辞官，这都与皇帝身边两个特殊人物有关。我辞任的原因是赵梦白极力推荐我接替他做吏部尚书。"

赵梦白是赵南星的字，号侪鹤，北直隶高邑人，万历二年进士。他是东林党首领之一，性格严直，为人负意气、重然诺，有燕赵任侠慷慨之风。朝廷内外都惧他三分，特别是阉党视他为眼中钉。

最近朝中发生的很多事，王铎听说了一些皮毛，几乎都涉及东林党与阉党之间的矛盾，至于深层次的矛盾，很多大臣也未必知道。王铎听了乔允升的话，惊恐得瞪大了眼睛。

乔允升站起身，背着双手踱着步子，把事情的来龙去脉讲述了一遍。

天启三年，是朝廷京察之年，牵动着朝廷上下的敏感神经。五品以下官员由吏部进行考核，四品以上大臣都要向皇帝"自陈"。虽然"自陈"是写给皇帝的，却需要公开，在光天化日之下亮相，并接受御史和给事中们的挑刺。因此，"自陈"必须讲实话、说真话，必须经得起别人的横挑鼻子竖挑眼，甚至是说三道四。如果一旦有所隐瞒，言官们就会帮助回忆、帮你补上，这叫作"拾遗"。如果哪个官员被"拾遗"，而且被拾遗的事情经过核实又是事关原则，那就是犯了欺君之罪，就必须自动提出辞职。在京察结束后，皇帝要根据官员的政绩、品行，分别给予相应的升任、降调或罢官等奖惩。凡是在京察中被罢免的官员，将终身不得起用。

天启三年的京察由赵南星全权负责，他是东林党人。通过严格的考察，"北南两京"官员被弹劾的多达三百三十八人，其中有与东林党作对的齐、楚两党的领袖人物，即给事中的亓诗教、赵兴邦、官应震、吴亮嗣等人。

根据朝廷的规制，赵南星提出了罢黜上述四人的建议。虽有吏科给事中魏应嘉极力反对，最终他们还是被罢官，一时间东林党人拍手称快。

齐、楚两党领袖被清洗，赵南星掌吏部铨选后，极力举荐东林党人占据了朝中六部的重要位置。叶向高出任内阁，高攀龙、杨涟、左光斗、魏大中等著名东林党人及众多正直的官员都列于朝中。

东林势盛，众正盈朝，朝廷气象为之一新的局面，让魏忠贤感到坐立不安，认为京察成了东林党排除异己的宗派活动。东林党为渊驱鱼的做法，让那些被赶出朝堂的新旧政敌都纷纷投靠到魏忠贤一边去了。在这以前，簇拥在魏忠贤周围的人还仅仅是一群大小太监及其亲随，这次京察以后，魏忠贤很快就拉拢聚集了一批人才，手下冠盖如云，人才济济。

此时，整个朝中干请之风甚嚣尘上。赵南星素来痛恨此种弊风，决心锐意澄清，对于贵官们有所干请，都会碰一鼻子灰。久而久之，都不敢向他开口请官。

大学士魏广微本是赵南星老友魏允贞之子，因他父亲与赵南星关系甚密，他几次到赵南星门上请求谒见，赵南星厌恶他趋附魏忠贤，几次将他拒之门外，并叹息老友没有这种儿子。话传到魏广微耳中之后，他对赵南星恨之入骨。魏忠贤开始也想极力拉拢赵南星，并在皇帝面前称他任吏部尚书很称职，后来由于没有得逞，就寻找机会加以陷害。魏广微与魏忠贤一拍即合，勾结起来陷害赵南星。

在选拔山西巡抚时，魏广微诬告赵南星等人阴谋结党，魏忠贤矫旨切责赵南星。按照朝廷规矩，赵南星请求辞官。他心里很清楚，吏部在六部中职责最重，掌管全国官吏的任免、考核等事宜。在自己辞官时，他就极力推荐乔允升来接替吏部尚书一职。赵南星越是极力推荐，魏忠贤就越感到乔允升是他的同党，就授意给事中薛国观弹劾乔允升，乔允升也得按照规矩提出辞职。乔允升提出辞职后，皇帝不但没有一丝的挽留，而且还同意他落职闲住。

王铎听了后，知道老师很委屈，很想为他鸣不平，但又不知道该如何是好："老师，您是被冤枉的！"

乔允升对党派之争并不赞成，但也很无奈，说："他们把我推上了这个位置，我就要面对现实。"

正在乔允升给王铎讲述京察时，吕维祺、侯恪和张鼎延也一同前来看望。虽然没有过多的安慰话，但大家都心照不宣。

乔允升被迫辞职，大家都愤愤不平。对于东林党人纷纷辞官，大家有很多的看法。吕维祺亲身经历过"移宫"事件，事情的来龙去脉比较清楚，就首先谈起了自己的观点："万历末年，皇帝多年不理朝政，内阁六部寮采半空。天启皇帝登基后，紧急充实、调整了很多官员，朝野上下几乎都成了东林党的天下。特别是通过京察，对朝廷官员撤换的动作太大，用人也显得太随意，让魏忠贤从中抓住了把柄。皇上也对东林党慢慢产生了一种恐惧，所以就更加倚重魏忠贤了。"

乔允升显得十分忧虑，说："是啊，从皇帝最近又任命魏忠贤为提督东厂来看，就更加说明了这一点。过去许多反对东林党的人被罢黜后，现在都纷纷投靠过去，这样一来，阉党的势力就会越来越大。如果他们一旦掌握了朝中大权，其后果真是不堪设想啊。"

侯恪对东林党个别人似有埋怨之意："其实东林党人并非都是圣贤，其中也是良莠不齐。有的人在政治上也很不成熟，为了标榜自己守法公正，经常闹到敌我不分的程度，其所作所为简直是幼稚可笑。"

张鼎延疑惑地问："若木是有所指了吧？"

侯恪直言不讳："就是大名鼎鼎的左光斗，在客氏、魏忠贤二人攻击内阁大学士孙如游时，他不但不制止，居然也卷进去，极力跟着攻击。老先生也不好好想一想，孙如游也是一直反对客、魏，极力支持东林党的。"

吕维祺赞同地点点头。侯恪接着说："依我看，都是门户之见害了东林党人。杨涟是个明白人，曾经对出现的弱点说过：'凡讲一人，先不论贤与不肖，便问是哪一路人；亦不问其能用否，又问其走哪人路，如其为那路，便谓之邪党。'"

乔允升说："事已至此，再说已没有任何益处了，今后你们还是要谨慎处事才是。"

侯恪也提醒说："东厂的人现在无孔不入，朋友、同僚都不敢说话。以后咱们在小聚时，说话也要小心隔墙有耳。"

张鼎延无所谓地说："言过其实了吧。"

侯恪见他不相信，就举例说明："最近听说一件事。有四个朋友深夜在密室饮酒，其中一个人喝多了大骂魏忠贤。另外三人虽在密室，听后却没有附和，只是瞠目相视而已。正在那人大骂之时，东厂的番役突然破门而入，当即就把四人抓了起来。大骂魏忠贤者被凌迟处死。"

吕维祺接着补充："虽然故事有些夸张，但的确存在着东厂番役到处抓人的事例，这都是阉党在后面唆使的。"

侯恪忧心忡忡："魏忠贤和客氏是阉党的核心人物，魏忠贤掌握着东厂特务机关，整个京城都被他控制起来了。"

王铎不知道客、魏之间的特殊关系，对皇上有些埋怨："这两个人这么可恨，皇上咋还听他们的呢？"

侯恪解释说："皇上从小是吃客氏的奶水长大的，魏忠贤是客氏的'菜户'，能不听他们的吗？"

王铎听到"菜户"这个词，一脸的茫然。

"菜户就是太监和宫女在一起生活，关系亲密，就像是夫妻一样。"吕维祺简单解释了一句后，稍微整理了一下思路，就从客氏谈起了阉党和宫廷的一些情况。

阉党有两个主要成员，一个是皇上的奶娘客氏，另一个就是太监魏忠贤。

　　客氏是北直隶定兴人。她的丈夫叫侯二，是一个普通的庄稼人，虽然身材矮小，长相丑陋，但为人忠厚老实。客氏稍有些文化，能读会写，而且美貌妖艳，经常与村里一些不三不四的男人暗地厮混。婚后生有一个儿子叫侯国兴。客氏十八岁被选入宫中，充当朱由校的乳母。两年以后，侯二病逝，客氏就成了寡妇。在深宫之中，李选侍虽然取得了朱由校的抚养监护权，那只是一种形式，并没有给他真正的母爱。客氏把母爱的天性全部贯注在朱由校身上，一心一意地养育他成长。冷落的东宫里，失去生母的朱由校只有与客氏朝夕相伴，在他幼小的心灵中，喂自己吃奶的女人，自然就是生身母亲了。朱由校会走路后，客氏就天天带着他到处游玩，把他哄得团团转。

　　按照明宫惯例，皇子皇孙五岁就应该读书。由于万历皇帝不喜欢朱由校的父亲朱常洛，朱由校读书的事情根本没人管。

　　客氏领着朱由校在皇宫里，不是玩水、荡秋千，就是看宫女劳作、太监做木工和泥瓦活。久而久之，朱由校喜欢上了木工、油漆、雕刻之类的活计，经常摆弄斧凿锯刨。

　　客氏本来就水性杨花，风流无比，她在照顾好朱由校的同时，很快就和专职照顾朱由校的太监魏朝形影不离了，并结为"对儿"（也叫"菜户"）。宫中值班太监不能在宫内做饭，每到吃饭时就只能吃自带的冷餐，而宫女则可以起火，太监们就经常托相熟的宫女代为温饭。同时，宫女和太监在感情方面也都需要慰藉。明朝初期还都偷偷摸摸，到了万历年间基本上就公开了。经过皇上同意，宫女和相好的太监可以组成家庭，在一起吃饭、休息，如夫妻般一样生活。如果有宫女久而无伴，甚至还会遭到其他宫女们的耻笑。

　　魏忠贤，字完吾，北直隶肃宁人，原名魏进忠。结过婚，妻子姓冯，有个女儿。他有些武功，好骑射，左右手均能挽弓，箭法几乎百发百中，既有胆识，又善于决断。他目不识丁，从小就好逸恶劳，不是打架斗殴，就是吃喝嫖赌，是一个有名的无赖之徒。对妻子的规劝不但不听，还以拳脚相加。继续与一群无赖赌博，不仅把老本输个精光，还欠了一屁股债。由于无钱归还，被一帮赌徒打得鼻青脸肿，受尽百般凌辱，最后跪地求饶。在走投无路的情况下，忍着剧痛自行阉割。将妻子改嫁，抛下爹娘和女儿，改名李进忠，在万历十七年，以二十二岁的高龄入宫当了太监。

　　进宫以后，李进忠才知道等级森严，相互间又钩心斗角。如果没有后台，很难有出人头地之日。李进忠向来不甘寂寞，做梦都想出人头地。怀着飞黄腾达的梦想，离开京师，不远万里跑到四川，打算投靠当时任四川矿税监的太监丘乘云。丘乘云得知李进忠是一个文盲加流氓时，就下令将其抓起来，禁闭在密室断绝饮食，准备将其活活饿死。李进忠在绝望之时，得到一位朋友相救，才死里逃生，又回到了京师。

李进忠回宫后吸取了教训，凭借在市井厮混时练就的三寸不烂之舌，经常厚着脸皮到处巴结讨好。经过一段时间，凭借勤快的手脚、狡诈的心机，终于在宫中站住了脚跟。后来认识了太监魏朝，李进忠尽力施展见机行事和投机取巧的本领，千方百计讨好魏朝，并取得了魏朝的信任。两人臭味相投，有相见恨晚之叹，山盟海誓，结为兄弟。后来由于魏朝的推荐，李进忠很快得到了为朱由校生母王氏操办膳食的差事，由此得到和朱由校接近的机会。李进忠利用这个机会，经常逗朱由校玩耍，给他讲宫外的新鲜故事，颇得朱由校的喜欢。

魏朝是太监王安的私人，专门负责照护朱由校。被李进忠吹捧得头脑发热的魏朝，经常在他的上司王安面前夸奖李进忠。通过魏朝介绍，李进忠又渐渐认识了王安，并取得了王安的信任。为人刚直的王安却没有识破李进忠的真面目，渐渐对他产生了好感，对他的所作所为也很少加以怀疑。

李进忠还通过魏朝结识了客氏。李进忠在办完自己的差事后，经常与贪玩的朱由校在一起骑射、蹴鞠，陪他玩耍，逗他开心，也慢慢地赢得了客氏的欢心。客氏见到李进忠后，就立即喜新厌旧，一头扎在了李进忠的怀抱，渐渐把魏朝抛在一边。

李进忠为了不断往上爬，与李选侍串通一气，企图挟持朱由校，并盗窃宫中珍宝，引起许多廷臣的不满，朱由校对他的恶劣行径也曾十分反感。

朱由校登基的前一天，杨涟第一个弹劾李进忠，朱由校令司礼监查明奏请。李进忠感到大祸临头，急忙通过魏朝哭求王安相救。心地善良的王安救了他一命，并请客氏从中为他美言。朱由校登基的第四天，就下诏令其照旧供职。

朱由校登基后不久，李进忠又恢复了魏姓，皇上还赐名"忠贤"。目不识丁的魏忠贤之所以能够平步青云，是因为客氏起了决定性的作用。客氏利用侍奉之便，多次在皇帝朱由校面前给魏忠贤说好话，先任命魏忠贤为惜薪司典膳太监，不久又提拔为司礼监秉笔太监。

魏忠贤的地位越来越显赫，权势开始膨胀起来。客氏对魏朝开始也只是冷淡，后来干脆就丢在脑后了。魏朝曾与客氏争执过多次，都没有使她回心转意。魏朝看到他们天天在一起，觉得自己受到了极大的侮辱，就顾不得昔日的山盟海誓，撕下了结拜兄弟的面纱，要与魏忠贤争个高低，把客氏重新拉回自己怀里。

一天晚上，魏朝在外面喝完酒回宫，来到乾清宫西暖阁，恰巧碰见魏忠贤和客氏在一起推杯换盏，亲亲热热，顿时火冒三丈，大骂魏忠贤是无耻之徒。魏忠贤借着酒劲，也不甘示弱，骂魏朝自找没趣。两个酒醉的太监为了客氏争风吃醋，相互对骂起来。最后竟然大打出手，扭成一团，由屋里打到屋外。叫骂声不但惊动了王安，还把朱由校从梦中惊醒。当听说两个太监为争客氏打架时，他感到很好奇，就穿上衣服出来看热闹。只见魏忠贤拉着客氏的右手，魏朝拉着客氏的左手。朱由校问是怎么回事，三人异口同声地说："请皇上做主！"朱由校看着鼻青脸肿的两个太监，忽然大笑起来："没想到你们这样的人，为争风吃醋会到如此地步。"在场的人都不敢吭声，朱由校笑着问客氏："客奶奶，你诚心要跟谁，朕替你做主。"客氏没有说话，只是向魏忠贤点点头。朱由校立刻明白了客氏的心意，当场就把客氏交给了魏忠贤。其实他们争夺客氏，并不在于争一个女人，关键是在争宠于皇帝。

　　第二天，朱由校传出谕旨，让客氏和魏忠贤结为"对儿"。魏忠贤如愿以偿后，就与客氏联手将客氏的原情人、自己的恩人魏朝赶出宫。魏朝在保护年幼的天启皇帝时功劳很大，在宫廷斗争中还保护过魏忠贤，现在却成了魏忠贤的情敌。

　　没过几天，魏忠贤矫诏将魏朝发配到凤阳守墓。魏朝行至途中，知道不妙，就赶紧逃到蓟北山中的寺庙里躲了起来，但最后还是被客、魏派去的人活活勒死。谋杀了魏朝后，王安成了他们揽权的拦路虎。

　　王安，字允逸，雄县人，为人刚直不阿，自幼在内书堂读书，颇具文采，是明朝少有的为士大夫所称道的宦官之一。从万历二十年就服侍朱常洛、朱由校父子，受命为皇长子伴读。当时郑贵妃图谋立自己生的儿子为太子时，经常派人搜集皇长子的过失，然而在王安的周旋保护下，郑贵妃一无所获。万历四十三年，发生梃击案时，王安为太子起草诏书，颁下令旨，解除了群臣的疑虑，安定了郑贵妃的心，皇帝对此也十分满意。

　　朱常洛即位后，王安被提升为司礼监秉笔太监，劝皇帝实行有利于国家的政治措施，起用忠直的大臣邹元标等人，朝廷内外都异口同声称赞他品德好。他与朝中一些士大夫关系也很密切，东林党中很多人都是他的好朋友。大学士刘一燝、给事中杨涟、御史左光斗等都很尊重他。

　　泰昌元年，光宗皇帝朱常洛驾崩，李选侍图谋挟持皇长子，以扩张自己的权力，企图长期占据宫廷。王安在移宫事情上，联合外朝的大臣，让朱由校摆脱了李选侍的控制顺利登基，得到朝廷大臣的敬重。

　　天启皇帝朱由校登基后，很感激王安，几乎言无不纳。魏忠贤也积极投靠在他门下。然而，王安性格刚直粗疏，不够缜密，又体弱，与朱由校的接触逐渐减少，而魏忠贤借客氏之力与皇帝日益亲近。

对于客氏、魏忠贤在宫中的越礼行为，王安曾多次规劝和制止。特别是对客氏不检点争风吃醋的事，王安认为有辱宫廷，对客氏进行了严厉的训斥。曾建议皇帝逐客氏出宫，同时要约束魏忠贤的行为。为此，客氏、魏忠贤对王安恨得咬牙切齿。王安为人正直，他们也颇为忌惮，不敢轻举妄动，但一直在寻找机会盘算着要除掉王安。

在皇帝朱由校任命王安掌管司礼监时，按照宫中惯例，他要加以推辞。客氏及时抓住这个机会，唆使朱由校批准了王安的辞请。然后，客氏和魏忠贤又密谋把王安杀害。起初魏忠贤还有些犹豫不决，毕竟王安救过他一命，不忍心下如此毒手。那时候，魏忠贤每次见王安，必撩衣叩头，极为恭顺。后经客氏的多次劝说，才横下狠心，并唆使给事中霍维华抨击王安，然后把王安降职充当南海子净军。同时，让与王安有前仇的太监刘朝任南海子提督。刘朝下令断绝了王安的食物，他只好刨萝卜充饥。三天后，刘朝见王安没被饿死，就派人直接把他给活活勒死了。客氏和魏忠贤除掉了王安，把持了宫中的要害部门，开始控制朝中大权。

天启元年四月，朝廷经过精心筹备和挑选，皇帝朱由校正式册立祥符张国纪之女张氏为皇后。同时立东宫王氏，西宫段氏。三宫并立后，大臣们就纷纷上疏请客氏出宫。

皇帝朱由校出于无奈，让客氏搬离皇宫。客氏离宫刚一日，朱由校就食不甘味，寝不安席，还暗中流泪不止，大有度日如年之感。他不顾宫中的规矩和大臣的再三劝谏，硬是一道圣旨又把客氏召了回来。

客氏重返皇宫后，就滋长了一种强烈的报复心理。她与魏忠贤合谋，在内廷对主张遣她出宫的太监和妃嫔进行疯狂报复。张皇后知书达理，端庄文静，也引起了客氏的嫉妒。张皇后怀孕，客氏以治病为由派宫女给皇后按摩腰部使其流产。

在外廷，客氏与魏忠贤唆使皇帝朱由校把劝谏的大臣先后都赶走。魏忠贤为了巩固自己的权势，根据朱由校年轻无知、性格懦弱、感情上离不开客氏呵护疼爱和贪财好色的弱点，不断地给他进献珍宝、美女，以讨他欢心。同时，还根据朱由校喜欢做木工的特殊爱好，为他提供上好的木料。每当他制作兴趣正浓的时候，魏忠贤就拿出一些重大的奏章要他批阅。朱由校常常是不耐烦地说："你自己看着办吧。"于是，魏忠贤就按照自己的想法，让掌印太监王体乾批阅奏章，并名正言顺地草拟诏旨，以皇帝的名义下发。

为了遏制客、魏的行为，首辅叶向高多次上疏进言，让皇帝朱由校亲揽威柄，起用东林党人。朱由校感念东林党为他登上皇位立了大功，因此重用了一批东林党人。

此时，魏忠贤一时还不敢在外廷随便插手。在京察中，东林党人为渊驱鱼的做法，使得被赶走的人与阉党勾结在一起，并开始对东林清流进行报复，大批正义的官员被赶出朝廷。

第 十 章

乔允升走了以后，王铎的心情非常苦闷。深深感到朝廷、后宫都太复杂了，他整个冬天都窝在家里不出去。直到新年前夕，倪元璐说黄道周已经回到京城，才约上黄锦几个同年挚友，出来给他接风洗尘。

几个人兴冲冲地来到黄道周住处时，却发现他不但没有把老母亲和妻子接来，而且整个人瘦了一圈，像是得了一场大病似的。

心直口快的王铎张口就责备："幼玄兄，你不是说好要把伯母和嫂夫人一同接来的吗？你接的人呢？"

倪元璐和黄锦也都瞪着大眼看着黄道周，一向铮铮铁骨的汉子突然痛苦地低下头。经过大家再三询问，黄道周才说出了实情。

黄道周满心欢喜地回到福建老家，准备把老母亲和妻子接到京城，这样既能照顾老母亲，又能了却和妻子的长期分离之苦。

老母亲开始还有些故土难离，经黄道周和林氏的劝说，让她看看外面的世界，最后才勉强答应了。

黄道周把家里都安顿好后，就带着老母亲和林氏，从美丽的南疆一路北上。在漫长的路途中，虽然劳顿颠簸十分辛苦，但他们的心情都很舒畅。

南方的天气湿润温暖，越向北方走就越干燥寒冷。当他们走到嘉兴时，林氏突然身患伤寒一病不起。他们只好暂时停顿下来，赶快找郎中进行医治。林氏吃了很多药，却仍然不见好转，最后还是不治身亡。

黄道周与林氏成婚时才二十四岁，虽然家境维艰，粗茶淡饭，土墙蓬窗，但他们的感情深厚，相濡以沫，真可谓举案齐眉。黄道周做梦也没有想到，伴随他度过最艰苦岁月的妻子，竟然在去京城的路上病逝他乡。林氏的突然去世，让黄道周身心受到巨大的打击。

黄道周在嘉兴举目无亲，想着先把林氏暂时安葬在那里，等以后回家时再迁回老家。老母亲却坚决不同意，说什么也不愿把林氏孤零零地留在异地他乡。黄道周遵从老娘的意见，又带着林氏的棺柩一起返回了老家。厚葬林氏后，准备返回京城时，老母亲却提出等儿媳过了三年后她再去。黄道周无奈，最后只好随了老人家的意愿。

大家听说林氏突然去世，都感到很突然，心里非常难过。王铎很想说几句宽慰的话，但又不知从何说起，走上前紧紧地抓住黄道周的手，眼里充盈着泪水。

"死生有命，富贵在天，她可能是没有享福的命吧。"黄道周年长几岁，反过来安慰大家一句，然后就有意把话题岔开，询问起京城发生的事情。

大家心里替黄道周难过，却不想触及他的伤心事，这才你一言我一语说起听来的片言碎语。

倪元璐首先说起翰林院的事："据说是朝廷急需人才，咱们可能要提前散馆。"

王铎接着倪元璐的话说："皇上登基初期，有东林党为朝廷运筹帷幄。现在阉党开始把持朝政，把东林党都赶出了朝堂，朝廷的确是缺乏人才。"

大家听出王铎的话里有话，就不再嚷嚷。王铎把刚听到的东林党人被阉党赶出朝廷的深层次原因告诉了大家，并让大家在仕途的选择上有个思想准备。大家听了之后，才彻底看清了客氏、魏忠贤忘恩负义的嘴脸，也明白了看似平静如水的朝廷竟然存在着惊涛骇浪，都在为大明王朝的安危担忧。

倪元璐一脸的惆怅，说："咱们散馆以后，该如何报效国家呢？"

黄锦直抒胸臆："我是不愿意留在京师，朝廷内部整天钩心斗角，还不如到州郡府县，为百姓做些实实在在的事情。"

黄道周素有用边之志，又非常要强，不管做什么事都不甘平庸。现在已经过了不惑之年，又经历了多年的磨难，对问题的看法更深刻。当听说几位德高望重的东林前辈都先后去职，让他感到非常心寒，很想远离争斗核心，就平静地说："听说边关紧急，要不是挂念老娘年迈，真想远走高飞到高丽去。在那里山高皇帝远，可以放开手脚大展宏图。"

王铎听了黄道周的想法后，也说出了未来的打算："我们应该做好两手准备，如果能实现自己的愿望更好，若是实现不了，不管在啥地方都应该为朝廷尽忠，为父母尽孝。"

对于散馆后的去向，大家各抒己见，争论不休。他们已经很长时间没这样畅所欲言了，一直到深夜还是余兴不尽。

明天启四年，人们都沉浸在元宵节喜庆的气氛里，观看灯火的人们依然如潮涌动，到处呈现出一派喜庆的气氛。

皇帝朱由校御批，翰林院庶常馆正月十八日散馆，经过严格考试、慎重遴选后，王铎、黄道周和倪元璐三人都留在翰林院。王铎被授予从七品翰林院检讨，黄道周和倪元璐被授予正七品翰林院编修。

王铎开始有些想不通，自己为啥被授从七品，后来吕维祺告诉了他原委：王铎平时与东林党人走得太近，还对阉党专权发表过一些指斥言论。虽然皇帝曾一再要求，对首届庶吉士在留用时要宽容，不能因有过激言论而不公，但在考核评价时，王铎还是被评为相对较差。最后还是座师袁可立、挚友侯恪从中美言并极力推荐，才使他留在了翰林院。

倪元璐被留在翰林院也有些曲折。对阉党专权和朝廷制度的不修，倪元璐也曾发表过一些指斥之论，在翰林院考评时，名次自然也落在后面。当时，在庶吉士中还有一位上虞人，那位同乡能说会道，又会做人，自然是志在必得。按照朝廷"同籍者不予并留"的规制，翰林院只能留下一人。后来是内阁大学士叶向高慧眼识才，并评价他"文多讽切，名不前列，也不托请，三年来无片刺，已加人一等矣"，最后才留在了翰林院。

两年的庶常馆生活，王铎、黄道周、倪元璐三位同年挚友虽然寂寞清苦，但都学到了治国理政的真本领。同时，还在公余之时研读历代名家诗文、书法真迹珍品，在孤独寂寞中乐此不疲，学问、书艺均大有长进。

王铎被授予翰林院检讨后，不是抄抄写写就是无所事事，整天也没有具体的事可做，让他有一种碌碌无为的感觉，特别羡慕到兵部、户部的同年。兵部是运筹帷幄决胜于千里之外的中枢，调兵遣将，叱咤风云；户部是军队保障的大本营，兵马未动，粮草先行。按照王铎的想象，这些才是为朝廷建功立业、彪炳千秋的差事。

王铎找到黄道周、倪元璐说了心中的苦闷，他们其实也是满腹牢骚。后来，王铎又找到侯恪发牢骚，侯恪先对他进行一番劝慰，然后又告诉他不管干啥事都有个过程，切记不能操之过急。朝廷对刚授予检讨、编修的庶吉士不可能马上就委以重任。

王铎无奈之下，只好把精力用在做学问、写文章、读帖练字上。后来，王铎又想起了拜见张瑞图时说过的话，就兴奋地告诉黄道周："幼玄兄，去年你回福建老家时，若木兄带我去拜访了张二水先生，在交谈时说到你和他是乡党，先生对你特别关注。"

黄道周在家时，就经常听人们说，朝中有个大名鼎鼎的张瑞图。来京城后，也曾有过去拜访他的念头，只是心有余悸，一直没有成行。听王铎的话，让他感到很意外："先生如此重乡情，这是我万万没有想到的。"

"我告诉他你是漳浦人，他说自己是晋江人。"王铎学着张瑞图的晋江音说，"在京城我俩可是最近的乡党了，老乡见老乡，两眼泪汪汪啊。"

黄道周听了很感动："如此说来，一定要去拜访先生。"

"必须去拜访，我已经对先生说了，等你回来后就去拜访他老人家。"王铎把对张瑞图的承诺告诉黄道周，然后沉思了一下，用右手点点太阳穴，"那天我还说你在《易经》方面的研究收获颇丰，他还要和你切磋切磋呢。"

黄道周用埋怨的口气说："好你个觉斯，怎敢让我在大师面前卖弄呢，你这不是要出我的丑吗？"

王铎笑着说："二水先生特别和蔼，平易近人，一点也没有倚老卖老、盛气凌人的架子。"

倪元璐听说要去拜访张瑞图，一定要抓住这次机会，再不能错过了。

王铎接着又谈起他见到张瑞图的情况："那天走进先生的书房后，看到他刚写的很多条幅，真是让我大开眼界啊。"

倪元璐羡慕地瞪大眼睛，一眨也不眨地看着王铎："如果能得到一幅墨宝，那就太幸运了。"

王铎说："墨宝虽然很多，开始我心里也曾有此意，但后来听说是为他家庭困难的亲友写的，就没敢张口。"

黄道周似乎知道张瑞图的义举："在家乡的时候，曾听说他是个清官，宁愿用写条幅给亲友解决困难，也决不贪墨，朝中这样的官员实在是不多了。"

王铎感慨地说："是啊，先生的清正廉洁实在难得。如果不是亲眼所见，谁说我也不会相信的，真是我等的楷模啊。"

倪元璐问："先生还在詹事府吗？"

王铎说："是啊，先生于去年七月晋升为少詹事，今后就是太子的老师。"

倪元璐做了个鬼脸："皇上才十八九岁，哪里有太子呢？"

黄道周及时进行纠正："皇上已大婚几年了，有孩子还不快吗？"

王铎却突然压低声音说："听说去年皇后曾经怀上了孩子，客氏为了保住自己在宫中的地位，就以治病为由派宫女给皇后按摩使其流产。"

黄道周机警地起身走出门口，左右看看没有人，又迅速紧紧关上门，很严肃地看看王铎："以后这种话不要轻易出口，这可是掉脑袋的事情。"

倪元璐也警惕起来："自从魏忠贤掌管东厂之后，到处都是他安插的密探，凡事还是小心为好。"

王铎谨慎地点着头，气氛似乎有些紧张，他们不再谈论敏感的话题。

第二天，王铎拜托侯恪打听张瑞图的情况，准备陪黄道周、倪元璐前去拜访。侯恪回话说，张瑞图已经告假回福建老家了。王铎又让他打听董其昌行踪。侯恪回话说，他从江南返回京城的路上突然身染疾病，乞休回家休养了。

两位大师都不在京城，王铎、黄道周和倪元璐只好在翰林院的馆藏里，根据自己的喜好，继续研究诗文，观看古代名帖名碑。

一天，王铎和张鼎延不约而同先后来到吕维祺家。张鼎延高兴地说："今天咱俩是不谋而合啊。"

吕维祺招呼他们落座后，家仆端出上好的茶让他们品尝。张鼎延慢慢品尝了一口，咂吧咂吧嘴，用夸张的表情赞不绝口。王铎不善此道，喝什么茶都是涩苦的味道。此时，家乡菜的香味扑鼻而来，还有浓郁的杜康酒香味，让王铎垂涎欲滴。

"二位亲家翁，咱们虽然都在京城，真要是聚在一起，却也是十分难得啊。"吕维祺看看王铎，又看看张鼎延，提出自己的想法，"玉调兄，虽然觉斯年龄最小，但我提议今天让他坐在主位上，你意下如何？"

王铎马上摆摆手，坚决推辞："玉调是兄长，我怎敢坐在那里，违背礼制。"

张鼎延明白吕维祺用意，就拉着王铎的衣袖："就是因为要尊重礼制，才让你坐在主位的。"

张鼎延的话让王铎有些糊涂："玉调兄，你还没喝酒咋就糊涂了？"

吕维祺见王铎一直推辞，就明确解释其中的原因："觉斯啊，玉调兄说得没有错。今天咱们是亲家翁聚会，理当以女方为大，让你坐主位天经地义。"

王铎这才反应过来，就不再谦让推辞，乖乖地坐到主位上："哎哟，我个天哪，看来养女儿还是要比儿子好啊。"

三人顿时大笑起来，然后他们就推杯换盏，笑声不断。

酒过三杯后，一向仰慕王铎书法的张鼎延说："亲家翁，最近经常听到同事议论，说你的书法进步神速，让我更加羡慕啊。"

王铎听了张鼎延的溢美之词，心里美滋滋的，但嘴上还是谦逊地说："那都是过誉之词，不过前一段时间，若木带我又去拜见了张二水先生，他的话让我很受启发。"

张鼎延突然很郑重地对王铎说："亲家翁，请你收个老学生吧。"

王铎看着张鼎延严肃的神色，感觉很好笑："亲家翁，你这是啥意思？"

张鼎延用右手轻轻拍了拍胸脯，说："你看我这个老学生中不中？"

王铎喝了几杯酒脸本来就红，张鼎延的话让他更像关公了，就挥着双手推辞："好你个玉调兄，你这不是要折我的阳寿吗？"

吕维祺好像早已与张鼎延商量好的，为他说话："亲家翁，你在京城已小有名气，我们得近水楼台先得月，你可不能推辞啊，顺便也把我这个学生带上。"

张鼎延以前曾经说过类似的话，今天又郑重地提出，让王铎一时不知如何回答。对于在书法方面的研究，张鼎延的确是逊他不是一筹。不过张鼎延是个聪明人，底子也很厚实。俗话说，一辈子同学三辈子亲，现在既是同年又是亲家，他们是亲上加亲啊。经常在一起切磋理所应当，要收他们为徒是断然不能接受的。

王铎激动得脸更红了，就开始装作酒醉："你们老哥俩合起伙来欺负我，这太不公平。"

张鼎延仍然不依不饶："亲家翁，闺女都许给我们老张家了，在书法方面也不能太吝惜，你得收下我这个老学生啊。"

在张鼎延和吕维祺的夹攻下，王铎最终只好答应在一起切磋。

三个亲家翁在一起，喝着家乡酒，吃着家乡菜，说着家乡话，真是酒逢知己千杯少啊。王铎压抑的心情得到了畅快淋漓的释放。

后来，王铎说出了心中的苦闷，吕维祺好言相劝，别着急，不管谁刚走上仕途都要熬日子，特别是在朝里做官，更是论资排辈。

张鼎延也给王铎他的建议，朝廷内部被魏忠贤一伙人搞得乱哄哄的。如果实在郁闷的话，就先回家一趟，看看老人、老婆和孩子，等心情好了再回来。

时隔不久，王铎就向吏部请了假，回家探望奶奶、父母和妻儿。

王铎请探亲假回家时，吕维祺为他送行，黄道周、倪元璐、黄锦、陈仁锡知道后也送了他一程。

天空刚露出鱼肚白时，大家就来到京城西南出入的必经之地——卢沟桥。这是一座横跨卢沟河的石造联拱桥。

王铎在进京赶考路过时，由于满脑子都是之乎者也，并没在意桥上的石雕。现在仔细一看，柱上雕的狮子千姿百态，活灵活现。有的蹲坐在石柱上，昂首挺胸，仰望云天，好像朝着远方吼叫；有的低着头，双目凝神，注视着桥面，似乎在倾听桥下潺潺的流水声；有的侧身转首，双方对视，好像是在亲密交谈；有的小狮子偎依在母狮子的怀里，正在享受着母爱而熟睡；有的小狮子藏在大狮子的身后，正在做着有趣的游戏；还有淘气的小狮子被大狮子用爪子轻轻地按在地上玩耍……

看着雕刻精美的石狮子，大家都赞叹不已，只有黄道周心不在焉，似乎心事重重。王铎走到他身边，高兴地说："幼玄兄，是不是又想起了嫂夫人和老母亲，找机会还是把老人接到京师吧。"

黄道周感激地看着王铎，苦笑着说："路途太遥远，来回一趟徒费日月太久。"

倪元璐走过来，王铎转身关心地问："玉汝，你也应该回去看看，把老母亲和家人一同接来，共享天伦之乐。"

倪元璐为难地说:"家母不能乘坐车船。"

王铎有些不解:"这是为何?"

倪元璐就解释说:"老人家一坐车船就天旋地转,呕吐不止。从南国到京城有几千里之遥,若来一趟还不得要了她老人家的命?还是等以后再说吧。"

王铎听了之后,十分遗憾。

初春早晨仍然有些寒意。王铎站在卢沟桥上,回望着若隐若现的京城,在阳光的照射下变得五颜六色,变幻莫测;远眺山峦起伏的西山,古刹林立,百花争艳;俯瞰卢沟桥下,河水像脱缰的野马,咆哮着向下游奔腾而去。

行人越来越多,策马驱车的、步行挑担的,过客们风尘仆仆,匆匆而过。

吕维祺看着王铎与黄道周、倪元璐恋恋不舍的样子,心里很受感动,抬头看看升起的太阳,就提醒了一句:"各位仁兄,送君千里终有一别。觉斯归心似箭,而且还要赶千里之路,咱们就此与他告别吧,祝他一路顺利。"

经吕维祺这么说,大家只好与王铎挥手告别。

王铎敏捷地飞身骑上吕维祺特地为他准备的枣红马,抱拳向诸位施礼后,向南奔驰而去。

在回家的路上,王铎快马加鞭,晓行夜宿,一个月就赶到老家。

大地回春,又到了槐花盛开的季节。王铎还没进村,就闻到了香甜的槐花味,他感受到了家乡的温暖而幸福。

王铎风尘仆仆进村后,快步来到自家大门口,发现院子变了样。大门楼子焕然一新,堂屋也做了翻修。王铎站在那里,怔怔地看了一会儿,似乎在仔细辨认自己的家。

此时,从院子里跑出来一个头上扎着羊角辫的小女孩,大约五岁的样子,圆圆的脸蛋,乌溜溜的黑眼珠。由于跑得太急,一下子撞在王铎身上。

王铎赶紧蹲下身来,仔细一看是自己的女儿,就扶着她故意问:"你是谁家的孩子,叫啥名啊?"

孩子站稳后,抬头看了看王铎,又好奇地看看枣红马,说:"大马,爹爹骑大马。"

王铎觉得很有意思,问她:"谁教你的爹爹骑大马?"

孩子咿咿呀呀地说:"娘说爹爹戴红花,骑大马。"

王铎和女儿一问一答时,大门楼下传来了马瑞云的声音:"小云,在和谁说话呢?"

孩子从王铎怀里挣脱出来,转身就往回跑,还边跑边喊:"娘,大马。"

王铎站起身来,看见马瑞云手里拿着针线活从大门里走出来。王铎赶紧走上前,激动地大喊一声:"瑞云,我回来了!"

马瑞云先是一愣，见是两年多没见面的夫君回来了，既激动又兴奋，一时不知该说什么好，幸福而又唐突地说："你咋回来了？"

王铎笑着走上前，想接过她怀里抱着的小女儿。小女儿本来正兴高采烈，看到王铎后就赶紧趴在马瑞云的肩上不动了。王铎低头再看大女儿，她羞涩得直往马瑞云身后藏。

马瑞云发觉自己的问话不合适，自己先哈哈地笑起来："当家的，你看我这话问的……那啥，我是说你咋也没先来封信呢？"

王铎伸手接过小女儿，解释说："我们提前散馆了，听说大舅身体有病，就临时请假回来了，也想给你们个惊喜呢。"

马瑞云脸上升起一抹红晕，赶紧俯下身子对女儿说："你俩赶快叫爹！"

小女儿侧着身子，看看陌生的爹，然后回头再看看娘，扭动着身子要下来。大女儿赶紧拉着她的手，两人怯怯地叫声"爹"。

王铎高兴地蹲下来，一手揽着一个女儿，然后把她俩一起抱了起来，向院子里走去。

马瑞云看到王铎父女亲热的情景，说："赶快回家吧。"

王铎有些激动，说话也磕磕绊绊："中！中！咱回家！"

王铎跟着马瑞云走进院子，看见年迈的奶奶拄着拐杖，在院子里喂着鸡鸭。老人家已经七十多了，但身体还算硬朗，只是眼神不太好。

王铎突然鼻子发酸，轻轻放下女儿，紧走几步来到奶奶身边。奶奶开始以为是王镛或是重孙子回来了，也就没有太在意。当王铎双手扶着她，温柔地叫了一声"奶奶"时，老人家马上就乐开了花，激动得像孩子似的，用拐杖捣着地兴奋地说："我说今儿大清早树上的喜鹊一直叫个不停，原来它是告诉我大孙子要回来了。"

俗话说隔辈亲，王铎是奶奶的长孙，从小由她看着长大，对他也最疼爱，他们之间有一种别样的亲情。

王铎拉着奶奶的手，看着她那苍老而多皱纹的脸，想到自己没有尽到做长孙的责任，更没有很好地照顾过她，心里感到很愧疚，喉头发热有些堵，眼睛不由自主地充满了泪水。

奶奶可能已经意识到王铎此时的心情，就乐呵呵地劝说："凤儿，我的身体硬朗着呢。"

王铎抹了一把欲掉下的泪珠说："只要奶奶身体好，孙儿就放心了。"

奶奶笑眯眯地说："大孙子哎，你几个弟弟都很孝顺，也都很勤快。还有我的大重孙子，跟你一样让我待见。"

王铎和奶奶、女儿、马瑞云的说话声早已传到院子内外，全家人都纷纷出来迎接。

先是爹娘都从屋子里走出来，然后是王铎的弟弟王镛、王铖、王镆、王镡和儿子王无党、王无咎等人，陆续从外面赶回来，齐齐地聚集在天井院里。

王铎搀扶着奶奶来到屋里，坐在太师椅上后，爹娘在两边陪着她，王铎跪倒在他们面前。

奶奶脸上那一道道深深的皱纹变成了盛开的花朵，说："凤儿啊，快起来吧。"

王本仁在旁边提醒说："娘，以后叫他学名吧，叫觉斯。"

奶奶依然笑着："好，叫学名，凤儿起来吧。"

奶奶的话让大家更是大笑不止。

王铎起身后刚坐下，奶奶就关心地问寒问暖，这两年在京师吃了多少苦、受了多大委屈等等。王本仁关心的则是王铎在会试、殿试和金榜题名的情况。王铎对奶奶和爹的提问都一一作答，唯独对住寺庙吃苦受冻的情况只字未提。

王本仁看着衣锦还乡的长子，心里生出很多感慨。自己年轻时虽日夜苦读，却八年不第，家庭日益贫困，便将希望寄托于儿子身上。如今长子进士及第，不仅实现了自己的夙愿，更是光宗耀祖，使王氏家族扬眉吐气。

王铎从小就酷爱读书，二十岁之前就已通读六籍、二十一史、诸子百家、唐宋诗文等。弟弟们受他的影响，最关心的也是如何读书、怎么应试，他都不厌其烦地一一回答，之后还对他们的学业逐个问询。当得知他们很用功时，心里很欣慰，也深知爹娘为了他们兄弟几人费尽了心血。

等大家都慢慢平静下来后，王铎问王本仁："爹，我到咱家大门口时，差一点就认不出了。咱这大门楼和堂屋是啥时候翻修的？"

王本仁迟疑了一下："你金榜题名后，都是县太爷给张罗的。"

王铎有些不解："他们为啥给咱们翻修呢？"

王本仁解释说："说你是咱孟津的骄傲，家里住得太寒酸有辱朝廷的脸面，这样做就是给朝廷长脸面。"

王铎很疑惑："他们也都知道我考中进士了？"

王镛替爹做了回答："你的家书还没到家，人家县太爷就已经从邸报上知道了。"

王铎在西烟寺读书时，就听恩师乔允升说过，朝廷用邸报传递重要信息，就肯定地说："那一定是从邸报上知道的。"

"就是你说的那个啥报上知道的。"王本仁证实消息的来源后，就说起家的变化来，"你中进士后，父母官对咱家可好了。不但帮咱翻修了堂屋、盖了大门楼子，还给家里送来一些粮食。咱家的事情，人家照顾得可周全了，以后你就安心给朝廷做事吧。过几天，你抽个空去拜访一下父母官，当面给人家好好道谢一番。"

奶奶也提醒："凤儿，明天到祠堂去拜一下祖宗，你能考上大官，都是老祖宗保佑啊。"

王铎点着头说："奶奶放心，孙儿明天就去拜祖宗。"

陈氏一直在默默地听着，见奶奶让王铎拜祖宗，也提醒一句："还要去看看几位长辈，这些年在咱家最困难的时候，人家都没少给咱照顾和接济。"

"是啊，滴水之恩当涌泉相报。"王本仁也叮嘱，"你中了进士，成了翰林，千万不要忘了曾经帮助过你的人。"

王铎听了父母的话，真是感慨万千："请奶奶、爹、娘放心，你们的话孩儿都记住了。"

王铎中了进士，不但全家高兴，也为王氏家族增添了光彩。王本仁在家摆了几桌酒席，把街坊邻居都叫来。大家相聚在一起，喜气洋洋，好不热闹，这场面比王铎当年大婚时还气派。

人们酒足饭饱回去后，王铎来到爹娘居住的堂屋。两位老人告诉他，马瑞云在家非常贤惠，孝敬父母，深得老人的喜爱。已经十一岁的王无党很懂事，经常跟着王铙等几个叔叔读书练字，其他的几个儿女都很乖巧。王铎听后很欣慰。

天色已经很晚，王铎回房后，马瑞云还在做着针线活等他。王铎既激动又兴奋，抱拳拱手对她施礼，马瑞云微红的脸上洋溢着幸福的笑容。

王铎告诉马瑞云，他已经做主与吕维祺做了亲家。马瑞云听了很高兴，以前曾听他多次提到过吕维祺，他俩是乡试的同年，两家结为亲家，亲上加亲当然是好事。王铎散馆后与他同朝为官，应该说是门当户对。马瑞云只是感到孩子还小，就矜持地说："闺女那么小，你就急着给她找婆家，也不怕人家笑话。"

王铎却不以为然，解释道："这有啥笑话的，咱俩不也是很小的时候，岳父大人就把你许给我了吗？"

一句话把马瑞云说得羞涩起来，脸一下子红到耳根，赶紧低头把手中的线用牙齿咬断，然后亲昵地责怪他："有啥样的岳父，就有啥样的女婿。"

王铎嬉笑着说："不是有一个女婿半个儿的古语嘛，儿子和爹肯定是不谋而合的。"

第十一章

　　王铎风餐露宿一个多月，身体非常疲惫，早上醒来已是日上三竿。屋里只有两个小女儿还在睡觉，马瑞云已不知去向。

　　王铎赶紧起床来到院子里，看到的情景有些冷清。他很纳闷，就去堂屋找爹娘，也都不在。正准备去找奶奶时，只见老人家从外面回来。

　　王铎赶紧走上前搀扶奶奶，回头看着静静的院子，问："奶奶，家里咋就您老一个人啊，其他的人都忙啥去啦？"

　　奶奶悠闲地说："你媳妇和二弟、三弟都到地里去了。"

　　王铎听了后，心里才慢慢平静下来。奶奶抬起拐杖向外面指了指，说："你五弟和重孙子都去学堂读书了。"

　　王铎问："奶奶，我爹娘咋不在家，都去哪儿啦？"

　　奶奶停顿了一下，叹了口气说："你大舅最近身子骨不是太好，他俩一早就去看望他啦。"

　　奶奶的话让王铎心里咯噔一下，就着急地问："奶奶，大舅得的是啥病啊，他们走时咋不叫上我呀？"

　　"我也说不清是啥病。"奶奶想了想，又摇摇头，然后又解释说，"你刚回来，他们怕你太累了，想叫你歇几天再去不迟。"

　　爹娘心疼自己的心情，王铎心里也很理解，只是大舅重病，自己很想及时看望并尽心服侍他。此时，马瑞云从院子外面回来。

　　王铎急切地走到马瑞云面前，问："瑞云，刚才听奶奶说大舅病得很重，得的是啥病呢？"

　　马瑞云摇摇头："我也说不清楚。"

　　王铎感到大舅的病很蹊跷，心里很着急："我得赶快去看看。"

　　奶奶心疼孙子，说："反正你爹娘都已经去了，你刚到家，歇几天再去吧。"

　　王铎担心大舅的病，很不放心，反过来安慰奶奶："奶奶，孙儿不累，我得赶快去看看大舅。"

马瑞云看着王铎疲惫的身体，虽然很心疼，但也知道他的倔脾气，更了解他与大舅的深厚感情，说："也好，你见了大舅心里就踏实了。"

王铎不顾一路劳累，风尘仆仆赶到谷城。

王铎赶到大舅家时，爹和表兄以及舅父家的亲人都聚集在厅堂里，娘和妗子则守候在大舅的身边。

王铎的突然到来让大家都很吃惊，没有想到他能前来。

王铎来到大舅床前，只见他半躺在床上，十分消瘦。王铎上前拉着大舅骨瘦如柴的手，心疼得眼泪不由自主地流下来。

陈耀看到他寄予厚望的外甥兼得意门生突然出现在面前时，精神为之一振，病情好像一下子减轻了许多，但却用责备的口吻亲切地叫着他的乳名说："凤儿啊，在散馆的关键时期，你咋回来了？"

王铎眼含着泪花，拉着陈耀的手说："舅，您老放心吧，我们已经散馆了。"

陈耀听到这个好消息，心里感到由衷的骄傲，脸上立刻露出了少有的微笑，很惬意地连声说："好，很好啊！"

陈耀的笑容让在场所有的人都松了一口气。王铎看着大舅好转的精神状态，心里释然很多。

陈耀想起来与外甥说话，王铎在他身后垫上一个枕头，陈耀靠在上面长出一口气。王铎询问大舅的病情，他没有直接回答，而是关心地问起他的仕途："散馆后你被朝廷任命的是啥官职啊？"

王铎说："我被授予翰林院检讨，掌修国史。"

"大舅为你自豪啊！"陈耀听了很满意，"非进士不入翰林，非翰林不入内阁。庶吉士号称'储相'，能成为庶吉士的人都有平步青云的机会。"

此时，王铎的七舅陈镳、八舅陈燥进来，听说王铎已被授予官职，都为他感到高兴。陈镳插嘴说："觉斯是长江后浪推前浪，一浪更比一浪强啊！"

陈耀的话，王铎经常听人们议论。七舅的恭维之词，虽然让人心里很舒坦，但他想到的却是刚跟大舅读书时对他的教诲。王铎很认真地说："大舅，您对甥儿的教诲是'不骄于位，不暴于里'，我将终生铭记。"

王铎说完后，轻声问身边的娘："娘，我舅得的啥病啊？"

王铎的娘还没说话，陈耀就慢慢伸出手，轻轻摆了摆，然后很费力地指指胸前，说："凤儿，你娘不知道，其实我病的真正根源在这里。"

王铎疑惑不解，静静地看着大舅。过了一会儿，陈耀才断断续续地说："最近几年，山西、河南一带不是连年干旱，就是蝗灾不断。朝廷不顾老百姓的死活，还在不断加税加派，逼得很多百姓相聚为盗。"

陈耀没有说他的病情，却说起了朝廷给百姓增加税负的事。王铎在京师也有所耳闻，就解释了一句："据说东北建虏猖獗，不断进犯我大明，给百姓增加的税负都用在抗击贼兵上了。"

陈耀似乎忘记了重病在身，又忧国忧民起来："攘外必先安内，建虏现在一时半会儿还成不了啥气候，最要紧的是要把百姓安顿好，让他们有衣穿、有饭吃。不然的话，一旦盗贼形成气候了，内有土匪流寇，外有鞑虏，朝廷要面对两股势力，这可是大忌啊。"

王铎认为大舅站得高看得远，想得周密细致，很赞同他的想法："大舅，这些都是关乎社稷的大事，您应该直接向朝廷上疏，说不定皇上会采纳呢。"

陈耀似乎很郁闷，说："皇上擢任我为山西韩城县令，赴任后本想当好这个父母官，为百姓办些实实在在的事情。我遵循办事的规矩和程序，不想越级上奏条陈，他们却是暗中掣肘……"

陈耀说到这里，一股无名之火上来，剧烈地咳嗽起来。王铎听了大舅的一番话，明白他是因为生闷气而落下了病。

王铎赶快停止了谈话，起身轻轻给大舅拍背，暂时不再提起官场的事情。然后，王铎与几个小舅和表弟商量，又请了当地著名的郎中给大舅号脉诊断。

从此以后，王铎和表弟一起给大舅熬药亲自端屎端尿，极尽孝道。

治疗了一段时间后，陈耀的病仍然时好时坏。王铎再次请来郎中诊治，郎中很无奈地让王铎另请高人。在王铎多次追问下，郎中才实话奉告，说陈耀已病入膏肓，再好的药对他来说也已经无回天之力了。

王铎知道了真实情况后，对大舅照顾得更加无微不至。又过了一个多月，这位饱读诗书、学富五车、誉满中州、桃李无数的大儒，在山西韩城为官不足五年，只因火气攻心，再加上寒热病症，就离开亲人驾鹤西去了。

令王铎高山仰止的大舅突然去世，对他是一个沉重的打击，令他悲痛欲绝。

王铎随大舅读书达八年之久，不但学会了诗赋文章，而且学会了修身齐家治国平天下的道理。他们之间的深厚情感，比一般舅父和外甥之间的血亲关系，又增加了一层师生之情。

王铎为舅父披麻戴孝，在灵柩前三拜九叩，把他葬在苏山北麓，承受着莫大的哀痛为大舅写了墓志铭。然后在陈耀坟墓的一侧搭建了一个简陋的小屋，与表兄弟一起天天守候在那里，守了七七四十九天。

在守墓期间，王铎追怀往事，潸然泪下。舅父慈祥的音容笑貌时常浮现在他的眼前。特别是大舅在灯下对他"不骄于位，不暴于里"的谆谆教导时时在耳边响起，鞭策着他立品、为人、做事。

陈耀去世后，王铎整天沉默寡言，情绪十分低落，精神一蹶不振。他的这种状况让爹娘着急，马瑞云更心疼，但谁劝也都无济于事。

已经长大的王无党悄悄给母亲出主意，说："娘，爹最听姥爷的话，我把姥爷叫来劝劝他。"

王本仁听说后，正好中秋节就要到了，就让王铎带着孩子去花园村一趟，看望岳父母。

中秋节前夕，王铎带着马瑞云和孩子，驾着一辆马车去花园村看望岳父母。

走在蜿蜒的路上，王铎赶着马车，回想着岳父对自己的关爱，心情很激动。

马从龙听说爱婿回来很高兴，就带着儿子马企融到村头迎接。王铎看到岳父后，赶紧跳下马车，拉起前摆，双膝跪在老人面前。

马从龙看着已是朝廷命官的爱婿，乐得满脸都开了花，一时竟忘了招呼王铎起身。马企融在一旁提醒说："爹，你只顾乐了，赶快让我姐夫起来吧。"

马从龙这才回过神来："对，对，觉斯快起来，咱回家说话。"

早就听说王铎中了进士的左邻右舍，都想一睹他衣锦还乡的风采。不一会儿的工夫，人们就把马从龙的四合院围得水泄不通。

以前王铎虽然也经常来花园村，有的人还和他在田间地头聊过天，当时并没感到他有啥过人之处。有的人还当面说马从龙看走了眼，堂堂的县太爷把自己的千金小姐嫁给靠岳父和大舅接济过日子的穷儿郎，真让人想不通。马从龙听了之后，或一笑了之，或回应一句："燕雀安知鸿鹄之志哉？"

马从龙辞官回家后，家庭状况也不宽裕，与马从龙私交甚密的人都说他这是倒贴。马从龙却总是自豪地说："我这女婿前途无量，今后有你羡慕的那一天。"

整个院子里，孩子们在打闹嬉戏，年轻人在说笑，老人们跷起拇指啧啧称赞。

马从龙招呼几位长者进屋叙话。大家落座后，看着与昔日并没有变化的王铎，赞誉之词不绝于耳。虽然明知都是恭维之词，但听起来让人觉得心里舒坦。

马从龙提前准备了王铎爱吃的饭菜，本来想一家人开怀畅饮，不料几位长者说起话来没完没了，就干脆留他们一起热闹。

待几位长者酒足饭饱之后，王铎陪同岳父把他们送出院子。回到客厅后，马从龙脸上洋溢着自豪的神色，说："觉斯啊，你从小聪慧，能有今天是老夫意料之中的事。不过为官之道可是一门大学问啊，今后在京师你要多向前辈们请教。"

马从龙的话，王铎谨记在心，也使他想起了岳父当年辞官的事。马从龙当年突然辞官，王铎至今不解其中的缘由，今天多喝了几杯酒，就大着胆子问："您老当年辞官归隐，我很想知道其中的原委。"

"当初之所以辞官，主要有两个原因：一是我不善为官之道；二是你奶奶年事已高，我要尽孝。"马从龙却很坦然地说，"我现在是子孙满堂，其乐融融，享受着天伦之乐，我很满足啊。"

翁婿二人从学业、为官、诗赋、书艺，到孩子的学业，以及今后家庭安排等方方面面，进行了一次长谈，王铎从中受益匪浅。

在说话间，马从龙感觉王铎的心情很低落，理解他还在为大舅的去世而难过，就劝慰他说："觉斯啊，人生自古都会有一死，既然不能复生，就要把他的优良品德继承下来，传承下去。你大舅的性格与我一样，都不适合在官场上做事。如果他能及早急流勇退，可能就不会有今天的结局。但你大舅心事又太重，我也曾劝过他多次，只是他没有听进去，这可能就是劫数吧。"

王铎仔细听着，觉得岳父说得很有道理，不住地点头。

马从龙继续说："你大舅在育人方面很有建树，著述特丰，特别是他的诗集和《四书辩证》很有价值。你与其无谓地痛苦，还不如把他的著作整理出来，刻成书传承下去，这才是对他最好的悼念。"

王铎听了岳父的话，慢慢抬起头，怔怔地看着已显苍老的岳父。

马从龙的口气变得严肃起来："你现在是家里的顶梁柱，奶奶年纪也大了，你爹娘和我都慢慢老了。几个弟弟还都在读书，孩子也都慢慢长大了，他们都需要你的培养和教育。你可千万不要忘记，当初为了你的学业，全家人包括你大舅都是竭尽了全力。现在虽然家境比以前大有改善，但更需要你的传帮带啊。如果你老是这样一蹶不振，他们会咋想呢？"

马从龙的一席话，令王铎认识到了自己肩上的责任重大。

坐在门口的马瑞云听着爹和王铎的谈话，感到爹的话越来越重，担心王铎受委屈，自己又不好意思进去，就让王无党以倒茶为由看个究竟。

王无党刚进屋，马从龙就指着他说："觉斯啊，你看孩子都长大了，你的喜怒哀乐将直接影响他。"

王铎回头看着憨厚的儿子，心情开始轻松起来。

王无党出门后，王铎就站起身来，恭恭敬敬地给马从龙鞠了一躬，说："孩儿一定谨记您老的话。"

马从龙的一席话让王铎心胸豁然开朗起来。回去以后，他就把主要精力用在整理大舅的诗集和《四书辩证》上。同时，经常抽出时间给弟弟和儿子辅导学业。

王铎没日没夜校对大舅的书稿，没有很好地休息，越来越消瘦。马瑞云看在眼里疼在心上，就和婆婆陈氏商量，提出让弟弟和孩子陪他出门散散心。

陈氏其实也正有此意，娘儿俩一拍即合。但王铎却说不把大舅的诗集和《四书辩证》整理出来，他哪里也不去。一直到了天气逐渐变冷，才把大舅的书稿全部整理完。

按照父亲的要求，王铎带着王镛和王无党，前往孟津县衙专程拜访了父母官。父母官心里很清楚，如今的王铎虽然只是翰林院检讨，但他今后可能是朝廷的首辅或内阁大臣，自己的仕途说不定还要靠他来提携呢。

回家路过柳寺时，王铎想去拜见一衲和尚。走进寺里一打听，才知道一衲和尚四处云游去了。王铎没有见到师父，感到很遗憾，只好带着惆怅回到家里。

马瑞云看着日渐消瘦的男人很心疼，又向公婆提出让王铎出去散散心。王铎开始还不想动，经不住爹娘和弟弟的劝说，才勉强答应出去走走。

王镛、王无党陪着王铎一路南行，来到一座山脚下，一块巨石横在眼前，上面有"陆浑山"三个大字。

王铎在嵩山书院读书时，就听说过陆浑山。它既是嵩岳的余脉，又是伊河的源头。

深秋的陆浑山，树木已经开始落叶。在藤蔓缠绕的密林里，苍松更加挺劲。顺着蜿蜒崎岖的山路望去，只见峻峰直插云天，白雾缭绕，瀑布从山腰间飞流直下。森林里的猿声、鸟声不断，远处还不时传来悠扬的钟声，在深山里久久缭绕回荡。

仙境般的陆浑山是洛阳官宦富豪争相向往的地方。很多人在此修建别墅，欢娱其中。还有大批的文人雅士也常来此处赋诗品茗、舞文弄墨。

王镛、王无党叔侄二人都是第一次出远门，看什么都觉得很新鲜。当他们来到二程故里的时候，王无党就好奇地问："爹，'二程'是谁？"

王铎看着虚心好学的儿子，心里十分欣慰，说："其实是指两个人，就是精于儒学的程颐和程颢兄弟二人。"

拜别了二程故地，他们又乘船顺伊河而下，经过两天的水上漂流，来到一座山势如阙的关隘。王铎陡然就想起了人们传说中的伊阙，说："咱们已经进入洛阳了。"

王无党跟着爹看了名川大山，听了很多故事，增长了见识，开阔了眼界。当听说到洛阳时，十三岁的王无党极为兴奋，用手做喇叭状大声高喊："洛阳，我来了。"

经过一段时间的出游，王铎的心情也得到平复，手指前方给王无党说："大群，前面那就是著名的龙门。"

王无党听了很兴奋，端坐在舟中，抬眼望着峭壁屹立的山峦，感到的确气势雄浑，景色十分壮美。再看看伊水碧波荡漾，行船往来穿梭，一派热闹非凡的景象。

进入龙门一带后，看着迷人的景色，无党好奇地问："爹，这里为啥叫龙门呢？"

王铎指着伊河两岸，说："你看东边的香山和西边的龙门山相对峙，伊水从中流淌，很像天然的门阙，所以古人也称它为'伊阙'。在隋唐时期，洛阳又被称为'龙庭'，伊阙正对着宫城正南，帝王都以真龙天子自居，因此这里就得名'龙门'。"

王镛兴奋地说出："洛都四郊山水之胜，龙门首焉。"

王铎回头问王无党："大群，可知道这是谁说的吗？"

王无党不假思索，张口就来："是杜甫。"

王铎摇摇头，然后给他纠正："是唐代诗人白居易，以后不但要知其然，更要知其所以然。"

王无党不好意思地挠头。王铎又告诉他："从地理位置上来说，龙门是洛阳南面的门户和屏障，自古以来都是交通要道和兵家必争之地。"

来到龙门石窟脚下，王铎让船家把船靠在西岸，然后拾阶而上，登上了钟灵毓秀的龙门山，看到了蔚为大观的佛教雕刻。大小不一的佛龛多如蜂巢，密布在山的崖壁之上，真是令人叹为观止。

在古阳洞里，琳琅满目的造像题记，风格质朴古拙，字形端庄大方，气势刚健质朴。既有隶书遗风，又有楷书的萌芽。特别是宋代书法家陈抟书写的"开张天岸马，奇异人中龙"书碑，让王铎更是大开眼界。

走进北端的潜溪寺，洞内主像阿弥陀佛居中而坐，面容丰满，表情静穆慈祥。两侧是观世音菩萨、大势至菩萨，丰满敦厚，表情温雅文静。

王铎站在观世音菩萨面前，双手合十，微闭双目，在心里默默地祈祷，保佑奶奶、爹娘、岳父母以及恩师福如东海，寿比南山。

他们游览了精美造像后，又乘木筏渡过伊河来到东山，这里因盛产香葛而得香山之名。登上香山，回首遥望着龙门山，那奇峰怪石、流泉飞瀑，还有那大小的洞窟，变幻成了莫测、奇正、粗狂、豪放、率真的点与面。放眼远眺，高低起伏的山峦犹如书法的优美线条。在王铎的眼前，远山近水、洞窟佛像，汇成了一幅绝伦的书法巨作，令他激动不已。

王铎深深地感受到，这次的出门远游，看到的自然景观、山水变化，似乎都有了生命的动感，使他对线与面有了颠覆性的认识。

香山西坳是武则天称帝后赐名的香山寺，寺院建筑危楼切汉，飞阁凌云，蔚为壮观，与龙门石窟一衣带水，遥相呼应。

当他们来到石楼时，看到一座高大的石碑，走近仔细一看是《修香山寺记》。上面记述的是香山寺兴盛衰败历史：经过"安史之乱"，香山寺因年久失修，渐趋衰败，唐大和三年，白居易来洛任河南尹时，香山寺已是萧条至极。大和六年，白居易在好友元稹去世后，把为元稹撰写墓志铭所得的酬金悉数拿出，费时三个多月，重修了香山寺，使衰败的旧寺亭台楼阁换了新颜。后来白居易又于唐开成五年再次出资修复经藏堂，并收集缀补五千多卷佛经藏入寺中。白居易为香山寺的再兴竭尽了全力，名山、名寺与名人相得益彰，白居易重修后，使香山寺再次声名大震。

白居易在晚年时，因慕恋香山寺清幽，经常住在寺内，自号"香山居士"，并把香山寺定为自己最终的归宿。七十四岁时和胡杲、吉皎、郑据、刘真、卢贞、张浑结成"尚齿七老人会"，后来百岁老人李元爽和九十五岁的香山寺住持如满也加入进来，号称"香山九老"。他们终日吟咏于香山寺的堂上林下，写下了许多歌咏龙门山水及香山寺的诗篇。会昌六年，白居易在洛阳履道里私第去世，家人遵嘱将其葬于香山寺附近如满法师塔之侧。

香山的琵琶峰顶就是白居易的长眠之地，墓碑上书写着"唐少傅白居易墓"。

王铎凭吊完一代文豪，环视着时隐时现、古风遗韵的草亭，遥想着当年白居易饮酒赋诗之地，远眺着龙门石窟，看着伊水从山脚下逶迤而过的情景，陷入了无限遐想之中。

在准备下山时，王铎看看天色已晚，就找到香山寺住持请求借住一宿。

晚上，王铎站在香山的琵琶峰上，遥望着龙门伊阙，仰观着繁星闪烁，在幽静宜人的香山里，他写下一首诗：

双峰间紫林，滚滚出高岑。
人世空朝暮，石楼换古今。
泉承秋水落，天束夕阳沉。
忽听孤鹤唳，飘飘万载心。

王镛看了大哥的诗句，虽然是情真意切，但诗意里却隐隐充满了无限伤感。

夜深人静，王铎夜不能寐，索性把诗作写了一个册页。

王镛看着大哥书写的册页，感觉别有一番意趣。虽然采用了王羲之的内抵法，却融进了王献之外拓连绵草的笔意，既注重线条左右的穿插，又不失老辣苍茫浑厚，显得气势绵延跌宕。线条的实连多于意连，有大珠小珠落玉盘的趣味。从涨墨、浓墨、枯墨的变化和字形左右摇曳生姿的险绝姿态中，让人感受到了欢快跳动和情绪变化。特别是那线条遒劲有力的质感，更是入木三分，让人心旌摇荡。

在王镛、王无党及朋友的陪同下，王铎游历一个多月，不仅穿行了山川密林，而且还观赏了名胜古迹，心情慢慢好转。

他们回到孟津老家时，已经是隆冬腊月了。

第十二章

　　天启五年春节，王铎与家中的亲人一起度过。

　　大年初一天刚蒙蒙亮，家家户户就已经张灯结彩，不约而同地放起了鞭炮，全村到处都是孩子们的欢声笑语。

　　王铎听着家乡亲切的爆竹声，开始了新年的祭拜。他带着弟弟、子侄们先拜祖宗，再给坐在太师椅上的奶奶磕头，然后又给爹娘磕头。奶奶和爹娘看着跪在面前的儿孙们，都乐得合不拢嘴。

　　大家起身后，准备去祠堂祭拜高祖时，王镛带头跪在了王铎面前。王铎平生第一次接受弟弟和子侄们的跪拜，让他措手不及，心里又很激动，赶快招呼大家起来。

　　马瑞云笑嘻嘻地走过来给大家分发红包，大家喜气洋洋又不约而同地给她磕头。后来马瑞云对王铎说，今年是你入仕第一年，对晚辈们必须要有所表示，这既是对他们的关爱，更是对他们的鼓励。马瑞云心细知礼，王铎打心里感激，赶紧拱手致谢。

　　拜年的仪式结束后，全家人围坐在一起吃团圆饭。奶奶坐在主位上，王本仁、陈氏分别坐在她两边，然后按照辈分高低、年龄大小围坐在两边。老人家看着满堂儿孙，享受着天伦之乐，真是其乐融融。

　　王本仁先看看慈祥的奶奶，又环视在座的孩子们，轻轻地举起酒杯，乐呵呵地说："咱家今年是双喜临门，老大正式成了朝廷的人，老二也中了举人，真是可喜可贺啊。大家都举起杯来为他们祝贺！"

　　王铎听了爹的话感慨万千，眼睛湿润起来，激动地说："奶奶和爹娘为了我都操碎了心，省吃俭用支持我，我应该先敬你们一杯酒，祝愿你们福如东海，寿比南山！"

　　慈祥的奶奶接过王铎的话说："还是俺凤儿的话听着受用，只要你有出息，大人吃点苦就不算个啥。"

　　陈氏把嘴凑到奶奶的耳边，悄悄说："娘，要叫大名。"

　　王无咎看着奶奶和老奶奶说悄悄话，笑得把菜都喷出来了。王无党不高兴地瞪着他，吓得他直伸舌头。

王本仁看着这情景，对王铍、王镆、王镡说："你们三个也要好好读书，今后也要像你大哥一样中进士，为咱王家光宗耀祖。"

正在嬉皮笑脸的王铍、王镆和王镡马上安静下来，都睁大眼睛听爹训话。王无咎看着三个叔叔在挨训，有些幸灾乐祸，看着王本仁讨好地说："爷爷，我长大了也考进士。"

王本仁听了王无咎的话，笑得直捋胡子，说："好，好，爷爷相信孙子的话，你肯定能中进士！"

王本仁和王无咎爷孙俩的一唱一和，惹得全家人哄堂大笑。

王铎扭头看着王镛，用埋怨的口吻笑着问："仲和，你考上举人，这么大的喜事咋没听你说过呢？"

王镛只是憨厚地一笑，马瑞云白了一眼王铎，说："这几个月来你一直闷闷不乐，整天都板着个脸，谁敢在你面前多说一句话？"

"都是我不好，对二弟关心也不够。"王铎先是自责了一句，然后又对王镛说，"仲和，中举人这才是第一步。刚才爹说过了，你还得继续努力，争取尽快参加会试中进士。"

王镛的性格比较稳重，言语不多，只是郑重地点点头。王铎又扭头看看王铍、王镆说："你俩都长大了，跟着二哥一块儿好好读书，不要偷懒耍滑。"

没等王铍、王镆说话，最小的弟弟王镡突然插嘴说："大哥放心吧，有我看着他俩呢。"

王铎把五弟王镡拉过来，和蔼地对他说："小弟，听说你整天舞枪弄棒的，经常和邻居家的孩子打架，可有这事？"

王镡从小受到的宠爱最多，渐渐养成了天不怕地不怕的性格。今天在王铎面前，突然有些不好意思起来，乖乖地点头承认自己的过错。

王铎特别喜欢王镡直率的性格，就把他拉过来坐在身边，耐心地谆谆教导："练拳脚是为了强身健体，可不能随便打人，你也应该好好读书。"

王镡突然抬起头，看着王铎茫然地问："大哥，为啥非要读书呢？"

王铎耐心地告诉他："书中自有黄金屋，书中自有颜如玉。只要你好好读书，等你长大了我就带你出去开开眼界。"

坐在一旁的王无咎，扯扯王镡的衣角，悄悄地说："小叔，你今天咋变得跟小绵羊似的？"

王镡斜了一眼王无咎，抬眼看看王铎说："大哥的话我记住了，我想先出去玩一会儿。"

王铎知道王镡的性格好动，就在他屁股上轻轻拍了一下，放他带着王无咎以及王镛的儿子王无骄出去玩耍了。

孩子们出去后，大人们就换了话题。王铎再次端起酒杯，给爹敬了一杯酒，说："爹，我恩师乔先生去年已经回来了，过几天我准备去给他老人家拜年。"

王本仁沉思一会儿说："给恩师拜年天经地义，只是你大舅刚去世，重孝在身，不便前去。"

王铎很疑惑地问："还有这么多礼节讲究啊？"

王本仁解释说："你大舅出殡时，你是按照披麻戴孝的大礼为他送的终。"

王铎不知道还有如此规矩，为了恩师福寿康宁，只好遵从爹的嘱咐。

王本仁自饮一杯酒后，看看陈氏和王铎、王镛、王铑、王镆，郑重其事地提出，要把家中的院落翻修一下。按照他的打算，整个宅院初步定为三进院落，后面还要建个花园。他已经找了风水大师看过了宅基地，并准备在开春后就动工。

陈氏让王本仁再好好想一想，马瑞云没有马上表态，王铎感到负担太重，就提议晚几年再建。王本仁却说："这是我多年的愿望，现在家境已经改变了很多。老宅基地上的树木都可以做大梁、檩条，紧紧就把事办了，要是再拖的话，还不知要到猴年马月呢。"

王铎觉得爹的话也有道理，就没再提不同意见。

正在一家人商量翻修院子的时候，王氏宗族的族长悠闲地走来，见了王本仁就说："梅园啊，您家出了个大官，为咱祖宗增添了光彩。不过咱的宗祠现在破烂不堪，我想把咱王氏宗祠翻修一下，准备建上三楹，把咱们的儿世祖宗都供奉在里面。"

两件大事都需要银两，大部分都需要王铎来筹措。王铎突然就想起了张瑞图为亲戚朋友书写条幅的情景，看来今后自己也要步他的后尘了。

元宵节刚过，王铎就和爹娘商量回京城的事："爹、娘，这次回来本打算在家住个十天半月，然后就接您二老去京城。大舅突然去世，耽搁了时日。我刚步入仕途，老是在家总觉得对不起朝廷，我想过几天就赶快回去。"

王本仁其实早就想让王铎回去，只是见他一直闷闷不乐，也就没有催促。现在见他主动提出来，也没再阻拦。

王铎提出让爹娘跟他进京，王本仁回头看看年迈的奶奶，摇摇头说："你奶奶年事已高，我和你娘还要照顾她，这次俺俩都不去了，让瑞云和孙女跟你去吧。"

王铎听说爹娘不能去，也不同意让马瑞云去："爹，你不是说开春要翻盖房子吗？你和俺娘不去，瑞云也就不去了，让她在家多个帮手。"

王本仁说:"翻盖房子是男人的事,她在家也帮不上啥忙。"

王铎说:"烧水、做饭都需要人手,还是把她留在家里吧。"

王本仁执意地说:"这事听我的,你带着瑞云和小孙女儿回京城。无党和无咎两个孩子都大了,把他们留在家里是个帮手。"

王铎还想再解释,王本仁接着说:"我和你娘真的跟你去了,你那里住的地方肯定很紧张。等你把一切都收拾好了,我和你娘再去京城享清福吧。"

王镛看到王铎很为难,就插话劝他说:"大哥,你就放心去吧,我和三弟、四弟都是棒劳力,大侄子身子骨都好着嘞。咱爹只要动动嘴,动手脚的力气活我们就把它干了。"

王钺、王镆也凑过来附和,王铎心里多少有些安慰。

王铎在家一晃过了大半年,回京时爹娘硬是让他带着马瑞云和两个女儿一同前往。

王铎早早起来,先来到祠堂拜过了列祖列宗,然后又拜奶奶和爹娘。

王本仁专门雇了一辆驴车送他们,并带着全家人出来相送,邻居们也围过来道别。奶奶不知是激动还是不想让孙子走,眼泪抑制不住直往下流。

王本仁语重心长地再三嘱咐王铎:"凤儿啊,俗话说官场险恶,时时处处你都要谨慎。特别是初入仕途,要多向前辈请教。不管今后做多大的官,切莫忘了要上报圣恩,下抚黎民,不能枉读圣贤书啊!"

王铎一直点着头:"请爹放心,孩儿一定谨记您老的教诲!"

陈氏也在嘱咐:"家里有你弟弟们,你就一百个放心吧。"

马瑞云抱着小女儿,一直陪着婆婆,深情地看着亲人的一举一动,却不多说一句话。

王铎心里很激动,对王本仁说:"无党已经长大了,以后让他也多分担些家务,督促他好好读书,千万别耽误了学业。"

此时,次子王无咎不说话,却一直跟在王铎身后,看他那架势,是想跟王铎去京城。王无党看到后,就赶快招呼他:"弟弟,赶快到哥哥这边来。"

王无咎马上意识到,这是不让他跟爹一起走,就一下子抓住王铎的衣服,眼泪夺眶而出。

王铎赶紧蹲下身来,笑着哄他说:"儿子听话,男子汉不哭,在家好好听爷爷的话。爹下次回来时,一定给你和哥哥带一些好的毛笔、碑帖和好玩的回来。你和哥哥在家好好读书,等长大了一起去京城。"

王无咎听话地点着头,可当哥哥过来拉住他的手时,还是控制不住地大哭起来。

王无咎这么一哭，在场的几个大人也跟着唏嘘，王铎也不由自主地掉下了眼泪。王本仁看着这个场面，只好走过来劝说："进京是做大官哩，这是个喜庆的事，大家都应该高兴才是啊。"

　　王本仁虽然是这么说着，其实他的眼里也一直泪汪汪的，只是没有掉下来而已。

　　王铎再也不敢回头看亲人们一眼，让马瑞云和女儿上车后，转身上车向北奔驰而去。

　　寒冬的早晨十分寒冷。光秃秃的田野里，一群麻雀蹿来跳去在寻找吃的。

　　冒着严寒，经过一个多月的奔波赶到京城后，遇到的第一个困难是住的问题。这次回京时，马瑞云把她出嫁时带的小丫鬟石薇汝也带来了。石薇汝从小父母双亡，一直跟着马瑞云，形影不离，亲如姊妹。

　　当天晚上，王铎先安排她们在中州会馆里住了一宿，这里是他和乡党以及同年们平时经常相聚的地方。

　　第二天一早，王铎正为住处发愁的时候，张鼎延来找他。王铎感到意外："玉调兄，你咋知道我住在这里？"

　　张鼎延用手点点他："觉斯啊觉斯，你是不是累糊涂了？前一段时间我给你写信，你回信说近期回来。我料想你回来后肯定没地方住，一定会在这里临时安身，就提前告诉店小二，你来后要及时告诉我。"

　　张鼎延考虑得真是细致周到，不愧是皇帝身边的人。

　　张鼎延接着说："我没提前和你商量，已经在天坛附近替你租了一个院子。我寻思着先安顿你们住下，如果实在不合适，以后再慢慢找。"

　　王铎听说有了住的地方，感激地看着张鼎延，不知该说什么好。脸上的愁云散去了，赶快叫马瑞云拜见张鼎延。

　　王铎一家跟着张鼎延来到新家。这是一个四合院，幽静宽敞。打开房门后，眼前都是新配的家具和被褥，还有米面等日用品，另外还有美酒和猪蹄等。

　　看到这些，王铎激动地上前握着张鼎延的手，马瑞云也一个劲地说着感谢的话。张鼎延却说："咱们是一家人，说客套话不就见外了？谁都有遇到难处的时候，相互帮衬一下是应该的。"

　　大家七手八脚，很快就收拾好了。王铎让张鼎延坐下，关心地问起了他俩共同的亲家翁吕维祺。

　　张鼎延听到"吕维祺"三个字时，热情洋溢的脸上突然失去了光彩，沉默了一会儿，声音很沉重地说："去年你走后不久，他就被阉党赶回老家了。"

　　张鼎延的话让王铎很吃惊，突然的变故让他很着急："到底为啥呀？"

张鼎延让王铎先别着急，然后平静地告诉他："你先别急，介孺与东林清流们不是同人就是挚友，你说阉党还能把他留在京城吗？"

王铎愤愤不平："这帮祸国殃民的阉党，恩师和介孺兄都被他们逼得辞官，还被赶出京城，我与他们誓不两立！"

"咱们的心情都是一致的，只要有机会一定讨回公道。不过现在不是赌气的时候，该忍的时候还是得忍一忍。"张鼎延对王铎劝慰一番后，告诉他一个好消息，"介孺回到新安以后，不久就成立了一个芝泉讲会，在那里传播理学。"

王铎遗憾地说："在老家太闭塞了，如果知道他已回到老家，我就应该去看望他。"

张鼎延看着王铎消瘦的脸，关心地询问："觉斯啊，你这次回家又黑又瘦的，咋好像是生了一场大病似的？"

张鼎延的问话，让王铎又想起了大舅，鼻子一酸，眼圈一红，强忍着眼泪没有掉下来。长长叹了一口气，然后把大舅去世的情况告诉了他。

张鼎延知道王铎与大舅之间的感情十分深厚，更理解王铎的悲痛心情，只能对他进行一番安慰。

王铎不无遗憾地解释说："大舅去世后，我为老人家守灵七七四十九天，外面的信息与我几乎隔绝，有些事情的确不知道。"

此时，院外突然传来了吵闹的说话声。王铎想起身出去看看，张鼎延不慌不忙地说："准是幼玄、玉汝他们来了，刚才我让家仆去告诉了他们。"

果不其然，王铎还没走出客厅，就听见黄道周、倪元璐、黄锦、郑之玄等几个同年说笑着走进院内。

王铎让马瑞云与大家一一相见，大家又把王铎的新家参观了一遍，都感觉很满意。

大家见面后就问长问短。张鼎延见大家聊得很高兴，就趁机提议说："各位仁兄，觉斯风尘仆仆回到京城，我提议在他的新家小酌几杯，既为他接风洗尘，又祝贺乔迁新居，大家意下如何？"

"玉调兄的提议我第一个赞同！"倪元璐首先表态，然后又探着身子看大家，"你们也一定求之不得吧？"

"玉汝啊，我们想说的话都让你说了。"黄道周的话惹得大家大笑不止，然后又吩咐大家，"觉斯刚回来，咱们大家这就去分头准备。"

张鼎延伸手一拦："你们别再忙活了，我已经全准备好，只等各位入席了。"

倪元璐高兴地说："来得早不如来得巧，我们真是有口福哇！"

黄道周见张鼎延把一切都准备好了，很佩服他想得周到，就大加赞扬："玉调虑事的确周到，咱们就恭敬不如从命了。"

俗话说，一辈子同学三辈子亲。他们作为天启新朝的首批进士，感情更是亲近一层。

大家已经好久没有相聚小酌了，今天又是给王铎接风洗尘，显得更加热闹。三杯酒下肚后，就无话不谈起来。大家你一言我一语，笑声不时传出来。后来，倪元璐就说起了初一正旦节，皇宫里举行的隆重的仪式。

王铎羡慕而又不无遗憾地说："那一定很热闹，只可惜我没有赶上。"

"幸亏你没有赶上，那天把大臣们都折腾得够呛。"倪元璐埋怨地说了一句，然后就说起当时的盛况。

天刚蒙蒙亮，群臣们就穿着簇新的朝服，聚集在午门外。鼓声一响，群臣按照品级，整整齐齐排列起来；鼓声第二次响起，群臣分文武两班，从左右进入宫里；鼓声第三次响起时，皇上身穿衮冕，由导驾官引导着，踏着中和韶乐，来到皇极门内殿，缓缓地登上御座。在赞礼官赞唱声的指挥下，文武百官行礼如仪。

黄锦插嘴说："新年的钟鼓笙乐总觉得有些阴沉郁闷，音调显得不是那么和谐，好像不是对新年的庆贺，而是对未来的悲叹。"

倪元璐用手比画着，绘声绘色地插话："皇上坐在高高的御座上，望着匍匐跪拜在地的群臣。从他的眼神里看得出，真正感受到了皇权的神圣和至高无上的威严。"

郑之玄也插话说："他是在庆幸自己天生就是个圣明的皇帝，上天既给他派了一个关怀备至的乳母，又派了一个忠贞能干的魏忠贤。"

黄道周看一眼黄锦和郑之玄，严肃地说："两位贤弟，你俩说的话有些过头了，要注意分寸啊。"

黄锦还想辩解，王铎看着黄道周严肃的脸，也伸手制止他俩再说下去。

倪元璐赶紧把话题岔开，就对王铎感慨地说："觉斯兄，你回家这大半年，朝中发生了很多事。"

黄道周对皇上忠贞不贰，对阉党的所作所为恨之入骨，就站起来说："去年六月初，杨涟上疏弹劾魏忠贤。罗列了他二十四项大罪，每一项都能置他于死地，后来很多大臣都附议弹劾。"

张鼎延却很失望："杨涟的疏文慷慨激昂，掷地有声，皇上对人心向背简直憨然不知，还认为魏忠贤所做的一切都是替他代劳。他的乳母客氏也从中为魏忠贤美言。而对于杨涟的奏疏，他还认为这是小题大做，后来便不了了之了。"

黄道周无奈地说："是啊，也就是从这件事开始，魏忠贤对东林党人的报复更加疯狂。"

王铎说："如果不是东林党人坚持正义，维护朝纲，皇上父子就不可能顺利地登上皇帝宝座。"

黄道周说："话反过来说，东林党人也自觉不自觉地形成了盘根错节的党派，特别是皇上登基以后，甚至在京察中党同伐异，后来又把持朝政，让皇上也十分担心和忧虑。"

张鼎延说："是啊，魏忠贤正是抓住了东林党的弱点，才能开始对东林党人进行排挤和清洗。"

黄道周愤愤不平地说："去年七月，首辅叶向高乞归回家，次辅韩爌接任。韩阁老执政还不到四个月，又换成朱国桢。这都是魏忠贤一伙在幕后操纵的，他们根本不把德高望重的治国能臣当回事。现在的首辅顾秉谦，名义上是首辅，实际上却是阉党的代言人。"

张鼎延也气愤地说："现在整个朝廷六部都已经控制在魏忠贤手里了，到处充满着火药味，谁也不敢轻易随便说话。"

黄锦悄悄地告诉王铎："觉斯，你刚回来，可能还有所不知，阉党不但把首善书院给封了，还把东林书院全部给毁了。"

王铎听说首善书院被封、东林书院被毁，噌地就站起来了。

黄锦用手指放在嘴边嘘了一声，小心翼翼地提醒大家："只要是与东林党有关联的人，都会受到打击和排挤，说话办事稍有不慎，就会招来横祸。"

王铎瞪了黄锦一眼，以无所畏惧的口气说："你是不是害怕了？"

郑之玄替黄锦解围说："觉斯兄，整个京城都人人自危，说话办事都小心翼翼。你可能还不知道，个别东林党人已悄悄地投靠了魏忠贤。"

黄锦见王铎没有反应，就问了一句："听说过阮大铖吗？"

王铎稍微想了想，说："阮大铖阮圆海，听说他与魏大中是同年，都是东林党元老高攀龙的门生，而且他应该是左光斗的乡党吧？"

郑之玄嗤之以鼻，愤愤地说："正是这个阮大胡子，已经暗地里投靠了阉党，还和魏忠贤的外甥成了把兄弟。"

王铎气愤地骂了一句："真是东林党的败类！"

郑之玄带着气喝了一杯酒，说出了事情的来龙去脉。

去年春天，吏科给事中出缺，按照次序应该由阮大铖出任。左光斗就给请假在家省亲的阮大铖写了一封信，让他从速来京递补。阮大铖接到信后，不等假满就迫不及待地立即启程返京。而赵南星、高攀龙和杨涟等人认为阮大铖为人轻躁，品行不端，在士大夫中名声不好，就推举魏大中为吏科给事中。阮大铖赶回京城时，只让他补了个工科给事中。阮大铖知道后极为愤怒，认为左光斗是在有意耍弄他，痛恨赵南星、高攀龙、杨涟等人毁了他的前程，就暗中买通魏忠贤让他如愿以偿。后来，阮大铖还与阉党的骨干分子霍维华、杨维垣、倪文焕结成"死友"，并编写了攻击东林党的《百官图》，受到了魏忠贤的赏识。

王铎听到这里，气愤得大骂阮大铖是东林党的败类。

郑之玄接着说："工于心计的阮大铖可能是做贼心虚，也深知自己是东林党人出身，现在依附了阉党，估计难以两面讨好，更害怕遭到东林党的报复，上任还不到一个月，便又匆忙地请假回原籍了。"

张鼎延补充说："现在阉党把东林党视为死敌，并发誓要一网打尽。最近听说他们又编了个东林党人的黑名单，叫作《东林点将录》。"

王铎不解："啥点将录，我咋没听说过呢？"

张鼎延解释说："据说是左副都御史王绍徽仿照《水浒传》的方式，把东林党一百零八人编成《东林点将录》。"

王铎听了大吃一惊，问："都有哪些人呢？"

张鼎延想了想，掰着指头说："南京户部尚书李三才、大学士叶向高、吏部尚书赵南星。"

王铎问："仿《水浒传》咋给他们起的名？"

张鼎延想了想，说："李三才取名托塔天王，叶向高取名天魁星及时雨，赵南星取名天罡星玉麒麟。"

黄锦见张鼎延停了下来，也插话说："凡是东林党的主要人物，基本上都有他们的名字。座师孙承宗阁老，取名为'守护中军大将地短星出林龙'；已经被他们赶回老家的文状元，也给取名为'地文星圣手书生'。"

张鼎延转脸看着王铎，说："德高望重的乔允升先生也被取名为'天牢星病关索'。"

张鼎延显得很无奈，说："据说凡是列入《东林点将录》名单的人都要被罢黜。"

王铎突然瞪大了眼睛，攥起拳头狠狠砸在腿上："这帮无耻之徒！"

倪元璐也插嘴说了钱谦益的情况："钱牧斋也被列入了黑名单，被取名'天巧星浪子'。"

"真是岂有此理！"王铎听了大家的议论，一腔热血喷薄而出，大声疾呼道，"维护朝纲是我们的责任，东林党人被罢黜还有我们。他们没有做完的事情，我们继续去完成！"

对于钱牧斋的坎坷仕途，王铎早就有所耳闻。钱谦益曾拜孙承宗为师，并把邹元标视为挚友，还与杨涟特别友善。他与东林党人交往密切，交游甚笃。

钱谦益，字受之，号牧斋，南直隶苏州府常熟人。幼年聪慧，因父亲与顾宪成是同年挚友，十五岁就拜顾宪成为师。东林书院创办之初，他就赶赴学习。万历三十八年会试时，因首策颂扬张居正的功劳而一举中第，殿试点为探花，后来授官翰林院编修。同年五月间，他父亲去世，他回乡丁忧。后来因党争愈演愈烈，他一直未能起复。直到万历四十八年八月，才起复任翰林院编修。天启元年，受命主考浙江乡试时，发生了科场舞弊案，他作为主考官受到牵连，遭到罚俸三个月的处分，同年冬天称病返回老家。

王铎想到这里，替钱谦益打抱不平："钱牧斋真是个多灾多难之人。"

黄锦说："是啊，刚进京不久就被阉党给盯上了。"

王铎对钱谦益的诗文很欣赏，早就想向他当面请教，只是一直没有机会。听说他已经回京，心里很高兴，问："他还在京城吗？"

张鼎延说："去年秋天，他又奉召进京，被任命为太子谕德兼翰林院编修充经筵日讲官。听说正在参与编纂《神宗实录》，闲暇之余还编了一部《皇明开国功臣事略》。"

倪元璐称赞道："钱牧斋是个性情中人，常常与那些关心国政、好谈兵事的士大夫在他的官邸中集会，清夜置酒，明灯促坐，扼腕奋臂。"

第二天，王铎拜见了仰慕已久的钱谦益。通过简短的交流，王铎深深地感到钱谦益的学问渊博，而且藏书巨富。

在交流的过程中，让王铎没有想到的是，钱谦益对他的书法十分倾慕，并向他进行了虚心请教。两人都有一见如故之感，从此结下了深厚的友谊。

九月九日重阳节，皇帝赐宴百官，消息传到宫廷内外后，犹如平静的湖面投入一块石头，激起了巨大的波澜。

宫廷盛宴，排场隆重，非比寻常。参加皇帝举行的盛宴是一种荣耀，大臣们济济一堂，项背相望，熙熙攘攘，人人脸上都挂着抑制不住的喜悦和自豪。

王铎第一次被邀请参加盛宴，心情自然也很激动。只是在昨天晚上，听说钱谦益被阉党排挤，受御史崔呈秀等人的弹劾被革职回乡，使他一夜都没睡好觉。他端坐在椅子上，掩盖不住内心的焦虑。黄锦不免担心地提醒道："觉斯，今天是喜庆的日子，你不能愁眉苦脸的。"

王铎忧心忡忡："皇上赐宴本来是件喜事，可这盛宴是福是祸谁也不知道，说不定是鸿门宴呢。"

宫女和太监们都进行了精心打扮，穿起了节日的盛装，来往穿梭地服侍着。没等多久，天启皇帝朱由校在一名俊俏的小太监的搀扶下，从内宫缓缓走出来，微笑着在龙椅上坐下。

大臣们连忙起身跪伏在地，高声唱颂："吾皇万岁，万岁，万万岁！"

朱由校摊开双手："众爱卿平身，不必拘礼，快请入席吧。"

站在皇帝身边的魏忠贤举起双臂轻轻向下一压，整个宴会顿时鸦雀无声。王体乾高声唱颂："今日赴天子圣宴者有：顾名元臣魏忠贤、奉圣夫人客奶奶……"

为了引起大家的重视，王体乾还有意停了停，然后再接着宣读："首辅顾秉谦，内阁大臣黄立极、丁绍轼、冯铨……"

随着王体乾的唱颂，被点到名字的大臣们都一一站起，叩谢龙恩。

王铎看着跪拜起伏的朝臣，心情很不平静。表面看似一派太平盛世，实际却是在明争暗斗。虽然看不见金戈铁马和枪炮轰鸣，但身边的生死博弈和残酷厮杀却一直在悄无声息地进行着。魏忠贤迫害正直大臣已经到了肆无忌惮的地步。东林党人大多已被驱逐，其中"六君子"杨涟、左光斗、魏大中、袁化中、顾大章、周朝瑞，都因遭到诬陷而先后被害；恩师乔允升和亲家翁吕维祺，只因与东林党人交往过多，就被逼辞职回老家；守卫关隘的座师孙承宗，听到宦官乱政，欲以贺寿为由入朝面奏，却被魏忠贤拒于京师之外不让入内，后又被逼辞职回乡；主考官袁可立被任命为登莱巡抚后，与座师孙承宗遥相呼应，确保了山海关安然无恙和天下太平，魏忠贤怕他战功卓著，也逼迫他辞职回乡，同时害怕东林党人东山再起，还把首善书院毁坏殆尽……

王铎最近听到的阉党迫害东林党的事一直在眼前浮动，直到庄严隆重的宫廷乐声响起，才打断了他的思绪。

只见皇帝朱由校缓缓走下龙座，用亲切的目光环视众大臣后，热情地挥手致意。

魏忠贤媚笑着站在朱由校身边，用他特有的嗓音献媚地高声大喊："皇恩浩荡，万岁万岁万万岁！"

皇帝朱由校看了一眼扬扬得意的魏忠贤，然后从他手中接过一份名单看了一眼，询问道："翰林院的'三珠树'，今天都来了吗？"

魏忠贤说："启禀陛下，'三珠树'中的黄道周和倪元璐已回籍探亲，在京城的只有王铎一人。"

王铎看着盛大热闹的场面，心里既激动又忐忑。坐在身边的黄锦顺手推了他一把，急促地提醒他："觉斯兄，皇上好像在找你，还不赶快叩谢皇上！"

王铎万万没有想到，第一次参加如此盛大宴会，皇上竟然知道他的存在，不免有些紧张。他正感到懵然不知所措之时，一个俊俏的小太监快步来到他身边，悄悄地说："王大人，皇上有请。"

王铎疑惑又郑重地点点头。小太监用手示意一下，说："请跟我来。"

王铎跟着小太监来到皇上身边，赶快跪下，高呼万岁。

朱由校让王铎平身后，王铎才缓缓站起来。近距离瞻仰龙颜后，王铎心里暗暗吃了一惊：皇上刚满二十一岁，本应朝气蓬勃，可眼前的皇上却是脸色蜡黄，萎靡不振，好像是刚刚大病一场，应有的阳刚之气荡然无存。

朱由校微笑着说："举国上下风调雨顺，五谷丰登，真是可喜可贺啊！为了铭记今天的太平盛世，朕要在金銮殿门额上再加挂一块'天下太平'的金匾。"

魏忠贤趋步走近王铎，拍着他的肩膀，指着桌案上的牌匾，亲切地说："觉斯啊，这块匾额可是皇上亲手所制，今天请你书写，将会万世流芳啊！"

王铎回头看到牌匾，是一块上好的金丝楠木，的确是用料考究，做工精致。后来王铎才知道，由谁来写这块匾额，内阁大臣曾有过一番激烈的争论。有的推荐董其昌，有的保举张瑞图，还有的力推米万钟。皇帝一时也没了主意，后来他突然想起，登基后首届庶吉士中有"三珠树"，其中王铎书法最佳，就提出让他书写。

王铎奉诏写匾，开始不免有些紧张，但当他看到笔和金粉时，心思就马上进入了书法的艺术世界。先看看匾额的长短宽窄，四个字在脑海里迅速呈现出来。他立刻就像变了一个人，再也没有了忐忑和恐惧，只见他一把抓起斗笔，饱蘸金粉，一挥而就。

烫金的巨型横匾被高高地挂了起来，两旁蓝色琉璃瓦的大门楼在阳光照耀下发出一片耀眼的光芒。

皇上和满朝文武都走上前来翘首观望，直夸王铎的字雄浑有力。首辅大臣顾秉谦看完后脸色突然阴沉下来，走到魏忠贤身边，躬身悄悄地说："大人，王铎对皇上大不敬，应该给予治罪！"

魏忠贤听了一惊，回头看着顾秉谦，问："皇上和众大臣都夸他写得好，你为何说他对皇上大不敬？"

顾秉谦抬手指着牌匾，说："大人，你再仔细看看，'太'字下面少了一点。"

魏忠贤虽然目不识丁，但也装模作样郑重其事地看了看，稍微迟疑了一下，然后来到朱由校身边说："皇上，王铎写的'太'字少了一点。"

皇上疑惑似的嗯了一声，再次抬起头来一看，果然发现"太"字少写一点，脸上马上露出不悦。在场的文武大臣都为王铎捏了一把冷汗。

对于皇上和魏忠贤脸上的表情变化，王铎开始感到有些纳闷，当抬起头再次仔细审视匾额时，心里不由得咯噔一下。在书写时，由于心情太激动，一时疏忽，竟把"太"字写成了"大"。

整个场面突然像炸了锅，大家纷纷议论起来，又有人提出治王铎的罪。

王铎从容地拿起斗笔，蘸好金粉，站在匾额底下，摆出一个刺破青天的姿势，那支毛笔便从他手中腾空而起，嗖的一声飞向金匾上"大"字的下方。笔锋所触之处，不偏不倚，与匾额上的"大"字浑然一体，不露丝毫破绽。

众大臣看了，不约而同地发出一阵惊叹声。朱由校看了王铎的这一笔绝招，憔悴的龙颜顿时大悦，连忙离开御案，快步来到王铎面前，跷起大拇指夸奖道："真不愧是神笔王铎啊！"

魏忠贤见皇上对王铎喜爱有加，自然也就高看一眼。

王铎题写匾额以后，回到家里依然是又惊又恐，为此作了五言诗一首：

九日盲风苦，菊花不肯开。
他乡愁对酒，薄宦罢登台。

王铎题写金匾以后，在京城更是声名鹊起，找他题字的人更是络绎不绝。

晚上，王铎在书房看书时，张鼎延来访，说话时提到了皇帝朱由校脸色蜡黄、萎靡不振的病态，张鼎延悄悄告诉了他其中的缘由。

盛夏五月的一天，朱由校在乳母客氏及魏忠贤的陪同下，祭罢方泽坛后，就率领妃嫔到西苑游玩，张皇后对此不感兴趣，就告辞回宫了。魏忠贤陪同客氏在桥北浅水处的大船上饮酒寻欢，小太监高永寿、刘思源陪着朱由校在桥北深水处泛舟荡漾。朱由校亲自划船，相顾欢笑，俨若神仙。正在他尽情玩耍之时，水面上忽然刮起一阵狂风，把小船掀了个底朝天，船上的金壶酒具沉入湖底，朱由校和两个小太监也一齐落入水中。湖岸上的宦官、宫女们被这突如其来的情景吓得面无人色，发出惊恐的尖叫声。魏忠贤和客氏正在对饮，听到叫声举目一看，顿时吓得慌了手脚。幸亏近旁的管事太监谈敬等人抢救及时，朱由校才幸免一死，只是两个小太监成了水中鬼。魏忠贤为此事专门做佛事法会，放河灯追荐。朱由校本来身体就非常虚弱，经过水激和惊吓，又增添了新的病症，身体每况愈下。

王铎听说后，对魏忠贤一伙更加恨之入骨。此时，管家赵国才领着魏忠贤的心腹小太监进来，只见他抱着一卷上等的素绢，说是魏忠贤让王铎写十幅字，并保他今后进入内阁。

王铎一听此话，顿时感到是对他人格的极大侮辱，竟勃然大怒，随手将素绢扔在地上，厉色斥责："纵使我迟十年当宰相，也绝不要宦臣竖一梯而荣耶！"

朝廷上下无不争相巴结魏忠贤，而王铎竟敢如此不恭，小太监先是被吓得目瞪口呆，然后又气得差点背过气去，结结巴巴地说："厂臣是……是看得起你，真是不……不……不知道好歹！"

王铎听到后更是火冒三丈，厉声呵斥小太监滚出去。

马瑞云听到王铎大呼小叫，就赶紧出来看个究竟。只见小太监狼狈地跑出去，就用责怪的口气说："你这是何苦呢，不想写就不写呗，何必这样对待一个小太监。他回去后肯定会添油加醋地胡说。"

王铎依然气愤地说："士可杀不可辱，我决不能与这种人为伍，否则坏了我一生名节！"

马瑞云无可奈何地摇摇头，坐在那里唉声叹气，眼泪不由自主地流了下来。她是在为王铎今后的仕途和家人的命运担忧啊。

小太监回到内宫，见到魏忠贤就添枝加叶地告状。魏忠贤顿时气得七窍生烟，发誓要严厉惩罚王铎。

皇帝朱由校听见魏忠贤发这么大的火，就顺口问了一句："厂臣在骂谁呢？"

魏忠贤喘着粗气，说："不识时务的书呆子。我让王铎给皇上写几幅字，他不但不写还骂人，真是不知好歹的东西！"

"我什么时候让他写字了？"皇上开始很疑惑，然后仔细一琢磨才明白，说，"是你自己让王铎写字，碰了一鼻子灰吧？"

魏忠贤恶狠狠地说："我一定要狠狠地严惩他，要让他知道马王爷有几只眼！"

皇帝朱由校向来都听魏忠贤的，今天却突然变了心情，严肃地说："只因为不给你写几幅字，就要严惩不贷吗？'三珠树'可是朕登基后的首届进士，你不但不能治他的罪，今后还必须要重用。"

魏忠贤继续辩解："陛下，您可能还不知道，王铎与乔允升有师生之谊，与吕维祺既是乡党又是儿女亲家，他们以前经常在一起秘密聚会，都是东林党的人。"

朱由校不听魏忠贤的辩解："你给我听好了，我要海纳百川，不拘一格用人！"

魏忠贤看着皇上，好像突然变了另外一个人。

第十三章

天启六年元宵节前夕，宫廷里大红灯笼已高高挂起，整个京师大街小巷处处洋溢着喜庆的气氛。

在庄严的皇极门大殿上，皇帝朱由校发布了一个特谕，命开馆编纂《三朝要典》。秉笔太监王体乾敞开他那公鸭似的嗓音，高声宣读圣谕，命顾秉谦、丁绍轼、黄立极、冯铨为总裁官；施凤来、孟绍虞、杨景晨、姜逢元、曾楚卿为副总裁官。

特谕发布以后，纂修工作立即全面展开。对编纂《三朝要典》这件事，皇帝朱由校视为千秋功业。魏忠贤不仅让他信任的人担任正、副总裁，对挑选的编纂官也严格把关审查，编写人员也必须信任可靠。

王铎被选入参加编撰工作后，又兴奋又激动，甚至有些热血沸腾。这是他被任命翰林院检讨以来，第一次参加流芳后世的大事，深感使命神圣、任务光荣，暗暗下决心不辜负皇上的厚望。然后，王铎对特谕的具体内容进行了仔细研究，越琢磨越感到有很多地方与事实相悖，特别是直接用"奸人"称杨涟、左光斗等人更为不妥。

王铎和黄锦、郑之玄一起聆听副总裁杨景晨关于修纂的具体要求时，听了还不到一半，就禁不住打了个冷战。编纂《三朝要典》的目的，并非把"梃击""红丸"和"移宫"三案的情况真实地再现，而是要根据魏忠贤等人的授意，把东林党当时的功绩给予全盘否定，甚至进行丑化，要把他们都变成人人痛恨的恶魔。

关于三案的真实情况，王铎以前听吕维祺讲过。三案跨越万历、泰昌、天启三朝，延续的时间长，涉及的人员多，牵扯的面也广，内容复杂，影响极大。吕维祺是直接参与"移宫"的当事者，很多具体事情都亲身经历过，他讲的情况应该真实可信。如何看待三案，应该说是一个高度敏感的政治问题。从皇帝特谕编纂《三朝要典》的总要求来看，肯定又是让魏忠贤等人给蒙蔽了。他们想通过编纂《三朝要典》，来彻底推翻三案的真实性，以便从历史上彻底抹杀掉东林党人在三案中的功绩，告诉人们东林党人从来都不是朝廷的忠臣，而是祸国殃民的奸臣，从而树立魏忠贤在人们心中的高大形象，也说明他们杀王安和"六君子"、撤换三任首辅、动用酷刑是合情合理的，都是为了朝廷的长治久安。

王铎顺着自己的思路推测下来，心里一下子就凉了半截。魏忠贤这是在借用皇帝的名义，来总结他们在政治斗争中的胜利成果，更是在为自己树碑立传啊！

杨景晨后来到底说些什么，王铎几乎一个字都没听进去，脑海里又浮现出一件事。

去年二月，刑科给事中霍维华给皇上的一本奏疏，虽然名字不叫《三朝要典》，但里面的内容也是彻底推翻三案的。

王铎回到家的时候，西山顶上落满了晚霞。王铎看着嫣红的晚霞，像是看到了"六君子"的鲜血在流淌。

王铎无心观看景色，径直来到书房，既没有读书写诗，也没有临写爱不释手的《淳化阁帖》，而是默默地看着窗外发呆，还不时地在唉声叹气。

丫鬟薇汝端茶进来，接连叫了几声先生，王铎都没有任何反应。她轻轻放下茶杯，悄悄退出了书房，然后去找女主人马瑞云了。

不大一会儿，马瑞云在丫鬟的陪同下来到书房。看着心事重重的夫君，手里拿着的书信也没敢递过去，只是默默地走到他身边，轻轻端起书案上的茶杯，为他添了一些新茶，然后就开始自责："相公，我们来京城后，给你增加了很多负担，很多事情都让你为难了，为妻心里感到很难过。"

王铎听了马瑞云的话，知道她对自己产生了误会，赶紧转过身来解释说："瑞云，最近我是遇到了一些烦心的事，但不是咱的家事。"

马瑞云听了王铎的话，心里多少有些宽慰。王铎继续解释："前几天，归德府的若木兄被魏忠贤勒令去养马，今天又让我编纂《三朝要典》，我心里很烦闷。"

让侯恪去养马，起因在于锦衣卫的田尔耕。田尔耕找侯恪饮酒，三杯酒过后，提出让侯恪为魏忠贤生辰写一首赞美诗，以颂扬其功德。侯恪一听勃然大怒，认为这是对他人格的极大侮辱，立刻拍案而起，并将美酒佳肴倾覆田尔耕一身，然后撩衣甩门而去。田尔耕是魏忠贤的"五彪"之一，回去把情况告诉魏忠贤，两人都气愤填膺。为了羞辱侯恪，魏忠贤就假传圣旨，夺其赐诰，并令侯恪去养马。侯恪听说后，当即脱掉朝冠，独自策杖出京城南门而去。

马瑞云让丫鬟给王铎续上热茶，端起递给他，温情地说："相公，你说的这些事，我虽然都不懂，不过你坚持的事肯定是对的。"

王铎很感激地看着理解自己的女人，为了不让她再产生误会，给她简单地叙说了一下编纂《三朝要典》的情况。

　　马瑞云听了后，心里完全释然了，然后才把手中的书信递给王铎："这是你同年的书信。"

　　王铎接过来一看，是黄道周写来的，就急忙打开。刚看了一眼，王铎脸上就露出笑容。

　　原来这是一封报喜的书信，黄道周乞休回家后，就由老母亲做主，让他娶了舅舅蔡乾釜的侄女蔡玉卿为继妻。

　　黄道周终于有了一个新家，王铎为他感到高兴。三年前，黄道周不但没能把母亲和妻子林氏接到京师，相濡以沫的妻子还病逝在途中。黄道周回到京城后，孤身一人。王铎和倪元璐都为他感到难过，也曾催他再娶一位贤妻。可他对林氏感情很深厚，一直念念不忘，一晃三年就过去了。现在黄道周与蔡玉卿结为秦晋之好，真是可喜可贺，王铎立即提笔写信给他道贺。

　　马瑞云看到夫君心情好转，自己的心情也豁然开朗。

　　王铎把黄道周的书信放好，再次对阉党编纂《三朝要典》进行了深入的思考：皇帝朱由校的秉性，决定了他为善人用而行善、为恶人用而为恶的特性。他年龄小又贪玩，特别喜欢做木匠活，即使做出一些糊涂事，罪魁祸首肯定是魏忠贤、客氏等一伙人。最近几年来，在魏忠贤等人的灌输和影响下，朱由校对三案的看法已经发生了颠覆性的变化，对东林党似乎没有了丝毫的感激之情，认为他们的一举一动都是祸国殃民。

　　王铎想到这里，认为皇上只是一时糊涂，就突然有个冒险的设想，自己虽然无法阻止编纂《三朝要典》，但绝不能做违背天理之事，留下不仁不义的骂名。

　　抗旨不遵必然是六君子的下场，如果能找出推辞的理由，就能拒绝编纂。后来就想到大舅仙逝还没过三年，就以身有重孝参加编纂不吉利为由，写了一封辞修《三朝要典》的奏疏。然后，找到黄锦和郑之玄，把自己的想法告诉他们，三人不谋而合。

　　第二天，王铎将奏疏递了上去。黄锦、郑之玄也同时辞去编纂工作。副总裁杨景晨听说后大发雷霆，紧急向魏忠贤禀报，并让东厂分别对他们进行跟踪。

　　"顾命元臣"魏忠贤、首辅大臣顾秉谦正在逐个复查承担编纂工作的人员名单，听说王铎、黄锦和郑之玄辞职，一向阴险奸诈的魏忠贤却并没有暴跳如雷，而是摇了摇头说："《三朝要典》传信万世，垂训将来，不是什么人都可以参加纂修的。他们不是要辞修吗？依我看啊，即使他们自己不提出来，也要清出纂修队伍！"

　　魏忠贤说完顿了顿："只要与东林党有些瓜葛的，我对他们都不放心！"

　　杨景晨唯唯诺诺地听着，献媚地提出建议："他们竟敢如此狂妄，这是公然与皇上和您老人家作对嘛，不能轻易地放过，我已经派人对他们进行监视。"

　　"不就是几个书呆子嘛，也值得如此大惊小怪，他们还能掀起大浪不成？"魏忠贤责怪了杨景晨一句，思索了一会儿又说，"王铎，皇上曾亲口谕封为'神笔王铎'，谁个不知，哪个不晓。再者说了，翰林院的检讨、编修们都是皇上登基以后培养的精英，即使他们做了一些出格的事，也不要轻易动武，还要留着今后为我大明王朝做大事呢。"

　　杨景晨解释说："监视他们只是想看看幕后人是谁。"

　　魏忠贤说："我看你是多虑了，他们整天都在翰林院，不是都在你眼皮底下吗？你们也要学会宽容。"

　　杨景晨还想继续解释，魏忠贤有些不耐烦了，让他赶快把东厂的人全部撤回来。

　　王铎被任命为文华殿经筵侍从官后，首次参加了在文华殿举行的经筵开讲仪式，这对他来说是一件大喜事。在回翰林院的路上，看到京城大街小巷到处一片欢腾，都在热烈庆贺宁远保卫战取得胜利。

　　王铎回到翰林院，邸报上赫然登载着宁远大捷的特大喜讯：袁崇焕集中军民固守孤城宁远，进行顽强抵抗，用红衣大炮击退金军，努尔哈赤中炮负重伤，被迫率众撤回沈阳，宁远保卫战取得胜利！

　　宁远大捷的确令人欢欣鼓舞，王铎看到后喜上眉梢，兴奋不已。这次宁远的胜利，袁崇焕功莫大焉，但更凝聚着座师孙承宗的心血。如果没有他前几年在战略上的高瞻远瞩，就不可能有今天的宁远大捷。

　　孙承宗到任辽东都督后，经过现场勘察，慎重了解情况，接受了袁崇焕固守宁远的建议，并重新调整部署了兵力。遣将分据锦州、松山、杏山、右屯及大小凌河各城，修缮城郭，派兵驻守。自宁远又向前推进了二百里，宁远则成了内地。宁远到山海关二百里，宁远至锦州又是二百里。最终形成了以榆关为后勤、宁远为中心、锦州为前锋的关、宁、锦严密防御体系，从而稳定了辽河以西的战局，确保了山海关的安全。

　　后金深知孙承宗治军有方，防守严密，在他督师期间，一直没敢发动大规模的军事行动。老人家保卫京城安危的功劳，大家都有目共睹。

　　当防御体系建成之后，孙承宗经过精心谋划，准备向后金发动一次大的攻击，彻底改变被动防御的局面，就上疏皇帝请求速拨二十四万两军饷。辽东战事一直是朝廷最焦虑的头等大事，皇帝朱由校听说要主动出击，深受鼓舞。

孙承宗本来就是朱由校非常敬重、信任的老师，就立即命令户部、兵部如数筹措拨发。可两部却一直搪塞拖延不办，还横加阻挠。孙承宗多次上疏催促仍然无果，出师的壮志最终化为泡影。

魏忠贤随着权势日益炽盛，起初很想拉拢孙承宗，借他的威望抬高自己，但被孙承宗当场拒绝。魏忠贤对孙承宗恨之入骨，并把他列为东林党的骨干人物。天启四年，杨涟、赵南星、高攀龙等东林党人尽遭驱赶后，孙承宗欲以为皇上贺寿为由请求入朝，当面陈述是非，为东林党说句公道话，也想借机弹劾魏忠贤。魏忠贤预感孙承宗对他是个巨大威胁，就与客氏联手加以蛊惑，极力阻止他进京，还让党羽崔呈秀等人上疏诋毁，孙承宗只得称病请求辞官。

魏忠贤矫旨批准孙承宗回籍养病，为掩人耳目还特加光禄大夫，荫一子为中书舍人，并派遣行人护送，驰驿归里，赐银一百两、彩缎四表里、大红纻丝坐蟒一袭。

孙承宗离职归里后，辽东经略由阉党分子高第替代。在抗击后金的战略上，高第与孙承宗相左，而且此人色厉内荏，畏敌如虎，折辱将士，撤防弃地。上任后就命令尽撤锦州、右屯、大凌河、宁前诸城守军，将器械、枪炮、弹药、粮料移到关内，放弃了关外的土地四百余里。

袁崇焕对高第的盲目撤退非常不满，上疏抗争，坚决防守，决心身卧宁远，保卫孤城，并斩钉截铁地立下誓言："宁前道当与宁前共存亡！"

袁崇焕，字元素，祖籍广西梧州，生于广东东莞石碣，是万历四十七年的进士。为人机敏，善骑射，喜好军事，极有胆略。每遇老兵，便请教边塞军务，积累了丰富的知识。天启二年，袁崇焕到京城觐见天启皇帝朱由校。身为御史的侯恂慧眼识才，上疏力荐，破格擢用袁崇焕为兵部职方司主事。不久广宁被后金军攻陷，朝廷商议派人镇守山海关。袁崇焕得知后，单骑出塞外，巡历查阅地形，回朝后又被破格擢拔为兵备佥事，督关外军。

高第对袁崇焕无可奈何，便干脆将他弃之不管，只将锦州、右屯、大凌河及松山、杏山、塔山守军全部驱赶入关，所屯粮谷十余万石丢弃原地。高第不战而撤，闹得军心不振，百姓失去家园，背井离乡，民怨沸腾，哭声震野。

袁崇焕既得不到高第的支持，又失去师长孙承宗的奥援，在关外城堡撤防、兵民入关极为不利的形势下，他顶住巨大压力，只率领一万余名官兵独守孤城宁远,以抵御后金军的进犯。

努尔哈赤得知孙承宗已被罢去,高第撤军到关内,宁远已成为一座孤城时,决定将兵锋直指宁远城,向孤立无援又是文弱书生的宁前道袁崇焕,倾全国之师发动了一场军事进攻。

天启六年正月,努尔哈赤亲率八旗健卒十三万围攻宁远。八旗劲旅,雄伟壮观,旌旗如潮,剑戟似林,军容强盛,如入无人之境。

警报疾驰传入朝廷,举国汹汹,人心惶惶。兵部尚书王永光无善策,经略高第和总兵杨麒闻警丧胆,龟缩在山海关,拥兵却不救援。

袁崇焕和大将满桂、参将祖大寿等人,集将士誓死守城。袁崇焕刺血为书,写成文告,并誓师全军。同时,袁崇焕还将母亲和妻子接到辽西,誓与宁远城共存亡。全军上下在他的激励、感染下,人人热血沸腾,士气高涨,同仇敌忾,决心死战。

袁崇焕令城外守军全部撤进宁远城,坚壁清野,又亲自杀牛宰马慰劳将士。为了增强火力,袁崇焕令人将城中存有的红衣大炮全部架上城头,一切准备就绪,严阵以待。

努尔哈赤率领大军到达宁远后,首先切断了宁远和关内的联系,并防备明王朝从水陆两路派来援军。这次虽然是首次与袁崇焕交战,但他早已深知袁崇焕是个有智谋的将领,再加上他的将士星夜倍道疾驰,士马疲惫,所以没有立即攻城,而是先派人去招降,许给袁崇焕高爵厚禄。袁崇焕义正词严:"义当死守,岂有降理!"

后金军兵临宁远城下,袁崇焕毫不畏惧,指挥若定,并邀朝鲜使者同坐城楼观战。随着一声炮响,后金军开始攻城。只见八旗兵丁四处散开,漫山遍野而来。袁崇焕一声令下,城楼上火炮齐鸣,弓箭齐发,后金军死伤惨重,只好退军。次日,后金军重振士气,再次来攻,把裹着生牛皮的战车推到城墙根,准备凿城穿穴,袁崇焕立即亲率士兵挑石堵洞,又令城上大炮加强火力猛攻敌阵。

努尔哈赤在营前指挥作战时,忽被飞来的炮石击中,受伤坠马,血流不止,立即停止攻城,撤兵而回。

宁远大捷是大明王朝从抚顺失陷以来的第一个大胜仗,天启皇帝御旨称:"此七八年来所绝无,深足为封疆吐气!"

宁远大捷,给近期恐怖阴森的京城增添了一丝喜气。

王铎对此激动不已,遂想起了座师孙承宗。他那德高望重的儒家风范,令王铎高山仰止。他还清楚地记得,在座师走马上任时,他和黄道周、倪元璐还曾请求跟随他到前线去抗击后金。王铎的戎马生涯梦虽然没有实现,但却时刻都在关注着东北战局的动态。

　　王铎品学兼优,受到孙承宗格外青睐。为了激励王铎不断进取,孙承宗还在繁忙军务的间隙,挤出时间为王铎的《拟山园初集》撰写了序言,让王铎万分感动。

　　孙承宗乞休后,朝中一些官员为了显示自己的军事才能,在不了解真相的情况下,胡乱进行议论。

　　王铎的同年孙之獬也跟着人云亦云,议论座师督师三年多,没有一次主动向清军发动进攻,同年之间为此还进行了一场激烈争论。

　　王铎当场拍案而起,进行了尖锐的反击:"好你个孙龙拂,没想到你也跟着胡说八道!座师不是不想,主要是没有军饷。上疏请求二十四万军饷,皇帝两次下旨,户部、兵部就是拖着不办,这是有人有意在陷害他。"

　　"其实户、兵二部也绝对没有这个胆量抗旨,真正的原因是座师得罪了魏忠贤。"张鼎延极力支持王铎,把其中的情况告诉大家。皇上派宦官刘应坤等人携带十万帑金,前往山海关犒劳将士,并赐座师坐蟒、膝襕和金币时,魏忠贤趁机托刘应坤传话,表示很想和座师结交。座师很清楚魏忠贤的目的,是想借自己的威望来抬高他的地位。刘应坤把魏忠贤的意愿转达后,座师立刻怒形于色,他碰了一鼻子灰。刘应坤回京后,添油加醋地进行诬陷,从此魏忠贤对他怀恨在心。

　　大家听了后,对魏忠贤是一片谴责声。

　　倪元璐思考了一会儿,说:"有雄才大略的军事将领,与把持朝政的宦官建立良好的私人关系,从而为国家建功立业,自古也有先例。远的不说,万历初年的首辅张居正和司礼监提督太监冯保,就是典型的一例。他们建立并保持的良好关系,顺利地推行了改革新政,使国家达到空前的富裕……"

　　倪元璐的话还没有说完,黄道周就带着质问的口气问:"按照你的说法,座师为了推行恢复辽东的战略计划,也完全可以仿效张居正的做法不成?"

　　黄道周的话把倪元璐呛得一时无语,王铎为了缓解僵局,说:"就座师的人格而言,之所以不愿与魏忠贤为伍,我想有两个原因。首先是座师自幼受儒家道德的影响,为人耿直正派,宁死也不会出卖自己的人格。其次,也是最关键的一点,那就是魏忠贤为人心术不正,他的人品与冯保无法同日而语。"

　　倪元璐马上举手做了个肯定的动作:"觉斯的话说到根本上了,我要说的也正是这个道理。"

　　王铎回想着同年们在一起的议论,更加敬重座师孙承宗的高尚品格。

　　此时,黄锦兴奋地走进来,对宁远大捷进行一番褒奖。王铎更是激动不已,乘兴提笔写了《丙寅宁远捷》七律诗以示庆贺。

春风徐来,草薰风暖。晨星眨着狡黠的眼睛,让人看不清它是善意的微笑,还是对那些心怀鬼胎之人的嘲笑。

微醉的王铎沐浴着晨风,摇摇晃晃地向家里走去。

昨天晚上,王铎正准备与家人一起吃晚饭时,邻居高练师来到家中,说请了几个朋友在家小聚,特邀请王铎前去作陪。

俗话说,远亲不如近邻。自从搬到天坛一带后,邻居间相处得很融洽,家中大事小情都能相互照应。只是王铎平时公务缠身,邻居们小聚一次也十分难得。

高先生情真意切地邀请,王铎就爽快地答应了。酒过三巡后,话题就多了起来。王铎还乘兴书写了一些条幅。然后就天南地北侃大山,不知不觉已经到黎明。

王铎晕晕乎乎地回到家中,为了不打扰家人休息,就悄悄来到书房,仰躺在平时休闲的躺椅上,迷迷糊糊进入了梦乡。

辰时时分,天色黯淡,四壁寡色,隐隐听到隆隆的车声,犹如万马奔腾,自京城东北渐渐移至西南。

王铎以为进入了梦境,翻个身又继续酣睡。忽然间,传来一声震天动地的霹雳巨响,刹那间天昏地暗,犹如天崩地陷。整个房室就像小舟行进在波涛汹涌的浪尖上,先是向东倾斜,然后又向西覆倾,来回颠簸颤动着,只是没有倒塌下去。

王铎一下惊恐地醒来,才知道这不是梦境,就扯开嗓子大声呼喊马瑞云和孩子的名字,然后用手扶着颤动的墙壁,艰难地跑到内室,里面是一片哭声。来到孩子的房间,此时小女儿已经被颠簸到床下,正伏在地上大声哭泣。王铎一手抱起小女儿,一手拉着大女儿快速跑到屋外,把她们放在空地处,又转身回屋里拉着马瑞云,拽着丫鬟薇汝跑到院子里。

天空慢慢亮起来,只见马瑞云和女儿、丫鬟都满身灰土,面容失色。其他人也都陆续跑到院子里后,聚集在一起哭声震天。

王铎看着家人都安然无恙,才直起腰来喘口气。抬头向西一看,只见天空中那丝状、潮状的乱云横飞,蘑菇、灵芝状的黑色浓烟冲天而起,而后又像柱子一样直直地竖于城西上空,同时还有一个巨大的火球在空中滚动,整个京城刹那间变得天昏地暗。

王铎回头再看附近的院落,大部分已经倒塌,很多人被掩埋在残墙断壁里,邻居们都惊恐哀号,悲惨的呼叫声不绝于耳。此时,王铎才明白,这是一场前所未有的大地震。他看着全家人都安然无恙，心里感到很欣慰。

大家的情绪慢慢平静下来后，王铎让马瑞云看好孩子，招呼家仆把东倒西歪的家具扶起来，对危墙进行一番简单加固。

家里的一切都收拾好后，王铎马上想起了张鼎延一家的安危。他告诉马瑞云，准备去张鼎延家看看。王铎还没走出院子，只见张鼎延灰头土脸地跑过来。看到王铎一家人都安然无恙时，一屁股坐在地上，张开大口直喘粗气。

王铎赶快走上前，两人好像多年不见似的，相互仔细端详了半天，张鼎延才喘着粗气说："只要家人都在就好！"

王铎急切询问张鼎延家人的安危："玉调兄，家中老幼都没事吧？"

张鼎延用力点点头回答："放心吧，全家人一切安……安好！"

在生死攸关的时候，张鼎延第一个来看望他，真是患难见真情啊。王铎的喉头发热，眼睛湿润。

中午刚过，同年王六瑞、孙睡足也都焦急地跑进院子。孙睡足见王铎家的房子依然矗立着，边拍打着身上的尘土边说："看来天坛这一带震得最轻。"

大灾大难之中见真情，王铎与他们抱拳拱手，感谢大家的关心。

"我感觉这次地震中心在王恭厂。"王六瑞揣测，"是不是王恭厂的火药爆炸引发的？"

张鼎延也补充说："我来的路上听到了很多议论，说是东自顺城门大街，北至刑部街，西至平则门、城隍庙一带，方圆有十三四里，上万间的房屋全部倒塌，都成了一片废墟。"

这场突如其来的大地震让大家都迷惑不解。孙睡足疑惑地说："以前京城也发生过地震，但这次与以往完全不同，发生了很多匪夷所思的怪事。"

王六瑞也有同感："是啊，据说石驸马大街上，有一个五千多斤重的大石狮竟被掷出城门外。"

孙睡足也说："听说元宏圭街有一顶过路的女轿，灾变时被掀去轿顶，女客衣饰尽去，赤身裸体在轿内，却毫无伤痕。"

"还有比这更邪乎的呢。"王六瑞痛心地说，"菜市口一位绍兴的来客正在与其他六个人说话，头颅忽然飞离身体，躯体倒地，而旁人则安然无恙。街面上碎尸杂叠，人亡惨痛，牲畜家禽同时毙尽，真是惨不忍睹啊。"

王铎听了地震中的怪事后，为皇上的安危担心，说："地震如此猛烈，不知皇上安危如何？"

张鼎延宽慰说："皇上是真龙天子，福大命大造化大！"

王六瑞擦了一把脸上的灰土，说："听内宫人说，地震最猛烈时，皇上正在乾清宫。他抬头看见大殿左右摇晃，预感是地震，就起身冲出直奔交泰殿。

随行的近侍在路过建极殿时，被飞坠的槛瓦正中头部，当即脑浆迸裂。皇上奔入交泰殿后，躲在房角的大桌下才幸免于难。但他不满周岁的皇太子朱慈炅却在宫中被砸死了。"

孙睡足惊恐地插话："听大家议论，皇宫里成片的百年古树都连根拔起，飘飞到很远的地方。"

王六瑞说："听说象来街皇家象苑的象房全部倾倒，成群的大象受惊后狂奔四方，不知踏死多少人，惊得鬼哭狼嚎。"

王铎双手合十，为遇难的人祈祷："这场突如其来的灾难，不知要夺去多少人的生命呢。"

突然出现的异常天灾，举国上下人心惶惶，朝野震动，怨声沸腾。人们议论纷纷，都认为这是由于阉党横行、倒行逆施、贪污受贿、腐败成风所招致的天谴，这是上天在警告啊！

皇上也感到这是上天的感应，第二天就发布了一道罪己诏。

坚持正义的大臣都纷纷上疏皇上反躬修省。为了规劝朱由校改变酷刑政策，兵部尚书王永光还提出："皇上减膳撤乐，诸臣素服角带，都不过是一种形式，不足以当修省。应力行时政，慎用行刑。"

御史高弘图等人纷纷上疏，请皇上恪遵明旨，恭陈修省，以重天戒、保泰运，除烦去苛，布宽大政。

魏忠贤见了奏疏后，恼羞成怒，竟擅自留中不发。

地震刚过没几天，整个京城的百姓尚未稳定，朝天宫正殿又忽然燃起熊熊大火。顷刻之间，烟焰冲天，火势顺风蔓延，后殿及一百二十余间两廊房屋顿时化为灰烬。

一月之内出现两次奇灾，整个京城惶恐不安。

王铎对此陷入了沉思：朝廷被魏忠贤把持着，东厂的特务无孔不入，无处不在。去年残害六君子，今年又对七君子大兴冤狱，忠臣良将先后被无端残害致死。阉党无法无天，甚至胆敢诬陷皇上的岳父，连皇上的弟弟信王朱由检都生活在恐惧之中。反常的天象，一定是魏忠贤一伙残害忠良，激怒了上天，才使得天怒人怨。

第十四章

　　天启七年五月初八，王铎和倪元璐分别被皇上任命为福建和江西乡试主考官。

　　王铎被委以重任后，既激动又诚惶诚恐，倪元璐也感到忐忑不安。外放主考是一个肥差，这在朝廷内外都是心照不宣的事实。如此的肥差怎么会轻而易举地落在他们身上，这会不会是个圈套呢？

　　在离开京城之前，王铎和倪元璐进行了一次密谈。两个人一致认为，这肯定是阉党对他们进行的一次考验，想从中抓住他们的把柄。因为主持乡试的主考官虽然掌握着批卷、总阅卷、决定录取名次的大权，但也承担着极大的政治风险。若是发现有作弊、贿赂、试卷有谬误等情况，则唯主考官是问。最后，他们两人达成共识：在主考期间杜绝弄虚作假、贪赃枉法、行贿受贿，严格按照朝廷的规矩办差。上对得起皇上信任，下对得起士子们的期望，更要对得起自己做人的良心！

　　五月底，微风徐徐吹来，暖意融融，使人心旷神怡。

　　沐浴着春风，王铎带着刑科给事中潘士闻以及五名助理阅卷官，由东直门出京城，坐官船沿京杭大运河一路南下。

　　年仅三十六岁的王铎，作为朝廷的主考官，在别人的眼中正是春风得意之时。王铎此时也是踌躇满志，要乘风破浪，直挂云帆济沧海，前途是一片光明。

　　坐在官船上，王铎突然又想起了钱谦益主考受贿案：天启元年，身为翰林院编修的钱谦益，奉皇上之命到浙江主持乡试，结果出现了一桩舞弊案。当时，有两个叫徐时敏和金保元的无赖，假称能暗通关节，在参加乡试的生员中，兜售所谓的"字眼"暗号，只要按照"字眼"格式交卷，定能取中。他们事先讲好，凡愿意通此关节者，中试后收费。其实他们根本就没有什么内部关节，只是采取广种薄收、愿者上钩的办法骗取银钱。有个叫钱千秋的生员就上了圈套，照着徐、金二人给的"一朝平步上青云"交了卷，结果碰巧取中，并被录为省试解元。徐时敏和金保元根据事先的协议去要钱，钱千秋发现是他们两人搞的骗局，不想履约付钱。为此，他们打闹起来，不但惊动了四邻和官府，最后还惊动了京城。朝廷下令严查，钱千秋和徐时敏、金保元俱以科场舞弊罪判处流戍，钱谦益以及房考官郑履祥以失察罚俸三个月。

　　王铎想到这里激灵打个冷战，浑身冒出了冷汗。再想想近几年朝中发生的一切，一幕幕又在脑海里浮现。特别是坚决辞修《三朝要典》、严厉训斥小太监，魏忠贤不但没有惩罚自己，还莫名其妙地委以乡试主考官的重任，这其中必然有诈。

　　一团乱麻被慢慢理清了，王铎心里反而踏实了许多。即便是他们在主考方面做些手脚，自己只要堂堂正正做人，干干净净做事，他们能奈我何？

　　王铎缓缓走出船舱，一股暖暖的春风拂面而来，心情顿时豁然开朗。离开尔虞我诈的京都，行进在开阔的大运河里，看着运河里川流不息的船只和两岸的鸟语花香，心里有一种说不出的舒畅和惬意。

　　在途经淮安短暂停留期间，王铎不仅领略了淮安的风光，最主要的是拜祭了漂母祠供奉的漂母。

　　漂母是在河边漂洗衣物的一位老妇。秦朝末年，韩信父母双亡，家贫无依，整天垂钓于淮阴城下的河边。慈祥善良的漂母见他饥饿难耐，就给了他饭食，并鼓励他仗剑从军，韩信最终成为战功卓著的大将军，为汉朝江山建树了丰功伟绩。韩信被刘邦封王后，返回故里，以千金报答漂母，却被严词拒绝。漂母去世时，韩信万分悲痛，命令十万大军每人兜一兜土，堆成了一座巨大的漂母墓，以示对伟大母亲的无限景仰和爱戴。

　　漂母大爱无垠和韩信知恩图报的故事，让王铎对他们顶礼膜拜，俯身祭拜再三。

　　王铎回到驿站后，在夜深人静之际，就想起了亲家翁吕维祺。他被魏忠贤赶回老家后，已经有好几个年头不曾见面。每当想起在京城与他在一起的日子，就感慨良多。王铎望着皎洁的月光，提笔写下了《淮安舟中怀预石》诗：

　　　　昔年慕古人，磊落寡营逐。
　　　　岂无一二亲，甘自守空谷。
　　　　譬诸嗜音乐，爱丝与爱肉。
　　　　犹记丁巳春，雕虫君相祝。
　　　　许以骑长风，高可拂若木。
　　　　经今十一载，楼罗幸华毂。
　　　　言念故人言，时向心间宿。

悠悠多俦匹，回面不如傲。
余每为偶旅，唯君以弟畜。
人生感知己，镂骨深在凤。
野麋梦旧柯，海鱼思比目。
我宁不如物，而能忘幽独。

　　第二天一早，从淮安启程后沿运河继续南下，一直抵达杭州府。这是一座古老的古城，曾是吴越国和南宋的都城。因风景秀丽，素有"人间天堂"的美誉。王铎很想停下来观赏一下这里的美景，但身上肩负着朝廷的重任，不敢懈怠。然后又沿着富春江经岩州府建德、衢州府新安，再取陆路至玉山、广信、铅山而入福建境内。

　　王铎来到有"八闽"之称的福建，看到了沿海一带商贾云集、名流荟萃的繁华景象。一路舟楫颠簸近两个多月，虽然路途艰辛，心情却十分舒畅。

　　在南行路上，王铎一直在想，等主持乡试结束之后，就抽出时间到漳浦铜山，前去看望年兄黄道周。

　　王铎赶到福州后，受到了府衙的盛大迎接。王铎乘坐着八抬大轿，前面还有两面大旗开路，以显示皇家的威严。

　　王铎命人把轿帘高高卷起，他要亲自面见江南的士子们。士子们看见轿内端坐的主考官竟然是一位年轻的书生，不由得窃窃私语地议论。

　　当天晚上，福建承宣布政使司的官员们准备给王铎一行人接风洗尘，被他婉言谢绝。王铎之所以这样做，是他早已了解到，布政司吕先勤素爱书画，很早就想得到自己的墨宝。自己这次到福建，对他来说是千载难逢的好机会，不答应肯定会引起他的不满。考虑到这次考试责任重大，很多事情还要靠他这个"地头蛇"的鼎力相助，爽快答应考试后给他书写。

　　整个考试准备就绪后，王铎当即宣布朝廷考试规制，要求诸事均按照规程办理。任何人都必须严格遵守，否则严惩不贷，绝不姑息。然后召集相关人员，共同商榷考试的时间、题目以及有关程序。经过充分协商，最后确定了考试时间：农历八月初九第一场，八月十二第二场，八月十五第三场。

　　经过慎重甄选，王铎提出：在《易》中拟题为"含章可贞"；在《书》中拟题为"享多仪，仪不及物"；在《诗》中拟题为"三寿作朋，如冈如陵"；在《春秋》中拟题为"圣人在上，无雹"；在《礼记》中拟题为"至敬无文"。

　　在考试期间，大家都各司其职，整个考试现场有条不紊，秩序井然。经过严密的组织，三场考试十分顺利。经过认真阅卷，最后在参加乡试的一千四百名生员中，从中录取了百余人，被录取的士子们一片欢腾。

王铎虽然是第一次主持乡试，但由于考虑周到，又礼贤下士，还由于福建承宣布政使司的鼎力相助，整个考试比较顺利，没有出现徇私舞弊、考题泄密、弄虚作假、行贿受贿的现象。

乡试考试圆满结束后，承宣布政使司吕先勤在碧云楼设宴为王铎饯行。王铎不再推脱，带着潘士闻及助理阅卷官们一同如约前往。

碧云楼傍山而建，山上翠竹摇曳，远远望去似蓬莱仙阁的人间仙境一般。吕先勤告诉其他陪同人员："诸位有所不知，王大人在京城是有名的'三珠树'之一，曾被当今皇上封为'神笔王铎'。"

其他官员对王铎更刮目相看了。吕先勤继续恭维："王大人的墨宝在京城是洛阳纸贵啊，一会儿让你们大饱眼福，好好开开眼界。"

来到偌大的宴客厅里，在酒席桌旁，是吕先勤事先画好的一幅《松鹿图》。画面上一株古松，伟岸挺拔，松下怪石嶙峋。在古松之下有一只麋鹿，双目炯然温柔。众人看了以后赞不绝口，遗憾的是还没有题款。

吕先勤非常谦恭而又真诚地看着王铎，带着乞求的意味说："王大人，此乃我信笔乱涂，实属惭愧啊。大人若能题诗一首，我将三生有幸。"

"承蒙抚台厚爱，觉斯遵命就是。"王铎爽快地答应后，来到早已准备好的画案前。稍做思考后，饱蘸浓墨，笔走龙蛇，题诗一首：

闲食松子十余年，冲破白云踏遍山。
铺天盖地俱是绿，追梦不敢下人间。

人们品味着诗意，观看着书法，惊叹不已。性情中人的王铎，看到如此场面，乘兴当场又画了一幅兰花，并题诗一首：

同根一畦兰，南山乱石间。
闽地多惠风，落籽向云边。

王铎去看望黄道周有两个目的，一是看望黄道周年迈的老母亲，并为他娶新娘子道贺；二是让他为《王觉斯初集》写一篇序言。

在动身的头天晚上，王铎忽然接到家中的紧急书信。信中说他岳父身患重病，让他马上直接回河南老家探望，回去迟了就可能终生遗憾。

一封家书打乱了王铎的安排，只好让潘士闻带着助理阅卷官回京复命，并给黄道周写了一封书信托友人带去。他与管家赵国才一起骑快马晓行夜宿，日夜兼程，向河南急行而去。

从福建动身时，还是烈日当头，挥汗如雨。王铎赶到长江流域时，已是寒风瑟瑟，漫天落叶飞舞了。进入河南地界时，则是大地冰封，寒风刺骨。

王铎风尘仆仆赶到花园村时，马瑞云早已带着孩子从京师赶了回来，正围坐在马从龙的病榻旁侍奉着。

马从龙看到爱婿后，消瘦的脸上出现了少有的笑容，浑身似增添了一丝活力，脸上也出现了红润，就挣扎着想坐起来。

王铎看着苍老消瘦的岳丈，眼泪直往下流，急忙来到病床边，伸手拉着岳父的手，老人脸上露出了幸福的微笑。翁婿情同父子的动人场面，让所有的人都很感动。

中州的冬季干冷，王铎每天守候在岳父的病榻前，问寒问暖，端茶送药，帮助老人端尿盆，极尽孝道。

在王铎的细心照料下，马从龙的病情似乎有了很大的好转。在一个天气晴朗的日子，他提出到门口晒晒太阳。

王铎和马瑞云看着老人的病情有了明显好转，心里轻松了许多。

王铎又请来当地有名的郎中，让他再仔细给岳父号脉，好好调理一段时间。郎中望闻问切后，虽然当时并没说什么，但在出门时，他把王铎、马瑞云叫到一边，悄悄告诉他们一个不好的消息，让他们赶快准备老人的后事。

王铎听了郎中的话，如五雷轰顶，痛苦万分。但在老人面前，依然又要谈笑风生。他们要在老人最后的日子里，尽量多给他带来欢笑和幸福。

在一个宁静的深夜，马从龙含笑闭上了眼睛，驾鹤西去。

在祭拜之时，王铎一改往日翁婿礼节，与家中儿女一样，亲手扶棺木灵柩护送到墓地。

王铎跪在灵柩前，回想起昔日翁婿相处的情景，一幕幕如在眼前。岳父不但把自己的爱女许配给他，给他一个幸福的家，还在学业上培养，在经济上帮助，在仕途上引导。他现在的一切都是岳父给的，没有岳父就没有他王铎的今天。想到这里，王铎心如刀绞，悲恸欲绝。

王铎安顿好老人的丧事后，带着马瑞云和孩子回到了双槐里。看到翻盖的新院落马上就要完工了，这本来是很高兴的事。回头再看看年迈的奶奶和白发苍苍的爹娘，心里愈加感到内疚。

王铎双膝跪在奶奶和爹娘面前，声音哽咽地说："爹、娘，让您二老受累了。家里翻盖房屋，本应该是我作为长子要做的事，现在却要您二老操心，都是孩儿不孝！"

王本仁听了儿子的话，虽然有些疲劳，但心里很知足，就连连摆手说：

"你为朝廷做事就是大孝，世上哪有忠孝两全的。"

奶奶看着当了大官的孙子，乐得合不拢嘴。陈氏接着王本仁的话说："你弟弟他们都很能干，你爹也只是动动嘴。"

王铎看着走过来的王镛，亲切而又感激地说："二弟，让你和弟弟们都受累了。"

正在院子里欢蹦乱跳的王无骄见到陌生的王铎后，就害羞地赶紧藏在王镛身后。五岁的王无骄是王镛唯一的儿子，好奇地看着大人说话。

王镛受到哥哥的表扬，挠着头憨厚地直笑，转身看见王铉、王镆、王镡都进来了，指着他们说："大哥，他们比我还有劲呢。"

王无党和王无咎听说爹娘回来了，都喘着粗气跑进院子里。

"是啊，我也只是动动嘴，都是你弟弟里里外外地忙活。"王本仁指着王铉、王镆、王镡和王无党，乐呵呵地说，"你三弟、四弟都是把好手，老五和大孙子也都长大了，关键的时候都能帮一把。"

王无咎学着大人的口气，也插嘴说："爹，我只能搭个手。"

王铉接过王无咎的话，开着玩笑说："没听说放屁就添风吗？"

王无咎马上就向王本仁告状："爷爷，你看我三叔说我是屁。"

大家都笑了起来。陈氏看着眼前的孩子们，天伦之乐的惬意洋溢在脸上，说："你们小的时候，我们是累一些，现在个个都像挡门墙似的，说干啥事一声吆喝就办了。想想以前吃的苦和受的累，我和你爹都很知足。"

王镡与王无党年龄相差不多，现在也已经到了找媳妇的年龄了。他们站在一起，魁梧的身体确实像一堵墙似的。

马瑞云仔细看看几年不见的儿子，不管从年龄上还是个头上看，的确都已经长大了。

陈氏就提醒王铎和马瑞云说："大孙子已经十六岁了，也到了该找媳妇的年龄了，我还想着早点抱重孙子呢。"

马瑞云说："我们都听爹娘的。"

陈氏回头看着马瑞云说："你五弟的婚事我和你爹做主，大孙子的婚事得你们两口子拿主意。"

王铎把马瑞云的话又重复一遍："我们都听爹娘的。"

王本仁清了清嗓子说："昨城学博李养鳞有个闺女，他曾经打听过咱们家大群，你们要是没啥意见，我就找人给他们撮合撮合。"

王铎回头看一眼马瑞云说："我看中，咱都听爹的。"

王无党听说要给他找媳妇，脸一下子红得就像关老爷，害羞地往屋里跑。几个小叔看了都哈哈大笑起来。

王铎看着和睦的家庭心里很高兴，接着就问起弟弟们读书的情况："爹，为了供我读书已经影响了二弟，以后得让几个弟弟都要读书。"

　　"最近你给他们再补补课。"王本仁最犯愁的事就是让孩子们读书。现在王铎回来了，就又对孩子们说："你大哥回来了，这段时间跟他好好读书，将来……"

　　王本仁还没有说完，聪慧调皮的王镡就插嘴说："光宗耀祖！"

　　王镡的一句话让大家都笑了起来。

　　王铎回家后，不是帮着整理新院落收尾，就是辅导弟弟和儿子读书练字，每天过得倒也充实。

　　一天，县太爷登门拜访，父母官的到来使王家蓬荜生辉。

　　县太爷张尔葆，号二酉，山阴人，素爱书画和收藏。他与王铎的年龄虽说相差很多，但他们性格相同，意趣相投，有共同的爱好，都喜欢诗文书画。王铎每次探亲回来，他都会前来探望和交流，一来二去两人就成了莫逆之交。王铎愿意与他交往的另一个原因，是他宽厚待人，恩泽百姓甚深，得到百姓的爱戴。王铎的家事张尔葆也没少张罗和操心。

　　张尔葆来时带了一张邸报，王铎刚看一眼就大吃一惊。原来是皇帝朱由校已于去年八月二十二日驾崩，朱由校无子，按照兄终弟及的祖制，将皇位传给五弟信王朱由检，年号崇祯。

　　王铎颤抖着手，自言自语地说："从福建回来的路上，我在驿站里曾听到一些传闻。当时正急着赶路，以为都是道听途说，没想到这竟然是真的。"

　　张尔葆说："据说自去年皇上跌入湖被人救起后，身体本来就弱，又经惊吓，身体每况愈下。虽经多方医治，但仍然无效。后来吃了一种叫'灵露饮'的仙药后，又浑身水肿，乃至卧床不起，最终驾崩于乾清宫。"

　　王铎与天启皇帝毕竟有君臣之情，他在位时虽然做了很多亲者痛仇者快的事情，但多数是阉党在操纵。皇帝驾崩，王铎的内心依然很悲痛。

　　"觉斯啊，改朝换代由天数定，人力不可为，你也不要太难过。"张尔葆劝慰王铎一阵，然后又说，"据说新君生活节俭，登基后勤于政务，政局稳定，整个朝廷政局出现了新气象。"

　　王铎听了张尔葆的话，抬手擦拭一下脸上的泪珠，眼睛才慢慢离开邸报。

　　王本仁也是读书人，深知儿子身为朝廷命官，在改朝换代之际不可待在家里，就催王铎赶快回京城："凤儿，你岳父的事已经办完了，家里一切也都很好，过两天你就赶紧回京吧！"

　　三年之内，王铎的大舅和岳父两位亲人相继离开人世，他内心十分悲痛。这次回来本想在家多住几日，现在遇上改朝换代，在鼎故革新之际，王铎心里很纠结。

张尔葆认为王本仁说得有理，赞同让王铎尽快返回京城。

王铎见爹和父母官都催自己早日回京，就草草收拾后启程。回京稍做休息后，王铎又专程赴岳父曾任父母官的香河县，先后拜访了他的友人，并参观了岳父曾经的住房、县衙。每到一处，只要提起马从龙的名字，大家都对他的人品、为政功绩给予很高的评价，称他是难得的好官、清官。

王铎返回到京城时，已经到了腊月底。

第二天，王铎回复皇命后，在翰林院见到了倪元璐。倪元璐用埋怨的口吻说："觉斯兄，你怎么才回来？"

王铎把岳父病逝的情况简单说了。倪元璐安慰他要节哀顺变，然后把话题转到主持考试上："你出的考试题目我看过了，好像知道阉党要完蛋似的。"

"啥也逃不过你的法眼。"王铎谦虚地嘿嘿一笑，然后问，"你出的啥考题？"

倪元璐回答说："孝慈则忠，皓皓乎不可尚已。"

"真是英雄所见略同啊。"王铎听后兴奋地握紧右拳，砸在左手掌内，然后赞扬起来，"看来你比我更直率、更大胆，这个题目既触到了阉党的名讳，又暗含对他及其党羽的讥讽，太有意义了。"

倪元璐解释说："当时主要是看到阉党败坏纲纪，自己又无力回天，才想通过考试让学子们懂得忠孝礼义、儒家之道。"

王铎对倪元璐大加赞扬："玉汝，你真可谓是明知惊涛骇浪险，偏向风波江上行啊。"

倪元璐也是感慨万分："咱们要感恩当今皇上皇恩浩荡，才幸免于祸。不然的话，阉党绝对不会轻易放过我们的。"

王铎说："让咱们主持乡试，其实就是阉党的阴谋，如果与他们不一条心，回来就会毫不客气地对我们下毒手。"

倪元璐肯定地说："是啊。我回到京城后才得知，陪同咱们的助理阅卷官中，就有阉党的耳目。"

王铎听了倪元璐的话吃了一惊，正想问个详细，黄锦走过来打断了他俩的交谈。

三个人问候闲扯了一阵后，倪元璐提出晚上去他家小聚，给王铎接风洗尘。

晚上，王铎、黄锦如约前往小酌。倪元璐拿出家乡的绍兴老酒让他们品尝。

王铎喝了一口，感觉虽没有杜康老酒那样浓郁醇香，却也柔润甘美，回味无穷。

　　酒过三巡后，王铎说没有去看望黄道周很遗憾。倪元璐告诉他，黄道周已经在返京的路上，让他见面后当面道歉吧。随后，倪元璐把话题转到了当前的朝政上，说："觉斯兄，咱们出京主持乡试这半年多，朝廷改朝换代，非常突然。"

　　黄锦摆摆手纠正倪元璐的说法："玉汝此言差矣，确切地说，应该是换代没有改朝，现在还是大明王朝。"

　　倪元璐听了一琢磨，的确如此，对黄锦更加佩服。黄锦刚直不阿的性格，深得同年的尊敬。特别是天启六年，魏忠贤拟在国学馆西侧建造生祠，执掌国学馆者拟调他专司其事。他认为这是对神圣儒林之地的亵渎，也是文人的奇耻大辱。他当场拒绝后，阉党把他调离了翰林院。崇祯皇帝登基后，他又回到了翰林院。

　　天启七年，虽说只是换代没有改朝，但却经历了一场看不见的血腥搏击。黄锦在京城亲历了全过程，就把自己的所见所闻讲给王铎、倪元璐听。

　　天启七年八月二十二日申时，年仅二十三岁的朱由校在乾清宫懋德殿结束了一生。把皇位传给五弟朱由检，也实在是事出无奈。朱由校本来有三个儿子，但都幼年夭折。其中的缘由，都是客氏、魏忠贤在背后捣鬼。

　　朱由校绝嗣，按照兄终弟及的祖制，只有在弟弟中选择。他父亲朱常洛生有七子，长子是朱由校，二子、三子、四子、六子、七子都在幼年夭折。现在只有五子朱由检，朱由校一死，皇位就只能传给朱由检了。

　　天启七年八月，朱由校病情不断加重，经常陷入昏迷状态，他预感不久于人世。八月十一日，在乾清宫西暖阁召见了群臣后，又单独召见了五弟信王朱由检。

　　朱由校和朱由检从小一起长大，自然有着同胞手足之情。在魏忠贤专权气焰嚣张之时，朝廷内外人人危怵，身为信王的朱由检也感受到了威胁，不得不表现出淡于权势的姿态。他以大智若愚的韬晦之计，经常称病躲避权势的倾轧，以免引起魏忠贤的猜忌。

　　朱由检来到乾清宫西暖阁，向皇兄请安问疾后，朱由校就直截了当地对他说："来，吾弟当尧舜。"

　　朱由检顿时感到惶恐，沉默了好一阵才回奏："臣死罪！陛下此言，臣应万死！"

　　躲在屏风后面的张皇后见信王欲推辞，就走出来对他说："你义不容辞，而且事情紧急，恐怕发生变故。"

在此之前，魏忠贤曾派人向皇后吹风，意欲阻止信王即位。张皇后明知自己的安危操于客、魏阉党之手，仍义无反顾地断然拒绝："从命是死，不从命也是死，一样是死，不从命可以见列祖列宗在天之灵。"

朱由检见皇嫂也劝说，才欣然拜受。朱由校见信王已经接受，就叮嘱他继承皇位后，一要善待皇后张氏，二要继续重用魏忠贤。

第二天，全身浮肿的皇帝朱由校再次召见了内阁首辅及大臣。在他最后一道谕旨中向大臣们透露了召见信王的事："昨天召见信王朕心甚悦，体觉稍安。"

朱由校病危，朝廷上下一片惶惶然。以魏忠贤为首的阉党们虽然千方百计为延长皇上的生命而奔忙，但皇上还是死在了乾清宫懋德殿。

朱由校驾崩后，张皇后立即传懿旨召信王入继大统，并命英国公张惟贤等人迎立信王。

朱由校有遗言，又有张皇后的鼎力支持，魏忠贤及其党羽没敢轻举妄动。在迫不得已的情况下，才于次日向外宣告先帝的遗诏："皇五弟信王朱由检，聪明夙著，仁孝性成，爱奉祖训，兄终弟及之，文丕绍伦，即皇帝位。"

内阁辅臣施凤来、黄立极和英国公张惟贤等元老重臣，遵照皇帝遗诏和张皇后的懿旨，具笺往信王府劝进三通后，朱由检才表示同意："卿等合词陈情至再至三，忆悉忠恳。天位至重，诚难久虚，遗命在躬，不敢固逊，勉从所请。"

朱由检继承皇位后，如临深渊，如履薄冰。当魏忠贤派忠勇营提督太监把他迎入宫中时，他时刻谨记皇嫂的秘密告诫，不吃宫中的食物，只吃在入宫时藏在袖子里岳丈家做的麦饼。夜深人静时，朱由检秉烛独坐，内心恐惧，把佩剑取下，放在桌子上以防不测。

八月二十四日，信王朱由检在皇极殿即位，但登基仪式非常简单匆忙。两天后，朱由检颁布即位诏书，宣布年号确定为崇祯。

王铎、倪元璐对阉党利用卑劣手段让先帝朱由校绝后恨之入骨，更为当今皇帝朱由检的安危担忧。

黄锦接着又给他们讲述了崇祯皇帝如何以大智大勇的高超智慧，让魏忠贤、客氏等阉党覆灭的经过。

朱由检登基后，宫内宫外仍然称魏忠贤为"九千岁"，称客氏为"老祖太太千岁"。魏忠贤的亲信党羽密布、盘根错节，朝廷上下都在他的控制之下。他仍然想继续把持朝政，把新皇帝当作傀儡。

在这种情况下，魏忠贤还是隐隐约约感受到，危机随时都可能到来。为讨好和迷惑皇帝朱由检，在他即位不久，就进奉了四名绝色美女。

朱由检和他的前任截然不同的是不好女色，对于魏忠贤送来的美女本不想接受，又恐引起疑心，只得先接受下来。入宫后，朱由检对这四名美女全身检查，在每人的裙带里都发现了迷魂香，毫不犹豫命她们全部毁弃。

为麻痹魏忠贤和客氏，朱由检大智若愚，摆出若无其事的样子，把精力集中于册封后妃以及筹办先帝丧葬事务上。不仅如此，他还一如先帝朱由校那样，继续优容魏、客二人，对于大臣们弹劾他们及其党羽的奏疏一概置之不理，给他们造成一种错觉。

接着又挑选吉日，册封他的王妃周氏为皇后，把皇后之父周奎由兵马司副指挥提升为右军都督同知，任命皇后的兄长周文炳、周文耀为兵马司副指挥。派遣大臣为去世的皇帝朱由校建造陵墓。一切都按部就班地进行，丝毫没有什么异常。

朱由检的态度令老奸巨猾的魏忠贤如堕云雾之中。九月初一，魏忠贤提出辞去东厂总督的职务，朱由检明确表示不同意。为进一步试探虚实，魏忠贤又请人代写了《久抱建祠之愧疏》，请求停止为他建造生祠的活动。朱由检经过深思熟虑后，谨慎地批了一句话："各地要建而未建的生祠，一概停止。"似乎对魏忠贤生祠事件是既往不咎，措辞十分微妙，使得魏忠贤的试探又落空了。

天启皇帝死后，客氏再也没有任何理由继续留在宫中了。九月初三，客氏请求从宫中迁回私宅。朱由检不露痕迹地顺水推舟，欣然同意。

因巴结魏、客而被破格升为司礼监掌印太监的王体乾，预感到事态严重，在第二天就提出辞职。朱由检深知魏忠贤和王体乾之间的关系，也暂时没有动他，从而稳住了魏忠贤。

都察院右副都御史杨所修上疏弹劾兵部尚书崔呈秀等人父母过世，都因为先帝"夺情"而留任，有悖于"以孝治天下"的准则，希望皇上批准他们辞去官职，回乡丁忧。这个冠冕堂皇的理由真可谓是一石二鸟，既可轻而易举地剥夺阉党骨干分子的权力，也能窥测皇帝对于阉党的态度。

朱由检考虑到时机还不成熟，不但没有接受这一建议，反而谴责杨所修"率意轻诋"。崔呈秀毕竟心虚，请求辞官，朱由检一概不同意，还下达谕旨好言相劝，表示安慰与挽留。魏忠贤为了化解危机，丢车保帅，意图转移人们的不满情绪，让御史杨维垣把兵部尚书崔呈秀作为替罪羊推到幕前。

朱由检经过周密思考，才做出第一个重要惩处决定：免去崔呈秀兵部尚书、都察院左都御史两项重要职务。

正直的官僚们敏锐地察觉到，皇帝朱由检决心铲除阉党的方针已初露端倪，立即引发了政坛上强烈的震动，纷纷揭发魏忠贤的罪状。

工部主事陆澄源在奏疏中列举了魏忠贤的主要罪状：魏忠贤得到的恩宠超过了开国元勋，他的亲信布满了朝廷各部门，京都衙门到处充斥着他的干儿义子；先帝在谕旨中常常归功于厂臣，魏忠贤居然安之若素，大臣的奏疏都不敢书写他的名字，败坏了"君前臣名"的礼制；对他顶礼膜拜的生祠遍布海内，把他推崇为周公、孔子一样的圣贤。

兵部主事钱元悫上疏弹劾魏忠贤，直截了当地指出：崔呈秀之所以贪赃枉法，肆无忌惮，就是因为魏忠贤是他的靠山；如今崔呈秀虽已离去，而魏忠贤还在，这叫作"根株未净"。还把魏忠贤归入历史上的奸臣赵高、王莽、董卓的行列。

刑部员外郎史躬盛上疏列举魏忠贤的罪状：举天下之廉耻澌灭尽，举天下之元气剥削尽，举天下之官方紊乱尽，举天下之生灵鱼肉尽，举天下之物力消耗尽。

国子监生钱嘉征上疏揭发魏忠贤十大罪状。

皇帝朱由检看到上述奏疏，认为向魏忠贤摊牌的时机已经成熟，就当即宣布召见魏忠贤，命他倾听奏疏："厂臣魏忠贤十罪书：一曰欺君，凡封章奏疏必先为厂臣歌功颂德，俨然与先帝并立；二曰污蔑皇后，操刀禁苑之中，外胁群臣，内逼宫闱；三曰篡权，太祖垂训，宦官不得干预朝政，忠贤身为太监把持兵权，一手遮天，六部大权，边腹重地，钱谷衙门，皆置心腹；四曰眼中无君王，朝廷大事他一个人说了算；五曰盘剥藩王，魏忠贤被封公爵，肥沃土地占据上万公顷；六曰眼中无圣人，魏忠贤身躯残缺，竟然享受祭祀；七曰滥封爵位，用爵位来获取贿赂；八曰嫉贤妒能，隐瞒边关将领的战功；九曰欺凌百姓，霸占民财；十曰结党营私，败坏朝纲。"

老奸巨猾的魏忠贤此时却不知如何是好，最后听从曾经侍候皇帝多年的密友太监徐应元的建议，于十月二十七日，向皇帝提出了"引疾辞爵"的辞呈。

朱由检立刻顺水推舟："许太监魏忠贤引疾辞爵！"考虑到魏忠贤及其阉党在朝经营多年，在京城盘根错节，继续让他留在京城势必后患无穷，即以迅雷不及掩耳之势，在十一月初一就下达圣旨，勒令魏忠贤到凤阳去看管皇陵。

朱由检为了表明大是大非，发了一道敕文：第一，被魏忠贤迫害的人，一律平反昭雪，该褒奖的立即褒奖，该抚恤的立即抚恤，该官复原职的立即官复原职，该起用的立即起用；第二，下令拆毁所有魏忠贤的生祠，折价变卖，充作边防军饷；第三，宣布魏忠贤的滔天罪状，"逞私植党""怙恶作奸""盗弄国柄""擅作威福""窥攘名器""紊乱刑章";第四,收缴盗窃祖宗蓄积、传国珍宝等。按照这些罪状,本当千刀万剐,念及先帝还未下葬,免除死刑,暂时安置于凤阳,但必须抄家,全部财产充公,他的弟侄充军边疆。

　　魏忠贤的罪状罄竹难书,应是死有余辜。朱由检考虑到先帝殡丧期间不宜开杀戒,就从宽发落,并没有处死他。魏忠贤躲过了一死,本该有所收敛,然而他本性难改。在离开京城时,他竟然还摆出一副"九千九百岁"威风凛凛的架势,前呼后拥的卫队、随从达一千人之多。平日豢养的私家武士,身佩兵器,押着四十辆大车呼啸而去。

　　魏忠贤的嚣张气焰激怒了朱由检,立即发去一道紧急命令:逆恶魏忠贤,本当处死以平息民愤,姑且从轻发配凤阳。岂料他不思悔改,竟敢以私家武装随从护送,摆出一副叛乱的架势。命令锦衣卫当即派官兵前去逮捕,所有随从一律拘押,不得纵容!

　　十一月初六,魏忠贤一行抵达阜城县南关,在馆驿中过夜时,得知皇帝派官兵前来逮捕他。他自知必死无疑,就悬梁自尽了。

　　从宫中迁回私宅的客氏,被太监逮捕后关押在宫内浣衣局。经过严刑审讯,她招供妄图仿效吕不韦的故事,私自带入怀孕奴婢,觊觎皇位。客氏当即被活活打死。她的儿子侯国兴和魏忠贤的侄子魏良卿也被处死,其余亲属充军边疆。

　　已经辞官回到蓟州老家的崔呈秀,在得知新皇帝已经命令刑部、大理寺、都察院三法司对他进行审查后,自知难逃一死,就在家中摆了豪奢的送终宴,然后上吊而死。

　　曾经不可一世的魏、客阉党,在两个多月里就灰飞烟灭了,乾坤宇宙为之一清。

第十五章

戊辰新年是朱由检登基后的第一年，又是崇祯年号被正式启用的第一天，全国上下一片欢腾。

在新旧交替之时，皇帝朱由检在皇极殿接受朝臣们的隆重朝拜。那天一大早，仪仗队从丹墀一直排到午门外，伞盖幢幢，旌旗猎猎，仪仗队中的骏马和驯象都精神抖擞。文武群臣都极有秩序地鱼贯而入，然后又规规矩矩地匍匐在冰凉的丹墀上，静候皇帝的来临。

在悠扬的音乐声中，皇帝朱由检头戴翼龙冕旒冠，身着明黄衮龙袍，稳步登上龙椅，神态威严地俯瞰着百官三跪九叩，其九五之尊的霸气，让人感到十分震撼。

皇帝朱由检登基之时，其实正值大明王朝内忧外患之际。内有风起云涌的农民起义，外有虎视眈眈的后金八旗劲旅。同时，由于魏忠贤阉党专权时挖空了朝廷府库，财政出现了严重亏空赤字，朝廷内部朋党仍然不断，弄得人心惶惶。

朱由检登基以后，决事果断，雷厉风行，不到三个月就把不可一世的魏、客阉党主要人物铲除，整个朝廷政局为之一新。从中可以看出少年天子心思缜密，果断干练，拥有极强的政治手腕，让朝野上下的大臣对大明的未来又充满了信心。

王铎从英俊潇洒、精力充沛的少年天子身上，看到了中兴盛世的前景和希望。

朱由检一不贪色，二不爱玩，事必躬亲，的确与天启皇帝完全不同。在铲除阉党主要人物后，立即采取了三项措施，让人们对他更是刮目相看。首先重启万历皇帝中断的"经筵日讲"，借以明德修身、砥砺情操，提高治国、平天下的本事，立志做尧、舜和唐太宗那样的皇帝。其次是参加"平台召对"，咨议国情，了解民意。最后是任用了一批能臣廉吏。前朝首辅韩爌被恢复原职；任命袁崇焕为兵部尚书兼右副都御史，督师蓟辽兼督登州、莱州及天津卫军务；召回钱谦益，任命他为礼部侍郎兼国子监祭酒；擢拔文震孟为左中允，并以左中允的身份充任日讲，为皇帝讲解经史；恢复乔允升刑部右侍郎原职等等。上述大臣有的已经到京上任，有的正在日夜兼程回京的路上。

　　为了实现国家的中兴，朱由检对内阁班子进行了调整。同时，对六部尚书和都察院左都御史，以及侍郎、副都御史等大臣都进行了更换。还发布谕旨，严禁朝官结交内侍，禁止内官擅自出宫。与此同时，对魏忠贤专权期间作恶多端的"五虎""五彪""十狗""十孩儿""四十孙"等爪牙进行了一一清算，使他们受到了应有的惩处。对于魏忠贤一伙制造的"六君子案""七君子案"等一大批冤案进行彻底平反。这些举措深受朝廷内外的称赞。整个朝廷出现了否极泰来、万象更新的新局面。

　　阳春三月，王铎受皇命充皇陵陪祀职，到乾坤聚秀之区、阴阳合汇之所的西陵祭祀。王铎第一次参加皇家的隆重祭奠仪式，心情很激动，对大明王朝的复兴更加充满了信心。

　　回来的第二天，王铎来到在翰林院，首先看到的是倪元璐。只见他满脸倦容，两眼充满了血丝，不用问就知道是熬夜没休息好，就关心地问："玉汝如此疲惫，又熬夜了不成？"

　　倪元璐本来不想多说，但经不起王铎的再三询问，叹口气才道出了缘由："是啊，昨晚几乎一宿没睡。"

　　王铎坐在倪元璐身边，关心地说："有啥烦心事，莫非有重大事情，说来听听。"

　　倪元璐说："阮大胡子最近给皇帝上了一道《合算七年通内奸疏》，把东林党与魏、客阉党相提并论，企图颠倒黑白，混淆是非，我写了一份反驳的奏疏。"

　　王铎皱着眉头疑问："他不是一直在老家吗？"

　　倪元璐说："他向来就是个不安分的人，已经回到京城，还被任命为光禄寺卿。"

　　王铎对阮大铖不屑一顾："这个大胡子，又想出啥幺蛾子？"

　　倪元璐说："他把天启皇帝在位的七年，说成是奸党勾结大太监共同蒙君误国的历史。疏中还说，天启四年之前，乱政的是大太监王安，在外朝羽翼王安的是东林党人；天启四年以后，乱政的是阉党魏忠贤，而在外朝羽翼魏忠贤的是崔呈秀一伙。"

　　王铎听了很生气："这纯粹是胡说八道！王安是赤诚的君子，魏忠贤是欺君误国的小人，他俩咋能相提并论呢？"

　　"他在疏中还说，当初是王安教唆东林党人入宫吵闹，才造成了移宫事件，也为后来魏忠贤勾结外臣、迫害嫔妃开了先河；当年弹劾王安的人被东林党人削了籍，与魏忠贤打击言官封锁言路都是一个性质；东林党人排挤异己的做法，是直接影响魏忠贤干尽坏事的动因。"倪元璐先述说了阮大铖奏疏的大意，然后气愤地说，"你看看，按照他的这种逻辑，东林党人倒成了罪魁祸首。"

王铎也气愤地骂了一句："纯粹是颠倒黑白，混淆是非，真是东林党的败类！"

倪元璐做了一个坚定的手势，说："就是为了驳斥他的胡说八道，我昨晚写了一本奏疏，我要彻底澄清东林党与阉党水火不容的真相。"

王铎接着倪元璐的话说："把阉党与东林党并称为邪党，这是别有用心。"

倪元璐说："是啊，应该从这里入手，对历史上的三案和'六君子案''七君子案'等进行澄清。在东林党清流中，虽然有人也存在着偏执或过于苛刻的缺点，但在忠君爱民和礼义廉耻的大节面前是无可厚非的。"

王铎说："那些称东林党为邪党，在魏忠贤时期跟着唱赞歌甚至干过坏事的人，都是别有用心，绝不能用'无可奈何'或'迫不得已'简单几个字就文饰掉。"

两个人你一言我一语，从不同角度进行了深入的剖析，使问题更加清晰，观点更加明确。倪元璐对起草的奏疏初稿又进行了修改和补充，使其更加完善。

倪元璐把奏疏递进去后，一时引起了极大的争论，朝中双方大臣各执己见。

朱由检对这场争论，有着自己的独特看法。他一方面承认东林党与魏忠贤阉党不能同日而语，东林党与阉党斗争中所表现出的情操，令他极为敬佩。但从他亲历的移宫事件中，也对东林党存有一定的成见，特别是对东林党的偏执也怀有一定的戒心。所以，在给东林党人翻案平反以及任用方面也特别慎重，并没有全部大规模起用。为避免出现天启初年东林盈朝的局面，在一定程度上，他更愿意任用那些在党争中处于中间地带的大臣。

王铎回到家，刚走进书房，管家赵国才就带着张鼎延急匆匆地进来。

张鼎延进门就说了一句没头没尾的话："二水先生要倒霉了。"

王铎一头雾水，问："我说亲家翁，你说的是啥意思？"

张鼎延解释说："今年会试所录取的考生，几乎都是中官、勋贵的姻戚门人，皇上听了后非常愤怒。"

今年以来，皇上发布政令，要内阁、六部、都察院的大臣定阉党逆案，对形形色色的阉党分子进行彻底清查，并根据他们的罪状做出惩处结论。虽然牵连了当政的阁臣，但张瑞图并未列入在内。正月他曾两次引疾求退，皇上却一再降旨挽留，还让他与施凤来主考今年的会试。

王铎对张瑞图的情感，近几年心里很纠结。天启六年夏天，张瑞图回到京城。天启七年五月，王铎启程去福建。同在京城近一年的时间里，王铎却没有再去拜访过他。按照人之常情来说，张瑞图既是他的上司又是长辈，在书法艺术上又给予他很多教诲，他理应到府上拜访。

王铎一直避而不见的真正原因，两人都心知肚明，只是没说破。一是天启六年九月，魏忠贤生祠在杭州西湖落成，张瑞图为其书写碑文；二是东林党人被驱逐时，张瑞图一路升迁，先被任命为礼部右侍郎兼翰林院侍读学士，不久又晋升为礼部尚书兼东阁大学士并入阁办事，被称为"魏家阁老"。

从此以后，王铎就与张瑞图慢慢疏远了。现在听说张瑞图要倒霉，他却很担心："皇上对先生会咋处理呢？"

张鼎延也不确定："当今皇上年轻气盛，从处理的几件事来看，很有自己的主意。大家对他的脾性还都不太了解，所以现在还很难说。"

王铎琢磨了一会儿说："先生做过几件让人说三道四的事。"

张鼎延说："从皇上的行事风格上看，很可能会从严处理。"

王铎说："如果是这样的话，我应该去他府上看望。"

张鼎延知道他的心思："你不是一直避而不见吗？"

王铎说："以前他身边的人很多，现在都避而远之，越是在这种时候，我就越得去看望他。"

夜幕降临，万籁俱寂。

王铎来到张瑞图的门前，看到的情景，的确是没有了以前的车马喧闹，院外院内显得寂静无声。

王铎随管家来到书房，见张瑞图正在龙飞凤舞地写着条幅。看到王铎时先是一愣，然后赶紧放下手中的毛笔，招呼王铎坐下，吩咐管家倒茶。

王铎刚坐下，张瑞图就关切地问："觉斯啊，听说你家中老人身体欠安，怎么这么快就回来了呢？"

张瑞图的话让王铎很吃惊，看着他苍老的脸颊，心里涌出了说不出的酸楚："承蒙先生挂念，您老知道我回老家了？"

张瑞图专注地看着王铎，说："按照正常办差的时间，你早就该回京复命了。一直没见你的踪影，我就顺便打听了一下，才知道你家老人身体有病，你已由福建直接回家去了。"

王铎激动得眼圈红了起来，但马上就镇静下来，点头解释："我岳父病危，在家侍候老人家一段时间，直到他仙去后才回来。"

张瑞图安慰说："觉斯啊，你节哀顺变吧。"

王铎听了张瑞图真挚的问候和劝慰，心里很感动："多谢先生挂念和关心。"

张瑞图却苦笑着说："关心谈不上，老夫倒是经常想起你。咱们一晃近四年没有见面了，真是白驹过隙啊。"

王铎也很感慨："是啊，天启四年初，家中大舅重病，我回去看望。我回来后，您老已回福建老家了。"

张瑞图说："是啊，等我再回京时，你已经启程去了我的老家主持乡试。"

王铎听得出来，张瑞图也在有意避开他们没见面的时间。王铎突然有些愧意，本想解释其中的缘由，却又觉得无法张口。

张瑞图淡然一笑，转移了话题："觉斯啊，我这里现在是个是非之地，你不该在这个时候来啊。"

"晚生看望先生天经地义，啥时候都是应该的。"王铎平淡地回答，并坦诚地说明来意，"听说先生要乞休，学生理应前来看望。"

张瑞图不再回避："觉斯啊，我知道你心里一直有个疙瘩，你今天能来看我，老夫心里感到很欣慰。"

王铎感到话题太严肃，为了缓和一下沉闷的气氛，就半开玩笑说："先生入阁后，几乎是一人之下万人之上。学生就是想见先生，您老也没时间呢。"

张瑞图听了王铎直率的话，细想想也的确如此，但也有无法说出的无奈，叹口气说："在外人看来我是平步青云，官运亨通，但却无人知道老夫的苦衷啊。"

书童进来添上新茶，王铎端起茶杯品了一口，一股清香沁人肺腑。王铎抬起头看着满头白发的张瑞图，心里却不是滋味。

张瑞图缓缓站起来，背着手来回走动着，说："他们用我也并非真心实意，只是利用而已。官职是升上去了，俸禄也比以前多了，但实际上我什么事也没做。"

王铎仔细倾听着张瑞图倒苦水："人啊，为了保全家人，有时候也不得不做一些违心的事情，比如写碑立传。"

王铎听到张瑞图主动说出为魏忠贤写碑文，就插了一句："为太监树碑立传，的确令学生不可思议。"

张瑞图并没在意王铎的态度，继续解释："我写生祠碑文，当时也知道会在人格上遗臭万年，但不写的话咱们恐怕就没有机会见面了。"

王铎听了张瑞图的话大吃一惊，看着他痛苦的表情，不再责备，而是听他说："觉斯啊，你有所不知，当时也是迫不得已啊。魏忠贤亲自找到我，说有要事相商。我赶到朝房后，看到桌上摆放着两样东西：千两黄金和一瓶鹤顶红。他对我说，你要么写好碑文拿走黄金，要么就把鹤顶红喝下去。"

王铎惊得啊了一声，张瑞图并没感到意外，继续说："我家里的情况你是知道的，在京城和福建有两个家室，家中老小几十口子人，他们的生存全都仰仗着我。我自己倒是无所谓，家人今后怎么办？"

王铎听到这里，才忽然明白了他在天启四年乞休的真正原因："你当年乞休，就是为了躲避他们？"

"是啊，在这方面玄宰老儿比我有智慧。"张瑞图点头肯定后，然后就讲起了董其昌断臂拒书碑文的故事。

天启六年，在杭州西子湖畔的关羽和岳飞庙之间，建了一座魏忠贤生祠，显得不伦不类，也有辱斯文。快要落成时，天启皇帝朱由校心血来潮，挥笔亲自题额"普德"。魏忠贤也附庸风雅，点名让七十多岁的董其昌为他的生祠题写碑文。董其昌听到这个消息后，接连几天都没有休息好。他从内心看不起魏忠贤的德行，认为给他写碑文是一种耻辱，但又惧怕他的淫威。左思右想后，想出一个办法，让心腹仆人和他一起骑马到郊区游玩。走到最热闹的地方，他故意把马绳揪紧，让马大跳起来，他顺势一滚就摔倒在地上。待仆人把他扶起来的时候，发现他右臂断了。董其昌骑马摔断右臂的消息迅速传遍京城，很快传到魏忠贤的耳朵里。董其昌就借口回老家养伤，把写碑文的难题踢开了。魏忠贤怕张瑞图再拒绝，才硬逼他书写碑文。

王铎把各方面的情况综合分析后认为，如果说张瑞图是魏家阁老，也的确是对他的误解。心中的疙瘩慢慢解开了，王铎开始敞开心扉："听说先生曾多次上疏辞掉阉党恩赐。"

张瑞图说："所谓皇上的恩赐，其实都是魏忠贤的矫旨。皇极殿落成时，他们又加封我为少保兼太子太保，改户部尚书，进武英殿大学士，还荫一子锦衣卫指挥佥事，并且赐蟒衣银两。我何德何能，他们却一而再再而三地对我擢升，目的就是收买人心，好让我为他们效力而已。"

在魏忠贤专擅朝政、势焰熏天之际，几乎没有人能阻止他胡作非为，但张瑞图做了几件别人所不敢想的事。王铎对此一直很敬佩："您老也曾经用智慧力阻给魏忠贤塑像、缓刑救同僚，这可不是一般人能做到的。"

张瑞图微微一笑，看得出他心里很得意："拍魏忠贤马屁的那帮人想在文庙附近建一座魏忠贤的生祠，还要塑雕像。我不能公开反对，就有意给他出个难题，说：'魏公像坐耶？立耶？立像则不庄，坐则至尊幸学，降辇步行经祠前，恐魏公猝立不起也。'我这么一忽悠，他们谁也拿不定主意了，以后就再也没人说塑像的事了。"

阻止给魏忠贤塑像，的确需要勇气和智慧，解救同僚更要如此。王铎还清楚地记得，魏忠贤一伙将方震儒、李承恩、惠世扬几个大臣打入诏狱，原拟定在冬至那天处决，张瑞图提请说应该缓刑。魏忠贤当场就勃然大怒："如许大事，谁敢开口？"张瑞图和颜悦色地回答："正需魏公大力婉转以回天哩。"张瑞图这么一说，魏忠贤无言以对，也就没有当即行刑。过了不久，皇上下旨停刑，才保住了几位大臣的性命。

王铎很佩服张瑞图的智慧，称赞道："这都是提着脑袋做的事，一般人想都不敢想，先生真是智慧超群啊！"

"写碑文后，老夫一直后悔莫及，但也无法挽回，就想做些事弥补一下过失而已。"张瑞图无可奈何地说，"事情都已经过去了，不管是对是错，都已经无法更改，让后人去评说吧。"

张瑞图的人格形象在王铎心中又慢慢高大起来，沉重的心情也逐渐轻松起来。

张瑞图发觉王铎对他慢慢理解，就变得像孩子似的，还做了一个顽皮的鬼脸，很骄傲地说："我回老家晋江后，做了一件自己满意的事，猜猜是什么？"

王铎看着张瑞图的表情，感到很好奇："升官荫子也不能让先生返老还童啊！"

"知我者觉斯耶。"张瑞图兴奋地说，"舍弟瑞典收集整理了老夫近几年能拿出手的一些作品，编汇刻成了《果亭墨翰》。"

"这太好了，晚生一定要好好拜读。"王铎听了后就来了精神，急切地问，"共有多少幅作品？"

张瑞图想了想，说："一共有三十余件吧，主要是楷、行、草，也有一些章草。"

王铎羡慕起来："肯定都是精品，如果能让学生一饱眼福，那真是三生有幸！"

"没你说得那么好，只不过是闲情而已。"张瑞图又谦虚起来，"你可是后来者居上，现在已是名满京城、妇孺皆知啊！"

随后，张瑞图的书房里不时发出朗朗笑声。

四月春暖花开，皇帝朱由检赐宴百官，王铎和倪元璐一同赴宴。只见皇帝朝气蓬勃，意气风发，还打破以前严肃的赐宴规矩，在整个宴会中来回走动着，与众大臣不时地亲切交谈。

当他来到王铎身边时，陪同的司礼监秉笔太监王承恩介绍说："皇上，这位是被先帝口谕封为'神笔'的王铎。"

朱由检停下脚步，看着王铎跷起拇指称赞："朕当时也在现场，只是相隔较远，无缘交谈。"

王铎赶快起身施礼："臣不敢当，那只是先帝的抬爱而已。"

王承恩转眼看见倪元璐，兴奋地对皇上说："皇上，这位是翰林院'三珠树'之一的倪元璐。"

朱由检马上问："黄道周怎么没来？"

王铎起身解释："回皇上，三年前他回家丁忧了，现在期限已满，正在回京的路上。"

"百善孝为先。"朱由检听了王铎的解释，神色凝重地说了一句，然后又接着前面的话题说，"今年是大比之年，若是再出现'三珠树'，那就是我大明的福气啊！"

从朱由检的话中，王铎和倪元璐都听得出，他对"三珠树"的情况很熟悉，感到极大的荣幸。

最近一段时间，王铎参加了几次朝廷的重要活动，感到皇帝对他很信任，也很器重。

王铎的感觉是对的，不久他和倪元璐一同被任命为翰林院侍讲，说明皇上对他们都很信任。

新朝伊始，百废俱兴，朝堂内外诸事繁多。王铎决心不辜负皇上的信任，为新朝的振兴繁荣多做实事。

一天晚上，王铎回到家，没有像往常一样在书房里看书，也没有临写古人法帖，而是长时间地看着书桌上的笔墨纸砚发呆。

马瑞云看到王铎反常的举动，轻轻地走到他身边，关切地询问："相公，看你好像有啥心事？"

王铎愣了一下，解释说："皇帝登基以来，铲除了阉党及余孽，实在是人心大快。不过也有人想把水搅浑，把东林党人和阉党混为一谈。玉汝给皇帝上了一个折子，已经给彻底澄清了。"

马瑞云看着愁眉苦脸的王铎，安慰地说："那你还忧愁啥？"

王铎却严肃地说："事情是澄清了，但还没有彻底解决，我生怕留有后患。我最近一直在琢磨，魏忠贤虽然已经被惩处，但他们编撰的《三朝要典》现在还堂而皇之地放在皇宫里，应该把它彻底毁掉才是。"

马瑞云说："玉汝是你的同年又是挚友，何不找他商量一下？"

王铎感到马瑞云的话有理，起身就往外走。马瑞云见他如此慌张，埋怨了一句："今天已经很晚了，明天再去也不迟啊。"

王铎是个急性子，有急事哪能等到明天："不把事情搞清楚，哪能睡好觉。别等我，你早点睡觉吧。"

天空湛蓝，繁星闪烁，王铎踏着夜色来到倪元璐家。

倪元璐正在书房里奋笔疾书，见是王铎来访，也没有停止，只是让家人给他敬茶。过了一会儿才收住笔，抱拳致歉："愚弟稍有怠慢，请多海涵。"

王铎抱歉地说："这么晚了前来打扰，还望原谅。"

倪元璐说："看你的神色，肯定不是为了诗赋文章而来，不然怎么会这么晚来访。"

王铎说："知我者玉汝也。"

倪元璐说："那就开门见山。"

王铎爽快地直说："最近南京兵部武宣司主事别如论给皇帝上了一道奏章，提出要对《三朝要典》进行修改，我认为不妥。"

倪元璐一听就急了，说："修改都不妥，你是什么意思？"

王铎激动地站起来，说："《三朝要典》是阉党一伙盗用先帝的名义打击东林党等正人君子，为自己歌功颂德而炮制的私书，如果把它看作是信史，就是颠倒是非！"

倪元璐听了王铎的话，长出了一口气："原来如此，你和我想到一起了。"

王铎接着侃侃而谈："当今皇上登基以后，阴霾烟雾虽然在消失，但《三朝要典》中被指责为奸邪而遭到排斥驱逐或残害的东林党人，都是当今皇上赞许为'理学节义'的大臣，应该分别给予抚恤和谥号。"

倪元璐很赞同王铎的观点："我正有此意，皇上赞许的'理学节义'都是东林党魁首，在《三朝要典》中却成了邪恶的代表。阉党骨干许显纯之流受魏忠贤的指使，迫害杨涟、左光斗等东林党领袖的所谓供词，也都清清楚楚地记载在《三朝要典》里面。"

王铎接着说："魏忠贤、崔呈秀一伙，虽然早已被抄家戮尸，死的死，流放的流放，但崔呈秀的一篇文章还赫然列于《三朝要典》的末篇。我认为，只做一些删除是不能还历史本来面目的，必须把它彻底毁掉！"

倪元璐听后，兴奋得一拍大腿："觉斯兄，你慷慨激昂的观点正合吾意。我刚刚写了一本奏疏，正好请你过目。"

倪元璐把刚写的《公议自存私书当毁》递给王铎，说："当初你和黄孚元、郑之玄辞修《三朝要典》，杨景晨还派东厂的人跟踪你们，差一点让他们给陷害了。"

王铎接过还在飘着墨香的奏疏，说："我要是参与了《三朝要典》的编撰，不就成了千古罪人了吗？"

倪元璐调侃了一句："那'三珠树'就会枯死一株。"

两人哈哈大笑，王铎仔细阅读起倪元璐的《公议自存私书当毁》来。

梃击、红丸、移宫三议，哄于清流，而《三朝要典》一书，成于逆竖。其议可兼行，其书必当速毁。盖当事起议兴，盈廷互讼。主梃击者力护东宫，争梃击者计安神祖。主红丸者仗义之言，争红丸者原情之论。主移宫者弭变于几先，争移宫者持平于事后。数者各有其是，不可偏非。总在逆党未用之先，虽甚水火，不害埙篪，此一局也。既而杨涟二十四罪之疏发，魏广微之辈门户之说兴，于是逆党杀人则借三案，群小求富贵又借三案。经此二借，而三案面目全非矣。故凡推慈归孝于先皇，正其颂德称功于义父，又一局也。网已密而犹疑有遗鳞，势已重而或忧其翻局。崔、魏诸奸始创立私编，标题《要典》，以之批根今日，则众正之党碑；以之免死他年，即上公之铁券。又一局也。由此而观，三案者，天下之公议；《要典》者，魏氏之私书。三案自三案，《要典》自《要典》也。今为金石不刊之论者，诚未深思。臣谓翻即纷嚣，改亦多事，唯有毁之而已。

　　王铎看完后拍案叫绝，滔滔不绝地发出感慨："玉汝，你这篇奏章文实坚定，分析得入木三分，就像一把利剑直插要害。特别是'杨涟二十四罪之疏发，魏广微之辈门户之说兴，于是逆党杀人则借三案，群小求富贵又借三案，经此二借，而三案面目全非矣'。寥寥数语就点破了要害，令我佩服得五体投地，你可称得上旷代奇才啊！"

　　倪元璐摆了摆手，然后又解释说："从以前对三案的争议来看，的确是廷臣之间不同观点，尽管争论的言辞十分激烈，有时甚至达到水火不能兼容的地步，那终究都是为了皇帝的利益和国家的利益，因而很难分清哪一派是出于公心，哪一派是出于私心。"

　　王铎接过倪元璐的话说："在历史上，其实曾经有过借古讽今的做法，而阉党居然借历史杀害、打击正人君子。《三朝要典》这部书经过他们的篡改，颠倒是非，变成了为自己歌功颂德的舆论工具。现如今魏忠贤等人已遭惩处，其私书就不应该再保留，应当焚毁原书版和所有现存的书籍。"

　　倪元璐非常赞同王铎的建议："觉斯兄，你看我写的疏中还有哪些方面没有考虑周全，请不吝赐教，我再修改完善。"

　　王铎说："我今晚来找你，原本是想向你讨教后给皇帝上疏，把别如论说的对《三朝要典》删改改为彻底销毁。现在你写的这篇《公议自存私书当毁》，已经说出了我的心里话。当今皇帝看了这篇奏疏以后，一定会同意彻底销毁《三朝要典》的。"

倪元璐根据王铎提出的建议，又进行了修改和润色。第二天一早送到内阁后，一石激起千层浪，在朝中引起了激烈的争论。

翰林院侍讲孙之獬第一个站出来，坚决反对销毁《三朝要典》。他仿佛要面临灭顶之灾似的，还跑到内阁力争，并且号啕大哭。

内阁大学士来宗道以前与阉党有染，兵部尚书霍维华是当年编撰《三朝要典》的吹鼓手。他们都害怕连累自己，就竭力支持孙之獬，并为他进行辩护，极力主张此书稍加删改即可，不必彻底销毁。

倪元璐、王铎立即予以驳斥，抓住孙之獬提出《三朝要典》是先帝的"御制序"不可毁的理由，认为他这是以"御制"压皇上。

经过多次争论，多数大臣都倾向于销毁《三朝要典》。皇帝朱由检很赏识倪元璐的观点，明确指出："当年皇考要吃红丸，方从哲是极力劝阻的，当时朕就在身边，怎么能说是方从哲主使呢？梃击案中，那个张差确实是个疯子。把移宫案说成王安挑拨，这完全不合情理。《三朝要典》颠倒是非，成了阉党专权的舆论工具。倪元璐的提议，彻底澄清了是非。"

皇帝有了明确意见，其他人就不再敢明目张胆地进行争辩。最终，皇帝朱由检下定决心，也不再顾虑"御制序"，于五月初十下达谕旨："把皇史宬收藏的《三朝要典》全部予以销毁，并且传示全国各地官府、学校，把此书及其刻版全部销毁。从今以后，官方不得再以此书来定褒贬，人才不得再以此书来定进退。"

彻底销毁了《三朝要典》，深得朝廷上下的赞许。

皇帝朱由检这种快刀斩乱麻、雷厉风行、痛快淋漓、毫不拖泥带水的作风，初步显示了一个成熟政治家的品格。

朝政大局稳固后，皇上又开始研究战略防御大计。盛夏七月，朱由检在紫禁城平台召见了兵部尚书兼右都御史、督师蓟辽兼登莱天津军务的袁崇焕，讨论辽东对敌方略。

袁崇焕在锦宁大捷中，立下了盖世齐天之功。本应该得到朝廷的重赏，由于他是孙承宗的属下，关系又十分密切，袁崇焕不但没有得到应有的封赏和荣誉，反而受到排挤和打击，不得已请求致仕还乡。袁崇焕被罢职后仅仅五十天，天启皇帝病死。朱由检即位后，对袁崇焕重新起用并委以重任，让他肩负着整个辽东的军事大权。

召对开始以后，朱由检治国心切，就直奔主题，说："建虏跳梁，已有十年，封疆沈阳、辽阳等地沦陷，辽民涂炭。卿万里赴召，忠勇可嘉，所有平辽方略，可据实奏来。"

袁崇焕非常感激，直言不讳地陈奏："臣受皇上知遇之恩，召臣于万里之外，倘若皇上能给臣便宜行事之权，用五年的时间辽东外患可平，全辽可复！"

朱由检听了袁崇焕的许诺，大喜过望，马上就答应下来："五年复辽，便是方略。朕不吝封侯之赏，望卿努力，以解天下倒悬之苦，卿子孙也可世享其福。"

在场的大臣听后，都满面喜色，赞不绝口。只有兵科给事中许誉卿、张鼎延满脸狐疑，心里忐忑不安。在朱由检退入偏殿稍事歇息时，许誉卿特地找到袁崇焕，向他请教平辽韬略："元素兄，五年平辽，你拿什么做保证？总该有个具体的战略思考和准备吧？"

袁崇焕不假思考，说："圣上为辽东之事焦心劳神，说五年复辽只是为了让圣上安心。"

许誉卿听后大惊失色，友善地提醒："军中无戏言，君前更无戏言。如此军国大事，怎么能只是为了让皇上高兴？你可要知道，当今皇上十分英明，你岂能随口应答？将来期限已到，阁下怎样向皇上交代啊？"

许誉卿的话犹如醍醐灌顶，袁崇焕顿时出了一身冷汗，把内衣都湿透了。

朱由检对袁崇焕寄予了厚望，几乎是言听计从，竭尽全力给予支持。为了让辽东事权真正统一于袁崇焕之手，他甚至还收回了此前赐予其他辽东大员的尚方宝剑，只让袁崇焕手持尚方宝剑便宜行事。

王铎虽然不懂军事，但从座师孙承宗和几位师长那里，多少了解一些辽东的情况。从万历末年萨尔浒之役后，大明与后金的力量对比就已经发生根本性的转变，能阻挡住后金凶猛的进攻已实属不易。袁崇焕在皇上面前拍着胸脯说五年收复失地平复全辽，皇上满足了他提出的一切条件，看来袁崇焕只能背水一战了。

王铎听说后，为袁崇焕深深地捏了一把汗。

第十六章

炎热的夏天,蝉声吵得人们烦躁不安。

吃晚饭时,丫鬟薇汝叫了王铎三次,他依然没有走出书房,坐在那里苦思冥想,一直为袁崇焕五年复辽的承诺担心。

马瑞云只好亲自来叫,本想埋怨他几句,进门见他汗流浃背,到嘴边的话又咽了回去。把拿着的两封信递给他,然后坐在一侧陪着。

王铎回头看看马瑞云,顺手打开一封书信,是长子王无党的笔迹。一目十行看完后,噌地站起来,把马瑞云吓了一跳。

马瑞云看到王铎急躁的样子,猜测家里一定是有急事,也跟着站起来关切地问:"是家里有啥急事吧?"

王铎手里拿着书信说:"大群来信说爹病倒在床,让咱们回去探望。"

马瑞云听后心疼地说:"可能是家里翻盖院子,操劳过度累的。"

老爹病重在身,让王铎焦急万分。马瑞云很理解自己的男人,公务在身又不能离开,就主动提出:"你现在没空闲,就让我先回去照顾他老人家,等你办完差事再回去。"

王铎听了瑞云的话心里很感动,他从十六岁与马瑞云生活在一起,现已二十多年了,跟着自己没有享过福,吃苦受累却是没少。王铎看着如此贤惠的女人,心里热乎乎的,眼泪不由自主地顺着双颊往下流。

马瑞云见王铎流泪,以为自己没说好:"相公,你这是……"

王铎急忙用手擦拭一下,说:"没……没啥。"

王铎始终奉行以孝为先的原则,老爹病重岂有不回之理:"我请假,咱们一起回。"

马瑞云很担心影响王铎的仕途,就提醒了一句:"别耽误你的大事。"

"不会的,刚才我想的虽然是关乎社稷安危的大事,但却不是我能解决的。"王铎解释了一句,然后又简单说了几句平台召对的情况,最后很自信地说,"近几年后金一直龟缩在东北一隅,不敢越雷池半步。当今皇上聪明睿智,袁督师又是一位久经沙场的将帅,肯定已经有了御敌方略,我也只是替人忧心而已。"

马瑞云听了之后,心里才慢慢轻松起来。

王铎接着又说:"大舅和岳父相继过世后,我经常梦见他们。现在老爹年迈体弱,如果万一有个好歹,我会后悔一辈子的。"

马瑞云听了王铎的话在理,就没再说什么。

王铎稍微停了停,又拿起另一封信,是亲家翁吕维祺的亲笔信。

吕维祺自从被魏忠贤赶出京城后,与王铎的书信一直没断,有些情况虽然也了解一些,只是没机会见面。王铎很怀念他们在京城的日子,经常想起向他请教的情景。

王铎急忙打开书信,认真细致地看起来:

天下第一等事,是何人做?天下第一等人,是何事做起?可惜终身幢幢扰扰,虚度光阴,到雨罢庭空,风过化飞时,究竟携得甚物去?依此思之,何重何轻,何真何幻,何去何从,自有辨之者。然而眼界不开,由骨力不坚,所以眼界愈不开。依此思之,学问手下处可味也。而世往往目学问为伪为迂,弟谓世之学者岂无伪哉。而真者固自真也,以伪为非,去其伪而可也。至于学问不足经世,又何学之为?依此思之,学力事业,非两时也,弟只于此心确然有不可拔处,而于道则罔闻也。老亲家圣贤之心,而豪杰之韵,愿相于勖之,亦愿时时教我。弟行期尚未行吉,而王事靡监,不能复过珂里一谈。临歧低回者久之。

王铎看着吕维祺的书信,更加敬佩他的魅力、人品和学养。

信中只字没提他官复原职的事情,让王铎百思不得其解。崇祯皇帝登基已有大半年的时间了,被魏忠贤赶走的大部分官员都已经官复原职并走马上任,最晚的也正在返回京师的路上,唯独他还在原籍河南新安。

王铎到礼部请假后,就带着全家人回到老家。

新院落坐北朝南,大门前摆放着一对石狮子,十分威武庄严。

王铎担心着爹的病情,也顾不得观赏,急匆匆地往院子里走。王无咎看见爹娘都回来了,高兴得直跳,迎上前领着爹娘向后院走去。

王铎来到爹的病床前,上前拉着爹的手,看着他那十分消瘦蜡黄的脸色,泪花在眼眶里打转。为了这个家,爹一生省吃俭用,真是吃尽了苦,受尽了累,几乎没有享过一天福。

王本仁看到王铎突然回来,又高兴又疑惑,问:"你咋有空闲回来了?"

王铎说:"大群给我写信说您老人家身体抱恙,我们就急忙赶回来了。"

王本仁感到长孙的确长大了,非常孝顺也懂事理,从内心里高兴,但嘴上却埋怨说:"这孩子,我这身子骨没啥事,还给你写信。"

正在这时,王无党急匆匆带着一个女孩进来,来到王铎和马瑞云面前,嘴里叫着爹娘就磕头跪拜。

陈氏笑呵呵地给王铎和马瑞云说:"这就是你大儿媳妇。"

马瑞云听说大儿子已经成家立业,自己也熬成了婆婆,心里由衷地高兴。看着俊美的儿媳妇,心里美滋滋的,赶紧让孩子起来说话。

此时,几个弟弟和孩子都陆续进来。王本仁看着一大家子人又团聚在一起了,喜上心头,病情也减轻了大半。

陈氏让大家都坐下,给王铎和马瑞云解释:"你回京后,你爹就托媒人给李家提亲,人家没意见,很快就把他们的婚事定下来了。最近你爹有病,就想着给他冲冲喜,也考虑着孩子都大了,就挑选了一个良辰吉日,把孩子们的婚事给办了。"

人逢喜事精神爽,自从王无党成家后,王本仁心情很好,再加上郎中调理,病情就慢慢好了许多。

王铎当了公爹,兴奋得直搓手,但他看着王无党直埋怨:"大群啊,信上你也不说一句,来得忒急了,也没给孩子带见面礼。"

王无党摸着头,咧着嘴直笑。新娘子偷偷地拉了一下他的衣角,两人羞涩地对视一笑。

儿子成家立业是做父母的大事,王无党的婚事却是爷爷奶奶操办的,马瑞云对公爹、婆婆很感激:"爹、娘,大群的婚事让您二老操心了。"

陈氏摆了摆手:"只要你们满意就中。"

马瑞云高兴地拉着儿媳妇,说:"娘,中,俺可稀罕这孩子了!"

王铎看着身体魁梧、一表人才的王无党,感觉与自己年轻时一模一样,内心由衷地感到自豪。

王铎回来后,王本仁心情舒畅,病又好了一大半。王铎却不敢有半点大意,又通过洛阳福王府的朋友,找来当地的名郎中,用心仔细调理。按照郎中的叮嘱,王铎细心服侍,周全照料,亲自煮药尝试,天天不离父亲左右,即使亲戚朋友前来拜访,他也绝不在外面应酬。

经过两个多月的精心调养,王本仁的身体基本恢复,脸色也出现了红润。

王铎沉闷的心情随着爹的身体好转，也慢慢好起来，庭院里不时传出朗朗的笑声。

王本仁的身体痊愈后，让王铎陪他在新院里走了一圈。高大雄伟的深宅大院，五进院落以前屋、客厅、中堂、后堂、后屋为主体，配以东西厢房，构成每进庭院的单独结构。庭院分别以青砖青瓦构建，青石柱础、悬山、斗拱、挑檐石，还有五脊六兽、砖雕图案，门窗棂边精雕细刻，显得古色古香。

院落后面是个后花园，几个家仆正在平畦疏理、补栽新竹、理草除秽。满园里姹紫嫣红，清风摇竹，鸟语花香，绿树葱茏。在湖中碧水中，荷花如仙子出浴，天鹅似天外仙禽。太湖叠石参差、小桥横卧、汀石置水，融为一体，兼容了北方园林厚重端庄和南方园林秀雅之长。

王本仁指着花园说："还没给它起名字呢，你看起个啥名好呢？"

王本仁这么一说，王钺、王镡和孩子们也都起哄，说要起个好听的名字。

王铎心里很清楚，新建成的这院落，是爹一生最满意的大事。小时候就常听他说，等有了银子就盖一进好院子，现在他的愿望实现了，内心的喜悦肯定无以言表。

王铎思索一会儿，说："爹，我在西烟寺跟恩师读书的时候，咱家的后园曾经两次生长过灵芝，我曾叫过它'再芝园'，现在叫'拟山园'咋样？"

王本仁一琢磨，寓意深刻，十分满意地说："正合我意，就叫'拟山园'！"

跟在王铎身后的三弟王钺不解其意，问："大哥，'拟山园'是啥意思啊？"

王本仁趁机督促他好好读书，说："子陶，让你读书你还不好好学，现在感觉书到用时方恨少了吧？"

王钺嘿嘿一笑，不好意思起来。王铎解释说："这'拟山'二字有藏之名山、传之后人的寓意。"

王铎一语说出了"拟山园"的全部精髓，王钺更加敬佩大哥的博学，看着新建的院落和花园很想写首诗，但在大哥面前又不敢卖弄，就提议让王铎赋诗一首："大哥，你写首诗留作纪念呗。"

王铎看着爹的身体已经痊愈，心情十分惬意。陶渊明描写的世外桃源在脑海里一闪，随即张口成诗一首：

　　花林深碍日，细径曲随人。
　　鸡犬历年熟，池塘依旧新。

畦平堪理竹，地润较宜莼。
　　鞅掌空繁暑，回头怀世尘。

　　王钺听了之后，高兴得跳起来。王镡虽然还不理解其中的意境，看见三哥说好，也跟着起哄叫好。
　　大家说笑着，跟着王本仁来到新建的王氏宗祠。祠堂坐落在王铎家新院的东侧，从整体上看，显得巍峨、壮观、肃穆。正厅三楹内，供奉着历代先祖。
　　王本仁把王氏家族的渊源历史和历代祖先的情况，给他们逐一介绍，并叮嘱他们要铭记在心。

　　秋季本来是个收获的季节，但由于干旱严重，又有蝗虫灾害，庄稼收成还不到一半。逃荒要饭的人不断涌向河南，听口音都是陕西、山西、甘肃、宁夏一带的人。
　　王铎在与逃荒的人交谈中，了解到他们那里的土地本来就贫瘠，因为干旱严重，很多地方都颗粒无收，官府也没有因连年饥荒减少征税。还因为辽东军事紧张，又加派税负，百姓们不堪重负，如果不出来逃荒要饭，都得活活饿死。
　　王铎还听说，山西澄城县饥饿的百姓，因为交不起赋税，又被官府残酷催科，就用墨涂黑了脸，在山上聚众起义，冲进县衙把县官都给杀了；延安府安塞有个叫高迎祥的，聚众而起，攻城陷地，打开粮仓分给百姓吃，一个月就有一万多人参加了他的队伍。
　　王铎在与王氏族长闲聊时，族长也埋怨百姓税负太重。
　　身为朝廷命官，王铎感到自己有责任为百姓发声。趁这次探亲的机会，他要了解一下百姓的税负情况，等回到京城上疏朝廷为百姓减轻负担。
　　为了再了解一些具体情况，王铎就想到了父母官张尔葆，提前给他写好一个条幅，内容就是前几天刚写的《再芝园诗》。
　　王铎带着弟弟准备出门时，张尔葆却是已经赶来。当看到王铎给他写的条幅时，乐得胡须都发颤，一边看一边用手比画着，还自言自语地评价一番："用笔潇洒灵动，线条流畅遒劲，气势豪放，行笔中侧锋并用，方圆兼施，提按转折随心所欲。在结构安排上伸缩移位，夸张变形。整幅章法聚散敛纵，错落穿插，抑扬顿挫，上承下接，笔势连绵，奔腾跳跃，左突右冲，纵放得意而一气呵成，真是珍品啊！"

王铎谦虚地说："只是博取文岳兄一笑耳。"

"这行笔的轻重、书写的疾迟、线条的曲直、点画的连断、排列的参差、字组的错落、行间的疏密，无一不深思熟虑啊。"张尔葆赞不绝口，爱不释手，最后指着落款的"老父母"说，"实在是不敢当。"

王铎解释说："县太爷就是父母官嘛。"

张尔葆说："我这个父母官有愧啊，今年粮食歉收，百姓的负担很重，我又无能为力。"

王铎说："咱俩想到一块儿了，其实我正想前往府衙去拜访你，也想了解一些情况。"

王铎要了解民情，就聊起了税负的事情。

张尔葆对王铎毫不回避，一五一十地算起了细账："要是单独从朝廷算账来看，百姓的负担确实是不算重。每亩地定税二分五厘白银，约合铜钱二十五枚，或是用相应数量的粮食顶替。按照这个数计算，人均税负也不过白银七分多一点。"

王铎仔细寻问："为啥现在百姓们都负担不起？"

张尔葆似有难言之隐，经不起王铎的再三追问，才直言不讳地实话实说："今天没有外人，我就打开窗户说亮话吧。百姓的实际负担可远远不止这些，关键是一些杂项钱粮太多，才使得老百姓负担不起。另外，还有额外的负担没有计算在税负里面，但这些又都必须由百姓们承担。"

张尔葆停了停，掰着指头细说起百姓的额外负担。一是杂项钱粮。杂项钱粮包括合法的征派，也包括不合法的或是半合法的勒索。各类杂税名目新奇，负担沉重，远远超过正税。此外，税制又极为僵化，赋税额几乎百年不变，不管发生了什么重要变化和影响。例如当今皇帝的叔叔福王，被朝廷赐予赡养田地两万顷，这份租税朝廷上下没人管，就成为当地百姓的一项沉重负担。百姓们不论负担了多少额外杂项钱粮，朝廷的正额赋税却一律照样上交。如此一来，百姓的实际税额已经十倍于正税了。二是额外负担。各种临时私派和已经成为定例的耗羡，这些在正项税差钱粮之外增加的部分，名义上是为了补充征收转运时造成的损失，实际却是用于中饱官吏的私囊。三是毫无定制的私派。各级官吏有的假借军兴而私加，有的假借增饷以擅派，有的因工程修筑而巧立名目，还有的借解运税粮而加倍征收。

张尔葆列举了很多事例，最后无可奈何地说："现在朝廷发给官员的俸禄极低，为了养家糊口，有的官员就通过非法或半合法的私派加征来获得银两。这些不走朝廷国库账目的银两，也全部都由百姓缴纳。"

王铎想了想说:"经你这么一说,咱们孟津县除了正税和交给王爷的杂项之外,与其他地方相比,你收的税是最低的了。"

张尔葆拍了拍胸脯,说:"觉斯啊,我至少没有多给老百姓增加额外负担。"

王铎听了后感慨万分,没想到赋税存在着如此不合理的问题,心中有些愤愤不平:"回京后,我一定要把百姓们负担的真实情况上奏朝廷,以减轻他们的负担,让他们好休养生息,不再到处流浪。"

张尔葆半开玩笑地说:"你也别太较真了,地方不能与京城比。像你有一手好字,在京城又是好码头,写几幅字就可以养家糊口。"

王铎听了只是微微一笑,没有正面回答。两个人谈兴正浓时,王镛带着亲家翁吕维祺进来,让王铎简直是欣喜若狂。

王铎起身上前迎接,然后给吕维祺、张尔葆分别做了介绍。

王铎招呼大家坐下后,说:"清早上喜鹊在树上叫个不停,原来是介孺兄驾临寒舍啊。"

"本应该早来看望高堂,只因信息不畅,刚听说老人家贵体欠安,没及时前来看望,实属愚兄无礼,抱歉抱歉!"吕维祺致歉后,提出拜见老人,"觉斯,请你带我去看望老人家。"

王铎让吕维祺稍等,他起身去内院把爹娘请到客厅,吕维祺叩拜后问长问短。

王本仁多次听王铎说过,吕维祺之父为河南名儒吕孔学,王铎刚进京时,吕维祺给予了很多关照。今天看到儒雅的吕维祺,心里感到很欣慰。

王本仁也知道吕维祺与儿子已经几年没见面了,肯定有很多话要说,就借口有事离开。

王铎最关心的是吕维祺的任命,就急切地问:"介孺兄,其他官员都已经复官上任,皇上对你为啥一直还没……"

吕维祺没等王铎说完,就举手制止并解释说:"皇上已经有了御旨。"

王铎急切地问:"既然已经有了御旨,那你为啥还一直在家,不赶快进京赴任呢?"

吕维祺平静地说:"我这次赴任不是去京城,而是去留都南京。"

王铎一脸的疑惑:"咋去留都,去留都弄啥?"

"提督四夷馆。"吕维祺告诉王铎去处后,喝口茶又解释道,"四夷馆隶属于南京翰林院,如此一来,我也成了翰林院的人了。"

王铎关心地问起品级来:"皇上对你按照几品任命?"

吕维祺平淡地说:"是正四品。"

王铎感到朝廷对他的任命不公,就提出质疑:"不是正三品吗?"

"也有正五品的,正四品在三品、五品中间,中庸之道。"吕维祺感到很满意,然后又解释说,"这比之前还晋升一级呢,咱应该满足了。"

王铎听说晋升一级,怨气也就慢慢消了。吕维祺继续解释:"在四夷馆习译夷字,可以通朝贡,还能抽出时间做学问,何乐而不为呢?"

吕维祺这样一解释,王铎对四夷馆也产生了好奇,顺口问道:"四夷馆在南京的啥地方?"

吕维祺说:"我也没有去过,据说馆址设在留都东安石门外。"

王铎问:"你准备啥时候赴任?"

吕维祺说:"近期就准备启程。"

王铎说:"你这一去,又不知道咱们啥时候才能再见面。"

吕维祺说:"你我现在都在翰林院,只不过是一个在京城,一个在留都南京罢了,说不定一年半载后就会在一起的。"

王铎听吕维祺这么一解释,心里释然起来,就想起了他创办的芝泉会:"介孺兄,听说你组建了一个芝泉讲会,在传播理学。"

吕维祺说:"是啊,魏忠贤阉党一伙禁毁了首善书院、东林书院,我一直耿耿于怀。回到新安以后,就成立了一个芝泉讲会,祀伊洛七贤,传播理学。"

王铎和吕维祺几年不见,相见甚欢。

光阴似箭,日月如梭,一晃就到了崇祯二年秋天。

王铎在探亲期间,听说已是兵科给事中的张鼎延和他的老父亲张伦,突然双双乞休回到了老家洛宁。他感到其中必有缘故,就告别爹娘前去探望。

王铎看着规模宏大的张家大院,叹为观止。四周河流环绕,院内古树参天。大院按周易"阳宅三要"风水布局,由四重院、五重院、七重院组成,院院又互相贯通,纵横交织,蔚为壮观。大门的石狮子气势威严,房屋建筑脊兽恢宏;门檐木雕精美,寓意吉祥,麒麟送子、松鹤延年、耕读传家,让人目不暇接。花园中山石林立,古藤缠绕。

王铎看着如此规模的庄园,感到自己的院落显得很寒酸。

在家郁闷至极的张鼎延见王铎突然前来拜访,他欣喜若狂。

王铎随着张鼎延来到客厅,拜见了家中二老。张鼎延的父亲张伦是慈祥仁厚、温文尔雅的老人。

王铎前来探望,对张鼎延和他父亲来说,是极大的安慰。特别是张鼎延的老爹张伦，在仕途上处于最低谷的时候，更是十分感激。

在京城的时候，王铎拜见过几次，但都是短暂交谈。张伦对王铎的品德、性格印象很好，对两家孩子结为秦晋之好十分满意。特别是王铎的诗文、书法名满京城，又是天启皇帝御封的"神笔"，老人对此更加欣赏。

在交谈中，王铎问起张鼎延父子同时乞休的原因时，张伦显得很平静，张鼎延却是愤愤不平："朝廷对平定奢、安叛乱的处理不公。"

张鼎延说的奢、安叛乱，是指奢崇明、安邦彦叛乱。事情起于天启初年，经历了数十年的时间，动用了贵州、湖南、云南、四川、广西等大军的围剿，才击败叛军于五峰山、桃江坝，叛贼奢崇明、安邦彦皆兵败被杀。

张鼎延的父亲张伦，字建白，号葆一，万历三十八年中进士，先后任陕西道御史、四川巡抚、都察院通议大夫、右副都御史。两度任四川巡抚，在平定奢崇明、安邦彦叛乱以及安定四川时，立下了很大的功劳。

王铎说："听说老伯父在平定奢、安叛乱中起了重要作用，立下了很大功劳。"

张鼎延说："是啊，本来是应该加官晋级的，只因在急行军中丢失了大印，不仅没有得到升迁，反而还被遣回老家。"

王铎听了后，就埋怨张鼎延不上疏给老人家求得公平。

张鼎延无奈地说："我就是认为朝廷对爹不公，给皇上上疏求情。不但没有求得公道，还受到皇帝切责，所以就乞休回家了。"

王铎在京城早就听说过，张伦扫荡蜀、黔巨憝数十年，立下赫赫战功，却不争功，不倨傲，更显得人格高贵，为此让王铎肃然起敬。

朝廷的做法让王铎很气愤："前辈叱咤疆场数十年，竟落得如此下场，真是令人心寒啊，以后谁还会为朝廷尽心尽力？"

在盘桓期间，王铎为张伦写了《蜀抚张葆一年伯平奢安》十首五言律诗。他用诗的形式，对老人家平定奢、安叛乱的战功给予了高度赞扬。

直到进入初冬，王铎听说奶奶身体欠佳，才告别了张鼎延一家人，返回双槐里村。

王铎回到家里，请来郎中为奶奶把脉诊断，经过吃药调理一段时间，才慢慢恢复了元气。当天寒地冻时，王铎让人生火给奶奶取暖，然后天天陪在奶奶的身边。

一天傍晚，阴云密布，寒风骤起，接着就飘起了雪花。

王铎的同年举人张多祝前来拜访，看看天色如此恶劣，便将其留宿在斋中。闲谈之中，他告诉王铎两件内忧外患的大事：一是后金皇太极率领十万大军，兵临城下，京师戒严；二是陕西连岁荒歉，官吏苛虐，饥民纷纷起义，高迎祥已经称闯王，李自成也称闯将。

王铎在洛宁时，对饥民起义的事情已经有所耳闻。当听说后金兵临城下，着实大吃一惊：督师袁崇焕去年还信誓旦旦，要五年复辽，现在怎么就突然兵临城下了呢？

王铎心想：我作为朝廷的命官，在国难危急之时应该挺身而出。第二天，王铎向奶奶和爹娘请安后，就提出尽快赶回京城。

奶奶和爹都很支持王铎，奶奶还说为国是大孝，守着奶奶是小孝，爹说大丈夫就应该顶天立地尽大孝。爹还说，有他和弟弟照顾奶奶，让他一百个放心。

尽管娘和马瑞云一时没想开，但有奶奶和爹的支持，王铎还是决定马上回京。

马瑞云心里很清楚，这次回京面对的是凶残的建房军队，说不定这一去就是诀别。她见王铎去意已决，就义无反顾地要跟着一同前往。

王铎告别了奶奶和爹娘，腰挎一衲和尚赠给的青龙宝剑，骑上骏马毅然北上。为了躲避战乱，一路上尽量避开大道，饥餐渴饮，晓行夜宿。

在赶到卢沟桥附近的良乡枣长店时，看到的都是遭受劫掠后的悲惨景象。昔日的堤岸柳色，万顷麦浪，现在成了一片焦土。田野里尸骨遍野，乌鸦哀鸣。走进村子里，看到的是残垣断壁，墙倒屋塌，破败不堪。

王铎看看天色已晚，就找个地方暂时住下来，但却是彻夜难眠，在惊恐中度过了一个不眠之夜。

第二天，赶到卢沟桥时，看到的情景更是让人惨不忍睹：桥面上残石横陈，烂瓦狼藉，到处是狼烟滚滚；河里尸体漂浮，冻结在一起，牛马鸡犬尸骨遍地。后金的践踏和蹂躏，使这里成了鬼蜮世界的奈何桥。

在进京城的路上，却没有见到后金的一兵一卒。经过打听才知道，后金已经于前几天全部撤兵。

回到京师的夜晚，王铎夜不能寐，深深地为国家的命运和前途忧虑。特别是亲眼看到听到的百姓苦难，怨声载道的民情，他的心像针扎一样难受。他不顾长途劳累，连夜赶写了《上宽粮札子》奏疏。

第二天，东方刚蒙蒙亮，王铎就把奏疏送出，回到翰林院看到了已经近五年没有见面的黄道周。

两个人相见既激动又兴奋，王铎双手合十向黄道周道喜，并提出过几天就带着家眷登门恭贺。

黄道周说一定在家恭候光临,然后递给王铎一封书信。

王铎急不可耐打开一看,是给他写的《题王觉斯初集序》,顿时欣喜若狂,兴奋得像个孩子般跳了起来。为表达内心的感激,规规矩矩地向黄道周深深地鞠了一躬。

"觉斯,你先不要鞠躬。说句实在话,拜读了你的书稿后,对我有很大的促进,从中受益匪浅。"黄道周先说了自己的感受,稍停一会儿,心情很沉重地解释说,"只是家中老娘过世,我身心受到很大影响,有些话还没写出来,又怕影响你用,只好急就而成。"

王铎已经好几年没有见到黄道周了,本想与他深入地探讨一下诗文。听说他母亲去世,脸上洋溢的笑容立刻消失了,再也没有心情向他讨教了。

黄道周看到王铎的表情变化,就平静地解释说:"这几年我是有悲也有喜,悲的是老娘不幸辞世,喜的是在她老人家走前,让我娶了表妹蔡玉卿为妻,又给我一个新家。"

王铎为黄道周老娘的去世而感到悲伤,劝慰他节哀顺变,更为他有了新家而表示祝贺。

黄道周提起悲喜交集的家事,心情很是纠结。平静了一会儿,才简单叙说了家中的大概情况。

黄道周探亲回家后,先葬父亲于北山,并结庐守墓。然后又把太夫人、先祖母、伯叔和夫人林氏葬到北山,并在守墓期间写了《三易洞玑》草稿。在辞墓出山时,恰巧被皇上召回。在回京师行至建安时,听说遵化已被后金攻破。为了家人的安全,他准备把家眷暂且留下,但蔡玉卿坚决不肯,就陪着黄道周一路北上。经过两个多月的艰辛跋涉,于前一天刚刚赶到京师。

王铎感到他俩心里想的一样,行动也几乎一致,真是心有灵犀不点也通啊。

黄道周有了新家,"三珠树"重新相聚,他们又要在一起同笔砚、为文章了。

回京不久,王铎听到了一个可怕消息:后金围攻京师,是袁崇焕给引来的。这个消息虽然犹如晴天霹雳,但王铎仔细分析后,还是认为绝对不可能。皇上对袁崇焕有求必应,几乎把大明的半个江山都托付给了他,他没有任何理由充当内奸,更没有理由出卖大明王朝。

王铎找到身为左中允、充任日讲的文震孟,向他问个究竟。文震孟也说是谣传不可信,并给他讲述了事情的来龙去脉。

崇祯二年的隆冬十月,天寒地冻,后金与蒙古军十万之众,避开袁崇焕在宁远、锦州的坚固防线，绕道辽西，经过蒙古哈喇慎部，从喜峰口攻入关内。一路杀掠，几乎没有遇到任何阻击，铁骑直接威胁京师。十一月初一，京师宣布戒严。

袁崇焕身负蓟辽督师的重任，蓟州镇以及顺天府都在他的辖区范围之内，敌军兵临遵化城下后，他立即派遣总兵赵率教前往救援。赵率教是一员悍将，原任蓟镇总兵，现任山海关总兵，对蓟州一带的情况非常熟悉。经过三昼夜急行军赶到蓟州镇驻地，在遵化城下和满蒙骑兵展开激战。但不幸的是，他被流矢射中阵亡，以致全军覆没。第二天，遵化县城起火，守军崩溃，巡抚自缢，副总兵潜逃，总兵与妻子上吊自杀。

如此惨败的结局，让袁崇焕始料不及。十一月初五，他亲自率领部队增援，并把部署情况及时报告给朝廷。

鉴于形势严峻，内阁大学士成基命向皇上推荐孙承宗为兵部尚书兼中极殿大学士，督理兵马钱粮，并驻扎通州，以确保京师安全。

朱由检马上召见孙承宗，磋商京师防务大计。孙承宗主张布防于蓟州、顺义、三河一线，认为三河位于蓟州与通州之间，守住三河，就可以挫败敌军进犯通州逼近北京的企图；也可以阻止敌军南下香河、武清，包抄北京的南翼阴谋。

袁崇焕增援京城时，发现敌军已经越过蓟州向京城进发。他没有及时进行阻击，而是指挥部队在后面跟踪。这样一来，造成了后金军队连续攻陷京城东面的屏障玉田、三河、香河、顺义等县。

十一月十五日，袁崇焕赶到河西，向将领们布置前往京城的行军方案时，遭到了副总兵等将领们的反对。按照惯例，边防军没有得到圣旨，断不可屯驻北京城下。可袁崇焕却固执己见，声称"为了救君父之急，虽死无憾"。

袁崇焕先是跟踪敌军，后来又退守京都的战术，在旁观者看来，无异于纵敌深入，是有意把战火引到了京城之下。这就引起了京郊达官贵人的强烈不满，人们议论纷纷并上疏朝廷："袁崇焕名为支援，实际却不敢抗击，听任敌军劫掠焚烧，导致被敌军蹂躏殆尽。"

袁崇焕在前往京城途中，就已经听到了他故意引后金军深入的传说，就赶紧上疏向皇帝引咎自责。皇帝朱由检倒是颇为体谅，并下旨安慰："卿驻防关外，兵力已经十分拮据，能够统兵前来，实属不易，希望一心一意调度，务收全胜，不必引咎。"

皇帝如此宽容，袁崇焕顿时安下心来。十一月十七日晚，袁崇焕率军抵达广渠门外时，后金军队也随之来到京城外围。

第二天清晨，又有传言说袁崇焕故意招引敌人。袁崇焕没有理会人们的议论，率领总兵祖大寿在广渠门与敌军展开一场殊死战，迫使皇太极退兵南海子。

十一月二十三日，皇帝朱由检在平台召见了袁崇焕、满桂、祖大寿、黑云龙等将领以及兵部尚书。此时，皇帝朱由检已经获悉袁崇焕与皇太极有密约的情报。为了稳定军心，驱逐来犯之敌，也为了嘉奖德胜门、广渠门之战的有功人员，皇帝装出若无其事的样子。

袁崇焕接到皇上的召见令后，鉴于兵临城下的危局，颇感自咎，心中忐忑不安。同时也做好了最坏的准备，进宫时穿着蓝布衣服，戴上黑色帽子。见到同僚后，袁崇焕极力夸张敌军势，还说皇太极来就是要做皇帝的。

袁崇焕见了皇帝后，极力强调局势危急等因素。朱由检顾左右而言他，一味对众将领表示慰劳，还把自己身上的貂皮大衣解下来给袁崇焕披上，并向他征询战守的策略。当袁崇焕提出连日征战，兵马疲惫不堪，希望进城休整时，被朱由检毫不犹豫地断然拒绝。

经过几天艰苦的战斗，皇太极无心恋战，主动撤退，京城外围局势才趋于平静。

十二月初一，朱由检任命司礼监太监沈良佐、内官监太监吕直负责京师九门及皇城防务，司礼监太监李凤翔负责指挥忠勇营、京营。还把京城与皇城的警卫完全置于自己的直接控制之下。

朱由检做好一系列布置后，又下令召见袁崇焕。袁崇焕正在指挥军队追踪敌军，太监传达圣旨："皇上召见，议论军饷事宜，立即丢下军务赶往宫中。"

袁崇焕不敢怠慢，当来到平台时，应召的满桂、祖大寿等将领已经先到。朱由检上次召见，袁崇焕感到他对自己一如既往地信赖，今天就不再惶恐。

朱由检突然直截了当地向袁崇焕提出三个问题："为什么要杀毛文龙？为什么逗留拖延不与敌军力战？敌军进犯京城时，为什么故意击伤满桂？"

袁崇焕听了后，感到丈二和尚摸不着头脑，一时语塞，又无言以对，更没有进行申辩。

朱由检见状就没再继续审问，而是厉声下令："着锦衣卫拿下！"

锦衣卫士兵一拥而上，脱去袁崇焕的朝服。皇帝突如其来的决定，把袁崇焕的爱将祖大寿惊讶得浑身战栗，以致举止失措，朝廷内外都感到十分震惊。

内阁大学士极力劝谏，请皇上慎重从事。朱由检不但不听，而且还严厉地说:"朕把辽东事务全权托付给他袁崇焕,身为督师,对于胡骑如此猖狂,竟然没有预防措施,导致敌军深入内地。他虽日夜兼程赴援,但已经贻误战机,功不抵罪,暂时革职,听候审查。"

朱由检不由分说,命令把袁崇焕投入镇抚司监狱。

第十七章

　　王铎听了文震孟讲的"己巳之变"经过，感到皇帝对袁崇焕的处置太过于草率，心情有些沮丧。

　　文震孟见状，似乎已到嘴边的话又咽了回去。王铎抬头看看文震孟欲言又止的表情，就问："文起兄，你好像还有话要说？"

　　文震孟没有直接回答，反而问了一句："你回京后还没有去看望乔大人吧？"

　　"是啊，我昨晚刚到，还没来得及呢。"王铎如实回答后，感到文震孟话里有话，"文起兄，是不是出啥事了？"

　　文震孟眉头皱起来，然后又摇摇头，表情很痛苦地说："乔大人被皇上下令抓进了大牢。"

　　文震孟的话犹如五雷轰顶，令王铎当场一阵眩晕，喃喃地自言自语："咋会是这样，先生不是刚被任命为刑部尚书吗？"

　　文震孟给他递过去一杯茶，王铎没接茶杯，而是猛然站起，顿时有些失态地声嘶力竭起来："这到底是为啥呀？"

　　文震孟很理解王铎的心情，任由他大喊大叫了一阵。等他情绪慢慢稳定下来后，才告诉他说："袁崇焕被投入镇抚司监狱，祖大寿吓得逃跑后，朝廷上下人心惶惶，各衙门也乱作一团。混乱中刑部大牢失于防范，在押的一百七十名囚犯乘机越狱逃跑，不过在准备跳城远遁的时候又被抓获。皇上闻讯后，龙颜大怒，下诏逮捕了乔先生和左侍郎胡世赏以及提牢主事等人。"

　　王铎眼前立刻浮现出了恩师乔允升那白发苍苍的身影。从恩师和袁崇焕的事件上，王铎深深体会到了什么叫作伴君如伴虎。

　　皇上不按大律处置，动辄就把大臣投入牢狱的做法，让王铎无论如何也想不通，喃喃地说："按照大律，大臣出现失误也不应该受此罪啊。"

　　王铎很担心恩师的身体，只好求文震孟营救："文起兄，老人家偌大年纪，在狱中哪能受得了，请您务必想办法救他出去。"

　　文震孟劝慰王铎："觉斯啊，你先沉住气，现在皇上正在气头上，等他平静下来后，我再找机会劝谏。"

王铎抱拳拱手一再致谢，对朝廷发生的其他事情无心再听，起身告别后急速来到乔允升家。

乔允升的家人都聚集在客厅里焦躁不安，唯有满头白发的师母很冷静。王铎来到老人面前，安慰老人几句后，告诉她一定想尽办法营救恩师。

师母听后反而说："觉斯啊，你千万别冲动。至于怎么办，你老师有封信，让我要亲手交给你，务必按他的意思去办。"

王铎很疑惑地问："老师知道我回来？"

"知子莫若父，知学生莫如老师。你的性格他最清楚，在京师危急之际，他知道你肯定要回来。"师母说着起身把乔允升的书信拿出来，然后郑重地交给王铎。

王铎接过书信，真是见信如面，不由得激动万分。急忙打开书信，只见上面写道："觉斯贤契，建虏贼寇兵临城下，京师一片混乱。你乃忠勇之士，料你闻知后必然赴京卫师，誓与贼寇决雌雄。据我观察分析，区区二十万贼寇，围攻京师是虚，试探大明是实。现皇上幼冲，方寸已大乱，军国大事不按章法处置，稍有不合己意就严惩大臣。囚犯越狱事发突然，事件虽已制止，但皇上绝不会轻易放过，老夫也已做好准备。皇帝最恨大臣结党，倘若我有不测，万不可联络友人上疏营救。否则他定会怀疑是结党，为师将永远也走不出牢狱大门了。你要耐心等待，静观其变。切记切记！"

王铎反复看着恩师的书信，感到既无助又无奈。此次来京，本来是满怀一腔热血，誓与贼寇血战到底的，到京后建虏却早已满载着掠夺的大批财宝、粮食、牲畜、器械回到了关外。自己的抱负没有实现，听到的却是恩师和三军元帅都被投入牢狱。

王铎悲痛万分，泪流满面而不能自制。回家后一头扎进书房里，失声痛哭起来。马瑞云看到这种情况，知道他肯定是遇到了痛心的事，就百般劝慰，并从中知道了事情的真相。

新年虽然马上就要到了，由于京城让金军围攻了一阵，显得十分冷清。

为了缓解王铎郁闷的心情，马瑞云提议去看望黄道周的家眷。王铎也曾对黄道周说过，过几天就带着家眷登门恭贺。最近王铎心情抑郁烦躁，差一点给忘到脑后。经马瑞云一提醒，就立即冒着严寒去看望黄道周一家。

王铎和马瑞云来到黄道周家时，黄锦夫妇正好也来拜访，同年带家眷相聚更是十分难得。

家眷们虽然都是初次见面，但各自都听家中男人经常提起。经黄道周简单介绍后，马瑞云和蔡玉卿马上就热聊起来。

蔡玉卿年轻俊俏，知书达理，贤惠至孝，又直爽好客，性格与马瑞云极为相似，不一会儿她们就如同姐妹一般亲热。俗话说三个女人一台戏，女人们亲热，男人心里更温暖。

黄道周此时就想起了倪元璐，带着遗憾说："玉汝要是也在京的话，他家弟妹与大家相聚就更热闹了。"

王铎疑惑倪元璐为啥没来，黄道周告诉他："去年四月，玉汝被委任留都南京国子监司业，已经走马上任了。"

"三珠树"不能相聚，王铎虽然感到有些遗憾，但却为他升迁而高兴："真是可喜可贺，玉汝就可以把老母亲接到留都了。"

黄道周说："是啊，他赴任后的第一件事，就是把老母亲接到了留都南京。"

王铎高兴地说："母子团圆，在老人膝下尽孝，真是忠孝两全啊。"

黄道周说："是啊，南京国子监官署本来就是一处有山水的园林。他在园子里又修建了一个走廊，临窗可以俯瞰水池。池中又有曲桥回栏，闲逸时还可以荡桨弄水，好不快乐。"

王铎听后很羡慕："陪同母亲尽享天伦之乐，真是让人太羡慕了。"

黄道周说："他还养了几只大白鹅，驯养知意，或衔松枝以起舞，或振翅而冲霄，其闲情逸致简直比王右军还要优哉。"

王铎羡慕得不得了："真是神仙过的日子啊。"

王铎、黄道周羡慕倪元璐，黄锦羡慕他们三人的友情，就少不了又提起"三珠树"。然后，自然又聊起在翰林院赋诗、写文章、读帖练字的情景。

王铎看着黄道周，就又想起了张瑞图，就提议找机会前去拜访。

黄道周立即响应，但黄锦却没有答话。王铎感到纳闷："孚元兄，你倒是说句话啊。"

黄锦表情严肃起来说："看来你们俩还有所不知，二水先生被列入交结近侍又次等逆案，已经被罢免归籍了。"

王铎不解其中的缘故："我探亲前夕去看望先生，他曾上疏提出乞休回家，皇上还一再挽留，咋就成了阉党的人呢？"

黄锦说："事情说起来有些复杂。在清理阉党的过程中，皇上让内阁先确定逆案名单，并提出既要除恶务尽，无一遗漏，又要区别对待，还要在朝廷高层商定，以免受外界干扰。身负重任的内阁大臣却都是畏首畏尾，力图用和稀泥的方式了结此事。首辅韩爌不想牵扯太多的人，首次只提出名单四十五人。皇上看了后很不高兴，下令再扩大范围。第二次上报时也没超过百人，皇上看后大发雷霆，感到清查阉党阻力太大，就干脆自己出手。经过认真甄别后确定了二百五十八人，并以御旨的形式公布了逆案名单。除了首逆魏忠贤、客氏已正典刑，其余分为七类：首逆同谋六人、结交近侍十九人、结交近侍次等十一人、逆孽军犯三十五人、谄附拥戴军犯十五人、结交近侍又次等一百二十八人、祠颂四十四人。"

王铎感到皇上在清理逆案时，打击面有些太过宽广："牵扯如此众多朝臣，对朝局稳定可是不利啊。"

"事情都已经过去了，而且皇上早已有了定论，咱们再有好的建议也无用。"黄锦劝了王铎一句，继续说，"觉斯，你回家期间朝廷发生了很多事。"

"是啊，我回来后就看到很多奇怪的事情，真是让人想不通。"王铎直言说出心中的疑惑，"就说袁督师吧，传说是他把建虏带来的，皇上也深信不疑，真是让人匪夷所思。"

黄锦回头看一眼王铎，严肃地埋怨说："觉斯这话太过敏感！"

王铎和黄道周都不再说话，眼睛直直地盯着黄锦。他也知道两人的倔脾气，叹口气才谈了自己的看法："如果说金军是袁督师引来的，现在还没有找出任何理由。不过话又说回来，这次建虏敢于兵临京城之下，与他杀毛文龙确实有直接关系。"

黄道周很疑惑："这与毛文龙有什么关系？"

黄锦肯定地说："关系可大了，毛文龙所在的皮岛，都说是后金的后院。如果毛文龙在的话，后金南下就会顾忌被抄老窝。袁崇焕杀了毛文龙，为皇太极大举南下解除了后顾之忧，才最终导致了兵临城下。"

王铎说："据说毛文龙对后金的牵制作用和对其腹地的威胁都极大，以至于座师孙承宗、袁可立都曾给予过很高的评价。"

"是啊，以前毛文龙的确对后金起到了很大牵制作用，但也有人说他与后金议和，但却没有真凭实据。"黄锦在京城得到了很多的信息，说起来都是有根有据的，"袁督师擅自斩杀毛文龙，在历史上实乃少见，其真实意图目前还是个谜。"

王铎开始很震惊，琢磨了一会儿又说："先不说袁督师杀毛文龙真正目的，但话又说回来，也是他毛文龙咎由自取。"

"孚元兄，别用这种眼神看我，要是把话再说重一点，毛文龙是个忘恩负义之徒。"黄锦听了王铎的话瞪大了眼睛，王铎接着说，"想当初座师袁可立巡抚节镇登莱期间，上任还不到十个月，就举荐毛文龙加秩进阶直赐尚方剑。后来座师奉旨核查他的战报和军饷时，他却反过来加以忌恨。在阉党欲除掉座师时，他还轮番恶意攻击，以至于先帝都看不过去，公开为座师打抱不平。"

黄道周也大发感慨，说："是啊，座师以大明江山社稷为重，认为毛文龙事关明金战争大局，不是随便找个人就能替代的，最后自己选择了功成身退。座师乞休后，毛文龙更加肆无忌惮，狂妄自大，最终导致了悲剧发生。"

王铎和黄道周说的都是事实，黄锦没有再说什么。停了一会儿，黄锦说："觉斯啊，先不说毛文龙是不是咎由自取，还是关心一下你那兵部侍郎乡党侯恂吧。"

王铎听了心里一惊，他和侯恂已经多年不曾见面了，的确很关切："若谷兄咋了？"

黄锦说："侯恂受了重伤，正在家养伤呢，你应该尽快去看望。具体的原因你去了就知道了。"

自从侯恂巡按贵州后，王铎与他就再也没有见过面，但有些情况还是比较了解。

天启二年，侯恂巡按贵州，帮助中丞朱燮元等平息贵州水西土目安邦彦叛乱，以解贵州之围。天启四年，因平乱有功，准备擢升侯恂为京卿时，受到了魏忠贤阉党横加阻拦。当时，侯恂的父亲侯执蒲以刚正不阿而闻名朝野，受到赵南星等大臣的信任。同时，侯恂的弟弟侯恪与同朝的东林党人关系很好，阉党把他们父子都视为东林党。在红丸、移宫两案中，侯恂与魏忠贤等奸党又曾针锋相对。因此，魏忠贤阉党把侯氏父子视为眼中钉，不久他们相继被罢官。朱由检登基后，侯恂被起用并擢升为兵部侍郎。

王铎很挂念侯恂的伤情，第二天就登门看望，见他依然还躺在床上。

王铎不再顾忌礼节，走到床前拉着侯恂的手说："若谷兄，你这是咋弄的？"

他们虽然多年不见，见面仍然感到十分亲切。侯恂让家仆倒茶，然后才轻描淡写地说："可能是该着我倒霉，去黄花镇巡边时遇到火灾，引起火箭火炮全部爆炸，就被炸成了重伤。"

王铎很担心，关切地问："伤得很重吗？"

"没事，侥幸捡回了一条老命。"侯恂满不在乎地说着，然后又乐观地说，"现在已经好多了，再过一段时间就基本痊愈了。"

王铎劝慰说："养伤也不是一时半会儿的事，要静下心来慢慢养。"

侯恂说："我曾提出回河南老家休养，可皇上不同意，说边境戒严，昌镇亟须饬备，令我在京城休息治疗，不得引咎辞职。"

王铎说："既然皇上有圣旨，你就安心调养，把身体尽快恢复起来。"

侯恂说："放心吧，我会注意的。"

王铎看了侯恂的精神状态才松了口气，就顺便聊起巡边情况："听说黄花镇的长城雄伟险峻,是边防的重镇。"

侯恂说:"是啊,黄花镇长城不仅守卫着京师的北大门,而且还是护卫皇陵的重要门户。"

王铎说:"如此重要的关隘交给你,这是皇上对你的极大信任,你应该让身体尽快好起来。"

后来,王铎又问起侯恪被任命为南京国子监祭酒后的情况。侯恂说他爱喝酒的老毛病改不了,身体状况不是太好。为此事全家人没少规劝,可他就是听不进去,真是让人不省心。王铎听了也很为侯恪的身体担心。

老朋友多年不见,自然有说不完的话。

崇祯三年的春天来得迟缓,已经是五月了,依然寒意未尽。

王铎一直挂念着狱中的恩师,担心他的身体吃不消。再次找到文震孟,想再打探一下皇上对恩师的态度,也想让他找个机会劝谏求情,尽快将恩师放出来。

文震孟见到王铎,脸上洋溢着笑容。王铎不解其意,文震孟就直言相告:"告诉你个好消息,过几天乔大人就可以回家了。"

喜讯来得有些突然,让王铎有些不敢相信,待确认后立即抱拳表达谢意:"多谢年兄,弟当没齿不忘您的大恩大德!"

"觉斯言重了。"文震孟让王铎坐下后,对他说明了详情,"皇上在火头上时,公卿大臣无人敢谏,我也不敢贸然劝谏,只能寻找机会。当轮到我讲解《鲁论》时,正讲到'君使臣以礼,臣事君以忠',我觉得正是劝谏的好机会,就反复讲君主应该按照礼的要求去使唤臣子,而臣子应该以忠来侍奉君主的道理。皇上虽然年轻,但他何等聪明,马上就感悟到对乔大人的处理过重了。皇上是个很爱面子的人,还需要有个下台阶的过程,我预感很快就会把乔大人放出来了。"

文震孟为人刚直清正、威武不能屈、富贵不能淫、疾恶如仇、敢于弹劾又直言无忌的作风和性格,令王铎更加佩服。

王铎的心情好起来了,真诚地对文震孟说:"文起兄,等恩师出狱后,定要请你到家中一聚,咱们来个一醉方休。"

文震孟推辞说:"觉斯太客气了。"

"绝对不是客气。"王铎固执地说,然后又解释一番,"听说钱牧斋已经擢升为詹事府詹事,到时候把他叫上,我再当面向他讨教一番。"

文震孟听了后摇摇头,很惋惜地说:"钱牧斋真是仕途坎坷啊,转任礼部侍郎兼翰林院侍读学士不久,就又被赶回老家了。"

王铎本来想与江左才子再进行一番切磋，文震孟的话让他吃了一惊。文震孟见王铎呆呆地发愣，就把钱谦益被赶走的经过告诉了他。

　　皇帝提出要改组内阁，让吏部提出了一份建议名单，其中有礼部侍郎钱谦益、吏部尚书王永光、都察院左都御史曹于汴、吏部侍郎成基命等十一人。这十一个人中，有的是东林党中的骨干人物，也有的是东林党的好朋友。特别是被人称为"东林浪子"的钱谦益，由于机智博学、风流倜傥，而且诗名卓著，是闻名全国的江左才子。鉴于他的名望和才干，东林党人对他的入阁都抱有极大的希望。

　　按照一般惯例，礼部尚书温体仁和礼部侍郎周延儒也应该被推荐为内阁候选人。吏部提出的名单中，却没有他俩的名字。皇帝朱由检看了会推名单后，见没有温体仁、周延儒的名字，对会推的人员也产生了怀疑。

　　温体仁和周延儒觊觎内阁已久，也颇受皇帝赞许。两人心里很不服气，于是就联起手来，千方百计地把局面搅乱。

　　温体仁，字长卿，湖州府乌程县人，万历二十六年进士。在魏忠贤专权时期，他官至礼部侍郎，但没有参加阉党的政治阴谋活动，也没有无耻吹捧魏忠贤等人。崇祯元年被晋升为礼部尚书，协理詹事府事。

　　周延儒，字玉绳，常州府宜兴县人，万历四十一年会试、殿试都获得第一，每次对话都令皇帝十分满意。天启后期任少詹事，掌南京翰林院事，也没有追随阉党的劣迹。崇祯元年被提升为礼部侍郎。

　　温体仁工于心计，揣测自己和周延儒都不在名单之内，皇帝必然怀疑名单是结党营私的产物。周延儒则很自信地认为，此番推举阁员，只要他的名字列入名单，皇帝必定点用。

　　周延儒和温体仁为了否定吏部推荐的名单，就集中力量攻击人气最旺的钱谦益。温体仁呈上《直发盖世神奸疏》，不惜翻出天启元年已经结案的科举考试舞弊事件重新提起，攻击钱谦益身为主考官，竟然舞弊受贿，还企图把持"枚卜"，想推举谁就推举谁，这种人绝不能成为阁员候选人。

　　一石激起千层浪，此事立即在朝廷高层引起轩然大波，使得入阁呼声最高、名声最大的钱谦益处于十分尴尬的境地。周延儒还到处散布流言蜚语，说这次会推完全是钱谦益的同党所把持。

　　朱由检最不能容忍大臣结党营私，欺君罔上。看到温体仁的奏疏后，第二天就在文华殿召见大臣，让温体仁与钱谦益当面对质。他要通过这件事，也杀一杀政坛上的朋党习气。

　　温体仁要借考试舞弊案，以达到取消钱谦益阁员候选人资格的目的，说："此番枚卜，都是钱谦益事体。如今枚卜，不该推他在里面。"

钱谦益虽是文坛高手，又写得一手好诗文，但书生气太重，竟然还谦逊地承认温体仁对他的弹劾是对的。

温体仁用谦虚的话讨好皇帝朱由检说："陛下，对于我本人在不在会推名单当中，我并不介意，只是不忍心看到有人欺君罔上，使得皇上孤立。"

朱由检问温体仁谁是奸党时，温体仁把主持枚卜的吏部尚书王永光等人与钱谦益牵扯在一起，说他们结党营私。

内阁大臣钱龙锡公道地说："皇上会推的各位大臣，品望不同，有的是才品，有的是清品，很难十全十美。人品清高者，有人说他偏执；有才识学问者，有人说他有党。"

钱龙锡还以婉转的语气，表达了对温体仁的不满，以阻止温体仁、周延儒进入内阁名单，其他群臣也纷纷斥责温体仁诬陷贤臣。正是因为朝臣普遍都支持钱谦益，才使得朱由检感到温体仁对钱谦益结党营私的指控更为可信。

周延儒内心也很清楚，只有彻底推翻会推的名单，他才有希望入阁，因此就把会推说得一无是处。并顺着朱由检的思路说："所谓会推，似乎很公正，其实不然，只是一两个人在把持，诸臣都不敢开口，即使开口也无益，徒是言出而祸随。"

周延儒的话正中朱由检下怀，立即给予称赞，沉思片刻后，提起朱笔写下一道谕旨："钱谦益关节有据，受贿是实，又滥及枚卜，有党可知。祖法凛在，朕不敢私，着革了职。九卿科道从公依律会议具奏，不得徇私党比，以取罪责。其钱千秋案，着法司严提究问，拟罪具奏。"

这场辩论从白天持续到深夜，得出的结论是钱谦益革职听候审查，钱千秋案重新提审判罪；与钱谦益有牵连的官员房可壮、瞿式耜等人被降三级，由京官调为地方官。

皇帝朱由检轻信谗言，处理不公。温体仁、周延儒用无赖手段诬陷钱谦益，引起了朝廷官员的不满，人们议论纷纷。

通过这场会推，人们彻底看清楚了温体仁、周延儒的嘴脸：温体仁外表温文尔雅，其实城府极深，诡计多端，外表曲谨，内里猛鸷，机深刺骨，阴险至极；周延儒非常有才华，生性精敏，善于窥探皇帝心意，人品卑劣。

钱谦益参加内阁选举不成，还受到温体仁、周延儒的诬陷，被革职赶回老家。对于官场的险恶感慨系之，为此写了《奉严旨革职待罪感恩述事》二十首诗，以抒发内心的苦闷。

文震孟说的两件事，让王铎喜忧参半。钱谦益的事他无能为力，他就把恩师即将出狱的喜讯告诉了师母，乔家人简直是欣喜若狂。

正在这个当口，王铎突然接到家书，信中说奶奶已于正月初六因病去世。

王铎看后悲恸欲绝，奶奶从小疼爱他的情景不时浮现在眼前。去年回京时，奶奶身体已经有些虚弱多病。在国难当头、京城危急之时，奶奶和爹都极力支持他要尽大孝。万万没有想到，这次的分别竟成了和奶奶的诀别。

奶奶的去世，令王铎非常难过。朝廷发生的事情令他很不解：给朝廷上的奏折一直无人问津；皇帝不按大律把恩师投入牢狱，不分青红皂白把督师袁崇焕打入诏狱，不分忠奸又将钱谦益革职赶回老家。这一桩桩一件件，既轻率武断又有失公允，让朝野上下大为失望。

马瑞云见王铎很郁闷，既担心他的身体，也挂念在老家的小女儿，就提出回家一趟。

王铎心情郁闷无处叙说，也是思念奶奶心切，最后赌气离开了京城，回到老家跪在奶奶坟墓前痛哭了一场。爹告诉他奶奶是高寿去世，在老家这是喜丧，让他不要太难过。

王铎在家期间，每天先祭拜奶奶，然后再辅导弟弟、子侄们读书，还要给他们讲解枯燥的八股文。

夜深人静之时，王铎又拿起常读的杜甫诗卷品读起来。当读到《秋兴八首》时，感到其章法结构、声律节奏、情景交融以及用字精练等方面都妙不可言。这组诗从夔州写到长安，又从长安写到夔州，回环往复而章法井然。从表面上看，每首诗都是独立的，而实际上又是有机的整体。

《秋兴八首》王铎读过无数次，今天读来感受到了别样的意境。这组诗是杜甫生活最困苦时所作，他既担忧时局，又深知自己无力匡扶国运。就将自己暮年多病的苦况、关心国家命运的深情以及对昔日长安的怀念，并结合萧森的秋景，熔铸于诗作中，写成了悲壮苍凉、意境深阔的诗篇。

王铎从中感受到了诗人内心的压抑和凄凉意境，进一步体会到了诗人沉郁顿挫、充满悲慨的感情，自然也想起了杜甫的曲折的一生。

王铎深刻地感到，自己现在的处境与杜甫何其相似：进入翰林院以来，虽然历任检讨、经筵文华殿侍从、翰林院侍讲，但都不能施展自己的抱负，实现匡扶"贞观之治"的理想更是遥遥无期。铲除阉党已经三年有余，朝廷却仍然面临着内外交困的境地，自己上疏的"对内实行减缓税负、无为而治、简廉吏治；对外实行严阵守边、体恤将士"的主张始终也无人问津。朝中阉党残渣余孽与东林党还在明争暗斗，皇上既妒贤嫉能、心胸狭窄又刚愎自用的性格，越来越让大臣反感。

王铎越想越充满了愤懑和失望，更为大明社稷的安危忧心忡忡。

王铖看在眼里，就向爹提出陪大哥到附近散散心。王本仁欣然同意。

王铎经不起王镛、王铖的劝说，才答应去柳寺去看望一衲和尚。

柳寺是王铎小时候常跟奶奶和娘拜佛的地方。王铎几次回家去看望一衲和尚,他都在外云游。

柳寺坐落在蜿蜒逶迤的百里邙山北麓,晨钟暮鼓响彻天空。寺内古柳昂首云天,枝繁叶茂;松柏枝干虬曲苍劲,巍峨挺拔。寺院里香火旺盛,香烟缭绕似浮云,使人如登凌霄游仙界。

走进大殿,王铎给白眉罗汉上香叩首。看着白眉罗汉的塑像,又想起了奶奶曾多次讲的故事:白眉罗汉在众多罗汉中,本来应坐第一把交椅。后来他为了炫耀自己,把自己的紫檀钵挂在离地二丈高的墙上,然后得意地问众生:"你们谁能不用梯子、竹竿把它取下来,我就把钵送给谁。"芸芸众生当然无法办到,最后他自己飞身把钵取下来。佛祖释迦牟尼知道后,对他进行了严厉训斥,并罚他永住尘世,不得涅槃。

王铎把故事讲给弟弟们听,最后还谆谆告诫大家:"这个故事告诉我们一个道理,即使有本事也不能卖弄,否则就会受到惩罚。"

大家怀着虔诚之心,先叩拜白眉罗汉,又参拜佛祖释迦牟尼和大慈大悲的观世音菩萨,祈求保佑爹娘身体康泰。

进入内院,王铎再次探望一衲和尚时,他依然在外云游,不知归期。这虽在王铎意料之中,但还是感到很沮丧。

中午时分,大家来到远望楼,见这里摆放着石桌、石凳,就停下来歇息。王镛看看天色已经近午,就让家仆把早已备好的饭菜端上,七手八脚摆开。王钺则把另一个石桌收拾干净,准备好文房四宝,以备大哥酒后挥毫泼墨。

酒过数巡后,大家就少不得赋诗对句。王钺就开始起哄:"李白酒后诗百篇,右军酒后书兰亭,大哥酒后……"

王钺话还没说完,自己就先大笑起来。王镛用手指着他说:"好你个老三啊,你不就是想让大哥赋诗吗,还绕了这么大个弯子。"

王铎乃是性情中人,即使不用激将法,在这种幽美清净的环境中,也诗如泉涌。只见他端坐在远望楼平台,俯瞰着逶迤的邙山丘壑和波浪翻滚的黄河感慨万千。稍加思索,缓缓来到石桌前,轻轻拿起毛笔,饱蘸浓墨,写了一篇《游柳寺赋》:

> 鸿蒙开辟,乾坤初分;文明启肇,天地氤氲。草木蕃而生灵现,雨雪霁而万物苏。太行突兀千里兮展其壮美,大河奔腾万曲兮逞其伟志。洛都帝宅繁华冷淡数百轮回,北邙故土苍茫浮沉几度变迁。时值仲夏,重晤嘉友。登邙阴之山道,抚楼台之翠柳。望北国之烽

烟，忧西土之寇仇。天道何至于斯兮，荆棘蔽途；地道何以淹蹇兮，骨肉剥残。龙泉摧折兮赤兔远遁，良弓空悬兮金矢弦断。书生空怀平安之策，勇将慨叹收复之志。虎狼舞爪逞噬血之能，鼠狐阴谋施盗宝之奸。荷戟彷徨兮斗士枵腹，拔剑踌躇兮将军寒心。口诛笔伐竟受杖流之谴，魂断躯捐反遭斧钺之诛。颠倒乾坤，明珠陷于泥污；反复日月，社鼠舞之明堂。

噫！三春烟树迷蒙无踪，翠色隐匿；九曲黄河呜咽有泪，神龙遁藏。

噫！君子潜渊待时，时至何不能奋？神鱼飞跃涉险，险过犹有余伤。皮骨柱存，拨草观蚁斗；法王忍辱，洗砚觉鱼腥。柳寺登高，留眼看飞白；邙岭临暮，余心感坠红。倡祸何时止，鹎鸟夜欺良人；冠缨果累身，滩涂不靖风尘。薪胆空劳碌，始知一身清淡；松坛驱狐魅，犹信丹丸难求。

已矣乎！吾将披藤萝觅于山岩，揭青苔冀探泉根；倚南山而寄诗墨，潜丘壑以娱怀抱。彭泽若知，肯梦晤否？

王铎忧国忧民的情怀抒发得淋漓尽致，也使在场的弟弟们都激情澎湃。

王鑨对大哥的学问、文笔更为敬仰。自从陪同大哥游览柳寺后，更加刻苦地读书、练字，经常请教问题。

初夏来临，天气开始热起来。王铎在辅导弟弟、子侄读书之余，又拿出近几年写的一百四十余卷诗文，再次认真地审视起来。同年挚友黄道周，对这本集子给予了肯定，写了序言，王铎心里感到很欣慰也很得意，更有一种自豪感和成就感。

王铎看着厚厚的《王觉斯初集》诗文初稿，考虑再三，觉得应该把它刻印出来，而且几个弟弟也曾多次劝说。这些诗文既是自己坎坷仕途的写照，也是对历史的真实再现。

王铎守候着爹娘，享受着天伦之乐，时间过得飞快，转眼间就到了秋季。听说张鼎延还在永宁老家，就决定再去看望一次。

王铎的再次探望，让张鼎延感到极大的安慰。

为了安慰张鼎延父子，王铎一直陪同他们待到深秋。在返回路过少室山时，王铎登上山顶，看着奇异的景观，似乎成了一幅美妙的书法艺术品：三十六峰簇拥起伏，有的像猛虎蹲坐，有的似雄狮起舞，有的若巨龙睡眠，有的如乌龟爬行，峰峦参差，峡谷纵横，逶迤延绵，颇为壮观。

来到嵩山中岳庙，看到的是一座建于秦朝时期的庙宇，历代帝王都曾来此登临，武则天登嵩山时封为"中岳"。远观中岳庙飞甍映日，雕梁画栋，金碧辉煌。近看天中阁，是重檐绿瓦，飞檐凌空。

来到峻极门东侧的四角亭，看到的是高大的中岳嵩高灵庙碑。字体结构严整，笔调朴实健捷，似汉碑古制，王铎感到沉异奇古，很可惜的是字迹大多已经剥落。走进峻极门外，又看到一座五岳真形图碑。上面是按照"西岳如立、东岳如坐、北岳如行、南岳如飞、中岳如卧"绘制的五岳真形图，代表着五岳象形。

从南向北拾级而上，来到八角重檐黄瓦琉璃亭。当年汉武帝刘彻游嵩山时，见黄云盖其顶，预示着吉祥之意，随即封为"黄盖峰"。

王铎站在亭上，俯瞰着中岳庙全景，那宫殿气势之恢宏、庙内碑碣之林立、古柏参天之美景尽收眼底。

王铎远眺环顾着苍翠群山，心里仍然想着后金屡次入关掠夺、百姓税负苦不堪言的内忧外患。上疏的建言无人问津，内心苦闷时，时常自责不能拯救苦难中的百姓，现在只能寄情于山水，以赋诗来抒发内心的感慨：

    高歌凌虚岳色开，朔风萧瑟自天来。
    秦关不断兵戈气，洛土还闻租税催。
    极目紫霄双洒泪，放歌黄盖一登台。
    何当苏却苍生望，惆怅岩泉愧不才。

第十八章

崇祯四年春，王铎返京时准备带爹娘一起走，爹说要在家给奶奶丁忧，娘说要陪着爹。王铎拗不过爹娘，考虑到五弟王镡比较顽皮，想亲自教导他读书，也想让他和王无党到京城见见世面，就提出带上他们一起走。爹娘点头后，就把既懂事又爱读书的王无咎留下来陪双亲，然后带着家眷启程了。这次回京人多，路上的行动就显得很迟缓，经历了近两个月才回到京城。

第二天，王铎做的第一件事就是去看望恩师。当他急匆匆来到乔允升府邸时，大门却是紧闭的。王铎敲了半天，大门才缓缓开了一条小缝，露出老管家的面孔。老人家见是王铎，赶快打开大门让他进去。

王铎进门后，看到整个院子到处杂草丛生，感到很疑惑，边往里走边问老师的情况："老人家，我老师最近……"

王铎话还没有说完，老管家就已泣不成声了，呜咽着说："王大人，你咋才来呢，老爷一家早就被流放了！"

"流放"两个字犹如晴天霹雳，惊得王铎目瞪口呆。流放至少要在两千里之外，已是古稀的恩师哪能经得起长途跋涉啊？

王铎突然仰望天空，失控地大喊起来："苍天啊，这是为什么？"

管家想安慰王铎，但不知道该说什么好。王铎似是质问管家："我探亲走时，文起兄告诉我恩师很快就要出狱了，咋又成了流放呢？"

管家直摇头，王铎像发了疯一样往外跑去。

王铎跑到詹事府，没有找到文震孟。来到翰林院去找黄道周，也不见他的踪影。最后见到黄锦时，黄锦告诉他一些情况："觉斯，你走之后，朝廷又发生了很多事情。别有用心的人诬陷文起兄与钱龙锡有瓜葛，他已辞官回家了。"

当问起黄道周时，黄锦告诉他，黄道周已被擢升为詹事府右中允。同时还告诉他，倪元璐去年被擢升为右中丞，送母亲归里后已经回京。

王铎急忙先找到黄道周家，想当面再问个究竟。此时，黄道周正在陪同夫人蔡玉卿在院子里散步。王铎看得出，蔡玉卿已经身怀六甲。

黄道周见王铎突然进来，高兴得有些手舞足蹈，蔡玉卿忙把双手放在右侧道万福。

王铎抱拳拱手问安。黄道周见王铎脸色凝重，就赶快把他请到书房，让书童端上好茶，两人就聊起分别后的情况。

王铎本来想打听恩师流放的事，看着黄道周满脸的幸福神色，只好先改变了话题："幼玄兄，我看嫂夫人已身怀六甲，提前恭贺你早得贵子！"

黄道周马上就要老来得子了，发自内心地高兴："真是没想到啊，我这年过半百之人，马上就要有儿子了！"

王铎关切地叮嘱一句："你可一定要把嫂夫人照顾好。"

黄道周自豪地夸奖蔡玉卿说："你就放心吧，别看她年纪尚小，可是闺阁中的硬汉。"

蔡玉卿挺着大肚子走进来，黄道周不但没住嘴，继续夸奖起来："觉斯啊，你还不知道，我这位小娘子可是大孝女。"

蔡玉卿亲昵地瞪黄道周一眼，黄道周装作没看见，就继续说："在娘家时，曾有刲肉医母之举，让我是又敬重又感动。"

王铎起身再次向蔡玉卿抱拳施礼，以表示对她的敬重："百善孝为先，嫂夫人是我等楷模。"

黄道周接着又夸奖："不但如此，她每天都临摹卫夫人的字帖，能诗善画，可真是个大才女呢。"

"相公，哪有如此夸自己婆姨的。"蔡玉卿感到很不好意思，脸色红润起来，对黄道周白一眼，然后对王铎说，"您别听他吹牛，我那是真正的雕虫小技。"

黄道周拿出一幅蔡玉卿的作品，王铎接过来一看，的确颇有味道。入晋唐法帖，又融合金文、碑版格调，于苍劲中显露出姿媚和灵秀浑逸的神韵。笔力精遒又一丝不苟，结构宽展舒和，用笔参以隶意，字势稍带欹侧，显得险峻峭拔，稳健秀雅。

王铎看后大为赞赏，只是落款均为黄道周的名字，一时没有理解其意。

蔡玉卿被夸奖得不好意思，就慢慢起身走出去，不再听他们忽悠了。

王铎看着蔡玉卿笨拙的身影，为黄道周高兴，说："幼玄兄，听说你和玉汝晋升了。你高升，嫂夫人给你生贵子，真是双喜临门啊！"

黄道周听后却平淡地一笑，用调侃的语气说："能得贵子的确是喜事，至于右中允嘛，我已经还给皇上了。"

王铎开始以为黄道周在开玩笑，但转念一想，感到有些蹊跷："幼玄兄何出此言？"

黄道周流露出无奈的神色："实不相瞒，我被皇上连降了三级。"

王铎更加糊涂了："这到底是为啥呢？"

黄道周说："你探亲走后，皇上命我前往浙江主持乡试。等我回来的时候，有人借袁督师一案，想株连东阁大学士钱龙锡，我出于公心提出反对意见，有人就怀疑我诋毁朝廷。皇上却信以为真，先是让我待命四十日，最后又把我连降三级。"

王铎听后很生气："皇上咋忠奸不分呢？"

"从深层次上分析，还是阉党余孽在作祟。"黄道周显得很无奈，就给王铎讲起了事情的经过。

袁崇焕被捕刚四天，因勾结阉党被革职、后又被起用的江西道御史高捷，就上疏弹劾内阁辅臣钱龙锡，诬陷钱龙锡内外勾结、密室谋划、擅主议和、专杀大帅。

钱龙锡与袁崇焕以前本来并没有任何瓜葛，只是袁崇焕提出五年复辽后，他作为内阁大臣很担心，曾两次到袁崇焕寓所，共同商议辽东前线的安排布置。在谈到毛文龙的问题时，袁崇焕说"可用则用之，不可用则杀之"，钱龙锡当时并没有表示可否。后来为了边防事宜，袁崇焕同钱龙锡有过多次的书信往来。上述情况都属正常交往，但袁崇焕突然成了祸国殃民的大汉奸之后，问题一下子就变得严重起来。

钱龙锡无端受到诬陷，被迫辞去官职。即便如此，泼向他的污水不但没洗清，而且越来越多，甚至有人捏造他曾接受过袁崇焕数万两黄金的贿赂。朱由检信以为真，就下令将已经还乡的钱龙锡重新押解来京，并打入死牢。

黄道周受命主持浙江乡试结束，回到京师复命后，被晋升为詹事府右春坊右中允。得悉钱龙锡的情况后，很为他愤愤不平，不惜身家性命，连夜书写奏疏，天未亮便上朝奏辩。朱由检不仅不听，反而怀疑黄道周是朋党庇护，叫他回奏三疏。

黄道周不揣冒昧，接连回奏了三疏。三疏刚下，朱由检就令他停职四十日。此时，别有用心的礼科诸臣又落井下石，数次上疏弹劾黄道周主考浙江乡试受贿，以发泄和报复对他主持浙江乡试的不满。

黄道周经过极力申辩，朱由检还是偏听偏信，给他连降三级调用，但钱龙锡却被改为遣戍定海卫，从而保住了一条性命。

倪元璐听说黄道周被降级的消息后，连夜上疏为黄道周申辩，表示黄道周学问人品天下之选，愿将自己的官职让给黄道周，并做好了被朝廷处分，甚至获罪下狱的准备。在给弟弟倪元瓒的信中说："在历史上曾经有孔璋为李邕请命而救其免死、刘禹锡与柳宗元互相换郡的事例，我愿意和黄道周这样的君子同命运。"

黄道周说到这里显得很激动。王铎对黄道周的仗义执言和倪元璐自请免官之举敬佩之至，动情地说："真是危难之时见真情啊！"

两人稍微平静了一会儿，王铎提出一个严峻的问题："幼玄兄，你说他们为啥对钱龙锡如此恨之入骨呢？"

"据我分析，应该也是阉党的余孽在作祟。"黄道周非常肯定地谈了自己的见解，"钱龙锡与东林党中许多骨干不是同乡就是老朋友。天启五年，他因为得罪魏忠贤而被削籍，崇祯初年才得到平反而官复原职，并参与了对阉党逆案人员名单的确定。对那些虽然没有列入逆案，但多少与阉党有牵连的人又非常压制，因而就被那些人所仇恨。"

王铎也直爽地说："根据你说的这些情况，我感到幕后主使人应该就是周延儒和温体仁。他们利用皇上认为东林党在结党营私，并产生厌恶的心理，给钱龙锡等一批贤能之士扣上一顶东林党的帽子，并抓住时机把东林党人都赶回老家。"

黄道周吃了一惊："是啊，我怎么就没有想到这一点呢。钱龙锡受到迫害后，皇上下特旨任命周延儒为礼部尚书兼东阁大学士，入阁参与机务，不久又加太子太保，并改为文渊阁大学士。周延儒为了扩大自己的势力，还极力向皇上推荐其姻亲吴宗达和盟友温体仁，让他们一起进入内阁，然后联手把贤能之士都赶出朝堂。"

王铎对朝廷中出现的朋党很气愤："朝臣结党固然不对，必须坚决遏制，但作为君主，更应该明察秋毫。不论是否真有朋党，都不能一概以朋党视之。如果君主心中无党，朋党之祸尚不至于太酷烈；君主自己先有了朋党的成见，那造成的党争将会带来无法预期的严重后果。"

在王铎和黄道周针对时弊发表见解时，大门外传来放浪的笑声。黄道周准备起身出去看个究竟时，祁彪佳风风火火地闯了进来。

王铎和祁彪佳已经整整八年没有见面了，今天突然相见，真是分外高兴。

春风得意、一表人才的祁彪佳变化很大。当年离开京城时，嘴上的胡须还毛茸茸的，现在已经是黑黝黝的了。

在祁彪佳眼里，王铎比以前消瘦了许多，而且心事重重的。

王铎关心地问："虎子，这几年一直没有得到你的音讯……"

祁彪佳不等王铎说完，就直言快语地大倒苦水："觉斯兄，你可不知道，我在幼玄兄老家可是吃尽了苦头。"

"觉斯，你别听他胡说。"黄道周抬手制止祁彪佳，然后却又夸赞他，"虎子现在是右佥都御史，乃治国之栋梁。"

王铎抱拳拱手恭贺祁彪佳荣升。

"幼玄兄尽说溢美之词，你怎么不说我刚到你老家时败走麦城的样子？"祁彪佳埋怨了黄道周一句，然后给王铎说，"觉斯兄，你可不知道，我刚走马上任时，当地的官员和百姓见我年少，对我是半信半疑。后来通过治事、惩猾吏、禁豪右、绝苞苴等一系列措施，才慢慢赢得到了百姓的信服。"

黄道周在一边赞同地点着头。祁彪佳接着又说："我本应早日回京的，只是在崇祯元年，家中老父亲仙逝，我回家筑庐守墓丁忧三年，今年初期满刚回京城。"

王铎双手合十，让祁彪佳节哀顺变。

停了一会儿，黄道周接着祁彪佳的话说："虎子刚到京城，就把民间的疾苦写成奏疏，陈述了民间十四大苦，要朝廷赏罚分明。"

王铎听到关乎民间疾苦的话题，又想起去年他给朝廷的奏章到现在还是渺无音讯，很想听听祁彪佳给朝廷奏疏的具体内容："虎子，请把你的十四大苦说来听听。"

祁彪佳平时能说善辩，刚才还兴高采烈，提到这个话题时，脸上的神色反而黯淡下来："都已经过去了，而且到现在也没有结果，还是不说了吧。"

王铎一再追问，祁彪佳才简单地解释："我只是把平时看到、听到的百姓们的苦难进行了简单整理。所谓十四苦，即是曰里甲、曰虚粮、曰行户、曰搜赃、曰钦提、曰隔提、曰评讼、曰窝访、曰私税、曰私铸、曰解运、曰马户、曰盐丁、曰难民。"

王铎听后激动地大声称赞。黄道周夸赞说："虎子回京后，写成奏章呈给皇上。皇上看后非常满意，对他也很器重。"

黄道周还想再夸奖几句，祁彪佳却打断他的话："幼玄兄，你就饶了我吧，今天你怎么老是揭我的短呢？"

祁彪佳的话引得三人大笑不止。大家围坐在一起，欢声笑语。细心的黄道周却发现，王铎的笑声显得很勉强。

黄道周关心地轻声询问："觉斯，你好像有心事？"

王铎叹了一口气，就直言相告："实不相瞒，我昨天刚回京城，今天一大早去了恩师家，听他的管家说，恩师已被流放，我心里很难过。"

祁彪佳马上安静下来。王铎接着又说："我探亲之前，听文起说过几天就会出狱的，后来不知咋回事突然改为流放了，我实在想不通。"

"觉斯，你先别着急。此事我的确不清楚，咱们找人再打听一下。"黄道周先安慰一句，然后说出了自己的感慨，"自从建虏兵临城下之后，皇上好像变了一个人，对谁都不满意，整日里疑心重重，有事动辄就用酷刑问罪。"

祁彪佳说："是啊，皇上对待东林党人好像极为严厉，最近派出一些太监到各地，袁督师也被处以磔刑而死。"

黄道周的脸色也黯淡下来，说："皇上对袁督师真是恨之入骨啊，曾说'崇焕擅杀逞私，谋款致敌，欺藐君父，失误封疆'。据说在西市处刑那天，京城的百姓们都大骂他是招敌寇的大汉奸，不但前去围观，而且争着吃他的肉。"

祁彪佳悲痛地摇着头，详细叙说："其悲惨前所未闻，真是惨不忍睹啊。刽子手每割下手指大一块肉，卖银一钱。百姓蜂拥而上，一边骂一边吃，直到把肉给吃光。行刑用了半天的时间，皮肉已尽，心肺之间还叫声不绝……"

祁彪佳说到这里，大家已经是泪流满面。缓和了一会儿，他接着又说："有人说是袁督师引来的，我却始终不信。"

"是啊，只要是了解袁督师的人都不会相信。"黄道周摇摇头，然后又无可奈何，"据说是太监亲耳所听，还对他的行军路线分析得头头是道。"

祁彪佳也疑惑地说："是啊，督师来京勤王，本应该在京师外围以阻击敌军，而他却率部跟踪。后来又退保京师，怎么看都像是纵敌深入，意欲将战火引到京师门外。"

王铎以前曾听说过这样的议论，但始终也不相信外面的传言，也分析说："军事上的战略与战术问题咱们都是外行，但不管怎么说，他没有任何理由把战火烧到京城脚下。"

提起皇帝对袁崇焕的磔刑，大家都感到不寒而栗。为什么会对他下如此狠手，其深层次的原因仍是个谜。

大家的心情显得很沉重，沉默了半天也没人说一句话，空气好像凝固了一样。过了好大一会儿，王铎才岔开话题，问起倪元璐的近况。祁彪佳说："今年又是大比之年，玉汝兄充任会试分考官，成了大忙人。"

黄道周接着解释："今年是皇上即位后的第二个大比之年。既是朝廷选拔人才的国家大政，也是士子们的终身大事。春天一开始，从内阁到六部都在忙忙碌碌，安排出题、考试、阅卷、发榜，皇上还亲自参加了殿试、传胪点名召见和庆贺宴会等活动。"

王铎关心地问："今年录取多少？"

祁彪佳不假思索，张口就说了出来："皇上钦点新进士三百四十九名。"

在说到新进士时，祁彪佳提到有位河南籍的张缙彦，王铎听了以后眉头舒展开来，问："可是河南新乡的张缙彦？"

"是啊。"祁彪佳肯定地说，再看看王铎表情，问，"你认识此人？"

王铎一拍巴掌，脸上出现了少有的笑意，说："岂止认识，天启元年我们在开封府参加乡试，结束后还曾去过他家，并拜访了他家老太爷呢。"

黄道周见王铎高兴起来，就赞扬了一句："真是可喜可贺！"

王铎很想见到张缙彦，就着急地问祁彪佳："你的消息可真灵通啊，可知道他现在何处？"

祁彪佳摇摇头，说："这个消息不灵通。"

祁彪佳幽默的话让大家都笑起来。王铎马上就想起了中州会馆。

机灵的祁彪佳见王铎喜形于色，知道他很想见到自己的乡党，又开着玩笑说："觉斯兄，我看你是重乡党轻同年啊。"

黄道周笑着打圆场，说："觉斯啊，虎子是说你不关心玉汝。春闱基本结束，玉汝也要来了。"

祁彪佳说："考选授职虽已基本完成了，但有人却在私下里议论考试不公。"

王铎问："都有啥不公啊？"

祁彪佳说："有人议论有三点不公：一是状元郎陈于泰是主考官周延儒的连襟姻亲；二是一甲三名全是南直隶人，而且是主考官周延儒的同乡；三是榜眼吴伟业的试卷中有明显谄媚主考官的意味。"

黄道周说："状元郎与周延儒是同里连襟，榜眼吴伟业是苏州府太仓人，探花夏曰瑚是淮安府山阳人，也难怪人们说三道四。"

王铎皱着眉头想了想说："即使头名状元陈于泰与首辅周延儒是连襟姻亲，一甲三名全都是南直隶人同乡，但在大律制度上并没有规定在会试中要回避亲属，更没有规定不能录取同乡。"

祁彪佳接着说："皇上对舞弊十分敏感，立即派人调查，结果并没有找出任何舞弊的证据。"

黄道周还是担心地说："看来又有人该倒霉了。"

祁彪佳说："为了查明吴伟业试卷是否谄媚主考官，皇上还特地调阅了他在会试中的考卷，读过之后觉得很好，没有所谓'衬贴'的感觉，于是还批了'正大博雅、足式诡靡'八个字。"

黄道周说："有了皇帝御批，舞弊的说法不攻自破，科场风波总算平安过去了。"

祁彪佳神秘地说："据知情人说，挑起这件事的人是温体仁。"

王铎一脸困惑："不应该啊，温体仁不是周延儒极力推荐的吗？"

黄道周思索了一下说："首辅周延儒亲自担任主考官，把次辅温体仁冷落在了一边，他心里肯定不舒服。"

王铎说:"按照正常惯例,次辅应该担任主考官。周延儒作为首辅,反其道而行之,亲自担任主考官,只能说明他是为了自己笼络人才,而把次辅冷落在一边,他们之间的关系肯定不会长久。"

祁彪佳说:"以前他们联手是为了入阁,现在是面和心不和,早晚会分道扬镳的。"

王铎说:"他好阴险啊!这是要借此把周延儒搞下台,自己好取而代之。"

黄道周说:"是啊,温体仁貌似温和,实际上内心奸诈,这样的人怎么能容忍在别人屋檐下呢;你再看看周延儒,一副年轻春风得意的样子,而且贪念太深。他们两人各怀鬼胎,在一起的时间能长得了吗?"

王铎说:"幼玄兄真不愧是研究《易经》的,从面相上就能分辨出善与恶。"

祁彪佳提醒说:"今后咱们也要慎重行事。"

"虎子说得有理,但此话到此为止。"黄道周用双手做个停止的动作,然后又说,"告诉你们一个好消息。"

王铎听到有好消息,洗耳恭听。

黄道周说:"七十七岁高龄的董玄宰先生最近已经来到京师,皇上已经任命他为礼部尚书兼翰林院学士,掌詹事府事。"

王铎听后有些激动:"太好了,上次请教先生后,我是受益匪浅啊。天启六年先生回乡后,现在算来已有六七个年头了。咱们应该抽出时间前去看望,也顺便取些真经回来。"

黄道周说:"只要提起董玄宰,觉斯就很激动啊。"

王铎很动情地说:"先生如此高龄,去年还辑成了《容台集》,并请陈继儒先生作序,真是让人钦佩之至啊。"

黄道周就想起了王铎的诗文集,关心地问:"觉斯,你的《王觉斯初集》现在怎么样了?"

王铎自豪地说:"已经完成刊刻,过几天就送给你们斧正。"

王铎来到中州会馆,找到了多年不见的张缙彦。

张缙彦在京城举目无亲,突然看到王铎站在眼前,他乡遇故知,真是喜出望外,万分激动。

王铎把张缙彦请到家里,全家人举杯为他道贺。

张缙彦品尝着家乡菜倍感亲切,说起在寂寞、孤独和痛苦中孜孜以求的经历时,依然感慨万千。在说到动情之处时,还禁不住泪流满面。

王铎对此颇有同感和体会,就想起了恩师的教诲:要想求得功名,就必须忍得住孤独，耐得住寂寞，挺得住痛苦，不然的话将一事无成。

张缙彦对没有留在翰林院感到遗憾，对自己的仕途感到渺茫："觉斯兄，如果我能留在翰林院就好了。"

王铎对在翰林院的任职不满意，所以从内心深处发出一番感慨，说："大丈夫要想干出一番事业，不必作女子状，一定要志在四海。"

张缙彦还是很留恋京城："常听人说非进士不入翰林，非翰林不入内阁。"

王铎说："濂源啊，你一定也听说过伴君如伴虎。我恩师只因一次失误就被打入大狱，七十多岁的老人又被流放，到现在我还不知道老人家的情况如何。"

王铎说着突然哽咽起来。马瑞云进来看到这种情景，说："今天是濂源大喜的日子，又是第一次来咱家，你应该高兴才是啊。"

马瑞云这么一掺和，王铎只好含着眼泪端起酒杯，再次为张缙彦祝贺。

张缙彦既感激又羡慕："觉斯兄，嫂夫人贤惠通达，你真是好福气啊！"

"濂源啊，我的确很有福气，从小遇到很多贵人相助。"王铎毫不避讳，自豪地掰着指头说，"我岳父、大舅、恩师乔先生，来京后又遇到了介孺。"

王铎说到介孺时，张缙彦似乎没有反应，就给他介绍："介孺是咱新安的乡党吕维祺，现在也是我的亲家。"

经王铎一提醒，张缙彦想起来了："就是大名鼎鼎的吕维祺啊，在家乡也听说过，只是无缘相见。"

"他现在去南京任职了，以后找机会让你们相见。"王铎介绍吕维祺的情况后，又接着前面的话说，"再后来我又遇到了座师孙承宗、袁可立和乡党侯恂、侯恪两位兄台。"

张缙彦听到孙承宗的名字时，显得很激动："孙老前辈可是朝廷栋梁，听说在京师危难之时，是他力挽狂澜才拯救了大明江山。"

王铎说："是啊，老人家戎马一生，日理万机，还抽出时间给我的拙作写序，真是让我感激之至啊！"

王铎带着张缙彦走进书房，拿起《王觉斯初集》，递给张缙彦："这是刚刊刻的，还望你多多指教。"

张缙彦看着厚厚的《王觉斯初集》初稿，对王铎更加肃然起敬。打开首页，映入眼帘的就是老前辈孙承宗先生写的序言：

　　余少年不习为吏，故多学吏事，不能为词苑雅言。及束发登朝，乃饶入词苑。及荷橐直承明，即不能降心为词苑言，而言不得不词苑。不图齿至，而遂为边吏，去所习词苑而驰疆场。故世之不能文而词苑，不能武而疆场者，余也。

　　余以边吏阅边，方在白马黄崖间接家信言："适得余乡觉斯先生初集，可盈数尺者。"余故知觉斯以经济之诗文，不知其初集顿盈数尺也。急促之即，阅之马上。夫余不能文而不得不为文也，尤其不能武而不得不为武也。余既阅武，遂以武阅觉斯之文。觉斯踪实而文，凭虚而多致，殆奏升平之颂。

　　嗟乎，余不知武，安知文？念文士借觚管，貌山川草木之性情，传皇帝王伯贤圣之精神，遂以发天地块圠之气；而又或借天地贤圣之气，神河山草木之情，以抒发我灵性。故法家深刻而入抉其情也，画家炫烂而出貌其神也，兵家发扬蹈厉而奋振其气也。

　　觉斯灵心慧性，定气远神，其言人人意所及，即其言人人意所不能及。盖抱高世之材，而抒以坚良，其语入语出，语高语下，亦复若用奇用正，用众用寡，而先为不可胜。

　　余每怪世人低回于峡崥之谷纹，而不靓天下有洗天浴日之洪流，贮万鳞而出没光曜也，得无读初集而神气为索。

　　余老矣，且暮释武事，而归休乎苏门黄华之间，望值觉斯驰使节南来，遂得晤语于韩家水冶，以竟斯文。

　　张缙彦看完序言，端起酒杯感慨地说："觉斯兄，孙大人戎马生涯，日理万机，还抽出时间为你作序，对你真是格外青睐啊！"

　　王铎端起酒杯一饮而尽，兴奋地说："是啊，先生随手是春，屹然天柱，管晏萧曹不足论矣。老人家赐之大序，实乃出自望外。"

　　张缙彦说："先生乃伯乐顾马，骥里不遗，而驽马稍一瞬，亦得引缰长鸣。"

　　王铎听后大笑不止，掀髯又痛饮一杯，然后把先生对自己的关怀故事讲给张缙彦听。

　　张缙彦很羡慕王铎遇到的贵人，也很关注王铎同年好友的情况。先奉陪祝贺一杯后，就好奇地问："觉斯兄，我听说翰林院有'三棵树'？"

　　王铎一听就笑了起来，然后纠正说："不是'三棵树'，是'三珠树'。这是同年挚友们对我、幼玄和玉汝的戏称。"

　　张缙彦感慨地说："同年在一起相互砥砺，让我很羡慕啊。"

　　张缙彦虽然已有十几年没有见到王铎了，但关于他的事情一直十分关注。王铎的书法堪称一流，早已妇孺皆知。让他没有想到的是，王铎的诗文也出类拔萃，不但受到了他同年、乡党的赞赏，还受到了德高望重孙承宗的赞赏，并在戎马生涯的间隙为他写序，这是多大的荣耀啊！

张缙彦看着崭新的《王觉斯初集》，对王铎更加刮目相看了。拿起细读之后，深深地感到其数量丰富浩瀚，内容博大精深，风格绚丽多彩。在诗的风格继承上，追求盛唐高格，高扬"七子"格调说，力避公安派的浅率流易、竟陵派的纤弱诡靡。其诗作兼融各家之长，摆脱了各诗派之间互相攻讦的陋习。其诗有几个显著特点：一是崇慕杜甫，沉郁苍凉；二是继承七子，崇仰盛唐，壮浪奇伟；三是生硬险怪，造语生新，融雄阔与险怪为一体；四是清新蕴藉，明丽朴实，自然蕴藉。

王铎见张缙彦手拿着书，两眼却直勾勾地想心事，就问："濂源，我看你心不在焉，在想啥呢？"

张缙彦把自己想法直言相告后，王铎激动地说："知我者濂源也！"

王铎和张缙彦多年未见，都有说不完的话，一直聊到深夜，还是意犹未尽。

几天之后，张缙彦赴清涧知县启程时，王铎又约了几个乡党，亲自为他送行。之后，王铎除了兢兢业业做好差事，就是读书做学问，赋诗写字。

日复一日，很快就到了寒冷的冬季。在一个雪后的晴天，王铎冒着寒风来到书市闲逛，想寻找喜欢的书籍。正在认真看书时，肩上被谁猛地重拍了一下，扭头一看，竟然是祁彪佳。

祁彪佳也很喜欢读书、作诗、写赋，王铎见到他以后，就提出打道回府，邀他回家一叙，说最近又写了二十首五律诗，想请他予以斧正。祁彪佳也没推辞，离开书市来到王铎家。

王铎把《王觉斯初集》初稿和刚写的新诗都拿出来，让祁彪佳一并给予斧正。

祁彪佳坐在火炉前，秉烛边看边赞不绝口，大发感慨："古有以爱妾换马者，今得觉斯诗，不忍释手，倘挟艳姬，便当易此啊。"

王铎也开一句玩笑话："看来诗中真有颜如玉啊。"

祁彪佳听后哈哈大笑。王铎温上一壶杜康老烧酒，两个人边酌边畅怀叙谈，好不惬意。

王铎在畅谈自己读书体会时说："读书乃千秋大事，吾读书在万籁俱寂的午夜，每次均要燃尽一支蜡烛，读数卷书。"

祁彪佳对王铎读书的执着和刻苦很佩服，也谈出了自己的见解："觉斯兄，你谈诗必以得风雅性情之正，其于唐也，先杜后李，以王摩诘鼎峙其间，取李岣峒而大贬徐钟。"

王铎诡秘地一笑："知我者真乃虎子贤弟也！"

真是酒逢知己千杯少啊，两人说笑着，不知不觉就到了三更。祁彪佳才提出离去，走时还带走了没看完的诗稿。

新年前夕，祁彪佳迁至新寓。王铎前去拜访祝贺，祁彪佳把他请到书房后，只见同年冯桢卿和另外一老一小三个人正在畅谈。

大家见面都抱拳拱手，祁彪佳先拉着年过半百者介绍说："觉斯兄，这位先生是愚弟的乡党张炳芳兄，号三峨，他的兄长就是你的父母官啊。"

王铎听说是张尔葆的弟弟，马上有一种亲近感，再次拱手说："幸会幸会，令兄爱民如子，深受家乡百姓爱戴。"

祁彪佳说："觉斯兄，你可能还有所不知，多才多艺的张宗子就是尔葆兄的亲侄子……"

王铎听了很惊讶："莫非就是六岁就被陈眉公先生称为'小友'的张岱？"

祁彪佳点点头，得意地说："正是。宗子六岁时，跟随祖父至杭州，正值华亭陈继儒骑一角鹿客游钱塘，指屏风上《李白骑鲸图》说：'太白骑鲸，采石江边捞夜月'……"

王铎马上说出了张岱的回对："眉公跨鹿，钱塘县里打秋风。"

"觉斯兄对宗子了如指掌。"王铎熟知张岱，祁彪佳感到很吃惊，然后又介绍那位年近六旬的老者，"这位是德高望重的老前辈王思任，字季重，号逐东，与我也是同乡。"

王铎抱拳施礼："前辈在上，晚生王铎……"

王铎还没有说完，王思任便站起身来抱拳拱手，说："老朽早就听说翰林院里有'三珠树'，您就是技高一筹的王觉斯？"

王铎抱拳拱手："晚辈正是，今天能得到长辈的褒奖十分荣幸。"

王思任赞扬道："先帝御封的'神笔王铎'，早已是如雷贯耳，今日一见乃三生有幸。"

王铎谦虚地回应："那都是先帝的抬爱，不必太当真。"

祁彪佳见大家似是一见如故，就招呼说："请大家坐下叙话。"

大家坐下后，王思任说："老朽不善仕途，大部分时间都隐居林下。"

祁彪佳说："先生是自谦，他曾历任兴平、当涂知县，去年被皇上擢升为国子监助教，最近又升为南京工部营缮司主事。"

王铎说："还请前辈多指教。"

王思任摆摆手，对王铎说："你没来之前，我就已看了你的诗文大作，老夫十分欣赏。"

王铎谦虚地说："在吟诗作赋方面，还请老前辈多多指教。"

王思任是个性情中人，没在乎王铎的客套，顺手拿起书桌的毛笔，在信笺上题诗一首：

> 宗瑞往心交，而今见字面。
> 几几韩稚圭，斤斤赵清献。
> 妙言发檀想，墨宝走乌电。
> 南中可游赏，敢效毛公荐。

王思任在诗中把王铎比作宋朝宰相韩琦与名臣宰相赵抃，王铎看后非常激动，再次拱手致谢。

祁彪佳看着王铎和王思任如此默契，就幽默地说："觉斯兄，前辈才情烂漫，诗重自然，特别是著名的《小洋》，你看了一定喜欢。"

王铎声情并茂地朗诵了一节，竟然一字不漏。

王思任听得心花怒放，好似找到了知音，对王铎另眼相看，并当即邀请："觉斯兄，将来如有机缘，请贤弟到南方一游，老夫可为导览。"

在祁彪佳的新居里，饮着绍兴老酒，品尝着香甜小吃，大家不亦乐乎。一直到暮鸦归尽，方才策马而归。

第十九章

崇祯五年,元宵节刚过,京城里爆竹声声,人们依然沉浸在欢乐之中。

王铎与倪元璐、祁彪佳等几个同年挚友相约,一同给黄道周刚出生的儿子庆贺。

去年腊月,黄道周的妻子蔡玉卿给他生了一个大胖儿子,马上就要年过半百的黄道周其乐可知,把降他三级处分的烦心事早抛到九霄云外去了。

王铎和马瑞云带着给孩子的小礼物,来到黄道周家。刚到大门口,就听见院子里传来朗朗的笑声。走进去一看,原来是倪元璐和祁彪佳两家人已经先到了。

大家见王铎两口子进来,不是抱拳拱手就是道万福。刚走进屋,马瑞云就把带来的礼物拿出来,是她亲手缝制的小虎头鞋、虎头帽,栩栩如生,极具中原民族特色,让大家眼界大开。

在南方生长的蔡玉卿第一次见到如此精美的手工制品,更是爱不释手,就急不可耐地向马瑞云请教。

祁彪佳的妻子商景兰是原兵部尚书商周祚的长女,从小生长在诗书之家,虽然她能书善画,德才兼备,但也不曾见过如此精湛的手工,对马瑞云的手艺也是另眼相看。

俗话说,三个女人一台戏。今天是四个女人,整个屋子里不时传出欢快的笑声。

黄道周把王铎、倪元璐和祁彪佳请进书房。祁彪佳轻轻地拉着王铎的胳膊,羡慕地开玩笑说:"觉斯兄,你家嫂夫人也是多才多艺啊。那老虎鞋做得是活灵活现,人也一定像老虎吧?"

"中原一带的女人都心灵手巧。"王铎开始没有听出其中含义,满不在乎地解释后,才发觉祁彪佳是在开他的玩笑,伸手亲昵地打他一下,"好你个虎子。"

玩笑过后,王铎就转向黄道周,关心地问:"幼玄兄,给孩子起名字没有?"

黄道周兴奋地告诉大家："刚想好，叫黄麑。"

倪元璐、祁彪佳没有听清楚，异口同声地问："黄泥。"

黄道周用手比画着解释："是幼鹿的麑。"

祁彪佳没理解其中的意义，说："怎么叫这个名字？"

黄道周继续解释："玉汝贤弟为我受到皇上的处分，我给孩子取这个名字，以此作为纪念。"

倪元璐却说："幼玄兄，如果只是为了这件事，我看大可不必如此。"

黄道周却大发感慨："我就是要通过这件事，来证明咱们的真挚情谊。"

王铎听了黄道周的解释，跷着大拇指说："俗话说，一辈子同学三辈子亲。我以为'麑'字很有深意，就是应该让孩子们永远记住咱们的深情厚谊，并传至后人。"

倪元璐听了黄道周和王铎的解释，也改变了最初的想法，对黄道周说："幼玄兄的人格、气节，都是我等的楷模。我不但要学，而且还要让弟弟元瓒和儿子会鼎学，让他们都拜在你门下。"

黄道周虽然心里很高兴，但还是谦逊地挥挥手："这可使不得，使不得。"

大家虽然都在京城，由于各自忙碌，聚在一起也不容易。今天的相聚十分难得，大家都很兴奋，真是无话不谈。

祁彪佳凑在王铎耳边，悄悄地问："觉斯兄，请你为家父作的神道碑和题写的听松轩匾额写得如何了？"

王铎听后赶紧抱歉地说："已经全部写好，前几天我要给你送去的，因为道路泥泞湿滑，走到半路又返回去了。"

祁彪佳站起身恭敬地给王铎鞠一躬，把倪元璐搞糊涂了，半开玩笑说："虎子你俩搞什么名堂，鬼鬼祟祟的？"

王铎说明原委后，倪元璐赶紧道歉："恕我用词不恭。"

祁彪佳微微一笑，倪元璐对王铎说，"等我想好斋号，你也要给我题写一个。"

王铎爽快答应："小事一桩，手到擒来。"

王铎约倪元璐、祁彪佳来黄道周家，除了为他生子祝贺之外，其实还有为他回家送行的意思。黄道周为钱龙锡打抱不平，被皇上连降三级后，按照规矩就必须离开京城。

王铎正在想着如何安慰时，黄道周主动提起了这件事："各位仁兄，出了正月我就离京回老家了。现在周延儒、温体仁把持着内阁，他们之间又钩心斗角，你们说话做事都要谨慎，不要被他们抓住一点小事大做文章。"

倪元璐听说黄道周要回老家，也提出要上疏探亲看望老母。

黄道周坚决不同意倪元璐的想法："玉汝，我回去是借此机会照顾儿子。你刚回到京城，皇上对你又非常器重，怎能赌气回去？"

王铎郑重地点点头，同意黄道周的意见。同时他又很担心黄道周回去路途遥远，孩子又小，怕路上不安全，就提醒说："幼玄兄，传说山东一带最近很乱。你若非要回去不可的话，为了安全起见，我建议你就不要走京杭大运河水路了，走陆路从河南南下应该安全，以免发生意外。"

黄道周感激王铎想得周到，倪元璐和祁彪佳也认为王铎说得有理。

第二天，王铎突然接到皇上圣旨，让他出使山西潞安府，并要求立即动身前往。

王铎把奉旨出使山西潞安府的事告诉马瑞云时，在一旁读书的王镡和王无党听见后，立刻放下手中的书本，兴奋得无以言表，还交头接耳地叽咕了一阵子。过了一会儿，他们悄悄把马瑞云拉到一旁，你一言我一语地说了半天。只见马瑞云一会儿摇摇头，一会儿又点点头。

王铎感到纳闷，就大声地问："纯俺、大群，你俩叽叽咕咕、鬼鬼祟祟地在搞啥名堂呢？"

两个人马上就低下脑袋不再吭声了，王镡轻轻地踢着地上的方砖，无党摆弄着自己的手指。王铎看到这种情况，就更感到奇怪了。马瑞云只是抿嘴笑，也不说话。王铎迷惑不解："你们这是唱的哪一出？"

马瑞云见王镡和王无党都不说话，才笑着说："当家的，他俩听说你要去山西潞安，想跟你出去见见世面。"

王铎一听，脸色马上严肃起来："这次是皇差，两个孩子跟着像啥话？"

王无党在一旁嘟囔了一句："爹，我都已经二十岁了，还是小孩啊？"

王无党的声音太小，王铎没有听清楚，马瑞云就为他们求情说："在你面前他们啥时候都是孩子，其实你仔细想想，他们都是已经成家立业的大人了，还是小孩啊？"

王铎看看王镡和王无党，仔细再一想，他们的确都是大人了，嘴上都已长出了毛茸茸的胡子了，不由得感叹岁月如梭啊。

王镡和无党虽说是叔侄，但年龄相差不多，两人又都爱好骑马，弄枪使棒，秉性一致，气味相投，王无党更稳重些。他们在一起读书、练字的空隙，有时还要练练拳脚功夫。王镡从小聪明颖慧，性情豪爽，射箭有百步穿杨的绝技。王无党自幼过目成诵，性情豪侠，十分孝顺，一诺千金。

王铎看着王镡和王无党，就回忆起了自己当初的设想。入仕不久，他就曾和老爹商量过，等条件允许了就把弟弟和孩子们都带到京城，在自己身边接受良好的教育。只是当时朝政混乱，整个京城被魏忠贤搞得乌烟瘴气，人们整天都生活在恐惧之中。在那种恶劣的环境下，如果把他们接到京师，怕他们年轻再惹出祸端来。因此，自己的承诺一直没实现。现在政局稳定了，才带他们来到京城，一来教导督促他俩读书，二来出来见见世面。将来在大比之年参加乡试、会试，中进士或谋个一官半职的，都为王氏家族光宗耀祖。

马瑞云见王铎不说话，就轻轻地推了他一把："当家的，别再多想了，他们都是二十多岁的大小伙子了，还有啥担心的？"

王铎很郑重而又很严肃地说："这次奉旨办差，可是当今皇上的第一趟皇差啊！"

马瑞云还是劝说："正因为是皇差，让他俩跟着你我才放心啊。"

王铎主要是怕耽误他俩读书，说："他们学业重任在身，功不成名不就的……"

"你可别忘了，当年你十八岁的时候，就已经独自一人去河东书院求学了。"马瑞云没等王铎说完，就接了一句。王铎笑了笑，点头认可。马瑞云还是劝说："他俩跟着你，在路上你既能教他们读书，还能让他们见见世面，一举两得，多好啊。若是等他们都有了功名，想跟你出去还不一定有时间呢。"

王铎觉得马瑞云说得在理，他俩从小一直跟着爹读书，也练就了一些拳脚，在路上也正好看看他们的真本事。于是就指着王镡和无党，严肃地说："你俩都给我听好了，这次跟我出去不能耽误学业。"

王镡和王无党听说要让他们跟着去山西，顿时高兴得跳了起来。来京师后，他们被管得非常严格，从不让他们单独出去闲逛，生怕他们年轻气盛，出去惹是生非。一天到晚不是读书就是练字，最多就是让他们在院子附近练练拳脚。用王镡的话说，都快把他憋疯了。

王铎平时喜欢骑马，但按照朝廷礼仪规矩，钦差出行必须乘坐官轿，要让外人看到皇家的威严。

王镡骑着一匹枣红马，雄赳赳、气昂昂地走在最前面开道。王无党骑的是桃花马，随行在王铎乘坐的轿子一旁，马上还驮着许多书籍和文房四宝。

王铎每次出远门，都会随身携带毛笔和几箱喜爱的书籍，这已经成了他的习惯。王无党心里也很清楚，这些都是爹的命根子，在路上不能有半点差错。

跟随王铎多年的管家赵国才这次也紧随其后。王铎本来是想留他在京城照顾马瑞云和孩子们，马瑞云却说家里不需要照顾，一定要让他跟着王铎。

王无党第一次看着威风凛凛的队伍，不由得生出一种自豪感来，就很好奇地问："爹，你每次出行都这样威风吗？"

王铎坐在轿里，听见儿子问话，用手挑起布帘说："这是朝廷定下的规矩，皇差都是代表当今皇上，我哪有这样威风。"

王无党点着头，思索了一会儿又问："啥时候不用代表皇上，也能这样就好了。"

王无党说者无意，王铎听者有心，赶紧严肃地制止他："大群，以后不能在外面胡言乱语，否则会掉脑袋的！"

王无党吓得一吐舌头，再也不敢多说一句，抬手打了一下马屁股，两腿一夹追赶王镡去了。

王铎皇命在身，他们一路上只住驿站。去山西山高路险，道路崎岖，走了将近两个月，才赶到山西潞安。

来到潞安府那天，整个府内张灯结彩，就像过年一样热闹，全家老少早就期盼着皇上的圣旨。

王铎率领副使杨于阶来到王府时，六合王朱效銮带领全家老少在府门口迎接。锣鼓喧天，鞭炮齐鸣，仪式非常隆重。

王铎按照朝廷规定的仪式，宣读了皇帝封王的圣旨。六合王跪拜谢恩，接过圣旨后把王铎一行人马请进府内。

第二天，王铎准备向六合王辞行时，只见六合王让管家拿出一个精致的方盒，对王铎说："王大人，这两个月来你们一路鞍马劳顿，十分艰辛。这是本王的一点心意，不成敬意，还请你笑纳。"

王铎原以为是一些文房四宝，就随手打开方盒，看后大吃一惊，里面竟然是整整三百两黄金。王铎虽是第一次见到如此之多的黄金，但却坚决推辞："感谢大王的抬爱，觉斯为皇上办差是分内之事，此礼万万不敢接受，还请您见谅。"

几番推辞后，六合王朱效銮见王铎诚心推辞，对王铎的品德敬佩有加，感激之情油然而生。

封王仪式结束后，王铎听说老家一带最近流贼猖獗，既挂念双亲的身体，也担心家中老小的安危。同时，王镡和王无党都已成家立业，小夫妻也不能长期分离。从潞安到孟津的路程不是太远，而且回京后也没有急事要办，就准备回去看望一下。

王铎和副使杨于阶商量后，请他先回京复命，自己临时回家一趟。

王铎把临时回家的决定告诉王镡、王无党后，两个人喜出望外。等他们安静下来后，王铎既严肃又和蔼地说："鉴于你俩一路表现很好，虽说很辛苦却也没有耽误读书，作为一次奖励。"

王镡、王无党叔侄俩听了表扬，高兴得大叫了一阵。

王铎看着平时调皮的叔侄俩，又给他们一个惊喜："回家要路过天台山，我们顺便在那里游览几日。"

王镡兴奋地挥起拳头，亲昵地打了王无党一下。

巍巍太行山之行，王铎离开了朝廷喧嚣的争斗，享受着离开政治旋涡的宁静与天伦之乐。尽管脚下道路崎岖，胸襟视野却十分开阔。连绵起伏的群山，在他眼里变成了行云流水的线条，汇成了豪迈纵横的巨大书卷。

在攀登游览的途中，王铎偶尔听游人说，洛阳一带到处都有流寇烧杀抢掠，闹得百姓鸡犬不宁。

王铎听了以后，心里很不是滋味。当他们来到太行山顶星船驿站时，王铎回想起在朝中十几年的经历，以及朝廷当前内忧外患的困境，心潮起伏，不能平静。虽然正值盛夏，却好像有一股凉气从心底涌出来，让他不寒而栗。

此时，又听说孟津一带黄河决口，横浸数百里。王铎更加挂念家中爹娘，担心他们遭到黄河水的威胁和流寇的骚扰，再也没有心思游山观景了，就带着王镡、王无党和管家连夜赶往孟津。

黄河在小浪底狭窄处聚集后，突然像脱缰的野马，不受拘束地向东奔流而去。

孟津渡口曾是金戈铁马的古战场，也是回双槐里的唯一通道。

俗话说，隔山不算远，隔河不为近。王铎一行来到孟津渡口北岸大堤时，眼前的情景让他们惊呆了。整个黄河滩一片汪洋，庄稼全部被河水吞噬，低洼处的村庄还浸泡在水中。他们只能沿着高处，走羊肠小道才来到河边。

此时，河岸边仅有一只小船，船家说只能渡人不敢渡马。在炎炎的烈日下，他们又等了一个多时辰，才渡来一条大船。大船长约七丈，宽约一丈，船舱可装载货物和牲畜，船两旁站着八个船工，身穿短裤，皮肤黝黑发亮，都在执桨划船。

大船靠岸停稳后，王镡说家中有急事要着急过河。艄公见岸边人少，还想等人多了再渡河。

王镡上前说好话，并说自己是黄河对岸双槐里人时，艄公很自豪地说起在朝中做大官的王铎，称赞他一家人都是大善人。王镡告诉艄公站在面前的就是王铎时，艄公先是吃了一惊，然后起身招呼伙计们马上起锚，专程送王铎一趟。

在渡河的船上，王铎和艄公们拉起了家常，询问今年的收成咋样。

艄公说："麦子刚成熟就发大水，开始河水流得还算平稳，人多的家庭提前就收割了，损失不是太大。但靠近河床的麦子几乎全部被河水冲走了。后来河水越来越大，二道堤被冲垮后，整个河滩一片汪洋。平日里温顺的黄河今年像是发了怒，低洼处的村庄全部被淹掉了，没有来得及转移的老人、孩子、牲畜以及家当都被冲走了。河水刚刚下去还不到一个月，你要是来得早的话，再大胆的艄公也不敢跟龙王爷较劲呢。"

在黄河边上土生土长的王铎绝对相信艄公说的话。黄河的脾性的确如此，平时就像母亲一样温柔慈祥，流水轻柔缓慢，它滋润灌溉着滩涂的庄稼，养育着两岸的儿女，那红尾巴的黄河大鲤鱼，更是黄河送给大家的特殊礼物。如果它一旦发起怒来，就会像一条作孽的黄龙，在整个滩涂里来回翻滚。有时一夜之间往北窜二十多里，忽然间它又悄无声息地往南滚回来，给滩涂里的百姓带来无情的灾难。

王铎看着浊浪滔天的黄河，又想到了人们传说山西流寇袭扰的事，就问艄公："老人家，听说山西的流寇在咱们这一带袭扰了一阵子。"

艄公摇摇头说："哪有啥流寇呀，都是一些无家可归的百姓。黄河决口之前，来了一些要饭的人。他们说今年庄稼颗粒无收，又遇到蝗灾，为了活命，只有拖儿带女出来要口饭吃。要不是为了活命，谁愿意抛家舍业出来活受罪？"

王铎关心地问："现在这些人都在哪里？"

艄公一扬手，说："一场大水又把他们都赶往东南去了，可怜得很呢。"

王铎听了感到一阵辛酸，心里有一种说不出的难受，想起了给皇上写的奏疏，至今仍然还是无人问津。王铎惆怅了好大一会儿，又问："听说山西有的地方把县衙都给砸了？"

艄公说："庄稼颗粒无收，官家还要向百姓征粮征税。百姓们走投无路，有些胆子大的人就聚在一起，向官老爷说理要吃的，双方说不到一块儿，就打起来了呗。"

王铎说："听说皇上已经给百姓发了很多粮食进行安抚，他们咋还在闹呢？"

艄公说："朝廷给的粮食还没有官家征的粮食多，给的粮食也吃不到他们嘴里呀。"

王铎和艄公你一言我一语唠家常，一会儿就到了黄河南岸。

渡过黄河以后，通向村庄的路只有一条羊肠小道，而且还是泥泞不堪。王无党让爹和年龄大的管家骑上马，他和五叔徒步行走。

越走路越好，也逐渐宽了许多。王铎骑在马上放眼望去，整个南岸要比北岸好得多，积水处也比较少，也看到了零星一些人在走动。

走近双槐里村附近时，远远看见整个村庄处在地势较高的地方，而且村庄被土墙包围着，村外有很多积洼泥潭。

走到村里后，看到的是另一番景象。家家户户完好无损，没有受黄河水冲击的痕迹。看来是大家早就有所准备，提前用土墙挡住了作孽的"黄龙"。

王铎带着王镡、王无党走进院子时，王本仁很吃惊，既又高兴又心疼，又责备他们不该在这个时候回来。在黄河泛滥的特殊时期，全家人聚集在一起，心情有别样的感动。

王无咎看见爹回来，殷勤地赶紧拿凳子、端茶，然后又大呼小叫地叫其他人。

王铎刚坐下，王本仁就说起家里的情况和山西流寇的事，他的说法与艄公说的几乎一致。在一旁的王镛还补充说："大哥，爹娘看到逃难的人很可怜，就在咱家大门口砌起了一口大锅，天天给他们熬粥吃。"

满头白发的老娘说："那些人拖儿带女不容易，给他们一碗粥就是救一条命啊，行善积德也是咱老王家的祖训。"

王铎听了爹娘的话，对他们的善举很感动，回家后也把精力用在施粥上，每天清早起来，就带着弟弟和子侄一起熬粥，施舍给逃荒到这里的百姓们。

过了一阵子，王铎明显感觉到，逃荒的百姓越来越多，施粥的地方也越来越拥挤，家里的粮食越来越少，渐渐不能满足百姓的需要。

王铎就亲自找到父母官张尔葆，说服他开仓放粮赈济饥民。开始张尔葆说什么也不敢，没有朝廷批准擅自放粮，轻则丢官下狱，重则身死族灭。后来王铎表示愿意承担全部责任，并经一再劝说后，才设立了几个施粥点。

转眼间进入九月，传来一个不好的消息，说从山西过来了流寇。为首的是李自成和高迎祥，率部连破山西州县，然后从大口攻入河南。已经攻克了修武，兵锋直逼怀庆府城，闹得人心惶惶。

为了平息乱民横行，朝廷采取了招抚和围剿两手并用的策略。陕西三边总督杨鹤一面命令最得力的参政洪承畴四处围剿，一面派人对起义军进行劝说招抚。

近几年来，朝廷通过招抚围剿并用的手段，使很多人都已归顺，但高迎祥、李自成两支队伍却无论如何就是不接受招抚。最近他们组织聚集了六七万人，连破山西州县进入河南，估计是被围剿得走投无路才到这里的。

孟津当地乡绅惊慌失措，联名上疏向朝廷求救，当听说王铎已经回来时，就连夜找他出主意、想办法。

作为朝廷的命官，王铎主动出面安抚："父老乡亲们，皇上十分关心百姓疾苦，也知道很多人是为生计才跟着流寇的。现在朝廷已经采取了剿抚并用的办法，对接受招抚而又无家可归的良民，不但给粮吃，还帮助安家。皇恩浩荡，很多百姓感恩涕零，从此后都老老实实地做顺民。对那些真正的亡命之徒，朝廷也绝不会手软，定会坚决剿灭他们。"

大家静静听着，王铎继续安慰大家说："据说朝廷正在组织大军，在山西、河南、陕西一带进行部署，准备把他们一举消灭。陕西巡抚洪承畴已经升任陕西三边总督，正在与宣大总督张宗衡一起，从黄河东西对流寇进行两面夹击。"

王铎自己心里也很清楚，虽然不断传来捷报，但捷报之后又总是有新的流贼在意想不到的地方出现。已经剿了两年，流贼不但没有被彻底消灭，力量反而在不断壮大，活动的范围也越来越广。这股流贼进入河南北部和北直隶南部地区后，攻克的州、县也越来越多，只能说明围剿策略是失败的。

为了稳定大家的情绪，王铎还给大家讲了皇上爱民的故事。今年大旱，皇上为了求雨，从乾清宫移居到文华殿，离开自己的后宫妻妾，斋戒素食，要用苦行感动上帝。他对大臣们说，如果不下雨，他就不离开文华殿。正是皇上感动了上帝，京师下了一场近年来罕见的大雨，滋润了土地万物。

王铎的话使乡绅们点头称赞，心里安稳踏实了许多。他也趁此机会了解了更多的民间疾苦，及时记录整理下来，以备回京后再次向朝廷上奏条陈建议。

王铎在向乡绅了解情况的时候，始终关注着恩师乔允升的命运。经过多方打听，终于得知了恩师的下落。两年之前，乔允升被释放出狱后又被充军，因为年老体弱多病，在途中患病，医治无效，于痛苦中病故。

王铎听到恩师去世的噩耗后，悲痛万分，眼含泪水，连夜为恩师撰写了墓志铭。

第二十章

　　崇祯六年新年伊始，狂风肆虐，暴雪飞飘，大雪压塌了民房数百万间，牛羊禽畜冻死不计其数。黄河出现大面积结冰，层层叠加，冰坝高达数丈。

　　近在咫尺的黄河以北不断传来流寇越来越多的消息，闹得人们在恐慌中度过一个个不眠之夜。

　　正月刚过，王铎就和爹娘、弟弟们商量，准备带他们到京城住上一阵子，好躲避眼前流寇袭扰的危险。

　　王本仁开始说啥也不同意，王镛、王铖兄弟几个轮流劝说："爹，你和娘应该去趟京城，我大哥在朝里当大官都十多年了，你俩却都还没去过，外人说起来让大哥多没面子。"

　　王镡指手画脚地说："京城可大了，街道可宽了，骑马坐轿的人可真多，我和大群经常到金銮殿玩耍……"

　　王镡的话越来越离谱，王铎打断他的话："纯俺，你说话咋没个准头呢，你以为金銮殿是咱家堂屋，想出就出想进就进呢。"

　　王镡不好意思地嘿嘿一笑，摸着头说："只想让爹娘赶快答应去京城，忘了皇宫是禁地，百姓不能随便出入。"

　　王本仁听着孩子们的劝说，回想着现在的处境，最后才松了口："说句实话，我也想去京城看看，只是不放心家里这一大摊子。"

　　陈氏坐在一边，默默无语地做针线活，听见王本仁担心家里的事，就接过他的话："你就放心去吧，有我在家里守着呢。"

　　她的话立刻遭到大家的反对，王无党第一个就不同意："我不同意奶奶留在家！"

　　王无咎站起来说："我赞成哥的意见。"

　　王镡瞪了王无咎一眼，说："这是大人的事，你小孩子家瞎掺和啥？"

　　王镇一听就笑起来，指着王镡说："老五，你才多大个人，还说人家藉茅是小孩子。"

　　王铎见大家七嘴八舌，就摆摆手让大家都静下来，说出自己的想法："大群的话说到点子上了,必须让你奶奶一起去。"

王本仁右手捋着白胡子,看着陈氏说:"是啊,要去咱俩一起去,不然的话我也不去。"

王镛说:"爹,您放心吧,我和子陶都在家,您还有啥不放心的?"

王铖说:"是啊,二哥带着我们几个兄弟在家,您就一百个放心吧。"

王本仁听着孩子们你一言我一语地劝说,看着儿孙们都在央求,也就不再固执了。

去京城的事定下来了,王镛又提出走的时候要多带一些东西:"俗话说穷家富路,免得在路上作难。"

大家听了王镛的话感到在理,也都跟着附和。

王铎琢磨了一会儿,觉得不妥:"现在路上很不平静,带的东西多了树大招风,反而不安全了。只带些路上急用的东西,其他的一律不带。"

考虑到路途遥远,走得太早路上寒冷,怕老人吃不消,启程的时间定在春暖花开的时候。

三月初,天气开始慢慢变暖。王铎就带着爹娘及家人十余人启程赴京,考虑到黄河以北经常有流寇出没,就穿过邙山绕道郑州,从封丘一带北渡黄河,经长垣进入河北地界。

在路过开州府时,开州守王复丸听说王铎路过此地,便热情邀请他一家小住几天。王铎考虑到爹娘年龄大了需要歇息,同时也理解地方官员的心情,他们是想借此机会与京官建立感情。人在江湖身不由己,多个朋友多条路,最后就答应了他的请求。

王复丸在他好友王复朴的亭园里,为王铎一家接风洗尘。王复丸自我介绍是绛州人,值流寇骚扰之际,正规划守城抵御流寇。

在交谈中,王铎了解到王复丸也爱好书画,对诗赋也颇有研究。王复朴是开州人氏,工诗善画,交往颇多。他们两人是同宗、同辈,感情极深厚。

为了感谢二位的热情款待,王铎当场为他们赋诗一首:

名园烟景召,相见即依依。
一水藏春密,双峰作态飞。

稍作润色后,又挥毫泼墨为他们书写成条幅。

王复丸与王复朴得到了王铎的墨迹,非常感激,更为王铎的学问、修养以及豪爽的性格所折服。

在人生地不熟、流寇经常出没的中州大地,能有个闲情逸致的夜晚,对王铎一家来说也的确很难得。

在开州休息几日后，王铎告别了王复丸与王复朴继续北上，四月中旬赶到涿州。

北方的夜晚气温依然偏低，王铎怕爹娘身体吃不消，就在驿站安顿他们住下，准备在这里休息几日再进京。

第二天黄昏时分，王铎信步走出驿站，想出来观赏一下夕阳黄昏的美景。刚走出驿站不远，一匹枣红马疾驰而来。他刚想躲避一旁，马却在他面前戛然而止，从马上跳下一个青年才俊。

王铎开始感到诧异，仔细一看却是祁彪佳，他既高兴又吃惊："虎子，你咋会在这里呢？"

祁彪佳拍打着身上的尘土，急切地说："朋友相聚时，听说你已经到了涿州，就急忙赶来看望一下。"

"我昨天刚到，你今天就赶来了，信息可真够快的啊。"王铎感慨后，非常感动地说，"我是让老人休息一下，过几天就回京城了，还让你专程跑一趟。"

祁彪佳却神色庄重地说："我若不来看你，等你回京师后，我恐怕就已经离开了。"

王铎疑惑地问："这是为啥呢？"

祁彪佳看着出出进进的人，欲言又止。王铎把他让进驿站后，他先拜见了王铎的双亲，然后找到驿丞安排一个安静的房间，泡上好茶，两人开始聊天叙友情。

祁彪佳告诉王铎，他之所以着急赶来，是因为皇上命他巡按苏、松诸府，后天启程。

王铎听后很高兴，立刻抱拳祝贺："贤弟年轻有为，皇上命你担任要职，这是对你的信任和重用，愚兄恭贺你！"

祁彪佳进京城没几年，现在虽是擢升要职，但心里还是恋恋不舍。

王铎很理解祁彪佳的心情，就安慰他："依你的性格，离开朝廷这个钩心斗角的是非之地，到你美丽的江南老家，我感觉应该是件好事。"

祁彪佳听了王铎的话，心里有些释然："觉斯兄，我急匆匆地赶来见你，就是想听听你的心里话，现在舒坦了很多。"

知己分别都很难舍，更何况祁彪佳与他的夫人伉俪相敬，被喻为金童玉女。祁彪佳的夫人商景兰，字媚生，是兵部尚书商周祚的长女，德才兼备，能书善画，亦工诗。如今要让伉丽天各一方，王铎感到老天不平："虎子贤弟，这一去至少要两三年，你与弟妹这对金童玉女，又要过牛郎织女的生活了。"

王铎的话让祁彪佳做个鬼脸,说:"觉斯兄,我已经过了而立之年,伉俪相拥的生活早已成为过去。"

"即使过了而立之年,赴任时最好要带上弟妹一同前往。"王铎很理解夫妻分离的苦衷,以兄长的身份提醒祁彪佳,然后又想起了他的女儿祁德琼,聪明可爱,诗书俱佳,又提醒说,"把侄女也一同带上,让她到美丽的家乡见见世面,开阔眼界,多写几首好诗好让我欣赏。"

"我听兄长的,赴任时把媚生和女儿都带上。"祁彪佳愉快地接受了王铎的提议,脸上露着自豪的微笑。接着又品了一口茶,放下茶杯后,告诉王铎一件趣事:"去年底,玄宰先生给玉汝兄肖像题写了'玉汝学士四十小像'八个字。"

王铎听了很羡慕:"玄宰先生已近八十高龄了,能给玉汝题字实在是一件幸事。等我回到京城后,一定好好欣赏一番。"

祁彪佳提起董其昌,自责起来:"觉斯兄,我在书法方面没天赋,只能跟着玄宰先生滥竽充数,不像觉斯兄大江南北如雷贯耳。"

"那都是过誉之词,我没其他的爱好,唯有挥毫写字而已。"王铎谦虚了一句,然后又鼓励祁彪佳,"其实人各有志,你的志向不在书法,而是戏曲。"

"知我者觉斯兄也,我从小受家兄的影响,的确一直对戏曲情有独钟。"提起戏曲,祁彪佳显得很兴奋,话题自然就转向了戏曲,"自从去年你出使潞安册封之后,我感到十分无聊,曾多次看过京戏。"

王铎见祁彪佳眼睛放光,对京戏充满好奇:"说说都看的啥戏啊?"

"有《红拂记》《红梅记》《弄珠楼记》和《狮吼记》,有一次我还把玉汝兄拉去,看了一出《石榴花记》。"祁彪佳兴奋得手舞足蹈,"最近不但看的戏多,还多次拜访了冯犹龙先生,并向他请教了戏曲方面的很多知识。"

王铎听了很感兴趣,好奇地问:"冯犹龙,可是南直隶苏州府长洲县'吴下三冯'中的冯梦龙先生?"

祁彪佳肯定地点点头:"正是,觉斯兄也认识犹龙先生?"

王铎很遗憾地摇摇头:"犹龙先生的大名早已贯耳,但还没有拜访过,听说他著有'三言二拍',最强调的是感情和行为。"

祁彪佳说:"看来觉斯一定读过他的大作了?"

王铎不好意思地说:"我只是皮毛而已,哪有你研究得如此深奥,有机会我一定当面向他请教。不过,今天得先向你请教撰写小品文。"

祁彪佳说:"觉斯兄一向是钟情于诗赋,怎么对短文也感兴趣了?"

王铎就把自己的想法说出来,也是征求祁彪佳的意见:"写古诗感到太俗气，如果自作诗又必须有一定的意境，要是能把场景、人物和事件写成短文，再写成条幅送给友人岂不更有意义？"

"妙哉！"祁彪佳听了后很赞同，一拍大腿说，"觉斯兄的想法甚好，愚弟十分赞成。"

夜幕降临，月上树梢头，天上繁星点点。

后来，祁彪佳又聊起了"复社"，说："在苏州虎丘，张溥召开了一个盛况空前的千人大会，引起了朝廷的格外关注。"

王铎与张溥没有深交，但知道他是个极有个性的人物。张溥，字乾度，号西铭，南直隶太仓人。崇祯四年，与他的学生吴伟业一起参加会试、殿试。结果吴伟业中榜眼，张溥为庶吉士。按照惯例，新进士的试卷要印发天下，以供后来举子们学习，其序言必须由房师来写，以示师生名分。作为会试第一名、殿试第二名的吴伟业，没请提携他的房师作序，而是让名次还不如他的张溥作序。他们这种显示师生情谊的做法，坏了当时的规矩。尚书级别的房师李明睿大怒，要削掉吴伟业的门生资格。吴伟业赶快负荆请罪，风波才算慢慢平息。张溥虽是文坛领袖，但却没有摆正自己的位置，总觉得自己名气大，认为李明睿有意跟他过不去，因怨生隙。

按照翰林院的规矩，新来的庶吉士见到馆长如见严师，见到先进翰林院的要称前辈。商谈事情时，一般都要老老实实、规规矩矩地坐到角落里。张溥根本不管这一套，在替天子草拟诰命敕令时语气很大，其他翰林也都觉得他过于狂傲，纷纷向内阁告状。首辅周延儒虽然替他好言解释，但次辅温体仁却对他进行了严厉斥责。

张溥不但不反思自己，反而认为是温体仁与他过不去，还多方搜集温体仁结交宫内太监、重用同乡等事情，草拟奏稿，然后让吴伟业上疏弹劾温体仁。吴伟业认为自己刚进朝班，去参劾内阁次辅风险太大，但又师命难违，只好将张溥的草稿又进行了一番增损。即便是这样，最后还是彻底得罪了温体仁，再加上李明睿经常找他的茬，张溥感到没法待下去了，正好又碰上葬亲，便请假回家丁忧了。

张溥告假回到家乡后，前去拜访他并请他收为弟子的人络绎不绝。他与挚友张寀在苏州虎丘成立了复社，自己亲自担任社长。在召开虎丘大会前夕，温体仁的弟弟温育仁也很想加入复社。温体仁听说后没有反对，也想以此来缓和与复社之间的矛盾。张溥却极为蔑视嫉贤妒能的温体仁，更不屑与他弟弟为伍，坚决拒绝了温育仁的请求，温体仁得知后恼羞成怒。

王铎想到这里，很为张溥担心，就对祁彪佳说："不接纳温育仁参加复社，让温体仁这个老狐狸丢尽了面子，他必定会报复的。"

"是啊，他这个人报复心很强。"祁彪佳也很担心，稍微停了一会儿，又说起当时的场面，"据说虎丘开会那天，场面搞得很大。各地复社成员坐船、骑马的络绎不绝，与会者达几千人之多。整个虎丘寺大殿都容纳不下，殿外千人石一带都挤满了人，真是座无虚席啊。"

王铎感到张溥的做法太过张扬："朝廷对民间结社本来就很警惕，他又是在野之身。作为一个在籍守制的官员，这种做法动静实在太大了，温体仁本来就是个别有用心的人，是绝不会容下他的。"

祁彪佳说："在士子们的心目中，有了张乾度与复社的庇荫，科举考试就可以一帆风顺。有人就把他的家乡称为'阙里'，与孔子故里相攀比起来，真是有些过分。"

王铎也不赞成张溥的做法："士子们争先恐后地加入复社，复社规模急剧扩大，成员遍布全国各地，也会出现鱼龙混杂的局面。"

"是啊，我也有同感。"祁彪佳同意王铎的分析，然后又兴奋地说，"虎丘大会把苏州搞得很繁荣，商人们为吸引游客，制作了很多有复社字样的碑刻，引来众人围观，轰动一时，复社也声名远扬，许多船舶、客栈门前悬挂的灯笼上，都写着'复社'字样。"

王铎和祁彪佳一直聊到东方天色发白，还有说不完的话题。

王铎送走祁彪佳之后，又在驿站休息了两天才回到京城。由于朝廷派给的临时住房太小，住房成了第一大难题。以前挤在一起还能凑合，现在来了十几口人，无论如何也住不下了。

王铎和马瑞云商量，把老人安排在正房，他和马瑞云暂时住在书房里，其他男女临时分开，把厨房也利用起来。

第二天，王铎正式回复皇命，皇帝朱由检对他出使潞安非常满意，特别是就他拒收三百两黄金一事，对他的品德大加赞赏了一番。原来王铎带着王镡和王无党离开潞安后，六合王已经把事情的经过上奏给皇上，同时副使杨于阶回京后也如实回奏，大家都对他给予了很高的评价。

王铎对皇上的赞扬并没当回事，现在犯愁的是家人住宿紧张。此时，倪元璐跑来告诉他，同年好友冯祯卿出京办皇差，他空闲的绿雪园可以暂居一阵子。

倪元璐带来的好消息给王铎解决了燃眉之急，让他感激不尽。

王铎跟着倪元璐去看绿雪园，在路上还在琢磨，要把庭院很好地收拾一番。走进去前后仔细一看，从住房里的桌椅床铺，到厨房的锅碗瓢盆，一应俱全。

王铎看着忙前忙后的倪元璐，很想说几句表达谢意的话，却被倪元璐制止了。其实王铎心里很清楚，他们同年的深厚情谊是无法用语言来表达的。以前每次在他最困难的时候，都是黄道周、倪元璐、祁彪佳几个同年和乡党出手相助。

王铎家人都搬进绿雪园的时候，爹娘看着精致的亭台楼阁、葱茏的树木、曲径通幽的庭院，心里感到无比自豪。

王铎把一家老小都安顿好后，心里暂时轻松起来。但每当想起百姓的悲惨遭遇时，又经常夜不能寐。在一个夜深人静之时，王铎提笔写了奏疏，及时送了进去，心里也松了一口气。但想起之前写的奏疏，朝廷一直不予理睬，又让他心里沉甸甸的。当听说皇上又任命吕维祺为南京兵部尚书，并参赞军务的消息时，心里感到欣慰了许多。

炎热的六月让人们喘不过气来。朝中内阁大臣的内讧闹得比这天气还热，最后是首辅周延儒致仕，温体仁顺利接任，验证了王铎当年的担心。

当初温体仁和周延儒为了共同入阁，曾经一度联手对付钱谦益。得势后渐渐地就变得势如水火，最后只能分道扬镳了。

崇祯四年春天的会试，是温体仁和周延儒决裂的分水岭。周延儒有违惯例，亲自出任主考，把温体仁晾在一边，引起了他的嫉恨。深谙世故的温体仁表面上待人一团和气，内心却阴险果决。周延儒虽然风流潇洒，机敏善辩，其内在气质却很软弱。

经过会试这件事，温体仁就已下了决心，要把周延儒取而代之。他在生性多疑又刚愎自用的皇帝朱由检面前，采取了虚实结合、扬抑并用的策略。凡是他想要荐用的人，总是先找别人举荐在先，而后自己再出面，这样一来就避免了被皇上怀疑；对于想要排挤的人，他则故作宽容，触动皇上疑心、引皇上动怒。

崇祯四年秋，在温体仁的暗中操纵下，一些言官们掀起了弹劾周延儒的高潮，列举了一桩桩一件件的事例：一是揭露他一手提拔的登莱巡抚孙元化，耗费军饷巨大，不但毫无战功，反而使岛兵两次哗变，每月还给周府送大批人参、貂皮、金银；二是张廷拱贿赂周延儒白银三千五百两、琥珀数珠一挂后，被授以大同巡抚；三是户部大臣吴鸣虞把常州腴田五千亩拱手相送给周延儒后，周延儒将其由户部调到吏部；四是周延儒家人在老家宜兴横行乡里，占尽江南良田美宅，令江南人痛恨入骨，屡屡激起民变。以上事例，虽然多数都查无实据，但却事出有因。皇帝朱由检看到奏疏后，对周延儒的宠信开始大打折扣。

周延儒当然也不会坐以待毙，就与东林党人联手，指责温体仁与温一手举荐的同年礼部尚书闵洪学两人朋比为奸，驱逐异己。

最后，朱由检对他们虽然是各打五十大板，但对周延儒勾结东林党人起了疑心。东林党见周延儒没有把温体仁驱逐出内阁，对他的能力和人格也很失望。

温体仁见一计不成，便使出更阴险的招数，请宣府监军的太监王坤上疏对周延儒进行一番攻击。温体仁很清楚，让太监攻击首辅，必然会遭到绝大多数官员的反对和抗议，这种抗议也必定会激怒皇帝朱由检。如此一来，在舆论中得到支持的周延儒，在皇帝那里必定会彻底失宠。朱由检即位后，撤除了全部监军太监，被朝臣和士民奉为英明天子。随着对朝臣的日益失望，他又逐渐恢复了太监监军制度，派遣的人员甚至超过了魏忠贤专权时期。朝臣们曾集体抗议过，朱由检却咬牙坚决不撤。君臣之间为此冲突起来，一直没有真正和缓过。

正如温体仁所设想的，朱由检对周延儒起了疑心，认为是他做了亏心事，为了保护自己，才纠集群臣攻击他任用内臣，就开始对周延儒进行调查，搜集了他从大政方针到生活琐细的很多材料，有纵容仆从、招权纳贿、为害乡里、乱政误国等罪行共二十多条。其实也有的是道听途说的，甚至是凭空捏造的。在调查中，还发现周延儒在背地里叫皇帝朱由检是"羲皇上人"，这实属大不敬。

周延儒依照惯例上疏乞休，本想皇上会温和慰留，但万万没想到，被在阁中当值的温体仁拟了"准予休告"的圣旨。年轻的首辅周延儒只好灰溜溜地回老家"调养"身体了，首辅之位自然由温体仁接替。

中秋时节，王铎在书房里先画了一幅《海棠图》，然后又把近期自作的八首五律诗写成册页，直到满意后，才轻轻放下毛笔。

在宽敞明亮幽雅的书房里读书、吟诗、写字，对王铎来说，的确是一种享受。

正在这时，管家赵国才急匆匆地走进来，禀报说户部郎中袁枢来拜访，王铎听了后高兴地出来迎接。

袁枢是王铎的座师袁可立的长子，字伯应，号环中。以父兵部尚书荫官户部郎中。他善骑射，有边才，工诗赋，博学好古，精鉴赏，藏品巨富，为董其昌所推重，尤以收藏荆、关、董、巨真迹为最。他与王铎的性格极为相投，两人交谊甚厚。

袁枢突然登门来访，王铎赶快出门迎接。袁枢说是听到王铎的双亲已经来到京师，特意前来看望的。

王铎带袁枢拜见了爹娘，家长里短地说了半天话，然后带他到书房。王铎让家仆端上好茶，关心地问起座师："伯应贤弟，我老师贵体可安康？"
　　袁可立是历经了万历、泰昌、天启、崇祯的四朝元老。他为官不阿权贵，敢于为民请命，是著名的清官廉吏和军事战略家。在抗击后金的过程中，是坚定的主战派将领，特别是在兵部期间强烈反对与后金议和。天启二年科举考试时，他与孙承宗一道充廷试读卷官，成为王铎的座师。在录选翰林院庶吉士时，给王铎很多眷顾。天启六年底，因为得罪魏忠贤而致仕，回老家颐养天年了。
　　袁枢听到王铎问候家父，心情有些低落，然后就实话实说："老人家的身体最近不是太好。"
　　王铎听说袁可立身体不太好，未免有些担心："找名医给老人仔细把脉医诊，好好给他调理调理。"
　　"前段时间已经请御医给他诊了脉，调理一阵后还是不见明显好转。"袁枢感到很无奈，然后又说了自己的打算，"我已申请休假省亲，回家侍奉，照顾老人安度晚年。"
　　王铎很敬重袁枢的做法："百善孝为先，伯应贤弟是个大孝子，我赞成你的做法，咱们做晚辈的理应尽心尽孝。"
　　袁枢心里轻松了许多，就说起老人刚回乡时的情况："老人归田之初，在家筑建了一栋别墅，看着池林山榭和名花美石，还算比较开心。"
　　"老人家酷爱读书，有个好的环境，他肯定开心。"王铎听了很高兴，对老人的书画赞扬一番，"老人家真、行、草、隶四体皆有古风，特别是他的梅花苍古，棱杆如抽铁，无人比拟。"
　　说起书画，两个人的话题就多了起来。袁枢兴奋地告诉王铎："前几天我去看望玄宰老年伯时，他老人家身体很健康。"
　　王铎一直挂念着董其昌："近几年我东奔西跑，他老人家一直在留都，已经有好几年没见了。"
　　袁枢说："他与家父也已多年未见，老年伯见到我，画了一幅《疏林远岫图》相赠，让我带给家父。"
　　对于董其昌的书法艺术，王铎一直很崇拜，对他的教诲，一直心存感激之情："在书法创作理念上，先生对我影响很大，使我从狭隘的临帖中走出来，真正走向了艺术的殿堂。"
　　王铎说完拿起刚写的册页，递给袁枢，请他斧正。
　　袁枢一看顿时来了精神，拿着还有墨香的册页欣赏起来，一边看一边不住地大加赞叹："觉斯兄，我还是第一次看到你用圣教兴福夫子碑笔意书写啊。"

　　王铎见袁枢一眼看出了他书写的意图，就谦虚地说："还请贤弟多指教。"

　　袁枢谦虚地说："在兄台面前，我岂敢妄加评说。"

　　王铎见袁枢对册页爱不释手，就爽快地说："你要喜欢就送你了。"

　　袁枢激动地说："我真是求之不得啊！不过还要请你题上大名才是。"

　　王铎在诗册末页题上署款："癸酉九月，用圣教兴福夫子碑，为环中老亲契。"

　　王铎书写之后，感到兴致未尽，又随手画了一幅山水画相赠。袁枢万万没有想到，过访王铎却是收获颇丰。

　　正在两人有说有笑时，管家赵国才跑进来，说有三位先生来访。

　　王铎走出书房，来到院子，见张鼎延和梁云构、薛所蕴走来。他们也是来看望老人的。拜见了二老双亲后，王铎一一介绍，指着张鼎延说："爹，这就是亲家翁玉调兄，现在是兵科都给事中。"

　　性格豪爽的梁云构不等王铎介绍，就给老人自我介绍起来："老年伯，我叫梁云构，字匠先，是咱河南开封府人。"

　　王铎接着梁云构的话，又补充了一句："爹，匠先兄现在是金都御史。"

　　梁云构伸手拉着薛所蕴给老人介绍："子展是咱河南孟州人，是近老乡啊。"

　　"老乡见老乡，两眼泪汪汪。"张鼎延笑着说了一句，然后补充说，"子展中进士后，被授山西襄陵县知县。今年皇上召见时，见他言行大方，谈吐自如，学识渊博，就钦点他为翰林院检讨。"

　　"祝老人家福如东海，寿比南山！"薛所蕴先是给老人家叩拜，然后又对王铎抱拳拱手，"今后还望前辈多关照。"

　　在此之前，王铎多次听张鼎延说过薛所蕴，今天是初次相见。看着举止非凡、彬彬有礼的薛所蕴，王铎心里很喜欢，说："子展受皇上钦点，今后必将前途无量。"

　　王本仁看到朝廷的大官都来看望他，知道儿子人缘好，高兴得合不拢嘴。

　　在书房里的袁枢听到客厅里很热闹，而且声音都很熟悉，不由自主地走出来。看到乡党聚集在一起，又是不约而同地看望老人，真是河南人的传统美德啊。

　　客厅里朗朗的笑声，引得王铎幼小的三子王无回跑过来看热闹。梁云构看到后，起身就把他抱起来，小无回手脚乱舞。

　　王本仁看着其乐融融的场面，心里更加惬意。

　　梁云构与小无回在打闹，其他人见他没正形，王铎就为他开脱："你们别

233

看匠先手舞足蹈的,他的词写得可好了。东坡有中秋词,匠先可有《中秋上月宫表》啊。"

张鼎延对梁云构的词也大加赞许:"是啊,很多人都熟悉东坡的'明月几时有,把酒问青天',而且能够能倒背如流。匠先的《中秋上月宫表》与苏东坡的中秋词不相伯仲,今天是中秋佳节,如果放在一起吟读,那将是另外一种韵味。"

梁云构被王铎和张鼎延夸赞了一番后,反倒有些不好意思了,谦逊地抱拳说:"在觉斯兄面前,我是在班门弄斧啊。"

正在与梁云构打闹的王无回突然说:"我会背诵伯伯的《中秋上月宫表》。"

大家听到后,都拍起巴掌鼓励王无回。在大家的掌声中,王无回熟练地背诵起来。

蓐收肃令,际秋色以平分;桂影撑轮,属月华之正满。辉涵长夜,欢彻清宵,恭维帝子,德昭四象,光洽三阶。似镜如圭,人间留望舒之号;烧银让璧,天上悬不夜之光。灵药赏来,控蟾蜍而光流海宇;玉柯修后,携杵臼而霜捣清虚。然金气旺而皓魄愈晶,玉镜圆而清秋适半。琼楼玉宇,高处直欲飞升;银汉金波,澄宵正宜清赏。伏念臣萝荫借庇,桂萼曾攀,平时望娥影以徘徊,此夜观玉团而起舞。汲清泉而为醑,设桂醑以邀诚。伏愿分辉绮户,流彩雕檐。兔影常圆,人对年年玉宇;珠胎频孕,家传世世天香。

张鼎延看这一老一小其乐融融的情景,就羡慕地对梁云构说:"我说匠先啊,你这么喜欢小无回,他这么小就会背你的词,说明你们俩很有缘分。"

梁云构回头仔细看着王无回的当儿,张鼎延就提议说:"匠先,你不是有个小闺女吗?我提议你就招小无回做乘龙快婿吧,以后咱们就亲上加亲了。"

王铎马上高兴地站起来:"我求之不得啊,这可是天大的喜事,就是不知道匠先兄是啥意思?"

"是啊,我咋没想到这一点呢。"梁云构先愣了一下,马上就兴奋起来,然后转身对王铎和张鼎延说,"觉斯兄、玉调兄,今天咱们可是说好了,以后不能反悔啊。玉调兄你是大媒,从今天起我和觉斯就是亲家了!"

张鼎延马上大笑起来:"你们俩成了亲家,咱三家都是亲家!"

王铎叫王无回给梁云构叩头,从此以后,王铎和梁云构既是同乡、同僚,又是亲家。

此时，家宴已经摆好，菜肴都是家乡的风味，酒还是杜康老酒。王铎招呼大家入席后，张鼎延提议共同举杯，先祝老人福如东海，寿比南山，然后祝贺梁云构与王铎两家结为亲家。

老爷子王本仁坐在高堂，看着欢乐的场面，高兴地一直捋着胡须微笑。

几个老朋友中秋节相聚非常开心，王铎兴奋地接连作诗十三首，几个人传看朗读。

梁云构看完《长安秋》："事事终成拙，写心付夕晖。囊空愁宦舍，鬓发戒寒衣。寂历知秋早，嚣尘闻雁稀。乡园忧式月，忍复说轻肥。"不由得走了神。

王铎问他是咋回事。梁云构说："我的另一位同年刘正宗也酷好诗文，很早就想登门拜访你，只是他在州府任职，一直没有找到机会。"

薛所蕴赶紧补充说："刘正宗，字可宗，山东安丘人，现在是真定府司理。"

梁云构说："子展、可宗不但喜爱你的书法，更加崇拜你的诗文。"

王铎听说薛所蕴、刘正宗爱好诗文，爽快地答应找机会一起切磋。

大家一直畅谈到深夜，依然没有尽兴。

俗话说，好事成双，在一个阳光明媚的日子，王铎被皇上任命为詹事府右春坊右谕德，倪元璐被任命为詹事府左谕德，补日讲。都由正六品晋升为从五品，这是王铎在仕途上的一件可喜可贺的大事。

右春坊就是东宫，春坊是太子读书的地方。王铎任右春坊右谕德，就是要辅导太子读书。这个职位虽然不高，但却是很多人梦寐以求的。人们心里都很清楚，太子就是皇储。现在给太子当老师，太子长大后早晚都是一代皇帝，那就是皇上的老师。在一日为师终生为父的儒家礼法下，一般都会对老师有所眷顾。现在皇帝朱由检让王铎担任这个特殊的职务，说明对他完全信赖。

王铎听到这个喜讯后，心里自是喜不待言。但他也有一种不好的预感，极有可能温体仁也从中做了手脚，用皇帝对自己的擢升，拉拢自己变成他的附属品和打压别人的工具。

王铎之所以这样想，是因为倪元璐曾被温体仁用封官许愿的方式拉拢过。

倪元璐为人守正不阿，又深得皇上的欣赏，温体仁就想用他的名声抬高自己的声望，更希望他能成为自己的羽翼，就对他进行极力拉拢。温体仁先专门派人到倪元璐家，以看望老人为名进行示好。倪元璐不吃他那一套，并回话说："吾平生不爱官，不喜欢居人牢笼之内。"

王铎为此曾专门找到倪元璐，说出自己的想法："对于温体仁这种心术不正之人，咱们都要敬而远之。"

倪元璐很赞同王铎的看法："我们为朝廷做事，为皇上分忧，更是为百姓谋利益。只要上对得起皇上，下对得起黎民百姓，就能心中无愧！"

对于温体仁阴险狡诈的人品，大家都心知肚明，王铎的几个同年挚友都对他敬而远之。

第二十一章

崇祯七年春节，王铎一家老少三代第一次在京城过年。

除夕之夜，家里张灯结彩，灯火辉煌。

大年初一，京城大街小巷爆竹齐鸣，王铎带着孩子们给爹娘磕头，整个院子里欢声笑语，其乐融融。

拜年的各种仪式做完后，王铎告诉马瑞云，倪元璐的老娘也是第一次在京城过年，他去给老人家拜年。

王铎来到倪元璐家，孩子们正在院子里放鞭炮，打闹嬉笑。

倪元璐看见王铎前来，赶快迎到客厅。王铎来到倪元璐母亲面前，撩起前摆磕头拜年，嘴里说着吉庆话："祝您老人家新年吉祥！"

老人家一脸笑容，嘴里说着："你是朝廷大官，磕头的礼节就免了吧。"

"在您老人家面前我是晚辈，拜年磕头的礼节免不得。"王铎边磕头，边回老人的话，起身后对老人说，"俗话说'一辈子同学三辈子亲'，我与玉汝既是同年挚友，在翰林院朝夕相处了十几年，现在又一同在詹事府，我们情同手足。"

老人家听了王铎的一番话，高兴得满脸乐开了花。王铎转过身来时，倪元璐的孩子们已经齐刷刷地跪在了他面前，整个客厅充满了欢乐的气氛。

拜年结束后，倪元璐带着王铎来到书房，从书案上拿来书稿递给他看。

王铎接过一看大喜过望，原来是倪元璐为他的诗集写的序言。

王铎一口气读完，伸出大拇指赞叹不已，兴奋得在书房中转着圈子，说："玉汝落笔为文迥别时人，书法又磅礴大气，与文章浑古相一致。"

"觉斯兄，在你面前我这只能是班门弄斧。"倪元璐谦虚了一句，然后又大发感慨，"吾乐诵大作后，感慨至深矣，乃前千年后千年俱无其辈也。欲勉摘一字，自见心期，回环十旬，竟不能易其一字。"

王铎听了倪元璐对自己无以复加的赞赏，心里虽然很得意，但更明白这是溢美之词。一时不知该如何纠正，只能又拱手又鞠躬。

外面的爆竹声声让王铎想起了黄道周："只可惜幼玄兄不在京城，否则咱们三家聚在一起就更热闹了。"

皇上对黄道周的处分，倪元璐始终感到不公："幼玄兄仗义执言，为钱龙锡进行申辩，却受到皇帝的严厉切责，我心里不服。"

"是啊，我奉旨出去办差这一趟，回来后听到很多事情，感觉皇上的性格变化很大。"王铎也有同感，就说了自己的想法，"让幼玄兄挂冠出京，寒了正直大臣们的心，以后谁还再敢坚持正义、维护公道啊？"

倪元璐说："是啊，皇上不但性格大变，而且整天疑神疑鬼，现在他只相信太监。"

王铎说："这与周延儒和温体仁内讧有很大关系，正是他们的不作为和钩心斗角，才使皇上慢慢对大臣们失去了信任。"

倪元璐气愤地说："他们在治国方面是庸人，内讧却是高手。"

两个人提起温体仁和周延儒就气愤不已，但又无可奈何。后来，王铎又说起黄道周，记得在奉命去潞安前，担心路上的危险，曾经提议他走陆路，不知是如何回去的。

"考虑到孩子太小，走陆路怕孩子吃不消，最后还是走的京杭大运河水路。"倪元璐告诉王铎说，"觉斯兄，看来还是你有先见之明。你的担心是对的，他在来信中说，在路过济宁一带时的确遇到了小股后金军的袭扰。"

王铎听了心里咯噔一下，马上紧张起来，急切地问："结果怎么样呢？"

倪元璐说："只是虚惊一场，最后都安然无恙。"

王铎悬着的心才慢慢放下来，倪元璐接着又说："为此他还写了一首《济宁闻警》：'过此哪甚遥，当年已不禁。一番风破碎，千倍草浮沉。世则无南史，人客少旦心。诸陵青火路，照发动萧森。'"

王铎听了后，从诗中明白了黄道周走水路的原因："幼玄兄走水路，主要还是想去拜谒至圣先师孔夫子，这也是他多年的愿望。"

倪元璐说："由于匪徒的袭扰，拜谒孔夫子的愿望也没实现。"

王铎松口气说："只要家人安康比啥都重要，心中对夫子的拜谒比形式更重要，再说以后也有的是机会啊。"

倪元璐说："他在回去的路上，安置好家人后，在友人的陪同下，就去了黄山、庐山和九华山游览了一番。"

"这一路颠簸，路途又遥远，的确应该好好休息一下。"王铎还是很担心孩子的身体，也很理解黄道周此时的心情，"他心情很郁闷，压力又太大，走出去看看名川大山，散散心很有必要。"

倪元璐说："俗话说，行万里路，读万卷书。他肯定又会写出很多脍炙人口的诗篇。"

王铎很赞赏黄道周的诗风："幼玄兄的诗，传承了杜子美直述时世、直面现实的真谛，使人读来感受到悲凉而倔强的精气神，也反映出了他在乱世风尘中独立不羁的个性。"

　　倪元璐赞同地点点头，然后对王铎说："觉斯兄，你俩可是师出同门啊，都继承杜子美的诗风。在审美取向上，都追求高古雄浑、旷阔奇奥、博大精深的风格。"

　　王铎谦虚地摆摆手，说："咱们别只顾说诗文了，幼玄兄现在咋样了？"

　　倪元璐说："家中小弟来信中提到，直到去年秋天，幼玄兄才走到杭州。陈子龙又陪他游玩了几天，他是一路走走停停，优哉游哉，直到初冬才赶到福建老家。"

　　王铎听说黄道周平安到家，悬着的心也就放下了。当抬头看到倪元璐的肖像时，就想起了董其昌题词的事。起身来到肖像前，仔细看了一会儿，赞叹地说："肖像画得惟妙惟肖，字写得潇洒出尘，真是珠联璧合啊。"

　　倪元璐显得很激动："是啊，玄宰先生已近八旬的老人了，还能写出如此精致的小字，实在是难能可贵啊！"

　　王铎就提议再去看望董其昌："我已有好几年没见老人家了，咱们一同前去拜年如何？"

　　"那敢情好啊，我也正有此意。"倪元璐马上响应，还特地提醒说，"要去咱就早去，听说他已上疏皇上，准备最近就要回松江安度晚年了。"

　　王铎听说董其昌要回老家，就催促倪元璐："既然是如此，咱们现在就去。"

　　东方升起一缕朝霞时，王铎和倪元璐就来到董其昌府邸，硕大的红灯笼正随风摇曳。

　　倪元璐上前去敲门，家仆迎接他们进去。

　　王铎和倪元璐随家仆来到客厅时，董其昌正在与其他客人说话，两人急忙走上前拜年问候。

　　董其昌虽已八十高龄，但依然精神矍铄。见到王铎、倪元璐后，高兴得像小孩似的手舞足蹈："觉斯、玉汝啊，你们俩同时来看我，我这陋室蓬荜生辉啊。"

　　王铎诚挚地抱歉说："董老，觉斯首先向您老人家道歉。近几年在外面一直东奔西跑，已经好几年没有拜见您老人家了。"

　　董其昌马上摆摆手："觉斯啊，你我都是身不由己啊。前几年我在留都，之后回家休养了几年，咱们见个面也的确不容易。"

　　王铎听了董其昌的解释，心里释然了许多。

董其昌接着说:"我现在年事已高,不能再为皇上分忧了。既然已经帮不了忙,我也不能给皇上添乱,准备回家安度晚年了。"

王铎恭敬地说:"董老德高望重,为国操劳一生,安度晚年理所应当。"

董其昌却摇晃着双手说:"德高望重不敢当。"

倪元璐抱拳拱手说:"董老,十分感谢您老人家给我的肖像题词,我一定好好保存,流传后世。"

"玉汝啊,我老眼昏花看不清,只能留个念想而已。"董其昌谦虚了一句,又兴奋地接着说,"你们这'三珠树'在书法造诣上各有所长,黄石斋专攻苏东坡,玉汝用意于颜平原,觉斯则精骛王右军。"

倪元璐说:"觉斯兄近几年致力于米南宫,一日临帖,一日应请索,我和幼玄都没法与他相比。"

董其昌说:"米南宫真正得右军之精髓,学他定能大成。"

王铎听了董其昌的话,更加坚定了自己的信心:"董老,我感觉米南宫深得兰亭法,不规规模拟,纵横飘忽,我非常喜欢他的风格。"

董其昌说:"米南宫才识过人,因其狂放,人们才称其'米癫'。他少年临书,常常以假乱真,晚年自负至极,曾提出'老厌奴书不玩鹅',有了更高的追求。"

倪元璐说:"觉斯与米南宫有很多相似之处,又都是诗文书画无一不精。按照他现在的进步,再有十年时间,定会卓然成为一代大家的。"

董其昌依然思维敏捷,既是鼓励也是肯定:"觉斯天分高,又如此勤奋,日后必定成为一代宗师,在书法历史长河中占一席之地。"

王铎摆着手,谦虚地说:"先生过奖了,学生不敢当、不敢当。"

董其昌接着说:"觉斯啊,你也别太谦虚了。最近这几年,你不但书法水平提高很快,而且诗文也兼融各家之长,形成了自己的鲜明特点。"

王铎双手合十,深表谢意,心里感到很得意。

华灯初上,王铎正准备陪着爹娘去看元宵节花灯,刚走到大门口,梁云构、张鼎延带着一位陌生的年轻人来访。

"觉斯兄,给你带来一位新朋友。"梁云构拉着年轻人给王铎介绍:"这是户部左侍郎宋之普,字则甫,号今础。"

宋之普抱拳拱手,恭维着说:"觉斯兄的大名如雷贯耳,在下敬重不已,特来拜见。"

王铎谦虚地说:"不敢当,今础贤弟过奖了。"

宋之普见王铎及家人要出门,就提出改天再来拜访。王铎说哪有拒朋友于门外的道理，就让家人陪同爹娘去看景致，他把客人让到书房里。

王铎主动与宋之普攀谈："以前我与今础贤弟虽素未谋面，但你和府上的老前辈被皇上称赞为'品能铸古，才能衰今'的美誉早有耳闻。"

宋之普再次抱拳拱手："多谢觉斯兄对我们父子的关注。"

宋之普的父亲宋鸣梧在朝廷很有影响力，王铎自然听到了很多传说。

宋鸣梧，字泰侯，号泰斗，兖州府沂州苍山人。万历四十三年中进士。天启二年赴凉州平息叛乱，回京后被授"行人"。由于不愿与客魏阉党为伍，断然返回故乡。天启七年初回京城后，闻听了杨涟、左光斗的悲惨遭遇后，义愤填膺，并当廷慷慨陈词魏客一伙的斑斑劣迹。天启皇帝朱由校气得怒不可遏，顺手抓起龙案上的御砚向他砸去，侥幸被他接住。不久，便被魏忠贤一伙以主持乡试为名，将其派往万里之遥的贵州。在乡试结束后回京的途中，被勒令直接回乡休养，并准备伺机下毒手。崇祯皇帝即位后，宋鸣梧被召回京，不久被提拔为兵科给事中。在对魏忠贤家产进行清查和处理事务中，他清正廉洁，一丝不苟，深得朱由检的赏识。崇祯二年十月，后金袭扰京师，作为守城统领，宋鸣梧临危不惧，指挥若定，与将士们严把死守德胜门，并向朝廷建言献策，紧急制定了攻守防御的十项策略，被采纳实施。崇祯四年八月，被派往军队做监军时，在山间峰口设伏，打得来犯的后金军丢盔弃甲，狼狈逃窜，极大地鼓舞了军队的士气。在发现颇受皇上恩宠的首辅重臣周延儒是一个专横跋扈、贪污枉法的奸猾之徒时，他痛心疾首，伤心万分，当即决定密奏朝廷，予以弹劾。此事被周延儒察觉后，指使手下人反咬一口，无中生有对其栽赃和责难，并将他调离了京城。

梁云构看着正在思索的王铎，向他介绍宋之普的情况："今础贤弟是个大孝子，在为侍郎时，老娘多病在家，他思母心切，遂辞职回家，为母亲煎汤熬药，精心伺候。"

王铎对宋之普和他父亲的人品、胆略敬佩不已，关心地问起宋鸣梧的现状："老人家现在身体可好？"

王铎刚说完，快言快语的梁云构说："老伯父身体好着呢，已到留都任南京尚宝司卿。"

王铎听了后，很为老人愤愤不平，话还没说出口，梁云构就气愤地说："都是周延儒贪污枉法造的孽，他狼狈地滚回老家，也是他咎由自取，罪有应得。"

张鼎延说："今础贤弟，依我的拙见，老人家在留都也只是暂时的，说不定明年又要回到京城，被委以重任呢。"

王铎接着张鼎延的话说："等老人回京时，咱们共同给他接风洗尘。"

宋之普再次拱手后，把一直拿在手中的卷筒打开，以恳求的口吻说："觉斯兄，愚弟今天还有一事相求，这也是我多年的夙愿，还请您能够成全。"

王铎的第一感觉就是让他写条幅，但打开卷筒一看，竟然是八幅泥金扇面。这种质地细腻的泥金材料，王铎还是第一次见到，这让他激动不已，很想马上挥毫一试。

宋之普说："觉斯兄，我这样做很唐突，还请你见谅。"

王铎经常遇到这种事情，也就见怪不怪了："今础弟不必客气，只要你喜欢，我愿意效劳。"

梁云构在一边和稀泥："你们都不要客气了，正月里事情都比较多，等觉斯抽时间再写不迟。"

张鼎延说："今天咱们长话短说，就此告别吧，以后有时间咱们再聊。"

王铎还想留他们再多坐一会儿，梁云构却说："觉斯兄，老爷子第一次来京城，你应该多陪他老人家才是，我和他们一起去看望若谷。"

王铎听说要去看望侯恂，就提出一同前往："家父已经走了多时，出去再找也不易。我回京后还没来得及去拜访，正好拜年看望。"

侯恂已经被擢升为户部尚书，看到乡党结伴前来，显得非常高兴。大家抱拳拱手，互祝新年吉祥。

侯恂看着王铎、张缙彦和梁云构，突然大发感慨："看到你们三个亲家，真叫我羡慕啊！"

"若谷兄，我们这叫亲上加亲。"梁云构脸上露出自豪的笑容，然后又幽默地说，"这也是肥水不流外人田嘛。"

梁云构的话引起一阵笑声。王铎止住笑，一本正经地说："若谷兄，您是我们三人的楷模。"

侯恂摇摇头，然后转身看着王铎道："觉斯啊，你在京城可是妇孺皆知的大名家了，应该是我的楷模啊。"

张鼎延说："你们俩一个是朝廷的顶梁柱，一个是名满京城的大家，都是我等的楷模。"

梁云构听着三人相互吹捧，他也接着说："大年初一，听着吉祥话，心里很舒坦啊。"

梁云构的话又引起大家一片笑声，等大家平静下来提议："若谷兄经历了十年坎坷，现在终于被皇上擢升为户部尚书，我们应该为他庆贺一番。"

侯恂谦虚地说："诸位仁兄前来看望，就是最好的庆贺。"

王铎看着侯恂健壮的身体，心里一块石头落了地："若谷兄，看到你的身体已经恢复如初，我就彻底放心了。"

侯恂用手拍拍胸脯说："好了，全好了，让觉斯贤弟挂念了。"

梁云构看着兴高采烈的侯恂，就半开玩笑地说："若谷兄如此高兴，就像得到一员大将似的。"

侯恂笑着说："匠先说的有几分道理，实不相瞒，我还真的收了一个有军事才能的左良玉。"

张鼎延突然插了一句："听说还闹出一段故事来？"

"啥事也瞒不过你玉调兄啊。"侯恂笑了笑，然后简要说了来龙去脉，"文武百官拜祭皇陵时，我让他也参加盛宴，但酒醉后却丢失了四只金酒杯。事后他主动请求治罪，我想既然不是故意为之，不仅没治罪，还破格提拔他为裨将。"

说起剿匪之事，王铎按照时间一推算，侯恂在怀庆、卫辉一带驱逐流寇时，他正在老家孟津，对于没能参战感到很遗憾："如果知道是若谷兄在怀庆，我一定会渡河请缨参战的。"

侯恂很赞赏王铎的剑术功力："觉斯没出手，的确是件憾事。你们可能还不知，觉斯的太白醉剑十分了得。如果他能参加，定会早日荡平流寇。"

王铎摇着头惭愧地说："若谷兄，愚弟惭愧得很呢。我已多年没再苦练，现在大不如以前了，只能说是强筋健骨而已。"

梁云构回头惊讶地看着王铎："亲家翁，你真是深藏不露啊。我是第一次听说你还有如此本事，啥时候让我们开开眼界？"

"匠先别起哄。"王铎拦住梁云构的话，然后动情地对侯恂说，"我刚到京城时，若谷、若木两位仁兄对我多方关照，才有了愚弟的今天，兄长的恩德我没齿不忘！"

"觉斯言重了，朝廷提倡举贤不避亲。咱们是乡党，你又是鹤皋先生的高足，这是我的分内之事。"侯恂解释了几句后，接着又笑着说，"翰林院的'三珠树'，朝中上下谁个不知，哪个不晓？"

王铎说："若谷兄过奖了，还有人说是'三狂徒'的呢。"

梁云构说："不管是'三珠树'，还是'三狂徒'，应该说都是个人物。"

大家笑过平静后，王铎询问起侯恪的情况："若谷兄，不知若木兄现在如何？"

侯恂听了王铎的问话，不由自主地叹了口气："他干啥事情都太专注，又嗜酒如命，最近身体不是太好。"

王铎听说侯恪身体不好，显得很着急："现在到底咋样呢？"

侯恂摇摇头，说："已经乞休回老家休养了。"

王铎很吃惊，问："他身体一向很好，咋突然会这样呢？"

侯恂说："赴任南京国子监祭酒时，他厘正藏书，补其阙遗。因积劳致疾，致使右臂不仁。又逢乡试，他勉强监试后，病情就越来越重了。"

王铎提议说："我提议把若木兄接来京城，让御医给他诊治，再精心调养一段，很快就会恢复的。"

提起侯恪来，侯恂显得忧心忡忡："他在老家遂园调养，本来是个很好的清静之地。但他的脾气你是知道的，每次与宾客大饮，都是不醉不散。有时还取下客人的车辖投入井中，虽有急事也不得离去，为此我很是担心。"

侯恪对王铎有知遇之恩，王铎对他格外敬重。虽然他年龄比侯恪大几月，但他始终以兄称呼侯恪。

王铎和侯恪都是嗜酒如命之人，同在翰林院时，在一起没少一醉方休。今天听到他的身体欠佳后，自言自语地为他祈福："祝福若木兄早日康复。"

此时，进来一位潇洒帅气的翩翩少年。侯恂介绍说是他的儿子侯方域，然后给大家一一介绍。

在春暖花开的季节，京城遭到一场突如其来的妖风怪雨的袭击，还夹杂着冰雹，许多屋瓦被打得坠落一地。

王铎升迁为詹事府右春坊右谕德后，赴任时迎接他的竟然是三年多没见面的文震孟，他现在是詹事府少詹事。

近几年来，文震孟的仕途经历也是坎坷不平。崇祯三年二月，文震孟上疏弹劾吏部尚书王永光试图为阉党翻案，朱由检却半信半疑，虽然斥责了王永光，但也责备了文震孟。表面上看是各打五十大板，实际上文震孟是既遭到皇帝的斥责，还得罪了权臣王永光。他越想越觉得窝囊，就上疏回家归隐田园。崇祯五年，朱由检也觉得文震孟冤枉，就任命他为东詹事府宫右春坊右庶子，两年后又擢升他为詹事府少詹事。

王铎到詹事府后，感觉与翰林院没有什么两样。一晃半年过去后，虽然又升为右春坊右谕德，但还是既不能兼济天下，又不能独善其身，政治理想慢慢地化为了泡影。鸿鹄之志无法实现，彷徨和无奈交织在一起，内心深处感到前所未有的苦闷。

王铎心里空落落的，就顺手拿起邸报，看到上面有一则消息：李自成被困在车厢峡，人马死伤过半，乃自缚请降，出了车厢峡后又复叛。看到这里，王铎起身就找到文震孟，向他倾吐心中的苦闷，并直言不讳地说："文起兄，现在朝廷内外交困，我却只能在这里抄抄写写，十几年来一直这样碌碌无为，真是愧对朝廷俸禄啊！"

"我不也是碌碌无为嘛。"文震孟两手一摊，然后沉思片刻说，"觉斯啊，其实你做得比我好，说句心里话，我很羡慕你啊。"

王铎听后瞪大眼睛，看着文震孟："文起兄又在说笑，我咋会比你做得好呢？"

文震孟继续说："你已经做了好几件功德无量的大事了，还说自己碌碌无为。"

王铎迷惑不解。文震孟掰着指头说："从咱们到翰林院算起，我粗略地想了一下，你做了六件功德无量的大事：一是到翰林院之初，你看到可怜的女孩，见义勇为收为义女，人家要回时你又分文不取，这是怜悯之心；二是在阉党横行之时，你刚直不阿，冒着掉头的危险辞修《三朝要典》，这是维护正义之心；三是你奉旨主持福建乡试，坚持正义、公平、公正，这是君子坦荡公道之心；四是你奉旨出使山西潞安时，拒收巨额黄金，这是清正廉洁之心；五是你在老家看到灾民饥饿，在家门口施粥，拯救了大批灾民，这是积德行善之心；六是你给朝廷上疏《免粮札子》，为民请命减租减税，这是爱民忧国之心。"

文震孟如数家珍，说出王铎六件功德无量的事情。王铎虽然感觉他说的有一定道理，但由于没有实现自己的理想和抱负，总是感到很遗憾："文起兄，这些都是我应该做的。"

文震孟说："如果人人都能像你这样，兢兢业业做好每一件事情，朝廷的很多事情就不会陷入被动，人的品德就是通过这些实实在在的小事来体现的。"

王铎好奇地问："文起兄，咱们多年没见面，这些小事你是咋知道的？"

文震孟笑着说："人们不是常说，上有天堂下有苏杭吗？我家乡可是文人雅士集聚之地。你的诗文、书法名冠京城，江南的士子对你十分仰慕，我在家乡时常听他们议论。"

王铎很感激文震孟对自己如此关注，也觉得皇上对他不公："朝廷当前内外交困，急需贤人能臣，皇上应该对你委以重任才是。"

文震孟却平静地说："觉斯啊，皇上有他自己的考虑。詹士府是培养太子的地方，他能把你我放在这里，就说明皇上对咱都很信任。"

王铎听了文震孟的解释，似乎明白了其中的深意。

文震孟见王铎没再说话，就把自己的下一步打算说给他听："我已经上疏皇上请求修正《光宗实录》，把天启年间的那段历史好好梳理一下，还历史的本来面目，以辨明是非。天启年间，魏忠贤专权时，阉党们编纂的《光宗实录》，很多事实都被歪曲了。我从中摘录了一些最为荒谬的记载请求改正，皇上已经召集群臣进行面议过。只是首辅温体仁为人奸诈，倾向阉党，嫉贤妒能，又百般阻挠，我感到修正《光宗实录》也会遇到阻力。"

王铎听了文震孟的一番话，心里觉得舒畅了许多。

一天，王铎翻阅唐诗，看到唐末著名诗人郑谷的华山诗，被诗情画意所感动，随即铺开宣纸，拿起笔挥毫泼墨，写成了巨幅立轴。

书兴正浓之时，身后传来了倪元璐的赞扬声："锋芒毕露，酣畅淋漓。"

王铎放下笔，又拿出一个条幅，让倪元璐斧正。倪元璐一看是写给张镜心的，内容是阁帖里面王羲之的《永嘉敬豫帖》：

　　永嘉至奉集，欣熹无喻。伦等还，殊慰意增慨。敬豫在彼，尚未议还，增耿耿。王羲之。

　　　　湘渚丈托湛虚兄求此，甲戌春应。王铎

倪元璐不明白落款中的意思，王铎解释说："湛虚让给他的朋友写幅字，没说写啥内容，我就顺手临写了右军的帖子。"

倪元璐看着王铎的临帖，其风格与以前比大为不同，就认真地琢磨起来。

王铎见倪元璐不说话，也没提出自己的看法，以为是又出了偏差，心里不安起来，就急切地问："你看哪里有问题，提出来我好改正。"

倪元璐用手捋着胡须，又认真仔细琢磨一会儿，才开始评头论足："这幅作品不能简单地说是临帖。没有拘泥于原帖的形式，任意取舍原作，而且字形也不再是原来的形式，所体现的全是你独特的方式，应该说是一种大胆的创新。特别是稍缓的行笔速度，不仅与原作不同，也与你以前所追求的快速、有力、凶猛的书写方式完全背离。还出现了圆形的线条，使怀素和王右军相冲突的线条得到了缓解。"

经倪元璐这么一分析，王铎感觉有几分道理，自己也的确在进行这样的尝试，但依旧不满意："笔画的棱角全无，把我的个性都写没了。"

倪元璐对王铎最近的书风很感兴趣，也很想从中找到一些灵感。

王铎拿出八帧泥金扇面，并给倪元璐说："春节拜年时，宋今础拿来的扇面，现在刚写好。"

倪元璐接过来一看，顿时瞪大了眼睛，一张一张地仔细欣赏起来。从书写的内容看，是王铎登中岳庙天中阁、太行山和过扬州时的自作七律诗。在书风的追求上，另辟新路，独树一帜，其书体、笔意以及布局规律也都非常一致。

倪元璐看着大发感慨："妙哉，这八帧扇面，用笔迅捷劲健，结体欹侧，气势恢宏的米家风格跃然纸上，完全秉承了'不规规模拟'的精神，体现了你对米元章和'二王'书法的融合与再创造。特别是在用笔上，强调了提按和使转，还掺入了大王《圣教序》的用笔和结构，笔锋多变搅转。"

王铎说："哪有你说的那么玄乎，只想着米元章保留了晋人传统，感到它是通向'二王'的桥梁，我就从中加以借鉴而已。"

倪元璐继续评说："你与米元章相比，虽然少了些他的萧然飘洒，但却多了拙重刚劲之气，这简直就是柳诚悬'笔谏'之骨改写的米元章秀逸之貌啊。"

王铎感觉倪元璐的话都是溢美之词，就开着玩笑说："玉汝啊，啥话到你嘴里咋就成了一朵花了呢？不过听着却很舒坦。"

倪元璐没有说笑，而是一本正经地说："你不仅忠实于魏晋传统，而且还对'二王'再造，将会和米元章一样惊世醒人。"

王铎没再打断倪元璐的话，听他继续说："据说，王献之的《中秋帖》墨迹其实是米元章的摹本，的确到了乱真的地步。"

王铎以前从来没这样想过，听了倪元璐的一番宏论，梳理了一下米芾的履历，惊奇地发现，自己与他真的有着共同之处。

正当此时，梁云构陪着一位不认识的客人来访。王铎起身迎接，梁云构介绍说："觉斯兄，这位就是仰慕你已久的刘正宗。"

刘正宗抱拳拱手："先生的人品、诗文和书法，令学生高山仰止。今天慕名拜望，还敬请先生不吝赐教。"

在此之前，梁云构曾多次给王铎提到过刘正宗。崇祯元年中进士后，他被任命为真定府司理，今年刚被皇上任命为翰林院编修。刘正宗博览群书，最工诗律，尤精五言古诗，而且爱好书法，与王铎有着共同的爱好。

王铎抱拳拱手，谦虚地说："正宗过奖了，都是大家的错爱，我是徒有虚名而已。"

"你们俩都别客套了，咱们坐下说话吧。"梁云构以半个主人的口气说，回头看见王铎的父母都在，就拉着刘正宗来到老人面前参拜。

王铎带着梁云构和刘正宗正要去书房，已是兵科给事中的归德府乡党宋权拿着一个非常精致的盒子进来。

宋权，字符平，号雨恭，以孝闻名乡里。天启五年中进士，初授山西阳曲令，为官期间深受百姓的爱戴。阉党擅权之时，很多朝臣畏惧魏忠贤的淫威，为他建立生祠。唯有宋权不但坚决拒绝，而且还多次犯颜上疏皇上给予制止。天启皇帝看后大发雷霆，命人拿他回京问罪，不料皇帝驾崩，宋权躲过一劫。崇祯皇帝登基，铲除阉党后，对为人朴直、为官刚正、清廉忠孝、正直敢言的宋权更是另眼高看，连连擢升至顺天巡抚。

王铎把宋权、刘正宗和梁云构让到书房，宋权并没着急落座，而是轻轻地拍了拍盒子，神秘兮兮地说："觉斯兄，这是我家秘藏的一本古帖，想请你鉴定一下真伪。"

宋权说着缓慢地打开盒子，里面还有一层绸绢包裹着。王铎见他动作慢慢腾腾，心里未免着急，伸手扯起一角，一本装裱精致的册页呈现在眼前。

王铎身体往前一探，拿起来仔细一看。先是吃惊，然后就是激动，以至于兴奋得双手发颤。回头给正探着身子看的梁云构、刘正宗说，这就是他朝思暮想的颜真卿的《争座位帖》精致拓本。

王铎手捧《争座位帖》爱不释手，宋权看着他如醉如痴的样子，也不敢随便打搅。从王铎的动作和表情中，就已经明白了这帧拓片的价值。

王铎把拓片轻轻地放在书桌上，再把蜡烛慢慢移到书桌一边，小心翼翼地把蜡烛芯调正。激动得不时搓着双手，然后又俯下身来，从头到尾仔细看了一遍。

梁云构很了解王铎的脾气，如果此时打搅他，就等于在喝酒正喝到兴奋时，突然没有酒一样让人沮丧，他会和你大吵大闹，闹得不欢而散。

王铎仔细反复看了几遍之后，拉过一张纸，拿起毛笔轻轻地揿着墨。梁云构见墨汁太少，才蹑手蹑脚地走过来轻轻地研墨。

王铎抬眼看了梁云构、刘正宗一眼，几个人都会心地笑了起来。然后，王铎再次进入《争座位帖》的意境里，提笔写下了自己的感悟：

《争座位帖》多漫灭者，岁久石渐磨，已足使人踊跃。观斯册，焕然照人目睛，夺后无继者，宇宙内不可易得也。崇祯七年八月灯下，跛雨恭年兄秘藏。

宋权说："觉斯兄，看来你对颜平原很崇拜。"

王铎兴奋地说："唐朝广德二年，颜平原因不满权奸的骄横跋扈，奋笔疾书了《争座位帖》。它本来是一篇草稿，却写得郁勃之气横溢。全篇一气贯之，气势充沛，劲挺豁达，字里行间横溢着粲然忠义之气，透露出他刚强耿直、朴实敦厚的性格，令人肃然起敬。"

此时，宋权和梁云构一直在认真倾听，王铎仍然滔滔不绝："颜平原不但是忠义大节照映今古的忠臣，还是继右军父子之后成就最高、影响最大的书家。"

梁云构递给王铎一杯茶，他喝了一口，稍微平静了一会儿，很惋惜地说："《争座位帖》是颜平原行草书的精品之一，宋朝时真迹曾归安师文，并以此上石，只可惜后来墨迹失传。"

刘正宗本来是向王铎请教诗文的，看到他对古碑帖鉴赏也如此精通，对于也喜欢此道的刘正宗来说，真是一次难得的机会。

宋权、梁云构和刘正宗都在静静地倾听，对颜真卿也更加敬仰。

"其实他五十岁写的《祭侄文稿》更为精彩，米元章称其为颜书第一，元朝鲜于枢称为'天下第二行书'。我认为应与右军的《兰亭序》合称'双璧'。"王铎说起颜真卿的书法如数家珍，在说到最后时，又激动起来，"在安史之乱之时，他的堂兄颜杲卿任常山郡太守，贼兵进逼，太原节度使拥兵不救，以致城破，颜杲卿与子颜季明罹难。事后颜平原派长侄泉明前往善后，仅得杲卿一足、季明头骨。他听到这个情况后，悲愤交加，在极其悲痛和激越的心情下书写了《祭侄文稿》，把颜氏一门忠烈、大节凛然的气节在翰墨中表现得淋漓尽致。稿本虽然多有删改和涂抹，竭笔和牵带也都历历可见，但他情怀起伏，胸臆无饰，写得笔势雄奇，姿态横生，神采飞动，得自然之妙。"

王铎动情地述说着，两腮挂满了泪花。

第二十二章

母以子贵，皇太子早已册封，现在又要册封其他皇子。皇帝朱由检还特意挑选了二月初二"龙抬头"这个吉庆的日子举行册封盛典，地点选在坤宁宫。

坤宁宫的主人周皇后今天显得格外高兴。只见她神采奕奕，指挥着众人提前做好了充分准备，只等皇上回来主持典礼仪式。

手捧册封诏书的太监伫立在一旁耐心地等候着。已到了懂事年纪的太子朱慈烺，穿着礼服龙袍，一直跟在周皇后身边。

国丈周奎怀里揽着四皇子朱慈照，这一老一幼逗着乐子，不时发出欢乐的笑声。

太阳已经偏西了，却仍然不见皇上的身影。等候的时间太长了，年近七十的周奎开始有些困乏，不由自主地打起哈欠，困意慢慢就上来了。

调皮的三皇子朱慈炯望着昏昏欲睡的外公，就悄悄走过去，用他那稚嫩的小手拔了一根外公的胡子，周奎猛地被惊醒，惹得大家一片笑声。

周皇后焦虑不安地站在门口，不时地向乾清宫方向翘首张望。

田贵妃也慢慢开始着急，悄悄地走到周皇后身边，心神不定地说："姐姐，皇上以前很守时的，今天这是怎么了，不会有什么意外吧？"

周皇后听了皱起眉头，觉得她说得在理，回头看一眼田贵妃，转身就向门外走去。

周皇后快步来到乾清宫，这里是皇上日常起居的地方。皇上特别喜欢在此读书，经常从古书典籍中寻找治国、理政、安邦的道理。

周皇后轻手轻脚地走进去一看，书房内却是空无一人，这使她感到很蹊跷，就心存疑惑地走出御书房，抬头看见王承恩低着头，脚步匆匆地走过来。周皇后没好气地大声问了一句："王公公，皇上去哪里了？"

王承恩听到有人叫他，急忙停下脚步，抬头一看是周皇后，就像见到了救星似的："皇后娘娘，奴才正要前去请您呢！"

周皇后看着王承恩的表情和举动，更加疑惑，问："皇上怎么没在御书房？"

　　王承恩带着哭腔说："皇上在平台，您赶快过去劝劝吧。"

　　王承恩的话让周皇后先是糊涂，后又有些生气，不耐烦地说："王公公，你今天说话怎么颠三倒四的，到底出了什么事？"

　　"皇后娘娘，咱们边走边说吧。"王承恩边走边说，"今天本来是讲筵日，文震孟、王铎、倪元璐几位侍讲学士刚到，就传来了天大的紧急军情，说是中都出了大事。"

　　周皇后听说中都出了大事，就停下脚步问："中都能有什么大事？"

　　王承恩紧催着说："皇后娘娘到平台就知道了。"

　　周皇后跟着王承恩来到平台，眼前的场面让她大吃一惊。只见皇帝朱由检正在捶胸顿足地号啕大哭，这是她嫁给皇帝以来，第一次见他这样悲痛。

　　周皇后快步走到皇上身边，欲上前把他搀扶起来。一向性格刚强的朱由检，今天却像是受了巨大委屈的孩子突然见到了大人似的，一下子抱住周皇后，哭得更加痛心了。

　　周皇后揽着朱由检，心疼得泪流满面，轻轻地拍着他的后背，柔声地询问："到底出了什么事？"

　　王承恩站在周皇后身边，抽泣着替皇上说："中都凤阳，被闯贼给毁坏了。"

　　周皇后一听，伸手抓住王承恩，严厉地质问："你说什么？"

　　王承恩依然抽泣着解释："正月十五元宵节那天晚上，闯贼高迎祥、李自成和张献忠攻占了中都凤阳城，不但凿穿了皇陵宝顶，还放火烧了皇陵的楼殿、牌坊和龙兴寺。"

　　"朕是不肖子孙啊，皇陵被闯贼所毁，让列祖列宗不得安宁。"朱由检抬起头看着周皇后哭说，突然离开她的怀抱，猛地向大殿的明柱撞去。周皇后和王承恩、文震孟、王铎、倪元璐急忙跑过去，紧紧地抱住他。

　　周皇后哭着劝慰说："皇上千万不可如此，祖宗留下的基业，您难道忍心抛弃吗？"

　　首辅大臣温体仁出奇地镇静，站在一边低头不语，装聋作哑。

　　倪元璐劝慰道："皇上不可自责，都是可恶的贼寇……"

　　王铎愤愤大骂贼寇，并为皇上开脱："凤阳城遭贼人所毁，并非皇上之过，都是领兵大将护卫不力，才使贼人得手，应当进行严惩。"

　　朱由检咬牙切齿道："速逮曹文昭问罪！"

　　王承恩轻声地说："曹将军在追击闯贼时中了埋伏，他已经殉国了。"

　　朱由检感到凤阳巡抚和安徽巡按都没有尽心尽力，应该进行严惩，并狠

251

狠地说："什么殉国?！他是罪该万死，朕要将凤阳巡抚和安徽巡按就地斩首。"

王承恩又回禀说："他们二人自知罪孽深重，已经双双自杀了。"

朱由检还是没有解恨："哼！便宜了他们！"

此时，朱由检突然显得六神无主，不知下一步应该怎么办。倪元璐劝慰并提醒皇上说："皇上，还请您节制悲愤。我们应该去奉先殿祭天，告慰祖宗惊魂之灵，并派精兵强将围剿贼寇，以雪国耻。"

王铎补充了一句："皇上，此事影响重大，还请皇上下罪己诏，诏告天下。减免赋税，革除弊政，以图大明中兴。"

在积重难返的政治难题面前，朱由检听了王铎、倪元璐的话，认为他们言之有理，情绪才慢慢稳定下来。然后，带着皇后先去奉先殿告慰列祖列宗，并承认了朝廷的政策失误及天下局势的险恶，第一次向全天下颁布了罪己诏。

随后，紧急调集各省精兵八万余人，在中原地区对流寇进行会剿。命令洪承畴负责督剿西北，卢象升负责督剿东南，在全国范围内拉开了剿灭农民起义的帷幕。

中都皇陵被烧毁，朱由检十分恼怒，对相关人员进行了严惩。下旨把南京兵部尚书吕维祺革职，遣返河南老家。

王铎从书信中了解到，吕维祺回到老家后，到处是匪患，无处安身，就带着全家暂时居住在洛阳城里避难。此时，王铎有些后悔，是他在朱由检大哭大闹时，提出了严惩护卫中都大将的建议，结果让自己的亲家翁受到了牵连，落得无处安身的境地。

中都皇陵被毁以后，温体仁作为首辅大臣，有失职行为，遭到言官们的不断弹劾，他却用病假的方式规避风头。

朱由检对温体仁开始不满了，不知是否是听到民谣"皇上遭温"的缘故。在此期间，朱由检举行了一场盛况空前的廷试，打算以考试的方式选拔入阁人选，也想借此机会查看各人的才能品德，以开创中兴新局面。

按照朝廷规制，文震孟可以参与，但他却没有参加廷试。主要原因是他多次受到温体仁的讽刺，心中闷闷不乐。特别是他升任四品少詹事后，按照朝廷规矩，三品以上的官员上朝时才能坐轿。他由于年事已高，苦于身体疲惫，就托人向温体仁求情，想改为三品衔，这样就可以坐轿上朝了。温体仁不但不给通融，反而指着东阁值房的首辅座位，板起面孔对文震孟奚落了一番。文震孟为此非常郁闷，常常称病在家不上朝。

文震孟尽管没有参加应试，但朱由检还是把他擢升为礼部左侍郎兼东阁大学士入阁，参与机务。文震孟没有参加廷试，居然选中还名列第一，可见皇上对他十分信任与倚重。

被破格提拔为阁员的方式被称为"特简"。文震孟觉得以"特简"方式成为阁员不光彩，就两次上疏婉言推辞。当他准备第三次上疏推辞时，王铎、倪元璐极力劝说，最终才面见皇帝谢恩，并入阁办事。

温体仁听说后，感到问题很严重，甚至有些恐慌，连忙声称病已痊愈，急忙到内阁主持政务。

按照惯例，凡是新入阁的大臣，都要带上自己的名刺和礼单，向司礼监掌印太监致见面礼，以求得今后多关照；司礼监掌印太监也会敬还自己的名刺和礼单，并请彼此相互关照。司礼监掌印太监是宫中太监之首，也是沟通大臣和皇帝的桥梁。

文震孟认为自己是皇帝特简的阁员，不必拘泥于这种陈规陋习，就没有持名片、礼单向司礼掌印太监曹化淳打招呼。

王铎闻听此事后，曾提醒过文震孟，曹化淳虽是呼风唤雨的人物，但他向来也很仰慕正人君子，并非是那种贪婪之人。与曹化淳循例交往可以相互照应，对朝廷大局有利无害。最后还严肃地提醒："朝中大臣都在议论，温体仁才是大奸之人，以后要多加提防。"

文震孟虽然在朝多年，但毕竟还是学者，太过于书生意气，而且秉性又耿直，有时还口无遮拦。在票拟或奏对时，都是直言无忌，让人感觉毫无城府。官场之中，有时权力倾轧，尔虞我诈，真假难辨，哪有像做学问那样全讲真话。

后来，曹化淳主动托人向文震孟捎话，表达自己愿意和他交往的意思。并且说只要文震孟循例往来，一定唯他马首是瞻。从中可以看出，曹化淳是想通过与正人君子交往，来提升自己的人品声望的。

文震孟自恃清高，不听王铎一再劝说，拒绝与曹化淳往来，还对来人说："我的名帖如果到了太监的手里，今生今世怎能洗净我一世英名？"

文震孟的严词拒绝，令曹化淳感到奇耻大辱。温体仁听说后就及时抓住机会，与曹化淳遥相呼应，在朱由检面前吹冷风。

温体仁面对新入阁成为同僚的文震孟，表现得非常谦卑，一点也没有首辅的架子。每次拟旨时都会征求文震孟的意见，完全是一副虚怀若谷、不耻下问的样子。

须发皆白却不谙事故的文震孟对温体仁的举动产生了错觉，被奚落的事抛到九霄云外去了，还喜滋滋地给王铎、倪元璐等人说："温公虚怀若谷，怎么会是奸臣呢？"

文震孟的话说完不久，温体仁就抓住文震孟一件事大做文章，最终导致文震孟下台，也让他彻底明白了什么是大奸若忠。

事情的起因是凤阳皇陵被焚，工科都给事中许誉卿弹劾温体仁渎职，遭到温体仁的记恨和报复。温体仁就唆使吏部尚书谢升弹劾许誉卿钻营权柄，在谢升的奏疏上故意降低对许誉卿的处罚程度，代皇帝票拟谕旨为"大干法纪，着降级调用"。深知皇帝性格的温体仁非常明白，刻薄的朱由检绝对不会轻易放过许誉卿。与许誉卿关系较好的文震孟必然会出面帮他说话，甚至会与皇帝抗辩。只要文震孟敢于抗辩，必会引得朱由检恼怒，他一箭双雕的目的就会实现。

温体仁恭恭敬敬地把谢升的奏疏转给皇上。朱由检看过之后，立即指出对许誉卿的处罚太轻，要求内阁重新审议。接到朱由检的旨意后，温体仁立即加大了处罚力度，将许誉卿削职为民。此事正像温体仁所预料的那样，文震孟马上站出来据理力争，当着温体仁的面狠狠地讥讽道："科道官当老百姓极光荣，敬谢老先生玉成！"

温体仁听后却不恼不怒，只说是皇上的意见，自己也没有办法。

处治了许誉卿后，温体仁不等风声过去，便立刻密奏朱由检，极为阴险地从中挑拨离间，说文震孟与许誉卿关系密切，曾讽刺皇上赏罚不公，是个昏君。朱由检闻听此言，立刻勃然大怒，把先前对文震孟的眷顾之情一笔勾销，提起朱笔冷酷地写道："文震孟徇私扰乱，冠带闲住！"

文震孟入内阁还不到三个月，就被朱由检削职为民，让朝廷中正直的大臣感到心寒，也令王铎、倪元璐等人心灰意冷。

倪元璐被任命国子监祭酒赴任后，王铎在詹事府感到无所事事。

文震孟在京冠带闲住期间，心情非常苦闷。在公余之时，只要薛所蕴、刘正宗不找王铎切磋诗文，王铎就去文震孟家吟诗唱和、小酌泼墨，以此来宽慰文震孟郁闷的心情。

一天傍晚，王铎从文震孟家出来，醉意朦胧地刚回到家里，丫鬟石薇汝赶紧上前迎接。当她走到王铎面前时，却掩口扑哧一声笑起来。她的笑声让王铎莫名其妙，马瑞云也感到奇怪，就走过来看个究竟。

马瑞云抬头看后，拍着双手大笑了起来。王铎被两个女人笑得不知所措，板起面孔想说她们几句，但想了半天啥也没说出来。

马瑞云让丫鬟到屋里拿来铜镜，递给王铎让他一照，王铎自己也禁不住大笑起来。脸上到处都是墨汁，就像京戏里面的黑脸包公。低头再看看前胸的衣服上和两只袖口上，也全是墨汁。

王铎感到很不好意思。马瑞云让王铎赶快把衣服脱下来，还与丫鬟撑开给他看，并开着玩笑说："相公，以前你写字都是在纸上，今天咋改在脸上和身上啦？"

王铎怔了怔，然后诙谐地说："我这是在写自己的体。"

马瑞云每天都受到王铎的耳濡目染，最能理解自己的男人，写字纯粹是在写性情，高兴和烦恼都能在字里行间表现出来。以前身上曾有过沾染墨汁的时候，但是面积较少，而且大部分都是在袖口上，像今天这样在外面如此邋遢还是第一次。

马瑞云转身给王铎准备了一盆清水，让他把脸洗干净。

吃晚饭时，丫鬟突然又想起了王铎的大花脸，忍不住偷笑起来。老爷子王本仁以为是自己不得体，还左右看了看自己。

马瑞云瞪了石薇汝一眼，并给老人做了解释。王本仁听了后没有感到意外，还认为是理所当然。随后，还如数家珍地讲王铎小时候练字的故事：写盈尺匾额被误会打过手，以地作纸、铁锹把当笔写巨额大字，看漏雨痕迹体悟屋漏痕……

王无回手端着碗，两眼痴痴地看着爷爷，故事讲完了还沉浸在其中。

马瑞云催他吃饭时，他却小大人似的说："我以后也要像爹一样，练好大字。"

马瑞云笑着说："千万别像你爹一样，练得浑身都是墨汁。"

马瑞云的话引得全家人又是一片笑声。夜深人静之时，马瑞云又想起了王铎浑身是墨的模样，心想：如果是在自己家里，弄脏了衣服可以随时给他洗干净；若是在外面弄得满脸浑身都是墨汁，身为朝廷大臣多丢身份呀。他又是个不拘小节的人，这该如何是好呢？

马瑞云躺在床上，翻来覆去睡不着，后来就干脆起来走出卧室。透过窗户，抬头看着月亮和闪烁的星星，回想着与王铎夫唱妇随的日子里，有苦涩，但更多的是欢乐。现在全家老少三代在一起，心里感到特别的满足和幸福。

马瑞云正在遐想时，小女儿睁开眼睛不见了娘，就突然大声哭闹起来。马瑞云赶紧回到卧室给她喂奶，才慢慢地平息下来。

马瑞云在给小女儿喂奶时，看见女儿的小兜肚，使她产生了联想。如果给王铎做个马甲，然后再做一副套袖，让他穿上马甲、戴上套袖，即使弄得浑身是墨汁，只要把它一脱，里面的衣服也不会弄脏。

马瑞云是个急性子，心里搁不住事，手里更留不住针线活。她把孩子哄睡着，点上蜡烛，就翻箱倒柜找出布料，然后按照王铎平时穿的衣服大小进行剪裁。她是一个心灵手巧的人，家里的针线活在她手里比王铎写字还要轻松自如。只见她三下五除二，马甲、套袖的布料就已经裁好了。

然后，马瑞云坐在蜡烛前，一边看着睡熟的小女儿可爱的模样，一边飞针走线地缝制。当东方亮起第一缕晨曦时，王铎的马甲和套袖已经完成。

雄鸡报晓，朝霞初照，王铎起来准备练太白醉剑时，忽然看见马瑞云在认真地看一件衣服，就悠闲地走过去，并好奇地问："这是给谁做的新衣服？"

马瑞云抬头看见王铎，说："你起来得正好，试穿一下看是否合体？"

王铎疑惑地看着马瑞云说："又不过年过节的，咋想起做新衣服了呢？"

马瑞云一边帮他穿，一边用亲昵的口吻责怪说："昨天你一身的墨汁，在外面多丢斯文。我给你做了一身马甲和套袖，以后再与朋友切磋书艺时穿上它，即使弄上墨汁，脱掉洗干净就是了。"

王铎看着眼睛通红的马瑞云，既心疼又感动，一时不知说什么好，率直地冒出一句："那也不能一晚上不睡觉啊！"

马瑞云十分了解夫君的脾性，王铎的话虽然不中听，但是在心里疼她，让她感到比吃了蜜还甜。

炎热的夏天，王铎收到长子王无党捎来的家书，信中说拟山园里又生长出灵芝来。这个喜讯让王铎喜笑颜开，他兴高采烈地告诉了爹娘。老爷子用手捋着胡须兴奋地说："这已经是第五次生长灵芝了，只要生长出灵芝，咱们家准会喜事临门。"

第二天一早，王铎来到詹事府，看看无事可做，就来到国子监。自从倪元璐掌管国子监以后，他们见面的次数虽然少了，但倪元璐给朝廷上疏的《造士规条》《雍务六事》以及对国子监的选士、教育以及对内部建设提出的全面而周详的改良办法和措施，王铎一直特别关注。他今天来是想好好请教一番，也顺便把家里又长出灵芝的事给他说说。

倪元璐见王铎来看他，就热情把他让进书斋里。王铎说明来意后，倪元璐笑着谦虚地说："我只是对当前国子监生员流品混杂的现状看不惯，提出了一些改良方法而已。"

王铎却是一副认真的神色说："怎么说是而已呢？你针砭时弊，锐意改革，让愚兄佩服之至。还请你给说一说具体的情况，也让我增长些见识。"

"觉斯兄在取笑于我。"倪元璐见无法推辞，佯装无可奈何，"国子监现在的生员，既有像我们一样通过正规考试而来的'贡人'，也有靠捐钱而来的'赀人'，改良起来很是让人头疼。"

王铎听得很认真，倪元璐感到不能再应付了，索性就把核心的内容倒出来："如果单纯地强调正规，将'赀人'悉数清理掉，必将引起太多的麻烦。我准备把上述两类进行分别管理和教育。"

王铎听了极为赞赏，就接着倪元璐的话，也说出了自己的想法："在'贽入'中，对那些有真才实学的优秀者，也可先进'贡入'类一起学习，对'贡入'中那些不求上进的也进行淘汰。对每一位进入国子监的生员，都做到尽可能的公平。这样一来，既可以激励生徒们的报国之志，又能保护国子监作为国家最高学府的名望，在国势艰危之际，对振奋士气定会发挥巨大作用。"

倪元璐听了后很激动，兴奋地说："觉斯兄的提议太好了，我原想只是在教育方法上有所改良，在具体教育内容上还没有想好，听君一席话，使我茅塞顿开啊！"

王铎感慨地说："儒家道统精神也并不是拘泥于教条，而是在大规范下注重人格性情的培养。你在京城国子监教学育人，幼玄兄在家乡为士子讲教经史，你们都是为了培养国家栋梁之材啊！"

倪元璐听了王铎的话，感慨万分："幼玄兄在紫阳学堂静心读书，教育士子，不用再考虑清规戒律和人际脉络了。"

王铎感觉倪元璐的话里有原因，就关心地问："难道你还有难言之隐，或者说有人从中作梗不成？"

倪元璐坦率地说："现在国家用人需求日亟，一些谋取功名心切之徒总希望以片言得中圣意而立等要路。"

王铎说："你说的莫非是那个叫陈新奇的武举人？"

倪元璐肯定地点头："是的，他靠这种手段达到了自己的目的，但是却造成了很坏的影响。"

王铎愤愤地说："据说湖北黄安的一名诸生，在一封上疏里对朝廷大臣大加褒贬，其中就有对你举荐之言。"

倪元璐对此感到很无奈，说："其实我根本就不认识此人，如何举荐他？之所以会出现士子侥幸之心，谋侥幸之途，也就更说明朝廷的正常言路不畅通。"

王铎很担心诸生的上疏会对倪元璐造成影响："那名诸生会不会给你带来麻烦？"

"身正不怕影子斜，我已经上疏自辩。"倪元璐很坦然，然后又说，"我最近写了一封辞呈乞休书。"

王铎感到没有必要这样做："你这是何必呢？"

倪元璐却平静地解释说："实不相瞒，温体仁在极力拉我做他的羽翼，曾经派人对我示好，还以高官相诱。我对他的行径不屑一顾，就回话说：'吾平生不热爱官，不喜要入牢笼之内。'最近他对我是处处从中作梗，被罢官是早晚的事情。而且皇上'遭温'一直不能自拔，与其让他罢官，还不如自己提出乞休回家赡养老母呢。"

王铎一听瞪大了眼睛。倪元璐说："你瞪这么大眼睛干什么？"

"我感觉咱俩是心有灵犀不点也通。"王铎诙谐了一句，然后又一本正经地说，"我虽然没想乞休回家，但我想去留都谋个闲职，离开京师这个是非之地。现在皇上'遭温'，谁的治国方略都听不进去，温体仁又是一个嫉贤妒能的人，次辅吴阁老只会拍马溜须。我上奏的所有奏疏都如泥牛入海，毫无音讯。与其一天到晚在京师无所事事，又提心吊胆，还不如换个安逸的环境，至少可以安心地做学问、赋诗、练字。等皇上看清了温体仁的真实嘴脸，并真心重用咱们的时候，我定当为大明效力。"

王铎之所以有这个想法，是因为他看到朝廷大臣建言献策时，如果有一句不适合皇上的口味，就会引来罢官甚至是杀身之祸。大小臣工都感到人人自危，只能无所事事，得过且过。

倪元璐理解王铎的想法，看起来虽有不思进取之意，但实际上是以退为进、养精蓄锐的策略。

王铎的这个想法以前一直闷在心里，与倪元璐畅谈后，才把去留都的想法告诉了马瑞云。她听了先是一愣，然后担心地说："听说留都远在千里之外，爹娘年纪都大了，身子骨能承受得了吗？"

坐在一边的王本仁虽然上了年纪，但他耳朵不聋，王铎和马瑞云的话听得一清二楚，就从中插了一句："我还没去过留都呢，正好去看看那里的风景。"

王铎和马瑞云不约而同地回头看一眼老爷子，相视而笑后，马瑞云说："爹，俺以为你没听见呢。"

"我又不聋，咋会听不见呢。"王本仁乐呵呵地一笑，然后又接着说，"要是在京城没啥出息，我看去留都挺好的。"

王铎听了老爷子的话，心里很惊讶："爹，我以为你会反对去留都，没有想到你老人家第一个支持。"

王本仁抽一口旱烟，一缕青烟在他面前盘旋，悠然自得地说："留都是太祖朱元璋登基的地方，那里可是虎踞龙盘之地。"

此时，孩子们都围过来。马瑞云见老人家对留都很有兴趣，也想听听留都的情况，就对老人说："爹，你就给俺说说留都呗。"

王本仁又抽了一口烟，然后把烟袋锅在鞋底上磕了磕，就讲起了留都的来历。

太祖朱元璋在应天府登基称帝后，称应天为京师。但他一直有个心结，历览以金陵为都的各朝都是短命的，虽然应天偏居江左，但对控制天下不利，所以就一直没有正式确定应天为首都的地位，到处寻找更合适的定都之地。

朱元璋曾亲自实地考察过宋都汴梁开封，那里地处中州腹地，一马平川，无险可守，不宜作为都城。后来，他曾一度想迁都他的老家临濠，甚至已经修建了宫殿，不知出于何种原因，最终又作罢。

洪武十一年，朱元璋下诏改南京为京师，正式确立南京作为明朝的正式首都。洪武二十四年，已经六十多岁的朱元璋又兴起迁都西安的念头，并派太子朱标巡抚关中。朱标详细考察了西安的地形，并献上陕西地图。只可惜朱标回到南京后一病不起，第二年就去世了。太子之死对朱元璋打击很大，老年丧子的他颇感悲凉，从此放弃了迁都的打算。太子之死造成皇位继承人的空缺，按照旧制，朱元璋只得立朱标的长子朱允炆为皇太孙。

洪武三十一年，朱元璋病逝，葬于南京东郊孝陵，长孙朱允炆继承了皇位。朱允炆为加强中央权威进行削藩，引发了朱元璋四子燕王朱棣发动靖难之役。朱棣从封地北平起兵，用了四年的时间攻下南京。朱允炆不知所踪。

朱棣篡位后，仍然在南京登基，年号永乐，是为明成祖。但金陵的百姓和建文旧臣多怀念朱允炆的德政，有御史还对朱棣进行过刺杀，使得他下定决心将京师迁往北京。

永乐元年，朱棣改北平府为北京顺天府，与南京应天府对应。朱棣北巡后，将大批朝廷官员带在身边，在北京建立了行部，设立五院、六部等，只是名字前面加上"行在"二字。南京依然保持着五院、六部等一整套朝廷部院。

永乐十九年，朱棣诏令"六部政悉移而北"，正式以北京为京师，各衙门不再称行在，而是令留在南京的衙门在名称前加"南京"二字。此时，南北两京的地位便调了个过儿。

永乐二十二年，朱棣死于北征途中，朱高炽继位，是为明仁宗。他与朱棣不同，自幼在南京生活多年，对南京具有深厚的感情。他登基后下令，北京的衙门加"行在"二字，而南京衙门去掉"南京"二字。

朱高炽驾崩后，朱瞻基继位。由于他自幼跟随朱棣在北京生活，不愿再回銮南京，遂使得北京名为行在，实为京师；南京名为京师，却实为留都。

几代皇帝都根据自己的嗜好，将南京和北京不断更改为京师或留都。到了正统六年，英宗登基后，下诏北京最终被确定为首都，而南京为留都。

南京和京师一样，官员的级别也和京师相同。南京仍然保留着一整套完整的中央机构，包括六部、六科、都察院、大理寺、国子监等等，甚至连太医院都有，只是留都远离权力中枢。北京所在府为顺天府，南京所在府为应天府。

　　为便于在政治上加强对南北两京的管理，在军事上，当北方战事紧张时，朝廷也便于退守，南京六部和北京六部其实是分而治之的。长江以南一京六省，由南京六部及南镇抚司治理；长江以北一京七省，由北京六部及北镇抚司和大理寺治理。由此看来，南京六部比北京六部的行政自由权更高。

　　王铎征求了爹娘和马瑞云的意见后，大家都支持他去南京，他就把请调书递交给吏部。让王铎万万没想到的是，刚刚过去十天，皇上就下旨任命他掌南京翰林院事。
　　初秋时节，风和日丽，京城西山一片金黄。
　　在启程赴南京之前，王铎看望了几位同年挚友和乡党。老爷子王本仁提出想回老家一趟。王铎和马瑞云都觉得老爷子说得在理，办完一切交接后，就偕同家人先回到老家。
　　来到双槐里时，已经是隆冬十月。北风刺骨，特别寒冷，奔腾的黄河一夜之间就被冰凌锁住了大半。
　　进入腊月，王铎本想在老家过完新年再动身去南京。马瑞云寻思着南京比北方暖和，在那里对老人身体有好处，就催着早日启程，但她却提出要留在老家。
　　王铎一听就急了，马瑞云却耐心地劝他说："去留都路途遥远，到那里后还要安置新家，咱家人多，吃住都不方便。现在局势比以前稳定了许多，我想在家住一段时间，也想再陪陪我的娘亲。再说了大闺女也到了出嫁的年龄，我得给她置办些嫁妆。等你在留都安置好以后，我再带着孩子去找你。"
　　王铎拗不过马瑞云，再说她说得都很在理，最后只好带着爹娘和从没出过远门的二妹、四弟王镆及奴仆等八人奔赴南京。
　　开始从水路乘船沿黄河东下，在虞城登陆后，经夏邑来到永城百善驿。安稳地休息了一晚，第二天赶往凤阳城。
　　在路上，王铎与爹娘商量，准备先去拜谒皇陵，以尽臣子忠君之心。
　　王本仁也是儒家信徒，非常支持儿子的做法。只是看看天色已晚，在这里又人生地不熟的，提醒王铎要小心谨慎。
　　王铎和王镆骑马走在前面，其他人跟随其后。当他们快要到凤阳城时，突然看见一股尘土飞扬，扑面而来。
　　王铎感觉不好，断定是遇到了零散土匪流寇，马上和王镆一起保护着爹娘和家人，避开凤阳城绕道而行。经过大半夜的奔逃，来到一座小山脚下，此处有一座庙宇。

王铎担心爹娘身体吃不消，就准备在此休息一晚。他小心翼翼地走近，抬头仔细一看是关帝庙。走进庙宇大殿，正中间端坐着身着绿衣、长目修髯的关云长塑像。

关公是王铎最崇拜的忠义楷模，于是他走上前拜祭一番，然后把爹娘和家人都接过来休息。两位老人奔逃了一夜，都疲惫不堪，刚坐下不大一会儿就进入了梦乡。

皇陵没有祭拜成，还受到流寇的袭扰。白天着急赶路，中午只简单吃了一些自备的干粮。晚饭不但没吃成，还在漆黑的夜里到处奔逃。

王铎以前很可怜逃荒的百姓，现在他们有的变成了土匪流寇，反过来又祸害百姓。

王铎看着年迈的爹娘，心里很不是滋味。本来是想让爹娘跟着安度晚年、享享清福的，现在反而让二老遭受如此惊吓，内心感到非常愧疚，从心里开始憎恨流寇。

王铎走出庙门，看着黑漆漆的远方，就想起了和马瑞云在一起的日子。以前家里的大事小情，涉及的家长里短，都依赖她去料理。现在她不在身边，又遇到突如其来的灾难，让王铎感到特别无助。

王铎一夜没敢合眼，当东方出现一抹亮光时，就赶紧叫醒家人，说这里不是久留之地，招呼大家尽快离开。

走出关帝庙不远，是一条宽大的官道。路上都是逃难的人群，而且神色慌张，步履凌乱。他们衣着破烂不堪，还有的浑身沾满血污。

王铎让仆人上前一打听，才知道在这一带经常有流寇出没，就出重金雇骡车，让爹娘坐上后赶快离开这是非之地。

第二十三章

赶往南京路上的艰辛，完全超出了王铎的预料，紧赶慢赶还是没能在新年前赶到南京。让爹娘在路上过年，王铎感到很愧疚。

新年过后，王铎一家才抵达留都南京，居住在借绿斋里。这是一座标准的江南式庭院，曲径通幽，里面有假山、怪石、古树，幽静的环境与动荡不安的日子相比，简直就是两重天。王铎看着这秀丽的风景，心里才多少有些安慰。

日头已经一竿高了，叽叽喳喳的喜鹊才把王铎从梦中叫醒。听着清脆的鸟叫声，使他想起在老家时的安逸生活，心里感到很惬意。

王铎正在遐思时，门外传来管家赵国才的叫声："老爷，有客人前来拜访，请您赶快起来吧。"

王铎听说有人来访，感到很纳闷，一时没想起在留都还有什么熟人，况且刚到没两天，能是谁来访呢？左思右想一会儿，还是没想起来。但不管是谁，既然人家来访，不出去见一面总是失礼。

王铎让赵国才先把客人迎到客厅稍坐，简单梳洗之后急匆匆地来到客厅。

来人正背着双手，站在那里仔细欣赏墙上的一幅书法作品，听到有人进屋的脚步声，就慢慢转过身来。王铎一看立即喜上眉梢，原来是他的同年张镜心。

俗话说，人生之中有三喜：洞房花烛夜，金榜题名时，他乡遇故知。

王铎做梦也没有想到，在这举目无亲的留都，多年不见的同年挚友在他来到留都后第一时间里前来看望。

王铎真是喜出望外，热情招呼张镜心坐下，并让管家赶快沏茶，然后开门见山地问："我刚到这里，还没有正式报到，你咋知道我来了呢？"

张镜心与王铎同为壬戌科进士，字孝仲，号湛虚。他听了王铎的话，就笑着说："觉斯兄，你好健忘啊。我现在是南京的太常寺卿，你的衣食住行，包括这个院落可都是我安排的啊。"

王铎用手一拍脑袋，突然想起张镜心当年启程赴南京时，还是自己张罗为他送的行，就赶紧歉意地抱拳拱手。

张镜心并不在意，而是关心地问王铎家里的情况："家眷都来了吗？"

王铎说："只有双亲和弟弟、妹妹先来了。"

张镜心疑惑地问："嫂夫人咋没一起来啊？"

王铎说："考虑到路途遥远，小女太小，怕她吃不消，就暂时留在了河南老家。我想等这里一切安顿好了，再去接她们。"

张镜心听说老人来到留都，就起身让王铎带他拜见。此时，老人家正在庭院中散步。王铎带着张镜心过去，给老人介绍说："爹、娘，南京光禄寺卿孝仲兄来看望您。"

张镜心向老人行跪拜礼："老人家在上，孝仲给您拜个晚年，祝您老福如东海，寿比南山！"

两位老人高兴得脸上乐开了花。王铎夸赞张镜心说："爹，孝仲与我是同年，家是彰德磁州人。他是出了名的大孝子，也是皇上直言敢谏的忠臣。"

张镜心却谦虚地说："觉斯言重了，哪有你说的这么邪乎。"

王铎却是一本正经地说："孝仲上疏的'七要十二事'，侃侃万言，皆切中时弊。皇上看后赞誉为魏征'十谏'。"

"觉斯兄，你过奖了，那都是过去的事了，好汉不提当年勇嘛。"张镜心听了王铎的赞语，赶快摆手阻止，然后又无可奈何，"皇上是个极爱面子的人，正是因为我说话太直，再加上温体仁从中作梗，我才落得如此下场。"

王铎却说："这就叫作因祸得福。"

王本仁听着儿子与张镜心的对话，感觉他们的关系很亲近，心里很满足，说："古语说，一辈子同学三辈子亲，你们今后互相要多提携、多关心。"

告别了老人家，王铎带张镜心来到客厅，两人就聊起分别后的情况，说到兴致处，不时发出爽朗的笑声。

王铎对留都的情况知之甚少，就想尽快了解："孝仲兄，你来留都后总体感觉如何？"

同年说话比较随意，张镜心说话就有些放肆："在这里山高皇帝远，再也不用整天和那些男盗女娼的伪君子为伍了，做啥事全看自己的心情。"

王铎仔细听着，琢磨着张镜心说的意思，问："生活上过得惯吗？"

"留都是六朝金粉的江南大都会，这里到处歌舞升平，莺歌燕舞。"张镜心一语把留都的现状进行了精辟总结，然后又说，"觉斯兄，你刚来，各方面还不熟悉，等你方便时我给你当向导，出去看看太平盛世的留都。"

"那太好了！"王铎高兴地一拍双手，转念想了想又说，"在京城时，听今础说他老父亲现任南京尚宝司卿，我想拜访一下前辈，然后再跟你到处走走。"

张镜心却很遗憾地说："看来你与他老人家无缘相见啊。"

王铎惊疑地问："哎，你这是啥意思？"

张镜心说："他被皇上授予都察院协理院事和左佥都御史，在新年之前已奉召回京城了。"

王铎听后有些沮丧。宋之普的父亲宋鸣梧，知识渊博，古文造诣又颇深，他写的古文瑰丽多彩，博大精深。以前总想找机会拜访请教，只是一直没有机缘。

张镜心对宋鸣梧也是赞不绝口："老人家提出的重塑朝廷威望和形象、尽快恢复经济、增强百姓信心等一系列主张和措施，以及大力弘扬清正廉洁和忠心报国的典型事例，彻底改变了百姓对朝廷的误解和认识。"

王铎充满敬意地说："前辈是治国栋梁。"

说完宋鸣梧，张镜心就把话题转到王铎身上。当听说王铎来南京也是迫不得已时，有一种同病相怜的感觉，于是大发感慨："咱们是有心效忠朝廷，无力改变现实，如同老牛掉进古井里——有劲使不上啊。"

王铎也很无奈，但一时也不知该说什么好。

张镜心为了给王铎宽心，说："觉斯兄，留都古城历史积淀已久，来了就要好好了解一下，咱们既来之则安之吧。"

第二天，王铎到翰林院走马上任后，按照自己的施政思路，精心安排好一切公务。

昨天还是晴空万里，一夜间变得黑云密布，纷纷扬扬下起了一场鹅毛大雪。

王铎起床后刚打开门，一股凛冽刺骨的寒风扑面而来，使他不禁打了一个寒战。看看整个院落里、房顶上，都已经铺满了皑皑的积雪。

昨天王铎和张镜心已商量好，今天带他先将留都走马观花看一遍。没想到夜里突然下了一场雪，王铎料想张镜心肯定不会再来了。

王铎正想着，赵国才迈着碎步走来："老爷，张大人在大门外等候。"

王铎急忙来到大门口，看见张镜心骑着一匹枣红大马，还牵着一匹浑身雪白的白马。王铎抬头望着灰蒙蒙的天空说："这么大的雪还能去吗？"

"已经定下的事情，什么时候随便改过？"张镜心说着，潇洒地扬了扬手中的马缰绳说，"我把马都已经给你准备好了。"

王铎只好找出棉衣，穿戴整齐。在准备出门时，王镆急急忙忙地跑出来，说要跟他们一起去。

王铎、张镜心和王镆裹着风衣，戴着棉风帽。王铎和四弟骑着一匹白马，张镜心一人骑着枣红马。

王镆怀着好奇的心情，打量着街道上的情景。看着路上行人都穿着厚厚的冬衣，显得十分臃肿而迟钝。

来到紫禁城外，看见高大建筑的屋顶被皑皑的白雪覆盖着，但依然能看得出黄色的琉璃瓦，金碧辉煌，威武庄严。

紫禁城由皇城与宫城两部分组成，皇城在外，围护着宫城。修筑南京皇宫的时候，太祖朱元璋还没有正式登基。他为了做皇帝，命刘基卜地选定了建康府城东门外钟山以南这块"钟阜龙蟠""帝王之宅"的风水宝地。

整个宫城坐北朝南，承天门是宫城的南门，穿过端门，两边分别是太庙和社稷坛。再往前走就是午门，穿过内五龙桥就是奉天门。东侧为大本堂，汇集了古今图书，太子、诸王就读其间；西侧为尚未就藩的诸王宫室。奉天门北面依次矗立着宏伟的奉天殿、华盖殿、谨身殿三座大殿。东西两侧分别是"文华殿"武英殿、文楼、武楼。这里是皇帝接受百官朝觐和举行大典的地方。

乾清门内就是后庭，里面有乾清宫、坤宁宫和东宫春和殿、西宫柔仪殿以及东西六宫，还有一座御花园，这里是皇帝日常生活起居的地方。

在紫禁城南面，宽广笔直的御道将洪武门和承天门连接在一起。在御道的东侧，依次分布着吏部、户部、礼部、兵部、工部和宗人府，还有翰林院、詹事府、太医院等；在御道的西侧，是中府、左府、右府、前府、后府、太常寺以及五军都督府，以及锦衣卫、通政司、太常寺等，这里是衙门所在地。

当年既庄严神圣又富丽堂皇的紫禁城，自从成祖朱棣皇帝迁都北京之后，经历了二百多年的沧桑岁月，紫禁城里的宫殿大多已经荒废，显得破败不堪。虽然一直有官员派驻衙门，由于银两匮乏，以致常年失修。除了翰林院、国子监等几个部的门堂还算整齐外，其他大多一任墙垣倾圮。

王铎看了整个紫禁城和各个衙门之后，觉得与自己想象中的反差很大，心里一下子就凉了半截。

此时，阳光从薄薄的云层里斜照下来，洒在身上，顿时感到有些暖洋洋的。他们来到繁华的街道，眼前的一切让王铎眼花缭乱。

正月的灯节，在留都要持续一个月。家家户户的门楣上都点缀着各式各样的花灯，真是五彩缤纷。

王铎和张镜心走在前面，王镆牵马跟在后面。两旁的店铺是五颜六色，不同字体的招牌琳琅满目。

在繁华的街道上，虽然雪地湿滑，但来自四面八方的客商乘轿子的、骑驴的以及步行的人们仍是熙来攘往，叫卖声、讨价还价声不绝于耳。酒楼上高朋满座，人声鼎沸，笙歌盈耳；茶社里座无虚席，生意兴隆。来到米铺门前，看到的却是大麦、荞麦无人问津的景象，在中州一带这可是热门货。再看看大街小巷里，虽然有一些流民乞丐，但比江北少多了。

眼前这歌舞升平的情形，与江北出现的流寇猖獗、哀鸿遍野、饿殍载道的情景相比，简直就是两重天。

进入初春，被骚人墨客艳称为"白门秀色"的古城，柳树都开始吐芽了。

一个天空晴朗、春光明媚的日子，王铎家里陪同爹娘正在院子里散步，赵国才手里拿着一个名刺，急急忙忙地走来。王铎接过名刺一看，上面用娟秀的小楷写着"马士英"三个字。

王铎在京城时，对这个名字已经有所耳闻。马士英，字瑶草，原籍广西梧州府藤县人。万历四十七年中进士，授南京户部主事。天启年间，先后迁郎中，严州、河南、大同知府。崇祯三年，被皇上任命为山西阳和道副使，后升宣府巡抚。崇祯五年，被升为右佥都御史。在任上，他因挪用公款贿赂朝中权贵，由太监王坤举发后，被削职为民，暂住在留都。

王铎不屑一顾地看了一眼名刺，将其断然拒之门外，对赵国才说："就说我已经与朋友出游了。"

回绝了马士英还不到半个时辰，张镜心又来拜访，王铎赶紧热情相迎。看到随同张镜心一起来的还有两位儒雅的绅士。其中一位容貌不正，长相奇丑，王铎一眼就认出他是自己的同年张四知。在翰林院的时候，同年中很少有人与他一起出去游玩，王铎能与他成为好友，是因为他虽然长得很丑，但很有才气。

张四知，字诒白，山东费县人。他的名字里还有一个美好的故事。张四知的父亲张渭四十岁尚无子嗣。一次他替穷人打赢官司，人家送女儿给他当小老婆作为报答。新婚之夜，姑娘啼哭不止，张渭要把姑娘送回娘家，她却说即使送回去，别人也不相信她清白。张渭说，今晚我不在新房睡觉，此事天知、地知、你知、我知就行了。新娘感他诚善，决意不再另嫁，次年生了一个儿子，起名就叫"四知"。因脸上患有溃疡，所以长相奇丑。他自幼聪明绝顶，七八岁就会作诗应对。一次，老师见马尾被风吹散，缕缕可观，便信口吟道："风吹马尾千条线。"还是孩童的张四知立刻对答："日照龙麟万点金。"

张四知现在是南京国子监祭酒。王铎热情地迎上去，抱歉地说："诒白兄，你来留都时愚弟没能为你送行，还请你见谅啊！"

张四知也抱拳拱手，说："愚弟知你为朝廷办皇差，非常理解。"

张镜心拉着另一位绅士给王铎介绍说:"这位屈动兄,是南京吏科给事中,他很是仰慕你的诗文书法。"

王铎和屈动抱拳施礼后,屈动兴奋地对王铎大加赞誉:"觉斯兄的诗文、书法名冠两京,如雷贯耳,今日一见,三生有幸!"

王铎谦虚地回敬:"静元兄过奖了,我刚到留都,今后还望多多关照。"

"你们都不要客气了,在留都咱们都要同甘苦共命运。"张镜心打岔说,"觉斯兄,你刚到留都不久,不能整天待在翰林院里。不要说翰林院没有什么具体事情可做,就是其他六部衙门也没什么事情可干。咱们在这里都是闲人,应该趁机走出去看看留都周边的锦绣山川。"

王铎来南京后,的确没有什么具体的事情可做,就答应了张镜心。

张镜心说:"今天我和诒白、静元陪你去燕子矶、梅花坞几个著名的地点游览,不知你是否方便?"

王铎听了后哈哈笑了起来。张镜心疑惑不解,王铎赶快解释:"刚才有人来拜访,我让管家回话说已经出游了,看来我并非虚言。"

张镜心好奇地问:"是哪位前来拜访?"

王铎用鄙视的口气说:"马瑶草。"

张镜心也很不屑:"此人无德,不见最好。"

张四知说:"马瑶草被削职后,就一直寓居在留都。据说最近这几年,他与阮大铖交情深厚。"

王铎听到阮大铖的名字,惊奇地问张四知:"阮大胡子也在留都?"

张四知说:"大胡子因魏党逆案被罢官后,一直避居在南京,整天不是游山玩水,就是作诗、拍曲、演戏,还到处招纳游侠,谈兵论剑,结交了不少名士。他的这种做派,遭到了复社人士的鄙视。"

说完马士英、阮大铖后,王铎突然想起了陈仁锡,就打听问:"明卿兄咋会突然故去了?"

张心境心情很沉重,张四知说:"明卿兄是身患重病,医治无效病逝的。"

王铎说的明卿,是他们的同年陈仁锡,字明卿,号芝台。同为天启二年的进士,先是授翰林编修,第二年母亲去世,他辞官守孝三年,期满后恢复原官。

陈仁锡为人正派,秉性耿直,以讲官而深孚重望。天启六年宁远大捷时,魏忠贤冒请边功,以皇上名义赐公爵,令陈仁锡草拟诰词。陈仁锡面对魏党之徒的威胁逼迫,毅然答道:"头可断,诰不可草。"

陈仁锡在经筵时,曾就王恭厂火灾、正人君子连遭不测、魏忠贤竭力大兴土木等问题仗义执言,无所避讳。魏忠贤记恨在心,遂命党徒借他的亲戚孙文豸作《步天歌》悼念辽东经略大臣熊廷弼一事，罗织罪名，并以"造妖言、谤朝政"为名，将孙文豸逮捕入狱，处以斩首。此案株连陈仁锡等人，幸有人暗中周旋营救，陈仁锡等才免遭不测，仅被处以削籍。

崇祯初年，陈仁锡官复原职，以右春坊右中允出任武举会试主考官。崇祯三年升为国子监司业，再值经筵讲官，以预修神宗、光宗二朝实录升右谕德。在此期间，陈仁锡深感宦情淡薄，加之身体有病，便请假归养。崇祯九年初，朝廷起用他为南京国子监祭酒，还未上任就在年初不幸病逝了，享年才五十六岁。

陈仁锡病逝的噩耗，让王铎感到很痛心，王铎对张镜心说："我来留都之后，就为明卿兄临写了一幅王献之的古帖。"

张镜心说："那实在是太遗憾了。"

王铎对陈仁锡很敬佩，对他的故去很悲痛，喃喃地说："明卿兄生性好学，讲求经济，喜欢著述。"

张四知接着补充说："是啊，他著书特丰，有《四书备考》《经济八编类纂》《重订古周礼》等。"

说起陈仁锡的成就，大家都很佩服，都为失去一位好兄长而悲痛。王铎的心情一下子沮丧起来，想改天再出去。

张镜心和张四知一再劝说，王铎才同意出去郊游几日。为了让王镆增长一些见识，也把他一同带上。

王铎跟着张镜心、张四知和屈动首先来到北郊观音门外的直渎山上。

阳光明媚，春风拂煦。举目远眺，只见石峰突兀的江上，江水三面环绕，地势十分险要，远远望去若燕子展翅欲飞。张镜心告诉王铎，这就是著名的燕子矶。

登临燕子矶头后，只见滚滚长江，浩浩荡荡，一泻千里，真是蔚为壮观啊。

王铎看着地势险要、惊涛拍石、汹涌澎湃、总扼大江的燕子矶，对张镜心说："孝仲兄，依我看，这里肯定是重要的长江渡口和军事重地。"

张镜心称赞说："觉斯真是好眼力，世人均称万里长江第一矶。"

张四知接着介绍说："燕子矶还是文人墨客临江抒怀的胜地，如果是在皓月当空之时欣赏，那江面波光粼粼，江帆点点，会是另一番景象。"

张镜心看看天色已晚，提议住在燕子矶。他们一行人又踏着月光，登临凉亭，举目远望，整个长江水月皓白，澄江如练。

第二天，他们又登上摄山。上面坐落着栖霞寺，寺前是开阔的绿色草坪，还有波平如镜的明镜湖和形如弯月的白莲池，四周是葱郁的树木花草，远处是蜿蜒起伏的山峰，空气清新，景色幽静秀丽，与燕子矶形成了鲜明的对比。

栖霞寺在佛教史上声名显赫，是中国佛教三论宗的祖庭之一。寺内的大雄宝殿、毗卢殿、藏经楼等建筑，依山势层层上升，格局严整美观。

进入山门，便是弥勒佛殿，殿内供奉着面带笑容的弥勒佛，背后是昂首挺立的韦驮天王的塑像。出殿后拾级而上，是大雄宝殿，殿内供奉着高大的释迦牟尼佛。最后是毗卢宝殿，雄伟庄严，正中供奉高约五米的金身毗卢遮那佛，弟子梵王、帝释侍立左右。佛后是慈祥的观世音塑像，伫立鳌头，善财、龙女、侍女在侧。

大家参拜一番后，便来到千佛岩。看看天色已晚，就提议住在寺内。晚上，大家围坐在一起，观赏着明月，看着朦胧缥缈的山峦，感觉如入仙境一般。

第二天一早，当红日升起，朝霞洒满整个天空时，大家已经来到山顶，站在高处遥望着犹如牛角似的山，王镆兴奋地对王铎说："大哥，那一定就是牛首山了？"

王铎还没有说话，张镜心顺着王镆的手看去，肯定地说："四弟有眼力，那就是牛首山。不过它还有一个名字叫天阙山。晋元帝司马睿初建东晋时，想在都城的正南门、宣阳门外建立双阙，以显示皇权的至尊。当时众臣议论纷纷，都说要建立高壮二阙。丞相王导却不同意，他说东晋政权草创，财力不足，连城墙都还用竹篱笆代替，哪有条件建阙。王导思索了几天后，陪晋元帝乘舆出宣阳门，往南眺望，只见牛首山两峰对峙，十分壮观，便遥指山峰说：'皇上，此天阙也。'元帝明白王导的苦心，就听从他的意见，取消建立双阙的想法，称牛首山为天阙山。"

王镆跟着张镜心一边往前走，一边听他讲故事，增长了很多知识。

在牛首山东峰的西南坡上，远远看见一座十分典型的江南楼阁式砖木塔。王铎驻足眺望，屈动就侧身介绍："觉斯兄，这座塔在江南非常流行。它外八角内四方、隔层错角空筒式的结构塔楼。"

王铎点头瞭望，站在一旁的张四知指着起伏的山脉说："牛首山可是佛教牛头禅的发祥地，在山西峰南坡的山洞里，曾住过高僧辟支和尚。他在此洞中立地成佛，上天为仙，后来大家都称那里为佛窟洞。牛首山也曾一度被称为仙窟山，一直是僧人咸集之地啊。"

张镜心也兴奋地说："岳飞曾在牛首山一带大败金兀术。"

王铎等人停下脚步，听张镜心讲述发生在这里的故事。宋高宗建炎三年，金兀术兵分两路渡江，连破建康等重镇，后来遭到江南人民英勇抵抗。岳飞率兵先在清水亭设下埋伏重创金兵，然后又屯兵牛首山一带筑垒设伏，大败金兀术，收复了建康。

王铎边看边听张镜心说古，当看到用大石块堆垒起来的抗金故垒时，感慨万千。

在十天的时间里，王铎游览了燕子矶、栖霞寺、牛首山等名胜古迹。大自然的雄壮、险峻、幽静、俊美，极大地开阔了他的眼界。

五月端午节，张镜心、屈动又来邀请王铎去小桃源观赏玉兰花开。

王铎最近身体有些不适，本来不想再出去，但经不住大家的劝说，就勉强从命。院内九株玉兰树正在盛开，香气宜人。

人们都陶醉在美景里，王铎却一直不断地向茅房里跑。开始只是拉肚子，后来引发了他的老痢病，最后居然是流血不止。大家赶快把他送回家，并找来留都的著名郎中给他诊治。由于流血过多，他的脸色蜡黄。

张镜心、张四知虽然尽心为王铎医治，但仍然未能痊愈。

王铎躺在床上，痛苦不堪，终日呻吟不止。王镆侍奉他左右，心里虽然很难受，但也是无可奈何。

一天中午，赵国才来到王铎床边，悄悄地告诉他："老爷，那个叫马士英的先生又来拜访，在门口已经等候多时了。"

王铎心情不好，就没有好气地说："就说我患病在床，无法相见，等病好以后再说吧。"

赵国才回话后，马士英就立刻回去了。可是过了不到两个时辰，他又回来了，身后还跟着两人抬着一个礼盒。

赵国才看到这阵势，眉头就皱起了一个大疙瘩，闷不作声犯起了愁。他心里很清楚，回禀后肯定会遭到责怪，不回禀又会失礼。最后，还是硬着头皮来到王铎床边，站了半天也不说话。王铎看他那架势，知道肯定有要事，就耐着性子说："有啥事就赶快说吧。"

赵国才小心翼翼地说："那个马先生又来了，还让人抬来一个大礼盒。"

王铎一听非常生气："你没有告诉他我现在有病，躺在床上不能动弹吗？"

赵国才为难地带着哭腔说："老爷，我……"

赵国才还没说完，就从门外传来了说话声："觉斯兄，请你不要再责怪管家，都是我见您心切，也特别关心您的身体，真正是冒昧打扰了。"

王铎听音就知道是马士英，心里虽然一百个不想见他，但他已经来到卧室门口，如果再拒之门外就有失君子风度，出于礼节只好请他进来。

马士英来到床前，王铎象征性地欠欠身子。马士英紧走一步来到床边，用手轻轻示意别动："觉斯兄，你贵体欠佳，士英来迟，还请您多海涵。"

王铎对马士英虽然没有好感，但在自己身患重病时，能够在病榻前嘘寒问暖，心里还是有一丝感激之情。

马士英让人打开礼盒，并且很真诚地说："觉斯兄，这是我的一点心意，还望您笑纳，以补养贵体，早日康复。"

王铎一看全是补品，就赶紧推辞。马士英赶快说些入情入理的话，使他无法再推却。王铎在床上无法动弹，只能说些感激的话："感谢瑶草兄前来看望，还让你如此破费。"

"不成敬意，只是略表士英一片心意而已。"马士英非常诚恳地说完，然后起身来说，"觉斯兄，您先好好休息，过几天愚弟再来看望您。"

王铎用礼节的话进行应付："瑶草兄，十分抱歉，有病在身不能相送，还请您多包涵。"

王铎以前与马士英并没有任何往来，只是很多人都对马士英嗤之以鼻，才从心里对他有成见。在他来访的短暂时间里，给王铎的第一印象，这是个直爽干练之人。

王铎让赵国才、王镆把他送出门后，心里才长长出了一口气。

从此以后，马士英经常前来看望王铎，每次他都亲临病榻前问候，而且每次都要带一些人参等补品，嘘寒问暖，稍做停留就自觉离去。

王铎来留都的时间比较短，在这里只有为数不多的几个同年，几乎没有其他朋友。同年也有自己的事情，并不能经常陪同自己。

马士英经常前来看望王铎，还帮助他解决一些家里的事情。经过一段时间的接触，王铎见他并没有所求，何况其实自己的前程都一片渺茫，也谈不上对他有什么帮助。

王铎对马士英渐渐有了一些好感，认为他是个热心肠的人，也颇有一些江湖豪气。

六月初，天气渐渐炎热起来。王铎依然只能躺在床上，在炎热难耐时，就让王镆及管家把他移到院中的树荫下乘凉。

一天，王铎在躺椅上看书时，张镜心急匆匆地走来，神色深沉地说文震孟去世了。

王铎听后一下愣住了，来留都之前还经常在一起呢，怎么突然就去世了呢？

王铎与文震孟是同年，彼此也是良师益友。文震孟为人刚直清正，威武不能屈，富贵不能淫，就连堂堂天子也敬畏他三分。他在讲解《尚书》中的《五子之歌》时，看见皇帝朱由检把一只脚搁在膝上，就边朗诵着"为人上者，奈何不敬"，两眼却瞅着他的脚。朱由检慌忙用袖子掩住脚，把脚抽回后再慢慢地放下。文震孟疾恶如仇、敢于弹劾、直言无忌的性格，先后得罪了魏忠贤、王永光、温体仁等权臣，曾两次被迫引退，这次又被革职后，在京冠带闲住了一段时间，就回到了老家南直隶长洲。回家不久，他外甥姚希孟病逝。外甥的突然病逝，让文震孟悲痛万分。他与外甥年龄相当，从小在一起读书，后来又同殿为臣，感情极为深厚。他由于伤心过度，竟不治也驾鹤西去。

王铎听了这个噩耗，悲痛万分。回想起与文震孟在一起的时光，依然历历在目。为了寄托哀思，他躺在病榻上写下了七律《吊文湛诗》：

别时孤棹赴清溃，秋老梧桐尚忆君。
江海欺然上晦色，乾坤果尔丧斯文。
同流范相祠边水，不借要离原上云。
鳌泣龙奔潮退后，风雷还向雨中闻。

王铎的身体本来就虚弱，又经文震孟病逝的刺激，对他的身体恢复影响很大。

又经过近两个月的精心治疗，还有马士英的营养品的滋补，王铎的身体才渐渐好转起来。

王铎躺在床上，实在无聊得很。在一个风和日丽的中午，王铎让王镆搀扶着来到久违的书房，随手翻看着古诗、文赋和一些古人墨迹，最后还拿起一支毛笔，想试着写上几笔。

王镆怕累着大哥，就劝说他休息，可他就是听不进去。石薇汝进来后，微笑着温柔地把毛笔要过去。王铎显得很无奈，但心里很清楚，他们的举动都是为了他能够尽早康复。

此时，赵国才进来告诉王铎，马士英又来拜访。王铎赶快让赵国才请他到书房来。

马士英来到书房，感到很惊讶："觉斯兄，你的身体恢复得很快，已经能到书房了，真为你高兴啊！"

王铎对马士英的态度有了很大变化，对他的帮助很感激："这都是瑶草兄的关心。"

马士英说："觉斯兄乃大富大贵之人，菩萨一定会保佑你早日康复。"

王铎说："瑶草兄也是信佛之人？"

马士英摆摆手说："谈不上信仰，只是受老人的影响。"

王铎也感叹地说："天下父母爱子之心都是一样的，我也是从小受奶奶和娘亲的影响。"

马士英说："觉斯兄，看你现在的身体状况，再有十天八天就能恢复如常了。到时候我带你出去走走，老在家里闲着对身体恢复也不利啊。"

王铎笑而不答，在马士英看来，不答其实就是认可。

马士英在准备回去时，支支吾吾地告诉王铎一个不好的消息："觉斯兄，董玄宰老先生在松江寓所驾鹤去了。"

王铎闻讣痛哭，默默地沉思了一会儿，自言自语地说："先生今年八十三岁。"

马士英点点头，王铎接着说："崇祯七年，在先生告老还家之前，我和玉汝去府上看望他，身子骨还很硬朗，没想到京师一别竟成永诀。"

马士英见王铎如此悲痛，知道他们的关系绝非一般。

"先生对我的教诲，受益终身！"王铎擦拭一下眼泪，喃喃地说，"先生才溢文敏，不但精鉴藏、工诗文，而且还擅书法和绘画。特别是他那种追求平淡天真，讲究笔致墨韵、拙中带朴的艺术风格，对我影响颇深。"

马士英接着王铎的话评价董其昌："先生去世大家都很惋惜，他一生多才多艺，著书很多。据说有《容台文集》九卷、诗集四卷、别集四卷、《画禅室随笔》《摘轩清秘录》《学科考略》等。"

王铎也赞誉董其昌说："先生的尺素短札流布人间，世人都争相购宝。"

董其昌是大明第一流的书画家、鉴赏家，在士林中有很高的声望。王铎的书法艺术理念深受他的影响。特别是他提出的"晋人书取韵，唐人书取法，宋人书取意"理念，是历史上第一次用韵、法、意三个概念，划定晋、唐、宋三个朝代书法的审美取向，极大地开拓了王铎的艺术思路。董其昌让王铎最为佩服的，还是自告奋勇护送老师回老家的义举。

第二十四章

自从王铎患病以后，石薇汝就经常自责，总认为是由于自己没有照顾好而造成的。

一天，石薇汝又内疚地对王铎说："相公，都是我没本事，让你得了这么一场大病，我都不知道该咋向瑞云姐交代呢。"

"咋能怨你呢，是我来留都后水土不服，又跟着湛虚他们到处乱跑造成的。"王铎看着眼泪汪汪的石薇汝，就赶紧劝慰，"这几个月来，你为我日夜操劳，看把你都累瘦了。"

王铎的话让石薇汝心里陡然一热，泪水夺眶而出。王铎亲昵地伸出手，为她擦拭眼泪后，她才破涕为笑。

在启程来留都前，马瑞云提出自己留在老家，有着自己的长远打算。她说为大女儿准备婚嫁，只是一个冠冕堂皇的理由。最主要的目的是有意给王铎一个机会，让他接纳石薇汝做妾。她之所以有这种想法，是因为家里人多照顾不过来，近几年身体越来越力不从心。王铎的同年早已妻妾成群了，唯独他一直不纳妾。薇汝从小跟在她身边，知根知底，人品又好，既贤惠勤快，又有眼色，很招全家人喜欢。马瑞云跟公婆商量后，让王铎把薇汝带到留都，以便更好地服侍他。

王铎开始说什么也不接受，还有些抵触情绪，时间长了慢慢地就顺其自然了。现在王铎对薇汝不但百依百顺，而且言听计从。

薇汝见王铎对她知冷知热很疼爱，心里特别满足，感觉很幸福，就撒娇说："相公，身体是本钱，以后继续练你的太白剑吧。"

从此以后，王铎又开始天天闻鸡起舞。经过一段时间的锻炼，身体慢慢开始恢复。就要进入秋季时，他的身体已基本痊愈了。

王铎来留都半年多了，由于身体有病，还没有很好地在翰林院处理过公务，心里总感到没有尽到责任。现在身体已经恢复如初，事业心极强的王铎就再也坐不住了。虽然与马士英约好今天要出去走走，但他至今还没来，王铎心想马士英可能有其他事务，就想先去翰林院看看。

正准备出门时,来了一位英俊青年,年龄与长子王无党相当。他走到王铎面前,就以师生之礼叩拜,说:"先生在上,请受学生冒襄一拜。"

王铎伸手想阻止来人施如此大礼时,听到冒襄两个字,马上又坐下来欣然接受。

冒襄,字辟疆,南直隶扬州府泰州如皋人。王铎马上就想起了自己的三位挚友与这位青年才俊的师生之谊。第一位是董其昌,以前曾听董其昌说过,冒襄出生在一个名门望族,幼年就随祖父在任所读书。天启四年,十四岁的冒襄将诗集《香俪园偶存》寄请已七十岁的董其昌指教。董其昌看了之后,甚是喜爱,把他比作初唐的王勃,提笔为诗集作序,称其"才情笔力已是名家上乘,非前身老诗人再来",并期望他"点缀盛明一代诗文之景运"。天启七年,董其昌至扬州时,冒襄亲聆教诲。从此之后,他成为董其昌的得意门生。在董其昌的指导下,冒襄不但诗文大进,而且还苦学钟繇、王羲之、李邕、颜真卿、米芾等前贤书法,冒襄即常以"吾师""先师"称之。第二位是倪元璐。倪元璐曾告诉他,冒襄将自己的《朴巢诗选》请他指教,倪元璐看后认为其风格幽愤感慨,感时伤乱,忧国忧民,为时代产物,属壮美之格,曾为他的《朴巢诗选》写了序言,还写了一首诗赞咏:"寄身非陆亦非水,结室似飘还似舟。别其洞天成小有,下临无地等浮丘。"第三位就是黄道周。崇祯八年,冒襄的祖父离世后,曾请黄道周为他撰写墓志。

王铎看着彬彬有礼的冒襄,心里就有了几分喜爱。

冒襄见王铎没有说话,起身后抱歉地说:"学生冒昧打扰,敬请前辈海涵。"

王铎笑着招呼冒襄坐下,说:"咱们虽是初次见面,但你神童的美誉早听玄宰先生说过。"

"那是先生对晚辈的奖掖,学生实不敢当。"冒襄激动地说着,又起身给王铎施师生大礼,"今天学生专程登门,就是要拜先生为师,还请您能够收留。"

王铎起身扶起冒襄,说:"拜师只是一种形式而已,今后多切磋就是。"

冒襄见王铎已经答应,起身端起茶杯给王铎敬茶。

王铎满心欢喜,端坐在椅子上接过茶杯。然后又想起了董其昌,感慨地说:"要是玄宰先生也在该多好啊!"

"是啊,先生走得太早了。"冒襄听后泪流满面,然后又说,"值得庆幸的是,在去年我已将先师多年所赠的手札、题跋、序记、诗歌等手迹及他所临颜真卿、米芾的作品辑录成册,一一摹刻上石,镶嵌于寒碧楼四壁,遂成了《寒碧楼帖》,以供人欣赏并长存人间。先师还以擘窠大字题写了'得全堂'

匾额。"

"辟疆是个有心人，这是对玄宰先生最好的怀念。"王铎听了很释然，对冒襄的做法给予肯定后，又关心起刻工情况，"但不知刻石出自谁人之手？"

冒襄解释说："刻石名家是顾公彦，其刀法挺进流畅，细致入微，较好地保存了原作的笔墨情趣和神态风貌。"

王铎听了后高兴地说："那太好了，等我身体康复后，找机会前去参观。"

冒襄看看脸色有些憔悴的王铎，马上关心地询问："先生身体不适？"

王铎赶快解释说："前段时间痢疾病复发，现在已基本恢复了。"

冒襄马上抱歉地说："学生不知，打扰您老休息，实在抱歉得很。"

王铎挥挥手，以示无大碍。崇祯九年是乡试大比之年，文人荟萃的江南士子们早就纷纷来到留都参加乡试。王铎对冒襄的前途很关心，就询问道："秋闱已经结束，不知辟疆考试的结果如何？"

冒襄脸憋得通红，过了好大一会儿才直言不讳地说："让先生见笑了，今年是我第四次参加乡试，也是第四次落第。"

王铎看着冒襄的表情，就已经猜出了八九分。冒襄的落榜，王铎似乎感到理所当然。以前曾听人说，冒襄年少气盛，虽然文采风流，顾盼自雄，主持清议，矫激抗俗，喜谈经世大务，怀抱着报效国家的壮志，但每次赴留都后，都会在秦淮河畔妓家所居的河房开宴延宾，樽酒不空，歌姬的翡翠鸳鸯与书生的乌巾紫裘相交错。整天流连青溪白石之胜、名姬骏马之游，冒襄也沾染了一般豪贵子弟的浪漫风习。

王铎看着文采风流却怀才不遇的冒襄，心里感到很遗憾，就赶快安慰他说："辟疆千万不要气馁，我也有过落榜的经历。只要你刻苦努力，一定就会金榜题名。"

冒襄对落榜似乎并不十分在意，郑重地点点头后，脸色很快恢复正常。然后恭敬地递给王铎一本书，说："先生，这是我与盟友的最新诗作，请先生多指教。"

王铎接过了一看，是一本《五子同盟诗集》。冒襄告诉王铎说，这是他在留都乡试期间，与社友张明弼、吕霖生、陈则梁、刘履丁结盟于歌姬顾眉楼时写的诗文，由他汇编而成。王铎细致看了一会儿，从中看出了冒襄与他的盟友意气相投，或结伴同游，或诗酒唱和，或抨击阉党，或议论朝政。诗中表达了反对阉党，抗击外族入侵，改革弊政，以名节自立的决心。

王铎身体虽然还很虚弱，但冒襄的到来让他精神为之一爽，心情豁然开朗起来。特别是看了《五子同盟诗集》中冒襄的诗文，从中了解到冒襄是个有政治抱负的年轻人，也清晰地看出了他的诗文继承脉络，是从竟陵派的幽深孤峭到汉魏古诗的风骨，再到杜诗的沉郁苍凉。

冒襄的师承脉络与王铎很相似。可能是爱屋及乌的缘故吧，他打心眼里喜欢眼前的这个落榜士子。

冒襄见王铎心情很好，就将带来的书法作品让王铎指点。

王铎忘记了身体刚恢复，让冒襄打开一看，其别具风格的书法作品让他眼前更是一亮。其字遒媚圆劲，出自褚遂良。

王铎放弃了去翰林院的想法，准备与冒襄在书房切磋诗文书法时，马士英匆匆地赶来。

马士英现在已经是王铎家里的常客，说话也比较随意了。人刚到院子，声音就已经进了书房："觉斯兄，我来迟了，咱们现在走吧！"

冒襄一听还有其他安排，就起身说："先生还有其他事，我改日再来请教。"

王铎让冒襄先坐，说："没事的，没事的，你先坐一会儿，我安排一下就来。"

王铎刚起身，马士英就已经跨进书房。王铎准备给他们介绍时，马士英以为冒襄是翰林院的人，就笑着说："依我之见，公干的事先不着急。现在你贵体欠安，即使皇上知道了也会理解的。人都有患病的时候，等身体痊愈了再去也不迟。再说了，即是去了也没有什么事可做啊。"

冒襄看着马士英随意的情形，知道他肯定是王铎好友，心想不能因为自己，打乱先生的安排，就自觉地站起身："先生，学生先就此告辞，改日再来看望先生。"

王铎一时不知如何是好，就让王镆先送冒襄。此时，马士英才明白年轻人不是翰林院的人，指着门外说："刚才那位年轻人是谁？"

"他是如皋的冒辟疆。"王铎笑着说，"瑶草兄，你真是个急性子。我还没给你们介绍，你就大发一通感慨，年轻人生怕打扰了你，就赶紧告辞了。"

马士英嘿嘿一笑了之，就接着说："你现在身体恢复得差不多了，但不能老在家里待着，太闲了对身体恢复也没有益处，今天我陪你出去走走。"

王铎心里也很清楚，去翰林院的确也没什么事情要处理。

马士英依然笑眯眯地说："我今天带你去莫愁湖看看。"

石薇汝听说要去莫愁湖，有些不放心，同时也想让爹娘出去开开眼界，就提出全家人都跟着去，王镆听说后高兴得屁颠屁颠的。

来到莫愁湖，大家欣赏着湖里的景色，马士英讲述着莫愁湖的来历和传说。

莫愁湖，自古就有"江南第一名湖"的美誉，古称横塘。因其依石头城，又称石城湖。相传在南齐时期，洛阳少女莫愁在父亲病死后，因家贫卖身葬父。建康石城湖边的卢员外在洛阳见到孝悌、善良、聪明、美丽的莫愁后，就买为儿媳。莫愁葬父后，挥泪辞母南下。不久，北方边塞受到敌军侵犯，莫愁的丈夫应征戍边，十载杳无音信。莫愁端庄、贤惠、勤劳、纯朴，却遭到公公的诬陷凌辱，她遂投石城湖而死，以示反抗。后人为了纪念她，便把石城湖改称莫愁湖。

明朝初年，太祖朱元璋经常召开国功臣徐达在这里下棋。徐达虽然棋高一着，却不敢轻易赢他。后来被朱元璋看了出来，就对徐达说："你每次下棋都故意输给朕，朕赢了也不光彩，你这是犯了欺君之罪啊！"徐达吓得连连叩首。朱元璋接着又说："今天你使出真本事与朕分个高下，无论输赢朕都高兴。"结果徐达果然赢了。朱元璋说："卿弈棋如用兵，确实高明，朕不得不服。"徐达又恭维地说："臣用兵、弈棋所以取胜，全仗万岁神威，非臣之力也。"朱元璋问："此话怎讲？"徐达指着棋盘说："请陛下看臣满盘棋子的布局。"朱元璋仔细一看，徐达摆出的棋子是"万岁"字样。朱元璋龙颜大悦，随即把整个莫愁湖赐给了徐达。

王铎漫步在莫愁湖边，听着马士英侃侃而谈的凄美故事，观赏着湖里的美景，大家玩得很惬意。

来到郁金堂一侧的赏荷厅，看见了莲花池内莫愁女的塑像。只见她手挽桑篮，长裙曳地，似凌波仙子款款而来。看着贤惠的莫愁姑娘，同为洛阳人的王铎内心生出自豪感。

整个莫愁湖其楼、轩、亭、榭错罗有致，九曲回廊，湖水清澈，堤岸垂柳和着蓝天白云倒影在湖中，鸳鸯、白鹭、鸬鹚等珍奇飞禽在水中嬉戏。

王铎看着幽美的湖景，想着凄美的传说，就有了作诗的冲动。善于察言观色的马士英看着王铎的表情，明白了他此时的想法，就没有上前打搅。

王铎稍微琢磨了一会儿，自言自语地轻轻吟诵了一首《莫愁湖》：

　　城西云目昼阴阴，粉黛何为说至今。
　　不见当时杂佩乡，可知幽处落花深。
　　菱歌莫忘蝃蛛赋，水调先忧郑卫心。
　　寄语英雄垂令问，绿蒲红屿有徽音。

马士英听了赞不绝口，王镆也跟着起哄。

游完莫愁湖，天色已经正午。马士英提议去品尝留都有名的小吃。此时，大家的肚子的确开始乱叫了。他们来到闹市，酒楼连着酒楼，茶社挨着茶社，每间都是座无虚席。

　　王铎跟着马士英登上一家豪华的酒楼，来到幽静又临街的房间。俯瞰热闹的大街，两边是占卜相面、杂耍卖唱、修脚篦头、抬轿撑船的，真是人声鼎沸；再看看戏棚里，锣鼓喧天，妙曼柔媚的昆山腔，正上演着一出新剧；赌场里赌骰子、赌斗鸡的生意兴隆，那些衣着华丽、出手阔绰的公子哥都在碰运气、讨彩头……

　　马士英熟练地点出名小吃，让大家品尝，然后又品茗茶。等大家都吃饱喝足后，他又提出去秦淮河畔游玩一番。

　　王铎的爹娘毕竟年纪大了，游览了大半天，身体感到有些疲劳。老人执意要回家休息，管家说要护送老人回去。

　　送走老人以后，王镆怕哥哥身体也吃不消，就提出以后再去。马士英开着玩笑说："觉恋贤弟啊，你没听人说吗，不到秦淮河就等于没到过留都。咱们游秦淮河是坐船，只用眼睛不用动腿，自然就累不着你大哥了。"

　　王铎在京城的时候，对秦淮河也有所耳闻，什么"六朝烟月之区，金粉荟萃之所"等等，简直是人间天堂。现在既然来到南京，自然就想看个究竟。

　　王镆听说不用走路，就不再担心大哥的身体了，还很好奇地问一句："听说秦淮河上有'秦淮八艳'？"

　　马士英先是仰头哈哈大笑起来，然后就眉飞色舞，如数家珍地说起了"秦淮八艳"："留都的'秦淮八艳'，其实就是秦淮河上的八个名妓，也称'金陵八艳'。分别是柳如是、顾横波、马湘兰、陈圆圆、寇白门、卞玉京、李香君、董小宛。她们不仅个个相貌绝艳，而且诗词歌舞样样精通。特别是柳如是，更是'艳过六朝，情深班蔡'。她不但精通音律、长袖善舞，而且绘画娴熟简约、清丽有致，同时书法被称为铁腕银钩。"

　　王镆听了马士英的话心里痒痒的，很想一睹她们的风采。

　　马士英让人租了一条小船，要大家畅游十里秦淮河。船家是个热情的人，他一边摇着橹，一边自豪地聊起秦淮河的历史。相传秦始皇东巡时，看见金陵上空紫气升腾，以为是王气，于是就凿方山，断长垄为渎，进入于江，后人都称为"秦淮"。秦淮河是南京的母亲河，又分内河和外河，内河在南京城中，是秦淮繁华之地，被称为"十里秦淮"。

　　秦淮河畔碧蓝的流水在闪烁跳动，沿着河两岸是一幢幢精致的河房、富丽堂皇的酒楼，令人见了就着迷。

　　王镆看着河房那伸出水面的栏杆露台，感觉非常别致，但又不解其中之意。

船家一边划船，一边告诉他："河房的栏杆露台既能观灯赏景，又可以供客人纳凉消夏。"

王镍又好奇地问："里面都是啥人啊？"

马士英接着船家的话说："河房的主人既有公卿官员、宫中太监，也有高人雅士和当红妓女，但更多的是王孙公子和富商豪贾。他们不是休闲会友、谈论诗文，就是纵酒豪赌、迎客狎妓。"

王镍听了有些不可思议。马士英抬手指着林立的青楼说："这里就是旧院，前门在武定桥，后门在钞库街。妓家鳞次，比屋而居，都是独家的院落，里面不是植竹栽花，就是凿池垒石，房舍里的装饰都十分讲究。这些妓女有许多是父母双亡、孤苦无依的童女。她们在青楼里，从小学习琴棋书画、诗词歌舞，长大后成为青楼中的招牌。城里最有身价的'金陵八艳'基本都在这里。"

王铎听着马士英的介绍，知道这里的确是六朝金粉最浮艳奢华的地方。

来到一个码头，大家走下船来，走进门楼。这是一条清洁的小街，两旁店铺里，摆满了各种金玉首饰、箫管琴瑟、香囊绣锦以及佳酒茗茶，都是多情妓女、摆阔狎客需用的，饰品极为考究精美。虽然价格都十分昂贵，但生意兴隆。

华灯初放时，马士英一边带着王铎欣赏美丽的夜色，一边继续畅谈着秦淮河的逸事。

隆冬十月，王无党从河南老家来到南京，既带来了亲家翁吕维祺的一封家书，还带来了一位陌生人。

走进院子后，王无党就把陌生人给爹介绍："爹，这位贤士叫朱五溪，是专程前来拜见您的。"

朱五溪拉开前摆行跪拜礼，激动得眼泪直流："王大人，我终于见到您了！"

王铎看到这场面，既吃惊又有些不知所措。王无党就把来龙去脉告诉了爹。

吕维祺托人给王铎写信，商量两家儿女嫁娶结婚大事。他提出孩子都到了了婚嫁的年龄，应该让他们尽快完婚。马瑞云作为母亲，认为这是情理之中的事。大女儿今年已经十六岁了，的确到了婚嫁的年龄了，家里也已经做好一切准备。儿女婚姻大事，必须要家里的男人点头才行。马瑞云准备让王无党带着吕维祺的家书，到留都找王铎确定女儿的婚嫁大事。

在王无党启程赴留都时，村里来了一位贤士要拜见王铎。王无党听说后热情招待，并问明缘由。贤士叫朱五溪，名遴，是山阴人。他十分仰慕王铎的诗文书法，去年从山阴专程赶到京城去拜访。经过多方打听才知道，王铎已经回到河南老家，他就从京城一路赶到孟津。王无党见朱五溪对爹如此敬重，对他也是尊重有加。看着疲惫不堪的朱五溪，和母亲商量后，让他在家休养了几天，恢复一下体力。朱五溪听说王铎已赴任留都时，就毅然决然地跟着王无党来留都拜见。王无党第一次单独出远门，正需要有人陪同，这真是上天所助啊。他们冒着严寒，一路躲避着流寇，经历了千辛万苦，日夜兼程了一个多月，终于在寒冬腊月赶到了留都。

王铎听了王无党的介绍，对朱五溪另眼相看。先把朱五溪安置好，然后才看吕维祺的书信。

王本仁听说大孙子来了，很高兴。王无党见到爷爷、奶奶，就赶紧上前磕头问安。老人家看到长孙后，乐得合不上嘴。全家人问长问短，王无党一边回答着他们的问话，一边看着爹有些苍白的脸色，疑惑地询问："爹的脸色咋蜡黄啊？身子骨咋啦？"

王铎长出一口气，又轻松地说："没啥大事，来留都后水土不服，老痢疾病犯了，现在已经全好了。"

至孝任侠的王无党一听，眼泪立即挂满两腮："爹，都是孩儿不孝，您身患重病，做儿子的却没在您身边侍奉。"

石薇汝安慰道："你在家侍奉娘也是尽孝。"

"现在已经全好了，再调养一段时间就没啥事了。"王铎附和着石薇汝的话，也安慰了一句，然后就说起女儿的婚事，"时间过得真快啊，一晃十几年就过去了。你大妹今年都已经十六岁了，是个如花似玉的大姑娘喽。"

王铎的话果然奏效，王无党立即接过爹爹的话："大妹的确十分贤惠，针线活比我娘的还好呢。"

王铎转身征求王本仁意见："爹，请您选个良辰吉日，我马上给亲家回个帖子，就让孩子们早日成家立业吧。"

很少说话的娘说："娶孙媳妇我欢喜，现在要嫁孙女了，还真的有些舍不得。"

王本仁却乐呵呵地埋怨她一句："你这个老太婆，哪有让孙女在家一辈子不嫁的道理。"

王铎说："这两个孩子的婚约还是恩师乔先生保的大媒呢，他要是健在的话该有多好啊。"

王本仁说："介孺和咱是门当户对，理应结为秦晋之好。"

商议好女儿出嫁的事，石薇汝最担心的还是王铎的身体。因为一般女儿婚嫁，当爹的都要亲自出面，他现在要回去身体肯定吃不消。

王本仁也担心王铎的身体，就提出了他的想法："觉斯啊，你现在的身子骨还没好利落，我看就让大孙子代你去送孙女吧。"

石薇汝第一个赞同老爷子的提议。王铎也知道自己的身体还比较虚弱，就是想回去也不现实。看着健壮帅气的儿子，心里很满意，也很自豪，就爽快地答应了老人的要求。对于儿子的能力也很放心，他从小一直跟着爷爷、叔叔们历练，处理礼仪方面的事情应该说比较得心应手。

王无党见爷爷和爹让他全权办理大妹的婚事，感到这是对自己的极大信任，心里既激动又兴奋。

王铎对如何置办女儿的嫁妆提出了要求："闺女婚嫁时，一切应遵循礼制，做到既不奢靡，但也不能寒酸。"

王本仁点头认可，王无党听完就表态："爹，您就放心吧，再说叔叔和我娘都在家，不会给您丢面子的。"

王无党的话让大家都笑了起来，他以为自己说错了话，习惯地用手摸摸头。

奶奶见孙子有些尴尬，就出来圆场子："我孙子说得没错！"

王无党见奶奶为自己说话了，心里也就踏实了。然后挺了挺腰，环视了大家一眼："再告诉您一件喜事，咱家的崝嵘山房提前动工了，再有半年就完工了。"

崝嵘山房已经动工，的确让王铎有些意外。前几年，王铎曾经和马瑞云合计过，想建一座崝嵘山房。家中四个弟弟和两个儿子，几大家人都在老院子里太拥挤。虽说大家都和睦相处，但磕磕碰碰的小事也没断。王铎就想，在弟弟们没有功名之前，要把他们都安置得宽宽绰绰的，也好给孩子们提供一个舒适的读书、写字环境。如果从长远来考虑，等到告老还乡后，也应该有一个舒适的归宿，以便颐养天年。

近几年，王铎已经提前做了一些准备，给人写字、作诗、写文章，也积攒了一些积蓄。由于在京城一直受压抑，建崝嵘山房的事就一拖再拖。

去年从京城回到老家时，马瑞云又提起过要动工的事。当时看到流寇不断骚扰，感到这不是大兴土木的时候，也没把这事放在心上。在来留都的前一天，马瑞云对王铎很随意地说了一句："等明年开春后，我就按照你的想法把崝嵘山房盖起来，了却你一个心愿。"王铎以为她在开玩笑，还抱拳拱手笑着表达谢意。没想到她说到做到，让他这个当家的男人汗颜。

王铎听了王无党的话，既吃惊又担心："现在兵荒马乱的，咋就动工了呢？"

"那些流寇大部分往南去了，老家一带还算平安。"王无党解释说，"我娘说趁这个机会把它建起来，既了却了您老人家的心愿，还能预防流寇的扰乱。"

王本仁说："老院子人也确实太挤了。"

王铎很心疼马瑞云，对王无党说："真是太难为你娘了。"

"爹，我娘的脾气您还不知道？她想干的事谁也拦不住，再说我叔叔们都在家。"王无党也认为建崅嵘山房是应该的，然后又兴奋地说，"今年好像是盖房的好年头，孟津新城也正在筑建。"

王铎关心地问："去年来的时候倒是听说了，不知现在建得咋样了？"

王无党说："估计年底就能建成。"

王铎说："别人是有钱出钱，有力出力，咱家出啥呀？"

"咱家建房子的砖瓦石料多，就拉过去一些。"王无党说着又想起一件事，接着对王铎说，"爹，听父母官说，等新城竣工了还要请您写碑文呢。"

王铎笑着点头答应，王无党立即就兴奋起来，说回去就给父母官回话。

王铎留下朱五溪，与他在诗文、书法等方面进行交流和指导后，就让王镆陪同他在留都盘桓几天，游览了各处名胜。

王无党心里有事，就提出尽早赶回去。王铎很想让他多住几日，但儿女婚姻是家中大事。再说亲家翁吕维祺被皇帝革职，一家人寄居在洛阳，处境很艰难，此时自己应该主动一些。

王无党在回去时，王镆也想一同回去。王无党考虑到爹的身体还没有恢复好，就劝说他多留一段时间。

王无党走后，王铎让王镆陪同他来到南京翰林院。留都的腊月，天气也是非常寒冷。王铎与同僚们嘘寒问暖后，顺手拿起一张邸报，上面一则消息引起了他的注意：晋省诸生傅山率领一百零三名学子联名上疏，步行赴京，为山西提学佥事袁继咸鸣冤。起因是山西巡按御史张孙振列出十几条罪状弹劾山西提学佥事袁继咸，山西诸生认为袁继咸冤枉。

王铎虽然没有直接与袁继咸共过事，但对他多少也有所了解。袁继咸，字临侯，天启五年的进士，因仰慕文天祥的为人，自号袁山。袁继咸为官清廉，为人耿直，敢于直言，是位耿直大臣。在朝为兵部侍郎时，因得罪魏忠贤阉党之流，被贬为山西提学。在提学山西时，整顿三立书院学风，不拘一格选拔人才，其重于文章、气节的教育，对学生影响颇深。

傅山的举动，让王铎十分敬佩，为袁继咸有这样的学生而感到骄傲。

王铎拿着邸报，又想起了恩师乔允升。他老人家入狱后，自己却不能营救，最后恩师病故在流放的路上，成了他的一块心病，只要想起来心里就堵得难受。

此时，张镜心进来，看到王铎一个人坐在那里发愣，嘴里不停地说着傅山，感到很好奇。

王铎抬头看到张镜心就问："孝仲，你来得正好，邸报上提到的傅山你可曾听说过？"

张镜心说："我也是从邸报上看到的。"

王铎说："他为老师的冤案昭雪，可见其品德高尚。当年我没有施救老师，成了我一生的遗憾。"

张镜心劝慰他说："觉斯兄，乔先生的情况与此事有天壤之别啊。先生被流放是皇上的旨意，谁能奈何得了？"

张镜心的话虽然是事实，但王铎心里的疙瘩一直解不开，对傅山的举动也就更加佩服："等有机会时，我一定要拜会这位义士。"

张镜心说："据说这个傅山今年刚到而立之年。"

"通过此事就可以看出，此人必将是栋梁之材。"王铎听说傅山刚三十岁，认为他前途无量。可回头看见张镜心有些郁闷，就关心地询问，"孝仲，你追我到翰林院来，莫非有啥急事不成？"

张镜心说："我今天是来向你告别的。"

王铎立刻转过身来："那一定是有喜事。"

张镜心表情严肃地说："皇上有旨让我进京。"

王铎一听是进京，知道肯定是高升了，就高兴地站起来抱拳恭喜："祝贺孝仲兄荣升！"

"皇上任命我为兵部右侍郎。"张镜心没有一丝高兴的表情，忧心忡忡地说，"有些情况你可能还不知道，当前形势非常严峻。"

王铎不再兴高采烈了，听张镜心细说详情："今年四月，关外皇太极公然称帝，改国号'大金'为'大清'。为了炫耀国威，一个月后就派八旗铁骑突破长城要塞喜峰口，再次掳掠我大明男女人丁近八万、牲畜近二十万头，纵横掳掠五个多月，而后才大摇大摆地回师而去。"

王铎听了后，脸色陡然阴沉下来，气愤地说："偏安一隅的蟊贼竟然一而再再而三地对我大明王朝进犯，真乃是可忍孰不可忍！"

张镜心睁大眼睛气愤地说："现在却有人居然提出要与建虏议和，我回京后马上就上疏皇上，坚决制止与建虏议和！"

张镜心北归以后，王铎心里显得不胜惆怅。

傍晚时分，王铎在书房里临写《兰亭集序》时，马士英来访，看到王铎临写的作品大加赞赏。

王铎让马士英提些建议，他却谦恭地推辞："觉斯兄，你知道我不善书，说了也是外行话。"

王铎很想听听外行人的想法："瑶草兄，但说无妨。"

马士英用手摸着下巴，用心琢磨了一阵，说："你写的字吧，我感到不入世俗，太过于狂野。建议你应该回归古典，老老实实地走王右军父子的路子。若不然的话，你写的字一般人看不懂，真正看懂的人又太少，你痛苦别人更痛苦。"

王铎听了马士英的话，感到既意外又吃惊。对于自己的书写风格，他已经听到很多议论，只是没有像马士英说得这么直白而已。议论的焦点就是狂怪、粗野，与古代经典相差甚远。现在自己所追求的风格，一般人的确无法理解。

此时，王铎很怀念与黄道周、倪元璐在一起的日子，政治上相互影响，学术上相互砥砺，那种盟肝胆、孚意气的日子一去不复返了。在留都南京，除了几个同年外，先不说知己，就是一般的朋友也没几人。张镜心一走，他就更加感到孤独了。

王铎很清楚马士英的审美水平实在是稀松平常，对于他的话也并不太在意。

马士英见王铎不胜惆怅，就劝他说："我看你心情不佳，再写也写不出来佳作，今晚我带你去个好去处，让你好好开开眼界。"

王铎看他神秘兮兮的，问："去哪里？"

马士英却在卖关子："现在先不告诉你，到了就知道了。"

王铎跟着马士英来到城南库司坊里，看见一座大门楼派头十足的私邸，上书"石巢园"。进门就是宽敞的天井、高大的厅堂。厅堂后面是回廊曲折，门户重重，里面传出锣鼓喧天的响声。

马士英见王铎很疑惑，还在卖关子："觉斯兄，这里很阔绰吧？"

王铎肯定地点点头。马士英这才悄悄地说："这是阮圆海的一处别墅。"

王铎戛然止住脚步，回头惊异地看着马士英："你说的是阮大胡子？"

马士英说："是啊。"

王铎开口就埋怨他："我说瑶草兄啊，你咋带我到他这里来啊？"

"觉斯兄，你先不要生气，你看这里多幽静啊。"马士英笑嘻嘻地并不在意，然后又说，"外界虽然对大胡子褒贬不一，但他的确也是一个人才。张岱都称赞他的戏曲'本本出色、脚脚出色、出出出色、句句出色、字字出色'，一口气就说了五个'出色'。"

马士英的话并非虚假，阮大铖的确是一位多才多艺之人。他不但诗、戏写得好，而且出手也极快。据说三十九场戏的《春灯谜》，他只写了个把月就完成了；还有三十六场戏的《牟尼合》，只用了十六天。

王铎与阮大铖并无仇隙，只是道不同不相为谋而已。

马士英见王铎不说话，就极力劝说："觉斯兄，咱们来这里也就是欣赏一下他的曲子。"

王铎却带着讽刺的意味说："听说瑶草兄曾为大胡子的诗文集写过序文，称赞他为明代开国以来第一诗人。"

马士英听了后，脸唰的一下红到脖颈，好在有夜幕的掩护，他赶紧解释："那都是酒后胡言乱语罢了，没想到他这胡子竟然当成宝贝了，实在是惭愧得很哪。"

王铎见马士英如此尴尬，想想半年多来他对自己无微不至的关心，如果不给个台阶下来，就显得太无情了，于是就缓和了一下口气："大胡子虽有才华，只恨居心勿静，他所编的诸剧多诋毁东林党，辩宥阉党，所以为士君子所唾弃。"

"觉斯兄所言极是，大胡子的病根就是居心勿静，又不安分守己。"马士英立即顺着王铎的话说，"咱们既然已经来了，就先听听曲子。"

管家看见马士英后，就非常客气地鞠躬施礼，让一名家童提着灯笼引路。他们沿着回廊曲径向花厅走去。

马士英告诉王铎说，大胡子的这所府第，是八年前他从安徽老家逃难到南京时所建。有了这座华美舒适的庄园，他就调教了一流的戏班子，再加上特色的烹饪，引得各界人士前来歌舞宴饮、说剑谈兵，让他很是风光。

听着马士英侃侃而谈，王铎顺其自然地跟着进去。马士英边走边给王铎解释说："你要是不想见大胡子，咱们就只听小曲，看看热闹。"

来到内院，远远看到戏班子吹拉弹唱，生旦净丑，色色俱全。婢妾们正在专心听曲，书童、仆人奔走侍奉着主人。

马士英兴奋地介绍："戏班子演的作品都是大胡子自己编的，其他的作品一概不演。他精心调教的戏子，花了很多心思，都很有特色，让人回味不尽啊。"

马士英滔滔不绝，王铎半天没说一句话。后来见马士英有些尴尬，为了缓和气氛，又顺口接了一句："大胡子既是编剧，又当导演，真是花费了不少心血啊。"

"他也是闲得无聊，自娱自乐，自我欣赏罢了。"马士英指着大鼓一侧端坐着的一个人，说，"那个指挥者就是著名的戏曲教习臧亦嘉。"

王铎远远望去，只见那人左手摇着一副拍板，右手拿着一根小木棒，正在挥洒自如地指挥着。乐工的筝、琶、箫、笛都随着他那富有节奏的动作，奏出如行云流水一般的美妙旋律。在戏台的中央，一位小旦正和着音乐，摆动着柔软的腰肢，咿咿呀呀地演唱着。宛转悠扬的昆曲旋律把人带入了幽幻的梦境，在王铎听来犹如行草书的韵律。

王铎正在欣赏入迷时，一位身体肥胖的半百之人迈着大步急匆匆地走来。浓密的大胡子随着身体的摆动，在胸前来回飘拂。

王铎还没回过神，来人就对着马士英一顿埋怨："好你个马瑶草，王大人大驾光临寒舍，你竟然不提前知会一声，让我这老脸往哪里放？"

王铎凭来人说话的口气和胸前的胡子，就断定他是自己不想见到的阮大铖。马士英抱歉地说："大胡子，我和觉斯兄刚到，还没来得及告知你。再说了，你是大忙人，我也不敢随便打扰啊。"

阮大铖哈哈地笑着，对王铎抱拳拱手："王大人，您可是稀客啊。您能光临，让寒舍蓬荜生辉啊。大铖来迟一步，还请您多多见谅。"

王铎只好缓缓抱拳还礼："深夜拜访，多有打扰，还请海涵。"

阮大铖热情爽朗地说："我请还怕请不动王大人呢，真是求之不得，求之不得啊！"

马士英笑呵呵地接过阮大铖的话："大胡子，这么说你还要感谢我呢。"

阮大铖说："应该，应该，请王大人到我书房稍坐片刻。"

马士英也劝说："觉斯兄，咱们既来之则安之吧。"

王铎出于礼节，只得跟着阮大铖前往书房。这是一个独立的小庭院，里面一明一暗两间平房，室内布置得却很简朴。书案上除了笔墨纸砚之外，并无其他珍奇古玩的摆设。只是墙壁上悬挂的一幅《百子山樵笠屐图》立刻引起了王铎的兴趣，仔细品赏起画意。

阮大铖见王铎如此喜欢，就把话题转向了书与画，整个晚上相谈甚欢。

第二十五章

　　进入寒冬腊月，王铎突然接到圣旨，擢升他为詹事府少詹事。同年挚友和全家老小都为他高兴，王铎却感到喜忧参半。

　　王铎在詹事府五年间，从右谕德到右庶子，现在又晋升为少詹事，这说明皇帝朱由检对他依然很信任。

　　皇帝朱由检让王铎回京，是让他去右春坊专门辅导皇太子。以前由于皇太子年龄尚小，还不到出阁的年龄。现在皇太子已经长大，正是出阁读书的年龄。皇太子是储君，也就是未来的皇帝。老师的一言一行将直接影响皇太子，皇帝在选择老师时条件极为严格。因此皇太子跟着老师，不只是学问一流、诗书画一流，更重要的是人品一流。

　　王铎去留都翰林院辞行后，回到家里，在书房里休息了一会儿，心里突然感到空落落的。来留都近一年，在翰林院基本没做什么事情，患病在家休养了大半年。自己碌碌无为，皇上还依然如此信任，王铎心里热乎乎的，真是皇恩浩荡啊！

　　王铎在留都期间，结交的朋友并不多，只与几个同年和马士英交往较多，再就是冒襄。自从拜在他门下后，冒襄就经常前来探望并将诗文、书法请他指点。王铎特别看重冒襄，他自己也曾说，在留都卧床半年，服药了无佳况，独晤辟疆意畅心欢，足见他们师生之情深厚，如同手足。

　　张镜心回京师任职后，张四知最近神出鬼没，也不知道他在忙什么。在王铎患病期间，马士英给了很多关照，启程之前要专程登门致谢。

　　第二天，王铎正准备出门时，马士英却悠闲地进来。王铎赶紧把他请到客厅，落座后马士英说："觉斯兄，看你准备出门，我来又要打扰你了。"

　　王铎说："你来得正是时候，我是准备出门，但你来了我就不用去了。"

　　马士英开着玩笑说："这是为何？难道你是去找我不成？"

　　王铎肯定地说："是啊，我的确正想去府上拜访。"

　　马士英感到有些意外，王铎解释说："刚接到圣旨，过几天就要回京赴任，我是准备向你辞行的。"

"恭喜觉斯兄！您是大明的栋梁之材，皇上焉能让你长期闲在留都，你刚来时我就看出了端倪。"马士英一副未卜先知的表情，显得比王铎还高兴，然后又急切地问，"觉斯兄，回京师后在哪里高就啊？"

王铎平静地说："在詹事府任少詹事。"

马士英一听更加高兴："少詹事东宫侍班，看似无职无权，实际上却是储君的老师啊。"

王铎先肯定地点点头，然后又真诚地说："瑶草兄，在留都期间，得到了您的多方关照，诚挚地向您表示感谢。"

马士英连忙摆手："觉斯兄，你怎么客气起来了，今后还要仰仗你这棵大树好乘凉呢。"

王铎没有回马士英的话，起身走进书房，手拿信笺递给马士英。马士英接过来一看，立即喜上眉梢，只见上面写着《和马瑶草小菊花用原韵》诗一首：

> 偶然秋风来，阿那菊英吹。
> 幸叨太阳恩，光华何陆离。
> 天地荣万物，高下安所思。
> 卑栖无媚色，老干耻低垂。
> 含情视蔓草，零露空相滋。
> 幽香持寒紧，清介对江篱。
> 阴阳虽变迁，孤芳谅无移。
> 独俟君子采，不受繁霜欺。
> 物小有远体，桃李安能知。
> 勿为磋迟暮，萧瑟见心期。

马士英看着诗的内容，知道这是早已写好的，现在才拿出来，说明他非常用心。

王铎很客气地说："瑶草兄，我也没什么赠送的，用你的小菊花原韵和了一首诗，略表一下愚弟的心意。"

"觉斯兄，这比什么都珍贵。"马士英看完后，品味着诗的内涵，不停地称赞是好诗，把诗珍惜地收好后，又关心地问，"你准备什么时候启程？我好给你送行。"

王铎说："具体启程时间还没有与家父商量。"
　　马士英提议说："现在天寒地冻，家中二老年事已高，京城比留都更加寒冷，去了老人家哪能吃得消。眼看就要过新年了，不如在留都过个新年，等春暖花开时再动身也不迟啊。"
　　王铎听了马士英的话认为有理，与爹娘商量后，就在留都过个新年。
　　留都的新年更是热闹非凡，一番太平盛世的景象。王铎带着爹娘和家人行走在人群中，观看着各式各样的灯笼。
　　丁酉年元宵节刚过，王铎接到张尔葆的亲笔信，打开仔细一看，信中的大意是：近几年，流寇在孟津一带横行，不断骚扰百姓，闹得鸡犬不宁，百姓们怨声载道。为了保护一方百姓，动员当地的豪绅们有钱的捐钱，有人的出力。用了近半年的时间，修建了一座孟津新城。现在新城已经竣工，官绅百姓拜求王铎书写纪念碑。
　　王铎拿着张尔葆的来信，认为这是一件恩泽万民的好事，连夜欣然命笔，撰写了《孟津创城碑》。
　　早春二月的江南，春风拂面，让人很惬意。
　　王铎偕同家人开始返京，在江浦渡口乘船而下，来到舟船云集的瓜洲渡抵达扬州，然后换乘官船经京杭大运河，一路迤逦北上。
　　路上阳光明媚，鸟语花香。平坦的原野上，村落星星点点。船篷虽然有些低矮，大家有说有笑，都显得十分开心。
　　在运河里航行了半个月，来到了徐州重镇的黄河渡口。此时正是夕阳西下时，几缕金灿灿的阳光穿过五彩的晚霞，洒向辽阔的大地。
　　王铎抬眼顺着黄河眺望，只见河水打着旋涡，闪耀着金光，犹如成千上万匹暴烈的野马在奔腾，咆哮着奔向浩瀚的大海。
　　船在浑浊翻滚的黄河里艰难地颠簸前行，巨浪一个接着一个，无情地拍打着船身，猛烈地撞击着赤裸的堤岸，发出的声音像沉闷的雷声一般。
　　在黄河边长大的王铎并没有被汹涌的浪涛所吓倒。王镆陪着哥哥，两人并肩稳站在船头，看着黄河气吞万里的磅礴气势，纵目远眺着辽阔的天空，被这大自然的魅力所震撼。
　　渡过黄河之后，登岸不久就是驿站。王铎看看天色已晚，就提出在驿站歇脚，让爹娘好好歇息一晚。
　　用过晚饭后，王本仁把王铎、王镆叫到身边，说："京城现在还比较寒冷，我和你娘想回老家住一段时间。"
　　王镆没等王铎说话，就首先表态："爹，我陪您和娘回去，让大哥去京城。"

　　王铎看着王镆急赤白脸的模样，感觉他是想老婆孩子了，再看看年迈的爹娘，也需要好好歇息一阵子，同时也想看看马瑞云和峥嵘山房，就随爹娘先回老家。

　　第二天，王铎找到驿丞交涉车子。八面玲珑的驿丞早知道了王铎的大名，也清楚他回京高就的情况，所以对王铎是有求必应，优先安排好车辆后，还一再抱歉地解释："王大人，这几年天灾人祸不断，骡马实在不足。再加上朝廷不断裁撤驿卒，人手也少得可怜。照顾不周之处，还请您多多见谅。"

　　王铎抱拳拱手深表谢意后，就带着爹娘和家人一路西行，向河南孟津而去。

　　赶到双槐里时，正是槐花盛开的季节，久违的槐花香甜味扑鼻而来。

　　全家老小重聚在一起，王本仁看着满堂子孙，心里特别高兴。老太太满脸乐开了花，这场景真是其乐融融啊。

　　王铎看着憔悴的马瑞云，心里一阵难受和愧疚。她既要带着最小的女儿，还要操心建筑峥嵘山房。王铎把小女儿揽在怀里，亲昵地问这问那，眼睛却不时地看着马瑞云。

　　石薇汝来到马瑞云身边，悄声悄语地说着女人的话，显得神秘兮兮。

　　马瑞云见王铎的身体已经完全恢复，悬着的心终于放下了，然后不紧不慢地说起闺女出嫁的情况："闺女出嫁办得很体面，亲家都很满意。"

　　王铎感激地说："让你受苦了。"

　　马瑞云莞尔一笑，并没有说什么，但心里却十分惬意。

　　王铎本想把老人送到家，稍停几天就尽快回京赴任。从南京到双槐里，一路颠簸了近两个多月，爹娘显得十分疲惫。看到爹娘的身子骨大不如以前，王铎就临时改变了主意，决定在家陪老人住一段时间。

　　王铎这样做还有两个原因：一是峥嵘山房既然已经建成，就应该尽快搬进去。现在时局虽然比较平静，但说不定哪一天流寇又回来了，搬进去也是为了家人的安全。二是回京赴任后，就必须又要面对首辅温体仁。王铎看不惯他那阴险狡诈的人品，自己又无力改变现状，说不定还会与他发生正面冲突，也想逃避一阵子。

　　王无党一时没有理解爹娘此时的心情，从中插话说："爹，峥嵘山房马上就要完工了，您回来正好验收。"

　　"看来你爹也是个干活的命。"马瑞云看一眼王铎，笑着说，"既然你回来赶上了，就带着孩子把院子收拾干净吧。"

整理收拾一个新院子，也并非是件容易的事情。一直到秋天才收拾好，全家人陆续搬进崝嵘山房居住，王本仁的身体也基本恢复。

　　崝嵘山房位于邙山北麓，坐落在百花丛林之中，环绕在潺潺小溪之畔，园内建筑恢宏精巧，雕梁画栋，十分清幽。后花园里还有一座小佛堂，供着释迦牟尼和观世音菩萨像，两棵枝叶繁茂的菩提树遮住了天井院，周围环绕着满池的荷花，一座小桥与外面相通，环境极为幽静。

　　安顿好家里的一切，王铎带着王镡、王无咎等人又来到柳寺，再次探望一衲和尚。

　　柳寺虽说多次遭遇流寇的骚扰，但并未遭到战火焚烧，依然显得巍峨肃穆。

　　王铎来到寺院后院，终于找到了多年不见的一衲和尚，急忙走到他面前叩头跪拜："师父在上，请受徒儿一拜。"

　　一衲和尚看着王铎的举动很疑惑："施主……你这是……"

　　王铎见一衲和尚像陌生人似的看着他，立刻明白了他们已经多年不见，师父已经不认得了，就马上自报家门："师父，我是你的徒弟凤儿啊。"

　　当一衲和尚知道了眼前的王铎是当年的凤儿时，立刻瞪大了眼睛，向前探了探身子，仔细看看早已过了不惑之年的徒弟。

　　王铎与一衲和尚师徒情谊深重，今天相见倍感亲切。王铎激动得泪流满面，一衲和尚双手合十，口念阿弥陀佛。

　　直到黄昏之时，在与一衲和尚分别之际，王铎恋恋不舍，特地写两首诗相赠：

　　　　幸见应身在，柳荫笑辅逢。
　　　　仅持龛内钵，复听寺前钟。
　　　　独自观双树，偕吾人万峰。
　　　　所恭非律业，思驾黑潭龙。

　　　　瓶钵仍无恙，招寻王右丞。
　　　　雪船曾几渡，草露忽然凝。
　　　　山外防诸寇，龛中隐一灯。
　　　　生洲如可往，渺渺附鲲鹏。

　　告别了师父，走到村庄附近时，他们突然遇到了一伙土匪，把他们包围其中。

王铎看着眼前装束不一的土匪，再看看他们使用的弓刀粗劣，就断定是一些散兵游勇，乌合之众。先让大家不要恐慌，更不要恋战，分头冲出包围后，然后在牛庄一带会合。

王镡、王无咎从小都喜欢舞棍弄枪，跟着王铎练习了一身的真功夫，只不过还从来没有用过，今天要一展身手。

王铎镇定自若，抽出随身携带的宝剑，大喝一声向匪首冲过去。王铎擒贼先擒王的举动顿时把匪首吓蒙了，一下就慌了手脚。王镡、王无咎随即施展拳脚，迅速就冲破了土匪的包围，趁着夜幕的掩护，然后分头向预定的牛庄集结。

大家赶到光武陵西北的牛庄后，正准备赶到河岸去，忽然隐隐听到有人问："前面的可是觉斯兄？"

王铎听到有人叫他的字，知道肯定是自己人，于是悄悄地走过去，近前一看，是亲家翁李际期。李际期，字应五，与王铎是同村，两家世代友善。李际期有个秉德贞静的女儿，刚与王铎的次子订下婚约。

李际期领着王铎来到河岸边，见那里停放着一只船，等王镡、王无咎等人到齐后，立即划船走脱。

船安全离开了河岸，王铎看看土匪没有追过来，悬着的心才落了地。

与李际期的巧遇，王铎既感激又奇怪，问："应五贤弟，你咋知道我们会遇到土匪，还在此专门等候？"

李际期边划船边说："我到府上看望你，嫂子说你去柳寺了。我看天色已晚，你们还没有回来，最近这一带常闹土匪，我怕你们遇到麻烦，就提前在必经之地等候，以防不测嘛。"

王铎笑着称赞："亲家翁，你真是先知先觉啊，有诸葛亮能掐会算的本事，今后定会是个军事将才。"

李际期憨厚地笑笑，说："多谢亲家翁吉言。"

下船上岸后，王铎和李际期边走边聊，他最关心的是李际期科考的准备情况，并提醒他说："应五啊，过两年又是大比之年了，你应该好好准备啊。"

李际期真诚地说："还请觉斯兄多教诲，给我指点迷津。"

王铎说："科考没啥捷径可走，只能勤学苦读，最关键的是要靠自己。"

李际期说："请觉斯兄放心，吃苦我不怕，绝对不会让你失望。"

王铎抱歉地说："前段时间家里杂事繁多，咱们也没顾上说长话。我还要在家再住一段，哪天咱们坐下来好好聊一聊。"

李际期激动地说:"中,我听你的。"

此时,月亮悄悄钻出云层,高高悬挂在天空,他们边说边向村庄走去。

不久,突然传来了清军又制造事端的消息,王铎马上提出尽快回京。

为了照顾王铎,马瑞云还让石薇汝、王镆随同前往。

初冬抵达京城后,王铎本想第二天就到詹事府上任,由于路途劳顿,旧病复发,昼夜腹泻数十次,以致滞下鲜血淋漓。

王铎回京后就病倒了,只能躺在病榻上静养,使他感到很苦闷无聊。

在一个黄沙漫天的中午,王铎正躺在病榻上看书时,黄道周来到他的病榻前看望。王铎见到黄道周后心情很激动。近几年"三狂人"是聚少散多,王铎和黄道周已经有五个年头没有见面了。

王铎让石薇汝把他扶起来,在身后垫个枕头靠在床头,让管家赵国才给黄道周沏上上等的好茶。

黄道周看到王铎身体很虚弱,既心疼又担心:"觉斯啊,以前你身体强壮如牛,现在怎么落得如此模样?"

王铎见到黄道周以后,病情似乎好了大半,满不在乎地说:"幼玄兄,年龄不饶人啊,有点小病也属正常。请兄长不必担心,再调养几日就好了。"

黄道周很认真地说:"我听说你在留都时,身体就一直不太好,还是要注意调养,身体是本钱嘛。"

"让兄长挂念了,我这身子骨真不争气。"王铎感激地说完,就把话题转到黄道周的儿子身上,非常关心地询问,"咱这一别就是五年啊,我走的时候侄子才三个多月,现在都快成小伙子了吧?"

提起黄道周的儿子,使他的心情陡然兴奋起来,用手比画着说:"是啊,现在已经六岁多了,跟我学一些古文诗赋,也开始舞文弄墨了。"

王铎称赞道:"真是老子英雄儿好汉啊!"

黄道周老来得子是大喜事,但也为儿子今后担心:"觉斯过誉了,今后的路到底如何走,要全靠他自己了。"

王铎说:"俗话说,长江后浪推前浪,一代更比一代强,他肯定比我们更有出息。"

黄道周严肃地说:"等他长大了,就拜在你的门下,还请你在诗文、书法方面严加指教。"

王铎却笑着说:"守着你让他拜在我门下,这不是舍近求远吗?"

黄道周也笑着说:"书法的名气就不说了,你现在的诗文响遍大江南北,是继'七子'、公安、竟陵后,新崛起的中州诗派帮主啊,不找你找谁?"

黄道周说完，两个人都开怀地大笑起来。王铎仍然谦虚地说："幼玄兄过奖了。"

黄道周突然想起了王铎女儿的婚事，就关心地询问："听说你和介孺两家已经结为秦晋之好，等你身体康复后，讨杯喜酒为孩子们庆贺一番。"

王铎马上点头应承下来，然后关心地问起黄道周的一些情况："听玉汝说，你回家探亲的路上不是很顺利？"

"好在有惊无险。"黄道周却不以为然，说，"后来还拜谒了至圣先师，完成了我多年的一个愿望。"

黄道周说完，端起茶杯喝了一口，打开话匣子，又聊起游览黄山、庐山和九华山的情况。

王铎听了后感慨万千："温体仁把持朝政，咱们报国无门，只能放怀山水，啸傲丹青。"

"知我者，觉斯也。"黄道周感觉还是王铎理解自己，然后又说起了在家乡办学的初衷和来京的情况，"我回到故乡后，先把祖坟修葺一番，本想静心读书，父老乡亲知道后，多次登临，请求为家乡士子讲教经史，数次推托不过，只好在紫阳学堂开讲。去年秋天，皇上召我来京师时，本想推迟几个月再来，后来听说建虏又来进犯，我在父母坟墓前哭拜后，就立即启程北上。在动身前，还写了一首《闻警出山》诗，以此作为纪念。"

王铎一直静听黄道周娓娓道来，当说到有诗时，就迫不及待问："请幼玄兄吟来听听。"

黄道周稍微一思索，轻轻吟诵起来：

> 沧流看欲倒，一苇岂能豪。
> 聊自见真性，何尝计羽毛。
> 绝裾情已尽，高枕势难抛。
> 旷野青天下，沾濡安可逃。

王铎从诗里看得出，黄道周作为一介词臣，尽忠不过文死谏，早已将身家性命视为羽毛。对于这一点，他们的想法和坚持的原则都是一样的。

黄道周见王铎陷入深思，感觉自己的话太多了："我只管自己滔滔不绝，听说你这几年也不平静。"

王铎心里是五味杂陈，心情很沉重："你走之后，我和玉汝就没了主心骨。温体仁奸权当道，皇上一再'遭温'。民谣里都说'内阁翻成妓馆，乌龟王八篾片，总是遭瘟'。玉汝虽然提了很多救国富国的办法，也得到皇上的赞赏，但温体仁却压着不办。我也曾多次上疏为民减负，但都石沉大海。我看不惯他欺君弄权、陷害忠良的丑恶行径，自己又无力改变，才自请去了留都。"

说起朝中的事情，两个人的心情都很沉重。为了缓和气氛，王铎接着说："当时一直在想，去留都后眼不见心不烦，至少可以读读书、写写字、做做学问，早日实现你为我设定的五十自化的目标啊。"

黄道周听到这里笑了："我也就是随口一说，你还当真了。"

"兄长的话向来都是一诺千金，我必须努力实现！"王铎说得很认真，黄道周听了很感动，王铎继续说，"幼玄兄，听说你上疏自劾'三罪四耻七不如'？品行不如刘宗周，至性不如倪元璐，远见深虑不如魏呈润，犯颜敢谏不如詹尔逊，老成足备顾问不如陈继儒，朴心淳行不如李如灿、傅朝右，文章气节不如钱谦益、郑鄤。"

黄道周说："其实还应再加上一条，赋诗、书法不如王觉斯。"

"我可不敢当。"王铎连忙摆手，然后为黄道周担心，"听说郑谦止已经被朝廷下狱，说是当朝罪人，你这样说是在挑战皇帝的尊严啊。"

黄道周说："谦止是被诬告入狱的，皇上也是心知肚明。在国家危难之时，皇帝对谏臣也是尽可能耐着性子，所以就没有招来祸事。"

王铎说："我在留都时，也曾听说谦止年幼时曾经杖母，很多人对他也是颇有微词，不知是真是假？"

黄道周说："我也曾经听人传说过，他的舅父吴宗达大学士曾对温体仁说这厮不是好货，当年曾怂恿其父杖责亲母。"

王铎说："这话出自他舅父之口，看来一定是真的了？"

黄道周说："为澄清此事，我回福建时曾顺路到他家拜访过。谦止亲娘早死，继母吴氏经常残酷虐待家中婢女，有的甚至被虐待致死。他父亲心中不忍，谦止又天生好打抱不平，两人就共同定计，请来巫婆到家中升坛作法，装神弄鬼，对吴氏不守妇道大大谴责了一番。吴氏被吓得要死，甘愿受杖责以赎罪过。后来事情败露，吴氏让娘家人与他父亲大闹了一场。事情的主使是他父亲，年少的谦止只是听从父亲之命。"

王铎依然不能理解郑鄤的行为，带着埋怨的口气说："且不论是出于啥原因，杖母总是令人发指的忤逆不道。"

黄道周说："常言说，清官难断家务事，此事我曾问过他，他却始终没有承认。"

王铎说:"既然是这样,皇上对他也太无情了。"

黄道周说:"谦止在锦衣卫监狱其实并没有受到皮肉之苦。据说锦衣卫指挥使很佩服他的学问,对他也颇为照顾,甚至还让自己的两个儿子到狱里听他讲授经典。"

黄道周说完郑鄤,又聊起了倪元璐:"谦止冤枉入狱后,温体仁又授意诚意伯刘孔昭,弹劾玉汝以妾为妻冒领封典,并对他进行人格攻击后将他排挤出去。"

王铎气愤得攥紧拳头,在大腿上砸了一下,愤怒地大骂一句:"真是无耻之徒!"

黄道周说:"玉汝的情况大家早就知道,因原配陈氏与母亲不和,孝顺的玉汝早已将她休掉。"

"玉汝的做法也是出于无奈,与南宋诗人陆游的情况颇为相仿。"王铎对倪元璐与原配的婚姻感到遗憾,但认为他为继妻求封赏合乎朝廷规矩,"玉汝的继妻明媒正娶,因他官爵而得到朝廷封典实属正常啊。"

黄道周说:"是啊,他的从兄倪元洪和在朝为官的诸多同乡都证明继配王氏并非妾。但是,刘孔昭是开国元勋刘伯温的后代,经他闹腾一番后,倪元璐虽然保留了封典,皇上却把他开缺回籍了。"

不管是倪元璐回籍,还是郑鄤入狱,都是温体仁的倒行逆施,王铎和黄道周对他恨之入骨。

月亮已经爬上了柳梢头,万家灯火通明。

王铎和黄道周依然没有尽兴,黄道周看看天色已晚,就提出改日再来,王铎哪里肯依,吩咐家人端上几个小菜和一壶杜康老酒,小酌起来。

黄道周端起酒杯一饮而尽后,为王铎的身体担心:"你身体有病,今天适可而止。"

王铎嘴里答应着,但手里的酒杯已经空空如也。王铎之所以如此高兴,是因为黄道周最后告诉了他一个好消息:温体仁已于六月被皇上削官回乡。

王铎来京时心里还在纠结,皇上"遭温"太深,不知应该如何直面温体仁。现在皇上终于看清了他的真面目,真是大快人心之事。

王铎放下酒杯,痛快地高声大喊:"善有善报,恶有恶报,不是不报,时候不到,时候一到,马上报销!"

黄道周也兴奋地说:"这真是大快人心,可喜可贺!"

王铎问:"那皇上咋舍得放他走?"

黄道周说："温体仁多行不义必自毙，他被罢官说起来与钱牧斋有关呢。"
王铎说："咋又扯上了钱牧斋呢？"
黄道周端起酒杯与王铎碰杯后一饮而尽，然后就说起了事情的来龙去脉：
崇祯九年年底，江南常熟有个叫张汉儒的讼棍，上书诬告钱谦益和他的学生瞿式耜五十八条罪状，说他们"诽谤朝廷，危及社稷；宗族亲戚均为奸诈之人，违禁出海贩运；凭自己的喜怒把持人才进退之权，收受贿赂掌握江南生死之柄"等等。

温体仁见到这份奏疏后，简直是如获至宝。他要借这个案件，置钱谦益于死地而后快，也正好打击一下东林党的气焰。因而，温体仁立即拟旨，要刑部将钱谦益和瞿式耜师徒二人逮捕入狱。

钱谦益在老家闲住了七年，突然祸从天降，和瞿式耜一起被无端逮捕入狱。巡抚张国维、巡按路振飞接连上疏，为他们鸣冤叫屈。钱谦益和瞿式耜在狱中接连上疏，为自己申辩的同时，指责温体仁在幕后操纵诬陷。

钱谦益心里很清楚，只靠自己上疏申辩，要想翻案几乎是不可能的，于是他就托人找到司礼太监曹化淳。钱谦益曾为前司礼太监王安写过碑文，曹化淳出于王安门下，两人以前也有一些交情。曹化淳闻知此事后，很为钱谦益抱不平，决心尽力营救。温体仁知晓此事后，又指使陈履谦捏造"款曹击温"的匿名揭帖，诬陷钱谦益出四万两银款与曹化淳。温体仁弄巧成拙，一下子激怒了曹化淳，立即主动请求皇上追究此案。

曹化淳以奉旨清查的名义大加搜访，终于查清了陈履谦的罪行，把他逮入东厂监狱。曹化淳与东厂太监、锦衣卫掌印指挥一起突击审讯。陈履谦招出张汉儒如何起草诬告钱谦益的状子和捏造"款曹击温"的情节。曹化淳把真实情况向皇帝朱由检如实汇报后，使他猛然彻底惊醒："体仁有党！"

钱谦益入狱后，温体仁以为胜券在握，又故技重施。一如往常欲兴大狱时，他必称病休假，并聚集党羽策划于密室。到大局已定时，再谎称病愈而出，给人造成他是局外人的错觉。这一次，他又住进湖州会馆，一面静候佳音，一面给皇帝朱由检上疏，假意引疾乞休，自以为皇上必定会温旨慰留。

皇帝朱由检已经知道了事情的来龙去脉，就毫不犹豫地提起朱笔，在温体仁的乞休奏疏上写了"放他去"三个字。圣旨传到温体仁那里时，他正在吃饭，看到御旨后大惊失色，惊慌得手中筷子都掉在了地上。案子前后折腾了近半年，京城百姓听到这个消息后，欢声雷动，真是妇孺同庆啊。

王铎听完黄道周的讲述，再次端起酒杯："为皇上不再'遭温'干杯！"
王铎和黄道周同干一杯后，黄道周又说："温体仁被皇上革职，其实与山西一百多名诸生联名为袁继咸喊冤昭雪也有很大关系。"

王铎脱口问："带头的可是一个叫傅山的？"

黄道周惊异："是的，你知道此事？"

王铎说："在留都时，从邸报上看到了这件事。"

黄道周说："傅山世出官宦书香之家，家学渊源。其父傅子谟终生不仕，精于治学。傅山少时受到严格的家庭教育，博闻强记，读书数遍即能背诵。十五岁补博士弟子员，二十岁试高等廪饩。后就读于三立书院，以学业精湛、重气节得意于袁继咸的教诲，成了袁氏颇为青睐的弟子之一。他组织山西诸生为袁继咸冤案昭雪赴京请愿的活动震动整个朝野。"

王铎不解地询问："这件事咋也牵扯到了温体仁？"

黄道周说："袁继咸曾尖锐地抨击过温体仁明目张胆地支持太监，使他怀恨在心，并一直在找机会对他进行报复。"

崇祯七年，大太监张彝宪被委派总理户、工二部钱粮，他强迫藩台、臬司行属礼，让知府、县令都要跪拜。首辅温体仁不予制止，引起了朝野上下的强烈反响。袁继咸得知此事后非常气愤，严词痛斥。从此，温体仁对袁继咸恨之入骨。崇祯八年，袁继咸出任山西按察史，提学佥事，出使山西诸郡，在巡抚吴甡的支持下，恢复了被阉党废止的三立书院，选拔了三百多名才士，并重视培育。傅山在考试时名列第一，袁继咸对他十分器重，在三立书院中以傅山为祭酒。傅山发奋读书，结识了一大批志同道合的有为青年。崇祯九年四月，巡按御史张孙振到太原，秉承温体仁之意诬陷袁继咸。他是温体仁之友、吏部侍郎张捷的侄子，又曾担任过温体仁家乡归安的知县，正是由于这两层关系，攀附上了温体仁。张孙振于崇祯六年被温体仁提拔为御史，成了他的得力干将。八月份，张孙振利用巡按御史的监察之权，捏造了袁继咸十几条罪状，进行诬陷弹劾。

袁继咸被拘三立书院期间，傅山一直守护在他身旁，亲自执笔书写袁继咸的口述，准备辩牍。然后，与汾州府诸生薛宗周倡议"伏阙讼冤"，向太、汾、平、潞四府发出书信，邀请全晋诸生陆续赴京。

十月份，袁继咸被押解进京时，傅山和薛宗周等人一起跟随。进京以后，傅山就起草了奏疏，与薛宗周等人一起联络赶来的诸生和在京的拔贡一百零三人签名。傅山不畏惧张孙振的恐吓，把揭帖投送到通政司，岂料奏疏五上通政司，均被阻挠不予受理。

在这种情况下，傅山只好组织诸生用拦轿等方式进行请愿，并通过参加会试的举人联名上疏取得后援。他们利用"揭帖公行"的合法形式，把揭帖投在京师大小衙门、厂卫中官、缉防人员手中，形成了一次声势浩大、震动朝野的讼冤活动，最后终于把揭帖送到皇帝朱由检手中。此时，举人的联名奏疏也投送进去，朝野上下千余人联名为袁继咸申冤，列举了张孙振请托及贪污受贿的罪状。

崇祯十年二月，张孙振被押解进京，关押在刑部大牢。刑部受温体仁的干扰，一直拖延不问，傅山又发动了一次对温体仁拦轿请愿的示威活动。那天天快亮时，傅山与一百多名诸生一起组成一堵人墙，拦住温体仁上朝必经的长安门。温体仁见无法通过，只得下轿。

傅山走上前，不卑不亢、义正词严地说："候大宗师两三月不得见，专在此候投揭帖。"

温体仁色厉内荏地说："朝廷自有处分，诸生采取这种方式，意欲何为？"

傅山毫无惧色，陈述了向通政司投揭帖的艰难，并特别强调了此案牵连一百多人，在刑部大狱里有的已经病死，有的骨瘦如柴，恳请让刑部尽快审理此事，使无辜者得以生还。

温体仁无言以对，准备上朝的文渊阁大学士黄士俊见状，当场答应马上让刑部审理，并让手下人接过揭帖。

四月初，刑部在城隍庙审理此案时，傅山出堂做证，经过两次审理，终于真相大白。袁继咸冤狱昭雪，以原官起复湖广武昌道。张孙振犯诬告罪而被流放。

傅山组织领导的这场斗争，使皇帝朱由检明白了温体仁也有党，从而动摇了温体仁内阁首辅的地位。

王铎听了黄道周的讲述，激动得不能自制，一个劲地大喊："痛快！痛快！傅山真是个义士，只可惜我和他无缘相见。"

黄道周说："你俩虽然没有谋面，但彼此却都很欣赏。"

王铎有些惊讶："相互欣赏从何说起呢？"

黄道周说："你对他的人品、智慧大加赞赏，他也十分仰慕你，特别是对你的书法钦佩有加。"

王铎疑惑地问："他见过我的拙作？"

黄道周解释说："据他老师袁继咸讲，傅山在教导自己的子侄时再三强调，你四十岁以后的书法与古人合拍，并称赞你今后必成一代大家。"

王铎笑了笑，说："一代大家不敢当，说我四十岁以后与古人合拍，倒是十分中肯。"

黄道周接着分析说："从傅山的话语中，可以看出他对你一直在关注，至少有十几年的时间，而且他学习并继承了你的风格。"

王铎感叹道："他才而立之年就有如此眼界，其观点与你又如此一致，看来你们是英雄所见略同啊。"

黄道周说："傅山对书法审美的见解，与你的观点的确有很多相同之处。你强调'奇奇怪怪'，他提出'宁拙毋巧，宁丑毋媚，宁支离毋轻滑，宁真率毋安排'。"

"造诣之深难能可贵！"王铎发出一句感慨，然后又遗憾地说，"只是没有机缘与这位才俊相见，真乃是一大憾事。"

黄道周对傅山也是大加称赞："咱们摸索了几十年才有此感悟，他能在这个年龄就有如此之高的水准，的确是前途不可限量啊。"

王铎对傅山学自己的风格产生了好奇："咱们说他半天了，他是咋知道我的呢？"

黄道周两手一扬，对王铎大加赞扬起来："你在两京大名鼎鼎，已经与董玄宰先生齐名了。"

王铎摊开双手，摇摆着说："我可不敢当。"

黄道周分析说："董玄宰和你虽然都以'二王'为宗，但却出现了两种截然不同的风格。董老融和了晋、唐、宋、元各家的书风而自成一体，其书法飘逸空灵，平淡天真；你得力于钟繇、张芝、二王、颜真卿、米芾诸家，书法笔力雄健，痛快淋漓。你们俩虽然风格各异，却分别在各自的追求中都登上了艺术的高峰，被大家赞誉为'南董北王'。"

王铎听着赞美之词，虽然仍然谦虚地摆着手，但心里却是美滋滋的。

黄道周见王铎还是不相信，就接着继续解释："山西有个韩云，是个富商家的子弟，非常喜欢碑帖收藏，眼界也很高。他的弟弟韩霖曾多次赴京师参加会试，却屡试不第，但在京师结识了许多朋友，也收购了很多书画和古书籍。你的作品就在他的收藏之列，傅山就是通过韩霖的收藏认识了你。当然，傅山在京城为他老师鸣冤时，在亲友家中也多次看到了你的大作。特别是你那气势宏伟的大幅立轴，让他非常折服，赞叹不已啊。"

王铎高兴地说："这位韩霖也真是不简单。"

黄道周说："韩霖的确很有前瞻性，我和玉汝在江南游玩时，曾与他偶遇并相识。"

王铎突然有想见傅山的冲动，问："不知傅山是否还在京城？"

"今年初夏，他就已经回山西老家了。"黄道周很遗憾地回答后，解释了其中的原因，并对傅山的人品赞许道，"袁继咸到武昌上任后，曾写信邀请他到黄鹤胜地游览。他却以'违老母久,不能去也'为由婉言谢绝了。"

王铎对傅山更加敬佩起来,自言自语地说:"傅山不但是真义士,更是一个大孝子!"

第二十六章

　　春节期间，王铎身体刚恢复，正准备去给侯恂拜年时，张缙彦告诉他，侯恂已被皇上撤职并投入了大狱。

　　王铎听说后很吃惊，心里很难过，就通过司礼秉笔太监王承恩的关系，到狱中去看望侯恂，见面后自然是唏嘘不已。经过交谈，从中了解到侯恂被撤职入狱，也是因为遭到温体仁的嫉妒，并唆使不明真相的宋之普上疏弹劾他麋饷误国。

　　王铎把宋之普狠狠地埋怨一番，准备找个机会要当面问个明白。后来一打听才知道，宋之普的父亲在京卒于任上，他已经扶柩归乡了。

　　王铎心情很烦躁、很郁闷，就一直猫在家里不出门。

　　崇祯十一年正月十四日，王铎在书房读书疲倦时，才起身伸伸懒腰。正在这时，赵国才小跑进来，气喘吁吁说是宫中来人了。

　　王铎急忙出门迎接，只见大太监王承恩满脸春风地来到院子里。他经常对人说自己与王铎是本家，又特别喜欢王铎的书法。王铎对他也从不吝惜，慢慢地两人私交甚好。

　　王承恩是皇上身边的人，一般不随便走动，今天突然亲自登门，只能说明有大事。

　　王铎赶紧让王承恩进屋，王承恩却摆摆手，不慌不忙地说："觉斯兄，咱先把办事了，再讨杯茶不迟。"

　　王铎停下脚步，王承恩把手中的圣旨缓缓展开，亮开他那特有的声音宣读圣旨："王铎听旨！"

　　王铎急忙招呼全家跪伏在地，听王承恩宣读圣旨："奉天承运，皇帝诏曰：擢升詹事府少詹事王铎为詹事府詹事，总理詹事府之职。钦此。"

　　突如其来的喜讯让王铎有点不知所措，看着祥云瑞鹤、富丽堂皇的圣旨，差点没溢出眼泪来。王承恩把圣旨放到王铎手上时，王铎激动地接过来千恩万谢。

　　王铎起身后请王承恩到客厅叙话，他却说还有事要办，改天再专程来拜访，王铎只好送他到大门外。

王铎这两年虽然小病不断，但却是官运亨通。去年二月晋升少詹事，还不到一年又擢升为詹事，成了朝廷堂堂的正三品大员。正在全家人兴奋不已，亲朋好友为他祝贺时，皇帝又任命他为太子东宫讲习侍班。

王承恩告诉王铎，太子今年整整十岁，按照祖制到了出阁的年龄。皇上经过慎重考虑，恩准让皇太子出阁读书。

王铎此时才真正明白皇上让他去留都翰林院的良苦用心。一年前皇上命自己为詹事府少詹事，是在为辅导教育太子做准备。

皇太子朱慈烺，是周皇后在崇祯二年二月初四为皇帝生下的皇子。在大明朝历史上，由正宫皇后生下太子这还是第一次。当年太子出生时，皇帝朱由检极为兴奋，特别诏告天下："二月初四日第一子生，系皇后周氏出。中闱开豫胤之先，万国慊元良之祝。"为太子取名朱慈烺，并在第二年就册立为皇太子。

历代满朝文武大臣都把册封皇太子看作事关江山国本、朝廷社稷的大事。

册封太子时，王铎奉皇上之命撰写贺表，被特许进入后宫参加册封大典，目睹了整个过程。

王铎还清楚地记得，那天整个坤宁宫到处都洋溢着一派欢庆的气氛。刚满周岁的太子朱慈烺在宫女的搀扶下蹒跚学步。

后宫之主周皇后，平时极为严谨稳重，那天她却无法抑制内心的喜悦，身着礼服走过来抱起太子，满面春风地转向朱由检，让他叫父皇。

朱由检平时不苟言笑，那天也是少有的高兴，喜笑颜开地逗着朱慈烺："朕今天册封你为皇太子，赶快叫父皇啊。"

此时，朱慈烺看着喜笑颜开的人们，嘴里咿咿呀呀地不知说些什么，朱由检却是龙颜大悦："皇后，你听他在叫父皇呢！"

朱由检和周皇后抱着太子，田贵妃、袁贵妃以及宫女、太监都开怀大笑。朱慈烺伸着一双胖嘟嘟的小手让皇上抱，朱由检刚接过来，朱慈烺竟然尿了他一身。皇上不但没生气，而且还兴奋地大声说："太子这是要朕大展宏图啊！"

朱由检说完后，整个坤宁宫一片欢笑。

转眼之间九年就过去了，真是日月如梭啊。

皇太子朱慈烺出阁那天，皇帝朱由检亲自参加出阁仪式，脸上洋溢着自豪的笑容。皇太子朱慈烺已经是一个朝气蓬勃的少年了，长相酷似皇上，鼻直口方，目光炯炯有神，一看就是栋梁之材。只是不苟言笑，这一点也非常随皇上的性格。

为了使太子得到良好的教育，朱由检组成了阵容强大的教授班子，诏封王铎、黄道周、姚明恭、顾锡畴及翰林诸臣为侍读，都是纯儒名士。

自从皇太子出阁以后，王铎、黄道周等同僚们教导太子细读《尚书》《春秋》《资治通鉴》《大学衍义》《贞观政要》等。除此之外，朱由检经常带着太子参加各种国务活动，有时还让太子陪他一起阅读本章，教太子阅读和批改奏章，以便使太子早日了解朝政中的精微奥秘。

王铎很理解皇上的良苦用心，对太子也寄予了无限希望，竭尽全力想要培养出一个德才兼备的英明之主。

五月二十七日己丑，王铎又被任命为礼部右侍郎兼翰林院侍读学士、经筵讲官和教习馆员。从此以后，王铎进入了六部的权力机构。命运向他投以灿烂的微笑，使他那本已枯萎的政治生命一下子变得激荡昂扬起来，实现远大抱负、展示才华的曙光在他面前缓缓呈现。

十几年来，王铎维护纲常，坚持正义，经受了与阉党及残余势力做斗争而备受打击和压制，经历了郁闷失意后多年的奔波劳顿。虽然在宦海沉浮了多年，但初心依然不改，肺腑深处依然藏着期望。现在出现了可以致君"贞观之治"的机遇，纵使虎山狼谷也要闯一闯！

王铎深感责任重大，暗暗立下誓言，决不辜负皇上对自己的厚爱和期望。他特地写了一首《自我》进行自勉：

> 自珍周旋久，迂疏竟不忘。
> 半生何尝梦，积墨渐成庄。
> 带革宽须鬓，绳滕闭肺肠。
> 贞观苟可冀，虎狱也回翔。

在蒙蒙细雨的初夜，湛源道丈邀王铎到家中小聚饮。

王铎正值官运亨通之际，心情自然很惬意。在前去的路上，听到庙堂的鼓声不时响起，荷塘里欢快的鱼儿跃出水面，各种花卉都披带着晶莹水珠而闪闪发亮；闲静幽深的小院里生长着山樱树，竹篱之下是各种草药。这些都使王铎不由自主地引发出诸多感慨。

在相聚的朋友中，有黄道周、张镜心、张四知等同年挚友。王铎非常珍惜与这些正人君子的友谊。

王铎还没有落座，大家就让他吟诗、写字。在挚友面前，他也从来不客气，稍微一思索，想到刚看到的美景，随口就吟出一首五言诗：

> 潭鱼惊庙鼓，群卉蹴空明。
> 若非幽深意，定忘履襟情。
> 山樱随处发，药草触篱生。
> 愿及骚坛聚，共成白头翁。

大家极为赞赏，共同举杯祝贺。王铎也兴致极高，顾不上繁文缛节，铺平泥金纸扇，拿起毛笔，笔走龙蛇地书写起来。

黄道周站在王铎身边，仔细看他书写。只见他在用笔上没有了以前的棱角和欹侧，也没有多少恣肆狂放，线条饱满，行笔稳健，突出表现了他的豪迈和自信。字体安排得错落穿插，疏密有致。字字外廓端方，笔画粗重，行笔中的提按、转折饱含弹力，那斩钉截铁、清脆响亮、毫无拖泥带水的节奏，交织为阳光充沛、力敌万钧的雄强阵势，这幅小小扇面的艺术感染力似乎比许多大幅更加气势磅礴。

在题写款识时，王铎郑重写下：戊寅夏五雨中无事，湛源道丈邀饮，书箑奉政。

王铎写完后，似乎还沉浸在自己的艺术世界里，是大家的掌声才使他回到了现实。

崇祯十一年五月初三，皇帝朱由检在中极殿召见大臣，以"剿兵难撤、敌国生心"为主题策试大臣，让大家对"安内攘外"出谋划策，提出两全其美之策。

朱由检之所以提出这个问题，是因为杨嗣昌正在做两件事：一是积极实施自己的"十面网"计划，集中兵力平定内乱；二是争取两到三年的时间全力对付内乱。

杨嗣昌，字文弱，湖广武陵人。他父亲是兵部右侍郎、三边总督杨鹤。在家风熏陶下，他自幼潜心读书，埋头科举，万历三十八年进士及第。步入仕途后，曾历任杭州府学教授、南京国子监博士、户部福建司主事、户部江西司员外郎等官职。泰昌元年八月擢户部郎中，天启二年五月迁南京户部新饷司郎中，为躲避政斗旋涡，称病挂冠，隐居家乡。天启五年，其父杨鹤被魏忠贤罢官返乡后，他们父子一起隐居，过着优游林下的生活。

朱由检登基后，杨鹤、杨嗣昌父子先后被起用。崇祯四年九月迁整饬山海关内监军兵备道。此时，杨鹤因总督陕西三边军务，招抚流寇失败，被下狱论死。杨嗣昌闻讯后三次上疏请求辞职代父罪，朱由检将杨鹤死罪改为戍江西袁州，却没让杨嗣昌辞职，还多次温言抚慰，激励他尽职任事。翌年五月,杨嗣昌被任命为都察院右佥都御史巡抚山(海关)、永(平府)等处提督军务,整饬防务,修筑山海关两翼城。

崇祯七年九月,杨嗣昌被提拔为兵部右侍郎兼宣大山西三镇总督,六次上疏陈述边事,他给皇帝的印象是异才可用。杨鹤死于袁州后,杨嗣昌回家丁忧,一年后继母又丧。此时,后金入塞,兵部尚书张凤翼畏罪自杀。崇祯九年十月,皇帝下旨夺情杨嗣昌,命其接任兵部尚书。杨嗣昌三疏请辞,皇上不许,他于崇祯十年三月抵京赴任。

杨嗣昌出任兵部尚书后,针对大明王朝面临的内忧外患形势,对未来提出了战略规划:一是攘外必先安内;二是足食然后足兵;三是保民方能荡寇。由于他熟悉典章故事,又工于笔札,富有辩才,皇帝每次召见,他都能思如泉涌,侃侃而谈。因此,皇帝朱由检对他几乎言听计从,甚至惊叹:"用卿恨晚!"

在镇压农民军时,杨嗣昌制订了"四正六隅十面网"的围剿计划,由熊文灿为总理五省军务,剿抚兼施,一年内颇见成效。

为集中兵力围剿农民军,缓解朝廷的外部压力,杨嗣昌开始筹划对清议和事宜。在议和的重大问题上,皇帝朱由检却偏偏优柔寡断,还遮遮掩掩,这完全出乎杨嗣昌的意料。清廷皇太极进行明确威胁,如果再似谈非谈,就在夏秋有所举动。

杨嗣昌认为已是皇上明确态度的时候了,否则反对派舆论沸沸扬扬,和谈之事无法再进行下去。他写了一篇洋洋洒洒的策论,以天象引入话题,引经据典,侃侃而谈,不但列举了汉唐两朝以议和平息外患,使国内太平的正面实例,还以北宋征契丹连战连败的反面事实从正反详加论证,策略地表达了安内方可攘外的意见和攘外必先安内的战略。

杨嗣昌的主张,举朝哗然,立即遭到朝廷内外一片反对声。对此,他并不做解释,也丝毫不为之洗刷,而是信心十足地推进和确保暂时对清议和的方针。

皇帝朱由检虽然没有明确表示支持,但在殿试一个月后,将杨嗣昌擢升为礼部尚书兼东阁大学士,入参机务,仍掌兵部事。各位臣子都心知肚明,就不再提他与清廷议和,只拿他夺情说事。

王铎闻听边陲议和之事后,深感事关国家荣辱,作为朝廷大臣,有责任陈明利害,遂上疏《抚议关系最重事》。累累数千言,力言边事不可抚,否则后害甚大,并向皇帝进言宽减民租、增强民力以强国的陈条建议。

已经被升任为少詹事的黄道周也接连上了三道奏疏攻击杨嗣昌。其中一疏抨击议和,另两疏抨击杨嗣昌夺情入阁。

此时，皇太极屯兵大青山，并派人催促和谈。以黄道周为首的言官们一再反对议和，朱由检对此十分反感。

七月初五，在平台召开御前会议，商讨对付清廷事宜。内阁和五府六部大臣以及相关的部门官员出席，还特地召黄道周参加。朱由检想趁黄道周参加高级别会议的机会，让德高望重的大宗师在众大臣面前出丑。

黄道周进门见到朱由检，先施礼后启奏："臣注籍未见朝，蒙宣召，不敢不进。"

朱由检淡然地说："知道了。"

黄道周起身后站在一边。朱由检先分别听吏部、户部、兵部和刑部等各部尚书的汇报，然后让黄道周与杨嗣昌在御前进行辩论。

黄道周出列跪下，朱由检说："黄爱卿，朕幼年失学，成长后又缺少见闻，只是不时在经筵中略微懂了一点道理。凡圣贤千言万语，不过天理、人欲两端而已。无不为自己的私利而为之，谓之天理；有所为而为之，谓之人欲。你三疏不先不后，却在不典用之时进言，难道是无所为吗？"

朱由检的话里其实另有深意。因为在此前的廷推阁臣名单中，本来有黄道周的名字，朱由检认为黄道周虽然学问很好，但性情偏执，不是胜任救时之相，最后没有典用。现在他要先发制人，批评黄道周连上三疏动机不纯，是因未被典用心生怨恨。

黄道周连上的三疏，其中弹劾方一藻、陈新甲的两疏，在五月份就誊好进呈了。但是家仆听说老爷有可能要入阁为相，生怕上疏得罪了皇帝，就借口说会极门的守门太监要索取八两银子才肯接受奏本为由，拖着没有送进宫里去。直到阁臣大局已定，才把两份本章连同新写的弹劾杨嗣昌奏疏一起送入。

黄道周无法在皇上面前陈奏事情的来龙去脉，王铎就想出班替他解释清楚。黄道周却示意不让，硬着头皮说："为利者，专事功名爵禄，事事为一己之私，这就是人欲；为义者，以天下国家为心，事事为天下国家，就是天理。臣三疏皆为天下国家、纲常名教，不曾为一己之功名爵禄，所以臣自信本心是无所为而为。"

朱由检却不依不饶，不停地追问："为什么陈新甲五月授职，劾疏直到简用阁臣以后才上？"

"先时因涉嫌疑而不可言，至简用之后则不得不言。今日不言，无再言之日。况且高官厚爵，谁不乐得之？臣缄默已数时，也可叨光冒得些许，臣何苦用自己之功名去做他人的话柄呢？所惜者，千古之纲常名教。臣哪里有为一己私利之嫌？"黄道周毫不示弱地进行了解释，不等朱由检说话，转而又继续说，"纲常名教，礼义廉耻，皆是根本之事。若无此根本，岂能做得事业？"

黄道周话外的意思很清楚，不忠不孝就是无廉耻，这种人压根就算不得什么人才。退一万步讲，就算他是人才也不能重用，否则就会污秽天下苍生。

黄道周的一番话，让王铎捏了一把汗。黄道周的话听起来是说纲常名教、礼义廉耻，但实际上矛头所向依然是被皇上夺情入阁的杨嗣昌。

杨嗣昌听到这里心急如焚，皇上与黄道周辩论伦理纲常，显然不是他的对手，就有些按捺不住，插进来跪奏道："纲常二字，不可不剖明。君为臣纲，父为子纲，君臣列在父子之首。臣入京，闻黄道周品行学术为人所宗，以为其必有持正之言，可以使臣回乡完成守制之期。不料其疏中自称不如郑鄤，臣才为之叹息绝望。人说禽兽知母而不知父，郑鄤杖母，禽兽不如。道周又不如郑鄤，还讲什么纲常？"

杨嗣昌这句话十分恶毒，他是有意激起朱由检对黄道周更多的反感。同时也在说既然你黄道周自谓不如郑鄤，当然就更不如禽兽了。

黄道周见杨嗣昌擅自插话，而且出言不逊，十分生气地说："大臣闻言，应当退避，未有跪在上前争辩，不容臣尽言者！"

朱由检立即打断黄道周的话："你已经说了多时，辅臣才奏。"

黄道周接着杨嗣昌的话继续辩解："匡章弃于通国，孟子对其不失礼貌。孔子自云：'辞命，吾不如宰予。'臣是说文章不如郑鄤。"

"匡章是不受父亲的喜爱，岂能同郑鄤杖母相提并论？你说不如郑鄤，就是朋比！"朱由检说完，不等黄道周说话，接着又问，"陈新甲谙练军情，今日内外交困，不得不用他。你说是走邪径，难道杨嗣昌举荐他就是邪径吗？"

黄道周毫不相让："臣并不认识陈新甲，但人正则行皆正，心邪则径皆邪。且夺情一事，嗣昌在边疆则可，在兵部则不可；在兵部犹可，在内阁则不可；使嗣昌一人为之犹可，又呼朋引类使成一个夺情世界则更不可。臣不得不言。"

朱由检愤愤地说："如今的人为达私欲，就在纲常名教上做文章。本来念你尚有操守，还要用你，谁知却这样偏矫恣肆。本当拿问，念你是讲官，先起来候旨吧。"

朱由检本来已经龙颜大怒，黄道周却好似吃了豹子胆，依然执拗地说："今日臣不尽言，是臣负陛下；陛下今日杀臣，是陛下负臣！"

性格一向峻急的朱由检，听了黄道周的话竟然罕见的好雅量，黄道周如此挑激，他也只是呵斥一句："你这都是虚话，一生的学问，只学得了这佞口！"

黄道周正气凛然，毫无畏惧，继续争辩说："臣还要将忠佞二字奏明。人臣在君父面前，如果独立敢言的是佞，难道谀谄面谀的是忠吗？敢争是非、敢辩邪正的是佞，难道不敢争是非、辩邪正，只是一味附和取悦者是忠吗？忠佞不分，则邪正也不明。这是自古为政之大戒，望皇上体察。"

朱由检的脸色越来越阴沉，殿下执勤的锦衣卫不住地摩拳擦掌，只要皇上一声令下就会把黄道周抓起来。此时，整个大殿静得掉一根针都能听见，王铎的心也提到了嗓子眼。朱由检平静了一会儿，轻轻摆摆手，让跪着的黄道周起身回到大臣行列里。

朱由检本来是想通过这一场辩论，让理学名家黄道周当众出丑。没想到黄道周竟敢犯颜直谏，而且让他理屈词穷，好像自己成了纲常名教的对立面，心里十分恼火。

黄道周维护纲常，反对与清廷和谈，在平台抗辩不久，朱由检就把他降六级调江西为布政使。

朱由检对黄道周的处分，更加激起了王铎维护正义的坚定决心。经过认真思考后，在黄道周平台抗辩后的第十九天，王铎又毅然上疏。

王铎在奏疏中不再谈伦理纲常，而是把矛头直指掌管兵权的阁臣杨嗣昌，明确反对与清廷议和，并斥责杨嗣昌"善为结纳，钻穴逾墙，媚灶无耻"。

奏疏送进宫后不久，王承恩悄悄找到王铎，既焦急又埋怨地说："觉斯啊，黄道周被皇上严厉斥责后，连降六级不说，还被发配。现在你又上疏反对议和，这不是自找苦吃吗？"

王承恩的话不但没有把王铎吓住，而且还把他的斗志激起来，说："言路者，国家之精神血脉也。若大臣保禄而不肯言，近臣畏罪不敢言，大明将会是何景象？我作为皇上近臣，要敢于进言，哪怕会因此获罪。当国家面临严重的内忧外患时，我必须冒死上奏，这是我做臣子的本分。"

王承恩说："杨阁老看到后你的奏疏后，恼羞成怒，欲唆使皇上对你施行廷杖。"

王承恩的声音虽然很小，但"廷杖"两个字却十分刺耳。端茶进来的管家赵国才听见后就像被雷击中，身体挺直在那里，茶杯也掉在地上。

赵国才跟随王铎在京师多年，曾经亲眼见过对官员施行廷杖的惨状。廷杖就等同于死刑，很少有人能从杖下生还。

随后，赵国才蹲在地上大哭起来。哭声惊动了全家，石薇汝赶紧跑过来，问明事情的前因后果后，全家老小都吓得哭泣不止。

王铎对皇上的赤胆忠心，王承恩十分感动，更为他的性命担忧："觉斯，你也先不要太着急，我再找人一同好言劝说皇上，说不定他会改主意。"

王铎说："王公公，我心系大明社稷，问心无愧！"

王承恩又耐心地劝王铎："最近一段时间，皇上经常发一些无名之火。今后在他面前说话时，一定要慎之又慎。"

王铎在写奏章的时候，就已经做好了最坏的准备，此时他显得泰然自若。王承恩看着王铎骨子里那种刚直不阿的本性，更加敬佩。

不知是王承恩和曹化淳劝说起了作用，还是皇上本来就对王铎眷顾有加，并没有对他实行廷杖。

以黄道周、王铎为首的大臣多次强烈反对与清廷议和，皇帝朱由检不再提及此事。杨嗣昌又向皇帝朱由检进策，为了抵御清兵的入侵，提出增加兵力二十万人，并向百姓加派田赋银两二百三十万作为军饷。

王铎听说以后，既为处在水深火热之中的百姓忧愁，更为大明社稷担忧。河南、山西、陕西一带，近几年连年大旱，粮食几乎颗粒无收，很多百姓就是因为饥饿揭竿而起沦为流寇的，如果再加派田赋，就等于官逼民反。

事隔数日后，经筵秋讲开始。王铎以经筵讲官的身份，向皇帝进讲《中庸·唯天下至圣章》并论及时事。

经筵秋讲这天，朱由检心情很好，和颜悦色，一直微笑着听王铎滔滔不绝地讲述："天下最圣明的人，以聪明睿智临视万物，以宽厚温柔包容天地，以奋发刚强坚毅决断事务，以端庄公正使人尊敬，以条理清晰辨别是非邪正。圣人的美德博大精深，表现在仪表上人们敬佩，表现在言论上人们信任，表现在行为上人们欢欣。所以他的美好名声会广泛流传，传播到边远的少数民族部落。车船所到之处、天所覆盖之处、地所负载之处、日月照耀之处、霜露降落之处，只要有血脉气息的人，都会尊敬亲近他，所以说圣人的德行与天匹配。"

在朱由检听得津津有味之际，王铎话锋一转，结合当前国家的形势，对当前存在的时弊开始进行剖析："目前力言加派，赋外加赋，白骨满野，敲骨剥髓，民不堪命，有司驱民为贼，室家离散，天下大乱，致太平无日……"

王铎的话还没说完，朱由检脸色陡然一变，严厉切责："王铎！你是在斥责朕不关心天下臣民吗？"

王铎已经意识到自己的过激言辞触怒了皇帝，但仍然解释道："请陛下恕罪，臣没有丝毫妄言……"

朱由检喘着粗气，武断地挥手制止王铎说话，并重复着王铎说过的话："白骨满野，驱民为贼，是你亲眼所见吗？"

王铎坚定诚恳地说："皇上，臣所言都是亲眼所见、亲耳所听，没有一句妄言。这几年，山西、陕西、河南一带的大多数流寇，其实都是因饥饿才揭竿而起的平民百姓。华北、河南、江淮及长江中下游一带蝗灾肆虐，蝗虫所到之处千里赤野，草叶不存，哪里还有粮食啊？如果再向他们加派田赋，就等于逼迫百姓造反啊，皇上！"

王铎说得有理有据，又都是自己亲眼所见，并没有添枝加叶。朱由检虽然气得双手直打战，但他又是个极爱面子的人，为了给自己个台阶下，只好以至高无上的皇威皇权对王铎进行一番严厉切责。

王铎遭到皇上的切责，内心虽有恐慌，但并没被吓倒，依然坚持着自己的主张和立场。

经筵秋讲最后不欢而散。

秋风瑟瑟，天上阴云密布。

王铎提出治国之策，皇帝朱由检却对他严厉切责，让人们为内忧外患的江山社稷忧心忡忡。

杨嗣昌作为东阁大学士兼兵部尚书，不但听不进大臣们的意见，动辄就以廷杖来恐吓、压制言论。

在攘外与安内两难的选择中，朱由检一直摇摆不定，犹豫不决。清廷皇太极对此十分恼怒，于九月初命睿亲王多尔衮、贝勒岳托联络蒙古军队，分兵两路，从西协墙子岭、中协青山口突破长城要塞大举南下，直逼京师周边的京畿地区，朝野为之震惊。

朱由检立即征调各路大军保卫京师，特赐予卢象升尚方宝剑，统一指挥、总督天下援军。此时，卢象升正在家中服丧，上疏乞求丁忧不允后，他只好披麻戴孝，脚穿草鞋，立即率军誓师。卢象升认为，皇帝对他夺情一定是杨嗣昌的主意，是让自己为他做陪衬。为此，对杨嗣昌主张议和十分反感。

十月初二，京师戒严，朝廷命令在京官员分段把守京师。王铎负责守卫京师大明门，从十九日起，他带领兵部员外郎李尔育等人一起昼夜巡视，枕戈守城，随时准备御寇。

守卫京师不久，因雨雪风霜所致，王铎的旧病复发，鲜血淋漓。李尔育见他病情如此严重，就力劝他回家医治休息，但他却是坚决不肯。石薇汝只好让管家赵国才日夜陪同，照顾他的饮食，并在城墙上吃药医治。

王铎虽然形骸日减，但神色肃穆，仪态安然。手握宝剑，迎着刺骨的北风，目视远方，胸前长髯随风飘拂，犹如关云长在世。

兵部员外郎李尔育初见到王铎时，认为他只不过是一介文弱书生。现在王铎大无畏的坚毅性格，使他对王铎刮目相看，并肃然起敬。

此时，李尔育其实还不知道，王铎五岁的四女小佐因患水痘在前天刚刚死去。他是在忍受着失去爱女的极大悲痛中，强撑着病体，履行着自己的守城之责。

已经进京并被任命为兵科给事中的张缙彦闻听王铎旧病复发后，抽空赶到大明门看望。看到王铎瘦弱的身体，张缙彦非常心疼，极力劝他回家休息。

王铎断然谢绝了张缙彦的好意，说："清军不退，国无宁日，京城无宁日，家就更无宁日。与其在家苟且偷生，哪有在城墙守城踏实？"

张缙彦见劝说不动，就在城墙上陪着他。说话中提到德高望重的孙承宗，说他已经在老家高阳为国捐躯了。

王铎听了犹如晴天霹雳，眼前一阵发黑，差一点就要摔倒在地。张缙彦赶快上前扶着，过了好一会儿，王铎才慢慢平静下来。

孙承宗是王铎最尊敬的长者之一，他对王铎也最为赞许和器重，在戎马军中还挤出时间，为他的《王觉斯初集》作序，给予了他极大的勉励和鞭策。

王铎清楚地记得，孙承宗是在崇祯四年十月被罢官后回到老家高阳的。一晃七年过去了，他老人家如果还在，现在已经是七十六岁高龄了。

张缙彦停了一会儿，给王铎讲述了事情的全部经过。

清军深入内地，占领了通州后，多尔衮先攻高阳，准备活捉闲居在家的孙承宗。如此一来，明朝就没有能带兵打仗的将帅了。

十一月九日，多尔衮带兵围了高阳县城。他本想小小的高阳乃囊中之物，到城下仔细观察后，不禁倒吸了一口冷气。只见城里尘烟四起，战马嘶鸣，一声梆子响后，城头上站立着白发银须的孙承宗。在他的左右两边站着十八员英武大将，个个金盔银甲，威风凛凛。

多尔衮面对孙承宗高声劝降："孙老先生，你小小的高阳城，经不起我大军的围攻，我劝你还是早早投降，免得你和全城百姓做刀下之鬼！"

孙承宗冷笑一声说："多尔衮，我孙承宗从来不知道降字怎么写，我在城在，不必多言！"

多尔衮见劝降无效，就下令攻城。哪知城上早有准备，滚木礌石砖瓦齐下，砸断了云梯，使攻城的清兵死伤严重。一连攻了三天，死伤一千多人，仍然没有攻下来。

多尔衮眼见久攻不下，认为城内肯定有精兵良将，便下令立刻退兵。此时，贪生怕死的高阳县令却偷偷出城向多尔衮告密，说孙承宗手下根本没有兵将，城里的尘烟是把马尾巴绑上树枝，赶着四街飞跑荡起的尘土，那十八员大将是孙承宗的六个儿子和十二个孙子，守城的兵丁都是城里的百姓。

多尔衮得知实情后，又卷土重来。城里的滚木礌石打完后，孙承宗带头拆房，又坚持了三天。同时，孙承宗令三儿孙溥和孙子孙之洁分头去河间、任丘求救。在漆黑的深夜里，叔侄二人杀出城前去搬救兵。

多尔衮见久攻不下，就调来红衣大炮轰塌了东南城墙，清兵才得以攻进城里。孙承宗见清兵入城，便率领五子十一孙及全城百姓和清兵打巷战。

搬兵求救的孙滂、孙之洁在半路上听说高阳已被清军攻破，便拨转马头又杀回高阳。正在和清兵血战的孙承宗见儿孙杀回县城，高声大喊："好儿孙！"

最终因寡不敌众，全城壮丁一个个倒下，孙承宗和儿孙也全部被俘。

多尔衮看着屡次战败他的孙承宗肃然起敬，再次劝说："老先生，大明气数已尽，我大清朝当兴。先生归顺我朝后，就封你为开国军师。"

孙承宗冷笑一声："我宁愿给大明当儿孙，也绝不会给鞑虏当祖宗！"

多尔衮并未生气，继续劝说："你不归降也可以，拿钱买你的老命。"

孙承宗坚定地回答："难道你还不知道大明朝有个没钱的阁老吗？"

最后，多尔衮抱来孙承宗刚满三岁的小孙子说："老先生，你要归顺了，就饶你孙子不死，给你孙家留条根。"

孙承宗大声回答："多尔衮，你放开我的小孙子，他要是找我，就算他投降！"

孩子被放开后，迈着还走不稳的步子奔向多尔衮，张开小嘴就咬。多尔衮又惊又怒，残忍地一剑刺死了孩子。然后把孙承宗绑在马尾巴上，一直拉到南圈头村边桥上。孙承宗的一腔热血洒在了高阳县土地上。

王铎听了孙承宗为国捐躯的经过后，眼前立刻浮现出老人家威武的形象，犹如一座丰碑越来越高大。王铎面对高阳方向双膝一跪，高声喊道："老人家，觉斯为您老送行，一路走好！"

王铎起身挺身屹立，毅然带领众人继续巡视大明门一带。

此时，赵国才拖着极度虚弱的身体，急忙跑过来带着哭腔说："老爷，二小姐她……"

赵国才话还没有说完，就号啕大哭起来。王铎预感二女儿一定是出了大事，停下脚步让赵国才把话说完。

赵国才擦了一把眼泪说："老爷，二小姐快不行了，你赶快回家看看吧，不然的话就来不及了。"

赵国才的话犹如一声惊雷，震得王铎的身体一趔趄，赵国才等人赶紧把他扶住。张缙彦听了也是大吃一惊，顿时脸色苍白。

王铎的二女儿王相，今年整整十六岁，早已许配给张鼎延的儿子为妻。王铎已经和张鼎延商量好了，准备在春节期间给他们完婚。大女儿完婚时，由于他患病在留都没参加，心里就一直有个结。万万没有想到，二女儿会在这个关键的时候发生不测。

张缙彦劝王铎回家看看。王铎压抑着极度的悲痛，喃喃地说："玉调兄，这都是天数，人力无法挽回啊！"

王铎看看当前的危局，心想就是回去又能如何呢，稍微停了停，回头看着赵国才，严肃地说："在京城危亡之际，家事再大也是小事。如果闺女真有不测，你就代我料理吧。"

赵国才吃惊地看着王铎，他就像一座雕像屹立在城头上。

第二十七章

　　王铎拖着重病的身体，强压着痛失两个爱女的巨大悲痛坚守着大明门，一直坚持到清军退兵，京师解除戒严。当人们把他从城墙上抬回家，他知道再也听不到两个爱女银铃般的笑声，他的精神几乎彻底崩溃了，再也控制不住内心的悲痛，躺在床上撕心裂肺地痛哭起来，让所有在场的人都潸然泪下。
　　王铎两个爱女相继早亡，让石薇汝更加悲痛。她感到自己辜负了马瑞云对她的厚望，经常哭得死去活来，已经昏厥过去好几次了。
　　王铎痛哭一场后，心里平静了许多。赵国才慌慌张张地走过来，犹豫了一下怯怯地说："老爷，二夫人又昏过去了。"
　　王铎擦拭一下双眼，赵国才扶着他艰难地来到内室。石薇汝大口喘着气，正在慢慢苏醒。当她看见王铎时，疯了似的伸手抓住他，又悲痛地哭喊起来："老爷，两个孩子说没就没了，我咋向瑞云姐交代啊？！"
　　石薇汝脸色蜡黄，十分憔悴，整个人瘦了一圈。王铎把她揽在怀里，轻轻地抚摸着，流着眼泪抚慰她："这都是宿命啊。"
　　石薇汝一把鼻涕一把泪继续哭诉着："在来之前，姐姐一再嘱咐我，小佐还小，让我好好照顾她。二小姐今年春节准备出嫁，让多给她准备几件好衣服。一切都准备好了，现在人却没有了。"
　　王铎听着浑身发颤，赵国才怕他吃不消，就悄悄地对石薇汝说："夫人，老爷重病身体，不能站得太久。"
　　石薇汝开始只顾自己哭诉了，听到管家的提醒，才停住哭泣，与赵国才一起把王铎扶到床上。王铎虽然泪流满面，但还是克制着安慰石薇汝："你对两个孩子视如己出，全家人都看在眼里，你也放宽心吧。"
　　此时，张鼎延和张缙彦又来看望，来到王铎的床边，用力抓住他那干瘦的手，虽然没说一句话，但此时无声胜有声。张缙彦自从知道王铎身患重病，又失去了两个爱女后，只要有空闲就过来安慰。
　　张四知听说王铎身患重病，两个女儿又夭亡的消息后，也匆匆忙忙赶来慰问。张四知现在已经是六部魁首吏部尚书了，别看他长得丑，可是皇帝的心腹，谁见了他都会礼让三分。

同年挚友相见，王铎止不住泪水涌出。

张四知走到床边，握住王铎的手问寒问暖、问长问短。

王铎躺在床上，看着同年挚友、乡党都来看望慰问，心里感到很温暖，慢慢平静下来后，把张缙彦介绍给张四知，说："诒白兄，濂源是我的同乡挚友，现在是兵部兵科都给事中，今后还请你多关照呢。"

张缙彦起身对张四知抱拳拱手："久仰尚书大名，今日一见三生有幸，望大人多多指教。"

张四知抱拳拱手还礼，已经是吏部验封司郎中的张鼎延也抱拳拱手起哄："尚书大人在上，玉调有礼了。"

张四知用手指着张鼎延，对他无可奈何地摇着头说："好你个玉调兄啊，你这是要折杀我呀。"

张鼎延和张四知打个嘴官司，调解了严肃的气氛。王铎伸手示意张鼎延坐下，自言自语地说："亲家翁你坐下，今天看到诒白和各位乡党挚友，我的身体就好了大半。"

张四知听王铎称呼张鼎延为亲家翁，用手分别指指他们，问："觉斯兄，你和玉调是亲家？"

张四知的一句问话，让王铎又呜咽起来。张四知很尴尬，王铎擦拭眼泪后解释说："诒白有所不知，玉调与我是亲家。刚死去的二女儿和他儿子天政，从小就已订下婚约，我们也已经商量好，准备到新年就给他们完婚，没想到……没想到……"

张鼎延起身来到王铎床边，扶着他的肩膀安慰："觉斯啊，都是我家天政没福气。"

张四知为孩子没能结为百年好合感到很遗憾，不过有这一段亲情也很难得："觉斯兄，玉调说得对，闺女虽然不能复生，但你们两家的亲情厚谊却是永存啊！"

张鼎延也趁机安慰说："天政以前是你女婿，从今以后就是你的儿子，他会和大群、藕茅一样孝敬你的。"

提起两个女儿，王铎依然还是控制不住内心的悲痛。张四知看着王铎十分憔悴的脸颊，对他的身体很担心："觉斯兄，你可是家里的顶梁柱啊，身子骨要紧，我找御医给你医治，把身体好好调养一下。"

王铎顺从地点点头，张四知起身对他说："觉斯兄，我还有公务要办，今天先就此告辞，你好好调养身体，过几天我再来看望。"

王铎让张鼎延代劳相送后，回头告诉张缙彦，张四知曾给当今皇上当过老师。"

张缙彦听到后，忍不住偷笑了一下，说："就他这模样，还给皇上当老师？"

王铎马上就明白了张缙彦发笑的意思，说："你可不要以貌取人，他的确是个人才。"

张缙彦控制住笑，王铎继续解释："他不但很有才华，从小也非常有同情心和正义感，乐于助人。"

赵国才端着一碗中药过来，王铎看着冒着热气的中药，眉头马上皱起来。张鼎延回来劝他喝药，王铎只好闭着眼睛，一口气把药喝了下去。

王铎再次躺下后，就讲起了张四知善于助人的故事："还在他十五六岁的时候，看见河边一女子过不了河，急得直哭，张四知就把她背过河去。背一个素不相识的女子，有人就说他的闲话。他听到后也没辩解，只作了一首诗来表明自己的态度。"

张缙彦听得很仔细，急忙催促说："他写的什么诗？"

王铎一时想不起来了："他的诗挺俏皮，还是刚进翰林院时听他说过，一晃已经十多年了。"

张鼎延拍拍张缙彦的肩膀："坦公，你别着急，不然他就更想不起来了。"

王铎稍微停了停，换了一个姿势，慢慢想起来：

美女河边叹激流，蓝袍权作渡川舟。
暂将桂手挽香手，斜倚龙头靠凤头。
一朵鲜花簪儒背，十分春色满河洲。
轻轻放下临江别，默默无言各自羞。
后生本无轻佻意，只因善念绕心头。

张缙彦听后一琢磨，的确是一首很好的俏皮诗，对张四知开始刮目相看了。

同乡、同年和亲家在一起，话题自然就多了起来。整整一个下午，他们谈国政说黎民，议论时局，张家长李家短说了很多，让王铎暂时忘却了心中悲伤。

王铎虽然躺在床上，却始终关注国家的安危，很想知道清军入关后的局势到底如何。张缙彦也给他透了一些军情："清军这次入关，纵横两千多里，攻陷了五十座州县，俘获了人口牲畜四十六万之多，其中还有一名亲王和一名郡王，掠夺白银近百万两，其他财物不计其数。总督卢象升、蓟辽总督吴阿衡和百余名各级文武官员全部战死。"

王铎听到卢象升的名字十分震惊。卢象升与王铎是同年进士，字建斗，号九台，南直隶常州府宜兴人。初任户部主事，后升任为大名知府。崇祯二年己巳之变时，他招募一万兵马，进京协助防卫，受到崇祯皇帝的信任；崇祯三年升任右参政兼副使，整顿大名、广平、顺德三府的兵备，号称"天雄军"；因政绩、品行突出受到推举，崇祯四年升任按察使，并于九月击退流窜至京师的南部农民起义；崇祯六年参与镇压李自成等农民军有功，升任右副都御史，总理河北、河南、山东、湖广、四川军务，兼湖广巡抚，后升迁兵部左侍郎，总督宣府、大同、山西军务；崇祯七年、八年，先后击溃了张献忠和高迎祥、李自成农民军；崇祯九年十月，京师戒严后，朝廷召卢象升入卫京师，皇帝赐给他尚方宝剑，并提拔为兵部左侍郎，总督宣府、大同、山西的军事。

王铎不相信自己的耳朵，忽地坐起来，就焦急地问："你说的可是真的？"

"千真万确。"张缙彦郑重地点点头，十分肯定地回答，"去年他父亲去世后，他曾十次上疏请求回家奔丧，均未被允准。被皇上夺情后升为兵部尚书，第三次赐予尚方宝剑，让其指挥全国各地来增援的部队。此时，杨嗣昌守丧在兵部任职，起用守丧的陈新甲出仕，总监宦官高起潜也是身穿孝服。卢建斗披麻戴孝，感慨万千：'我们都是不祥之身。人臣不管自己的父母，心中哪还有天子？'誓师后部队驻扎在昌平，他坚决反对杨嗣昌、高起潜的和议主张，与他们形成了尖锐的对立关系。"

王铎一下子愣在那里。张缙彦非常敬仰卢象升，称赞道："卢建斗铁骨铮铮，真是令人敬仰的英雄啊！"

稍微缓和了一下气氛，张缙彦讲述了卢象升为国捐躯的经过。

北京戒严后，朱由检赐给卢象升尚方剑总督天下兵马，主张议和的杨嗣昌和总监军太监高起潜多方进行阻挠。卢象升名誉上为总督天下兵马，但他却调动不了其他兵马，自己定下的用兵策略也根本无法实现。杨嗣昌还说动皇上，将援兵一分为二，卢象升统领宣大兵两万，关宁铁骑数万大军皆归太监高起潜指挥。太监高起潜把卢象升的两万宣大劲旅交给陈新甲统领，只给卢象升留下老弱残兵五千，保定巡抚还拒不发饷。卢象升领兵进驻巨鹿贾庄时，已经断粮七日，全凭百姓自愿捐粮掺杂冰雪为食。太监高起潜统率关宁铁骑数万在鸡泽，距离贾庄不到五十里，卢象升派遣杨廷麟去求援，高起潜却是置之不理。卢象升领兵至蒿水桥，遭遇了清军主力，高起潜不战而溃。

卢象升从早晨开始与清兵一直鏖战到深夜，一个援军也没有，清军却越来越多。卢象升孤军作战，杀敌数十人，身中数箭，还有三处刀伤，但他仍然大喊:"关羽断头,马援裹尸,在此时矣!"最后坠马身亡,年仅三十九岁。在战场上寻获卢象升的遗体时,只见他甲下穿着麻衣白网丧服。三郡百姓闻之后,痛哭声震天动地。

王铎听了卢象升可歌可泣的英雄事迹感动万分,对杨嗣昌和高起潜合谋陷害英雄气愤不已。王铎气愤地大骂杨嗣昌:"大敌当前,不齐心共同抗敌,而是借建虏除掉自己的政敌,天理难容!"

张鼎延接着说:"卢象升为国捐躯之后,顺德知府上奏把他和岳飞相比,杨嗣昌却故意刁难,不让及时收殓卢象升的尸体。"

王铎愤愤不平:"鞠躬尽瘁,死而后已,为国捐躯还成了罪人不成?"

张缙彦接着又说起了吴阿衡:"在这次清军入关时,人们对吴阿衡的评价却是褒贬不一。"

王铎不解:"这是为啥呢?他在崇祯四年曾经捐资,购买了五十四门红衣大炮,给座师孙承宗用于山海关、宁远、锦州及京城军事防御啊。"

张鼎延说:"有人说在清军入关时,他正带着总兵吴国俊给监军邓希诏祝贺生辰,喝得酩酊大醉,在仓促应战中死亡;还有人说他是英雄,在抗击清军时,他孤军拒敌,跃马挥刀,连战五昼夜,直杀得天昏地暗,尸堆如山,但他仍然毫无惧意,无奈援兵迟迟不至,兵尽粮绝,力竭被俘。清军威逼利诱,劝他投降。他大义凛然,慷慨陈词:'我生为大明将领,死为天国英灵,决不屈膝苟且偷生!'清军恼羞成怒,砍了他的双膝,击落了他的牙齿,割掉了他的舌头,最后将他残酷杀害。"

张缙彦说:"现在天灾人祸接连不断,江山越来越破败不堪,皇上不是首先自责,而是命百官修省。将领打了败仗,不深究原因,轻则降职,重则处死。所以臣僚大都遇事逡巡,不求有功,但求无过。"

张鼎延说:"山东巡抚颜继祖就非常冤枉。他本来驻守济南,建虏逼近京师时,命他移驻德州。但是他手下只有三千士卒,还都是老弱病残。若驻守德州,济南自然就比较空虚,他难以照顾两城。颜继祖就请命让刘泽清迅速赶赴济南,最后却不见来援的一兵一卒。建虏攻陷了济南,俘获了德王。"

张缙彦接着说:"朝廷既然命令他专守德州,而德州并没有丢失,本来是有功之人,却要他承担济南失守之罪。颜继祖感到十分冤枉,上疏请求罢职,回家奉养父母。皇上却依然不准,最后将他处死。"

王铎听了后更加愤怒,大声疾呼:"泱泱大国如此蒙羞,杨嗣昌是罪魁祸首,是秦桧一样的奸佞之徒。幼玄兄阻止议和被连降六级,卢象升抗敌又被他合谋算计。大明社稷遭受如此重创,他杨嗣昌不但没有受到严惩,还依然得到重用。我王铎不服,国人不服!"

王铎之所以心底发出呐喊，是因为他数次向皇帝谏言，两次都命悬一线，虽然最后皇帝不欲加罪，但却因此被皇帝疏远，得罪了权臣。更为不幸的是，在两个月里，四女佐、次女相先后在京师病亡。

皇帝不辨忠奸，让王铎感到心灰意冷。政治上的失意和爱女的离世，让王铎看透了官场险恶。因此，在年底他赌气上疏乞归，获准后遂返孟津安葬女儿。

王铎回到家乡，站在黄河大堤上，迎着夕阳余晖，心情非常沉重。

昔日桅樯如林、一度繁华的孟津渡口，现在渡船几乎被焚毁殆尽，到处残破不堪。荒凉的黄河滩涂野狐悲鸣，大河涛声也凄绝呜咽。

王铎索性坐在大堤上，望着波涛翻滚东去的黄河水，回想着大明社稷内忧外患的局势，自己对外不能攘敌，对内无力安邦治国。特别是在清军入侵之时，身为堂堂七尺男儿，不能冲锋杀敌，只能站在城墙上死守，感到是自己的莫大耻辱，也枉食国家俸禄，愧对朝廷。

眼看就要到家了，王铎心里突然胆怯起来，接连失去了两位心爱的女儿，到家后该如何向马瑞云交代呢？

天色慢慢暗下来了，风也越来越大，黄沙漫天飞舞，遮天蔽日。

渡过黄河后，王铎让王镡骑着快马提前赶到家里报信，他和其他人在后面慢行。

老爷子王本仁和马瑞云见到王镡又惊又喜，马瑞云喜气盈盈，兴高采烈地来到村头迎接。王镡本想阻止大嫂，可马瑞云说什么也不肯。

黄昏日落时分，地平线上出现了黑点，随后越来越大，并疾速向村庄走来。

王铎骑着马走在最前头，后边是一溜的骡马车辆。走到马瑞云面前时，突然都停了下来。第一个跳下车的却是石薇汝，她发疯似的跑到马瑞云面前，扑通一声双膝跪倒，并大放悲声。

石薇汝的动作让马瑞云丈二和尚摸不着头脑，赶紧伸出双手扶她，王镡也走过来搀扶。石薇汝无论如何也不肯起来，只是一个劲儿地磕头哭泣。

马瑞云拉石薇汝不起，抬头看看王铎时，只见他是既憔悴消瘦，又萎靡不振，这让马瑞云是既吃惊又心疼。

石薇汝跪在马瑞云面前痛哭不止，嘴里一个劲地说对不起。

马瑞云被石薇汝哭得心里发颤，也不知所措，虽然还不知道发生了什么事情，但她预感到了不祥之兆，不然她怎么会如此痛哭流涕，悲痛万分呢？

马瑞云不断劝说着，车上的人都陆续下来了，唯独不见了小佐和二相两个女儿。她转身再看看王铎，王铎早已泪流满面了。

马瑞云用力拉起石薇汝，然后又一把抓住王铎，急切而大声地质问："到底出了啥事？我的两个闺女呢？"

王铎无限悲痛，泣不成声地说："孩儿他娘，都是我不好，没有照顾好她们。她们……她们在京城就已经去了……"

马瑞云虽是个坚强刚毅的女人，听到两个女儿同时都不在了，立刻就瘫倒在地上，晕了过去。亲人团聚本来是个喜庆的日子，今天大家相见却哭成了一团。

王铎、石薇汝等人围着马瑞云大呼小叫，过了好大一会儿，马瑞云才慢慢地苏醒过来，然后又撕心裂肺地哭喊起来，在场的人们无不泪如雨下。

王铎过去紧紧揽住马瑞云，让她发泄内心的悲痛。又过了好长时间，她才慢慢平静下来。

王铎把孩子患天花病的情况给马瑞云说了后，她长长地喘了一口气，说："两个孩子都没有享福的命啊！"

石薇汝依然跪在马瑞云面前，已经做好了挨骂甚至挨打的准备。马瑞云看着石薇汝消瘦憔悴的脸颊，感到她也很可怜，说："薇汝也起来吧，谁也不想自己的儿女有个好歹，这可能就是天命注定的啊。"

马瑞云不但没有责骂石薇汝，甚至没说一句埋怨她的话，让她心里更加难受。

马瑞云强压着内心的巨大痛苦，没有埋怨任何人，但说起如花似玉的女儿，她依然不能自制："只是二相该成家了，还没有完婚就……"

王铎毕竟已经历了很长一段痛苦的煎熬，心里有了很强的承受能力，就让石薇汝搀扶起马瑞云，大家一起回家。

回家之后，王本仁和陈氏听说两个孙女都离开了人世，顿时也是老泪纵横，然后把王铎和石薇汝很是埋怨了一番。

通情达理的马瑞云明白即使对石薇汝打骂一顿，孩子还是不能起死回生，何况是得病夭亡，本就是无可奈何的事，就反过来劝公爹和婆母。

当晚，王铎夜不能寐，一直思念着两个女儿，含泪写下《思二女》，以寄托哀思：

  宁知昔日梦，今乃有所底。
  汝病不寻常，竟尔以病死。
  一年同一日，此心矢经纪。
  不知意何来，强排不遑已。

> 豫言诸迎从，车骑皆珠履。
> 吟诗留为别，曾不爽时暑。
> 旧衣不欲观，旧言犹在耳。
> 入庭似汝在，呼之则误矣。
> 眷属相欢悦，言及皆不语。
> 不语共相看，拭泪未能止，
> 始知亲爱中，结此悲凄旨。
> 一气如不聚，无成复何毁。
> 对妻为解慰，允是命屯否。
> 虽然能作解，隐默实难处。
> 汝埋孟津原，汝魂安所倚？
> 寒食梨花开，芳草蝴蝶矗。
> 二女明月游，春游或者喜？

第二天，王铎和爹娘商量后，把女儿葬在孟津城东山北祖茔之西南。

正在家用功读书的李际期突然听说王铎从京城回来了，心里十分高兴，心想：亲家翁曾经参加过乡试、会试和殿试，还曾经是福建乡试的主考官，找个时间一定要好好地向他讨教一番。

李际期心里乐滋滋的，回头看看女儿却是满脸愁容，还没问是咋回事，女儿的话让他大吃一惊："爹，你过几天再去看公爹吧，他这次回来，一家人都很悲伤。"

李际期急忙问是咋回事，女儿告诉他："二相和小佐两个小姑子都死在了京城。"

李际期听说王铎两个闺女都不幸夭折，很不解地问："她们走的时候都好好的，咋说死就死了呢？得的是啥病啊？"

女儿皱着眉头想了想："听说是天花病。"

"咋让她们俩一块儿得上了呢？"李际期满脸痛苦，又自言自语地说，"我本来还想着向你公爹请教嘞，家里出了这么大的事情，他哪里还有这心情呢？不过我得去看看还需要我办啥事。"

当天晚上，李际期就来到靖嵘山房，本来想说几句安慰的话，但又不知从何说起，笨拙地说了一句："觉斯兄，你看家里还有啥事需要我办的，你尽管吩咐。"

王铎见亲家翁前来看望，心里很感动，赶紧让座敬茶，说："应五兄，孩子的事都已过去了，今天已经把她们都安葬了。"

李际期虽然比王铎小十六岁，但由于他大女儿嫁给了王无咎，在礼仪称呼上，出于对李际期的尊敬，王铎尊称他为兄。

　　王铎让王无咎给李际期敬茶后，主动问起他会试准备的情况："后年是大比之年，你再苦读一年，到时候一定会金榜题名的。"

　　王铎已经是朝廷的三品大官了，可他从来没有一点官架子。李际期与他在一起也没啥拘束的，可提起会试话题，心里却不由得有些发虚："觉斯兄，我已经参加过三次会试了，结果都没考中，现在心里真是没有一点底数。"

　　王铎鼓励他说："亲家翁，你才参加三次就想退缩可不中。我的同年文震孟，人家参加会试十次，历时二十七个年头，最后中了头名状元。你和他比差远了吧，千万别灰心，咱们的儿孙们还要等着喝你的喜酒呢。"

　　王铎的话让李际期对考试增强了信心，然后就家长里短地聊起来。

　　经过一段时间的调养，王铎的身体已经恢复，马瑞云、石薇汝的心情也逐渐好转。但是管家赵国才却因劳累过度而死。

　　赵国才诚实、坦率、细心，把家里照管得井井有条，深得王铎及全家人的信任。多年来跟随王铎东奔西跑，没少吃苦受罪。后来，王铎帮助他成家立业，娶妻养子，像一家人一样亲近。赵国才不在了，王铎就把他的妻儿留在家中，并让孩子和自己的孙子一样接受私塾教育。

　　王铎这次回来，性格发生了很大变化，经常躲在崝嵘山房里，大门不出二门不迈，更不愿出去访亲看友。一天到晚在书斋里读书、赋诗、写字，大部分精力都用在临写阁帖上了，最钟爱的却是王献之的帖子。

　　崇祯十二年，夏日炎炎，蝉声此起彼伏，叫得人心烦意乱。

　　王铎在崝嵘山房，经常和亲家翁李际期小聚，谈得最多的还是参加会试的话题。

　　初秋，在王镡和王无咎的陪同下，王铎又一次来到大舅曾经居住过的莨吾山庄。

　　王铎触景生情，感慨万千："我读书求学十六年，跟随大舅读书前后八年多，我的学业得益于大舅最多。他不仅仅是舅父，更是我高山仰止的老师。"

　　王无咎插嘴说："听娘说，大舅姥爷经常在咱们家揭不开锅的时候送米面。"

　　王铎对王无咎谆谆教导："是啊，还有你姥爷。没有他们的帮助，哪有我的今天，更没有咱家的今天，我们一定要世世代代永远记住他们的恩德。"

　　由于连年兵荒马乱，陈耀的墓已经很久没有清扫了，周围长满了野草。王铎躬身动手清理杂草，王镡、王无咎也一起帮手。然后摆上带来的供品，点上高香，焚烧纸钱，跪在墓前，磕头祭拜。

王铎看着墓碑，眼前浮现出一幕幕往事。随后，他向大舅诉说自己的心里话，既说朝中的时弊，也怒斥朝臣之间的钩心斗角。同时，也讲了对山河破碎的悲痛之情，从中也流露出厌倦仕途的心境。最后，王铎又写了一首纪念大舅的七言诗：

　　　　迢遥古道感重游，闾井萧条一望收。
　　　　短草青霜十月晓，疏阳红叶众山秋。
　　　　频经宦海怜双鬓，久别园林梦古丘。
　　　　世事哪堪灵谷变，浮云不尽起人愁。

　　王无咎见爹对大舅姥爷的感情如此深厚，深受感动。
　　进入隆冬十月，黄河水也慢慢开始结冰。在寒冷的季节里，本来是百姓们老婆孩子热炕头的时候，然而今年又是个大旱之年，庄稼收成还不到三成，缴了皇粮就所剩无几。很多人为了糊口，不是冒着严寒挖掘冻在地里的萝卜，就是厚着脸皮出门要饭。
　　王铎看到这种情况，心里很难过，就与爹娘商量："爹、娘，我看到很多乡亲们都已经揭不开锅了，我想在咱家门口设个粥棚，熬些粥给他们。"
　　王本仁听了后，眉头拧成一个疙瘩："咱的家底你也该清楚，刚盖了新宅子，现在也不宽裕了。"
　　王无咎在一边插嘴说："爷爷，咱现在不是过得挺好吗？"
　　王本仁还没说话，王镛就瞪了王无咎一眼，用训斥的口吻说："藕茅，你虽然已经成家立业了，但家里的吃喝拉撒从来没操过心，不当家不知柴米贵。"
　　王铎很理解爹和二弟的心思，以前家里穷得揭不开锅，他们是穷怕了，所以就没有再急于说话，也想听听王镛说什么。
　　性格倔强的王无咎来到王本仁身边，说："爷爷，我从小就听你说，在咱家最困难的时候，我大舅姥爷、姥爷和爹的恩师乔先生，都对咱家有很大帮助。现在乡亲们有难处了，咱应该出手帮他们一把才是啊。"
　　王无咎善良的品德是从小在王本仁身边耳濡目染的结果。王本仁也并非吝惜，而是家里的确遇到了难题，他叹了口气说："藕茅说得没错，只是咱家今年与往年不同。"
　　王无咎说："咱家再难也比乡亲们好一些啊。"
　　坐在旁边的陈老太太赞同王无咎的话，做着手中的针线活，不紧不慢地说："孩子们说得对啊，以前咱在作难的时候，得到过别人的接济，我看你就依了孩子们吧。"

王本仁这才点头认可,王无咎兴奋地说:"奶奶、爷爷真好!"

王镛赶紧替爹解释:"娘,我和爹不是不想帮乡亲们,关键是咱也不宽裕。"

王铎听得出来,大家并不是不想帮乡亲们,只是感到家里也有难处,就提出自己的想法:"咱们再好好合计一下,都勒紧裤带,能省出多少就帮多少。"

第二天,王铎带着弟弟、子侄和家仆一起动手,在家门口支起一口大锅熬粥,只要是乞讨的乡亲们都给他们舍粥。

寒冬腊月,天寒地冻,滴水成冰。

正在王铎和家人一起施粥的时候,突然收到皇上的急诏,要他马上起程回京师。

王铎本来想带爹娘一起回去,王镛却说爹娘年纪都大了,怕他们在路上身体受不了,让他们先留在家里过冬,等到第二年春暖花开时,再专程送他们进京。

马瑞云提出留下来照顾老人,石薇汝说啥也不愿意,她要留下照顾二老。王铎看到两个女人都争着要照顾老人,心里十分欣慰,也很感激她们。

马瑞云很理解石薇汝的心思,只好把老人嘱托于她,自己随王铎进京。

在临起程的头一天晚上,王铎突然听说李际期还没动身赴京赶考。明年春天就要参加会试了,现在咋还不动身呢?王铎心里有疑问,就和王无咎带着小孙子专门来到李际期家,说服他与自己一起走。

李际期正在蜡烛下读书,外孙子王鹤突然跑进来,大声喊着:"姥爷、姥爷,我爷爷来看你了。"

李际期感到奇怪,这天寒地冻的,他咋来了?如果有什么急事的话,我过去一趟就是了。李际期心里想着,就急急忙忙向外走。刚到门口,王铎和王无咎就来到了跟前。

李际期一边让王铎往屋里走,一边埋怨王无咎:"藨茅啊,有啥急事叫我过去一趟,咋叫你爹来啦,要是把他冻坏了咋办?"

王无咎只是憨厚地笑笑,没接老泰山的话。王铎笑道:"亲家翁,我可没有那么娇气。"

王铎坐下就开门见山地说:"皇上紧急召我回京,我想让你跟我一起走。"

李际期明年春天参加春闱会试,至今还没动身的原因,也是家里过得很紧巴。现在听了王铎的话,恨不得马上就答应,但为了尽量减轻家里负担,摇着头推辞道:"觉斯兄,还是等等再说吧,离考试还有几个月呢。"

王铎直言不讳说出了李际期的心思,并劝他说:"别再等了,我知道你家里比较紧巴，明天你跟我一起走，到京后你就住在我家。"

李际期听了很感动，也很想一起走，但这样会给王铎增添很多麻烦，就一个劲儿地摆手："这可使不得，使不得。"

王铎坚持说："我让藉茅一家也跟着去，在那里让他照顾你。到时候你就只管读书、作文章，其他的事不用你操心。"

王鹤的外婆听了王铎的一番话，激动地说："亲家翁，您一大家子就够你操心的了。再说了，平时您给俺们很多照顾，再给您添麻烦咋好意思嘞。"

王铎笑着说："亲家母，一家人不说两家话。今晚你给应五准备一下，明天我们一起走。"

李际期万万没想到，王铎把自己的事考虑得如此周到，真是个有情有义的好亲家。他激动得直搓手："亲家翁，这让我说啥好呢，我一切都听你的。"

王铎高兴地说："等你金榜题名时，我向你讨杯喜酒喝。"

第二天一早，王铎带着家人和李际期，冒着寒风一路北行。

长途跋涉一月有余赶到京城，王铎没回家就直接找到张四知，见面就埋怨说："我在老家身心刚刚平静下来，咋就这么急让我回来？"

张四知见他风尘仆仆，让座敬茶后，说："好你个觉斯，只顾自己在家自在，也不替皇上分忧，你不回来谁教太子啊？"

王铎无所谓地说："朝中那么多能人，谁都能教啊。"

张四知说："我知道你心里有气，但你也应该好好想一想，皇上对你很信任。"

王铎却不服气："信任还对我严厉切责？"

张四知对王铎有点恨铁不成钢，气呼呼地说："你坚决反对与清廷议和时，还那样顶撞皇上，杨嗣昌一再要对你施行廷杖，皇上却没动你一个手指头。你上疏乞休回家时，皇上本来不想让你走，但听说你是拖着病体守卫大明门，两个女儿又接连夭折，他是眷顾你才让你回家调养的。"

王铎还是有些不相信："诒白兄，你说的这些都是真的吗？"

张四知瞪了王铎一眼："都是我亲眼所见，你还不相信我？"

王铎听了张四知的一番话，堵在心里的疙瘩才慢慢舒展开来。他不是不相信张四知，而是不敢相信皇上会如此眷顾自己。

张四知见王铎不说话，就知道他已经不再赌气，就告诉他一个新情况："你回家以后，又会推了一次阁员。"

王铎无所谓地说："这与我有何关系？"

张四知见王铎大大咧咧的样子，反问了一句："会推了九个人，不想知道都是谁吗？"

王铎看了张四知一眼，摇摇头没说话。张四知喝口茶，缓缓地说："有姚明恭、林欲楫、李建泰、陈寅、蒋德璟、李待问、魏照乘和你，当然还有我，不过最后皇上都没有同意。"

王铎放下茶杯说："这不是白扯吗？"

张四知以同年的身份规劝："皇上不是对哪一个人有看法，而是另有隐情，我不便说出。但从中可以说明一点，你在朝中已经有了很高的声望和影响，以后说话做事要稳重，别太情绪化。"

王铎终于情绪稳定下来了，停了停，问："还有人会推荐我？"

张四知说："是啊，是前内阁大学士张至发推荐了你。"

王铎想了想，疑惑地说："以前我与张阁老从没有过来往啊？"

张四知调侃了一句："看来你是一块金子，是金子总会发光的。"

王铎是个知恩图报的人，当他听说张至发推荐自己入阁后，虽然没有进入内阁，而且张至发也已经不再是首辅了，王铎还是专门登门致谢。

张至发卸任首辅后，很少有人来看望他，王铎的到来让他感到意外。

王铎说明了来意，张至发显得十分高兴，对他的德、能、勤、绩、廉进行一番赞许，还对他的诗文、书法大加赞扬。最后，张至发无不遗憾地说："觉斯啊，老夫推荐你入阁的愿望没实现，至今仍然感到很遗憾。"

王铎真诚地对张至发深表感谢，最后虔诚地说："阁老对觉斯的厚爱，觉斯将永世不忘。不过我也自知不善为官之道，只希望日后在历史上有好书数行足矣。"

第二十八章

　　王铎听着孙子王鹤琅琅的读书声，立刻来了灵感，马上给书房起了个新斋号——琅华馆，并挥笔题写了匾额。

　　春节期间，张缙彦前来拜年，还带着一位三十多岁的青年人，给王铎介绍说："觉斯兄，给你引见一位新朋友。"

　　青年人立即对王铎抱拳拱手："久仰前辈大名，今天专程拜访，还请您多多指教。"

　　王铎还礼后，张缙彦详细地介绍："这位仁兄叫黄培，字孟坚，号封岳，山东即墨人。现在是钦差提督街道、锦衣卫指挥、都指挥同知，是皇上的心腹之臣，极受器重。"

　　王铎以前曾听说过，黄培的祖父黄嘉善在万历年间曾是兵部尚书，因为功绩卓著，后来被皇上赐赠太保衔。今天一见黄培朝气勃勃，彬彬有礼，又是皇上身边的人，顿时很有好感。

　　张缙彦随口说出了董其昌曾称赞黄培的一首诗："肘佩黄金印，身藏白玉壶。请看麟阁昼，有此璧人无。"

　　黄培听后有些腼腆起来："那都是老前辈的抬爱，让先生您见笑了。"

　　张缙彦也赞誉道："孟坚刚正不阿，敢于直谏，令人敬佩。"

　　黄培彬彬有礼，很谦恭地说："觉斯先生才是令晚辈敬仰的楷模。"

　　经过简单的交谈，王铎感到与黄培很投脾气，张缙彦就提议让他们坐下叙话。王铎才笑呵呵地让座，并让家仆敬茶。

　　张缙彦指了指黄培手里的卷筒，开门见山地说："孟坚贤弟对你的书法仰慕已久，今天特地带来了上好的丝绢。"

　　黄培把手中的卷筒递给王铎，接着张缙彦的话说："等先生闲情时，还请您不吝赐幅墨宝，晚辈将不胜感激。"

　　王铎听说是上等丝绢，心里一阵喜欢。他已经很长时间没有在好绢上书写了，就迫不及待想打开看个究竟："你们既然已经来了，就去书斋里试写一下吧。"

走到书斋门口，张缙彦抬头看到书斋的名字变了，惊奇地问："觉斯兄，你的书房什么时候改为琅华馆了？"

王铎调侃着解释："在新春前夕，新年要有新气象嘛。"

张缙彦和黄培看着王铎题写的牌匾，赞不绝口。

来到书房后，张缙彦帮着缓缓打开卷筒。王铎仔细一看，的确是上等的好绢，就更加激起了他书写的欲望。

成卷的丝绢全部打开后，有近三米多长，书桌无法放下，黄培就提出把它裁开。

王铎用目测了一下，皱着眉头想了想，然后就阻止说："书桌是小了些，你们俩都别闲着看热闹了，委屈你们给我当助手，在丝绢的两头扯着。"

张缙彦、黄培相互对视一下，虽然并没有完全理解王铎的用意，但还是分别站在长绢的两端，把它悬空拉直。

王铎回身拿起挥毫泼墨时专用的套袖和马甲，利索地穿戴好，然后又让家仆端着盛满墨汁的砚台，跟着他来到长绢的右侧，再一次审视丝绢的长和宽后，稍微思索书写的内容。突然就想到去香山时，曾即兴写过一首《洛州香山诗》。

想好内容后，王铎提笔蘸满浓墨，挥毫写下"洛州香山作"几个字。由于丝绢中间洼两头高，积墨迅速向中间流去。王铎并没有停止手中的笔，而是顺势在悬空的丝绢上写起来。在书写第三行时，他又快步来到丝绢的左边，行云流水般地书写起来。在落款时题写道：庚辰正月十宵，孟坚词翁教之。

黄培被王铎的书写方式惊呆了，更被这充满狂放豪气、撼人心魄的艺术力量所震撼，张着嘴看了半天都没有说话，佩服得简直是五体投地。

王铎在上好的丝绢上书写，感觉非常惬意。虽然是站在丝绢的两边书写，但整体上看却是一气呵成，自我感觉很满意。

张缙彦虽然经常见王铎书写，但今天的场景和出现的效果也让他惊讶起来。

王铎脱掉套袖和马甲，回头问张缙彦："濂源，看了半天了，咋不说话？是否满意啊？"

黄培没等张缙彦说话，就接连夸赞道："满意，满意，太满意了！"

张缙彦指着几个带有涨墨的字，激动得大声喊起来："涨墨太妙了，真是前无古人、后无来者啊。"

王铎并不在意地笑了笑。张缙彦继续说："涨墨的出现，使点、线与墨块形成强烈的对比，出现了雄强豪放、苍老粗犷的艺术个性。"

王铎听了张缙彦夸张的说法，这才仔细观看起来。从整体上看，涨墨的出现，的确有与以往不同的特殊效果。墨色的浓淡、干湿与结构的疏密、聚散相呼应，显得含蓄多变，风神洒脱。从用笔上看，提按纵放的结合，造成了恣肆任性、摆动强烈的鲜明对比。狂笔缠绕的连绵与逸笔跳跃的节奏，使纵横奇崛，纵而能敛，有气势奔放、势不可当之意。

张缙彦、黄培看着势若不尽、意味无穷的巨幅立轴，都赞叹不已。

京城的夜晚已经是灯火辉煌，观灯的人群正在涌向闹市。黄培提出告辞，王铎却执意挽留他们在家小酌几杯。

黄培初识王铎，又得到一幅绝佳作品，心里很受感动，就很不好意思。

张缙彦看出了黄培的心思，就劝说："觉斯兄是个好客之人，既来之则安之吧。"

在王铎家小聚，一般都是他的家乡菜和杜康老酒。等一切都准备好，王铎想让亲家翁李际期一起参加。王无咎叫了两遍，可他无论如何也不肯出来。

王铎很理解李际期此时的心情，三月就要参加会试了，现在是关键的冲刺阶段，时间对他来说很宝贵，也就没再强求。就对黄培和张缙彦解释说："应五的时间很宝贵，对他来说是一寸光阴一寸金啊。"

张缙彦也说："那就让他多读些书吧，免得浪费他的宝贵时间。"

春节期间，也是思念亲友的时候。几杯酒下肚后，王铎就想起了黄道周，问："幼玄走的时候，我也正受皇上的斥责，没来得及给他送行，不知道现在咋样？"

黄培见王铎对朋友念念不忘，时刻挂念在心上，就知道他是个重情重义的人。

张缙彦说："平台抗辩，幼玄兄被连贬六级做江西布政使。实际上他并没有到任，后来他上疏乞休，得到皇上批准后，就回老家为父母守墓去了。"

王铎听后很为黄道周鸣不平，但这是皇上的御旨，谁也没有办法更改。

黄培说："幼玄先生暂时离开京城，对他来说也是解脱。据我所知，他回乡路过杭州大涤山时，其得意门生陈子龙相约乞休在家的倪元璐一道看望了他。倪元璐还将他迎到家中，盘桓了很长一段时间。直到第二年春天，他才带着家眷回到福建老家。归乡之后，可能是皇上的指责依然在耳吧，所以在自己寿诞之日不做任何庆贺，依然在祖先的墓庐里读书。为了谢绝朋友，还在庐舍门前写上告白：'残生余年，死不敢受吊，何况受贺乎？'"

王铎听说黄道周和倪元璐在杭州相聚，既羡慕又为他们高兴，自言自语地说:"幼玄虽然受到了降级处分,但能与同年挚友相聚,真是祸兮福所倚啊。"

张缙彦明白了王铎的心意,问:"觉斯兄是不是又在想念你的另'两珠树'了?"

王铎认真地点着头说:"是啊,已经有好几年没有见到玉汝了,还真是很想念他。"

黄培安慰王铎说:"请前辈放心,倪元璐现在过的可是神仙般的日子。崇祯九年九月,他离开京城后,就带着老母亲和家眷开始了一次壮游。沿途会意山水,洗涅心胸,构垒画本,积攒了很多诗的素材,直到年底才抵达杭州。在杭州时,他又奉母亲之命,遍游名刹,烧香拜佛,并在那里度过了新年。"

张缙彦插话说:"上有天堂,下有苏杭,以后有机会我一定要前去看看。"

王铎制止张缙彦:"濂源别插话,让孟坚继续说。"

黄培看了看张缙彦,又继续说:"第二年春天,倪元璐陪着母亲和家眷回到了绍兴。由于家庭人口多,又没有馆舍可住,便在城南建筑新宅。新房还没有竣工,就资揭一空。他可是一个廉洁的官员,只好向朋友告贷,一直到年底才搬进新居。为此,他还写了一首《卜居》:'亦縠贪道韵,求与寺钟邻。嗜酒酒泉郡,姓何何国人。梵云小歇脚,舞取略旋身。幸有池兼竹,此其家不贫。'随后,又写成立轴挂在厅堂。据说此幅大作兴酣意足,诗墨映发,连带轻盈,堪为神品。"

王铎听着如身临其境,赞扬道:"这才是玉汝的性格。"

黄培接着说:"倪元璐回到绍兴,在水软山温的江南,他的书画兴趣日益浓厚起来,就连续创作了《书画合册》《古树竹石图》等。"

王铎听着也兴奋起来:"回到江南水乡,他就如鱼得水了。"

黄培说:"的确如此,在绍兴水城,出门见水,不管去哪里都离不开舟船。在这期间,他还打造了两条船,并为这两条船分别起了好听的名字,小者为'芥为之',大者为'倪家船'。"

张缙彦没有去过南方,感到奇怪:"怎么要两条船呢?"

黄培解释说:"咱们北方人都是走旱路,在江南出门见水,不论贫富都有舟船。小船往来于城中,走大街小巷;大船走远路走亲访友,探问湖山。"

王铎笑着说:"濂源,这你就孤陋寡闻了吧。"

张缙彦哈哈大笑起来,举杯自罚一杯。

王铎听了黄培对黄道周和倪元璐的一番介绍,知道他们现在生活得都很好,心里也就踏实了,并在心中为他们祝福。

王铎和黄培虽然是第一次小聚，但却有一种相见恨晚的感觉。

酒逢知己饮，话向挚友叙。后来，他们又谈起了当前内忧外患的形势。

张缙彦对黄培说，杨嗣昌亲自征剿流寇，有个疑问他一直不理解："孟坚兄，杨阁老在皇上眼里就好像是个宝贝疙瘩，咋舍得让他亲自出马呢？"

黄培喝了一杯酒，稍微思索一下，就说起了事情的详情。

清军饱掠而去后，皇帝朱由检按照杨嗣昌列出的"守边失机、残破城邑、失陷藩封、失亡主帅、纵敌出塞"五等罪，按罪抓人，大兴刑狱，杀了包括巡抚、总兵、总监在内的官员三十六名。杨嗣昌作为最重要的指挥者，却没有承担任何责任。

在清军入关的时候，已经被招安的张献忠与仅率十八人突围的李自成有过一次秘密会晤。张献忠还接济了李自成一批武器、马匹，让他重整旗鼓，以后遥相声援。

对于张献忠的反叛行为，很多人早就看出了端倪，以不同方式提醒兵部尚书兼右副都御史熊文灿：张献忠名义上归顺，实际是催索饷银，屯兵数万于谷城，然后伺机而动。特别是总兵左良玉多次催促熊文灿发兵袭击，他却只是推脱搪塞。

作为兵科给事中的张缙彦，秘密上疏皇帝朱由检，揭发张献忠包藏祸心，无论愚者贤者人尽皆知。但熊文灿受张献忠的愚弄，不断为他请官开赏，掩饰杀人越货的痕迹，有揭露其阴谋者就立即封口；熊文灿还不断向朝廷谎报军情，把明显的反叛迹象说成是"反形未露"，欺蒙太甚。

皇帝朱由检看了张缙彦的密奏，才恍然大悟，下令革去了熊文灿的所有官职，要他立功自赎。

杨嗣昌这才开始暗中调兵遣将，准备一劳永逸解决掉张献忠在谷城的农民军。张献忠来了个先发制人，攻占了谷城县城。另一位叛军首领罗汝才也闻讯响应，打下房县，整个平静的形势又一下子动荡起来。

熊文灿听说贼军复反，如五雷轰顶，慌忙派左良玉部自襄阳出发杀向房县。同时，熊文灿还故意走漏风声，并以为左良玉饯行为名，强留拖延时间，使得张献忠从容地把武器粮食运往山中。左良玉由于粮食供应匮乏，只好采摘野果充饥，抵达房县时正好落入张献忠的埋伏圈，一万多人被打死，左良玉仅带千把人逃出。

熊文灿的伎俩被左良玉识破后，气得大发雷霆，就把他收受张献忠金银财宝和纵虎归山后又强令他冒险追击的情况，向皇帝朱由检和盘托出。

熊文灿因此被捕入狱，杨嗣昌作为熊文灿的推荐者有失察之责。皇帝朱由检就让他以阁臣身份出朝督军,任剿贼前线总指挥。

朱由检还在平台设宴,为杨嗣昌饯行,并亲自为他斟酒,命左右大臣向他敬酒三巡,将亲笔题写的七言诗送给他。

杨嗣昌跪接之后,感动得边哭边朗诵道:

> 盐梅今暂作干城,上将威严细柳营。
> 一扫寇氛从此靖,还期教养遂民生。

随后,朱由检赏赐杨嗣昌黄金一百锭、大红帛缎四匹、斗牛衣一袭、赏功银四万两。

仪式结束后,朱由检特地交代他一件事:"张献忠曾经惊扰祖陵,绝不可赦,其余人等可以剿抚并用。"

以前,王铎对朝廷剿抚流寇的情况,听到的也只是只言片语,今天经黄培这么一细说,王铎陷入了沉思,很为整个朝廷社稷担忧。朝廷中的尔虞我诈、钩心斗角,也令他十分不安。

连年干旱,使得庄稼收成大减,有的地方甚至颗粒不收。为了保佑国泰民安,风调雨顺,朱由检命王铎祭奠风神和雷神。

为了使祭祀活动顺利进行,王铎专门来到钦天监,找到能掐会算的洋人汤若望,请他给测算个祭奠的吉日。

汤若望是德国人,德文姓名叫亚当·约翰。万历四十八年就来到澳门,天启二年夏天,汤若望换上中国人的服装,把自己的德文姓"亚当"改为"汤","约翰"改为"若望",正式取名汤若望。还按照中国的传统起了字"道未",其字出自《孟子》的"望道而未见之"。天启三年初来到北京,先后两次预测出了月食,受到天启皇帝的信赖和器重。在北京钦天监见习四年,用中文写了一本介绍伽利略望远镜的《远镜说》。天启七年,汤若望被派到西安接替金尼阁传教工作。直到崇祯三年,由礼部尚书徐光启疏荐,汤若望回京供职于钦天监,译著历书,推步天文,制作仪器。同时,他还利用向太监讲解天文的机会,在宫中传播天主教。崇祯七年,他协助徐光启编成了一百三十七卷的《崇祯历书》。崇祯九年,朝廷内忧外患,朱由检起用汤若望制造大炮,用来抗击清军的掠夺和流寇的骚扰。汤若望凭着掌握的火炮知识和自己的聪明才智,经过刻苦钻研,成功地造出二十尊红衣大炮,并完成了《火攻挈要》。崇祯十一年,汤若望为谋取天主教在各省的合法地位,奏请崇祯皇帝赐"钦褒天学"四字，制匾分送各地天主教堂悬挂。汤若望来中国已经二十年了，很多人都称赞他是个"中国通"。

汤若望除了黄头发蓝眼睛外，他的穿着打扮、礼仪行为，与中国人没有什么区别。王铎开口自我介绍说："汤先生，我是……"

汤若望没等王铎说完，就先用手制止了他："您是王觉斯王大人，礼部右侍郎，太子的老师。"

王铎听了汤若望的话很吃惊，他不但知道自己是谁，声音还京腔京味，比自己学得还地道。王铎正在琢磨的时候，汤若望接着继续说："你为议和之事，差一点没被皇上打了屁股。"

王铎听了更加惊讶了，就笑着说："你一个外国人，啥事都瞒不过你，你咋知道得这么清楚呢？"

汤若望幽默地说："王大人，我现在也是中国人，不是有句俗话叫入乡随俗吗？"

王铎点头肯定了他的观点，话还没有说出口，汤若望用手比画着写字的姿势，又接着说："我很关注你的书法，经常听朋友说起，只是无缘与大人相见。今天你是亲自送上门来了，真乃是三生有幸啊！"

王铎非常喜欢汤若望坦率直爽的性格，以及他那略带点外国人风格的口音。

汤若望把王铎让进客厅，落座后王铎说明了来意，汤若望很开心，让王铎稍等片刻，就开始专心致志地进行测算。不到一刻工夫，就测算出了结果。

王铎接过汤若望递来的日期一看，是三月三日上巳节。

汤若望见王铎用奇异的眼光看着他，就笑着解释说："觉斯兄，这可是个好日子，文人墨客也都喜欢在这天雅集。东晋时期的王羲之等人，就是在这个日子，于曲觞流水的兰亭雅集时，写下了千古名篇《兰亭序》。"

汤若望如此熟悉华夏的传统节日，让王铎对他更加刮目相看，就称赞说："汤先生……"

王铎刚要开口，汤若望伸出双手制止后，说："觉斯兄，请您以后叫我道未。"

王铎兴奋地说："您上知天文下知地理，可以说是无所不知无所不晓，真是个名副其实的中国通啊。"

汤若望自谦起来："哪里，哪里。今后还请觉斯兄多多赐教，最好能赐我一件墨宝，那我就太幸运了。"

王铎听说外国人也喜欢他的书法，就爽快地答应了。两个人虽然是第一次见面，但聊得很投机、很开心，有点相见恨晚的感觉。

　　王铎回到家时，早已灯火辉煌。

　　吃晚饭时，王铎让王无咎把李际期请过来，要和他小酌几杯，让他也放松一下。

　　回到京城以后，为了让李际期专心致志地读书温习，王铎专门腾出一处安静的地方供他使用。最近一段时间，王铎一心一意地教导太子，同时也不想打扰他，小聚的机会就少了些。

　　李际期明显瘦了一圈。王铎看着他端起酒杯说："应五兄，你最近很辛苦，我敬你一杯。"

　　王铎不但给了李际期提供了一个良好的读书环境，还经常给他做些辅导，李际期很感激、很动情地说，"觉斯兄，您对我如此关照，真叫我感激不尽啊！"

　　"应五兄，您千万不要客气，咱是一家人，咋老是说两家话呢？"王铎摆着手，然后又关心地询问，"你现在准备得咋样？"

　　李际期虽然为今年的春闱做好了充分准备，但还是忐忑不安："说实在话，我现在心里还是没底，还请兄长多赐教。"

　　"其实也没有太多的说教，只要多读、多记、多思，你就肯定会金榜题名。"王铎感觉李际期压力太大，就转移话题，说起了他请教汤若望的事情，"今天我去钦天监，去请教了一个洋人。"

　　此时，孙子王鹤跑进来，第一次听说洋人，很好奇地问："爷爷，你刚才说的羊人头上有角吗？"

　　王铎和李际期都笑了，王无咎用手刮了一下他的鼻子说："啥羊人牛人的，不是牛羊的羊，是黄头发蓝眼睛的外国人，都称他是洋人。"

　　王鹤不好意思地咧着嘴大笑起来，吃了一口菜就赶快跑出去了。

　　王无咎听了汤若望的经历和他测算吉日的情况后，对他也产生了好奇："爹，你说他一个外国人，咋对咱们的文化了如指掌呢？"

　　王铎说："咱们的文化博大精深，洋人也很喜欢啊。不管学啥，只要持之以恒，坚持不懈，做事就一定能成功。人家洋人都能做得到的事，咱就应该做得比他更好。"

　　李际期听了王铎的话，又想到了春闱考试，对此大发感慨："觉斯兄，你来京的时候住在报国寺，吃了那么多的苦。我现在比你不知要好多少倍，如果考不好，我真的是无颜见江东父老了。"

　　王铎鼓励他说："话也不能这么说，此一时彼一时。再说了劲可鼓不可泄，就你现在的学问，肯定能金榜题名的。"

　　王铎、王无咎举杯，先给李际期举杯预祝贺。然后王铎又把自己在考试之前准备的情况，一五一十地讲给他听。不但李际期受益匪浅，王无咎也觉得大有裨益。一直到夜深人静之时，他们还余兴未尽。

　　初秋的北京，白天依然炎热难耐。
　　王铎手里拿着一个大纸包，急匆匆地从礼部公署出来。黄培迎面把他拦住，说："觉斯兄，你如此匆忙，这是要去哪里？"
　　王铎神色很着急，指了指手中的纸包说："家中老娘身患重病，呕吐不止。孚元兄找御医给配制了一些苏合丸，我准备找人带回去给老人先服用。"
　　黄培听说老人有病，到嘴边的话就咽了回去，就改口说："我找御医给老人家再号号脉。"
　　王铎听了很感动，说："老人在河南老家，我先把这些药给她带回去服用。"
　　王铎看着黄培着急慌张的样子问："你急匆匆的，这是要去哪里？"
　　黄培吞吞吐吐地说："其实我是来找你的。"
　　王铎吃惊地问："有啥急事不成？"
　　黄培知道了王铎的母亲有重病，就不想再告诉他。王铎一再追问，才直言相告："是有个急事，但再急也没有给老人送药治病急，等以后再说吧。"
　　王铎听说有急事，就上前拉着黄培再次追问。黄培轻描淡写说了一句："黄道周黄大人已经回到京城了。"
　　王铎听说黄道周已经回京，脸上露出了笑容，高兴地说："这是好事啊，你还吞吞吐吐的，等我抽个空闲，咱们给他接风洗尘。"
　　黄培很遗憾地说："接风洗尘怕是办不成了。"
　　王铎一听就急了，问："是咋回事？"
　　黄培拉着王铎快步来到一个僻静的地方，面色非常沉重地说："他来京师是被皇上问罪的！"
　　王铎一听瞪大了眼睛："前一段时间还听说他在老家给父母守墓读书呢，咋就突然又被问罪了呢？"
　　黄培告诉他："现在的整个形势你是知道的，杨嗣昌作为内阁大臣兵部尚书，既要指挥对付李自成、张献忠两路流寇的骚乱，还要顾忌北边清军的进攻。皇上越是疼惜杨阁部，就越是气恼黄大人对杨嗣昌的谩骂。"
　　王铎说："幼玄在老家，咋又得罪了皇上和杨嗣昌呢？"

黄培说："起因并不是幼玄兄，而是江西巡抚解学龙。他十分赞许黄大人的人品、道德和文章，向皇上推荐他可当大任。皇上看到后更加气恼，怀疑他们有结党朋比的嫌疑，就不分青红皂白，急诏解学龙和黄大人到京，各廷杖一百问罪。"

王铎为黄道周抱打不平："这真是天上飞来横祸，我马上就上疏营救。"

黄培马上制止："觉斯兄，这可千万使不得。在这个节骨眼上，你越是上疏解释，皇上就会更加怀疑是朋党，对黄大人的惩罚就会越重，说不定还会把你牵连进去。"

王铎听后很着急，执拗地要上疏营救黄道周。

黄培为了说服王铎，就告诉了他最近发生的一些事：计部主事叶廷秀听说皇上要问罪黄道周，就上疏情愿代罪受罚，被廷杖一百后削籍为民。太学生涂仲吉也上疏营救，通政司为了保护他，开始没把他的奏疏报给皇上，但他铁了心要讲心里话，再次上疏。皇上见奏疏后大怒，也将他廷杖一百，然后被下狱。皇上朱由检之所以如此无情，是因为他怀疑这些人是朋党，要镇抚司严刑拷问。其实他们四人都襟怀坦荡，虽然受尽了酷刑，却没有一人为了求生而自诬。在他们当面对质的时候，叶廷秀当庭大声问："谁是闽黄公者？"黄道周虽满身杖疮，却忘疼而揖。四个素不相识的人在那种场合下第一次见面，都感到相见恨晚。那场景使在场的很多人都流下眼泪，真是感人至深啊！

王铎听了后眼睛也湿润了，坚毅地说："孟坚啊，只要能营救幼玄脱离险境，即使受到牵连我也心甘情愿。幼玄兄在狱中，我绝不能置之不理，更不能见死不救。如果不能上疏营救，还有其他办法让他尽快出狱否？"

王铎有情有义的话让黄培深受感动，但还是劝慰说："觉斯兄，你先不要着急，我找你来商量，是想先去狱中看望他，然后再随机应变采取对策救他。"

王铎马上找人把药送走，然后就想准备一些银两，好让黄道周在狱中使用。黄培说他已经准备好，两个人就来到锦衣卫大狱。

来到牢狱门口，王铎远远就看见黄道周强撑着受伤的身体，凭借着高墙上一线微弱的光线，在认真地写着什么。

王铎看着双鬓花白、苍老中透出刚毅、已经五十六岁的同年学长，眼泪止不住地流了下来。

刚开始，黄道周以为是狱卒在巡查，并没有在意外面的动静。后来，当他用余光看见王铎悄悄走来时，坚强的汉子眼睛也湿润了。

王铎疾步走到黄道周面前,两双手紧紧地握在一起。王铎对黄道周从上到下看了一个遍,心疼地说:"兄长受罪了!"

黄道周见到王铎后,心里坦然起来,爽朗地说:"觉斯贤弟,我在这里很好嘛,更有时间读书写字了。"

王铎擦拭一下眼泪,很抱歉地解释一句:"老母身患重病,最近只顾给她老人家求医找药了,今天才知道你的事情。"

黄道周听说王铎的母亲有病,忘了自己的伤痛,关心地说:"老人的身体要紧,要赶快找郎中医治调理。"

"多亏孚元兄,是他找御医给配制了苏合丸,已经找人给老人带过去了。"王铎说完,轻轻抚摸着黄道周的身体,心疼地问,"你的身体咋样?"

黄道周平静地说:"孔子曰:'身体发肤,受之父母,不敢毁伤。'"

黄培悄悄走过来,递给他一个包裹。王铎介绍说:"这是黄培黄孟坚贤弟,现在是锦衣卫指挥,是他告诉我你的情况,在这里他会照顾你的。"

黄道周与黄培同时抱拳拱手。王铎把包裹给黄道周,黄道周打开一看是银两,马上推回去说:"觉斯、孟坚二位贤弟,你们的心意我领了,在这里我用不着。"

黄培说:"遇到个别太呲毛的狱卒,好进行打点。"

黄道周说:"狱卒都知道我素来清贫,都没指望能在我身上捞到油水。不过他们要是奉纸求书,我就给他们写《孝经》。"

黄道周刚才写的正是《孝经》,旁边厚厚的一摞也是《孝经》,还有一部已经写好的《易象正》手稿。

王铎看着还带有墨香的《孝经》,被他那倔强、峻厚、质朴的人格所打动。

黄道周此番蒙受冤屈的根源,还是在于平台抗辩弹劾杨嗣昌不孝。如今他就大书特书《孝经》,实际上也是在表明自己的心迹。

王铎和黄道周在一起,好像忘却了是在大狱,见面就有说不完的话。最后还是黄培走过来催促,他们才意识到时间太长了。

王铎还想再陪一会儿,黄道周却催促他回去,黄培也劝说:"觉斯兄,你就放一百个心吧,这里的一切都有我来照应呢。"

王铎紧紧抓住黄道周的双手,眼睛又湿润起来,一再叮咛:"幼玄兄多保重,我和孟坚会想办法让你尽早出去的。"

最后,两人挥泪抱拳而别。

黄道周在狱中卧病近三个月,给狱卒们抄写《孝经》一百二十本,还编著完成了《易象正》。后经过王铎、黄培等人的多方营救，终于安全出狱。

寒露刚过，西北风就狂吹不止，整个京城弥漫在黄沙之中。

王铎突然接到长子王无党写的家书，信中说托人带回去的药，奶奶吃了后效果不太好。最近家里还出了两件大事，五叔王镡和堂弟王无骄因病相继去世。爷爷和奶奶都很悲伤，特别是奶奶的病情又进一步加重。爷爷为此吃不下饭，睡不好觉，面目黧黑，身体逐渐消瘦，扶之不能立，立之不能卧……

王铎还没看完书信，就已经站立不稳了。王无咎见状，赶紧上前扶他坐下。

母亲身体有病，以前在信中已经知道，现在又说老父亲也身患重病，让王铎更加担心起来。家中发生的事情让王铎感到太突然了。

特别是王镡和王无骄的突然离世，使王铎如五雷轰顶。在他们兄弟五人中，王镡是老小，聪明颖慧，性情至孝，善于骑射，深受王铎喜爱。他从小很喜欢跟随大哥读书、赋诗、写文章，王铎对他也是尤为宠爱。近几年，王铎一直带着他出去增长见识，开阔眼界。上次回家后，王铎想让他多陪陪爹娘和新婚的弟妹，就把他留在了老家。王铎万万没有想到，他却突然离开了人世。侄子王无骄是二弟王镛唯一的儿子，刚满十八岁。两位至亲先后早逝，让王铎痛不欲生。

白发人送黑发人，王铎生怕年迈的爹娘经受不住，就决定回乡探望。第二天上疏乞休，然后在家焦急地等待着。

直到霜降之后，还是没有得到允准。王铎心急如焚，看着满地洁白的霜，心里冷得直发颤。

王铎实在等不下去了，就准备去吏部直接找张四知，想让他给催一催。刚走出大门，就看见王承恩带着一帮人，急匆匆地赶过来。

王铎感到有些奇怪，天这么早又这样冷，王承恩亲自出马，肯定有着急的事情。

王铎还没来得不及打招呼，王承恩就已经抱起了双拳，满面春风地说："觉斯兄，恭贺您大喜！"

王铎赶快抱拳还礼，满脸愁容地说："王公公见笑了，家中最近烦心事一件接一件，喜从何来啊？"

王承恩却笑眯眯地说："苦尽甘来嘛，有忧就会有喜，不请我到家里坐坐？"

王铎赶快把王承恩迎到客厅，但他并没有就座，而是缓缓地拿出圣旨，面对着王铎不紧不慢地说："王铎听旨！"

王铎赶紧跪在地上，王承恩开始宣读皇帝御旨："奉天承运，皇帝诏曰：擢升王铎为南京礼部尚书，即刻赴任。钦此。"

王铎听着先是激动万分，然后又感到太突然了。自己在治国理政、抗击清军、安抚剿匪等方面，并没有做出突出的贡献，皇上为啥又对自己擢升呢？

王承恩看着愣在那里的王铎，就提醒说："觉斯兄，赶快起来谢恩吧。"

"谢主隆恩，万岁、万岁、万万岁！"王铎赶紧接过圣旨，把王承恩等人让到客厅。

王铎把圣旨供奉起来，王无咎给王承恩敬上上等的好茶。

王承恩看着英俊潇洒的王无咎说："觉斯兄，这位一定是你家相公吧，活脱脱的一个你年轻时的模样。"

王无咎赶快给王承恩施礼，王铎介绍说："这是犬子王无咎，排行老二。"

王承恩看着彬彬有礼的王无咎，内心非常欢喜，夸赞说："这孩子一看就大有出息，前途不可限量啊。"

王铎听到王承恩夸奖自己的孩子，心里自然很高兴。王无咎再次向王承恩拱手："多谢王公公！"

此时，李际期正好进来，王铎又将他介绍给王承恩："应五，赶快拜见王公公。"

李际期给王承恩施礼后，王铎接着继续介绍说："王公公，这位是李际期，字应五，庚辰科进士。"

李际期再次拱手："还请王公公多多关照。"

王承恩毫不推托："好说，好说。"

王铎接着继续介绍："应五是我的亲家翁，孩子的老泰山。"

王承恩站起身来，笑着说："觉斯兄，你们亲家好好聊聊吧，我还有急事，先走一步。"

王承恩说着起身就向外走，王铎、李际期和王无咎跟着相送。快到大门时，王铎抱歉地对王承恩说："王公公，以前答应给你写的扇面还没有写呢。"

王承恩很理解地说："你的精力都用在太子身上了，家中老人身体又不好，我能体谅你现在的处境，不过我可没有忘记哟。"

送走了王承恩，全家人都非常高兴，李际期更为亲家翁祝贺一番。只有王铎很淡然，心中想的依然是双亲的身体，要尽快回家看望。

王铎告诉李际期，他赴留都任职还不知道啥时候才能回来，这里的房子就留给他用。

　　李际期听说王铎要回老家，就提出想跟他一起回去。王铎见李际期态度坚决，想到一同回去看看也好，回京时就可以把家眷都接来了。

　　王铎让王无咎简单收拾一下，他去内阁、吏部辞行后尽早动身。

第二十九章

　　崇祯十三年冬天，天寒地冻，北风呼啸。

　　王铎带着全家人，冒着刺骨的寒风和飘舞的雪花，一路向南疾驰而行。

　　为了家人在路途中的安全，王铎让王无咎和护送他赴任的锦衣卫骑马在前面带路，他与李际期骑马走在中间，陪着马瑞云和孩子们，同时看护装满书籍杂物的车辆，二十五骑家丁护卫殿后。

　　路上看到的是一片凄惨的景象，经过的村庄几乎不见人烟，还经常遇到一些散兵土匪骚扰，让王铎为家人的安全担心。

　　走到卫辉张吴店时，王铎感到已经到了自家的地盘上，才轻轻地松了一口气。正值黄昏之际，王铎抬头看着夕阳的余晖，招呼大家休息一会儿。此时，突然看见远处尘土飞扬，狼烟四起。

　　王铎惊恐地预感到，一定是遇到了土匪流寇，就赶快把家人疏散，让他们临时躲藏起来。

　　正如王铎的判断，不到半个时辰，就涌来了无数土匪流寇。为了确保家人的安全，王铎带领锦衣卫迎面而立，把土匪都吸引到自己面前。

　　王铎看着眼前穿戴颜色各异、破烂不堪、奇形异装的杂牌军，断定是土匪流寇。他们虽然人多，但却是一群乌合之众。

　　为首的头目看到王铎时，下意识地倒吸了一口冷气。眼前的王铎伟貌修髯，犹如关云长在世。再看看王铎身边的十几名锦衣卫，身着统一服装，个个身材魁梧，体魄健壮，一副威风凛凛、神圣不可侵犯的神态，心里不由胆怯了几分。

　　王铎毫无畏惧，国恨家仇顿时涌上心头。他向锦衣卫一挥手，用浓重的河南家乡话大喊了一声，挥刀跃马，带头向贼首冲了过去，并以迅雷不及掩耳之势斩杀了贼首。其他土匪从来没有见过如此阵势，更没见过这样英勇剽悍的将士。匪首被杀，群龙无首，土匪的阵势顿时大乱，一哄四散而逃。

　　王铎与锦衣卫们并驾齐驱，争先陷阵，奋力拼杀，斩获甚多。又追逐了四五里路，恐遇流寇设伏，方才停止追杀。迂回后找到家人，大家虽然受了一场惊吓，但全都平安无事。为了躲避土匪的报复，他们不敢在此停留，连夜向西急行而去。

　　第二天天刚蒙蒙亮，走到沁园、狄家岭一带时，王铎站在高处向四周瞭望，敏锐地发现逃难的人越来越多。他让大家暂时停下来，自己下马上前打听后，才知道这些人都是从黄河南逃过来的。并且还得知一个不好的消息，整个黄河以南到处都是李自成的军队，洛阳已经被围困了一个多月了，稍有资财的人家几乎都被他们掠抢一空。

　　王铎听了这个消息以后，更为爹娘的安危担忧，也为整个家族的生命担忧。洛阳被围困，看来孟津也无法回去了。

　　王铎立即找来李际期商量："应五兄，刚才打听到老家一带到处都是流寇。此时如果咱们回去的话，且不说咱的家财不保，全家老小的性命也会受到威胁。我想拜托你带着家人暂时留在怀州，我和藕茅先回去看望爹娘。若家里没啥大事，再让藕茅来接你们……"

　　王铎的话还没说完，平时一向寡言少语的李际期就摆着手坚决不同意："觉斯兄，回家的路我比你熟悉。再说了我比你年轻，回家探路是我的事。"

　　李际期对王铎十分敬重，平时只要是王铎说的话，他几乎百依百顺。但在说到回家探路时，他却半句也不相让，坚决要求自己带藕茅回去。

　　王无咎见爹和岳父在争论，就走过来劝说："爹，您老毕竟年近半百了，还是由我陪岳父先回吧。"

　　王铎瞪了王无咎一眼，但也没再说什么，只好按照李际期和王无咎的建议办。

　　送走了李际期和王无咎，王铎为家眷的安全担忧，也深感自己的责任重大。怀庆府与孟津仅一条黄河之隔，虽然近在咫尺，却不能回家探望双亲，在这人生地不熟的地方，不由得为难起来。在走进城的那一刻，王铎突然想起了同年苗胙土。他在任佥都御史抚治郧阳时，因弹劾杨嗣昌被革职遣戍怀庆府，现在应该还在这里。

　　王铎到怀庆府城内一打听，苗胙土果然在此。苗胙土做梦也没有想到，在这举目无亲、匪患横行的他乡与王铎不期而遇，让他既感到意外，又激动万分。

　　王铎说明来意后，苗胙土皱起了眉头。他是被革职发配到这里的，不是地方官员就没有多少人脉，但他还是立即四处打听，看谁家有闲房临时居住。

　　经过多方打听，最终找到了一个清闲的小院。王铎过去看了看，虽然拥挤了一些，但能有个地方落脚也就心满意足了。

　　自从李际期和王无咎回家后，已经过去好几天了，但一直没有音信。王铎表面上看似很平静,其实内心却是心急如焚,一天到晚坐卧不宁。

马瑞云看出了王铎的心思,就让家仆陪着王铎出去走走。王铎没有再推辞,就让苗胙土等人陪同出城逛逛,其实主要是打听一下外面的情况。

一天,他们来到一个叫沁园的地方。这是自东汉以来,历代官宦、权贵的栖息之地,现在却成了百姓逃荒避难之所。

王铎看着沁园西畔东畔的西中道、南畔的长乐村,也是有感而发,写下了一首《中道村》:

苍苍上古水,竹树递香洲。
才入林丘里,真疑风雨秋。
心渊浑不夕,云翳似无流。
欲极冲玄味,绿书或可求。

走出沁园后,又来到北宋名将狄青灵丘栖息的狄家岭。传说狄青死后从开封运回老家山西汾州,路过狄家岭时,家人看到这里遍地林繁茂竹,风水很好,便把他安葬在这里。昔日的风水宝地,现在却是野草丛生。

北风呼啸,尘土漫天飞扬。王铎一行人被风吹得浑身发颤,只好暂且回到城里。

李际期和王无咎走后已经十多天了,依然杳无音信。王铎焦躁不安起来,马瑞云也是心烦意乱。

中午过后,王铎带着马瑞云和孙子王鹤又一次来到城门外,向着家乡的方向瞭望。

王铎看得眼睛发昏,仍然没有看到人影,再次失望起来。用手揉揉双眼,再揉揉冰凉的双耳,准备回城。

在转身之际,眼尖的王鹤看到地平线上有一个黑点,伸手拉住爷爷,指给他看。

王铎转过身来,看见小黑点变得越来越大,还传来了急促的马蹄声,卷着扬起的尘土飞奔而来。奔驰的骏马停在他面前,原来正是他朝夕盼望的王无咎。

王无咎翻滚跳下马来,带着凄凉哭声,双膝跪在王铎面前。

王铎看着王无咎腰间系着的一条白腰带,预感到了凶多吉少,急忙询问详情。

王无咎哭着断断续续地说:"我爷爷……走了……"

王铎听后立刻瘫软在地,王无咎和马瑞云赶快上前搀扶。跟在王无咎身后的仆人，也陆续来到王铎身边。

王铎稍微清醒后，看到眼前老少几十口人都穿着孝服，悲痛得失声哭起来。

王无党用独轮车推着奶奶，石薇汝跟在旁边。王铎挣扎着来到母亲身边，紧紧抓住老人的手，眼泪早已挂满两腮。母亲拍着王铎的手平静地说："凤儿，此时不是说话的地方，以后慢慢再聊吧。"

王铎知道母亲身体不好，就强忍着内心的悲痛，擦拭一下眼泪，带着大家回到临时的住所，首先把老母亲安置好，让家仆给大家烧水做饭。

王铎把母亲安顿好，把王无咎叫到跟前，严厉地问他们："藕茅，咱们不是说好了，回家看看就赶快回来的吗？"

王无咎还没说话，王无党就流着眼泪解释："爹，二弟到家时，爷爷已经不行了……"

王无咎擦了一把眼泪，接着王无党的话说："爹，我和岳父赶到孟津渡口时，逃亡的百姓和守河的官员都乱成了一锅粥。沿岸的百姓为了躲避战乱，都想渡河到北岸来躲避，但守河官却命令断航，极力阻止百姓北渡。岳父出面与守河的官员协商，愿以全家老小为人质承担一切后果，守河官这才允许开航，让百姓们连夜渡河。当我赶到家的时候，爷爷就……"

王铎更加生气，严厉地训斥王无咎："既然是这样，你就更应该回来叫我回去，我现在成了不孝之子了！"

陈老太太见王铎一直在训斥王无咎，就颤颤巍巍地走过来，平静地说："不要埋怨孩子，是我不让他回来的。现在兵荒马乱的，你们来回奔走，我怕再有个好歹。"

王铎赶快起身扶老太太慢慢坐下。马瑞云端一碗热水走进来，母亲让先放下，接着又说："家里的房子都让土匪占了，东西也被他们抢了。你就是回去了，带的东西也得被他们抢个精光。我就寻思着，你爹反正已经走了，你就是回去了，他也不能再跟你说话了。是我做主让他早早入土为安的。"

王铎听后泣不成声，流着眼泪断断续续地问："我爹的身体不是挺好的吗？咋会突然就走了呢？"

陈老太太唠家常一样地说："是啊，本来是我该先走的，他见我整天病恹恹的，心里着急，自己先走了。"

王本仁去世，王铎没能守候在爹身边，心里十分内疚，认为自己是不孝之子。老太太是个明事理的人，她用手指指胸前，安慰王铎："凤儿，孝与不孝在这里，娘心里明镜似的。你们兄弟几个和孙子们，都是咱王家的孝子贤孙。"

马瑞云又把热水递给老太太。老太太喝了一口,说:"你爹这个人啊,看起来很严厉,有时候为一点小事会发脾气,对你们几个兄弟吹胡子瞪眼,那都是因为过穷日子惯了。现在你们都成家立业了,也知道当家柴米贵了,应该理解他的心情了吧?"

王镛默默地走过来,坐在老太太身边。老人看着儿孙们,从内心里由衷地高兴。她伸手拍拍王铎的手,接着又说:"以前不管家里再穷,在供你求学这事上,你爹可是什么都舍得。有时候宁愿让你弟弟妹妹受委屈,也绝对不会让你作难。我很清楚他的心思,他是把自己想做而没做成的事,让你去替他办成。你确实也很争气,也是你的命好啊,遇到了贵人帮衬。"

王铎用力点着头。老人掰着手指头又说:"你岳丈、你大舅就不说了,还有你恩师乔老先生……这些人的恩情,咱可千万不能忘,不是说滴水之恩当涌泉相报嘛。"

王铎又擦拭了一把眼泪:"娘,儿子都记下了!"

老人家又说:"你爹不在了,你作为家中的长子,今后你就是家里的顶梁柱了。你们兄弟姐妹,不管谁家有个灾有个难的,你们都要相互帮衬着。"

王铎认真地点头。老人继续说:"你五弟在你爹前面先走了,他留下的家眷你得管起来,不能让他们受委屈。"

王铎说:"娘,你就放宽心吧。"

老人家回头看见王镛,又说:"你爹走之前说了一件事情:你二弟唯一的儿子没了,你家儿子多,得过继给他一个。"

"娘,我听您老人家的,爹咋说我就咋办。"王铎顺从地对老太太说,却依然没有看见王钺、王镆,就回头问王镛,"仲和,咋一直没看见三弟和四弟呢?"

王镛叹了一口气说:"在渡黄河之前,遇到了一股土匪流寇,把我们给冲散了。"

王铎听后很担心:"派人回去再找找他们吧。"

王镛却平静地说:"大哥放心吧,他俩都是机灵鬼,不管发生啥事都吃不了亏。"

王铎听了王镛的解释,才慢慢放下心来。

坐在旁边的马瑞云没注意王铎和王镛的对话,一直在琢磨老人的话,虽然每句话都很在理,但心里总是忐忑不安。老人好像是在安排自己的后事似的,就赶紧从中打断她的话:"娘,您老人家赶路太累了,又说了半天话,身子骨恢复得咋样了?"

老人抬头看看马瑞云，却没有接她的话，又对王铎说："瑞云到咱王家就没享过福，刚来的时候，一天到晚吃苦受累。这个家要是没有她在后面支撑着，哪有你的今天呢？"

老人的话句句都是实情，马瑞云认为是分内的事："娘，我嫁到王家就是咱王家的人，这不是应该做的吗？"

老人说："话是这么说，你作为千金小姐，来到王家就帮我带几个弟弟妹妹，后来自己又生儿育女、吃苦受累，我这个当婆婆的心里跟明镜似的，全家人都感激你。"

王铎抬起头来，感激地看着马瑞云。王镛插嘴说："娘，你常给我们兄弟几个说老嫂比母嘛。"

"娘，我这都是跟您老人家学的。在咱家一天不能两粥的艰难日子里，您老人家把最珍贵的首饰都卖了。"婆婆的肺腑之言和二弟发自内心的亲情，马瑞云听了心里热乎乎的。她蹲下来拉着婆母的手，继续劝她休息："娘，以后咱就天天在一起了，有的是时间说话聊天。今天您老累了，先到屋里歇一会儿吧。"

老太太本来身体就有病，加上老太爷去世，心里很难过。她要强了一辈子，今天的确感到累了。在王铎和马瑞云的搀扶下，顺从地回到里屋歇息。

老太太休息后，王铎扭头看着王无咎，又关心地问起李际期。王无咎解释说："岳父作为人质一直留在渡口，回来时却没有见到他。"

王铎又问起家里的情况时，王无党说："爹，崝嵘山房被土匪占据了，里面的东西大部分都给毁坏了。"

王铎听了十分生气地说："这些土匪真是可恶至极，我还想着后半生在那里安度晚年呢。"

王无咎说："说他们可恶吧，他们对穷人百姓却是挺好，都在相互帮衬着。可是对大户人家却是又抢又拿，不让拿还打人。"

王无党说："他们来到咱家的时候，刚开始都是一脸的凶相，后来看到咱家大门口施粥的大棚，见爷爷、三叔给逃荒的百姓们施粥，也没有太过分的举动，只是要了一些粮食，出门后都分给穷人了，真说不好他们是好人还是孬人。"

王无党、王无咎和王镛的话，让王铎也陷入了沉思，他也一直为这个问题百思不得其解。

夜已经深了，王铎却无法入眠。父亲在世的时候，很少能想起他的模样。现在他突然驾鹤西去了，平时很少见到的音容笑貌不断地在眼前浮现。

在王铎的心里，父亲好像并没有离开，总感觉只是家人们说说而已。在回来的路上，王铎就有一种不祥的预感，经常做一些莫名其妙的噩梦。对父亲的身体就一直担心挂念，为此还曾写过一首《纪庚辰辛巳事》诗：

  数年居京邑，中心久怀归。
  凶岁返故里，我心恻且悲。

  王铎拿出一个木盒，里面是祖传的宋拓唐朝高僧怀仁集王右军《圣教序》。王铎从记事起，就看到这个拓本，父亲跟宝贝似的保存着。王铎长大以后就传给了他，从此以后就与他朝夕相处。

  王铎手里捧着传家宝，小时候父亲教导自己临写《圣教序》的情景又历历在目。

  父亲让他临写《圣教序》十分苛刻，也正是父亲的严厉，才使自己打下了坚实的基础。由于自己是家中的长子，父亲寄予了厚望。长大后，家境虽然十分艰难，但全家省吃俭用，先后送自己去河东书院、嵩山书院深造。现在仔细想想，父亲对自己的确更偏爱。

  王铎审视着传家宝，父亲不在了，自己突然有了强烈的责任感，应该主动担负起家族的全部重任，教育家人遵守孝悌，教导弟弟、子侄好好读书，将来也要考取功名，为王家光宗耀祖。

  按照礼制，父亲去世子孙必须在家守丧三年，其间不做官、不应考、不婚娶。

  王铎就来到简陋的书桌前，研墨拿纸提笔，给皇帝上疏，辞去南京礼部尚书，让护送他的锦衣卫回京复命，他在家为父亲丁忧。

  王铎已经想好了，在为老父亲丁忧期间，可以天天与弟弟、子侄朝夕相处了，要把自己的学问都教给他们。

  第二天一早，王铎向母亲请安以后，简单地吃完饭，就招呼王镛和王无党、王无咎跟他一同走出怀庆府城郭，来到茫茫的空旷田野到处转悠。

  王铎一脸严肃，谁也不敢多嘴。来到东湖沿岸，看着荆棘丛生、茅草遍地的东湖，王铎停了下来。

  王铎望着阴风凄惨的湖面，眼里噙着泪水问大家："你们还记得唐朝孟郊的《游子吟》吗？"

  王无咎看着父亲，轻轻吟诵道："慈母手中线，游子身上衣。临行密密缝，意恐迟迟归。谁言寸草心，报得三春晖。"

  王铎听完后，又重复了一遍："谁言寸草心，报得三春晖。"对最后的"三春晖"一连重复了三次。

直到此时，王铎才把自己的想法告诉大家："仲和，咱们不能在爹的墓旁边筑庐守墓，就在湖岸边搭建个草庐，隔黄河为父亲守灵吧，名字就叫'涵晖阁'。"

王铎的想法立刻得到大家的赞同，只有王无回一时没有理解爹的用意，怯怯地问："爹，为啥选择在这里为爷爷守灵呢？"

王铎充满爱意地拍着王无回的肩，却非常严肃地说："怀庆府与咱老家虽然只有一河之隔，由于流寇横行，咱们无法在你爷爷墓前守孝，这已经是不孝了，如果还在怀庆府城闲住，那就是大不孝。"

王无党早已理解了父亲的用意："爹，咱们准备啥时候开始建'春晖阁'？"

王无咎立刻给他纠正说："哥，爹说的是'涵晖阁'。"

王镛觉得春晖阁也很好，就对王无咎说："你哥说的春晖阁也很好，不过你爹刚才说的确实是涵晖阁。"

王无咎仍然坚持说："还是涵晖阁有内涵。"

王铎深情地看着眼前的两个孩子，说："不管是春晖阁还是涵晖阁，都是在此为你爷爷守墓，铭记他老人家的养育恩情。涵晖阁建好以后，把家里年长的男丁都集中在这里。"

王镛说："大哥，等涵晖阁建好后，我准备回家一趟，三弟、四弟还都在老家，他们毕竟年轻，我不放心。"

王铎同意王镛的想法，也说出了内心的感触："东湖边涵晖阁居住条件肯定很差，但对于从寇匪中逃出来的人来说却犹如天堂。要想居住悠闲，当然是怀庆府好。但作为王家的子孙，又是朝廷大臣，我既有守孝之责，还有匡复国家之职，哪能在幽静的地方吃香喝辣地享受呢？"

王无咎听了王铎的一番话，说："爹，我已经理解了你写的《移居》那首诗的意境了。"

王铎扭头看着王无咎，缓和一下语气问："我昨天夜里才写的，你看过了？"

王无咎诡秘地歪头一笑，说："清晨我给你收拾书斋时看到的。"

王铎用手指了指他，说："看来你小子很有灵性，为父正是此意。"

王无党好奇地看着王无咎，只见王无咎稍微一想，张口吟诵道：

　　栖托东湖上，茅堂近北城。
　　古今余冷泪，兵火剩残生。
　　抚竹沁园好，吹箫铁岸清。

扶危诸志在，肯自味洲蘅。

　　王镛听完后，也立刻明白了大哥这首诗的含义，回头问王铎："哥，在这里建涵晖阁的事，其实你早已胸有成竹了。"

　　王铎点着头对王镛说："自从爹离开咱们以后，我就在想，老家是回不去了，如何才能纪念他老人家呢？就想筑草庐隔河为他守墓。我感到在东湖岸边最理想，老人家在天堂会看到咱们的。"

　　用土坯和芦苇搭建的涵晖阁矗立在荒凉的东湖岸边，远远望去却也很壮观。特别是王铎用带有颜柳楷体风格书写的匾额，显得十分肃穆庄严。

　　崇祯十四年春节，王铎带着家中的男丁在涵晖阁度过。按照规矩，家中老人去世不张贴红对联，更不能燃放鞭炮。

　　大年初一清晨，东方刚刚泛起一缕白色，王铎就带着王镛、王无党、王无咎等男丁们，来到祖先的牌位前，燃三炷高香，跪拜磕头。一切礼仪进行完后，又进城给老母亲磕头请安。

　　吃过饭以后又回到涵晖阁，王铎先安排王无回、王鹤等小孩们临写大仿字，然后再给王无党、王无咎等人辅导古文、诗赋以及八股文的写作方法，这些都是在乡试、会试和殿试中必备的知识。王铎现在就像一位先生，不厌其烦地给大家辅导。等孩子们写完大字后，又分别给他们进行一番点评，对好的给予表扬，差的再耐心说教，还要重新临写。这种学习方式，慢慢就成了生活中的一种习惯。

　　王铎忙完之后，来到简陋的书房，听着怀庆府城里此起彼伏的鞭炮声，看着凄凉的湖面，心里思绪万千。自己从小尊崇儒道，以修身齐家治国平天下为己任，经过多年的苦苦追求，成了南京礼部尚书。在王氏家族中属于最大的官了，实现了爹让自己光宗耀祖的愿望，爹的在天之灵应该得以慰藉了。

　　王铎后来又想，南京礼部尚书虽然并没有实权，但依照自己的性格，去留都比在尔虞我诈的京师更适合自己。自己一生所追求的目标，并不在乎做多大的大官，而是潜心做学问、赋诗文、在历史上留下好书数行。

　　从京师回来时，王铎就已经和瑞云商量好，把爹娘的病医治好后，去南京赴任，把爹娘都带上，陪他们好好安度晚年。王铎做梦也没想到，老父亲却撒手人寰，驾鹤仙去。更没有想到的是，由于流寇横行，昔日曾经哺育自己长大的母亲河横在眼前却无法逾越，真正体会到了有家不能归的滋味。

　　在涵晖阁里，虽然远离了纷争的官场，但王铎依然心系着动荡的天下。当前大明王朝面临着两方面的威胁。一方面是以李自成、张献忠为代表农民起义军，从甘肃、陕西、山西到河南一带，特别是近两年，整个中州大地被他们闹得狼烟滚滚，而且势力越来越壮大。另一方面，就是以皇太极为首的清军，他们虎视眈眈，窥视着大明江山，已经四次冲破长城进行骚扰掠夺，不仅威胁着山海关以外的广袤土地，而且还威胁着京城的安危。

在内忧外患的时候，皇帝朱由检为了让大明江山尽快富强起来，虽然一方面勤于政务，励精图治，有时为处理政事，常常夜宿殿堂，同时还勤俭节约，不贪女色，但他多面的性格，又让人捉摸不透。他既雄心勃勃却又暗含自卑，既刚愎自用又优柔寡断，既一言九鼎又出尔反尔，而且还有自作聪明、举措乖张、生性多疑、翻脸无情，他几乎全都占尽。特别是在用人上，唯以他自己的意愿为准则，换首辅就像走马灯似的，让群臣噤若寒蝉。执政十三年来，已经先后换掉了四十多位内阁大臣。他上台伊始，曾对袁崇焕全权委以重任，但在第二年就将其杀害，还残忍地施以磔刑。最近几年，他对所有朝中大臣都不相信，把巩固国家统治的希望全部寄托在太监和锦衣卫身上，使那些忧国忧民的大臣受到残酷迫害，令肝胆酬国的志士心寒，很多大臣开始与他离心离德，整个朝廷和国家都陷入了极其艰难的困境之中。

王铎眺望着东湖，忧心忡忡，百思不得其解。这个昔日聚集天下英雄、共同讨伐荒淫无道商纣王的会盟之地，如今却从西北铺天盖地会集着各路流寇，难道他们也是英雄？

王铎的脑海里一闪念，立刻就被自己否定了，他们要是英雄，那当今皇上不就成了当年的商纣王了吗？

王铎想着内忧外患的天下大势，看着开始飘起的雪花，倾听着窗外怒吼的北风，深深为大明江山的安危担忧。

王铎拿起已结冰的毛笔，用热水化开后，写下一首《辛巳元日》：

  旅中逢此日，默默与时更。
  祈地回人瘼，礼神答国荣。
  自安林浦意，敢动庙廊情。
  一职终何补，三年未有成。

写完后又反复斟酌了几遍，才放下毛笔，把双手放在袖筒里。稍微暖和一会儿，又拿起跟随他多年的《国语》，专心阅读并批注起来。

王铎在翰林院时，就参证史籍，对《国语》多有订正；字里行间凡有新意的，就加上眉批、注解。手批《国语》成了他的嗜好，他经常把它带在身边，从中找出治国理政之策。

王铎正在专心致志批注《国语》时，苗胙土带着一位银须飘然、仙风道骨的长者和两位素不相识的中年人前来拜访。在这荒郊野外，匿名老者造访，让他感到很意外。

　　王铎起身出门迎接，双方抱拳拱手先拜年，王铎又帮老者轻轻拂去身上的雪花。来到简陋的客厅，还没落座长者就开口说："尚书公，元日冒昧打扰，还请您见谅啊。"

　　王铎再次抱拳说："前辈屈尊来访，不胜感谢。"

　　老者清瘦文雅，用手捋了一下飘在胸前的胡须。王铎看着老人非常面熟，但一时又想不起来。苗胙土笑呵呵地提醒说："先生乃杨……"

　　王铎听到"杨"字后，立刻就想起了前辈杨嗣修。三十年之前，王铎刚满二十岁时，应济源举人吴明自之邀来怀庆小聚时，曾与杨嗣修有过短暂的交往。杨嗣修，字幼淑，号景欧，怀州柏香镇人。万历丁未三十五年中进士，初入仕途任行人，历任户部主事等职，后晋升为金都御史，巡抚宁夏。崇祯二年，老人家厌倦了尔虞我诈的官场，上疏告老还乡。

　　老者眉宇间散发出一种谦和的淡定，左手捋着银须，依然乐呵呵的。

　　"先生德高望重，觉斯没齿不忘！"王铎立即大礼参拜，起身后解释说，"晚辈重孝在身，不便登门拜访，还请您老见谅。"

　　杨嗣修说："老朽看望来迟，还望见谅。"

　　苗胙土见后很吃惊，王铎就把自己与杨嗣修相识的经过告诉了他。

　　"原来你们是老熟人啊！"苗胙土知道了王铎与杨嗣修是老相识后，就把老先生近几年的善举告诉他，"老前辈回乡后，捐资兴建义学延香馆，以振兴家乡教育。自从西边的流寇来到咱们这一带，从此战祸纷起，百姓不得安宁。老人家捐金两千，正在修复柏香城，马上就要大功告成了。"

　　苗胙土的话让王铎对杨嗣修更加肃然起敬："在这兵荒马乱之时修建柏香镇善建城，可以保护大批百姓，的确是一件功德无量的善事，前辈是我等之楷模啊！"

　　杨嗣修摆摆手，谦虚地说："为百姓做些事，既是积功德行善事，也是尽些义务。"

　　王铎说："听说先生著有《春秋续实篇》《从心漫书》等佳作，还望能赐我拜读。"

　　"哪里，哪里。"杨嗣修谦虚地摆摆手，然后指着同来的年轻人说，"觉斯啊，这两位都是父母官，怀庆府知府程之鹏、河内知县王汉，在筑建涵晖阁时，他们都给予了很多的帮助。"

　　王铎抱拳拱手："多谢程大人、王大人相助，我身戴重孝为家父丁忧，不便登门致谢，请二位多海涵。"

程之鹏和王汉一同上前，抱拳拱手："尚书在此屈住，照顾不周，还请您原谅。"

王铎说："听昨土兄说过，去年咱怀庆一带大旱，又遇蝗灾，庄稼几乎颗粒无收。您二位先是赈灾放粮，救活全城百姓，还冒死上疏报奏朝廷，历数地少赋重、水旱蝗疫频发的惨状，并将灾情画成十六幅《灾伤图》为民请命，是真正的清官廉吏啊！"

王汉说："为官一任，理应关爱百姓，造福一方。"

程之鹏说："王大人，近几年连年遭遇干旱，又遇流寇滋扰，使百姓流离失所，民不聊生，背井离乡。身为父母官，理应为民请命。"

王铎深为这两位爱民如子的廉吏所感动。苗昨土见大家的客套话都说完了，就回头对王铎说："觉斯兄，杨老先生想请你撰写《善建城碑》，不知你意下如何？"

王铎没有丝毫推辞，让家人生上炉火，听杨嗣修讲述了修建善建城的情况后。王铎认真思索了一会儿，走到书房，提笔急就了《柏香镇筑善建城碑铭》。经过再三斟酌和修改后，让杨嗣修斧正。老先生还没看完，就跷起大拇指连声夸赞。

第二天，王铎用颜柳独特风格的楷体书写了《柏香镇筑善建城碑铭》全文。送给杨嗣修后，他看着那雄强宽博、格调古峭、遒逸俊美、苍健有力的颜筋柳骨字体和那大方洒脱、铁骨铮铮的用笔，兴奋得拍着大腿赞叹不已。

跨度·传记文库
Kuadu Biography Library

王铎传

下

张存民 著

中国文史出版社

第三十章

崇祯十四年新年成了百姓四处逃难的日子。元宵节过后，从黄河南岸渡河涌来的逃难之人越来越多，怀庆府渐渐人满为患。

人们纷纷在传说，李自成从正月初十开始，就对洛阳城进行四面包围。

王铎看着流离失所的人群，既痛恨流寇给百姓造成的灾难，也为居住在洛阳的吕维祺和回家的李际期两个亲家翁担心，更为三弟和四弟两家人的安危担忧。

艰难地度过正月后，王铎在王无咎的陪同下来到城里走走，看着疲惫饥饿的人群，心里很沉重。

王铎紧裹着棉衣，走到一个十字路口时，被人一下拉住衣服。突然的变故吓了他一跳，扭头仔细一看，让他大吃一惊，站在他面前的正是天天担心的李际期。

李际期像是找到了救星似的："觉斯兄，终于找到你了！"

王铎抓住衣衫不整、面黄肌瘦的李际期，急切地问："应五，你咋在这里？"

李际期无奈地摇着头，王无咎赶紧上前扶着李际期。王铎一阵心酸，李际期没再回答王铎的问话，而是拉着他转过身来，指着一个蹲在墙根、身穿破烂衣服的人说："你看这是谁？"

王铎简直不敢相信自己的眼睛，这满脸憔悴的汉子竟然是张鼎延。王铎赶紧走过去，惊异地问："玉调兄，你不是在永宁老家吗，咋也在这里？"

张鼎延摇着头，痛苦地说："真是一言难尽啊！"

王铎再看看张鼎延身后，是李际期和张鼎延的家中老小，那凄惨的情景与逃荒的百姓没什么两样。

王铎再也顾不上细问，就招呼大家来到家眷临时租住的院落。王铎吩咐家人赶快烧水做饭，张鼎延、李际期拜见了王铎的老母亲，大家吃上了一顿饱饭。

张鼎延经历了九死一生，在走投无路的时候见到了王铎，感动得眼泪直流,把儿子叫到王铎面前磕头谢恩。

英俊的张璇双膝跪在王铎面前,真诚地说:"老师在上,请受学生一拜!"

王铎看着眼前的张璇,又想起了自己去世的女儿,顿时老泪纵横。王相比张璇大三岁,当年定娃娃亲时,大家都说"女大三抱金砖"。如果不是女儿死得早,他们早已成家立业,甚至已经有了外孙。

王铎对张璇从小就很喜欢,在诗文、书法方面也多方精心教导。他们既是翁婿又是师生,现在他一直称王铎为老师。

王铎擦拭眼泪后,叹了一口气,说:"都是王相那孩子没有福气啊。"

张璇起身后坐在王铎身边,张鼎延劝慰道:"觉斯啊,天政永远都是你的孩子。"

张璇接着爹的话说:"请老师放心,相姐是我一生中最亲的亲人,我永远都不会忘记她。"

王铎听了后很感动,心里感到宽慰了许多。然而又十分关心张璇的婚事,就对张鼎延说:"玉调兄,天政这孩子大了,赶快给他找个好姑娘成家吧。"

张鼎延说:"这孩子重情重义,一直想着王相的好。"

在兵荒马乱的岁月里,亲家们能够相聚在一起,的确也是一种幸事。由于居住的地方很紧张,王铎就提出自己的想法:"两位亲家翁,咱们都是自家人,从今往后在一起,有福同享有难同当。这个院子太小,我想把老人、孩子都集中在这里居住。另外,我临时筑建了一个涵晖阁,其他的男人都住到那里。"

张鼎延和李际期说一切都听王铎的。安排好老人和孩子后,王铎就带着张鼎延和李际期来到东湖边的涵晖阁。

涵晖阁虽然很简陋,但毕竟有了个落脚的地方。三家亲家翁聚在一起,的确也是天注定的缘分。晚上,王铎问起张鼎延和李际期是如何走到一起的,张鼎延先讲述了自己不堪回首的往事。

崇祯十三年腊月初,张鼎延老母亲去世,月底李自成开始攻打永宁。在家丁忧的张鼎延立即组织军民固守,激战三昼夜。李自成亲自指挥,用大炮轰开了东城雉堞。经过殊死血战,因敌众我寡,李自成连破四十八寨,最后攻下永宁,知县武大烈等人及乡绅百余人被俘。李自成令知县吴大烈交出官印,他宁死不降,拒绝交印。李自成恼羞成怒,将他活活烧死,随后又处斩大小官员及百姓上千余人。整个永宁城血流成河,成了人间地狱。在流寇破城时,张鼎延宁死不屈,毅然投井。他大难不死被人救起后,与家人一起藏匿在古井里,才躲过了一劫。只是他的长子张管不幸被捕,现在生死不明。张鼎延在枯井里待了十几天,流寇走后出来一看,家里早已被抢劫一空,整个院子成了一片焦土。张鼎延和家人换上破烂衣服，混在逃难的人群中，去洛阳找吕维祺避难，还没进城就听说福王被杀害，吕维祺生死不明。张鼎延不敢停留，就带着家人继续北上。走到孟津附近时，就想到了王铎老家，心想即使王铎不在家，能找到他的家人也好有个依靠。赶到双槐里后，看到的情景和永宁没什么两样，到处都是土匪流寇。在张鼎延打听王铎家人下落的时候，恰巧遇到了李际期。听说王铎一家都在怀庆府时，他们商量后就一起渡河赶了过来。

张鼎延说完来龙去脉，王铎对张鼎延的遭遇深表同情，更加痛恨流寇所犯的罪行。

王铎愤愤不平了一阵，然后又关心地问李际期："应五，听藉茅说你为了百姓渡河，还当了几天人质。"

李际期很平静："回去那天，我和藉茅赶到渡口时，乡亲们害怕遇到流寇祸害，都想到河北岸躲一躲。官家不让乡亲们上船，我亮明身份后，并用家人的性命担保，他们才勉强答应让百姓过河。我怕他们中途变卦，就在渡口坚持了几天。等我回到家时，家里已经被流寇占据，东西也被他们一抢而光。幸亏家中二老还藏了一些粮食，才勉强支撑到现在。我准备来怀庆的时候，见到了玉调兄一家，这可能就是天意吧。"

张鼎延说："在来的路上，听应五说令尊去世，因可恨的流寇横行，使你无法回去奔丧守墓。"

王铎痛苦地说："是啊，我没给老爹送终守墓，是大不孝啊！"

张鼎延劝慰地说："你也不要自责，不是你不孝，是世道混乱，流寇可恨。"

李际期也劝说王铎不要自责。张鼎延接着说："觉斯啊，我现在是无家可归，只能依靠你了。"

王铎劝慰大家说："二位亲家翁，在这里条件虽然简陋，但彼此能够相互照顾，有难同当，咱们慢慢会好起来的。"

张鼎延点点头。李际期很惋惜地告诉王铎："觉斯兄，你的崝嵘山房成了流寇马厩，被他们糟蹋得已经不像样子了。"

夜已深沉，王铎仰望星空，回想起少年时的志向，再看看自己仕宦以来长年与辞翰为伍，以致不能上阵杀敌，心里内疚起来。面对生灵涂炭的现实，无论内心如何激切也于事无补，唯有漫漫长泪和声声叹息。

几天之后，王铎像往常一样到城里给母亲请安。快到院子大门口时，远远看见一些流浪乞讨的人蹲在大门的一侧，身上穿着旧棉袄，露着棉絮，破烂不堪。

王铎走到近处后，看到有位老妇人冻得浑身打战，心里发酸，就弯下腰关心地问："老人家，您是从哪里来的？"

老人身边一位身体稍胖的中年男子没等老人说话，就替她说："俺是从洛阳……"

中年男人的话还没有说完，另一个偏瘦的年轻男子就抢过他的话说："俺是从开封府来的。"

王铎看他们拥挤在一起，原以为是一家人，但他们的回话却南辕北辙，就疑惑地问："你们不是一起来的？"

稍胖的中年男子点头，偏瘦的年轻男子却在摇头，他们的回话和不寻常的举动让王铎感到有些奇怪。

王铎再仔细看了看年轻人，他们穿的衣服虽然破烂不堪，但从他们的眼神和动作来看，又不像是普通的百姓。

王铎虽然有些疑惑，但也没再多想。回头再看看紧靠墙根的老妇人，只见她浑身颤抖起来，表情非常痛苦，她身边的中年妇女用手揽着她。

王铎还想再走近些问个究竟，年少的王无回见乞丐在门前挡住了爹爹回家的路，就急忙跑过来，大声吵着让他们让开路。

稍胖的中年男子不但没有让路，反而拦在了王铎的面前，乞求能给予帮助。王铎示意王无回不要无礼，然后关切地问："老人是病了吗？"

中年男子用力点着头，用祈求的口吻说："老娘突然得病发烧，现在是又冷又饿，请您大发慈悲帮我们一把。"

王铎一听老人家发烧，怜悯之心油然而生："先到我家给老人吃点东西，然后再找个郎中看看吧。"

中年男子听后，扑通一声双膝跪在王铎面前。王铎赶快伸手把他扶起，然后让王无党、王无回扶起老人，并让王无党把她背起往院子里走去。

走进院子后，王铎叫马瑞云赶快做些热饭，并吩咐找出一些干净衣服，给素不相识的老人穿上。

王铎给母亲请安时，母亲问："今天外面咋乱哄哄的？"

王铎把详情告诉了母亲，身体虚弱的母亲赞许地点点头："人都有有灾有难的时候，能帮一把就帮人家一把。"

王铎又给母亲说："我已让人请郎中了，过一会儿给她号号脉，吃几服药调理一下就没大碍了。"

王铎说完之后，母亲让王铎扶她出去看看。

王铎扶着母亲来到客厅，看到老妇人喝了一些热粥之后，身体不再发颤了。

老太太来到老妇人面前，看着虚弱的老妇人，大发感慨地说："那些土匪真是作孽啊，闹得大家有家不能归。"

老妇人见到王铎和王家老太太，感动得不知说什么好，抬手示意让身边的中年男子和中年女人给老太太和王铎磕头。

王铎赶快用手阻止了他们跪拜，接过母亲的话说："娘，我看老人家很可怜，想让老人家先在咱家住几天，和您在一起也好有个照应。"

王家老太太当即同意，然后对那位老妇人说："看年龄你比我小，咱就以老姊妹相称吧，在这里安心调养几天。"

老妇人感动得眼泪直流："老姐姐，您的大恩大德，俺一家永世不忘！"

王家老太太摆摆手："老妹妹，俺也是逃难到这里的，出门在外都得相互帮衬着。不过家里人多住不下，院里住的都是女人和小孩子，男人们都住在东湖边的涵晖阁，给俺刚去世的男人丁忧。"

老妇人感激地说："老姐姐，给您添麻烦了。"

此时，王无咎带着郎中进来。郎中放下药箱，伸手给老妇人号脉，望闻问切后说："只是偶感风寒，才引起高烧，我开几服药给她服下，很快就会好的。"

王无党跟着郎中取药回来，煎好后给老人服下。等她睡了一觉醒来时，病情已经好了大半。王家老太太、王铎和马瑞云见老妇人转好，都松了一口气。

老人原来蜡黄的脸色慢慢红润起来。她看着慈祥的王家老太太和王铎、马瑞云，挣扎着起身道万福，然后拉着王家老太太的手说："老姐姐，是你们一家救了我，您真是活菩萨啊！"

王家老太太说："老妹妹，我的确是信佛之人。现在兵荒马乱的，出门在外都不容易。"

老妇人从内衣的口袋里拿出一块手绢，递给王家老太太说："老姐姐，您是我的救命恩人，我也没啥好报答的，现在只有这个了，送给您留个念想吧。"

王家老太太从没见过这么好看的手绢，上面是龙飞凤舞的花纹，在王家老太太推辞时，站在一旁的王铎看见后暗暗吃了一惊，这分明是皇家用品，她老人家怎么会有如此饰物？

王铎又仔细看看老妇人，细皮嫩肉，一副贵人之相。中年男子和中年妇女穿的衣服，外面虽然是破烂不堪，但里面露出的内衣却是奢侈华丽，特别是中年男子露出的内衣一角还有龙凤花纹。王铎毕竟是朝廷官员，马上敏感地联想到，洛阳是福王的封地，难道真的是洛阳已经失守，他的家眷逃难到了此地不成？

老妇人和母亲的对话证实了王铎的猜测："老姐姐，实不相瞒，俺是从洛阳逃难出来的……"

王家老太太并不知道洛阳是福王的封地，就接过老妇人的话说："都是土匪闹的，我家好多亲戚也是刚从黄河南边逃难过来。"

说起土匪，老妇人就开始流眼泪，然后指着中年男子和中年妇人，对王家老太太说："闯贼攻破洛阳城后，我们是为了保命才逃出来的。"

老妇人的话，让王铎对眼前这几个人的真实身份猜到了七八成，就起身来到老夫人面前，进一步试探："老人家，请问您是……"

老妇人稍微平静一会儿，说："您是俺的救命恩人，实不相瞒，我是福王的邹太妃。"

王铎听后大吃一惊，老妇人是洛阳福王的邹太妃，如果从年龄上判断，眼前的中年男人一定就是福王朱常洵的儿子了。

王铎的判断非常正确，此人正是福王的儿子德昌王朱由崧，中年妇人是他的妃子。

王铎是南京礼部尚书，就有责任保护皇家宗亲。他起身来到邹太妃、德昌王和王妃面前，亮明身份后进行参拜。

邹太妃听说王铎是南京礼部尚书，就像见到亲人一样，顿时就痛哭流涕，大放悲声，把憋在肚子里的委屈都发泄出来。

邹太妃慢慢平静之后，德昌王朱由崧说："李自成破城后，烧杀掠抢，无恶不作。我和娘亲是穿上百姓的衣装，才混出城来逃过一劫的，但还不知道父王现在怎样。"

王铎安慰朱由崧说："福王福大命大造化大，你们安心先住在我家，咱们再设法寻找他的下落。福王是皇亲国戚，流寇对他也不敢造次。"

王铎说这话时心里也并没有底气，他知道流寇什么都能干得出，这话也只能是安慰而已。王铎再次与母亲和马瑞云商量，让邹太妃和母亲先住在一起，德昌王和王妃安排在隔壁。由于住房十分拥挤，随邹太妃一起逃出来的其他人，就让他们先自行想办法。

为了邹太妃他们的安全起见，王铎就安排王镛、王无党等人轮流巡值，日夜守护。

邹太妃母子三人对王铎的周密安排感恩戴德。

把邹太妃三人安排好，马瑞云找到王铎焦急地问："当家的，洛阳被攻破，大女儿和亲家一家不会有啥事吧？"

马瑞云的提醒的确让王铎担心起来。崇祯八年元宵节，流寇放火烧了

"龙兴之地"凤阳,时任南京兵部尚书的吕维祺因此被革职。他从南京回家后,看到整个中州大地流寇横行,土匪到处烧杀掠抢,为了年迈的父母和家人的安全,他们一家早就搬到了洛阳避难。

王铎为了邹太妃和朱由崧及王妃的安全,暂时没有告诉地方官,不让任何人知道他们的下落,平时也不让他们出去走动。

王铎的亲戚朋友众多,家中经常出现缺粮少米的情况。这会儿他不再顾忌脸面,就用写字、写诗文换取。由于他的书法和诗文堪称一绝,很多饱读诗书的学者都慕名而来。

大家知道了王铎的窘境后,都给予了很多的帮助。王铎刚到怀庆府时,苗胙土给王铎介绍了一位绅士杨之璋,字荆岫,号啬庵,河内人。他是万历三十八年的进士,与钱谦益是同年好友。初授陕西三原令,后补山东聊城令,寻升户部主事。崇祯八年补礼部精膳司,只是他性格倔强,到礼部数月就意甚怏怏,数请归里没被允许,越二载竟投牒疏于仪制司案上,骑驴而去。归家而筑园城南,深居其中,终日与诸弟读书吟咏。虽然世家两宦,但家宅不过一区,田两顷,好赈急救困。

在京师时,王铎与杨之璋虽也知道彼此,却没见过面。在怀庆相识后,杨之璋与王铎性格相投,又特别喜爱杜甫的律诗,不久就成了挚友。王铎有了急难之事,就对他直言相告。不久之前,家里米面告罄,快要揭不开锅时,王铎就给他写信说道:"亲翁之待不孝弟厚之极矣,洊锡稠仪,又申之以嘉麦,贵于珠玉,踟躇不受,恐违长者之义。弟二十年宦途,而家无一石之粒,交謫景象弟亦浩叹。辱亲翁分无多之储,妻孥数日饱,感刻宁有既乎,中藏奚酬,为之肠泣。"杨之璋看了后,就毫不犹豫地馈赠了一些米面、银两,帮助王铎度过了艰难的一段时光。

一天,王铎拿起《国语》刚看了几行,苗胙土和杨之璋等几个人进来,其中还有一位慈眉善目、鹤发童颜的老者。

王铎起身相迎,苗胙土拉着老者给他介绍:"觉斯兄,这位张公名叫张培,字抱一,河南长垣人,现在是河北道参议。"

张培抱拳拱手笑着说:"久仰尚书大名,今日有幸相见,幸甚幸甚。"

王铎抱拳拱手还礼:"还请先生多指教。"

苗胙土说:"先生志节凌霜,卓尔不群,筹资赈灾,拯救百姓于水火之中,其德行曾得到朝廷的褒扬。"

张培谦虚地说:"都是过誉之词,老夫只是尽力办差,让百姓少受委屈而已。"

苗胙土对王铎说："张公知道你屈居怀庆，也听说你现在人多花销大，来的时候给你带来了一些米面。"

王铎听后很激动，近期亲戚朋友来怀庆府的越来越多，吃饭买粮的花销也的确越来越大，手头的积蓄基本上没有了。现在有了米面，当然应该诚恳致谢："张公真是雪中送炭啊。实不相瞒，今天早晨内人还在说，家中米面已经告罄。"

张培听了后，就知道王铎是清官廉吏，不然的话，身居朝廷高官，不可能如此落魄潦倒，对王铎就更加肃然起敬："尚书别客气，整个中州大地都是民不聊生，咱们本应同舟共济，有难同当。"

此时，张鼎延和李际期也进来了，王铎给大家介绍之后，从书架上拿出一个绫卷，转身递给杨之璋，说："啬庵兄，这是你上次来时带来的一卷好绫，我抄写了两首旧作，还请您斧正。"

杨之璋急不可耐地全部打开，展现在大家面前的是三米多长的巨制长卷。在长卷的最后，还有一段题跋："每书，当于谭兵说剑，时或不平感慨，十指下发出意气，辄有椎晋鄙之状。请正。啬道兄然耶不耶？王铎。"

全卷纵放有度，气力完足，大处铿锵激昂，细部灵动飞扬，章法变动，真如鬼使神差。张鼎延看着长卷，从中看出了王铎的内心世界：他虽然得以摆脱了官场的桎梏，有了较多的余暇，但生活的困厄潦倒却激起了他愤激不平之气，引发了情感的动荡起伏，赋诗、读书、书法成为他宣泄内心世界的一种方式。题跋中的感慨，是因为丧父、亡女、故乡难归，又失意于江湖，流难于战火。在正当盛年，却无事业可干，只有一股意气从十指下发出。从书写的艺术上看，他不再是亦步亦趋地学仿古人，而是把手中的笔为情感所驱使，奔腾舒卷，不能自已。

苗胙土看了后大加称赞："真是书风如人，书品如人品啊，觉斯兄果然是大家风范。"

王铎之所以为杨之璋书写如此长卷，主要是王铎来怀庆之后，杨之璋千方百计地不间断接济他。在杨之璋的协助下，王铎不但在城里找到一个幽静的小庭院，让母亲、家眷住得很舒适，而且他还带着弟弟杨之玮、杨之玠，热心地帮助王铎筑建了涵晖阁、添置了书桌和家用的器物，并送上好墨。在新年之际，杨之璋不但又送来了冬日的用炭，还送上水仙花卉，使书房平添了几分春色。王铎无以为报，只能用这种形式报答。

大家正在欣赏长卷时，王无党急匆匆来到王铎跟前，小声说了几句话，又急匆匆跑出去。

苗胙土关心地问："觉斯兄，是不是有啥急事？"

王铎说:"是大闺女一家也来到怀庆了。"

　　张培关心地说:"在兵荒马乱的岁月,亲人们能够相聚在一起十分难得,大家应该为之高兴。"

　　大家正说着为大女儿庆贺时,让人出乎意料的是,王铎的大女儿、女婿带着孩子来到他面前,双膝跪倒在地,女儿抱着他的腿大放悲声。

　　女儿的举动让王铎一时不知所措。从孩子们的哭声中,王铎预感到了不祥,就赶紧安慰女儿,急切地问女婿:"兆琳,到底出了啥事?"

　　吕兆琳悲痛得说不出话来,大女儿断断续续地说:"公爹被闯贼……杀害了……"

　　王铎听到吕维祺被李自成杀害时,顿时感到天旋地转,悲痛得当场晕厥过去。大女儿立即停止啼哭,大声呼喊爹爹醒来。

　　人们七手八脚地把王铎扶到椅子上,过了好长时间,他才慢慢醒来,醒来后就高声哭喊:"介孺兄啊!"

　　王无党看到父亲如此悲痛,也是眼泪不止。他看着妹妹和妹夫,压低声音问:"妹妹,到底是咋回事?"

　　王铎慢慢平静下来后,吕兆琳才把事情的经过告诉大家。

　　春节刚过,李自成就对洛阳城进行四面包围。朝廷获得消息后,就急令参政王胤昌、总兵王绍禹率兵前往加强防守。

　　洛阳福王府内金钱百万,金玉满堂,但对守城将士们却非常吝啬,甚至让援兵饿着肚子死守城。驻扎在东关的副将刘见义、罗泰对福王朱常洵心存怨气,声称出战,但刚走到七里河,就投降了李自成的军队,并回戈反击。

　　正月十八,李自成亲自指挥,对洛阳城发起攻势。激战了几天后,虽然东门楼、西门楼、南门楼和月楼全被炮火炸毁,城墙也被炸得遍体鳞伤,但仍然没有攻下。后来,李自成听说总兵王绍禹平时贪得无厌,长期克扣军饷,早为部下所愤恨,就立即改变了攻城策略,由四面围攻改为重点进攻,集中所有炮火猛轰城西北角,并在护城河上架设几十座木桥,无数义军抬着云梯拼命往上冲。提前派进城内的数百名士兵为内应,杀死城上的守敌,把参政王胤昌捆在城上,火烧城楼,打开北门,里应外合,洛阳被攻破。

　　福王朱常洵没来得及逃跑,便在道士的帮助下,准备从福王府的下水道逃出洛阳城。因他太胖走不动,先让儿子和邹太妃逃命,他被迎恩寺住持法广和尚藏于大雄殿佛像下的秘洞里,后来被一个小沙弥出卖。李自成派大将刘宗敏带领近千人砸开山门,把他从秘洞中抓出来,一顿暴打后,绑在牛车上,一路示众,押往周公庙。

　　吕维祺与河南总兵、知府等人研究对策的时候,被义军团团围住。当时有人认识他，并准备把他释放，但他不辱大节，后被押往周公庙，引颈受死。

福王朱常洵看到吕维祺时，大喊大叫："吕先生救我!"

吕维祺大义凛然，威严地告诉他："你是皇亲国戚，要拿出样子来。"

李自成却带着讽刺的口吻问吕维祺："吕尚书今日请兵，明日请饷，欲杀我曹，今天如何？"

吕维祺威武不屈，福王却吓得浑身发抖，拼命磕头求饶。

李自成坐在福王宫殿上，恶狠狠地训斥福王："你身为亲王，富甲天下，百姓如此饥荒，你却不肯分发一分一毫财产赈济百姓，你真正是个奴才!"

说完之后，令先打福王四十大板，随即处死三百多斤的福王，然后枭首示众。并把他身上的肥肉一块一块割下来，放在大锅里，和着鹿肉一起炖煮，在西关周公庙举行"福禄宴"。

随后，又把吕维祺及四百名官吏处死，尸首扔入周公庙大门西的大坑中，一时洛阳城内血溅四壁，周公庙外血流成河。

李自成下令抄没福王府的金银财宝、米粮和洛阳豪绅的窖藏，除部分充作军饷外，其余全部散发给贫苦饥民。

中午时分，在周公庙棂星门前，刘宗敏向数万民众宣布，李自成为"奉天倡义大元帅"，并告诉民众"随闯王，不纳粮；杀贪官，有田种"。如此一来，远近饥民应者如云，短短月余，李自成的军队在河南发展成拥有百万大军的队伍。

吕兆琳讲述完，人们对福王恨得咬牙切齿。

王铎说："看来李贼是早有预谋。洛阳是历代古都，不但是控制关中和襄、郧两个方向战与守的军事要冲，而且还是福王的封地。"

福王是万历皇帝和郑贵妃生的儿子，为了改立他为太子，万历皇帝曾同朝臣们闹得不可开交，后来只好封为福王。不但赐给他土地两万顷，出豪资筹办婚礼，斥巨资在洛阳建造官邸，资助他堆积如山的明珠异宝、绫罗绸缎，还有大量的盐税、商税的常年收入。福王的俸禄是其他皇子的十倍还多，号称富甲天下。

吕兆琳最后说："永宁、偃师被攻克时，爹听说后就把家中的财物都拿出来犒劳军饷，然后又亲自找到福王晓以大义，动员他以洛阳城安危为重，出些钱财用作军饷，犒劳三军，以济时荒，安抚百姓。这个守财奴却惜财如命。"

王铎听了后，愤愤地说："真是个蠢货，是命重要还是金钱重要？没有钱可以再向皇上要，命没了要钱有何用!"

吕兆琳气愤地说："为了让福王出些财物，家父曾与福王当面争执起来，两人为此还闹得不欢而散。最后他还是宁死也不出一分钱。"

王铎对女婿吕兆琳说:"贤婿啊,亲家翁大节铮然,千秋炳煜,以后咱给他建庙垂烈!"

王铎心里十分难过,看着女儿一家安然无恙,感到这也是不幸中的万幸。

王无党知道爹与吕维祺之间不仅是亲家关系,吕维祺更是他的良师益友。近几年,两位老人虽然见面少了些,但他们的心却时时相通着。

吕维祺的去世,对王铎的心灵震动很大。从内心深处,他鄙视福王。都是因为他视财如命,才连累吕维祺被李自成杀害。

王铎心里开始纠结起来:亲家翁受福王的连累,被可恨的李自成杀害,他们一家都是罪魁祸首,应该把他们都赶出去;作为朝廷命官,又有责任保护皇亲国戚的的安全。如果把他们赶走,出现意外,自己就成了不忠之臣,也将会成为千古罪人。再说邹太妃和德昌王毕竟也是受害者,现在只能尽到职责,安排好一切。

王铎纠结与苦闷的心情,马瑞云已经有所察觉,就给他出主意:"你应该把邹太妃和德昌王的事情告诉两个亲家翁。他们都不是外人,又是朝廷命官,不然他们会误会的。今后该咋办也好有个商量啊。"

王铎听了马瑞云的话,觉得很有道理:"还是夫人想得周到。"

马瑞云继续说:"福王遇害的事,你也应该告诉邹太妃和德昌王,让他们今后也好有个长远打算。"

王铎找到张鼎延和李际期,把邹太妃和德昌王逃难在怀庆和吕维祺遇害、福王被杀的情况都告诉了他们,并征求他们的意见,是否告诉邹太妃和德昌王。

张鼎延和吕维祺也是亲家,他的长子张管娶了吕维祺的次女为妻,当听说吕维祺遇害时,也是悲痛万分。

王铎极力劝慰一阵,张鼎延慢慢平静后,李际期提议说:"觉斯兄,福王和介孺兄遇害的事,应该告诉邹太妃和德昌王,让他们心里都有个准备,也能更好地保护他们。"

王铎接受了李际期的建议,把福王和吕维祺遇害的情况告诉了邹太妃和德昌王。

邹太妃听说福王被杀害,哭得跟泪人似的。一向唯唯诺诺的朱由崧今天突然像变了一个人似的。二话没说起身就向外走,要回洛阳找李自成报仇。王无党赶紧追过去一把拉住他:"李自成正在到处找你,去了不是正好给他送上门了吗?再说你独自一个人咋报仇?"

朱由崧听了王无党的话,像泄气的皮球似的一屁股坐在那里,痛哭流涕,大放悲声。
王铎劝说："要说报仇，李自成也是我的仇人，是他杀害了我的亲家。"
朱由崧两眼迷茫："我现在该咋办？"
王铎冷峻严酷地说："君子报仇，十年不晚！你安心住在这里，以后再寻找机会报仇。"

自从吕维祺被害后，王铎一直沉浸在悲痛之中。马瑞云看着痛苦不堪、脸色憔悴的王铎，怕他再有个好歹，就提议让张鼎延、李际期两个亲家陪他到怀庆府周边走走。

怀庆府在黄河北岸，滚滚的黄河水把流寇挡在南岸，虽然是一河之隔，但怀庆一带暂时成了相对安全之地。

王铎叮嘱马瑞云照顾好母亲，又叮嘱王镛和王无党千万看护好邹太妃和德昌王夫妇。他跟随张鼎延、李际期来到怀州城西北隅的玉清宫。

天气慢慢转暖后，湖边的杨柳随着微风飘拂着。玉清宫是全城最高的建筑，站在高台之上，登高远眺，心情也慢慢开阔起来。

后来，他们又来到中州四大佛教寺院之一的月山寺。

月山寺院依山而建，远远看去，雄伟壮观。仙山琼阁，胜迹荟萃，是一处历史悠久的胜地。在当地有"东有开封相国寺、西有洛阳白马寺、南有嵩山少林寺、北有月山寺"之美誉。

寺院规模宏大，房舍有千余间。寺僧数百名，他们通过舍医送药、设棚舍粥广结善缘。来到寺院后，当住持知道王铎前来进香时，就祈求他给宝刹留下墨宝。王铎深为月山寺救济百姓的善举所感动，挥笔题写了"极目中原"四个苍劲浑厚的匾额。

天气逐渐暖和起来，王铎的母亲却因偶感伤寒一病不起。

王铎赶快派人找来郎中，先给老人望闻问切，然后吃药医治，吃了十几服药仍不见好转。后来，又找来当地的名医，详细询问了老人的病情，又仔细给老太太号脉。

郎中在望闻问切时，眉头就慢慢聚起了一个疙瘩，然后起身来到厅堂，摇着头无可奈何地对王铎说："尚书公，老太太的病表面上看是偶感伤寒，关键还是心病引起的。"

王铎听了就有些着急，马瑞云拉了拉他的衣袖，说："你让郎中把话说完。"

郎中无可奈何地说："请尚书恕我无能，您另请高明吧。"

崇祯十四年四月，在一个月朗星稀的深夜，七十三岁的陈氏看着满堂的儿孙，安详地闭上了眼睛。

在不到半年的时间里，王铎的父母双亲相继病故，使他悲恸欲绝。

王铎的母亲去世后，要给双亲丁忧，感到不宜再让邹太妃和昌德王住在这里，应该给他们找一个清静安全的地方。

王铎找来怀庆知府程志鹏，让他安排好邹太妃和德昌王一家居住，并做好护卫安全。

第三十一章

每天早晨起来,王铎梳洗完毕后,先来到爹娘的牌位前整衣叩拜,再向北阙拜圣寿,然后来到书房读《汉书》、批《国语》,观张芝草书法帖,临写古帖,这已经成了王铎的生活习惯。

自从爹娘过世后,王铎一直沉浸在悲痛之中。最近一段时间,还时常想起英年早逝的五弟。昨天晚上又梦见五弟王镡,醒来后泪水都湿透了枕巾。

亲人相继去世,年过半百的王铎,心里的痛无法用语言来形容。他时常想起母亲的教诲:当好家里的顶梁柱,承担起家中的重任,教育好下一代。为此,他写成了《诫子三章》,让子孙诵咏遵守。

其 一
昔我食贫,遁而山静。
不顾恶衣,无所修综。
饥饮石泉,夜诵垒径。
借曰来知,亦知之孔。

其 二
敬汝亲友,闭户严峭。
遨游费日,饱食以耀。
或骄或苛,君子攸笑。
语言温温,守汝于道。
田土无妄,勿遵豺豹。
汝有孙子,上帝厥蹈。

其 三
谆谆斯语,振家昂霄。
汝是之循,非产非罿。

汝不之循，其秭其萧。
水浊鱼迷，落叶其飘。
不忒者序，审矣白姚。

张鼎延看到《诫子三章》手稿后，赞叹不已："我也要让孩子抄写学习。"

李际期看后也是十分感慨："觉斯兄，《诫子三章》说出了我的心声。"

三个人在说《诫子三章》的时候，苗胙土陪着已升任河南巡抚的王汉前来看望。

苗胙土和王汉刚落座后，王铎从书架上拿出来一幅画和一幅书法长卷，递给王汉说："子房兄，我闲暇时写了一幅字，涂抹了一幅画，以略表我的一点心意，也请你多指教。"

王汉恭敬地接过来，急不可耐地打开。当看到是《三鹿图》《赠子房公草书卷》时，激动得几乎喊出来："王大人，您真是太抬爱愚弟了，多谢！多谢！"

苗胙土看了后十分羡慕，心里有些不平衡，说："觉斯兄不公啊，你给子房是既有书法长卷，又有绘画精品，我却啥也没有。"

"你没听说过强龙压不过地头蛇吗？子房现在是地头蛇，要先敬他三尺。"王铎笑着幽默了一句，然后又郑重地说，"没有子房兄的关照，我一家人就只能喝西北风了。我现在无以为报，只好以此作为报答。"

王汉再看落款，王铎称他为天下奇才，更是让他受宠若惊："王大人，您太过奖了，小弟愧不敢当啊。"

此时，杨嗣修之子杨挺生前来看望，见面就直接说明来意："王大人，晚辈受家父之托，特请您到延香馆一叙。"

延香馆是杨嗣修建的义学馆，专门收贫穷人家的孩子读私塾。杨嗣修的善举在怀庆一带深受百姓称赞。王铎以前曾想过去看看，只是家务事繁杂，一直没有抽出时间拜访。

王铎也有好久没见到老先生了，所以就爽快地答应下来："过几日一定拜访老先生。"

杨挺生是个急性子："王大人，如果您眼下没有急事，想请您现在就动身前往。"

王铎有些疑惑："为啥这么着急，难道是老人家有要事不成？"

杨挺生神秘地一笑："现在不便说出来，到了之后您就知道了。"

王铎见杨挺生如此神秘，也就不便再问。王汉得到墨宝后，见王铎有事，就提前告退。

王铎送走王汉后，约张鼎延和李际期随杨挺生一同前往。

来到延香馆，杨嗣修老先生正在书房悠闲地看书，看到王铎后急忙起身相迎。

王铎看到先生身体无恙，悬着的心才放下。杨嗣修并没给大家让座，而是笑盈盈地带着他们来到学堂。

王铎看到学子们在读书，并没有发现异常的地方。正在疑惑时，杨嗣修举手向东西墙壁上指了指，说："尚书公，你们看墙壁上是什么？"

王铎顺着杨嗣修的手一看，着实让他大吃一惊，墙壁上镶嵌的是法帖石刻。

王铎几人跟随杨嗣修走近一看，全是他近期给老先生书写的条幅、临写的王右军父子等古代书家的名帖。东西两个墙壁的刻石有三十多方，既有格调高古、风韵逼人的楷书，又有纵横跌宕、自然出奇的行草，还有笔法纵逸、挥洒自如的大草，草中有楷，纵中有敛，错落有致，韵味无穷。特别是前不久书写的《创柏香镇善建城碑帖》，用十块上好的石头刻成，法度显得十分严谨。

张鼎延、李际期看到后都惊叹不已。

王铎很吃惊："前辈为何要将晚辈拙作刊刻于石上？"

杨嗣修用手捋着胡子，乐呵呵地说："道理很简单，你的书法格调高古，今人已无人超越，我要让学子们都来学习。"

张鼎延看着墙壁上的石刻陷入了沉思，也从中受到了很大的启发。他和王铎之间有很多的书信、手札和诗文手迹，也应该把它们镌刻在石头上以流传百世。等有条件的时候，一定完成自己的愿望。

李际期看见张鼎延发呆，用胳臂杵了他一下，问："玉调兄，这么专注想啥呢？"

张鼎延兴奋地把自己的想法说出来，李际期大加赞赏，王铎却不以为然地笑了笑。

崇祯十五年初春，朱五溪突然来到怀庆府，让王铎很吃惊。

王铎掌南京翰林院时，朱五溪为了能够当面聆听他的教诲，经历了千辛万苦，最后追到留都才得以相见。在留都相处的日子里，朱五溪跟随王铎学到了很多诗文、书法的知识，各方面都受益匪浅。王铎回京赴任少詹事，朱五溪只好回到老家会稽。王铎在送他启程的时候，还特地写诗相赠。

朱五溪身在会稽，却始终关注着王铎，当听说他任南京礼部尚书后，很是激动了一阵子。后来听说王铎的双亲相继去世，全家人流落在怀州，就不辞艰辛，从富庶安逸的江南来到遍地狼烟的中州投奔他。

王铎和朱五溪分别一晃四年多，见面后有说不完的话。当听了关于周延儒出任内阁首辅，涉及的一桩政治交易后十分震惊，感到不可思议。

温体仁被皇帝朱由检赶回老家后，首辅先后又换了好几拨，他们之中的人选，先不说安邦治国了，就是得心应手的也说不上。

在朱由检为选用首辅而大伤脑筋的时候，复社领袖张溥的得意弟子吴昌时开始秘密推举自己的代表人物出任首辅。经过反复斟酌和多方商量，觉得周延儒是最合适的人选。

周延儒在东林党中本来有不少朋友，只是上次会推与温体仁联手同东林党人撕破了脸。他受到温体仁的排挤，被赶回老家后才真正看清了温体仁的嘴脸。在家乡宜兴休闲时，左邻右舍尽是东林巨魁，经过几年的交往，大家已经尽去前嫌，重新成了好朋友。周延儒虽然被革职，但仍颇受皇上宠信。他若能成为复社的政治代言人，既不会引起反对派的警觉，还由于他曾担任过首辅的资历，入阁后必定会出任首辅。

复社动用一切力量推荐周延儒出任首辅，其条件是他必须想法剥夺宦官和厂卫的特权，任命东林、复社的骨干出任要职。周延儒同意了复社的一切条件，答应为钱谦益复官帮忙，但他也提出让钱谦益利用在东林、复社中的影响力，停止对阮大铖的激烈攻击，不要在政治上与之为难。

张溥听了周延儒提出的条件，开始感到很为难。阮大铖毕竟是个备受争议的人物，处理不好就会受到牵连。阮大铖在南京这几年，若只是写写词曲也就罢了，但他一直不安分守己，不但组织了中江社，还整天装模作样地说剑谈兵，吹得天花乱坠，大有欲趁乱世之机东山再起，谋求掌管兵权之势。他肆无忌惮的行为激怒了聚集在南京城里的许多复社人。崇祯十一年，陈贞慧、顾杲、黄宗羲等人一起，联合一百四十人起草了《南都防乱公揭》，列举了阮大铖的罪状，张贴布市，群起而攻之，阮大铖吓得逃到牛首山的祖堂寺躲藏起来。

张溥经过慎重考虑，权衡得失利弊后，才默认了周延儒提出的要求，然后就各自四处活动。此时，朱由检也想起了以前特别欣赏的原首辅周延儒，朝臣们也常常提到他的忠诚与精干。俗话说国难思忠臣，在国事日益艰难、皇帝身边辅缺乏人才的情况下，召周延儒入阁佐理政务，似乎一切都水到渠成。

周延儒进京任首辅时，朱由检对他还是如既一往，不仅握手殷殷问候，还亲自参加赐宴。

周延儒确实很讲信誉，入阁后不久就一改前几任首辅的做法，尽力劝说皇帝推行新政。第一，提出宽免民间多年积累下来的拖欠钱粮，免除战乱和大灾地区两年的赋税；请求暂缓征收大水成灾的江南和浙北苏州、松江、常州、嘉兴、湖州五府的秋粮。第二，限制厂、卫的权力，罢除厂、卫缉事制度，免除了压在人们心头的特务统治阴影，得到了京城全体官绅和市民的极力拥护。第三，任用治国能臣。周延儒当政后根据复社开的单子，极力推荐东林骨干担任要职，同时解救狱中的东林党人，不但把侯恂释放出狱，还重新安排了重要职务。

特别是黄道周的案子，让周延儒花了不少心思。在朱由检面前，周延儒说了很多黄道周的好话，最终才使皇上回心转意。一次，朱由检在慨叹人才的缺乏和时世的艰难时，问周延儒："怎样才能得到像岳飞那样的人才呢？"周延儒趁机回答："岳飞虽是名将，但其破金兵的事，史书上也有许多溢美之处。就像黄道周的为人，将来传之史册，也不免会写上'其不被任用，天下惜之'。"朱由检听了默然良久，最后同意免除黄道周的罪责，并恢复了其少詹事职务。

周延儒复出后，不但解救了一批东林党人，还让他们纷纷登上显要之职。朝中六部和都察院，几乎成了东林党人的天下。

后来人们才慢慢明白，周延儒为什么提出停止攻击阮大铖作为条件。原来张溥与阮大铖交情颇好，为了让周延儒在朝中活动，张溥不但找到了钱谦益、侯恂的家人，而且还找了阉党著名人物冯铨筹集资金。阮大铖不但送给周延儒银两一万，而且还动用他与冯铨的关系，和张溥一起为周延儒起复而奔走，疏通各方面的关系。周延儒复出后，迫于和东林、复社有君子协议，阮大铖也不敢奢望出山做官，就提出起用尚在戍籍的好友马士英，使马士英对阮大铖感激涕零。

如此复杂的政治交易，王铎听了既高兴，又纠结，更担忧。高兴的是黄道周和侯恂不但得以出狱，还恢复了原职。纠结的是复社帮助周延儒复出的手段却不够光明磊落，违背了东林党人的政治原则。如果东林、复社人都沿着通关节、走内线的路子走下去，那么一向标榜的廉洁清正之风就会荡然无存。王铎更担忧的是皇帝朱由检一旦知道了事情的来龙去脉，他绝对不会轻易放过欺骗他的人。

张鼎延、李际期见王铎陷入了深思，面面相觑。

王铎在双亲亡故的日子里，幸有杨之璋、苗胙土、张鼎延、李际期陪同与安慰，还有王汉、杨嗣修、张抱一、朱五溪等挚友的多方照顾和帮助，才使得他渡过了一个个难关。

阳春三月，天气逐渐有了暖意。张培邀请了杨之璋、史念冲等几位朋友，陪同王铎到东湖一游。

王铎虽然居住在湖边，但由于心情郁闷，从来没有想过游玩。今天他们驾舟品茗、作诗歌赋，要在东湖里荡漾一番。

王铎看着湖边在春风里摇摆的青青垂柳，瞭望着天空中自由翻飞的燕子，心情逐渐舒畅起来。

临近中午时，张培邀请大家到他的公署小酌几杯。大家也不推辞，客随主便。来到公署里，大家推杯换盏，好不惬意。在微醉之时，王铎兴致盎然，为报答张培的好意，准备为他书写长卷。

张培其实早有准备，他的书房里早已备好了文房四宝，砚台里的墨汁飘着松烟的香味。王铎凝视着好绢佳墨，激起了书写的欲望。只见他来到书案前，思索了一会儿，抬手拿起毛笔就书写起来。

在场的人见王铎挥毫泼墨，都集中过来看热闹。

俗话说，外行看热闹，内行看门道。只有熟知书法艺术真谛的张鼎延，看完之后激动得双手在颤抖。他清楚地看出，此巨幅长卷完全不同于之前的仿米元章之作，虽仍有他早期临写《圣教序》的一些痕迹，但在探索和回归中似乎找到了契合点。其风格刚健而奇伟，体魄险绝，笔力沉实，不时出现的渴笔透露出一股雄强之力。纵观长卷中的点画布局和笔墨运用，均已进入了自由驰骋的境界。

东湖一游后的第三天，在夜深人静之时，王铎坐在书房里，聆听着湖里的蛙鸣和虫叫，他浮想联翩，夜不能寐。首先想起了张培老先生，他虽为河内"大夫大参"，但在国难危机之时，能够志节凌霜，费钱一千万，赈民于水火之中，其德行得到了朝廷的褒扬，更是得到了百姓的称赞和爱戴。自己来怀庆后，老先生给予了多方关照，帮助全家渡过了难关。然后，又想起了自己的坎坷遭遇，在仕途刚有起色之际，遭遇战乱，困顿异乡，双亲离世都无法葬于祖茔，内心痛苦不堪。目前，整个中州大地动荡不安，怀庆府终究不是长久之地，应尽快把双亲迁到祖茔才是。

王铎低头看着胸前花白的胡须，感慨自己已年过半百，前途却依然渺茫。透过窗棂，遥望着天际的群星和远处起伏的群山，犹如独坐在寂寥的深山。忽然似有老猿大叫，令他陡然一惊。蓦然间，在他眼前出现了幻觉：神龟巨鳌、威武雄狮、憨厚大象、盘曲蛟龙聚集起来，犹如戴八弦、吸十日、侮是宿、嬉九垓、撞三山、踢四海，急剧地变幻，汇成了形态各异的笔墨点画。王铎起身来到书桌前，拿起毛笔，在绫绢上挥毫泼墨，尽情地宣泄起来。

第二天一大早，张鼎延看到王铎一气呵成近五米的长卷时，激动不已。他看到了王铎为友人的真情厚谊，更看出了他在异乡失意、遭遇战乱的困境。这幅惊世骇俗的长篇巨作，是一种唯神力方可创造出的艺术，必将成为他的艺术登峰造极之作。

深秋时节，王铎得到确切信息：李自成率部攻克洛阳后，把福王府中的金银财货和大批粮食、物资，全部大赈饥民。趁朝廷军队惊魂未定之时，又长途奔袭，准备一举攻下开封府。在攻城的时候，却遇到了意想不到的顽强抵抗。开封的周王接受了洛阳福王因贪婪吝啬而招致城破人亡的沉痛教训，出重金悬赏守城将士。再有开封守将高明衡、黄澍等人竭尽全力抵抗，致使攻城的农民军受到重创。李自成的左眼被乱箭射中后，撤兵转向登封、嵩山一带，流寇的踪影暂时在黄河南岸消失了。

王铎正在为不能安葬爹娘于祖茔，内心十分内疚时，听到这个消息后，立即与王镛等家人商量，决定在这个空当里返回孟津，把双亲安葬在祖茔。

张鼎延亲身经历过生与死，认为这些流寇去无踪来无影，神出鬼没，为他们的安危担心。李际期也认为，在兵荒马乱的时候还是要慎重。

在安葬爹娘到祖茔这件事上，王铎却是一意孤行，谁的劝说都听不进去。在动身渡河返孟津前，他找到朱由崧，告诉他自己要回老家安葬双亲，暂时离开几天。

朱由崧听说王铎要回家安葬爹娘，他也很想回洛阳，为他那还是孤魂的爹上一炷香。由于他的特殊身份无法回去，心里感到很痛苦也很无奈。

王铎单独找到王汉，一再嘱咐他，自己不在怀庆期间，一定要保护好邹太妃和朱由崧一家的安全，并留下张鼎延、李际期以及表弟陈镳相陪。

王无咎提前寻找到一艘渡船，连夜摆渡全家人过河。第二天，按照家乡的风俗习惯，把爹娘安葬在郎山阴之祖茔。

王铎把爹娘安葬好，打听到局势比较平稳，百姓们也已开始安居乐业，就临时搭建个草棚，在此为父母守墓。同时，也把让土匪流寇给糟蹋得不成样子的崝嵘山房简单修缮一番。

美好的光景不长，刚进入初冬，李自成的部队悄无声息地突然返回，对孟津城发动了猛烈进攻。先用大炮轰，城防工事大半被毁，驻守孟津的守军虽然进行了殊死抵抗，最终还是寡不敌众被攻陷。卷土重来的流寇一下子又占据了黄河南岸大片地区。官民们为了活命，又纷纷跑到黄河滩逃避。流寇在孟津一带大开杀戒，被戮杀、溺死在黄河里的男女不计其数。

为了家人的生命安全，王铎只好忍痛离开爹娘的坟墓，带着家人连夜渡河返回怀庆府。来到怀庆府时,看到的却是狼藉一片,整个怀庆城已被抢掠一空。赶到东湖边时,涵晖阁已经荡然无存,变成了一片焦土废墟,张鼎延、李际期也没有了踪影。

为了躲避灾难,在万般无奈的情况下,王铎只好携带家人亲眷近百口人向东而行。

在走到新乡时,马瑞云感到身体十分疲惫,脖子后面慢慢长出一个疙瘩。每到晚上,疼得她难以忍受,无法入眠,只能坐在床上盼天亮。

逃难漂泊在外,人生地不熟,缺医少药无法医治。王铎在走投无路的时候,忽然想起了张缙彦,就带着王无咎来到新乡小送佛村,到府上让仆人一禀报,张缙彦亲自出门迎接。原来他给老爷子祝寿后并没有马上回京,而是一直在家陪伴着老人。

王铎见到张缙彦是又惊又喜,张缙彦知道了他的来意后,马上把马瑞云等内眷接到家中。为了寻找名医给马瑞云医治,张缙彦陪同王铎不顾山路陡峭,亲自登门求医。

在崎岖的山路上,张缙彦告诉王铎:"你幸亏离开了黄河南岸,现在开封方圆百里是汪洋一片。"

王铎听后很吃惊,张缙彦继续说:"开封府全部被淹,几十万人死于非命,这并非流寇所为,而是朝廷命官造的孽。"

王铎开始说啥也不信,张缙彦把详情告诉了他。

李自成围攻开封府失败后,撤兵向南占领了伏牛山区,与罗汝才联合在一起,军队得到发展壮大。年底第二次围攻开封,巡抚高明衡、推官黄澍等人做了充分的准备,并招募市民及河南各地逃来开封的士绅子弟编成队伍,与官军一同守城。这次战斗空前激烈,双方死伤惨重。农民军还采用挖地道至城下埋炸药爆破等方法,炸毁了多段城墙,守军拼死抵抗,农民军仍无法攻入城内。春节前后天降大雪,寒冷异常,李自成军粮告匮,再次撤兵。在开封西南的朱仙镇进行休整后,继续转战豫东,接连攻克了太康、考城、商丘、杞县等地,兵力迅速扩大,号称百万之众。不久,第三次包围了开封府。

李自成吸取了前两次失利的教训,采取围城打援和围而不攻、长期困守的战略战术,在朱仙镇一带击溃了由左良玉、丁启睿等率领的十余万朝廷援军,使各路援军畏战不前,开封被团团包围,成了一座孤城。城中的粮食全部吃光后,骡马也被全部杀光,百姓被饿死的不计其数。守将高明衡无计可施,就与巡按御史严云京和周王等一起商量,请求炸开黄河大堤,借暮秋洪水灌围淹击流寇。得到允许后,就在黄河南岸朱家寨和马家口两处同时决口,汇成一股巨流直冲开封而来,河水横溢,波涛汹涌,百里一片汪洋。此时,大部分农民军早已转移到高地,只有东北部一万余人被洪水卷走。当洪水冲破开封北门时,一丈多高的巨浪冲进城去,全城顿时一片汪洋,周王府以及各郡王府全部淹入水中。周王搭船北渡逃命,高明衡和一些文武百官也纷纷偷渡逃走,城内数十万居民除少数人爬上高地、高房获救外,其余绝大部分淹死水中,其状惨不忍睹。洪水淹了开封之后,又滚滚向东南方向奔去,数百万人口受灾。百姓的生命财产所受损失巨大,无法估量。

王铎听后气愤地说:"朝廷难道就坐视不管吗?"

张缙彦说:"用黄河水淹开封,的确激起了极大的民愤,但皇帝却一直被蒙在鼓里,还大力奖赏守城的高明衡等一批官吏。"

王铎听了张缙彦的讲述,感到在对待百姓的问题上,流寇和官军做的事情似乎颠倒了,让他百思不得其解,忧心忡忡地说:"难怪李自成的队伍越来越大,把整个国家闹得不得安宁。"

张缙彦说:"是啊,几乎是在李自成围攻洛阳的同时,被杨嗣昌追踪了一年多的另一股流寇张献忠,却甩开杨嗣昌突然出川,亲自率领精锐骑兵,一日一夜飞奔三百里,直奔杨嗣昌的都市衙门所在地襄阳。经过周密细致的布置,通过里应外合,神不知鬼不觉地拿下了城池,把襄王朱羽铭和王室成员全部处死。然后,打开王府仓库,发放十五万银两赈济灾民。洛阳、襄阳相继陷落,福王、襄王先后被杀,杨嗣昌既愤恨又悲伤更害怕,他感到再也无脸见皇上了,不久就病死在了沙市徐园里。"

去年,王铎曾经听到杨嗣昌服毒自杀身亡的传闻,还以为是人们对他的诅咒。从张缙彦口中说出来,其消息来源应该绝对可靠。对于杨嗣昌的死,王铎心中很纠结。从个人感情上来说,对他是恨之入骨;从治国安邦来说,比较而言他也算是个能臣。在外有清军虎视眈眈,内有贼寇祸乱天下,朝廷的军队要面对两股势力。冷静下来细想,如果与清军议和能换来一时的平静,也不失为一种权宜之计。

张缙彦见王铎不说话,接着又说:"李自成、张献忠两股贼寇现在开始收买人心,他们每得到一城严禁抢掠,经过的城镇秋毫无犯。李自成还明文规定:杀一人者如杀我父,淫一女者如淫我母。他的举动深得民心和百姓的爱戴,整个中州大地的饥民都积极响应,并踊跃参加他们的队伍。"

王铎怀着复杂的心情,跟着张缙彦找到良医。经过郎中一个月的精心治疗,马瑞云脖子后面的疙瘩逐渐开始好转,疼痛比以前减轻了许多。

王铎看着家人近百口住在小送佛村,给张缙彦一家增添了太多麻烦,心里总是感到不安。特别是张缙彦说的话,他预感整个中原不再会有太平的日子了。既然马瑞云的病情已经有所好转,还是要去江南。那里没有流寇祸害百姓，相对比较安稳。

　　石薇汝开始坚决不同意，一再央求王铎把马瑞云的病治好再走。马瑞云开始虽然心里也有几分担心，但看到王铎心情郁闷，不忍心让他为难，又反过来劝说石薇汝。

　　在动身之前，王铎又请来郎中，给马瑞云仔细地诊治一次。郎中一再叮咛：要按时服药，心情不能焦虑。

　　王铎将自己的想法告诉张缙彦后，张缙彦坚决反对并一再劝阻。王铎却执意去江南，一再解释江南的环境好。

　　张缙彦没去过江南，虽然极力劝阻，但在王铎的一再坚持下，最后只好勉强同意。在王铎临走之际，张缙彦特意写了一首《送觉斯先生东南》相赠：

　　　　名书尚满厂，匹马忽萧然。
　　　　不共苏门月，谁开耒斗烟。

　　王铎从中看出了张缙彦依依不舍和内心萧然落寞之感，更是非常感动。

第三十二章

崇祯十五年十一月,西北风就像刀子一样,舔舐着人们已经麻木的面颊。

傍晚时分,天空慢慢涌起了阴云,不久就下起了小雨,还夹着雪花。深夜子时,鹅毛般的大雪从天空中飘落下来,整个苏北大地白雪皑皑。

王铎带着近百口人,经过一个多月的风餐露宿和东躲西藏的磨难,才赶到了江苏桃园。看着受冻挨饿的亲人,他心里感到很惭愧。

为了亲人的安危,王铎一再坚持迁往江南避难,在离开新乡之前,由于动身很仓促,考虑又不周全,路途中遇到很多难以想象的困难。好在临行时,张缙彦给他们准备了一些粮食和银两,但由于人口众多,耗费太大,粮食很快就所剩无几。王铎自从在家丁忧以来,皇上的俸禄就已经断绝,一家人的吃喝、穿用,只能靠王铎给朋友写字、作诗,来换取生活的必需品,才勉强维持正常的生活。三妹为了减轻哥哥的负担,在半道上曾悄悄地返了回去。王铎心里很清楚,如果不把她找回来,在这兵荒马乱的年代,就可能是他们兄妹的永别。他就亲自领着王无党、王无咎等几个子侄们,分头找了三天,才把孤苦伶仃的三妹硬拉了回来。找到三妹之后,怕其他人也学三妹,王铎就把大家召集在一起,严肃地告诉大家:"不管以前是朝廷命官还是平民百姓,不管以前是富有还是贫穷,也不管以前是亲兄弟还是素不相识,今天咱们在一起就是一家人。一家人就必须有福同享有难同当,现在虽然苦些,但只要大家再坚持一段时间,到江南后咱们一定会好起来的。"

从此以后,大家按照王铎的要求,相互勉励,相互关心,有难同当。虽然很艰辛困苦,但一路上都挺过来了。

马瑞云携带和照顾着众多的子女和家人,还要经常奔跑在深山峡谷之中,小脚的她其艰辛的程度可想而知,她的身体越来越虚弱了。

从新乡到桃园,一路上缺医少药,马瑞云脖子后面的疙瘩又复发了,而且越来越严重,疙瘩的顶部慢慢开始发白,疼得她终日无法入睡。行至微山夏镇时,找当地郎中诊治时,才知道这是恶性脓疮。把痈囊挤出后,又贴上一帖膏药,不知道是啥原因一直不痊愈,最近几天又开始慢慢溃烂。

王铎作为领头人，表面看他虽然豁达乐观，但马瑞云的病情让他既心疼又担心。他明显瘦了很多，胸前飘逸的美髯又多出了很多白须。

　　最近几年，马瑞云开始信佛，最尊奉的是大慈大悲观世音菩萨。她经常默默祈祷，保佑全家人平安、健康、幸福。

　　在大雪弥漫之际，王铎让大家把船停靠在岸边，准备等雪停后再起航前行。

　　就在当天晚上，马瑞云的脓疮进一步恶化，疼得她呻吟不止，更是无法入睡。

　　王铎走出船舱，看着满天的大雪，心急如焚。很想马上就出去再找郎中，但在举目无亲的深夜，只能和家人一直陪着她，等熬到天亮再找郎中医治。

　　王铎和孩子们看着马瑞云痛苦的样子，都难过得掉下了眼泪。大女儿来到母亲供奉的观世音菩萨面前许愿，愿以身代替母亲受难，让母亲尽快好起来。

　　夜已经很深了，王铎劝走其他人各自休息后，马瑞云闭着眼睛突然拉着王铎的手说："相公，刚才我迷迷糊糊做了一个梦，梦见一对鸳鸯受到惊吓后，其中一个飞走了。"

　　王铎听后吓得出了一身冷汗，鸳鸯是夫妻的象征，梦见鸳鸯是吉兆，但飞了一只肯定不吉利。为了安慰马瑞云，就赶紧说："做梦都是反义，梦中飞了一只，实际就是没有飞，成双成对的鸳鸯仍然在一起。"

　　陪伴在马瑞云身边的石薇汝听见马瑞云说的梦后，也安慰她说："姐姐，都是你最近没有休息好，好好睡一觉就不会再做噩梦了。"

　　马瑞云慢慢睁开眼，看着日渐憔悴的石薇汝，心疼地对王铎说："相公，我把薇汝妹妹和孩子们全都交给你了，以后你要好好对待他们。"

　　王铎听了马瑞云的话，心里猛然一惊，感觉有交代后事的意味，就赶紧阻止她再说下去："你就放一百个心吧，最近你一直休息不好……"

　　王铎还没有说完，马瑞云又继续说："我从十八岁嫁给你，除了给你养育了几个儿女之外，其他的啥也帮不上你，幸亏有薇汝妹妹帮助我料理家务，不然的话真是愧对王家祖宗啊。"

　　王铎听了马瑞云的话后，感动之余更是愧疚。马瑞云与他成家，已经整整三十六年了。她嫁到王家后，几乎没有享过一天福。她在娘家是丰衣足食的小姐，过门后就过起了艰辛紧迫的日子。为了供给自己读书，她甚至卖掉了自己心爱的首饰。在去河东书院、嵩山书院读书期间，经常过着夫妻分居的两地生活。等到自己学业有成、立足京城后，她既要照料孩子，还要侍奉老人，两人很少有机会在一起享受生活。自己的官阶虽然一升再升，但马瑞云始终为自己着想，分担着家庭的重担。这次晋升南京礼部尚书后，本来是想着把双亲接上，全家人一起去南京好好过几年舒心的日子。但做梦也没有想到，在不到半年的时间里，爹娘先后撒手人寰。好不容易把双亲在祖茔入土为安，又遇到流寇烧杀抢掠，把他们辛辛苦苦建起来的家园糟蹋得不成样子。现在全家人居无定所，就连亲戚朋友都跟着自己漂泊他乡。

王铎越想越愧疚，感到亏欠马瑞云的太多，动情地说："瑞云啊，没有你哪有我的今天，没有你的操劳，更没有咱家这些优秀的子女。夫人啊，你是王家的大恩人！"

王铎的话让石薇汝也很感动，也说出了她的心里话。石薇汝以前是马瑞云的贴身丫鬟，可以说是跟着她长大的。从小就跟着马瑞云，学会了尊老爱幼、贤惠善良、勤俭持家等很多美德。就连她的性格也几乎与马瑞云如出一辙，受到了全家人的喜欢。随着年龄的增长，马瑞云的身体大不如以前，家里人越来越多，有些事情照顾不过来。当看到别人都三妻四妾时，马瑞云就主动找王铎商量，让他接纳石薇汝为妾室。王铎开始坚决不同意，石薇汝从小在王家长大，他一直认为她是孩子。马瑞云先说服了公婆，又苦口婆心地劝说王铎，然后还为他们在一起生活创造条件，最终使他俩成为眷属。她们虽然共同侍奉一个男人，但情感亲如姊妹，整个大家庭和睦共处，其乐融融。

马瑞云还很支持王铎对外面的交往，从高僧、剑师、武侠、名士到名姝。即使王铎与名媛们交往，她都能泰然处之，从来不干涉或心生妒意。她相信自己的男人，就像供奉观音菩萨那样虔诚。

王铎性情豪爽，好行侠仗义，经常接济他人，她从无怨言。王铎经常为朋友两肋插刀，好抱打不平，马瑞云认为是有情有义的善举。

马瑞云回头看着石薇汝，然后又拉着她的手说："薇汝妹妹，相公和孩子全都交给你了，你一定要好好照顾他们。我太累了，很想好好睡一会儿。"

石薇汝毕竟还年轻，没有明白马瑞云所说的真正内涵，点着头还在安慰她说："姐姐就放心吧，一切都有我呢。"

石薇汝想让王铎休息，但他说啥也不肯，又给马瑞云盖了盖被褥，才轻轻地退出船舱。

马瑞云经常疼得夜里睡不着，王铎就常常整夜陪伴着，有时彻夜不眠。今天她的疼痛似乎减轻了一些，后来慢慢闭上了眼睛。王铎看着马瑞云安详地睡熟了，才轻轻地长出一口气，打个哈欠也进入了梦乡。

万籁俱寂的清晨，被王铎凄凉悲惨的呐喊声打破了。

人们惊恐地走进船舱一看，只见王铎老泪纵横，正双手摇晃着躺在怀里的马瑞云，大声呼喊着她的名字。

崇祯十五年十一月二十六日，王铎的结发妻子马瑞云病逝于桃园舟中，年仅五十三岁。

王无党带着兄弟姊妹看到母亲已经撒手人寰，顿时号啕大哭起来，悲痛凄厉的哭声穿过长空，震响天外，撒向茫茫的雪原。

跟随王铎的家人、亲戚、朋友，听说他们尊敬的马瑞云去世，不约而同地来到河岸边，都十分悲痛地伤心垂泪。特别是幼小的王无争，在失去母亲以后，他感到前所未有的孤独。石薇汝虽然一直把他抱在怀中，但他仍然痛不欲生。

马瑞云去世后，王铎作为朝廷官员，举办的丧事本来应该风风光光，现在他身无分文，买一口棺木的钱都没有，真正是到了走投无路的地步。

在王铎极为悲苦、一筹莫展之时，一位素不相识的儒雅书生主动出资相助，买棺材、选墓地，才把马瑞云暂时安葬在河边。

王铎安葬好结发之妻，在四处寻找好心人时，宿迁县令朱盛蒙前来看望。朱盛蒙是在得知王铎的家眷在桃园突遇不幸的消息后，急忙从宿迁赶到桃园的，然后把他一家接到宿迁。

王铎本来不想给朱盛蒙增添麻烦，由于运河航道暂时不通，陆上道路又泥泞不堪，继续南行受阻，只好暂时停留几日再走。

朱盛蒙仰慕王铎，不仅因为他是朝廷命官，更主要的是喜欢他的书画、诗文。以前他们一直无缘相见，今天对他来说是天赐良机。王铎对朱盛蒙的雪中送炭感激不尽，只能以书写条幅作为回报。

当王铎提出想找到出手相助的好心儒生时，朱盛蒙告诉王铎，那个儒生是楚党领袖、太常卿官应震的长子官抚晨，字凝之。他以选贡授桃园知县，后来又擢升徐州知府，但两次朝廷的任命，他都因为丁忧均未赴任。

王铎提出要面见官抚晨，好当面向他致谢。朱盛蒙却说："王大人，凝之的本性就是乐善好施，如果你只为答谢的话大可不必。再说他已经离开此地，云游四方去了。"

王铎对身边的王无党、王无咎说："藉茅啊，滴水之恩当涌泉相报，不管什么时候，咱都不能忘记官先生的恩德。"

王无咎郑重地点头，表示记住了爹爹的话。朱盛蒙又说："王大人，凝之博学好古，精通天文，还知兵法，只是一直没有机会施展才华，在当下乱世之际，很多人替他感到惋惜，他自己却说天道不可违也。"

王铎听到后，也为朝廷没有起用官抚晨而感到惋惜。

正在王铎和朱盛蒙说官抚晨时，已经九年没有见面的祁彪佳突然出现在王铎的面前，让他感到十分吃惊。

在举目无亲之地，王铎突然见到同年挚友，眼泪不由自主地顺着满脸的皱纹流了下来，两双手紧紧地握在一起。

朱盛蒙赶紧招呼他们坐下叙话，祁彪佳依然拉着王铎的手："觉斯兄，小弟刚听说嫂夫人去世的噩耗，还请兄长节哀顺变。"

提起马瑞云，王铎依然无法控制内心的悲痛，眼圈马上红了起来，哽咽着说："实在没有想到，她会走得这样匆忙。"

祁彪佳安慰说："嫂夫人是贤妻良母，又心灵手巧，永远都是大家的楷模。"

在祁彪佳眼里，王铎是一条硬汉，不管什么事情都压不垮他。看着他那消瘦、憔悴、苍老的脸颊，其内心的巨大悲痛可想而知，就心疼地说："觉斯兄，几年不见，听说你吃了很多苦，须发白了很多。"

"是啊，已过半百之人了，还能没有白发？"王铎苦笑一下，想岔开这个伤心的话题，"虎子弟，你咋会在这里？"

"皇上任命我掌河南道，我是入京觐见路过这里，听说你的情况后就马上过来看望。"祁彪佳简要说明情况后，关心地问，"你下一步如何打算？"

王铎说："等河道一通，我就继续去江南。"

他们正在说话时，外面传来王无争的哭闹声。王铎准备出去看个究竟，石薇汝抱着马瑞云生的小儿子王无争进来，他哭闹着要找亲生母亲。王铎赶快起身接过来，并给祁彪佳介绍了石薇汝的身份。祁彪佳起身给石薇汝施礼，石薇汝还礼道万福。

祁彪佳看着失去生母的孩子，心里涌起怜悯之情，眼泪不由自主地在眼眶里转起来。

王铎看到这种情况，让石薇汝哄着王无争走出屋外。祁彪佳说："觉斯兄，孩子身体太虚弱了。"

王铎也知道孩子的身体很虚弱，需要营养，但现在是囊中羞涩，无能为力。

祁彪佳提出让王铎跟他一起到驿馆，说那里比较清静，也想与他好好聊一聊。

王铎跟着祁彪佳来到驿馆后，祁彪佳给王铎拿一些银两，让他解决当务之急。

王铎本想推辞，但想想当前举步维艰的状况，的确到了揭不开锅的地步了，在同年面前也没有必要假装清高，就没有再推辞。

解决了众人的吃住问题，在异乡与同年挚友在一起，王铎的心情才慢慢轻松了一些。端起久违的茶水，慢慢地品尝一口，才问起了祁彪佳这几年的情况。

祁彪佳有些无奈地说了一句："觉斯兄，说起来是一言难尽啊。"

王铎看着祁彪佳的脸色慢慢暗淡下来，就静下心来听他讲述经过。

崇祯六年三月，祁彪佳被授职巡按苏、松后，没承想却经历了两次宜兴民变。在第一次民变中，祁彪佳依大明律例，首正豪奴罪，平息民愤，次擒乱首，伸张国宪，奏斩豪奴乱民各数名，追还所夺财产，民变遂定。宜兴民变刚定，首辅周延儒却怂恿子弟家奴恃势横行乡里，又引起了第二次民变，被邑民焚其居宅，挖掘其祖墓。周延儒很生气，意图把怨家全部收系大狱。祁彪佳在追究事件的起源时，认为此乱是由周延儒的家奴发起，只是严惩了首犯。周延儒听说后大发雷霆，对祁彪佳怀恨在心，在考察官吏时，给祁彪佳降级处罚。后来，皇帝朱由检查其无罪，遂改为降俸。祁彪佳突然遭遇飞来横祸，受到很大的打击，对仕途开始心灰意冷，就三次上书乞归回家侍奉老母。崇祯八年四月八日获准后，就归家在梅墅过了八年的家居生活。

王铎听说周延儒对祁彪佳打击报复很生气，祁彪佳解释说，"我乞休的真正原因也不完全是他，但要说没一点影响也不可能，毕竟两次民变都与他有牵连。"

王铎不解地说："难道还有其他难言之隐啊？"

"是的，还有两件事令我心里很难过，但又无能为力。"祁彪佳解释说，"一是苏松四郡连年遭遇风雨旱蝗侵袭，赋役繁重。新征加旧欠，百姓缴纳不起，不是被打板子，就是被投入牢狱。二是地方官员完不成岁额被处分，待追欠后又不给及时撤销。我连呈两疏，恳求皇帝乞怜，下诏豁免陈欠，撤销下属的处分，却均遭到皇上的严厉斥责。"

皇上对祁彪佳不公，王铎心里不平，祁彪佳却不以为然："这样一来，我就可以在家侍奉老娘了。"

王铎问："这几年你一直在家？"

祁彪佳说："是啊，辞官回家后，在寓山构筑了一座园林。起名'寓山园'，把老娘和家人都移居到寓山园里，守着老母亲享受天伦之乐。"

王铎听说祁彪佳一直侍奉娘亲很羡慕，也越发感到自己没有尽到孝心，对爹娘很愧疚。

祁彪佳没有注意王铎的感受，自顾自兴奋地叙说："在家八年中，我把自己的心志几乎全部寄托在寓山园上了。在寓山园中，营构了堂、亭、廊、台、阁、榭、堤、池、桥、轩、斋、庵等四十九处景观，每处景观都撰写小品文一篇，短则二三十字，长者也不超过三百字，结集为《寓山注》。后来又邀请张岱、王思任等一些文士名流前来观赏，并哀辑他们吟咏寓山的诗文，刊刻成书。"

王铎本来对祁彪佳的小品文就很欣赏，听到已刊刻了《寓山注》一书，羡慕得心里直发痒："虎子贤弟啊，你赶快送我一部好好拜读。"

祁彪佳却谦虚地说："我这都是自娱自乐，不像你十几年前就刊刻专著，写的都是大部头啊。"

"那都是过去的事情了，好汉不提当年勇嘛。"王铎对自己的专著不以为然，对祁彪佳的却是大加赞赏，"我听说你与刘宗周分区赈米，设粥场施粥，做了很多善事，真是功德无量啊！"

祁彪佳马上就说："我这都是在效仿你。前几年，你们家老少三代在家搭粥棚施粥，拯救了很多难民百姓，更是功德无量啊！"

东方已经发白，两人的话仍然没有说完。最后，祁彪佳十分关心地问："觉斯兄，你过江后可有具体的停留去处？"

王铎并没有目标，无奈地说："我现在已经是无家可归了，只能随波逐流。"

祁彪佳稍微一思索，说："觉斯兄，如果是这样的话，你就去山阴，到我的寓山园里居住，不知你意下如何？"

祁彪佳不等王铎回话，就来到书桌前，提笔书写了一封家书递给王铎，然后兴奋地说："觉斯兄，你先给我看着家院，等我办完差就回去。到时候再把玉汝、幼玄兄都接到山阴，咱们一起安度晚年，岂不快哉？"

王铎当然求之不得，在外漂泊了几年，很想有一个固定的地方安定下来。但一想起家人、朋友如此众多，又觉得不好意思打搅。

当说起黄道周和倪元璐时，祁彪佳告诉王铎："皇上虽然赦免了幼玄兄的罪，也官复了原职，却没给他任何事情做，我觉得他不久还会乞休回家。今年九月，皇上曾下诏任命玉汝为兵部右侍郎兼翰林院侍读学士，他却以母亲年事已高辞谢没去上任。"

祁彪佳的到来，整整一晚上的真情交流，让王铎的心情轻松了许多。直到进入腊月，祁彪佳才和王铎分手。祁彪佳继续北上进京，王铎告别朱盛蒙后，带着家人继续南迁。

崇祯十六年三月，春风送暖，柳绿花香，江南到处是一片生机。

王铎的亲朋好友跟随他经历了千辛万苦，来到了被誉为"上有天堂，下有苏杭"的苏州，与江北残墙断壁、草木凋零惨状形成了鲜明的对比。

在驿馆安排下后，王铎带着大家游览了一番姑苏春色，让大家在这里很好地休整一下。他把王无争揽在怀里，荡漾着小舟一波三摇地划入水巷，聆听着船家悠扬的吴侬软语和着咿呀的江南小调,欣赏着小桥流水、精致园林、粉墙黛瓦、古迹名胜,都是美不胜收的景致。大家感受着千年姑苏的别样魅力,观看着闻名遐迩的鱼米之乡、丝绸之府的繁荣,暂时忘却了心中的悲痛,脸上露出了多日不见的笑容。

当来到寒山寺时,王无争还张口吟诵出了张继的《枫桥夜泊》。

正在大家喜笑颜开时,王无咎悄悄来到王铎身边,神秘地把他拉到僻静地方说:"爹,你在扬州搭救的那个吹箫的女子也跟着来到苏州了。"

王铎既吃惊又疑惑地问:"这孩子咋到这里啦?再给她一些银子,劝她赶紧回家吧。"

王无咎皱起了眉头,说:"给过了,但她说啥也不要。"

王铎耐心地说:"你再好好劝劝。"

王无咎说:"爹,已经劝过多次了,她说爹娘早就死了,家里没其他人了。"

王铎怜悯之心油然升起,再也没有心思游玩了,问:"她现在在哪里?"

王无咎说:"在驿站附近卖唱呢。"

王铎让王无党先带着王无争,他随王无咎赶紧回到驿站。在附近转了几圈后,并没有看见吹箫的女孩。王无咎东看看西瞅瞅,依然没有发现女孩的踪影。他感到很奇怪,王铎还埋怨他是否看错了人。

王铎转身正准备进驿站时,在门口看到一个体貌俊伟的熟悉背影。走近仔细一看,是座师袁可立的大公子袁枢。

在苏州突然见到袁枢,让王铎感到非常意外。他俩虽然志趣相投,私交甚密,但见面却甚少。崇祯六年中秋节见面后,袁枢回老家照顾父亲,年底老人去世后,他一直丁忧在家。直到崇祯十一年,清军大举入侵时,很多武将都畏缩不敢去关外。袁枢秉承父志,不畏艰险,以户部郎中文职督饷于辽左军前,解决了朝廷之忧。在赴任之前,王铎给袁枢辞行时,他提出准备刊刻《袁石诗》,王铎欣然给他写了序言。自从那次分别以来,已近五年再没见面。今天在异域他乡遇到故知,两人都显得非常激动。王铎惊异地问:"伯应,你咋会在这里?"

袁枢激动地说:"去年我奉旨榷浒墅关商税,听说你已经来到苏州,就赶快过来看望你,准备接你到我家居住。"

如果能和乡党挚友在一起,当然求之不得,只是已经答应祁彪佳,要去他的寓山园居住,中途反悔无法给祁彪佳交代,就有些为难地说:"我在此只是临时停留,过几天还要去山阴。"

袁枢不以为然地说:"从苏州到山阴还有很长一段路程,你先在这里暂时居住一段时间，然后再去也不迟，反正你现在也没有公干。"

王铎觉得袁枢说得有理，就爽快地答应先去他家。转念又想起了吹箫的女孩，急忙对袁枢说："你来得正好，有个孤女你先帮我安排一下。"

袁枢听着王铎没头没脑的话，问："啥孤女？"

王铎解释说："我在路过扬州时，看见几个流氓欺负一个孤苦伶仃的卖唱女孩，就出手把她搭救下来。看她很是可怜，就给她一些银子让她回家。我赶到留都时，发现她也跟着到了那里，后经过苦口婆心的劝说，她没再说啥就走了。刚才听藕茅说她又跟着来到了苏州。"

袁枢听了开始有些不以为然，说："觉斯兄，这种事情太多了，咱们实在管不过来啊。"

王铎却严肃地说："伯应啊，那孩子挺可怜。我既然已经管了，就帮人帮到底吧。"

袁枢见王铎很认真，就答应一定帮忙安排好。

王铎让王无咎带人出去再寻找，准备给石薇汝打个招呼，就动身随袁枢前往浒墅。当他来到住房外面时，里面传出了说笑声。

王铎感到欣慰，看来石薇汝也慢慢走出了痛苦的阴影，现在也有了笑声。当他健步走进屋里时，看到的情况让他吃了一惊，石薇汝正与被他搭救的女孩在说笑。

石薇汝见王铎进来，起身迎上来说："相公，我没和你商量就把这闺女收留了。"

王铎很想埋怨她几句，但又没有理由责备，用手指了指，说："你……你……"

吹箫女孩见到王铎，马上停止说话，腼腆地低下头。石薇汝笑着招呼王铎坐下，说："自从你在扬州救了这闺女之后，她就一直跟着咱。我看她孤苦伶仃很可怜，咱如果不管不问，她若是有个三长两短的，后悔都来不及了。"

吹箫女孩用手扯着衣角，不时地用乞求的余光看着石薇汝。

石薇汝看着王铎说："她特别能吃苦，很勤快，跟男孩似的泼辣，就让她给我当个帮手吧。"

王铎看着日渐消瘦的石薇汝很心疼，而且她说的话也很在理，最近三妹的身体也很虚弱，让她一个人操持也的确太辛苦。

石薇汝见王铎不说话，知道他已经答应了，说："相公，你不是常说要有慈悲之心，多做行善积德之事吗？"

王铎听了石薇汝的话，感觉就是活脱脱的另一个马瑞云，说话办事都是一个风格。吹箫女孩突然双膝跪在了王铎面前，说："请老爷收下我吧！"

石薇汝也趁机说:"这闺女不但能干,还多才多艺,特别是刚才她用箫吹的曲子,我听了直落泪。"

王铎对石薇汝更加刮目相看了,回头对女孩说:"起来吧,孩子,还不知道你叫啥名字呢。"

石薇汝快人快语地说:"她叫段姬。"

王铎听了后若有所思,突然想起刚到京城时,曾经搭救过一个女孩,好像叫玉姬。

段姬接连给王铎、石薇汝磕了三个头,才慢慢站起身来。

"嫂夫人是个通情达理之人,这是善人积德之举。"站在门口的袁枢,看到眼前的一幕,感动得直称赞,然后对王铎说,"嫂夫人替我解决了一个难题。"

王无咎也看到了这一切,心里感到很欣慰。

在准备去浒墅时,王铎提出带上朱五溪一同前往。

晚上,王铎在王无咎和朱五溪的陪同下,跟随袁枢乘船来到浒墅,受到了热情款待。酒过三巡后,大家都轻松起来了,各自述说了分别后的情况,王铎情绪却是很悲观:"这几年家里的变故让我真是心力交瘁。双亲、结发之妻、五弟和两个女儿相继去世,让我一度失去了对生活的信心。有时候很羡慕佛家、道家的生活,真想皈依佛门,也好六根清净啊。"

袁枢安慰说:"觉斯兄,你现在还不是皈依的时候,近百口人还都依靠你生存哩。"

袁枢的话让王铎又想起了老娘的嘱托,再也不提佛家的话语。

袁枢一时不知该如何安慰王铎,实际上每个人失去亲人后都有一个痛苦的过程。与其安慰,还不如转移话题,让他暂时忘却为好。

于是,袁枢起身去书房里,回来时拿了一本已经刊刻出版的《袁石诗》。王铎打开一看,首先映入眼帘的就是自己写的序言。

王铎看着几年前写的序,心情慢慢轻松起来。袁枢感到现在是透露秘密的时候了,就神秘地说:"觉斯兄,请你来还有一事劳驾你。"

王铎看着袁枢有点滑稽的模样,开着玩笑说:"伯应啊,看你这神秘的样子,一定是又得到啥宝贝了。"

袁枢哈哈一笑,说:"啥也瞒不过觉斯兄的法眼。"

王铎对袁枢非常了解,他不但有边才,诗文才华也甚高,经常与钱谦益、方以智等名士相唱和,又工山水、精鉴赏、喜收藏。手里已经藏有很多古人的字画和古玩,如巨然的《秋山图》、董源的《潇湘图》等等。他每次得到宝贝后,都要请王铎给仔细鉴定一番。

听了袁枢的话，王铎心里有些发痒，很想一睹为快。稍等一会儿，袁枢从里屋拿出一个卷轴，小心翼翼地打开后，作品中却没有作者的款印。

王铎曾听说过，这幅画以前在董其昌手里，老人家去世前，就赠送给袁枢留作纪念。

王铎俯身一看，董其昌题识的"僧巨然真迹神品"映入眼帘。再仔细看画面，似是一场大雨过后，山峦间漫延着一层水汽，曲折的小径幽寂地穿梭于树林之间，意趣深远。左侧的高山堆叠得秩序井然，显得平缓温和。层岩与丛树所建构起的世界仿佛停止了运转，连空气中也凝结于静谧之中。卵石堆积成的山顶，像是大雨打在山顶上，雨水顺着山坡所刷洗成的自然景观。

王铎看后激动不已，认为是巨然的真迹无疑。然后轻轻拿起笔，郑重地为画卷写下题跋："层岩生动，竟移获泉，日华诸峰与此，明日别浒墅，心犹游其中，王铎题为石亲契，癸未三月夜。"

王铎看着袁枢的上等好墨和好纸，激发起了他创作的激情和欲望，就又写了一幅《苍雪精舍诗卷》。

袁枢深深地感到，王铎写的这幅字笔力遒劲，姿态万千，与以前相比书风大变，让他佩服不已。

王铎写完立轴后，仍然感到意犹未尽，又顺手画了一幅《雪景竹石图》。只见画中奇石一块，倚石竹两竿，枝叶下垂，含雪意，竹之尖劲，石之坚峭，气象万千。画面虽非全景式的雪天描绘，但皎洁清冷之感直通眉宇，把竹子的耐寒冷、抗冰雪的坚贞之性描绘得淋漓尽致。

王铎很少作画，今天他不但书写立轴，还乘兴画竹石，对袁枢来说真是意外收获。当看到题跋中的"明日别浒墅"时，问："觉斯兄，你这是什么意思？"

王铎解释说："我不放心小无争，明天就回去。我也想尽快赶到山阴，好有个固定的地方，那样心里就踏实了。再说，那里离玉汝的老家上虞也特别近，我们已经多年不曾相见，也很想念啊。"

袁枢却遗憾地说："觉斯兄，你的心情小弟非常理解，不过你去了也见不到玉汝。"

王铎一听有些急了，说："在宿迁的时候，虎子告诉我，玉汝拒绝了皇上的任命，在家侍奉年迈的老娘呢。"

"他已于去年腊月底去京师了，路过这里时我还亲自给他送行呢。"袁枢让王铎先不要着急，然后把变化的情况细细告诉了王铎。

去年九月，朝廷下诏任命倪元璐为兵部右侍郎兼翰林院侍读学士，他以母亲年事已高辞谢赴任。但当他闻听到清兵又骚扰京城，求救兵于天下时，就毅然尽鬻家产以征兵，募得壮士数百人，遂拜别了母亲，疾驰赶赴京师。跟随他的人，除了多年侍奉他的家丁外，便是崇拜他的当地士子和已经回到原籍的一些军官。

倪元璐在路过扬州时，知道史可法素来忠义，估计麾下必有精兵强将，便驰书先报，欲借精兵三千为勤王之旅。当赶到史可法处后才知道，营区部众仅有三千余人，他自己保卫封疆都很困难，根本谈不上借兵。倪元璐只好放弃借兵的念头，带领自己的三百骑日夜兼程赶到北京。当时，清兵铁骑三十万正在山东境内纵横，连营九百里，亘山截流，无隙可入。倪元璐北进十分危险，有人劝他暂退观变，他却正色道："吾千里勤王，有进无退，进退皆危，与其退不免危，不如进更得全。君辈本以义从，不当复计利害，宁进尺死，不退寸生。"跟随倪元璐的副将张鹏翼和参将牛化麟两位将军均有丰富的军事经验，倪元璐在他俩的协助下，在清军大阵的间隙夹缝中疾进北上。经过二十多日急行军，终于到达都门。这是京师告急以来远涉千里而来的忠义勤王之师，人数虽少，却表现出了视死如归的大义。

倪元璐赶到京师的当天，皇帝朱由检就召见了他，并听他尽述对国家危机形势下的方略计议。皇上当即拜他为户部尚书，深恨不能早日用之。

王铎听了袁枢的介绍，十分敬佩倪元璐的举动，就突然对袁枢说："伯应，你给我准备一些快马。"

袁枢惊异地问："觉斯兄，你要快马弄啥？"

王铎严肃地说："京师处在危难之中，我焉能在此苟安，理应即刻进京与玉汝一起共同抗击清军。"

袁枢立即阻止："觉斯兄，你不能去！"

王铎噌地站起来，有些急了，大声质问："我为啥不能去？"

袁枢解释说："倪元璐是兵部右侍郎兼翰林院侍读学士，他进京名正言顺。你若进京，名不正言不顺，再说你现在还在丁忧。"

王铎听了袁枢说的丁忧两个字，一下愣在那里，半天没有说话，痛苦得一屁股坐在那里。

袁枢看到王铎已经被说服，就赶快劝慰说："觉斯兄，既然玉汝不在山阴，我想明天就把你的家人都接来，在我这里好好休养一段时间。"

王铎听了袁枢的话，就既来之则安之吧。

第二天，袁枢派人去接王铎的家人，他陪同王铎游览大石山。远远望着大石山，危岩峻峰，环秀叠翠，犹如一朵巨莲。

从山脚拾级而上，来到山腰平台，一侧凌空，一侧巨岩壁立，一股清泉沿岩壁汩汩而下，落入壁下石池。在石壁前，有一象鼻峰横空出世，使人叹为观止。王铎即兴作一首《自浒墅入大石山登象鼻诸峰》诗：

　　牢落江湖客，偏将梵服寻。
　　苟非同采药，不易有幽心。
　　蔚荟消诸霭，琴书网一岑。
　　足音无亦好，蚓食保芳林。

　　袁枢听后击掌称赞，朱五溪等人随声叫好。
　　在天桥西下侧，有一线天可供登临，仰观山道崎岖陡直，有"一夫当关，万夫莫开"之势。攀登其上，又来到一块平整略侧卧的大石旁边，看着它舒坦地躺在山腰中，那姿势使人联想起了坦荡笃悠、知足常乐、枕臂酣睡的弥勒佛。
　　王铎登上大石顶，俯瞰着苍茫林海，顿觉心胸开阔起来，有一种飘飘欲仙之感。袁枢出口赞扬大石坪，王铎兴致勃勃，听到后激情大发，挥毫书写了"仙坪"两个磅礴大字，袁枢命人刻在摩崖之上。

第三十三章

　　王铎听袁枢说，观音山中峰寺里有个得道高僧叫苍雪大师。他不仅精通法藏、澄观各种典籍，又能在《华严》之外，讲《楞严经》《法华经》以及《唯识论》《中论》《百论》《十二门论》，加之工诗善画又能书，颇受文人士子们的崇仰。正是因为如此，董其昌、陈继儒、钱谦益都曾前来领教、听经、酬答，后来他们都成了关系甚密的挚友。

　　王铎在拜访苍雪大师之前，特地写了一首《访白莲苍雪》：

　　　　江潭多异景，欲访会稽僧。
　　　　新径流空月，深居一盏灯。
　　　　经书青赤叶，岩结瘿瘤藤。
　　　　莫待衰容弱，寻师叹未能。

　　在袁枢的陪同下，王铎怀着虔诚之心拜访了苍雪大师，并拿出自己的诗请他指教。苍雪大师看了王铎写的诗，大加赞赏一番后，回赠了一首《南台静坐一炉香》：

　　　　南台静坐一炉香，竟日凝然万虑忘。
　　　　不是息心除妄想，只缘无事可思量。

　　从苍雪大师的诗中，王铎似乎看到了他那"即心是佛"的佛家心境，从中体悟出了"平常心就是道"的真谛。

　　王铎听了苍雪大师的教诲，心情慢慢平静下来，并随苍雪大师来到观音山的最高峰，俯瞰群山，开阔了胸襟。

　　王铎看着慢慢涌起的雾霭，田野里水汽氤氲，山色空蒙，菜花一片金色，篱笆墙里桃花点点，好一幅江南春景图。

　　王铎告别苍雪大师后，怀着兴致勃勃的心情回到浒墅。但看到眼前发生的事情，他悲痛得晕了过去。

　　原来王铎最疼爱的三妹突发急病不治身亡。三妹是个苦命人，她出嫁后没几年，丈夫李麟祥刚二十岁就患病不治而死了。她年轻守寡，孤身一人，王铎见她孤独可怜，与马瑞云商量后曾劝她改嫁，可她说什么也不肯。后来，王铎就把她接到双槐里陪伴着双亲，让家人平时尽力多照顾她。家里的孩子大都由她看大。孩子们与她特别亲近，有了委屈也都愿意找姑姑倾诉。双亲不在了，王铎把她接到身边共同生活。马瑞云、石薇汝和孩子们对她都十分敬重，使她感受到了家庭的温暖。

　　王铎晕过去后，在场的人顿时乱作一团。王无咎急得哭喊起来，其他人也都哭声震天。

　　经过大家的呼喊，王铎才慢慢苏醒过来。当看见失去母亲的小无争正摇晃着姑姑的手大声哭喊时，再看看似乎睡着的三妹，他流着泪埋怨自己："都是因为我的出游，耽误了给妹妹的医治，才使她不治而去的。"

　　石薇汝也在自责："都是因为我没有照顾好她，才使她离开我们的，你就惩罚我吧。"

　　石薇汝虽然主动承担责任，但王铎心里很明白，三妹的突然去世与马瑞云有关，她们姑嫂的关系十分密切。自从马瑞云去世后，她就一直生活在悲痛抑郁之中，身体也越来越虚弱。只是万万没有想到，她竟一病不起，这么快撒手人寰了。

　　袁枢和王无党、王无咎等人都百般劝说，王铎才慢慢止住眼泪，和大家商量安葬事宜。

　　在袁枢的帮助下，王铎买了一副上好的棺材，把她埋葬在浒墅关西天桥山的一侧。

　　第三天夜里，王铎做了一个梦，看见三妹倚着门，流着眼泪以乞求的口吻说："大哥，我先暂留在异乡姑苏，待您日后有机会时，一定要把我带回老家去陪伴爹娘。"

　　王铎一个冷战醒来，眼前却是漆黑一片。王铎望着如豆似的残灯，辗转反侧再也无法入眠，一直坐到天亮。

　　黎明时分，王铎早早起床后，把王镛和子侄们都集中起来，让他们准备好香烛纸钱和一些供果，来到三妹坟前进行一番祭奠。

　　王铎让王无党找来一方青石，亲书了"孟津王铎三妹之墓"。然后，让石匠镌刻立于三妹的墓前。

　　王铎让孩子们跪在三妹墓前，谆谆告诫他们："孩子们，日后只要有机会，就一定把你姑姑的灵柩迁回老家，葬在你爷爷奶奶身边，让她天天陪伴。"

三妹去世后，王铎吃不下饭，睡不好觉，身体越来越虚弱。为了能让王铎离开这个伤心之地，石薇汝找王镛、王无党等人商量，决定尽快离开这里。

俗话说祸不单行，他们刚走到嘉兴，悲痛再次降临到王铎头上。他最小的儿子王无争又突然患急病夭折。

在不到半年的时间里，发妻和三妹相继病逝，王铎还没有从悲痛中走出来，最小的儿子王无争又夭折。接连失去亲人的沉痛打击，使他几乎失去了活下去的勇气。

王铎的眼泪似乎已经流干，一个人呆呆地坐在那里，不吃不喝也不说话。石薇汝天天陪伴着他，急得泪流满面，王镛、王无党、朱五溪等也都无所适从。

王铎双手捧起泥土撒在小坟上。做完这一切，转身对王镛、王无党、朱五溪等人说："明天起程回老家！"

大家以为听错了，半天没有反应过来。

朱五溪不理解地说："现在中州大地流寇横行，回去不太平，咱们来江南不就是为了躲避战乱吗？"

王镛也随着朱五溪的话说："听说李自成已经在襄阳登基称帝了，他要与大明势不两立，你是大明朝廷命官，去了只能增加危险。"

王铎却执拗地说："当时来江南，咱们想得很美好。但从这半年家里发生的事情看，来江南似乎是个错误。你嫂子和三妹都走了，小无争也走了。如果咱们再往南走，说不定还会出现不幸，所以我要回老家。如果亲人相继去世，我独自享福，咋能对得起他们？"

王铎还有一个预感没敢告诉大家，他总感觉自己也将不久于人世，但死也要死在老家。王无咎怯怯地提醒："爹，咱们回家，其他叔叔们能否去山阴？"

王铎的本意就是让家人跟他回老家，亲戚朋友们可以继续南下去山阴。经王无咎一提醒，他明确地说："家人全部回去，亲友都去山阴。"

朱五溪马上就反对："觉斯兄去哪里，我就去哪里，我要与你有难同当。"

王无党说："朱叔叔已经到了家乡，我看还是回家看看吧。"

朱五溪没有理会王无党，而是对王铎说："觉斯兄，我是跟定你了。"

晚上，王铎把大家召集到一起，征求大家的意见时，没有一人要弃他而去。

王铎携家人在吴、越、楚辗转，于漳水、黄冈、洞庭一带，直到初秋时节，才赶到河南西峡。

走到一座小山脚下时，由于人困马乏，就暂时停下来休息。经过打听才知道，这里是闻名遐迩的蓳潭。屈原曾在此写了《国殇》《离骚》等著名诗作。孟浩然、李白、杜甫也都曾来这里饮歌赋诗。

王铎不顾颠簸疲劳，在朱五溪的陪同下，登上山顶一看，到处是一片片、一簇簇、一丛丛竞相绽放的金菊，正在萧瑟秋风中摇曳，更凸显了它凌寒傲霜的风骨品格。山中有一潭泉水潺潺，菊花影映其中，风景十分秀丽。

山上有一座重阳寺，重阳佳节本应是香火鼎盛时节。但由于流寇横行，战乱不断，重阳寺里人烟稀少，看到的是一幅破败不堪的景象。

在蓳潭暂停休息的几天里，王铎读了《峨眉山纪》后，对蓳潭美丽的景色产生了一种梦幻感，朦胧之中似是登上了巍峨高大的峨眉山，犹如身临其境的感觉，触动了自己的感想。为此，按照梦幻的意境作五律诗十首，以寄托自己对峨眉山的向往。

经过艰难的跋涉，王铎携家人中秋才回到双槐里。来到魂牵梦绕的靖嵘山房时，呈现在大家眼前的并非王铎描绘的美景，而是残墙断壁、破败不堪的景象。

王铎怔怔地看着眼前的家园尽毁，梦想彻底破灭了。两眼顿时发黑，一阵眩晕，踉跄了几步就倒了下去。

不知过了多久，王铎在朦胧中听到凄婉的箫声，又把他带进了梦幻，眼前是爹娘慈祥的面孔，还有马瑞云、三妹以及女儿、小儿子的身影在来回晃动。后来，他用尽全身的力气，努力睁开眼睛，发现自己躺在黄河的摆渡船上，大家都焦急地围在他身边。

王铎挣扎着坐起来，看着滚滚的黄河水，不解地问坐在身边的王镛："仲和，我这是咋啦？咱这是要去哪里？"

王镛赶紧探过来身子："哥，你可醒来了，你这一觉睡了一天一夜，把我们都吓坏了。"

坐在一边的朱五溪也俯下身子接着王镛的话说："觉斯兄，咱们准备过黄河后去新乡。"

王铎一脸疑惑。王镛继续解释："老家已经无法居住了，土匪流寇经常出没。为了家人的安全，我们商量后，认为苏门山一带比较安稳。"

王无党也插话解释："据说苏门山一带土匪流寇很少去，再说那里离濂源世叔比较近，如果有啥急事，还能求他帮咱一把。"

王铎看着无家可归的亲人们，愧疚的心在颤抖。既恨残暴凶狠的流寇，又恨那些治国无方的大臣。自己身在孝期，无法效忠朝廷，真是报国无门啊。

昔日的豪言壮语和远大理想似乎模糊了，他感到心灰意冷，真想起身跳进黄河。再看看亲人们那祈求的眼神，又想起了娘亲的嘱托，感到自己身上的责任重大。为了不让亲人再受磨难，在万般无奈之下，放弃了轻生的念头。

王镛见王铎已经默许，就告诉他一件好消息："大哥，听乡亲们说，三弟和四弟他们两家人这几年一直躲在卢氏深山里，都很安全，请大哥尽可放心。"

王铎听到这个消息，的确很高兴。去年安葬爹娘到祖茔后，本想筑庐守墓，后因受流寇的滋扰冲击，在渡河逃难时兄弟分离。王铎一直担心挂念着两个弟弟及家人的安危，现在知道了他们平安，一块石头终于落了地。

走到苏门山一带时，人们都已筋疲力尽。王铎让大家原地临时休息，他则带着王无咎再次来到小送佛村。

张缙彦的确还在家乡，见到王铎是又惊又喜，赶快安排所有人住下。当晚为王铎接风洗尘，并让长兄张缝彦和他的同年贵履吾作陪，同时还邀请了几位乡贤。

张缙彦先把王铎介绍给大家，然后先指着一位黑脸膛、高鼻梁的老者，说："觉斯兄，这位前辈是郭涓，字原伸，曾经任礼部右侍郎，年事已高后，就乞休回家颐养天年。你们俩一个是现任南京礼部尚书，一个是前礼部右侍郎。前辈有涵晖园，觉斯兄曾有涵晖阁，真是心有灵犀不点也通啊。"

张缙彦的话引起大家的一阵大笑，王铎起身抱拳拱手。等大家都平静后，张缙彦又指着一位谦恭儒雅的老者说："这位郭老，名士栋，字公隆……"

郭公隆虽然比王铎年长很多，但他对王铎的书法十分钟爱。去年王铎在张缙彦家暂居时，他没有见到很是遗憾，今天一见十分高兴。张缙彦的话还没说完，他就起身抱拳拱手："久闻尚书大名，如雷贯耳，今日得以相见，真是三生有幸啊！"

王铎赶紧起身回礼："公隆兄过奖了，今后还请您多关照。"

在张缙彦介绍下，王铎与大家一一相识，大家举杯为王铎接风洗尘。

坐在张缙彦身边的郭士栋放下酒杯与张缙彦商量："濂源啊，我想请尚书到我的寒舍山志园居住一段时间，不知你意下如何？"

张缙彦看了看王铎，用征求的口吻说："觉斯兄，公隆兄的房舍比较宽敞，环境也幽静清净，我看甚好。"

王铎经历了痛苦的磨难，身心的确疲惫不堪，也很想找个僻静的地方休息一下。现在自己走投无路，张缙彦等仁兄能够收留，他心里十分感动，起身给大家鞠躬："感谢诸位仁兄，在愚弟走投无路之际，能得到你们的收留，吾及子孙将没齿不忘。"

"觉斯兄言重了，你我是同年，几位仁兄都是德高望重、乐善好施之君，在这里千万别客气。"张缙彦起身招呼王铎坐下，然后转移话题说，"觉斯兄，实不相瞒，上次公隆兄没见到你，对我好一番埋怨。"

张缙彦说完端起酒杯，招呼大家举杯同饮。

酒过三巡后，张缙彦关心地询问分离后的情况时，王铎非常沉痛。当听说马瑞云、三妹以及幼子相继去世的情况后，先是进行一番劝慰，然后还埋怨他不该一意孤行去江南。但事已至此，埋怨也无法挽回。

张缙彦给王铎接风洗尘后，王铎就跟随郭士栋来到他的山志园，然后把家人都接来，并将数车藏书贮于玄览堂内。

整洁的书房内堆满了各式各样的图书典籍，有装在书套中的，有保存在木匣子里的。在这些藏书中，有祖传的王羲之《圣教序》，有宋版的稀世珍品。别人都说王铎爱书嗜命，看看他的藏书也的确如此。这些书是他用大半辈子心血和精力，走南闯北，不遗余力搜求的。大多数都是用他的书法、诗文，才换得这些珍本善本。

书几乎是王铎的命根子，现在有了安全之处，暂时了却了一件心事。在结发之妻及亲人相继去世后，如果没有这些书籍的陪伴，他真的不知道能否活到今天。黎明时分，王铎又一次梦到了马瑞云，惊醒后起身写了一首诗《梦马淑人》：

> 颇觉魂颠倒，却令梦不分。
> 欣然寅夜雨，仍是窆时裙。
> 浇酒怜红日，攀花哭素云。
> 情文胡以竭？鬼雨又纷纷。

第二天一大早，王铎就把王无党、王无咎叫到跟前，说："咱现在有了安身之地，你娘还一个人孤零零地在桃园。我想让你们去把她的灵柩迁回来，安葬在咱们身边，这样你们就能随时去看望她了，可以经常给她送些纸钱。"

王无咎自告奋勇，王无党却不同意："我是长子，应该我去，你在家照顾爹和家人。"

兄弟两个各执一词，王铎权衡了一下，认为王无咎办事比较灵活，最后让王无咎带几个奴仆前往桃园。

王铎有了安稳的生活环境，又为大明社稷的安危担忧起来。

在从江南回来的路上，王铎就听到了很多传说：一是李自成已经把襄阳改为襄京昌义府，还自称"奉天倡义文武大元帅"，并封牛金星为丞相，正式成立自己的政权；另一支贼寇首领张献忠先后大败了黄得功、刘良佐的部队。在攻克了武昌后，就改武昌府为天授府，自称西王，也正式成立了自己的政权。二是洪承畴投降了清军，朝廷已经再无统兵之帅了。三是周延儒和阁臣吴甡分别拉起"南党""北党"，在内忧外患之际，他们不是同仇敌忾抗击内外敌人，而是在明争暗斗闹内讧。吴甡因泄露与清军议和的机密而被皇上严惩。

张缙彦看着王铎虚弱的身体，只想让他安心休养，尽快恢复健康。在交谈中，也只说些琴棋书画、诗赋文章的话题，尽量避讳那些宫廷内讧、钩心斗角的烦心事。后来，张缙彦、郭士栋带着他和王无党、朱五溪等人来到苏门山，游览观赏百泉、啸台深秋季节的风光。

走进苏门山，就像走进了另一个世界。苏门山的自然山水风光使王铎暂时忘却了烦恼，疲惫的身心也慢慢舒畅起来。

晚上，他们住在苏门山的百泉庄，月光如水，夜色非常宁静。张缙彦正在秉烛看书时，忽然听得王铎狂呼大叫起来，起身急忙来到他的房间，眼前的情景让他又惊又喜。只见王铎没有了往日的儒雅，在案桌前大呼小叫着挥毫泼墨，书案的长卷上，竹、菊、兰、芝各种花卉在他笔下竞相开放，竹叶、菊瓣及兰叶皆以中锋为之，笔力雄健、墨骨苍劲。特别是那些兰花，欹正俯仰，姿态各异，绰约有韵。还有菊叶、灵芝及山石，以浓淡相宜的水墨晕染，并偶用侧锋，巧得雅趣，别具一格。

张缙彦看着眼前的《兰竹菊图》激动不已。王铎放下手中的笔伸手索酒，要让他好好犒劳一番。张缙彦赶快吩咐仆人拿来杜康老酒，并把郭士栋叫来欣赏，大家共同举杯道贺。

张缙彦心里明白，王铎是在用挥毫泼墨来发泄心中的块垒。他的举动让大家再也没有了困意，就开始谈天说地、讲佛论道。交言谈中，郭士栋提到天柱峰有一位世外道长，王铎提出要前去拜访。郭士栋担心他的身体吃不消，张缙彦却极力支持他去散心。

第二天，稍做准备后，就前往深山拜访道长。进山的入口是蜿蜒曲折的卧龙谷，潺潺溪流汇成一条龙奔河，两边是悬崖峭壁。

王铎一行顺着龙奔河逆流而上，在峡谷里走了很久，来到天柱峰的半山腰。远远望去云雾缭绕，犹如仙境一般。再往上走不远就是一座道观，内有卧云洞，深约二丈，宽一丈有余，洞壁光滑如磨。道观中的朝天阁用六根石柱支撑，显得十分简陋。顶上是层层叠压的薄石板，状似龙鳞。

朝天阁几乎与世隔绝，道观里只有师徒三代，共有四人。道长发须尽白，长髯拂胸,两耳垂肩,貌似神仙一般。

王铎见到后肃然起敬,走上前去双手合十,真诚地说:"我等贸然打扰,还请道长多多谅解。"

道长单手立在胸前回礼:"无量天尊。"

王铎虔诚地说:"听说道长道法无边,诚心前来请教。"

道长捋着胸前一缕雪白的长髯,抬眼细看王铎仪表非俗、谈吐高雅,就夸赞道:"王君乃人中之杰,有何赐教于贫道?"

王铎遂让王无党奉上杜康佳酿,又让朱五溪父子展开所书立轴一幅。道长走上前来,只见上面是一首七言诗:

早知落星潭边雨,不落尘间落星边。
都道云封神仙窟,拨云寻鹤梦魂牵。

落款为:敬奉天柱峰朝天阁道长一笑。孟津铎书。

王铎十分虔诚地对道长说:"请道长不吝赐教。"

道长仔细观看后,遂称赞道:"笔力扛鼎,乃当今稀世之宝啊。"

王铎忙谦虚地说:"先生过奖了。"

道长突然两眼放光,回头看着王铎问:"不知先生曾否闭关?"

道长提出的"闭关",乃是佛家、道家修炼的最高境界。此时他提出来,显然不是针对佛家修来世、道家修长生,而是另有所指。王铎据实回答道:"不曾闭关。"

道长没有理会王铎的回答,而是念念有词:"道可道,非常道。世间百业均有闭关之法,人道、儒道、佛道、书道,各有其道。"

王铎伏地叩拜:"道长洞察宇宙,请赐教如何能得道?"

道长叫道童送上茶,王铎接过茶碗,里面并没有茶,只是泉水而已。抬头看看道童,年纪已过七十有余,但依然头发漆黑,齿白如玉。

道长看着王铎说:"我观先生与道家有缘,你又以文载道,易筋经络若做调理,日后必然会有大成。"

道长的话犹如明灯,让王铎心胸豁然开朗起来,道长是要帮助自己,王铎心里非常感激,说:"是道非常道,在家已出家。"

道长直言相告:"既然今生有缘,今夜子时先生一人可到落星潭会面。"

王铎双手合十刚谢过,道长已起身飘然而去。

晚饭十分简单,只有山里生长的野菜、木耳、野枣和黑豆等。走了数天的山路,朱五溪父子倒头便睡,鼾声如雷。

朝天阁不远处有个泉眼，湍急的泉水绕过一块平地，形成了三个水潭，大家都叫它"三仙潭"，其中最大的水潭名曰"落星潭"。

子夜时分，王铎来到落星潭，明朗的月光和点点星斗洒落在潭水中，犹如大小珍珠落玉盘。身着白色道袍的道长早已端坐在落星潭的对面。他看到王铎后并没有说话，而是抬手示意他就地坐下。

王铎和道长隔潭对坐后不久，就感到浑身的气血一齐下沉，涌泉穴似有一股冷气徐徐上升，然后又如火花从足底进入体内，最后从头顶的百会穴迸发而出，整个身体犹如翻江倒海。过了很长一段时间又归于平静，似乎进入了美妙的梦境一般。

当朝霞染红了半个天空，红日正从东方冉冉升起时，王铎才慢慢醒来，感到身体轻松异常，心情极为惬意舒畅。

王铎抬眼再看落星潭对面的道长，早已不知去向。找到道童要感谢道长时，却被告知道长已经出门远游了。

在朝天阁住了几天后，所带的干粮已经所剩无几。朱五溪父子饥饿难耐，而且道长的归期不定，王铎只好带着遗憾下山。

在下山的路上，王铎也感到饥肠辘辘，忽然看见路边有个芋头，就弯腰拾起来，用衣袖擦干净。

贵履吾看了后，伸手拦了一下，问："觉斯兄，你捡的是什么？"

王铎笑眯眯地说："是芋头。"

贵履吾还想再询问时，王铎张嘴就咬了一口，刚嚼了两下还没来得及咽，顿时口刺舌辣，咽喉疼痛。

贵履吾看到王铎的表情变化，伸手抢过来仔细一看，大叫起来说："这不是芋头，是乌头，赶快吐出来！"

王铎听了贵履吾的话，赶紧将嘴里的乌头不停地往外吐。顷刻之间，王铎的脸颊就慢慢肿胀起来，舌矫不下。

朱五溪听说乌头有毒，就赶紧以手掬泉水，让王铎漱口冲洗。王无党看爹如此痛苦，惊恐万分，也赶紧效法朱五溪用泉水让爹漱口。

大家看着王铎肿胀的脸嘴，都非常紧张害怕。贵履吾吩咐大家："只用泉水冲洗不能解决根本问题，需要带泉水赶紧回家，煮些绿豆甘草水喝。"

听了贵履吾的话，王铎继续用泉水冲洗着，然后大家紧急下山赶往家中。

石薇汝和段姬正在家里说笑，听说王铎回来了，就赶快出来迎接。当看到王铎已经变形的脸颊时，两人顿时花容失色，吓得大哭起来。

贵履吾吩咐煮绿豆甘草水，让王铎尽快喝下去。然后，继续用泉水不停地漱口。经过七八天的治疗，王铎肿胀的脸才慢慢消下去，嘴里也恢复了原来的味觉。

贵履吾及时识别乌头，采取措施救了王铎的性命，大家对他的博学十分佩服。贵履吾却谦虚地说："我也只是一知半解，以前看过李时珍的《本草纲目》，里面对乌头有详细记载。在一般的情况下，乌头生长在南方，在咱们这一带的确是比较少见。"

王铎误食乌头，虽然有惊无险，但家中老小都惊恐万分。

从此以后，石薇汝不再让王铎外出。他只好隐居不出，每天除了读书、写字、赋诗外，还博览释迦佛经、老子《道德经》，并逐步悟出了道法自然在书道中的真谛。

经过一段时间的调养，王铎的身体完全恢复。在这段时间里，郭士栋对王铎一家照顾得无微不至，让他十分感动。王铎心里很过意不去，但又无以为报，就在夜深人静之时，秉烛书写了一幅巨幅长卷。

郭士栋本来已经和王铎约好，第二天一早在一起小聚品茗，张缙彦、朱五溪都陆续聚齐。日出已经三竿，仍然不见王铎的踪影。大家感到纳闷，就一起来到王铎的书房。一股墨香扑鼻而来，书桌上的巨幅长卷让大家大喜过望。

近四米的草书长卷，既大气磅礴又神采飞动，多姿多彩，充满了韵律感。从笔法上看极为丰富，以中锋为主，又八面出锋，极大地增强了劲健之势，完美地体现了高古与雄强。在结体上，连绵飞动，姿态欹侧，奇险生姿。在用墨上，浓淡干湿变化无穷，又与用笔的疾缓完美地结合起来，形成了极强的动感。特别是"涨墨"的运用，极大地提升了墨的情趣和张力。在章法上，真正体现了"疏可走马，密不透风"的精髓。为营建其绝妙的章法空间，对行笔的轻重、书写的疾徐、线条的曲直、点画的断连、排列的参差、字组的错落、行间的疏密无一不细心着意。

大家对这充满了冲击力和震撼力的长卷佩服得五体投地，张缙彦提出要收藏，郭士栋哪里肯依："濂源啊，这是觉斯专门为我所写，你咋好意思拿去？"

朱五溪激动不已，这是他跟随王铎多年，令他倾倒的佳作之一。

他们几个人吵吵嚷嚷，争来争去，惊醒了还在梦中的王铎。王铎衣衫不整地走出来，责怪大家不让他睡个好觉。

郭士栋读到题款处"崇祯皇帝十六载，寓孟庄山志园灯下，书狂作数首，公度……"时停了下来，若有所思。

张缙彦拉了拉王铎的衣袖，说："觉斯兄，你这是给谁写的？"

王铎揉了揉眼睛，然后郑重地说："是给公隆兄写的。"

张缙彦依然说:"如果是给他写的,这上面咋没有他的名字呢?"

王铎一怔,低头一看落款处,写的是"公度郑词丈正之"。在落款时一时疏忽,把郭写成了郑。心里感到有些尴尬,但他并没有表现出来,而是回头看看张缙彦,自嘲地说:"濂源啊,我经常写别体字的习惯你是知道的,郭字的草体别写就是这样。"

王铎巧妙地掩饰过尴尬,然后伸手拍拍张缙彦的肩膀,开着玩笑说:"濂源,前几天刚给你画了一幅长卷,现在又要抢公隆兄的,你可不能太贪啊。"

大家说笑一阵后,来到郭士栋处小聚品茗,其乐融融。

隆冬十月,天气寒冷。几匹快马向宁静的小送佛村飞奔而来,然后直奔张缙彦的大院。原来是朝廷的锦衣卫和宫中内侍前来宣读皇帝诏书,擢升张缙彦为兵部尚书,命他即刻起程赴任。张缙彦接到圣旨后,既兴奋又担忧,心里像装有十五个水桶七上八下。

王铎听到这个喜讯后,衷心希望他能运筹帷幄,力挽狂澜,外抵建虏,内除流寇,尽快恢复朗朗乾坤、清平世界。

张缙彦人虽然在太行山麓,但心却始终没有离开京师和天下苍生,时刻关心着天下大势。在启程之前,他来到王铎的书房,两个人进行了一次长谈,把掏心窝子的话说出来,也听听王铎对整个形势的看法和高见。

王铎直言不讳地说:"当前朝廷面临着三大劲敌:一是流寇欲颠覆大明,二是清军对大明虎视眈眈;三是朝中大臣钩心斗角搞内讧,推诿扯皮。"

王铎对天下大势的分析言简意赅,一语中的。张缙彦十分赞同,这也正是他所担心的:"觉斯兄,我这次进京赴任,真不知道是福还是祸。"

张缙彦的话让王铎感到很疑惑:"濂源,听你的话音,好像还另有他意?"

张缙彦有些心事重重:"觉斯兄,你可能还不知道,前任兵部尚书陈新甲,因为不慎把皇上秘密与清军议和的事情泄露出去,被皇上逮捕入狱后不久就被斩首了。"

兵部尚书陈新甲被杀的消息,让王铎着实吃惊不小。张缙彦给他讲述了事情的经过。

在松锦之战时,陈新甲主张速战速决,坚持要求分四道夹攻,亲自写信要洪承畴出兵。其结果是明军被围歼,洪承畴被俘虏降清,松山、锦州相继失守。言官皆弹劾他失误。为了缓和局势,皇帝朱由检秘密让陈新甲与清廷议和。陈新甲不慎将议和的密函置于案上,家童误以为是塘报,未请示陈新甲就开始抄传,并在邸报上公布于天下。群臣览阅后,朝野为之哗然,众大臣纷纷上书弹劾陈新甲贪生怕死、妥协求全、私定议和条款。朱由检本来很信赖赏识陈新甲，起初也想袒护，对于泄密并没追究，还将大臣们的奏疏压下不发，希望不了了之。但舆论鼎沸，难以平息，迫于言论压力，一向以中兴君主自居的朱由检，不愿意给人留下向蛮夷低头的话柄，最后将责任一股脑儿地推给了陈新甲。陈新甲总觉得与清军议和，自始至终都是皇帝的旨意，不但没有认罪，还引用朱由检给他敕谕中的话自我标榜。陈新甲的言行让朱由检恼羞成怒，下令将陈新甲处死。

王铎听了之后，沉思了一会儿，带有埋怨的口吻说："如果不同意与清军议和，就应该上疏明确反对。陈新甲既然已经领命，就必须有担当，若是把责任都揽到自己身上，皇上不但不会处死他，反而还会更加信任他。"

张缙彦心有余悸地说："是啊，清军虽然暂时退回东北，但李自成、张献忠的大军却是势如破竹，接任陈新甲的兵部尚书冯元飚已经称病离职。在这危难之时，皇上擢升我为兵部尚书，我的确感到太突然，真让我诚惶诚恐啊！"

王铎感到张缙彦有些畏难情绪，就慷慨激昂地激励他："沧海横流方显英雄本色！"

张缙彦解释说："觉斯兄，你是有所不知，现在皇上对大臣几乎都不信任，内阁大臣像走马灯一样换，首辅周延儒又被他赶回老家了。"

王铎听了后，觉得皇上对周延儒不公："周玉绳第二次出任首辅后，提出了一系列新政措施，大力革除时弊，在国防、民生、用人、理财等方面考虑得十分周到，政坛焕然一新。"

张缙彦也有同感："是啊，开始皇上对周延儒十分尊重，寄予了厚望，曾意味深长地说过'朕以天下听先生'。"

王铎一针见血地指出了周延儒的致命缺点："他最爱耍小聪明。"

"是的，他是聪明反被聪明误，自食其果啊。"张缙彦接了一句后，接着又讲述了周延儒被赶回老家的经过。

皇帝朱由检让吴甡以辅臣的身份前往湖广督师。他见天下大势已去，官军很难节制，根本不可能剿灭流寇，但君命难违，就提出两个条件：一是要三万精兵由自己亲自统辖；二是先由运河南下到南京，然后再逆流而上。

皇上听了吴甡提出的条件极为不满，精明的周延儒认为，在国难当头之际，皇上很需要一位任事的辅臣为榜样。吴甡给皇上出难题，自己却要很好地表现。

此时正值清军第四次入关，而且越过京畿、入山东、进江苏，一直打到沭阳。在沿途抢掠了大量的财物、人口后，才满载而归。

周延儒经过审慎分析后，感到这是天赐良机。他认为清军带着大批的人口辎重，肯定无心再战，只要能把清军平稳地送出长城以外，就可以达到驱除敌寇、捍卫朝廷的目的。为此，周延儒就主动请缨，出京督师御敌。朱由检感到周延儒是他信赖的肱骨大臣，在最危险时刻挺身而出，为自己分担忧愁，就立即批准了他的请求。周延儒办事雷厉风行，第二天就带着少量的京营官兵出城了。首辅亲自出马，旗开得胜，捷报频传，朱由检大喜过望，对周延儒特赐金币给以褒扬。待延儒班师回朝后，又晋升为中极殿大学士、太师，荫子中书舍人，赐银币、蟒服。与此同时，朱由检就更加痛恨吴甡，立即解除了他的内阁职务。

俗话说物极必反，朱由检对周延儒太过隆重的晋封引起了言官不满，纷纷弹劾他奸诈欺君，丧师辱国。朱由检派密探核实后，真相让他勃然大怒：周延儒驻通州后，整日与幕僚饮酒作乐，天天奏捷都是欺君之为。朱由检罢免了周延儒，遣送他回家几个月后，又派锦衣卫缇骑把他押解进京，这一次看来是凶多吉少了。

张缙彦见王铎在沉思，明白他是为大明社稷的安危担心，就又神秘地告诉他："最近听到一个秘传，说皇上梦见一位神仙，送他一张纸，上面写着'有'字。皇上百思不得其解，就找高人解梦。高人认为很不吉利，说'有'字是半个'大明'组成，'有'字大不成大，明不成明，预示着大明将亡的征兆。"

王铎听了大吃一惊，一把抓住张缙彦的手，严肃地说："濂源啊，这种话可千万不要外传，否则是要掉头的！"

张缙彦郑重地回答："请觉斯兄放心，我只告诉你一人。"

王铎长长出了口气，张缙彦看到王铎如此小心，就转了话题："觉斯兄，你丁忧三年已满，现在朝廷正是用人之际，你不久也会走马上任的。我在京城等着你，盼望咱们共同为大明江山社稷的太平尽力。"

王铎说："说句掏心窝子的话，这几年的家事已使我心力憔悴，也越发感到自己在治国安邦上能力有限，很想沉下心来读书做学问、赋诗写文章，为日后留下好书数行。"

张缙彦说："觉斯兄，你过谦了，让我感到无地自容。"

王铎送走张缙彦不久，王无咎把马瑞云的灵柩从桃园迁了回来，暂时安葬在新乡城东二里水柳湾。

把马瑞云的灵柩迁来后，身体本来就很虚弱的四子王无技思母心切，悲痛不已，竟然一病不起。虽经郎中用心医治，最后还是没有挽留住他年轻的生命。

王铎接连丧子，心如刀绞，悲痛万分，含泪写下《丧第四子无技》诗：

北山百泉水，穴地折东流。
来往有自然，万物永其道。
翩翩好儿女，璎珞各相俦。
朝见嬉华轩，日落归烟丘。
聚散洵偶尔，勿劳喜与忧。
贪夫殉货利，武人毙长俅。
岂无贤达者，谁非海中沤。
生灭不得竭，天地互明幽。
吾年过五十，入山天与游。
玄命羡役人，戚戚亦何求。

第三十四章

王铎一家住在山志园,得到了郭士栋的多方关照,与在崝嵘山房几乎没有什么区别,不愁吃穿,孩子们也有了一个安静读书的环境。

王铎无以回报,只能挥毫泼墨,经常给他写一些条幅、长卷。有时兴之所至,也画几幅扇面作为酬谢。

张缙彦赴京上任后,王铎一度感到很孤独。后来听说李自成带领人马回到了西安,老家孟津一带最近比较安定平稳,就产生了新的想法:山志园虽然很好,但毕竟不是自己的家。现在自己年纪大了,腿脚不灵便,有时候感到力不从心。等过了新年,春暖花开时节就返回双槐里,把崝嵘山房再修整一番,安安稳稳地生活,再也不东奔西跑了。

崇祯十六年新年三十晚上,郭士栋和张缙彦的长兄张缝彦把王铎、朱五溪、贵履吾等几家好友都请到山志园。

除夕的太阳徐徐落山,夜幕慢慢降临,山志园也热闹起来。璀璨的焰火腾空而起,把夜空装点得五彩斑斓。一直生活在恐惧中的人们现在似乎忘了忧虑,脸上都洋溢着幸福的微笑。

大家聚集在山志园的大厅里,人声鼎沸,热闹非凡。

郭士栋站起来,手举酒杯,为迎接新年的到来,恭祝贺国泰民安之时,管家急急忙忙跑进来,神色极为紧张,结结巴巴地说:"老爷,怀庆府一带来了很多流寇,大批的百姓都向咱们这一带涌来!"

管家的声音虽然不大,但似乎是一个惊雷,震得大家都瞪大眼睛,端酒杯的手停在空中,脸上出现了惊恐的神色。

王铎却不相信:"列位仁兄请不要惊慌,李自成秋末才西渡黄河,刚刚到达西安府不久,不可能这么快又突然回来。"

管家顾不得礼节了,以争辩的口吻说:"李自成早已攻占了西安府,还向各地发了一个檄文,并提出要攻进京师,推翻大明王朝。"

朱五溪惊讶而焦急地问:"还有檄文?上面是咋说的?"

管家从怀里掏出一个告示,揉搓得字迹已经看不太清楚,断断续续的大意如下："自古帝王兴废，关键在于是否得民心。大明王朝严刑峻法，横征暴敛，使得百姓生活在水深火热之中。义军大旗一举，四海之内望风归附。已派遣前锋军队五十万，百万大军随后跟进。通告各地文武官员，应该认清形势，早日献城投降。如继续执迷不悟，百姓把他们制伏，不仅可以得到奖赏，还可以保证各地百姓生命。如果敢于顽抗，义军所到之处，全部予以歼灭。"

王无党气愤地骂道："什么义军？都是流寇魔王，杀人不眨眼，他们所到之处不是烧杀就是抢掠。"

管家把打听到的信息告诉大家：李自成正在带领大军分两路攻打京城，一路是大将刘宗敏统领，由平阳攻打太原、大同、宣府、居庸关；一路由刘芳亮统领，沿黄河北岸攻打怀庆、卫辉、大名、保定，对京师形成夹击之势。刘芳亮的前锋义军已经由潼关一路向东而来，现在可能已经渡过黄河，到达怀庆一带，说不定明天就到咱们这一带了。

王铎听管家说得虽然头头是道，但还是不太相信："你这些信息是从哪里得来的？"

管家看看张缝彦，才实话实说："尚书公赴京前，就吩咐我们要多方打听流寇的动向，从速报告家人及早做些准备。我刚才所说的，都是家奴们冒死从陕西商洛一带打听到的信息。"

张缝彦说："为了家人的安危，咱们不能与流寇硬碰。我看还是先避开风头，到深山里躲避一段时间，等平静了再回来。"

朱五溪马上提出不同看法，说："既然这一带都有流寇，躲到深山也不会安静。不如远走高飞，立即启程去江南。"

突然出现的变故，让大家都惊恐不已。王铎虽然感到有些突然，但由于经历的次数多了，依然显得很平静。他看着管家手里的告示，既为家人的安危担心，更为大明王朝的存亡担忧。虽然他不懂军事，但从天下的大势分析，大明王朝十分危险。

李自成亲自带领精锐部队，由北路直取京师，明显就是要推翻朱家王朝。先在京城外围消灭朝廷的主要有生力量，一旦兵临城下之时，使朝廷再也没有援军可以调动，拿下京城犹如探囊取物。刘芳亮的南路大军实际上也只是一种迂回佯攻，起到一个牵制的作用，好与北路军遥相呼应而已。

王铎想到这里，感到自己无力御敌，很惭愧地说："在大明社稷危亡之际，我却无能为力，真是愧对皇上啊……"

王镛马上就明白了哥哥的意图是北上京师，不等他说完，就直接岔开他的话："我的意见是先去开州一带，暂时躲避一阵，实在不行就去江南。"

王铎生气地说："仲和，你只知道咱们的小家，大明社稷就不管不问了？"

朱五溪辩解道:"濂源兄接任兵部尚书刚到京师,肯定正在调兵遣将,不久就会剿灭流寇的。"

王镛接着说:"是啊,若是去京城也要先到开州才能北上。"

王铎没再说话,朱五溪就壮起胆子说出自己的想法:"如果咱们一起走,人多目标太大,容易被流寇发现。我提议先确定好集聚地,然后分开行动,到时候再集中。"

王铎首先想到的是他患难与共的朱五溪一家,他在这里人生地不熟,必须让他和自己一起走。

此时,又一个家仆悄悄走到郭士栋身边,在他耳边说了几句话。郭士栋顿时大惊,然后惊恐地告诉大家:"各位仁兄,流寇这次的行动十分迅速,前头队伍又逼近了。为了大家的安全起见,咱们事不宜迟,马上回去收拾,今晚就动身逃难吧。"

热闹的新年聚会被流寇东进的消息闹得不欢而散,大家回家后急急忙忙打点行装启程。

王铎带着王无党仓促地赶回家里,让大家尽快收拾东西。看着收藏的书籍犯了难,在以前的逃难中,已经丢失了一部分,每每想起来还都感到惋惜。

现在最重要的是生活用品、衣物、粮食,对于书籍尽力保留,即使是这样还是满满装了好几辆驴车。他再三叮嘱王无党、王无咎,他的宝贝一本都不能丢。

新年子时本来是换旧符的吉时,今年却成了逃难的起点。走在漆黑的夜晚,虽然看不清楚远处的情况,但能隐隐约约听到人们奔逃的嘈杂声、哭喊声。

王无党、王无咎照顾着家中老小,在夜幕的掩护下向东方紧急赶路。大家深一脚浅一脚,惊恐地奔走了一夜。当东方地平线上开始发白时,模模糊糊地看到远处有一座小山。

王铎看着仓皇出逃的家人,心里感到很内疚和难过。本来应该给他们一个安全舒适的环境,近几年却一直让他们在惊恐中四处奔波。

王铎让王无党把人都聚拢在一起时,突然发现朱五溪和王镛两家人不见了,王铎顿时焦急万分。朱五溪投奔自己已经好几个年头了,不能把他丢下不管,马上让王无党、王无咎赶紧四处寻找。逃难的人群不断从身边走过,几个时辰过去了,仍然没有见到他们的身影。

王铎抬头看看天气,阴云渐渐密布,北风开始吼叫。大人都被冻得承受不了,孩子更是难耐地哭闹不止。

经过打听才知道,已经到了浚城地界,远处的小山叫大伾山。

王铎突然想起来，乡党故友政通司刘尚信，他的家乡就在浚城。现在到了走投无路的地步了，看来只能投靠他了。在这里既可以等待朱五溪，还有个暂时安身之处，只是不知道哪个是他的村庄。

王铎看着可怜的孩子们，看看不远处有一个村庄，就让王无咎照顾着家人，他带着王无咎顶风前去打听。

在寻找刘尚信的路上，王无咎问："爹，咱这是去哪里？"

王铎顺口说："去找'酸枣刘'。"

王无咎回头看着爹，喃喃地重复着"酸枣刘"。

王铎解释说："政通司乡党刘尚信，绰号叫'酸枣刘'。"

王无咎琢磨着："绰号叫'酸枣刘'，他的村庄就应该叫'酸枣刘村'。"

王铎听了有道理，就奔着酸枣刘村去寻找。两个人一边走着，王铎一边就给王无咎讲起了刘尚信的身世。

刘尚信，字贯石，号还朴，少时家贫，成天背着粪筐在外面拾粪。村中寺院里有个私塾，他读不起书，每天上课时，他就背着粪筐趴在窗外听先生讲课。一次，私塾先生向学生提问题，教室里的学生都答不上来，在窗外的刘尚信却脱口而出。私塾先生见他是个好苗子，就免费收下他读书。每到放学后，私塾先生发现其他学生都各自回家，而刘尚信却往荒滩上跑。私塾先生就让两个学生跟踪来到荒滩，看见刘尚信在摘酸枣吃，吃完便躺在一棵树下睡觉，后来大家都戏称他"酸枣刘"。刘尚信没有辜负先生的期望，万历四十三年中进士，初授大行，在皇帝身边行走，后转户部郎中。天启三年，刘尚信被升为徽州太守，曾坚决抵制建魏忠贤生祠。天启六年，他父亲去世后，遵守礼仪回家服丧丁忧。崇祯四年补南京户部，又遇母丧，回家为母亲守墓。崇祯九年，补户部员外郎，不久又升右通政。

王无咎边走边默默听讲，感到刘尚信是一位有毅力、有正义感的前辈。

王铎看着茫茫的原野说："天启二年，我刚到京城时，他给我很多关照，后来我们就成了好朋友。最近几年，咱们居无定所，也没法与他联络，现在也不知道他是否在家。"

王无咎听说在爹爹艰难的日子里，刘尚信给予了极大的帮助，感激之情油然而生。王无咎向远处看了看，说："爹，刘大爷的村庄可能就在附近。"

王铎回头看看王无咎，一脸茫然："你咋知道的？"

王无咎指了指遍野的树，说："爹，你看到处都是枣树。"

王铎仔细一看附近的树木，果然都是枣树。不远处就有一个村庄，他们快步来到村头，看见一位半百的老人在悠闲地转悠。

王无咎走上前去，恭敬地向老人鞠躬："老人家，咱这是啥村？"

老人家没有丝毫的惊慌,而且很自信很自豪地回答:"这是远近闻名的弦歌里西郭村。"

王无咎一听不是"酸枣刘",顿时感到很失望。王铎走上前,抱拳拱手打听刘尚信。老人先是一愣,惊奇地看着王铎父子。王铎看他吃惊的表情,忙解释说自己与刘尚信是好友,老人才说:"刘尚信是我家主人。"

王铎感到太意外了,真是踏破铁鞋无觅处,得来全不费工夫,非常感慨地说:"这真是天意啊!"

老人家听说王铎是他家主人的朋友,就带领着他们来到主人家。

大年初一,王铎突然来访,让仍然在家乞休的刘尚信感到很意外。

王铎经过了颠沛流离,见到久未见面的刘尚信,就开门见山说明来意。刘尚信听后二话没说,马上吩咐家仆把王铎的家眷接来,安居在他的摄生阁。

在摄生阁里,王铎本来应该好好休养一段时间,可他却是天天坐卧不宁,每天都要到村头看望几次,一直担心王镛和朱五溪两家的安全。几天过去了,仍然没有他们的音信,也没见到流寇的踪影。后来听说,刘芳亮从孟津一带渡过黄河后,并没有向东挺进,而是一路北上向京城进发。他的队伍所到之处,明朝的军队大多数不是降就是逃,但浚城却并没有受到冲击和骚扰。

浚城坐落在大伾山和浮丘山中间。大伾山平地拔起,孤峰凌云,山势巍峨。

王铎跟着刘尚信来到浚城,赶庙会的人群似潮汐涨落,场景热闹非凡。王铎对此却没有心思观赏,心里一直在想着朱五溪和二弟两家人的安危。后来,他们逐级登上大伾山,来到松柏苍郁的天宁寺,先拜会了朱隽和尚,然后又烧香拜佛,保佑亲朋平安。

当王铎抬眼观看大佛时,感到与众不同。大佛倚山凿就,整个身躯与崖齐,大石佛结跏趺坐。细看佛面慈祥,目光平视前方,让人肃然起敬。朱隽和尚告诉王铎一行人,大石佛高八丈,藏于七丈高的楼内,佛足在楼下还有一丈,素有"八丈佛爷七丈楼"之称,比洛阳龙门石窟奉先寺大佛还高五米多。

王铎再次顶礼膜拜后,又登上了藏经阁,里面藏有六千多卷的《大藏经》,让王铎大开眼界,对大伾山更加敬畏。

朱隽和尚还告诉王铎,大伾山虽然不高,却是集道、佛、儒三教合一的名山。当他们来到大佛一边的摩崖时,看到很多历史名人留下的石刻,字迹苍劲,笔画雄健。

王铎来到一处似曾相识的刻石面前时,立刻被吸引住,急忙走近细看,是一首歌颂大伾山的诗：

　　　　晓被烟雾入青峦，山寺疏钟万水寒。
　　　　千古河流成沃野，几年沙势自风湍。
　　　　水穿石甲龙鳞动，日绕峰头佛顶宽。
　　　　宫阙五云天北极，高秋更上九霄看。

　　落款让王铎很惊讶，竟然是他崇拜的王阳明先生的题诗。
　　刘尚信走过来，指点着说出这首诗的来历："明弘治十二年秋天，王阳明先生护送浚城名宦、兵部尚书王越的灵柩回家乡安葬后，冒着晨雾登上大伾山观胜景，一时诗兴大发，遂挥毫书就。然后先生还在此传道授业，赋诗讲学，留下了描写大伾山的诗赋。"
　　王铎从青年时代起，就十分崇拜精通儒家、道家、佛家的王阳明先生。没有想到在这里竟然见到了他的大作，更加肃然起敬。看着王守仁的书法，感慨地说："青藤先生所言极是，王羲之以书掩其人，王守仁则是以人掩其书。"
　　最后，他们来到大伾山东麓，刘尚信指着波光粼粼、白鹭飞翔的湖水说："这就是当年大禹疏通黄河留下的紫金湖。"
　　王铎极目远眺大伾山的风光，激起了要奋笔疾书的强烈欲望，情不自禁地在半山崖壁上，用隶书写下了"仙崿"和"鹭涛虎岫"两方题记。
　　大伾山之行，虽然没有找到朱五溪和王镛，但在佛界清静之地，心情的确也平静了许多。
　　回到摄生阁，又过半个月有余，依然没有朱五溪、王镛两家的音信。
　　王铎又心烦意乱、坐立不安起来，对读书写字也没有了兴趣，就找刘尚信商量："贯石兄，我有个请求，想把家眷暂时安置在你这里。让长子无党留下照管，我带着次子无咎北上京师。"
　　刘尚信惊异地看着王铎，问："这是为何？"
　　王铎说："现在流寇猖獗，朝廷正是用人之际，我不能在此苟且偷生啊。"
　　"觉斯啊，你从来没有带过兵，即使到了京城又能如何呢？再说现在兵荒马乱的，你万一有个好歹，我咋面对你一家老小呢？"刘尚信坚决反对王铎的想法，稍停又悄悄告诉他，"据说，皇上已经发出了勤王令，在外的主要将领都被召回京师一带。其中就包括宁远的吴三桂、蓟州的王永吉、密云的唐通将军，他们都已经做好了一切准备。还有大学士李建泰已带领精兵代帝出征，正在去山西抗击流寇的路上。据说他出征时的仪式很隆重，先派驸马都尉万玮到太庙祭告祖先,接着皇帝来到大殿,举行了遣将礼,还当场题写'代朕亲征'四个大字,并把象征权力的节钺和尚方宝剑一并赐给了李建泰。在出征之前,皇帝还在正阳门城楼上,亲自主持饯行宴会。内阁、六部、五府、都察院等衙门的文武大臣侍立两旁,皇上向李建泰敬三杯酒后,并鼓励说:'先生此去,如同朕亲自出征,凡事都可以便宜行事。'李建泰叩首谢恩后,下城楼后带上一彪人马起程,皇上一直在城楼上目送着李建泰的队伍走远了,才起驾回宫。"

王铎听后心情虽然平静了许多,但对皇上为何如此相信李建泰有些疑虑。

刘尚信为彻底说服王铎,就把打听到的情况原原本本地告诉了他:"春节刚过,兵部就收到李自成派人送来的文书,说是要在三月大兵抵达京城。皇上心急如焚、寝食难安,本来皇上要御驾亲征的,大臣们都坚决反对。内阁首辅陈寅就抢先表态,自己愿意代皇上出征。皇上不假思索说他是南方人难以胜任,几个南方籍的内阁次辅也先后请求代帝出征,都被皇上一概拒绝。李建泰最后说:'臣是山西人,对李自成的情况比较了解,并愿意用自己的家财作为军饷,请求带兵出征。'皇帝听了他的表态后,大喜过望,再三嘉奖。"

王铎听了刘尚信的话才不得不相信。李建泰,字复余,山西曲沃县人。天启五年己丑进士,曾任国子监祭酒,颇著声望。崇祯十六年五月晋升为吏部右侍郎,去年底入阁拜为东阁大学士。

李建泰并没有带兵打仗的经验,皇上把国家安危系他于一身,代皇上出征平定流寇,王铎心里还是感到不踏实。

刘尚信见王铎不再坚持去京师,也清楚等人的日子很难熬,在二月二龙抬头这天,又带他去了浮丘山,参拜佛祖和观世音菩萨,以祈求亲人平安。

浮丘山与大伾山隔城相望,绰约多姿,因山傍卫水势如行舟,故有"浮丘"之称。登上浮丘山,俯瞰着在这里被一分为二的卫水河,犹如两条玉带蜿蜒而来,飘逸而去。西环卫水,东峙伾峰,南毗旷野,北负古城,心胸开阔起来。

登上山巅之后,看到的是红砖绿瓦、大气恢宏的碧霞宫。在古柏苍翠院内,朝拜泰山碧霞元君的人们人声鼎沸。

来到庙会,在拥挤的人群中闲逛。王铎忽然见到一位长身修髯的壮士,觉得十分熟悉,就不顾一切地追了过去。他拨开众人走到那人跟前,让他又惊又喜,原来是乡党挚友彭而述。

彭而述看到王铎,一下子惊呆了。两个人站在那里,相互看着对方半天没说话。

刘尚信气喘吁吁地追上来,看见王铎和另外一人站在那里像斗鸡,模样很好笑。正想问个明白，王铎忽然挥拳亲昵地打了对方一下。满脸大胡子的中年人不但没有还手，反而拉着身边一位英俊的青年人跪在王铎面前。这突然的变故让刘尚信丈二和尚摸不着头脑了。

大胡子拉着英俊青年，说："儿子，这就是我常给你说的王铎大爷。"

青年人在王铎面前叩首参拜，王铎伸手示意起来，大胡子继续介绍："觉斯兄，这是犬子彭始起，今后请您多多教导。"

刘尚信走到他们跟前时，王铎兴奋地拉着彭而述，给他介绍："贯石兄，这位是邓州彭桥的彭而述彭子篯贤弟，他与我亲家李际期是同年。"

王铎接着又拉着刘尚信给彭而述说："子篯弟，这位就是咱们浚城大名鼎鼎的刘尚信刘贯石兄。"

彭而述和刘尚信抱拳拱手，王铎问彭而述："子篯啊，你和贤侄咋会在这里？"

彭而述说："觉斯兄，说起来一言难尽啊，其实我是专程找你才到这里的。"

王铎很惊讶："这是从何说起呢？"

彭而述看着熙熙攘攘的人群，感到这不是说话的地方，转脸看见一个茶馆，就提议说："两位兄长，咱们到那个茶馆吧，坐下来我好好给你细说。"

大家来到茶馆，刚落座，彭而述就兴奋地说："觉斯兄，今天我真是踏破铁鞋无觅处，得来全不费工夫啊。做梦也没有想到，竟然会在这里找到日夜寻找的兄长。"

王铎和刘尚信品着茶，彭而述说起了来这里的经过：

彭而述的母亲去世后，本来要在家守墓丁忧的。这几年，流寇在整个中州大地拉锯似的来回折腾，他的老家也被糟蹋得一塌糊涂。去年丁忧期满后，他就带着全家人赶到孟津去投奔王铎。赶到双槐里一打听，才知道王铎的双亲去世后，由于流寇滋扰，近几年一直在怀庆府。彭而述听说后，就渡过黄河赶到怀庆府。此时，李自成大将刘芳亮带领流寇从山西过来，整个洛阳、孟津、怀庆府一带被他们占领了。彭而述只好带着全家人，连夜向东奔逃到卫辉。那里也是草木皆兵，人马没敢停歇，就一路颠簸向东来到浚城，看到这里比较平静，也没有看到流寇再骚扰，就暂时停了下来。

王铎听完彭而述的叙说，感到他与自己的遭遇大同小异，深为他的坎坷同情。王铎和彭而述互道离愁别绪，然后又交谈国事民情。

王铎告诉彭而述，他现在暂时居住在刘尚信的摄生阁。

经过简短交谈，刘尚信很喜欢彭而述豁达的性格，说："子篯贤弟，既然你们都是天涯沦落人，能否到我的摄生阁一叙？"

彭而述有些大大咧咧，说："贯石兄，这次就不打扰府上了。我还有一大家子人，另外张文光、张亮远、张寀他们三家人也都暂时居住在浚城。"

王铎一听还有这么多乡党在此，感到相聚一下很有必要。

最后，王铎赞成刘尚信的提议，请彭而述父子和张文光、张亮远、张寀等乡党，都到刘尚信的摄生阁聚会一次，也让他尽一尽地主之谊。

为了躲避战乱，到处奔波的王铎在刘尚信的摄生阁，与彭而述、张文光、张寀等乡党挚友聚集在一起，真是激动万分。

大家刚坐下来，彭而述就左手拉开前摆，右手举起酒杯，双膝跪在王铎前面，说："觉斯兄在上，子籛先敬您一杯。"

大家看到彭而述的举动，很是惊异。王铎赶紧起身拉他起来："子籛贤弟，你折杀我啦，快快请起。"

彭而述眼睛有些湿润，说："各位仁兄，你们有所不知，觉斯兄是我的贵人。我刚进京师会试时，家境贫寒，是他把我和应五兄安排在一起读书，并经常给予辅导。正是他无私的帮助，才有了我的今天。"

彭而述性情豪爽，酷爱杜诗，又有雄才大略。同时，他和王铎还都喜欢骑射。因此，王铎虽然大他十多岁，但对他特别欣赏。彭而述一直视王铎为兄长，每次相见都是大礼叩拜。

王铎却是连连摆手，说："子籛贤弟，你过誉了。作为乡党相互帮衬都是应该的，你要是感谢，就应该多谢杨奇老先生，他才是你真正的贵人呢。"

王铎提到的杨奇先生，是陕西按察司副使，也是彭而述的恩师。

彭而述考中秀才后，为继续求学上进，便携带着平时的习作文稿十余篇，慕名前往新野，拜见关西名儒、新野知事杨奇，以求高师指教。学识广博、惠政爱民的杨奇，见彭而述伟岸英俊、文采焕然，甚为嘉许。不但给予指教，每月还给纹银二十两，资助彭而述继续攻读。从此以后，彭而述就寓居在新野城打钟寺闭门读书。杨奇叮嘱寺僧，彭相公在此读书，早晚用心侍奉，不要以平常人视之，闲人不得入内打扰。彭而述不负厚望，崇祯十三年殿试中进士。

大家都佩服王铎和杨奇的善举。

王铎却赞扬彭而述说："各位仁兄，你们可能有所不知，子籛少时就好古诗文辞及诗歌，特别是对杜诗造诣颇深啊。"

彭而述马上改了对王铎的称呼："先生过奖了，我那点本事都是跟你学的。"

酒过三巡，彭而述对大家说："诸位仁兄，据说李自成已在西安建国，国号大顺，建元永昌，并以今年为永昌元年。还造甲申历，追尊先祖谥号。"

张寀的神色似乎比其他人轻松，压低声音有些神秘地说："再折腾也撼不动大明王朝，听说皇上已经去了山东，准备先去孔府拜谒至圣先师孔子，再去泰山封禅，而后去留都南京定都。"

彭而述听后提议："既然皇上去拜谒至圣先师，咱们不如直接去山东曲阜，追随皇上护卫左右，然后一起南下到留都。"

张云斋马上响应："子籛的建议甚好，浚城现在虽然暂时平静，但并非久留之地，说不定哪天流寇就会过来。"

提起流寇，大家都心有余悸，刘尚信表现出无奈："我若不是大孝在身，也想与你们一同前往。"

王铎感到彭而述的建议很好，但想起近几年遇到的艰难，依然忧心忡忡："这几年，我带着家眷在外奔波，经历了千辛万苦，备尝了酸甜苦辣。咱们几家在一起人口众多，一定要想好万全之策。"

彭而述胸有成竹地说："觉斯兄，有我在你就放一百个心吧。浚城是一个大的渡口，从这里顺流而下，既快又省力气。到夏镇与京杭大运河汇合后，北上可去济宁、曲阜，南下可去留都南京。"

张云斋、张寀都赞同彭而述的提议。王铎看看大家，说："子籛啊，你们都异口同声，好像早就有预谋似的。"

彭而述哈哈大笑起来："实不相瞒，最近几天我们一直在琢磨南下的事情，遇到你大家就更有主心骨了，明天我就去准备舟船。"

刘尚信遗憾地说："我虽然不能与诸君一同前往，但我要尽地主之谊，明天我就让管家与子籛贤弟一同准备舟船。"

王铎举杯敬刘尚信一杯酒，然后真诚地说："贯石兄，觉斯在走投无路之际，得到您的收留，并给了多方关照，我与子孙将终生不忘。"

刘尚信说："觉斯贤弟过奖了，愚兄照顾不周，实在感到愧疚。"

王铎说："贯石兄，觉斯还有一事相求。患难挚友朱五溪和二弟王镛两家人在逃难时走失，至今没有音信。如若有缘见到，还请您多关照。"

刘尚信说："请觉斯放心，我一定尽力而为。"

第二天，王铎让王无咎与彭而述等人一同买舟船。各家简单收拾之后，就乘舟船向东直奔而去。

黄河没有惊涛大浪，水流也比较平缓，顺风顺水的确很快。没几天的时间，他们就到了夏镇，然后穿过微山湖北上去济宁。

上岸后租来马车，先让老人和孩子乘坐，另外几辆车上装的全是生活用品和王铎的图书。

王铎看着浩浩荡荡的车队，皱起了眉头，按照这个速度走，什么时候才能赶到？就与张云斋、张寀、彭而述商量，让王无党、王无咎和彭始起几个年轻力壮的年轻人照管着车辆和家眷，他和张云斋、张寀、彭而述骑马赶往曲阜，好早日见到皇上。

他们日夜兼程赶到曲阜，来到府衙亮明身份，打听皇上的行踪。府衙官员一脸茫然，说还没接到皇上来拜谒至圣先师的公文。

王铎让大家不要着急，安心在曲阜候驾。彭而述却不安于现状，说："既然皇上还没到，我们不如去五岳之首的泰山游览一番。自古就有'泰山安，四海皆安'的说法，我们先去泰山为皇上祈福，也为百姓祈福。"

泰山的确是大家都向往的地方，彭而述提起来大家还真的动了心。王铎却犹豫地说："时间太紧，别耽误了时辰。"

彭而述很自信地说："来去也就三四天路程，等我们回来后，说不定皇上就到了。"

年过半百的王铎跟着彭而述好像又变年轻了，豪爽冲动的性格又迸发了出来。王铎提议先去东岳泰山，返回后再拜至圣先师，大家很赞同他的建议。

张寀身体吃不消，留下来在此等候，其他人扬鞭驰骋，向泰山飞奔而去。

远看泰山气势磅礴，雄伟壮观，大家都赞叹真不愧是五岳独尊。大家拾级而上，峰回路转，沿途看到的是古松竞奇、怪石鳞次栉比。在经石峪，看到了佛教经典《金刚经》石刻之后，王铎被那别样的书法风格所吸引，坐下来准备很好地研究一番。彭而述却劝说时间不允许，以后找机会再专程陪他来。

王铎恋恋不舍地离开经石峪，穿过十八盘后，登上了南天门。来到碧霞祠前时，王铎想起了浮丘山的碧霞宫，这里是泰山王母娘娘发祥之地。王铎暗暗乞求碧霞元君"庇佑众生，灵应九州岛，国泰民安"。

泰山仓促一游，虽然意犹未尽，但也满足了当初的愿望。大家以大局为重，急急忙忙返回孔府圣地。

赶回曲阜后，先叩拜了至圣先师。此时，皇上还是没有驾临曲阜。而且皇上到底去了哪里，说法不一：一种说法是皇上还在京师，根本就没有出城；另一种说法是，皇上已经朝拜了至圣先师，然后又御驾南下，现在已经到了淮安地界，史可法正在护送他去留都。

张寀从府衙那里得到的信息，基本印证了南迁并非捕风捉影。

流寇逼近京城后，皇上问今后的策略时，左中允李明睿曾坦率地回答，朝廷正值危急存亡之秋，唯一明智的选择就是迁都留都。并提出了最佳路线是取道山东，伪装到孔子庙朝圣。一旦到了曲阜，御驾便可快马加鞭南下，用不了二十天即可赶到比较安全的淮安地界。如果皇上在南京出现，举国上下必然群情振奋，天下龙虎之师必然响应，陛下遂可握天下于股掌之中。同时，李明睿还斗胆给皇上提醒说，如果皇上仍在京城厮守，则大明必亡。皇帝朱由检颇为其言所动，当晚又召李明睿进宫，向他提出了一系列细节问题。李明睿都一一做了答复，打算先秘密派遣将领至济宁部署接应部队，并在济宁、淮安两地安排驻地，然后再派军队护送到留都。只是在使用饷银上，李明睿和朱由检发生了分歧。李明睿提出使用皇上内库犒赏将士，皇上坚持应由户部做特殊用项安排。与此同时，也有大臣献策，希望把太子迁至南京，让皇上留守京师，保护宗庙社稷。倪元璐以及太子的讲读项煜都赞同这一主张。

　　王铎仔细琢磨着，感到在京师危难之际，把大明迁都到留都，南京有天然的长江天险，再沿江筑起坚固的防线，的确是一个上策。在历史上也有过南迁的例证，南宋迁都杭州后，又统治了一个半世纪。江南虽然是半壁江山，但却是富庶的鱼米之乡啊。

第三十五章

在曲阜停留的几天里，不时传来一些流言：中州、秦晋、燕京大地都落入了流寇之手，京师已被李自成团团围困，形势十分危机。

王铎和彭而述都相信皇上已经御驾南下去了南京，庆幸脱离了险境，但也为京城的皇族、百姓的安危担心。

北方的形势十分严峻，曲阜不能再久留了。王铎和彭而述商量后，决意带着亲朋南下留都，追随皇上去南京。

在颠沛流离的逃难车队中，十五乘车内装的古书，还有许多彭而述生平所未见过的经典，让他羡慕不已。

最近一段时间，王铎东奔西跑，又登览了泰山，的确十分艰辛。但他始终没有改变读书的嗜好，每到一处驿站，不是蓐食跌坐，就是手持古书静心阅读。还给自己定下规矩，每日作诗四十首、写文章三五篇。日上三竿后，才开始接待宾客，或为友人作书，或挥毫泼墨。

彭而述看到这些，对王铎更加敬重，但有时也在他面前撒娇。彭而述不擅长书法，王铎曾批评他不好好临池，但却极力赞扬他的诗文。

王铎喜欢骑马，彭而述更是嗜好骑射。在行进的路上，两个人并肩而行，又都是伟貌修髯，引来很多过往人的关注。

为了路途的消遣，彭而述向王铎请教书法的继承。王铎始终认为晋朝是书法的大源流，唐宋只不过是小溪而已。无论是唐朝的虞世南、柳公权，还是宋朝的米芾、蔡襄，他们都发源于王右军父子。特别是米芾接续了王羲之、王献之父子的古法，但却不受二王的羁束，洒脱动人，与那些只会规规模拟者相去奚啻千里。

王铎还兴奋地告诉彭而述，他在内府看到米芾那解脱二王、洒落自得的真迹后，令他陶醉不已，真如庄周梦中不知孰是真蝶一般。特别是在郭士栋的山志园里，平生第一次见到米芾晚年力作《吴江舟中诗卷》，那痛快淋漓、清古从容、枯笔疏行、欹侧随意的书风，让他终生难忘。当时他借阅多次，临写多遍，兴奋之余还作了题跋："米芾书本羲献，纵横飘忽，飞仙哉！深得兰亭,不规规模拟,予为焚香寝卧其下。"

　　王铎的一番说教,让彭而述受益匪浅。但在提到唐朝和尚怀素时,王铎似乎有些不屑,说:"怀素恶道也,不可学。"

　　彭而述感到王铎对怀素的评价不公允,就极力争辩道:"怀素非恶也,乃学者恶之耳。古今甚大,书法如林,怀素能以一钵传至今日,岂能任由以恶道流毒至此?"

　　王铎朝彭而述诡秘地一笑,进一步解释说:"的确如此,历来学怀素的人,几乎没有成功者。其实怀素本身并不恶,只是学他的人没有学到精髓,而是学成了野道,最后坏了人们对怀素的形象。"

　　彭而述面红耳赤地与王铎争执,使王铎更加喜欢他豪爽的性格,并戏称彭而述是他的桓谭。经过一番争论,彭而述明白了其中的真谛:王铎所说的怀素"恶道",并非如米芾所批评的那样"不能高古",而是从取法的角度与羲、献父子的作品相比较,不具备取法的价值而已,也缺少了用笔的转换。

　　跟随其后的王无咎看到彭而述在爹爹面前如此放肆,开始心里还有些不愉快。但看到彭而述向爹爹抱拳时,又为爹爹有这样的直爽挚友而释怀。

　　王铎和彭而述你一言我一语,在激烈争论的时候,王铎突然发现一个新情况:在他们身后不远处,有数十个骑马的人行踪诡秘,鬼鬼祟祟。

　　王铎并没有声张,边走边注意观察。后来发现,那伙人一直在隐蔽跟踪,就像幽灵一样在车队的左右游荡,似猎狗紧紧追踪着猎物,企图伺机扑上来进行一番撕扯。后来,彭而述和其他人也发现这个情况,大家心里不免有些恐慌。

　　王铎走南闯北,毕竟见过大世面。他让大家一定要镇静,千万不要惊慌,自己却不慌不忙地下马上车。不大一会儿,王铎身穿道袍又下车上马。只见他右手持宝剑,左手持一条黄色丝带,一副道士的打扮。

　　王铎让彭而述、王无咎在前面带路,他则在车队的后面,随时观察跟踪他们的马队。

　　那伙人突然发现了一位仙风道骨的道长,知道这个车队中有高人,就一直跟踪观察,到济宁后也没敢轻易动手。

　　到达济宁后,张云斋被惊吓得一病不起,就提出让王铎一行继续南下,他在此休养,不再前行。王铎不忍心独行,张云斋父子却一再坚持。

　　王铎帮助他们安顿好后,准备启程时,竟意外地见到了逃散的王镛、朱五溪两家。挚友相见惊喜万分,少不得要叙说分离之苦。

　　王铎把他们南下的打算告诉朱五溪后,他依然痴心不改相随前往。然后,就把彭而述等人召集在一起商量,租舟船由大运河南下。

船队十几条一字排开，浩浩荡荡很是壮观。在到达夏镇时，不知从哪里来的数千人强行下闸，把他们团团围起来，四周旗戟乱舞，大炮对着他们的船队不让通行。

运河两岸的士卒手持大刀长矛相向而立。与王铎同坐一条船的彭而述、朱五溪等人从来没有见过这种阵势，心里感到很害怕。

王铎心里虽然也很紧张，但为了缓和气氛，让大家平静下来，用幽默的口气安慰大家："诸位莫怕，我已做过占卜，咱们先震后吉，不会耽误赶路的。"

坐在后面船里的二十几个老人更没有见过如此场面，吓得面如黄土，不敢出声，孩子们都暗自流泪。

王铎起身走出船舱，稳稳地站在船头，看着两岸森严的阵势，再看看士兵的衣着、手里的刀枪剑戟都整齐划一，不像是杂牌的土匪，倒像是正规的军队。看到这些，心里多少有了底。正准备问是谁的军队时，忽然看见一个骑兵，手持小红旗，向两岸高声喊道："此乃尚书王君也，请不要伤害他们，赶快开闸放行。"

听了骑兵的喊声，彭而述、朱五溪既吃惊又疑惑。王铎也感到十分奇怪，心想：既然他们已经知道我是谁，肯定不是流寇所为。就站立在船头，抱拳转向运河两岸的士卒们表达感谢之意。

两岸的士卒们立即收回刀枪剑戟，船闸也徐徐开启。此时，忽然北风大作，鼓帆饱风，王铎的船第一个向南疾驰而去。船刚离开闸口，忽然听到后面的船里哭声震天。

王铎转回头看时，运河上笨重的闸门又被慢慢关上了，河两岸士兵的刀枪剑戟又对准了他们。

王铎立刻命船家掉转船头，回去搭救他们脱险。船家刚才还在刀丛中战栗，好不容易闯过了鬼门关，刚有了生还的机会，说什么也不愿意掉头回去。

王铎手持利剑大怒，命船家立即返回。来到船闸后，王铎大声对河两岸的士卒说："岸上的兄弟们，请转告你们将军，后边的二十几条船只，都是我的家人、亲戚和朋友，请尽快给他们放行，我要与他们一同走，否则我也不走了！"

王铎反复喊了几遍后，大闸终于又缓缓开启。王铎让船家把船靠在岸边，看着二十几条船平安驶过后，他才让船家掉头最后离去。

脱离了险境一切又归于平静，大家很佩服王铎处事不惊。彭而述不解地问："觉斯兄，刚才你说先震后吉，真的让你说中了。"

王铎却笑了笑，说："我胡诌几句也只是安慰你们而已，其实我心里也没有底。不过我看到岸上士卒的穿戴，感到不像是流寇土匪，但也看不出是什么人，你不可信以为真。"

朱五溪说："觉斯兄，我听手持红旗的骑兵喊王尚书，看来他们一定知道你。"

王铎一拍大腿，埋怨地说："是呀，当时都很紧张，也没想起询问一下是谁，你们咋也不提醒我一句？"

坐在王铎身边的王无回小声嘟囔了一句："当时谁还敢多说一句话，都快吓死人了。"

王无咎顺手在他头上揉了一把，王无回再也没有吭气。

顺着运河南下，急行了十余里才松了一口气。后来经过打听，他们才知道，在夏镇遇到的官兵是总兵高杰的部队。

彭而述问王铎："觉斯兄，是不是原来李自成的大将，后来带着李自成的老婆邢氏逃跑，最后投诚贺人龙的那个高杰？"

王铎说："我也是听说，这么快就被升为总兵了。"

王无咎插嘴说："李贼围困京城，他应该去抗击解围，咋会在这里呢？"

对于战局的变化，大家当然都不清楚。在夏镇有惊无险，大家都感到很庆幸。

宽阔的京杭大运河，是北往京城、南下留都的水上交通要道。运河两岸，去年生长的芦苇已经干枯，被风吹得沙沙作响，增添了一种恐怖和神秘的色彩。

船在运河中颠簸前行，人们坐在船上虽然省却了脚力，但也有人很不习惯，甚至晕船呕吐不止。

王铎依然坚守着自己的生活习惯，读书、赋诗、写文章，兴致来时就挥毫泼墨。

进入清江浦地段后，整个运河道内忽然帆樯如林，万艘漕舟帆樯衔尾，你冲我撞，络绎不绝，绵延数十里。

行进到大船闸时，船只都奔向狭窄的闸门，水流冲击的涛声发出震天的怒吼。在闸堂里面，两岸石壁被波涛撞击得汹涌澎湃，左右翻腾着挤出大闸夺门而出，犹如瀑布一般倾泻而下，翻滚着激荡奔腾，形成了无数的旋涡，在闸塘里回旋后，一泻千里直奔长江而去。

来到清江浦时，王铎看到大部分人都呕吐不止，就提出在这里暂停一天，好让大家休整一下，以更好地恢复体力。他主要是想趁机打听一下时局的变化。

王铎带着彭而述、朱五溪以及王无回等人登上岸，来到商贾云集、百货山积的街道。看到的是茶楼、酒肆林立,让他们目不暇接。

王无回看着来来往往的人们,听着南腔北调、众声喧哗的声音,他感到很好奇,眼睛似乎不够用,却发着牢骚直嚷嚷:"这是啥破地方,咋这么嘈杂不堪呢?"

王铎回头看着王无回,笑着说:"缘督啊,你孤陋寡闻了吧。这里是清江浦,与扬州、苏州、杭州并称为'东南四都',也是南北漕运的咽喉要塞,从江南源源不断的运粮漕船、贡品船和巡河官舫都必须从这里经过。"

王无回举手挠了挠头,看着眼花缭乱的热闹场景,恍然大悟:"难怪这里这么热闹呢。"

王铎继续说:"清江浦是'南船北马'之地,一般旅客由南而北,均在石码头舍舟登陆,渡黄河到王家营再换乘车马,然后踏上通往京师的大道;由北而南去的人们,则由王家营弃车马,到清江闸登舟扬帆而去。"

彭而述也是第一次来到清江浦,听了王铎的介绍感到很好奇,走近了仔细听王铎说:"清江浦是运河漕粮重要的储存和中转地,素有'天下粮仓'之称。"

彭始起突然指着远方,说:"你们快看,很多大船!"

"在这里朝廷不但有中转粮仓的常盈仓,还有大型造船厂。三宝太监郑和下西洋的航海宝船就是在这里建造的。"王铎说起清江浦的历史如数家珍,"由于粮仓、造船都由工部、户部主事直接管辖,所以在这里聚集着许多文武官员、显宦世家、巨商富贾、文人墨客以及僧道名流。"

王铎边说边往前走。朱五溪迷惑不解地问:"觉斯兄,我们这是去哪里?"

王铎停下脚步,有些神秘地对大家说:"我带你们去拜访一个老朋友。"

跟在身后的王无回听见后,紧走几步来到王铎身边,问:"爹,以前没有听说过你这里有朋友。"

王铎笑了笑,说:"还记得咱孟津原来的父母官张尔葆吗?"

王无回眼珠一转,然后点点头。王铎接着说:"他早已荣升为扬州司马了,分署淮安,督理船政,目前就在清江浦。"

王铎带着他们边走边打听,费了很大周折才找到张尔葆的府邸。但眼前的情景让他都大吃一惊,大门两边贴着白色的对联。

王铎心里很清楚,这是家中老人去世后才贴的对联。他怔怔地看着白色对联,不敢再往下想。

王铎正想上前打探原委时,从里面走出一位儒雅的半百老者,就赶紧上前抱拳拱手:"请问先生,张大人家为何贴白对联?"

老者并没有马上回答,而是仔细打量了王铎几眼,反问道:"请问先生贵姓，您与家中叔父相识？"

王铎听了后，明白了眼前的名士是张尔葆的侄子张岱，说："我乃河南孟津王铎，与张大人是故交，先生莫非就是……"

"在下是张岱。"老者赶紧抱拳拱手施礼，说，"王大人的大名如雷贯耳，叔父经常在家书中提起您，今日相见很是荣幸。"

王铎早就听朋友说过，张岱博洽多闻，经史子集无不熟悉，天文地理无不涉猎。近几年，王铎由于颠沛流离，居无定所，而张岱生活在江南，他们一直没有机缘相见。王铎最想知道的是张尔葆的情况，又指着大门两边的对联问："宗子兄，这……"

王铎的话刚说完，张岱的眼睛就立刻红了起来："觉斯兄，叔父已经与世长辞了。"

王铎听了感到很震惊，有些不敢相信自己的耳朵，喃喃地自言自语："他咋会突然就走了呢？"

张岱控制不住哽咽起来。王铎感慨地接着说："先生在孟津时深受百姓爱戴，是我敬仰的父母官，这是啥时候的事情？"

张岱抽泣着擦拭一下眼泪，说："已一月有余。"

王铎本来是来拜访的，现在却成了吊唁，只能带着彭而述、朱五溪和孩子们，按照礼仪向张尔葆的灵牌焚香叩拜。

祭拜一番后，张岱把王铎一行人请到偏院，让家仆上茶。

王铎关心地问张尔葆辞世的原因："宗子兄，先生身体一向很好，咋会突然驾鹤仙去了呢？"

张岱悲痛地说："叔父自从督理船政以来，深受史道邻兄的尊敬和器重，所有缓急漕事都交给他办。去年年底以来，李自成破河南后，淮南也一度告急。他就组织乡勇日夜操练，以坚守清江浦。他又是个急脾气，积劳成疾，一病不起，突然驾鹤西去。"

大家都为张尔葆的去世而难过，张岱为王铎来清江浦看望叔叔表示感谢。

寒暄了一会儿，张岱关心地问起王铎来清江浦的原因："王大人，你怎么突然来到清江浦？"

王铎简要叙说了自己的不幸和遭遇。张岱听后深表同情，十分关心地问："王大人，今后你有什么打算？"

王铎说："听说皇上已经去留都，我准备追随皇上南下。"

张岱先是一怔，说："据我所知，皇上并没有去留都，现在仍然在京师。"

王铎有些着急："宗子兄，你这话从何而来？"

"是我亲耳听卧子所言，应该不会有假。"张岱肯定地说，"今年初，卧子因招抚浙江东阳诸生暴动有功，被朝廷授兵科给事中。他赴任到京师后，闻听祖母病甚笃，没赴任就上疏辞呈乞休归里，现在刚到清江浦。"

王铎虽然还没有见过陈子龙，但以前曾多次听倪元璐和黄道周对他大加褒奖。特别是陈子龙的诗文独树一帜，现在听说他在清江浦，就提出要见他一面，好详细了解京城的情况："宗子兄，我要面见卧子，请你给我引见。"

张岱爽快答应。王铎带着朱五溪、彭而述等人，随张岱去驿站找陈子龙。

驿站里人来人往，热闹非凡。刚走进驿站，张岱就高声大喊："卧子，赶快出来，有前辈来拜访。"

陈子龙正在静静地读书，突然听见张岱大喊小叫，以为又是张岱在搞恶作剧，便慢慢放下书本悠闲地走出来。刚走到屋门口，看见他身后还有几个人，就紧走几步迎上去，赶紧抱拳拱手。

张岱不拘小节，大大咧咧地给陈子龙介绍："卧子，这位是礼部尚书王铎王大人。"

张岱听说眼前的是王铎，陈子龙立即行跪拜礼："先生在上，请受学生一拜。"

王铎先是一愣，然后伸手扶起："卧子，使不得，使不得。"

陈子龙诚恳恭敬地说："您与恩师是同年，令晚辈高山仰止，理应是卧子的先生。"

王铎看着忧国忧民、多才多艺、一表人才的陈子龙，就想起了他坎坷不平的经历。陈子龙出生时，母亲梦见有龙出现，父亲为他取名为"子龙"，字卧子。五岁丧母，受到很大打击。天启三年，十六岁举童子试、县试、府试均居高等，但在院试中两次落选，直到十八岁，第三次参加童子试，才成为生员。魏忠贤弄权时，陈子龙的父亲陈所闻官至刑、工两部郎中，告病回家后，教陈子龙剖析邪正，明辨是非。父亲病逝后，陈子龙居家守孝，闭门不出，博览群书，尤其致力于古文辞。崇祯二年，夏允彝、杜麟征二人在松江组织"几社"，他参加后，切磋学术，议论时务，世称"几社六子"。因汇刻八股文范本《几社壬申文选》，集六子之文，人各六十首，又刻《几社会义初集》等，由此声势大震。崇祯三年秋，赴南京应南直隶乡试中举人。同年，赴京师参加次年春的会试，答卷受到倪元璐等赏识，但因陈子龙的卷子存在涂抹，周延儒害怕被政敌温体仁借机攻讦，就放弃录取，陈子龙落第归里。自此，陈子龙一直称呼倪元璐为座师。崇祯七年春，陈子龙再度应会试，主考温体仁极度排斥复社成员，陈子龙自然又落榜。受此重大打击后，陈子龙几乎心灰意冷，回家闭门谢客，专意学问，作古诗乐府百余章。在松江南园读书、写作，成书《属玉堂集》《平露堂集》。崇祯十年，第三次北上京师会试，与夏允彝一同中进士。选得广东惠州府司理后，未抵任而闻继母亡故，他就回家治丧。在外有清军内有流寇，王朝危在旦夕之时，陈子龙极力反对"空谈误国"，大声疾呼"经世致用"。崇祯十一年夏，与徐孚远、宋征璧一起，辑成了《皇明经世文编》。书中以明治乱、存异同、详军事、重经济为原则，从历史实际出发，总结了明朝两百多年统治的经验，从中得出教训，用以改变当前现实、经世致用。接着，又整理了徐光启的农学巨著《农政全书》，既概述了基本宗旨、各篇主要内容、思想渊源和徐光启的独到见解，又抒发了他的社会经济主张。崇祯十三年，陈子龙出任浙江绍兴府司理，不久兼代理诸暨知县。由于他的辖区连年水患成灾，饥民蜂起，为了维护当地社会稳定，他一边刚柔并用，剿抚兼施，平定了饥民暴动；一边亲司赈事，救济饥民，立粥场，设药局，养老幼，医病疾，收死骨，救活十几万人。崇祯十五年五月，陈子龙督抚标兵参加浙、赣、闽三省会剿，平定三省交界的山民暴动。

王铎开门见山说明来意："卧子啊，听宗子说你刚从京师来，一定知道京师的情况和皇上的安危。另外，我与玉汝已多年不见，甚为想念，他现在一切可好？"

张岱看到驿站里比较乱，就提出到一家茶馆里再叙。

王铎、陈子龙、彭而述、朱五溪等人跟随张岱，来到一家茶馆。

陈子龙见大家落座后，就把自己在京师的所见所闻和盘托出。

京城和大明社稷面临危机之时，皇上提出御驾亲征，后来李建泰"代驾亲征"。可出征后没走多远，所乘肩舆的杆子突然折为两段。队伍刚一出城，后面的士兵便开始逃跑，三千多名宫廷禁军也公然全体溜回京城，剩余的大军每天缓慢地只行三十里。在路过河北时，李建泰的士兵遭到冷遇。许多城镇都将这支朝廷军队拒之门外，士兵只有谎称是李自成的部下，才能从农民那里得到食物。在行军的路上，李建泰给皇帝上疏，再一次提出南迁问题，明确建议将太子先行送到南京，让皇上留下来守卫京城，一旦王朝不测，江南还有合法嗣君。朱由检本来已经同意亲自去南京，将守卫社稷之责留给太子。现在他与太子的职责被颠倒过来，他嘴上虽然没有说什么，但心里一百个不同意。

对于皇上和太子谁留京城，大臣们还在争论。不过皇上已经发布了勤王令，将所有主将都加官晋爵；吴三桂、刘泽清和唐通也奉命率部入京援救，据说唐通的部队已及时赶到了北京勤王。

王铎听着陈子龙的介绍，心里很纠结。近几年，自己带领家眷东奔西跑，一直得不到真实的信息。之前所说皇上已经去了留都的信息，到头来却是假的。现在陈子龙从京师来到清江浦，确切的信息是皇上还在京城。

王铎听了之后心里很着急，为皇上的安危担忧起来："既然皇上还在京城，我作为臣子就应该马上去京城，好尽为臣之责，为皇上分忧解难。"

陈子龙立刻摆手制止："前辈万万不可，整个北方已被流寇所占，现在再回京师已经不可能了，我想还是先去留都为好。"

张岱也劝说："觉斯兄，不管今后如何，即使京师万一不测，还有江南半壁江山。"

陈子龙觉得张岱的话很消极，马上纠正说："宗子兄，你的担心还为时过早。皇上与太子谁去留都还没有确定，但不管谁去只是早晚的问题。再说勤王大军都已到京都，皇上的安危自然就会化解。"

王铎认为陈子龙的分析有道理，即使皇上不来留都，还有太子呢。他是大明社稷的储君，早晚是要继承皇位的。以前自己曾是太子的老师，能把他辅佐好也不愧对皇上。皇上与太子再说了谁来留都，现在皇上还没有最后定夺。

王铎的心情慢慢平静下来，彭而述也长长出了一口气，朱五溪等人紧绷的脸也都慢慢松弛下来。

紧张的气氛缓和下来了，王铎就关心地问起倪元璐的情况："卧子，玉汝的近况可好？"

提起倪元璐，陈子龙就滔滔不绝："先生刚到京师时，皇上对他是言听计从，五日之内被召见三次，并被擢升为户部尚书。在第三次召见时，先生给皇上提出了三点建议：一是实做。要饷银与兵员相符，改变兵虚却饷的积弊。二是大做。朝廷兴举经济事业，不要为琐细无功之事影响朝廷尊严。三是正做。在政治上必须以仁义为根本，如果政治有害于百姓，官员必须为百姓请命。"

王铎听着倪元璐的建议很务实，不住地点头赞许。

陈子龙见王铎听得很仔细，就继续说："先生为了专心勤力于筹款济危，他还上疏辞去经筵讲席，提出采取多种手段和渠道筹措饷银。让各级官员捐俸济国难，朝廷以封荫诰命为报；开赎罪筹款，命罪犯以罪过差别输资赎罪，以充盈国库，济边急；改变天津漕运，使其直接进京，减少粮食运输环节，改善了京师粮食供应紧张的局面；诏敕秦、晋两地的藩王，将各库府的积财用于防御流寇之需，多余积财听命调拨朝廷，用于抗击东北清军，以免陷于流寇之手。"

王铎听着倪元璐提出的一系列举措，十分佩服他的智慧和才智，在国家存亡的危急关头，想出了挽救危亡的办法，心里感到很踏实，称赞他说："玉汝提出的'三做'，从近、中、远三个层次入手，可以标本兼治。其实早在七八年之前，他就曾经提出过'实做'的观点，也得到了皇帝的批准，只是没有落实下来。"

陈子龙听了王铎的最后一句话，语气暗淡下来："先生这次提出的建议，在后来的具体实施过程中，也遭到了一些大臣的抵制。他们不把自己的才智用在国家治理上，整天热衷于钩心斗角搞内讧，先生的治国建言根本不去实施。"

王铎最了解倪元璐，他不留情面的脾气，受到一些人的妒忌也在预料之中。

张岱听说倪元璐又受窝囊气，心里很气愤，但自己又无能为力，就把话题转移到当前面临的具体问题上来，关心地询问王铎下一步的打算。

王铎看了看陈子龙，说："那就听卧子的建议，先去留都南京。"

王无回和彭而述的三儿子彭始奋，看到大人们聊得热火朝天，他俩耳语几句后，王无回悄悄拉着王铎的衣角，指了指张岱问："爹，这位叔叔是谁？"

王无回的问话让王铎不由得笑了起来。刚才一见面就说正事，孩子们肯定不知道张岱、陈子龙是何许人也。他回头看了一眼两个孩子，没有直接介绍张岱，而是问道："你们俩可知道有一篇精美的文章叫《白洋潮》吗？"

王无回稍微一思索，随口背诵了一段："……立塘上，见潮头一线，从海宁而来，直奔塘上。稍近，则隐隐露白，如驱千百群小鹅擘翼惊飞。渐近，喷沫溅花，蹴起如百万雪狮，蔽江而下，怒雷鞭之，万首镞镞，无敢后先。再近，则飓风逼之，势欲拍岸而上……"

王无回刚一停顿，彭始奋接着也背诵一段："……看者辟易，走避塘下。潮到塘，尽力一礴，水击射，溅起数丈，着面皆湿。旋卷而右，龟山一挡，轰怒非常，炮碎龙湫，半空雪舞。看之惊眩，坐半日，颜始定……"

王铎指着张岱告诉他俩："这篇文章就是眼前这位叔叔的杰作。"

王无回、彭始奋都感到十分惊讶，这就是从小就羡慕的大儒张岱。

张岱看着两个翩翩少年绘声绘色地背诵自己的得意之作，兴奋得击掌赞叹。

王铎笑着说："宗子兄，《白洋潮》虽然只有二百三十九字，你却把潮来之时的情形描写得生动形象有趣味，读后仿佛身临其境一般，让人过目不忘，让老少都喜欢啊。"

张岱听了王铎的夸奖后，突然感到有些羞涩，不好意思地摆摆手，自谦道："觉斯兄，在你面前我这纯属雕虫小技，让你见笑了。"

陈子龙立即提议，以清江浦为题，让王铎给大家作一首诗。

王铎笑了笑说："卧子，你现在是'云间派'的领军人物，理应你带头才是。"

"在先生面前，我什么时候都是学生。"陈子龙马上摆着双手，并谦虚地解释，"所谓的'云间派'，虽说是继承'七子'，高扬复古旗帜，对拟古之弊也有所认识，并折中求变，但其立足格调、性情问题并未得到真正解决。"

张岱说："卧子所言极是，即使声势浩大的'虞山派'也不是十全十美。钱牧斋对'七子'进行了激烈的抨击，在继承传统的基础上求变求创，转益多师，自成一家。但他的铺陈排比的审美观，却遭了一些人的反对。"

"艺无止境，诗也是如此。"王铎却极力褒奖，"卧子，在师法'七子'的过程中，你肯定并追求六朝及晚唐诗风，在沉雄之中融入华绝之美，从而改进了'七子'一直以来雄浑厚重的风格。"

陈子龙说："钱牧斋批评'七子'模拟，自己却也被视为形似，都陷入了诗学与创作的悖论。"

王铎的一句话，引出了大家对诗的一番讨论。一会儿说"云间派"，一会儿又说"虞山派"，张岱感觉话题跑偏了，现在的主题是作诗，就又把话题转到了王铎身上，说："觉斯兄，您应该带头以清江浦为题作诗。"

王铎笑了笑说："为何要我带头？"

陈子龙说："您的诗远宗杜甫，近追李梦阳，高举复古旗帜，取其精华，去其糟粕，形成了自己的诗学观，是大家公认的'四大家'之首啊。"

陈子龙的几句话，王铎不好意思再推辞，稍微思索了一会儿，吟诵出一首《清江浦》：

淮海初春至，天隅带剑游。
为心唯独吊，作客欲安求？
战色含徐甸，潮声过润洲。
枉劳洛社信，怀抱一扁舟。

大家听了，一片赞扬，王铎的心思却没有在诗文上，而是又想起了黄道周。大家平静下来后，就问陈子龙："卧子啊，听说去年你在杭州见到了幼玄，不知他现在的情况如何？"

陈子龙就把与黄道周在杭州相遇，然后又一同看望倪元璐的经过说给王铎听。

那年黄道周出狱之后，欲流放至湖南辰州。他带着在狱中完成的《易象正》十二卷，一路作书一路作诗，将人生的艰辛尽情地宣泄成一片狂放的豪情。也许是经过牢狱的逼仄，经常书写八尺狂草巨幛，诗意也变得苍茫起来，显得狂放不羁，与以前的风格相比发生了很大变化。

黄道周到杭州后，陈子龙前去探望，并陪他拜访了倪元璐，恰逢其老母亲寿诞之日。他专门写了六首诗道贺，以表达对老人的尊敬之意。黄道周屡遭罢职，心灰意冷，后来就以养病为由，回家讲学著述。

王铎自从与黄道周分别后，一直非常挂念。现在知道了他的详细情况后，悬着的心也就放了下来："最近这几年，我一直过着颠沛流离的生活。他们的情况我一无所知，既然现在知道了两位仁兄一切安好，我也就彻底放心了。"

第三十六章

　　北方的形势越来越严峻，人们对于皇帝南迁议论纷纷。有一种说法是，崇祯皇帝乘舟由海道南下，现在已经到了留都；太子和王子们也从陆路得以逃出，南京的官员们正在喜形于色，奔走相告。另一种隐秘而悲观的说法是，北京已被李自成的大顺军团团围困，马上就有陷落的危险。

　　王铎对皇上已经到留都的说法深信不疑，张岱、陈子龙商量后，决定随王铎一同去南京。大家分头准备好，乘船一路南下来到繁华的扬州。

　　扬州古称广陵，其历史悠久，文化璀璨，商业昌盛，人杰地灵，还是长江与京杭大运河交汇处。

　　三月的扬州，已是春暖花开时节。明媚的阳光从蓝天洒向大地，温暖得让人们心情舒畅。河道两旁的柳树，摇摆着柔美的身姿，迎接着来来往往的客商。

　　在往常正是大运河最繁忙的季节，游船画舫满载着游客川流不息，茶社酒楼的伙计们都在笑迎四面八方的新老游客。现在看到的却是一片萧条的景象，一些店铺虽然开门营业，百姓们也照旧为衣食奔忙着，但没有了以往人们脸上喜笑颜开的表情。在运河中，南来的船只比以往增加了近一倍，北往的船只却减少了近八成以上。

　　王铎的舟船抵达瓜洲渡口时，看到上百只船拥堵在一起。大船横冲直撞，小船只能被动地紧急避让，整个水路一时间乱糟糟地成了一锅粥。

　　王铎乘坐的船小心翼翼地行至江中时，看到非常气派的船队经过，头船上分别飘扬着"潞""福"字旗。很多船都要为他们避让航道，来不及躲避的就会受到冲撞。

　　王铎看着"福"字旗时，就突然想起了几年不见的福王朱由崧，心想：难道是他也要去留都？自从在怀庆被流寇冲散之后，再也没有找到他的踪影，也不知道他这几年到底在哪里，他是如何度过艰难的岁月的？

　　王铎正在遐思的时候，一只大船突然横冲过来，随后两边又靠过来两只大船，把他们的船夹在中间。这突如其来的变故让经验丰富的船老大都猝不及防,船上的人们都东倒西歪在甲板上。

船老大顿时大怒,咒骂着让他们让开。这时对方的船上出来一个尖嘴猴腮的人,瞪着圆眼说他们是藩王的船队,并蛮横地说把他们的船给撞坏了,只有拿出赔偿银子才给让出航道。在双方各不相让之时,对方船上突然跳过来数十人,手持钢刀就要行抢。船老大见他们人多势众,吓得再也不敢多说一句话。

王铎走出船舱想问个究竟,劫匪们立刻将他围在中央。其他人没有见过这种阵势,都感到十分害怕。此时,一向身体柔弱的段姬突然挺身站在王铎身边。

匪徒们看到貌美如花的段姬后,就嬉皮笑脸地来到她面前。王铎本想伸手将她拉到身后,不曾想段姬顺势拔出王铎身上佩带的长剑,身轻如燕地跳在王铎前面,迎上带头跳上船头的劫匪,利剑直指他的咽喉,然后用标准的扬州方言痛斥劫匪。

段姬一连串敏捷而又身手不凡的动作和凛然正气,立刻把劫匪给镇住了。尖嘴猴知道自己遇到了强敌,也感到了段姬利剑的一股冷气,心想:女人都这么厉害,如果男人再一出手,肯定要吃大亏。就给同伙一个手势,其他劫匪立即跳上自己的船。

段姬看到其他劫匪逃走后,才慢慢收起利剑。尖嘴猴小心翼翼地抽开身,然后跳上自己的船迅速逃之夭夭。

段姬的突然举动,让石薇汝既担心又敬佩,更让王铎刮目相看。平时只看到她心灵手巧,抚琴、下棋、吹箫,从来不知道她还有一身好武艺。

王铎似乎忘了刚才惊险的一幕,愣愣地看着段姬。段姬被王铎看得有些不好意思,就赶紧跑进船舱里。

王铎看着整个长江拥堵不堪的船只,大家都在艰难地逆行而上,感到风险太大。

经历了刚才危险的一幕,王铎与陈子龙、张岱商量,先在镇江临时停留几天,等航道疏通后再走。

在镇江暂时停下后,大家无事可做,陈子龙、张岱就提出到金山寺一游。

段姬听说要去金山寺,就拉着石薇汝央求与王铎一同前往。她说要登上金山,参拜大慈大悲的观世音菩萨,保佑他们出行平安。

王铎看着心地善良、善解人意的石薇汝和段姬,心里由衷地感激她们。自从马瑞云去世后,石薇汝接替了她的全部。去年收留了段姬后,她们亲如姐妹,和睦相处,不但服侍着自己,还共同照顾着家人。现在虽然居无定所,但她们却是有难同当,王铎心里很知足。当听说段姬想去金山寺时,就愉快地答应了。

金山寺庙依山而建,从山麓到山顶,殿宇栉比,亭台楼阁层层相连,构成了椽摩栋接、丹辉碧映的古刹景观。

来到金山寺山门,王无回看着坐东朝西的金山寺,大为不解地问:"我见过的寺庙山门都是坐南朝北,唯有这金山寺却朝西,其中有啥缘故不成?"

王铎告诉他:"金山寺为禅宗之正宗,坐东朝西就是要朝向西方极乐世界之意。"

张岱却笑着说:"金山耸立于江心,滔滔江水由西向东奔流,站在寺门向西眺望,更能体现'大江东去,群山西来'的壮丽美景。"

王无回若有所悟,说:"原来如此啊,并不是像神话传说的那样,因为金山寺大门朝着南天门,得罪了玉皇大帝,就经常在金山门口制造炸响的雷声,迫于压力才将山门改为朝西开了。"

王铎听后大笑起来,边走边说:"那都是神话传说而已,信则有,不信则无。"

进入山门就是天王殿,单檐歇山的宫殿里供奉着笑口常开的弥勒佛,重檐歇山巍峨壮观的大雄宝殿正中是释迦牟尼佛、药师佛和阿弥陀佛金身佛像。

来到观音阁,在大慈大悲观世音菩萨面前,石薇汝和段姬恭恭敬敬地匍匐在地,虔诚地顶礼膜拜。

出了观音阁,抬头看到慈寿塔耸立于金山之巅,有一种拔地而起、突兀云天的感觉。

大家登上高处,看着形胜天然、风景幽绝的金山,陈子龙问王无回:"缘督,你知道为什么叫金山寺吗?"

王无回摇摇头。陈子龙说:"金山寺原名叫泽心寺,始建于东晋,是佛教诵经设斋、礼佛拜忏的水陆法会发源地。开山祖师裴头陀法海禅师在江边挖土时,竟然挖到了一批黄金。他将这些黄金献给了朝廷,皇帝敕命又将黄金返回,用作修复寺宇之用,并赐名'金山寺'。"

陈子龙的解释,王铎似乎有所闻,但都是传说而已,并无法考证。

几天很快就过了,长江拥堵的状况依然没有缓解的迹象,去留都的航道很难通行。

彭而述有些着急,就找到张岱和朱五溪,提出继续南下的建议。大家听了后,也觉得很有道理。于是就一起找到王铎,彭而述开门见山地说:"觉斯兄,咱们与其在这里傻等,还不如先去苏州、杭州一带,那里可是比天堂还要好的地方,总比我们天天窝在这里要好。"

"是啊,子篯说得很有道理,老前辈您现在去留都,有些名不正言不顺。"

陈子龙说出了自己的看法，"您是朝中老臣，为您官复原职只是迟早的事。现在正是江南春暖花开季节，不如先游览一番，等圣旨任命后再走马上任不迟。"

陈子龙刚说完，张岱也接着说："是啊，咱们几十口子人，去了后也没有一个落脚的地方，还要吃住行。"

张岱、陈子龙提到的事情，王铎早已有所考虑，只是没有说出来而已。现在去留都，的确是名不正言不顺。王铎听了大家的提议，也就顺水推舟继续南下。

继续南行的第一站是苏州，彭而述第一次来苏州，看着别具一格的建筑和小桥流水人家的繁华城市，着实让他感到兴奋不已，定要好好看看这座美丽的府城。

苏州对王铎来说，却是一个让他伤心的地方。去年夏天来避难时，三妹在苏州浒墅病逝，马上就要一周年了。

王铎让人在桃花坞东面的城隍庙附近临时租了房子，把人们暂时安顿下来。把一切安置好之后，他要做的第一件事就是带着家人给三妹扫墓。来到三妹的墓碑前，看着坟墓上的野草，王铎感到一阵心酸，就动手拔掉野草，再添上一些新土。然后摆上供品、焚烧纸钱，并为她祈祷。

苏州距离松江华亭已经很近，王铎考虑到陈子龙上有老下有小，就让他回家与亲人团聚。然后让朱五溪陪彭而述和孩子们游览名胜古迹，他自己则大门不出二门不迈，一天到晚不是读书就是写字。

一天，王铎正在专心看书时，王无回突然冒失地跑进来，喘着粗气说有人来访。王铎感到很纳闷，自己在苏州并没有熟人，刚到这里，谁会前来拜访呢？他放下手中的书，起身出来想看个究竟，刚走到门口时，就见一位中年人微笑着向他走来。

王铎正想问个明白，来人已经跪在他面前："老师在上，请受学生一拜。"

王铎感到很疑惑，赶快让他起来。看着眼前的中年人，似乎见过，但又一时想不起来是谁。

王无回见爹的表情还是茫然，却并没立即告诉他，还在那里偷笑。中年人就自报家门："老师，我是羽明啊。"

王铎听到后仔细再看，然后拍了他一下巴掌："几年不见，变化太大了，为师的确不敢相认了。"

中年人叫梁羽明，是梁云构之子，也是王无回的大舅哥。在他二十岁时，因家中灵芝生三秀，故取字芝三。梁羽明至孝，品德高尚，才华出众。在崇祯七年会试时金榜题名，授行人司行人，他与父亲有"父子进士"的美誉。

梁云构对王铎的学问十分佩服，不但把女儿嫁给王无回，还让长子梁羽明正式拜在他的门下，跟他读书、做学问、练书法，他是王铎最得意的门生。

王铎和梁羽明在异地他乡相见感到特别亲切。王铎赶快把梁羽明让进屋里，并让王无回倒茶，然后问长问短："芝三啊，你咋也在苏州？是咋知道我在这里的？"

梁羽明见了多年不曾相见的老师，兴奋得像个孩子，扶老师落座后，坐在他身边说："老师，说起来话就长了。你离开京师后，爹看不惯朝廷的钩心斗角，就上疏辞去了官职，准备回老家颐养天年。在回家的路上，听说老家一带正在闹匪患，就改道去了留都南京。在那里我感到无所事事，听说苏州是个好地方，经爹允许后就来看看。做梦也没有想到，在游玩虎丘时遇到了无回。"

王铎听了梁羽明的述说，知道他们一家都平安无事，心里感到很踏实。

梁羽明说完后，看着老师的满头白发和苍老的脸颊，心里感到一阵疼痛，泪水不由自主地流下来。

王铎看出了梁羽明的心意，就安慰他说："芝三啊，在当今这个混乱的世道里，能够平安就是大富大贵。"

梁羽明点头擦拭一下泪水。王铎又关心起皇帝南迁的事情。梁羽明说他出来已经一月有余，对于南迁之事也只是道听途说。

王铎又在琢磨，既然没有确切的信息，就说明此事还没有着落，自己的担心也就是多余的。在美丽的苏州，见到自己得意的学生，知道亲家在南京，压抑很久的心情自然也就舒畅起来了。

梁羽明为人朴雅，不善言辞，在别人看来好像是没有能力的人。但王铎始终认为，梁羽明是一个治军的栋梁之材，如果给他报国的机会，他一定能够有所作为的。

此时，王无回的儿子王之祺跑进来，他本来正在欢天喜地，看到舅舅后反而不好意思起来，回头藏在跟他进来的娘亲身后。

王之祺的举动让梁羽明笑起来，他已经几年没有见到外甥了，孩子腼腆也属于正常。自己刚才见到老师时，心里不也是如此嘛。

梁羽明见到了妹妹、外甥，更是喜不自禁，问长问短，有说不完的话。

王铎在苏州衣食无忧，生活也很安逸。梁羽明的突然到来，更是给他带来了欢乐。但是，由于皇帝南迁的事一直没有着落，让他有时不免心里郁闷。同时，还由于三妹的原因，他也不愿意出去走动。

张岱看出了其中缘故，就提出南下去杭州。天启七年夏天，王铎主考福建乡试时路过杭州，由于皇差在身没敢多停留。听张岱说杭州比苏州还要美，不但有著名的西湖、断桥和美不胜收的雷峰塔，还可以在钱塘江观看汹涌澎湃的壮丽景观。张岱绘声绘色的描述，使王铎怦然心动。

王无咎、王无回和和彭而述的长子彭始起听说去杭州，高兴得几乎要跳起来。上次王铎带着家人准备去山阴时，已经走到嘉兴，由于痛失爱子又返回河南老家。这次去杭州后，一定要很好地欣赏西湖的美景，然后再去会稽山阴，那里曾是王羲之、王献之父子生活的地方，也是《兰亭序》诞生之地，一定要前往虔诚拜谒。

去杭州时，梁羽明给爹写了一封家书，告诉他自己陪同恩师已前往杭州，请他不要担心。

杭州春暖花开，与北方天寒地冻的天气形成鲜明的对比。特别是这里安稳平静的局势，让人们生活得很踏实。尽管不时传来一些京师沦陷、皇上已遭不测、清军入关等传闻，让王铎心里一直不踏实外，其他人似乎并不关心。

到了杭州的地盘，张岱和朱五溪就成了"地头蛇"。张岱安顿好亲友们的起居后，并没有先去观看西湖的美景，而是迫不及待地带着大家来到钱塘江边观看大潮。

张岱告诉大家，中秋节在钱塘江观潮，自古就称为天下奇观。随着张岱的介绍，在王铎的眼前出现了朦胧壮丽的画面。

在天水之间，隐约出现一条若绸带般的白练，时合时散，由远而近奔腾而来。白练犹如一条白色的巨龙，起起伏伏，又如千军万马在奔腾。倏然之间，翻滚的潮头突然涌起，好像蛟龙凌空出水，带着雷鸣般的巨响，呼啸着扑面而来，仿佛是千万座雪山突然崩塌，洁白的雪花洒满云天。

王铎遐想着波澜壮阔的图画，自言自语地感叹道："这多像一幅艺术高超的图画啊！"

呈现在大家眼前的钱塘江，并没有出现王铎遐想的画面，让大家不免有些失望。

傍晚时分，张岱带着大家来到热闹非凡的美食一条街。看到的是王公贵族、文武百官，有的携带着家眷，有的骑马坐轿，在街道上来回穿梭。那些百姓游客，有的坐车，有的步行，有的左右簇拥着；更有那三教九流汇杂其间，形成了一股滚滚的人潮。

美食街两旁干净漂亮的器皿里，摆满了各种各样的著名小吃：枣𥻗荷叶饼、笋肉包子、炸肉包子、芙蓉饼、七宝酸馅、鹌鹑馉饳儿、糟猪头、红熬童子鸡，让人垂涎三尺；酒店门口挂着红纱灯，柜台上摆满了山珍海味、水陆名馔、应时鲜果，让人眼花缭乱。大家无不感叹，上有天堂下有苏杭，真是名不虚传啊。

傍晚时分，下起了蒙蒙细雨。张岱带着大家来到一家酒楼，在小酌期间，王铎即兴为梁羽明书写了一幅长卷，在长卷的跋尾写道："行舟雷峰西六桥前，雨中涤忧，醉则未，而酒欲热耳。纵笔书古人作，书古人者何，今正厌诋此调故也，可叹。"

在梁羽明看来，恩师的这幅作品书风跌宕恣肆，所体现的深刻内涵，只有他这个学生才能领会。

王铎只身处在风景如画的杭州，虽然十分惬意，但内心深处依然挂念着北方的形势、皇上的安危，就提出去拜谒岳飞。

第二天，在张岱、梁羽明和孩子们的陪同下，王铎来到了岳王庙。这是一座重檐歇顶的建筑，门楼正中悬挂着"岳王庙"三个大字，显得巍峨庄严。再往里面走是一个天井院落，中间是一条青石铺成的甬道，两旁古木参天。大殿正中端坐着岳飞彩色塑像，身着紫色蟒袍，臂露金甲，目光炯炯，显示出了武将的英雄气概，好似还在为失去祖国大好河山而忧心忡忡。坐像的正上面，悬挂着岳飞手书的"还我河山"匾额。此情此景，让王铎想起了岳飞那妇孺皆知的《满江红》。

王铎凭吊完岳飞后，缓缓走出岳王庙，久久伫立在庙外，联想到现今的国家形势，思绪万千：当今天下大势，颇似北宋末年的情景。百姓忍受不了豪绅的盘剥和纷繁税饷的压榨，为活命迫不得已愤怒造反，关外清军也趁机向关内进攻。唯一不同的是，当今皇帝朱由检并非奢靡误国，只是在用人治国方面刚愎自用，怀疑一切，让大臣们感到心寒。他若再不起用治国良才，力扭乾坤，大明将再无中兴之日。

回到驿站之后，王铎的心情依然很烦闷，就想一个人出去散散心。

石薇汝看看天色已晚，不放心他一个人，就让段姬、王无回和仆人陪同。他们又来到西子湖畔，漫步在西湖苏堤上。当来到一个亭子里时，看到里面有石桌石凳。段姬就提出稍事休息，王铎命仆人点上蜡烛，让段姬陪他下棋。段姬说不善此道，让他手下留情。

在寂静无垠的深夜，坐在亭子里下棋，真是别有一番趣味。正在两人对垒之时，突然旋起一股风，将蜡烛吹灭。王无回感到很吃惊，仆人惊恐得叫了起来。段姬却从容地又把蜡烛点着，继续与王铎对垒。她的胆识和镇静让王铎更是刮目相看。

前往山阴拜谒王羲之、王献之父子，是王铎多年来的心愿。

天刚蒙蒙亮，张岱急急忙忙找到王铎。王铎以为是马上起程去山阴，兴奋得有些手舞足蹈起来。

王铎热情地把张岱让到屋里，落座后却发现他的表情很肃穆，显得极为悲痛。王铎就急忙关心地询问出了什么事，张岱没有正面回答，但眼泪却止不住地流了下来。

张岱的举动让王铎很吃惊，朱五溪、彭而述和梁羽明、王无党、王无咎等人也相继过来。在王铎的一再追问下，张岱才痛苦地摇着头说："觉斯兄，天塌下来啦！"

王铎听了张岱没头没脑的话，焦急万分地问："宗子快说，到底出了啥事？"

张岱抬起头来，带着哭腔说："昨晚深夜，府尊王公派人找我，在衙门密室内，看了府衙的十万火急文书，说是京城已经……"

大家一听是京师的消息，都立即安静下来，听张岱细说详情。

二月中旬，李自成自陕西倾巢东下，连陷太原、大同、宣府。李建泰"代帝出征"御敌，还没有赶到山西，当听说他的老家曲沃已经陷落时，在皇帝面前所说的豪言壮语立刻就被抛到九霄云外，然后投降了李自成的大顺军。李建泰其实并非忠勇之辈，"代帝出征"只是在名义上为皇帝分忧，实际上他是想借此机会挽救家乡。

三月初，皇帝朱由检在平台召对群臣，面对来势汹汹的贼寇，大臣们都提议让太子去南京监国。皇帝的真正心意是自己去留都，而他又把脸面看得比命还重，不愿亲口说出来，就指责拥立太子是阴谋逼迫他退位，还愤怒地说："君死社稷！"最后，既不让太子去南京，他本人也不离开京师，坚决拒绝了南迁的建议，其他人再也不敢提及南迁之事。

为了确保京师的安全，朱由检诏封吴三桂、唐通、左良玉、黄得功为伯爵，还给总兵刘泽清、刘良佐、高杰提升官衔一级，让他们尽快进京勤王。吴三桂接到命令后，不知为何在关外行动迟缓，贻误了战机。唐通带了八千兵马赶到京城后，向皇帝朱由检表达耿耿忠心后，就去了居庸关。后来，唐通和监军太监杜勋一起不战献了关隘，投降了李自成的大顺军。

三月十七日，李自成数十万兵马围攻京师，开始炮轰京城城墙，负责守卫的三大营都是老弱残兵和太监，根本无力抵抗排山倒海的攻势。李自成派投降的太监杜勋入城给皇帝朱由检传话，让他开门迎降，割地求和，犒赏军队银子一百万两。

朱由检征求首辅的意见时，老奸巨猾的魏藻德害怕承担责任，只是低头鞠躬，就是一言不发。朱由检龙颜大怒，推倒龙椅，拒绝投降，要亲征拒敌。李自成得到了太监杜勋的答复后，就下令攻城。守城的太监曹化淳首先打开了彰义门投降。随后德胜门、平则门又先后被打开,内城不攻而破。

三月十九日清晨,北京外城和内城相继被农民军攻陷。得知大势已去的朱由检先把周皇后和袁贵妃召到乾清宫,用金杯置酒,与她们做最后诀别。然后又招呼太子和永、定二位王子来到御前,叮嘱了一番,命心腹太监把他们从速护送出宫,到国舅周奎家中暂时躲避。最后,令周皇后在坤宁宫中自缢身死,袁贵妃自杀未遂后,被朱由检连砍数剑,终于殉节。同时被皇帝杀死的,还有好几名曾蒙恩幸的妃子。朱由检担心城破后,年仅十五岁的长公主会遭流贼凌辱,特地着人把她召来,抚视了半天,长叹说:"你为何生在我家?"说完,咬着牙挥剑砹去。公主本能地用手挡架,只听咔嚓一声,半截手臂给削了下来,人当场昏死过去。皇帝抛下宝剑,掉头而去。五鼓时分,已经穷途末路、心力交瘁的万乘之尊,带着秉笔太监王承恩,仓皇出了神武门,来到万岁山东麓,先摘去皇冠,把头发拆散下来,覆盖着脸面,然后用一根白绫带,在一棵古槐树下结束了年轻而尊贵的生命。

张岱的神情越来越悲愤,说到皇上殉国时,他已经泣不成声了,泪水顺着清癯的脸颊不断流下来。

"皇上殉国,京师陷落,大明江山全完了!"王铎惊悸得把眼睛瞪得溜圆,咬着牙悲愤地说完,又痛苦地闭上了眼睛。

突然降临的塌天大祸,人们好像被扼住了喉咙似的惊恐。在场的人们都无法相信这是真的,全身的血液也像凝固了似的。

王铎觉得屋顶旋转起来,脚下的大地仿佛也在摇晃。王无咎、梁羽明及时上前扶住,他依然怀疑这不是真的,全力稳住身子问:"这……这消息会不会是谣传啊?"

彭而述、王无党等人都转过身子,疑惑地望着张岱。大家等了很长时间,依然没有任何回音。

两声嘭嘭的撞击声使王无咎猛然回过头,看见爹正颤抖着跪伏在地上,把头颅朝着正北的方向磕下去。接着发出了撕心裂肺的呐喊:"圣上啊!主子啊!崇祯皇帝啊!您咋会撒手不管我们了!孤臣王铎,漂泊在外,不能为圣上分忧,以致才有今日。臣罪该万死,罪该万死啊!……"

大家被王铎所感染,都哭喊着跪了下去,伏倒在地上,放声痛哭起来……

巨大的悲声惊动了石薇汝和段姬。她们一同进来,看到王铎像变了一个人似的,满头白发蓬乱地披散着,极度的悲痛使脸颊已经变形,不断流出的眼泪和涌出的鼻涕糊住了漂亮的美髯。她们来到王铎身边,拉着他的胳膊想问个明白。

过了很久，王铎才慢慢抬起头来，极力抑制着内心的悲痛，把听到的奇祸剧变又重新估量一番。崇祯皇帝登基不久，天灾人祸和沉重的苛捐杂税使得百姓无法活命。王铎深深意识到危机十分严重，为此曾多次上疏朝廷，把亲眼看到的情况如实上奏，并提出减少百姓负担的条陈建议，但最终却是如泥牛入海，毫无音信。最近几年，流寇人数越来越多，对此也曾有过大祸临头的预测。后来又想：所谓的流寇大多数都是走投无路的百姓，如果对他们实施仁政安抚，再减税减租，他们不至于加入流寇的队伍。在苏州时，王铎就曾隐约听到一些传说，钱牧斋等人已经开始联系一些人，为立储的事在到处奔波，在心里还曾埋怨他，不应该在形势不明的情况下仓促行事。直到昨天，在拜谒岳飞时，还幻想着局势正在好转，对朝廷的新政寄予极大的期望，准备收拾旧山河。转眼之间，一切都被击得粉碎。

王铎呆呆地思索着，彭而述来到王铎的身边，悄悄地说："觉斯兄，既然乾坤已经摧折，吾等今后该当如何，恳请先生从速明示。"

王铎的脸色苍白，神情却庄严镇定。他慢慢站起来，用坚毅的目光环视大家后，用沉重而高亢的声音，缓慢地一字一句地说："吾作为大明臣子，既不能为皇上分忧治国，又不能身先士卒讨贼报恩，还有何颜面苟存于世？理应随先帝殉国，以谢知遇之恩！"

王铎虽然对皇上有过怨言，但从为臣之道的角度，还是做出了忠贞壮烈的选择。他的话像一声炸雷，让在场的人都惊呆了。

彭而述从王铎坚毅的目光中，虽然已经隐隐预感到他会做出异乎寻常的抉择，但万万没有想到他竟然选择殉国。此时，他顾不得礼节，厉声顶撞道："先生此言差矣！"

王铎是彭而述最崇敬、最热爱的老师，在严肃庄重的场合，都会郑重地称呼他为先生。彭而述之所以这样做，是因为他很清楚，以王铎的身份、地位和性格，一旦选择确定后，要想改变几乎不可能。只有与他当面争论，才有可能改变他的主意。

梁羽明很理解彭而述的用意，并达成了一种默契，不等王铎有所反应，也起身大声争辩："老师身负天下苍生之厚望，取义成仁是不负责任的懦弱选择！"

石薇汝也大着胆子，流着眼泪说："先生身为国之大臣，面对奇祸巨变，竟要轻弃此身取义成仁，妾以为违背孝悌祖训！"

王铎选择的忠贞壮烈之路，却被彭而述、张岱、梁羽明等人视为是在逃避责任和悲观懦弱，就连柔弱的石薇汝也责备他违背孝悌祖训。

王铎看着亲人们惊呆了，睁着圆眼盯着他们。

张岱迎着王铎那灼灼目光，用更加深重、激切、严厉的口吻说："先生，一个人死本不难，关键是如何死得有价值。古语有云'或重于泰山，或轻于鸿毛'。先生乃当世栋梁之材，流寇犯上作乱，窃踞京师，颠倒顺逆，先生岂能为一时之悲愤，而轻弃治国栋梁之身？"

彭而述极力控制住自己的感情，也含着眼泪说："先生，您常给我讲，大丈夫处世论是非，不能论一时之利害；论顺逆，不能论一事之成败。京师虽然陷落了，但大明王朝还有江南半壁江山啊！"

王无党开始还在心里埋怨彭而述、张岱、梁羽明，此时才理解了他们的良苦用心，是用尖刻指责的语言让爹改变殉国的初衷。

王铎凝视着彭而述、张岱和梁羽明，问："那依你们之见呢？"

王无党见爹终于开了口，没等其他人说话，就及时抓住机会："爹，子笺、宗子两位世叔和芝三兄说得极是。闯贼攻陷京师，逼圣上殉国，实属大逆不道，所有大明臣子均悲恸欲绝，定当与此贼不共戴天！以孩儿之见，应从速缟素祭奠，然后聚集有识之士，再挥戈北上，为圣上复仇才是上策啊！"

彭而述猛地跪在王铎面前："伏乞先生以天下苍生为重，担当起讨伐贼寇的重任，百姓幸甚，大明幸甚！"

彭而述的话道出了大家的共同心愿，都纷纷跪倒在了王铎的面前。

王铎用手不断捻着胸前花白的胡子，看着大家乞求的目光，最后把手往下一甩，果断地说："子笺、宗子和芝三以大忠、大义相责，实在令老夫惭愧不已。愿听诸君之忠告，在此为先帝设灵堂，祭奠守候三日，而后所有男儿随我北上抗击贼寇！"

在临时居住的驿站里，大家为崇祯皇帝设立了一所简易灵堂。王铎亲书崇祯皇帝牌位，率领张岱、彭而述、梁羽明、朱五溪及家人一起祭奠。

哭祭先帝的第三天，驿丞带着南京宫中太监找到王铎，让他迎接圣旨。王铎心里在犯嘀咕："皇上已经殉国，咋还有圣旨呢？"

王铎赶紧跪接圣旨，太监大声宣读："奉天承运，皇帝诏曰：擢封王铎为东阁大学士。即日启程到南京赴任。"

太监宣读完诏书后，王铎磕头谢恩，接过圣旨一看是弘光皇帝朱由崧。

太监似乎看出了王铎的疑惑，就给他解释说："王大人，当今皇上就是以前的福王，他老人家可是知恩图报的明君啊。"

王铎被擢升为东阁大学士，这个喜讯来得太突然了。

第三十七章

甲申之变,改变了大明王朝的命运,更是彻底改变了王铎的政治命运。

王铎离开杭州后,乘官船一路北上,日夜兼程赶往南京。

王铎背着双手站在船头,眺望着远方,心潮起伏。在他报国无门,意志慢慢消沉,全力钟情于丹青书画,欲实现自己"好书数行"的夙愿之时,刚登基不久的南明弘光皇帝朱由崧,一封紧急诏书让他又回到已经远离多年的政治舞台,施展其政治抱负。

夕阳西下,整个天空被晚霞染红,无锡的城郭已经清晰可见。站在王铎身边的王无党看看天色已晚,提议在无锡休息一晚时,迎面驶来一艘大船。从船的形状来看也是官船,从派头上看还是一位级别相当高的高官乘坐。当两条船擦身而过的一刹那,对方船上站立的人忽然大声喊道:"觉斯兄!"

王铎先是一愣,在陌生的江南能是谁在叫我?声音虽然十分熟悉,可一时却没有想起是谁。双方把船停下来,慢慢靠在一起时,王铎方才看清是祁彪佳。两人在船上抱拳拱手,王铎亲切地叫道:"虎子,咋会是你呀?"

船工赶紧在两船之间搭起跳板,祁彪佳健步跳将过来,向王铎恭贺道:"恭贺觉斯兄荣升东阁大学士。"

"我已是老朽一个,有啥可祝贺的。"王铎谦逊地回答着,然后看到祁彪佳穿的官服补子图案是锦鸡,知道他已升为二品大员了,问,"你这是去哪里呀?"

祁彪佳平静地说:"觉斯兄,我是奉旨前往苏州赴任的。"

王铎听到这个好消息,乐得胡子直颤抖,做梦也没有想到,会在祁彪佳荣升赴任的路上不期而遇。

祁彪佳转过身来,把跟随过来的英俊青年人介绍给王铎:"觉斯兄,这就是犬子理孙。"

祁理孙上前向王铎跪拜,王铎招呼他平身。王无党、王无咎、王无回一齐向祁彪佳跪拜,两代人在船上相见分外亲切。

王铎让大家落座后,祁彪佳张口就问:"觉斯兄,咱不是说好你给我看家护院的吗，你怎么中途又变卦了呢？"

"都是愚兄不好。"王铎抱歉地苦笑一下，没有直接回答祁彪佳的问话，而是关心地问，"你去苏州赴任，皇上委任何职？"

"皇上任命我为右佥都御史、苏松巡抚，督沿江诸军。"祁彪佳如实回答，然后看一眼祁理孙说，"事发突然，又重任在肩，我携长子前去赴任，也想让他参与谋议，对他也是一种历练。"

王铎对祁彪佳的做法给予了肯定，还说只要有机会就让孩子们出去历练。

王铎和祁彪佳在宿迁一别，转眼两年多就过去了，心里都有很多话要说。特别是祁彪佳从留都来，王铎很想了解新朝的情况。

随着西方最后一缕霞光的隐去，巨大的夜幕被渐渐地拉开。王铎看看天色已晚，感到夜里行船不安全，就临时把船停靠在岸边。

一轮明月悄悄从东边升起，桂树和玉兔清晰可见，银色的月光洒在水面和大地上。河水在皎洁的月光下闪烁，像水晶一样晶莹透亮。

王铎和祁彪佳坐在船头上，叙说着分别后的经历。王无党、梁羽明、王无咎、彭始起、祁理孙等晚辈们围坐在一起，品茗聊天，讲自己见到的趣事，畅谈远大理想。

当祁彪佳问起活泼可爱的王无争时，欢乐的气氛一下子变得沉默起来。

王铎叹了一口气，坐在身边的彭而述张张嘴，却没敢说出来。

石薇汝从船舱里走出来，听见祁彪佳问起孩子的事，给他道万福后，坐在王铎身边说："老爷一直都不让提无争的事情。"

祁彪佳更加疑惑，看着王铎着急地问："觉斯兄，这到底是为什么？"

王铎不愿意再提这些不堪回首的往事，石薇汝的眼泪却像断了线的珠子，噼里啪啦一直往下落，抽泣着说："去年和你分手后，我们走到嘉兴时，小无争就因病离开了人世。老爷悲痛万分，不想把晦气带到山阴，就带着家人又回到了老家。万万没有想到，刚入秋，无技又患病不治身亡。"

近几年，王铎家中接连十位亲人相继去世。特别是老来丧子，只要一提起来他就悲痛不已。祁彪佳听了后，再也控制不住自己的感情，王铎的泪也不由自主地流下来。

平静了好长时间，王铎擦拭一下眼泪，接着石薇汝的话说："虎子贤弟啊，说句实在话，在接连失去两个幼子的那段时间里，我几乎就要崩溃了。在我最艰难之时，幸亏有子篯、五溪、宗子等诸兄，陪我漂泊东南，流离江左，真是生死患难见真情啊。"

祁彪佳心里既为王铎感到愤愤不平，又为他失去亲人而难过，说："觉斯兄乃栋梁之材，报国之志却得不到施展，家中房舍也被流寇焚烧殆尽，还要被迫漂泊在他乡，在流浪逃亡中度日。"

梁羽明第一次听到王铎的坎坷仕途和家破人亡的遭遇，顿时泪如泉涌。

朱五溪在一旁插话："先生家中出现诸多变故，若不是您老有宽广的胸怀，可能早就被压垮了。"

祁彪佳对于王铎的遭遇深表同情，但毕竟已经过去，生活还要继续，同时他还有很多重要的事情要给王铎说。为了缓和气氛，就接着彭而述的话说："是啊，觉斯兄不但性情豪爽，而且还有一支惊天地泣鬼神的绝笔。"

王铎摆摆手，祁彪佳接着说："觉斯兄，这可能是命中注定你该有这些劫难。从现在开始，过去的这一切苦难都要结束了。"

彭而述意识到王铎和祁彪佳有要事谈，就拉着梁羽明等人自觉地离开。石薇汝和其他人也陆续离开船头，走进船舱休息。

月光洒在船头上，微风吹过暖洋洋的。

船上只剩下王铎和祁彪佳。王铎开门见山，说："虎子啊，咱们今天在此不期而遇，的确是天意，更是缘分。这几年我东奔西跑，很多大事不是道听途说就是马后炮。特别是甲申之变和最近几个月发生的事情，几乎就像一场噩梦。今天遇到你，很想听听几个月来到底发生了哪些重大事件，更想听听你对我入阁后还有啥高见。"

祁彪佳直言相告："觉斯兄，最近几个月的确发生了改朝换代的变化。特别是京师陷落、先帝以身殉国后，在继任大统上真是错综复杂，人与人之间的关系非常微妙。有的支持拥立福王，有的支持潞王，双方一时闹得不可开交。"

祁彪佳说到这里稍停了一下，深深地叹口气，把在拥立新君和新朝建立的过程中发生的重大事件简要地叙说起来。

崇祯十七年四月八日，淮安巡抚路振飞根据塘报，向当地官绅宣布了京师失守陷落的消息。留都南京六部、都察院的大臣们知道以后，如雷轰顶，顿时乱成一团。由于消息闭塞，又不知道崇祯皇帝朱由检和他三个儿子的下落，只能严密封锁消息。虽然如此，北京陷落、皇上殉国的惊人消息还是在民间不胫而走。

留都南京握有实权的参赞机务兵部尚书、守备太监和提督南京军务勋臣们，派出一队队全副武装的官兵在大街上巡逻，一副如临大敌的样子，除了让市民感到惊恐外，他们几乎天天都要聚集在议事堂。大家不是眉头双蹙，就是无言以对，谁也拿不出任何办法。或者仰视屋之罘罳，或者以靴尖蹴地，唉声叹气一阵后又各自散去。

直到四月十七日,从京师逃出来到的大学士魏照乘来到留都后,才完全证实了三月十九日京师失守,皇帝朱由检在煤山自尽殉国,三个皇子下落不明。

京师的朝廷既然已经覆亡,留都南京自然就成了大明王朝救亡图存的政治中心。国不能一日无君,当务之急就是立君。本来崇祯皇帝有三个儿子——太子慈烺、定王慈炯和永王慈熠,他们当中只要有一个人在,事情就不难解决。可是时至今日,除了听说他们在京师失陷时已经微服出走,可能尚在人间之外,始终没有南来的确切音信,是否遇难身亡也不得而知。在这种情况下,按照传统伦序礼制,就只能在最近的皇族旁系藩王中挑选继承人。藩王中还有福王朱由崧、惠王朱常润、桂王朱常瀛,以及神宗兄弟的儿子潞王朱常涝。如果按照血统论,惠、桂二藩比皇帝朱由检还高一个辈次,而且他们在崇祯十六年张献忠进入湖南时,就已经逃往遥远的广西;而福王朱由崧是皇帝朱由检的堂兄弟,此时因逃难正在淮安城西湖居住,按兄终弟及祖制,就应当轮到他来做皇帝。

决定由谁做来皇帝,事关新朝的前途和命运,来不得半点疏忽。如何解决好亲疏伦序的争执,不同的人站在不同的立场上,都有着自己的考虑。因此,在拥立新主期间,留都的大臣们各抒己见,争论不休。

淮抚路振飞首先给南京兵部尚书史可法上书,提出了"伦序当在福王,宜早定社稷主"建议,给事中李清、章正宸和进士郑元勋等人也都支持拥立福王朱由崧。

东林党魁在籍的礼部侍郎钱谦益却以"立贤"为名,提议迎立潞王朱常涝,并曾两次从常熟赶往南京到处游说。他的这一提议,立即得到了南京兵部侍郎吕大器、南京户部尚书高弘图、右都御史张慎言、南京翰林院詹事府詹事姜曰广等人的大力支持。他们都一致认为朱常涝是神宗皇帝的侄儿,长期受封在外,无论是与郑贵妃还是同阉党都素无瓜葛。

在拥立的问题上,两派争论得不可开交。高弘图为了平息争论,还提出一个拥立桂王的折中建议。

南京兵部尚书史可法是留都南京举足轻重的首席大臣。由于他是东林党左光斗的得意门生,对拥立福王朱由崧继统自然心存疑虑,可又担心舍亲立疏将会引起大的政治风波,甚至造成混乱,内心也十分矛盾,在拥福、拥潞中感到左右为难。

史可法经过反复考虑后,特约凤阳总督马士英到长江北岸的浦口商量。他深知马士英直接节制着高杰、黄得功、刘良佐、刘泽清四总兵,如果有了军队的支持,想立谁就有了十分的把握。史可法和马士英见面后,史可法就推心置腹、毫不保留地谈了各方面纷争的情况和自己想立潞王的意见，马士英感到这是自己参与定策的重要机会。经过秘密协商，他们达成了"以亲以贤，唯桂乃可"的一致意见。为了确保做到万无一失，史可法还亲自写了朱由崧"贪、淫、酗酒、不孝、虐下、不读书、干预有司"七不可立的理由。

第二天，史可法亲自写信给南京的大臣说明定策意见，大家对于这个折中方案比较满意，南京礼部就开始准备前往广西迎接桂王。

马士英为了借以显示自己是参与定策、迎立桂王的二号人物，曾邀请南京各衙门官员赴浦口当面宣布拥立的决定。可南京六部的大臣们根本不买他的账，认为凤阳总督只不过是一个地方官而已，无权召集朝廷大臣开会。

马士英很扫兴地回到凤阳，就在当天的晚上，突然得到阮大铖的报告：守备凤阳太监卢九德同总兵高杰、黄得功、刘良佐进行密谋，已决定拥立福王朱由崧。这个消息使马士英大吃一惊，他立刻明白自己直接节制的手下大将已经全部投向福王朱由崧。高杰、黄得功、刘良佐积极参与拥立，很显然是为了攫取"定策之功"，以增强自己的政治地位。如果自己再遵守同史可法达成的协议，自己只能被架空、被淘汰。

马士英对卢九德的身世很清楚。自万历末年起，卢九德就在宫中服侍朱由崧的父亲老福王朱常洵，有绰号"胎里红"之称，是福王一系的自家人。由他出面联络三镇总兵，一定是朱由崧在幕后策划操纵的。

马士英心里很清楚，有统兵的将帅做后盾，又有太监在旁翊赞，要想阻止朱由崧当皇帝已是不可能的了。屡经宦海浮沉的马士英一改初衷，背弃了史可法。他马上同高杰、黄得功、刘良佐、卢九德等人在凤阳皇陵前立誓，拥戴福王朱由崧为新君，并立即以凤阳总督和三镇名义，正式致书南京守备太监韩赞周，拥立福王朱由崧。这样一来，马士英就成了定策第一文臣，又实现了阮大铖提出的拥立福王的请求，真是一举两得。

南京各大臣被韩赞周邀请到家里，传阅了马士英的书信。开始大家都感到很震惊，后来考虑到自己既无兵权，又无势力，只能违心地表示同意。钱谦益也立即改变了原来的立场，由坚决反对拥立福王朱由崧改为坚决拥护。山东总兵刘泽清曾一度支持拥立潞王，当得知高杰、黄得功、刘良佐三镇的动向后，自知兵力不敌，也立即随风转舵，加入了拥立福王的行列。

马士英为了能取得首席大学士的职位，就抓住史可法欲拥立桂王而写的朱由崧七不可立的书信为把柄，又以南京等地东林党人反对拥立朱由崧为借口，带领兵马护送朱由崧直抵浦口，在立福王已成定局的前提下，发出表文声称："闻南中有臣尚持异议，臣谨勒兵五万，驻扎江干，以备非常，志危险也。"

一直被蒙在鼓里的史可法此时才知道自己上了大当，但为时已晚。攻击福王的书信，就等于直接指斥行将即位的皇帝的铁证，白纸黑字，有口难言。为了防止内乱，他只能满腹悔恨地默默跟随福王朱由崧，由浦口乘船前往南京就任监国。

四月二十九日，福王朱由崧在马士英、史可法的陪同下，乘舟抵达南京城外的燕子矶。在进入南京之前，朱由崧非常低调，办事也非常小心谨慎，并坚持以藩王的身份进城。登岸以后，并没有直接进城，而是首先拜谒了孝陵，祭奠了先祖朱元璋，然后才从朝阳门进城，并驻在了内守备府。在旧皇宫内，朱由崧接受了大臣们的觐见。

朱由崧开始极力推辞，经过大臣的反复劝进，最后同意暂领监国代理国事。然后用黄金铸造监国国宝，并颁谕天下。

五月三日，朱由崧就任监国的第二天，又单独召见了史可法、高弘图、姜曰广、马士英四人，让他们迅速议定用人、守江、设兵、理饷等有关事宜。

朱由崧监国第七天，依照廷臣会推，根据吏部上疏的建议，南京兵部尚书史可法为礼部尚书兼东阁大学士，入阁办事；马士英加东阁大学士兼兵部尚书、右副都御史衔，仍任凤阳总督；高弘图入阁办事。后来，朱由崧感到三个人入阁太少，又让吏部会九卿再具疏，又任命詹事府詹事姜曰广为礼部左侍郎，与礼部尚书王铎二人一起兼东阁大学士入阁办事；任命张慎言为吏部尚书，召回在家的刘宗周为都察院左都御史，接着又任命了六部和内阁的高级官员。

在一次朝会上，勋戚刘孔昭提出起用阮大铖，当即遭到史可法的严厉斥责："先帝钦定的逆案，谁也不能翻！"刘孔昭当时也没有进行争辩。

按照史可法、高弘图、张慎言等人的意向，要尽量让东林党人占据要津，使新朝廷建立之始就有一番新气象。

在安排朝廷重臣上，东林党人觉得如愿以偿了。然而这种局面很快又被改变了。争夺朝廷权力的较量，首先是从首辅开始的。

按照明代制度，南京兵部尚书位居留都百官之首。新朝廷初立，史可法应该成为当然的首席大学士。马士英拥立福王本意就在攫取权力，他绝不满足于加几个空衔而官居原职，于是就翻出史可法写的关于拥立福王七不可立的亲笔信，连夜交给了福王。福王看了非常生气，遂有意调离史可法。马士英趁机指使高杰、刘泽清等人接连上疏弹劾史可法，让他尽快离开南京去督师淮扬。

掌握内阁大权的东林党人一致加以抵制，朱由崧决定召开御前会议，商量留谁在京师辅政，谁领命督师淮扬。

会议之前，马士英和勋臣诚意伯刘孔昭就已经达成默契，让刘孔昭先争入内阁。遭到其他大臣的坚决反对后，刘孔昭就立即提议马士英留在南京辅政。

史可法明知在定策问题上被马士英出卖了，指斥福王七不可立的把柄已经落在了朱由崧的手里，即使在朝中也不可能得到信任，为了顾全大局，也是为了给自己留有退路，就同意出师淮扬。朱由崧当即决定，召马士英入阁辅政。与此同时，封高杰为兴平伯，镇守徐州、泗州地区；封刘良佐为广昌伯，镇守凤阳、寿州地区；封刘泽清为东平伯，镇守淮安、扬州地区；靖南伯黄得功加封侯爵，镇守滁州、和州一带，督师驻地设在江北咫尺之地的扬州。从此，马士英留在朝中辅政，虽然仍是次辅，却独揽大权。

崇祯十七年五月十五日，朱由崧在武英殿正式登基即位，改元为弘光。在南京的各城门以及主要街道都贴出了皇榜，上面列出了二十五款新颁的国政，其中包括大力起用人才、废除苛捐杂税、大赦天下罪人、给各级官员加官晋爵以及奖励开荒、放宽贸易等等。百姓们看了以后，顿时感到新朝廷颇有一番重新开创大明中兴的新气象，从而也逐步消除了因一时拥立问题存在的阴影，从此朝廷焕然一新。

新朝廷成立的第二天，马士英即入阁主持政务。史可法则在陛辞的第二天，于五月二十日渡江前往淮阳督师。史可法的加衔尽管都略高于马士英，但在朱由崧监国仅半个月之后即被排挤出外。一批倾向东林党的士大夫，大喊大嚷"秦桧在内，李纲在外"。

已经升任为司礼监秉笔太监的卢九德开始向皇帝朱由崧推荐阮大铖有才，并让他家的戏班子进宫演出《燕子笺》等自编的剧作，好让朱由崧对阮大铖有一个直观的印象。在做了诸如此类的铺垫以后，趁着史可法离开南京去江北督师的机会，马士英上了《冒罪特举知兵之臣阮大铖共济时艰疏》的奏章，向皇帝朱由崧极力推荐阮大铖。

马士英的奏疏立即遭到了高弘图、姜曰广等东林党人的强烈反对。但他不顾其他阁臣异议，竟私自票拟，赐阮大铖"冠带陛见"，使阮大铖得以面见皇帝朱由崧。

阮大铖立即就抛出一套早已炮制好的所谓守江策，提出联络、控扼、进攻、接应等一整套攻防策略。阮大铖宏论滔滔，对于皇帝朱由崧来说，这无疑具有很大的吸引力，高兴得连连击掌叫好。最后，阮大铖却突然伏地大哭："陛下只知君父之仇未报，亦知祖母之仇未报乎？"

朱由崧深知阮大铖这句话的含义：当初万历皇帝曾和祖母密誓，要册立他父亲做太子。是因为东林党的极力反对，万历皇帝迫于种种压力，不得已才封他父亲为福王,并出居河南洛阳。从根本上讲,他和东林党有着不共戴天的仇恨,而阉党与他祖母郑贵妃、父亲朱常洵这一方才是自己人。

阮大铖的这一举动,犹如一石击起千成层浪,举朝为之哗然。

明月被一块乌云遮住了,夜色慢慢暗淡下来,风开始大了起来。

祁彪佳说完朝中近期发生的大事,长长叹了一口气,接着又说:"皇上登基虽然才一个多月,已经能明显看出朝中形成了两股势力在暗中较劲。他们不是想着如何报效朝廷,如何为先帝报仇,尽快收复大明江山,而是一心想着如何扩大自己的势力范围。"

王铎一直在认真倾听,当听到朝中已形成两股势力时,心里不免一惊,自言自语地重复着:"两股势力?"

祁彪佳进一步解释说:"这两股势力,一股是以史可法、高弘图、姜曰广为首的东林党人;另一股就是马士英、阮大铖。现在你回来就好了,可以从中进行协调,让他们放下个人的恩怨,一心为朝廷社稷着想。"

王铎疑惑地问:"整个朝中几乎都是东林党的人,怎么没有钱牧斋呢?"

祁彪佳说:"他已经被擢升为礼部尚书,只是还在老家没有上任。"

提起钱谦益,王铎是感慨万千:"我与牧斋老也已多年未曾谋面。"

"他现在有美妾柳如是陪着,在家过着神仙般的日子,哪里还有心思会见老朋友呢。"祁彪佳调侃了一句,与王铎相视一笑,接着又言归正传,"朝中东林党的人数虽然很多,但真正的实权却掌握在马士英手里。"

王铎听了不知该如何回答,祁彪佳接着又说:"说句心里话,现在的东林党非常复杂,可以说是鱼目混珠。有的利用东林党的声誉捞取政治资本,在社会上提高自己的声望。"

王铎对祁彪佳说的话深有同感,也听到了很多这方面的议论。再想想史可法不按祖制拥立,在朱由崧面前失去信任,王铎是既生气又同情,带有埋怨的口气说:"史道邻也真是的,为啥不按祖制拥立呢?到底让皇上抓住把柄。"

祁彪佳分析说:"对于东林党人来说,他们心中其实一直有个解不开的死结,才对皇上的成见无法消除。实不相瞒,我也曾担心他会报复东林党人。"

王铎很清楚祁彪佳所说的死结,就是当年郑贵妃仗着万历皇帝的宠爱,企图把皇长子排挤掉,把自己的亲生儿子朱常洵立为太子,由于东林党人的力争才没有得逞。皇长子继承帝位时,郑贵妃又百般要挟,企图得到皇太后的封号,以便垂帘听政把持朝政。又是正直的东林党人坚决抗争,她的图谋才没有得逞。连同宫廷发生的"妖书""梃击""移宫"纠缠在一起,演变成你死我活的党争。在天启年间，魏忠贤利用这些事件，把东林党人整得死去活来。

祁彪佳喝口茶，继续发表自己的看法："钱牧斋以及东林党人非常担心皇上登基后重翻旧案，再一次拿东林党人开刀。"

"是啊，如果真是那样，这对东林党人来说，就不是在政治上失势的问题，那将又是一场灾难。"王铎对此也非常担心，但从天下大势来分析，又感到并非如想象的那般严重，"事情已经时过境迁，现在都应该放下过去的恩怨，不计前嫌，共同对付李自成才是。"

祁彪佳很赞同王铎的见解。王铎对皇上贸然欲起用阮大铖感到不解，就埋怨了马士英一句："这个马瑶草啊，为啥要冒天下之大不韪，急于起用大胡子呢？"

祁彪佳琢磨了片刻说："马瑶草急于推荐起用阮大铖真正的目的，我认为有两个原因：一是阮大铖对他有恩，二是阮大铖的确有些歪才。"

马士英和阮大铖的确私交甚好，没有阮大铖就没有马士英的今天。特别是复社抬举周延儒复出任首辅，周延儒答应起用东林党人时，阮大铖立即掏出数万两银子，资助他作为活动经费。周延儒奉诏复出途经扬州时，隐居在南京城郊祖堂山中的阮大铖还专程赶过去，两人进行了秘密会晤。阮大铖见自己没有重新起用的丝毫希望后，就极力推荐已经被革职遣戍的原宣府巡抚马士英为凤阳总督。周延儒得到了阮大铖的资助，又碍于东林骨干的要挟，就接受了他的推荐。崇祯十五年，在周延儒的极力推荐下，朝廷起用马士英为凤阳总督，统率刘良佐等多支部队，成了东南半壁的实权人物，也为他在拥立弘光皇帝、掌握大权奠定了基础。至于说阮大铖是歪才，就是对昆曲有相当的研究水平。他集写、导、演、唱于一身，他写的剧本不但自己的戏班子演，其他戏班子也争相上演，在留都南京曾经轰动一时。

王铎对阮大铖虽然没有好感，但对他的所谓怪才心里还是很佩服的。对于马士英的知恩图报，王铎也很理解："这样说来，马瑶草推荐起用阮大胡子，其本意的确也是报他的知遇之恩而已，并非真正要推翻逆案。"

祁彪佳却担心地说："阮大铖见到皇上，劈头第一句就是叫他为祖母报仇，找东林党算老账，这可不是个好的信号。"

"新朝刚立就出现党争，的确不是好兆头。"王铎听了后也为朝廷担忧起来。

阮大铖的确是个很有争议的人物，人们对他的评价反差也很大，有人说他是奸佞小人，有的说他是才子、能人。之所以落到如此地步，还是因为在崇祯初年搞政治投机，偷鸡不成蚀把米。其实在魏忠贤声势煊赫之时，阮大铖并没有明显的劣迹，在朝的时间也极短。他被列入钦定逆案，是崇祯皇帝即位后，魏忠贤刚刚垮台，朝中两派势力的争斗尚未明朗化，他急于入朝做官，便草拟了两份内容不同的奏疏，一封专攻魏忠贤阉党，另一封既攻阉党又攻东林党。派人把两封疏稿送往京城见机行事，不承想却把后一疏递了进去。通过邸报流传出来后，东林党人为之大哗。

平心而论，东林党人门户之见极深，他们把阮大铖打成逆案也很难自圆其说。比如说阮大铖拜见魏忠贤后，又随即赎出名刺，还说他在魏忠贤得势之时辞职还家，是早已看出魏忠贤必定垮台，这纯粹是一种猜测。阮大铖在魏忠贤垮台后，还看不清政局的走向，怎么能说他在天启年间就预知天启皇帝会短命、崇祯皇帝朱由检会即位呢？

祁彪佳见王铎不说话，又对马士英进行了客观评价："要是从根本上说，马瑶草本来是倾向东林党的，也没有很深的门户之见。他当上内阁大学士主持朝政后，也很想联络各方面的人士，特别是东林党及复社的头面人物，想造成众望所归、和衷共济的局面。在使用人才方面，坚持不拘一格使用人才，在国难当头之时，让大家都为朝廷出力。"

王铎在留都任职时，毕竟与马士英有过一段密切的交往，对他为人处事的了解要比祁彪佳更多一些。就想着见到马士英后，提醒他与阮大铖要保持一定的距离。

王铎现在的当务之急，是想听听祁彪佳对自己入阁的看法，所以就把话题转到自己身上来，说："皇上让我入阁，我感到十分突然，至今依然没有琢磨透其中的缘由。"

祁彪佳随口而出："你是皇上的救命恩人，皇上知恩图报，这也是人之常情啊。"

"那段旧交的确是事实，如果仅以此论，从政治上去考虑未免有些太简单了。"王铎马上就否定了祁彪佳的回答，紧锁双眉思索了一会儿，然后又分析，"福王继位，本身就受到东林党的强烈反对，他威望不高，权力亦有限。更何况在其就任监国的第三天，在地位还不稳定之时，便任人唯亲，授人以柄，这不是明智之举。"

王铎如此一提醒，祁彪佳也感到事情并非如此简单，他又想起了一件事。五月初三，会推阁员时，仅推姜曰广一人。朱由崧又传旨吏部："按照祖制，阁员俱用词林，为何仅推姜先生一人？于祖制不符，着该部再行添推来看。"吏部九卿再具疏，仍以姜曰广居首，然后才又推王铎及礼部右侍郎陈子壮、詹事府少詹事黄道周、右春坊右庶子徐汧。最后，弘光皇帝朱由崧才点用了姜曰广、王铎二人进入内阁。

祁彪佳由此推断，王铎入阁应与东林党有关。他在名义上虽然没有列名于东林党籍，却与东林党人关系密切，他的恩师乔允升、姻亲吕维祺皆与东林巨子交谊深厚。

　　祁彪佳想到这里，似乎找到了王铎入阁的真正原因，说："觉斯兄，在与阉党的斗争中，你曾经是一位节义之士，得到了东林人士的首肯。同时，你在为人处事方面比较公允宽容，又与福王有一段特殊关系，再加上与马士英还有深交之谊，因此朝中关系虽然错综复杂，但双方对你却都能接受，这才是选你位居要职的关键所在。"

　　王铎仔细一琢磨，觉得祁彪佳说得也有一定道理，心里也敞亮了许多："既然皇上如此器重，吾定当不辜负知遇之恩，尽力使大家凝心聚力，为收复大明失去的江山鞠躬尽瘁，死而后已！"

　　祁彪佳听了王铎一番话很激动，但又提醒他说："现在四镇和督师的驻地都在直隶境内，我认为似乎不妥。你赴任后，当务之急是提醒皇上做好江防。"

　　王铎琢磨了一会儿说："幼文，你的想法我赞同，如果把四镇设在黄淮一带，以河南、山东为第一道防御屏障，才能更好地抵御贼寇。"

　　祁彪佳说："据我所知，目前军队总人数至少有一百三十万人。其中江北四总兵统兵五十万，控制着淮河下游和长江以南地区，驻扎在武昌的左良玉统兵号称八十万。如果把这两大集团能够整合起来，其实力应该说相当可观。单从军事方面来看，我们的大军占据着长江天堑，再加上江南经济繁荣，财力又十分充足，最起码可以划江而制，等待时机东山再起。"

　　王铎说："在国难当头之际，千万不要再起内讧了，不然的话就会重蹈京师的老路。"

　　祁彪佳担心地说："是啊，听说皇上的诏书颁到武昌后，左良玉曾一度拒绝开读，后来在湖广巡抚何腾蛟等人的劝说下，他才勉强开读成礼。"

　　王铎听了一惊，祁彪佳接着说："四镇高杰、黄得功、刘良佐、刘泽清都因'定策'有功，备受皇上宠信。他们均志骄气盈，到处争夺繁华地盘，都有既要过太平日子，又能要挟朝廷的心理。听说高杰的部队在江淮一带烧杀抢掠，无恶不作，与各州府的关系闹得很僵。史道邻虽然出任督师，却指挥不了四镇，只能到处奔走，不断进行调停。"

　　明月从东南已经转到了西南，在云中时明时暗，王铎心里的疑团也慢慢解开了。

第三十八章

走在宽阔的神道上，王铎看着两旁参天的古柏青松，感到特别庄严肃穆。举目远望着钟灵毓秀的钟山，怀抱里是庄严神圣的太祖皇帝朱元璋的陵墓。

为了确保皇家禁地的绝对安宁，防止被人偷盗破坏，这里还筑有一道蜿蜒四十余里的红墙，使之与外界分隔开来，并派有重兵长期严加防卫。那座红墙黄瓦高耸矗立的单檐歇山顶门楼就是陵墓的正门。在巨型的下马牌坊一边的石碑上，镌刻着"诸司官员下马"六个大字，十分显眼。

来到牌坊入口处，王铎特意命人停下车子，摆下酒馔等供品，然后肃整衣冠，向着孝陵跪了下来。来这里祭拜皇陵，虽然不是第一次了，但今天的心情格外激动，王铎毕恭毕敬地遥祭了一番后，才重新登车上路，一直赶到朝阳门。

车子沿着朝阳门内那道高峻的红色宫墙往里走，打算先到东城的馆驿安顿下来，然后再去吏部衙门报到。

在进城的路上，王铎看到一辆接一辆满载砖瓦、木料、沙石的大车，正源源不断地向宫城大摇大摆地进出，上面还插着皇宫专用的小黄旗随风摇摆。车辆过后扬起漫天灰土，让人感到疑惑不解。

刚来到馆驿，驿丞就热情地把王铎一家安顿好。馆驿虽是临时住所，但家用必备品却一应俱全，还有一个可供读书写字的地方，让王铎有一种宾至如归的感觉。

在经历了几年逃亡的生活后，再次来到留都南京，虽然是一路鞍马劳顿，但心里却感到很满足。住在这里，如果与热闹繁华的三山街相比，自有一种安居乐业、怡然自得的闲情逸致。

吃过晚饭，王铎来到庭院，仰望着天空感慨万千。弘光新朝刚立，很多事情都要从头做起。特别是整个中州大地让贼匪闹得鸡犬不宁，清军对大明江山一直是虎视眈眈。

王铎越发感到自己的责任重大，应该马上去吏部报到，然后尽快觐见皇上，为朝廷尽心尽职办好差，不辜负皇上的信任和厚望。

王铎正在思索之时，突然听说有人拜访，感到有些纳闷：自己刚到留都，是谁消息如此灵通？正想看个究竟，来人已经走到门口。

王铎抬头仔细一看，不由得吃了一惊，原来是马士英。

马士英的突然到访，完全出乎王铎的意料。虽然他现在是次辅，却掌握着朝廷的实权，是一人之下万人之上的人物。人们都仰视他、巴结他，他怎么会屈尊来到这里呢？

老朋友相见，自然是既高兴又激动。王铎还没有开口，马士英就大喊大叫起来："觉斯兄，可把你盼来了，治国安邦的大事还在等着你呢！"

王铎本想给他让座敬茶，马士英反而像主人一样，对王铎摆摆手："觉斯兄，你刚到留都，对这里的情况还没我熟悉，一会儿让馆驿再给你准备一些必要的生活用品。"

马士英正说着，驿丞就带着人送来了茶叶、茶具等一些用品，让王铎非常感激。

马士英继续说："觉斯兄，先委屈你在这里临时住几天。我已经让他们给你找了一个幽静的院落，现在正在修葺收拾，等拾掇好了就搬过去。"

王铎听说马士英把房子都给找好了，对他更是感激不尽。马士英位居阁臣，仍然没有一点架子，还是当年的马瑶草，真不愧是多年的朋友。忽然就想起了崇祯九年初到留都时，曾经拒绝与马士英相见的场景。现在想来还是感到有些失礼，起身对马士英深深鞠一躬："感谢瑶草兄！"

王铎把马士英让到客厅里，坐下就说起分别之后所经历的喜怒哀乐以及甲申国变给大明朝的重创和给百姓带来的巨大悲痛。当马士英说到崇祯皇帝和皇后的谥号已经正式颁布，分别谥为"思宗烈皇帝"和"孝节皇后"时，两人都控制不住地流下了眼泪。

稍微平静后，马士英就主动说起拥立的事。京师朝廷覆灭后，留都自然就成了坚守抗敌的支柱和希望。在商议谁来继统大位时，史可法作为江南的最高军事长官，大明王朝的存亡绝续都维系在他一个人身上，他对重建朝廷负有全责。可他不按祖制让福王尽快继统，而是极力支持钱谦益提出以"立贤"为名拥立潞王，还到处游说当今皇上"七大罪"。说到最后，马士英仍然义愤填膺："史道邻等人违反祖制，冒天下之大不韪，可恨至极！"

王铎从马士英谴责史可法的一番话中，没有听出半句他开始也拥立潞王，后来因为形势所迫，出卖了史可法转而拥立福王，从而用卑鄙的手段掌握了大权。但无论如何，马士英在大是大非面前，坚持祖制这一点应该给予肯定。

马士英见王铎一直认真倾听，就把话音一转，说："觉斯兄，当时的形势对皇上十分不利，要不是我等坚持正义，按照祖制极力拥戴皇上继位，现在还真不知道是何等结局呢。"

王铎对马士英拥立新君的功劳给予大加褒奖："瑶草兄，新朝的建立，全靠你力挽狂澜和鼎力运作。"

"觉斯兄，这都是咱们做臣子应该做的，不是有沧海横流方显英雄本色的说法吗？"马士英自信地说了一句，然后又埋怨起史可法，"史道邻去江北督师，有人说是我把他排挤走的，这纯粹是无稽之谈。实际上是他是做贼心虚，不敢面对皇上。再说江北四镇的确存在着各自为政的现状，也需要进行很好的调解，好形成共同抗击流寇的合力。他出任督师后，在扬州建立了督师府。可他不积极努力进行调解，尽快阻止四镇搞内讧，而是设立礼贤馆，还以广招四方智谋之士为名，竟然把在京城沦陷时曾经先降贼寇后又逃回留都的人，接纳进礼贤馆内，有的还被破格擢用。"

马士英说的这个新情况，王铎还是第一次听说，他心想：如果真是投降了贼寇的确可恨，但新朝刚建立，百废待兴，急需大量的治国人才。他们毕竟也是大明的臣民，应该摒弃前嫌，为我所用。

马士英见王铎不说话，认为他是已经认同了自己的看法，又开始埋怨吏部尚书张慎言、吏部左侍郎吕大器不思进取搞内讧："皇上胸怀社稷，海纳百川，以社稷为重，不计较他们在拥立中的过错，登基后分别对他们委以重任。而他们却不知感恩戴德，为皇上分忧解难，而是利用手中的权力拉帮结派，辜负了皇上对他们的信任。"

马士英说的张慎言，王铎比较了解，他是一位经过万历、天启和崇祯的三朝元老，不仅刚正不阿，而且具有远见卓识。在任寿张、曹县、清河知县时，都留有很好的政声。在泰昌时升为陕西道御史，后因触犯了皇帝而被罚俸两年。天启时期，阉党诬告他在曹县任职时盗用库银被下狱，然后又被流放到肃州。直到崇祯初，才被皇帝朱由检起用，并对解决阉党擅权提出了先减其势、后除其根的策略，被逐步升为大仆少卿、太常卿、刑部右侍郎。崇祯三年，因违背了皇帝朱由检的旨意而被革职回家，直到崇祯十一年，才再次被起用，任工部右侍郎。他接连七次上疏辞职都没有被批准，任职南京吏部尚书，掌右都御史事。

马士英说的事情，不但在言语上有些偏激，而且在是非曲直上也与祁彪佳所谈有很大出入。

王铎刚到南京，有些具体情况还不了解，不便马上发表意见。在马士英喝茶的间隙，王铎忽然想到了倪元璐，就打听起他的下落。

马士英没有马上回答，而是沉默一会儿才说："觉斯兄，你要先有个思想准备，初步得到的消息令人悲痛。"

王铎一听悲痛，心里咯噔一下，马上就瞪大了眼睛，问："这是啥意思？"
　　马士英说："据说他已经随先帝殉国了。"
　　王铎惊呆了，马士英劝慰说："觉斯兄，你先别着急，这还都是传说，还没有玉汝的准确消息。"
　　王铎还抱有一丝幻想，虽然心里有些缓和，但总感到空落落的。

　　弘光皇帝朱由崧听说王铎已经来到南京，就让太监卢九德亲自登门看望，并告诉王铎六月十三日要召见他，这对王铎来说是一个非同寻常的日子。
　　夜里下了一场透雨，早晨的空气特别清新，院子里高大的梧桐树上，几只喜鹊叽叽喳喳地叫个不停，把王铎从睡梦中惊醒。
　　王铎的心情既兴奋又紧张，把多年养成的习惯，即雷打不动的书法日课也省略了。他要很好地准备一下，盼望尽快见到皇上。
　　湛蓝的天空飘着白云，很少见到的苍鹰在高空盘旋。玄武湖的水被雨水冲刷得有些浑浊，但一群野鸭却在里面嬉戏追逐。都城中虽然有些杂乱无章，但百姓们却依然悠闲地生活，各自在忙碌着自己的事情。
　　王铎来到紫禁城后，看到了当年太祖皇帝朱元璋定都时，象征着至高无上权威的宫殿，经历了二百多年的闲置后，大多已荒废失修了，有的倒塌得只剩下了几根柱子。如果与京城的宫殿相比，的确太寒酸了。要重新启用这些宫殿，确实需要修葺一番。
　　王铎正在遐想时，又看到满载着砖瓦、沙石、木料的车辆源源不断地运进来，场面十分惊人，使他多了几分担忧。现在是非常时期，即使修理也应该提倡节俭。
　　今天是皇帝召见的日子，王铎顾不得多考虑眼前的事情，不时催促着轿夫尽快赶路。
　　皇帝在紫禁城的文华殿召见，王铎赶到时，马士英已经在外面恭候了。
　　王铎刚进去，就看到坐北朝南的雕龙靠椅上，坐着又白又胖的弘光皇帝朱由崧。他头戴一顶乌纱折上巾，身穿黄色盘领窄袖绣龙袍，身边站着司礼太监韩赞周，在小心地伺候着。
　　人越是在兴奋紧张的时候，就越容易出差错。王铎见到弘光皇帝朱由崧后，说的第一句话就出了大错。朱由崧现在已是弘光皇帝了，应该称皇上才是。王铎心情一激动，双膝一跪出口就喊："叩见福王，万岁万岁万万岁！"
　　王铎的话刚一出口，马士英、韩赞周吓得瞪大了眼睛。再看看朱由崧，不但没在意，反而从龙椅上站起来，疾步来到王铎跟前，用双手把他搀扶了起来。

王铎激动得老泪纵横，朱由崧受到感染，泪水在眼圈里打转。他们君臣之间的私人感情，让马士英、韩赞周等在场的人都很感动。

司礼太监韩赞周走近朱由崧身边，轻声提醒说："皇上，王大人来了是大喜事，您老人家应该高兴才是。"

朱由崧马上让太监拿来凳子，赐座给王铎。他并没有立即回到龙椅，而是站在王铎身边，先是赞扬了他的高尚品德，然后又询问了他们分别后的情况。

王铎把经历的蹉跎岁月和逃亡漂泊的生活简要一说，让深有同感的朱由崧也是泪水涟涟，然后转身对马士英、韩赞周等人说："王爱卿是朕的救命恩人，如果没有他的相救和他家人的极力保护，也就没有朕的今天。"

马士英赶紧接着皇上的话说："觉斯兄，皇上一直挂念着你，登基后就让臣子们到处打听你的下落。"

王铎又赶紧起身，跪在朱由崧面前表忠心："皇恩浩荡，臣王铎定当鞠躬尽瘁，死而后已！"

朱由崧如释重负，兴奋地大声说："王爱卿，你来了我就可以高枕无忧喽。"

王铎看着与长子王无党年龄相当的朱由崧，心里突然涌出了慈父般的亲情。自己必须竭尽全力扶持他，忠心耿耿地维护他的尊严和地位，决不允许任何人攻击、损害他。

司礼太监韩赞周走近朱由崧，在他耳朵旁说了几句。朱由崧转身就对王铎说："王爱卿，今天本来要单独与你聊聊的，他们突然安排了个紧急召对，你就一起听听吧。"

王铎以前在京师虽也经常参加召对，但第一次觐见弘光皇帝就参加，还是显得很激动。

马士英见皇帝很高兴，突然说了一句让王铎十分费解的话："皇上，过几天阮大胡子一上任，以后朝中就有两个'美髯翁'了。觉斯和他一文一武，真是珠联璧合啊。"

皇帝听了后只是微微一笑，王铎听到阮大铖的名字，心里沉甸甸的。

王铎谢恩后，朱由崧回到雕龙靠椅上，韩赞周帮他整理好龙袍，让大臣们觐见，开始召对。

韩赞周一声招呼，站在丹陛上的大臣们都用双手捧着笏板，陆陆续续走进殿门。在威严的文华殿里，众位大臣见到王铎后，都抱拳拱手。阁臣马士英、姜曰广、张慎言、高弘图在左，王铎位列在姜曰广后面，公侯伯等人在右。

皇帝今天召对的人叫黄澍，字仲霖，徽州人，现在是湖广巡按、监左良玉军。官阶虽然只是七品，但作为御史钦差大臣，他有特权直接向皇帝面奏事宜。

司礼太监韩赞周大声说："宣湖广巡按、左良玉监军黄澍觐见。"

文华殿里顿时一片寂静，正在丹墀上跪着的黄澍听到进殿的宣召后，双手捧着象牙朝笏，弓着身子走进殿里。他那炯炯有神的双眼，让人立即感到有股正气。

黄澍跪下行朝礼后伏在地上，朱由崧问话时才站起来。他先是陈奏了武昌的一些情况，又赞扬了一通左良玉的报国忠心，还提出了请朝廷尽快发饷的具体事宜。

王铎无意朝马士英看了一眼，从他的眼神里，明显看出有些不高兴的样子。此时，黄澍朝着马士英看了一眼，眼睛里却充满了仇视的光芒。

王铎正在纳闷时，忽然听黄澍说："臣受皇上厚恩，今天来朝要冒死弹劾奸贼！"

在场的所有大臣都大吃一惊，朱由崧也是一脸的愕然，探着身急忙问："卿以为谁是奸贼？"

黄澍转身指着马士英，愤怒地大声回答："奸臣老贼，乃马士英也！"

王铎大吃一惊，以为自己听错了。马士英神色很紧张，转动着眼睛，环顾了一下整个朝堂，静得掉一根针都能听到。无论是皇帝、太监，还是大臣们，神色都变得异常严峻和紧张，都目不转睛地看着跪在地上的黄澍。

朱由崧伸出右手，说："卿且奏上来。"

"臣谨遵皇命！"黄澍听到皇帝有命，就立即答应道，然后把象牙朝笏举在面前，挺直了腰板，神情激愤，一字一句地说，"奸督欺君误国，可斩之罪有十焉。一、凤阳祖陵乃大明发祥之地。士英受知先帝，身为凤督，不守祖庙，闻警即逃，不仅他自己是不忠之乱贼，还陷皇上轻弃祖宗而成不肖子孙，万死而有余辜。此为不忠，可斩也。二、在国难深重之际，不为先帝复仇。士英居肥拥厚，还每于陛下御前叹苦嗟劳，邀功摆好。此为骄矜，可斩也。三、他拥兵观望，耽延岁月，以致贼势猖狂，不可收拾。此为误封疆，可斩也。四、贼献忠败后，贼兵部尚书贿以重金，士英即上疏朝廷，荐用为参将，朦胧先帝。此为通贼，可斩也。五、他私铸闯贼银印一颗，诡言夺自贼手，欺蒙皇上邀厚赏。此为欺君，可斩也。六、皇上中兴，人归天与。而马士英贪为己功，目无朝廷久矣，国人共愤，怒之若仇。此为失众亡等，可斩也。七、他生平至污至贪，清议不齿。蔑侮前朝，矫诬先帝。一朝得志，特荐同心逆党阮大铖，意欲与之把持朝政。是为造叛，可斩也。八、减克兵粮，家肥兵瘦。前方将士忠义自奋，人人愿报明主。皇上念其辛劳，破格殊恩。马士英扬言：'都是我在皇上面前奏的。'是为招摇骗诈，可斩也。九、宸居寥落，长江浩浩。士英不顾江防紧急，禁卫未整，却调拨兵马、兵械扎营私居，为其防守私宅墓园。是为不道，可斩也。十、马士英上得罪于列祖列宗，下得罪于兆民百姓，举国欲杀，犬彘不食。以奸邪济跛扈之私，以要君为卖国之渐。此为祸国元凶，可斩也！"

黄澍的神情越来越激愤，显然是抱着豁出命来的决心，所以语气凌厉异常，措辞尖刻无比，绝不给马士英留一丝一毫的面子，也不做任何迂回隐饰。说到动情之处，他甚至泪如雨下，泣不成声。

整个文华殿里的空气陡然紧张起来，好像一说话就会爆炸一样。朱由崧的脸色十分严肃，始终静静地听着，那张白胖的脸上流露出少有的威严神色。待黄澍陈述结束后，他回过头对站在旁边的高弘图说："高爱卿，黄仲霖言之有理，先生要记下。"

朱由崧说完，又朝跪在地上的黄澍说："黄爱卿可说得再仔细些。"

黄澍弓着身子，往前走了几步，接着又启奏说："士英有此十大罪，皇上即念其新功，待以不死，当削去职衔，责之速赴原任，广联声援，庶可慰祖宗在天之灵、谢亿兆人之口。而奸狡日深、巧言狂逞，此岂一日可容于尧、舜之世哉！伏乞大奋乾纲，下臣言于五府、六部、九卿、科道从公参议。如臣一言涉欺，皇上即诛臣以为嫉功害能、蔑诬大臣之戒；如臣言不谬，亦乞立诛士英以为奸邪误国、大逆不忠者之戒。"

在朝堂上，一向趾高气扬的马士英头顶上犹如一声响雷，震得他一阵眩晕，差一点摔倒在地。他被眼前发生的事态弄蒙了，区区一个七品芝麻官，竟敢在朝堂上攻击当朝次辅，真是前所未闻。

王铎回头看了一眼马士英，只见他额头上冒出了豆大的汗珠，气得身体不由自主地颤抖起来。但他仍然强打着精神，环视一眼整个朝堂，向王铎送来求救的眼神后，跪在地上说："微臣有罪，请陛下处分……"

王铎正想出班给马士英找台阶下，步子还没有挪动，就听咚的一声，紧接着又是哎呀的大叫声。

王铎瞪大眼睛低头一看，原来是跪在马士英后面的黄澍竟然用象牙朝笏在他背上狠命地打了一下。

马士英受到猛烈的打击后，撕心裂肺，疼痛难忍。刚想回头看个究竟，脸上又啪地挨了一记清脆的耳光。

黄澍一边打一边还高声喊道："皇上杀士英以谢祖宗，杀臣以谢士英，臣愿与奸臣同死！"

马士英脊梁骨像断了似的，痛得大喊大叫起来。

王铎怕黄澍再打马士英，就赶紧走过去。马士英像见了救星似的，连忙拼命地大声喊道："觉斯救命，陛下救命！"

文华殿一时乱成了一锅粥，令王铎既震惊又不理解的是，朱由崧却没有严厉切责扰乱朝纲的黄澍，只是让他先出去了事。

黄澍退出之后，召对也随即结束了，朱由崧随之起驾回宫。

王铎看着瘫倒在地上的马士英狼狈不堪，觉得十分可怜，就疾走上前去，把掉落在地上的帽子捡起来替他重新戴上，然后把他轻轻扶起。

马士英感激地看着王铎。此时，司礼监韩赞周走过来，帮王铎一起扶着，并让他退避一阵。

马士英跟跟跄跄地回到内阁，感到再无脸在阁中待下去了，只好上疏称病，把行李用具全部搬出，灰溜溜地回到家中听候处治。

南京大街小巷里，到处传遍了马士英被黄澍痛打和皇上严厉切责的消息，在上层社会里更是轰动一时。

特别是那些对马士英心怀怨恨已久的人，纷纷称颂当今皇上圣明，大明中兴有望。巡按黄澍成了街头巷尾人们谈论的大英雄。那些属于马士英一派的人，自然是垂头丧气，在私下里为他愤愤不平。

不管人们如何议论马士英，王铎亲眼看到在召对时发生的事情，总感到不合礼法规制。

王铎经历了十几年的颠沛流离的生活，昔日棱角分明的性格早已给磨平了。原本不想过问与自己不相干的事情，但看到的纲常乱局让他内心深感不安，担心今后会闹出什么乱子。左思右想一阵后，既是为了朝中大局，也是为了马士英的友情，准备去他府上去看望一趟，也想听听黄澍弹劾他的真实情况。

明月高悬如同白昼，王铎在王无党的陪同下，来到鸡鹅巷马士英的私宅大院。

刚进门，就听见马士英正在摔杯打碗，闹得整个庭院里鸡犬不宁。当他看到王铎父子前来拜访时，才消停下来。

王铎的突然到访，让马士英感激不尽。他引着王铎父子转过一道回廊，穿过花木掩映的月洞门，来到幽静隐僻的书房。

王铎抬眼环视了一眼，这是个非常精致的书房。外面的明间里布置着桌椅、屏几，还有盆景和瓶花。马士英给王铎介绍说，这里主要是他供日常休息的，偶尔也用来接待密友。说话之间已走进里间，迎面横放着一张长方形的书案，上面摆着文房四宝，三面是紫檀书橱；旁边有一个巨大的宣窑白瓷缸，里面插着长短不一的卷轴。在书案右前方，摆着一张制作精巧的小方桌、两把竹制的椅子，桌上摊着一方棋枰。

他们落座之后，家仆就奉上茶来，然后就迅速退出。

王铎左手捋着花白的胡子，直言劝慰："瑶草兄，我知道你心情不好，所以携犬子过来看望。"

王无党来到马士英面前，再次郑重地给他施礼。马士英还礼并让王无党坐下，精明的王无党预感到爹与马士英一定有要事要谈，就回话说："老年伯，您二老先叙旧，我到外间欣赏一下光景。"

王无党刚一出门，就听见马士英在诉说心中的冤屈："觉斯兄，我是冤枉的，皇上对我不公啊。"

王铎安慰马士英说："瑶草兄，别着急。我第一次参加召对，没想到会是那种场面。"

马士英依然愤愤不平："觉斯有所不知，表面上是黄澍难为我，实际上是高弘图、张慎言他们在后面给他当靠山，他们早就想把我从朝中赶出去。"

王铎不清楚原因所在，只有静听马士英解释："主要还是我提出擢用阮大胡子。"

王铎一听了后，就以埋怨的口吻说："阮大胡子是个有争议的人物，当年被打入逆案名单，先帝钦定为'永不叙用'，你的确应该慎用。"

"觉斯兄，这些我都清楚。"马士英很清楚这是大是大非问题，就继续解释，"说句掏心窝子的话，我举荐阮大胡子，只是想还他一个人情，绝对没有为逆案翻案的意思。可万万没有想到，此举却捅了东林党这个大马蜂窝。他们群起而攻之，不断上疏指斥阮大胡子是阉党骨干，如果要起用他，就将国将不国。特别是大学士姜曰广、兵部侍郎吕大器等人，纷纷痛心疾首上疏皇上，责斥我不顾先帝尸骨未寒翻逆案。"

王铎在途中遇见祁彪佳时，就已经听说了马士英的心思。

马士英见王铎没有说话，就进一步解释："都说阮大胡子当年阿附客、魏，其实并无证据。我也曾多方打听并进行了查明，当时出入魏阉之门者，其拜帖俱在，唯独没有阮大胡子的。"

王铎用关心而又责备的口吻说："瑶草兄，你说的虽然很在理，但你也太急于求成了。"

马士英对着急起用阮大铖也很后悔，说："现在说什么都为时已晚了，其实阮大胡子也的确是个不折不扣的投机者，更是个倒霉蛋。"

王铎曾听马士英说过，阮大铖不安分守己，惹是生非，引起复社成员的憎恨。但他知道，现在形势紧迫，不是赌气的时候，他说："新朝刚刚建立起来，大明江山形势危急，中州大地流寇横行，东北建虏又虎视眈眈，现在的确也是用人之际。不过你再仔细想一想，与复社的死结到底在啥地方，找着了才能想办法去破解。皇上急需咱们出谋划策，你可不能在家生闷气啊！"

王铎的一番话，才让马士英皱起眉头，陷入沉思。

王铎端起茶杯，品尝了一口又说："瑶草兄，你推荐阮大胡子的事，我琢磨就是太着急了，才适得其反。"

王铎的再次提醒，马士英才诚恳地点了一下头，然后把为阮大铖赌气票拟"冠带陛见"的经过说了一遍。

一天夜里，阮大铖偷偷来到马士英家里，坐下就说一些危言耸听的话，并以局外人的身份，对马士英在朝廷中的处境和今后的局势进行了一番分析。说马士英虽然主持朝政，但总归是次辅，而且主管人事的吏部尚书仍然掌握在东林党人手里。如果能把首辅内阁和吏部拿过来，再派得力的亲信替下史可法，出师北伐便可万无一失，将来再造大明中兴的美名就会理所当然地归到马士英名下。

为了达到上述目的，阮大铖还提出了两条具体措施：一是派人尽快赶赴江北，秘密知会高杰、刘泽清等四总镇，让他们想方设法给史可法捣乱，使之左右掣肘，让他穷于应付，无法顺利部署北伐。只要史可法无法出师，自然就不能骤建大功。二是在朝廷内部，要想办法尽快把首辅和吏部抓到手中。即使首辅一时不能得手，也要先把吏部尚书和吏部左侍郎先抓过来，有了人事大权后再回过头来抓首辅。

马士英听了阮大铖的一番策划，当时虽然没有明确表态，但事后经过反复琢磨，越想越觉得很有道理。史可法现在尽管在督师淮扬，但他在朝野的声望一直很高，对自己的地位始终是一个巨大的威胁。

此时，马士英心里也很清楚，如果按照阮大铖的建议去做，不但会造成分裂和内乱，还会贻误北伐战机。现在自己是无可争议的拥戴元勋，为巩固自身的权位，不希望再发生激烈的动荡，而倾向于暂时保持相对的稳定。

如果暂时保持稳定，阮大铖的人情就无法兑现。在朝廷用人之际，向皇上举荐阮大铖，又会承担很大的政治风险。阮大铖毕竟是一个列入逆案、被崇祯皇帝钦定有罪的人。若是有人坚决反对，自己只能解释当初搞错了，阮大铖是受了冤枉的，但没有其他任何能说服的理由，闹不好自己就会成为众矢之的。

为了慎重起见，马士英私下里还征询了司礼监掌印太监韩赞周等人的意见，他们都表示可行。

按照朝廷规矩，凡属官员的升降任免事宜，都必须由吏部处理。马士英趁暂时代掌内阁之际，就向皇帝朱由崧举荐了阮大铖。至于能不能起用他，那就是皇帝的事了。

事情的结果往往适得其反，马士英向皇帝朱由崧举荐阮大铖后，奏章却迟迟不见下发。后来他就问询韩赞周、田成，他们都支支吾吾，马士英琢磨不定其中的意思，心里更加烦躁不安。

又过了几天，马士英坐在书案前，一边翻阅公文，一边耐心地等待。突然看见典籍官捧着黄缎方匣进来，知道奏章发下来了。典籍官把方匣放到书案躬身退去后，太监田成闪身进来。马士英见了心中大喜，两人寒暄后，田成神秘地告诉他，万岁爷说"既是冤枉定案，与他开复便了"，让他急速拟旨呈进，以便早日批发。

田成是弘光皇帝贴身太监，当初跟随福王朱由崧逃难而来，应该说是从龙有功。福王登上皇帝大位后，对他非常信赖。田成的到来，让马士英心里有了底气。

太监田成走后，马士英坐在书案前，从木匣里拣出自己的那份奏疏，看到已经被朱笔点了记号，心里悬着的石头落了地。又仔细看了一遍奏疏，稍微思索后拿过一张阁票，拈起狼毫小楷湖笔，在砚台上饱蘸了墨，准备书写批准意见时，又感觉不妥，就停了下来。

马士英心想：对阮大铖的荐举、票拟，如果由自己一手包揽，将来一旦传扬出去，不但会受到抨击和非议，还将有损清名。又思索了一阵后，觉得应该找个合适的人票拟，以便顺理成章。后来，他就想到了礼部尚书兼东阁大学士姜曰广。

姜曰广，字居之，江西新建人。万历末年举进士，授庶吉士，进编修。天启六年奉使朝鲜，不携中国一物往，也不取朝鲜一钱归，朝鲜人为其立怀洁之碑。天启七年夏，魏忠贤以姜曰广为东林党将其削籍。崇祯初年，被起用右中允。崇祯九年官至吏部右侍郎，坐事左迁南京太常卿，后来又引疾归去。崇祯十五年，又被起用为詹事，掌南京翰林院。对于他的评价，崇祯皇帝尝言："曰广在讲筵，言辞激切，朕知其人。"甲申之变时，崇祯皇帝殉国后，姜曰广等人主立潞王。福王登基后，在廷推阁臣时，开始以他拥立有异议不用，再推词臣时，才与王铎一同任命为礼部尚书兼东阁大学士。马士英自从进入内阁后，慢慢发现他遇事能主动与自己商量，如果这事请他帮忙，他肯定不会推辞。

马士英想到这里，把奏疏重新折好，亲自找到姜曰广并说明来意。让马士英做梦也没有想到的是，姜曰广不但说他疯了，还说这是坏自己的名节，宁可弃官也想被世人唾骂。

马士英气得恼羞成怒，回去拿过一张阁票，挥笔在上面写道："阮大铖知兵否，着兵部召来，暂复冠带陛见，面陈方略定夺。"写完后气愤地把笔一抛，近乎吼叫着让典籍官送了进去。

王铎听了马士英的讲述，感到他处理这件事情太轻率、太操之过急了，就以埋怨的口吻说："奏疏是送出去了，却给你带来近乎灭顶之灾。你也是朝中老臣了，朝廷的规矩你是知道的，内阁大学士的地位和权势，现在虽然大为提高，甚至被人们称为'当朝宰相'，但仍然只限于替皇帝草拟旨文，而无权对各部衙门直接发号施令啊。"

马士英后悔地说："此事我的确欠考虑，为了弥补过失，我再好好琢磨一下，然后给皇上上疏，以表明自己的心迹，也请觉斯兄在皇上面前多美言。"

王铎没有推辞："我会鼎力为你美言的，只是今后遇事要三思而后行啊。"

马士英和王铎已多年不见，一直聊到深夜仍意犹未尽

第三十九章

　　王铎搬进新官邸,坐在宽敞的书斋里,从心底里感谢马士英。自己还没来到南京,他就找好了这座幽静的院落,还让人好好地修葺一番。现在搬进来,解决了全家人的衣食住行,再也没有了后顾之忧。回想一下马士英现在的处境,既为他抱打不平,又埋怨他在起用阮大铖的事情上太草率。

　　王铎自从来到南京后,听到了很多关于马士英的议论,而且是褒贬不一。以王铎对马士英的了解,他是一个直爽豪放的人,在政绩上也有很多可圈可点之处。特别是在他上任总督之初,正是张献忠联合贺一龙、贺锦两支流寇军,接连攻陷长江北岸的含山、和州、无为、庐江等地之时。张献忠还在巢湖操练水军,对江南构成了巨大威胁。马士英率属下总兵黄得功、刘良佐两支军队,于长江以北的凤阳、安庆一线,与张献忠军相持了两个月,并趁敌方进攻桐城之际,分进合击,转战十余日,大破张献忠于潜山县境,还击毙了闯世王、三鹞子等多名大将。最后,逼迫张献忠率其余部人马退走湖北蕲水一带,残兵向北逃散,从而解除了南京以及长江以南的紧张状态。以前对马士英有成见的人也开始对他刮目相看了。

　　马士英之所以会落得如此下场,完全与他刚进入朝廷中枢,还不懂朝廷规矩有关。作为朝廷大臣,虽然有一定的地位和权势,甚至已经成为当朝宰相,最重要的是要处理好阁臣与皇上、阁臣与阁臣、阁臣与六部以及与地方府衙的关系,不管哪个环节出了问题,都会影响朝廷的正常运转。如果利用自己对皇上登基大位有"策功",再表现出盛气凌人的气焰,就会失去同人和盟友。

　　马士英刚从地方进入朝廷,立足未稳,在内阁还没有建立自己的人脉,就急于把史可法赶出朝廷,立即引起了史可法的盟友、同人和学生的强烈不满。史可法只是慑于他手里捏着的把柄,不愿意把事情闹翻而已,但心里肯定会恨死他。朝中的大臣们,有些人虽然没有什么实权,但都是官场上的老滑头。在这种情况下,急于起用东林、复社都很鄙视甚至仇视的阮大铖,给自己带来几乎灭顶之灾,这步棋走得的确太臭了。

王铎在心里埋怨马士英的同时，也对皇上的做法感到不解。作为新朝天子，不管外人如何对马士英说三道四，你心里应该明镜似的。如果不是马士英鼎力拥戴，哪会有你的今天？特别是作为一国之君，更不应该在立国之初就过河拆桥，这会让人说是忘恩负义，其实马士英根本没有做对不起你皇上的事情。出现的这些问题，也都是朝臣之间的钩心斗角而已。召对那天，皇上竟然当着大臣的面，让马士英颜面扫地，今后还有何威信治理国家啊？

　　皇帝对待马士英的做法，让王铎对朱由崧仁慈的形象产生了疑虑，也在一定程度上给自己提了一个醒，今后不管做什么事情，都必须三思而后行。

　　王铎在书斋里，正在为了马士英的事情思绪万千之时，突然听到外面有人来拜访。王铎感到有些奇怪，刚搬到新的官邸，很多人并不知道啊。

　　王铎带着疑问，起身刚走到门口，就看见须发皆白的梁云构满脸笑容地走进来。梁云构现在已经是兵部侍郎，王铎赶紧走上前热情迎接。几个月前，在苏州见到他的长子梁羽明时，就听说他全家人已经来到南京。王铎来到南京后，由于公务繁杂，两人一直没有抽出时间聊聊。

　　王铎把梁云构让进客厅，抱歉地说："亲家翁，我应该登门去拜访才是，你倒是捷足先登了，这让我很失礼啊！"

　　两个亲家多年不见，现在都聚集在南京同朝为臣，心里很激动。

　　王铎和梁云构刚坐下，王无回的儿子王之祺就蹦跳着进来，直接扑到王铎的怀里。王铎指着梁云构告诉他："祺祺，这是姥爷，赶快叫姥爷。"

　　王之祺虽然经常听爹娘说起姥爷和姥姥，但从来还没有见过呢。现在真正见到了慈祥的姥爷，又有些不好意思了。

　　王铎正准备解释时，小家伙给梁云构鞠躬，说："听娘和爹说，姥爷就是娘亲的爹爹。"

　　小家伙童真的话，让两个亲家翁真正感受到了人间的天伦之乐，仰面大笑起来，心里十分惬意。

　　此时，王无回和祺祺的母亲走过来，一起向梁云构磕头请安。祺祺也学着爹娘的动作给梁云构磕头。

　　梁云构多年不见女儿的面，现在又多了一个可爱的小外孙，激动得心里没法说，高兴得老泪纵横。

　　王铎起身拍拍梁云构的手，亲切地劝慰说："匠先兄，见到外孙应该高兴才是，从此以后咱们天天都享受天伦之乐。"

　　梁云构点着头，用手轻轻地揽着小外孙，激动的泪花一直在眼里打转转。乖巧懂事的王之祺为姥爷擦拭眼泪，但又不解地问："姥爷，你咋哭啦？"

　　梁云构擦拭一下眼睛，笑着说："姥爷不是哭，是高兴！"

王之祺听姥爷说是高兴,他也高兴得手舞足蹈起来。王无回看到人多,客厅有些拥挤,就带着祺祺出去玩了。

　　梁云构看着比以前消瘦很多的王铎,非常心疼:"亲家翁,听说双亲都已仙去,弟妹及小儿女也不幸相继离世……"

　　"匠先兄,这都已经过去了。"提起家中的不幸,王铎的确十分酸楚,但毕竟已经过去了一段时间,他平静地安慰梁云构"都是流寇折腾的,闹得咱们无家可归。整个大明王朝都是多灾多难,咱能平平安安就是万幸。"

　　梁云构说:"听说这几年你吃了很多苦、受了不少罪,真是太难为你了。"

　　"其实咱都是如此,没有国哪还有家啊。"王铎不想再提自己的伤心事,就有意岔开了话题,关心起梁云构这几年的情况,"匠先兄,你这几年是如何度过的?"

　　"我也是一言难尽啊!"梁云构轻轻地叹了一口气,说起了大明王朝兴衰和新朝的现状,"大明今天的结局,都是君臣不能同心造成的。特别是后来先帝刚愎自用,对大臣极为不相信,派出了大批宦官对各级官员进行监督,比天启年间有过之而无不及。从内阁辅臣到六部,人人自危。近几年,我在任两淮巡按、两浙巡监期间也是左右为难,不得已就提出乞休回家。在回家乡的路上,到处都是流寇,真是有家不能回啊。后来就从水路一路南下来到南京,正赶上朝代更替。新朝建立刚几个月,朝廷大臣不是想着如何报仇雪耻,重振大明,而是相互倾轧,钩心斗角搞内讧。个别号称东林、复社巨子的人,把以前东林人的高风亮节丢弃得一干二净,借着东林党的名义,干一些见不得人的勾当。"

　　王铎听了瞪大眼睛,问:"还有这等事情?"

　　梁云构说:"钱牧斋就是如此,复社中一大批热情很高的青年才俊都被他利用了,其中就包括复社的'四公子'。"

　　梁云构的话让王铎不敢相信,正想问个清楚时,梁羽明带着一位青年来到他们面前。王铎抬头细看,青年二十五六岁年纪,身材魁梧,浓眉大眼,英俊潇洒,浑身上下透出一股豪气。

　　梁羽明还没有介绍,梁云构转脸问王铎:"觉斯兄,你能看出他是谁吗?"

　　王铎看着非常眼熟,但一时又想不起来在哪里见过。梁云构就给他提醒,说:"你看他与侯……"

　　梁云构的话还没有说完,王铎就一下子想起了侯恂,眼前的青年与侯恂年轻时长得十分相像,就脱口问道:"难道是若谷兄的公子?"

　　青年笑着向王铎施跪拜大礼,并爽朗地回答道:"世叔在上,请受侄儿方域一拜。"

王铎招呼道:"世侄快请起,坐下叙话。"

侯方域起身后,王铎让他坐在自己身边,仔细端详着他,亲切地说:"上次在京师相见,一晃已有十年有余。"

侯方域说:"是啊,当时家父身体有病,您老前去看望,小侄至今不忘。"

梁羽明插嘴说:"朝宗现在可是名冠江南的四公子之一。"

侯方域谦虚地说:"愚侄只是虚得浪名而已。"

王铎把在场的王无党、王无咎介绍给侯方域,他们相互抱拳拱手。

王铎对王无党、王无咎说:"你们兄弟几个,今后要多向朝宗请教。我初到京师时,你们世伯对我如同亲人,给予了多方的关照和帮助,你们兄弟绝不能忘记,要把世交亲情传承下去。"

王无党、王无咎重重地点着头。王铎关心地问侯方域:"朝宗啊,我与你爹已多年不见,虽听说了一些事情,但不知他现在可好?"

侯方域叹了一口气,说:"世叔,家父这几年很窝囊。崇祯九年,家父遭温体仁嫉妒,唆使其党徒奏劾,以靡饷误国为由被削职入狱。崇祯十四年夏,我爷爷去世时,家父戴罪出狱,回家奔丧守孝,第二年春又回到京师监狱。贼首李自成席卷中原,合兵围攻开封时,左良玉骁悍不受节制,先帝考虑到他以前曾是家父的部下,再加上群臣的推荐,爹爹被特赦后以兵部侍郎的身份总督保定等七镇军务,以解开封之围。老人家刚研究好对策,紧急赶到与开封隔河相望的黄河北岸时,黄河突然决口,开封府陷落。爹爹再次被罢官下狱,在狱中前后长达七年。直到李自成攻破北京城后,家父才从狱中逃出。"

王铎听说侯恂已经逃出京城,又为他担心起来,焦急地问:"他现在去了哪里?"

侯方域压低声音说:"实不相瞒,家父现暂避扬州史道邻处。"

王铎听说侯恂已经脱离了危险,才把悬起来的心放下,说:"只要他平安无事,我就放心了,以后找个机会把他接到南京来。"

侯方域非常感激:"多谢世叔挂念,最近还是让他先清静休养一段时间,在那里有史阁部罩着,也请世叔放心。"

王铎知道史可法是开封府祥符人,侯恂在他那里肯定会多方关照的,然后又关心侯方域的情况:"世侄啊,你爹遭到不公平待遇,你这几年是咋过来的?"

侯方域说:"家父在狱中,我不敢去京师。崇祯十二年,就来到留都入了国子监,成为国子监诸生。"

梁羽明接过侯方域的话说:"在国子监期间,朝宗兄才华横溢,赢得了大家的称赞，与陈贞慧、方以智、冒辟疆合称'复社四公子'。"

梁羽明的话，使严肃的气氛缓和起来，大家的脸上都露出了笑容。梁羽明接着说："后来，经陈贞慧等人的介绍，朝宗兄还结识了秦淮名妓李香君。"

侯方域腼腆起来，伸手想阻止，但梁羽明还是继续说："世叔可曾听说，朝宗兄尤以传记、散文见长。他写的《李姬传》，把品行高洁、侠义美慧的李香君写得是栩栩如生、跃然纸上。"

梁羽明提到的李香君，又名李香，号香扇坠，原姓吴，苏州人。她与柳如是、董小宛、陈圆圆等八位美人并称为"秦淮八艳"。她因家道败落，漂泊异乡。在她八岁的时候，随养母李贞丽改吴姓为李。由于她歌喉圆润，丝竹琵琶、音律诗词无一不通，特别擅长弹唱《琵琶记》，在留都是无人不知、无人不晓。

侯方域一直对梁羽明摆手，怕他还要再说，就赶紧把话岔开："芝三兄说的都是过誉之词，今后还请世叔多多关照。"

王铎看着晚辈在斗嘴，这种和谐的场景让他很惬意。看着意气风发的侯方域，心里很高兴，也很想为他提供一些帮助，说："朝宗啊，今后如有需要，世叔为你做主。"

侯方域起身鞠躬致谢。梁云构激动地说："亲家翁，有你在阁部坐镇，再有这些热血青年后生，大明中兴就有望了。"

梁云构一句中兴大明的话，让王铎又想起了朝堂召对时的一幕，他忧心忡忡地说："我刚回来，就看到黄澍在朝堂上对马瑶草大打出手，真是不成体统。"

梁云构并没有感到惊讶："觉斯兄，这种事如果发生在京城，的确让人难以置信，但在新朝却已成了家常便饭。"

王铎听了很诧异，梁云构继续说："皇上进城入宫的当天，文武百官第一次正式拜见的时候，灵璧侯汤国祚就当场喧哗。由于他是汤和的后代，所有文官大臣都沉闷不言，个别人也很想看看新皇帝的笑话。"

王铎第一次听说，大臣竟敢在皇上面前如此无礼。梁云构接着说："还有比这更加无礼的行为呢。一次早朝完毕，刘孔昭拉着汤国祚和忻城伯、京营戎政总督赵之龙大呼小叫，大骂礼部尚书张慎言排忽武臣，专选文臣，结党营私，欲逐去之。骂完之后还不解恨，刘孔昭竟然从衣袖中取出小刀，逐张慎言于班朝之外。"

王铎气愤地说："大明王朝就没有王法了吗？"

梁云构说："当时只有韩赞周一人出面制止，他们才稍加收敛。"

王铎不解地问："难道皇上也不出面制止？"

梁云构说:"倘若正常情况下,皇帝肯定会根据朝规,对那般无礼的武臣进行严肃问责,至少要给予申饬。但是皇上的帝位是这些武人所赐,对他们的定策之功回报还来不及,哪还敢说三道四呢?"

王铎气愤地站起来,右手握起拳头打在左手掌里:"真是无法无天,岂有此理!"

梁云构说:"受到威胁的张慎言坚决提出辞职。皇上虽然也努力慰留,却始终没有讲一句公道话。"

侯方域也插话说:"还有四镇,他们凭任定策之功更是狂妄至极。有一次,史阁老和高杰谈话,刚说了一句'圣旨说了……',话还没有说完,高杰就武断地打断他:'什么狗屁圣旨,没有老子他哪里来的圣旨?我都敢在皇宫大殿上骑马,你别老拿圣旨吓唬老子,老子不怕!'"

王铎惊讶得瞪大了眼睛,绝对不相信:"贤侄所说言过其实了吧?"

侯方域却认真地说:"世叔,此事是愚侄亲眼所见。"

王铎气愤至极:"这也太不成体统了!看来当初就不该设立什么四镇。"

梁云构接着说:"首次提出设立四镇的是高研文,表示赞成的还有姜居之和马瑶草,史道邻对此犹豫不决。我曾经专门找他质问过,他只是一言不发,不置可否。"

王铎担心地说:"设立四镇,等于封了四个独立王国啊。"

"的确如此,看来唐末藩镇割据的时代又回来了。"梁云构无可奈何,发表了一番自己的见解,"朝廷给四藩赋予了极大的权力,不单单能指挥军队,地方官和老百姓也归他们管,包括原地方武装部队,都被他们收编,统一于麾下。对提拔的军官,虽然在名誉上需要督师批准,却只是履行个手续而已。他们实际上是集军、政、财权于一身啊!"

梁羽明说:"这似乎又退到了汉朝初期封异姓王的状态了。"

王铎忧心忡忡:"羽明的话一语中的啊。大明王朝二百七十余年,种种弊端已经积重难返,如久病之人,不用重药的确无法根治。先帝在位十七年,虽然节衣缩食,励精图治,一心想把国家治理好,但结局却让人痛心。"

侯方域说:"在建立新朝之时,东林、复社有些人不恪守原则,有些人又书生气过重,也有人懦弱卑微,甚至投机钻营,几颗老鼠屎坏了一锅汤。"

王铎听出侯方域话中有话,问了一句:"贤侄所讲好像有所指吧?"

侯方域郑重而又蔑视地说:"就是号称东林魁首的钱牧斋!"

王铎浑身一个激灵,又是钱谦益,这其中一定还有自己不知道的情况。又听侯方域发牢骚:"钱牧斋作为东林魁首,在拥立大位的大是大非面前,心胸狭隘自私,做出的事情让人嗤之以鼻。他曾两次来到留都,违背祖制,极力阻止拥立福王，提出冠冕堂皇的'立贤'，还多次参与谋划。'七不可立'实际上就是他提出来的，并让史道邻给马瑶草写成书信，以敦促他信守前约。当福王顺利登基、马瑶草揽权之后，他竟然第一个奴颜婢膝地投靠过去。还有那个吕大器，也赶紧献上马屁，以图自赎。他们二人，恰恰都是当时迎立潞王的首倡者和积极的推动者。"

钱谦益、吕大器如此快速一百八十度的大转弯，这种做派的确不是君子所为，这与王铎以前所了解的钱谦益判若两人。

梁云构从朝廷大局着眼，对史可法也有怨言："在拥立的大是大非面前，史道邻一直是犹豫不决。尽管福王身上有许多毛病，那也应该以大局为重，力排众议，当机立断，按照伦序拥立福王登上大位。他却不坚持朝规，还授人以柄，以致满盘被动，才落得如此下场。"

"更有一些心怀鬼胎的人，利用东林、复社的威望达到自己不可告人的目的。"侯方域愤愤不平，说着说着变得十分痛苦起来，言辞也显得过激，"在拥立大位的问题上，我们这些年轻举子们相信过钱牧斋，也相信过吕大器、姜居之，可他们到头来却是先打退堂鼓，周仲驭也是一个欺世盗名的正人君子。"

周仲驭是周镳的字，也是复社的老人，是很有影响力的人物。现在年轻的后生对他却如此不敬，是王铎没有料到的。

侯方域对周仲驭愤愤不平："复社诸生联名发表的《留都防乱公揭》，本来是陈贞慧起草的，可后来却成了他周镳的手笔，将功劳窃为己有。直到今天他一直都不予澄清，还沾沾自喜。此等欺世盗名的行径，为君子所不耻。"

梁羽明说："还有那个黄宗羲，上蹿下跳，一副安国济世的面孔，也是欺世盗名。几次考试不中，又想取得功名，就一心想走捷径。"

王铎听了侯方域、梁云构和梁羽明的一番话，感到东林党、复社已经渐渐失去了往日的崇高威望，也深为朝廷复杂的关系而忧心，更为新朝今后的崛起而担忧。

在既陌生又熟悉的古城，有亲家翁相陪，又有世交后生看望，真是他乡遇故知啊！

按照河南老家的规矩，刚搬了新居亲朋好友就要给温锅，今天是经历了诸多苦难后的亲家相聚，更应该举杯同庆。

王铎让人做了几个地道的老家菜，拿出珍藏的杜康老酒，他们边喝边聊了起来。

几杯酒下肚后，大家的话就更多起来，少不了又提到甲申之变。性格豪放的侯方域正是朝气蓬勃的年龄，他本来就爱慷慨酣歌，论天下大事。这时已没有了初次见到王铎时的拘束，快言快语地说起了他听到的事情："两位前辈可能还不知道，在京师陷落后，很多朝中的老臣对先帝的做法让人心寒。"

王铎听了一惊，侯方域接着说："李自成下令搜索先帝时，在万岁山槐树上发现了他的遗体，就拆除了宫里的一块门板，把遗体抬了下来。后来又让太监买来一副柳木棺材，并以砖头当枕头，将遗体停放在东华门外一个草棚里让人'哭临'。结果冷清至极，好不凄凉。除了四名被指定看守的老太监和两名念经的和尚外，没有几个官员敢去哭上一声。"

梁云构本想阻止这个话题，王铎却示意侯方域继续说："只有方秘之在先帝灵前痛哭，还被农民军俘获进行严刑拷打，他却始终不肯投降。后来，李自成兵败山海关，他才侥幸趁乱南逃，真是大难不死啊。"

侯方域提到的方秘之，就是翰林院检讨、皇子定王和永王的讲官方以智。梁羽明感慨地赞扬道："秘之的气节如文文山耳！"

侯方域接着说："那群未能及时逃出的文武百官，命运也是异常悲惨。在哭临期间，李自成勒令在京的旧臣必须在三天内去朝见他。结果大学士范景文、户部尚书倪元璐与他的一家十三口人自杀殉国……"

王铎听到倪元璐殉国时，先是一愣，马上问："贤侄，玉汝殉国之事是否确切？"

侯方域严肃认真地回答："世叔，此事千真万确，是秘之亲口所说，绝不会有半点误传。"

王铎对倪元璐的下落一直十分关注，遇到祁彪佳时就打听，当时没有得到确切的信息，心里始终忐忑不安。今天突然听说他已经殉国，真是犹如五雷轰顶，惊得呆在那里，像失去了知觉，眼泪不由自主地流了下来，然后就痛哭起来。

王铎突然大放悲声，惊动了在内院的石薇汝、段姬。她们不约而同地跑进客厅，只见王铎满脸泪水，嘴里不停地呼喊着"玉汝"。两个人十分诧异，刚才还在有说有笑、其乐融融的，怎么就突然哭了起来？

石薇汝听着王铎的哭诉，才慢慢明白了其中的缘由。以前曾常听他说，王铎与黄道周、倪元璐是"三珠树"，深情厚谊亲如兄弟。现在突然听说倪元璐已经殉国，他在为失去好友而悲痛万分。

石薇汝心里很清楚，此时用任何语言都无法劝慰，只有让他尽情地发泄内心的痛苦，才能释怀对朋友的情感。

梁云构为王铎和倪元璐的深情厚谊所感动，也很理解他此时的心情，并没有立即劝慰，而是静静地在心中祈祷。

过了很长一段时间，王铎才慢慢平静下来，擦拭一下红肿的眼睛，见大家都在看着他，说："我与玉汝、幼玄情同手足，听说他已经殉国，我更为自己没随先帝走而愧疚啊。"

侯方域后悔自己多嘴，内心感到很难过。王铎并没有埋怨他，转过脸来询问："朝宗啊，你还有玉汝更详细的情况吗？"

侯方域仔细又想了想，说："据方秘之说，京师沦陷，倪元璐闻听先帝殉国后，便束带面向宫阙，北谢天子，南谢母亲。又举酒酹关羽画像前，并在书案上题曰：'南都尚可为。以死谢国，乃分内之事。死后勿葬，必暴我尸于外，聊表内心之哀痛。'然后整整衣冠，取帛自缢而亡。"

王铎赞扬道："玉汝高风亮节，应禀奏皇上加以追封！"

侯方域继续说："是啊，随先帝殉国的为数很少，绝大多数文武官员都跟着内阁首辅魏藻德、成国公朱纯臣投降了李自成。"

王铎听罢，面色突然惨白，圆睁着两眼，把双拳握得咯咯作响，就连胡须和头发也仿佛因极度悲愤而倒竖起来，只是用了极大的自制力，才没有让过激的情绪爆发出来。

侯方域没有注意王铎的情绪变化，继续讲述："那帮人其实也很可怜，他们战战兢兢来到紫禁城，趴在地上等了半天，也始终不见李自成的踪影。那伙心怀怨毒的贼兵贼将们对他们大肆侮辱，推搡的、打骂的，还有摘下官帽用棍棒挑着玩的，甚至有人把大腿架在他们的脖子上。那场景狼狈不堪，乌七八糟，但却没人敢反抗。还有个别求生的官员，全无心肝地指着先帝的灵柩唾骂，还有的身穿青衣小帽，头额上贴着'顺'字的黄纸片，眼巴巴地盼着录用。"

王铎蔑视而又气愤地骂道："真是无耻至极！"

梁云构对侯方域讲的事情似乎有所了解，没有像王铎那样激动，还从中插了一句："在给先帝报仇这件事上，辽东总兵平西伯立下了不世之功。"

平西伯就是吴三桂，祖籍江苏高邮。武举出身，是锦州总兵吴襄之子，以战功及父荫授金都指挥。明天启末年，曾带领二十余名家丁救其父于四万清军之中，以孝勇之举遍闻天下，有"勇冠三军、孝闻九边"的美誉。崇祯四年八月，皇太极发动大凌河之役时，吴襄在赴援时全军覆灭，祖大寿降清。吴襄下狱后，崇祯皇帝擢吴三桂为辽东总兵官，镇守山海关，这是大明王朝的最后一支有战斗力的铁骑部队。

侯方域接着梁云构的话说："今年三月初，闯贼李自成逼近京城时，崇祯皇帝飞檄加封吴三桂为平西伯，令其放弃宁远，入卫京师，并起用吴襄提督京营。吴三桂奉旨入援京师，抵达河北丰润时，京城已经失陷，他就撤兵退保山海关。后来，李自成曾多次招他归降，当他听说其妾陈圆圆被李自成的大将刘宗敏掠去，其父亲也被拘押并遭到严刑拷打后大怒，坚决拒绝归降。然后秘密与关外清军联络，借得清军合力与闯贼鏖战一昼夜。他身先士卒，血战沙场，杀得流寇横尸遍野，击溃了闯贼。李自成恼羞成怒，先杀他的父亲，将首级悬挂在高竿上示众，又杀了吴家老少三十八口人。于二十九日称帝后，先放火焚烧了宫殿，然后弃城向西安鼠窜。吴三桂联手清军，将李自成赶出京师。清军不仅为先帝夫妇正式发丧，还将其入土为安，为先帝报仇雪恨。目前，吴三桂国仇家恨集于一身，会同清军正在向西追剿，不日便可荡平闯贼！"

梁羽明说："听说百官纷纷上疏，建议立即派出使臣，到京师去慰劳立下不世奇勋的平西伯，给他加官进爵；还有的主张朝廷赶快出师北伐，会同吴三桂夹击贼寇，务期一举荡平；更有人迫不及待地提出，一定要设法生擒李自成、刘宗敏、牛金星等贼首献俘阙下，以便对这些恶贯满盈的贼寇施以活剐酷刑，来祭慰列祖和先帝的在天之灵……"

梁云构接着儿子的话说："当今皇上称赞平西伯是唐朝平叛'安史之乱'的郭子仪，在他登基后不久就已经晋封平西伯为蓟国公，并赐诰券禄米，发银五万两、漕米十万石，准备差官赍送。"

王铎此时心里挂念的是太子的下落和安危："现在也不知道太子和两个小皇子的下落。"

侯方域说："关于太子的生死说法不一。有一种说法是他被送到国丈家躲避，国丈怕连累自己，就将他出卖给了李自成；还有一种说法，京城攻破时，太子被李自成找到。李自成说朱慈烺无罪，而朱慈烺请求李自成'不可惊我祖宗陵寝''速以礼葬我父皇母后'及'不可杀戮我百姓'，并指出投降的官员都是不忠不义之人，应尽杀之。后来李自成封朱慈烺为宋王，但在败退逃亡时又走失，从此再也没有了踪影。"

王铎听了陷入沉思，对清军热心帮助追剿贼寇感到百思不得其解。崇祯皇帝即位之初，流寇和建虏是两大祸患，人们为此忧心忡忡。建州女真族自万历年间建立后金政权以来，就不断对大明王朝进行军事骚扰。崇祯九年，皇太极将国号改为大清，并在盛京南郊筑坛，祭告天地，接受满、蒙古、汉三族百官朝贺，之后更进一步增长了扩充疆土的野心。经过松山战役，清军已经基本上侵占了山海关以外的整个东北地区。雄才大略的清太宗皇太极死后，由于生前没有指定继承人，经过一番争夺，结果由睿亲王多尔衮拥立清太宗的第三子福临即位，改元顺治。福临今年只有七岁，大权实际操纵在摄政王多尔衮手中。对大明王朝一直虎视眈眈的"东北虎"，为何一下子温存起来了？在大明危亡之时，他们突发善心，又义无反顾地出手帮助击溃流寇，并为先帝报了仇，为大明雪了耻，这其中有什么野心不成？

梁云构却不以为然地说："清军毕竟是偏安一隅的小国，在大明危难之时，出手相助是借以向我大明王朝示好。"

王铎却为时局而担忧："根据他们贪婪的本性来看，我认为没那么简单，说不定还有更大的阴谋。"

夕阳已经西下，梁云构、梁羽明和侯方域还没有尽兴。

第四十章

　　东阁坐落在紫禁城内一隅，环境既清幽又肃穆，是内阁大臣们日常处理公务的地方。坐北朝南的五间正房中间，供奉着至圣先师孔子的牌位，两边排列着阁臣们议事用的座椅和几桌。堂屋的两边是阁臣们处理政务的地方，每人各居一间套间，以免相互打扰。在正房的东西两侧，分别是诰敕房和制敕房，负责缮写文书的中书舍人们平日就集中在里面办公。诰敕房上面还有一层小阁楼，里面尽是图书典籍、古籍碑刻。王铎知道后很感兴趣，以后忙里偷闲时就有了好去处。

　　王铎初到东阁，先到孔子牌位前鞠躬行礼，然后逐一拜见了同僚，相互寒暄后来到自己的房间。这是一间供他办公和值宿的屋子，外间摆着处理公务的桌案、椅子和书架，里间是歇息的地方。整个房间布置得虽然很简朴，但却让人感到端庄大气。

　　王铎自从被任命为东阁大学士兼礼部尚书后，在对皇上感念万分的同时，内心深处又感到诚惶诚恐、忐忑不安。总觉得对新朝还没有寸功，皇上就把自己擢升为内阁大臣。为了痛斥前朝之弊，效忠弘光新朝，竭尽全力辅佐新主中兴，挽救国家于危难之中，收复失地，王铎决心鞠躬尽瘁，死而后已，时刻提醒自己要像关云长那样忠孝仁义。

　　正准备起身时，推门进来的却是让他一直牵挂的马士英。

　　马士英的突然出现，让王铎既高兴又有些吃惊。高兴的是盼望他早日回来，吃惊的是他来得太突然了。刚才还在准备给皇上写奏疏，让他尽快回到内阁。

　　马士英乐呵呵地拱手："觉斯兄，我刚才办差，没能亲自恭候你，特地前来赔礼。"

　　王铎招呼马士英落座后，真诚地说："瑶草兄，咱俩就不要客气了。我正准备给皇上写折子，现在正是用人之际，不能让你老是在家闲着。再说了，现在有很多要事急需尽快办理，比如说黄道周、刘宗周等忠义大臣，应该尽快请他们回来，使得人尽其才，同心同德辅佐皇上。"

马士英慷慨激昂地说:"觉斯兄,你以前对我说的话,我反复琢磨后,觉得很有道理。在新朝刚立之际,大家不管以前有什么隔阂或矛盾,都应该抛弃前嫌,中兴大明。"

王铎听了马士英的话很激动,然后又把自己的另一个想法说出来:"对于那些祸国殃民的奸佞之徒,应该去掉他们的荫官、谥号,正是他们的不作为、搞内讧,才葬送了大明半壁江山,这叫正本清源。"

马士英赞同地点着头,王铎掰着指头说:"现在有几个急办的事情:一是对京师一同随先帝殉国的倪元璐等人赐封谥号;二是坚决反对设立东厂;三是坚决禁止搞内讧,同心同德,恢复大明王朝……"

马士英听着王铎的话,眉宇间的疙瘩越聚越大,好像不太感兴趣,没等王铎说完,他就很客气地插嘴说:"觉斯兄,你说的这些事情,我还没有来得及仔细琢磨,既然你已经考虑成熟,就直接给皇上写奏折吧。"

马士英说完后站起身来,轻轻拍了拍头,抱歉地说:"见到你只顾高兴了,我手头还有要事要办,咱们改天再议。"

马士英的突然出现和匆匆离去,让王铎感到有些疑惑,但也没往深处多想。此时,中书舍人送来一批公文,王铎开始认真地阅读处理起来。

王铎已经很久没这样静坐下来处理公务了。打开木匣仔细观看,所涉及的事情都是棘手问题。由于他进内阁时间短,有很多事情还不了解,所以处理起来感到很吃力。

王铎忙忙碌碌一整天,还真的感到疲惫不堪,但回到家见到孙子后就忘记了疲劳。看着其乐融融的一家人,真正体会到了天伦之乐。

石薇汝和段姬的性格虽然各异,跟随王铎的时间长短也不一,但在经历了诸多苦难后,现在已是患难与共、亲如手足的姐妹了。

在石薇汝身上,王铎总能看到马瑞云的影子。自从马瑞云过世之后,她就成了一家的女主人,全面照管着一家老小,操持着家中的一切事务,整个家被她料理得有条不紊。段姬来到这个家庭后,石薇汝见她性格开朗,勤快伶俐,心地善良,就让她专心服侍王铎。段姬很有眼色,如果看到王铎想写字,就会尽快研好墨。在王铎挥毫时,又会用轻柔的手在前面抻纸,赢得了王铎的喜爱和赞赏。石薇汝看到他们默契的样子,有时心里也会酸酸的,但她们始终能够做到互敬互让互谅,配合得十分协调。家中子孙们与她俩都相处得非常融洽,这让王铎省却了很多心事。

吃完晚饭后,王铎踏着月光在院子里散步时,王无党领着彭而述进来。

彭而述见到王铎后就大礼参拜,让王铎一时感到疑惑:"子篯,你这是咋回事?"

彭而述起身后说："您对我的大恩大德，我将永世不忘！"

王铎听后就更奇怪了："子篯快起来说话，咋净说些没头没脑的话来？"

彭而述解释说："觉斯兄，祁大人的信我看了，明天我就去苏州赴任。"

王铎这才明白了事情的原委，彭而述是来辞行的。王铎入阁后公务缠身，他们见面的机会自然就少了许多，但他始终没有忘记与自己共患难的挚友。王铎知道彭而述是位有本事又闲不住的人，就想办法给他安排个差事，好让他为大明复兴出力。到南京之后，当他听到很多东林党、复社的士子与马士英、阮大铖之间的恩怨，王铎感到朝廷是个是非之地，与其在朝廷谋个差事，还不如让他跟随祁彪佳干些实实在在的事情。祁彪佳是个务实的干吏，彭而述与他的脾气也很相似。如果能跟他好好历练几年，自己不但放心，也更能发挥他的特长，对他今后的仕途也会有很多益处。王铎就给祁彪佳写了一封推荐信，不久祁彪佳就回信爽快地答应了，王铎这边也把朝廷的关节疏通了。昨天晚上，王铎让王无咎把祁彪佳的回信送给了彭而述，让他先考虑一下。彭而述看到信之后，就毫不犹豫地答应去苏州。

王铎听彭而述说明天就走，觉得有些太着急了："子篯啊，明天就走是不是太急了点，咱们这么长时间在一起，要分开了我还真有点不舍得。"

彭而述无限感激地说："觉斯兄，说句掏心窝子的话，我更不想离开您。但是自从跟随您之后，我和全家人已经给您添了很多麻烦。现在有这么好的机会，我岂能不尽快启程，而且那里又是胜过天堂的好地方。"

王铎真诚地说："咱们在一起同甘苦共患难，可以说是生死相依，虽说不是亲兄弟，但早已是情同手足了。你我之间以后就不要再说添麻烦的话了，否则就太见外了，我啥时候都是你的兄长。"

彭而述也真诚地说："子篯跟着兄长，经历了风雨，见到了世面，学会了做人做事的道理，您令我高山仰止。"

王铎用手指着彭而述，说："子篯的嘴巴越来越会说了，我心里感到很舒服，不过以后少说这种客气话。"

彭而述郑重地给王铎施礼后，说回去还要再做些准备，然后就起身告辞。

送走了彭而述之后，王铎突然感到心里空落落的，就背着手独自在院子里转悠起来。看到这种情况，段姬就让孙子王之鹤和王之祺找爷爷学写大仿。

王铎见两个孙子缠着要写字，自然很乐意。仔细想想，最近一段时间比较忙，的确没看他们写毛笔字，也想看看他们是否有进步。

王无咎看着孩子跟老爷子去了书房，也跟着进去看热闹。王铎让王之鹤磨墨，他则来到书架前，拿出跟随他大半辈子的《圣教序》，让孩子们临摹。

王之祺看到后，挥挥小手说："爷爷，我不学这个，我要学爷爷的字。"

王铎慈祥地微笑着，耐心地说："这可是咱们家的传家宝啊，爷爷从小就学它，即使现在有时候还在学呢。"

王之祺瞪着圆溜溜的大眼睛，认真地看着爷爷，然后又回头看着二伯王无咎，似懂非懂地点点头。

王无咎摸着王之祺小脑袋，笑着说："伯伯我小时候也学这本帖。"

王之祺不解地问："那爷爷为啥不让学他的字？"

王无咎说："等你们长大了，你就理解了。"

王之鹤停住磨墨的手，插了一句："我也学过这本帖。"

一家三代都说学《圣教序》，引得站在门口的段姬抿嘴笑了起来。

王无咎看了看王之鹤研的墨，然后拿起一支毛笔试了试，感到非常满意，夸奖他说："小鹤研的墨比以前有很大进步。"

王之祺眨眨眼睛，好奇地问："伯伯，我也要研墨。"

王无咎说："写字必须要学会研墨，不然怎么写好字呢？"

王之祺问："二伯，应该咋研墨呢？"

王无咎拿着墨锭，比画着说："研墨很有讲究，要重按轻推，远行近折。研墨要凉，凉则生光；墨不宜热，热则生沫，忌研急而墨热。"

王之祺听了一脸茫然，王铎坐下来又耐心地说："研墨要按一个方向均匀地重按轻推，由外向内，由远到近，以圆形周而复始地转磨，用力还不能过大。"

王铎让王之祺拿着墨锭，自己给他做示范，并说着其中的要点："手拿墨条，食指要放在墨的顶端，拇指和中指夹在墨条的两侧。墨与砚池应保持垂直，不要倾斜，以防墨粒脱落。"

王之祺感到很新鲜，学得很认真。王铎看着他研墨，继续耐心地告诉他："研墨时用水也很有讲究，一定要用新鲜水，不能用茶水、热水或者不干净的水。如果用茶水磨墨，容易损败墨色，也不容易研浓；如果用热水磨墨，容易使墨身发涨分解，既影响墨的使用寿命，又会因砚中墨粒太多而妨碍写字；如果用不干净的水磨墨，因含有杂质容易黏住笔毫，阻碍书写时笔的运行。在磨墨的过程中，加水时不要一次加得太多，要一边磨一边加水。而且最好一次磨成，不要磨磨写写，写写磨磨。墨汁磨好以后，如果墨太浓就会把毛笔裹住，运笔时就甩不开。在书写时适当蘸些水，就会出现爷爷书写的涨墨效果。"

两个小家伙歪着脑袋认真学，王铎耐心地教，那场景让人羡慕不已。

马士英回到内阁，王铎觉得当今皇上比先帝崇祯的心胸宽大。

最近从京师逃来一些大臣，说先帝在临死前曾写下遗言："朕凉德藐躬，上干天咎，然皆诸臣误朕。"按照他的意思，是由于大臣们误国才导致了大明王朝覆灭的结局，他把亡国的责任全部都推到大臣们的头上。

到底是谁毁灭了大明半壁江山，如果各自都拍着良心仔细想一想，应该说都有责任，但最关键的还是先帝。自太祖朱元璋废掉丞相以来，皇帝的权力高度集中，可以说达到前所未有的程度，无论体制上还是行政设置上，根本不存在大臣架空皇帝的可能。特别是崇祯皇帝，对待大臣们，他是边用边毁，一些股肱大臣在他手下无一善终。他在位十七年，先后换过五十位内阁、十四位兵部尚书。直接杀死或被逼自杀的督师或总督多达十一人，巡抚十二人。被他抓进监狱关押、殴打、间接逼死、战死、自杀、判刑的高级官员多达几十人。特别是崇祯十四年，被他关押在监狱里的大臣达一百四十五人。他这种对待大臣的做法，在历代帝王中实属罕见。

纵观崇祯一朝，应该说人才济济。如孙承宗、袁可立、袁崇焕、祖大寿、卢象升、孙传庭等，都是一时杰出的将帅。文官里如文震孟、乔允升、吕维祺等，都可圈可点。然而，这些人的下场都很悲惨。特别是令皇太极都胆寒的袁崇焕，竟然被他用千刀万剐的酷刑处死；在剿寇战场上，曾俘获过高迎祥、几乎使李自成全军覆没的卢象升和孙传庭，一个受重惩，一个被下狱达三年。特别是在清军对京师造成威胁之时，他让卢象升临危受命，重用他却又不信任他，派他打仗又不给兵权，堂堂的总督，真正能够调动的人马不过区区六千余人，而且还派监军太监施淫威瞎指挥。卢象升甘愿马革裹尸，不愿窝窝囊囊地回去让主人整死，年仅三十九岁，正是雄姿英发的年龄，就战死沙场，想起来就让人痛心疾首。

即使是洪承畴戏弄先帝的做法，也是迫于压力。他打了败仗，自知回朝后不会得到宽容，更不会得到善终，只好暗地里改换门庭。开始先帝真以为他是壮烈殉国，还为其举行隆重的悼念仪式，后来确认变节投敌后，闹得异常难堪。

崇祯皇帝那种刚愎自用、反复无常和用人不专的性格，以及严惩大臣的做法，令人心寒。大臣们让他逼得都没有安全感，人人都在自保，不求有功，但求无过，逐渐与他离心离德。

王铎浮想联翩，最后自言自语地说："文官不贪财，武将不畏死，则天下太平矣！而一个皇帝，一旦逼得股肱大臣心死，则天下易人亦不久矣！"

想想那些大臣的下场，王铎觉得自己是幸运的，虽然也受过先帝的严厉切责，甚至要廷杖，但最终总算没有受到皮肉之苦。自己虽不是雄才大略之人，但也很想把自己的聪明才智报效朝廷，可惜总是没有机会。

此时，王无咎带着陈子龙来访。王铎与陈子龙在苏州一别后，还没有机会再见，他今天突然来访，王铎非常高兴。

陈子龙见到王铎后，就抱拳拱手："卧子恭贺前辈荣升阁老。"

王铎把陈子龙请到书房，让家仆奉上茶："卧子啊，这都是皇上抬爱。"

陈子龙恭维地说："前辈入阁，是人心所向，众望所归。"

"都是过誉之词。"王铎谦逊地说完，关心地问，"苏州一别，你回家看望，家中老小可好？"

"多谢前辈挂念，家中老小都很好。"陈子龙再次抱拳说，"奶奶的病经过医治已经全好了。接到了圣旨后，我就急急忙忙赶到了南京。"

王铎关心地问："在兵部任职兵科给事中，是否满意？"

"满意，很满意！"陈子龙感激地说，"多谢先生提携。"

"卧子客气了，你本来就是兵科给事中。新朝刚立，正是用人之际，望你不要辜负皇上的厚望，尽职尽责。"王铎先鼓励了一句，然后又说，"我到内阁时间短，有些事情还得慢慢熟悉，还需要多听听你的想法。"

陈子龙说："我今天拜见先生，一是专程致谢，二来把知道的一些情况给您汇报，好让先生心中有数。"

王铎说："是啊，前几天我还在为马士英担心，正想亲自找皇上，让他尽快回到内阁，没想到他比我去得还早。"

陈子龙不以为然地说："这都是意料中的事情。"

王铎疑惑地问："这是为啥啊？"

陈子龙说："皇上是个没有主见的人，胆子又特别小，别人一吓唬他就害怕了。"

皇上这个致命的弱点，王铎在怀庆府与他接触不久后，就明显地感觉出来了，后来表现得越来越突出。这可能与他一直生活在无忧无虑的环境里有关，更主要的还是个人的性格。

"皇上胆子小，可他马瑶草胆子却大得很。"陈子龙气愤地说了一句，然后看看王铎，才说出了事情的缘由，"马瑶草的性格您最了解，他是个从来不服输的人，不可能心甘情愿地退出内阁。他一方面上疏吓唬皇上，说他一旦离去，四镇皆会失势，朝中大臣肯定会另立潞王为帝；另一方面又找来太监田成和韩赞周，在宫内痛哭流涕地劝皇上：'皇上啊，如果您没有马公，就不可能正大位。如若逐出他，天下人都会认为皇上是忘恩负义之人。马公在内阁万事担当，皇上您才能整日悠闲自在啊。如果没有马公在，朝臣有谁顾惜皇上？'皇上看了马瑶草的奏疏，听了太监们的哭劝，就马上同意让他回到内阁。"

王铎知道了马士英回内阁的详情后,觉得他的确是个有心计的人。

陈子龙见王铎没有说话,就说起了马士英与东林党之间的关系:"马阁老刚到内阁之初,在朝中可以说是四目无亲,也很想与东林党、复社中的人交朋友,以联手辅佐朝廷,共同中兴大明。可东林党、复社的人却始终把他视为阮大胡子的帮凶,认为他们都是阉党的孝子贤孙。不但对他横竖都看不上,还发动复社的一些士子在私下里攻讦、损毁他的名誉。其实东林党人对他反感,主要是因为阮大胡子。马瑶草夹在中间也很纠结,如果对阮大胡子不管不问吧,怕人们说他忘恩负义;他刚想要报恩时,又说他与阮大胡子是一丘之貉。马瑶草本身并非阉党,与阮大胡子也只是一种利益关系,我从中进行过多次斡旋和调解,但东林党、复社的一些人就是不接受,以致矛盾越来越深,最后逼得他与阮大胡子联起手来。现在老百姓也嗅出了朝廷中有两派不团结闹分裂。"

陈子龙的父亲陈所闻与马士英是同年进士,他有条件来调节双方的矛盾。王铎听了陈子龙的一番话,也是感慨万千。经历了改朝换代的风雨,陈子龙成熟了许多。以前见面谈的不是雕虫小技,就是儿女情长,在这个特殊的年代里,他考虑的都是国家兴亡的大事。

陈子龙见王铎听得很仔细,接着说起了具体事情:"其实闹得最严重的是大学士姜居之。"

王铎没有打断陈子龙的话,一直在认真听他说:"姜居之不单单是反对马瑶草起用阮大铖,关键是在内阁中还经常掣肘。他的行为让阮大胡子很气愤,阮大胡子就起草了一封奏章,并以皇帝宗室朱统鏶的名义,弹劾姜居之有异志。他想通过这封奏疏,把史道邻、张慎言和吕大器等反对他的东林大臣都一一牵扯进去,把他们都赶出朝廷。"

王铎听到这里,气愤地插话说:"大胡子真是本性不改,他说姜居之有异志,图谋篡逆,有啥证据?"

陈子龙气愤地说:"都是莫须有的罪名,没有提出任何证据,仅仅都是传闻而已。除此之外,他还无中生有、极其恶毒地诬指姜居之'纳贿''奸媳'。"

"即使有私人恩怨,也不能用这种下三烂的手段诬陷好人!"王铎听了更加气愤了,"在奏章中公然宣称道学老夫子奸媳,这无异于刺心戳肺啊!"

"这种事情如果对簿公堂,越解释越会招致更多更大的侮辱。"陈子龙叹了一口气说,"面对大胡子的流氓无赖手段,东林党人除了气愤之外,就只有依据典章制度参劾了。"

王铎严肃地说:"宗室弹劾大臣,按祖宗条规须经亲王转达。现在直接把奏章送到皇帝手中,这是违反祖制的行为,圣上理应对他进行严惩才是。"

陈子龙说:"皇上对此一直迟迟不表态,奏疏还竟然传播开来,使整个朝廷都为之哗然。很多大臣都上疏为姜居之辩诬,主张追究朱统锳的诽谤之罪。谁知皇帝反而说:'统锳是我皇家的人,你们怎么可以要求严惩他?'大臣看到皇帝如此不讲道理,高研文和姜居之唯一的办法就是辞职抗议,这正好中了马瑶草、阮大胡子的圈套。"

王铎急忙问:"难道皇上就听之任之吗?"

陈子龙说:"皇帝通过加封高弘图为太子少师的方式进行慰留,同时加封马士英为太子太师。"

王铎听了心里一惊,如此加封,实际上是把两人的位置倒转过来了。

王铎入阁,陈子龙深感大明中兴有望,就兴奋地说:"前辈您德高望重,应当赶快让他们冰释前嫌,同舟共济,共同辅佐朝廷中兴大明。"

王铎来南京后,虽然听了很多关于马士英与东林党、复社之间的矛盾,但听了陈子龙的话以后,感到要解决其复杂的矛盾并非易事。不过他依然信心十足,还鼓励陈子龙说:"卧子啊,你尽可放心,我定会尽力从中协调,使他们尽快化解恩怨,同心同德,使我大明早日中兴!"

奉天门是一处重檐琉璃瓦顶、汉白玉丹墀的门厅,日常朝会一般都在此举行。

七月的天气虽然很炎热,朝臣们还是早早地来到丹墀上,举着象牙朝笏,静静地等候着皇帝朱由崧的驾临。

文武大臣们头戴朝冠,分两排站立着。文臣胸前襟的补子上绣着鹤、孔雀、雁、鹇、鸳鸯、鹨鹕的图案,武臣胸前襟的补子上绣着狮、虎、熊、彪、犀的图案,这阵势十分肃穆威严。

过了好大一会儿,皇帝朱由崧才从屏风后面缓缓走出来。他今天头戴翼善冠,身穿盘领窄袖黄龙袍。白胖的脸上显得有些憔悴,一双眼睛暗淡茫然,懒洋洋地没有一点朝气。与先帝崇祯相比,缺少了那种刚毅、精明和果断。

皇帝坐到御座上之后,鸿胪官高声喊道:"入班行礼!"

大臣们向朱由崧行三拜一叩首的日常朝礼,然后重新站好。鸿胪官又高声喊道:"有事出班早奏,无事退朝!"

话音刚落,礼部尚书顾锡畴走出来,请求为甲申京师殉难的诸臣赐封谥号。京师失陷之后,北京的官员最近纷纷来到南京,把那些不屈殉国诸臣的情况都已查清。他们是大学士范景文、尚书倪元璐、侍郎李邦华、大理寺卿凌义渠、太常少卿吴麟征等共有二十四人。为了表彰他们的崇高气节,理应赐予美谥，并由其家乡分别为他们举行祭葬仪式。为此，礼部已经把名单送呈皇上审批，但一直没有见到御批。顾锡畴又一次提出来，皇帝听了之后，明确回答说："所报名单朕已看过，不久就发回礼部。"

顾锡畴听到皇上已经御批，心满意足地退回班里。

王铎看到朱由崧对京师殉国的大臣给予赐封，心里感到非常欣慰。前几天，礼部尚书顾锡畴专程找到他，汇报了为甲申之变在京师殉难的诸臣赐封谥号事宜。在说到倪元璐时，王铎还是控制不住内心的悲痛，止不住泪流满面。他吩咐礼部派人去倪元璐老家，寻找一下家里还有没有其他人，如有一定要安排好、照顾好。王铎动情地说："玉汝以身殉国，即使不赐封谥号也足以不朽！"

顾锡畴刚回到原位，工部尚书何应瑞从文官班中走出。这位魁梧直爽的曹州府汉子极具治理政事的才能，在朝内享有较高的威望。他主管朝廷财政，张口就是国库亏空，难以为继。其目的是叫穷，让皇上办事要节省开支。

王铎开始还有些疑惑，后来从何应瑞的话里才慢慢明白。皇帝朱由崧失散的母亲邹太后最近被找到了，马上就要来到南京。亲人团圆，这自然是件大喜事。朱由崧要求按最高规格布置她居住的寝宫，并让准备金银珠宝。只这两项开销，就需要好几十万两银子。目前国库已经十分拮据，各地的军饷已经欠了上千万。今年江南又遭遇了百年不遇的大旱，明年的收成肯定会更糟糕。所以何应瑞劝皇上节省开支，并恳请收回成命。朱由崧听了后很不高兴，请求没有得到准许。

王铎认为何应瑞说得在理，就出班上前劝皇上："启奏皇上，至符所奏，微臣认为很在理，请皇上收回成命。"

皇上对王铎虽然一向十分尊重，但依然没有同意他的请求，还像拉家常似的说："觉斯啊，她老人家这几年跟着我吃了很多苦，也受了很多的罪。今年初，在逃难的路上，我把她老人家跑丢了，为此心里一直很内疚，就想通过这种方式来弥补过失，以表达对她老人家的一份孝心。"

王铎是个大孝子，听了朱由崧的一番解释，觉得他说的也在情理之中，就不再坚持自己的观点，随后就接着说："启奏陛下，臣有本奏。原大学士温体仁、周延儒等人都是祸国殃民的奸佞之徒，正是由于他们误国，才导致京师沦陷，葬送了大明江山，臣强烈要求削夺他们的官荫谥号！"

皇上爽朗地马上回答："准奏！"

王铎满意地回到班内，吏科给事中熊汝霖又走出去，跪在皇帝面前："启奏陛下，镇国中尉朱统铤疏劾辅臣姜曰广谋逆七大罪，经查无实据，实属诬陷之词，理应严厉谴责。"

王铎一听是昨天晚上陈子龙说的事情，就仔细地听了下去。熊汝霖愤慨地继续说："据微臣所知，辅臣姜曰广守正不阿，忠诚正直，先帝都对其优容有加。朱统鉞竟敢捕风捉影，血口喷人，飞章越奏。此乃真奸险之尤，岂可害于圣世！"

熊汝霖发起连珠炮似的质问和攻击，整个大殿里顿时鸦雀无声。皇帝朱由崧一脸茫然，先是扫视了大臣一眼，然后又把视线转向站在他身边的太监田成和李永芳，好像是在征询他们的意见。

大家等得有点心焦，大厅里慢慢出现嘈杂的声音。朱由崧闷闷不乐，有些不耐烦地说了一句："朕自有决断，卿等不须多言！"

此时，身为兵科给事中的陈子龙突然挺身而出，恳切地说："启奏陛下，按照朝廷祖制，中尉所奏请，必须先启呈亲王，然后再给批赏奏。而他却另委私径，直接送达御前，违反祖制，本应严加禁戢。据微臣所知，中尉诬诋姜大人，其疏实出于阮大铖之手。"

朱由崧把身子往前探了探，极为关注地问："把事情奏明。"

陈子龙接着陈奏："阮大铖蒙圣上垂悯，得复冠带之后，便四出煽惑，欲推翻先帝钦定之逆案。姜大人劝阻后，他怀恨在心，竟唆使年幼中尉出此奸邪手段。愿陛下恕中尉而严斥大铖，以安人心！"

王铎站在那里，开始还在为陈子龙担心，但听着他的陈述，越来越感到他很有智慧，巧妙地避开了朱统鉞，把矛头转向了阮大铖。不仅保全了皇帝的骨肉情面，而且还抓住了事件的要害。

陈子龙主动为朱统鉞开脱，博得了朱由崧的好感，但还是问了一句："你说此事乃阮大铖主使，有何实据？"

陈子龙抬眼看了一眼钱谦益，然后接着说："启奏陛下，钱大人可以为证。"

钱谦益慌乱地跨出两步，用朝笏遮挡住脸孔，然后跪伏在地上，战战兢兢地说："启奏陛下……"

朱由崧换个坐姿，发出询问："陈子龙称卿可做证，此话当真？"

"微臣……这个……这个……"钱谦益支支吾吾起来，慢慢抬起头，很勉强地说，"启奏陛下，卧子所奏怕是误传吧，微臣是……是一无所知啊。"

宁静的丹墀立刻喧嚷起来，陈子龙立刻瞪大了眼睛，犀利的目光直射钱谦益，似乎从来不认识眼前的钱谦益。

钱谦益赶紧用笏板挡住脸，躲避着来自不同方向的目光，更不敢与陈子龙对视。

王铎看着眼前的钱谦益，对这位学富五车的文坛领袖开始觉得陌生起来。

来南京之后，在亲戚朋友的交谈中，谈论最多的就是钱谦益。违反祖制拥立潞王、桂王的是他，给福王提出"七不可立"的是他，马士英掌权后立即上书歌功颂德的也是他，朝廷中发生的事好像都与他有关。在皇上问话的关键时刻，他竟然当庭否认自己说过的话，那种吞吞吐吐、遮遮掩掩的表现，哪里还有一点东林党党魁的风骨？纯粹是一个狭隘自私、不敢担当、没有原则的败类。

王铎毅然走出来，站在钱谦益的身边，正气凛然地看他一眼，然后对皇上说："陛下，臣可以做证……"

朱由崧不想让王铎掺和，不等他说完就打断他的话："觉斯啊，你刚到内阁不久，有些事情还不清楚。"

王铎心里的确没有底，只好缄口不言。朱由崧正要起身时，三朝元老刘宗周毅然把乌纱帽摘了下来，露出满头的白发，用沉痛而发抖的声音说："陛下，非是微臣偏执，实因大铖关系着大明兴亡啊……"

朱由崧立即沉下脸，猛地站了起来，很不客气地申斥道："说此事系大铖主使，却又无确凿实证。又说大铖关系大明兴亡，真是危言耸听，岂非胡说！"

朱由崧说完之后，便一拂袖子，气哼哼地朝屏风后面走去，满朝文武大臣悚然失色地僵在丹墀之上。

时隔不久，邸报上赫然宣布谕旨："阮大铖前时陛见，奏对明爽，才略可用。朕览群臣所进逆案，大铖并无赞导实迹。时事多艰，须人干济，着添注兵部右侍郎办事，群臣不得从前把持渎扰。"

第四十一章

中秋刚过，轮到王铎在朝房里值宿。他早晨起来赶紧梳洗完毕，草草用了些早饭，便信步来到阁里。看看时间还早，就来到幽静的院子里，独自散起步来。

院子里四下静悄悄的，只有陪值的一个中书舍人和仆役偶尔出入。

王铎在外面转了一会儿，感到有些无聊，又返回自己的屋子里。在外间的桌前看了一会儿书，又把需要处理的公事梳理了一下。然后又想起了荐举黄道周的奏章迟迟不见发下来，他有些心神不定。

在举荐黄道周时，王铎开始准备亲自举荐，然后再票拟。后来仔细一想，觉得有些不妥。黄道周的品德、学养等方面都是大家公认的，虽然也提倡举贤不避亲，但他毕竟是自己的同年，若由其他人举荐，自己票拟似乎更顺理成章。

为了保证稳妥可靠，防止中间出什么岔子，必须找一个比较合适的人举荐。为此，王铎曾费了一番心思。

开始觉得陈子龙比较合适，后来考虑到他与黄道周有师生之谊，也不太合适。后来，突然想起了兵部左侍郎解学龙，他与黄道周是生死之交，由他推荐是最合适的。

解学龙，字石帆，南直隶扬州兴化人，万历四十一年的进士。他满腹经纶，通晓政务，只是性情刚烈。天启二年任刑科给事中期间，上言边防、兵饷、屯垦、兴国大事等都切中时弊。特别是上疏的"裁冗吏"，提出了类似体制改革的主张；面对阉党专权迫害王纪的行径，他针锋相对地上疏表彰王纪"亮节宏猷，宜名置廊庙"，魏忠贤大为恼火，他因此罢归。崇祯元年起复故官，历任户、刑科给事中，太常少卿，太仆卿。崇祯五年，改任右佥都御史巡抚江西。此时，四方盗贼蜂起，江西独无重兵，他增置千人，讨平都昌、萍乡诸盗，合闽兵击破封山妖贼。崇祯十二年，被擢升为南京兵部右侍郎，仍署江西事。崇祯十三年春天，在遵例荐举属吏时，他由于敬仰黄道周的人品，因此对黄道周大加推奖。大权在握的杨嗣昌看到黄道周的名字后大怒，指责解学龙为"党庇"。崇祯皇帝对敢于当面顶撞自己的黄道周一直怀恨在心，一口恶气始终没有消释，得知此事后就想起了旧仇，遂以党邪乱政的罪名，突然将黄道周和解学龙同时罢官削籍，命逮至京师下刑部狱。

按照惯例推举人才，本来是朝廷制度。解学龙推荐黄道周以后，却好似晴天霹雳，天降大祸。两人被押解京师后，先是被廷杖八十，而后由刑部严刑拷问，责其党庇行私，追查党羽。黄道周和解学龙都是坦荡君子，并没有做结党营私之事，只是把平时交往的一些情况进行陈述，最后他们又被遣戍贵州。

黄道周认为是自己连累了解学龙，心里一直感到很内疚。解学龙后来知道了事情的真相后，不但不后悔，更没有埋怨，反而对黄道周更加敬重。解学龙举荐黄道周，虽然受了皮肉之苦，但他俩从此成了生死之交。

王铎想到这里，亲自登门拜访解学龙。说明来意之后，解学龙二话没说就爽快地答应了，并连夜写好奏章，第二天就给皇上送了进去。现在仔细一算已一月有余，可御批却一直没有发下来。

南京的深秋，"秋老虎"让人喘不过气来，此起彼伏的蝉鸣更让人增添了几分烦躁。

王铎正在思索之时，典籍官手捧着黄缎方匣进来。王铎看见后为之一振，知道是奏章发下来了。但不知是否有解学龙举荐黄道周的那份奏疏，心里忐忑不安。

典籍官轻轻地把方匣子放到书案上，然后便躬身慢慢地退了出去。走到门口时又停下来，回身轻声说了一句："王阁老，匣内有急件。"

等典籍官出门之后，王铎急速揭去木匣上的封皮，跃入眼帘的正是解学龙的那份奏疏，已经被朱笔点了记号。

王铎此时有些激动，坐下来长长出了一口气，然后往椅背上一靠，把解学龙的奏疏轻轻展开，从头到尾又细看了一遍，觉得既理畅辞达，言简意赅，又层次分明，在心里又对解学龙赞扬了一番。

王铎长期在朝廷办差，很清楚内阁大学士的地位和权势。按照朝廷制度，他们的职能只限于替皇帝草拟旨文，无权对各部衙门直接发号施令。特别是官员的升降任免事宜，都必须经由吏部去办理执行。现在马士英与东林党人之间有明显的隔阂，如果因此而耽误了黄道周的起用，不但对朝廷是个损失，而且对黄道周也不公平。现在朝廷人才匮乏，唯一的办法只能请出皇帝，用他的权威硬压下去。按照内阁办事的惯例，票拟的审定权集中在首辅身上，现在马士英代掌内阁，而他此时又不在阁内。王铎心想：自从进入内阁之后，关于举荐的票拟还是第一次，偶尔为之也不会有啥不妥。特别是为了黄道周，冒一次险也是值得的。

王铎略微一思索，随即放下奏疏，拿过一张阁票，掂起那支狼毫小楷，在雕着图案的砚台上饱蘸了墨，批准了对黄道周的任命，并命他马上到南京赴任。写完后又仔细审视一遍，然后就叫人送了进去。

王铎心里很得意，站起身端起一杯茶，悠闲地品了几口。在屋里转了几圈后，舒展的眉宇却又紧锁起来。他又想起禁设东厂的奏疏依然还没结果，不免又担心起来。

王铎关于禁设东厂的奏章，起因是在马士英和太监的怂恿下，皇帝朱由崧决定设立厂卫。厂卫的专政对象是一切臣民，重点是朝臣，其主要手段为缉事、诏狱、廷杖。在天启年间，魏忠贤利用东厂，残害了很多正直的大臣，也造成了空前的恐惧和极大的混乱，这个血的教训不能再重演了。

听说要设立东厂，朝中立刻起了轩然大波，众臣反对，痛言此乃害民误国之举。王铎第一个站出来，义正词严支持禁设东厂，慷慨陈词地对朱由崧说："陛下，国家新造，人心亦涣，当以安静为主，厂卫应禁止。"

朱由崧没有听王铎的劝说，还固执地要求他奉召拟旨，但被王铎断然拒绝："陛下，臣志在报国，若苟且因循，害民误国，腕可断，臣死不敢奉诏拟旨。"

朱由崧听了王铎的话，气得直拍龙椅。他万万没有想到，自己最信赖的人也站出来反对。为了给王铎及几个阁臣颜色看，朱由崧把礼科给事中袁彭年降级调外，户部给事中熊汝霖罚俸一年。如此一来，整个朝廷一时人心惶惶，大家都敢怒不敢言。

南京的深秋，本来应是天高云淡、秋高气爽的天气，王铎抬头看到的却是灰蒙蒙的，让人心里堵得慌。

晚上，王铎回到家里，草草地吃完晚饭，来到书房。坐在书桌前，又想起了皇上设立厂卫的事。经过再三考虑，王铎依然认为自己的想法是对的。作为朝廷内阁大臣，既要对得起皇上的知遇之恩，更应该对得起大明社稷和黎民百姓。特别是在新朝刚立之初，皇上与大臣之间更应该肝胆相照，坦诚相待。即使个别大臣以前有些不恭，也应该冰释前嫌，同心同德。王铎最终决定上疏劝谏。

王铎上疏恳请皇上勿设东厂后，知道皇上肯定会很生气，紧接着又上疏乞休，坐在家里宽大的书斋里，读书、赋诗、挥毫泼墨，过起悠闲的日子来。

刚清闲了一天，太监卢九德就突然来访。

卢九德，号双泉，扬州人，性勤干，谙练兵机。崇祯末年，以太监身份督安徽凤阳军队，抗贼有功。甲申之变后，与马士英等共同拥立福王登基正位，因拥立有功，被提督京营，成为当今皇帝朱由崧的心腹。

王铎请卢九德进屋用茶，卢九德却笑着说："王阁老，咱办完正事再喝茶。"

王铎正在猜想他来的目的，只见卢九德唱道："王铎、王镛、王无党听旨！"

王铎心里一惊，赶快把家人集中起来跪接。卢九德高声宣读："王铎叙翼戴功，加封太子少保、户部尚书、文渊阁大学士，荫中书舍人；王镛、王无党从驾渡河翼卫有功，分别授予世袭锦衣指挥使。钦此。"

皇上突然对王铎、王镛和王无党同时加封，让全家人感激万分，特别是王镛和王无党更是激动不已。大家叩头谢恩："谢皇上隆恩，万岁、万岁、万万岁！"

卢九德将圣旨递给王铎，说："王大人，赶快起来吧。"

王铎起身后，礼让卢九德到客厅用茶，卢九德却摆摆手，不紧不忙地说："觉斯兄不急，还有一件公务。奉皇太后口谕，请您携夫人一同立即进宫觐见皇太后。"

王铎把卢九德让到客厅用茶，吩咐石薇汝赶紧梳洗打扮一番，然后询问起太后和皇上的情况。

卢九德说："太后刚来南京，到一个陌生的地方，虽然有宫女们陪伴，但却没有一个熟人，看得出来她老人家很孤独。当听说您全家人都居住在南京时，老人家高兴地让我专程请您和夫人进宫。"

王铎激动地说："老人家很念旧情啊！"

不到半个时辰，石薇汝就打扮好，然后乘轿随王铎和卢九德进宫觐见皇太后。

石薇汝第一次进宫，很好奇地轻轻打开轿帘一条缝，看到红墙琉璃瓦金碧辉煌，与王铎说的破烂不堪，形成了强烈的反差。

来到后宫，跟随卢九德来到太后寝宫，邹太后早让宫女在门口迎接。王铎和石薇汝急忙来到邹太后面前，恭敬地跪拜叩头。

邹太后见到故人前来拜见，而且还是她和皇上的救命恩人，更是激动不已，赶快让王铎和石薇汝起身。

当石薇汝直起身来，邹皇太后仔细看后突然愣了一下。邹太后细微的表情变化，王铎看在眼里，也明白了她的疑惑。按照邹太后的安排，今天前来觐见的应该是马瑞云，可眼前的却是石薇汝。王铎就给皇太后解释："太后……"

王铎的话还没有说完，邹太后已经认了出来，说："你是那个石……石姑娘。"

石薇汝急忙把双手放在右腿一侧，给邹太后行礼，并回答道："奴婢正是薇汝。"

邹太后有些茫然，回头看着王铎，喃喃地问："瑞云呢？"

邹太后的问话，让石薇汝顿时泪流满面。她的举动让邹太后很惊讶，王铎的眼睛也不由自主地红了起来。

石薇汝赶快解释："两年前，姐姐就离开了我们……"

石薇汝没说完就泣不成声了，王铎赶快接着说："那年我去孟津双槐里，安葬爹娘到祖茔后，回怀庆时遇到贼寇，再也没有找到您老人家和皇上。从此以后，我们全家就一直漂泊流浪，过着逃亡的生活。"

邹太后吃了几年苦，很理解王铎一家的遭遇，随着王铎的诉说，她也不时地流泪。

稍微停了停，王铎就赶快制止石薇汝流泪，关心地询问起邹太后："听说您老人家和皇上这几年也是吃了很多苦，受了很多罪。"

邹太后一边擦拭眼泪，一边倾诉起来："俺虽然没你家艰辛，但也是在提心吊胆中度过的。你回孟津后，先帝命驸马都尉、司礼太监和给事中叶向高携银慰问。后来先帝还手持玉带，遣内使赐当今皇上袭封为福王。怀庆兵变，我和皇上在逃难中走散了，我去了郭家寨，皇上到了卫辉。今年正月，卫辉又闻警，被贼寇攻破城，皇上随潞王逃到了淮安，与南逃的周王、崇王一同寓居于湖嘴舟中。"

王铎听了邹太后的遭遇很同情，就劝慰她说："您老人家福大命大造化大，今后就好好享清福吧。"

石薇汝问邹太后："老太后，您老人家与皇上团聚了，皇后和孩子可好？"

皇太后听后，脸色立刻又黯淡下来，抬手擦拭了一下眼泪："家里的事情，以前从来没对外说过，即使在怀庆府也没透露过半句。皇上的正室黄氏早逝，他的继妃李氏，在李贼攻克洛阳时就已自缢身亡了。"

石薇汝又问："皇上的孩子们……"

皇太后边抽泣边说："皇上本来儿女双全，可惜是女儿早已夭折。儿子叫朱莲璧，李贼攻陷洛阳时才四岁，在出逃时托付给王府仆人张景明，现在也

489

不知道逃到哪里，生死不明。"

王铎安慰皇太后说："请皇太后放宽心，我马上安排人到洛阳一带去寻找小皇子。"

"拜托阁老费心。"邹太后很感激王铎的安排，然后又解释说，"张景明对老福王非常忠心，老福王已经把他认作了本家，并赐予他姓朱，他现在叫朱景明。"

正在邹太后与王铎、石薇汝说话时，卢九德陪同皇帝朱由崧突然驾临。

王铎、石薇汝赶紧起身向他行跪拜礼，皇帝朱由崧很随和地摆摆手说："在后宫礼就免了吧，都不要太拘谨。"

朱由崧的生母孝诚恭皇后姚氏死得早，他从小由邹氏抚养长大。虽然邹氏不是皇上的生母，但一直视朱由崧为亲生。朱由崧在王府里长大，自理能力较差，幸好有邹氏照管。特别是在逃难之后，他们母子相依为命，就更加显得亲近，他对邹氏非常孝顺。朱由崧给皇太后施礼后，起身站在邹太后身边说："娘亲，其实朕早就想找觉斯单独聊聊，只是他最近一直太忙。"

王铎在朝堂上顶撞皇上后，心里也一直有些诚惶诚恐。大家落座后，朱由崧回头看着王铎，亲切地笑着问："觉斯啊，你还真想在家长期休息啊？"

朱由崧的问话让王铎无法回答，也没想好如何回答。

"现在我只相信你和马瑶草。"朱由崧见王铎不说话，就先说明自己的想法，然后又接着说，"至于史道邻、高研文等人，与朕都是面和心不和。在拥立时他们极力反对朕，是马瑶草和四镇联手才有了朕的今天。新朝建立后，朕不计前嫌，把他们都重用起来，从内阁到六部，几乎都是东林的老臣。可他们不但不感恩，还专门与朕作对，为一些鸡毛蒜皮的小事，整天闹得鸡犬不宁。"

朱由崧说的话，也不是没有一点道理，王铎点头认可。

朱由崧又自谦地说："朕也知道自己的治国能力有限，而且还有一些你们都不敢说的毛病，什么贪酒啊、懒惰啊。现在有你和马瑶草治理着朝政，朕还有何忧？"

朱由崧的肺腑之言，让王铎增加了自信，说："皇上，我们做臣子的只能做些具体事务，治国的大方略还得您拿主意。特别是对于大胡子的起用，您还是谨慎一些为好，他毕竟是个有争议的人，先帝对他有过评价。"

朱由崧却动情地说："觉斯啊，在我走投无路的时候，是你搭救了朕和娘亲，你对朕有救命之恩；在别人反对拥立朕时，是马瑶草和阮大胡子在暗中支持我朕，才使朕登上大位，他对朕有拥立定策之功。如果没有你的搭救，没有马瑶草、阮大铖鼎力拥立，就不会有朕的今天，你们对朕来说缺一不可啊。大胡子与阉党之间的事情，都是陈年旧账，已时过境迁，我也不想过问谁是谁非。现在正是用人之际，他毕竟还能知兵论剑，不用他也没有其他人可用啊。再说大胡子也不只是马瑶草一人举荐，朕也亲自听过他的治国方略。"

王铎对阮大铖的才情比较认可，但对他知兵论剑的本事，始终持怀疑态度，就说出了自己的想法："皇上，大胡子的确是一个多才多艺之人，但在带兵打仗方面，他毕竟没有实战经验。史道邻毕竟……"

朱由崧听到史可法的名字时，就有些愤愤不平，没等王铎说完就接过他的话："史道邻他主动提出督师，实际上他是心虚，对我有愧疚之心。"

王铎见朱由崧对史可法依然耿耿于怀，深为大明王朝忧心忡忡，就解释说："黄河以北大片土地没有收复，的确需要一些知兵的栋梁之材。清军帮助平西王把李自成赶出京师之后，却一直赖在那里不走。听说他们打着剿灭流寇的幌子，已经逐步接管了山东、河北大部地区。现在已有仁人志士正在联合当地兵勇进行抗击。"

朱由崧对此好像很感兴趣："请你仔细说说。"

王铎说："前兵部尚书张缙彦，是在举朝危难之时，先帝命他入朝抗击贼寇的。他进京刚上任不久，京师就被李自成攻破。在无奈之下随难民逃出京城，然后树起了反贼大旗，招募义勇兵，擒伪官收复列城，反贼复明。"

"太好了，有长江天然天险，在黄河长江之间又有四镇。如果黄河以北再有张缙彦，南京就固若金汤。"朱由崧眼前一亮，立刻兴奋起来，思索片刻说，"朕封他挂兵部尚书衔，继续在那里反贼复明。"

王铎本想提议让张缙彦也来南京，听到皇上的想法也有道理，就没有再说什么。但他又想起了设立东厂之事，就趁机提出来劝谏："皇上啊，对于设立东厂之事，请您要慎之再慎，还是以和为贵。"

"觉斯啊，你的心思我明白。但你站在朕的位置好好想想，新朝建立起来之后，我把东林的老臣几乎都用了起来，可有几个是真心恢复大明的？他们很多人已经不是原来的正人君子了，个别人成了伪君子，迂腐褊狭，天天放言高论，在朝堂顶撞于朕，自以为是治世能臣，似乎只要有他们在就可立见太平。你来朝中也有几个月了，他们的所作所为，即使没有亲眼看到，也应该听说了不少。特别是马瑶草举荐大胡子一事，他们集中大闹朝堂，就连德高望重的刘宗周也说'大铖进退，关乎江左兴衰'。"朱由崧没有直接回答王铎的劝谏，而是真诚动情地说出了自己的感受，然后又很不屑地说，"依我看啊，他们是看到朝廷大权掌握在马瑶草等几个有定策之功人的手里，就像哑巴吃了黄连一样有苦难言，于是借攻击马瑶草、大胡子来稳定自己的地位，我不会上他们的当。今后只有三条路供他们选择：一是如果做到恪尽职守，我可以不计前嫌，继续委以重任；二是如果执意要乞休，我也不再挽留；三是如果在暗地里图谋不轨，那就别怪我手下无情！"

皇帝朱由崧平时看起来很懦弱，今天居然观点明确，条理分明，掷地有声，让王铎刮目相看。

朱由崧虽然没有说出"他们"是谁，但王铎心里很清楚指的是高弘图、姜曰广和吕大器等人，这也让他想起了刘宗周，就想把话岔开，问："皇上，听说蕺山先生准备辞职乞休？"

蕺山先生是人们对刘宗周的尊称。刘宗周，字起东，别号念台，绍兴府山阴人。因讲学于山阴蕺山，大家都尊称他为蕺山先生。他是一位儒学大师，也是宋明理学的殿军。其著作甚多，内容复杂而晦涩。特别是他开创的蕺山学派，在儒学史上影响巨大。

朱由崧直言相告："确有此事。"

王铎很想把刘宗周留下，就趁机劝谏："皇上，他提出的'据形势以规进取、重藩屏以资弹压、慎爵赏以肃军情、核旧官以立臣纪、诛内外不职诸臣'的治国方略，我认为很有建设性。"

朱由崧也说："他毕竟是先朝元老，对先朝亡国的分析也特别透彻，比如'先帝无亡国之征，而政之弊有四：一曰治术坏于刑名，二曰人才消于党论，三曰武功丧于文法，四曰民命促于贿赂，所谓四亡征也'。最近上的《再陈谢悃疏》：'一曰修圣政，无以近娱忽远猷；二曰振王纲，无以主恩伤臣纪；三曰明国本，无以邪锋危正气；四曰端治术，无以刑名先教化；五曰固邦本，无以外衅酿内忧。'的确比一般人看得要高。"

王铎听皇上引用的是刘宗周的原话，说明他对此很重视，就进一步褒奖："臣以为，这的确是金玉良言啊，如能改弦易辙，吸取教训，对治理大明很有借鉴意义。"

"即使留住了人，也留不住心啊！"朱由崧叹口气，显得很无奈，然后有些气愤地说，"他要走实际上是在釜底抽薪，特别是他的那个学生黄宗羲，在新朝刚刚建立，百废待兴之时，就打着东林党的旗号，到处煽风点火，说新朝没作为，天天搞党争。事实上都是他们从中作梗，才出现了这么多弊端，我看他纯粹是个唯恐天下不乱的狂徒。"

皇帝朱由崧分析得头头是道，并非像东林党人所说的酒囊饭袋，王铎对他更是高看一眼了。

朱由崧端起一杯茶，轻轻抿了一口，长长出了一口气，又接着说："觉斯啊，关于设立东厂的事，朕也并不是要兴大狱，而是防止那些不轨的人兴风作浪。为了大明江山，有必要设立东厂，此事你就不要再过问了，我也不会让你乞休的。"

皇太后开始没有太关注朱由崧和王铎说话的内容，当听到说王铎要乞休时，她就插嘴说："觉斯啊，你可不能这样做啊。按年龄你比皇上年长十几岁，又经历了天启、崇祯两朝，治国安邦，恢复大明还要依靠你呢。"

王铎听了皇太后和皇上的肺腑之言，一时无法辩解，特别是发觉皇上现在的处境也很艰难。仔细想一想朝中发生的事情，也的确是一些鸡毛蒜皮的事情。经皇上这么一解释，王铎觉得设立东厂也有一定的道理，只好对皇太后说："请太后放心，臣明天就回内阁办差。"

皇太后埋怨地对朱由崧说："今天本来是觉斯一家看我的，你却谈起了朝中的事情。"

朱由崧转脸看王铎一眼，两人对视后不约而同地笑了起来。

第二天一大早，王铎又回到阁内，开始按部就班处理公务。陈子龙劝谏皇上选妃的奏疏，引起了王铎的关注。奏疏的主要内容是：

> 昨忽闻有收选宫人之举，中使四出，搜门索苍，凡有女之家不问愿否，黄纸贴额即去，以致闾井骚然，人情惶骇，甚非细故也。……今未见明旨，未经有司，而中使私自搜采，不论名家下户，有夫无夫，畀以微价，挟持登舆，宜小民之汹汹也……

王铎看到这里，气得再也看不下去了。他猛然站起来，草草收拾起桌案上的其他公文，准备亲自找陈子龙问个明白。

王铎刚要出门，抬头看见陈子龙出现在面前，赶紧拉他回到屋里，开门见山地问："我正要去找你，这到底是咋回事？"

陈子龙抱着拳说："先生，我来就是为皇上选妃的事，担心有些地方没有写清楚，想当面给您解释明白。"

王铎着急地说："皇上一家被李自成、张献忠搞得妻离子散。昨天我觐见太后时，她老人家还在说，皇上的妃子在洛阳陷落时，怕落入贼寇之手受玷污而上吊自尽，唯一的儿子至今下落不明。皇上今年四十七岁，也正是身体健壮的时候。为了大明的江山社稷,应尽快给他选妃续后。正常的选妃,怎么成了乱抢良家民女了呢?"

"是啊,开始我也纳闷,皇上选妃是人之常情,咋就不按正常的规矩去做呢?"陈子龙没顾得坐下,就赶紧解释说,"我随后就派人进行了解。太监们以皇上大婚为名,带领士兵手持棍棒,闯入民宅,只要见到年轻女子,不问年纪大小,拿着黄纸贴在额头上,不由分说拉着就去充宫掖。太监们还唯利是图,对有女儿的人家一律把门封上,给钱后才给打开。百姓吓得赶紧把女儿一嫁了事,使得民间嫁娶一空,闹得整个都城鸡飞狗跳的。"

王铎说:"钱牧斋和太监田成不是组织了专门的选妃班子吗?"

陈子龙气愤地说:"所谓的选妃班子,现在已经成了摆设。"

王铎在屋里来回走着,非常气愤地说:"这成何体统!"

陈子龙从来没见过王铎生这么大的气,有些话就不敢再说,只是小声嘟囔了一句:"还有更不成体统的事情呢。"

陈子龙的话,让王铎更加吃惊,两眼盯着陈子龙等待下文。陈子龙眉头聚在一起,难为情地说:"皇上还派内官到处捕捉蟾蜍配制春药,内官们也公然打着'奉旨捕蟾'的旗号督促百姓捕捉,皇上被民间称为'蛤蟆天子'。"

王铎听后不住地摇头。陈子龙向他靠了靠,压低声音接着说:"由于皇上身体魁梧,据说一夜毙童女二人。"

王铎听了瞪大了眼睛,第一次听说淫死女童的事,实在有些骇人听闻。但他还是严肃地对陈子龙说:"卧子啊,这话可不能随便乱说。"

陈子龙解释说:"我说的都是有据可依的。让'老神仙'给糟践死的女孩中,其中就有秦淮名妓卞赛的侍女。据说那孩子才十三四岁,硬是给太监们抢到宫里,第二天一大早就死了。"

陈子龙突然使用一个"老神仙"名字,王铎疑惑地问:"什么'老神仙'?"

"这是市井最近在私下里对皇上的隐称。"陈子龙解释了一句,然后就非常气愤地说,"实际上是对皇上失德的不敬之词,也充分反映出百姓的意愿。"

王铎听了陈子龙的一番话,是又气又恨,一屁股坐在凳子上,对皇上真是恨铁不成钢,喘着粗气自言自语地说:"得民心者得天下,失去民心就必定失去天下。把大明交给你,不好好珍惜,做出这种有悖常理的事情,早晚会遭到唾弃的。"

王铎心情平静下来后,皱着眉头认真思索一阵,决定规劝皇上按照朝廷规制选淑女,严禁太监们的唯利是图之举,万不可骚扰百姓。

写完最后一个字,觉得还有一些话没说出来,但考虑到有些话不宜在奏疏里说,经过再三斟酌,与陈子龙的奏章一起送了进去。

王铎办完一切后,见陈子龙并没有离去的意思,问:"卧子,你好像还有什么事情?"

陈子龙说:"是啊,还有皇上好酒贪杯,沉湎于醉乡之中,你作为股肱大臣,应该再好好规劝一番才是。"

说起皇上好酒这件事,让王铎也感到十分头痛。他还清楚地记得,刘宗周刚到南京时,陪同他第一次觐见皇上时就劝过一次,结果让他和刘宗周都哭笑不得。

刘宗周劝皇上戒酒,皇上很诚恳地说:"先生这是为朕、为大明朝好,朕以后就不喝了。"

刘宗周见皇上如此真诚,感到有些过意不去,心想:帝王乃是天下至尊,怎能一点酒都不喝呢?即使是农夫多收了三五斗,还要自酿几坛老酒呢。责怪自己不该一时性急,没有把话说清楚,就进一步补充说:"皇上,饮酒也不是绝对不对,要是每次只喝一杯也不算什么,酒还能健身呢。"

朱由崧却很谦虚地询问:"照先生这么说,喝酒也不全是坏事。"

刘宗周郑重地点点头。朱由崧显得很无奈又有些委曲求全的样子,说:"如此说来,我若是拒绝了就显得太不近情理了,那就照先生的意思,以后就只喝一杯吧。"

从此以后,朱由崧再喝酒就只喝一杯。只是这杯是太监给他准备的一只像大海碗似的特制金杯。每次喝酒,喝到一半时,旁边的太监就赶紧再给他斟满,并打趣地说没见底就不算一杯。如此反复多次,虽然名曰只饮一杯,实际上不知多少杯。

为此王铎经常想法进行劝诫。在新宫殿兴宁宫建好后,朱由崧找到王铎说:"爱卿啊,你的诗文好,书法更好,兴宁宫两边的对联非你莫属。"

王铎感到这也是一次很好的劝诫机会,就谦逊地说:"请皇上放心,我会尽力而为的。"

回到家里,王铎左思右想,如果再直接劝皇上戒酒,他不但不听,还会有逆反心理,不如反其道而行之,提醒他可能更容易接受。抬头看着明亮的月光,就想起了老儒生朱野航对月吟出的诗联:"万事不如杯在手,一年几见月当头。"

王铎就仔细琢磨,上联虽然是赞扬酒杯不离手,但一个有作为的君主绝不能天天如此;下联用反问的口气问一年之中有几次能见到月亮,来说明光阴似箭，提醒皇上一定要只争朝夕，中兴大明。如果把这副对联挂在兴宁宫门前，就可以天天提醒他。于是就提笔写成对联，并题上"东阁大学士王铎奉敕书"。

第二天上朝时，王铎就把写好的对联奉上。朱由崧一看内容，高兴得眉飞色舞，再加上那苍劲有力的书风，更是大加赞赏："还是王爱卿最理解朕的心思啊！"

兴宁宫的这副对联，成了朱由崧的座右铭，饮酒作乐更加肆无忌惮起来。

王铎的一片苦心，招来众多大臣的非议，都以为是他在怂恿皇上人生苦短，及时行乐，对他怨声载道。

为此，王铎悔恨终生。

第四十二章

　　入冬以来，天气日渐寒冷起来。这天突然阴云密布，预示着将有一场大雪来临。
　　整个南京城里到处都在传说，皇上设东厂，强抢民女为妃。百姓们开始大骂当今皇帝无德，一时间闹得满城风雨。闹腾的结果就是，皇帝朱由崧渐渐失去了民心。
　　王铎看在眼里急在心上，多次苦口婆心地劝谏，为此还曾当面顶撞过皇帝，但他就是听不进去。王铎赌气几次上疏辞职，每当此时皇帝都会用加封的方式对他慰留。
　　最近来了一个叫大悲的和尚，自称是齐藩的宗室，从兵乱中逃出做了和尚。他还声称"潞王恩施百姓，人人服之，该与他坐正位"，这是在明目张胆地逼朱由崧让出皇位。弘光皇帝将他投入监狱，并传谕三堂会审。严加刑讯后，那和尚很快招供，他本姓朱，安徽休宁人，十五岁在苏州寺院出家为僧。他招摇撞骗的目的，无非想趁乱蒙蔽他人罢了。当他听说朱由崧继统并不受百姓欢迎时，就自称亲王，想要颠覆弘光政权。如此荒诞的结果令人很意外，大悲和尚不过是个疯狂而拙劣的骗子，于是准备结案，但兵部尚书阮大铖却不依不饶。
　　王铎隐隐感觉到，阮大铖在此事上肯定会出幺蛾子，为此吃不好睡不安。
　　王铎公务繁忙，孩子们写的大仿也没时间看。石薇汝和段姬曾多次提醒他，要关心孩子的学业，但他却抽不出时间。
　　天色越来越暗淡了，王铎尽快处理完公务，准备提前回来与家人吃个团圆饭。
　　王铎的提前回家，让石薇汝和段姬很意外。段姬赶紧招呼孩子们来到书房，等他挥毫让大家一饱眼福。
　　王无咎的书风极像父亲。可王铎不但不夸奖，还曾多次让他多学古人的法帖，极力推荐他多学"二王"父子、颜平原或米元章，让他树立远大志向，师法乎上，像王献之一样超越父亲。王无咎嘴上虽然答应得十分坚定，可他内心却总认为爹的书法最好。

最近一段时间，王无咎很少见爹写字，一直没有机会向他请教，也很想再学一手。今天见他早回来，而且心情也很好，就赶紧研墨裁纸，拭目以待。

王铎见孩子们都在书房，马上就明白了他们的心思。稍做准备就要提笔挥毫时，陈子龙和侯方域突然来访，打乱了段姬精心安排的计划。

侯方域的到来，王无咎特别高兴，有一种别样的亲近感。他从小就经常听爹说，侯家是爹的恩人。同时，侯方域还是王无咎非常崇拜的复社"四公子"之一。侯方域的散文雄视当世，王无咎很想在适当的时候向他请教，也想找个适当的机会参加复社。

王铎见陈子龙和侯方域一同前来，想必一定有急事，就赶紧来到客厅。看着侯方域失去光泽的脸，感到比上次清瘦多了，从心里涌起了一阵疼爱之情。

大家都落座后，王铎看到性格豪爽的陈子龙今天情绪却十分低落，就关心地问："卧子，今天你们俩好像有啥心事，不妨说出来听听，看能不能帮你们出个主意。"

陈子龙还没有说话，侯方域就主动说出了此来的目的："世叔，这次来的确是有件特别棘手的事情，还请您老帮忙。"

王无咎见父亲与侯方域和陈子龙在谈公务，怕自己在不方便，就主动退出书房。

侯方域说："陈定生被逮入镇抚司狱中了，周仲驭和雷介公也突然被锦衣卫逮捕，已经被打入刑部大狱。"

陈定生是陈贞慧的字，江苏宜兴人，是复社的重要成员之一。他为人豪放，倾尽家财结交天下名士，与冒襄、侯方域和方以智合称"四公子"。周仲驭和雷介公都是礼部主事。周仲驭是周镳的字，与复社骨干周钟是异母兄弟。雷介公是雷演祚的号，安徽太湖人，历任刑部主事、山东武德兵备佥事。他以忠贞、直言、刚强闻名于京师，在崇祯年间，有"不怕天上有阴霾，只怕部里一声雷"之誉。

王铎听了很吃惊，在阁部没听到一点信息，他感到很疑惑："为啥逮捕他们，总得有个理由吧？"

侯方域说："世叔，声讨阮大铖的《留都防乱公檄》是定生起草的，定生又联络复社名士把阮大铖赶出了留都，大胡子不可能善罢甘休。"

陈子龙说："周钟在京城陷落后投降了流贼大顺，曾经写过《劝进表》，周仲驭被捕是罪当连坐；而雷介公则是在拥立新君期间，曾跟随钱牧斋一起倡言福王'七不可立'，被认为罪大难容，必须彻底追究。"

王铎听说过周钟在甲申之变的一些情况，这位曾经的复社社长、江南的文坛领袖，按照常理说，饱读圣贤之书，以儒家道统为行事准则的才子，比普通臣工对先帝应更多一份忠诚。但在周钟身上却恰好相反。据说，他数次从先帝遗体前经过，不仅不拜不哭，竟然连马也不下，为当时士子所不齿。看来才华出众并不意味着人品就一定高尚。

侯方域见王铎不说话，似乎明白了他的心思，也知道今天这件事情非同小可，就说："世叔，说句实在话，我对周、雷二公，也并没有什么好感。当初他们为了把持复社，不惜以种种卑劣手段排斥陈定生，而且利用复社的名誉把留都闹得是非不分。我和卧子曾多次商量，本来并不想管此事，后来考虑这次逮捕他们二人，是马士英和阮大铖图谋彻底搞垮东林、复社的第一步。他们的真正目的，是借此为由要牵连一大批正人君子。如果不及时进行制止，更大规模的迫害只怕就会接踵而至。所以，无论是为了东林、复社，还是为了江南大局，都必须尽快设法营救他们。"

王铎感到事情很难办，这些人都与阮大铖结下了无法调和的怨仇。他端起茶杯吹了吹，然后又轻轻地放下，认真琢磨了一会儿，说："马瑶草倒不足深虑，他为人虽然刚愎，却与东林、复社诸君子并没啥深仇大恨，不至于有兴大狱之心。唯有阮圆海这个大胡子，与诸公恩怨不断。"

陈子龙顺着王铎的话说："世叔说得极是，特别是对以逆案为由极力反对起用他这件事，至今他都耿耿于怀，并寻找机会进行报复。"

"在拥立的问题上，雷介公只是一个参与者。"拥立的事情王铎很清楚，但对侯方域反映的情况，为了慎重起见他再一次确认，"其他的事你们说的绝对可靠？"

陈子龙说："前辈放心，是杨文骢亲口所说，大胡子还准备立'顺案'，接下来还要查处在京师陷落时，一些官员的投降变节行为。而在这类官员中，属于东林、复社的人也为数不少。"

杨文骢，字龙友，贵州人，是马士英的妹夫。此人诗、书、画三绝，还精于骑射，他与王铎很友善，彼此也都很欣赏。

王铎心想：如果是从杨文骢口中得到的信息，那就确定无疑了。

陈子龙接着又说："先生可能还不知道，定生与朝宗是亲家。"

王铎转身看着侯方域说："朝宗啊，这么大的喜事没有听你说过。"

侯方域不好意思起来："只是给孩子定的娃娃亲，所以就没有对外说。"

王铎听说陈贞慧与侯方域是亲家，这让他真的开始担心起来。刑部大狱的情况他见过。刑部大狱设在太平门外的玄武湖畔，是一片被树木环抱起来的房舍，被拘押的犯罪官员均被关押在里面。牢狱黑森森的，两面又重又厚的铁皮门扇，平常总是紧紧关闭着。牢房的环境十分恶劣，每间由粗大的木栅隔开，里面又黑又潮，散发着污浊的臭气。犯人随时要受狱卒的监视和不堪入目的凌辱。外面是高高的围墙，墙上布满了各式各样的蒺藜，以防止犯人逃跑。

王铎听完侯方域和陈子龙所说的情况后，起身一边踱步一边思索着，最后停下来说："朝宗、卧子，你们俩说的情况，我感到很严重，看来只有找马瑶草出面了。请你们放心，我会想办法尽力去说服马瑶草，一定想办法营救他们。"

王铎的话虽然简短，但让侯方域和陈子龙心里很踏实，也有了希望。因为他们十分了解这位前辈的性格，他吐出的唾沫能把地砸出坑，只要他答应的事，都能得到圆满的解决。

南京的第一场雪不期而至，纷纷扬扬，飘飘洒洒，整个都城一片银装素裹、白雪皑皑，冻得人们用厚厚的棉衣把自己包裹起来。

在王无咎的陪同下，王铎乘着轿子来到西华门马士英的新府邸。马士英的长子马锡急忙出来迎接，陪着王铎父子直接向书房走去。

让王铎感到意外的是阮大铖也在里面，马士英和阮大铖两个人表情都很严肃。阮大铖看到王铎进来，赶紧起身抱拳拱手施礼。马士英可能是考虑到首辅的身份，并没有起身迎接，只是换了个姿势并示意王铎坐下。

王铎坐在大火盆一边的座椅上，一边伸手烤烤已经冰凉的手，一边看着阮大铖说："圆海啊，听说最近你很忙，我来不会打扰你吧？"

阮大铖突然哈哈大笑起来，挥舞着手说："哪里哪里，再忙也没王阁老忙啊。"

马士英让马锡陪同王无咎到外间聊天，然后问王铎："觉斯兄，你来得正是时候。我正想找你询问，大悲案审理得如何了？"

王铎搓了搓手没说话。马士英又接着说："圆海刚才告诉我，在水西门外抓到的那个妖僧大悲和尚，自称是潞王的弟弟，从兵乱中逃出来做了和尚。还信口开河地说，先帝封他为齐王，他没有接受，后又改封他为吴王。并声称潞王贤明，恩施百姓，人人服之，应该让他做皇帝。据说他这次来南京，是找钱牧斋等人进行联络，要逼皇上让出皇位的。"

王铎看着红红的木炭火苗说："是啊，圆海所言极是。我也正为此事而来，那和尚说话疯疯癫癫，形迹十分可疑，说话也反复无常，而且语无伦次。经过严加刑讯后，才说出了实情，这和尚是徽州人，早年在苏州为僧，但他并非一心向佛，而是到处行骗。经过九卿科道会审后，拟将他处斩。"

马士英感到王铎和阮大铖所说基本一致，只是阮大铖所说大悲和尚找钱谦益联络，要逼迫皇上让出皇位之事，王铎却只字未提，这让阮大铖的目的很难实现。

阮大铖现在对王铎很是纠结，皇上虽然很信赖自己，但王铎却是皇上的救命恩人。马士英平时都要让他三分，所以在他面前从来不敢说三道四。王铎说的虽然与他有些相悖，但也不敢当面顶撞。阮大铖是个聪明之人，感到自己要说的话已经说完，再说也无济于事，就赶快给自己找个台阶下来。然后站起身来，抱拳对王铎和马士英说："二位阁老，你们还有要事相商，我就不打扰了，就此告辞。"

"这个大胡子，一天也不让人消停。"阮大胡子走后，马士英气呼呼地说着，把手中的一份材料递给王铎，"觉斯兄，你看看这个。"

王铎接过来仔细一看，不由得大吃一惊。上面有"十八罗汉""五十三参""七十二菩萨"诸名目，还一一附上一百四十多位朝野臣工的姓名。从史可法、高弘图、姜曰广、张慎言、徐石麒、吕大器、刘宗周起，一直到陈贞慧、吴应箕、黄宗羲、顾杲、冒襄等人，最后竟然还有侯方域。

马士英见王铎仔细看材料，起身在书房里来回踱着步子，说："这是刚才大胡子给我的，说是从大悲和尚身上搜出来的，他抄录了一份请我过目。"

王铎等马士英坐下后，探过身子悄悄地说："瑶草兄，我今天来找你，其实正是为这件事情。大胡子捉到那个大悲和尚后，就开始与人密谋搞小动作。他仿照天启朝《东林点将录》的形式，作了《正续蝗蝻录》《蝇蚋录》。他把东林人士称为蝗，复社人则称为蝻，附从者称为蚋，准备按照名单，把凡是曾经与他作对的人都一网打尽。他列出的这个名单，据说是买通看守大悲和尚的狱卒，在提审之前暗中塞进大悲和尚袖子里的。"

马士英听了后，吃惊地回头看着王铎："啊？还有这等事情？看来这个大胡子真的是要报一箭之仇了。"

王铎显得很着急，说："瑶草兄，大胡子的行为是看守亲眼所见。此时关系重大，涉及一百多人的性命，你可一定要主持公道啊。"

马士英猛地站起来，围着火盆走来走去，显得很气愤："我就知道他必定会从中做手脚，但没有想到会涉及如此众多的大臣。"

王铎严肃地说："牵涉到的这一百四十多人，基本上都是谦谦君子啊。眼下新朝初定，百废俱兴，清军又虎视眈眈，如果此时骤兴大狱，必然会导致人心惊怖，变乱复生。您现在是内阁首辅，万万不可被大胡子所利用，留下千古骂名啊！"

马士英复又坐下，说："觉斯兄，你我都不是糊涂人。如果是一般之事，你我睁一只眼闭一只眼也就过去了，但在大是大非面前，咱俩的想法都是一致的。我定会在皇上面前陈述利害，阻止他的过激行为。"

王铎听了马士英的话，沉重的心理负担似乎减轻了许多。稍停了一会儿，又提出让他想办法先解救陈贞慧，说："瑶草兄，陈定生作为复社的主要成员，曾参与过声讨大胡子的《留都防乱公檄》事件。当时他毕竟还年轻，而且事情已经过去多年。请你多费心协调，让大胡子放他一马。"

马士英听说要先放陈贞慧，有些不解地看着王铎问："陈定生与你何干，还劳你大驾亲自前来？"

王铎摇摇头说："此事本来与我无关，但他与侯若谷有关。既然与侯若谷有关，我就脱不了干系。"

马士英还是疑惑不解。王铎接着解释："这事说起来话就长了，我简单地说吧。陈定生与侯朝宗是亲家。朝宗的爹侯恂、叔叔侯恪都是我的恩人，既然他们是亲家，这个人我就不能坐视不管了。"

马士英指着王铎说："你绕了这么一个大弯子，都快把我给绕晕了。"

马士英没有推辞，爽快地答应了王铎的请求。他心里很清楚，即使王铎找到阮大铖，阮大铖也一定会给他这个面子，何不送他个顺水人情。

王铎抱拳谢过后，诚恳地规劝马士英："瑶草兄，我劝你今后不要和大胡子走得太近。否则，他经常过激的行为会影响你一世英名的。"

"觉斯兄，感谢你的提醒，我心里有数。"王铎善意的规劝，马士英从内心里很感激，但接着又解释，"我也是滴水之恩当涌泉相报的人，正是因为大胡子在仕途上无私地帮助过我，我才在皇上面前推荐他。不过，最后真正起用他的还是皇上自己。大胡子现在翅膀硬了，有些事情他也不跟我商量。"

王铎心里很清楚，马士英说的也都是实情。阮大铖为了讨好皇上，曾亲自编写《燕子笺》，并用乌丝栏写好，进献到宫里作为演戏的歌曲。还选了一些梨园弟子，进宫给皇上演戏，有时通宵达旦，逐渐得到了皇上的赞誉，现在皇上对他是越来越信任了。

马士英继续说："觉斯兄，别人不知道，你心里应该最明白。我和大胡子其实本来并不是一路人，可那些东林党和复社的人硬是把我和他扯绑在一起。跟你说句掏心窝子的话，阉党不阉党的与我何干！"

王铎听着马士英的牢骚话，很理解他心里也有很多无法示人的苦衷，就一边品着茶，一边听马士英继续说："觉斯兄，你入阁已经半年多了，有很多事情你已经看得很清楚了。有些以东林党、复社自居的人，已经把你、我和大胡子看成一路人了。特别是刘宗周的弟子黄宗羲之流，更是到处煽风点火，混淆是非，是唯恐天下不乱之徒。今后咱俩应该联起手来，共同对付这群害群之马。"

王铎深深地感到，马士英的话对当今东林党和复社的一些人的品行一语中的，也说出了自己的心里话。当年刚到京师的时候，接触的师友大部分都是东林党人，他们身上表现出来的耿直、勇敢、刚毅，为理想临危不惧、视死如归的精神令人敬仰。随着时间的推移，真正的东林党人越来越少了，现在很多人在投机取巧，打着东林党人的旗号标榜自己。对于这些冒牌的东林党人，王铎从心里也看不起他们，实际上这些人对他也是不屑一顾。只是他的诗赋、文章、书法名冠大江南北，现在又是新朝的次辅，很多事情还需要有求于他。同时，还由于与侯方域的世交，那些人也不敢公开放肆地诋毁他。

马士英对黄宗羲如此评价，也的确不冤枉他。刚把皇太后接到南京的时候，黄宗羲就在外面散布谣言，说接来的皇太后是马士英的母亲。他是用一箭双雕的方式，既攻击马士英，又诋毁皇上是假冒的，可见其内心非常之阴暗。

马士英在话中提到联起手来，王铎也知道他是有所指。最近王铎受皇上之托，推荐起用了一些人，事先并没有与他商量，所以他心里一直有股怨气。王铎就趁此机会解释说："瑶草兄，前段时间皇上用人急切，给皇上推荐的几个人没有来得及提前与你沟通，今天来就是请你要谅解的。"

马士英听到王铎主动说出了推荐人的事情，依然带着埋怨的口气说："你老兄也真是的，最近接连擢升的几个大臣，我一概都不知，让我很是难堪啊。"

王铎继续解释说："其实并非都是擢升，张缙彦授予原官，只是总督河北、河南、山西军务，听便宜行事而已；袁枢任河南布政司右参政、大梁兵巡道；何楷督理钱法是行家里手，命为户部右侍郎，也是人才难得啊。"

马士英提醒说："还有郭之奇被提升为詹事府詹事。"

王铎说："我与郭仲常以前也没有太多的交往，只是感到他清廉卓异，是一个难得的干吏。"

郭之奇，字仲常，揭阳县城东门人，是潮州七贤之一。崇祯元年中进士，选授翰林院庶吉士。崇祯十四年升任福建提督学政、布政使司右参议兼按察司佥事时，力振学风，选拔良才，严绝竿牍，力杜蹊径。崇祯十六年，转任福建副使，摄按察司事、兵备事。断强豪，平冤狱，修会城；亲自督兵，平定尤溪贼叛乱；提师扼关，建南得以安宁。特别是新朝刚立，国库空虚，军饷又奇缺之际，他为挽狂澜于既倒，毅然输金千两助饷，被皇上下旨嘉赞为"毁家输助，数以千计，可谓急公之最"。

王铎很清楚马士英是为了脸面，就又一一做了解释。马士英又趁机把黄道周扯了出来："听说黄道周十分赞赏郭仲常，闽人为他建坊时，黄道周曾亲自题额'一代儒宗'。"

"黄幼玄还没到任，皇上又擢升他为礼部尚书，我知道你很有想法。"王铎主动直言不讳，把马士英的心思说出来，歉意地笑笑，又解释，"瑶草兄，我这也是激将法，是想让他尽快赴任。朝中需要他这样有威望的儒臣干吏，如果他在朝中压着阵脚，黄宗羲那些披着东林党外衣的人就不敢再胡言乱语了。"

王铎如此直率地说出来，反而让马士英有些不好意思起来。王铎最后还反问了一句："你难道对幼玄的品德、学识还有异议不成？"

马士英一时语塞，无言以对："觉斯兄，你误会了。"

王铎为了打消马士英的误会，就索性给他说清楚："瑶草兄，我在朝中混了这么多年，朝廷的规矩知道一些。咱们认识这么多年，我是啥样的人你应该很清楚。推荐大臣也并非我的本意，如果没有皇上的旨意准许，我会去做这些出格的事吗？你应该比我更明白其中的道理。"

王铎的直率和坦诚，马士英更加佩服，但他最后说的一句话，让马士英出了一身冷汗。如果没有皇上的恩准，王铎不可能推荐如此众多的大臣。

王铎看到马士英擦拭两鬓流下来的汗珠，心想既然已经说了，就干脆说个痛快："这几个月来，高研文、姜居之、刘起东相继乞休，整个朝中还有几个撑得起大梁的？他们虽然在拥立上有些过激的行为，但毕竟已经过去了，当务之急是中兴大明，尽快收复失地才是第一要务。"

马士英说："我知道他们在治理国家中都有一定能力，但关键的问题是皇上对他们耿耿于怀，我也没有办法留下他们，而且他们又一个比一个固执。"

王铎接过他的话："所以才想办法赶快让黄幼玄赴任。"

王铎与马士英虽然进行了一番争执，实际这也是一次沟通的机会，两个人心里的一些疙瘩也慢慢被解开。但马士英总觉得自己是首辅，王铎作为次辅却不谦让他，就用埋怨的口气说："如果都像你这样，我不就成光杆一人了吗？"

王铎马上放下身段，给马士英一个台阶："以后再有大事我一定及时找你商量，不过有些事情你要注意，在外面可是有很多对你的议论。"

马士英不以为然："我有什么好议论的？"

王铎开始有些不好开口，马士英一再追问，王铎才说："有一首民谣说：'中书随地有，都督满街走。监纪多如羊，职方贱如狗。荫起千年尘，拔贡一呈首。扫尽江南钱，填塞马家口。'"

马士英一听气得跳了起来，王铎却笑着抬起手，示意让他坐下："有则改之，无则加勉嘛。"

书房里一会儿传出严肃的争吵，一会儿又发出爽朗的笑声，在外间的马锡和王无咎不知道里面到底是怎么回事，也不敢进去看看。因为马士英有话在先，不准他们随便进去。两个人你看看我，我瞧瞧你，一时不知道该怎么办，只好焦急地耐心等待。

突然门开了，马士英让马锡进来，给火盆加些木炭。

马锡来到书房后，看看王铎和父亲依然与以前一样，几乎没什么变化，怯怯地问马士英："爹，您二老在说什么？一会儿吵一会儿笑，吓得我和藕茅在外面提心吊胆的。"

马士英没有好气地说："大人的事你少管！"

马锡没趣地出去后，王铎见马士英恢复了常态，问："最近我听说一件事，不知真假，还请你赐教。"

马士英端茶杯的手停在胸前，看着王铎等待他说下文。

王铎说："据说山东总督王永吉派出的人侦察得知，清军的精骑尽往南闯，北直隶、山东一带皆已空虚，有虎视中原、意欲吞并天下的动向。"

马士英点头承认有此事，但却没有解释。王铎继续说："最近江西总督袁继咸也上疏，称闯贼为清军所败，虽说可喜，实则可惧，建虏现在没有南下，是因为还有闯贼在。他建议趁建虏主力在西安追匪之际，应该及时出兵，收回北直隶、山东等失地，你为何置之不理，束之高阁呢？"

王铎不客气地质问，马士英却没有生气，而是平静地解释："觉斯啊，你别一口一个建虏，咱们拍着胸脯好好想一想，大清为了我们大明，联合吴三桂把贼寇李自成赶出京师，一扫国耻，还帮助咱们厚葬了先帝，然后又继续一路追杀仇敌。应该说清军是咱们的恩人，连皇上都感激不尽，你怎么没有一点感激之心呢？怎能在人家帮助我们追讨贼寇时，背信弃义而北上呢？如果真是你说的那样的话，我们大明成了什么人了？"

王铎让马士英说得一时无言，但他依然坚持自己的看法："清军帮助我们灭贼寇，但我总是觉得他们包藏祸心，是引狼入室……"

王铎的话还没说完，马士英猛地就站起来了，气愤地用手指着他，压低声音用警告的语气说："觉斯啊，你这话只此一次，绝不能再说第二次！"

王铎不听马士英劝告，继续说："如果他们是真心帮助我们，为啥把咱们派去的北使团给扣下，还让他们刚六岁的小皇帝在京师即位？这明显是赖着不走的架势嘛！"

马士英挥着手不让王铎再说下去，王铎却不理他那一套，接着说："我虽然不懂军事，但从战略上看，李自成已经西撤，建虏的主力在西安一带。我认为现在正是移兵河北、山东，收复失地的最好时机。"

马士英见无法说服王铎，无可奈何地摇摇头，又用手轻轻地指着他，说："觉斯啊觉斯，你想得也太简单了。给你说句实话吧，我知道这件事非同小可，也曾多次与史道邻秘密商议过，他也不同意移兵北上。并说现在出兵黄河流域直取山东，必将会触怒清军，引火烧身，还会落个恩将仇报的骂名。"

马士英说完，走到书桌前，从抽屉里拿出一封信递给王铎，说："现在咱们还没有动身，人家早就来信了，在骂我们无情无义呢。"

多尔衮是努尔哈赤的第十四子，皇太极之弟，因为战功卓著被封为和硕睿亲王。崇祯十六年，皇太极死后，多尔衮以摄政王身份辅佐皇太极第九子福临即帝位，改元顺治。由于福临只有七岁，朝政大权实际都操在摄政王多尔衮手中，是清廷最重要的决策者。

王铎看完书信，气得拿信的手直打战。多尔衮给史可法的信，充满了狂妄傲慢。仔细分析书信的内容，其虎狼之心已昭然若揭。他们是要打算入主中国，逼迫江南臣服于他。对于这种不知礼义忠信为何物的化外夷狄，朝廷怎么还能高枕无忧？

王铎质疑地问："史道邻难道能咽下这口气？他是怎么回的信？"

马士英并没有回答，而是又拿出一封信，是史可法给多尔衮回信的副本："你看完这个再说话。"

王铎抬头看了马士英一眼，接过来仔细看起来。

复信的开始部分只是为大明朝廷继统的合法性进行了辩解，反复表达联兵西讨的愿望，并希望在消灭大顺贼寇后两国世通盟好。措辞极为软弱，王铎感到很憋屈。特别是看到最后时，再也控制不住心中的气愤："这个史道邻，在用词上都如此软弱，这会更加助长建虏的嚣张气焰！"

马士英没想到王铎会对史道邻如此不满，为他辩解了一句："史道邻也是为了大明王朝的长治久安。"

王铎依然气愤地说："对建虏如此软弱，在军事上又毫无作为，但军费开支却极度膨胀，还怎么长治久安？"

马士英吃了一惊，问："这话怎讲？"

"史道邻为官廉洁，也很勤勉，这是大家都公认的。"王铎也感到自己说得有些过分，就缓和了一下语气，然后又说，"从户部提供的数字看，四个月发了相当于一年半的银饷，何况还把江北一部分地方的屯粮、商税等收入拨给四镇，应该说十分丰裕了。最近又要给四镇增加军饷，还提出增加百姓税赋，凡熟田每亩二分，熟地每亩五分，山塘每亩一厘。"

马士英听了王铎的话，也改变了口气："在调处四镇、保境安民这方面，他确实颇费心机，奉四镇为骄子，使这些军阀屯兵江北，一味鱼肉百姓，但对清军也的确是有些畏清若虎。"

王铎说："我看他是为了掩盖内心的怯懦，才在粮饷上大做文章。对四镇的兵额、应发、已领饷数应当是清楚的，对四镇将领搜刮地方的行径也是清楚的。"

马士英说："觉斯，他可是你的乡党啊，你今天怎么责备起他来了？"

王铎说："我是对事不对人，自从他督师以来，耗费了江南百姓的大量粮饷，但在对付清军上却是一筹莫展，坐看黄河流域大好河山沦入清军之手。如果再这样下去，你我都会和他一样成为历史的罪人。"

马士英对王铎刮目相看，也说出了自己的心里话："史道邻之所以这样做，是他认为有四镇作为南京的屏障，自己的督师大学士就可以安然无事地当下去。"

王铎说："我要给皇上写奏折，必须停止对百姓增加税赋。同时，恳请皇上恩准我巡视长江防线。"

马士英听到王铎要视察江防，赶紧制止："觉斯，你把手伸到兵部，当心大胡子说你管得太宽，皇上也不会答应的。"

第四十三章

　　王铎提出要巡视江防的动议，是因为已经得到了确切消息：清军联手吴三桂，在追击贼寇的同时，却把河北、山东等大片国土都控制到自己手中。面对严峻的形势，作为首辅大臣的马士英，不是团结国家栋梁和朝中干吏，想尽一切办法以防不测，尽快收复失地，反而与阮大铖联起手来，带头搞内讧，打压异己，使那些治国能臣先后乞休离去。皇帝朱由崧对此不但不进行制止，还依然沉浸在醉生梦死的欢欲之中。

　　王铎不顾马士英的阻拦，上疏提出要巡视长江防线。正如马士英所预料的那样，朱由崧没有允准王铎的请求。

　　王铎气得唉声叹气，又孤掌难鸣，就盼望黄道周早日来到南京。于是提笔又给黄道周写了一封书信，催他早日赴任。

　　王铎写完信，又拿起桌案上的御批。让他未曾预料的是，皇上批准了祁彪佳的乞休辞呈，让他措手不及，更加气愤。

　　祁彪佳突然提出辞任，肯定又是马士英和阮大铖在皇上面前进的谗言。在这之前，王铎多少听到了一些议论，说马士英、阮大铖都非常妒忌祁彪佳的治国才能，而且祁彪佳从来也不与他们合作，他们早就想把他赶走。王铎本想找个适当的机会与马士英再沟通一次，让他放弃前嫌。最近由于自己事情太多，还没有来得及找他，他又是故技重演，让皇帝朱由崧的宗亲朱统鎏弹劾祁彪佳。弹劾的理由是：皇帝登基时，诸臣请福王即位登基，祁彪佳却力言以称监国为正。

　　整整一天，王铎心烦意乱，无精打采地回到家。刚走进院子里，就听到客厅里传来非常熟悉的朗朗笑声。他三步并作两步，快速向客厅里走去。刚到门口时，就看见王无党、王无咎正陪着祁彪佳、陈子龙在有说有笑。

　　王铎来到祁彪佳面前，依然叫着他的乳名，并带有埋怨的口气说："虎子，你来得正是时候，我还正要找你呢！"

　　祁彪佳看见王铎后，虽说也在抱拳拱手，但还是大大咧咧的样子："我知道你要找我，就亲自送上门来了，还怕来晚了你坏了我的大事。"

祁彪佳如此说了一句玩笑话，却让王铎有些丈二和尚摸不着头脑了："我能坏你啥大事？"

"我已经把辞呈呈报给皇上了。"祁彪佳坐在王铎身边，详细解释，"我是怕你把奏疏压下来，才急急忙忙赶过来找你的。"

"别人找我都是为了留任，你却是为了尽快辞任。"王铎责备祁彪佳一句后，对他又是一顿埋怨，"为啥不提前知会一声呢？皇上已经御批，允准了你的辞呈。"

祁彪佳听说皇上已经允准了他的辞呈，似乎轻松了很多。

"我本来想面见皇上，陈明利害，把你的奏疏留中不发，可万万没有想到，今天一大早就看到了皇上的御批。"王铎后悔自己对此事有些懈怠，然后对祁彪佳的政绩给予肯定，"自从你就任苏松巡抚，与高杰达成共识后，在你的苦心经营下，很快就实现了化乱为治，使一方得到了平安，咋说辞任就辞任呢？"

祁彪佳大智大勇解决了与高杰的争端，令很多大臣佩服，自然也早就传到王铎的耳朵里。在四镇之中，高杰是最难驾驭的一个。他的士兵都非常嚣张跋扈，经常骚扰和掳掠扬州百姓的财物。驻师瓜洲后，曾扬言要移兵丹阳，与祁彪佳争地盘。祁彪佳知道这个情况后，就主动写信给他，并约定在瓜洲大观楼商谈防区事宜。高杰以为祁彪佳乃一介书生，绝对不敢冒险出门。约定的那天，正是长江风雨交加、狂风大作、巨浪滔天的日子。高杰看着恶劣的天气和汹涌的长江天堑，料想祁彪佳肯定不敢前来。当祁彪佳的船扬帆破浪出现在江中时，高杰就对他另眼相看了。再看看祁彪佳身边只带了两个随从，更让他既惊骇又敬佩，赶紧撤去全部兵卫，束甲出去迎接。祁彪佳与高杰单独在大观楼会谈了很长时间，并以忠义诚恳地相劝。祁彪佳的勇气和真诚，一下子感动了高杰。他敬佩祁彪佳的大义凛然、忠肝义胆，发誓愿与他一起共同扶持王室，并感叹地对祁彪佳说："我结识交往的人很多，但像您这样大义凛然、忠肝义胆的却很少，我高杰甘效死命。您一日在吴，我一日遵守与您的约定。"

祁彪佳通过与高杰的交谈，深深感到高杰身上虽然有些匪气，但总体上能识大体、顾大局。后来，祁彪佳又与浙江副总兵黄斌卿着手开展长江京口段的防务工作，先后筹银两万两，买船募兵，增强水军实力。祁彪佳为大明王朝复兴，废寝忘食，兢兢业业，就任苏松巡抚后不到六个月，就将地方治理得井井有条，受到朝廷上下一片赞誉。独揽朝政的马士英和心胸狭窄的阮大铖顿时心生妒忌。

王铎看着祁彪佳，很想知道他辞任的真正原因："你在巡抚任上已有了很好的起色，为啥要着急辞任呢？"

性格爽朗的祁彪佳此时脸色却凝重下来。王铎见他没说话，就接着说："幼玄兄马上就要赶到南京了，他来了后，咱们三人鼎力相助，可以共同重振大明江山社稷。"

祁彪佳开始一直沉闷着，听王铎说完后，才缓缓地抬起头来："觉斯兄，你好好想一想，马瑶草和大胡子害怕的正是这一点，对于有治国能力的人，他们都会不遗余力想尽办法排挤出去。阮大胡子是想借大悲案，把东林党、复社的人一网打尽，幸亏有你出手相救，才避免了一场大灾难。"

祁彪佳与马士英、阮大铖之间的关系为什么如此紧张？王铎心里一直个疑问："你与他们并没有直接冲突。"

祁彪佳端起茶杯抿一口，平静地说："觉斯兄，我与他们没有过正面冲突。"

王铎着急地问："总得有个理由吧？"

祁彪佳一句话概括："只是道不同不相为谋而已。"

陈子龙气愤地插话："朱统𨰿、张振孙一起弹劾诬陷祁大人，还列出三条罪名：一是说皇上监国时，祁大人极力劝阻他马上登基；二是说祁大人推荐的人才，实为奸佞之徒；三是说祁大人贪赃纳贿，徇私舞弊。"

王铎听了后气愤地说："他们简直是一派胡言！"

"他们诬陷我的理由，总的来说就是三大条五件事。"祁彪佳接着就把发生的五件事情给王铎说了个清楚。

第一件事就是拥立。甲申之变，京师陷落，崇祯皇帝殉国。北都倾覆，南都立新主迫在眉睫。当时拥立分为两大阵营：一是以史可法为代表的东林党一派，另一个是以马士英、阮大铖为代表的阉党余孽派。其实，祁彪佳并未参与拥立之议，只是不主张福王朱由崧马上即位，是想让他彰显贤德，示天下以讨贼大义，然后再正位。但在马士英、阮大铖等人的操纵下，福王马上即了皇帝位。祁彪佳作为正直的士大夫，不徇私情，只求正义，必然与阮大铖道不同，所以就成了他们排挤的主要对象。在国难当头、江南形势危急之际，朝廷欲任命祁彪佳为江南一带的总督或巡抚时，祁彪佳推辞说做臣子的不能因为国家有难就借机升迁，马士英趁机以原职委任，祁彪佳被轻易排挤出朝廷六部。

第二件事是解救左光先。左光先是左光斗的弟弟。天启四年春，左光斗推荐阮大铖任吏科都给事中，东林党魁首赵南星等人认为阮大铖轻浮多变，将任命改为工科给事中。阮大铖认为左光斗是存心戏弄他，感到受到了莫大的侮辱。左光斗已被阉党迫害致死，他就把仇恨撒在了左光先身上。阮大铖官至兵部尚书后，就以怨报德，编《蝗蝻录》陷害左光先，并欲置他于死地。朝中很多大臣因为惧怕阮大铖的淫威，都敢怒不敢言。祁彪佳为左光先辩白，便激怒了阮大铖，对他也恨之入骨。

第三件事是推荐人才。还在朱由崧监国时，祁彪佳就极力推荐吴伟业、顾杲等人。吴伟业被召任为少詹事后，发现控制朝政的马士英实为腐败之国贼，仅任职两个月便愤然辞归。顾杲因弹劾阮大铖及张振孙贪赃巨万，引起了阮大铖的记恨。他们追根溯源，把仇恨都记在了推荐吴伟业和顾杲的祁彪佳身上。

第四件事是祁彪佳与东林党、复社士子关系密切。刘宗周弹劾马士英，马士英就怀疑是刘宗周与祁彪佳密谋的。同时，为人光明磊落的祁彪佳从不贿赂马士英，马士英就把所有的账都算在了祁彪佳的头上。

第五件事是阻止设立东厂。在朝廷提出设立东厂时，祁彪佳认为厂卫之设是阉党排斥异己的一种手段，也上疏极力反对，引起了马士英、阮大铖一致敌视。

王铎听了祁彪佳被马士英、阮大铖诬陷的情况后，气愤至极。

祁彪佳反而平静地劝王铎说："觉斯兄，你也别再生气了，其实这些早在我的预料之中。马士英和阮大铖早把我视为眼中钉、肉中刺了，所以我必须要有自知之明，及早离开这个是非之地，这也是我最好的选择。"

王铎听了祁彪佳的解释，显得很无奈，站在祁彪佳的角度想想，他的选择无疑是对的，自己在无奈的时候，也曾多次上疏乞休。王铎虽然很想把祁彪佳留下，但又非常理解他现在的处境："幼玄还没有到任，你这一走我可真是孤掌难鸣啊。"

王铎、祁彪佳和陈子龙他们一直谈到深夜。

弘光元年春节，是朱由崧登基之后的第一个新年。整个南京城张灯结彩，到处是金碧辉煌，举国上下都在庆贺大明王朝后继中兴。

这是王铎在南京度过的第二个春节，相比第一个凄凉的年关，真是有天壤之别。现在是祖孙三代齐聚一堂，其乐融融，唯一让王铎遗憾的是双亲、马瑞云和幼小的子女都已经不在了。

在南京过春节，王铎依然按照老家的规矩，先把列祖列宗和爹娘的牌位端正地摆放在堂屋的正中央，并在八仙桌上摆放着各种供品。

五更十分刚过，京城的鞭炮就开始此起彼伏。石薇汝和段姬早早起来了，招呼着孩子们点上红蜡烛，整个院子里顿时一片通明。

王铎洗漱好，穿戴着新衣冠，带着子孙们给祖宗跪拜叩头，祈祷全家平安幸福。石薇汝带领家中的女眷们，给祖宗们磕头。

各种仪式进行完之后，王铎和石薇汝分坐在八仙桌的两边，段姬紧挨在石薇汝身边坐下，接受孩子们的跪拜和祝福。

王铎看着跪在面前的孩子们，心里涌现出前所未有的惬意和幸福。然后示意石薇汝和段姬，把早已准备好的压岁钱分发给孩子们。

几个孙子们手里拿着红包兴高采烈，跑到院子里燃放鞭炮，宁静的院子顿时热闹起来，一片欢腾。

整个南京城的大街小巷里，相互拜年的人们在爆竹声中串亲访友，络绎不绝。

王铎本想在新年之际静静地读读书、写写字，由于拜年的人们来来往往，把他的计划全部打乱了，他也只好顺其自然。

转眼到了正月初六，又是一个天气晴朗的日子。几只喜鹊在院子里高大的榆树枝上欢叫着来回跳跃。

王铎一家老少围坐在一起，正在准备吃午饭的时候，南京提督卢九德、司礼太监韩赞周带着一行人进来。

卢九德助皇上登大位有功，是皇上的红人，提督整个京营。在政见上，他与王铎有很多共识之处，对于皇上做出的一些荒唐事有时也看不惯，为了规劝阻止皇上，也曾痛哭于殿上。

王铎听说卢九德前来，就赶紧出来迎接，热情地与卢九德、韩赞周拱手拜年，然后请他们进屋叙话。

王铎开始以为卢九德是礼节性的拜年，但看到了卢九德和韩赞周一行人来的阵势，虽然不知道具体事情，但喜事临门已是八九不离十。

卢九德笑着先说了一些过年的庆贺之语，韩赞周就接着说："王大人，恭喜您，全家人跪接圣旨吧。"

王铎赶紧把家人叫到院子里，齐刷刷地跪在地上。

卢九德宣读圣旨："奉天承运，皇帝诏曰：封王铎少保兼太子太保、武英殿大学士，予荫。钦此。"

皇太后到南京时，王铎已被加封为太子太保，现在又加封武英殿大学士，这是无上的荣光。

王铎听了后，感动得眼睛发红，磕头谢主隆恩，并高呼万岁万万岁。

王铎接过圣旨捧在手里，感到诚惶诚恐、忐忑不安起来。这突如其来的加封，让他感到责任更大了，对大明的前途也更加担忧。自从看了多尔衮和史可法的来往书信之后，他就多次上疏给皇上，陈述清军联手吴三桂击溃李自成后，不但赖在京师不还，还占领了河北、山东大片领土，现在又窥视江淮一带，其实是包藏祸心。首辅马士英和掌握兵权的阮大铖无视江防，史可法虽然在扬州督师，但四镇一直是各行其是，以拥立之功自居不听调遣。同时，史可法也怕得罪清军，一直忍让退缩，蜗居在黄河与长江之间，不敢向黄河以北推进半步。最后，还建议皇上采取紧急措施，尽快出兵北上阻击清军南下，否则大明江山危矣！

卢九德见王铎手捧圣旨不动，就伸手示意他起来。王铎回过神来，就挽留卢九德和韩赞周在家中小聚，也想从中打听皇上的真实想法。卢九德只是稍停了一会儿，喝杯茶后就起身回去了。

王铎送走卢九德一行，全家人聚集在一起，自然十分高兴，小孙子们更像树枝头上跳跃的喜鹊那样欢欣鼓舞。

王铎本想去看望为暂避战乱，携家眷刚到南京的刘正宗，但为他祝贺的大臣却是络绎不绝。他身不由己，只好派王无党代表他前去看望。

王无党刚出门不久，刑部尚书解学龙来给王铎恭贺拜年。双方恭祝新年吉祥后，王铎把他带到书房，解学龙秘密告诉他："阮大铖对从京城逃来的大臣都恨之入骨，准备仿唐朝'从贼六等'，欲大开杀戒。"

王铎听后吃了一惊，唐朝的"从贼六等"即一等磔刑、二等斩缓决、三等绞拟赎、四等戍拟赎、五等徒拟赎、六等杖赎。

解学龙显得很着急："阮大铖准备对从逆的周钟、光时亨执行死刑。您德高望重，只有您能解救他们了。"

王铎斩钉截铁地说："石帆兄，人命关天，此事重大，我马上就找马瑶草协商施救。"

王铎心想，既然皇上对自己一再加封，自己绝不能愧对皇上的恩典，必须有更多的担当。他猛地站起身，在书房里转了几圈，然后对解学龙说："石帆兄，你马上上疏，我来拟票。"

解学龙从袖中取出早已准备好的奏疏。王铎接过看后，称赞解学龙详慎公允，说："救人要紧，我马上就拟写谕旨。"

解学龙起身抱拳致谢后转身要走，王铎又叫住他："石帆兄，幼玄最近就要到京了，他来后咱们一起给他接风洗尘。"

解学龙听说黄道周就要到南京了，心里很高兴："幼玄到南京，朝廷就多了一个治国的能臣，是我大明之幸也！"

王铎送走解学龙，急忙来到内阁，拿起毛笔拟写了谕旨，装进书匣，然后让行走送进去。

马士英回阁后，听说王铎已经拟旨解救周钟、光时亨后，气得暴跳如雷，立即将解学龙革职。他虽然对王铎不敢轻举妄动，但从此开始忌恨王铎。

立春当日的朝会上,马士英就开始无事生非,无端指责王铎与东林党、复社的士子们来往密切。

王铎不但没有让步,当庭向皇上奏明事情的来龙去脉,并说:"皇上,现在是立春时节,开元之时,应以和为贵。"

阮大铖看到王铎与马士英在朝堂上针锋相对,其他的大臣都不敢言语,他本想上前助马士英一臂之力,王铎威严的目光却像一把利剑直直射向他。由于心里发虚的缘故,迈出去朝班的脚又赶紧收了回来。

王铎回头看一眼马士英,然后大义凛然地面向皇帝朱由崧:"陛下,马相秉国,却始终在观望,逡巡不前,格勿行也。"

王铎第一次在皇帝面前,正式严肃地批评马士英的消极态度,一时让马士英措手不及,也完全出乎他的意料。

马士英、阮大铖万万没有想到,王铎会如此不给他面子,还把他们的误国行为公布于众,在众臣面前尽失脸面。

在王铎与马士英观点相左的时候,黄道周风尘仆仆赶到南京,让王铎心里感到更有了底气了。

上元节这天,王铎把黄道周接到家中,并请来了梁云构、解学龙、陈子龙等人一起为他接风洗尘。

王铎看着满头白发、已过花甲之年的黄道周,从心底里突然升起一股莫名的酸楚,眼泪不由自主地掉下来。

甲申之变时,倪元璐已随先帝尽忠殉国,昔日的"三珠树"现在只有他们两人了。他俩自崇祯十年分别后,已经八年没有见过面了。当年满头黑发的王铎,两鬓也布满了银丝。两位老人的双手紧紧握在一起,梁云构、解学龙、陈子龙看着两位肝胆相照的同年挚友,深为他们的友谊所感动。

解学龙说:"觉斯、幼玄两位兄长,你们今日相逢,可喜可贺啊!"

陈子龙擦拭一下眼角上的泪珠,说:"老师,我们每天都在期盼您早日到京。"

王铎招呼着大家坐下,然后分别叙说起各自的经历,说到动情处依然激动不已。

黄道周与陈子龙师生几年不见,显得分外亲切,看到他们脸上洋溢的喜悦,王铎感到非常欣慰。在他们师徒说话的空隙,王铎插嘴对黄道周说:"幼玄兄,这几年你受到很多不公的待遇,大家都为你愤愤不平。"

黄道周却平静地说:"奸臣当道,先帝年轻,我们又能奈何呢?"

王铎很惋惜地说:"先帝刚愎自用,又不听忠言,大明才落得如此下场。"

解学龙平静地说:"也是气数已尽,非人力所为,以致才有今天的结局。"

王铎对黄道周说:"现在是新朝刚立,百废待兴,你来了我心里就更有底气了。"

"觉斯啊,我还没有到任就被任命为礼部尚书,肯定是你在皇上面前的举荐,作为兄长我十分感谢。"黄道周很感激王铎对他的举荐,但神色似乎很快又暗淡下来,说,"不过,为兄早已过了花甲之年,再也没有当年的豪情壮志了。"

王铎却动情地说:"为了大明复兴,咱们来一次'老夫聊发少年狂'。"

陈子龙听出黄道周的激情在减弱,心里很为老师着急,就把大家对他的期盼和王铎所受的委屈讲给他听:"老师,为了大明的江山社稷,王大人积极调和东林党与马瑶草、阮大胡子之间的矛盾,也受了很多委屈。"

梁云构接着陈子龙的话说:"马瑶草、阮大胡子对觉斯成见很深,但为了大明江山社稷,觉斯以海纳百川的胸怀,曾屈尊到马瑶草家动之以情,晓之以理,消除误会,振兴大明社稷。并明确告诉他,作为朝廷股肱大臣,如果出现内讧,先不说让皇上左右为难,前朝灭亡就是前车之鉴。"

王铎解释说:"刚开始的时候,我觉得马瑶草并非奸佞小人。特别是在崇祯九年,我自请到南京掌翰林院,刚到这里不久就大病一场,当时我人生地不熟,也多亏有他多方照顾,才使我熬过艰难的时期。我进入内阁以后,与他相处得还算比较融洽,总感觉我们之间的矛盾只是政见不同罢了,最终都是为了大明社稷。我主动登门解释,更显示出咱堂堂君子风度。现在看来,我把他估计得太高了,他不但没有原谅我,反而更加防范了。"

解学龙说:"目前,马瑶草和阮大胡子之间也有争权的苗头,对于大胡子的做法,马瑶草有时候也无可奈何。"

王铎对马士英、阮大铖的不作为很气愤:"皇上对他们如此信任,他们却不以国事为重,整日里心怀鬼胎争权夺利,早晚会遭天谴的!"

梁云构、解学龙、陈子龙的话,让黄道周对王铎由衷敬佩,端起酒杯敬王铎一杯。

最后,黄道周把话题转到家事上来,关心地问王铎:"觉斯啊,听卧子说,这几年你也受了很多罪,家中好几位亲人都相继离开了人世。"

提起伤心事,王铎自然有些哽咽,稍停了一会儿,说:"幼玄兄,其实咱们都不容易,我至少没像你吃过皮肉之苦,应该说还是幸运的。"

梁云构看看气氛有些沉默,就主动举杯敬大家,气氛又慢慢缓和起来。

王铎回头看着黄道周,也幽默地问:"幼玄兄,我听卧子说,这几年你在家培养了一位年轻女弟子?"

黄道周一下愣在那里。王铎止不住笑了起来,说:"听说嫂夫人学兄长的书法，足能以假乱真。"

黄道周这才恍然大悟，其他人也都跟着大笑起来。

说起书法，王铎又想起了张瑞图，黄道周的眉头慢慢紧蹙起来。王铎两眼看着他，想从他那里了解张瑞图的情况。黄道周叹了一口气，告诉王铎说，张瑞图去年在福建老家病逝了。

王铎听后一下子愣在那里，半天没有说话，泪水在眼眶里直打转。他清楚地记得，崇祯二年三月，张瑞图因为给魏忠贤写生祠碑文，被定为阉党获罪而罢归。对于张瑞图的所作所为，王铎开始也不理解，当知道了详情后，对他也是深表同情。

黄道周看着王铎痛苦的表情，心里也很纠结。张瑞图是王铎在书法艺术方面的领路人、启蒙者。过了一会儿，黄道周还是把张瑞图的情况简要告诉了他。张瑞图被遣归乡后，偕如夫人贺氏隐居在晋江故里，生活恬淡，优游田园，忘情山水，经常往白毫庵中与僧人谈论禅理，以诗文翰墨自娱，留下大量书法及诗歌作品。特别是《村居》《庵居》六言诗三百首，在当地广为传诵。

王铎听了之后，心里才慢慢释然。

二月初三，阮大铖被擢升为兵部尚书。

皇上突然对阮大铖的任命，不要说王铎和朝中大臣难以理解，就连首辅马士英都很震惊，预感到自己的权力受到了威胁。

马士英利用定策之功，掌握了朝中大权。极力推荐阮大铖后，很多大臣都把他与阮大铖视为阉党遗孽，是一丘之貉，在朝中引起了极大的负面影响。他们之间本就是利益关系，现在阮大铖掌握了兵权，必定会与马士英相互掣肘。

王铎刚入阁时，一时雄心壮志冲云天，曾对皇上发誓："吾铮铮自树，则此集传，不则覆瓿耳。誓不学周延儒、温体仁辈，以贪奸贻唾也。"后来慢慢发现，皇帝朱由崧整天花天酒地，又碌碌无为，既没有中兴大明的决心，更没有收复失地的远大志向。为此，王铎先后多次进行劝谏，并提出了很多治国理政的条陈建议，但他根本就听不进去。王铎慢慢地就对朱由崧失去了信心，曾赌气先后五次上疏辞呈乞休，但每次皇上朱由崧都用加封的方式进行慰留。王铎考虑到皇上对自己有知遇之恩，才暂时强忍了下来。

皇上对阮大铖的重用，让王铎陷入了沉思。刚来南京时，有了一个安定舒适的家，结束了漂泊多年、饱尝人世间艰难困苦的生活，不愁吃不愁穿，孩子们也有了很好的读书环境。马士英大权在握，在朝中虽然横行一时，但对待王铎却是另眼相看，让他有时感到很荣耀，也有一种高处不胜寒的感觉。

王铎性情耿直，做事光明磊落，让人喜欢让人忧。在朝堂上，他与意见相左的大臣争辩时，直来直去的性格也得罪了一些人。他果敢的勇气也得到了很多人的佩服。当陈贞慧等人遇到危险时，他果断地出手相救，使东林党、复社中对他有偏见的人也不得不佩服。

王铎虽然有豁达的性情和开阔的襟怀，但在内阁大半年的时间里，所经历的是是非非和恩恩怨怨，让他感到身心疲惫，有时力不从心。如果马士英与阮大铖再起内讧，刚建立的弘光王朝更是危如累卵。面对当前混乱的现状和管理漏洞，他又毅然决然地上疏《兵马钱粮事宜条款》，提出了具体的整改意见和条陈建议，准备经皇上御批后就督促户部、兵部办理。

王铎的提议虽然很及时，也非常关键，但由于涉及敏感的兵部，阮大铖坚决反对，马士英也不想让王铎插手兵部事宜，他们就联手提出了相左的意见。朱由崧为了平衡他们之间的关系，又将奏疏留中不发。

王铎知道后，再一次对皇帝朱由崧大为失望。如果皇帝不作为，崇祯王朝失败的老路还会重演，江南半壁江山危矣。思前想后，在万般无奈之下，王铎还是果断地第六次提出辞职。

朱由崧看到王铎的辞呈后，还是坚决不同意。他心里也很清楚，王铎是几朝元老，不但在朝中有很大的影响力，而且在社会上也有较高的威望。为了再次挽留王铎，朱由崧又晋封他为少傅，由从一品晋升为正一品。在不到两个月的时间里，接连对王铎两次加官晋爵，这在历史上也是很少见的。

王铎第六次辞任，本来是铁了心要离开朝廷这个是非之地的，与家人好好享受天伦之乐，过上几年安稳的生活。他辞任不成，又无奈地回到东阁。

晚上回到家，王铎草草吃完饭，来到书房里，顺手拿起跟随他半生的《淳化阁帖》，准备仔细阅读时，王无党带着陈子龙匆忙进来。

陈子龙深夜来访，王铎感到肯定又有要事，就赶紧放下手中的帖子，问："卧子，有啥急事吗？"

陈子龙顾不得坐下，火急火燎地说："我老师要走！"

王铎听后吃了一惊，但还是沉住气问："别着急，慢慢说，他要去哪里？"

陈子龙喘了一口气，紧接着说："他提出去绍兴祭奠大禹陵，皇上已经恩准。"

王铎听后呼地就站了起来，问："他是咋想的，在这个时候去祭奠大禹陵？"

陈子龙气呼呼地说："他说是去祭奠大禹陵，我看他是想离开朝廷这个是非之地。"

"他来了还不到一个月，很多事情还需要他出谋划策呢。"王铎自言自语地说着，然后看着陈子龙说，"卧子，你应该好好地劝说他。"

陈子龙感到有些委屈："先生，我已经劝说几天了，但他还是执意要走。"

王铎冷静地想了想，对陈子龙说："现在你就带着我去找他，我要亲自找这个倔老头好好谈谈。"

黄道周来南京没带家眷，只带了一个书童，所以就先安排他在驿馆临时住下。

王铎赶到驿站时，黄道周正准备休息，见到王铎突然前来，开始有些惊讶，看到王铎身后的陈子龙，就明白了其中的缘由。

王铎来到黄道周面前，开口就埋怨他："幼玄兄，好你个倔老头，听卧子说你想逃跑。"

黄道周却笑了笑，平静地说："我不是逃跑，是给皇上办差。"

王铎突然恭恭敬敬地给黄道周施礼，起身后很严肃地说："我尊敬的兄长啊，本来是想在你到任后，咱们共同辅佐皇上，实现收复失地、中兴大明之夙愿的。我万万没想到，你咋想到要离开留都呢？你若是走了，我不又要孤掌难鸣了吗？"

黄道周赶紧拉着王铎坐下，真诚地说："觉斯你先别生气，坐下来听我慢慢说明原委。"

王铎气呼呼地坐下后，黄道周依然平静地说："我何尝不想留下来，与你共谋大业。可你好好想想，你与皇上有过患难之交，现在又是朝廷内阁大臣，对很多朝政都无能为力，我一个无缚鸡之力的老朽又能如何呢？"

陈子龙听了黄道周的话，心中的气消了大半，抬头看着王铎胸前补服上的仙鹤，认为老师说得非常有道理。

王铎依然慷慨激昂地说："你是大明之忠臣，治国之干吏。大明王朝现在岌岌可危，朝廷可以没有我王铎，但万万不能没有你黄道周啊！"

黄道周无可奈何地摇摇头，然后语重心长地说："我心里很清楚，你对我抱有很大希望。我人还没有到南京，皇上就对我就接连擢升，这都是你举荐的结果，愚兄深表谢意。作为大明臣子，也理应竭尽全力为国效忠。在国家剩下岌岌可危的半壁江山之时，更应该奉献心血，力挽狂澜于既倒。但我来南京这一个月，亲眼看到的、亲耳听到的，都是皇上整天声色犬马，铺张奢靡。马瑶草、阮圆海也在党同伐异里花天酒地，似乎一点也没有感觉到大厦将倾。权臣们搞内讧争权夺利，我看比先朝更为激烈啊。"

黄道周的语言虽然过激，但讲的却都是实情。王铎没有打断他的话，听得很仔细。

"在国难当头之际，我既不能心安理得地做隐士，又不能慷慨激昂地发奋尽忠，也不愿意置身其中留在朝里，只能以去绍兴祭奠大禹陵为由，离开这个是非之地。"

王铎本来想劝慰黄道周留在朝廷，可他的一番肺腑之言也说出了自己的心声。自己就是因看不惯皇上的奢侈作风和马士英、阮大铖弄权，也曾经六次提出辞任。

王铎听了黄道周的话，坐在那里半天没吭声，打消了劝说的念头。最后无不感慨地说："既然兄长去意已决，愚弟不再阻拦，只是启程之日确定后，我好为你送行。"

黄道周有些愧疚地说："愚兄匆忙离开，愧对你的厚望，我深感惭愧。今日咱们相见，就等于为我送行了，也免得别人说三道四。"

王铎很了解黄道周的脾气，他决定的事情一般很难更改，因此也就不再强求。绍兴是倪元璐的家乡，就提醒让黄道周寻找他的家人："幼玄兄，你到绍兴办完差后，尽快去看望玉汝的家人，需要照顾的我们尽力而为，以告慰他的在天之灵。"

黄道周说："据我所知，他的长子会鼎应在绍兴。"

倪会鼎是黄道周的学生，只要他在绍兴，王铎就一百个放心了。

第四十四章

　　黄道周去祭奠大禹陵后，王铎的心情很郁闷，情绪也比较低落。
　　一天，王铎正在东阁处理事务，太监田成慌慌张张地进来，凑近王铎的耳边，悄悄地说了几句话。王铎立刻就瞪大了眼睛，顾不上收拾桌上凌乱的东西，就急忙跟着他向宫里走去。
　　王铎刚走进内宫，皇帝朱由崧看见他后，就跌跌撞撞地直奔过来，往日的威严荡然无存。王铎准备给他施礼时，却被他紧紧抓住了双手。
　　王铎刚想张口问明缘由，朱由崧却像一个受委屈的孩子，带着哭腔说了一句没头没脑的话："王爱卿……太子……"
　　朱由崧一句完整的话没有说完，就已经泣不成声了。
　　王铎看了这个阵势疑惑不解，十分诧异，就赶紧扶着朱由崧坐下。站在一边的太监田成说："昨天晚上，高梦箕送来一个年轻后生，说是先帝的太子，不知是真是假。"
　　朱由崧擦拭着通红的眼睛说："王爱卿，当年你曾给太子当过老师，是真是假一眼就能看出来。如果真是太子，我宁愿把皇位禅让给他。"
　　直到此时，王铎才彻底明白了其中的缘由。从表面看，皇上把他当作亲人，把最机密的事情与他商量，实际上却是给他出了一个天大的难题。按照祖制，皇位由太子继承天经地义。如果太子是假，事情就好办了，直接交给刑部一杀了之。假如真的是太子来到南京，朱由崧已经登基称帝，要让他禅让皇帝位，不但他自己不情愿，马士英、阮大铖等人也是绝对不会答应的。
　　王铎此时心里很纠结。他们有过患难之交，新朝成立后不久，还在王铎逃难流亡的路上时，就对他委以重任，后来又擢升他为内阁次辅，官居一品。在众大臣的眼里，他是位高权重的人物。朱由崧单独召见自己，意思已经很明白了，不管来的太子是真是假，自己都必须认定他是假的，这是对他人品道德的重大考验。
　　崇祯皇帝的太子朱慈烺，崇祯二年二月由周皇后所生，崇祯三年二月就被立为皇太子。太子就是皇储，也是未来的皇帝。王铎已有近五年没有见过太子了,也不知道他是否和朱由检一个德行。如果他也是一个刚愎自用之人,成为皇帝后也将会出现乱局。

王铎想到这里,不由得浑身冷汗如雨。但冷静地一想,据确凿的信息证实,太子和定王、永王都被李自成擒获,太子在战乱中,一说遇难,一说走散。

"皇上,您的高风亮节令为臣敬仰。"王铎首先赞扬了朱由崧一句,然后接着说出了自己的看法,"据臣从左懋第的密报得知,太子一直在京师,根本就没有南来,所以微臣初步判断,此人必定是假太子。"

朱由崧听了王铎的话,眼睛滴溜转了几圈,似乎也想起来了什么。接着,王铎就把左懋第密报的内容做了详细陈述。

太子年仅十六岁,在山海关的混乱中,他逃出李自成和吴三桂的魔掌后,大半年的时间里,始终未能离开京师,以流浪为生。寒冬腊月,太子身上连一件棉袍也没有,在万般无奈的情况下,才来到外祖父家里。周奎的侄子周绎领他去见了长平公主。崇祯皇帝在煤山自尽前,曾执剑亲手将女儿砍断一臂,公主活命后被送到外祖父家。太子与公主相见后抱头痛哭,周奎在家中依君臣之礼相待,并留他吃饭,直到很晚方才离去。临走之时,公主赠以棉袍,并告诉他以后不要再来周府。可是过了没几天,太子又来到周府。周绎同意留他,但提出不要提太子,对外人只说是书生,以免惹出祸端。太子却执意不从,周奎怕被牵连就把他赶出家门。本想寄希望于亲情,后来却被出卖了。

多尔衮为了确认太子的真假,先后找来周府的家奴和曾经在太子身边的原锦衣卫人员进行确认。十个锦衣卫见到太子后,一齐跪曰:"此真太子。"凡是做证为真太子的人,都被收监下狱;凡是狡黠识相,参透玄机,咬定太子是假的,全部平安。消息传到民间后,摄政王多尔衮很快下令,将太子处死在狱中。

朱由崧听了王铎的一番话,再想想左懋第的为人处世,才轻轻地长出了一口气,紧张的脸慢慢缓和下来。

马士英自从得知"太子"来南京后,就谎称身染疾病,向皇帝告假躲在家中休养。王铎哪里知道,这是马士英和阮大铖密商之后,规避风险的伎俩。只要能保住马士英,朝廷就是他们的天下。

主持审查"太子"身份的真伪,马士英作为首辅本应是责无旁贷。但他出于自身利害的考虑,就与阮大铖心照不宣地达成默契,绝不容许冒出个太子,否则就会危及朱由崧的皇位和已经形成的朝廷格局。由于事态的发展并非一定能如马士英所愿,若能证明太子是假固然最好,如果是真太子的话,他主审就会陷于被动。因此，马士英自称有病，退居幕后，把主持审查的差事推给了王铎。

第二天，面试太子在武英殿进行。王铎作为主持人首当其冲，参加审查的还有曾经在京师东宫担任讲官的刘正宗、李景濂，另外还特地从监狱中调出因从逆案在押，也曾为太子授读的前少詹事方拱乾。皇上采取这种高姿态，也是显示一种透明、公开的态度，没有掩人耳目。

在王铎的记忆中，太子长得方颊大眼，高声宽颐，厚背首昂，行步端庄，立度肃谨，而且为人稳重，眼前的年轻人与太子正好相反。

年轻人见到方拱乾时，他竟然一眼就认了出来，对刘正宗、李景濂却又完全不认识。

王铎等大家都静下来，起身后来到年轻人身边，平静地问："你认识我吗？"

年轻人的头摇得像拨浪鼓，而且还反问道："不认识，你是谁？"

王铎见年轻人如此轻浮，是假太子无疑，口气变得威严起来："我曾经三年侍班，与太子相距近在咫尺，而你却不认识我？"

年轻人听了明显惊了一下，然后又在摇头。王铎接着又问："讲书在何殿？"

年轻人头一昂，信心十足地回答："当然在文华殿。"

"不对，与太子讲书是在端敬殿！"王铎一挥右手，断然给予否定，年轻人的眼睛一下子瞪大了，王铎紧接着又问，"几上位置何物？"

年轻人似乎没有明白王铎的问话，愣愣地看着他，露出了胆怯的神色。

王铎又连珠炮似的发问，所讲功课、所习何字、先帝的生日、宫中的制度等，年轻人一概都回答不上来，刚来时那种目中无人的神色立刻不见了。

王铎双眼直视着年轻人，并根据讲读时的书目继续追问。最后年轻人的防线似乎彻底崩溃了，一屁股坐在凳子上，低下了高昂的头，两手抱着头，再也不敢看王铎一眼。

王铎看到这种情况，来到年轻人身边，轻轻地把他的衣裤提起，在小腿上仔细看了一遍，年轻人一脸的茫然。

王铎突然大喝一声："此人是假无疑！他把自己天天读书的地方都说错，父皇的生日都不知，几上何物、讲何书、习何字均不清楚。最关键的是，太子小腿上有一块黑痣胎记，此人却没有。"

锦衣卫听到王铎吆喝声，立即来到年轻人左右。他抬头一看，吓得立即滑落到凳子下。王铎厉声问道："你到底是何人？"

年轻人立刻跪地不起，哭叫着求饶："小人叫王之明，是保定府高阳人，父亲王纯，母亲徐氏，是已故驸马督尉王昺之侄孙。"

王铎和其他大臣听了之后，紧绷的心也慢慢松下来。王之明随后把相关情况简述了一遍：北京陷落以后，内监高起潜的奴仆穆虎在南下的路上遇见了王之明，他觉得此人和太子外貌很相似，就马上称他为太子，并把他带回了家。高起潜也信以为真，又担心南明朝廷对太子不利，就把他秘密送到杭州的侄子高梦箕家里，高梦箕又把他送到金华。一路辗转漂泊，风尘劳攘，王之明心中怨愤，就趁正月十五在外观赏花灯的时节，当众发泄不满，引起了路人围观。眼看秘密泄露，高梦箕只得把太子藏在自己家的消息报告给朝廷。

王之明被送抵南京后，内监韩赞周、车天祥受皇帝朱由崧的指派，前往辨认真伪。两位内监一看，就被王之明的气质所折服，当即跪下行礼，并把皇家的衣服给他换上。消息一传开，许多旧臣也纷纷前来拜见。督营太监卢九德也受命前来辨认，刚开始他还很倨傲，但王之明一看到他就直呼其名，慑于威势，卢九德赶紧下跪赔礼。旁观的众官员见状，更加肯定是太子本人无疑。

王铎主持审理后，大家才一致认定太子确实是假冒的，随即将审理的经过禀告皇上。

结论出来之后，皇上悬着的心才落了地。都察院随即把王之明关进了大牢，并在大街上张贴布告。

第二天一早，王铎正准备出门时，梁云构急急忙忙走进来。王铎见他慌慌张张的样子，预感到有什么急事，问："匠先兄，莫非有啥急事不成？"

梁云构喘着粗气说："南京坊间开始流传一首民谣，显然是对你很不利啊。"

王铎赶快把他让到书房里，不以为然地说："啥民谣？看你大惊小怪的。"

梁云构坐下后，就赶紧把听来的民谣说给王铎听："民谣说：'欲辨太子假，射人先射马。若要太子强，擒贼必擒王。'"

王铎不解其意，疑惑地看着梁云构，问："这是啥意思？"

梁云构解释说："这里的'马'当然是指马瑶草了，而最后的'王'是暗指你啊。"

王铎坦然地说："我只不过说了句真话而已，心底无私，对天可鉴。"

王无党在头天晚上也已听到民谣，只是还没敢告诉爹。他听见梁云构与爹的对话后，就赶紧进来插嘴说："爹，太子纯属假冒，已经没有人再提出异议了，问题是这件事直接牵扯着皇上的合法性。肯定是那些对皇上继统不满的人在乘机兴风作浪，散布流言蜚语。"

王铎回头看着王无党，认为他分析得很有道理，也很欣慰他开始成熟了，就继续听他说："现在有人对朝廷不满，把矛头直指皇上。还有人在皇城墙上题诗讽刺：'百神护跸贼中来，会见前星闭复开。海上扶苏原未死，狱中病已又奚猜？安危定自关宗社，忠义何曾列鼎台？烈烈大行何处遇，普天同向棘园哀。'"

王铎知道了事情的真相后，感到自己又被马士英、阮大铖耍弄了，心里极度懊悔。

甄别假太子有了明确的结论，正准备进行处斩时，武将左良玉、刘良佐、黄得功和巡抚何腾蛟、袁继咸等人纷纷上疏，极力反对杀害假太子。为了不激发众怒，只好暂时把王之明关在了监牢里。

今年真是多事之秋，一波未平一波又起。三月底，从河南来了一位妇人，说是皇上的旧妃童氏来认亲。

王铎感到此事很蹊跷，以前从来没听皇上说过童妃一事。回到家里，王镛、王无党、王无咎他们也在议论这件事。

王铎坐在太师椅上，静静地听他们分析情况，偶尔也谈谈自己的看法。王镛先把事情的来龙去脉做了梳理：

河南道监察御史陈潜夫向朝廷报告，称他发现了与皇帝朱由崧失散多年、流落在民间的王妃童氏。还说童氏是为了躲避兵乱，才隐姓埋名在河南归德府尉氏宁家庄，后来因为她的哥哥与邻居秀才为了一头牛的归属起了争执，互相对骂，一时气急，口不择言地说："你以为我是微贱不足道的人好欺负，我妹妹乃是南朝天子的皇后，暂时屈居于此。他日入了皇宫，就灭你九族。"旁边看热闹的人听了很惊愕，就赶紧报给县令。县令又急报给河南道监察御史陈潜夫，事情很快就报到了朝廷。

手握重兵、南明四镇之一的刘良佐得知这一消息后，特地派自己的妻子去接童氏，兼而验证童氏的身份真伪。童氏告诉刘良佐的妻子，她今年三十六岁，十九年前随母亲到了福王朱常洵的王府，售卖女红衣饰给王府的宫女们。福王的世子朱由崧很喜欢她，就把她留了下来，两人还生了一个儿子叫金哥，后来因兵乱分散逃难，与朱由崧失散已有数载。如今朱由崧做了皇帝，她希望能够恢复昔日的身份。

刘良佐的妻子根据童氏说的话进行判断，认为并非江湖骗子，应该为王妃无误。她把听到的话告诉了刘良佐后，就派人把童氏从河南归德府送到南京。一路上，闻知消息的地方官员们都以皇室礼遇接待童氏。她认为自己不久就要成为皇后了，未免就得意忘形，脾气开始大增。有时候看到饮食不合意,甚至把桌子都给掀了。然而,让人不解的是,朱由崧对这一消息却表现得很冷淡。童氏抵达南京后,朱由崧并没有亲自见她,而是派遣锦衣卫冯可宗前去查证童氏的真实身份。童氏提供了许多细节,包括她进入前福王府的准确日期,以及爆发兵乱后的流散过程。看到一切都能对得上号,冯可宗也相信童氏是真正的皇妃,于是把审讯记录呈上给朱由崧看。

朱由崧只看了一眼,就顿时勃然大怒,大声训斥道:"朕原配黄妃,继配李妃,安有童妃者?"还当即撤了审讯不力的冯可宗的职,改派东厂屈尚忠接手此事,令他用酷刑严审后,关进了东厂大狱。

王镛说完后,王无党又补充了一些听到的议论:"关于童氏的身份,有人说她是周王府或邵陵王府的宫人,皇上从洛阳逃出以后,曾与她有过一段情,并怀孕生子,随后又失散了;还有人说,她其实是周王朱恭枵世子的妃子,她误以为在南京登基的是周世子,所以想来做皇后。"

王无咎也发表自己的看法:"皇上的做法,的确让人感到有些蹊跷。童氏被送到南京后,他见都不见,二话没说就把她关进监狱,而且是锦衣卫大牢。我认为有两种可能,一是他知道是假冒的,不必再检验;二是他知道是真的,也不必再验。"

王无党听了自言自语地说:"按照你的逻辑推理,一种是皇上知道童氏是个真正的大骗子,属于招摇撞骗,他根本就没有必要相见验证身份,所以就直接交给了锦衣卫;另一种是恰恰相反的结论,童氏真有其人,真有其事,皇上惧怕当面对质会引出各种不利,遂慌忙将其拘禁用刑。"

王镛说:"现在朝野上下普遍都认为童氏是真,皇上故而不敢验证。"

王无咎接着又分析说:"皇上的做法说明两点:第一,皇上不够坦荡,如果是假冒的,见一见又有何妨,见面后可以当面戳穿她,回避不见则说明他心中有鬼;第二,童氏是假冒的可能性很低。马瑶草也曾经说过:'人非至情所关,谁敢与陛下称敌体?'"

王无党现在世面见多了,分析起来也头头是道:"是啊,马瑶草和刘良佐都力挺童氏是真,他们也许不无奇货可居的动机。如果童氏得正其位,不只是立上一功,手里又添了一个政治上的筹码。"

王无咎说:"他们也许认为童氏所述是可信的,并不是骗子。刘良佐其妻毕竟也是见过世面的,岂能轻易上当,更何况此事重大,弄不好是要承担重大政治风险的。"

王铎听着他们的议论,认为不无道理。实际上整个朝堂,甚至是在南京城里的百姓们,也都为童妃的事闹得议论纷纷,对皇上拒绝相认的做法很气愤。

王镛见哥哥一直不说话，就问了一句："大哥，这个童妃到底是真是假，你应该很清楚啊。"

王铎说："不管是南来太子，还是童妃认夫，我认为都是假冒无疑。本来都是很简单的事情，现在却闹得沸沸扬扬。"

大家都静下来后，王铎说出了自己的判断："按照大明典制，亲王、郡王立妃都要上报朝廷，并由朝廷派官员行册封礼。天启二年十月，工科给事中魏大中、行人司行人李昌龄奉诏封福府德昌王朱由崧妃子是黄氏。黄妃无子早死后，又娶李氏为妃，朝廷从来没有册封过童妃。崇祯十四年正月，李自成攻陷洛阳，老福王朱常洵被杀害，李妃也死于难中。皇上和嫡母邹氏趁乱逃出后，过黄河逃荒到怀庆，咱们一家秘密把他们保护起来，根本没有与外面任何人接触。甲申之变时，皇上逃到卫辉府，因贫困潦倒还曾经向潞王借银，后来又一道南逃到了淮安。在这期间，他从来没有去过归德府尉氏，怎么可能相遇童氏？按照童妃的说法，她十七岁入宫，并由曹内监册封。童妃还说她入宫时，皇上已经有了东、西两宫，这纯属是无稽之谈啊。"

王无咎听完爹的话，就赶紧提醒说："爹，不管这个童妃是真还是假，你都不要再去甄别了。你认定太子是假，别人认为你说的是假。外面已经有些人在议论，说你与马瑶草、阮大胡子是一……"

"说我和他们是一丘之貉。"王无咎没敢说下去，王铎替他说了出来。

王镛瞪了王无咎一眼，王铎却没有在意，心情很沉重地说："不管是伪太子，还是假童妃，都是朝廷内部之间的纷争。这不但会严重影响大明王朝的稳定，还让大臣无暇顾及清廷掠我大明河北大片国土。从中也可以看出，皇上已经失去了正直朝臣和百姓的信任。我说的即使是真话，他们也没有人再相信了。特别是东林党、复社中那些别有用心的人，总觉得这两件事是质疑皇上合法性的证据。如果他们再与左良玉联起手来，说不定还会从中找到起事的借口。"

王无党说："爹，童妃真假事件，闹得朝廷上下、整个南京城都沸沸扬扬。马瑶草却唯恐天下不乱，在奏疏中还援引吕雉和高祖失散的例子，加以引导童妃是真。"

王镛也插嘴说："据说阮大胡子也认为童妃是真，并说过'吾辈只观上意，勿存恻隐之心'。"

王铎说："马士英和阮大铖是想在童妃案中捞取政治资本。"

王镛控制不住又说了一句："有人对皇上也有议论。"

王铎听了一愣，但并没有打断他的话，接着听王镛说："有人议论说，皇上从洛阳逃出来后，一直以来都只是以印信证明世子的身份。如果他是在兵乱中偶然获得了王印,那么他肯定不敢面对真正的王妃。皇上拒绝认童妃,实际上是因为他本身就是假的,假福王怕见真童妃,所以他就急着要灭口。"

王无党说:"虽然这样的猜测毫无来由,却有不少人愿意相信,人们虽然嘴里不说,但心里却对皇上身份的真实性以及合法性有极大的怀疑。"

"这些人真是唯恐天下不乱,肯定有不可告人的目的。"王铎气愤地说了一句,又感到这件事涉及皇上的名誉,就严肃地对王镛、王无党和王无咎叮嘱,"刚才所说的话,只能在家说,在外面只字都不得提起!"

明弘光元年四月初一,皇帝朱由崧破天荒地突然主动召见大臣,商议江防和御敌大事,目的就是防御左良玉的军队。

起因正像王铎所预见的那样,左良玉称奉先帝太子的密谕前往南京"护驾""清君侧"。

左良玉是侯恂亲自提拔培养的,在崇祯朝崛起,并逐渐成为比较有实力的将领之一。崇祯九年,侯恂遭阁臣薛国观、温体仁嫉妒,被奏劾靡饷误国,削职入狱,他为此愤愤不平。在崇祯十二年玛瑙山战役之后,长期拥兵自重,不受节制。在内有流寇、外有建虏的形势下,朝廷对他无可奈何,只能一味迁就。甲申之变时,左良玉坐镇武昌,扼据重要的战略要地,拥有十万左右的部队,实力比较强大。朱由崧登基后,使者带着朝廷的诏书到武昌,起初他本不愿意承认,后来在湖广巡抚何腾蛟、巡按御史等人的劝说下,为了能名正言顺地要军饷,他才勉强同意开读,并表示拥戴。左良玉心里很清楚,马士英会同四镇拥戴朱由崧登上了皇帝大位,他没有参与,就不是"定策"功臣。皇帝朱由崧对马士英、阮大铖以及四镇越是信赖,他心里就越不舒服。阮大铖在南京对东林党、复社进行报复,引起了倾向东林党的左良玉强烈反感。再加上黄澍等人的鼓动,最后就以讨伐马士英、阮大铖为名,带领全军乘船顺江东下。在临行之前,却下令把武昌的居民屠戮一空,抢掠一通,然后放火焚烧一光,引起了极大民愤。

四月初一,左良玉到了九江,邀请江督袁继咸到舟中相见。左良玉从衣袖中取出所谓的密谕,一边哭一边劝说袁继咸,同他一起前往南京清君侧、救太子。

袁继咸此时已经得到密报,太子是假的,就对左良玉说:"先帝的旧德不可忘,今上之新恩不可负,你现在这么做是欺君罔上。还滥杀无辜百姓,我求你不要再杀百姓了,他们可是我们的衣食父母啊!"

"谋害太子,是马士英、阮大铖所为,与皇上无干。如爱惜百姓,是大家本心,先生何必过虑?"左良玉不听他的忠告,说完随即拿出誓文、檄文给袁继咸看了一遍。

袁继咸回到九江城以后，决定不和左良玉前往南京，也不让左良玉进九江城。让袁继咸料想不到的是，他的部将张世勋已经同左良玉的将领私下勾结，夜间纵烧全城。左良玉的部兵乘势入城杀戮淫掠。袁继咸于绝望之中，欲学屈原投江自尽，被救起后，左良玉派部将把他接到舟中。左良玉一再解释没有推翻弘光朝廷的意愿，让袁继咸一道东下前往南京。袁继咸无可奈何，只好同左良玉及其麾下诸将约定，严禁烧杀抢掠，不得祸害百姓。

大臣们听完事情的经过后，似乎没有了任何计策，阮大铖立即提出撤回江北兵马，阻止左良玉东下。

王铎正要出班时，刑部侍郎姚思孝已经抢先："启禀陛下，左良玉虽然东下，但并不可怕，宜稍缓，黄河以北才是当务之急。不能撤江北兵马，应该固守淮阴、扬州。"

朱由崧认为姚思孝说得有道理，江北兵马不能调离太多，就强调了一句："刘良佐兵还是宜留江北防守为好。"

马士英此时如热锅上的蚂蚁，如果左良玉到达南京，他的身家性命难保，就气急败坏地指着姚思孝大骂："你们这帮东林党人，是借口江防，欲纵左贼入京不成？"

马士英突然大吼大叫，没有人再敢给皇上提建议，整个大殿里顿时鸦雀无声。

王铎出班陈奏："启奏陛下，首辅马士英和兵部尚书阮大铖，不从大局出发，却要诏命督师史道邻抽调兵马过江拱卫南京，臣以为不妥。"

授兵部侍郎梁云构也紧接着出班说："陛下，当前社稷安危的主要威胁是清军，他们才是大明的心腹大患。"

马士英见王铎、梁云构在皇上和大臣面前与他唱反调，用愤怒的目光盯着他们大发雷霆："好你个王觉斯，不知兵却乱弹琴！清军帮助我们消灭了流寇，报了国仇家恨，你们却要恩将仇报，做世人唾骂的不义之人。就是退一万步来讲，即使清军到了我们面前，还可以进行媾和。如果左良玉到了南京，你我和皇上就得君臣都死。我宁愿死在清军的刀下，也绝不死在左逆手中！"

左良玉的大军已经逼近池州，清军也大举南下，形势十分严峻。朱由崧看着两位股肱大臣当庭争吵起来，内心十分着急。他既不会治国，又不会治吏，就开始和稀泥："你们别再争吵了。依朕所见，上游急，则赴上游；清军急，就御敌好了。"

王铎听了朱由崧的话很生气，这完全是被动地应付。由于君臣的关系，他不能直接反驳。王铎稍微冷静地想了想，无论集中兵力对付任何一方，南京都有陷落的危险。左良玉并没有要谋反的举动，只是要"清君侧"，反对的是马士英和阮大铖，对皇帝朱由崧没有威胁，就再次明确地提出："陛下，当前最主要的敌人是清军，并非左良玉。"

马士英听了王铎的话，惊愕地看着他，好像从来不认识他似的，然后又转向阮大铖，似在求救。

朱由崧显得很激动，在大明王朝危难之时，只有王铎敢于挺身而出。

王铎虽然已经看出马士英对他恨之入骨，但仍然不管那一套，继续陈述自己的见解："如今整个江防非常薄弱，名义上兵力是数十万。臣曾察得金山一带，西至龙潭兵员却不满七百人。这如何能确保南京和大明江山稳固？也正是因为江防不堪一击，才使得左良玉众兵得以乘胜顺流而下。"

阮大铖再也不能熟视无睹了，就急忙出班想打断王铎的陈述。

王铎却不给他留有时间，继续陈述："陛下，现在有人害怕左良玉，臣却不怕。请皇上恩准以本兵印纛授臣，臣愿领兵勉竭死力西上，以遏制左良玉东进，好让朝廷组织兵力阻击清军南下！"

一贯拥兵自重的马士英和阮大铖岂肯轻易把兵权拱手让给王铎。阮大铖刚才还有点畏畏缩缩，现在听到王铎要夺他的兵权，从心底里也对他恨之入骨。但他也知道现在不是赌气的时候，只能以规劝的口气启奏："陛下，王阁老为了大明社稷安危，愿意领兵抗左逆贼的精神可嘉。但他素来不知兵，臣以为还是由臣带兵更好。"

朱由崧先看看王铎，然后又转向阮大铖，觉得他的话很有道理。阮大铖是他刚任命的兵部尚书，现在临阵换将不合适，再说王铎的确没有带兵打仗的经验。刚想说话时，王铎又反驳道："阮圆海，你既然知兵，为什么不组织兵力严密防御清军，却把主要的兵力集中在应对左良玉的东进上，而且还抽调精兵强将昼夜环卫你的私室？"

在皇帝和大臣面前，王铎把阮大铖的行为掀了一个底朝天。阮大铖既尴尬又愤怒，露出了一脸的凶相："你不要血口喷人，有什么证据说我环卫私宅？"

王铎并没有被阮大铖所吓倒。此时，马士英显得很慌乱，急忙出班搅局："觉斯、圆海啊，你们都是朝廷大臣，千万不要为一些小事闹不愉快。"

王铎转脸看着马士英，已经到了生死关头，在他看来却成了私人恩怨的小事情，劈头就来了一句："马阁老，我和阮圆海的政见不是私人恩怨，现在说的都是朝廷生死存亡的军国要事。你作为首辅大臣，当前出现这种被动局面，你有不可推卸的责任。"

马士英有些气急败坏，十分恼怒地说："王觉斯，你真是不知好歹啊！"

王铎并没有向他让步，依然慷慨激昂地说："在大明王朝处在生死存亡的关键时刻，我就是要不知好歹。你既然知好歹，为啥不去组织部署兵力阻止清军，却任命自己的儿子马銮为京营总兵，掌握着以贵州籍为主的亲信部队？请问马阁老，你到底想干什么？"

王铎这么一问，本来就心虚的马士英张口结舌，一时不知该如何回答。

朱由崧听了王铎的一番话，慢慢明白了其中的缘由。先看看马士英，又看看阮大铖，气愤地指着他们两人说："朕把身家性命都交给你们了，可你们却……"

朱由崧两手直打哆嗦，半天说不出一句完整的话。

马士英经过官场摸爬滚打的历练，已经成了老油条。当他看到朱由崧真的生气了，就马上软下来了，用祈求的眼光看着王铎，然后可怜兮兮地对皇上说："觉斯真不愧是几朝元老，经世多见识广，看问题站得高看得远。请皇上放心，我和大铖再好好商议一下江防和抵御清廷的对策。"

阮大铖一看马士英改变了对王铎的态度，极其善变的他也立即配合起来，马上笑脸相迎地看着王铎，用讨好的口气说："王阁老息怒，都是我考虑不周，江防上才出现了这么多的纰漏。"

朱由崧听了马士英的解释，又看看阮大铖的态度，也慢慢缓和起来。并要求马士英、阮大铖尽快部署兵力，全力对付清军南下，却没有同意让王铎巡视江防。

整个大殿里空气十分紧张，王铎的脸色越来越严肃，到后来就越来越感到沉重，最后出现了无可奈何的神色，对朱由崧也越来越失望，从心里发出了恨铁不成钢的感叹，对南明王朝的安危更加担忧。

第四十五章

　　自从左良玉东下"清君侧"以来,南京城里的老百姓拍手称快,特别是东林党、复社的人们手舞足蹈,盼望他能早日到来。就在此时,清军趁机南下,又占据了大片国土,直接威胁着弘光王朝的安危。
　　朝廷内讧越来越激烈,王铎真正尝到了寝食难安的滋味。回到家坐在书房里,既不写字也不看书,眼睛一直盯着窗外苦苦思索。月亮已经挂在了树梢,孩子已经叫了几次吃饭,他只是答应,却一直没有动身。
　　段姬正准备再次叫他时,亲家梁云构来了。王铎才不得不走出书房,当得知他也没有吃饭时,才一同来到厅堂共进晚餐。
　　王无回拿出杜康老酒,要陪着两位老人小酌几杯,说:"您老人家来得正是时候,不然没人能叫得动我爹吃饭。"
　　梁云构看着王铎说:"咋了,还在为召对的事烦恼呢?"
　　王铎先点点头,然后又摇摇头,不知是肯定还是否定。梁云构为了避开敏感的话题,就端起酒杯说:"最近咱哥俩都在忙,也有一段时间没在一起小酌了,今天我陪你喝个一醉方休。"
　　王铎顺从地端起酒杯一饮而尽,几杯酒下肚之后,话头自然就多了起来。
　　梁云构劝说道:"觉斯兄,天下大势正像你预料的那样。你提出的治国建议再好,只要皇上听不进去,就是老天爷也没有办法。"
　　王铎开始很郁闷,听了梁云构的话,感到又出现了新的情况,就禁不住问道:"匠先兄,我所说的都是自己分析的观点,你作为兵部侍郎,对出现的新情况应该说最清楚,现在到底是个啥情况?"
　　梁云构也显得无可奈何,说:"那天在召对的时候,皇上虽然很赞同你的观点,但并没同意让你巡视江防。如此一来,马瑶草和大胡子更加有恃无恐。他们私下商量的对策是:由阮大铖会同靖南侯黄得功、广昌伯刘良佐以及方国安的部队堵剿左良玉,并诏命督师史道邻抽调兵马过江拱卫南京。"
　　王铎一听就急了,瞪着眼睛说:"如果是这样的话,黄得功所管辖的滁州、和州和刘良佐管辖的凤阳、寿州一带不就成了真空地带了吗?"

梁云构说："你说得极是，如此一来，不但给了清军一个南下的极好机会，他们还趁机与河南总兵许国定联手，把驻守在徐州、泗州的高杰给杀害了。"

王铎听了梁云构的话后，举着的酒杯停在空中，愣在那里好似凝固了一般。

梁云构此时心情也郁闷到了极点，自斟自饮了一杯后，就把高杰被许国定杀害的经过和清军已经逼近黄河的情况讲述给王铎听：

正月初二，史可法安排高杰率军北上，但进军的目标不是防御清军，而是北上至开封后，再向荥阳、洛阳一带推进，要在扑灭流寇的过程中充当清军的盟友。

高杰在出师时，曾给已经驻守在黄河北岸的清军肃亲王豪格写过一封信。

高杰在信中一再表达，这次出师的目的是"会师剿闯"，以"分道入秦"的方式夹攻李自成的大顺军。

清军大将豪格对此完全不予理会，在回信中还出现了招降的意思："肃王致书高大将军，钦差官远来，知有投诚之意，正首建功之日也。果能弃暗投明，择主而事，决意躬来，过河面会，将军功名不在寻常中矣。若第欲合兵剿闯，其事不与予言，或差官北来，予令人引奏我皇上，予不自主。此复。"

正月初十，高杰带领河南巡抚越其杰、巡按陈潜夫来到睢州。此时，他们还不知道，镇守该地的河南总兵许定国已经秘密同清军勾结，并且按照豪格的要求，把自己的两个儿子送到黄河北岸的清军营中充当了人质。

高杰大军进抵睢州后，许定国惶恐不安。他深知自己的兵力敌不过高杰，求豪格出兵支持又遭到了拒绝，只有横下心来铤而走险。他一面出城拜见高杰，一面暗中策划对付办法。高杰在得知许定国已经把儿子送入清营后，为防止他率部把睢州献给清军，就想凭借自己的优势兵力，胁迫许定国随军西征。十二日，许定国在睢州城里大摆筵席，越其杰劝高杰不要轻易进入睢州城，以防发生意外和不测。高杰自以为兵多势重，许定国绝不敢轻举妄动，进城赴宴时只带了三百名亲兵，还让越其杰、陈潜夫陪同前往。许定国名义上是为高杰、越其杰、陈潜夫等人接风洗尘，实际上却是鸿门宴。事先埋伏好伏兵，又用妓女好言劝酒，最后把高杰等人灌得酩酊大醉。到半夜时分，伏兵猝发，把高杰和随行兵卒全部杀害，越其杰、陈潜夫在惊慌失措中逃出睢州。第二天，高杰的部将才得知主将已经遇害，他们愤恨不已，立即攻入睢州对军民大肆屠杀进行报复，许定国则率部投降了清军。

王铎听了后，气愤地用拳头砸了一下桌面，大声地质问："有本事去找许国定报仇，残害老百姓算啥能耐！"

梁云构说:"高杰被杀以后,史道邻出兵配合清军讨贼的计划全盘落空了。他只好亲自赶往高杰军营中,亲自做善后安抚工作,并立高杰的儿子为兴平世子,同时任命高杰的外甥李本深为提督。"

高杰的部队对大明弘光王朝意义重大:第一,他是朝廷的绝对主力,实力居四镇之首。兵力近四十万人,仅次于左良玉的军队。从实际战斗力来看,或许比左良玉还要强。第二,高杰的部队是朝廷军队中尚能以大局为念、愿意报效国家的一支军队。

王无回开始一直为两位老人倒酒,听到此时禁不住插嘴说:"我听朝宗说,高杰死后,军中无主,部下兵马乱成一团。黄得功就想趁机瓜分高杰部的兵马和地盘,双方闹得剑拔弩张。"

提起史道邻,梁云构显得有些不屑:"睢州之变,高杰作为一军主帅虽然遭到暗算,但他的实力并没受到多大损失。高杰的妻子邢氏担心儿子幼小,怕不能服众,听说史道邻没有嗣子,就主动提出来让儿子拜他为义父。这本来是同高杰将士增进感情的绝好机会,然而他却认为高杰是流贼出身,视朝廷安危大局于不顾,坚决给予拒绝。"

王铎对史可法的做法也感到不满,对他只顾小节失去国家安危大义感到很惋惜:"史道邻应该趁高杰部将因许定国诱杀主帅投降清朝的敌忾之心,改弦易辙,做出针对清军的战略部署,至少应利用许定国逃往黄河以北,清军还无力南下的时机,稳定河南的局势。"

梁云构很赞同王铎的看法:"高杰遇害后,史道邻退到扬州。他的做法,说轻了是胆怯,说重一点就是在逃跑。"

王铎愣了一下,对史道邻很失望,说:"以前他不是这样的人,现在咋会这样呢?"

梁云构接着说:"是啊,他有个幕僚叫阎尔梅的,曾劝他渡河收复山东,他却不听;后来又劝他西征收复河南,还是听不进去;最后又劝他驻守徐州,还是不听,拔营退到了扬州。"

梁云构说的这件事,让王铎对史可法的军事才能产生了质疑,史可法在他心中的高大形象一下子矮了一大截。

梁云构看着无可奈何的王铎,劝慰他说:"亲家翁,你再也不用为皇上担心了,可能是老天有眼吧,左良玉已经一命呜呼了。"

王铎喘了一口气:"谢天谢地,避免了一场内讧。其实我认为,对付左良玉用不着调动大军阻拦,他的目的本来就不是针对皇上的。"

"觉斯兄,你是只知其一不知其二啊。"梁云构神秘地说了一句,然后解释说,"左良玉名义上是称奉先帝的太子密谕,前来南京救护和讨伐马瑶草、阮大胡子，而实际上是李自成在清军阿济格大军的追击下，经陕西商洛、河南西部邓州一带进入了湖北襄阳地区，左良玉不敢与李自成的大顺军主力作战，才假借太子密诏赴南京救驾，率部顺江东窜。"

王铎听后极为愤慨："没想到他竟然是个贪生怕死之徒。"

梁云构说："左良玉率军顺江东下，到九江后放火把城给烧毁了。当时左良玉病情已经很严重，看着城中的火光，内心突然感到很后悔，说对不起袁公，然后吐了几口血，当天夜里就死了。"

"祸害百姓，死有余辜！"王铎气愤地说了一句，然后就对梁云构说，"既然是这样，黄得功、刘良佐和史道邻的部队就可以重新部署到江淮一带阻击清军了。"

王无咎插嘴说："左良玉死后，各位将领秘不发丧，又共同推选他的儿子左梦庚为军主。并把袁继咸拘禁在船中，继续引兵东下，先后占领彭泽、东流、建德、安庆，兵锋直通太平府。"

梁云构叹口气说："黄得功的军队已经被悄悄地调防到长江以南太平府芜湖一带，刘良佐的军队被部署在了对岸的江北。史道邻领兵过江行至草鞋峡时，得知左良玉已死，似乎才彻底明白了当前的主要威胁是清军，就提出马上到南京面见皇上。并向朝廷提出集中所有的力量，共同对付清军，坚决保卫南京的对策。"

王铎点点头，问："咋没见史道邻来南京呢？"

梁云构说："又是马瑶草、阮大胡子从中作梗，根本就没让他进城。你想啊，马瑶草担心他来后，会影响自己在朝廷中的地位。去年好不容易才把史道邻赶出朝廷，怎么会轻易让他再回来呢？再说了，这次史道邻又是带着兵回来的，他是绝不会没死在左良玉手中，反而提前死在史道邻手里的。所以说，马瑶草和阮大胡子为了保住自己的位子和性命，就以清军南下形势日益紧迫为由，以皇上的口气下旨：'北兵南向，卿速回料理，不必入朝。'史道邻接到圣旨后，回想起当年在燕子矶陪皇上进南京的情况，心里是感慨万千。现在为了大明社稷的安危，想面见皇上陈述自己观点的机会都不给，十分伤心，于是乎就朝着南京拜了八拜，痛哭返回了扬州。"

王铎听了梁云构的叙述，对马瑶草的所作所为感到更加气愤，也对皇上彻底失望。

马士英、阮大铖将兵权看得十分重要，但在如何应对清军方面，却没有一个积极的防范措施。

史可法回到扬州后不久，先后传来五条危言耸听的消息：一是清军趁史可法、黄得功和刘良佐阻止左良玉之机渡过黄河，黄淮重镇徐州已经失守，豫亲王多铎统领大军从归德南下，沿途州县望风归附；二是重镇盱眙守将开城迎降，守泗州总兵也率部南逃，部分清军已经渡过淮河，驰援泗州的援军几乎全军覆没；三是许定国杀害高杰投清后，扬言要把高杰的旧部和遗眷斩草除根，以绝后患；四是原高杰的提督李本深，率领总兵杨承祖已向清军豫亲王多铎投降；五是总兵张天禄、张天福也带领部下兵马相继投降了清军。

首辅马士英对于江北传来的信息不以为然。在确认左良玉已死之后，还与阮大铖一起发布左良玉的罪状，公开进行声讨。

王铎听到上述传言后，感到寝食难安。皇帝朱由崧表面上虽然一再说是谣言惑众，但内心却十分害怕。有大臣提出要迁都，他马上在武英殿召对十几位大臣，也想试探一下大臣的反响。

有人刚提出迁都，一向很少先说话的钱谦益马上给予否定："皇上，南迁万万不可为，否则就是怯懦，就是逃跑！"

阮大铖看了一眼钱谦益，把嘴撇在一边，显得不屑一顾，然后，在严肃的大殿里仿佛开玩笑一般："牧斋老，你是舍不得自己的美娘子吧？"

寂静的大殿里顿时一片讥笑声。一向巴结讨好皇上的马士英，今天却突然好像成了哑巴，眼睛看着自己的脚尖，用力地搓着地面。

皇帝朱由崧看着场面有些冷清，就喃喃地说："众位爱卿，你们都能沉住得气，但外面都在谣传，说朕害怕清军准备出行。"

马士英依然不说一句话，整个场面显得很尴尬。王铎出班打个圆场，问："皇上，此话从何而来啊？"

弘光皇帝见王铎问话，就抬手指了指一个小太监："是他所言。"

王铎顺着皇帝的手一看，竟然是一个低头垂手的小宦官，就正色严厉地斥责道："道听途说的话，在宫中怎能乱传！"

王铎说完之后，大殿又是一片寂静。他接着又对朱由崧说："陛下，为了朝中大局稳定，您应该先沉住气，绝不能乱了阵脚。"

弘光皇帝问："爱卿有何良策？"

王铎说："臣以为应从两方面着手。一是重开经筵，稳定局势。二是把黄得功、刘良佐的部队调往江北防御，以阻止清军继续南下。"

梁云构、陈子龙、钱谦益等大臣很赞同王铎的提议，纷纷复议。

为了加强江防，王铎又主动提出自己的想法："陛下，防御清军南下，臣愿督师江防。"

阮大铖见王铎又提出巡视江防，就立即出班阻止："王大人，国家已经到了危亡时刻，还要让皇上重开经筵，真是商女不知亡国恨啊！"

王铎毫不相让："阮圆海，你作为兵部尚书，不为皇上和朝廷的安危着想，却在那里说风凉话，心里不觉得惭愧吗？为了稳定大局，重开经筵也只是无奈之举。如果真的到了危亡时刻，皇上御驾亲征更能鼓舞士气！"

阮大铖让王铎的气势给镇住了，朱由崧听了王铎的话，惊得瞪大了眼睛，再看看马士英，却依然低着头一声不吭。

王铎接着说："我大明雄兵近百万，清军建虏只不过区区十几万人……"

阮大铖不等王铎说完，就插嘴说："王大人，现在我们哪里来的百万大军……"

阮大铖的话还没有说完，一直沉默不语的马士英突然开口打断了阮大铖的话："你们都是国家之栋梁，在大殿里争吵成何体统！"

王铎、阮大铖都吃惊地看了对方一眼，再没说一句话，大殿里暂时恢复了平静。

朱由崧见马士英和阮大铖都没有对策，无奈地摇摇头，但也没同意让王铎督师江防。

晚上，陈子龙匆匆忙忙地来到王铎家，告诉他一个更可怕的消息：清军距离扬州只有二十里了，已经将扬州围得水泄不通。扬州城里只有总兵刘肇基部和何刚为首的忠贯营，兵力相当薄弱。清军现在之所以还没马上攻城，主要是因为城墙高峻，攻城的红衣大炮还没有运到。豫亲王多铎派人招降史可法和淮扬总督卫胤文，但遭到了严词拒绝。甘肃镇总兵李栖凤和监军道高岐凤带领部下兵马四千人入城，他们不是去保卫扬州，而是想劫持史可法，以扬州城向清军邀功。史可法毅然斥之："尔等欲富贵，我不阻拦；至于我，扬州就是死地。"李栖凤、高岐凤见他志不可夺，于四月二十二日晨拔营而去，不但原班人马被调走，而且还勾结城内四川将领胡尚友、韩尚良一道出门投降清军。史可法以倘若阻止他们出城投降恐生内变为由，听之任之，不加禁止。

陈子龙说完后，又对史可法埋怨一句："扬州是大明江山社稷的大本营，防御实力本来就十分单薄。总兵刘肇基曾建议趁敌大军未到，立脚未稳，出城一战。史道邻却说：'锐气不可轻试，且养全锋以待其毙。'"

王铎对史可法的气节非常赞赏，但又感到在对待清军的决策上，错失了良好的战机，有可能会给大明社稷造成难以挽回的灾难。

陈子龙对史可法的做法也感到不可理解："史阁部虽是东林的榜样，但对清军却是如此怯懦。看来他既不是一个优秀的政治家，也不是一个合格的军事指挥家。"

王铎听了陈子龙的话吃了一惊，但仔细想想也不无道理。作为一个政治家,在策立新君上他犯了致命的错误,导致武将窃取定策之功,使自己的军政大权旁落;作为军事家,以堂堂督师阁部的身份经营江北将近一年,不但耗费了大量的人力、物力和财力,到了最关键的时刻却一筹莫展。清军主力南下,他既没有组织军队进行有效的抵抗,所节制的将领绝大多数又倒戈投降,实在让人心寒。

王铎心里虽然对史可法也有不同的看法,但依然要维护他的形象:"卧子啊,不要过早地责怪史道邻,你说的有些是否是误传还不得而知。"

此时,亲家梁云构正好进来,他已经在门口听见了陈子龙的话,就实话实说:"消息是朝宗从扬州派人秘密送来的,不可能有假。"

王铎听说是从侯方域那里得到的信息,那就确定无疑了。去年九月间,马士英、阮大铖抓住侯恂所谓的变节降贼不放,同时,侯方域与黄宗羲等人因观点不同也彻底闹翻,王铎和陈子龙商量后,就送侯方域去了扬州史可法处,后来被史可法派到高杰军中效力。从此之后,侯方域就一直随着军队在江北到处迁徙,还曾到过老家归德府。对于黄河两岸和淮南一带的战局和危急的情况,他摸得一清二楚。高杰被害后,他又跟着高杰的外甥、已被任命为提督的李本深回到了扬州。

信息真实可靠,军情十万火急。王铎对大明江山的安危更加担忧:"匠先兄,你是兵部侍郎,今晚就给皇上写紧急奏章。"

梁云构却平静地说:"亲家翁,你再着急也没用。其实皇上在召对大臣时,马士英就已经知道了上述情况,阮大铖本想说出实情,却被他给插话堵住了。现在已经来不及了,大明的军队大部分都已经投降清军了。"

梁云构看了陈子龙一眼,并给他使个眼色。陈子龙感到一定有要事,就先走一步回避。

"觉斯啊,你先有个思想准备。"梁云构关上房门后,悄悄地告诉他,"你四弟匡峦现在清军中办差。"

王铎听后犹如五雷轰顶,差点晕倒在地。冷静了好大一会儿后,梁云构才进一步解释说:"觉斯兄,请你不要激动,这是朝宗回老家归德府时,得到的确切信息。"

王铎痛苦地咬着牙说:"这个老四,把王家祖宗的脸都给丢尽了!"

梁云构劝说了一句:"四弟这么做也许有他的苦衷。"

王铎自从知道四弟王镆降清之后,就陷入了极度的痛苦之中。在书房里已经整整两天了,不吃不喝,一个人呆呆地坐在那里。

石薇汝和段姬轮番相劝也没有任何起色,石薇汝就找来王镛,让他带着王无党、王无咎等人以及孙子们一起来到书房门外，齐刷刷地跪在那里。

开始王铎本不想理会，后来见那么多人都跪在那里，才慢慢把房门打开，微微抬抬右手："我没事了，你们都起来吧。"

王镛趁机劝说："大哥，咱爹娘都不在了，你是一家之主。人是铁饭是钢，你已经两天都不吃不喝了，如果身体有个三长两短，咱这一大家子今后如何是好啊？"

王无党将早已准备好的茶水递过去，王铎缓慢地接过茶杯，然后轻轻地抿了一口。

石薇汝和段姬看到这种场景，不知是高兴还是心疼，她们不约而同地流下了眼泪。

王镛扶着王铎坐下，然后又接着劝说："大哥，我们和你的心情都是一样的，也为四弟的行为深感痛心。他是咱看着长大的，从小也是受儒家教诲，深知礼义廉耻。他走到这一步，肯定有自己的苦衷。特别是最近这几年，全家人东奔西跑，几乎没有过上一天好日子，他和三弟也都是在逃亡中走散的。如果咱们一直都在一起的话，也不至于落到如此下场。"

石薇汝接着王镛的话说："是啊，退一万步说，现在至少咱知道了他一家人都还活着。如果爹娘在天有灵的话，也一定会原谅的。"

王之凤也跟着说："爷爷，春节的时候，你还担心四爷爷一家呢，让大家到处打听他们下落。"

王之凤这么一说，王铎心里五味杂陈，鼻子一酸，眼泪不由自主地流了下来。受到他的感染，其他人也是唏嘘声一片。

年龄最小的王之祺，虽然不懂得大节含义，但看到王铎痛苦的表情，以为是自己做错了事，就主动承担责任："爷爷，都是我不好，让您生气了，今后我会学乖的。"

王铎伸手把王之祺揽在怀里，复杂的心情难以诉说，眼泪不由自主地往下流，懂事的王之祺赶紧给爷爷擦拭。

王铎平静下来之后，段姬赶紧把几个孙子领走。

王无咎也趁机劝说："爹，四叔这样做肯定有难言之隐。"

王无党也顺着王无咎的话说："爹，我说句大逆不道的话，现在的皇上昏庸无道、声色犬马……"

王无党的话还没说完，突然遭到王铎一记响亮的耳光，脸上顿时起了五个鲜红的手印，鼻血也顿时流了出来。

王铎瞪着血红的眼睛骂道："无君无父之徒，你作为长子咋能说出如此悖逆的话来，如果在外面说这种话，不但你死无葬身之地，还会祸殃满门！"

538

王镛起身赶紧护着王无党，埋怨地说："大哥，大群也只是在家说说，你在朝中，从来也听不到外面人在说你啥。"

王镛的话让王铎一惊，愣愣地看着王镛质问："都在说我啥？"

王无咎赶紧给王无党一块手绢，一边帮助他擦拭脸上的血迹，一边替王镛回答："爹，外面都把你与马士英、阮大胡子说成一伙了。"

"呸！我咋会与他们同流合污！"王铎气愤填膺，吐出了心中的浩然正气，"我对大明江山社稷问心无愧！"

王镛为王无党解释："大哥，刚才大群所言，也是在外面听到的传言，只在家里给你说说而已，在外面从不敢越雷池半步。"

王无党虽然挨了一巴掌，但他理解爹的心思："爹，请您老一百个放心，在外面我们都不会给您添乱的。"

王铎慢慢冷静下来，也感到刚才的举动有些过激，就给王无党送去了一个温柔的眼光。

王镛接着试探着说："大哥，其实外面对皇上还有更难听的话，说了你别生气。"

王铎看了王镛一眼，并没有制止。王镛见他已经默认，就不失时机地说："皇上昏庸荒淫，已经到了极点，有人说他痴如刘禅、淫过隋炀、弱比汉献。"

王铎很严肃地说："不管别人如何议论，你们绝不能人云亦云，一定要管好自己的嘴。如果没有皇上的恩赐，哪里有咱们全家的今天，我们绝不能做忘恩负义之人。"

王镛说："大哥说得对，正是皇上的恩赐，您现在官居一品，给咱王氏宗族光宗耀祖，我们也跟着升官晋爵。咱是真心为了大明江山社稷，但皇上对你好像并非真心的，我感觉他是在利用你。"

王铎对此也有同感，只是没有说出口而已。自从上次召对之后，皇上对他也开始冷淡起来，对朝廷大事更加放任自流，当前的危局好像与他没有任何关系似的。即使百官进贺、上下视朝，他也全部推辞不受，整天串戏取乐消遣。

此时，太监田成急匆匆地进来，让王铎马上到清议堂，说皇上有重大事情相商。

王铎跟着田成急急忙忙来到清议堂，已经有十六位大臣赶到。首辅大臣马士英、兵部尚书阮大铖、礼部尚书钱谦益、都察院左都御史李沾和其他一些重要官员，还有担任着南京防务重任的忻城伯赵之龙也受邀参加，主要商量的是对清军的应变之策。

大家的脸色都极为严肃，以前见面时的客套话都省去了，各自按照地位高低端坐在圈椅上,但等了很久也不见皇上的踪影。

马士英作为首辅,简单几句话算是开场白,然后是阮大铖介绍了清军的动向,接着是赵之龙讲述了南京城的布防情况。大家听了之后,谁也不说话,整个清议堂一片肃静,就连苍蝇进来的嗡嗡声都听得清清楚楚。

王铎感到空气很沉闷,把目光投向了坐在主位上的马士英。他现在变得越来越刚愎自用了,隐藏在眼皮底下的那双眼睛高深莫测,令人捉摸不透,以前那张和蔼的面孔早已不见了踪影。

王铎又把眼睛转向了阮大铖,原来那双滴溜乱转的眼珠子显得很茫然。以前经常莫名其妙蛮横咆哮的兵部尚书,今天成了霜打的茄子。

其他的大臣心事重重,都显得六神无主。只有忻城伯赵之龙,虽然脸上冷酷无情,但似乎早已胸有成竹,充满了自信。

王铎正在进一步观察时,钱谦益冲着赵之龙脱口问道:"赵大人,当前形势如此严峻,不知老先生有何高见?"

钱谦益这么一问,在座的其他大臣都纷纷向他们转过脸来。

赵之龙出于习惯,先把目光投向马士英,显然是在等待他的许可。然而,马士英依然没有任何表情,端坐在那里仍旧一动不动。赵之龙稍微沉默一会儿,就转向钱谦益:"老先生既然下问,学生就不妨直陈鄙见。时至今日,清军已经倾师南下,大有不可挡之势。如若江防能守得住,留都尚有一线生机,万一守不……"

王铎张口追问一句:"该当如何?"

赵之龙紧皱眉毛,从牙缝中挤出一句:"唯有设法通款而已!"

赵之龙提出"通款"的主张后,其他人都正襟危坐,大堂上一片寂静,没有人表示反对,似乎大家已经默许。

王铎心中蓦地一震,要与清军"通款"的话出自赵之龙之口,让他无论如何再也控制不住。"通款"委婉的说法就是求和,现在的意思就是投降。皇上把整个大明江山和南京百姓的身家性命都压在了赵之龙身上,他却提出要投降清军。王铎心中愤怒不已,但还是极力地控制自己的情绪,继续问:"请问赵大人,目下京营有多少兵?"

赵之龙喃喃地回答:"尚有约二十万之众。"

梁云构一再给王铎使眼色,想阻止他问话,但王铎却置之不理:"我们有长江天险,留都城池应该说固若金汤。再有二十万精兵劲旅拒敌,只需假以时日,待四方勤王大军一到,即使不能破敌,至少也能拒清军于江北,何言要通款呢?"

赵之龙没有直接回答王铎的问话,再一次把目光转向马士英、阮大铖,他们两人依然目光冰冷，面无表情。赵之龙张了张嘴，把想要说的话又咽了回去。

王铎激动得涨红了脸，提高了声音："留都乃太祖皇帝的定鼎之地，我辈诸臣，都受了大明恩泽，如若不战而降，试问将有何脸面对太祖皇帝的在天之灵？"

钱谦益一向被称为东林党的元老，但在大是大非面前，他也是不说一句话，让王铎感到很意外。

赵之龙被王铎问得很尴尬，稍停后又解释道："王阁老不必如此，我也只是提出来一议，款与不款，均可从长计议。"

钱谦益瞥见王铎一直用不友好的眼睛看着他，才不得已接着赵之龙的话和稀泥："觉斯兄，现在时局紧迫，在此相争也无益，还是听马阁老的高见，看他如何处置吧。"

马士英依旧坐着没动，狠狠地瞪了钱谦益一眼，那意思是说他多嘴，但作为首辅也只好收场。环视了大家一眼后，他缓缓地站起来，向大家拱一拱手："诸位，今天所议事关重大，待学生奏明圣上后，再行定夺。"

马士英说完这句话，竟然头也不回地向大门外走去。

王铎气愤地拍着椅子扶手说："这就是对清军的应变之策吗？！"

其他人都陆续走出清议堂，王铎坐在那里仍然愤愤不平，最后只剩下赵之龙他们两人。

赵之龙来到王铎身边，说："觉斯兄，我一向敬佩你的为人和气节。我所提出的'通款'乃是首辅之意，还请你见谅。"

王铎慢慢平静下来后，推心置腹地说："留都乃太祖皇帝陵寝所在，若拱手相送，你我不就成了千古罪人了吗？"

赵之龙说："先生，四镇军队数倍于京营，尚且不能防御淮扬，我区区二十万人，想抵御清军岂非妄想？"

王铎一惊，急忙问道："你所言可是真的？！"

赵之龙痛苦地说："千真万确，不然马阁老怎么会让我提出'通款'呢。"

赵之龙的话像一声惊雷，震得王铎差点从椅子上跌下来。

"觉斯兄，你还有所不知，扬州已经陷落。"赵之龙流着眼泪叙说扬州陷落的情况，"叛逆许定国引清军至扬州城下时，一些将领接连率部叛逃。督师史道邻仅剩四千兵卒苦守孤城，曾以血书向朝廷求援，但最终无一兵卒救援。四月二十五日，多铎命令用红衣大炮轰开城墙缺口，清军踩踏着城下堆积如山的尸体登上了城头。史阁部见大势已去，自刎未死，又令副将史得威用刀杀死他。史得威下不了手，仰天痛哭，同参将一道，拥他出东门，但很快又落入清军之手。史阁部在敌人面前坚贞不屈，拒绝劝降，结果壮烈殉国。县令何刚毅然扯下弓弦，自缢而死。知府任育民身着知府红袍玉带，端坐府台大堂，静候敌人处死。清军在扬州对全城百姓进行了惨绝人寰的疯狂大屠杀达十日，整个扬州城内血流成河，尸横遍地，数十万生灵几乎被杀绝，其惨状不忍言表，繁华的扬州城被焚毁殆尽，已经变成了一片废墟。"

王铎听着慢慢变成了像木头似的，愣愣地呆坐在椅子上，仿佛魂魄已离他而去。他透过模糊的泪水，仿佛看到了身穿甲胄的史可法正在浴血奋战，像一尊染血的石雕，挺立在敌军中。半晌才回过神来，自言自语地说："果然出大事了！"

赵之龙接着又说："扬州城陷落后的第二天，镇江龙潭驿的探马就飞报给了朝廷。马阁老还拒不相信，说是谎报军情，下令将信使捆起来重加责打。一直到昨天，清军已经推进到了瓜洲渡口，沿长江北岸已经排开了阵势，并利用大批伪装的灯船向南岸开始了试探性攻击。马阁老这才召集大家，来商议应变之策。"

王铎接着问："这些真实情况咋没有人告诉我呢？"

赵之龙说："朝中只有你敢说话，其他人都是得过且过。"

赵之龙的话，激起了王铎承担国家兴亡重任的责任感和使命感。此时，岳飞的《满江红》在他心里引起了强烈的共鸣，真切地感受到它的悲壮与沉重。王铎坚定地说："作为朝廷大臣，我要奏明皇上，与你一同领兵江防，与清军决一雌雄，誓死保卫大明江山！"

赵之龙看到王铎的执着，从内心里非常敬佩，但也深知再努力也注定是徒劳的。

第四十六章

马士英、阮大铖既没有应对清军之策，也不调集军队加强江防。

王铎再次请求巡视江防，皇帝朱由崧依然没有御批，对赵之龙提出的"通款"也没有明确态度。

从内宫传出消息，皇帝朱由崧既没有像先帝那样忧国忧民、誓与留都共存亡，也没有南迁的任何迹象，仍旧召集戏班子在宫中演戏取乐，对大明江山的安危丝毫没放在心上。

在江山危难之时，朱由崧到底有什么计策，真是让人捉摸不透。

王铎有时候就想，如果朱由崧能像先帝那样，一旦南京被清军攻陷，他就义无反顾地选倪元璐的路，随同皇上一同壮烈殉国。然而现在的朱由崧仍然是声色犬马，让人恨铁不成钢。

王铎拖着沉重的身体刚回到家中，梁云构就急匆匆地赶来，而且神色显得很惊恐。

梁云构的突然到来，让王铎感到很意外："亲家翁，如此慌张，又有啥急事不成？"

梁云构没顾得上坐下，就喘着粗气慌张地说："我有预感，今晚可能要出大事。"

王铎心里虽然很急，还是招呼他坐下。梁云构用埋怨的口气说："兵部不断收到前线的紧急战况，马瑶草和大胡子既不研究应对措施，也不组织军队进行抗击，真让人摸不透他们到底要干什么！"

王铎说："别急，慢慢说。"

梁云构说："昨天半夜刮起了西北风，长江对岸火光冲天，守军以为是清军要渡江，认为烛火漂流的线路肯定就是渡江的线路，就不分青红皂白大炮齐发，一直打到天明，炮弹几乎被消耗殆尽。天亮后才发现，是清军将扫帚浸裹油脂，缚于桌腿，点燃后放于江中，乘风顺流漂到南岸。这是清军为了转移视线，故意制造的假象，实际上渡江地点在老鹳河（七里港）。黎明时分，清军才真正开始渡江，开闸放舟后，蔽江而南。江防水师郑鸿逵、郑彩军在金山一被带清军击败后,就立即扬帆东遁,余下的全线溃军纷纷卸甲鼠窜。清军登岸后,兵不血刃就占领了镇江,并从镇江直扑丹阳。常州、镇江巡按杨文骢没有御敌,已经带领残兵逃往苏州。"

王铎听到突如其来的江防溃败信息,不敢相信自己的耳朵,很吃惊地问:"既然形势如此严重,今天皇上咋下了两道圣旨,一是缙绅家眷一律不得出城,二是召集梨园子弟入宫演剧?"

梁云构说:"那是在安抚朝廷大臣和城中百姓,你可能还不知道,其实皇上还有第三道圣旨呢。"

王铎听了愣在那里,瞪大了眼睛:"还有第三道圣旨?"

梁云构说:"第三道圣旨是将前些日子选定的四名淑女全部送回老家。"

"全部送回老家,这是啥意思啊?"王铎没有明白其中之意,很是疑虑,"这四名淑女是一个月前由皇帝御驾亲临元晖殿,在来自南直隶和浙江一百二十名候选者一一过目后,从中精心挑选出来的,前几天还催促尽快成婚呢。"

梁云构说:"所以说皇上今天的举动很不正常,你要多留意才是。现在整座京城几乎都陷入了恐慌之中,人们都在私下里议论纷纷,说是要大难临头了。同时,全城上下,从朝廷官员到缙绅富商,都在悄悄地收拾家当,一旦出现不测,就准备出城避难。还有个别百姓已经逃到了城外。"

王铎听了十分着急:"今天我还给皇上上折子,让他催促马瑶草、阮圆海尽快调集军队抗击清军。"

梁云构焦急地劝说:"我的老亲家啊,你再上折子还有啥用?马瑶草这个首辅早就放弃了抗敌,兵部尚书阮大胡子也已经放任不管了。据说马瑶草早已暗地里把效忠于他的三千贵州籍亲兵秘密调进了城中,并驻扎在鸡鸣山以防不测;同时,他还专门调来二百名亲兵,替他日夜守护府院。"

王铎听到这里,大骂马士英和阮大铖:"这两个误国之徒!"

梁云构又劝说了几句,并让王铎有所提防和准备,然后就急匆匆地告辞了。

夜已经很深了,王铎躺在床上无法入眠。黎明时分,在朦胧之中忽然听见砰砰的敲门声,仔细一听,还伴随着王无党的叫喊声。

王铎感到一定有急事,就赶紧披上衣服打开门,只见王无党心急火燎地说:"爹,出大事了!"

王铎吃惊地问:"大群,啥事如此慌张?"

王无党焦急地说:"爹,今天我当值巡视的时候,发现皇上、首辅和兵部尚书的行动不正常,就特别留意并派人盯住他们。刚才看到皇上带着皇太后、嫔妃和很少几个太监出了皇宫,从通济门潜出了城外。马瑶草和阮大胡子也分别悄悄地离城出逃。"

王铎一听蒙了，自言自语地说："出逃，皇帝出逃？首辅和兵部尚书也出逃？"

王无党继续说："开始我也不相信，就亲自过去巡视，看到的却是宫门大开。当我赶到马瑶草和大胡子的府邸时，把门的兵员早已不知所踪。很多人正在抢他家的粮食、布匹和金银财宝，源源不断地往外搬，全乱成一锅粥了！"

王无党说得虽然很详细，但王铎却不相信，一定要亲自前往看看。王无党无办法制止，只好陪他向皇宫走去。

来到大街上，王铎看见的情景让他更加吃惊。到处都是乱糟糟的，一幅大难临头的混乱景象：满载着箱笼行李的车辆横冲直撞，一窝蜂地向城外逃窜；来来往往的人们神情紧张，他们扶老携幼，肩挑手提，拖男带女，蜂拥出门，要逃往城外避难。

平日里满城可见的巡逻兵校，这会儿好像一下子销声匿迹似的不见了踪影。

天渐渐亮了起来，不知是什么原因，有些人又从城外倒了回来，并告诉大家扬州根本没有失守，清军更没有过江。那些打算出城逃难的百姓们也又纷纷回来了，整个街道更加拥挤混乱不堪。

王铎和王无党侧着身子，在人丛中鱼贯穿行。好不容易来到宫城西侧的复呈桥附近，发现前面的人群越来越密集，而且多数都站在那里不动。有些人交头接耳地议论着什么，还有人伸长脖子朝西边的大路上张望，仿佛是在等待着什么。

王无党突然看见一个熟悉的身影，那人正好转过身来。原来是陈贞慧，此时他也看到了王铎和王无党，就摇着手大声喊了起来："王阁老，大群兄！"

陈贞慧刚出狱不久，在这里突然看到了救命恩人，就大声喊叫着向王铎跑来，想当面表达内心的谢意。但他做梦也没有想到，自己的举动却给王铎带来了灭顶之灾。

王铎为东林党、复社士子们所做的一切，只有很少几个人知道详情，包括黄宗羲等人并不了解实情。

陈贞慧虽然曾多次给他们解释，说王铎与马士英、阮大铖不是一路人，但性情偏激的黄宗羲不管陈贞慧如何解释，始终都不相信王铎会真心帮助他们。特别是在辨认太子真假的问题上，黄宗羲与大多数人一样，都认定太子是真。朱由崧是因为害怕危及自身的地位，才罔顾事实，强行否认。王铎认定太子是假，黄宗羲等人对他产生了误会，有了严重偏见。

经陈贞慧这么一喊，本来并不认识王铎的人，见与马士英、阮大铖一丘之貉的同伙就在这里时，一下子就愤怒起来，高喊着"射人先射马，擒贼先擒王"，就径直朝着王铎扑了过来。

王无党看到人们愤怒的眼睛，感到大势不好。王铎似乎并没有意识到自己的危险，依然扬着手向陈贞慧示意。

王无党赶紧把王铎的手拉下来，想阻止冲在前面的人。由于人太多了，一下子就把他和王铎给冲开了，再想回到父亲身边已经不可能了。当他回头再找父亲时，早已不见了身影，整个场面陷入了空前的混乱之中。

人们紧攥着拳头，人声鼎沸，愤怒地高声喊着："忘恩负义的伪君子，辜负先帝隆恩，诬陷太子。打死他！打死他！"

王无党怕父亲有什么不测，就从人缝中钻出来，正准备找人施救时，南京守备勋臣忻城伯提督赵之龙正好巡视路过此处。

赵之龙带领锦衣卫迅速把人们驱散，被众人拳打脚踢的人刚才还翻来滚去，现在躺在地上动弹不得。他走近一看大吃一惊，此人竟然是王铎。只见他满脸青紫，衣衫破烂，披头散发，嘴角处不断地流着血水，地上到处散落的是被人们揪掉的头发和胡须，其情形惨不忍睹。

王无党跪在王铎身边，赶紧将他揽在自己怀里，心疼得大放悲声。

赵之龙抬头看看依然愤怒的人群，又看看身边寥寥无几的锦衣卫，突然大手一挥，高喊一声："将王铎拿下，打进死牢！"

王无党听了赵之龙的喊声，吓得惊恐万分。本来是想让他来救父亲的，不承想却要把父亲打入牢狱。

王铎缓缓抬起头来，再看看愤怒的人们，然后将满嘴的血水啐向赵之龙。赵之龙没有理会，顺手擦拭了一把，让两名锦衣卫架起王铎、王无党迅速离开。愤怒的人群拍手称贺。

锦衣卫押着王铎、王无党来到监狱后，赵之龙铁青着脸，告诉锦衣卫和看门的狱卒："没有我的命令，任何人不得入内。"

跟随而来的人们，把假太子王之明救出牢狱后扶到马上，相拥着到武英殿登基去了。

赵之龙送走了愤怒的人群，再次来到王铎面前，脸色立刻变得内疚起来，突然单膝跪在王铎面前："王大人，请您见谅。"

王铎本来一身正气地站在那里，王无党也用鄙视的眼光斜视着赵之龙。他突然的举动和语气，让他们爷俩感到疑惑不解。

赵之龙依然跪在那里，说："刚才如果不采用失礼的方式，不但救不了您，我和几名锦衣卫也得被愤怒的人们打死。"

王铎立刻明白了赵之龙的良苦用心，坚挺的身子一下子瘫软下来，愧疚、委屈的泪水顺着苍老的皱纹流了下来。王无党伸出双手扶起赵之龙。王铎自责地说："之龙兄，是我错怪你了。"

赵之龙起身后，抱拳拱手："恕我无能，辱没了您的尊严，刚才实在是无奈之举。"

王铎既羞愧又愤怒，堂堂的一品次辅阁老，在众目睽睽之下，竟然让老百姓打得如此狼狈，只能被关进监狱躲藏起来，真是斯文扫地啊。

赵之龙吩咐狱卒赶紧端来清水，让王铎擦洗满脸的污垢。赵之龙看着王铎，心情十分沉重，国家重臣竟然受到如此侮辱，既是自己的耻辱，更是朝廷的耻辱。他们连自己的性命都得不到保证，如何来为国家尽忠。

王铎洗漱后，赵之龙又说："为了您老的人身安全，还得委屈您在这里暂住几日，等外面一切平稳后，我再将您亲自护送回家。"

赵之龙宽慰了几句，然后又转身对王无党说："大群啊，这几天你陪着阁老，好生照料他的生活，我要尽快把外面混乱的局面稳定下来。"

王无党万分感激赵之龙。

五月十三日，天空放晴，被阴云笼罩的南京城上空终于露出了一丝亮光。

王铎看着灿烂的阳光，感到应该是一个好兆头。今天，他和王无党被赵之龙派出的锦衣卫从狱中接出来，安全地护送到了家中。但家中的情景又让他惊恐不已。

整个院落一片狼藉，花草树木东倒西歪，唯一的一块太湖石也被推倒在地，像一个无辜的老人在地上呻吟。室内像是被流贼土匪洗劫过似的，很多家具缺胳膊少腿，收藏的书籍字画皆旁落无踪。家中供奉祖先的牌位也不翼而飞，给观世音菩萨烧香用的香炉也被打翻在地。

王铎看着凄惨的场景，又想起了连年的兵燹，南北奔逃自顾不暇，所收藏的珍品也不断遭殃。特别是逃难到淇县时，遭遇闯贼暴民，所藏书画大半被抢。为此，他曾写过一首诗："征车三十古淇前，一旦销亡顿不全。图帙凭风零烈焰，墨花随水变漪涟。"在朗朗乾坤的南京，竟也让暴民抢劫一空，这真是大明的悲哀啊。

王铎在沉思时，王无党大声呼喊着家人，前后院却没有回声。

王铎开始担心家人的安危，就不顾上浑身的伤痛，跟随王无党到各个房屋找人，找遍了也不见一个人影。

此时，王无咎小心翼翼从后门急急忙忙跑来。王铎一把拉着他，急切地问："蘸茅，家人都去哪里啦？"

王无咎看到父亲凄惨的样子，跪在他面前大放悲声。

王铎仰天凝视着阴郁的天空，再也控制不住泪如雨下。时局突变，把好端端的家变得如此悲惨。

王无咎哭着告诉王铎："前天早晨起来，突然不见了爹的踪影。开始我们以为你是早朝，就没有太在意。等到中午时分，突然闯进来一大帮手持棍棒的暴徒，见了东西不是砸就是抢，就连父亲收藏的珍贵字画也被抢劫一空。"

正在此时，王镛和王无回也陆续回来。当他们看到王铎满脸伤痕、胡须全无以及神情颓废的情景时，跪倒在他面前，又是哭声一片。

王铎用手轻轻拍着王无回："都已经过去了，只要都活着比啥都好啊。"

王无党把事情的经过告诉大家。王无咎、王无回起身要出去给他们拼命，让王铎给制止了。他现在担心的是家人安全，就急切地问："家人都在哪里啦？"

王无咎泪流涟涟，擦了一把后说："暴民进来时非常残忍，我怕他们伤害姨娘和孩子，就从花园后门把她们送到二叔家里，暂时躲藏了起来。"

王镛和王无回把王铎扶到客厅里坐下，让王无党和其他人整理好屋里的各种东西。他陪着王铎并安慰他说："大哥放心吧，全家人都安然无恙。"

王铎听到家人安然无恙，心情才慢慢平静下来。此时，石薇汝和段姬在王无回的陪同下进来，看到王铎的狼狈相，她们姊妹俩都心疼得泣不成声。

石薇汝胸前抱着祖宗的牌位，段姬拿着王铎画的祖宗画像，双双来到王铎面前，石薇汝说："相公，我没把家看好，你用家法惩罚我吧。"

王铎被暴民毒打都没有流一滴眼泪，看到这两个柔弱的女人，却不由自主地流下了眼泪。

他们正在哭诉时，梁云构也赶来。来到凌乱不堪的书房，先是一番慰问，然后又把近两天朝中发生的惊变告诉王铎：

五月十一日凌晨，皇帝朱由崧、首辅马士英和兵部尚书阮大铖相继逃离南京。赵监生率千余名百姓，从监狱中把假太子王之明救出来，扶上高头大马，穿过新华门，拥入了武英殿。由于时间仓促，就在戏剧服装的箱子里，挑选了一件戏中皇帝穿的龙袍给他穿上。王之明穿着龙袍，坐在了朱由崧旧日的皇帝龙椅上，众人们围在台阶下高呼万岁。过了没几个时辰，南京各衙门的小官吏都来向他鞠躬效忠，只是朝廷文武大臣几乎没人去。他们心里很纠结，因为王之明太子的身份还未证实，皇帝虽然是"出狩"，但人还活着，万一去而复回呢？王之明的登基，也让很多曾经建议把他关进监狱的大臣惊恐不已。礼部尚书张捷悬梁自尽，左副都御史杨维垣也投井自杀，左都李沾微服火速跑到赵之龙家寻求庇护，得到一支令箭后被安全送出城。大臣们最担心的,还是正在向南京日益逼近的清军。清廷对弘光皇帝一直拒不承认,把讨伐僭立作为兴兵南下的借口。如果匆匆再立一个新君,就必然会被对方看作一种挑衅,到头来恐怕连交涉投降都很困难。

五月十三日,赵之龙紧急召集了一次临时会议,严肃地指出太子登基的危险性,文武大臣们全都表示同意。自此以后,各衙门张贴安民告示时,都只说守城,只字不提拥立新君的事。但也有几个不知好歹的秀才,冒冒失失地找赵之龙,要求从速奉请太子即位。结果被赵之龙喝令当场拿下,并推出去斩首,才使整个南京的局势平息下来。

夕阳的彩霞绚丽多彩,在王铎眼里却成了恐怖的鲜血。他站在后花园里,时而呆呆地看着变幻的天空,时而又看看破败不堪的花木,这情景让他感到六神无主。

自从南京被清军围困后,摆在王铎面前的有两条路:一是为国尽忠,二是献城降清。从小受儒家熏陶的王铎,若是选择投降,不是君子所为。若城破之时又无力抗争,只有选择为国尽忠。在甲申之变时,倪元璐已经给他做出了榜样。

在监狱的两天中,王铎也已经考虑到了不测,还对自己大半生的经历进行了梳理。天启初年,初到京师后就与志同道合的黄道周、倪元璐共同树立了远大理想和政治抱负,要为大明王朝建功立业,被人们称为"三珠树";后来受乔允升和吕维祺的影响,与很多东林党魁首建立了良好的关系,并坚定地站在东林党的立场上,与以魏忠贤为首的阉党进行过不懈斗争,并坚决辞修《三朝要典》;在崇祯年间,他冒着被廷杖的危险,坚决反对温体仁、杨嗣昌与清廷媾和,表现出了儒家士子的铮铮忠骨。身为朝廷命官,他时刻关心着百姓疾苦,多次上疏为百姓减免税负。在为父母丁忧期间,为了躲避流寇,携带全家及亲友上百口人,奔逃于黄河两岸、大江南北,虽然受尽磨难和委屈,但对大明皇帝的赤胆忠心始终不变。在甲申之变时,崇祯皇帝在京师殉国,流落在杭州的王铎听说后欲为国尽忠时,福王朱由崧在南京建立弘光新朝,对他委以重任。结束了多年的流浪生活,王铎有了报效朝廷的机会,多次提出治国良策,竭尽全力报效朝廷。朱由崧不但毫无作为,还昏庸荒淫,对马士英、阮大铖狼狈为奸搞内讧也不加制止。为此,王铎对他失去了信心,曾经六次提出辞任,均没有得到允准。好端端的大明半壁江山,被朱由崧双手葬送了,让人痛心不已。

王铎思前想后,感到无回天之力。现在只能做好准备,一旦清军破城就为国尽忠。来到书房之后,找出上好的陈年丝绢,边亲自动手磨墨边思索。

以前磨墨扯纸的事，均由段姬来张罗。段姬轻轻走进来，看到王铎的反常举动，感到有些蹊跷。段姬那双会说话的眼睛盯着他看了一会儿，王铎却始终不敢正视。

细心机灵的段姬知道王铎有心事，没再多问，又悄悄走出书房。

段姬走后，王铎又一次陷入了沉思：娘在世的时候，曾经告诫自己要担当起家庭重担，照顾好兄弟姊妹，现在他们都已成家立业，也没有了后顾之忧。前几年，他们跟随自己东奔西逃，虽然尝尽了酸甜苦辣，也经历了生死考验，这些经历或许是他们今后的资本。而且他们都饱读诗书，一旦有机会考取功名，照样可以光宗耀祖。

在王铎的心目中，家里真正放心不下的是石薇汝和段姬两个女人。石薇汝从小就随马瑞云来到王家，全家老少对她也是敬重有加。她为王铎生养了一儿一女，儿子王无颇已过继给二弟王镛；只是女儿命薄，在京师时感染伤寒，早已夭折。

段姬从小苦命，父母双亡后，她被迫以流浪卖唱为生。心地善良的段姬乐善好施，既勤快又有眼色，还善于琴棋诗书。吹箫是她的绝艺，那悠扬凄凉悲壮的箫声经常让人泪流不止，王铎心中的忧伤被她慢慢抚平。段姬看似柔弱，实则刚强，既有胆有识又有勇有谋的性格，赢得了王铎的喜欢。石薇汝视段姬为姐妹，劝王铎把她接纳为偏房，成了家庭中的一员。在家中被暴徒和不明真相的百姓放火抢劫时，她与石薇汝一起挺身而出，冲入烟火中抢救出王家四代诰命木主，保护祖宗牌位和王铎亲手绘摹的祖宗遗像，受到全家老少的敬仰。王铎回家得知后，感动得掉下泪来，手执她俩的手谢道："若不是你们，我有何面目告慰祖先。"

段姬在门外看着默默不语的王铎，虽然焦急万分，但也不敢轻易打扰，就急急忙忙找到石薇汝，把看到的情况和自己的想法告诉她，说："姐姐，我看相公一定有心事。"

石薇汝的性格有些大大咧咧，对此并没在意："妹妹，相公前几日突然受辱，一时有些想法也是人之常情。"

段姬虽然感到石薇汝说得有理，但心里总是不踏实，就转身又去找王镛、王无党。

王镛、王无党随段姬回到书房后，门却是紧紧扣着的，用力敲打也不开。段姬透过窗户，看到王铎端坐在那里，严肃得像一座雕像，吓得她立刻大哭起来。

王无党听到哭声，知道里面一定是出了大事，就不顾一切地用肩膀把门撞开。

王镛随即也冲了进去，看到王铎正恭敬地跪在关云长的画像前，焚香祷告。

王镛再看看桌上的白绫，惊得出了一身冷汗。段姬吓得哭号起来，哭声惊动了石薇汝，他们一起跪在了王铎身边。

王铎慢慢抬起头来，看着王镛说："仲和，我正准备给你写封信，今后这家就交给你了。"

王镛悲痛地说："大哥，你万万不可如此，没有你，这家就要天塌地陷了！"

王铎坚定地说："仲和，你们都不要再劝了，我意已决，追随先帝而去！"

此时，梁云构急匆匆地进来，看到这种场面，明白了王铎的心意。他不但没劝说，反问了一句："亲家翁，你这样做能对得起南京全城的百姓吗？"

梁云构的问话，不但让王铎一时愣在那里，而且也把王镛、王无党问蒙了。

梁云构接着说："清军已经兵临城下，献城的时间定为明天。如果不献城，扬州的悲剧就会重演。"

王铎听了吃惊地瞪大眼睛，但他依然反问："我作为朝廷大臣，如果献城投降，今后还有什么脸面去见祖宗和已经殉国的先帝呢?!"

梁云构让王镛、王无党把王铎扶起来，继续劝说："老亲家，这是大势所趋……"

梁云构的话还没有说完，赵之龙和钱谦益也一起进来。王铎很鄙视地看着钱谦益，坐在那里没有动弹，更不愿意与他说话。

王镛招呼赵之龙、钱谦益坐下。梁云构接着说："亲家翁，如果皇上能像先帝那样，我们理应要学玉汝殉国尽忠。可当今的皇帝、一国之君，在清军还没到之前，就与内阁首辅、兵部尚书秘密逃跑。如此皇帝，如何让人尊敬？大明朝焉能不亡？暂且不说他以前如何昏庸荒淫，现在看来他心中根本就没有大明社稷和天下百姓。没有这种皇帝，对百姓来说是福而不是祸。"

王镛插嘴说："大哥，亲家说得对啊，皇上是扶不起来的阿斗，既没有治国大志，又偏听偏信马瑶草、阮大胡子这两个误国之徒。他们整天花天酒地、寻欢作乐，却不管百姓死活，对他还有啥留恋的？"

钱谦益看着大义凛然的王铎，认为讲这些道理已无法说服他，就讲起了唐朝的魏征："觉斯兄，你是饱读史书之人，大唐的历史你比我更熟悉。魏征曾是铮铮忠君，更是你我之楷模。开始他是为唐太子李建成掌管图籍的洗马官，玄武门之变后，他就跟随了大唐明君李世民，被委以谏议大夫。受到重用后，成了直言诤谏、让人敬仰的一代忠臣。"

王铎不客气地说了一句："大唐王朝是李家内部，毕竟是一家人。现在却是大明王朝和清廷，是你死我活的两个朝廷，在性质上不可同日而语。"

赵之龙插嘴说了一句："王大人，人择明君而臣，鸟择良木而栖啊。"

"现在虽然是两个朝廷，但道理都是相同的。玄武门之变后，开始魏征也认为自己是不忠之人，后来在李世民的感召下，为了黎民百姓，他毅然决然地放弃小忠而尽大忠。大忠是什么？大忠就是忠诚于天下百姓。如果我们带领全城百姓誓死抗清，到头来受苦受难的还是百姓。扬州就是个典型的例子，史道邻英勇抗清，他落得个名垂千古，扬州却成了一座废墟，几十万百姓死于非命啊。"钱谦益没有在意王铎的态度，继续谈论自己的观点，"觉斯啊，你好好想一想。现在皇上已经逃离留都，首辅和兵部尚书也都逃之夭夭。大明的军队除了京城的一小部分之外，那些为皇上登基立下定策之功的百万四镇大军，已经全部投降了清军，现在都成了围攻南京城的主要力量，朝廷已经没有军队进行抵抗了。留都的百姓要比扬州多好几倍，你难道想用全城百姓的生命，去换取对昏庸荒淫皇帝的忠诚吗？"

钱谦益见王铎不说话了，据他对王铎的了解，明白王铎是在听他劝说。然后就以劝说柳如是的例子动之以情、晓之以理："内人如是，曾经跑到后花园水池边，打算投水自尽殉国，被老夫制止了。目前我们这样做，也只是迫不得已的权宜之计，待渡过了这一难关之后，再设法联络有志之士恢复大明王朝。"

王铎听说钱谦益的小妾柳如是要为大明殉国时，对这个女人产生了敬意，用一种质问的口气说："难道……"

王铎本来是想说"难道我们还不如一个妓女，以后还有什么脸面活在世上"，为了给钱谦益留点脸面，就把后面的话又咽了回去。

赵之龙附和着钱谦益的话说："现在是敌强我弱，为了全城百姓免遭涂炭，以求和免遭屠戮。这样做可以保存力量，以图日后东山再起。"

赵之龙作为一员武将，本来嗓门就很大，现在却改用很温柔的话劝说："觉斯兄，目前局势危急，现在清军已经兵临城下。前几天，你受辱后行动不方便，我就邀请了钱牧斋几个大臣在一起商议，大家都赞同献城归顺。这样做可能会在世人乃至青史中留下骂名，但为了保护全城黎民百姓的平安，也只能出此下策了。钱大人起草的降表，昨天我已派人送往城外，并同清军进行了交涉。联络的人回来说：'豫亲王多铎见到使者后，颇为礼遇，还赐蟒衣满帽。按照清军的意思，明天必须进城，不得再拖延。'"

钱谦益接着说："觉斯兄，您是天启、崇祯、弘光三朝元老，既有丰富的治国能力，又是一代大儒，还请你以大局为重，以天下苍生为重，以全城百姓的生命为重！"

赵之龙说："您已经为大明江山社稷尽心尽力了，你再仔细地好好想一想，这一年来皇上是怎么对待您的？"

赵之龙的话说到了王铎的痛处：弘光朝廷在内忧外患之中建立，整整一年时间里，君臣上下不但没有振作起来，反而在内讧、腐败、争权夺利上，比崇祯时期有过之而无不及。王铎虽然多次提出治国方略，弘光皇帝几乎都没有接受。在大悲案、伪太子案、童妃案中，马士英、阮大铖想以此迫害众多大臣，都是王铎挺身而出加以保护，也因此与马士英、阮大铖分道扬镳。他夹在东林党、复社和马士英、阮大铖中间，落得个里外不是人的可悲下场。特别是在甄别真假太子时，王铎因说了真话，却招来了不明真相的贤达的强烈不满，遭到了一些存心不良人的诬陷，让南京百姓也误以为他与马士英、阮大铖是一丘之貉，还遭到了不明真相的百姓的辱骂和痛打。

王铎想到这里，习惯地捋了一下胡须，不想却是没有抓住一根，让他又想到了遭受的奇耻大辱。

赵之龙看到王铎已经冷静下来，就递给他一封信。

王铎打开一看，大吃一惊，原来是四弟王镆给他写的家书。他双手颤抖着拿着书信，渐渐地垂下了头。

第四十七章

在清军入城之前，赵之龙已经下令家家户户准备好香炉，要求把"顺民""大清皇帝万万岁"写在黄色条幅上，挂在了家门口。

弘光元年五月十五日，沉重的玄武门摇摇晃晃地被打开。忻城伯赵之龙率一百四十九名文武百官，一大早就来到正阳门外聚齐。

排列在赵之龙后面的依次是魏国公徐州爵、保国公朱国弼、隆平侯张拱日、临淮侯李祖述、怀宁侯孙维城、灵璧侯汤国祚、安远侯柳祚昌、永康侯徐弘爵、定远侯邓文囿、项城伯常应俊、大兴伯邹顺益、宁晋伯刘允基、南和伯方一元、东宁伯焦梦熊、安城伯张国才、洛中伯黄周鼎、成安伯柯祚永、驸马齐赞元。王铎无可奈何地垂着头，跟在驸马齐赞元后面。然后是翰林程正揆、张居，礼部尚书钱谦益，兵部侍郎朱之臣、梁云构、李绰，给事中林有本、陆郎、王之晋、徐方来、庄则敬及都督十六员、巡捕提督一员、副将五十五员，并城内军民出城门迎接。

在清军进入南京都城之前，天空中没有一丝风，太阳像个大火球似的挂在空中，天气热得要爆炸。

弘光朝廷的官员们站在烈日下焦急而耐心地等待着，热得喘不过气来。过了一会儿，空中忽然聚起了滚滚的乌云，几声沉闷的雷声响过之后，突如其来下了一场暴雨，把人们淋得透湿，个个都像落汤鸡。

暴风雨过后，身穿红色绸服的清朝将军豫亲王多铎，骑着高头大马缓缓走来，身后是他率领的满汉部队。

赵之龙走上前去，恭敬地把账册交给多铎后，然后大喊一声，弘光朝廷的臣民都赶紧匍匐在地，大礼参拜。

豫亲王多铎看着被自己征服的大臣，以胜利者的姿态露出了得意的微笑。当他再次扫视匍匐的人群时，视线被一个矗立不跪的人给定格在那里了。他立刻就像一头发怒的雄狮咆哮起来，问："谁如此大胆，竟然见本王不跪！"

人们顺着多铎的马鞭，看到的竟然是王铎。王铎正言厉色地说："余非尔臣，安得下拜？"

跪在王铎身边的钱谦益伸手拉拉他的衣服,想让他跪下迎接,王铎依然没有下跪。

赵之龙赶紧走上前去,献媚地解释是内阁次辅王铎。多铎听到王铎的名字,马上就改变了态度,不但没再生气,还对王铎的举动给予了赞赏。多铎其实非常蔑视那些自愿改换门庭的汉人。

多铎从王铎面前走过时,还朝他微笑了一下。王铎犹如受到了极大的侮辱,悔恨的眼泪不由自主地流下来。

入城后的第二天,多铎就下达了一道措辞强硬的命令,宣布自即日起,整个南京内城全部划归清军部队驻扎。

从济门与大中桥之间画了一条线,把城市分为东北和西南两部分。清军驻扎在这条线的上方,南京居民住在这条线的下面。原有的居民,不论是朝廷官员还是普通百姓,一律必须搬出去,如有敢违抗者,以军法论处。

如果是在弘光时期,对于这样一道措辞十分强硬的命令,肯定会掀起一股波涛汹涌的反对浪潮来。但是,现在发生的奇祸巨变,别说是那些有头有脸的人物,就是那些无赖泼皮如同丧家之犬,面对新主子也变得温顺起来。

以前住在这里的人们迫不得已地打点行装,迅速搬到了指定的居住区,在那穷街陋巷里拥挤着安顿下来。

清军为了给南京百姓们留下好的印象,还采取了一些颇得人心的措施,不但宣布革除了弘光时期的苛政,还对驻扎的清军严加管束,对违纪行为以军法惩处。为了杀一儆百,多铎下令将八名因为抢劫而被逮捕的旗人公开处死。

如此一来,城里的百姓们也就随遇而安了,各行各业的人们依旧各自奔忙,整个南京的局面很稳定。

五月十六日,豫亲王多铎受南京百官的朝贺。对于明朝崇祯、弘光时期的旧官,只要愿意归顺,一律以原职录用。

按照礼节,在朝贺时都要进献一定的礼物。有人为了讨好多铎,准备上贡两万两黄金。王铎的家人都劝他准备一些丰厚珍贵的礼物献上。

王无党还把钱谦益的礼单抄写了一份,作为参考:"爹,这是钱牧斋准备上贡的礼单。"

王铎看了一眼王无党,并没有接过来,只是扫了一眼,只见上面写着:鎏银壶一具、珐琅银壶一具、蟠龙玉杯一进、宋制玉杯一进、天鹿犀杯一进、葵花犀杯一进、宣德宫扇十柄、真花杭扇十柄、银镶象箸十双。

王镛听后急忙凑过来,顺手接过礼单,看过后提议说:"哥,我看咱们要比他再多一两件,才能更加显得心诚。"

王铎不屑一顾，虽然没有当面拒绝，听口气却是一百个不愿意："家里的珍玩都被歹徒抢光了，哪里还有什么珍宝？"

最后，王镛列了一个单子，王铎过目后用小楷抄写了一遍：百子宫扇十柄、戈奇金扇十柄、湖笔一函十二支、端砚二方、金莲徽产香墨一匣、宣德瑞兽熏香镏金炉一具。顺治二年五月二十六日。

在朝贺的仪式上，多铎见到王铎奉上的文房四宝甚欢。从所送的礼物上看，虽然比钱谦益的少了很多，多铎却认为钱谦益是在戏弄他，因而对他一直是衔恨在心。

在侧的贝勒博洛看着王铎奉束上那法规严整、古朴大气的小楷，就赶紧接过来仔细观看，突然发现黄笺上似有泪痕。抬头再看看墀下的王铎，那不卑不亢、温文尔雅的一身正气，让贝勒博洛对他油然产生了敬慕之意。

多铎稍微思索一会儿，然后站起来，挥着手大声说："王觉斯送的礼物，本王甚为满意。俗话说，有来无往非礼也，我也要送给你一个礼物。"

多铎说着回头朝里面看了一眼，又轻轻地拍了拍手。转眼之间，一位英俊潇洒的中年人快步走了出来，只见他健步如飞直奔王铎，然后在他面前双膝跪下，大声哭喊道："大哥，我终于找到你了！"

王铎先是愣了一下，当看清是四弟王镆时，真是爱恨交加。最后还是无法控制内心的激动，大叫一声："四弟！"

王铎与王镆相见后，抱头痛哭。整个大厅突然间安静下来，然后又爆发出了阵阵掌声和欢笑声。

多铎缓缓来到王铎和王镆跟前，对王铎说："觉斯啊，我送给你的礼物还满意吗？"

王铎擦拭一下挂在脸上的泪水，起身抱拳拱手："多谢豫亲王！"

多铎亲切地说："本王对你仰慕已久，今天一见，真有相见恨晚之感哪。"

王铎一时不知该如何回答，但看到多铎把四弟送到自己面前，心里突然涌出一种感激不尽之意。

王镆单膝跪在多铎面前，感激地说："感谢豫亲王，让我和大哥在南京团聚！"

多铎伸手拉起王镆说："现在咱们是一家人，就不要那些俗礼了。"

这时，博洛来到多铎和王铎身边，说："豫亲王，我正式向您请求，让王先生给我当老师。"

多铎朗朗地大笑起来，然后看着王铎说："你看博洛如此虔诚，你就收下这个学生吧。"

博洛抱拳向王铎施礼，说："先生在上……"

事情来得突然，王铎没有心理准备，伸手拉着博洛的手："使不得，使不得，我们常在一起切磋就是。"

多铎看到王铎兄弟相聚，然后一招手，举起酒杯，大声高喊："为王觉斯兄弟重逢干杯！"

整个大厅里充满了欢笑声。

王铎带着王镆回到家里，全家人见到了久别的亲人，围坐在一起问长问短，真是悲喜交集啊。

大家慢慢平静下来之后，王镆就把分别之后的经历简要地告诉给大家。

那年渡河去怀庆时，王镆与王钺与众人走散后，就到卢氏深山里躲了一阵子。等到老家一带安稳以后，就到处打听家人的行踪，但始终也没有找到。李自成的大顺军过来后，崇祯皇帝任命的官员不是被杀就是被赶跑。过了没有几个月，吴三桂联手清军追击李自成时，又把大顺委派的官员杀了一批，再加上贼寇到处横行霸道，黄河两岸基本上无人管，百姓们也分不清楚谁是谁的人。此时，被弘光皇帝任命为河南总兵的李际遇在河南一带招兵买马。为了全家有碗饭吃，王镆就参加了李际遇的队伍。李际遇见王镆识文断字，又写得一手漂亮的好字，就任命他为参事。多铎大军压境之时，善变的李际遇迎降，王镆跟着李际遇就稀里糊涂地误入了歧途。多铎见到王镆时，问及家中情况，王镆如实回答。当得知王镆是南明朝廷内阁次辅王铎的弟弟时，多铎对他格外优礼，并让他随大军一路南下。开始王镆本想寻找机会逃跑，后来听说要攻打南京，心里感到很矛盾。到南京能尽早见到大哥，但又害怕在攻陷南京时大哥会受连累。特别是清军攻陷扬州后，王镆亲眼看到了悲壮惨烈的现场，更为大哥及家人的安危担心。后来，王镆受多铎之命就给大哥写了一封家书，并随军一起来到南京。

王铎听了王镆讲的经过，真是感慨万千，兄弟分别这么久，都经历了如此大的变故，万幸的是全家人都平安无恙。

王镆提到的李际遇是登封人。崇祯末年，登封接连几年遭遇旱、蝗、瘟疫，赤地千里。登封县衙役逼粮要款，十分凶悍。李际遇为义愤所激，打倒衙役，率众进城抗税，知县以"殴打役吏，率众闹堂"的罪名，给他戴上枷锁示众。夜幕降临后，李际遇在百姓的帮助下，逃到山上后，树起义旗，招兵聚将，举行起义。当时正值特大旱灾，五谷不收，李际遇率众攻进登封，杀了贪官，解救了很多百姓。队伍很快发展到四五万人，经常活动在登封、临汝、密县、巩县一带。陕西总督孙传庭督师七省，率师出关剿贼时，李际遇受朝廷招抚后，帮助剿贼，得到朝廷的信任。李自成进入河南后，李际期又暗中将朝廷军队的消息送给他，造成了明军的惨败。李际遇在李自成军与明廷之间，一直采取观望的态度。甲申之变后，李际遇实力已颇为雄厚，兵员二十七万，中州几乎被他控制。弘光朝廷成立后，开封府推官陈潜夫上奏朝廷举荐重用李际遇为河南总兵，尽复河南五郡，南联荆楚，西控秦关，北临赵卫，可使江淮永安。马士英也抓住机会安插了自己的亲信，在任命李际遇为河南总兵时，把他的姻戚越其杰也任命为河南巡抚。

王铎与王镆兄弟相聚后，最关心的就是三弟王鑨。

王镆告诉王铎："大哥请放心，三哥现在已经是鹿城的父母官了，正在为百姓做事呢。"

王铎开始还想着弘光朝廷，一时没有回过味来。王无党、王无咎等人已经明白了其中的意思，都为三叔王鑨高兴。王镆看着王铎解释说："我在随大军南下时，三哥被当今皇上任命为鹿城县令。"

王铎听了"当今"两字后，才自嘲地微微一笑，看着眼前的三弟，多年来悬着的心终于落了地。兄弟五人中，除了五弟过早病逝外，家中老小都平安。

王无党看着眼泪汪汪的爹，知道他此时心里很纠结，就提议给三叔祝贺，为四叔接风洗尘。

在朝代更迭、战乱不断的岁月里，全家人能够相聚在南京，真是莫大的幸事。

在说话中，王铎突然想起了对自己十分敬重的年轻将领博洛，问："四弟，清军里那个叫博洛的，他是个啥样的人啊？"

王镆说："博洛是清太祖努尔哈赤的孙子，饶余敏郡王阿巴泰的第三子，也是清军中最年轻的将领。他非常喜欢书画丹青，经常在军中挥毫泼墨，特别喜欢梅兰竹和岁寒三友图。"

王铎疑惑地说："他好像对我的情况很了解似的？"

王镆说："您是内阁大臣，位居次辅，他作为清军将领，当然对您十分了解。而且您又是诗书画三绝的一代儒臣，特别是您的书法造诣享誉天下，谁人不知，哪个不晓？"

"匡峦也学会用溢美之词了。"王铎不以为然，挥挥手制止后，说，"那天听他那拍马屁的口气，好像见过我写的东西？"

王镆说："是的，以前您给我写的扇面，他见到后非常喜欢，我就送给他了。他一直称赞法度严谨，古朴大气，极具钟繇风范。"

博洛对诗书画的尊重，赢得了王铎对他的好感。

十天后的五月二十五日晚上，多铎在灵璧侯府邸举行一个特殊宴会，宴请的客人有赵之龙、王铎和钱谦益等弘光朝时的旧官,还有假太子王之明等人。

整个大厅里灯火辉煌,大家频频举杯共同庆贺。在进入到宴会高潮的时候,豫亲王多铎缓缓站起来,有些神秘地说:"今天我还请了一位特殊客人,大家一定都很熟悉。"

多铎说完后一招手,从里面踉踉跄跄地走出来一个肥胖的男人。他的这个体形,只要是见过他的人都很熟悉,他就是弘光皇帝朱由崧。

朱由崧被两个人推搡着,走到多铎面前,非常尴尬地站着。他的到来让在座的所有人都惊呆了,王铎更是不解其意。

个别官员习惯性地准备给他施礼,多铎非常严肃地让大家都坐下。

朱由崧好像并没有感到受到了侮辱,缓缓地环视了大家一圈之后,还笑嘻嘻地问了一句:"咋没看见马瑶草和阮圆海呢?"

大家都低着头闷不作声,后来不知是谁轻声嘟囔了一句:"马瑶草不是和你一道弃城而逃了吗?"

多铎听了朱由崧的问话,很为他感到悲哀。作为弘光王朝的一代君王,关心的不是朝廷社稷和百姓的生死,反而是亲手葬送了大明半壁江山,并在出逃路上又把他给出卖的罪臣。

朱由崧在那里尴尬地站了好久,多铎才命他坐在假太子王之明的下位。

王铎看到多铎如此侮辱朱由崧,感到无地自容。而朱由崧却不当回事,依然笑嘻嘻地没有羞愧的感觉。

多铎高傲地走到朱由崧面前,用尖刻的语言指责他:"闯贼李自成攻陷京师,崇祯皇帝为大明殉国,你却擅自在南京建立弘光伪王朝政权,篡夺皇位,坐享其成。更可恨的是不派一兵一卒去攻打大顺流寇,以报血海深仇!"

整个大殿里顿时一片寂静,朱由崧的脸上再也没有了笑容,慢慢涌上一抹潮红。

多铎幸灾乐祸地进一步斥责:"京师沦陷后,太子经历了千难万险,受尽了说不尽的磨难,好不容易来到南京,你不但不将本属于他的皇位让出来,还污蔑他是假太子,并将他打入监狱大牢,你到底是何居心?!"

王之明见多铎一直把自己当成太子,只好顺水推舟应承下来。此时,多铎连珠炮般的质问把他吓了一跳,试图为朱由崧辩护:"豫亲王,其实他也没有太难为我,最初还是得到了一些款待,后来只是由于……"

王之明说到这里,看到坐在多铎身边的王铎,就把还没有说完的话咽了回去。他毕竟是假冒的太子,心里总是发虚。

对于王之明的真实身份,多铎一直十分关注。他入城之后,就单独向赵之龙询问过。第二天，还让赵之龙带着王之明来到他的行宫大殿磕头谢恩。后来，多铎告诉赵之龙说："太子到底是真是假，我们一时还不能确定，等回到京师以后就会清楚的。"

朱由崧此时已经汗流浃背，几次抬起头来想替自己辩护，但却又无言以对。

多铎既没有理会王之明的解释，也没有顾忌朱由崧的尴尬，而是在朱由崧面前来回走动着，不紧不慢地继续挖苦他："朱由崧，我今天明确地告诉你，你的所谓弘光社稷，是让你的首辅大臣马士英和兵部尚书阮大铖亲自断送的。"

朱由崧难堪地低下头装聋作哑，多铎继续用训斥的口气道："我实话告诉你，在我们渡黄河以前，凭你们当时的实力，如果发起反攻，完全能够取胜。据说曾有高人多次提议要加强对长江天险的防备，并要亲自巡视江防，而你却置之不理，继续过着你荒淫无道的糜烂生活。"

多铎说高人时，眼睛一直看着王铎，然后又看着狼狈不堪的朱由崧，脸上露出胜利者得意的微笑："我们攻占了扬州后，你不是调兵遣将进行阻拦，而是弃百姓于不管不问，自己和首辅、兵部尚书偷偷逃离了南京，你这种行为还有什么脸面对列祖列宗？有你这种所谓的皇上，还有不亡国的道理？"

多铎说到这里，对朱由崧蔑视地哼了一声，然后慢慢回到原位坐下，再也不看他一眼。

王铎听着多铎对朱由崧说的话，虽然句句都在理，但他毕竟是自己曾经的主子，心里依然感觉很难过。

朱由崧的所作所为，的确伤透了王铎和朝廷大臣的心。他们此时的心情十分复杂，本来有黄河、长江两道天然防范屏障，四镇和左良玉的军队对外号称有百万雄师。只要把这些军队统领起来，不要说清军想越过长江天险，就是黄河他也可望而不可即。朱由崧作为新朝的一国之君，整天不理朝政，把所有事情都交给马士英和阮大铖，而这两个人既没有治国之策，又没有治国之才，却把主要精力都用在搞内讧上，闹得整个朝廷人心相悖，惶惶不可终日，使很多有识之士与朝廷离心离德，最后形成了一盘散沙。

王铎看着朱由崧，听着多铎讽刺的话语，意识到今天的宴会是多铎有意安排的。

朱由崧被多铎多次羞辱，再也没有了初到时那无所谓的嬉笑的表情，而是痛苦地把头埋在双腿之间。

多铎却是得意地看着朱由崧，宴会结束后，朱由崧就被多铎监禁起来。

朱由崧的突然出现，让王铎非常尴尬，更感到疑惑不解。他疲惫地回到家，梁云构紧随其后跟了进来，来到书房里，把朱由崧被抓的经过告诉了他。

朱由崧逃走早有预谋，为了避免重蹈京师沦陷的覆辙，曾与马士英、阮大铖进行商议，要秘密前往杭州避难。五月十一日凌晨，马士英安排邹太后与自己的母亲同乘一轿，自己陪着皇带朱由崧一同出都门，悄无声息地前往杭州。在途经溧水县时，遭到了当地士兵的拦截。混乱之中，马士英为了自身的安全，就带领随身的护卫与皇太后一起辗转赶赴杭州。他让儿子马銮带领勇卫营兵，拥簇着朱由崧奔往太平府。府官不知道是怎么回事，坚闭城门不予接纳。他们只好转入芜湖，投靠了靖国公黄得功。

黄得功是在击败东犯的左梦庚后，领兵屯驻于芜湖的，对南京城的变故一无所知，朱由崧的突然驾临让他大吃一惊。当问明缘由后，还不胜感慨地说："陛下死守京城，以片纸召臣，臣犹可率士卒前往。奈何听奸人之言，轻弃社稷乎？今进退无据，臣营单薄，其何以处陛下？"黄得功尽管已经意识到，皇上如此张皇失措，已经无可救药，但仍然对他效忠到底，把昏聩的皇帝朱由崧迎接到自己的军营。朱由崧在芜湖当即下诏，对黄得功封官许愿。

多铎得知弘光出逃后，自然不会放过他，立即命刚投降的刘良佐率领部卒充当向导，派多罗贝勒尼堪、护军统领图赖、固山额真阿山、固山贝子吞齐等精锐，领兵经太平追至芜湖。在刘良佐现身说法的招诱下，再加上清军重兵压境，黄得功的部将田雄、马得功等人投降了清军。黄得功不知军心已变，还把刘良佐派来招降的使者处斩，并引兵出战。田雄趁黄得功不备，暗中发一箭，射中他的喉部。黄得功死后，朱由崧被活捉。

二十四日，朱由崧被刘良佐暂时押在了天界寺，多铎还让部分大臣在那里与他相见。五月二十五日，朱由崧乘坐一顶无幔小轿入城，头蒙包头，身穿蓝布衣，以油扇掩面。即使这样，还是被夹路的百姓唾骂，还有向他投瓦砾的。

清军进入南京以后，气节就成了王铎心中的死结，堵得他喘不过气来。在他内心深处，气节就是一个人的灵魂和脊梁。在国破家亡的关键时刻，为了保护芸芸众生，自己却把气节丢弃了。这犹如洁白的宣纸上，一旦沾上了墨汁，就无论如何也洗不掉了。

一失足成千古恨，王铎内心的痛苦无以言表，经常流着愧疚的眼泪，嘴里念叨着文天祥的"人生自古谁无死，留取丹心照汗青"在自责。

石薇汝和王镛生怕王铎出现任何差错，就让段姬时刻陪伴着他，不让他单独行动，即便是去茅厕也寸步不离。

顺治二年六月十九日，多铎对江南百姓下达了特别赦令。

为了及时呼应多铎的安民之策，钱谦益起草了一份归顺的公开信，然后和赵之龙一起来到王铎家，让他审阅、润色。

王铎很清楚这是要让他分担舆论压力，开始坚决推辞不看，钱谦益却恭维地说："觉斯兄，您是当朝一支笔，我唯恐贻笑大方。"

赵之龙也一再恳求，王铎只好象征性地看了一眼。当天，赵之龙就在南京向百姓发出了公开归顺的声明。

绝大多数南明朝廷的官员看到特赦令和归顺声明后，就来到豫亲王多铎的军营，把自己的名字登记下来供新政权任用。时隔不久，多铎按照前朝旧制，基本上都以原官安排供职。对于弘光时期的重要官员的任命，却还要奏请顺治皇帝的御旨。如此一来，那些本来还有些愤愤不平的官员也慢慢地安静下来。

清军士兵由于受到军纪的约束，整个南京城秩序如常。

一天，王镆兴冲冲地回来，给家里人带来一个好消息：朝廷任命他为苏州知府，并让他尽快上任。

苏州是江南的重要府地，不管是经济还是战略地位都至关重要。清廷对王镆委以重任，既说明清廷对他非常信任，也说明他的确是一个难得的干吏。

王铎在入仕之初，就非常厌烦朝廷内部的钩心斗角，曾想到州府任职，要为百姓做一些实实在在的事。当年自己没有做成的事，王镆靠自己的实力和打拼实现了，王铎很为四弟高兴。

王铎在为王镆高兴的同时，又为兄弟即将分离而感到伤感。他最担心的是四弟的身体，好像没有以前健壮了。特别是最近一段时间，常听到他咳嗽得很厉害，脸色也不太好。小时候，王镆常跟着哥哥学拳脚、练剑术，基本功很扎实，现在感觉他的行动好像不如以前。

王镆启程赴任时，王铎亲自带着家人为他送行。当来到东华门外时，抬眼望着雄伟的钟山群岭，不由得感慨万千。去年这个时节，他从杭州赶到南京，赴任弘光朝廷的东阁大学士，为王氏宗族光宗耀祖。现在虽然依然高官厚禄，但毕竟已是朝代更迭，物是人非了。

王铎看着巍峨的太祖皇陵，心潮起伏，悔恨交加的眼泪不由得挂满了两腮。

王无咎看着父亲痛苦的脸色，知道他又在自责，就轻轻地拉了拉他的衣角："爹，四叔还要赶路，送君千里，终有一别，你还有啥再嘱咐的吗？"

王铎让王无咎把早已准备好的佳肴摆放好，拿出杜康老酒斟满。

王铎深情叮嘱王镆说："匡峦啊，你到苏州后，皇差我就不说了，有两件家事要做：一是到你姐的坟墓前去看看，她孤苦伶仃很可怜，给她烧些纸钱；

二是寻找一下彭而述的音信，现在整个江南到处兵荒马乱，也不知道他在何处。"

王镆爽快地答应："请大哥放心，我到苏州后马上就办。"

王铎又语重心长地说："去苏州任职，为百姓办事，全家人都为你高兴，千万不要辜负了大家的期望。"

"我一定不负众望，为大清王朝建功立业！"王镆春风得意，慷慨激昂地说。刚说完突然又大声咳嗽起来。

王铎非常关心地叮嘱："最近你咳嗽得厉害，别老是不当回事，你毕竟也快到不惑之年了。"

"请大哥一百个放心，我的身体好着呢，你不看看我这身段。"王镆大大咧咧，还起身做个金鸡独立让王铎看。

王铎还是不放心，依然千叮咛万嘱咐："匡峦啊，你重任在肩，又独自在外，在苏州人生地不熟，凡事都要三思而后行。"

段姬小声对王镆的正室马氏叮嘱："匡峦身体不好，到苏州后给他找个好郎中，吃上几服药好好调理一下，千万不要再拖延了。"

马氏诚恳地点着头，然后对段姬说："最近大哥心事很重，请你和嫂嫂也要照顾好他的身体。"

王镛看着王镆身边已经长大的王无荒，说："曙灵，你现在长大了，学业可千万不能耽误，要学会替爹爹分担家务。"

王无荒向王镛做了个鬼脸，还俏皮地抱起双拳说："请伯伯们放心吧，我可是爹的左膀右臂。"

王铎身边的王无忝今天也特来为王镆一家送行。王镆看着彬彬有礼的王无忝，心中有种别样的情感。王无忝是王鑨最小的儿子，五弟王镡死得早，又没有嗣子，王铎遵从爹娘的嘱托，与王鑨商量后，把年幼的王无忝过继给了王镡。王镡的妻子陈氏对王无忝视为己出，娘儿俩相依为命，跟随着王铎一家生活在一起。王无忝在陈氏的教育下，学业进步很快，不但孝顺友善，还工诗能文，现在书法也大有长进。

王铎看着其乐融融的一家人，由衷地高兴。

王镆举杯敬王铎说："大哥，你年纪大了，而且最近身心又比较疲惫，我倒是担心你的身体。"

王铎坦然地说："放心吧，我会注意的。"

王镆还是不放心，又掏出心窝子里的话劝王铎："大哥，我知道你有个心结解不开，其实大家心里都是如此。咱对弘光朝廷已经尽了心，是他朱由崧自己不争气，在社稷危亡的关键时刻，扔下大明江山逃跑。历史上也从来没有见过这样的皇帝，做臣子的能有啥办法呢？"

王无党一直沉默不语，王镆的话说到了他的心里，他激动地接过王镆的话："爹，我叔叔说得对，不是我们对不起弘光朝廷，而是弘光皇帝对不起我们，让咱们全家受此奇耻大辱！"

王铎听着王镆叔侄的对话，心里多少有些安慰，但又赶快让他们避开这个话题："你这一去不知啥时候才能相见。"

王镆说："苏州离南京最多也就两三天路程，我要是想你了就回来看望。"

王铎看了看王镛，然后对王镆说："匡峦，你二哥也被授予睢陈兵备道佥事，可能过几天也要离开南京赴任。"

王镆回头看着王镛，高兴地一拍巴掌："恭喜二哥！"

王铎一再嘱咐大家："今后不管做啥事，都要好自为之。"

段姬看着一家人难分难舍的情景，心里突然感到很酸楚，就提醒王铎和王镆挥手告别。

第四十八章

　　王镆刚走两天，王镛也走马赴任而去。两个弟弟先后都离开了南京，对王铎来说是喜忧参半。喜的是他们被朝廷委以重任，忧的是整个江南到处都是兵荒马乱，他心里忐忑不安。

　　最近，王铎一直躲在家里不出门，整天坐在书房里，心里总是感到空落落的。在他发呆的时候，仆人匆匆跑进来，禀报说赵之龙来访。

　　王铎在危难之时，赵之龙出手相救，让他及全家人都感激不尽。两人之间的私交也越来越密切，现在已经成为知己了。

　　赵之龙经常找王铎商议一些重大事务，交往也比较频繁。赵之龙刚坐下，就告诉王铎一个出乎意料的消息："觉斯兄，豫亲王多铎派贝勒博洛前往杭州，博洛将军明确提出让你陪同。"

　　王铎疑惑地问："让我去杭州弄啥？"

　　赵之龙接着说："豫亲王听说潞王朱常淓在杭州已经称帝。"

　　王铎听后愣了一下，赵之龙意识到他还不知道详情。为了让他心中有数，就把潞王及杭州最近的情况告诉了他。

　　五月十一日凌晨，马士英同弘光皇帝朱由崧在溧水分手后，带着四百名贵州籍护卫兵随邹太后前往杭州，五月二十二日到达。潞王朱常淓以及在杭州的官员先后都觐见了邹太后。阮大铖和总兵方国安也先后逃到了杭州。

　　当时，马士英还希望朱由崧到达太平、芜湖后，依靠黄得功等部兵力扭转战局。当听说黄得功兵败自杀、弘光皇帝被俘的消息时，马上就与在杭州的官僚们商量，请潞王朱常淓出任监国。

　　六月初七，文武官员朝见邹太后，请命潞王监国。邹太后只能听马士英摆布，发布懿旨给朱常淓："尔亲为叔父，贤冠诸藩。昔宣庙东征，襄郑监国，祖宪俱在，今可遵行。"

　　朱常淓唯恐出任监国后，会成为清军打击的主要目标，就坚决拒绝。后来，在邹太后反复劝说下，他才勉强答应。

　　六月初八，朱常淓就任监国，但实权仍然掌握在马士英、阮大铖手中，先后任命了一批官员。

朱常涝监国的第二天，黄道周就给朱常涝提出建议，监国十天之内即登帝位，让群臣百官有所瞻依。同时极力劝说朱常涝，现在清军虽然占领了南京，但江南还有相当大面积的国土。不要只看到马士英、阮大铖掌握的少数兵力，浙江戎政尚书张国维、江西巡抚李永茂等人都在招募义兵。

王铎听到这里，就自言自语地说："看来还是幼玄看得更长远，我真是自愧不如啊。"

赵之龙并没理解王铎的意思，继续说："杭州的情况紧急，豫亲王就派博洛将军前往征剿。"

王铎听了一愣，自己到杭州后怎么面对黄道周和祁彪佳？就极力推辞："赵大人，我乃一介文人，即使去了也没啥用处，还会成为累赘。"

赵之龙很理解王铎的心情，但他也只是传话而已，很为难地说："觉斯兄，豫亲王已经决定的事很难更改，他的脾气你可能也听说过一些。现在不是征求你的意见，而是让我正式转告你，并请你做好一切准备，随时启程南下。"

王铎一下愣住了。赵之龙接着又解释说："觉斯兄，他们这是第一次让你办差做事，不去的话我以为恐怕不好。"

王铎很不情愿地问："博洛将军还有其他要求吗？"

赵之龙说："博洛将军倒是很客气，请你陪同前往主要有两个目的：一是让你参与军机大事，给他出谋划策；二是请你教他诗文、书法。"

王铎说："他也太高看我了吧。"

"觉斯兄，当初皇上要是听你的提议，咱们也不至于如此窝囊。"赵之龙又想起了朱由崧不听王铎提出的加强江防、主动北上阻止清军的建议，心里一直耿耿于怀。但已经时过境迁，也只能发一些牢骚而已。

王铎听了赵之龙的牢骚话，也有同感，为此两个人只能无奈地唉声叹气。

赵之龙临走时还告诉王铎："博洛将军说，过两天他要专程前来拜访你。"

赵之龙的到来，让王铎一晚上没有休息好，设想了很多与黄道周、祁彪佳见面的尴尬场景。

第二天早晨，太阳出来已经数竿高了，王铎还没有起床。博洛在赵之龙的陪同下，身着便服来到王铎府邸。

博洛的突然到来，让王铎既惊讶又感动。以他现在的身份，是不应随便到明朝旧臣家中走动的。

王铎匆匆忙忙起来，把他们让到客厅，并让王无咎拿出家中的好茶招待。

博洛来到王铎面前，抱拳拱手，不紧不慢地说："先生，今天冒昧拜访，多有打搅，还请您海涵。"

博洛的举动让王铎有些被动，王铎抱歉地说："将军到来，老夫出迎迟慢，还请见谅。"

博洛虽然是满人，但对汉族的礼节却很熟悉。双方客套后坐下，博洛看着彬彬有礼、一表人才的王无咎，非常喜欢。先是关切地询问了他学业情况，然后又鼓励他要刻苦读书，并说大清现在正是用人之际，等到时局稳定后参加科举考试，将来为清朝社稷建功立业。

王铎看着与王无党年龄不相上下的博洛，言谈文雅，举止得体，听了他几句入情入理的话，觉得这个人虽然生长在荒蛮之地，但却并非是一介武夫。他对治国和培养人才如此重视，让王铎顿时刮目相看。

博洛见王铎表情严肃，知道他心里有些想法，就主动说明来意："先生，晚辈今天登门叨扰，一是拜您老为师，学习大汉国粹；二是请您辛苦一趟去杭州，为我出谋划策。"

王铎看着温文尔雅的博洛，谦虚地说："博洛将军过奖了，我乃一介文人，对诗词文赋只是略知一二，军政事务只是纸上谈兵而已。"

"先生过谦了，您是满腹经纶的前朝元老，只是那昏庸的朱由崧不听你的高见。"博洛先恭维了一句，接着就开门见山地道出了清军当初的战略实情，"先生有所不知，当初我们本打算以黄河为界，与南明相安无事的。结果大军来到黄河、淮河一带时，竟然没有任何军队阻拦，后来就试探着一路南下，遇到的大部分军队，不是望风而逃，就是举旗投降。只有到了扬州，才遇到了史可法的真正抵抗。"

王铎很喜欢博洛直爽的性格。王无党感到很惭愧，又很想知道详情，给博洛添了茶后，静静地听他继续讲述。

博洛看王铎父子都是朝中干吏，就把实情和盘托出："如果当初朱由崧听从先生的建议，依托长江天险进行防御，我们那还不到二十万人的军队是万万不敢越过长江南下的。如此一来，不但战线拉得太长，而且将帅士卒都生长在北方，对长江一带的情况又不了解。好在朱由崧四镇的大部分兵力归顺后都成了过江的主力，不然的话哪里能顺利渡过长江天险呢？"

王铎听了博洛的一番话，更加认定朱由崧是昏庸之君，马士英、阮大铖更是误国的元凶。

博洛又看看赵之龙，接着说："大军到达南京城外时，幸亏赵大人和您都深明大义，才使全城百姓免遭涂炭。"

博洛见王铎低着头一言不发，就品了一口茶，环视了一下大家，最后看着王铎说："豫亲王命我去杭州征剿朱常淓，我对那里的情况是一抹黑。先生您是先朝元老，我得借您的虎威去收降他们。"

王铎内心很惭愧，赵之龙也不知该如何回答，现在毕竟都是清朝之臣了。

博洛对王铎十分恭敬，说："先生，我对您仰慕已久，特别是您的诗文、书法更让我高山仰止。"

赵之龙听到这里，也恭维着和稀泥，说："觉斯兄，既然博洛将军如此真诚，您就不要再推辞了。"

王铎心里很明白，赵之龙是在给自己一个台阶。即使博洛不登门来访，强行让他去杭州，他也必须随军前往。王铎没再推辞，谦恭地答应下来："既然将军如此抬举老夫，那就恭敬不如从命了，老夫将尽力而为。"

第三天，王铎动身启程随博洛南下杭州。以前从来没有进过军营，第一次随军出征，让王铎多少有些既新鲜又紧张的感觉。

江南的夏天炎热难耐，杭州一带又久旱不雨，热得人们烦躁不安。

博洛统率的军队迅速进抵杭州时，钱塘江只有涓涓细流，江水几乎已经干涸。很多人都在江中洗澡，水深也不过马腹。

博洛率领的人马抵达塘西时，还没有开始进攻，潞王朱常淓就派陈洪范前来，提出同清军进行讲和。

陈洪范的真实身份，王铎最近才了解清楚。

陈洪范，字东溟，辽东人。早年是熊文灿的部将。崇祯九年，他与总兵左良玉两路夹击张献忠，大破于郧西后，张献忠乞降于陈洪范。弘光朝廷初立时，陈洪范随同左懋第去北京与清廷通好。行至德州时，清廷仅允许百人赴京。十月初行至北京张家湾时，左懋第被扣留。在京师的时候，陈洪范已经暗中投降了清朝，后来就被派到江南一带充当内应。他回到江南以后，写了一篇名为《北使纪略》的文章，宣扬自己效忠于弘光朝廷，但在背后却到处散布清军势大难敌，并极力劝大家及早投降。

陈洪范拜见博洛那天，他乘坐着悬挂"奉使清朝"旗帜的船，渡过钱塘江，急匆匆地来到博洛的军营大帐。

陈洪范见到博洛后，向他行大礼，如同对待主子。随后就把朱常淓监国及杭州的攻防情况，原原本本讲得一清二楚。

朱常淓收到黄道周尽快即帝位的奏折后，任命黄道周为大学士入阁办事。马士英知道后，唯恐黄道周入阁后影响他总揽朝政大权，就又继续玩弄权术，把监国的令旨悄悄地缴回去，不予公布。当听说清军大军已经逼近杭州时，马士英又故技重演，私自逃到郑鸿逵的兵船上，阮大铖也从富阳乘舟遁往婺州一带。此时，率领兵马护送弘光帝到芜湖的总兵方国安和他侄儿方元科，在得知朱由崧被俘后，就率领一万左右的兵马来到杭州，准备拥立潞王保卫杭州。听说朱常淓已决意降清后，又率军东渡钱塘江而去。大军压境，成了孤家寡人的朱常淓就提出以割让江南四郡为条件，与清军和平相处。

博洛听了以后，让陈洪范回去劝朱常淓尽快投降。陈洪范返回去，把博洛的话告诉朱常淓后，朱常淓没做任何抵抗就决定奉表投降。

六月十四日，博洛亲自指挥大军渡过钱塘江。方国安等部署的钱塘江防线也顿时瓦解，各部明军损兵折将，纷纷逃窜。

清军几乎没费吹灰之力就占领了杭州，博洛趁势派出使者，以人参、貂皮等物为贽，邀请诸王相见，招降浙东各府州和避居这一地区的明朝藩王们。

只有鲁王朱以海以道远为由没到，实际上他已悄悄离开了绍兴，经台州乘船逃往海上。后来，周王、惠王渡江偕崇王赴召，湖州、嘉兴、绍兴、宁波、严州等府州官员也都纳土降清。

王铎身在博洛军中大帐，心里却始终关注着黄道周、祁彪佳的命运以及倪元璐家人的安危。他也深知自己表面上参加军务，实际上却是身不由己。如果稍有不慎，不但会给自己带来杀身之祸，可能还会殃及黄道周、祁彪佳和倪元璐的家人。

王铎有时很矛盾，黄道周祭祀大禹陵动身时，王铎曾让他打听倪元璐的家人，还表态说要很好地关照他们。做梦也没有想到，黄道周离开南京刚三个月，整个弘光江山社稷的大厦就轰然倒塌了。去年底，祁彪佳称疾辞任回到绍兴老家。他们现在的情况到底如何不得而知，如果以现在的身份，见到他们后将如何面对呢？

正在王铎左右为难的时候，博洛告诉他两件事：一是祁彪佳已经为国殉难，二是黄道周已经回到福建老家。王铎听了后是悲喜交加。

博洛递给王铎一张信笺，接过来一看是祁彪佳绝笔诗：

> 运会厄阳九，君迁国破碎。
> 鼙鼓杂江涛，干戈遍海内。
> 我生何不辰，聘书乃迫至。
> 委费为人臣，之死谊无二。
> 予家也管嫂，臣节皆冈赘。
> 幸不辱祖宗，岂为儿女计。
> 含笑入九原，浩气留天地。

王铎看完后，控制不住，立刻就哽咽起来。

博洛的心情似乎也很沉重，是他逼死了祁彪佳，他在王铎面前很愧疚："先生，可能是我太心急了，才让祁先生出此下策。"

祁彪佳殉国的消息让王铎悲痛万分，自己来杭州无异于是逼迫他殉国。王铎心里虽然很气愤，但又不能责备博洛，只能用无言的沉默来自责。

博洛意识到了王铎内心的悲痛，在原地转了几圈后，才把祁彪佳殉国的详情告诉了王铎。

六月二十五日，博洛亲自给祁彪佳修书一封，准备登门拜访，被祁彪佳拒绝了。他的叔父及堂弟们也劝他见博洛一面，说："一见则舒亲族之祸，而不受官，仍可以保臣节。"祁彪佳深知弘光朝廷大势已去，而降清又是他所深恶痛绝的。面对博洛的巨大压力，还因为亲友的劝说，祁彪佳当时内心十分矛盾和痛苦，最后毅然决然地选择了以死殉国。在绝食数日之后的六月初六清晨，他支走了儿辈们，留下遗书："乃步廊下，星月微明，望南山笑：'山川人物，皆属幻影，山川无改，而人生忽一世矣。'复谓季远看归卧。"然后又写下遗诗，最后从容殉国。

祁彪佳是王铎同年中年龄最小、关系最为密切的学弟，他们在一起无话不谈。现在突然阴阳两隔，王铎再也控制不住内心的悲痛，掩面而泣。

在千军万马中驰骋的博洛，看到王铎如此悲痛，突然有些不知所措。为了改变两个人尴尬的局面，同时也想缓解一下王铎的情绪，博洛不再顾忌他的感受，也把黄道周来杭州后的详情告诉了他。

黄道周奉敕祭祀大禹陵，离开南京是非之地后，经过近一个月的鞍马劳顿，赶到绍兴时正是祭奠日子。按照惯例对大禹陵进行一番祭拜，祈求大禹保佑大明江山社稷永固。

祭祀仪式结束后，黄道周就让随行的其他官员回南京复命，他找到了倪元璐的弟弟倪献汝和长子倪会鼎。他们叔侄俩早已拜在黄道周门下，师生相聚，自然是其乐融融。

黄道周在绍兴居住了两个多月，均由倪氏叔侄二人陪同，几乎游遍了所有的名胜古迹。在此期间，黄道周在自由的空间里品味着王羲之、苏东坡曾经有过的精彩生活，非常惬意，为倪献汝、倪会鼎二人书写了很多书法佳作。

在黄道周准备拜访祁彪佳时，听说清军已经攻陷了南京，弘光皇帝朱由崧也被擒。突如其来的变故，让黄道周为大明江山社稷担忧。祁彪佳在百姓心中威望很高，黄道周就上疏朱常淓请祁彪佳出山，任命他为少司马，总督苏、松，率众抵挡清兵。此时，清廷大军已经逼近杭州，祁彪佳感到无力回天，唯有一死报效朝廷。

南明的政治中心在东南，潞王朱常淓已经降清，黄道周感到很失望，后来就想起了很有骨气的唐藩王朱聿键。朱聿键的封地在河南南阳，也是东汉开国皇帝刘秀的故乡，虽然"南阳者即复汉家之业"之地，但在谱系上同崇祯皇帝相距很远，按常规本来轮不到他。朱聿键虽然出生于王府，贵为王孙，却从小就饱经患难，因为他祖父唐端王不喜欢他父亲，他出生后的四十三年里，除七年奉藩以外，其余岁月都是在逆境中度过的。多灾多难的经历，也使他受到了其他藩王所没有的磨炼，增加了许多沧桑的阅历。在国家处于危难时期，朱聿键的特殊经历，使他在所有藩王中成了鹤立鸡群的人物。黄道周与一批文官武将协商后，对朱聿键大力支持和拥戴。

王铎得知黄道周已经平安离开杭州，前往福州拥立藩王朱聿键筹办监国后，心里才有了很大安慰，并默默祈祷他们成功。在来杭州的这段时间里，遇到的事情几乎都与黄道周、祁彪佳有密切关系，他在军中无法对外人诉说，内心的痛苦可想而知。

王铎由于伤心过度，身体似乎一下子垮了下去，心中的痛苦只能倾注在手中的毛笔上，在临写白居易一件信札刻帖时，全帖只有区区三十七个字，他在临写时竟然漏掉了十六个字。

王铎的异常举动，聪明睿智又细致的博洛心知肚明，内心更加佩服他有情有义。博洛看到王铎临写的这幅行书立轴后赞叹不已，对他更加敬重，对属下将士说："王先生之笔墨，北廷绝少，在中原属凤毛麟角。他曾经是帝王之师，我等应多加呵护，如有亵渎者，将以军法从事。"

北京的摄政王多尔衮，在得到潞王朱常淓已经投降，江浙一带已经不战而胜的捷报后，认为江南用兵应该结束了，特别是来自塞北的满洲将士们难以忍受江南的酷暑，于是就下令多铎、博洛班师回朝。

在返回南京之前，王铎得到一封密信，黄道周拥立的朱聿键，在闰六月初六，由南安伯郑芝龙等人迎接入福州。次日就正式就任监国。二十天以后，在黄道周等臣僚的拥戴下，于闰六月二十七日即皇帝位，以福州为临时首都，政府名为天兴府，以原福建布政使司作为行宫。从七月初一起改称隆武元年。

朱聿键即位称帝后，尽管颇想有一番作为，重建大明王朝江山社稷，可是他既缺乏自己的班底，又没有足够的名分，同时也没有治理朝政的经验，就不得不依赖拥立他的实权人物郑芝龙、郑鸿逵等。以拥戴之功，加封郑芝龙为平虏侯、郑鸿逵为定虏侯、郑芝豹为澄济伯、郑彩为永胜伯。为了收揽人心，任命黄道周、蒋德璟、陈子壮等二十余人为大学士，入阁人数之多，在明代历史上从未有过。与此同时，他又任命张肯堂为吏部尚书、何楷为户部尚书、吴春枝为兵部尚书、周应期为刑部尚书、郑瑄为工部尚书、曹学佺为太常寺卿。

隆武朝廷建立后，颁诏各地，先后得到了两广、赣南、湖南、四川、贵州、云南残明政权的承认。

朱聿键在福州建立隆武政权不久，鲁王朱以海又在绍兴建立了监国政权。在潞王朱常淓降清时，身为浙江人的总兵方国安，率部众一万多人由杭州退至钱塘江东岸，和王之仁部形成了反清武装的主力。这样一来，浙东地区的反清运动风起云涌，慈溪、定海、奉化、鄞县、象山等他知县也都纷纷提供粮饷、招募义兵。原任兵部尚书张国维和在籍的官僚宋之普等人商议，认为急需迎立一位明朝宗室出任监国，而当时在浙江的明朝亲、郡王，只有在台州的鲁王朱以海没有投降清朝，这自然就成了浙江复明势力拥立的唯一人选。

闰六月十八日，张国维等人奉笺迎朱以海出任监国；二十八日又再次上表劝迎。朱以海到达绍兴后，于七月十八日就任监国，改明年为监国元年。

鲁监国政权成立后，张国维、朱大典、宋之普被任命为东阁大学士，不久又起用旧辅臣方逢年入阁为首辅。任命章正宸为吏部左侍郎署尚书事，陈函辉为吏部右侍郎，李向春为户部尚书，王思任为礼部尚书，余煌为兵部尚书，张文郁为工部尚书，李之椿为都察院左都御史。以大学士张国维为督师，统率各部兵马。

参与拥立鲁藩的官绅起初并不知道唐王朱聿键已经在福州继统，在拥立朱以海之后，立即处于进退两难之势。唐王和鲁王都是明太祖朱元璋的后裔，在谱系上与崇祯皇帝相距甚远；在拥立时间上，唐藩朱聿键略早于鲁藩朱以海，而且是以监国称帝；在地域上，唐藩朱聿键为首的隆武政权得到了除浙东以外各地南明地方政权的承认，鲁监国政权只局限于浙东一隅之地。

在国难当头的时候，朱明王朝的宗室有的屈膝降敌，轻信清廷给予恩养的空言；有的利用国无常主，妄图黄袍加身，哪怕过上一天皇帝瘾也好。而相当一批文官武将也以拥立定策作为自己飞黄腾达的机会，上演了一幕幕兄弟阋墙、钩心斗角的闹剧。

王铎知道这个情况后，十分担心。两个政权同时存在，他们之间会不会再祸起萧墙呢？

在返回南京之前，王铎本想去看望倪元璐、祁彪佳的亲眷，但又无法面对他们。最后他专程来到大禹陵，站在执圭而立、神态端庄的大禹塑像前默默地祈祷。

王铎随博洛班师回到南京后，正是顺治二年的中秋节，与子孙们团聚在一起，享受着天伦之乐，感到很欣慰。

平和安逸的日子没过多久，豫亲王多铎突然接到摄政王多尔衮的命令，让博洛留守南京，多铎率领诸将返回北京。同时，要求把朱由崧、潞王、惠王等藩王和假太子王之明以及在南京投降的弘光朝廷高官，都随军带回北京，在名单中就有王铎、钱谦益、赵之龙等人。

突如其来的变化让王铎有些措手不及。把这个消息告诉全家人后，王铎就来到书房，静静地坐在那里。当他习惯性地捋胡须时，依然只有稀疏的几根，这又使他想起了那个被不明真相百姓谩骂、暴打、侮辱的时刻。那恐怖的场面，现在想来依然心有余悸。正是这次受辱，使他一直抬不起头来。现在要离开这里，可能也是一种解脱吧。

南京虽然曾是自己政治生涯中的巅峰之地，但更是跌入深渊之所。

王铎看着被恶徒糟蹋后的书房里寥寥无几的书籍以及自己的诗稿，十分伤心。在伤心之余，经过认真反思，觉得应该将诗文仔细地清理一遍。现在朝代已经更迭，以前撰写的那些辱骂清廷的诗赋文章，如果不尽快毁掉，不但会给自己带来麻烦，甚至还会殃及子孙。

王铎想到这里，就让王无咎找来一个大火盆。王无咎开始不知道王铎的用意，后来见他边看书稿边焚烧，就起身阻止。

王铎说出自己的想法后，王无咎无言以对，只能既心疼又无奈，眼睁睁地看着爹焚烧珍贵的诗文手稿。

当王铎拿起一沓厚厚的手稿，犹豫了好一阵后，又要往火盆里扔时，守候在一边的王无咎突然伸手从空中接住。

王无咎拿着书稿仔细一看，是王铎在春节期间撰写的《隐议》手稿。

从这部手稿中，王无咎对王铎的性格、脾气、爱好、信仰有了更深刻的了解。特别是在近几年，为了躲避战乱，他带领整个家族人员一百多人，逃亡了大半个中国，基本生活全靠他的书法和诗赋文章来维持。他那坚毅、担当、博大的胸怀更加令人敬重。

王铎见王无咎双颊挂着泪花，很理解他此时的心情："藕芽啊，这本来是辞任时给弘光皇帝写的，现在留它已经没有任何意义了，还是把它烧了吧。"

王无咎没有听从爹的劝说，擦拭一下眼泪，固执地留下。

王铎在书房里焚烧诗稿，冒出的滚滚浓烟惊动了石薇汝、段姬。她们以为书房里着火了，吓得都大呼小叫起来。

王无党、王无回等人听见喊声，也不顾一切地冲了进去。王铎看着妻儿惊恐的表情，少不得要解释一番。

虚惊一场后，大家知道了其中的缘由，都觉得很可惜。

段姬眼巴巴地看着诗稿被火吞噬，忍不住嘟囔几句阻止的话。在一般情况下，如果她出面劝说，王铎都会欣然采纳，今天她的话却成了耳旁风。

儿孙们平时在王铎面前经常吵吵闹闹，今天都乖乖地站在门口，把着门框，带着疑惑，目不转睛地看他烧诗稿。

全家人在无计可施之际，梁云构迈着方步进来。王之祺好像见到了救星一样，嘴里喊着"姥爷"就跑了过去。

梁云构看着一家人无奈的表情和书房里滚滚的浓烟，疑惑地大声问："你们这是闹的哪一出？"

王之祺拉着梁云构，悄悄地告诉他说："姥爷，你快进去吧，我爷爷在书房里烧书呢。"

梁云构更糊涂了，爱书如命的王铎怎么会烧书呢？转身就大步流星地走进书房。透过浓浓的烟雾一看，王铎的确正坐在那里烧书稿。梁云构用手迅速驱赶着眼前的烟，咳嗽了几声后，急促地问："亲家翁，你这是在弄啥？"

梁云构的喊叫并没有阻止王铎烧书稿。王铎抬起头来看他一眼，把手中的书稿扔在地上，站起身来，伸了伸酸疼的腰，平静地说："匠先兄，你来啦？"

梁云构没有理会王铎的话，指着火盆继续问："我问你这是在弄啥？"

王铎伸手拉着梁云构就往外走，来到门口长长出了一口气，说："你别急，到客厅我再慢慢告诉你。"

自从王铎去杭州后，他们已经有几个月没见面了，亲家翁相见自然有很多话要说。

王无回赶紧给岳父沏上茶，主动把爹烧书稿的缘由告诉了他。开始梁云构还气呼呼的，后来听了王铎的解释后，感到很有必要，也非常及时。现在毕竟已经是清朝的天下了，他们都已成为顺民。现在清廷已经成了主人，以前的诗文一旦成了把柄，就有可能招来杀身之祸。对于这个严肃的问题，梁云构以前确实还没有认真想过。

王铎今天的举动，让梁云构大为震动，自己不但不能阻止他，回家也应该很好地清查一下自己的手稿。

王铎看着沉默不语的梁云构，问："匠先兄，你怎么突然不说话了？"

梁云构很敬佩王铎看问题站得高看得远，说："亲家翁，很多人都认为你对政治漠不关心，看来他们都不真正了解你。"

王铎说："你这话从何说起？"

梁云构说："在大是大非面前，你向来都十分敏感，表面上看是糊里糊涂，实际上是大智若愚，而且比一般人的看法都具有前瞻性。"

王铎谦虚地摆摆手，不再说这个话题，而是告诉他说："我已经正式接到命令，九月初就要去京城了。"

梁云构显得很高兴："这是新朝廷对你的信任和重用，应该高兴呀。"

王铎紧锁着眉头说："名义上是信任，实际上是对我不放心啊。"

梁云构问："这次都是谁陪你进京？"

王铎说："仲和、匡峦、子陶和大群都有了差事，以后就全靠他们自己了。剩下的家中老小全部随我一起进京。"

梁云构说："你把我的外孙带走了，也不知道啥时候才能再见他，我会更孤独的。"

王铎端起茶杯："我有预感，不久也会把你也调进京城的。"

梁云构听后重重点着头。王铎喝口茶后站起来，说："匠先兄，刚才让你一闹，我把正事给忘了，前几天为了解闷，给你画了个小长卷。"

王铎起身来到桌案前，从抽屉里拿出一个书轴，边打开边笑着说："我把你外孙带走，这个送给你作为补偿。"

王铎轻轻打开后，梁云构眼睛慢慢瞪大起来，竟然是近三米长的兰、竹、菊长卷，构图别致，笔力雄健，墨骨苍劲，姿态各异，特别是灵芝及山石以浓淡相宜的水墨晕染，极具色彩感，堪称佳作。

梁云构自言自语地称赞道："以书法之笔作画，巧得雅趣，别成一格。"

第四十九章

王铎启程进京之时，正是王镆由苏州知府转任太平知府之际。他听说大哥要进京的消息后，就连夜赶到南京为大哥一家送行。他们这次兄弟相聚，成了一生中的最后诀别。

在全家人团聚时，王铎的心情十分复杂，既高兴又担忧。高兴的是终于离开了让他遭受奇耻大辱的地方，担忧的是兄弟分别后，不知道何时才能相见。大家举杯痛饮，喝到兴奋处，王铎特意写了一首诗留作纪念：

　　白门别去各匆匆，酒绿橙黄夜气蒙。
　　病在劳心无善药，年非赐杖已衰翁。

在回京遥远的路途上，王铎虽然十分辛苦，但由于是跟随豫亲王的大军班师回京，不用再为家人的安危而担心害怕了。路上多铎对王铎一直颇为优礼，不管是生活起居，还是饮食方面都给予多方关照。

唯一让人痛心的是，在途经淮河时，朱由崧的母亲邹太后突然跳河自尽，让人们五味杂陈。再就是钱谦益，他的爱妾柳如是死活也不愿意随他进京，其中的原因只有他自己心里最清楚。看着别人随行的家眷，钱谦益心里感到特别孤单和寂寞。

经过一个多月的长途跋涉，大军于十月十五日平安顺利到达京师。

京城的十月，清晨寒气侵人。王铎远望着久违的紫禁城，江山虽然已经易主，却依然是红墙黄瓦，画栋雕梁。内城建筑依然博大雄强，城中纵横交错的胡同，井井有条。街道上车水马龙，行人熙熙攘攘。人们都是随遇而安的顺民样子，照旧在为各自的衣食而奔忙着。人们的衣冠穿着，有很多人还保留着前朝的样式，并没有像满人那样穿着马褂和开衩袍；再看看头上，依旧把发髻藏在头巾或纱帽之下，并没有剃发留辫。从整个京城的形势来看，并没有让人有恐惧的感觉。

进城时，大清顺治皇帝乘辇出正阳门，在南苑还举行了盛大的欢迎仪式。

对投诚的诸王及各级官员分座赐茶后,他才起身回到宫中。

细心的王铎发现,在来京的一路上,朱由崧与旧臣就已经被分隔开来,没有了接触和说话的机会。到了北京之后,朱由崧一行人,包括假太子王之明被立即带走,从此就失去了踪影,没有了任何音讯。

王铎一家被安置在宣武门外一座四合院里。这是前朝一位官员的私宅,让当今朝廷征调了。虽说算不上宽敞,但前后两院,正房、厢房包括耳房整洁明亮,里面的用具也是一应俱全,很多与他一起回京的人都很羡慕。

王铎安顿好新家后,第一个前来看望他的是龚鼎孳和他的美妾顾眉。老朋友相见,自然喜出望外。昔日风流倜傥的龚鼎孳和光彩照人的顾眉仍然风采不减当年。

王铎与龚鼎孳初识,是在崇祯十三年的春天。龚鼎孳刚被任命为兵部给事中不久,因极为仰慕王铎的诗赋、文章和书法,经朋友引荐就拜访了王铎。

龚鼎孳小王铎二十三岁,他们虽然年龄相差悬殊,但共同的性格和爱好使他们很快就成了忘年交。

王铎迎上去与他们打招呼:"孝升啊,不知你和夫人大驾光临,有失远迎,失敬失敬。"

龚鼎孳抱拳拱手说:"先生到京多日,晚辈俗务缠身,拜望来迟,还祈求您老见谅才是。"

龚鼎孳兴冲冲地客套着,打量了王铎一眼后,似乎吓了一跳。眼前的王铎既老又瘦,特别是他那原本浓密漂亮的胡须,如今只有稀稀落落的几根。

王铎见龚鼎孳老是看自己,也早已猜出他的疑惑,就直言不讳地问:"孝升啊,是不是在看我的胡子?"

龚鼎孳点点头。王铎招呼他们坐下,毫不回避地说:"弘光皇帝星夜出逃后,南京城中秩序极为混乱,我就成了百姓们泄愤的出气筒。不但把我乘坐的轿子给砸个稀巴烂,还把我漂亮的胡子给拔了个精光,连这条老命也差点留在了留都。"

龚鼎孳见王铎坦诚相告,也说出了心中的纠结:"学生在京师也经常被人骂为'明朝罪人、流贼御史'啊。"

王铎和龚鼎孳心照不宣,对于对方心中的纠结都能理解。龚鼎孳的一句话,让王铎想起了甲申之变时龚鼎孳的遭遇。崇祯十七年二月,龚鼎孳出狱后,好日子没过多久,局势就动荡起来。李自成攻陷京师后,崇祯帝自缢殉国,龚鼎孳带着顾眉躲在枯井里面。从井里出来后被俘,受尽拷掠,被迫投降大顺军。不久,大顺政权被清军赶走,顾眉开始曾劝丈夫忠君守节、以死殉国,可龚鼎孳舍不得自己的前途和美满的家庭,就又投顺了清朝。

王铎让石薇汝出来，给顾眉引荐后到后院叙话。又让王无咎出来与龚鼎孳相见，一起陪同龚鼎孳品茗叙话。

王铎不想再提起过去的事，就改变了话题："孝升啊，自从崇祯十三年秋天，我离开京师去南京以后，这一别就是五六年啊。"

龚鼎孳说："是啊，今天又在京城相聚，说明咱们有缘分。"

王铎说："在甲申之变时，听说你也吃了很多苦。"

龚鼎孳说："与您老相比，我那就根本不算苦。听亲友们说，您老那几年过的可是国破家亡的日子啊。"

往事不堪回首，王铎再次岔开过去的话题："孝升，你现在哪里高就啊？"

龚鼎孳很自豪地说："在吏部任吏科给事中。"

王铎很为他高兴："吏部可是掌握实权的衙门，今后还请你多关照呢。"

龚鼎孳说："名义上朝廷对我是委以重任，实际上也只是跑跑腿而已。不过只要您老有用得着我的地方，愿效犬马之劳。"

"孝升啊，我只是说说而已，不必太在意。"王铎摆摆手，然后又问，"你现在住在哪里？"

龚鼎孳说："我就住在附近，今后咱们就是近邻了。"

两个莫逆之交，自然有说不完的话语。

初到北京，王铎对京城的局势很关注，问："孝升啊，现在京师局势到底如何？"

龚鼎孳说："清朝大军进京这一年多来，除了开始发生过强迫搬迁之外，在其他方面倒还算是比较克制。他们不但以隆重的礼仪葬了崇祯皇帝，对明朝的旧官，只要是愿意归顺的，一律按照原职录用，同时还宣布革除前朝的苛政等等。这些颇得人心的措施，使得整个京城的局面一直都比较稳定。"

龚鼎孳说的虽然都是笼络人心的措施，但王铎听了心里却是很安慰。不过对于以前的强迫搬迁，还是忍不住埋怨了一句："听说搬迁时很野蛮。"

龚鼎孳说："八旗大军进驻京城的第二天，摄政王多尔衮就下达了一道措辞强硬的命令：自即日起，内城全部划归军队驻扎。原有的居民，不论是官员还是百姓，一律搬到外城居住，敢有违抗者，以军法论处。面对来自荒蛮之地、穿着奇装异服、脑后还拖着一根长辫子的进入者，所有居住在内城的人都乖乖地搬到了外城。"

王铎马上就想起了多铎进驻南京时，也是采取的这种方式。如此说来，自己原有的住房可能早已没有了踪影。

龚鼎孳说："宣武门外这一带，街巷房舍与别处相比，还稍为像样一点，现在已经成了上流人家的会聚之所。我是在大搬迁时，在这里选定了一座环境颇为清静的独处房子。"

按照龚鼎孳的说法,王铎的这个院子属于好房子,让他感到很安慰:"有孝升做邻居,以后我就不寂寞了。"

在说话中,龚鼎孳闻出扑鼻而来的墨香味,问:"先生又有新作?"

王铎无可奈何两手一摊:"不是啥新作,是人情难却,推都推不掉啊。"

王铎就带着龚鼎孳来到书房,整个房间的桌椅上放满了刚书写的条幅、横批、中堂,甚至连地上也没有立脚的地方。

龚鼎孳赞叹地说:"先生写这么多,每一幅都龙飞凤舞啊!"

王铎却不在意地说:"啥龙飞凤舞啊,都是些应酬之作。"

龚鼎孳知道王铎说是应酬,其实都是谦虚之词。作为名冠南北的一代大家,对待出手的作品,从来都不应付了事。

龚鼎孳看着眼前这幅险峻沉雄、跌宕超逸的佳作,激动不已。最后的题款是:"恭呈和硕睿亲王殿下大雅览正。"龚鼎孳心中暗暗吃了一惊,疑惑地问:"和硕睿亲王?"

王铎无可奈何地摇摇头,说:"正是当今的摄政王,这都是博洛将军给我派的活计。"

王铎进京以后,顺天巡抚宋权、国子监祭酒薛所蕴、内翰林国史院编修刘正宗等乡党挚友陆续前来看望他,让他心里多少有些安慰。当知道了李际期被朝廷任命浙江提学道,已走马上任时,悬着的心终于放了下来。

王铎现在不仅有了安稳舒适的安身之处,还以原官礼部尚书受命管弘文院学士事,并以副总裁的身份参与修纂《明史》。作为前朝旧官,这是最好的结局了。

在翰林院做事,远离了政治纷争,坐下来潜心做学问,既符合王铎的性格,也是一种解脱。空闲时吟诗作赋写文章,兴致来时挥毫泼墨。

现在的翰林院与前朝有所不同,在官职设置上也做了重大调整:以掌院学士取代了学士为全院之长,并且采用满汉复职制度,掌院学士满、汉各设一缺。翰林院设内三院,称为内翰林国史院、内翰林秘书院和内翰林弘文院。各院设大学士一人,掌领其事。

王铎心里很清楚,实行满、汉复职制度,这是对汉人不放心采取的措施。清廷这样做,既不伤汉族士人的自尊,也符合《易经》的损益之道。特别是朝廷还特定"满不点元"之策,对满族士子不点状元,颇合"损上益下,民悦无疆"的道理;为了保持翰林中满蒙士子的比例,仍采用特授馆职和外班翰林的方式,以增加满蒙士子的数量,在客观上也促进了满蒙民族的文化融合与发展。

　　王铎有时候也在想：朝廷之所以对他这样优礼，可能得益于自己曾经历了天启、崇祯、弘光三代，属元老级的人物。先不说在政治上，仅从诗赋、文章和书法方面就影响极大，顺治皇帝是借用他的声望，来收罗天下士子的心。

　　各方面的条件虽然都很好，王铎却总感觉内心很压抑，无法释怀的名节块垒，只能凭借挥毫泼墨来发泄。这时表现出来的内涵特性，很多人又欣赏不了，因此有人说三道四，褒贬不一。他对此一概置之不理，依然我行我素。

　　新春期间，朝廷提出要举行科举考试，从中选拔一批德才兼备的人才。王无咎想参加会试考取功名，也为王氏家族光宗耀祖。开始王铎有些抵触情绪，经过家人及亲朋的劝说，他才慢慢想开了。明朝已经不复存在了，作为后代人还要继续生活，不能让孩子总是生活在父辈的纠结阴影里，应该有他们自己的理想和追求的目标。

　　王铎有时就看着幽静的院落想：老少三代住在一起，其乐融融。虽然拥挤了一些，但能享受天伦之乐，也是人生一大幸福。自己现在公务轻松，就辅导王无咎参加进士科考，抽出时间多陪孩子们读书、识字、练书法。还有四弟的儿子王无荒，今年已经八岁了，也到了读书识字的年龄。四弟整天忙于公务，平时肯定没时间管教孩子。得给他写封信，让他找机会把儿子送到京城，和其他孩子一起读书。

　　二月二龙抬头，张鼎延带着儿子张璇来看望王铎。

　　张璇见到王铎就跪拜磕头。张鼎延爷俩的到来，让王铎惊喜万分。自从怀庆府分别以后，都经历了颠沛流离和兵荒马乱，既有悲伤也有苦难。今天又聚集在京城，让他们感到很欣慰。

　　张璇对王铎始终是高山仰止，没做成他的女婿，就拜在他的门下做学生，跟他学诗赋、文章和书法。

　　同年挚友相聚自然要小酌几杯，王铎吩咐家人要和亲家翁畅怀痛饮。

　　王无咎、张璇陪着两位老人，深切地体会到了父辈的深厚感情。

　　张璇在给王铎敬酒时，把话题又转到了书法上："老师，您老的书法在京城已是洛阳纸贵了。"

　　张鼎延接着儿子的话说："你老师早已完成了'自化'，现在又上一个新台阶，出现了新意境，我真是望尘莫及啊！"

　　"看看你爷俩，刚喝两杯就醉了不成？这一唱一和的，哪有你们说的那么邪乎。"王铎朝张鼎延、张璇摆摆手，若有所思一阵后，又看着张鼎延说，"玉调兄，弟于笔墨敝帚也，无益国家，暇中偶戏之。如今是全力唯求经史，批观诗文，操觚求知己不易耳。"

王铎由于太兴奋，饮酒又快又猛，一会儿就有些微醉。王铎让王无咎陪同张鼎延饮酒，他则要去书房给张璇写条幅。

张璇很了解老师的脾气，在这种情况下，让他挥毫泼墨是最好的休息方式，同时还能学习老师的绝招，就兴奋地说："老师，我给你研墨、抻纸。"

"还是天政最理解我。"王铎如同返老还童似的，得意地拍着大腿招呼张璇，"天政啊，你先研墨，我琢磨给你写啥内容好呢？"

王无咎陪着张鼎延继续饮酒，王铎则与张璇一起走进书房。

张璇专心致志地研墨，王铎找书写内容。待张璇把墨研好后，王铎依然还坐在那里沉思。张璇悄悄来到他身边，他才放下唐诗文集，来到宽大的桌案前。张璇顺手把纸铺好，并做好了拉纸的准备。王铎没有马上书写，而是把写条幅的纸调整为手卷的形式："天政啊，刚才我找了几首杜甫的诗，给你写一个长卷吧。"

张璇当然求之不得，王铎思索了一会儿，才蘸饱浓墨书写起来。

第一首是杜甫的《题玄武禅师屋壁》："何年顾虎头，满壁画沧州。赤日石林气，青天江海流。锡飞常近鹤，杯渡不惊鸥。似得庐山路，真随惠远游。"

张璇看到"杯渡不惊鸥"诗句时，使他马上想起在一个月前，老师给好友写的自作诗《告惕庵》：

> 方知君子意，亦自尚幽寻。
> 白豹门门闲，青榄日日深。
> 经纶真有钥，身世澹无心。
> 纵带飞仙骨，瑶华另一林。

诗中"纵带飞仙骨"对应杜甫的"真随惠远游"，两者都有强烈的逃离世俗之意。张璇心想：难道老师也希望退隐山林不成？

随着王铎笔飞墨舞的笔尖跳动，张璇看到是杜甫的《秦州杂诗二十首》第十九首："凤林戈未息，鱼海路常难。候火云峰峻，悬军幕井干。风连西极动，月过北庭寒。故老思飞将，何时议筑坛。"

杜甫在诗中叹息，大唐没有像西汉李广那样智勇双全的大将，也感叹自己报国无门的无奈。张璇清楚地记得，这是老师让自己一定要牢记的诗篇。

张璇又想：老师之所以书写这首诗，是因为他亲历了朝廷国力耗尽、国土沦丧、清兵铁蹄蹂躏的惨状。他乱世思良将的心情，与杜甫颇为心有灵犀。

特别是在崇祯十一年秋讲时，老师上疏崇祯皇帝反对与清军议和、反对赋外加赋，险些被皇帝廷杖。从他的诗句"报国尚无策，入山空此心"中，就看出了藏在心中的感叹。

张璇现在似乎才真正理解了老师，他书写的虽然是杜甫的诗篇，但实际上是在用心书写自己的人生，是在用笔倾诉心中的情感。

在张璇思索的时候，王铎又开始写杜甫的《送远》，这让张璇又想起了王铎写的《云轮》：

故关衰草编，离别正堪悲。
路出寒云外，人归暮雪时。
少孤为客早，多难识君迟。
掩泪空相白，风尘何所期。

诗中的"离别正堪悲"与杜甫的"别离已昨日"遥相呼应。其中都包含了诗人与友人的离别之情，将朋友的过世与战争带来的伤感联系在一起，是在借杜甫的诗来表达自己的离别伤愁。

张璇从中清楚地看出老师失去亲人的悲痛。在近几年内，他的双亲、发妻、儿女、妹妹、弟弟十几人相继离他而去。

此时，王铎又在书写《观李固请弟山水图》，当写到"此生随万物，何时出尘氛"时，笔墨已经耗尽，干笔写出的线条，若隐若现。张璇似乎看到老师内心的巨大悲痛已濒临失控，为他深深地担心。

王铎一口气书写了十首唐诗，特别是最后綦毋潜的《宿龙兴寺》一首诗，所表现的宁静与虔诚的信仰，让张璇看出老师想要遁世的内心世界。这又使他想起两个月前，老师曾写过一首《生事》：

生事已颓颜，浮沉弓橘间。
道衣怀白堕，蜡屐许苍山。
火爨馆人起，风休蛰鸟还。
偏多濯足处，深窦隐潺潺。

诗中所表现的宗教的意境，与《宿龙兴寺》同工异曲。特别是诗中的"道衣"和"蜡屐"具有虔诚的宗教色彩，这是否暗示着老师在探寻救赎心灵的出路呢？

在落款处，王铎写道："丙戌三月十五日，戏书于北畿，为天政贤坦。吾书学之四十年，颇有所从来，必有深于爱吾书者。不知者则谓为高闲、张旭、怀素野道，吾不服！不服！不服！"

　　王铎写完似乎愤怒起来，将手中的毛笔猛然扔在书桌上。

　　此时，张鼎延在王无咎的陪同下，也醉意朦胧地走过来。当看到王铎书写的长篇巨制，每个字都与诗文所表达的情感相辅相成，再看看最后的落款，更加明白了王铎愤怒的缘故。在书法艺术的长河中，王铎始终认为晋是大源流之一支，唐宋只不过是小陂土，无论虞、柳还是米、蔡，都发源于二王。在大量的题跋中，他都一再声称自己"独宗羲、献"。从他的继承渊源来看，二王的《淳化阁帖》《兰亭序》《圣教序》占了相当的成分，他把张旭、怀素的"野"和王羲之的"平和"逐渐化解，并加以融合。对于怀素的书风，王铎认为其本身并不"野"，是学他的人没有学到精髓，成了"野"或"恶"，使人们对怀素的草书产生了不好的印象。

　　自从去年底来京以后，求书的人是应接不暇，王铎有求必应。但很多人在私下里却对他的书风评头论足，而且褒贬不一。还有人说他的字奇怪忸怩，丑陋不堪。他听说后内心一度很苦闷，总感到自己再没有知音了。

　　张鼎延看完后，激动得大喊大叫起来："亲家翁乃书法中龙象也！"

　　王铎听了张鼎延的赞语，心里有了一丝的安慰。

　　王铎正在书房里给王镆写信时，家仆突然匆忙地闯进来。站在一旁的王无咎见他如此失礼，就责怪他说："你这是咋啦，连礼数都忘了，竟如此莽撞。"

　　王无咎还没有说完，家仆就蹲在地上放声大哭起来："老爷，太平府送来加急信函，说四老爷去……去了。"

　　王无咎开始没明白他说的意思，更加着急起来："四叔去哪里了？"

　　家仆哭着继续说："四老爷仙……仙去了。"

　　王铎惊呆了，笔也从手中掉在地上，他僵直在那里差点瘫倒在地，幸亏有王无咎在身边，急忙把他扶住才没有摔倒。他胸中堵了一口气，半天才缓过来。

　　此时，王无回急匆匆地闯进来，说："爹，二叔回来了。"

　　王铎还没有来得及起身，王镛已经来到他的面前。

　　王镛的突然到来，让王铎悲喜交加，问了一句不合适的话："仲和，你咋来了？"

　　王镛控制不住内心的悲痛，像孩子似的在王铎面前大哭起来。

　　王铎虽然悲痛万分，但作为一家之主，还必须得安慰弟弟和家人。他抽泣着拍着王镛的肩膀，让他慢慢平静下来，然后又安慰："仲和啊，四弟不在了，得赶快把他的家人都接来，让小曙灵跟着我，绝不能让他受半点委屈。"

王镛点着头擦了一把泪水说："大哥，我没提前和你商量，已经把他们都接来了。"

王铎很满意也很惊喜："人在哪里？"

王镛把脸转向门外，说："都刚刚进院子。"

王铎马上起身和王镛一起来到院子，见王镆的正室马氏、副室张氏和儿子王无荒及两个女儿都站在那里。他们见到王铎后，好像见了主心骨，立刻又痛哭起来。王铎再也控制不住内心的悲痛，整个院子哭声一片。

王铎走上前把王无荒揽在怀里，安慰说："孩子们，都别哭，今后一切都有大爷呢。"

石薇汝、段姬听到哭声，赶紧出来看个究竟。见是王镆一家到来，石薇汝赶紧上前拉着马氏的手，段姬来到王铎身边提醒说："先把家人安置好，别都站在院子里。"

王铎对王镆的家室说："弟妹和孩子们，这里就是你们的家，今后咱们就永远在一起。"

石薇汝和段姬分别拉着马氏、张氏的手，领着她们去了内院。王铎牵着王无荒的手来到客厅，刚坐下就回头问王镛："四弟的身体不是一向很好吗？"

王镛的眼圈又红了起来，说："四弟赴任苏州知府后，为了使苏州免遭生灵涂炭，避免扬州十日屠城的悲剧重演，他做了很多努力，拯救了大批百姓，受到广大百姓的爱戴，士大夫和百姓还为他建了生祠。"

王铎把怀里的王无荒搂得更紧了，称赞道："真不愧王家的好儿郎，爹娘的在天之灵也会高兴的！"

王镛说："四弟的仁善之举，遭到了一些居心叵测奸臣的诬告，说他袒护反清复明者。朝廷不问青红皂白，就把他调往太平府任太守。"

王铎生气地说："我来京的时候，只是听说他转任，还不知道会有如此变故，真是岂有此理！"

王镛接着说："四弟对此不予理会，依然事事处处为百姓着想。他先是咳嗽不止，最后因积劳成疾吐血身亡。"

王铎又赞扬道："四弟是为百姓鞠躬尽瘁而死的啊！"

王无荒毕竟年龄还小，过了一会儿有些坐不住，王铎就让王无回带他与孩子们去玩。

王铎称赞王镛做事果断："仲和，这事你做得很好。前几天我还在想，小曙灵今年已到了读书写字的年龄。匡峦没时间管他，南方毕竟还比较乱，孩子读书也不安静，我就想着找个机会把他接来。"

王镛说："小曙灵跟着你，今后肯定有出息。"

王铎说："四弟、五弟都不在了，咱们要尽力照顾好他们两家人，宁愿咱们作难，也不能委屈了他们。"

王镛带着内疚的口吻说："大哥，朝廷最近已经任命我为山西冀宁道佥事，孩子跟着我不方便，只能把季平也留在您这里了。这么多人都在您这里，肯定还得让您多操心。"

王铎无所谓地说："一个孩子是教，两个也是教，再多几个孩子都没啥。"

王镛再次感受到了大哥长兄为父的风范，很想说几句感激的话，可又找不到一句合适的。

王铎又关心起王鉽来，询问他现在的情况："子陶现在咋样？"

提起来王鉽，王镛的心情明显好多了："大哥，子陶也是难得的干吏。他转任昆山知县主政以来，得到了百姓的爱戴。"

王铎听了后，为有这样的弟弟而感到自豪。王镛接着说："他刚到昆山之初，看到经历战乱的古城破旧不堪，就从稳定经济基础开始，大刀阔斧地安民减负，现在干得有声有色。大家对他都很信任，你就放宽心让他一个人多历练吧。"

王铎赞许地点点头，感慨地说："仲和啊，我现在才真正体会到，只要一家老少能平平安安在一起，享受天伦之乐比啥都好啊！"

王镛说："大哥，你这样想我就放心了，别把过去的事老挂在心上。"

王铎说："总感到抬不起头来，不过有些事情慢慢都会看透的，今后就随遇而安吧。"

安顿好四弟的家眷，王铎缓慢地来到书房，呆呆地坐在书房里，整天不吃不喝。不几天的工夫，王铎就明显地消瘦了许多。

王镆的英年早逝，让王铎白发人送黑发人，心里悲痛万分，他又想起了四弟的过去。

王镆排行老四，比老三王鉽只小一岁。王铎比他大十五岁，小时候家境贫寒，上不起私塾。王镆和王鉽不是跟着爹识字，就是跟着他读书、练字。在酷暑夏天，王铎经常带他们到既清静又凉爽的南山龙洞里读书。王铎去蒲州河东书院、嵩山书院深造后，与弟弟们在一起的时间越来越少。

王铎中进士后，家境逐渐开始好转，贫穷的日子慢慢有了改善，王镆和王鉽也有了相对稳定的读书条件。后来农民义军风起云涌，让中州大地笼罩在了硝烟弥漫之中。特别是爹娘相继去世后，为了躲避流寇土匪袭扰，王镆与王鉽一起逃到卢氏深山里。在战乱中虽然到处东躲西藏，但他们却没有荒废学业。在动荡年代里，王镆、王铖两家相依为命，共同选择了自己的道路。在清军兵临南京城下时，王镆时刻关注着大哥，及时把扬州的惨状告诉他，既保全了百姓们免遭涂炭，也说服他选择了大爱之道。王铎进京前后，王铖由鹿城令迁江苏昆山知县。

王铎想到这里，含着眼泪，为四弟王镆写下了墓志铭。

第五十章

阳春三月，京城的天气渐渐变暖，柳树长出了嫩嫩的绿芽。王铎的心情随着春暖花开渐渐好了起来。

一个风和日丽的下午，龚鼎孳带着一名年轻儒生前来拜访。他们进门后，大家同时抱拳拱手。

落座后，龚鼎孳向王铎介绍年轻人："王阁老，这位是吏部侍郎陈百史。"

在私下里，龚鼎孳依然叫王铎为阁老。他介绍的年轻人陈百史，就是陈名夏，江南溧阳人。崇祯十六年殿试一甲探花，授翰林修撰，兼户兵二科都给事中。陈名夏好诗文，曾在山东、河北等地游学。喜结天下名士，为诸生时就已名重天下。在甲申之变时，京城陷落前十天，他曾建议召集山东义勇救援京师。当京城陷落之日，上吊自杀未果后，无奈地加入了大顺政权，并进入弘文馆。弘光政权建立后，马士英、阮大铖制造从贼案，把他定为主要人物之一，王铎曾从中斡旋。入清之后，在保定巡抚王文奎的推荐下，陈名夏被官复原职，并大胆劝说多尔衮篡位。虽然遭到拒绝，但却受到多尔衮的青睐，被破格擢升为吏部侍郎兼侍读学士。

陈名夏对王铎十分敬仰，今天特来拜访，同时还有一件要事需当面细说。王铎以前虽然没有见过陈名夏，但早就听说过他是江南才子。

陈名夏走到王铎面前大礼参拜，双方客套一番后，王铎却发现龚鼎孳和陈名夏脸色都很严肃，感到他们来一定有要事。

陈名夏缓缓拿出书信，恭敬地呈给王铎。王铎接过来打开一看，是手抄的黄道周三十首诗。

王铎看着眼前一亮，脸上露出了少有的笑容。然后右手拿着诗稿，左手捋着胡须，还兴致勃勃地轻声吟诵起来：

  锦缎凤归良友好，羊裘今纵狂奴闲。
  余生合出骊龙颔，不为微官苦犯颜。

巫阳不识古灵魂，霸死明生尽帝恩。

九首豺神今尽落，一杯椰酒奠王孙。

当读完第二首以后，王铎心里咯噔一下，再也没有心思吟诵下去了。急忙翻到最后一页，还有一张塘报，上面清晰地刊登着一则消息：三月五日，黄道周在南京曹街被当街斩首。

王铎立刻感到天旋地转起来，幸亏龚鼎孳在身边赶紧把他扶住。陈名夏也起身来到王铎身边，沉重地说："王阁老，您老先节哀。"

王铎悲痛万分，仰天长啸，半天才慢慢平静下来，喃喃地说："幼玄不是在福建拥立唐王朱聿键登基称帝，建立了隆武政权吗？咋突然被斩首了呢？"

陈名夏说："王阁老，说来话长了，我慢慢告诉您来龙去脉。"

王铎依然泪流不止，说："他虽没能挽救国难，却以死谢天下，只有我还苟活于人世，可悲可叹啊！"

王无咎听到父亲的哭声赶紧进来，当看了他手中的书信后，才明白了事情的原委。

王铎平静之后，陈名夏才把黄道周的相关情况和遇害的经过告诉了他。

朱聿键由郑芝龙、黄道周等人拥立称帝后，改元隆武。

隆武朝廷建立不久，郑芝龙仰仗着策立之功，从不把文官看在眼里。在朝见时，他提出自己要排在文武诸臣的前面。首辅大学士黄道周以祖制从来没有勋臣位居班首的先例为由，坚持不让。在朱聿键的亲自干预下，郑芝龙才不得不让步。不但如此，郑芝龙竟然当着皇帝的面挥扇去暑，户部尚书何楷上疏劾奏他"无人臣礼"，朱聿键嘉奖他敢于直言，立即给他加封左佥都御史。郑芝龙对何楷怀恨在心，处处加以刁难，迫使他致仕回籍，朱聿键只能违心地同意他暂时回乡养病。郑芝龙却不肯罢休，派部将在半路上把何楷的耳朵割掉一只，借以向朝廷示威。

朱聿键登基后，本想恢复明室，致力于中兴事业，特别希望郑芝龙统兵出福建，建功立业。而郑芝龙并没有宏图大业，只是想借隆武朝廷的名义，巩固自己在福建等地区唯我独尊的地位。

郑芝龙的跋扈，让朱聿键明白了一个道理，他在福建只能充当郑芝龙的傀儡，若不离开这里就无法摆脱他的控制，更不可能有大的作为。

于是，朱聿键和黄道周等忠臣商议后，制定了以浙东为首，江西为腹，湖南、广西、云贵为尾的战略。先移到江西赣州，用兵得手后局势稳定，再西连湖南何腾蛟部，东接福建郑芝龙部，南靠广东。如此一来，即便江西作战不利，也可西移湖南，南下广东。

郑芝龙不但拥兵自重、挟制朝廷，还阻挠朱聿键锐意复明。黄道周对此不胜愤慨，就主动提出带兵巡边，自告奋勇督兵出福建，联络江西，援救徽州、衢州一带的义军，设法为朱聿键先打开局面。

掌握兵马钱粮大权的郑芝龙既不给黄道周精兵，也不给足额的粮饷。黄道周只能凭自己桃李满天下的人脉，并收拢前方退下来的兵员，对他们短暂训练后，就从福建崇安打到江西上饶，并准备直出安徽。出师时，皇帝朱聿键只给了白银两千六百四十两，还没有与敌人正式交锋，便遇到了严重的经济困难。兵饷接济不上，很快就陷于一路支绌的境地。同时，皇帝还限定黄道周"名与状不可轻许人"。朱聿键无兵无钱，连名位也如此吝惜，这是黄道周所没有料到的。

在进军浙江、江西、安徽边界的广信时，黄道周分析敌我双方的实力后，也感到是以卵击石。手下大将施琅就给他出主意：清军以汹涌之势南下，而郑芝龙又不支持，难以硬抗；与其勉强应付，还不如遣散队伍，只带少数精英，由小路直接进入赣州，插到敌人的后方，联合各地义士。以黄道周的威望和影响，节制、调遣南赣、湖广、广东、广西等地总督、巡抚、总兵，一定能够成就一番事业。

黄道周虽然读过一些兵书，还曾为《广百将传》作过注，但毕竟只是纸上谈兵，从来没有指挥过军队。他认为施琅只不过是卑微末将，哪有什么奇谋良策，所以就没有把施琅的良言听进去。施琅见黄道周没有采纳他的意见，就径自返回了福建。

黄道周到徽州府境后，由于情报不明，又缺乏军事经验，有些蒙头转向。跟随黄道周的虽然都是忠贞之士，但大都缺乏作战经验，只是凭着一腔热血奋勇向前，根本就不是清军的对手。从徽州婺源转入江西时，清军就已经探听到黄道周在婺源县境明堂里下营。

十二月二十五日，黄道周被三路围攻，士卒牺牲一千多人，他和兵部主事赵士超，通判毛志洁，中书蔡雍、赖继谨，武官游击朱家弟等被俘。

顺治三年二月初二，黄道周等人被押送到南京后，朝廷不断派大臣劝他投降。最后，还让洪承畴出面劝降。

洪承畴尊重黄道周的人品，也爱惜他的才能，苦劝其顺降。黄道周只是微微一笑，不置可否，要来笔墨纸砚，写了一副对联送给洪承畴。

洪承畴看了这副对联后，羞愧难当，面红耳赤。对联的内容是："史笔流芳，未能平虏忠可法；洪恩浩荡，不思报国反承畴。"在联语里面，他嵌了"史可法忠，洪承畴反"。

黄道周在狱中绝食了七天，写下了《后死吟》等三十首诗。在此期间，他收到了夫人蔡玉卿派人送来的一封短信："自古忠贞，岂烦内顾，身后之事，玉卿图之。"

黄道周看了夫人的书信后，仰天大笑。然后咬破食指，写下了绝笔："纲常万古，节义千秋，我死何足，家人无忧。"

洪承畴见劝降无果，奏报朝廷后，三月初五将黄道周杀害于金陵曹街。其门人蔡春落、赖继谨、赵士超和毛玉洁同日被杀，血溅轩辕，人称"黄门四君子"。

黄道周死后，人们从他的衣服里发现"大明孤臣黄道周"七个大字。

王铎听完陈名夏的讲述，眼泪早已打湿了诗稿，颤抖着双手看完结尾处的一段跋语："以上诗三十首，皆用秃笔挥之，鸿宝已死，觉斯埋尘，世莫宗宇，开颜何用。然而此道水流，何可绝也。防风随倒，犹留一节以问尼山，不知百年后此纸魂销谁蚁首耳。"

王铎回想起和黄道周、倪元璐、祁彪佳在一起相互砥砺、肝胆相照的日子，感到热血涌动。相比起他们的气节，又深深感到自己格外渺小。

王铎悲恸欲绝，为了悼念黄道周，含泪写下了《凭吊石斋》：

    每至萧斋意气亲，何知板荡陨星辰。
    昂藏我岂徒文客，磊砢君为不死人。
    林外狐狸安敢笑，雪中坟土另成春。
    回头交友多零落，棘落芜途泪湿巾。

王镆英年早逝，黄道周又忠贞殉国，一连串的悲伤打击，使王铎显得更加苍老了。

从此以后，王铎经常借酒消愁，发泄心中的悲痛。即使石薇汝和段姬再三劝慰，也都无济于事。一家人为此愁眉不展。一直到王无咎会试中进士的喜报送到他手里时，他脸上才露出了少有的笑意。

王无咎是王氏家族中第二个考中进士的，他不但实现了自己的夙愿，也给全家带来了欢乐。

段姬和石薇汝商量，提出要组织家人给王无咎祝贺，也给王铎宽宽心。祝贺的那天，还特意把亲家翁张鼎延、梁云构和王铎的挚友龚鼎孳、陈名夏等人请来。李际期在江南任职无法参加，派长子前来祝贺。整个场面热闹非凡，院子也有了喜悦的气氛。

王铎首先带着王无咎来到爹娘的牌位前，手端着酒杯，慢慢把酒泼洒在地上，说："爹娘在上，藉茅高中进士，都是您二老在天之灵的保佑。"

王无咎跪倒在地，庄严地给爷爷奶奶和娘亲的牌位叩头，也默默地祈祷爹平安长寿。

王无咎起身扶爹回到座位，王铎嘱咐王无咎："藕茅啊，中进士才只是第一步，今后的路还长着呢，你一定要好自为之。"

年龄最长的张鼎延看见王铎父子念念有词，就在一边催促道："亲家翁，大家都在等你说话呢，你却与儿子没完没了。"

王铎这才端起酒杯对大家说："各位亲朋好友，今天齐聚寒舍，为犬子祝贺，老夫感激不尽！"

梁云构见王铎眼睛有些湿润，就插话说："亲家翁，俗话说，青出于蓝而胜于蓝，有你这个老学究做后盾，藕茅中进士那是必然的，这叫长江后浪推前浪！"

龚鼎孳也端着酒杯说："阁老大人，以前人们常说非进士不入翰林，非翰林不入内阁，祝愿藕茅前途无量！"

王无咎听了心里美滋滋的，就赶紧抱拳拱手："多谢各位前辈的厚爱，藕茅绝不辜负您的期望！"

最近大家公务都很繁忙，平时相聚十分难得。梁云构有些等不及了，提议大家共同举杯为王无咎祝贺。亲友相见分外亲切，饮酒非常痛快。酒过三巡之后，显然就没有了章法。

梁云构与陈名夏坐在一起，举杯一饮而尽后，指着给张鼎延敬酒的王镛说："百史啊，你可能还不知，仲和可是个著名的书画古董收藏家。"

陈名夏一听王镛是收藏家，对这位憨厚淳朴的长者顿时更加敬重。梁云构接着又说："他手里有很多珍品，一会儿让他拿出来让咱们开开眼界。"

梁云构的话把大家的眼光都聚集到王镛身上。龚鼎孳也趁机起哄："仲和兄，今天是藕茅大喜的日子，你的确应该拿出来让大家开开眼界、长长见识。"

王镛本来就是爽快之人，又喝了几杯高兴酒，让梁云构和龚鼎孳一鼓动，用手一拍胸脯说："喝了这杯酒，就找几件让您看个够！"

王镛说完一饮而尽，然后起身走出门外。

王镛从小受爹娘和王铎的影响，为人心地极为善良，屡行善举，多次施粥赈济，渡船搭救难民，只是懈怠了读书做学问，但受王铎的熏陶，对收藏特别感兴趣。近几年，在颠沛流离中，也的确收藏了一些好东西。这次来京时，他把稀世珍品基本都带来了。

过了不大一会儿，王镛却空着手回来了，大家不免有些失望。梁云构正想讥讽他抠门，王镛却无奈地说："各位仁兄，还是请你们移动贵体到我陋室一观吧。"

王镛的话让大家再没有饮酒的心情了，梁云构还没有起身，龚鼎孳和陈名夏就已跃跃欲试了，一定要好好大饱眼福。

大家跟着王镛来到他的所谓陋室，看到的却是唐朝至元朝的皇皇巨制：董源的《洞天山堂图》、巨然的《秋山图轴》、夏圭的《雪山图》、高克恭的《云横秀岭图》等。作品上面大多都有王铎的题跋或题诗。特别是在《摩诘山水图》上，王铎题跋云："我在燕京，一亩之庐。赖弟时时持画来，万丈峰峦落太虚。"

王镛除了收藏书画之外，还收藏了一些古器物。有汉玉无盖觥一只，汉玉觥一双，青绿天宝铜鼎两只。

陈名夏看了之后，无限感慨地说："仲和兄，你这都是无价之宝啊！青绿天宝铜鼎世间只有三只，其中一只在宁波朱氏，已遭回禄。现在世上仅存两只，均珍藏于你处，真乃千古奇遇也！"

王镛将收藏的书画和夏商铜器、夔龙饕餮、玉小婴等珍品，全部供友人聚会观赏，让大家大开了眼界，赞叹不已。

人逢喜事精神爽，王铎微醉之后，兴致盎然，让王无咎找出佳墨佳笔，一口气书写了两幅杜甫诗草书长卷。

张鼎延见王铎的情绪大有好转，心情也慢慢舒畅起来。看着王铎书写的长卷赞不绝口，感到他的书法风格又有了质的飞跃。草书技法更为纯熟，情感也更加强烈，连绵起伏的线条，在气势上显得极为宏大。特别是在炽烈的情感驱使下，运笔驰骋，其结体、姿态变化犹如鬼神，尤其是枯墨的绝妙运用，真是让人拍案叫绝。这种新境界，其他人似乎并没有在意，只有一直追随王铎书风的张鼎延心里跟明镜似的。

此时，王铎又给王镛写了一幅诗卷，让王镛得意起来，高兴地自酌三杯，其他人却说王铎偏心眼。王铎让大家别急，人人有份，欢乐的气氛达到了高潮。

四月初八，王无咎和另外四十六名进士改授庶吉士，到翰林院继续深造，王铎为此更是兴奋不已。

王镛见大哥心情已经有了好转，沉甸甸的心情也慢慢轻松起来。他来京已经一月有余，在京城时间太长怕遭人说闲话，就提出赶往山西赴任去。王铎很理解二弟的心情，也就没再挽留。

在王镛赴任的头天晚上，张缙彦前来拜访王铎。他俩自崇祯十六年一别，一晃三年多过去了。在这期间，改朝换代，江山易主，发生翻天覆地的变化。其他人都陆续回到京师，只有张缙彦一直没有音信。今天突然来访，让王铎很惊讶，说了一句不该说的话："濂源，你咋才来啊？"

王无咎的儿子王之鹤听了爷爷不合适的问话，嘟囔了一句："爷爷，这样说对客人不礼貌。"

王无咎本来想批评王之鹤几句，却让张缙彦拦住了，蹲在王之鹤面前，很好奇地问他："你叫啥名字啊？"

王无咎赶紧对王之鹤说："快叫张爷爷。"

"爷爷好！"王之鹤规规矩矩地给张缙彦鞠一躬，然后指着王无咎说，"我叫王之鹤，这是我爹。"

张缙彦看着彬彬有礼的王之鹤，心里佩服王铎教子有方，说："小小年纪就如此懂礼数，孺子可教啊！"

王铎自豪地仰面大笑，回头看着王之鹤说："张爷爷夸你呢。"

王之鹤得到夸奖，心里美滋滋的。张缙彦直起身来，对王铎抱拳拱手："觉斯兄，听说藉茅被皇上授翰林院授庶吉士，真是可喜可贺啊。"

王无咎赶快给张缙彦端茶。王铎心里乐滋滋的，等张缙彦落座后，关心地问："家眷都安置好了吗？"

张缙彦解释说："到京没几天，刚安置好家。听说了藉茅荣登金榜的喜事后，就赶快过来祝贺。"

王铎听着张缙彦说话的口气，与以前相比判若两人，不无感慨地说："真是时势造英雄啊，濂源现在说话都变得文绉绉了。不过这几年，你的确受了很多委屈。"

王无咎为了不打扰他们说话，就带着儿子出去了。

王铎和张缙彦见面后，少不得要提起过往之事。张缙彦说起来是一肚子苦水："觉斯兄，在国难当头之际，先帝命我为兵部尚书。为不辜负皇命，我日夜兼程赶到京师。没料想刚上任不久，闯贼李自成的大顺军就攻陷了京城。明亡后我也曾想随先帝殉国，后经大学士魏藻德一再劝说，考虑到家中双亲无人赡养，就违心地随他参加了表贺。真是天有不测风云啊，过了不到一个月，李自成兵败退出京城，我也乘机逃归故里。"

王铎并没有责怪他，还赞许他说："你在家乡做了很多善事，拯救了很多人的生命，大家都会铭记你的功德。"

张缙彦感激地说："后来听说福王朱由崧在南京称帝，我以为大明又有了希望，就在家乡集义勇、擒伪官，逐渐收复了一些城池。是你在弘光皇上面前美言，给我官复原职，才让我师出有名。"

弘光朝廷授予张缙彦兵部尚书，总督河北、河南、山西军务，并授权他便宜行事，的确是王铎极力向朱由崧推荐的，但王铎只是平淡地说："我只是敲敲边鼓而已，关键还是你自己劳苦功高。"

张缙彦说："清军入关后，巡抚罗绣锦就敦促我赴京入朝归附。我佯称有足疾，等痊愈后再入朝。后来，他听说我受了弘光皇帝加封的三省总督时，恼羞成怒，不但没收了我老家的全部家产，还上奏诬告我'拥兵河上，观望游移，人心惊惑'等等。多铎大军平定河南、江南后，就派重兵擒拿我。我为了保护全家人的性命和仅有的军队，就隐藏在商麻山中。直到今年二月，洪亨九又派总兵黄鼎入山找到我，劝我归附朝廷。我考虑再三，感到现在已经没有其他出路了，才无可奈何地上缴了总督印。洪亨九极力举荐，我一直拖到现在才敢进京。"

王铎感到张缙彦的确不容易，对他的选择充分理解，就关心地问他："朝廷任命你啥官职？"

张缙彦情绪很低落："目前还没有任命，我是在整个江南平定后才归附的，估计朝廷不会轻易任用。"

王铎劝慰说："既来之则安之吧，今后在皇城根下，咱们都要谨慎行事。"

张缙彦点点头，然后凑到王铎耳边，轻声地说："听说弘光帝及藩王都被秘密斩杀了。"

王铎来京后很少与外人谈起与朱由崧之间的恩怨。关于他的情况虽听到一些传说，但并没有太在意。现在听说朱由崧被杀，他心里咯噔一下，惊讶地看着张缙彦问："这是真的吗？去年来的时候，朝廷一再承诺，对明宗室给养赡银，还做了具体约定：亲王五百两，郡王四百两，镇国将军三百两，辅国将军二百两，奉国将军一百两，中尉以下各给地三十亩。"

张缙彦说："那只是朝廷的权宜之计，是先把他们稳住的计谋而已。"

王铎说："当时，潞王朱常淓为了表达自己的诚信，还专门上疏恭谢天恩，在疏中自称：'念原藩卫郡寒遭逆闯之祸，避难杭城，深虑投庇无所。幸际王师南下救民水火，即率众投诚，远迎入境。'对朝廷能给以日费、房屋感激不尽，祝颂清朝统治者圣寿无疆。"

张缙彦说："那些藩王们都被朝廷蒙蔽了。"

王铎又疑惑地问："把他们都杀了，也总得有个理由吧？"

张缙彦说："据说罪状是'谋为不轨'，说他们企图拥立潞王朱常淓反清复明。"

王铎心里恐惧起来，自言自语地说："看来当初把这些明朝亲王、郡王一起送到北京，说是恩养起来，事实上是把他们集中看管起来。最近听到不少传说，各地抗清复明逐渐高涨，就把他们全部处斩，这是力图斩尽杀绝，以消除后患啊。"

张缙彦说:"看来朝廷对大明有号召力的人都在处处提防,今后的确要处处谨慎小心才是。"

王铎忽然想起王之明,问:"那个假太子咋处理的?"

张缙彦说:"据说随藩王也一起被杀了。"

王铎说:"王之明也真是够倒霉的,冒充了一次太子就被杀头,的确挺冤枉的。"

后来,王铎询问起袁枢的情况:"我来京时,听说应伯身体不是太好,不知现在如何?"

张缙彦听了王铎的问话,脸色很难看,沉默了一会儿,很沉重地说:"他已经走了。"

王铎一时没理解张缙彦说的意思,继续问:"他去了哪里?"

张缙彦有些哽咽,说:"找先人去了。"

王铎这才反应过来,然后吃惊地问:"这是啥时候的事?"

张缙彦低头想了想,说:"顺治二年九月初四,是在留都去世的。"

"他才四十五岁啊,多才多艺,太可惜了,比我家大群还小一岁呢。"王铎喃喃地说着,顿时老泪横流,悲痛万分。他们分离前后的情形仍然历历在目。

在王铎全家走投无路时,袁枢接他到浒墅避难数月。王铎入朝后不久,先任命袁枢为山东布政司右参议、分巡兖西道,不久又任命他为河南布政司右参政、大梁兵巡道。清军向山东进攻时,又特命他为布政司右参政,分守大梁道,治睢州。

弘光元年正月,高杰抵达归德,召驻兵睢州的总兵许定国谋划收复中原,许定国却不予理睬。高杰只好邀请巡抚越其杰、巡按陈潜夫和参政睢阳道袁枢一同前往睢州,许定国这才到郊外来迎接。越其杰和袁枢感觉其中有诈,劝高杰不要进城,但他不听劝言,只好跟着进城。

许定国设宴于袁尚书府第藏书楼下。高杰喝到酒酣时,给许定国限制了出兵的时间,并含蓄地提到许定国偷偷把儿子送到了清军营帐。许定国心中起疑,更不愿离开睢州了。越其杰和袁枢感到双方势如水火,力劝高杰打道回府。高杰不听,他们就提前离开睢州赴金陵。入夜三更,高杰兵皆醉,十三日晨皆被伏杀于帐中。高杰被杀,他的部将愤怒至极,屠杀睢州城,袁尚书故宅遂狼藉一片,珍贵的书画收藏都毁于一旦。

承蒙袁可立多次提携,后累官至河南总兵的太康人许国定,在恩公故去十二年之际,于其府第之中酿此兵祸后,携兵投靠了清军。袁枢虽然躲过一劫,回南京后感到郁闷至极。

当时由于大悲案、假太子案和童妃案三案的连续发生，人们对王铎产生了极大的误会。同时还由于和马士英、阮大铖治理国家的意见相左，让王铎大伤脑筋，心情很郁闷。清军过江控制南京后，王铎更是身不由己，后来又随博洛去了杭州。回留都不久就随多铎进京，由于启程太过急促，也没能见上袁枢一面。没想到现在却阴阳两隔，王铎十分后悔。

第五十一章

　　顺治三年刚入夏，朝廷赐给王铎纱蟒朝服一袭，朝冠镂花金一座，嵌红宝石、东珠各一枚。朝袍、朝褂、披领以石青和蓝色搭配为主，领后垂石青绦，补服前后为绣鹤；朝带镂金衔玉，玉中各饰红宝石。还有红色雨具，朝珠三挂。

　　朝廷给前朝旧臣赐朝服，既是对级职的肯定，更是对他的信任。王铎看着令很多前朝旧臣都梦寐以求的朝服，不但没有窃喜，反而引起了昔日痛苦的回忆。

　　在血气方刚的青年时期，他勤学苦读，立志考取功名，为大明王朝建功立业，为王氏家族光宗耀祖。天启二年，他考中进士进翰林院，与黄道周、倪元璐志同道合，肝胆相照，结下深厚友谊。在吕维祺的影响下，结识了大批东林君子，誓做治国栋梁，并写下了"辞家事戎马，竟与辞翰侪。舐墨非吾志，干禄非我求"的诗以自勉。然而，天启皇帝宠信以魏忠贤为首的阉党，不仅残酷地排除异己，而且加深了对百姓的盘剥，使得民不聊生，政治极度黑暗。同时土地兼并剧烈，苛捐杂税繁重，各种社会矛盾激化，由此埋下祸根。在崇祯时期，皇帝朱由检聪颖自信而又猜忌多疑、形似谦恭而又刚愎自恃、勤心图治而又急躁专断的复杂情性，换首辅和大臣犹如走马灯，最终导致了悲惨的结局。狼烟四起，生灵涂炭，他曾发誓要"按剑怒发立，寇氛为我仇"，上疏忠言，但却险遭廷杖。内忧外患，奸臣当道，朝廷内讧不断，百姓流离失所，使大明王朝彻底衰败。在国难当头的危亡时刻，又遇到了弘光昏庸之君，马士英、阮大铖两个佞臣误国，不但没有挽救大明，自己也落得个降臣的可悲下场。

　　王铎看着朝服，又想起了亲历七载的逃亡之苦，九位亲人相继客死他乡的情景以及在逃难中目睹的战火狼烟和遍地的白骨，内心更加痛苦不堪。

　　每当彻夜难眠之时，就会想起这黄道周、倪元璐、祁彪佳殉国的壮举，也对自己选择的道路越来越悔恨。

王铎来到翰林院，看到的场景让他既亲切又陌生。亲切的是一草一木都很熟悉，在这里不但改变了自己的人生观、价值观，也改变了对书艺的审美观，珍藏的历代大家珍贵名帖依然完好无损。陌生的是满蒙人称呼非常古怪，他们叫爹为"阿玛"，叫娘称"额娘"，闺女叫"格格"。如果答应"是"，就要回答"喳"，声音就像叽叽喳喳的鸟叫一样。

在翰林院里，没有朋友，更没有知音，心里整天感到空落落的。

王铎现在的主要任务是修纂《明史》，但从掌握的一些资料和各方面准备的情况来看，只能说还处于筹备初期。面对朝廷急切要修纂《明史》的举措，他开始并不太理解，后来才慢慢明白了朝廷的深意：修纂《明史》，表面上是史学上的大事，实际上却是政治的需要。修史固然是老传统，但现在明清两朝还没有彻底完成改朝换代的历史过程。况且朝廷迁都到京城才一年有余，北方的战事还在频繁发生，江南反清复明的斗争方兴未艾。但在朝廷看来，既然已经定鼎北京，明朝的历史就应该彻底结束，清朝统一天下只是一个时间问题，所以要尽快把明史画上一个句号。

朝廷既然已经决定修纂《明史》，王铎只能被动地组织人员行动起来。在翰林院的国史馆里，收藏的史料真是浩如烟海，史料详细记录了明初以来大量的皇帝诏令、大臣奏折、各种文告以及祭文、邸报、塘报，还有皇帝的起居注、食谱、医案等等。经历了二百七十多年的日积月累，而且由于年代久远，以前好像又未曾经过系统的整理，现在查找起来相当费时费力。时间一长，就不免让人感到枯燥无味。后来，当看到大明王朝中的几起震动朝野的大事，特别是天启年间发生的梃击、红丸、移宫三件大案，王铎对此格外留心，通过仔细搜检和查看，居然也颇有所获。

当看到邸报、塘报上江南各地绅民坚决抵制剃发令，纷纷举兵抗清的壮举，王铎怀着沉痛的心情看了下去。

第一则消息是江阴屠城。去年闰六月初一，常州府发出剃发令："留头不留发，留发不留头。"全城百姓看到后义愤填膺，坚决反对剃发，并在孔庙明伦堂集会，大家发誓："头可断，发决不可剃也。"清军统帅豫亲王多铎见江阴小城竟敢抗命，顿时大怒，先派降将刘良佐包围江阴。刘良佐软硬兼施，多次进行招降，都遭到严词拒绝。

初六，清军命令三万人开始进攻江阴。典史阎应元率领城内百姓坚决固守，由于百姓坚守严密，屡攻不下，不但打败了清军劲旅，还将两个都督打死。

最后，清军调来二百多门红衣大炮，猛烈轰击城东北角，城墙崩塌，清军蜂拥而上，江阴失守。城破后，百姓拼死巷战，竟无一降者，率领百姓守城八十一天的阎应元不屈遇害。八月二十二日，清军重演扬州屠城惨剧，大肆屠杀平民百姓。到二十三日，城内死者九万一千多人，城外死者七万五千余人。清军屠城后，江阴百姓仅剩大小五十三人。

江阴百姓在两个多月里，顶住了数万清军的围攻，比扬州的史可法更加英勇。他们的英勇牺牲精神，比史可法更值得歌颂。

王铎看到这里，就想起了曾有人赞扬江阴百姓抗清的一副对联："八十日戴发效忠，表太祖十七朝人物；六万人同心死义，存大明三百里江山。"

王铎的眼睛湿润了，本不忍心再看下去，但为了更多地了解事实真相，还是含泪看了下去。

第二则消息是嘉定民众反抗强迫剃发而起兵。闰六月十二日，清政府颁布剃发令后，嘉定百姓愤愤不平，拒不从命。著名乡绅侯峒曾积极主张起兵抗清。十七日，侯峒曾带领儿子侯玄演、侯玄洁与进士黄淳耀等人入城倡议反清复明，率领百姓上城画地而守，树立"嘉定恢剿义师"的大旗。清军吴淞总兵李成栋立即领兵来围攻镇压。七月初三，清军开始大举攻城。临时组织起来的百姓由于没有任何作战经验，人数虽然众多，却难以同正规的清军作战。双方刚一交锋，乡兵就立刻不战自溃。七月初四，城被清军破攻，侯峒曾奋身投入池水中，却被清兵拖出来斩首，其子玄演、玄洁遇害，黄淳耀等也都自缢身亡。在这种情况下，李成栋又下令屠城，兵丁们肆意杀戮，家至户到，小街僻巷，无不穷搜。即使乱苇丛棘，也要用枪乱搅。处刀声割然，遍于远近；乞命之声，嘈杂如市被杀者不计其数。悬梁投井者、断肢血面者、被砍未死者，骨肉狼藉，弥望皆是，亦不下数千人。三日之后，自西关至葛隆镇，浮尸满河，舟行无下篙处。初六，李成栋率兵返回时，拘集民船，装载锦帛子女及牛马豕等三百余船而去。城内外死者约两万人。

这两则消息，犹如一把利剑直插在王铎的心上，让他悲痛万分。去年在江南的时候，在邸报中从来没有看到过这样的信息。即便是在博洛的中军大帐中，也没见过如此血腥的战况。现在看来，他们对自己随时都在提防，从来都没有真正信任过。

王铎已经没有了更多的泪水，只有满腔的仇恨在胸中燃烧。呆坐在公案前，气愤地浑身颤抖，眼前不断浮现出江阴、嘉定被清军屠城的血腥恐怖情景。直到有人敲门进来，他才拿起资料，来掩饰内心的愤怒。处理完公案后，看到天文、历法资料时，又想起了汤若望。崇祯十三年，他去祭告风雷坛时，曾找汤若望测算好日子。黄头发、蓝眼睛的汤若望说他很喜欢王铎的书法，并请求给他写个条幅。王铎曾答应他的请求，很不巧的是，这时突然接到父母病重的家书，就紧急回家探望，后来遭遇流寇肆虐，流离失所。在逃亡的路上，他曾给汤若望书写过一幅长卷，但在逃难中又被贼人盗窃。甲申之变，两人天各一方，对汤若望的许诺就一直没有兑现。

王铎进京后，听说了汤若望的一些情况。他现在是朝廷的近臣，刚被加授了太常寺少卿衔，掌钦天监事。在明亡清兴之际，汤若望处变不惊，留守在北京，守护着圣器圣物及天文仪器和历书刻版。清军进入京城后，他冒死自荐，多次向摄政王多尔衮力陈新历的好处。不但进献了他新制的舆地屏图和浑天仪、地平晷、望远镜等仪器，而且还用西洋新法准确地预测了顺治元年农历八月初一丙辰的日食，以及初亏、食甚、复圆的时刻。汤若望终于说服了摄政王多尔衮，朝廷决定采用他编制的新历。汤若望得到信任后，被任命为钦天监正，掌钦天监事，也成了中国历史上第一个洋监正。汤若望果然不负皇恩，下了很大功夫，对卷帙庞杂的《崇祯历书》进行了删繁去芜、整理修改、增补内容，使之更为精练划一，并取名《西洋新法历书》。顺治二年底，汤若望将《西洋新法历书》呈献给朝廷，刊刻印行，通行全国，从此成为编制历书和各种天文的依据。由于朝廷对汤若望极为重用，他在朝中颇有威望。

王铎回家后，草草吃完晚饭，来到书房准备兑现给汤若望的承诺。只是书写的内容让他费了一番心思。开始本想找杜甫的几首律诗，又觉得这对洋人来说有些对牛弹琴。他离开书案，在书房里一边踱步一边思索。后来索性想临写"二王"父子的古帖，等铺好纸以后，又感觉没有纪念意义。起身来到书架前，突然想起了崇祯年间他赠给汤若望的四首七言律诗，顿时兴奋起来，来到书案前，毫不犹豫地拿起笔，饱蘸浓墨书写成《赠汤若望诗翰》长卷。并在结尾处写道："道未先生学通天人，养多玄秘，心服其为人中龙象也。予曾书一卷，被盗窃去，因再书此，今裱成，再奉以赎遗失之愆，知道翁必大笑也。河南王铎具草求正之。"

王铎听说钱谦益身体欠佳后，就亲自登门看望。

钱谦益也住在宣武门外，与王铎、龚鼎孳是近邻。由于人多嘴杂的原因，他们平时单独交流的机会很少，走动就更少了，以免引起朝廷的怀疑。其实还有一个原因，就是钱谦益不遵守祖制，反对拥立福王登基。虽然这个缘由都没说破，但大家都心知肚明。

柳如是不在钱谦益身边，早过花甲之年的他显得更加孤独。在整个京城，钱谦益虽然有很多故友，但只能与他们在一起赋诗唱和。真正能在一起推心置腹的人，也只有王铎、龚鼎孳等几个少数挚友。

钱谦益听说王铎前来看望时，没穿好衣衫就出门迎接。当见到王铎时，不知是孤独苦闷还是委屈，激动得眼圈有些发红。

王铎看到钱谦益的表情后，赶快抱拳拱手，问寒问暖："牧老啊，觉斯请安来迟，还请您海涵。"

钱谦益在抱拳拱手回礼时，突然热泪盈眶，哽咽得说不出话来。

王铎马上就劝慰说："家眷不在身边，也真是让你受委屈了。"

前几年，钱谦益在江南，整天有美妾陪伴，时常与朋友赋诗唱和，过着逍遥自在的日子。现在到了垂暮之年，反而是独自在京城寂寞无聊地生活，对他来说的确是难耐难熬啊。

王铎几句关心的话语，让他心里热乎乎暖洋洋的，他动情地感谢道："烦劳觉斯兄挂念！"

王铎接着问："闻听您老贵体欠安，是否找郎中把过脉？"

钱谦益一只手拉着王铎进客厅，另一只手却摆了摆，然后解释道："老朽只是受点风寒而已，休息几日就会好的。"

王铎仔细看看钱谦益的气色，也好像并无大碍，看来的确还是心病引起的。钱谦益来京城的时候，柳如是说什么也不肯陪同前往，为此他十分恼火。到京后不久，钱谦益就孤独郁闷得有些忍耐不住，曾把这个秘密告诉过王铎。

王铎见钱谦益很郁闷，就试探着问："牧老啊，我看你还是主动给夫人写封信，催她尽快来京团聚吧。"

钱谦益无奈地摇摇头："觉斯兄，她的任性你是听说过的，要起性子来谁也说服不了啊。"

王铎从钱谦益的话里听得出来，他的病的确在柳如是身上。当年南京沦陷时，柳如是曾经要跳水殉国，钱谦益强行阻拦并答应以后有机会定会为恢复大明效力的，她才勉强苟活于世。现在夫妻二人天各一方，柳如是又如此年轻貌美，在南京能耐得住寂寞吗？钱谦益是一百个不放心。他的年龄确实也大了些，的确需要有人照顾。

夫妻之间的事情，外人又不好说得太多，王铎感到这事比较麻烦。

钱谦益从王铎的话中，似乎得到了一些启示，柳如是不来京我可以回去。就抬起头来看着王铎，脸上露出不易察觉的笑意："她不来京看来既是明智之举，也是先见之明。我可以名正言顺地提出乞休，回故里颐养天年了。"

王铎听了钱谦益的话，再看看他的表情，感觉其中必有深意。

两人通过交谈，钱谦益的情绪似乎好了许多，很想把心里的话告诉王铎。他起身拉着王铎来到书房，让仆人沏好茶出去后，压低声音神秘地说起天下大势。

当前，全国整个战局似乎对朝廷不利。福建、浙江自从六月起兵反叛之后，严重阻遏了大军南下的进程。半年之前，朝廷虽然已派洪承畴赶赴江南进行招抚，但从现在的情况来看并不顺利，好像有些束手无策。最令朝廷头痛的是在江西、湖广一带，由于何腾蛟收编了李自成的余部，实力增强了很多，目前已成为朝廷的心腹大患。多尔衮虽然派出平南大将军贝勒勒克德浑，率满蒙骑兵前往围剿，但并未达到目的。同时，盘踞在川陕一带的张献忠突然公开称帝。川蜀可是天府之国，他在那里粮草充足，兵强马壮，其强势不可小觑。据近日塘报说，河北、天津、山东、江苏、汉中等地，兴兵造反的接连不断，即使在京畿的官员也有被暗杀的。

钱谦益所说的局势，在塘报已有登载，王铎也已有所耳闻，听了他的话心情十分沉重。

钱谦益见王铎不说话，深深地叹口气："之所以到处动乱不安，皆因朝廷的剃发令引起，再加上满人到处强行圈地，才激起了民变不断。"

对于当前的整体形势，特别是在汉官圈子中，私下里也有一些窃窃议论。其实王铎心里也早有想法，只是不能公开说出来而已。听了钱谦益的话，才透露了一点心中的秘密："有道是得民心者得天下，朝廷如果不改弦易辙，各地百姓群起效尤，整个战局出现怎样的变数，实在难以预料。"

王铎的话虽然很简短，但内涵很深奥。钱谦益也把心中藏了很久的想法如实地说出来："觉斯兄，我想回江南后，做一些力所能及的事情。"

王铎对钱谦益的想法很赞赏，但对将来的前景也颇感疑虑，因为各地反清复明的义举大多都是以失败而告终。基于这种情况，王铎也很为钱谦益担心，就提醒他说："朝廷都是强兵劲卒，而且都是久经沙场，各地的所谓劲旅，大多都是一些乌合之众，更没有实战经验，这一点你一定要想清楚，谋划好再行动。"

"觉斯啊，你的好意我明白，回去后我会见机行事、顺势而为的。"钱谦益很感激，起身来到书案前，从抽屉里拿出一个信封，递给王铎，神秘地说，"今天在国史馆里，我在查看资料的时候，看到了扬州屠城的真实资料，这是我摘抄的几页《扬州十日记》。"

王铎还在南京的时候，就听两个弟弟说过扬州沦陷时惨不忍睹的场景，但始终没有看到详细的史料。听钱谦益说是真实的资料后，就接过来仔细看起来，映入眼帘的都是血腥的场面：

……一卒提刀前导，一卒横槊后逐，一卒居中或左或右，以防逃逸。数十人如驱牛羊，稍不前，即加捶挞，或即杀之。诸妇女长索系颈，累累如贯珠，一步一跌，遍身泥土。满地皆婴儿，或衬马蹄，或藉人足，肝脑涂地，泣声盈野。行过一沟一池，堆尸贮积，手足相枕。血入水，碧赭化为五色，塘为之平……

　　王铎看到这里，眼睛立刻被泪水覆盖了，字迹也变得模糊起来。他擦把泪水，怀着愤怒的心情继续看下去。

　　……忽一红衣少年持长刃直抵予所，大呼索予出，举锋相向。献以金，复索予妇，妇时孕九月矣，死伏地不起。予绐之曰："妇孕多月，昨登屋坠下，孕因之坏，万不能坐，安能起来？"红衣者不信，因启腹视之，兼验以先涂之血裤，遂不顾。所掳一少妇、一幼女、一小儿。小儿呼母索食，卒怒一击，脑裂而死，复挟妇与女去……

　　由于没有抄写全，王铎只能看得断断续续。钱谦益就把看到的完整情况又做了补充，并谈了自己的看法："据说写这篇《扬州十日记》的人叫王秀楚，他以自己的亲身经历，记录了从四月二十五至五月初五十天的真实详细的全过程。这段真实的记录，见证了屠杀扬州百姓的罪恶，它永远地将野蛮和罪恶钉在了历史的耻辱柱上！"

　　王铎看了手抄稿，听着钱谦益的补充，对整体情况有了大致了解。作者夫妻二人为了逃命，先后藏进稻草堆，甚至是粪窖中。熬到第五日，清兵杀够抢够，封刀收兵回营时，一些地痞无赖、强盗草寇又尾随出动，使劫后余生的百姓再一次遭受蹂躏……

　　惨绝人寰的屠杀，血淋淋的场景让王铎怒发冲冠，忘掉了自己现在的身份，拍案怒吼："对百姓下如此毒手，真是禽兽不如，他们残酷的暴行终将受到天谴，会遭报应的！"

　　钱谦益趁机说："现在不是要纂修《明史》吗？咱们要把这些真实的史料，原原本本地记录下来，让后人看清他们的真实嘴脸。"

　　王铎愤怒难消："依我看来，纂修《明史》现在各方面条件根本就不成熟，还让冯铨这种人担任总裁，简直是在亵渎大明王朝。"

　　冯铨，字振鹭，号鹿庵，顺天府涿州人。万历四十一年中进士后，授翰林院检讨。天启四年，魏忠贤到涿州进香，冯铨跪于道旁，哭诉其父被东林党弹劾丢官的经过。时魏忠贤正在搜罗党羽，随即命冯铨仍以原官起用。从此，他对魏忠贤感恩戴德。在东林党与阉党斗争最激烈之时，他谄媚魏忠贤，为其出谋划策，极力迫害杨涟、熊廷弼等东林党人。并在魏忠贤授意下，以总裁官的名义，组织人员编纂了臭名昭著的《三朝要典》。被魏忠贤升为辅臣，官居礼部尚书、文渊阁大学士，成为阉党中炙手可热的人物。后因阉党内部起内讧和他贪贿太甚，被罢职。天启帝驾崩后，魏忠贤被铲除。崇祯皇帝在清除阉党时，冯铨罪列第二，削籍在家直至明亡。顺治元年五月，摄政王多尔衮以书信召冯铨入朝，赐以朝服衣帽及鞍马、银币，命他以原官衔进入内三院佐理机务。

钱谦益说："总裁和副总裁除满族大臣外，汉族多半是前明北方籍的降臣，也并非知名学者。修史班子中不但满蒙人员比例较大，而且还特别设立了'满字誊录'，这也充分说明了他们对《明史》修纂的高度警惕。"

说到修史，王铎的心情才慢慢平静下来，和钱谦益讨论起敏感的细节问题："牧斋兄，修纂《明史》最难的是忌讳问题。首先是如何对待明清易代之际殉节的人物。明清易代之际的殉节问题比较复杂。当时的殉节分为两种：一是李自成攻陷京城后，包括崇祯皇帝本人在内的殉国或殉君者，他们不愿意投降家贼而壮烈殉国；二是清军入关后，为大明王朝而殉国者，是不愿意投降外敌而壮烈殉国。因此，如何认定这两种殉节人物，直接关系到明清易代的时间断限。前者已经成为历史，后者还是个正在进行的现实问题。"

钱谦益说："觉斯兄，看来你比我考虑得深入和周全。既然是这样，我就更应该尽快回去，阻止他们对百姓再下毒手。你在京城，通过纂修《明史》还原历史真相，告诉后人牢记耻辱。"

王铎听了很激动，说："愚弟支持你的行动，你还有啥吩咐尽管说出来。待定好了启程日期，我为你壮行。"

钱谦益听了王铎的话，突然又颓废起来，说："觉斯啊，实不相瞒，现在我还只是刚有此打算而已，还没给朝廷上折子，还须找人为我打通关节。"

王铎坚定地鼓励他说："请牧斋兄放心，我当鼎力相助！"

钱谦益听了王铎的话，压抑的心情轻松了许多。后来，他们在说话中提到了冒襄，钱谦益很羡慕王铎，说："觉斯兄，你的学生无数，唯辟疆是你最钟爱的。"

王铎既自豪又很惋惜地说："辟疆好学不倦，是个很有潜力的好后生，只是朝代更替，势局不堪，耽误了他的前途啊！"

钱谦益也有同感，说："是啊，辟疆虽是玄宰先生的入室弟子，后又拜你为师，博采众长，熔于一炉，形成了自己矫若游龙、风规自远的风格。"

王铎谦虚地说："我与辟疆也不曾经常见面，只是他经常将诗文、书法寄来请教。"

钱谦益说："你对辟疆的诗文、书法有何看法？"

王铎琢磨了一会儿，说："辟疆之文高古奇伟，压倒元白自不必言，而字画遒媚圆劲，笔笔褚河南。"

钱谦益很赞同王铎的评价，更羡慕他们深厚的师生之谊："你们师生感情甚笃，特别是你在留都掌翰林院期间，他经常找你请教，你虽然身患病痛，也全然不顾。"

王铎表面未置可否，心里感到美滋滋的。钱谦益又羡慕地说："听说你带病画了一幅《松窗茗对图》，并题画赠予辟疆。"

王铎听了钱谦益的话，回想起冒襄经常去看望他，两人在一起谈古论今的惬意情景，心里依然还是很兴奋，说："南都一年，半年卧床，服药了无佳况，独晤对吾辟疆兄，使人意畅心欢。"

王铎说得心花怒放，钱谦益就有些妒意。王铎就赶紧赞誉钱谦益玉成冒襄与董小宛美满姻缘一事，钱谦益脸上立刻洋溢出自豪的表情，很得意地说："崇祯十五年，辟疆乡试又不中，其祖梦龄及父起宗都很不高兴。辟疆却不以为然，还决意与秦淮名妓董小宛结婚。此时辟疆又无钱办理此事，老朽闻听后，就亲至半塘，纳姬舟中，送至如皋。同时，还附书他的祖父和父亲，并为之说情，才成就了辟疆与董小宛的百年好合。"

王铎赞赏钱谦益的做法："成就一对美好姻缘，胜造七级浮屠。"

钱谦益说："关键是他们情深谊厚，小宛入冒家后，恭敬顺从，与家中上下相处极其和谐。闲暇时，小宛与辟疆在书房中，泼墨挥毫，赏花品茗，评论山水，鉴别金石，好不恩爱。"

王铎听后很放心，但也为冒襄的处境担心："也不知辟疆现在的情况如何？"

钱谦益说："据说他宁做树上的巢民，也不做地下的走狗，并屡屡慷慨解囊救助抗清志士。"

王铎听了后愣在那里，半天没说一句话。

盛夏的京城又闷又热，让人有些喘不过气来，再有知了此起彼伏的叫声，让人感到心烦意乱。

王铎早早处理完公务，骑上马在书童的引领下，缓缓地往家中赶。此时，太阳虽然已经落下西山，但回到家中时，衣衫还是被淋漓的大汗湿透。

走进内室换好干净的衣服，来到琅华馆书斋，只见王无咎正陪着梁云构和陈名夏谈笑，手里摇晃着纸扇，嘴里喝着茗茶，正在悠闲自得地欣赏着他昨天晚上自撰的一副对联："林屋暮烟樵归路远，荒城落日宫冷怀高。"

梁云构与陈名夏边看便议论，王铎并没有马上走进去，本想在门口听他们评头论足，却被机灵的陈名夏发现了，并起身来到门口迎接。

王铎只好笑着走进去："不知两位光临，还请见谅。"

陈名夏说："老前辈，晚辈不请自到，多有打扰，还请您老见谅才是。"

梁云构不拘礼仪地附和着："亲家翁，多有叨扰。"

王铎见梁云构说话心不在焉，眼睛不时地瞟着他写的对联，就问他："亲家翁，你看了半天了，看出了啥门道？"

梁云构又琢磨了一会儿，才吞吞吐吐地说出了自己的感想："从你撰写的内容上来看，好像有一种落寞、失意而又凄凉的心境。"

王铎却谦恭地问："那要是从书艺上看呢？"

梁云构慢条斯理地说："如果单从用笔上看，似乎渗用了颜平原的笔意，再加上大量的枯墨线条，既苍劲又老辣。"

梁云构说到这里时，突然戛然而止。王铎感觉他还有话说，就催促他继续发表意见："还看出了啥？"

梁云构说："悲愁成了主要旋律，有股扑面而至的凄凉感觉，精神面貌有些一蹶不振。"

王铎听着梁云构的评说，感到他读懂了自己的内心世界。现在自己的心情与杜甫当年的心境是一致的，不但表现出对国家动乱的哀痛，也寄托了感叹"老病""孤舟"的情愁。

梁云构见王铎不说话，就赶紧解释："觉斯兄，我是不是有些言重了，还请你见谅。"

王铎马上回答道："知我者，眉居矣。"

梁云构见王铎并没有计较，就用右手不住地捋着胡须，继续发表自己对艺术的看法："行笔缓慢沉重，淋漓湿润的涨墨以及颤抖的笔法，都凝聚着深深的哀愁。特别是把'归'收缩起来，又把'路'以飞白舒展开来，笔势自右上至左下，又以颤动的笔法急速回转到右侧，笔势与变化都流露出了真实的情感。"

梁云构把王铎的内心世界描述得淋漓尽致，让他不得不佩服。

陈名夏感到梁云构的用词有些消沉,就从中插话:"以晚辈之见,大量枯墨的运用,虽然显得满纸凄凉,却与《祭侄文稿》的意境极为相似,真是此处无声胜有声啊。"

陈名夏本来是在谈书艺,王铎却想到了颜真卿的人品,似有愧疚之感:"颜平原刚正不阿,以死报国,我怎能与他相比?"

最近一段时间,王铎对颜真卿的《祭侄文稿》情有独钟,特别是对他的浩然正气更是佩服得五体投地。在书写时把情感倾注在笔墨上,从而体现出了他的风格。

梁云构不想再为此而纠结,就急忙转移话题:"我说亲家翁,此一时彼一时。当年皇帝老子都无法改变的历史,我们当臣子的又能如何?"

陈名夏不想再说些沉重的话题,为了缓和气氛,就转移话题问王铎:"前辈,听孝升说,牧斋老想回留都与他的美妾团聚。"

王铎马上为钱谦益好言解释:"确有其事,主要还是他年老体弱,的确也需要有人照顾。"

梁云构说:"要告老还乡,还需要皇上亲自御批才能如愿。"

王铎正想找陈名夏出面从中斡旋,让钱谦益尽快如愿:"百史啊,你人脉广,又与摄政王关系密切,你出面多美言几句,让他早日见到日思夜想的河东君吧。"

陈名夏爽快答应:"请阁老放心,我一定尽力而为。"

王铎抱拳说:"我先替钱牧斋多谢了。"

梁云构说:"亲家翁,你先不要说感谢的话。百史今天找你有一事相求,还请亲家翁能够满足。"

王铎转向陈名夏问:"百史,有啥事说出来听听。"

陈名夏说:"家中舅父非常喜欢您老的书法,今年是他的七十大寿,想烦劳您大驾满足老人家的心愿,也是晚辈给他的祝福礼物。"

王铎马上爽快地答应了陈名夏的请求,还对他大加褒奖:"百史大孝,我乃举手之劳,定当满足你的愿望。"

"您老不着急,过几日也不迟。"陈名夏马上起身阻拦说,"今天得到一个消息,您老可能很关心。"

王铎马上起身就要书写,陈名夏这么一说,就停下来洗耳恭听。

陈名夏神秘地说:"马瑶草被杀死了。"

王铎哦了一声,似乎感到很突然,表情也很复杂。沉默了一会儿,又狠狠地诅咒他:"在国难当头之际,身为大明首辅,竟然弃天子、挟母后而出逃，其罪真是罄竹难书啊！"

梁云构也附和着说："想想他做的那些事，真是大明的罪人，理应千刀万剐！"

王铎对马士英的情感很纠结，恨归恨，骂归骂，但毕竟曾经有过一段密切交往。停了片刻后，还是忍不住关切地问一句："他是咋死的？"

陈名夏说："马瑶草到杭州后，唐、鲁两个政权，谁也不相信他，他几乎成了过街老鼠。他以抗清的实际行动，多少改变了过去不佳的形象。浙东兵败以后，他逃入四明山削发为僧，后来被人认出后处死了。"

"死了好，死了好，死了一切就了结了。"王铎深深地叹口气，然后又喃喃地说，"这可能就是天意吧，有人曾把他与周玉绳有一比。"

陈名夏接着王铎的话说："周延儒，字玉绳，先赐玉，后赐绳，绳系延儒颈，一同狐狗之毙；马士英，号瑶草，家藏瑶，腹藏草，草贯士英皮，遂作犬羊之鞟。"

王铎听了陈名夏的话，从内心发出感叹："马瑶草虽然下场可悲，但最后的骨气也实属难能可贵。"

王铎的话让梁云构和陈名夏不知该如何回答，大家沉默了一会儿。

此时，王铎就想起了与马士英一起狼狈为奸的阮大铖，问："马瑶草和阮大胡子逃到杭州后，不是一直在一起吗？现在马瑶草死了，天杀的大胡子是个啥下场？"

"听说他已经死了。"梁云构不屑地说了一句，然后就说起了阮大铖的情况。

阮大铖到杭州后，几乎成了丧家之犬。浙东的鲁王坚决拒绝他的朝拜，福建的隆武朱聿键更是要抓他问罪。最后他流窜到金华后，投靠了同年进士朱大典。朱大典与他气味相投，对阮大铖也颇讲义气，让他帮助治军，还邀他一道巡城，并把城防的一些薄弱环节告诉了他。但金华的士绅和义兵却不答应，起来声讨阮大铖的丑行与罪状，坚决驱逐他出境。朱大典无可奈何，只得送阮大铖去防守钱塘江的提督方国安处避难。

顺治三年六月，清军渡钱塘江后，阮大铖率先剃发降清。清廷授其内院职衔，使他感激涕零，自请为前驱。在围攻金华时，阮大铖为了在新主子面前显示自己的知兵之才，不想利用朋友交情去劝说朱大典投降，就为清军出主意，集中炮火轰击金华城防最薄弱的西门，城遂塌陷，焚戮甚惨。他以此报复金华人张贴檄文声讨和驱逐他之仇。朱大典做梦也没有想到，自己最后死在了好朋友阮大铖手里。

攻破金华后，阮大铖又随着清军入闽。在攻占衢州时，阮大铖忽然面部浮肿。由于刚充任福建巡抚，为了显示自己的才能，他坚持带病随军南征，并自夸地说："我何病？年虽六十能骑生马、挽强弓，铁铮铮汉子也！"在翻越仙霞岭时，别人都骑马缓行登山，而他却下马徒步前行，还逞强好胜地说："我精力百倍于后生！"然后鼓勇先登，十分卖力。可能是卖力过度，一口气没有缓过来，便扑在一块岩石上气绝而亡。当时天气炎热，尸体溃烂，清军把他草草收殓后，不知埋在何处。

王铎听了后，愤恨地说了一句："阮大铖十恶不赦，真是死有余辜！"

第五十二章

　　顺治四年大年三十,王铎府邸大门两边挂上了硕大的红灯笼,大门和内院的门上都贴上了鲜红喜庆的对联。
　　王无咎把王氏族谱、先祖画像悬挂在客厅的正中间。两边挂上王铎亲自书写的家训对联:忠孝持家远,诗书处世长。
　　石薇汝忙活着在桌上摆放祭祖的贡品,段姬则来回穿梭地查看高香、鞭炮的准备情况。王铎捋着胡须在一边观看着,心里感到很惬意。等一切都准备好之后,他就开始招呼家中的男丁们都集中在客厅里列队站好。
　　王铎带领着子孙们,走到供桌前向祖宗跪下。端起斟满的三杯酒,轻轻地泼洒在地上,然后念念有词:"列祖列宗在上,今天是大年三十,请您老人家与子孙们一起过大年,祈求保佑全家康泰平安!"
　　祭拜祖宗必须有敬畏和恭敬之心,整个客厅里气氛庄严肃穆,刚才还在有说有笑的孩子们,这会儿都规规矩矩地跪在那里。
　　王铎带头大礼叩拜,孩子们跟着他一招一式地叩拜。二十四式的大礼虽然有些复杂,但大家都做得有模有样。
　　祭拜仪式结束正值午时,院子里、大门外立刻响起了噼里啪啦的鞭炮声,纸屑就像花瓣一样从空中飘撒在院落里,鞭炮声、孩子们的欢笑声此起彼伏。
　　王铎看着喜庆的场景,听着孩子们开心的笑声,脸上露出了少有的笑容。进京一年多来,他很少与朋友、故交相聚,也很少再有新的诗作。他是怕言多有失,为自己和家人带来祸灾。为此,不是在翰林院国史馆里看资料,就是在家中书房里读书、写字、做学问。
　　王铎与孩子们喜庆新年,喝了几杯酒特别兴奋,在书房里整整一下午,挥毫泼墨,酣畅淋漓。整个书房被王铎书写的长卷、条幅、中堂占得满满当当。
　　夕阳落山时,王无咎来到书房,被琳琅满目的书作惊得赞不绝口。就提出给孩子每人一幅字,作为新年礼物,王铎说这些本来就是给孩子们的礼物。
　　王铎洗漱之后,看着团圆饭丰盛的美味佳肴,感到垂涎欲滴。又看看桌上摆放的碗筷时,脸色却突然严肃起来,说:"咋缺少碗筷呢?"

王无回伸手点着座位数了一遍:"爹,我又数了一遍,没有错啊,已经全部齐了。"

听了王铎的问话,王无咎回头瞟了一眼王无回。王无回似乎没有理解其意,王无咎二话没说起身就往外走。

王铎很严肃地说:"新年团圆饭,全家人一个都不能少。你二叔、三叔、大哥他们虽然现在外地回不来,但要给他们留个位置。"

王铎的话音刚落,王无咎就带着家仆提着碗筷进来,并抱歉地说:"爹,都是我一时糊涂,以后不会再出现这种失误了。"

石薇汝赶紧出来打圆场说:"老爷,是我糊涂,与孩子们无关。"

段姬也笑着趁机说:"好啦,老翰林和小翰林今天正式交接,以后咱们都按这个规矩吃团圆饭。"

石薇汝和段姬的一唱一和,欢乐的气氛马上又回来了。王铎本来也没真想批评谁,只是告诉孩子不要忘记家中每个亲人。

王无咎先代表晚辈给长辈敬酒,祝福他们健康长寿。

王铎看着和睦的全家人,又想起了四弟和五弟,就把王无荒、王无逸叫到自己身边坐下。然后才和大家一起举杯,共同祝贺新年快乐。

在除夕之夜,王铎看着儿孙们,心里充满了从未有过的幸福和快乐。

在团圆饭桌上,王铎依然不时地教导孩子们,一定要遵守孝、悌、忠、信、礼、义、廉、耻儒家的规矩。

酒过三巡后,王铎让大家随心所欲,尽情地嬉戏玩耍,自己却是感慨万千。前几年,由于居无定所,四处奔逃,根本没有心思过大年。现在,虽然心情有时不好,但毕竟有了安身之处。总的来说,今年是个顺心、吉祥、平安、欢乐年。

在大家敬酒的热闹气氛中,王无咎像变戏法似的,拿来一盏四角平头纱灯,要让大家猜灯谜。

王铎仔细一看,这种纱灯是专为灯谜而制的,上面已经有了一个谜面,"落花满地不惊心",让大家打晋朝的书家名人。

大家看了后,都争相乱猜。王铎已经明白,谜底就是东晋被称为"江左风流宰相"的谢安,但他并没有说出口,只是笑眯眯地看热闹。

机灵的王无逸眼睛一转,抢先回答:"是谢安。"

大家举杯为王无逸祝贺后,王无回随后写了一个"桃花潭水深千尺"粘在屏上,让王无荒猜一个成语。

王铎捋着胡子微笑,王无荒想了半天没有想出来。王无咎怕王无荒丢面子,替他说出了谜底:"是'无与伦比'嘛。"

王无荒似乎还没有理解,王无咎又进行了一番解释:"李白在漫游安徽泾县时,桃花潭人汪伦常以美酒招待他,二人情谊甚笃。李白作为答谢,就写了《赠汪伦》诗相赠,谜底将'伦比'之'伦'借作汪伦之名,其意指桃花潭之千尺深水,也无法与汪伦对他的深情相比啊。"

石薇汝照顾着年龄小的孩子们,喜爱凑热闹的段姬凑过去为王无荒圆场:"小翰林肚子里的墨水就是多,曙灵你要好好向他多学两手。"

王无荒脸红了起来,端起酒杯敬王无咎说:"敬请二哥多指教!"

王铎开始只是看热闹,后来也忍不住出了一个谜面:"有位小姐黑黝黝,来时天公放春雷,故居就在屋檐下,为增春色满天飞。"并提出谁要答对了谜底,奖励"苹果三千"。

王铎刚说完,段姬张口就说出了谜底是"燕子"。

王之鹤手舞足蹈地高声喊道:"猜对了,爷爷赶快奖励苹果三千。"

王铎笑眯眯地从桌上拿起一个苹果,然后在上面插了三根牙签,并笑着说:"马上兑现,这就是'苹果三签'。"

大家看到后,立刻哄堂大笑起来。石薇汝、段姬乐不可支,笑得前仰后合,眼泪都笑出来了。

元宵节早朝时,顺治皇帝爱新觉罗·福临坐在龙椅上,表情严肃,似乎没有一点节日的喜庆气氛。他旁边的摄政王多尔衮却是一副满面春风的模样。

众位大臣怀着忐忑的心情,听太监宣读了皇帝的两封诏书:一封是封多尔衮为"皇叔父摄政王",上朝不再向皇帝行跪拜礼;另一封是郑亲王济尔哈朗营造王府时,殿堂的台基违制,并擅立铜狮、铜鹤、铜龟等物器,罚银两千两。

整个大厅里鸦雀无声。过了不大一会儿,又响起了嘈杂的议论声。这种声音主要来自满蒙大臣,汉臣都低着头不作声。

王铎在心里猜测,封多尔衮为"皇叔父摄政王",肯定是他自己的用意。如此加封后,以后就可以名正言顺地与顺治皇帝平起平坐了,有些满蒙大臣心里不服。至于对郑亲王济尔哈朗的惩罚,隐含着不可明说的目的。

王铎正在思索时,又听太监高声喊道:"有事奏本,无事退朝。"

王铎一听走出班行:"启奏陛下,臣有本要奏。"

大厅里马上静下来,大臣们都用不同的眼神看着他,王铎继续说:"启奏皇上,天下初定,人心不稳,当下第一要务应以孔孟之道规范行为,建立纲常,规范开科取士,培养治国栋梁之材。"

顺治皇帝还没有说话，多尔衮就急着喊道："呈上来。"

王铎拿出早已准备好的奏疏，太监走来接过去，然后快步呈交给多尔衮。

多尔衮看完之后，让太监转给皇上，兴奋地赞扬说："王大人提出尊孔兴教，收降士子之心，恢复规范科考，培养大清人才。拳拳之心，日月可鉴。"

多尔衮刚说完，大学士范文程上前一步："臣附议！"

范文程刚回朝班，大学士冯铨也走出一步："臣附议！"

紧接着，又有几个大臣先后走出朝班表示附议。

顺治皇帝的脸色慢慢有些缓和，多尔衮并没有与皇帝商议，当场就宣布："准奏，着大学士冯铨、范文程、刚林、祁充格、宋权、宁完我再细议。"

大厅里出现一些骚动，众大臣的眼睛都集中在王铎身上，对他投以敬佩的目光。

散朝之后，大臣们陆续走出大殿。王铎刚走到丹陛上，突然就被谁拉了一下，转身一看，原来是大学士冯铨。只见他双手抱拳，满面春风地恭维："觉斯兄，您心系大清，令我敬佩之至啊！"

王铎本来不想与他有正面接触，此时见无法躲避，也只好抱拳回礼："冯大人，让您见笑了。"

冯铨并没有因王铎冷淡而终止交谈，反而抱歉地说："您来京城后，我一直没有抽出空闲到府上拜访，实在抱歉得很哪。"

王铎不冷不热地客气道："冯大人日理万机，承蒙您惦记，真是万分感谢。"

冯铨再次抱起双拳："你我乃是老朋友，还说什么感谢的话，只是多年不见，咱们都老了。今后在一起为皇上做事办差，还望您鼎力相助啊。"

王铎感到冯铨话里有话，不禁又想起了当年他出任《三朝要典》总裁时，自己坚辞修纂，激怒了他和杨景辰，要对自己进行惩罚的情景。

"觉斯兄，以前的事情都已成为过眼云烟。"冯铨似乎看出了王铎的心思，劝他别计前嫌，并接着又恭维说，"觉斯兄，您现在不但书法人书俱老，一字千金，还是京城诗坛'三大家'的盟主啊！"

王铎本想讥讽他几句，但现在同为清朝大臣，再提以前的事情已经没有任何意义了。

冯铨见王铎没有回话，就走近了一步说："我近几年也收藏了一些名家字画，等您空闲时，还请您到寒舍费心鉴定。"

王铎一听是名家字画，预感肯定不是一般的名家。刚到京城不久，就听说他利用手中的权力中饱私囊了很多字画和奇石珍宝，顺口就问了一句："不知都是谁的名帖？"

冯铨凑近王铎的耳朵，用手掰着指头轻轻地说："实不相瞒，有钟元常、王右军、赵子昂等诸家的名帖，其中还有王右军的《快雪时晴帖》。"

王铎听说不但有钟繇、赵孟頫的名帖，而且还有他梦寐以求的王羲之《快雪时晴帖》，就不由自主地点头答应了。

王铎和冯铨刚聊到有兴趣的话题时，多铎走过来，冯铨笑嘻嘻地把他拦住，拉着王铎介绍说："豫亲王……"

冯铨的话还没有说完，多铎的话就已经说出口："铎大人，好久不见，您越发精神了。"

没有受过教化的人，在称呼上都与汉人不同，王铎马上抱拳还礼说："豫亲王吉祥！"

冯铨看看王铎，又看看多铎，问："你们很熟啊？"

多铎兴奋地说："在留都的时候，我们就已经成了好朋友。"

多铎用右手在空中挥舞了几下，然后又竖起大拇指："铎大人是这个！"

冯铨马上明白了他是夸赞王铎的书法，马上也献媚地说："王大人技压群芳，名冠大江南北，你们两人名字里都有一个'铎'字，响出天外，真是缘分哪！"

王铎一听冯铨说出都有"铎"字，心里马上咯噔一下。冯铨是在挑拨离间，还是别有用心？幸好此时汤若望走过来，化解了不和谐的场面。

汤若望用标准的动作抱拳向王铎施礼，说："觉斯兄，新年吉祥！"

王铎转身向汤若望抱拳回敬，汤若望感激地说："觉斯兄，感谢您赐的墨宝，以后我一定专程登门致谢。"

王铎谦虚地说："让道未兄见笑了，我是恨古人不见我，还请多多指教。"

从大殿出来的大臣越来越多，不断有人过来插话，他们只好仓促分手，然后向外走去。

王铎骑着马，缓缓行走在大街小巷里。看到轿马仪仗往来不绝，人们身上的马褂花翎争奇斗艳，彩棚灯饰悬挂满街，爆竹震耳欲聋，风筝漫天飞翔，令人目不暇接。

今年的元宵节，朝廷虽然命令宫廷不再办灯会，但民间的灯会仍然蔚为壮观。那精巧、璀璨、精致、奇幻、多彩的灯火，将春节期间娱乐活动达到了极致。特别是增加了舞龙、舞狮、跑旱船、踩高跷、扭秧歌等百戏的灯火，更是让人流连忘返。

王铎快要到家的时候，陈名夏骑马从后面赶上来，与王铎并驾齐驱，问：

"王阁老，我看见您与道未太常寺少卿聊得很热闹。"

王铎听陈名夏提到汤若望，就笑着说："我们是多年的老朋友了，以前给他写的长卷，在逃难中丢失了，最近又给补写了一幅。"

陈名夏马上向王铎抱拳拱手："您老给家中舅父写的墨宝，真是神比右军哪！老人家见了后十分高兴，让我一定重重道谢。"

王铎摆摆手说："百史过奖了，区区小事，何足言谢，否则不就见外了吗？"

两个人走进崇文门的小巷内，陈名夏见人很少，就靠近王铎悄悄地说："王阁老，今天对郑亲王济尔哈朗的处罚，您老是否觉得有些过重？"

王铎点点头说："是啊，让人感到疑惑不解啊。"

陈名夏说："早朝宣布的两件事，是多尔衮要让政治对手明白，谁不听从他的，就随时给个下马威。他这是在杀鸡给猴看。"

王铎扭头看一眼陈名夏，但并没有插话。陈名夏又说了一句没头没尾的话："其实这也是意料之中的事。"

王铎不解地问："此话怎讲啊？"

王铎与陈名夏自从敞开心扉之后，就逐渐成为知己。陈名夏深为朝廷内部的争斗而担忧："这些事情说起来就长了，这里不是说话之地。"

王铎回头看着来往的人们，感到在这里不适合说朝廷的事，就让陈名夏跟自己回家，然后听他细说端详。

陈名夏跟随王铎来到府邸，看到院子地上撒满了厚厚的芝麻秆，人走在上面发出特别脆的响声。陈名夏不解其意，问："前辈，撒这么多芝麻秆是什么意思？"

王铎笑了笑说："这是老家的风俗，大人小孩踩在芝麻秸上，发出噼里啪啦的清脆声，象征着'岁岁平安'。"

王无荒听到王铎的笑声，就从屋里蹿了出来。

王铎问："曙灵，你咋没去逛庙会？"

王无荒说："刚才与二哥在一起猜谜语。"

王铎招呼他过来，笑呵呵地说："赶快过来给陈大人拜年。"

王无荒一板一眼地给陈名夏磕头拜年。陈名夏一时有点不知所措，语无伦次地说："不用不用，赶快起来，我可没准备红包啊。"

王无荒很有礼貌地说："晚辈给长辈叩头拜年是应该的。"

此时，王无咎从屋里走出来，看到陈名夏后就赶快抱拳："陈大人，祝您新年吉祥！"

陈名夏是新年后第一次来到王府上，按照习惯应该给列祖列宗行跪拜礼，一切程序过后来到书房。

来到琅华馆书房落座后，陈名夏发现王铎额前的头发没剃，就用手指了指自己的前额，问："王阁老，新年新气象，你的头发咋都没顾上剃呢？"

王铎呵呵一笑，说："老家有个风俗，正月剃头死舅舅。我可不能坏了这个规矩，还要祝福我的老舅身体健康、福如东海呢！"

陈名夏听完后很纳闷，以前从来没听说过这个规矩呢。

王铎蘸茶水在桌子上写了"思旧"两个字，聪慧的陈名夏立刻明白了没剃头的真正含义，"死舅"就是"思旧"的谐音。清廷下令所有百姓剃头剪发，王铎不能公开反对，但在内心深处一直怀念着大明。

王铎看着陈名夏剃得锃光瓦亮的头皮微微一笑，陈名夏马上领会，此事只有天知地知你知我知。

陈名夏问："王阁老，刚才我远远看见您与冯振鹭聊得很好。"

王铎解释说："在场面上也不好让他太难堪了。"

提起冯铨的名字，陈名夏显得很气愤，狠狠地说："冯振鹭狐媚成奸，豺狼成性，蠹国祸民。他善于迎合，颇受多尔衮恩宠和重用。"

王铎说："对他的人品大家都在议论纷纷。"

陈名夏说："是啊，去年龚孝升和给事中许作梅，御史李森先、桑芸都纷纷弹劾他，列其三大罪状：一是魏忠贤之义子，仕清后揽权纳贿，索银封官，恶习不改；二是纵子盛宴诸官，终日欢饮，趁机结纳党羽；三是票拟自专，使人畏惧逢迎。"

王铎以前没听说过，感到很吃惊："还有此事？"

陈名夏继续说："御史、给事中们还请求将他戮之于市，多尔衮对此极为重视，并在重华殿亲理此事。冯铨仰仗着多尔衮的恩宠，巧言令色，毫无愧色，逐条反驳。最后，多尔衮不但赞扬了冯铨不是有过，而是有功，还厉声切责龚孝升等人是'蹈明陋习，陷害无辜'，弹劾者不是夺官就是降调。这场风波过后，冯铨更为多尔衮所宠信。"

王铎说："听说冯振鹭在向多尔衮表明忠心时，曾说'一心可以效忠两位君主，但是对一位君主不能二心'。"

陈名夏说："当龚孝升提及冯振鹭当年依附魏阉时，他立刻反唇相讥，反指孝升曾降李自成，还被任命为大顺御史。当多尔衮问此事是否属实时，龚孝升以魏征也曾降唐太宗为自己辩解，遭到多尔衮的严厉训斥，说他只配缩脖静坐而已。"

王铎听到"缩脖静坐"后,感到自己今后是否也应"缩脖静坐",不然的话也会遭到斥责。

陈名夏抿了一口茶,然后劝慰道:"此事早已过去,只要谨慎处事就无大碍。"

王铎感到朝中的关系十分复杂:"作为臣子这些都无所谓,皇帝年幼受制于人,比臣子更难受。"

陈名夏说:"阁老有所不知,当年顺治皇帝登基时,那场面简直是剑拔弩张。"

王铎说:"以前只是道听途说,来京后从没过问,生怕引起不必要的麻烦。"

陈名夏喝了口茶,就把皇太极猝然驾崩后,朝廷的内幕以及多尔衮与皇帝复杂的关系讲给王铎听。

崇德八年农历八月初九,刚满五十二岁的崇德皇帝皇太极猝然驾崩。死得突然,生前也没立储。储嗣未定,清廷又没有"立长"的传统,八位王爷都有继承大统的权利。皇太极的弟弟睿亲王多尔衮和长子肃亲王豪格进行皇位争夺。

豪格相貌不凡,英武豪俊,又久经沙场,屡建军功。由皇太极直接掌握的两黄旗的将领索尼、鳌拜、谭泰等朝廷重臣,也主张拥立豪格继承大位。同时,德高望重、掌握着镶蓝旗的郑亲王济尔哈朗,也倾向于拥立豪格登基。如果论实力,豪格有正黄、镶黄和镶蓝三旗的支持,再加上他自己所率领的正蓝旗将领的拥戴,在军事上占有绝对优势。皇太极的二哥、威望最高的礼亲王代善,也认为豪格是"帝之长子,继承大统,合情合理,顺理成章"。有了这么多重臣拥戴,豪格觉得胜券在握,自以为崇政殿的龙椅非他莫属了。

多尔衮是努尔哈赤的第十四子,也是豪格的叔父。努尔哈赤曾经有遗训立他为储君,但哥哥皇太极却继承了皇位。多尔衮从十六岁就跟随哥哥皇太极披挂上阵,跃马张弓。在天聪、崇德年间,参加了几乎所有的重大战役,军功十分显赫。而且在政治、军事才干上也崭露头角,备受皇太极的器重,不但让多尔衮掌管吏部,还晋封他为和硕睿亲王。两白旗旗主豫郡王多铎、英郡王阿济格弟兄主张拥立多尔衮。

在争夺皇位的天平上,多尔衮与豪格难分伯仲,多尔衮不想再放过第二次机遇。

商议帝位继承人那天,从大清门到崇政殿,剑拔弩张,杀气腾腾,又势均力敌,双方互不相让。多尔衮和两白旗的官员横眉冷对。权势集团为了平息内乱，就拿出了第三方案：由六岁的皇子福临继承皇位，并挑选两位亲王摄政。

经过十多天的较量，豪格和多尔衮都做出了让步，最高会议做出决议：由六岁的福临继承帝位，郑亲王济尔哈朗和睿亲王多尔衮摄政。济尔哈朗任第一摄政，多尔衮任第二摄政。

最有胜算的豪格，因缺少控制局势的韬略，再加上他优柔寡断的性格，与皇位失之交臂。多尔衮与皇帝宝座虽然失之交臂，但却当上了摄政王，掌握了统治实权。

福临继承皇位，成了少年天子，并于八月二十六日即皇帝位，次年改元顺治。他的母亲庄妃布木布泰被尊称为"圣母皇太后"。

顺治元年九月，顺治皇帝从盛京沈阳迁来北京，封多尔衮为"叔父摄政王"，赐穿貂蟒朝衣。命礼部为多尔衮建碑纪绩，加赐多尔衮册宝和上饰十三颗东珠的黑狐冠一顶、黑狐裘一袭以及金银、马驼等。顺治元年十月初十，在皇极门向全国颁布登基诏书，清王朝正式定都北京。顺治二年，多尔衮又被晋封为"皇叔父摄政王"，王公贵族不仅要聚集一处待候传旨，还要列班跪送，回王府时则需送至府门。如遇元旦、庆贺礼时，文武大臣在朝贺顺治帝后，还要去朝贺多尔衮。上朝时，多尔衮于午门内从便下轿，而诸王必须于午门外下轿。多尔衮位居一人之下，万人之上。

顺治三年五月，多尔衮以皇帝信符收贮皇宫，每次调兵遣将都要奏请钤印贻误战机为由，把皇帝玺印搬到自己的府中。同时，他所用仪仗的种类与皇帝等同，只是在具体数目上比皇帝略少一些而已。

这些秘闻能从陈名夏嘴里说出来，应该说绝对真实可信。因为他不但是多尔衮的红人，而且还与多尔衮的红人谭泰关系密切，同时又与忠于福临的索尼关系很好。

王铎来京城一年多，虽然听说了一些朝廷内部的钩心斗角，但从来没想到，大清王朝内部你死我活的争斗，比大明王朝有过之而无不及。

王铎从良好的愿望设想，说："百史啊，听说也有大臣称赞多尔衮是周公辅佐皇上。"

陈名夏摇摇头说："他的做法和周公相差十万八千里。他重用宗室、擅权执政、暗箱操作等等，这都表明他一直就有称帝的美梦，只是权衡利弊之后，没有盲目行动罢了。他现在无法称帝，只好自封为周公，以此来寻找心理的安慰罢了。"

王铎感到陈名夏的言辞有些过激，就提醒道："百史啊，以后在外面千万不要再说这种话，不然的话会惹杀身之祸的。"

陈名夏马上感激地朝王铎抱拳拱手，说："阁老一百个放心，我只对你一人提及此事。"

月亮透过窗棂照进书房时，王无咎陪着梁云构走进来。此时，他俩才知道已经到了用晚饭的时间，王铎挽留陈名夏一起用饭。

陈名夏笑着说恭敬不如从命，正好陪王铎过一个元宵佳节。

在王铎家吃饭，饭菜自然还是老家的口味，酒还是杜康老酒。王铎每次喝酒时都会说"何以解忧，唯有杜康"。

梁云构更是自豪地说："杜康酒醇正甘美，回味悠长。"

陈名夏深为羡慕王铎、梁云构儿女亲家的和谐。

王铎见梁云构得意扬扬，知道他一定是有喜事。

三杯酒下肚后，梁云构就喜滋滋打开了话匣子："亲家翁，我在银湾筑建的别墅马上就要大功告成了，准备在二月二龙抬头的日子封顶完工。"

王铎马上举杯为他祝贺，梁云构却央求说："到时候还请你过去，给我增添光彩啊。"

王铎表示一定遵命，并说过几天要先睹为快。

陈名夏到目前还没有一处像样的宅子，听说梁云构自己建了别墅，羡慕得了不得："梁大人，你的新宅子在什么地方？"

梁云构说："在宣武门外的银湾。"

陈名夏不解地说："那地方怎么叫银湾呢？"

梁云构解释说："宣武门外那条河的转弯处，泥沙细腻，洁白无瑕，远远望去就好像是银海一般。为此，我就给别墅起了一个名字——银湾园。"

梁云构自豪地敬王铎、陈名夏一杯酒，然后擦擦胡子上的酒滴，郑重地央求王铎："亲家翁，厅堂的'素濑'和曲亭的'银湾曲'，这两处的匾额就拜托你给题写了，你千万可不能推辞啊。"

王铎一饮而尽后，放下酒杯手拍着梁云构的肚子，郑重地承诺："中！请亲家翁把心放在这里吧。"

王无咎打断说："您二老稍停停，让我做晚辈的敬杯酒呗。"

王铎、梁云构只好停下来，王无咎开始敬酒。他并没直接敬梁云构，而是先敬陈名夏。他认为敬酒就要先敬客人，梁云构毕竟是自家的亲戚。

陈名夏端起酒杯，并没有马上就喝下去，而是关心地问："藉茅，今年应该散馆了吧？"

王无咎说："现在还没有准确说法。"

陈名夏端着酒杯琢磨了一下，用一种肯定的口吻说："现在是特殊时期，不可能等到三年，我估计会提前散馆。"

　　王无咎显得有些激动："如果能提前散馆，我就可以为朝廷办差了。我们这一大家子人，现在全靠老爹养着，我心里挺愧疚的。"

　　陈名夏接着王无咎的话说："藕茅啊，你能有这一份孝心，阁老大人一定很欣慰。到散馆的时候，最好能留在翰林院。不是说非进士不入翰林，非翰林不入内阁吗？预祝你前途似锦，大展宏图！"

　　梁云构听了后，提议让王无咎再敬陈名夏一杯，并预祝他能留在翰林院。

第五十三章

顺治四年的京城，夏天像蒸笼，让人闷热难耐。

在琅华馆书斋里，王铎又在点批《国语》，身上的汗水把衣衫都浸透了，但他似乎并未察觉。这是他参与主持殿试后，第一次静下心来批注。

正在此时，王无咎却气喘吁吁地跑进来，嘴里还不清不楚地喊着："爹，我留下了，留下了。"

王铎很不情愿地抬起头，有些不耐烦地说："你这孩子，都多大人了，咋还是毛手毛脚的。"

王无咎没有在乎爹的语气，也没理会爹的心情，站在王铎面前喘了两口气，依然兴奋地说："爹，我留在了翰林院，被授予编修。"

王铎听说儿子不但留在翰林院，还被授予编修，脸上立即露出了笑容。想当年自己在散馆时，只是授予检讨。现在儿子被授予编修，比自己还高一个级别，真是长江后浪推前浪，一代更比一代强啊！

王铎兴奋得无以言表，放下手中的《国语》，心想：庶吉士在翰林院一般两年，清朝首批入馆的庶吉士，刚一年就散馆授官职，充实到各衙门、州府里任职，看来朝廷的确是急于用人。

自从来京城后，王铎怕引起不必要的猜忌，很少与外界交往。对于王无咎的去留，他也从来不过问。

王无咎留在翰林院，是他自己的真本事，还是走了门子，王铎有些不放心，就直言不讳地问："藕芧，给爹说实话，是你自己的能力，还是……"

王无咎擦了一把脸上的汗水，肯定且十分自信地说："爹，你要相信自己的儿子，是我考试成绩优异，才被留在翰林院的。"

"如此甚好！"王铎听了很满意，赞扬了一句，然后高兴地说，"去把你几个世伯请来，给你好好庆贺庆贺！"

王无咎反而坐下来，很平静地说："爹，其实也没啥祝贺的。您不是经常给我说，做人做事要低调吗？"

王无咎在翰林院成熟了很多，考虑事情比较周全，做事也很稳健。

王铎很欣慰，从心里感到高兴，还是忍不住说："咱们只是在家里小聚。"

王无咎见爹少有的高兴，心里也很得意。爷儿俩你一言我一语，就开始商量具体的细节。

正在这时，李际期突然兴冲冲地闯进来。王铎见到后很吃惊，问他是什么时候回来的。李际期说昨天回京办差，听说王无咎已被授予翰林院编修，就马上前来为乘龙快婿祝贺。

王铎赶快招呼李际期落座，让家仆敬上好茶。李际期刚端起茶杯，梁云构、张鼎延、张缙彦也不约而同地来到家里。

王铎心里很是高兴，笑眯眯地说："真是心有灵犀不点也通啊。"

梁云构不解地问："觉斯兄，此话咋讲啊？"

王无咎解释说："刚才我爹正说去请你们呢。"

大家一听都会心地笑了，此时从门外又传来了陈名夏的声音："王阁老，恭贺藕茅前程似锦！"

王无咎赶快把陈名夏迎接进屋，几个老朋友相见后抱拳拱手。

张缙彦兴奋地说："藕茅是咱们几个家庭中，第一个被授予翰林院编修的晚辈，真是可喜可贺！"

王铎马上摆摆手，指着梁云构说："匠先和芝三，他们父子在崇祯时就被赞誉为父子进士了。"

梁云构说："亲家翁，我有个提议，今后咱们要多给孩子们提供聚会的机会，让他们多交流，取长补短，个个都能中进士、进翰林院。"

"还是我独具慧眼，有先见之明吧。"李际期很自豪，环视大家一眼后，自我炫耀地解释，"藕茅小时候我就看出来有出息，就提前和觉斯兄约好，定下了娃娃亲。"

梁云构把嘴一撇，拉了一把李际期说："我说应五啊，你也别太得意了，我们家缘督不就是小几岁嘛。等过几年他长大了，说不定还是状元郎呢。到那时就不是进翰林院授编修了，说不定还是……"

陈名夏赞美地插了一句："你们几个亲家翁，各说各的女婿好。依我看啊，藕茅、缘督都很优秀。你们几个优秀的亲家翁，培养出优秀的女婿来，那是很自然的！"

王铎听着亲家翁夸奖儿子，心里像吃了蜜一样甜丝丝、美滋滋的。也使他想起了岳父马从龙对自己的培养，笑嘻嘻地说："要说有眼光，还数我孩子他姥爷。"

李际期似乎听老人们说过，朝王铎做个鬼脸，其他人放下茶杯。王铎却不紧不慢地喝口茶，才自豪地说："听奶奶说，还在我刚会爬的时候，她带我在大槐树下乘凉，岳父大人正好路过，见到我虎头虎脑很可爱，就缠着奶奶非要把他女儿和我定下娃娃亲。那时候我家里很穷，已经是父母官的岳父大人不但把女儿嫁给我，还陪送了很多嫁妆，甚至把薇汝一块儿作为陪嫁……"

王铎刚说到这里，石薇汝正好进来，听见王铎在说自己，脸一下子就红了起来："都这把年纪了还说这个，你不脸红我都脸红了。"

王铎抬头看见石薇汝站在面前，不由哈哈大笑起来："夫人这么一说，还真有点脸红呢。"

王无咎被授编修，的确是一件大喜事，龚鼎孳也赶来祝贺。

王铎见亲朋好友如此齐全，就吩咐在家小酌几杯。家宴开始后，大家频频举杯都为王无咎祝贺。王铎今天显得格外高兴，禁不住开怀畅饮起来。李际期更是兴奋不已，频频举杯，几乎是来者不拒。

梁云构三杯之后，脸红了，话也多了起来。他坐在王铎身边悄悄地问："觉斯兄，元宵节早朝时，你为啥给朝廷上疏规范科考呢?"

王铎放下手中的酒杯，很平静地说："这个事情我已经考虑很久了，主要有两个原因：其一，那些蛮荒之人，都野蛮成性，必须用儒家礼教来进行教化，让他们懂礼仪、知廉耻。其二，我三百六十五天都拿着朝廷的俸禄，这可都是百姓的血汗啊，我若整天坐着不做事于心不忍，愧对良心啊。"

李际期明白了王铎的心意后，就感慨地说："各衙门都急需大量的治国干吏和能臣，没有汉人他们几乎寸步难行。"

陈名夏对此却有不同的看法："李大人，据我所知，最近这十几年来，他们自己也培养了一批青年才俊。"

张鼎延却表示怀疑："他们还有如此远见?"

陈名夏郑重肯定地说："的确如此，不过这个功劳应该都归于大学士范文程。"

陈名夏说到范文程，使王铎又想起了在朝堂上，范文程鼎力支持自己的举动，对他很赞赏："要想提升民族整体质量，就必须从民族文化入手。在元宵节朝堂上，他能第一个站出来附议，我就感到此人非常了不起。"

陈名夏说："他的确很注重培养人才，从皇太极时代，就多次向朝廷提出条陈建议。天聪三年，在他的建议下，后金进行了第一次考试，满族、蒙古族、汉族青年才俊都积极参加了考试。天聪八年，皇太极又接受他的建议，仿效明代科举'中试为举人'的方法，培养了很多人才。崇德六年六月，皇太极又批准他提出的建议，在满族、蒙古族和汉族士子中，录取秀才和举人，录取满族举人二人、蒙古族举人一名、汉族举人四名。还通过选拔，录取了大量人才，现在这些人都成了朝廷的骨干力量。特别是进京后，他又提出了治理天下首先在于用人,并针对清朝重满族轻汉族和任人唯亲大搞宗派的弊政,提议大臣推荐人才'不论满汉新旧,不拘资格,不避恩怨,取真正才守之人',博得了顺治皇帝的赞许。"

经陈名夏这么一说,大家对范文程有了极大的兴趣。

王铎对范文程重视教育的做法很佩服。陈名夏接着又赞扬道:"范宪斗韬略过人,应该说他为清朝开创江山立下了不朽之功,可与汉朝张良相提并论。"

张鼎延说:"这样说来,他的确是个了不起的人物。"

陈名夏感到大家对范文程的情况知之甚少,也很感兴趣,就说起了他的经历。

范文程是北宋名相范仲淹的第十七世孙,字宪斗,号辉岳。他的六世祖名叫范岳,明朝初年在湖北云梦县任县丞,洪武年间获罪后,全家从江西乐平县被谪往边陲重镇辽东都司的沈阳卫。他的曾祖名叫范锪,明正德十二年中进士,官至兵部尚书,因为刚直不阿,受到严嵩的排挤而弃官离去。祖父范沈曾任沈阳卫指挥同知。

范文程从小就非常喜欢读书,万历四十三年,十八岁在沈阳就考取了秀才。万历四十六年,后金八旗军攻下抚顺,他与兄长范文寀被降服。

努尔哈赤见他虽是儒生,却相貌堂堂,体格魁伟,很像是一员虎将,就把他留在身边。在战场上,范文程临阵不惧,既奋勇冲杀,又长于用计,先后招抚了潘家口、山屯营、大安口等五个城池,因而立下功劳。后来,范文程先后参加过大凌河、山海关等无数次战斗,而且战功显赫。由于能言善辩,劝降了孔有德、耿仲明,深受皇太极的赏识。

崇德元年三月,文馆改为内国史院、内秘书院、内弘文院,范文程被任命为内秘书院大学士,职掌撰写与外国往来书札。后来又受到皇太极的宠信,每次商议军国大事,都要听取他的意见。范文程感恩图报,殚精竭虑,宣谕各国的敕书都出自他手。

顺治元年四月,范文程上书奏请出兵伐明,欲夺取天下。摄政王多尔衮接受了他的建议,随后带领八旗王公大臣,统领满蒙汉官兵十余万,祭师出发。大军抵达山海关不久,吴三桂遣使求兵,说李自成已经攻破北京。当时,多尔衮很犹豫:出兵本来是为了夺北京取中原的,如今李自成既然已占据,就没有必要再前进了。李自成能攻陷京城,其战斗力必定强悍无敌,如果与他交战,胜负难卜。在多尔衮犹豫不决的关键时刻,范文程阐述了必胜有利条件,从而坚定了多尔衮的信心和决心,决定收降吴三桂,迎战李自成。大战山海关后,李自成果然败走,清军大获全胜。为了安定民心,范文程扶病随征，草檄宣谕："义兵之来，为尔等复君父仇，非杀百姓也，今所诛者唯闯贼。官来归者复其官，民来归者复其业。"五月初二，摄政王多尔衮入居紫禁城武英殿，实现了多年以来入主中原的宏愿。进京之后，为了稳定民心，范文程又提出了"勿杀无辜，勿掠财物，勿焚庐舍"，同时郑重宣布"本朝定鼎燕京，天下罹难军民，皆吾赤子"。然后，又奏请令官民为崇祯皇帝服丧三日，以帝王规格厚葬，此举深受大明官绅百姓的拥戴。范文程实施的一系列措施，不但迅速安定了民心，还使京畿得到了平定。

王铎听了范文程的经历后，不无感慨地说："大明王朝如果能多几个范宪斗这样的栋梁之材，就不至于大厦倾倒啊。"

陈名夏有些伤感地说："不过，最近范宪斗却托疾居家了。"

王铎吃惊地问："这是为啥呢？"

"诸位可能已经注意到了，最近朝中有些微妙的变化。"陈名夏压低声音，神秘地说了一句，见大家都聚精会神，喝口茶接着又说，"多尔衮去年被皇上封为'叔父摄政王'，今年又封为'皇叔父摄政王'。多尔衮权大逼帝，福临的帝位岌岌可危。范文程蒙受皇太极特恩殊宠，知恩图报，竭力效忠朝廷，誓死不忘故主。他处在两难的选择中，要想晋爵加禄牢居相位，就得弃幼君投靠多尔衮；要想保气节，就要得罪多尔衮。他现在是进退两难，只好选择置身中枢之外。"

李际期愤愤地说："如此说来，汉人在满人的眼里是一钱不值啊。"

梁云构也插了一句："即使身居高位的大臣们，在八旗人的眼里，也就是一个奴才。"

陈名夏说："是啊，多铎曾经抢夺过范文程之妻，经过一番周折，他的爱妻才化险为夷。范文程身为内院大学士，竟然都受如此侮辱，可见汉人在他们面前是多么卑微。"

大家听了陈名夏说的情况，都很气愤，但又无可奈何，只能是人在屋檐下，不得不低头啊。

刚才大家还都兴高采烈，听了陈名夏讲的故事，瞬间沉默下来。

性格豪爽的梁云构提议大家不再提郁闷烦恼的事，举杯为王无咎恭贺，祝他前程似锦，官运亨通。

王铎听说范文程托疾在家后，才注意到大学士的排名发生了变化，这说明多尔衮对他已经极为不满。这件事也让王铎陷入了深深的思索。范文程威望甚高，功劳甚大，都被排除议政之外。自己来京后，虽然得到了优厚的待遇，但毕竟是降臣，一旦政权稳定，他们就会从骨子里更瞧不起。

王铎最近一直在想,自己现在虽然是礼部侍郎掌弘文院事、充殿试读卷官,但前面还有好几个大清的元勋功臣。今后不管怎么做,都不可能得到朝廷的彻底信任,只能缩颈静坐,谨慎小心处事,不求有功,但求无过。要让多尔衮认为自己是一个碌碌无为的庸官、懒官,是一个只会舞文弄墨的文人而已。

在公余闲暇之日,王铎骑马来到梁云构新建的银湾园。远远就看到梁云构亲自题写的门额牌匾在阳光照耀下熠熠生辉。

梁云构的家还没正式搬过来,只有家仆在看家护院。家仆见是主人的亲家翁,就热情地为他带路。转过假山,迎面就看见王铎题写的堂额"素濑",抬头仔细端详了一会儿,感觉还比较满意。

家仆在前面带着路,热情地问:"老爷,我家主人还没有回来,要不您先到客厅里喝杯茶。"

王铎不把自己当外人,笑着说:"客厅就不去了,到他书房里看看书吧。"

家仆开始还有些犹豫,后来觉得他是主人的亲家,就像对待主人一般热情殷勤。把王铎引到书房后,倒上好茶,就小心翼翼地退到门外候着。

王铎来到书房不久,已经是太常寺少卿的梁羽明就回来了。家仆马上迎上去,告诉他王铎在书房里。

梁羽明听说老师在父亲书斋里,三步并作两步往书房里走。在门口就看见老师正在孜孜不倦地翻阅古帖,手还不断地比画着。

梁羽明来到王铎面前,王铎还以为是家仆又回来了,正想要说他几句时,抬头一看却是梁羽明。

师徒相见,十分高兴:"老师,您老来也没提前吩咐一声,学生好去迎接你。"

王铎说:"我是顺道而来,就没提前打招呼。"

梁羽明抱歉地说:"银湾园刚建成,还没有正式投用。"

王铎看着宽敞明亮的书房,心情很惬意。梁羽明给王铎说完后,赶紧吩咐家仆,让他置办几个酒菜,要陪老师小酌几杯。师徒二人在书斋里赋诗唱和,其乐融融,好不快活。

开始王铎作为老师还有些矜持,但三杯酒下肚以后,他那豪放的性格就暴露无遗了。两个人推杯换盏,不大一会儿都有了些醉意。

梁羽明第一次单独与老师小酌,很兴奋,也很快乐。酒足饭饱之后,王铎提出到院子里转转,要仔细欣赏一下银湾园的美景。

家仆殷勤地带着路,梁羽明搀扶着王铎。他们近乎勾肩搭背似的,跌跌撞撞地在银湾园里转了起来。院落里翠竹摇曳,松竹婆娑,芭蕉绿荫,花卉争艳，山翠添流，水光扶槛，让王铎羡慕不已。

当他们来到一面洁白的高墙时，王铎却突然不走了，让梁羽明赶快拿来笔墨。

梁羽明开始并没明白老师的意思，就吩咐家仆赶快去拿来笔墨。他搀扶着王铎来到"银湾曲"亭子里，想让王铎稍做休息。

家仆一路小跑，把梁云构的笔墨纸砚全部拿来。梁羽明正想问明白，王铎却吩咐他赶快研墨。梁羽明一边研墨，一边吩咐家仆赶快铺好纸。

梁羽明把墨研好后，王铎并没在宣纸上挥毫，而是让家仆端着墨汁来到白墙一边，又仔细端详了一会儿。然后脱掉外衣，拿起毛笔饱蘸浓墨，大喊一声在墙壁上挥洒起来。

梁羽明醉意朦胧，似乎还没有完全反应过来，洁白无瑕的墙壁上，瞬间变成了奇妙的墨白世界。此时，他似乎真正理解了怀素"忽然绝叫三五声，满壁纵横千万字"的情感宣泄。

天气炎热，王铎挥汗如雨。由于用力太猛，毛笔头竟然掉下来了。梁羽明让家仆赶快回书房再拿一支来，王铎却是急不可耐，竟然解开发辫在手中缠绕几下，蘸着墨汁继续挥洒于墙壁上。

等家仆拿着毛笔回来时，王铎已一气呵成书写完毕。别具一格的书写方法和场面，让梁羽明真正感受到了"驰毫骤墨剧奔驷，满座失声看不及"的意境。

梁羽明搀扶着王铎来到亭子里，让他梳洗一番后乘凉休息，手持蒲扇给他解暑。

王铎喝了酒，书写时又太投入，把心中的压抑全部释放出来了。此时，他显得很疲劳，躺在竹椅上，一会儿就进入了梦乡。

梁云构回来后，远远看见洁白的墙壁上涂抹得一塌糊涂，不由得怒气冲天。家仆一脸无奈，带着他来到墙壁前。梁云构仔细一看，立即又喜上眉梢。王铎写的内容原来是《银湾园燕集序》，整篇既排列整齐，又参差错落，于张弛中见灵动，于规矩中见飘逸。法度雍容，运笔迟涩内敛，文字刚健劲倔，结字向背开合纵容，墨色涨落起伏，蕴含着阳刚奇崛之势、强健锋利之态，大有笔势沉雄、意气勃发之态。

在最后还写道："朝中竣事，将归敝庐，仆夫亦不意予过银湾。为一过，则唇者唇焉，腕者腕焉……异日纵欲操管掀髯重书，赎画墁之愆，不知仍许肆然题壁否耶？王铎具草。"

梁云构一口气看完后，兴奋地自言自语："好你个王觉斯，每次见面都说《银湾园燕集序》已经写好，就是不见踪影，不想今天竟然写在了墙壁之上。"

在细看最后一段书写的技法时，感到刚健劲倔，但又看不出是用何书写而成，一时很困惑。家仆就用手比画着，说是用发辫书写的，才使他豁然开朗，似乎看见了王铎书写时的情景，也知道他是进入了绝佳的创作状态，不由得击掌赞叹："特殊的书写方法，犹如铁画银钩，可当秦碑汉鼎，令人玩赏不尽啊！"

梁云构来到亭子里，看着王铎浑身没洗净的墨汁和睡熟的憨态，在一旁止不住地笑起来。

梁云构的笑声惊动了在美梦中的王铎，此时酒力也渐渐过去，他慢慢苏醒过来。

王铎缓缓地睁开眼睛，见梁云构看着自己傻笑，既疑惑又吃惊："匠先兄，你咋在这里？"

梁云构感觉王铎还在梦中似的，就索性大笑起来："你看这是在哪里？"

王铎懒洋洋地坐起来，看看左右才慢慢想起来，这是在梁云构的银湾园。低头看到自己满身的墨汁和一身狼藉，感到很不好意思。

梁羽明赶快为王铎整理衣衫，并帮他擦拭身上的墨汁。王铎却疑惑地问梁羽明："芝三啊，我这是咋啦？"

梁羽明抿着嘴直笑："老师，没有啥，你刚才只是休息了一会儿。"

梁云构让家仆又端来一盆清水，让王铎再洗把脸："觉斯兄，你赶快起来吧，我带你看一件书法神品。"

王铎洗着脸上的墨汁，问："你又从哪里得到的神品？"

梁云构说："先不管哪儿来的，过去看看就知道了。"

王铎看到梁云构的表情有些古怪，就跟他来到白墙前。再看整个墙面上龙飞凤舞，他自己都惊呆了，回头问梁羽明："芝三，这是啥时候写的？"

梁羽明依然笑着说："老师，就是在刚才啊。"

梁云构击掌赞叹道："这可是绝世珍品啊！"

王铎整理着狼藉的衣衫，梁云构转身对梁羽明说："芝三啊，这墙壁上的真迹，就是咱的传家之宝啊。找些上好的石料，把它镌刻起来，一定要世世代代传下去。"

王铎却不以为然，只是淡淡地说："这是醉后随便书写，等我有时间了再给你重新写一遍。"

梁云构说："这才是最性情、最本真、最……"

"亲家翁，你一句一个最字，我可受用不起啊。"王铎听了梁云构的话，感到有些过头，没等他说完就打断他的话，"我本来是想看看银湾园，正好芝三回来了，我们爷俩就小酌了几杯。不曾想乐极生狂，把你这洁白的墙都给糟蹋了。"

梁云构动情地说："亲家翁，你教导我似兄，教诲我似师，让我何以为报啊？"

顺治四年的金秋十月，天高气爽。

王铎自从收到长子王无党的书信后，心情很激动。信中说朝廷擢任他为山西平阳道，近日将带领家眷来京接受任命。

王铎来京已经近三年了，王铖和王无党却还在江南。如果他们也都能来京，全家人团聚在一起，那是自己的最大心愿。

王铎经常拿出王无党的书信看，段姬就逗着乐子说："老爷，看你跟孩子似的，天天拿着信看，过几天他们不就回来了嘛。"

王铎笑呵呵地说："俗话说得好啊，老小孩，老小孩，我人老了就变成小孩了。"

段姬本想再说他几句，却突然猛烈地咳嗽起来。王铎赶紧上前扶着她，段姬反而摆摆手，说没有大碍。

王铎温情而关心地问："你最近咳嗽得咋这么厉害，咱还是请个郎中看看吧。"

段姬仍然感到无所谓，说："我没这么娇气，咳嗽几声过去就好了。"

王铎仔细看看段姬的脸色，似乎也并没有太大的变化，心里也就慢慢放松下来。

正在此时，家仆急急忙忙跑进来，见到王铎、段姬后，喘着粗气断断续续地说："老爷，大少爷来……来啦。"

段姬说："别急，慢慢说。"

家仆弯下腰来，大喘两口气，说："大群少爷一家到了。"

王铎、段姬一听，脸上马上乐开了花，然后大步向大门口走去。

王铎刚来到大门口时，王无党全家人正在下车。他们看见爹亲自出门来接，就带着家人来到爹面前磕头跪拜。段姬马上走下台阶，把王无党的家眷扶起来，说："刚才你爹还在念叨你们呢。"

王铎接着段姬的话说："一路鞍马劳顿，都赶快进屋吧。"

家仆帮助搬卸行李，女眷们跟随段姬去了后院，王铎则带着儿子来到厅堂。

此时，王无咎、王无回以及孩子们都陆续赶来。王无党看着爹越来越多的白发，鼻子一酸，眼泪就掉下来了。

王铎看出了王无党的心意："大群啊，不必如此，这是自然规律，谁也无法抗拒。"

王无党说:"不能在您老身边尽孝,儿子心里很惭愧。"

王铎劝说:"俗话说忠孝不能两全,你只要能为百姓办好事就是大孝。你回来,咱们全家团聚,今天是个高兴的日子。"

王铎的安慰使王无党慢慢释然。大家问长问短后,王无党把南京的趣事讲述给大家听,不时传出的笑声惊得树上小鸟展翅腾飞。

王铎听着王无党滔滔不绝的讲述,问起王钺的情况:"大群,你三叔好吗?"

"在来京之前,我专程去看望了三叔一次。"王无党喝了一口水,然后接着说,"三叔这几年很辛苦,但他很有成就。刚到昆山时,因剃发令激起了民众的强烈反抗。百姓们打官府、烧衙府,到处是残墙破壁。应该说,三叔接手的是一个饱经战乱、百废待兴、破旧不堪的烂摊子。"

王铎很为王钺担心,王无党继续说:"三叔新官上任三把火,到任后做的第一件事,就是修复古城和一些古建筑。"

王无回好奇地插话问:"大哥,都是哪些古建筑?"

王无党看看王无回,笑一笑回答:"昆山东北二十里处,有座景云大王庙。寺庙在战乱时被焚烧,三叔就组织人力、物力修葺一新,稳定了局势,赢得了百姓的一片赞誉之声。"

王铎称赞了一句:"修庙拜佛,积德行善,是咱家的老传统。"

王无党继续说:"三叔做的第二件事,就是迅速恢复当地经济,让百姓安居乐业。用赋额起征、复征九厘地亩银;按田派丁,输银在官,雇役充当;禁革柜,收行吏,收官解。这些措施对稳定昆山的经济起到了重要作用。"

王无党看着慈祥的父亲,端起一杯茶喝了两口,接着又说:"第三把火就是培养人才。要想稳定一方,人才是当务之急。江南初定时,朝廷对童生入学无定额,他就通过扩大生员、贡生的方法,尽可能招揽有识之士。"

王铎感到他抓到点子上了,赞扬了一句:"十年栽树,百年树人,你三叔的确抓住了关键。"

王无咎很敬佩三叔的做法,文绉绉地说:"扩大生源是巩固朝廷统治之急需,也是缓解满汉冲突之所在,更是关系到日后国家经济政治发展之切要。"

王无党说:"三叔不只是说,关键是他还言传身教,曾多次到梅崖书院亲自授课。"

王无回好奇地问:"昆山还有书院?"

王无党肯定地点点头:"是啊,我还跟着他去过呢。在马鞍山东麓的梅花峪里面,大家都叫'梅崖书院'。"

大家都赞许地点着头，王无党继续说："今年的丁亥状元吕宫、榜眼马云举都曾经得到过三叔的亲身教诲呢。三叔现在的门生遍布江南，像徐元文、徐乾学等人都是他的得意门生。"

王无回听说状元郎都是王钺的弟子，兴奋地说："我也给三叔当门生吧。"

大家一听都笑了起来。王无党最后总结似的说："总而言之，三叔这几年吏治清明，赢得了百姓一片赞誉，我这当侄子的挺佩服他。"

王铎对王钺取得的政绩很满意，但对他的学问也很关心，问："你三叔的诗文怎么样？"

王无党说："三叔虽然政务繁忙，但对学问却没有丝毫懈怠。在闲暇公余时，也曾游览了一些吴地名胜，写了很多诗赋文章。大多都是怡情自放、怡然自得的意境，有一种人逢喜事精神爽之感吧。"

王无回正是好奇求学的时候，听说诗赋文章，也禁不住插嘴问："大哥，都有哪些好诗文？"

王无党想了想，说三叔游完虎丘后，接连写了四首诗，并把其中第二首吟诵给大家听：

西通牛渚丹，南望洞庭船。
虎去千年寺，人来八月天。
乱云杂海雨，野树糊秋烟。
鸥鸟多情性，分飞下水田。

王无咎眼前马上呈现出了一幅美丽画卷：千年的虎丘寺矗立在湖旁，湖上泛起一叶叶扁舟，甜美动人的景色一览无余。

王铎感到诗的意境很好，问王无咎有何感想。王无咎称赞道："这才是真正的好诗！不但颜色绚丽、明媚畅达，而且景色恬静、情感沛然喷薄，大有王摩诘之神韵啊。"

王无党说起王钺愈加钦佩和兴奋："在昆山一带，三叔还结交了很多文人墨客。"

王无回有些急不可待："哥，都有谁啊？"

王无党掰着指头说："像王时敏、吴伟业、陈鉴……"

王铎听说有王时敏时，感到很吃惊，没等王无党说完，就进一步确认："还有王奉常？"

王无回疑惑地望着王铎问："爹，王奉常是谁？"

"王奉常是王时敏的别称。"王铎莞尔一笑，然后细说起了王时敏的有关情况。王时敏,字逊之,号烟客,江苏太仓人。是万历年间内阁首辅王锡爵的独生孙子,翰林编修王衡之子。崇祯初荫官太常寺卿,被人称为"王奉常"。由于他爷爷功劳显赫,他不到三十岁就出任尚宝丞,管理皇帝玺印,后又升太常寺少卿,掌管着宗庙祭祀礼乐,仍兼管尚宝司事。后来他喜欢笔墨,淡于仕途,崇祯五年称病辞官,隐居西田别墅,潜心习画。家居不出,奖掖后进,名德为时所重。擅长山水,专师黄公望,笔墨含蓄,苍润松秀,浑厚清逸,开创了山水画的"娄东派"。

王无党听了王时敏的情况后问:"爹与他一定相识吧?"

王铎说:"何止相识,我在翰林院时,朝余之时我们经常相聚,在一起探讨诗赋文章和笔墨书画。"

王无党听说爹与这位名冠江南的大画家也相识,激动地端正了身子:"三叔说经常去看望他,并向他请教习画之奥妙。"

王铎说:"奉常师古人笔法,得古人精髓,在立意、布局、运笔、色彩、线条等方面,都达到了登峰造极的地步,令人赞叹。"

王无党说:"听三叔说,王奉常临古水平很高,而且更严谨、更规矩。"

王铎说:"是啊,他曾得到董玄宰的亲传,其运腕虚灵,布墨神逸,丘壑浑成,影响极深。"

王无咎见大哥和爹聊得热火朝天,从三叔治县理政、培养人才、诗文书画,到王时敏的艺术,让他大开眼界。他赶紧起身给大哥倒茶,王无党抬头看着他,很羡慕地说:"藉茅考取了功名,为咱们王家光宗耀祖啊!"

王铎很理解王无党自卑的心情,马上接过他的话说:"大群啊,前几年饭都吃不上,哪里还能考取功名,你同样是光宗耀祖。"

王无党知道爹是有意给自己台阶下,就笑着摸着脑袋转换了话题:"爹,我在江南听了很多对您的议论。"

王铎听到"议论"两个字,心里一沉。他最忌讳的是人们议论自己的气节,就疑惑地说:"我有啥可议论的?"

王无党自豪地说:"江南的文人墨客,不但对您的书法推崇备至,对您的诗文更是大加称颂。"

王铎听了悄悄地长出一口气。王无回就急不可待地问:"大哥,都是咋说的?"

王无党说:"爹创建的'中州诗派'与钱谦益为首的'虞山派'、陈子龙为首的'云间派'、吴伟业为首的'娄东派'称为明末'四大家'。人们对爹的常用评语是'中州文章归孟津',唯有爹能扛起中州文化大鼎。"

王无回听了后,眼睛直勾勾地看着王无党。

王无咎也很自豪地说："大哥，现在整个京城，人们对爹的诗文都给予了很高的评价和赞誉，说爹与刘正宗、温所蕴二位叔叔是'京城三大家'，爹居首位。"

　　王无党没有想到，爹的诗在京城也颇受欢迎和喜爱，心里更加自豪。

　　王无咎见大哥听得很认真，就继续说："大家评价爹的诗有'大、奥、创'三大特色。"

　　王无回不解其中的意思，问："啥意思啊？"

　　王无咎解释说："大，就是具有雄奇恢宏的气势、雄壮正大的精神内涵和阔大高远的境界以及强悍蓬勃的活力；奥，就是用拗硬生涩的用词和古奥难解的拟古创作方式；创，就是刻意追求奇崛的美学高尚和荒寒幽玄的内在精神。"

　　王铎听了孩子们的议论，也只是微微地一笑，让他们不要太当真了。

　　王无咎的解释，让王无回增长了见识，孩子们都为爹而感到自豪。

第五十四章

顺治五年的阳春三月，桃花盛开时，却突然飘起了纷纷扬扬的雪花，撒落在粉红色的桃花瓣上，红白相映，在春风中微微抖动着。

天气变化无常，让人们又感到了冬天的寒冷。去年入秋以来，段姬就一直咳嗽不止，请了几个有名的郎中，吃了很多苦口中药，但依然不见好转。

刚三十岁的段姬，仗着自己年轻气盛，不愿意吃苦药水。王铎劝说过多次，段姬总是找借口推辞。石薇汝也是好话说尽，但她还是听不进去，以致病情时好时坏，最后变得咳嗽不止，卧床不起。

王铎最近身体也很虚弱，就借机上疏，在家休养一阵子，正好也陪陪段姬。他轻手轻脚地来到段姬床前，看着她那逐渐消瘦的面容，心里涌出一股酸楚的心疼，不由得自责起来。段姬自从跟随自己，已经整整六个年头了，都是由于自己没有照顾好她，才使她如此憔悴。

王铎惊动了段姬，她朦朦胧胧地睁开眼睛，见王铎站在床边眼睛发红，就想坐起身子，但又猛烈地咳嗽起来。

王铎赶紧坐在床边，把段姬紧紧揽在怀里，段姬立刻感到浑身温暖和幸福。

石薇汝听见段姬咳嗽得厉害，赶紧带着丫鬟进来。看见王铎揽着段姬，石薇汝并没有回避，而是像母亲看望自己女儿似的。王铎赶紧拿个被褥放在段姬背后，让她倚在床头，然后主动给石薇汝让个空间，自己则坐到一边。

段姬来到王铎家之后，石薇汝对她一直很好。她们两个人的关系很融洽，从来没有红过脸，也没有女人之间的争风吃醋。石薇汝有孩子，段姬就主动承担起了家务重担。石薇汝经常说，她们俩就是亲姐妹，段姬却总是开玩笑说她们俩是母女。

石薇汝坐在床边，看着段姬憔悴的面容，用责怪的口气说："你老是不听话，还不按时吃药，咳嗽好像又厉害了吧。"

段姬依然大大咧咧地说："没事的，我没那么娇气。"

石薇汝转脸看着王铎说："老爷，妹妹现在吃的药方子老是不见好转，托人找个御医给医治吧。"

王铎还没有说话,段姬就接过石薇汝的话:"不用不用,咳嗽又不是什么大病,过几天就会好的。"

王铎看着眼前这两个亲如姐妹的女人,又想起了马瑞云。她对石薇汝从小就喜爱,现在石薇汝对段姬也是如此。如果马瑞云能看到这其乐融融的场景该多好啊。

王铎遇到的几个女人,虽然经历不同,但她们都很善良、贤惠。马瑞云尊老爱幼,相夫教子堪称楷模;石薇汝继承了马瑞云的优点,对待孩子视同己出,整个家庭被她收拾得井井有条;段姬来的时间虽然短些,但她勤奋好学,聪明伶俐,又多才多艺,孩子们也都愿意和她腻在一起,特别是年幼的小无愆,经常与她没大没小地打闹。

石薇汝看王铎默不作声,就提醒说:"老爷,最近天气变化无常,您也要保重好身体。"

"是啊,本来身子骨就不好,还到处乱跑。"段姬带着调皮的口吻说完,赶快用手遮挡偷笑的嘴,然后抬起头来又郑重地说,"我这里有姐姐呢,您就放心休息吧。"

石薇汝轻轻拍了一下段姬的手,转脸看着王铎说:"是啊,这里有我呢,您就放心吧。"

两个女人一唱一和,王铎不好意思再待在这里,就站起身来准备离开:"那好吧,你们先聊吧。"

石薇汝提醒说:"你别忘了早点找御医过来。"

王铎重重地点着头说:"知道了。"

王铎走出后院,心急火燎地去找御医,迎面看见家仆陪着陈名夏进来。

陈名夏见王铎慌慌张张,赶紧抱拳拱手问:"阁老大人,晚辈看望您来迟,敬请海涵。"

王铎说:"我身体无大碍,还让你惦念。"

陈名夏解释说:"本应早来看望,只是成天忙忙碌碌,没有抽出时间。"

多尔衮对陈名夏很赏识,他在朝中很有人气。朝中正在酝酿六部实行满汉分任制度,他是吏部尚书的最佳人选,王铎也深为他祝福:"你现在年富力强,正是干一番事业的时候,今后就全靠你了。"

陈名夏激动地说:"多谢前辈鼓励,还请您老多多指教。"

王铎身体欠佳,段姬又重病在身,他心情很消沉,没有了以前的豪言壮语:"我现在就是老朽一个,最大愿望就是身体好起来,儿孙们都平安。"

陈名夏恭维地说:"您老越老越是宝,在京城都以悬挂您的墨宝为荣。等您老贵体康复后,还请您赐几幅墨宝,几个满族朋友很想得到您的大作啊。"

王铎爽快地就答应了:"好说,不就是几个条幅嘛。"

王铎说话有些心不在焉,陈名夏关心地问:"阁老大人,您老好像有心事,看晚辈能否代劳?"

王铎并不回避,直言相告:"百史不是外人,实不相瞒。内人身体重病在身,老夫正想去寻找名医给她诊治。"

陈名夏说:"您老人家何必亲自前往,晚辈愿意代劳。"

王铎感激地抱拳拱手,陈名夏的到来使他的心情好起来。他们来到书房,陈名夏告诉他一件惊人的消息:豪格在幽禁中无疾而终。

王铎听了后感到很吃惊:"豪格才刚刚四十岁,咋会无疾而终呢?"

陈名夏压低声音说:"其实所有的人都心知肚明,这肯定是多尔衮派人暗害的呗,不过谁都敢怒不敢言。"

王铎立即就想起了二月初三朝会上的一幕,注定了豪格凶多吉少。

豪格击败"大西皇帝"张献忠后,占据了川蜀全境,对大清朝来说,真是劳苦功高。按照以往的礼节,将军凯旋应该举行盛大的欢迎仪式。

大学士范文程上奏:"启奏摄政王殿下,靖远大将军豪格得胜回朝,现在五凤楼外等候召见。"

多尔衮却皱起了眉头,大臣们心里都很清楚,豪格一回来,他控制朝廷的如意算盘将会受到阻碍。

"快宣!"不等多尔衮说话,小皇帝顺治就高声下达了旨意,"肃王豪格劳苦功高,朕要重重赏赐于他,宣他立即进宫觐见!"

顺治皇帝的话还没落地,就听多尔衮大喝一声:"慢!"

年幼的顺治吓得一哆嗦,回头看着雄狮一般的多尔衮,再也不敢说话了。

多尔衮威严地说:"有人举报肃王豪格违抗军令,犯有包庇部属、冒功领赏、提拔罪人以及克扣军饷等罪证,请皇上明察!"

顺治皇帝顿时双眼圆睁,极力争辩道:"我皇兄冒险入川,出生入死,何罪之有?"

自从顺治当了傀儡皇帝之后,他皇兄豪格就倒了血霉,虽然战功颇多,但不是被罚就是被贬,现在又要治他的罪。这明明是针对顺治来的,要杀一杀小皇帝的威风。

"皇上,没想到你也会发火呀。"多尔衮见小皇帝突然发火,不但没有恼怒,还笑嘻嘻地看着顺治皇帝说,"肃王目中无人,狂妄自负,本王就是要好好地教训他一顿,让他老老实实地做人。来人哪!立即除去肃王豪格的顶戴花翎,削爵幽禁,让他面壁思过!"

"嚯!"几个侍卫高声答应着退出大殿。

顺治皇帝面对飞扬跋扈的多尔衮，实在是忍无可忍，挥手就将御案上的公文甩到地上。

大殿里当时的情景，让王铎和坚持正义的大臣都看清了多尔衮的狼子野心，也明白了小皇帝的深谋远虑。

春天温暖的脚步姗姗来迟，不时刮来阵阵寒风。

陈名夏请御医给段姬诊治一段时间后，咳嗽的症状有些好转。过了一段时间后，又开始咳嗽起来，似乎还有加重的趋势。

石薇汝和全家人都很担心，王铎更是心急如焚。夜色慢慢暗下来，王铎准备明天一早再找御医仔细诊断。

王铎心事重重地来到书斋，又想起了最近发生的三件事，让经历了两朝四代的老臣既为朝廷担忧，也为自身的安危而提心吊胆。

第一件事，为顺治皇帝延师讲学开设经筵。皇上福临已经七岁，到了接受教育的年龄。现在他整日随太监在后宫里东走西逛，不是抓蛐蛐、捉迷藏，就是跟着多尔衮出去狩猎。文武百官看在眼里，急在心上，洪承畴首先提出为顺治皇帝开设经筵。多尔衮独揽朝政，最烦的就是让福临接受教育，就毫不客气地给顶了回去。最近范文程又提及此事，多尔衮听到后皱起了眉头，嘴里虽然没有说什么，但心里却在责骂他不识好歹。在表面上冠冕堂皇地说："为幼主请开经筵，益于我大清新政，只是天下尚未统一。依本王之见，当务之急应先稳固大清江山。至于讲学之事，以后再谈不迟。"

第二件事，说钱牧斋参与反清复明活动将其逮捕，由于没有找到确凿证据，四十多天后又被释放。顺治三年六月，钱谦益称疾乞归返回南京后，就携柳如是返回了常熟。回去不久，在柳如是的感染下，钱谦益坚定了反清复明的决心，然后就参与了江阴义士黄毓祺的反清复命活动，后来被人举报而被捕，被关进了南京刑部狱中。卧病在床的柳如是听说后，冒死从行，并上书代死，昼夜不舍，设法寻找可疏通的关节。钱谦益与时任备兵使的梁慎可是三代世交，柳如是往日曾深得梁母吴太夫人的欢心。梁慎可与洪承畴有同年之谊，现在又是洪承畴幕府的红人。柳如是以死救夫的精神，深深感动了梁母，一再叮嘱儿子设法救钱谦益。经过多方斡旋，也由于朝廷没有找到确凿的证据，钱谦益被关押四十多天后，最终无罪释放。钱谦益出狱后又抵达苏州，入住拙政园，但仍受地方官吏监控。

第三件事，陈子龙在江南参与抗清，兵败后投水殉节。弘光元年五月，南京失守后，陈子龙避地泖滨，与创建"几社"的夏允彝、徐孚远等义士誓师起义，被清军击败。夏允彝投水而死，陈子龙在城西得以逃脱，携家走昆山，避难青浦县金泽。同年闰六月，鲁王朱以海监国于绍兴时，命陈子龙为兵部尚书，节制七省军漕。顺治三年五月，陈子龙监临吴易义师，见其轻敌，军纪松弛，遂与之断绝关系。至秋天，义师失败。因复明大业不成，陈子龙经常长吁短叹。十一月，殡葬祖母于广富林。顺治四年四月，清松江提督吴胜兆密谋策划起兵反清，未举兵而事泄被捕。清军诬蔑陈子龙与吴共谋，遣兵捕之。五月十三日，陈子龙被押往南京，在途中经松江境内跨塘桥时，他趁守者不备，突然投水而亡，时年四十岁。

通过钱谦益这件事，说明多尔衮对明朝老臣从来也没有真正放心过，每时每刻都在监视着大家的一举一动。陈子龙的殉节，让王铎悲痛了好长一段时间。

王铎抬头透过窗户看着变幻多端的天空，深为顺治皇帝的基业担忧，更为自己和全家人的安全担心。

段姬患咳嗽病以来，怕影响王铎休息，就一直让丫鬟陪着。

凌晨时分，王铎刚躺下休息，就听见急促的敲门声。

王铎急忙起身打开门，见丫鬟站在门口，见到主人就大声哭起来："老爷，夫人刚才吐血了。"

王铎没再多问，赶紧随着丫鬟来到内院。走到床前，看见段姬脸色发青，咳嗽得更加厉害了，手绢上染着一摊血污。

段姬看到王铎，心里虽然感到很欣慰，但还是用埋怨的口吻责怪丫鬟："都这么晚了，还把老爷叫起来。"

王铎上前拉着段姬的手，感觉到很冰凉，就让拿来一床被褥为她盖上，然后又用手揽着她。

段姬感动得掉下了眼泪，她的双亲及家人杳无音讯，是否还活在世上也一无所知，王铎现在是她唯一的亲人。

王铎为她擦拭眼泪，让丫鬟去叫石薇汝。

不大一会儿，家人都聚集而来。石薇汝看着段姬憔悴的脸，心疼得直掉眼泪，王铎赶快安排人去找郎中。

东方刚刚泛白，王无咎就带着御医匆匆赶来。

御医来到段姬的床前，马上观气色、听声息、问症状、摸脉象。望闻问切后，御医走出来告诉王铎："王大人，夫人的病是痰热病。"

王铎说："以前郎中说是湿痰症，两者有啥区别？"

"刚才我看了夫人的舌苔、摸了脉象，应是痰热病。"御医肯定地解释了一句，然后又说，"请带我看看夫人以前用药的药渣。"

王无咎带着御医仔细查看了药渣后，回来对王铎说："王大人，以前的确是按照湿痰症医治的，看来与夫人的病症不符啊。"

王铎一听有些着急，猛地一下就站了起来："以前的御医简直就是庸医，拿着生命当儿戏。"

王无咎赶紧扶王铎坐下，然后问御医："请问这痰热病和湿痰症有很大的区别吗？"

御医让王铎坐下，并解释说："痰热症的表现是面赤唇红，舌质红，苔黄腻，脉滑数，痰稠色黄，烦热胸痛，口干咽燥，小便短赤。而湿痰症则是面色萎黄，舌淡胖，苔滑腻，脉滑或缓，痰白质稀，呕恶纳呆，肢体困重。"

御医对段姬的病理进行分析对比，讲得头头是道。

王铎像听天书一样，但仍然耐心地听御医说下去："王大人，我估计夫人得病至少半年有余，以前的用药对她的身体影响很大。"

御医说到这里，感到很为难的样子："我先开个方子，吃几服药试试，但不敢保证能除病根。"

王铎一听有些着急："你这是啥意思？"

御医无可奈何，但还是隐晦地说了真相："王大人，您应该明白我的意思，尊夫人的身体……已经很……"

王铎的脸色顿时煞白，不等御医说完，就以哀求的口吻说："您是御医，疑难杂症都能治好，请您想尽一切办法把她医好。"

御医还是缓缓地摇摇头："王大人，夫人的身体在近期应该没问题。如果要彻底医治好，我的确无回天之力，还请大人谅解。"

御医的意思，王铎虽然已经完全明白，但决不放弃："请您想尽办法救救她！"

御医说："请王大人放心，我一定会尽力而为！"

吃了御医的药之后，段姬的病情开始好转，王铎的心情也慢慢地轻松起来。然而，他的耳边一直萦绕着御医的话，不敢有丝毫的怠慢。

王铎自从知道了段姬的真实病情后，表面上有说有笑，但一个人独处时，经常出现痛苦的表情，甚至在偷偷流眼泪。

石薇汝看到王铎痛苦的样子，就提出去寺庙烧香拜佛，祈求佛祖保佑。

在一个天气晴朗的上午，王铎、石薇汝陪着段姬，分别来到报国寺、白云观上香，祈求观世音菩萨保佑段姬尽快康复。

最近一段时间，王铎不再批注《国语》，也不再写诗作赋，甚至不再挥毫泼墨，每天都在陪着段姬。他的举动让段姬感动不已，反而经常安慰王铎，让他不要再担心。

正像御医所分析的那样,段姬已经病入膏肓。前几天病情好转,其实是回光返照的迹象,最终还是无法留住她年轻的生命。闰四月十一日,刚刚三十岁的段姬,在王铎怀里离开了人世。

王铎看着段姬离他而去,犹如晴天霹雳,震得他像失去了灵魂,痛不欲生。

段姬过世"头七"这天,王铎一个人再次来到彰义门箭楼外,站在段姬的墓前,看着墓碑,眼前不断变幻着她那娇媚的身影。

在江中遇藩舟,数十人持刀抢劫时,她挺身而出,义正词严吓退歹徒;在西湖苏堤,饮于雷峰塔下,狂风聚至,蜡烛被吹灭,她毫不畏惧,从容点着蜡烛与自己下棋;在清军兵临留都,自己身心受辱,她和石薇汝冒着生命危险,从大火中保护先祖遗像;在随军进京的路上,自己看着齐鲁、赵魏、燕蓟破屋荒城唏嘘不已,借酒消愁时,她怀抱琵琶,秦声击楚,音节铿然;在自己感慨发狂、撕心裂肺倾诉时,她吹箫相伴,如泣如诉,余音袅袅;在琅华馆书斋里,每当自己挥毫书写时,她都会研墨抻纸……

当晚,在夜深人静时,王铎含着泪水,写下两首怀念段姬的诗:

　　忆汝疑非死,苍丘晒白沙。
　　遗容憎粉泽,幽恨寓琵琶。
　　火老吹寒雨,魂香对暮花。
　　年年寒食景,忍去听啼鸦。

　　畿外宁如昨,荒林接环垌。
　　风来朝气白,尘灭旧山青。
　　歌哭人无侁,牛马路不停。
　　也思荷一锸,休去算龟龄。

进入初秋季节,天气开始转凉了。

王铎把家人都召集在一起,说要乞假告归回老家。他要把段姬带回老家,让她有家可归。

王无党感到爹的年龄大了,几个月来身心本来就很疲惫,如果再长途颠簸,怕他吃不消。本来不想让他回去,但又知道他的脾气倔,就提出随他一同前往,等一切都安置好后,他再直接赶赴山西平阳上任。

石薇汝听说王无党也要回去,就想阻止:"大群,你媳妇就要生产了,让藕茅陪着回去吧。"

王无党说什么也不肯:"爹的身体比啥都重要,再说家里有您老照顾着,还是我回去吧。"

王无咎赞同姨娘的建议,愿陪同前往,王铎却都没有同意。王无咎在翰林院刚有了些起色,其他孩子不是学业紧就是年龄小。王无党既是长子,去山西平阳赴任也基本顺路,他去比较合适。

王铎环视了大家一眼:"你们都别争了,还是让大群陪着吧。"

石薇汝还想再提醒一下,王铎转脸看着她说:"我知道你的意思,不过家里有你,比大群在我更放心。"

王铎说完话,大家知道再争执也无济于事,再看看他那严肃的神色,只好默不作声。

深秋时节,王铎和王无党回到了孟津。虽然秋高气爽,但绵绵的秋雨却是寒意袭人。

在亲朋好友的帮助下,王铎和王无党很顺利地把段姬暂时安葬在孟津城东山下。

在王无党赴山西平阳之前,王铎又谆谆告诫他:"大群啊,等我百年之后,也把你娘从新乡城东水柳湾请回来,把我们一同合葬在巩县黑石关王氏祖茔。"

王无党谨记在心,看着爹悲痛的表情很不放心。王铎见事情已经办完,就催促王无党尽快赴任。

王无党走后,王铎依然无法从悲痛的阴影中走出来,日夜思念着段姬。为寄托对她的怀念和哀思,先后又写了多首诗怀念。

王铎处理好段姬的丧事不久,就风尘仆仆地赶回京城,迎接他的是石薇汝和怀里抱着的婴儿。石薇汝见到王铎后,就兴奋地说:"老爷,大群家添了个千金。"

王无党和王铎回孟津时,他的副室汪氏已经身怀六甲。现在见到了孙女,王铎心里感到一阵欣喜。石薇汝弯下腰,把包裹孩子的棉被往下拉一下,露出粉嘟嘟可爱的小脸蛋:"老爷,你又有孙女了。"

王铎见到小孙女,高兴得不知该说什么好,脸上露出了少有的笑容,伸手就想接过来抱一抱。石薇汝却没有给他:"您看看就行了,以后有的是时间让您抱。"

石薇汝刚抱走胖嘟嘟的小孙女,转身看到急匆匆跑进来的王铖。

王铖的突然出现,让王铎又是一阵惊喜:"子陶,你啥时候回来的?"

王铖说:"大哥,我是九月到京的,也就是你刚回老家不久。"

全家人都陆续聚到厅堂,热闹非凡的场面打断了他俩的对话。家中添了孙女，王铖又回到京城，应该说是双喜临门，王铎的心情慢慢舒展起来了。

王铎关心地问王铖："回来做啥差事？"

王铖说："皇上任命我掌管銮仪卫的文移事务。"

王无咎在一边解释："爹，叔叔是皇帝身边的人。"

王铖进京任职，虽然官职不大，但在皇上身边当差。王铎心里很满意，就严肃地说："銮仪卫虽然只是从七品官，但责任却是重于泰山，你必须明白伴君如伴虎的道理。"

王无咎似乎看出了爹的心思，就主动解释："爹，都是陈百史从中斡旋，才使三叔能来到皇城根下。"

王铎感激地说："百史年轻有为，又是个热心肠，今后将会前途无量啊。"

王无咎说："爹，您说得太对了，百史已经擢升为吏部尚书。"

王铎高兴地说："真是可喜可贺啊！"

王无咎见爹的心情很好，就不再担心他的身体。朝廷发生的事也想让爹尽快了解，就从中插嘴："爹，您走之后，朝廷六部发生了很大变化，设立了六部汉人尚书、都察院左都御史。"

王铎没有打断王无咎的话，仔细地听他说："都察院、六科十三道都保留了下来，还一再鼓励官员犯颜直谏，基本上秉承了明制。但也保留了满族特有的制度，设立了议政王大臣会议、理藩院等机构，不过其内院的权力比前朝内阁要小得多。"

石薇汝此时走进来，见王铎一脸的旅途疲劳，心疼地想让他休息，就打断了王无咎的话："藉茅，以后空闲时再说朝廷的事吧，今天让你爹早点休息。"

王无咎马上停止说话，王铖关心地问起王无党的情况："听说大群直接去山西平阳赴任了？"

"是啊，他年轻气盛，应该出去多历练历练。"王铎环视了大家一眼，然后对王铖说，"你二哥也去浙江布政司赴任了。回来一个老三，走一个老二。但愿他也能尽快回来，咱们全家人齐聚京城。"

王铎经历了风风雨雨，心里明白世上没有十全十美的事情。即使是都在京城，也是有喜也有忧啊。

晚霞洒满天空时，王铎的府邸里仍然笑声不断，他的疲惫和烦恼也都随之飘去。

几天过后，王铎参加了皇帝福临在圜丘举行的祭天大典。祭奠活动结束后，又回到金銮殿议事。在金銮殿大殿里，郑亲王济尔哈朗奏道："皇上陛下，微臣有要事禀报。"

顺治看着唯唯诺诺的济尔哈朗，心里有些不悦，但还是耐着性子说："摄政和硕郑亲王，有事请讲吧。"

"嗻，皇上。"济尔哈朗看了一眼多尔衮，才高声奏道，"现在国家已经安定，四海升平，这都依赖皇叔父摄政王多尔衮的功劳。为了大清的今天，他呕心沥血，日夜操劳，两腿落下了风疾。最近喜报连连，佳音不断，他在皇帝面前一次次地跪拜，腿实在吃不消。所以为了大清的江山社稷着想，皇叔父的身体最重要，臣等恳请皇上免去他的跪拜之礼，请皇上明察。"

多尔衮看着济尔哈朗，心里乐滋滋的：你总算看明白了，不然的话，豪格就是你的下场。

顺治一听马上就愣住了，大殿里顿时鸦雀无声，大臣们都眼巴巴地盯着小皇帝。过了好大一会儿，他最后出人意料地说："郑亲王言之有理，今后凡有跪拜之礼，摄政王永免！"

"谢主隆恩！"多尔衮朗声道谢后，便堂而皇之地坐到顺治的身旁。

顺治扭头看了一眼多尔衮，说了声"出恭"撒腿就往外跑。他这个小动作，王铎看在眼里。表面上看起来，小皇帝有些调皮捣蛋，实质上这是他的一种智慧，将来一定是个了不起的国君。

陈名夏知道王铎回来后，就专程去家里看望。王铎对他被擢升吏部尚书表示祝贺，并对他帮助三弟进京深表谢意。

陈名夏谦虚地说："晚辈只是推荐而已，主要还是子陶政绩突出，得到了朝廷的赏识。"

两人已有半年没有相见，自然有说不完的话，最后陈名夏说："老前辈……"

王铎摆摆手，谦恭地说："百史啊，您现在已经是吏部尚书了，以后就不要再称我前辈了。"

"我就是当了内阁首辅，在您老面前我依然是晚辈。"陈名夏依然坚持自己的做人原则，然后又说出此次来的目的，"今天我来看望您老，还有个不情之请。"

王铎爽快地说："有何吩咐尽管说出来。"

陈名夏说："大学士刚林对您仰慕已久，想请您到他府上一叙。"

瓜尔佳·刚林，字公茂，满洲正黄旗，世居苏完。此人很有文才，初为笔帖式，翻译汉文。崇德元年，被授予国史院大学士，与范文程、希福等参议政事。顺治元年，进世职二等甲喇章京。顺治五年，以赞理机务忠勤懋著，进三等阿思哈尼哈番，赐号"巴克什"，多尔衮却并不重用他。

王铎以前从来没有与刚林打过交道，很为难地说："我与他素来没有交往，请我去他府上，是不是有啥事情呢？"

陈名夏解释说："现在朝廷不是提倡汉话吗，您老是大家公认的大文豪，他是想请您去给他撑撑门面。"

王铎一口回绝："如果是这样，我就更不能去了。"

"阁老，其实我也不想让您去，但他已经找过我多次，实在推托不掉。"陈名夏显得很为难，然后又耐心地解释，"皇上对他很信任，他对皇上也是忠心不二，如果有朝一日……"

王铎听说刚林是忠臣，见陈名夏如此为难，没等他把话说完，就爽快地答应了。

刚林的府邸规模很大，显得十分阔绰。王铎跟着陈名夏来到大厅时，映入眼帘的却是一幅闹哄哄的狂欢景象。里面没有几桌和椅子，而是在空地上铺着一溜的厚毯，酒杯、菜盘等用具全部摆在毯子上。筵席当中的一只大铁锅里，正煮着一只肢解后的大肥羊。热气腾腾，带着浓烈膻味的香气四处飘逸。主人和先到的七八个人都席地而坐，胖瘦不同的脸庞都被酒烧得通红，很显然他们已经喝了很多酒。几个乐师站在屏风边调弦弄管。几个神情亢奋的人一边随着节奏摇晃着身子手舞足蹈，一边扯开喉咙呜呜哇哇地唱歌。几个身穿旗装的满族女子穿插于筵席之间张罗侍候着。

主人刚林发现王铎和陈名夏到来，挥手制止了其他人的喧闹，起身迈开双腿急忙迎上来，喷着酒气抱歉地大声说："铎大人、陈蛮子兄弟，可把你们盼来了。"

王铎看着眼前的刚林，看似十分粗鲁，但还算懂得礼仪，就习惯地抱拳拱手。陈名夏狡黠地眨眨眼睛看着刚林，平时文绉绉的风格荡然无存了，张口就埋怨刚林说："不够意思，王大人来你竟然不等候……"

"这几个猴急的狼崽子们，等不及就喝了几杯。"陈名夏话还没说完，刚林就转身端起一碗酒，一仰脖子就喝了下去，然后哈哈大笑起来，"我自罚一杯，请王大人见谅！"

王铎第一次见满人如此喝酒，虽然有些野蛮粗鲁，但他们直爽豪放的性格倒也很可爱。

刚林谦让着说："王大人，您能来我寒舍，屋里是一片光明啊。"

王铎差点笑出声，陈名夏赶快纠正说："刚林大人，应是蓬荜生辉。"

刚林不好意思地摇摇头："我的汉话说不好，让王大人见笑了。"

刚林呵呵大笑着，一只手拉住王铎，另一只手拉住陈名夏，来到自己的座位，把其他的人赶到一边，让王铎和陈名夏坐在他身旁。

几位侍女一齐上前，七手八脚给王铎、陈名夏二人张罗杯盘碗盏。按照满人的习惯，给王铎、陈名夏敬上金丝烟，然后又端来腻滋滋的一大碗奶茶。

刚林摆手让侍女退下，端起一个银酒壶，亲自斟满两只玉酒杯，然后跪在席上，用托盘送到王铎、陈名夏面前。

陈名夏见刚林如此郑重，倒吃了一惊，连忙放下奶茶，也是双膝着地，毕恭毕敬地接过来，一仰脖子喝了个精光，然后把酒杯扣个底朝天。王铎第一次见这种喝酒方式，开始有些犹豫，陈名夏给他使个眼色，他也就毫不示弱地把酒喝光。

在场的人立刻起哄叫起来："好！好！再来一杯！"

王铎刚把酒杯放下，刚林又兴冲冲地再次分别给他俩斟满。陈名夏似乎已经习惯，只见他把酒接在手中一饮而尽。

王铎的酒量在中原一带是出了名的，但如此接连三大杯，速度又是如此之快，这让一向自以为酒量很好的河南人，感觉是小巫见大巫了。

陈名夏马上就看出了端倪，如果按照满人的习惯，还有敬酒的歌伎，你不喝，她就在你面前载歌载舞，直到你喝下为止。王铎毕竟是已近花甲之年的老人了，如果不阻止或变通一下，若是有个三长两短的，自己怎么能担待得起啊。而且在来的时候，曾向王无咎承诺过一定照顾好他。

陈名夏很清楚这帮人的秉性，只能智取，不能硬来，就豪爽地说："列位，入门酒我和王大人已经领情。今天王大人来，咱们要换个喝酒方式。"

刚林一听马上说："是啊，王大人是我请的贵客，换个方式喝酒。"

陈名夏说："王大人对酒不擅长，但他有一个绝活你们谁也没见过。"

大家都伸长了脖子、瞪大了眼睛，陈名夏继续说："你们想必都听说过，王大人的字可是一字值千金啊，他写一个字你们喝一碗酒，大家意下如何？"

陈名夏的话刚一出口，大家都感到很新奇，就大喊大叫起来。

刚林早就听说王铎的书法是珍品，是无价之宝，就招手让侍女把桌子搬过来。

王铎此时已经兴奋起来，把手一挥："桌椅就免了吧，只要把好绫绢和笔墨拿来就可以了。"

刚林被烈酒烧得通红的脸闪闪发光，用手捋着满腮的黄胡子，显得十分激动。他似乎早有准备，举手做了个动作，侍女们就把准备的笔墨绢砚全部拿上来。

王铎让人裁出两丈素绢，先让四个人分别扯紧一角，整个素绢悬在空中，再让一个侍者端着墨汁站在一边。他先站在素绢的右边，拿起毛笔饱蘸浓墨，大喝一声，挥笔落在素绢上书写起来，由于素绢不平墨汁又太多，多余的墨汁顺势流下，他却仍然一任挥洒不止。在书写第三行时，他又快步来到素绢的左边，依然挥笔疾驰而书。转眼间，一幅龙飞凤舞的立轴就呈现在人们的眼前。

在场的人们，从来没有见过如此书写方式，激动得大呼小叫。一位身材魁梧、发辫绕在脖颈上的武士极力睁大双眼，在一旁高声呐喊"万岁"。

喝彩声从酒席上轰然响起，于是大家一齐举起酒，热烈而又庄严地干杯，直着脖子咕嘟咕嘟地灌了下去。

陈名夏也是第一次见王铎如此书写，佩服得五体投地。

在回家路过闹市时，又遇大贾遮留，以沽酒陈馈，并召妓鼓瑟，奉上清歌妙舞。

王铎酒醉朦胧，掀髯大笑，让取来大笔迅扫千尺绫素，平时的斯文全都跑到了九霄云外。

第五十五章

顺治六年的春节,王铎一家过得很冷清。

王铎坐在书斋里,看书时眼前时常会出现段姬的身影。每当准备挥毫书写时,又情不自禁地呼唤段姬的名字。

王铎整天生活在忧郁之中,石薇汝看在眼里,急在心上,生怕他再有个三长两短,就经常抱着孙女到书斋里让他开心。

王铎对仕途似乎开始厌倦起来,动辄就称病乞休,杜门谢客数十日。在家大部分是一日临帖、一日应索,以此来排解心中的苦闷。有时候邀请几个诗友,继续研讨他们喜欢的诗文歌赋。

在一个风和日丽的中午,刘正宗、薛所蕴按照约定又聚集到王铎的琅华馆。这次的话题本来是研讨诗歌的继承,但刘正宗和薛所蕴对前后七子、公安派、竟陵派不但大胆地提出了各自的局限和不足,还对云间派、虞山派指出了尖锐的批评。

刘正宗直言不讳地说:"七子过于执着格调,陷了入赝古,他们恢复的只是汉魏、盛唐审美传统的形式而缺乏真情,以致成为假而雅;而公安派提倡的性灵说,大多表现的是个人情趣,缺少了深厚的内涵,显得真而俗,失落了儒家诗学政教传统;竟陵派倡导幽深峭拔,追求形式上的险僻,其作品往往流于冷涩,给文坛造成不良影响。"

刘正宗所谈的观点其实并非一家之言。王铎在与很多诗友的交谈中,也听到了类似的说法,就接着刘正宗话说:"七子首开模拟之风,自然难辞其咎,公安不拘格套的流易和竟陵的纤弱遭人历诟,的确是不争的事实。"

薛所蕴也按捺不住内心的激动,说:"近代以来,自北地信阳吴门麾下诸公,力变宋元衰习,而远之古学者,宗之其敝也,流而为袭。竟陵以清脱矫之,其细已甚,失则薄;云间诸贤乃欲以藻丽胜,失则艳,薄者格律卑弱,晚唐人之余涎,艳亦齐梁之后尘也。"

薛所蕴对前后七子到云间派的诗学历程、阶段性特征及其得失的简明扼要的梳理,使王铎深深地感到,他对明清之际的诗学流变有着非常清醒的认识，就忍不住说出了自己的观点："诗文不学古而学今，吾不知之矣。盖因古难今易也，不知古奇今平也，古深今浅也，古大今小也，古创今袭也，古生今熟也，古新今腐也。"

对前后七子、公安派、竟陵派的评价，三人似乎已经达成了共识，王铎随即就提出了新的议题："你们俩对云间派、虞山派有何评价？"

薛所蕴说："陈子龙的云间派，继七子又高扬复古旗帜，对拟古之弊有所认识，故而折中求变。但其立足格调，性情问题并未得到真正的解决。至于钱谦益的虞山派虽然对七子进行了激烈的抨击，并从诗言志的角度，确立性情优先，但其铺陈排比成为形似而已，陷入了诗学与创作的悖论，令人徒然生叹。"

薛所蕴一语中的，把云间派、虞山派的特点评价得入木三分。王铎听了直点头，刘正宗把各诗派的特点与王铎联系起来进行比较，说："先生，您在诗歌价值体系的确立上，与七子似乎无根本不同。但在如何继承风雅传统上，则是见仁见智啊。"

薛所蕴似乎也有同感，就接着刘正宗的话说："是啊，随着竟陵派的风靡，大雅之道逐渐衰退，唯有先生起而振之，廓清了公安、竟陵所带来的萎靡纤巧诗风。"

正在三个人热烈谈论之时，刚升任太常寺少卿的梁羽明来看望王铎。在外面听见刘正宗、薛所蕴谈论的观点很新颖，进门就忍不住插嘴说："先生的风格多样，或雄浑壮阔，气势浑厚；或奇崛诡怪，幽玄荒寒；或清新自然，感情真挚；或古奥晦涩，雕刻艰深。"

薛所蕴感到梁羽明概括得很中肯，说："芝三说得好，先生阔大高远的意境和雄浑磅礴的气势，晚辈是万万无法比拟的。"

刘正宗也说："是啊，先生的诗风深沉蕴蓄，感情抑扬曲折，语气音节跌宕摇曳。无论从形式、内容还是风格上，都继承了诗圣杜甫的衣钵。"

王铎见刘正宗、薛所蕴和梁羽明都是赞美之词，就提醒说："你们言过其实了吧。"

梁羽明说："先生是大雅主盟，为词苑神骏。独有先生以恢宏阔大之气象廓清时弊，振兴当代诗风，才能做到性情与格调相统一。"

刘正宗一本正经地说："先生诗宗杜甫，文秉韩愈。虽继承了七子衣钵，但于前后七子之四家中最为推崇二李，尤为尊仰李梦阳。"

薛所蕴说："是啊，先生的诗风虽然多变，但总体继承了老杜的沉郁顿挫。将自己的主观感受隐藏在客观的描写中，意新辞美；又善于抓住细节的描写刻画事物，构思巧妙，造境又奇绝；还常用俗语突出描写对象的个性化，微言大义，寄托遥深。我敢断定，先生的诗文成就，将来定不可磨灭！"

刘正宗说："先生取其精华，去其糟粕，修正了七子之说，强调真情为本，求变求创；针砭公安之弊，倡导崇古尚奇；评骘竟陵之风，力主博大雄浑，张扬儒家诗教的关怀精神与忧患意识。并勾画出奇、古、深、厚、生、创一系列富有辩证的美学范畴，最终形成了自己的诗学观。"

"啥都瞒不过你们的火眼金睛啊！"王铎感到他们说的虽有过誉之词，但的确也是事实，喝口茶笑了笑，然后说出了自己的真实想法，"诗文如流水，至高者如元气茫茫、阔大无涯的沧海，其意志能贯穿于天地之中；甚低者则如狭窄山涧中的一道泉流、一湾浅溪，虽清澈明亮，但体格狭小，远不能如沧海一般运行于天地之外。李梦阳之诗犹如大海，而何景明只不过是溪水而已，不能同日而语。"

梁羽明感慨地说："先生对'李何之争'一语做出了公平、公正的判定，学生佩服。"

王铎听了刘正宗、薛所蕴和梁羽明的评价，从而也解开了他心中的谜团：崇祯至弘光时期，人们把他推为诗坛"四大家"之首；进京以后的几年间，人们又把他与薛所蕴、刘正宗合称为"京师三大家"。王铎初次听到这样的评价时，心中有时虽然在窃喜，但更多的是忐忑不安。不管人们对他的书法如何褒贬，他都自信在书法史上必将留下好书数行。但在诗文方面，他却显得很纠结，很想通过与好友的讨论，听到他们对自己在文学方面的真实评价。

今天听了三人的议论，总体感到虽然都有溢美之词，但也比较客观。

王铎白发人送黑发人的悲痛心情，朝中大臣都很理解。他虽然经常杜门谢客，但却没人对他说三道四，还都给予了充分的理解和同情。在正月里，朝廷接连两次对他委以重任：正月初八，任命他充太宗文皇帝实录副总裁；正月十九日，以礼部尚书管翰林院弘文院学士事，仍以尚书管礼部左侍郎事。

二月初八，在内院大学士刚林的举荐下，王无咎被任命为章奏编纂官。臣民章奏，皇帝圣旨，都要经过他的手分类编辑，以垂法戒，备章程，为编修国史之用，令六科每月录送史官付翰林院编纂。

朝廷接连两次对王铎任命，还对王无咎如此信任，使他心里既感激又忐忑不安，觉得自己消极的做法有愧于皇上，就想着应尽快履职，不辜负厚望。

在琅华馆书斋里，王铎批注完《国语》，又临写了一通王羲之的书帖。刚放下手中的毛笔，亲家李际期来看望他。

王铎赶紧走出书房迎接，李际期告诉王铎，他刚被任命为浙江分巡金衢道，今天他是专程来道别的。

王铎听了很高兴，这几年朝廷先后任命李际期为浙江提学道、浙江按察司佥事，现在又委以重任，说明朝廷对他很器重。王铎为李际期祝贺一番后，带他到书房，想再传授一些为官之道。

来到书桌前，李际期看到王铎临写的帖子后，就俯下身子仔细欣赏起来。虽说是临写，但已经没有了王羲之的真实面目，完全是王铎自己的风格。

王铎见李际期如此认真，问："看出了啥门道？"

李际期直起身子，一本正经地说："以瘦劲之笔，回环映带，字体欹侧，极具变化之能事，只是点画粗细变化较小，气势也平和许多。"

王铎听了微微一笑："看来你的欣赏水平大有提高啊。"

李际期幽默地说："我这是近朱者赤，近墨者黑啊。"

王铎说："好你个应五啊，你是说我把你染黑了？"

"不，不，我是说王右军把你染黑了。"李际期摆摆手，然后话头一转说，"老亲家，听孩子说你最近出去饮酒比较频繁，造成身体有些不适？"

王铎直言相告："只是跟着陈百史出去过几次，再就是跟几个乡党和挚友在一起小酌。"

李际期关心地劝慰说："你毕竟年纪大了，不比当年啦，在外面喝酒还是要尽量节制才是，再说影响也不好啊。"

王铎解释说："我出去也只是散散心，借酒消愁而已，三杯酒下肚后就忘乎所以了。"

李际期说："亲家翁，你的心情我完全理解，但你也要面对现实。段姬是不在了，但人死不能复生啊。现在一大家子人都在眼睁睁地看着你呢，你心情不好将直接影响着他们，你难过他们都会跟着心疼的。"

李际期说的道理，王铎心里全都明白。只要一提起段姬，王铎就会陷入痛苦的思念中。她那高盘的发髻，细描的秀眉，一颦一笑都流露出妩媚的身影，一直在他的身边转悠，好像从来都没有离开过他一样。

李际期看着郁闷的王铎，很理解他心中的痛，就继续劝说："亲家翁，你是家里的主心骨，你的身体可千万不能有啥闪失啊！"

王铎明白李际期的心意，但对段姬的深情却难以忘怀，叹了一口气说："应五啊，我也是身不由己啊。"

李际期说："以后在乡党、挚友中多走动走动，慢慢就好了。"

王铎听了李际期的话，释怀了许多。

夕阳西下时，整个京城被晚霞慢慢笼罩起来。

李际期为了转移王铎的心思，就把话题转到了朝廷的局势上，说："最近你一个人在家苦闷，可听说朝廷可能要发生大事了？"

王铎听说朝廷发生了大事，马上安静下来了，静静地听李际期说："多尔衮刚委任了英亲王阿济格统辖大同边区，这个决定既突然又奇怪，我预感山西似乎要出大事。"

　　王铎眼角一挑，瞪大了眼睛看着李际期："应五啊，正常的人事变动有啥好怀疑的，你可千万不要疑神疑鬼的。"

　　李际期摇摇头，继续分析说："我虽然有些疑神疑鬼，但怀疑也是有道理的。你想啊，阿济格调离京城后，多尔衮就可以掌管约束不守秩序的蒙古喀尔喀人了，还可以取代姜瓖的大同和晋北大部地区统治权，这可是一箭双雕啊。"

　　李际期分析得的确有理有据。姜瓖是陕西榆林人，世代皆为明将，长兄姜让是陕西榆林总兵，其弟姜瑄为山西阳和副总兵，现在任镇朔将军印大同总兵官。在战乱的年代，姜瓖成了一个反复无常之人。崇祯十七年，李自成攻克太原时，他投降大顺政权，当时还险些被杀掉，多亏将军张天琳的劝说才作罢。大顺军被吴三桂联合清军击败后，姜瓖叛变后却追杀恩人张天琳。降清后，朝廷虽然仍旧委以总兵职务，但对姜瓖弟兄却始终不放心，军权掌握在清将恭顺侯吴惟华手中，并由英亲王阿济格坐镇。

　　李际期正在分析当前局势的时候，王无咎急急忙忙回来，见岳父也在场，施礼后俯下身子对两位老人说："二老都在啊。据可靠消息，姜瓖已经宣布起义，叛乱正在整个山西北部迅速蔓延。"

　　王铎和李际期听后都大吃一惊，王铎马上就想到了在山西平阳的王无党，为他的安全担忧起来，焦急地问："姜瓖的管辖范围是整个山西，你哥哥会不会……"

　　李际期马上安慰王铎："亲家翁，你放宽心，要相信大群的智慧和才能。"

　　王无咎也安慰说："爹，您老人家别担心。我哥跟你历练了多年，也是经过风雨，见过大世面的。"

　　王铎听了李际期和王无咎的话，心情才慢慢平静下来。王无党从小在老家跟着爷爷长大，吃了很多苦，但培养了良好的品德和坚毅的性格，做事光明磊落。在流寇横行时期，他跟着自己逃难，帮助照料家人，办事很果断。到留都后，虽然只有一年的时间，但毕竟也是在朝廷办差，不但开阔了视野，增长了才干，遇事也很有前瞻性。

　　李际期虽然知道姜瓖反复无常，但更就想知道具体情况："藉茅，姜瓖反叛咋这么突然呢？"

　　王无咎显得不屑，说："姜瓖这次突然反叛，是被阿济格逼的。"

　　李际期责怪了爱婿一句："藉茅啊，你咋这样说一个高级将领呢？"

王无咎说:"阿济格纵容手下,把一个有身份的新娘从轿中抢走,姜瓖听说后就亲自要人,却被打了出来。他本来就窝了一肚子火,此时勃然大怒,立即率亲兵到阿济格府上见人就杀,发誓要用鞑靼的血洗刷耻辱,吓得阿济格赶紧从城墙上逃走了。"

王铎听到这里,感到问题的确很棘手。

王无咎正要说下面的情况时,王钺急匆匆地走进来。他看到大哥和李际期都在为王无党担心,就赶紧宽慰他们:"你们都别太担心,朝廷已经增调旗兵部队,正用红衣大炮猛轰大同城,估计用不了几天,大同就会被夷为平地。"

王铎琢磨了一会儿,感到都应验了李际期的担心,就称赞道:"应五啊,看来你真有战略眼光,朝廷应该任命你为兵部尚书。"

"能得到你的称赞真不容易。"李际期听了王铎的夸赞,心里美滋滋的,就接着分析说,"今后看问题,还真的要从大局着眼。这次事件从表面上看是为了一个女人,其深层次的原因却是朝廷内部的钩心斗角。"

王钺看着憔悴消瘦的大哥,明白他还是在为王无党担心,就赶紧把朝廷征剿叛军的部署情况告诉大哥,好让他和亲家翁都放心:"朝廷已经清楚地意识到,山西近乎脱离了朝廷控制,就紧急颁布了两份诏书,试图使民心倾向朝廷,以说服动摇者对朝廷尽忠。同时,还派遣了一支远征大军,并做好了持久战的准备。"

王钺身为銮仪卫,掌管着皇帝皇后车驾仪仗,很多事情知道得更准确,说的话也更有分量。

王铎听了王钺的话,心里虽然感到踏实了许多,但对王无党的安危依然很担心。

姜瓖起事后,王铎整日里为王无党担忧,而王无党却又偏偏音信全无,让人整天提心吊胆。

为了给王铎宽心,石薇汝又抱着王无党的闺女来到书斋。王铎看着胖嘟嘟、浓眉大眼的孙女,听着她那咿咿呀呀的声音,就主动接过来,抱在胸前左右摇晃着,心中的烦恼也暂时忘掉。

王钺也时常请他到自己的龙松馆书斋,不是请教诗文,就是让他书写条幅。总之,一家人把他的时间安排得满满当当,不给他留下单独的空闲,免得他不是想念段姬,就是为王无党担惊受怕。

一个晴朗的日子,王钺又把王铎请到自己的龙松馆书斋,并告诉他一件事:"大哥,博洛已经晋封为亲王,并被任命为定西大将军,让他带领大军去剿灭山西地区的叛军。过一段时间，皇上还要派使臣去山西前线慰劳将士，我也是其中一员。"

王铎和博洛在杭州戎马生涯的交往中，结下了较深的友情。由于博洛十分钟爱书法，王铎给了他很多指导，博洛一直尊称他为先生。

博洛是最年轻的大将军，具有出色的军事指挥才能。作为定西大将军，去山西征剿叛军，肯定会旗开得胜，不久就会凯旋而归。

王铋去山西前线后，很快就能看到王无党了。王铎听到这个消息后，心里踏实了很多，心情也慢慢轻松起来了。

王铋在启程去前，把自己想出个集子的想法告诉了王铎，说："哥，我从小跟着你读书、识字、写文章，也写了一些不和音律的诗文，想在适当的时候出个集子，对自己也是个总结。"

王铎听了很高兴，就鼓励他说："子陶，这是好事啊，大哥支持你。集子的名字准备叫啥？"

王铋早已想好，就脱口而出："准备叫《大愚集》，你看中不中？"

王铎重复着"大愚"两个字，沉思了一会儿，就给予了肯定："好，很好！大愚既是你的号，又有谦谦君子之意。"

王铋见大哥很支持，又给予肯定，心里感到美滋滋的，就兴奋地说："大哥，我在昆山公余之时，曾拜访过吴梅村先生，他也对我的想法给予了鼓励。"

崇祯四年，吴伟业殿试一甲，崇祯皇帝提笔在他卷子上御批"正大博雅，足式诡靡"八个字后，使他声名鹊起。他对崇祯皇帝怀有一种刻骨铭心的知遇之恩。后来，他厌恶党争，辞官归隐。在弘光朝时，他被召任少詹事仅两个月，发现马瑶草和阮大胡子是奸权国贼，便愤然辞归。

吴伟业的学问名冠江南，也是很有正义感的人，能得到他的赞许实属不易。王铎感慨地说："时光真是如白驹过隙啊，我们也已多年没见，他也应该到了不惑之年吧。"

王铋在进京之前，曾专程拜访过吴伟业，对他的情况比较了解，说："他今年正是不惑之年，我比他虚长一岁。"

王铎关心地询问："梅村先生近况可好？"

王铋说："清军南下后，他长期隐居不仕，却以复社名宿主持东南文社活动，声望更著。"

说起吴伟业的诗文，王铎对他也是称赞有加："骏公与牧斋、孝升并称'江左三大家'，还是娄东诗派开创者。他独特的诗歌风格，被称为'梅村体'。特别是他的长篇叙事诗《圆圆曲》，可以说是前无古人啊。"

王铋见大哥对吴伟业十分赞许，自己的诗也得到肯定，接着就把自己的想法全都说了出来："大哥，我还有一些想法。前几年，李自成在老家一带横行，百姓遭殃，我想用戏曲的形式写出来。最近这几年，我在昆山为政一方，也有一些感触，很想用文字把它都写出来。"

王铎很感兴趣，把身子往前一探，问："把你的具体想法说来听听。"

王铋说："现在也只是一个初步的想法，题目先叫《双蝶梦》《司马衫》《华山缘》吧，正式写的时候，再根据内容确定。"

王铎以前从来没与三弟细聊过，今天听了他的想法，对他是刮目相看。哥俩越说越深入的时候，王无咎突然冒冒失失地进来。王铎见他着急的样子问："藕茅，看你急急忙忙的样子，有啥要事不成？"

王无咎说："雨恭先生请您过去，说是几位乡党在他那里小聚。"

宋权以孝闻名，王铎对他十分敬重。顺治四年，宋母七十寿诞时，王铎特意书写了《宋母丁太夫人七十寿诞序》，并专程前去祝寿。

顺治三年，宋权被擢拔为内国史院大学士，入参机务，也是乡党在朝廷中官职最高的。王铎听说宋权邀请，没推辞就随王无咎一同前往。

王铎来到宋权的府邸时，梁云构、张缙彦、黄于石、张天调、薛行坞、傅梦祯、刘瀛洲等河南乡党，正在聚精会神地观赏着一棵兰花。

宋权的儿子宋荦看到王铎大驾光临，立刻跑步上前行跪拜礼迎接："老师在上，学生牧仲迎驾迟钝，请您老海涵。"

牧仲是宋荦的字，他诗、书、画俱佳，还喜欢文物收藏和鉴赏。宋权自见王铎后，高山仰止，便让儿子牧仲拜在其门下。

王铎看着彬彬有礼的翩翩少年宋牧仲，心里感到非常自豪。

宋权作为主人，赶紧带头出来迎接，说："觉斯兄，我派人到处找你，没想到你却在子陶那里躲起来了。"

王铎笑着说："不管跑到哪里，还是让你找到了。"

大家一听大笑起来，宋权拉着王铎来到兰花面前说："觉斯兄，你来得正是时候，你看应该如何欣赏这棵复活的兰花啊。"

王铎看着枯兰又复开三花，高兴地说："我以为这是祥瑞之兆。"

梁云构说："既然是祥瑞之兆，就请你给写个赋吧。"

大家也都起哄叫好。王铎发现书桌上已经准备好的笔墨、绫绢："看来你们这是早有预谋啊。"

王铎转身看着宋荦说："我已经是老朽了，牧仲是咱们归德雪苑六子之一，应该让他写才是啊。"

宋权摆着双手说："觉斯兄，牧仲是晚辈，哪能让他在你面前班门弄斧啊。"

王铎见实在推托不了，只好恭敬不如从命。再次仔细地观赏兰花后，来到桌案前，拿起毛笔蘸上浓墨时，却让宋权给拦住了，一定让他喝几杯酒后再写。

乡党、挚友相聚，自然是开怀畅饮一番。王铎喝到尽兴时，来到宋权的书斋，先是挥笔画了一幅《枯兰复花图》长卷，并在画卷的首位题写了参加人的名字，又在长卷的最后作了题跋。

大家看后，赞不绝口，举杯同庆。

顺治六年七月三十日，王铎正在家中吃早饭时，惊闻亲家翁梁云构驾鹤西去的噩耗，手中的筷子掉在了地上。

梁云构与王铎不只是亲戚关系，还是文学上的知音，他们写诗、作赋，无话不谈，王铎常为梁云构的诗文集作序。

在梁云构的心目中，王铎是恢复古文传统、在中州文人中影响颇深的擎天之柱，评价王铎为"作文取经甚高，中原大雅，力欲大振宗风者"。正是因为他对王铎如此敬重，才把自己的女儿嫁给王无回。

王铎带着儿孙来到梁云构家，看着经常光顾的银湾别墅，主人已经驾鹤西去，让他感到悲痛万分。

王铎来到灵棚前，亲自为梁云构焚香祭拜，祈祷他一路走好。

祭奠仪式结束后，梁羽明带着王铎来到梁云构的书斋，看着书架上丰厚的著述，心里多少有了一些安慰。王铎亲自为他撰写墓志铭，并写下两篇祭文。

在桌案上摆放着一封书信，王铎拿起来一看，顿时泪流满面。这是早年他给梁云构写的《答眉居》诗，后面还附有一段感慨的话语："天生我辈既有如檐之毫供挥洒。大醉实好，彼此半老，亲故遭兵，几人能保。更著述，苦不早，难道乾坤无知己，浮云西飞方浩浩。"

甲申之变时，在严峻的政治与社会困境中，他们都有难言的话无处诉说，只能以诗文的形式向挚友倾吐，互相激励。明朝的灭亡之痛，时时勾起他的回忆。这种痛虽然彻骨切肤，却又不能轻易表白。入新朝后，内心深处极为矛盾，但又无可奈何。以礼部侍郎管弘文院事，由于闲职冷曹，少有人来拜访，也令他感到很失落，只能以诗文向梁云构倾诉内心的痛苦：

兀坐隐囊无客至，最难忘处最难言。
余生独喜耽经史，负郭深羞为子孙。

为了消解心中的郁闷，几个乡党、挚友经常小聚，而且时常挑灯拼醉，壶殇倾倒，歌声竞发，慷慨激昂。

梁云构的去世，对王铎的心灵又是一个沉重的打击。段姬是他生活中重要的一部分，梁云构则是他诗赋、文章、书画艺术上的知音。

知音走了，王铎夜不能寐，一直到东方破晓方才入眠。雄鸡嘹亮的报晓声，惊得王铎突然起身坐起来，并大骂公鸡把他的美梦打断了。正在熟睡的石薇汝被他吓得打个冷战，惊慌失措地问他怎么回事。他说又梦见了亲家梁云构，两人在一起畅谈了很长时间，可恨公鸡破坏了他们的相聚。

王铎再也无法入眠，索性起床来到书斋，把梦见梁云构的情景书写成诗：

　　意结何曾死，绸缪不恸号。
　　作诗酬玉女，使酒舞鸿刀。
　　神道灵坛祏，人间海岸涛。
　　碎心谈未尽，星影暗骚骚。

中秋的明月高挂在天空，向大地洒下了皎洁的月光，给朦胧的夜色罩上了一层神秘的轻纱。

在中秋佳节之日，王鉽见大哥心情很郁闷，就把张鼎延、张缙彦及梁羽明、张璇、宋荦、吕履恒等几个晚辈请到大哥的家中。大家聚集在一起，给他带来欢乐。

人刚到齐，正在品着茗茶时，王无咎向诸位抱拳拱手："各位前辈、芝三兄、牧仲贤弟，今天我有一个不情之请，还请诸位多多提携和帮助。"

王鉽以为他又搞什么名堂，开着玩笑问："藕茅，你又要出啥幺蛾子？"

王无咎却郑重其事地说："我准备把爹的书作珍品集中在一起刊刻成书，供我辈及子孙临摹学习，然后流传百世。"

张鼎延听了后，激动得噌地一下就站了起来："藕茅，你的想法太好了，我第一个支持。镌刻要用上等的石料，我来想办法寻找！"

王无咎又抱拳拱手："多谢世伯鼎力相助，晚辈将永世不忘！"

梁羽明听说要给老师出书，不再与王无咎调侃了，而是极力赞同并大力支持："这可是功德无量的大事，我把爹珍藏的精品贡献给你。"

王无咎说："以前我只收藏了一部分，哥哥和弟弟们也分别收藏了一些。诸位收藏的佳作珍品，我需用的时候可不要吝惜哟。"

宋荦也从中提醒："敬芝兄手中肯定也有精品，让他也要贡献出来。"

一直跟着王铎的吕履恒接着宋荦的话对王无咎说："二舅，你就放心吧。

我马上就给爹爹写信，让他提前做好准备。"

宋荦提到了吕履恒，让王铎不由得想起了大女儿一家。自从吕维祺去世后，加上河南一带流寇横行，他们一家的生活也很紧迫。好在他们继承了吕维祺的良好家风，把孩子教育得品学兼优，心里感到很欣慰。女婿吕兆琳自幼聪明，勤奋好学，为人诚实谦厚，很有其父吕维祺的风范。王铎对他一直很有信心，去年乡试中举，中进士也是早晚的事。

张鼎延见王铎不说话，问道，"觉斯兄，你是咋想的？"

王铎没像其他人那样激动，平静地说："我一生别无他求，唯书法小有所获。只要孩子想做，我肯定也支持。"

张缙彦回头问王无咎："藕茅，书的名字想好了吗？"

"初步想法叫《拟山园帖》，不过还没和爹商量。"王无咎先说了自己的想法，然后又进一步解释，"我听爹说过，他在修整老家的再芝园时，曾取名为'拟山园'。'拟山'二字有藏之名山，传之后人的寓意。"

王铎满意地点点头。张缙彦也认为很好，就进一步强调说："藕茅啊，你爹的作品很多，一定要认真甄选，把精品佳作都收入其中。"

王铎看着虽生在河朔之地，却有江左风味的张缙彦，觉得他太理解自己了。

王无咎说出自己的想法："黄石斋生前曾预言爹的书风五十自化，我准备从他五十岁以后的作品开始收录。"

张鼎延很赞同王无咎的想法，回头对王铎说："我感觉藕茅的想法很有见地，此时正是你化古出新的臻熟期，既有拟古的深厚功力，又有汲古开新与回归后的统一，最能体现其冲突对立后的平淡与和谐。"

张缙彦接着说："玉调兄说得很有道理。在你而立之年以后，书风大开大合，气势磅礴；不惑之年后，又是痛极生狂，简直是笔墨当哭啊；知天命之后吧，却又平淡天真，万途归一。"

张鼎延大发感慨："如此说来，所彰显的不仅是书风积淀与升华后的硕果，更是对书风的总结。"

在大家议论时，王无咎拿出王铎的一部分作品，说出了自己的想法："这里面除了小楷外，基本都是拟古之作，行书约占五分之四，其中临写'二王'的法帖占近一半。"

梁羽明看了后也发了一番感慨："老师的小楷出自钟繇和'二王'，大楷则融入了颜平原和柳诚悬的风骨。楷法严整中富于意趣，深得晋人书法之精髓，又融钟、王、颜、柳诸家之风，神合自家面貌。不但古韵天成，而且形神兼备，还不失唐人之法，真是奇趣神生，骨力洞达，奇崛生姿啊。"

正在大家谈笑风生，为王无咎出谋划策时，家仆急匆匆地走进来，禀报说丁耀亢先生前来拜访。

王铎听说丁耀亢来访，就起身出门迎接，王无咎也跟着一同出去。

丁耀亢的到来，让王铎有些意外。以前他们虽然多次相聚，但他很少到朋友家中来。

王铎见到丁耀亢后，两人相互抱拳拱手。王铎热情地说："野鹤先生大驾光临，让寒舍蓬荜生辉啊。"

丁耀亢很客气地说："觉斯兄，我唐突拜访，多有叨扰。"

"西生兄给我就别客套了。"王铎招呼着丁耀亢落座，然后对大家说，"你们有所不知，在闲暇之时，先生陪我遍游京师名胜，也写下了大量诗词，那可是文采飞扬啊！"

在座的几个晚辈对这位不速之客有些陌生。王铎给他们介绍说，西生是满腹经纶、自号野鹤的丁耀亢的字，山东诸城人。是著名的诗人、剧作家，是董其昌的门下。在科举考试时，以经纶济世自负而屡屡落榜。后移居橡谷山庄，远离尘嚣，以翻阅先人遗留下来的书籍及二十一史解闷。阅读之后，使他心情豁然开朗。经过一番深思后，将历代"作恶之报"的历史典故汇集起来，记罪不记功，言祸不言福，并加以评论。历时两载，五易其稿，写成了一部《天史》。从此，丁耀亢抛却经书，厌倦科举，全身心地投入诗歌及稗史的创作中。崇祯年间，清兵袭扰，大肆屠杀抢掠，百姓惶惶不可终日。丁耀亢携老母、妻儿逃到海岛上躲避，才幸免于难。回到家园后，田庄却被强邻恶族占去。甲申之变时，他再次携老母、妻子至清风岛躲避。后来，为躲避灾难和生计，不得已才赶至京城参加科举考试。考中顺天府贡生，讨了个镶白旗教习之职。

梁羽明、宋荦心里很清楚，丁耀亢名声在外都是老师的提携。丁耀亢刚到京城时，在华严寺筑有一室，名曰"陆舫"，他经常邀请文采飞扬的王铎小聚，请教诗文、书法。后来，王铎又把好友刘正宗、薛所蕴、龚鼎孳等名人邀来一同作诗赋词，相互唱和。如此一来，他才一时名声大噪。

王铎对丁耀亢的才能极力推崇，对梁羽明、宋荦神秘地说："野鹤先生最近正在酝酿一部巨著，叫啥梅？"

丁耀亢也不回避，说："暂时叫《续金瓶梅》，现在还只是想法而已。"

梁羽明、宋荦听后开始对丁耀亢刮目相看了，并恭敬地听丁耀亢诉说。

丁耀亢的突然来访，是有件事有求于王铎。他最近把自己的诗作集结起来，取名为《丁野鹤诗钞》准备刊刻，想请王铎给他写一篇序言。

王铎本来就是个热心肠的人，好友相求，他爽快地就答应了。梁羽明、宋荦目睹了名噪京师的文豪巨匠，也很高兴。

王铎看着欢乐的场景，让王无咎招呼家仆赶快端酒上菜，大家共同举杯，畅怀痛饮。

中秋节的小聚，使王铎的心情慢慢好起来，只是还是厌倦仕途，经常请假病休在家。

十月十一日，王铎参加了一次早朝，被加封为礼部尚书兼内翰林弘文院学士管左侍郎事，加太子太保。

皇帝的突然加封，让王铎感到很意外，愣了一下才赶快跪下谢恩。大家为他祝贺，他却感到诚惶诚恐。

散朝之后，王铎又直接去了王鈜家。王鈜让家仆把火炉赶快端到客厅，好让哥哥取暖。

王铎伸手取着暖说："朝廷今天加封我为太子太保，我感到很突然，心里不踏实。"

王鈜却解释说："大哥，你是三朝元老，如果从大臣的资历、学问和才能来看，您是当之无愧。"

王铎摇摇头说："我可不这么认为。你想啊，自从来京师后，我至今没做过一件可圈可点的事来。先不说对不起朝廷，就是看看手中拿到的俸禄，也愧对这个称号。"

王鈜说："大哥，依我的观察，朝廷重用你们这些老臣，是以此来教化他们的野蛮。"

王铎感到王鈜的话有一定道理，也没与他争辩。王鈜接着又说："朝廷其实也很难，如果完全相信大明旧臣吧，全国却又不断出现反清复明的活动。比如钱牧斋，我估计他肯定与反清复明事件有瓜葛，就他的地位和影响来分析，朝廷不可能无缘无故地逮捕他。"

王鈜的话让王铎对自己的消极有了新认识："我既然改变不了现状，今后就做些助人君、顺阴阳、明教化的事。只要有利于百姓的事，就应该主动地去做，至于说对与错，就让后人去评说吧。"

"大哥，命运有时无法选择，你也是迫不得已啊。"王鈜劝说了一句，然后说出自己的想法，"藕茅准备刊刻的《拟山园帖》，是有利于千秋万代的善事，要做就把它做精致。"

王铎很赞同，说："藕茅的确是个有心人。"

王无咎现在是家中孩子们的榜样，王鈜也很为他感到自豪。但也感觉他毕竟还缺乏经验，就提醒王铎多给他指导。

王铎随王鈜来到书斋，看着王鈜题写的"大隐斋"三个字，感到也太像自己的风格了，就提醒他还是要多写古人的法帖。

　　王铎之所以提醒王镛师法古贤，是因为人们对他的议论一刻也没停止过，而且是众说纷纭，褒贬不一。有人说他违背晋魏遗风，也有人说他开创了新的意境。其实，王铎在行书风格的确立上，是把"二王"与米元章进行融合，形成了独特的艺术风格。尤其是他的草书，以柔媚的姿态达到了书法艺术的最高境界。有人却认为柔媚是软弱无骨，其实他们哪里明白，柔媚是线条流畅而富有弹性的大美，也是一种雅俗共赏的中和之美。

　　王铎坐在书桌前，突然想给王镛写个长卷："子陶，今天大哥给你写个长卷。"

　　王镛当然求之不得，就赶紧准备笔墨纸砚，并轻轻地研起墨来。王铎从众多的毛笔中，挑出一支狼毫笔，然后就心平气和地书写起来。书写的正文，是他在崇祯十六年撰写的《鞠潭纂峨眉山纪游诗》。

　　王镛站在书案一边，看着大哥书写的整整十首七律诗巨幅长卷，激动得直搓手。

　　王铎写完正文后，看看还有很长一段绫，又提笔写了一段跋语。

　　写完之后，站起身来又看了一眼，感觉整体很满意。

　　王镛殷勤地赶紧给大哥端来茶。王铎活动一下筋骨，坐下来接过杯茶，忽然又想起了王镛出使山西的事："子陶，你奉旨出使山西，啥时候动身呢？"

　　王镛知道大哥又在为无党的安危担心："最近几天就启程。"

第五十六章

　　顺治七年的上巳节过后，春天的脚步已经来临，河边的柳树枝条抽出了嫩芽，随着微风轻轻地摇曳。
　　王钺出使山西已经好几个月了，却没有来一封家书，让王铎既挂念又生气。有时候就气呼呼地发牢骚："大群不懂事，子陶也不让人省心。去山西都已经好几个月了，也不知道给来封信。"
　　石薇汝抱着孙女却淡淡地说："老爷，用您的话说，越是不来书信，就越说明一切都很平安。"
　　王铎本来也只是发句牢骚，石薇汝却替王钺辩解，王铎转念一想，石薇汝说的也很有道理，其实自己年轻时也经常这么做。
　　石薇汝抬头看了一眼王铎，笑了笑，没再说什么。王铎只好把气慢慢地又咽了回去，来到石薇汝身边，想接过来孙女抱一抱。
　　石薇汝看到王铎在讨好，又怕他闪了孩子的腰："老爷，你有这个心思我就心满意足了，抱孩子你就别逞能了。"
　　石薇汝的话说中了王铎的弱点，王铎不由得哈哈大笑起来。然后站在石薇汝身后，一会儿左一会儿右地逗着孙女玩，小孙女被他逗得咯咯直笑。
　　石薇汝看着孩子一般的王铎，知道他的心情有所好转，心里也觉得轻松了很多。
　　正在他们开心嬉笑时，大门外传来了王之鹤的喊叫声："爷爷、爷爷……"
　　王铎刚回过头来，就见王之鹤像一头撒欢的小马驹，一蹦一跳地喘着粗气跑进来。跑到王铎跟前，弓着腰大口喘着气，断断续续地说："爷爷，三爷爷……回来啦……"
　　王铎明白了王之鹤的意思，看他累得说不成话，说："别着急，爷爷知道了。"
　　王之鹤直起腰，拉着王铎就往外走，石薇汝抱着孩子也跟着往外走。刚走到前院里，就看见王钺已经迈进了大门。
　　石薇汝见到王钺就埋怨："刚才你大哥还在唠叨，说你也不来封家书。"

王钺回头看看王铎,笑了笑说:"大哥,实在抱歉得很,让你担心了。"

王铎见王钺的心情很好,估计王无党肯定平安无事,这一趟官差也很顺利:"赶快到屋里说话吧。"

王钺坐下后,没顾得喝上一口水,就给了王铎一个定心丸:"大哥,大群一切安好,请您放心吧。"

王铎一颗悬着的心终于落了地,但还是用责备的口气埋怨了一句:"子陶,这么长时间咋不来封信呢?"

王钺嘿嘿一笑,解释说:"大哥,您应该知道的,奉旨办差有很多不便之处。这都是跟您学的,只要没有着急的事,一般就不写书信。"

王钺的话刚出口,石薇汝就转脸看了王铎一眼,然后掩嘴笑了起来:"刚才你哥嫌你不来家书时,我也是这么说的。"

王铎自己也笑了。王钺喝口茶,把平叛的情况提纲挈领地说了一下:

博洛被多尔衮晋封为定西大将军后,经过一段精心准备,去年中秋节期间就率领满洲军队,以凌厉的攻势将平阳附近的叛军击溃,彻底改变了太原周围的形势。当多尔衮命他班师回京时,博洛根据当时的局势分析后,感到太原、汾州、平阳所属的诸县还不太稳定,虽然已经渐次收复,然而还有许多地区有反清武装。如果此时撤出军队,叛军的残部就会乘虚袭击,州县又会得而复失。事实正如博洛所预料,刚上疏暂缓班师回京不久,平阳府就又爆发了一次起事。王无党孤城固守,有人见势单力薄就劝其投降。他拔剑砍地予以拒绝,然后身先士卒,英勇抗击数日。博洛派的援军及时赶到,王无党见旌旗蔽野,知道援军已到,就带领守军奋勇杀出来,与博洛的军队内外夹击,迅速把叛贼打败,其余州县也望风就抚,很快就收复并控制了整个局面,彻底平息了叛乱。

王铎开始还有些提心吊胆,后来听说儿子杀敌英勇,又得到了博洛将军的及时救援,最后打败叛贼保护了百姓,为儿子的豪气和胆略高兴,也觉得博洛这个满人更可亲了:"看来博洛将军与咱们王家有缘,大群多亏了他的及时相救,才能安然无恙。"

王钺说:"大群带着将士清理战场时,发现有数千名被贼兵抓来的难妇,就向博洛请求,让这些难妇全部回家与亲人团聚,最后无一人流离失所。这些人对大群是感恩戴德,立祠祭祀不绝。"

王铎得知儿子安然无恙,而且还得到了百姓的爱戴,心里感到很自豪。

王钺说:"姜瓖已经被城内的总兵杨振威秘密斩首,大军顺利开进了大同,也标志着山西北部兵变彻底平息。"

在一旁的王之鹤插嘴问:"三爷爷,我大伯啥时候回来呀?"

"傻孩子，他是平阳的父母官，现在暂时还不能回来。"王钺摸着王之鹤的头，然后对王铎说，"我到平阳时一切都已恢复了平静，在大群的治理下，平阳井井有条。"

王铎听了前因后果，自言自语："你说得简单，实际上大群肯定遇到了很多困难。"

王钺和王无党没及时写信报平安，的确是怕王铎担心。现在一切都已过去了，才实话实说："大哥，平阳被叛军围困数日，当时的形势的确非常严峻。眼看城池难保，大群才向博洛将军写信求救的。"

王钺拿出一封信递给王铎："这是大群向博洛将军求救的手抄稿。"

王铎看完后，王钺接着又说："博洛将军看到这封信后，就立即派出精锐部队前往，才解救了平阳的危机。我在平阳期间，听到很多百姓对大群都是赞不绝口。为此，还为他写了一首小诗。"

王铎喜不自胜："说来听听。"

王钺稍微想了想，张口吟诵道：

血燕汾阳土，为官见有冯。
戢民防瓮鼠，除寇寝卢功。
水返潺湲碧，桃归烂漫红。
祠神传社鼓，无愧守河东。

王钺顺利完成皇差返回京师，王无党又立了战功，受到百姓爱戴，王铎心里十分高兴，让全家人为弟弟接风洗尘。

王铎与王钺几个月不见，自然有说不完的话。在闲谈过程中，王钺想起一件事，对王铎说："大哥，这次奉旨出使山西时，听陪同的人说，山西有个红衣道长，自号'朱衣道人'，也称'石道人'，都说他是个奇士神人。"

王铎感到很好奇，稍微沉思了片刻，自言自语地说："朱衣者，朱姓之衣。先帝姓朱，难道是暗含对亡明的怀念。石道者，如石之坚，难道是决不屈服之意？"

王钺并没在意大哥在说什么，继续讲述自己的所见所闻："红衣道长不但医术精妙，天下无匹，而且武功也十分了得，据说已经达到了出神入化的境界。除此以外，他还精通书画、儒学、佛学和金石考据，诗文也是一流的。"

王铎把身子挺立起来："此人年龄几何？"

王钺眼睛一转："四十岁左右吧。"

王铎突然想起来一个人，就自我判断："难道此人是傅青主不成？"

王铽摇摇头纠正说:"此人不叫傅青主,好像叫傅山。"

王铎一听就大笑起来,王铽茫然不知所措:"大哥你笑啥?"

"傅青主就是傅山,傅山就是傅青主。"王铎接着就给王铽说,"傅山的初名叫傅鼎臣,字青竹,后来改字为青主。"

王铽用手挠着头说:"哎呀,我真是孤陋寡闻啊。"

傅山的名字,王铎早就听说过,而且对他的印象很好。特别是崇祯九年,他联络生员为老师袁继咸鸣冤的举动,让王铎十分佩服。后来,由于诸多的变故,再也没有得到他的音信。

王铽这次去山西,听了很多有关傅山的传说,就一五一十讲给王铎听。

崇祯十年,袁继咸的冤案得以昭雪,并官复武昌道后,傅山就返回了太原。他无意官场仕途,就在城西北一所寺庙里辟出书斋,悉心博览群书,除经、子、史、集外,甚至连佛经、道经都精心览读,掌握了丰富的知识。崇祯十六年,傅山受聘于三立书院讲学。在李自成的大军进发太原时,他奉陪老母辗转于平定嘉山一带。甲申之变,大明国亡。开始他也准备以身殉国,只是家里老母无人照管,才苟且活了下来。为此,他对忠孝不能两全感到很无奈,就写下了"有脸见老母,无头视苍天"的诗句。为表达对剃发的反抗,他拜寿阳五峰山道士为师,出家道号为"真山"。因身着红色道袍,遂自号"朱衣道人",别号"石道人"。

王铎听到这里,就想起了傅山的老师袁继咸的遭遇。顺治元年,他被左良玉之子左梦庚诱到军中软禁起来。左梦庚降清后,就把袁继咸交给清军邀功。袁继咸拒绝降清后,被押解到北京囚禁起来,劝降不成后,于顺治三年六月被秘密处死。

王铽见大哥对傅山特别关注,接着继续说:"据当地的一些名士讲,傅山救死扶伤,治病救人,当地人都称他为'医圣'。先生医德高尚,若是为穷苦百姓看病,经常不收银两,大家对他极为称赞。"

从王铽的讲述中,王铎感觉到傅山的高风亮节和特立独行的境界,的确是一座拔地凌空的奇峰。这让他想起了傅山的诗句:"既是为山平不得,我来添尔一峰青。"

王铽见大哥听得很认真,又侃侃而谈起来:"傅山先生特别精通医经脉理,最擅长的是妇科病,著有《傅青主女科》《傅青主男科》《傅氏幼科》等许多专著。"

王铎称赞傅山道:"刚不惑之年就有如此成就,真乃奇人啊!"

王铽对傅山也充满了敬佩之意:"此人不但医术高超,对书法研究也很有见地。他提出的'宁拙毋巧,宁丑毋媚,宁支离毋轻滑,宁真率毋安排',与

664

大哥您提出的'奇''怪'的观点,我感到有异曲同工之处。我曾见过他书写的一些条幅、中堂,与你的书风也特别接近。"

王铎觉得傅山在书法方面的观点与自己很相似,提法也很新颖,这激起了他的极大兴趣,更想听听王鈜对傅山的评价:"说说你对他的看法。"

王鈜说:"总体感觉你是沉郁顿挫、腾挪跌宕、真力弥漫、气势如虹,而傅山的是纵横排挞、奔放夭矫、雄奇变化、不可端倪。"

王铎感到王鈜这趟奉旨办差,不但开阔了眼界,在审美观念上也发生了很大变化,就有意识让他谈出自己的想法:"子陶,你刚才说得太空洞,谈些具体想法。"

王鈜见大哥很感兴趣,喝着茶又琢磨了一下,然后谈起自己的见解:"你们俩都喜欢在八尺或丈二长幅上挥洒,其草书都有以气驭笔、以势铺墨的特点,更有蹈厉无前、所向披靡的气概。特别是连绵狂草,如果不仔细审视,很可能将两人混为一人所为。"

王铎听到这里开心地笑起来,但并没有插话。

王鈜见大哥如此开心,就继续说:"你们俩在章法、墨色、运笔等方面也很相像。在章法上,您是在参差不齐中大小错落,疏密相间中回环抱应,穿插争让中开合扭结,乱中见整,齐中又散,尽显雍容自得的气势;而傅山可以说是继承了您的风格,尽管单字欹侧不稳,但通过藤络婉转盘纡的连绵飞动,行与行之间的穿插揖让,显得乱云飞渡,豪迈磊落。在墨法上,你是以浓取神、以润求妍、因燥得险、施淡而和,酣墨落纸一任自然地随笔锋运转,形成了淡、枯、渴的妙会天机;而傅山除了浓淡枯润之外,频繁使用渴笔飞白,似乎全无安排,但又神完力足,元气淋漓。在运笔上,你是忽粗忽细、时方时圆,尤其是翻折的应用,不但独具匠心,出锋、抢笔、飞白、牵丝映带都无丝毫败笔,线条显得劲健干净,有熔金屈铁的感觉;而傅山的线条粗细对比特别强烈,更显得浑厚、拗硬。他不甚讲究笔法的典雅,时常出现皴擦,甚至出现偏锋。用笔如同天马行空,任心性流淌,使线条苍茫高古而又浑厚恣肆。另外,在手熟和精能方面,他绝对是稍逊一筹。您几乎件件都是精品,既雄奇幽奥,又沉雄厚重;而傅山却如粗服乱头,然而却气雄万夫,浑厚华滋,犹如黄钟大吕震人肺腑。要是用拳术来比喻,你的书法颇类乎太极拳,行云流水中腾挪跌掷,刚柔并济时柔化刚发,沉郁顿挫;而傅山的书法如少林拳,流畅中见凝重,刚猛时蕴灵动,豪放浪漫。"

王铎听了王鈜的一番话,感到他的欣赏水平又上升了一个高度,很为他高兴和自豪。同时感觉傅山的风格很有个性,就想再进一步了解,问:"傅山的'四宁四毋',其内涵是啥意思?"

王铖说:"傅山有一首诗:'饕餮蚩尤婉转歌,颠三倒四眼横波。儿童不解霜翁语,书到先秦吊诡多。'从'诡'字中可以看出,他追求的是面目狰狞、颠三倒四、古拙生辣的审美心态。这与大哥您提出的面如贝皮、眉如紫棱、口中吐火、身上缠蛇、力如金刚、声如彪虎的审美观念何其相似啊。您是胸中有竹,腕下也有竹,而傅山则是胸中无竹,而腕下有竹。我的总体感觉是,他一定受了您的启发。"

王铖还没有说完,不知什么时候王之鹤进来了,不服气地插了一句:"他咋能和爷爷相提并论呢?"

王铎阻止王之鹤插嘴:"小孩子别打断大人说话,听你三爷爷说。"

王铖依然兴奋地说:"傅山先生的墨宝,在当地特别珍贵,已经到了片纸只字珍逾拱璧的地步。"

王之鹤头一歪还是不服气:"再贵也没有爷爷的珍贵!"

王铎看见王之鹤可爱的样子,高兴得哈哈大笑起来。此时,王铖的二儿子王无添也跑进来叫他回家。

王铎伸手拦住王无添:"凤夜,坐到大爷这里来,听你爹讲故事。"

王铎一边拉着王之鹤,一手揽着王无添,他们三人腻在一起,享受着天伦之乐。

王铖很认真地说:"听山西的名士们说,傅山特别喜欢您的书法,对您也非常尊重。他不但自己学,还教育子孙学您四十岁以后的作品。"

王铎以前曾听黄道周说过,正想再进一步了解时,王无添抢先问了一句:"为啥是四十岁以后呢?"

"小孩子别插嘴。"王铖瞪一眼王无添,然后接着说,"凭我的直觉,他一直在关注、研究您的书法,不然的话他就不会在年龄段上分得这么清楚。"

"这个傅青主的确很有自己的想法,我四十岁之前确实属于探索阶段,以后才逐渐成熟的。从你听说的情况看,他的确与我有很多相似之处,看来也不是个循规蹈矩的人啊。"王铎激动得站起身来,背着手在屋里来回走着,然后对傅山大加赞扬,"四十多岁就有如此成就,真正是个全才啊!"

"谁是全才啊?"王铎的话刚说完,门外传来了王无咎的声音。

王之鹤机灵地跑出来,迎接王无咎的到来:"爹,爷爷说的是红衣老道。"

王无咎进门看见王铖回来,高兴地问好:"三叔啥时候回来的?您老辛苦了!"

"刚交完差。"王铖招手示意王无咎坐下,随即改变话题,"藉茅,你编纂的《拟山园帖》准备得咋样了?啥时候开始动工啊?"

王无咎开着玩笑说："就等您老回来当总纂了。"

王铖也不推辞，问："那就说说你准备的情况吧。"

王无咎顺势坐在王铖身边，进行详细介绍："整个《拟山园帖》共分十卷，初步精选了一百零三种。我是尽量把最精华的部分都选出来，同时也考虑了不同的书体。"

王铖听了很满意，没有想到自己出去几个月，王无咎竟然已经做好了充分的准备，就开着玩笑夸赞道："翰林高手就是不一样啊。"

王无咎说："大多数是我收藏爹的临古精品，三叔若有精品也别吝惜啊。"

"这是应该的，不但我要做贡献，包括你二叔、你哥，还有你弟弟都得把精品贡献出来。"王铖让尽量做到极致，然后又问，"临摹、镌刻手找到了吗？"

王无咎说："通过朋友多方打听，最近找到了古燕临摹高手吕昌和西安镌刻名手张翱，我把想法告诉他们后，他们都愿意合作。"

王铖说："藕茅，等你爹空闲时，咱们把你选的精品再认真甄选一次。"

"那太好了，到时候叫我爹给把把关。"王无咎兴奋起来，"我还有个想法，准备让张濂源世叔和龚孝升作个题跋如何？"

王铖听后把眉头皱了起来："为啥要找他们写序呢？"

王无咎解释说："他俩都是爹的好朋友，在朝中又有一定的地位。再说龚孝升不是'江左三大家'之一吗？"

王铖说："你爹还是'京城三大家'盟主呢！"

王铎一直默默听着王铖和王无咎的议论，当听到王无咎要找张缙彦、龚鼎孳作序时却不同意："藕茅，咱们做事还是低调些为好。"

王无咎显得很自信："爹，您就放心吧，儿子心里有数。"

王铎见王无咎胸有成竹，感到他比以前更加成熟了，也没再说什么，然后家人聚集一起，为王铖接风洗尘。

府邸里其乐融融，笑语不断。大家酒足饭饱后，王铖请王铎去他家，说是请教一些有关编写戏曲的事情。

王铎跟随王铖来到龙松馆书斋，坐下刚喝一口茶。王铖就从柜子里取出一个精致的锦盒，小心翼翼地拿出一个卷轴，徐徐打开后竟然是巨然的《万壑图卷》。

王铎看到后吃了一惊，问："子陶，你这是哪里淘来的宝贝？"

王铖说是刚得到，请大哥鉴赏真伪。王铎俯下身子从头到尾，仔细观赏半天方才起身，激动不已，认为是真迹无疑，提笔在上面作了题跋。

稍作休息后，王铎顺手拿起汤显祖的《牡丹亭》看了起来。刚看了其中《寻梦》一折后，就有了自己的想法。此时，王鉌拿着厚厚的一叠手稿过来，王铎兴冲冲对他说："子陶，汤显祖的《牡丹亭》，我觉得存在两个问题：一是不中九宫律吕，二是情节描写得太直。"

王鉌把厚厚的手稿递给王铎说："大哥，咱俩想到一起了，我也是这么认为的。所以就模拟《牡丹亭》中《寻梦》一折，改写了一折新戏本。"

王铎接过来一看是《拟寻梦曲》，对王鉌更加刮目相看了，立即放下汤显祖的原著，捧着《拟寻梦曲》仔细看起来。

王鉌让孩子们悄悄退出书房，听见里面不时地传出哗啦哗啦的翻书声。直到夕阳西下时，王铎才伸着懒腰站起来。

俗话说："乱世藏黄金，太平收字画。"

局势越来越太平，人们对字画的收藏就更加重视起来。在京城的王公大臣中，王铎的书画越来越受推崇。特别是在新年之际，谁家的厅堂里倘若不悬挂他的字画，主人都会感到很不体面。

求字画的人越来越多，王铎也尽量满足同僚、乡党、亲友的需求，不仅为丁耀亢写了《题野鹤露舫斋十首》、为沈石友写了《自作五律诗卷》，还挑灯给张煊书写了《为葆光老亲翁草书卷》。在高兴之余，曾乘兴自信地写过："数百年后或有人曰，此王氏《换鹅帖》也。"在臂痛筋缩时，也曾写过牢骚的话："书画虽遣怀，真无益事，不如无俗事时焚香一室，取古书一披或吟啸数语。"

进入腊月，从皇宫到普通百姓家都在为迎接新年置办年货时，宫廷里却突然传出了震动朝野的消息：多尔衮在喀喇城病逝。

真是天有不测风云，人有旦夕祸福。在多尔衮的灵柩回京时，顺治皇帝亲自率领诸王、大臣缟服出城跪迎，追怀其功德，下诏追尊多尔衮为"懋德修道广业定功安民立政诚敬义皇帝"，庙号成宗。追封其元妃为"义皇后"，夫妇一同升祔太庙祭享，视同一位真正的皇帝，极尽哀荣。

权倾朝野、年仅三十九岁的多尔衮突然去世，使得顺治皇帝福临提前亲政。

顺治八年的正月，天气晴朗，艳阳高照。十四岁的少年天子福临，在紫禁城太和殿举行了亲政大典。他端坐在宝座上，接受王公大臣的叩拜。

顺治皇帝福临从懂事起，就穿上了很不合体的龙袍，在懵懂中登上了龙庭。随着年龄的增长，慢慢体会到了被别人玩弄于股掌，做傀儡皇帝的无奈。

也使他渐渐地懂得，皇帝宝座虽然至高无上，但很多人都在垂涎三尺，为皇权暗中流血争斗。多尔衮为了做太上皇，有意不让福临延师就学，让他整日玩耍骑射，以致不识汉文，亲政阅读奏章时，经常感到茫然不解。

福临的童年生活，与普通儿童截然不同。每日晨昏参拜，四时祭祀叩首，遵守着数不清的繁文缛节。他与母亲多年分宫而居，几乎没有欢乐童年，也缺少母爱和温暖，更没有欢乐的儿童情趣，看到的只是冷酷呆板的宫廷。特别是当他看到多尔衮在诏书上擅自将"皇叔父摄政王"改为"皇父摄政王"时，他认为这是对他们母子的最大侮辱，给他的内心带来极大的痛苦。虽怒火中烧，由于皇权被多尔衮左右着，他们母子为了皇权也只能忍气吞声。

对于"皇父摄政王"的封号，王铎其实也被搞糊涂了，为此，还专门请教过大学士范文程。范文程就用冠冕堂皇的话进行搪塞："去掉'叔'换成'父'字，表明与太宗皇帝同等对待。"

王铎饱读诗书，对传统文化如数家珍，听了范文程的搪塞，也曾不客气地说："那还不如直接改成太上皇算了，皇父是古已有之的名词称谓，叔父与皇父不可混淆。"

素有诸葛之称的范文程只好捋着胡须辩解道："觉斯兄言之有理。叔父为皇上之叔父，皇父为皇上之父，两者不可混淆。大清朝甚为特殊，顺治皇帝感觉已无法表达对摄政王的敬爱之情了，若只加封'尚父''仲父'或是'亚父'之类的头衔，已经不足以表达摄政王的功德了，所以便用了'皇父'一词。幼帝视叔父亲如父皇，而叔父则视幼主为己出，一心一意辅弼幼主，父子携手，我大清才能立于不败之地。"

王铎依然不依不饶地问："如此一来，大清似乎有一老一少两个皇帝了，他们真的能亲如父子吗？"

范文程在心里说王铎咸吃萝卜淡操心，但表面上仍然耐心地解释："摄政王功高盖世，深孚众望，而且谦逊自持，无丝毫骄奢，其功德难以言表。摄政王虽是皇叔父，却以帝位相让，犹如父传子。既然摄政王将皇上视为己出，皇上理应以父礼对待。所以卑职以为，这一字之差，既恰如其分，又意义重大。"

群臣们山呼万岁的声音，把王铎从回忆中唤醒。

顺治皇帝在亲政大典结束后，在满汉文武大臣的簇拥下，出紫禁城到天坛祭祖。

皇帝福临坐在华丽的御辇上，脸上露出少有的灿烂笑容。御辇前后壁垒森严，一对对穿着黄马褂的銮仪兵骑着高头大马，双手高擎着开道红棍；御辇后是浩大的乐队和红衣銮仪兵，彩旗招展，旌旗猎猎；接着就是穿着黄马褂、手持斧钺枪戟的侍卫骑兵队以及元老重臣等。两黄旗组成的豹尾枪班、弓箭班和满汉文武大臣紧随其后。慈眉善目的皇太后大玉儿，身穿绣着黄色金龙的朝服，胸前挂着一串洁白的朝珠，一脸安详地坐着凤辇一同前往。

天坛整体布局北圆南方，象征着天圆地方。圜丘和祈年殿蔚为壮观，在阳光下熠熠生辉。来到天坛，皇帝走下御辇，看着这座高大建筑，心情激荡。

皇帝福临神采奕奕，龙行虎步地走近香案，对天行礼。诸贝勒大臣以及外藩各使恭恭敬敬行三跪九叩礼，黑压压地跪了一地，山呼万岁，撼天动地。宣诏大臣手捧满、汉、蒙三种表文，站立坛东布告天下，皇帝福临即日起临朝亲政。

祭祖仪式结束回宫后，福临看着既熟悉又陌生的太和殿，心情非常激动，从今天开始才成了它真正的主人。

王铎看着激动的幼主，深感他的皇权来之不易，更为利欲熏心、欲壑难填的多尔衮悲哀。

多尔衮大权在握，虽有六妻四妾，但仍不满足。在逼死豪格后，又把他的福晋占为己有。当闻听高丽顺义公主长得漂亮时，又暗中派使节选中顺义公主，住在塞外的喀喇城堡。并以行猎为名，带着诸王大臣以及护军出京，整天与顺义公主温柔他乡。塞外边城，凉爽宜人，是消暑避热的好地方，他就下令在塞外修筑一座避暑山庄。入秋之后，多尔衮受风寒患上风疾。在一次打猎时摔下马，膝盖被摔伤。风疾加上摔伤，病情越来越严重。多尔衮预感到了不测，在病榻上秘密召见了他哥哥英亲王阿济格。跟随多尔衮的大学士宁完我感到情况有变，就只身冒险离开喀喇城，日夜兼程赶到京城，将多尔衮欲谋逆之事告知皇帝福临。少年天子虽然没有政治基础和政权班底，但他身后有位身历三朝、久经政海、聪睿刚强的母亲辅弼，采取果断措施，恩威并用，福临才实现了顺利亲政。

皇帝福临亲政后，八旗之间为了权力，在多尔衮尸骨未寒时就开始起内讧。英王阿济格与摄政王亲信闹翻了，强行勒令郑亲王服从他。

皇帝福临听说后，先吃惊后窃喜：“此乃天赐良机，鹬蚌相争，渔翁得利，你们搞内讧，我正好夺回真正的皇权。”

多尔衮在世时，郑亲王备受压制和排挤，早就对多尔衮三兄弟恨之入骨。多尔衮死后，郑亲王在群臣中的威望激升，自然而然成了诸王之首。现在由郑亲王出面摆平，他自然会感恩戴德。既能争取到郑亲王，又能左右王公大臣，还能了断多尔衮三兄弟中唯一尚存的老大英王阿济格，真可谓一箭双雕。

皇帝福临看着济尔哈朗，说："郑亲王，朕尚年幼，不知当如何处置此事，请你拿主意吧。"

郑亲王济尔哈朗上前一步，一副不负众望的神态："启禀皇上，英王素有叛逆之心，先是擅派三百骑从喀喇城急驰入京，意欲图谋不轨。幸亏我主英明，将其一网打尽。今又企图强迫白旗诸王，思谋夺政，实乃罪不容赦！"

济尔哈朗的话让热闹的大殿顿时鸦雀无声，皇帝福临静静地听着双方相互揭发。

大学士谭泰也说："英王早就犯下了大逆之罪！他曾口口声声称幼主为无知小儿，罪当砍头！"

"启奏陛下，臣等建议幽禁英王，夺其牛录，籍没家产人口。"

苏克萨哈瞪着一双圆溜溜的黑眼珠子，粗声大气地说："睿王私备御用服饰，曾经打算将两白旗移驻永平府，妄图谋篡大位。睿王死时又以明黄袍殓丧，犯下了僭越大逆之罪，请圣上明察！"

詹岱等人也高声附和："议政大臣苏克萨哈所言句句属实，卑职亲眼看见他身上裹的是明黄袍。请圣上明察，应严惩不贷！"

大臣们按捺不住内心的极度愤怒，恨恨地说："有道是王子犯法与庶民同罪，看来睿王这是利欲熏心，咎由自取！"

以前受到多尔衮压抑的大臣，对他的不满和怨恨现在终于像火山一般喷发出来，都纷纷揭发他的种种劣迹：

"睿王所用仪仗、音乐、侍卫等俱与皇上相同，新盖的府第与皇宫一般无二，犯下了僭越之罪！"

"睿王以朝廷自居，不奉上命，任意升降官员，甚至令诸王大臣每日去他府前听候差遣，他擅将宫中玉玺移到府里，早犯下了专擅之罪！"

"睿王摄政后独断专行，排挤打击郑亲王，而将亲弟弟多铎封为辅政叔王。他背誓肆行，自称皇父摄政王，逼死肃王豪格并夺其妻子。睿王之罪神人共愤，罪不容恕，十恶不赦！"

济尔哈朗感激皇上的信任和恩宠，最后以总结口吻说："诚如各位议政王以及议政大臣所言，多尔衮显然早有悖逆之心。今冒死奏闻，伏愿皇上速加乾断，列其罪状，宣示中外，以平民愤，臣等失职，也愿受惩处！"

听了诸王大臣的话，坐在龙座上的少年天子站起身来，告诫大臣："侵犯君权者，一律严惩不贷！既如此，足见睿王之罪已是神人共愤，即刻起将睿王罪状一一罗列，昭示天下！"

自从郑亲王济尔哈朗等人参劾睿王"谋篡大位"多条罪状后，皇帝福临马上下诏,将多尔衮削爵,撤出宗庙,开除宗室,追夺所有封典,籍没家产,府宅入官,养子及女儿赐予信王多尼为奴;然后开棺挫尸,用棍子打,用鞭子抽,最后砍掉脑袋,暴尸示众后,焚骨扬灰,多尔衮昔日的党徒非死即贬。

皇帝福临的此项举动,彻底清除了多尔衮的班底,并向八旗王公大臣提出了严正警告:"任何人不忠不敬、背叛帝君、侵犯君权,都将严惩不贷!"

与此同时,对幼主忠贞不贰、立有大功的索尼、鳌拜、遏必隆以及苏克萨哈等人,分别擢升要职、加封爵号,深受皇帝福临的宠信。

第五十七章

　　顺治八年初春，顺治皇帝福临开始亲政。虽然年幼，但做事却很谦逊稳重，又礼贤下士，对于重大决策屡次征求诸位议政王和议政大臣们的意见。他的做事风格，与多尔衮的独断专行相比，真若天壤之别。同时，他还刻苦研读典籍，对儒、佛、道三家的思想很感兴趣，从中悟得了很多治国安民的道理，看得出是一位能做出一番作为的帝王。

　　王铎虽然在顺治三年就被委任《明史》副总裁，顺治六年又被任命为太宗文皇帝实录副总裁。由于积郁在心中的气节块垒压抑和朝中的钩心斗角、尔虞我诈，让他感到了前所未有的厌恶，就一心想急流勇退，回到老家安享晚年。

　　春风和煦，空气清新，皎洁的月光照在大地上。

　　王铎来到书斋里，准备在乞休前给朝廷上疏，提倡儒学，尊师重教。刚抽出奏折，就见王无咎陪着张鼎延和张璇父子进来。

　　张鼎延父子的到来，打乱了王铎的计划，王铎赶紧招呼他们父子。

　　王铎看见张璇怀里抱着一个精致的木匣，感到很好奇："天政，你抱的是啥宝贝啊？"

　　张璇还没说话，张鼎延就笑着替儿子回答："你说得太对了，里面的确是宝贝。"

　　张璇来到王铎面前，轻轻地把木匣放在王铎面前："老师，这是以前您和爷爷、爹相互写的书信和诗文。"

　　王铎听了似乎有些糊涂，回头看着张鼎延，指着木匣问："亲家翁，你让孩子抱它是啥意思？"

　　张鼎延顺势坐在王铎身边，解释说："天政听说藉茅刻了一部《拟山园帖》，他就想把咱们之间的信札也刻成一部专辑。今天专程就是想听听你的高见，并把书信、诗文再甄选一下。"

　　王铎明白了张鼎延父子的来意后，笑着说："玉调兄，弟于笔墨，敝帚也，无益国家，乃闲暇中偶一戏为之。我正全力唯求经史，批观诗文。至画、书、作文，积之如山陵，反生诸苦，劳心疲力，耗日持去，皆为幻梦……"

张鼎延却不完全同意王铎的观点，不等王铎说完，就与他争辩道："我知道你的心思，你是以经史为第一要义，视书法为雕虫小技。儒家虽然以修身齐家治国平天下为己任，但书法可是'六艺'的重要方面，也是文人士大夫自身综合素质的体现，更是其思想、才气、道德、人格等方面的综合反映。"

张璇也从中插话道："老师的书法、诗文都达到了炉火纯青的境界，最能代表您的成就和水平。"

张鼎延让张璇打开精致的木匣，说："孩子对你高山仰止，想用你'琅华馆'书斋的名字，集刻成专辑传给子孙后代，你看中不中？"

王铎微微一笑，马上爽快地答应了："中！我支持天政的想法。"

张鼎延从木匣里拿出一张递给王铎："你看看里面的内容，很有意义。"

王铎看着已经发黄的书信，想起了当年生活困窘时，张缙彦慷慨解囊给予资助，并派仆人送来猪蹄、美酒相慰问。那种雪中送炭的场景依然历历在目。当看到第二封书信时，王铎突然掀髯大笑起来，张鼎延接过来一看，也掩面大笑不止。

王无咎看到两位老人都在大笑，感到很好奇，就接过来传看，只见上面写道："雨夜雪窗，我两人扪虱谈古，一快也。"

王铎又从中拿出一页，是当年写的《庚午夜坐玉调亲家德里山村斋》。

王铎还清楚地记得，那是崇祯三年秋天，张鼎延因不得志而回乡闲居，王铎回家探亲期间到洛宁去探访。这对张鼎延来说真是雪中送炭，他自然受到了盛情款待。当时，王铎本人也经历了一些仕途的风波，对人情世态有了更深切的感受。经过一番交心的畅谈，越加感到情投志合，就做主为孩子定下了娃娃亲。当年，王铎的次女王相年方八岁，张鼎延的次子张璇才五岁，从此之后两人就以亲家相称。

王铎想到这里，脸色慢慢沉下来，看着张璇遗憾地说："天政啊，都是小相没有福气，不然的话你们现在该是多好的一对小夫妻啊！"

"觉斯兄，是天政没有福气，我也没这个福气，不然的话我就又多了一个闺女。"张鼎延赶快接过王铎的话，"天政是你学生，师徒如父子，他现在就是你儿子。"

张璇也赶紧安慰几句，为了转移老师的视线，从中又拿出一张信笺递过去。王铎稍微平静了一会儿，接过来一看，是自己写的《蜀抚张葆一年伯平奢安》其二：

铁骑水西头，长驱丈二矛。

> 营连山月黑，士入栈风道。
> 万马嘶征斾，孤魂泣戍楼。
> 不佣除大庞，非是为封侯。

这是王铎在听了张鼎延讲述其父亲张论任四川巡抚期间，在平定奢崇明和安邦彦叛乱中战功卓著，但他不争功、不倨傲。老人的高风亮节令王铎敬仰，欣然写下了这组诗，略述了奢、安叛乱的起始与经过，对战乱给百姓带来的灾难进行了揭示，更对张论在平叛过程中显示的谋略与勇气给予极高的赞誉。诗中还描写了西南山川地势之雄壮险固，战争气氛严酷炽烈。

王铎重新细看后，心里依然感到美滋滋的。觉得诗句叙事简明概括，遣词也生动精警，既琅琅可歌，也声情并茂，颇有唐朝边塞诗和征战诗的韵味。从中表现出的大气和才气，显示出了较高的文学性与艺术性。

此时，张鼎延拿出自己的诗稿给王铎看，这是他写的《谪居德里喜觉斯亲家远访次韵》其中两首：

> 升沉意若何，感慨向修阿。
> 德里云峰暮，竹溪酒伴多。
> 悠然窥鸟翼，从此理渔蓑。
> 不负金川灶，空天老薜萝。

> 吾爱子期至，夔余发远音。
> 百年今夜醉，千里故人心。
> 月白砧声急，山高木叶深。
> 愿投陈氏辖，长此斫人参。

从中看出张鼎延在家闲居的落寞心情，甚至有看破红尘、隐居道山的出世之意。他把王铎视为钟子期那样的知音，在诗酒流连中倾吐肺腑之情，两个人的诗互相映衬，共同表现了深厚的情谊。

张鼎延见王铎看得很仔细，就自谦地说："不管是诗文还是书法，在你面前我只能是班门弄斧，让你见笑了。"

张鼎延的话并非恭维，事实也的确如此。他经常与王铎在一起切磋，不只是诗文受王铎影响很大，在书法方面更是如此。

王铎接过张鼎延写的另一封信，从中看出他书法功力的确很深厚，在笔势及字体的处理方面，明显地看出他有意效法自己风格的意趣。

张璇也拿出自己写的《按蜀功》诗让王铎点评。这是他拜读了老师的十首五律和父亲四首七绝诗之后的有感而作。在诗的前面有个小序："宗伯王老师旧赋十律，家君咏有四绝，跽而读之，不禁葛藟条枚之感焉。亦成五言律四首，以识永慕。"

　　　　三十年前事，七盘毒雾横。
　　　　绣衣方淬斧，白羽已销兵。
　　　　风雨识泸水，旌旗记锦城。
　　　　澄清畴所赐，纶羽久知名。

王铎刚看完，张鼎延又挑出了他父亲写的《登金山绝顶》诗：

　　　　秋风吹我上青霄，金界横连景物饶。
　　　　西望陇秦识地轴，东怀辽沈指天骄。
　　　　林深涧古噪猿切，日暮云平班马萧。
　　　　觞咏何须安石妓，和鸣自有凤凰箫。

　　诗中写的金门山，西接秦陇，东望辽沈，登山览胜，遐思悠远。诗的气势宏大，用笔遒劲，这是他即景抒情的佳作。

　　张鼎延、张璇爷儿俩，接二连三地把他们祖孙三代的信札拿出来，王无咎开始没有明白其中的用意，感到有些疑惑。后来，张鼎延对王铎说出了心里话："觉斯啊，《琅华馆帖》专辑以你为主，我和孩子的信札只穿插一部分，我们是想通过这个集子都跟着沾些你的仙气。"

　　张鼎延如此一解释，王无咎才恍然大悟。

　　张鼎延接着又说："我想尽量用现成的书信、诗文，如果你认为个别不合适的再重新抄写。"

　　王铎把信札看了一遍，里面还有以前给张鼎延写的书法小品。从东汉的钟繇、晋代的"二王"父子和唐代的欧阳询、颜真卿、柳公权以及宋代的苏、黄、米、蔡等皆有所师从，有的直接题署为"王铎仿古"。总体上感觉是各体兼备，其中草书和楷书各有一部分，行书稍微多一些。行、草方面效法唐代张旭等人，对元代赵孟頫和明代祝允明、文徵明、董其昌等书家也有所借鉴，真可谓是取百家之长。

　　张鼎延先谈了自己的看法："这些信札，在书法艺术上，我感到有三个特色：首先是在骨力上，笔画遒劲异常，力透纸背、入木三分、铁画银钩；其次是在气势上，具有一种昂扬的态势，舒展开张；第三是在神采上，笔画流畅自然，和谐得当，给人以赏心悦目的美感，整体章法布局精妙。"

王铎听着就笑了起来："玉调兄，你言过其实了吧，整体感觉还说得过去，但有些还需要重写。"

王无咎看了很多精品，羡慕不已，虽然也很想收录到自己的刻集中，又感觉那样就会重复，不利于把爹的更多作品流传后世，现在只有羡慕的份了。

王铎是个严谨的人，性子又急，对于不满意的信札，马上又书写一遍。在书写的过程中，对平生学书的经历感慨颇多，最后用小楷写了一段跋语："辛卯二月十八日，玉调亲家携卷求书。予书何足重，但从事此道数十年，皆本古人，不敢妄为。故书古帖，瞻彼之在前，瞠乎自惕，譬如登鹤华，自觉力有不逮。假年苦学，或有进步耳。他日当为亲家再书，以验所造如何。"

张璇看着两鬓斑白、年近六旬的老师还是那样谦虚严谨，他更加崇敬。

张鼎延看着有些疲劳的王铎，心里十分感激。

王无咎趁着王铎喝茶的空闲，对张鼎延说："世伯，我最近找了一位刻石巧匠叫张翱，已经说好让他刻《拟山园帖》，建议《琅华馆帖》也请他镌刻。"

张璇回头对张鼎延说："爹，我赞同二哥的提议。此人的刻工我见过，他刻的字体功力遒劲而细腻，清晰自然，能够逼真地保持原书的风貌。"

张鼎延高兴地说："那就太好了，高超的刻工技艺和精湛的书艺相得益彰，必将成为非常珍贵的碑刻佳品。"

王无咎说："世伯，镌刻的石料，你说……"

张鼎延没等王无咎说完，就接过了他的话："藕茅，石料我已经全部落实好了，给你准备了九十块，我留十二块，全部都是汉白玉。"

王铎疑惑地问："玉调兄，这么多石料你是从哪里弄到的？"

张鼎延神秘地说："皇宫正在修葺，有一些石料用不上，正好咱们可以利用。我就找朋友让他们转给我，咱们这是变废为宝啊。"

阳春三月，王铎呈上一道尊师重道、幸学释奠的奏折。

皇帝对王铎的奏疏大加称赞，并提出了具体要求：释奠大事允宜举行，其令择吉具仪以进，葺文庙，如所请行。

顺治皇帝御批应允后，派鸿儒大臣分别祭告泰山、华山、嵩山、衡山、恒山五岳。

王铎本来是想上疏后就乞休辞职，告老还乡，安度晚年。他万万没有想到，皇帝却派他去祭告西岳华山。后来他想，只要离开京城，离开钩心斗角的朝廷，顺便还能好好看看名川大山，可以一举两得，何乐而不为呢。

为了慎重起见，王铎准备挑选个良辰吉日启程，就来到宣武门天主教堂找到汤若望。这座教堂是汤若望将利玛窦建的一座经堂扩大而成的，现在成了京城第一大教堂，也成了汤若望等神父的起居之所。

王铎来到汤若望的府邸一问，他还没有回来。王铎只好又来到建国门的观象台，这里是钦天监办理事务的所在地。

汤若望看见王铎，很惊奇，幽默地说："觉斯兄，平时你从不找道未，是怕我再向你求墨宝不成？"

王铎仔细看着眼前金发高鼻梁的汤若望，虽然也是年近六旬，但脸色红润，精神依然饱满。腮上一抹浓密的浅黄色胡须随风飘拂，仍然一副精明强干的样子。见汤若望开玩笑，王铎连忙摆摆手："道未兄，你说的是哪里话。你这里可是朝廷禁区，涉及的都是皇家机密大事，我哪能随便进出呢？"

汤若望一边请王铎去客厅，一边问他的来意："你这次来，肯定又是为皇上祭祀选良辰吉日的吧？"

王铎笑着说："道未兄真不愧是朝廷的钦天监，能掐会算，我还没说话，你就知道我来的目的。"

汤若望说："如果我没有记错的话，你这是第二次找我选吉日。前几日，您上疏顺治皇帝重道尊师，皇帝已经允准并对你委以重任，你找我肯定是为了祭祀的事情。"

王铎说："的确如此，我是无事不登三宝殿啊。"

在客厅里稍坐片刻，汤若望带着王铎来到舆地屏图浑天仪、地平晷和望远镜等仪器面前。王铎第一次看到这些洋玩意，让他真是大开眼界。

汤若望瞪大碧蓝的眼睛，仰望着天空，不停地寻找着什么。

王铎起身看着汤若望奇怪的动作，好奇地问："道未兄，你这是在寻找啥？"

汤若望没有马上回答王铎的问话，而是眉宇紧蹙，似有言又止住。过了一会儿，才用严肃庄重的语气说："觉斯兄，你这次祭告西岳华山，路途崎岖遥远，山高陡峭，请你一定要保重身体！"

王铎抬起胳膊，伸伸腿，很潇洒地说："你看，我的身体很好啊！"

汤若望并不放心，依然进行忠告："觉斯兄，你我都是年过花甲之人了，有时候不服老是不行的，否则就会违反自然规律，我劝你一定要好自为之。"

王铎看着汤若望严肃的神色，不得不承认地点着头，然后又问："你还没告诉我启程、祭告的吉日呢。"

"觉斯兄，六月初三即为吉日。"汤若望胸有成竹地说完，再次叮嘱王铎出门在外一定注意身体，"祭告完不可在外久留，必须马上直接回京师。"

王铎虽然听出汤若望是为了他的身体健康着想，但总又觉得他今天表现得太啰唆，甚至有些婆婆妈妈的。

汤若望也看出王铎的反应，但他依然苦口婆心，喋喋不休地叮嘱，一直把王铎送到大门口，还是没完没了。

在王铎启程前，大学士宋权把陈名夏、张鼎延、张缙彦、刘正宗、薛所蕴、丁耀亢、梁羽明等在京的乡党、挚友叫在一起，为他举行了一个小型欢送仪式。喝了饯行酒后，王铎感谢大家的深情厚谊，同时也告诉大家，等办完皇上交办的这趟差，他就回老家颐养天年。

王铎启程前，陈名夏又专程来到府邸看望，让王铎心里很感动，就善意地提醒他，吏部尚书树大招风，高处不胜寒，以后办事需要更加严谨和周全。

王铎来京城之后，陈名夏对他一直敬重有加，从各个方面也给予了很多帮助。王铎从中也清楚地看到，陈名夏身上的文人的弱点也很突出，如好为名高、性锐虑疏、恃才凌人，而且还四面树敌，口无遮拦，从而得罪了很多人。王铎借这次机会，从侧面给他进行了提示。

顺治八年四月十五日，王铎受皇命祭告西岳华山，随行人员三百余人。离京城启程时，前有鼓乐导引，后有仪卫相随，各种旗、伞、车、轿、仪卫等仪仗齐全。一路上旌旗蔽日，浩浩荡荡，威武气派，显示出了朝廷皇恩的威严。

历时五十一天的艰苦跋涉，王铎一行才来到华山脚下。为了完成皇命，王铎作为主祭官，顾不得休息，就与典礼官、执牌官、祭酒官等官员一起，提前做好了沐浴斋戒的准备。

王铎远远望着梦寐以求的西岳华山，被它那巍然独秀、高耸屹立、阳刚挺拔的气势所震撼。一行人沿着千丈绝壁，登上华山之巅，看着金碧辉煌的庙宇，极目远眺着飘浮的祥云，真是如临天界啊。

六月的华山，晴空万里，艳阳高照。在方形的九尺祭坛周边，旌旗飘舞。祭坛前的镏金铜鼎中香烟缭绕，中和韶乐声悠扬飘荡。

王铎神色庄重地走上祭坛，按照迎神祈丰、首献华丰、亚献兴丰、终献信丰、彻馔如丰、送神锡丰的礼仪程序，一一进行祷告，祈求上苍降福，国泰民安。

此时，天空中飞来数百只白鹤，围绕着祭坛飞翔。王铎看着翩翩起舞的仙鹤，预感它们是上苍派遣前来祝贺的，真想驾鹤乘云而去。

祭告完毕，年迈的王铎体力有些不支，自古华山一条路，山路又陡峭险绝，当晚只好暂时宿栖在道观。

夏伏虽然天气炎热，但华山顶峰夜晚却是清凉宜人。王铎走出道观，倾听着如雷般的松涛声，犹如万马在奔腾；看着山间瀑布的激湍，似在荡涤着世间红尘；仰望着闪烁的星斗，如梦如幻一般美妙。美妙的幻境，让王铎顿生处在世外桃源之感。

下山时，山路崎岖陡峭，又遇突然的倾盆大雨。王铎毕竟已经年迈，遇到风雨侵袭后，身体自然就虚弱起来。

王铎就想起了汤若望的告诫，身体稍为恢复后，就准备启程回京复命。

走到潼关时，传来反清复明的烽火又在多地燃起的消息。兵寇突然而至，潼关、灵宝、蒲州、西峡一带的要道全部被阻。

王铎与众使者商议后，决定绕道回京。

炎热的盛夏，酷暑难耐，真是苦不堪言。王铎一行人西行入陕西三原，经泾阳来到礼泉，远远看到一座规模宏大、世所罕见的陵墓。

经过打听，才知道是唐太宗李世民的昭陵。王铎马上就想起了王羲之书写的《兰亭序》。东晋穆帝永和九年三月三日，王羲之邀集谢安、孙绰、郗昙等四十一位士族名流在山阴兰亭修禊，曲水流觞，饮酒赋诗。得佳作三十余篇，合编为一集，王羲之用鼠须笔、蚕茧纸为该集书写了著名的《兰亭序》。王羲之对《兰亭序》十分珍视，作为传家之宝一直由其子孙收藏。到了唐朝初年，王羲之的七世孙智永和尚传给了弟子辩才和尚。唐太宗李世民听说《兰亭序》在辩才手中，就派大臣萧翼用计骗到手。唐太宗得到《兰亭序》后，爱不释手，命冯承素以及虞世南、褚遂良等人临摹数本，分赐给皇太子、各亲王及亲近的大臣。太宗死后，把《兰亭序》真迹殉葬于昭陵内。

昭陵内的灌木高耸，树荫大如盖。王铎一行人来到树荫下，休息消暑。等恢复体力后，发现了六骏石刻，出自阎立本之手的六骏活灵活现，这是当年跟随李世民南征北战的六匹战马。他不但亲自作赞语，还命欧阳询书写其上。

王铎观看良久，对此感慨万千。唐太宗对马尚且如此，何况对人乎，遂与随属焚香拜谒。

后来，他们来到魏征陵墓前，伫立默哀。大家看到王铎庄严肃穆的表情，却不知道他在和魏征隔空对话。

告别昭陵以后，王铎一行人经武功、岐山、汧阳、陇州，翻越了陕甘必经咽喉要道和军事要塞的关山后，来到甘肃境内的长宁驿站。

王铎本来就年老体弱，经过翻山越关，风餐露宿，身体有些吃不消，就在长宁驿站休息了几天。看着起伏的山峦，王铎想起了杜甫弃官入川时，在翻越关山时留下的诗："满目悲生事，因人作远游。迟回度陇怯，浩荡及关愁。水落鱼龙夜，山空鸟鼠秋。西征问烽火，心折此淹留。"

晚上，王铎抬头看着清澈的月亮，想起了关山险峻的景色，感到完全可以和本来要去的汉中、剑阁一带的景色相媲美，就动情地挥笔写下了一段文字："关山极险峻。层青演绿，树稠如幕，不见山面，泉声震鸣。苍翠中未至汉沔剑阁，其嘉景已如此。孟津王铎辛卯七月于长宁驿。"

王铎身体恢复后，启程经清水草川铺、天水社棠镇，到达了陇上名城秦州。在这里，王铎感慨万千。在五十五岁时，他曾写过杜甫的秦州杂诗横幅，万万没想到在花甲之际，居然来到了杜甫当年流寓过的秦州大地，心里产生了难以用语言诉说的纠结。

赶到秦州城时，王铎又调养了几天身体。直到八月初，才沿着杜甫当年入蜀的线路走向了天府之国成都。到达成都之后，王铎不顾一路鞍马劳顿，先拜谒了武侯祠，又观看了杜甫草堂。

八月下旬，王铎登上了梦牵魂萦的峨眉山，发觉这里是赏雨的好去处，就脱口说出了王维"山路元无雨，空翠湿人衣"的诗句，并尽情地玩味"空翠湿人衣"的情趣。

走进寺内，罗汉堂内端坐着白眉罗汉的金装塑像，与孟津柳寺内供奉的白眉罗汉，从神态上看几乎分毫不差。

王铎走到案前，摆上供果，奉上鲜花，然后焚香祭拜。当他起身后抬头看白眉罗汉时，白眉罗汉的眼中似有泪痕。拿出洁白的丝帕擦拭后，却染出两朵酷似梅花的泪痕。

夜深人静时，王铎仍然无法入眠，白眉罗汉的身影一直在眼前浮动，也使他再次想到，儿时随母亲在柳寺拜白眉神仙的情景。

第二天一早，王铎登上了峨眉最高峰。站在金顶上，放眼远望，旭日从万壑叠嶂中冉冉升起，阳光普照大地；千变万化的苍茫云海似雪，光洁厚润。站在祥云之间，有飘飘欲仙的感受，令人神往迷恋。

王铎恋恋不舍地走下峨眉山，稍做几日休息后，就踏上了回京复命的路程。

九月初，王铎一行人从蜀地进入了宁羌州境地，然而因王铎体弱多病和各地反清复明的义军所阻，竟然在江滩上徘徊了一个多月。一直到了深秋，他们才走紫阳，过兴安州，经郧阳、谷城等地，抵达襄阳。

近两个多月的颠簸，使本来就体弱的王铎不幸又患上风寒。如果强行赶往京城，他的身体就会更加吃不消。王铎只好遣陪祭官回京复命，并写好辞官奏疏让其代呈皇上，他暂时回孟津老家养病。

王铎在回孟津时，正好路过彭而述的老家邓州，就提出顺便过访。

彭而述见到患难之交，真是大喜过望。当看到王铎身患重病、身体憔悴时，犹如病在自己身上，既心疼又难过，赶紧找来当地的楚医徐陵虚为他医治。

王铎总认为是偶患风寒而已，也就不太当回事。看着多年不见、志趣相投的挚友，深为他的仕途坎坷而愤愤不平。

在弘光时期，王铎向祁彪佳推荐了彭而述后，彭而述并没有去苏州，而是礼谢后回到邓州老家。

顺治四年，王铎通过博洛给巡祝湖广的英亲王推荐彭而述为两湖提学佥事，后迁永州道参议。次年春天，彭而述谒见了平南大将军孔有德，受到赏识而被荐为贵州巡抚。予兵三千入靖州，适逢降师陈龙友反叛，彭而述以一旅羁贼数万，相持达岁余，苦战不胜，且永州失陷。巡按御史却以不救永州的过失弹劾他，遂被免官落职。彭而述回归故里后，读书著述，赋诗饮酒。王铎听到彭而述被弹劾落职后，心里深感不安。

在奉旨祭告西岳启程前，王铎又向陈名夏和洪承畴举荐了彭而述，但至今还没有起用。

王铎见到彭而述以后，病情似乎好了大半。王铎回想起两人的深厚友情、经历的苦难以及在仕途中的酸甜苦辣，此时真是感慨万千。

盘桓了几日后，王铎提出回孟津。彭而述对王铎的身体不放心，让名医徐陵虚随他一同北上。

王铎抱病风尘仆仆赶到双槐里时，已经是腊月初六。村里的父老乡亲们都已经开始为新年忙碌起来。

当王铎走进久违的院落时，却惊奇地发现二弟王镛和次子王无咎都在家里，这让他既吃惊又高兴。

王铎回来，全家人万分高兴。当看到他面黄肌瘦，咳嗽不止，病情很严重时，王镛心里非常害怕，王无咎吓得眼泪马上就流了下来。

王镛、王无咎赶紧找人请来郎中，给王铎诊断一番后，说是风寒伤凉，热积内蕴，遂用麻黄汤医治。吃了几服药后，虽然发烧止住了，但由于大汗淋漓，又变成了虚脱。

王铎感到浑身绵软，四肢无力，而且两眼发黑，视力不清。后来，又用人参归芪汤进行滋补，症状才稍有好转。但还是双腿发软，依然卧床不起。最后用十全大补汤进行调理后，病情才慢慢好转起来。

在阳光明媚的日子里，王铎坐在躺椅上，在门口晒太阳。暖洋洋的阳光使王铎心情舒畅起来。当问起王镛回家的缘由时，他总是吞吞吐吐。经不住王铎再三询问，他才如实相告："都是小弟糊涂，辜负了您的期望。"

王镛没头没脑的话让王铎更加疑惑："到底是咋回事？"

王镛不敢直视大哥的眼睛，低着头解释："巡按杜果诬陷我贪黩，我九月九日已被革职，就带着家眷直接回来了。"

王铎对王镛有些恨铁不成钢，若是按照年轻时的脾气，肯定不会轻易饶恕他。但事已至此，他也是早过半百的人了，兄弟之间能在一起安度晚年，可能也是老天的安排吧。

王无咎见爹对二叔很严厉，估计对二叔很不满意，就过来想替他解解围。刚坐在王铎身边，就劈头遭到质问："藉茅，你咋也回来啦？"

"爹，我是回来探亲的。"王无咎怕惹爹生气，就赶紧解释回来的原因，"跟随您老祭告华山的孟大人给我写信说您偶感风寒，我很担心您的身体。您在启程去西岳时，曾说过要乞休回老家颐养天年。我就在寻思，您祭告结束后肯定得回来，就提前回来等您了。"

王铎听了王无咎一番解释，感到儿子是个很孝顺的孩子，现在虑事也很周全，的确比以前更成熟了，心里就慢慢释然起来，脸色也缓和下来了。

王无咎见爹不再生气，就笑嘻嘻地说："爹，有个大喜事还没给您老人家道贺呢。"

王铎躺着没动，也没有表现出兴奋的举动，淡淡地问："我还有啥可喜可贺的呢？"

王无咎却显得很兴奋："八月十日，皇上已下旨晋升您为少保兼太子太保了。"

王铎猛然回头看着王无咎，然后平淡地说："我现在最大的心愿就是颐养天年，这些都是身外之物。"

王无咎却不这么认为："爹，这固然是身外之物，但却是朝廷对您老人家的认可啊。"

王铎觉得王无咎说得也有道理，这让他想起了在平阳的王无党："你大哥在山西的情况咋样？"

王无咎依然很兴奋："大哥已被皇上擢升为济南道参政了，可能近期就要赴任。"

王铎听了后很欣慰，然后又问起王镆的情况："你三叔现在如何？"

王无咎见爹问三叔的情况时，心里感到很为难，想了想才说："您老去祭告华山后不久，三叔也奉旨带人去了苏州办差。"

王镆其实在深秋就已经返回京城，只是回京后染上肺病。王无咎不敢说出实情，第一次在爹面前撒了谎。

王铎听说王镆去苏州也是办皇差，心里很为他高兴，就赞扬了一句："你

683

三叔多才多艺，人才难得啊。"

王无咎坐在王铎身边侍奉着，在闲谈中，王铎无意中说起了陈名夏，王无咎犹豫了一下，有些闪烁其词。王铎敏感地意识到有情况，问："蘩茅，咋说起陈百史你就吞吞吐吐的？"

王无咎不再回避，直言相告："前一段时间，张煊弹劾他'结党营私、谄事多尔衮'，事情闹得沸沸扬扬，我不想蹚他们之间的浑水，就尽量回避与他们的交往。"

王铎心里一惊："到底是咋回事？"

王无咎眉头一皱，说："这事说起来话就长了，御史张煊认为陈百史以及都察院左都御史洪亨九、礼部尚书陈彦升，在甄别御史的过程中处置不公，就上疏弹劾他们三人。当时，皇帝出猎在外，就把此事交给了巽亲王满达海。巽亲王召集议政王大臣，逐条审理后，认为张煊的控告属实，于是将陈百史和洪亨九羁押在台基厂，并急派使臣向皇上进行奏报。谭泰认为张煊所奏不实，亲自赶到皇上的驻跸之所，为陈百史翻案。皇上听了谭泰的辩护，回京后就召集诸王贝勒贝子公侯大臣廷议此案。谭泰挺身为陈百史进行辩护，称张煊全是在诬告，并解释所列罪状都是朝廷大赦之前的事情，按大赦条款理应不论。皇上听了谭泰的辩护，认为陈百史无罪，是张煊犯有诬告之罪，并将其处死。"

张煊是山西人，崇祯元年的进士，由知县累升至河南道御史。因不畏权势，被大学士陈演诬陷下狱，遇赦而归故里。顺治元年，得到侍郎刘余佑推荐，授河南道御史。为母丁忧戴孝三年后，被补浙江道御史，仍掌管河南道。

王铎听了王无咎讲述的经过后，半天没有说话。他心里也很明白，很可能不是张煊诬告，而是陈名夏真的出了问题。是谭泰出面辩护，才让他逃过了一劫。王铎之所以这样推测，是因为在多尔衮大权在握时，陈名夏仰仗着他的青睐，努力结交满洲权贵。不但与多尔衮的红人刚林、谭泰关系密切，还与忠于幼主福临的索尼关系很好。多尔衮死后，谭泰没有被追究，还被擢任吏部满尚书，里面的瓜葛外人很难看清楚。

王无咎见爹不说话，就说出了自己的想法："爹，我有一种预感，谭泰亲自出面为陈百史辩护，极有可能是陈百史过深地卷入了满蒙贵族内部的权力之争。"

王铎听了王无咎的分析，认为极有可能。

王无咎接着又用朝廷发生的两件事进行推测："大学士刚林，因与大学士祁充格擅改《太祖实录》，为睿亲王多尔衮削匿罪愆、增载功绩，已经被坐斩籍没；英王阿济格乘多尔衮病死之机，欲谋乱夺政，也被皇上令其自尽，除去宗籍。"

顺治七年底，多尔衮的哥哥英王阿济格，欲趁多尔衮重病之机欲谋乱夺政，失败后被幽禁起来，其子被革去王爵，降为贝子。在幽禁期间，他不仅没有一丝收敛，反而更加狂妄无礼，还声称要放火烧毁监房。这种悖乱至极的举动，朝廷肯定不会放过他，处死他也只是早晚的事。

听到刚林被斩，王铎有些吃惊，他毕竟是朝中股肱大臣。

王镛见王无咎老是喋喋不休，生怕影响王铎休息，就阻止他再说话："蘼茅，你爹的身体刚好一些，就别再没完没了地说个不停了，让他安静地休息一会儿吧。"

王铎既没责怪王无咎，也没埋怨王镛，而是说出了他对陈名夏的评价："百史对我很尊敬，对咱们全家也很照顾，咱要有感恩之心。在启程祭告华山之前，他去咱家看我时，我还特意提醒过他。看来他还是没听进去，这样下去他早晚要吃大亏的。"

王镛对此却不感兴趣："大哥，先不管陈百史如何，你现在的当务之急是休息好，尽快把身子养好。"

王铎听了二弟的劝告忍不住笑了。乞休回家养老，本来就是为了避开朝廷的钩心斗角。可王无咎说起朝廷发生的事情，他又津津有味地听，自己真是没出息，心里不由得感叹：人啊，有时候想糊涂一点也不是一件容易的事。

在王镛、王无咎无微不至的细心照顾下，王铎的身体恢复得很快，全家人由衷地高兴。

第五十八章

　　在一个阳光明媚的日子，王铎在王镛、王无咎、王无愆等人的陪同下，来到拟山园到处看看。

　　王铎家祖宅改建的拟山园和后来新建的崝嵘山房，前几年被流寇、土匪损坏得很严重，而且多年也没人居住，显得有些残破不堪。

　　跟在王铎身后的王无咎对王镛说："二叔，等我爹身体好了，咱们得把院子再修葺一番，好让你们二老安享晚年。"

　　王镛听了王无咎的想法很高兴，就回头看着王铎说："大哥，你看藉茅也说该翻修了。等你身体好了，咱们坐下来合计一下，提前做些准备，明年入春就动工。"

　　王铎抬头看看晴朗的天空，却叹口气说："你们看我这身子骨，一点力气也没有，哪还有心思翻修房子呢？"

　　王无咎快步走到王铎身边，用手搀扶了一把说："爹，您老只动动嘴，具体的事情有我和二叔来办。"

　　王镛接着王无咎的话说："是啊，翻修房子哪能让你动手呢。"

　　王铎有气无力地说："等过了新年，看看我这身子骨的情况再说吧。"

　　王无愆也过来凑热闹，说："家里还有我呢，您只动嘴，具体的事由我来操办。"

　　王无愆虽然从小就过继给了王镛，但由于血缘的关系，与王铎还是特别亲近。

　　王铎听了王无愆的话，心里感到热乎乎的，就亲切地说："季平真是个懂事的好孩子。你现在的任务是读书，学好本领，具体的事情有你二哥呢。"

　　王镛见王无愆与王铎聊得很热闹，也从中插话说："季平啊，读好书才是正事。要像你二哥那样，将来也中进士进翰林院，光宗耀祖。"

　　王无咎插嘴夸奖了王无愆一句："季平的字写得极具兰亭遗韵，笔笔常新，又有子敬笔意。"

　　王铎赞同地点点头，然后对王无咎说："藉茅，在继承传统学古人方面，你不如季平。你老是学我那几笔，越学路子就会越窄。"

王无咎怕惹爹生气不敢强辩，但还是说出了心里话："爹，我以后会注意的，不过现在要想超越您，也不是一件容易的事。"

王铎听了没说话。王无咎回头看了一眼王镛，然后开玩笑说："二叔，我要是有您的本事，早就成大富翁了。"

王铎认真地说："人各有志嘛，你二叔善收藏，你三叔好诗文，他们是各有所长嘛。"

王无咎听了爹的话，想起了一件事，问："爹，三叔准备出个诗集，名字叫《大愚集》。"

王铎听了并没惊讶，而是笑了笑，说："在我祭告西岳之前，他就给我说过。'大愚'是你三叔的号，这个名字很有寓意，大智若愚啊。"

"原来爹已经知道了。"王无咎见爹心情好了许多，接着又告诉他一件喜事，"三叔的确是多才多艺，最近他又写了一个新剧本。"

王铎听了一惊，问："新剧本，啥新剧本？"

"您老身体不好，没敢告诉您。"王无咎嘿嘿一笑，眼睛一转就赶快告诉王铎详情，"我回来的时候，已经把书稿带来了。他请您好好看看，让您写个序言。"

王铎有些急不可待："你赶紧拿来我看看。"

王镛怕在外面时间长了，大哥的身体受不了，就让王无咎和王无怨搀扶他回到了厅堂。

王铎坐下后，王无咎就把王鑨的诗稿和剧本都拿出来。王铎看着厚厚的诗稿和剧本，脸上露出满意的笑容。

王铎先拿着诗稿仔细读起来，王无咎坐在他身边侍奉着。王铎看到兴奋处，还自言自语地夸赞起来："新诗及乐府、赋、骚，诸体大有精进，吾甚喜、甚快！"

王镛见大哥喜笑颜开，很好奇地问："大哥为何如此高兴呀？说出来让我们分享一下。"

王铎拍着王鑨的诗稿，说："仲和啊，你看子陶的诗集，真是博学能文啊。"

王镛对王鑨的学问一直很佩服，也很后悔自己没有他的学问，很愧疚地说："大哥，我现在特别羡慕你和三弟的学问。"

王铎听了后，就赶快为王镛开脱："以前咱家太穷，爹娘只顾供我读书，却把你给耽误了。"

王镛见自己的话引起了大哥愧疚，就赶快解释："大哥，您可别这么说，其实都是我没有出息。"

王铎感慨地说:"在这个世上哪有完人呢?就你和三弟来说也是各有所长,他的诗文写得好,但你在收藏、鉴定方面却是很有成就啊。"

王铎的话让王镛似乎增添了自信,但在大哥面前又不好意思,举起手挠着头皮,看着王铎憨厚地笑着,也拿起王铖的部分诗稿细读起来。

王铎拿过一张信笺,又拿起毛笔,在雕刻着龙纹的砚台里蘸饱墨汁,然后轻轻地书写起来。笔尖不停地跳动,纸面上出现了一首《喜阅三弟近诗》:

吾弟新诗好,积愁为汝开。
功名轻鬼蜮,笑语胜崇雷。
壮志黄图破,流光白发催。
无然嫌墨事,虎岫水潆洄。

王铎刚放下毛笔,王无咎走过来,看着墨迹还没干的诗稿,就轻轻地吟诵起来。王镛也迫不及待地拿起来拜读。

王铎看着王镛和王无咎高兴的样子,似乎又突然来了灵感,让王无咎给他准备笔墨,他要给王铖的《大愚集》写序。

王镛怕累着王铎,就赶忙阻止说:"大哥,等你身体恢复再写吧,也不在乎这一时半会儿啊。"

王铎活动一下胳膊,说:"仲和,我感觉今天身子骨轻松了很多。"

王无咎看着爹的精神很好,又听他说身子骨很轻松,心想让他动动笔,也可以活动一下筋骨,就按照吩咐赶快给他准备。

王铎坐在那里认真琢磨了一会儿,为王铖的诗稿《大愚集》写下序言。

腊月二十三是小年,村里出现了零零星星的鞭炮声,年的味道逐渐浓厚起来。

王铎听着鞭炮声,又想起了王铖写的剧本。以前他已经看了《华山缘》和《双蝶梦》两个剧本,今天让王无咎给他拿来剧本《司马衫》,坐在火炉旁,一边品着香茶,一边细致地看起来。

王铖的《司马衫》剧本是根据白居易的《琵琶行》改编的。元朝剧作家马致远曾根据白居易的《琵琶行》敷衍了《青衫泪》的爱情剧,虚构了白居易与妓女裴兴奴悲欢离合的故事,中间插入商人与鸨母的欺骗破坏,造成戏剧纠葛。在士人、商人、妓女构成的三角关系中,妓女终究是爱士人而不爱商人。马致远青年时期的仕途也极为坎坷,中年中进士后曾任工部主事,晚年因不满时政,便隐居田园,以衔杯击缶自娱。他把自己的爱情信念投射到白居易身上,借此诉说自己对爱情的忠贞,以此慰藉厌世、空灵的内心,这可能就是功名无成的作家摒弃官场、投身市井的真实写照吧。

万历年间的顾大典所敷衍的《青衫记》和《青衫泪》相比,出现了较大变化。借故事揭露鞭挞天子荒淫、谏臣被逐、干戈骤起、百姓离散的黑暗,以抒发怨愤不满的情怀。

王钺改编的《司马衫》,同样也把自己的身影存在其中。王钺虽经历了故国分崩,但如今却处在一个秩序崭新、各种机遇共存的朝代。《司马衫》更多体现的是积极向上的价值观,而不是愤世嫉俗。因此在情感的基调上,与马致远、顾大典等人的截然不同,但是由于儿时的记忆与青年的羁旅终难在脑海中磨灭,这一点又与白居易、顾大典很相似。从中也看得出,王钺信奉清静寡欲、自然无为的道教治世思想。

王铎深为三弟的多才多艺而赞叹。在朝代更迭的动荡时代,三弟的命运也不得不随之沉浮,但他却能始终心态平和。不但写了大量的诗文,还能创作剧本,律吕和谐,文情磊落,真是难能可贵啊。王铎想到这里,心情极为激动,拿起毛笔为王钺改编的《司马衫》剧本写下了《三弟撰〈司马衫〉传奇序》。

王铎的身体虽然比前一段有所好转,但依然还是比较虚弱。王无咎怕他再累着,就殷勤地劝说:"爹,您还是坐下休息吧,别再累着了。"

王铎却笑着说:"没事,我不能老是坐着,不然的话就更没劲了。"

王无咎觉得爹的话也有道理,就不再劝阻。王铎活动一下右手,用商量的口气,却是得寸进尺地说:"藉茅,我感到今天手脚很有劲,你准备些纸墨,让我写个大些的条幅吧。"

王镛在门口听见后,走进来劝阻说:"大哥,你的身子骨刚恢复好一些,还是悠着点吧。"

王铎讨好似的说:"仲和来啦,我只是想活动一下筋骨。"

王镛却没有松动的意思。王铎感到很无奈,也很无助,然后用求助的眼光看着王无咎。

王无咎看着爹和二叔较劲的样子,感受了他们老小孩的心态,自己不由得笑起来:"爹,二叔是为了你好,想让你的身体康复了再写。"

王镛见王无咎站在自己一边,脸上露出得意的神色:"你看,藉茅也说让你休息吧。"

王无咎来到王镛面前:"二叔,您看我爹今天气色多好啊,咱也很长时间没看他挥毫泼墨了。不如让他写一幅,既能满足他的愿望,咱们也能过一次眼瘾,一举两得,何乐而不为呢?"

王镛生气地指着王无咎说:"好你个藕茅,两面讨好,真是个滑头啊。"

王无咎哈哈大笑起来,然后就开始准备纸墨。王镛还想再说几句,但看到王无咎已经开始准备,他一脸的无奈,也只好顺从地帮忙。

王铎脸上露出了胜利者的笑容,然后停下脚步,坐在圈椅上静思起来。等王无咎准备好之后,他起身来到书案前。

在王铎书写的过程中,王无咎根据他书写的快慢,把纸恰到好处地送到笔下。王镛站在一边,不时地按照墨汁的浓淡,用纸及时将多余的墨汁控制住。

刚才三个人还在为写不写而斗嘴,现在又密切地协调配合着。转眼之间,一幅气势磅礴的条幅就呈现在他们眼前了。

王铎写完后,又从整体上看了一眼,满意地题写好落款。王无咎赶紧搀扶爹坐下,然后把两枚印章恰到好处地印在空白处。

王镛把条幅竖放在王铎面前,王无咎边欣赏边吟诵:

柳条园沚畔,一亩类村居。
憙得山晴后,初当兵退余。
冬催榕鬣健,风冷药坛疏。
丘壑无遗恨,非唯数著书。

王镛看完后,感到这幅字的风格、面貌与以前纵横奇崛、挥斥八极的狂放姿态有着显著不同。书势比较平稳,气态安详,运笔似乎也更为徐缓和从容。但在平和之下笔力的使转和勒顿却是敛气入骨的凝重,安详之中神意流荡,形迹吞吐开合,生动无比。

从书写的状态上看,是一种襟怀坦荡、神气澄明的从容和安闲,透露出一种朝圣归来的充实和自适,放射出如同黄钟大吕般的悠长劲响,完全看不出他是在体弱多病的状态下书写的。

顺治九年新年前夕,王铎正在火盆前看书时,家里突然来了一位他万万没有想到的稀客——刘正宗。

王铎本来想起身迎接,无奈身体虚弱,身不由己。刘正宗快步来到王铎面前,看着离开京城才半年多,但苍老得像变了一个人似的前辈挚友,他感到很心疼,不由得泪流满面。

王铎见到刘正宗以后,激动得手发颤,泪水在眼眶里直打转,说:"可宗,你咋有时间来看我?"

刘正宗拉着王铎的手，哽咽着说："我奉旨出使关中，完成使命后听说先生身染重病，已经回到老家休养，在回京的路上就临时改道前来看望。"

刘正宗虽然只比王铎小两岁，由于他登进士第较晚，按照规矩自谦为晚辈，所以他一直尊称王铎为前辈。他俩志趣、性格相投，爱好又一致，彼此相互尊重和欣赏，经常聚在一起饮酒唱和，其乐融融。特别是入任清朝后，两人虽然都受到了皇帝的恩宠，但心里却都有个无法对外诉说的疙瘩，相互之间又成了倾诉的对象。刘正宗掌管吏部后，对王铎一家给予了很多关照，王铎从心里非常感激。

王无咎赶紧给刘正宗让座、敬茶。

刘正宗坐下后，探着身子关心地问："您走时身子骨还非常硬朗，出了这趟皇差，为何变化如此之大？"

王铎不想说细节，就应付了一句："不服老不行啊，毕竟是年过花甲之人了。"

刘正宗仍然不相信，就继续问："您说的虽然有一定的道理，但我感觉其中必有缘故。"

王铎知道刘正宗是个很细致、很严谨的人。他想了解的事情，总能问出个子丑寅卯来，感觉也没有推辞的必要，就把来龙去脉细说了一遍。

刘正宗听了之后，心里有了底。然后从袖中拿出一张信笺递给王铎，并抱歉地说："可宗来看先生，没什么拿得出手的东西奉敬，只有这个让您见笑了。"

王铎接过来一看，是一首诗，不由得轻轻吟诵出来：

别来成岁暮，相对鬓霜明。
先后关河路，艰难使客情。

王铎读完后，赞扬挚友的深情厚谊："诚挚感谢可宗兄专程看望老朽，真是一字千金啊！"

刘正宗谦虚地说："让先生见笑了。"

王无咎走到王铎身边，接过手中信笺，并为他整理一下棉衣。

刘正宗看着王无咎无微不至地伺候着王铎，对他的品德更加满意。他想起了王无咎正准备镌刻的《拟山园帖》，就关心地询问："藉茅啊，你编纂的《拟山园帖》，现在进展到啥程度了？"

王无咎抬起头，说："回世叔的话，我从京城回来时，刚开始动工，这会儿已经试刻了一部分。"

刘正宗问:"刻工是谁?"

王无咎回答:"是陕西长安著名的刻石巧匠张翱先生。"

刘正宗赞扬说:"哟,据说他的刻工很精湛。"

王无咎很得意,王铎脸上也露出了笑容。刘正宗回头看着王铎,跷起大拇指赞扬说:"藉茅集刻的《拟山园帖》,必将成为珍贵的佳品流传后世!"

王铎笑着摆着手:"哪有你说得那么玄乎,这只是孩子的心意。"

刘正宗却一再赞扬,王铎则是自谦不断。

王铎是个重情重义之人,自己身体虽然有病,却还在关心着几个挚友。首先询问的是张鼎延:"可宗啊,不知玉调现在可好?"

刘正宗说:"他已被任命为工部左侍郎、刑部右侍郎。"

王铎听了很高兴,然后又说起亲家翁李际期:"应五通晓军事,若能在兵部委以重任,他定会有更大的建树,对朝廷也是好事。"

"您的心思可宗明白,回京后定会尽力而为。"刘正宗在京察中就了解到李际期知兵,正有意向朝廷举荐。不过在人事安排上,他不能轻易说出口。此时,他想起了王铎的挚友张缙彦现在还没被起用,就索性告诉他事情的原委:"濂源是在江南大定后入的朝,皇上对此还有些想法,以后我找机会再举荐。"

王铎抱拳对刘正宗表示感谢。此时,王镛进来,见到刘正宗就抱拳拱手。刘正宗还礼后说:"仲和……"

王铎举手止住了刘正宗的话:"他为官不廉,是自找的。"

王镛的脸一下子红到脖颈,刘正宗却为王镛解围说是受人诬陷。

王铎接着又说:"正如古训曰'祸兮福所倚,福兮祸所伏',这样一来他就可以在家陪着我了。"

王无咎见三位长辈都很高兴,就提醒说:"爹,你和世叔好久不见面,难得在咱穷乡僻壤相会,一会儿我陪他老人家好好小酌几杯。"

王无咎的话立即改变了王镛尴尬的局面,紧接着就安排好宴席,一家人陪同刘正宗举杯祝贺王铎早日康复。

俗话说,乐极生悲。挚友专程前来看望,王铎高兴之余多饮了几杯。在刘正宗走后的第二天,他突然大汗淋漓,感到天旋地转,当场就昏迷过去。

此时,石薇汝、王无党陪着奉旨专程看望王铎的钦差大臣、御医刚好来到双槐里。御医立即来到病榻前,细致地望闻问切。

王镛、王无党、王无咎、王无回、王无愆及家人跪地接旨。钦差大臣宣读圣旨:"朕闻少保兼太子太保、礼部尚书王铎劳顿致疾,特遣御医前往诊视。朕夙夜期盼冀早康复之佳音。"

王无党代表王铎叩首谢恩。御医经过认真诊断后，走出内室，来到厅堂。王镛、王无党、王无咎马上围过来，眼睁睁地看着他，殷切期望能从他的嘴里说出无大碍。

　　御医的心情显得十分沉重，皱着眉头说："尚书心力交瘁，阴阳虚脱，脉象很弱。我虽能救他一时，但却是回天乏术啊。"

　　王无党、王无咎、王无回当场就给御医跪下，乞求他想方设法挽救爹的生命。

　　王无党乞求地说："请您想尽一切办法，只要能看好我爹的病，即使用我的命换也在所不惜！"

　　王无咎哀求御医说："我愿以我身换我爹的安康！"

　　"二位大人请放心，我奉旨为尚书医治，一定会竭尽全力的！"御医说出了令大家失望的答案，"但天数已定，人力不可为，恐日后再有变数。"

　　王无回一步跨到御医面前，双眼仿佛燃着火，动作显得很粗鲁。王无党严肃地上前拦住王无回："不得无礼！"

　　御医没有在意王无回的无礼行为，而是尽力挽救王铎的生命。

　　王无党拉着王无咎来到院子，把三叔拜访汤若望的情况告诉他："春节期间，三叔曾专程拜访了汤道未。在说起爹的身体时，汤道未仰望着辽阔的天空，仔细观看了一阵子，吃了一惊说：'星隐，主文人厌世……'"

　　王无咎没等王无党说完，就揣测到了汤道未的意思："大哥，爹的身体是天意？"

　　王无党点着头说："洋人都推测这是天意，咱得有个准备啊。"

　　"是啊，御医也无回天之力，的确得有个准备。"二叔王镛不知道什么时候站在他俩的身边，接着王无党的话说。

　　经过御医的精心医治，王铎慢慢苏醒过来，看到石薇汝、王无党都回来了，脸上露出了微笑，问："你们啥时候回来的?"

　　石薇汝见王铎病情如此严重，心疼得说不出话。王无党擦拭着眼泪回话："爹，我们是随御医一同回来的。"

　　王铎听说自己的病惊动了皇上，特遣御医前来诊视，心里感到很欣慰。左右看看，不见王铖时，就吃力地问王无党："大群，你三叔……"

　　王无党知道爹很想念三叔，但他身患肺病还没有好转，若回来怕传染给他。王无党不敢说出真情，也给爹撒了谎，说："爹，三叔奉旨办差，还没回京呢。"

　　王铎听说王铖正在奉旨办差，就没再说什么。再看看王无党时，脸色慢慢暗淡下来，对身边的石薇汝说："大群还没子嗣，是我一大心病啊。"

石薇汝安慰王铎说:"老爷,大群家的汪氏已经有了身孕,再过两个月就要临盆了。我看她那笨重的身子,肯定是个男孩。"

王铎听说王无党有子嗣了,脸上露出了笑容。

顺治九年春节,除了身患肺病的王铖以及其家人外,其他的亲人几乎都回来了。

府邸两边悬挂着硕大的红灯笼,门上粘贴着王无咎、王无愆几个人写的红对联。

太阳刚落山,整个院子就被红灯笼照得一片通明。随着新年的到来,外面不时传来噼噼啪啪的鞭炮声和孩子们的说笑声。

大年三十晚上,王镛带着王无咎、王无回、王无愆以及孙子辈的王之鹤、王之祺等人,轮换着陪在王铎身边。看着眼前满堂的儿孙们,王铎感到了前所未有的舒心满足。

王铎躺在床上,一生经历三朝四代的政治生涯历历在目。

天启初年,受恩师乔允升和亲家翁吕维祺的教诲和行为感召,他坚定地站在东林党的立场上,同阉党进行了坚决斗争,拒绝编纂为阉党歌功颂德的《三朝要典》。

崇祯年间,他直谏论及边事,反对议和,触怒主和派杨嗣昌,欲以廷杖酷刑置他于死地,他泰然处之。面对白骨遍野、民不聊生的惨状,他忧国忧民,直言劝谏皇上爱民减赋,遭到崇祯皇帝的切责。感到救民救亡无望时,他赌气乞归省亲,在双亲离世后,经历了六年的流亡生活……

甲申之变后,他被弘光皇帝擢升为次辅,本想力挽狂澜,收复失地,重振大明基业,但朱由崧不思救国,迷恋酒色,再加上阁僚内讧争斗,四镇总兵又矛盾重重。他深感无力回天,对朱由崧既愤怒又失望,接连六次乞家归里而均未果。在抵御流寇、清军时,他曾两次上疏请兵巡视江防,都被马士英、阮大铖阻拦。在甄别大悲案、假太子案、童妃案时,由于说了真话,反而遭到了莫大凌辱。在清军兵临城下时,他没有选择用数以万计的百姓人头来换取自己的名节,从而保全了留都数十万百姓的性命。

在仕清的七年间,朝廷虽然给了他高官厚禄,他却时常以歌咏诗赋为乐,以书画自娱,以文墨交友,用酒洗刷自己内心气节的块垒。

…………

王铎回想着自己的一生,都成了过眼云烟。夜已深,他仍不能寐,于是让王无咎拿来笔墨,写下了一首《六旬元日咏》:

新历催衰貌，艺枯意转凄。
尘风吹籥篥，冰地结玻璃。
忆弟灯边语，还家梦里啼。
春风非解事，烟景使人迷。

凌晨时分，天气骤变，阴云密布，寒风呼啸，纷纷扬扬下起了鹅毛大雪。人们准备出门拜年时，邙山上下已经是银装素裹，黄河滩涂白茫茫一片。

王无咎打开门的一刹那，刺骨的寒风扑面而来，他不禁打了一个寒战，赶紧命家仆在父亲屋里再加一个火盆。

瑞雪兆丰年，这是丰收的好兆头。王无党率领弟弟、侄子等男丁们，来到王铎床前磕头拜年。

王铎支撑着体弱的身体，让王无咎为大家发放压岁钱，看着眼前优秀的子侄儿孙们，王铎心里充满惬意和满足。

乡村过新年虽然简朴，但也十分热闹有趣。特别是闹元宵时会用米面或红薯面捏成龙、猪、牛、马、猴、虎等十二生肖，特别是用黑豆或红豆镶嵌的眼睛栩栩如生。这些动物背上驮的碗状灯盏，以谷草秆做灯芯，点着后分别放在台阶、窗台、桌上、磨盘等上面，照得院子一片通明。

道路泥泞，省却了很多礼节，一个月一晃很快就过去了。

二月初二龙抬头，红日高照，冰雪融化。

王铎吃完早饭，服了药后，起身在屋里散步，后来就提出想去再芝园、峥嵘山房转转。

王无党见父亲精神很好，与二叔和二弟商量后，让家仆准备了竹椅，铺上棉被，再用被褥盖好王铎的腿脚，然后由两名健壮的家仆抬着，来到再芝园。再芝园虽然依然被残雪覆盖着，看上去很萧条，但竹林挺立雪中，显得挺拔清秀，青绿苍翠。

第二天，在王镛、王无党、王无咎的陪同下，王铎来到峥嵘山房。峥嵘山房的飞檐走兽、凌空拱檐、覆顶青瓦都不见了。眼前一片狼藉的情景，让王铎很痛心。

三月初三是柳寺庙会，人们沐浴在和煦的春风里，从四面八方涌向柳寺。

王铎身着棉袍，依然坐在简陋的竹椅上，在王镛、王无党、王无咎的陪同下，来到柳寺进香。大家都乞求佛祖保佑，让王铎的身体尽快好起来。

柳寺住持听说王铎前来进香，专程来到山门迎接。王铎在住持道常的陪同下，先后给佛祖释迦牟尼、观世音菩萨上香跪拜，然后又参拜白眉罗汉。一切礼拜都做完后，住持又请王铎品茗。

王铎每次来柳寺，都想拜见一衲，但每次都无缘与他相见。在叙谈过程中，王铎又询问起一衲的情况。道常说他长年云游不归，近几年没人见过他的踪影，听说他已经在外地圆寂了。

王铎听到后很吃惊，心里突然感到一阵疼痛，稍微静静心，才慢慢恢复些许。

住持见王铎身体并无大碍，恳求王铎为柳寺留下墨宝。王无咎上前想推辞，王铎却说："藉茅，在佛门圣地，哪有推辞之理。"

王铎说着话，起身来到早已准备好的书案前，脱下厚厚的棉袍，稍微凝思，挥笔写下《寄生草·柳寺词》：

三月三，春光艳，古津渡头漾晓烟。柳寺长条钓晨光，梦怀故里牵枕畔。一任风雨迷归路，鹤唳谁知再生缘。

王铎写完后，有一种前所未有的惬意、满足和解脱。此时，忽然晴空一声惊雷，顿时狂风大作，乌云翻滚，似有一条金龙从王铎袖中腾空而起，向西南方向飘然而去……

顺治九年三月十八日寅时，王铎喉中忽然发出咯咯的声音。稍后，他猛然坐起，伸出胳膊指向明亮的窗户，并大声呼喊："有仙迎我！"

守候在王铎身边的人都不约而同地看着他手指的方向，当大家回头再看他时，他已经永远地定格在那里……

于龙都玉兰花园、京城静心斋

2018年10月25日

跋

一

我写《王铎传》纯属偶然。

作为书法爱好者，20世纪初期，在重点研究学习王铎的书法艺术时，看到有些评论文章对王铎褒贬不一，觉得他是一位颇有争议的人物，更引起了我的好奇心。

通过查阅资料后才知道，王铎是明末清初的官员，是著名的书法家和诗人。

在仕途上，王铎一直把"修身、齐家、治国、平天下"视为最高境界，直言敢谏，忧国忧民。虽然官至礼部尚书（未赴任），又在南明任内阁大臣，但一生却堪称沉浮坎坷。

在书法领域，王铎被誉为"神笔"。近代称他为继王羲之、王献之父子之后第二高峰。吴昌硕有诗赞曰："有明书法推第一，屈指匹敌空坤维。"林散之评价："觉斯书法出于大王，而浸淫李北海，自唐怀素后第一人。"启功更是推崇备至："觉斯笔力能扛鼎，五百年来无此君。"

王铎的诗文，在明末诗坛被推为"四大家"之首，清初与薛所蕴、刘正宗合称为"京师三大家"，亦是明清之际中州诗坛的宗匠。

王铎的书法艺术虽然享有盛誉，诗歌却鲜有人知，他人生的起伏波折以及以忠勤修身、以孝悌治家的故事更是知者甚少。

在进一步了解的过程中，我渐渐发现一个奇怪的现象。很多人在谈起王铎其人时，似乎又总是以不屑的口吻说他是"贰臣"，好像既被他的书法艺术所折服，又怕沾染上他"贰臣"的污点。

中国是个多民族的国家，历史上有过多次民族的大融合。在改朝易代之际，到底是忠于旧王朝，还是投靠新王朝？很多人都不知所措，王铎也概莫能外。

我在查阅历史资料时发现，对王铎等明朝旧臣"贰臣"的定位，是在他去世一百年之后的乾隆时期。乾隆皇帝为了进一步巩固统治，缓和民族矛盾，瓦解民族意识，达成统一思想，在大力表彰明末清初因抗清遇难的明朝官员为忠臣时，下令又编纂了《钦定国史贰臣表传》。

诏曰：

> 号因思我朝开创之初，明末诸臣望风归附。如洪承畴以经略表师，俘擒投顺……及定鼎时，若冯铨、王铎、宋权、金之俊、党崇雅等，在明俱曾跻显秩，入本朝仍畀为阁臣……盖开创大一统之规模，自不得不加之录用，以靖人心，以明顺逆……

乾隆以忠君为标准，认为投顺清朝的明朝文武官员，尽管为清朝立下了汗马功劳，其子孙甚至正在清朝做官，但用"忠君"的标准衡量都是不完美的。在上谕中，把他们均称为"贰臣"。还明确指出，这些人"遭际时艰，不能为其主临危受命"，实在是"大节有亏"。

乾隆皇帝为了自己统治的政治需要，把已投顺的汉臣称为"贰臣"。自此以后，人们也跟着乾隆把这些降臣称为"贰臣"，王铎自然也无法幸免。

不屑于王铎是"贰臣"的人们，对他的孝、悌、仁、义等方面到底有多少了解呢？

我在深入研究并进一步查阅大量历史资料后，却没有找到后人为他写的传记。

一位敢于直言上谏、忧国忧民的官员，一位有如此成就的书法家、诗人，却没有系统的文字记载，不管是对书法史、文学史，还是对王铎本身来说，都是一大憾事。

我作为书法爱好者，感到给王铎写传是自己的责任，于是就撰写了《王铎传》，以此来填补空白，也为人们研究王铎起到抛砖引玉的作用。

二

王铎家原有田产二百亩，在晚明的土地兼并中缩减到十三亩。人多，家境贫困，艰难时过着"不能一日两粥"的生活。王铎的青少年时期，仅有的一点家财又被乡里的富豪侵吞，使得王家艰辛的生活更是雪上加霜。

苦难激励着王铎，决心在饥苦贫寒中走仕进之路，以求光宗耀祖。他从十四岁开始读书，先后跟随舅父陈耀、同乡乔允升读书学习，接受正统的儒家教育，遵循"孝、悌、仁、义、道、德"的儒家思想。

王铎在爹娘的鼓励、全家的支持、亲友的帮助下，经过十八年的发奋苦读，于天启二年中进士，后入选翰林院庶吉士，从此走上仕途。

王铎从三十一岁中进士至六十一岁去世，经历了明朝天启、崇祯，南明弘光和清朝顺治两朝四代三十年的政治生涯，而且一直在朝中做官。由于朝代更迭，宫廷易主，王铎在不同时期，表现出了不同的人生处世态度。

在天启时期，王铎初涉政坛，勤奋好学，广交朋友，与黄道周、倪元璐并称为"三珠树"。受乔允升、吕维祺的影响，与东林党一些主要人物来往密切，学术思想和政治倾向趋于清流，在东林党和阉党的斗争中站在前列。与同僚一起拒绝编纂为阉党歌功颂德的《三朝要典》，表现出了正气勇毅的积极进取精神。

在崇祯时期，王铎直言敢谏，屡次上疏建言或面君规谏。坚决反对与清廷媾和，毅然决然地上疏，陈述"边事不可扶，事关宗社，危害甚大"的观点，因而触怒了主和派的杨嗣昌，欲以廷杖酷刑置他于死地。亲友无不为之惧怕和落泪，而王铎却泰然处之。崇祯十一年，王铎为民请命，直言劝说皇帝爱民减赋，提出改进措施，不仅未被采纳，反而遭到"切责"。

崇祯末期，国家离乱，内忧外患。王铎父母相继去世，在丁忧期间，他承担起家族的责任。为躲避战乱，带领家人及亲友逃亡在中州大地和江左一带。皇帝朱由检在北京自缢后，福王朱由崧在南京登基称帝，诏正在流亡的王铎入阁为次辅，从而结束了艰辛的流徙生活。朱由崧登基后，不思救国，不理朝政，整天过着腐败糜烂至极的生活。再加上阁僚之间内讧斗争，四总兵之间又矛盾重重。在北来大臣逆案上，马士英、阮大铖以"六等罪"加于北来大臣时，王铎冒着被弹劾的风险，尽力保全了多位北来大臣。在太子真伪之争时，王铎敢说真话，认定太子是伪。百姓不知真相，认为他献媚依附马士英、阮大铖。面对朝政混乱不堪的局面，王铎反复提出自己的治国理政的建议，多次上疏规劝朱由崧收复失地，重振大明。在最危险的关键时刻，还毅然提出巡视江防，保卫江南半壁江山。朱由崧置之不理，王铎曾接连六次乞休归里，均未得到允准。在短暂的南明弘光时期，王铎尽职尽责，虽然自知无力回天，但还是竭尽全力挽救残局。在南京城陷落前夕，王铎徒遭打骂，须发俱尽，惨不忍睹，蒙受了奇耻大辱。

在朱家王朝气数已尽时，王铎没有选择用数以万计的人头换取自己名节的悲剧之路，而是保全了全城百姓的性命，自己却承担了历史的骂名，其实这比殉节更加艰难。

王铎带着遗恨入清后，清廷虽然给予他高官厚禄，但他始终保持沉默，以期安稳地度过晚年，留下"好书数行"。他把主要精力用在培养子孙、提携后学上。同时，为了洗刷内心的块垒，时常以诗赋为乐，以书画交友。顺治八年三月，仕清七年的王铎上疏朝廷："帝王御世，莫不重道尊师。"然后奉旨前往祭拜华岳。由于年事已高，路途遥远，积劳成疾，回到故乡后卧床不起，于顺治九年三月十八日卒于家中，时年六十一岁。

纵观王铎的一生，我认为他是一位直言敢谏、忧国忧民的正直官员，是一位闲时以读书为乐，肆力于书画、诗歌、古文辞，知交遍天下的书画大家和著名诗人。

三

构思《王铎传》时，我始终遵循严格的历史考证，以史料为基础进行重点挖掘，尽可能忠实地去再现历史。从大的主要历史事件，到小的人物性格言行，都力求做到书必有据。

《王铎传》跨越五十多年的历史，把故事重点放在甲申之变前后，主要是这一时期社会动荡不安，朝代更迭急剧变化，崇祯、弘光、顺治以及李自成的大顺相对立的各方，矛盾冲突十分尖锐激烈。同时，与之相关的主要人物的思想变化、行为准则、性格特点以及真实的面目，在此期间都暴露得最为真实、充分和彻底。

书中涉及的人物众多，上至皇帝，下至庶人。这些人物在书中所占的位置各异，轻重不同，但贯穿全书始终的核心人物，只有王铎、黄道周、倪元璐、祁彪佳、张鼎延、梁云构、李际期、王钺、王无党、王无咎等人。

黄道周、倪元璐、祁彪佳属于"忠君"的类型，都有一定的代表性；董其昌、张瑞图、傅山等都是著名书法大家，他们在当时乃至之后，都对书法史产生了巨大影响；书中还涉及柳如是、顾眉等名妓这一类特殊的社会群体，其性格、追求各异。书中还以不同的篇幅写到权奸魏忠贤、杨嗣昌、马士英、阮大铖等人。

四

小说创作允许虚构和夸张，纪实文学虽是反映客观现实生活的文学载体，但也无法摆脱这一规范要求。一定程度上的虚构是弥补、完善故事的最好办法。

对具体情节的处理上，在确实于史无稽，而艺术处理上又十分需要的情况下，才凭借虚构的手段来处理。如王铎少年的故事、正室马氏的名字、妾段姬的真实身世以及他们之间的爱情故事等，为了故事的需要都进行了一定的虚构。

　　本书从酝酿到完稿，经历了近十年的时间。在创作的过程中，朋友或提供了珍贵的资料，或提出了很好的建议，家人为我创作提供很好的条件，从而坚定了我的信心，并顺利地完成了这部小说。

　　在付梓之际，谨向真诚关怀这部书的作家韩明、高树礼和北京水木金石文化发展有限公司总经理张磊等朋友表示由衷的谢意！

张存民
2018年11月10日于北京奥林春天

图书在版编目(CIP)数据

王铎传：全2册 / 张存民著. — 北京：中国文史出版社，2019.5

（跨度传记文库）

ISBN 978－7－5205－0999－2

Ⅰ.①王… Ⅱ.①张… Ⅲ.①传记小说－中国－当代 Ⅳ.①I247.5

中国版本图书馆 CIP 数据核字（2019）第 006704 号

责任编辑：牟国煜

出版发行：中国文史出版社
社　　址：北京市海淀区西八里庄69号院　邮编：100142
电　　话：010－81136606　81136602　81136603（发行部）
传　　真：010－81136655
印　　装：廊坊市海涛印刷有限公司
经　　销：全国新华书店
开　　本：720×1020　1/16
印　　张：44.75　　　　字数：787 千字
版　　次：2019 年 5 月第 1 版
印　　次：2019 年 5 月第 1 次印刷
定　　价：138.00 元（全二册）

文史版图书，版权所有，侵权必究。

文史版图书，印装错误可与发行部联系退换。